长篇小说

# 重卡雄风

晨飒 ◎著

海峡出版发行集团 | 海峡文艺出版社

**图书在版编目(CIP)数据**

重卡雄风/晨飒著. －福州:海峡文艺出版社,2022.3
ISBN 978-7-5550-2932-8

Ⅰ.①重… Ⅱ.①晨… Ⅲ.①长篇小说－中国－当代 Ⅳ.①I247.5

中国版本图书馆 CIP 数据核字(2022)第 036059 号

**重卡雄风**

晨飒 著

| | | |
|---|---|---|
| 出 版 人 | 林滨 | |
| 责任编辑 | 莫茜 | |
| 出版发行 | 海峡文艺出版社 | |
| 经　　销 | 福建新华发行(集团)有限责任公司 | |
| 社　　址 | 福州市东水路 76 号 14 层 | |
| 发 行 部 | 0591－87536797 | |
| 印　　刷 | 福建新华联合印务集团有限公司 | |
| 厂　　址 | 福州市晋安区福兴大道 42 号 | |
| 开　　本 | 720 毫米×1010 毫米　1/16 | |
| 字　　数 | 760 千字 | |
| 印　　张 | 46.75 | |
| 版　　次 | 2022 年 3 月第 1 版 | |
| 印　　次 | 2022 年 3 月第 1 次印刷 | |
| 书　　号 | ISBN 978-7-5550-2932-8 | |
| 定　　价 | 68.00 元 | |

# 目　录

第一部

# 绝地求生

# 第1章 命运抉择

林超涵是在迷迷糊糊中被冻醒的，晚间 −23℃的温度，卡车驾驶室里偶尔还透进的冷空气，让他打了个哆嗦，醒过来后，就再也睡不着了。他靠在门上，摸了摸大棉帽，靠在冰雾遍布的车窗上，迷瞪着双眼，蒙蒙眬眬地看着外面。

这大冷的天还要跑车，不仅辛苦，还有几分危险。

但是他别无选择。

他只是静静地想着一个人，那是他的恋人季容，不知不觉间，竟然已经那么遥远了吗？他现在不知道她在干什么，也不知道自己现在和她还有没有见面的可能。

如果没有回到西汽工作，也许，现在和她正幸福地生活在一起吧？他咧开嘴，自嘲地笑了笑。

在这冰冷的夜间，路边的雪乡偶尔透出一些灯火，一个个小城镇在整支重型卡车车队的呼啸声中被抛远，林超涵裹紧了衣服，回忆像潮水一般涌来……

那是1993年的初夏，还在学校，林超涵正在校园里反复琢磨着怎么去跟师妹季容表白。对他来说，也是人生的第一次，关于这个问题，他思考了很久。

季容比他晚了两届。上大二时，他参加了学校的一个军事爱好者社团，很多大学都有各种各样的文学社团、艺术社团等，甚至是天文社团，倒是军事爱好者社团是比较稀罕的存在。因为从小接触机械的缘故，林超涵特别喜欢国外的那些军车、军机之类的重型装备，所以看到学校有这样的社团活动就毫不犹豫地报名了。理工学校里女生本就稀罕，但更稀罕的是，到大四时，这军事爱好者社团居然进来了一位女生季容，她立即被众星捧月似的呵护起来。

季容来了后，还经常带动一些女生跟着参与活动，因此每次活动参加的男生人数都要比从前多出不少。林超涵还记得季容来报名参加社团时的情景。那天，正好是他负责接待，一位女生走了过来，穿着虽然简单朴素，但是明眸皓齿、气质出众，一阵微风带来一股天然体香，简直令人沉醉。随后他详细地跟季容讲解了社团的宗旨和活动内容，季容恬静而自然地坐在那里，手托着下巴，微笑着聆听，阳光洒在肩头，那一瞬间的绝代风华，简直让林超涵看得两眼发直心动不已。在林超涵的记忆里，那是一生珍藏的画面，无论多少风雨，都不可能抹掉。

在几次活动中，林超涵对季容的印象不自觉地越来越深刻。大学四年，因为学习用功的缘故，林超涵还从来没有谈过恋爱，情感经历相当于白纸，对跟季容之间的这种微妙感情格外珍惜，因此就始终没有正式表白。他经常想鼓起勇气，邀季容单独出来约会，但总没有那个胆量和勇气。

转眼间就到了毕业季，这么晚才情窦初开的林超涵决定表白，但是阴差阳错，写好的情书却被不靠谱的传信人给弄毁了。约不到季容，却又听到女神季容名花有主接受男生献花的消息，这让林超涵万念俱灰。

第二天，他一大早看见季容迎面走来，居然立即低着头就快步躲过去了。

而与此同时，地处秦川大地深处的西北重型汽车制造厂（简称西汽）正在召开一场重要的会议，这场会议影响了林超涵的一生。

这是在离北京千里之遥的西汽厂，正逢西汽25周年厂庆，但是敏感的职工已经注意到，从去年开始就声称要大搞厂庆的西汽，却没有一点喜庆的气氛，连一个横幅标语都没有挂出来。西北的天空蔚蓝晴朗，四周山岭草木繁茂，但是西汽的上空却似乎笼罩了一层阴霾。

普通职工私下里已经有各种猜测，虽然工厂还在开工，但是部队军代表的身影却明显稀疏起来，难得一见了。这代表着什么，不难猜测。

在这条名为南河湾的狭长山沟地带三角区位置，西汽办公楼里的会议室里正在召开一场有关西汽生死存亡的会议。

在会上，西汽党委书记姜建平刚刚跟厂里各主要部门的干部通报了三件事。第一件事是国务院改革方案，虽然大家有一些思想准备，但是形势的严峻却远远超出在座大多数干部的意料。根据国务院的改革方案，机械电子工业部现在已经撤销重组成电子工业部和机械工业部两个部，但是这次改革的重点不只是机构重组，关键是职能有所改变，说白了，要把很多企业彻底地推向市场自负盈亏，西汽正是其中之一。第二件事和第三件事则是与人员任免有关，原厂长邵洪泉突然上调北京，任命副厂长之一林焕海为厂长。

而林焕海正是林超涵的父亲，时年49岁。

会场的气氛十分压抑，很多人感觉到自己的心像是被狠狠攥了一把似的，有心疼，也有失落，更多的则是迷惘。在那个时代，改革的春风吹遍了大江南北，但是一直为军队提供重炮越野卡车的西汽对这股春风的气息明显感受不深。一辈子习惯了根据国家和军队建设需要进行工作，很多人将青春和生命都奉献给了这座工厂，突然要被推到改革的风口浪尖，怎么嗅都是海水的咸味。不是那个时代走过来的工厂工人，很难体会那种五味杂陈的心情。

与这件大事相比，新厂长的任免同样也让在座众人很意外。在五位副厂长中，林焕海排名第四，前面还有三位更有背景和资源的副厂长，包括常务副厂长潘振民。

林焕海则只不过是管车间生产的副厂长，权力不算小，但绝对不算大，其作风稳健，头脑清醒则是公认的。他很少出风头，平时话不多，这次被上级任命为厂长，成为一把手，出乎在座绝大多数人的意料。

几个副厂长都对林焕海任职的决定十分不满，在会场上反复刁难，最后竟然提出西汽现正在改革关头，缺乏青年人才，不断挤兑林焕海。无奈之下，林焕海只得当场表示会让马上毕业的儿子林超涵回厂里实习上班，带头为厂里输入新鲜血液。

就这样，正沮丧的林超涵接到了一纸调令，要他回厂里报到实习。这与他之前约好去部委下属单位实习的计划相悖。

然而此时的他，想也没想，收拾行李就回厂了，离开这伤心地。

后来他才知道，他刚离京，季容晚上回到宿舍，才看到中间人递给她一封已经被水泡得不成形的信，联想到林超涵看到她的时候，脸上那种复杂又尴尬，甚至有点惊慌的眼神，她恍然大悟。辗转反侧一晚，次日她就去找林超涵，却意外得到了林超涵离开北京的消息。

两人差点就此错过了，想到这里，林超涵心里一阵阵说不出的后悔。

好在，回到厂后的林超涵，在总师郭志寅郭叔等人的鼓励下，摆脱了沮丧的心态，投入到工作中来，充分发挥专业技能，撰写了关于国内发展军用重卡的建议报告，并呈送部队高层。两月后，他们的报告引起了军队高层高度重视。为争取研制重卡订单，西汽一行人在林焕海带领下来到了北京，与曾驻西汽的前军方代表，现任部队后勤部车船司主任仲玉华进行商谈。

然而，在接待西汽众人时，仲玉华提出了让西汽承担研发全新重卡的任务。

近年来出于西南边防需要，部队正在研发新型火炮，新型火炮也给后勤运输带来巨大的压力，这就意味着部队需要一款全新的重卡，即 7 吨重卡。所谓 7

吨重卡，并不是说只能载动 7 吨的火炮和货物，而是会在这个基础上有一个倍数级的冗余设计要求。西汽生产的 5 吨重卡目前技术已经开发到极限，7 吨重卡必须要全新开发了。

这将是体系性的改变，包括发动机、上装、车架、悬挂系统乃至车桥都要全部重新设计。此外，包括电气系统、灯光系统、电池和气瓶等附件，以及油箱、副油箱等都要重新考虑，而重卡制造工艺中的冲压、装焊、涂装、装配（含调试）四大工艺都要全部重新设计，而且得保质保量。按部队要求，还得一年左右完成样车试制，这绝不是上下嘴皮子一磕就能出来的，几乎比登天还难！

仲玉华还特别强调时间不能等，部队对这款重卡的需求紧迫，必须尽快。

林超涵清楚记得，那晚，仲玉华在接待他们时，曾对林焕海说："老林，不是我难为你，这的确是部队建设需要，我们等不起啊！"

林超涵嘴角微微一笑，如果当时不是他坚持让父亲答应，他又怎么会当晚回学校查资料，又怎么会在那里再度遇见季容呢？

这是命运的抉择，因为它的决定，让林超涵收获了初恋，也让林超涵承继了一份让他奋斗终生的事业。

# 第 2 章　百折不挠

那天晚上，为了查找资料，林超涵回到学校图书馆加了个通宵的班。理论上，他还在实习期，尚未毕业，仍然有权利来查资料。但到学校图书馆时，离 10 点关门只剩 5 分钟了，图书馆正在清人。林超涵冲进来后，被胖乎乎的图书馆管理员刘大妈训斥了一顿，正软磨硬泡的时候，林超涵的背后传来一声轻笑："舅妈，这是我的林师兄，您就行行好，让他留下来查资料吧！"

林超涵一听这声音好熟悉啊，回头一看，尴尬了，原来是季容，她刚刚查完资料，从里面走出来。看着季容脸上的表情似笑非笑，林超涵心里一突。

刘大妈原来是季容的远房舅妈，算是亲戚，她嘀咕了一句："好吧，看在小容的面上，让你留下来。可记着了，这里待会儿我得锁上门，你不能把灯全都开着，留一盏小台灯就成。"叮嘱了一番，再收上林超涵的学生证，刘大妈才缓缓离去。

季容还是那副似笑非笑的神情，她盯着林超涵说："师兄，不是听说你回了西汽吗，怎么还在学校啊？"

林超涵十分尴尬地回道："这个，一句两句说不清，准确地说，我是五分钟前才回到学校。"

季容说："哦……林师兄写论文追女朋友是真的吗？"

林超涵更尴尬了："这个，呃，没有的事。你别当真……"

季容笑了笑，道："师兄，那我就先回去歇着了，查外文资料写论文真累人。"

林超涵奇怪道："你不是还不需要写论文的吗？"

季容显得有点疲惫："出国留学，需要提前做很多准备。"

林超涵问："你要出国留学？！"

季容回答："嗯，我已经决定了。"

林超涵不知道怎么着，突然感觉内心一片灰暗，道："哦……那我祝你顺利！"这句话说得林超涵舌头都硬了，胸腔里有东西一直在往外翻涌，说不出的难受。

季容说："师兄，你是不是有什么话要对我说？"她的眼睛放出了一种奇异的光芒，刺得林超涵眼睛发痛。

林超涵心缩了一下："没……没有呢。"

季容的眼神也黯淡了下去："哦，好的。那，师兄，保重！"然后便回头走出图书馆大门。

林超涵看着她的背影，半天都说不出话来。

原来我们终究是两个世界的人，你去天涯，我要回家，曾经有缘相聚，但却没有缘分厮守。林超涵满嘴都是酸涩的味道，这莫非就是传说中初恋的味道？开头总以为是浪漫的故事，后头却不知在什么时候，变成现实的哀歌。

而此时，走出了门外的季容，晚风吹过，眼眶里泪水在打着转。

要又一次擦肩而过吗？

她要去国外前途无量，我只能留在国内前途未卜。

林超涵内心天人交战，他冥冥中有一种预感，这次很有可能将是他人生最重要的一刻。

猛然间，林超涵意识到，不能再犹豫下去了，要听从内心的召唤，仅仅是为了顾忌面子，那太不值当。就这样心灵福至，他猛地冲了出来，对着季容喊道："季容，等我一下，我有话要对你说！"

季容身影微微顿了一下，她忍了忍眼泪，回头保持着微笑对林超涵说："师兄，你还有什么事吗？"

"有事，呃，其实也没有事……"一当面，林超涵又开始说话不太利索了。

"哦，那没事的话，我就先回去休息了。"季容举起白皙的胳膊，挥手道别。

"不，有事，我有事，我有很多话，我想跟你说！"林超涵眼看她要走，忍不住有点急了。

季容面部的表情很奇异，眼神里都放出光彩："你有什么话想对我说？"

"那个……那个……"林超涵又期期艾艾起来，"其实呢，我早就想对你说这话了。"

"说什么话？"季容追问。

"嗯，其实这句话呢，我早就想说了，一直担心你会不接受，所以我没说。"林超涵犹豫着，斟酌着词汇。

季容反问："你不说，怎么知道我不接受呢？"

"呃，那你接受做我的女朋友吗？嗯，不用急着回答我……是这样的，上个月我是准备送花给你来着，想正式跟你说，但是花丢了，哦，对，好像花最后你拿到了。还有，有一封信，是我写给你的，好多话都写在那里面了。不知道你能不能接受，啊，要是不能接受……"林超涵说得有点颠三倒四，他实在是词穷了。

季容微笑着回答："我接受。"

正在琢磨着怎么解释的林超涵愣住了。

季容仍然微笑："师兄，我说接受呢。"

林超涵傻傻地问："我是听错了吗？"

"没有错。"季容再次肯定地说，"林超涵，我答应做你的女朋友。"

林超涵简直是傻了，一刹那，幸福如同电流一般击中了他。然后，两个人不知道什么时候紧紧地拥在了一起。

有些话，说出来是一种放下；有些话，说出来就放不下了。好在，这次不是放下。

回忆到这里，林超涵的心又甜蜜又温馨，脸上泛起笑容，不免还笑出了声。

旁边的司机回头看了他一眼，嘿嘿一笑，心想这小子肯定是梦到媳妇了。司机脚上不由得柔和了一些，大转弯时操作也不猛了，他实在不忍心打扰这个性格要强的年轻人的美梦。

他知道，正得益于这个年轻人的努力和层出不穷的妙想，他们才用了一年的时间，完成了全新重卡的设计、组装，才有了现在的漠河试车。这是整个西汽起死回生的唯一机会，他们每个人都得全力以赴。

此时的林超涵又回忆起拿到研制任务的通知书后，回到学校参加毕业典礼时，却得到了季容出国留学的消息。同学告诉林超涵，季容被父母逼婚，嫁给另一个人，她不愿意，在自己哥哥季硕的帮助下，提前出国了。

而走前，甚至没有和林超涵打招呼。只是很久后才打来了一个电话，讲述了事情经过。两人虽然断断续续保持联系，但却只能过着隔着太平洋互相思念的生活。

想到这里，林超涵的心里有些隐隐作痛。

算了，还是想想眼前的工作吧。

这一年来，林超涵忙前忙后，为落后的西汽搭建了一整套数据库，建立起各种零配件的标准化系统，为厂里紧急培训了一批德语翻译人才，突击研究前些年由部委引进的斯太尔技术资料。

然后利用在学校课题曾经接触过的 CAE 方法（英文全称 Computer Aided Engineering，通常指有限元分析和机构的运动学及动力学分析），并借助军校的超级计算机进行了设计分析验证，一系列全新措施让设计工作高质量完成。

随后进入试制阶段，这一阶段林超涵调去试制组，在副总师谢建英的领导下，开展样车试制工作。从开始不被人认可，到一路披荆斩棘，解决掉无数难题后，林超涵虽然年轻，但已然成为试制样车组里面公认不可或缺的中坚力量。

前期艰难的各种试制调整，其中解决的问题，林超涵现在想起来都像是奇迹一般，所谓百折不挠不过如此。

还记得当时第一次样车试制完毕，刚开出厂，就有一个样车前边左边中桥的轮边带着轮胎直接就跑出来了！

轮胎完全不顾缓慢行驶的样车母体，自顾自地就上路了。它脱离了束缚后，跑得十分欢快，沿着厂里的道路一直跑，自由自在地放飞自我，只随着惯性向前冲。由于厂内的道路有点下坡的斜度，这个欢愉的轮胎就沿车间门口一直跑，先是撞到了一堆放在路边的铁架，拐了个弯，又任性地跑到了办公楼广场，然后直接撞上了花坛，蹦起老高，最后才无奈地在地上打了几个圈，躺下来停好了。

这是林超涵作为试制组里面最年轻的人，一路追赶轮胎，亲眼所见的。

而留在样车现场的人则都一个个地看着跑了前轴辘的样车沉默不言。试车这么多年，发生这种事的概率也不高啊。

当即众人一起上手，支鼎将样车轮胎都给拆了，进行检查。总师郭志寅此时也顾不得其他，直接上前动手进行检查。一检查分析就发现问题了，原来中后桥的轮边轴头螺母都松了，然后轮边外轴承就失去了控制，蹦了出去，紧跟着轮毂带着轮边减速器、轮胎一起就把制动鼓也拔出来，整个轮边部分就掉了，然后轮胎就跑出去了。

众多工程师都是长年浸淫在生产一线，经验丰富，一目了然，找到关键环节，自然就顺理成章地分析出了轮胎跑出来的原因。

而这个螺母大家刚才已经仔细分析过，应该不是人为拧松的。要知道事先大家都反复检查过的，而且其他螺母都检查过了，拧得非常紧巴，就算是试制时拧松了，也不至于就飞出去。后边那只跑了一半的后桥轮胎也看了，绝非是人工拧松的，所以不用考虑追究样车试制时的人为责任。最后发现是螺母的质量问题，导致锁片有些变形。

最后大家得出的结论是，由于轴头螺母锁片材质偏软，造成锁舌剪断失效的缘故。

# 第3章　千里奔波

虽然原因找到了，但是问题现在却没有办法解决，上路试车只能又告一段落。现在必须要把样车的轮胎全给卸了，等新的合格锁片到了才能继续试车。

为解决这个锁片问题，新车上路都花了一周多。然后，再次试车后，车轮胎又再次飞出去了。

没办法，再次进行分析。反复研究，最后在林超涵的灵光乍现之下，才发现原因在于——行星架磨损部位是未加工的毛坯面，且毛坯料肥，这一圈未加工的表面相对较高，装配之后就和轴头螺母蹭上了，而左侧轮边正向行驶的时候是逆时针转，带着轴头螺母一起逆时针转，别断了锁片就松开了，而右侧是顺时针转，轴头螺母压住了虽然无法松开，但是一直摩擦就发热了。这样下去，就是左侧的轮胎因为轴头螺母的锁片断了，脱落松动就直接飞出去了；而右侧，则是因为摩擦导致严重发热，这还是路试时间不长，如果时间再长一些的话，极有可能也会飞出去。

解决类似这样的困难，多不胜数，但好在，他们终于完成第一阶段的试车，获得了军方代表的初步认可。

他们旋即马不停蹄地准备进行极限测试，考验车辆性能，来进行定型参考。

1994年的冬天，厂里公布了此次去东北试车的人员名单。这次试车，由郭志寅亲自带队总负责，考虑到身体原因，样车试制前期15人中仅有8人参与其中，后面还挑选了10人组的司机队伍，以及1名三产公司人员和3名后勤保障人员，总计22人。最终定下来，此行新款车2辆、其他各种款型用途车辆6辆，总共8辆车前往。

整个车队不算小了，全程转战千里，这本身就是对新车的极大考验。

临行前对所有车辆进行检查，再进行必要的物资准备，又耗费了三天时间，等到出发的时候，已经是12月底了。

在出发的前一天晚上，林超涵在家里吃晚餐，于凤娟心疼儿子千里奔波，做了满满一桌子的菜，还请林超涵的发小凌霄强一家人过来吃饭，就当是饯行。饭桌上主要的话题就围绕着这新研制的3180此去东北试车展开。

林焕海和凌父两人你一言我一语，把这些年西汽在东北试车遭遇的各种险情、奇遇和故事逐一道来，很多都是首次披露，连林超涵都没听过。大家认真地听着，要知道此行去东北，虽然人多车多，但是麻烦事肯定更多。此时多长一点经验，也许到时候就能派上用场。

凌父喝了两杯后，兴致上来了，道："你等知道，此去东北，首先要准备的物资是什么吗？"

林超涵答道："我们是柴油机，自然柴油最重要。"

林焕海在一旁点头："对，油品真的很重要。对于柴油车，尤其是重型柴油车来说，寒区试车简直就是地狱，首先油品上就是严峻考验。-35号柴油不是闹着玩的，抗凝剂对发动机损害相当大，然而在漠河那个鬼地方-35号必然会结蜡。除此之外，润滑油也会出问题。现在柴油机润滑油基本都是5W—40的，寒区用0W—30，但是在极寒条件下润滑油也会变性，黏度陡增，发动机启动性能严重下降，所以东北试车的都得有一件随车必带的工具，你们知道是什么吗？"

林超涵回想到这里，突然心中一惊，连忙坐起来，问道："喷灯，喷灯带了没有？"

司机回头莫名地瞪了他一眼："当然带了。"

"那就好，那就好！"林超涵讪讪地一笑，又和衣靠躺在窗前。

他记得，当时——

"对，就是喷灯！"林焕海喷起来也是没完没了，"这都是血的教训才懂的经验。当年我们刚开始去东北的时候，经验不足，准备太少，出了各种状况，回忆起来，都是泪。"

凌父在旁边还补充了一句："在东北还不能流泪，流了泪眼睛就算完了。"

林焕海感慨道："这喷灯可是个再重要不过的东西。我记得有一年我也去了趟东北，早上起来第一件事不是上车，而是钻车底下，有柴禾就点柴禾，没柴禾就点喷灯，烤发动机油底壳，烤变速箱，烤油箱，烤桥包，有的时候还烤镀锌管做的油管路，为的就是把结蜡的柴油烤化，把所有润滑油烤到至少 -10℃，这才行。哦，对了，然后还有一件事，给柴滤上浇几壶开水，这才算基本准备完毕。不然，根本上不了路。"

林超涵默默地把林焕海的经验都记在心里，这次去试车的师傅大部分都是老手，其实这些经验林焕海不说，其他人也懂得会照做的，但是事先多知道一点总不是坏事。

林焕海和凌父两人你一言我一语，还讲了一些去东北的趣事。有一年，试车临时碰到故障要解决，在等零件的过程中，几个工程师闲来无事，跑去冰封的河里钓鱼，花了老大力气凿了几个冰眼，结果还没下钩去钓呢，就直接有很多大鱼争先恐后往外跳，他们十分开心地捡回去后美美地喝了一顿鱼汤。

说着鲜美的鱼汤，听得几个人都忍不住咂巴了一下嘴巴，哪怕是刚才已经美美地吃过红烧鱼块了。只有于凤娟听到后，有点恼地看了几个男人一眼。

想到这里，林超涵逐渐进入了梦乡，鼾声轻响，旁边的人轻轻地给他盖上了毛毯……

车队一行出发后，一路上欢声笑语。这次试车多了三名女性，厂医何云是最受欢迎的，跟她一辆车的老司机和老师傅们一路和她谈笑风生。有人使出浑身解数插科打诨撩拨，但是何云极其聪慧，作为一个医生，什么事情没见过，丝毫不怯场，谈吐犀利泼辣，把那些说浑话的老司机们一个个刺得狼狈不堪脸赤语塞。谁让何云魅力大呢，总是有人凑上来。郭志寅也懒得管这些，他乐得见这一帮人吃瘪，再说了，路上热闹点也挺好。

相比何云，沈玉兰年轻漂亮，但是却没有老司机来撩拨，因为没人不开眼，没看到这姑娘低眉顺眼地就坐在林超涵的身边。

这丫头才来厂里不到半年，已经算是风云人物了，现在谁不知道她一个没根没底的人进来，就能让厂长家的公子冲冠一怒为红颜，打遍县城半边天啊。

那是林超涵刚回厂时去县城，从几个小混混手下救下了被调戏的沈玉兰，谁知道，这女孩竟然是西汽的实习生。沈玉兰英语不错，于是进了林超涵培训出来的翻译资料小组，后面被郭志寅总师调过去当了助手。此去漠河试车，由于需要有人照料郭总师的身体健康，只能让她跟车了。

但是由于一些误会，让沈玉兰对林超涵另眼相待。

大家都有事没事朝林超涵挤眉弄眼，那意思是，可以啊，去东北试个车都能带着媳妇去，别人可没这待遇，羡慕也羡慕不来。

林超涵是有苦说不出，大家也都是善意的误解，他跟沈玉兰真的没什么，但是他又不能一个个去解释。这次出行的依然是以样车试制组为核心团队，他们对林超涵可没有什么坏心眼，都挺认可林超涵的，自然也维护沈玉兰，虽然在别人眼中，林超涵是带着媳妇出征，但竟然没有一个人站出来反对。

他们不反对，车队的其他人也不敢有什么特别的看法。这些工程师都是技术尖子，自有一股傲气在，别说厂长家的公子了，就算是厂长在这里，该怼他们也不会犹豫半秒钟的。因此，他们不反对，就不会有人反对了。

再说，成人之美这点道理大家都是懂的。

于是就在这异样的气氛中，林超涵如坐针毡地跟着队伍出发了。一路上，除了装睡觉，他也不好真的冷落沈玉兰，毕竟人家什么错事也没有做，于是就有一搭没一搭地找话跟她聊天。两人学识见解当然有非常大的差异，但是沈玉兰极其聪明，这一段时间以来，在郭志寅的熏陶下，也看各种各样的杂志，居然还颇有一些心得见地，两人聊起来倒也不寂寞。

而且，聊得还挺开心的。

一行人白天赶路，晚上也赶路，遇到镇子就到镇子上找旅馆歇息，找不到就睡车里，十分辛苦。有时候就算找到旅馆，但是车队人多，也不是人人都可以休息的，于是便轮流着洗漱一下，优先女士们歇旅馆。

那个时候交通网还没有现在这么发达，高速公路较少，甚至不少时候还要走土路。冬天风大又冷，众人到了第二天，就没有太多聊天的兴致了，除了司机得打起十二分精神，其他人都蔫了，一声不吭，忍受着不适赶路。

就这样，紧赶慢赶，三天后，车队终于进入了东北境内。

还没到东北，刺骨的寒气就开始侵蚀过来了，大家都换了厚厚的棉衣，但是这种寒气，完全扛不住啊。

越往北，越是寒冷，漠河的风光还没有见到，众人已经冻得东倒西歪了。凌霄强披着被子哆哆嗦嗦地在车里哀号，很多老师傅也被冻得打抖。

林超涵准备相较充分，穿着羽绒服，戴着帽子，也被冻得有点僵硬。手套他送给沈玉兰戴了，自己只能捂在口袋里取暖。他分外佩服那些开车的司机，同样是寒冷，他们却动作灵敏，一个个像是铁打的。

虽然很冷，但是一行人兴奋异常，千里奔波，终于要抵达目的地了。

美丽的漠河，我们来了！

# 第 4 章　漠河的风光

所谓漠河试车，其实指的是漠河县，是全中国纬度最高的县。这里是东北最北的地方，气候严寒而干燥，与俄罗斯隔江相望。此时已是冬季，正是漠河一年中最冷的时候，最低气温经常在 –40℃以下。

这里现在颇有名气，然而在 20 世纪 90 年代，全中国人民当中，知道漠河的很少，去旅游的人更是凤毛麟角。

现在为什么这么有名，一是出于当地开发旅游的需要，这里有最美的雪乡，有难得一见的美丽北极光，而且号称是中国极北。就冲这个"极"字，无数中国人就有一种冲动，要去找一下这个"北"。

不像后来的文人骚客描述那样，也不像当地为了开发旅游而组织的各种诱人的宣传文案，在 90 年代初期的时候，这里还算宁静美丽，外地来客虽然有一些，但还不算多。

来这里试车，是因为要测试严寒条件下的重卡性能。军方很久之前就相中了这里的极端环境，要求西汽所有新款车型和改进车型都必须在这里接受测试。

实际上，重要的军用车辆都必须来这里接受测试。不光是军用车辆，民用车辆也需要，不过测试标准不一样而已。

到现在为止，在这里接受严寒测试，已经成为国内绝大多数新车必须要过的一道关坎。如果不来这里一趟，出门你都不好意思跟人打招呼，是真是假都得遛那么一趟。新车来这里，炫一把高性能，就像是盖章印戳一样，是个标签，也是个硬标准。无数车友想知道自己中意的最新款车型模样，蹲守在这里就好了，保准大饱眼福，现在各种汽车网站和自媒体上，全以发布这类谍照为荣。漠河，都快变成了名利场。

但在当时，来这里测试的车辆还并不算多，军方主导的例外。西汽来这里试车已经不少次数了，但也不是每年都会有新款或是改进款车型，上一次来这里试车已经是数年前的事情了。不过这几年，西汽每年都会组织车队来东北运输一些农副产品之类的回去当福利或是对外销售，也赚了一些银子补贴家用。

所以，对这里，车队也算是熟门熟路了。

进入东北后，众人直观地感受到了东北的冷酷严寒，那是一种深入骨髓的冷。每个人身上都围得严实厚密，驾驶室还算暖和，就这样，不可避免还有一些冷风钻进驾驶室，像刀子一样在众人身上刮着。

林超涵虽然有足够的思想准备，也曾经在北京见识过严寒的天气，但是眼前的东北，仍然超出了他的忍受范围。每次下车，他就觉得自己快要失去了知觉，下一秒钟就要崩溃。但是他没有想到的是，沈玉兰却好像比他更能耐寒，这也让他暗暗称奇。

进入东北后，为了保证安全，车速明显放缓了，车队也接长了一些，大家都在保存体力，尽量少扯闲淡，多干实事。

凌霄强作为编外临时人员，果然干起了苦力活，跟着有经验的老师傅，烤发动机油底壳，烤变速箱，烤油箱，烤桥包，就像革命的一块砖，哪里需要哪里搬。

林超涵也来不及笑话他，因为他自己也是革命的螺丝钉。8辆车，为了保证车辆正常运转，大家都得忙起来，他是队中的青壮劳动力，自然成为烧烤队员，和凌霄强难兄难弟，不分伯仲。

整个队中，除了几位女士和年纪稍大的长者外，其他人都少不了活干。

在路上十分艰苦，停车休息的时候比较忙碌，在车上就休息，反而感觉时间过得特别快。就这样，在东北境内行驶了两天后，也就是在出发后第五天的上午，车队一行终于进入了漠河县。

一进漠河县境不久，雪花就开始飘舞起来。林超涵他们这些第一次来到这里的人，虽然也不是第一次看到雪景，但是仍然震惊于这种大美。

从车窗往外看去，只见一片白茫茫的雪原，路边的白桦林、松林上披着厚厚的白绒装。虽然是大白天，但肉眼能见度很低！晶莹的雪花轻轻敲打在车窗上，宁静而美丽。

路上几乎没有看见行人，他们缓慢行驶在如童话一般的世界里，对面行驶过来打着大灯的车辆，都只是隐约可见。为了安全，大白天里，行驶在马路上的车都打着车灯，以提醒对方。

抬头看太阳，白茫茫中有一个孱弱的红球悬挂在那里。看路两边的树木房屋，都被雪雾遮挡得严严实实。

"好大的雪啊！"凌霄强挤在林超涵的身边感叹地说，他全身包得跟粽子似的，一点儿也不顾忌形象，"好久没有看到这么大雪了！"

林超涵和沈玉兰等人同样被窗外美景给击中了内心，林超涵觉得内心如此澄净，回头和沈玉兰对视一眼，会心一笑，看着窗外的美景，都没有说话的心情。

车子在漠河境内行驶了两个多小时，已经是中午时分，雪花渐渐停了，四周清朗起来。天地间像是只有他们一行车队在前进，坐在高高的驾驶室里，看着雪白的大地仿佛随着车子在缓缓移动，除了聚精会神专注道路开车的司机，大多数人都在欣赏着这美丽的雪景。

远处有一些民房建筑，像被厚厚的雪给埋住了，还有一些明显带着俄罗斯风格的建筑，被雪覆盖后，更像是童话故事书里描绘的房子。

"我们的目的地快到了！"有人说。

大家精神为之一振，终于快到了，他们这一行的终极目的地就是当地的极地村。

据说，运气好的时候这里能够看到北极光，绚丽多彩，见过便会毕生难忘。

这里，有他们准备住宿的地方，也有他们试车的空旷雪野。

雪停后不久，他们就看到了更美丽的奇景。沈玉兰发出惊叹道："看，那些树上都像是结了白花，太漂亮了！"

只见路两边的白桦树上，树叶早就掉光了，本来光秃秃的树丫上全是白色的冰花，整排整片的都如此。这景象，壮观，美丽，无法用语言形象形容的震撼。

凌霄强嘟哝道："这不会是羊毛挂在树上了吧？"

"傻瓜！"开车的老司机无情地打击他，"那是冰凇！"这位老司机姓张，叫张谦明，是厂里多年跑车的一位老司机，来过漠河也不止一次了，对这里的情况很清楚。林超涵这次没有坐葛乃尔和朱雪的车，换了一辆，那辆车上，郭志寅和几个老工程师坐着，他们有很多共同话题可聊。

大家隔着车窗仔细观看，发现这个冰凇，似玉枝垂挂，如银菊怒放，晶莹绽放，婀娜多姿，偶尔一阵微风吹过，攀附在树枝上的冰挂成片脱落，大珠小珠迸溅，在阳光下折射出七彩的光芒。

这景色如此漂亮，让众人难免发出一声声惊叹。

除了对其司空见惯的老司机，比如张师傅，他说："其实这个冰凇，也就是在极度寒冷的天气里才会有的一种自然现象而已，不必大惊小怪。待会儿你们玩泼水游戏，刚泼出去的热水在空中就变成冰粒，那才叫一个壮观。"

凌霄强好奇地询问老司机："您说，这么冷的天气，是不是咱们一会儿下车，就得冻成冰雕，碰一下就碎啊。"

张师傅面无表情："你如果没有防护措施敢晚上在外面待上一宿，明天这里多一个人形路标是肯定的了。"

凌霄强打了个寒战，缩了下脖子："算了，我还没娶媳妇呢。"

张师傅笑了笑："那你最好小心一点，晚上千万别睡迷糊了，出来小便要是不小心，以后娶了媳妇也没用了。"

这是个冷笑话，转眼大家都想明白了，哈哈大笑起来，就连沈玉兰都忍不住红着脸露出了笑容。

话说间，他们就到了住宿的营地。这里其实是一片民房院落，是当地人自己建起来的，都是砖木结构的房子。当地相对原始，都是炕房，房顶上的烟囱还在冒着白烟，但拜时代所赐，当地都已经通电。

车队在这里停了下来，大家下车后，先检查了一下车辆情况，清除泥土雪渣，做了一些必要的防寒措施。然后，众人集合，听郭志寅安排任务，而何云和另一位负责后勤的人去跟房主接洽。

当地的村干部也赶了过来，踩着深深的积雪，走过来跟车队打招呼。他们对车队来试车并不陌生，但是出于职责使然，他们都得第一时间进行登记报备。其中一个姓王的村支部书记向他们表示了欢迎，尔后家里有事，匆匆就走了。

当地村民对试车队总体是欢迎的，虽然给他们的生活带来了不便，但是也带来了经济收入。每次，来试车的车队不仅会付住宿费伙食费，还会有其他一些必需的生活消费。此外，车队还会跟他们做生意，囤积了一两年的各种特产，就能变现成实用的钞票了。

这是皆大欢喜的局面。

众人穿着臃肿的衣服跺着脚，走在院落里，四处打量，只见这里的民房简陋，门口挂一些鱼干、大蒜什么的，也没有什么特殊之处。

一会儿，何云和一个穿着厚厚衣服戴着大毡帽，围着一条红围巾的姑娘走了过来，那个姑娘眼睛如冰凌一般闪亮，声音脆生爽利，东北味十足地说："这事包我身上了！姐，这一片屋子这两年全是我整利索的，包你们住得满意舒心。走，我带你们看房子去。"

# 第5章　最美的风景

这个姑娘虽然穿着很厚，长相却十分清丽漂亮，身上那种东北姑娘的天生豪爽藏也藏不住，让人看一眼就心生愉悦欢喜。

姑娘一走过来，就成了全场人的焦点所在。这里的大老爷们很多，虽然大多数是已婚男士，但仍然忍不住眼光往姑娘身上投。

连林超涵都忍不住多看了几眼，凌霄强更露骨，他张大嘴巴显得十分诧异，在这个极地之中，还能看到这样让人惊艳的女孩，让他非常意外。最关键的是，他不光是看她，而是看看那姑娘，又回头看了看沈玉兰，仿佛在反复比较两个姑娘。

凌霄强这一比较，动作比较大，立即吸引了那个姑娘的注意。姑娘顺着他的目光一眼就看到了站在旁边身材略显娇小的沈玉兰，她显然也对一堆大老爷们中出现一个漂亮的小姑娘很吃惊，眼前一亮，连忙走过来："哟，这是哪个旮旯里偷跑出来的小媳妇，被你们给拐到这里来了。"边说还边挽扶着沈玉兰的手，两人都戴着厚厚的手套，衣服又厚，其实也就是象征性地挽扶。

边说还边打量，嘴里啧啧称奇："大妹子，叫什么名字？真是个漂亮小媳妇。"

沈玉兰红着脸，眼光不由自主地侧看了一眼一脸笑意的林超涵，说："我叫沈玉兰，不过，我不是什么偷跑出来的小媳妇，只是西汽的普通职工。"

何云正在跟郭志寅他们分配房间钥匙，看到那个姑娘和沈玉兰走到一块，也不由地"咦"了一声。她发现，这两个姑娘站在一块，当真是有如双璧，十分耀眼。不甘寂寞，何云也走了过来，道："丽琴，你不是说要带大家去看房间的吗，再说了，你也不介绍一下自己。让大家认识一下你吧！"

那个姑娘一拍自己的脑袋，有点懊恼地说："哟，差点忘了，对不住大家伙了。先自我介绍一下，这片院子呢，以前的房主盘给我家里了，我爸呢，叫王老虎，嗯，没听错，他的名字就是老虎的那个老虎，我呢，叫王丽琴，这一片房子呢，归我管。大家伙要是有事，找我就好了！承蒙各位光临寒舍，有啥不周到的，小女子这厢先行赔礼了！"说着，双手作揖向众人团团拱手。接着还解释了一下，她父亲祖上原本也是这个村子的人，一直在城里住，近两年才搬回来的，原因是王老虎觉得这个极地村将来能够开发旅游，说服了一家人，想在这里发展一番事业。

众人都觉得这姑娘说话十分有趣，还有，她爸居然叫王老虎？这名字还真是稀奇少见。

有人笑道："老虎怎么不见出来呢？难道怕吓着我们了？"

王丽琴也不作恼，道："我小姨家今天有点事，爸妈开车带着弟弟都过去帮忙了，家里现在就我一人。再说了，家父虽然名字吓人，但是为人正直善良慈眉善目，保证各位一见如故。"

众人又是一阵哄笑，倒是对这个还没露面的房主有些期待了。

说着，王丽琴指着房间，让大家各自认领自己的房间。

在这过程中，她一直就跟在沈玉兰身边，挽着她的手问东问西，像个好奇宝宝。她注意到，沈玉兰的目光不时地追随着林超涵，而林超涵则是毫无所觉，忙东忙西，帮助大家往屋里搬设备和行李。

因为天气寒冷，平常很轻松的搬运工作变得十分艰难，林超涵搬了几趟就累得气喘吁吁，特别是像沈玉兰、何云等几位女士的行李，他和凌霄强当仁不让地承包了。沈玉兰看着林超涵疲惫的样子，眼里满是痛惜。

这让王丽琴大感兴趣。她和沈玉兰往那里一站，再加上风韵犹存的何云，当真是这里比冰凇更美的风景。

刚刚安顿好，只觉眼前渐暗，天竟然黑了起来。

林超涵有些意外地看了看天，没记错的话，刚刚才是中午吧？大家现在肚子还饿着呢，午饭到现在还没有吃，就指着办完住宿事宜后，再美美地吃一顿呢，怎么天就暗下来了呢。

王丽琴看林超涵有点呆懵的样子，格格一笑："呀，你是玉兰的小情郎吧，难道你没听说，咱们漠河这地方的昼夜时长跟别的地方不一样？"

林超涵一怔："有什么不一样？"

"一看就是读书不用功的，咱们这地方纬度很高，所以夏季呢白昼长而黑夜短，最长的白天能达到 21 个小时，而冬季呢，正好相反，夜长昼短，现在是冬天，所以天很快就会黑的。"王丽琴解释道。

林超涵挠了挠头，这一点他之前忽略了，实际上，他还真是没有意识到，中国的幅员辽阔，超出他的想象。而一路上，大家只谈了一些试车的事，关于漠河本身讨论得比较少，确实在常识上有些丢人现眼了。

自嘲地一笑，林超涵道："怪不得，大家说每天试车最多也就两三个小时的时间。"

沈玉兰在一旁低声地解释："这个，他不是我的情郎。"

"嘻嘻，瞧你那眉来眼去的样子，以为我没瞅见吗？这有什么好害羞的。"王丽琴边说，边上下打量林超涵，嘴里还评价道，"这个小子是长得挺帅的，至少比咱村里那几颗歪瓜裂枣要强多了。玉兰，你可别不承认，这样一表人才，在村里打着灯笼也找不着的。"

王丽琴开着这个玩笑，林超涵想驳斥，却觉得欲盖弥彰，只得说："这个，不管你信不信，反正我们只是朋友关系啦，乱开玩笑是犯法的。"

王丽琴撇了撇嘴，拉着沈玉兰一块去准备晚饭了。没办法，这里有二十多张嘴等着吃饭，肚子饿得咕咕叫，王丽琴父母又不在，她一个人下厨，根本就忙不过来。

下午不到 4 点的时候，天已经彻底黑了起来，一个个的房间都亮起了灯，映照着白雪，显得十分漂亮。房间内大家自己动手，把炕给热乎乎地烧起来，不然晚上真的会冻死人。炕烧起来后，屋里暖烘烘的，众人先是休息了一会儿，各自烤了一下被褥、衣服、帽子手套和鞋等，然后再到郭志寅的房间集合，除了几位做饭的，其他人都到齐了。

众人聚在这里主要就是商量后面一段时间的工作安排，因为白天的时间特别短，要跑完所有的测试，再加上各种必要的修改调整等，至少还需要一个月的时间。时间非常紧凑，必须尽快安排好先后步骤顺序，对可能出现的意外制订好预案等。

此外，还有三产分公司的人要去尽量低价收购一些当地的土特产，这个工作也并不轻松。

他们是饿着肚子来开会的，屋里暖烘烘的，但因为人多也比较挤，大家基本达成一致后，有人来敲门了。

开门一看，原来是王丽琴叫大家去吃饭。大家十分开心，一哄而散赶去餐厅。

在餐厅，他们终于见到了王丽琴口中"正直善良慈眉善目"的王老虎，只见王老虎光着脑袋，满口脏话，一身肥膘，声若洪钟，把众人的耳膜都给震疼了。王丽琴的母亲在厨房忙碌着，她弟弟则负责端菜，半大的小伙子，长得也很精神。

"来了就是客，到了咱们东北爷们的地盘上，入乡随俗，大家先尝我家祖传的白肉血肠，然后干了这一碗烧酒。"王老虎十分好客，直接开了一坛酒，在炭上温了起来，然后一一给大家满上，连沈玉兰这样的女孩子都不放过，直接面前摆了一碗，沈玉兰闻着酒气都想吐了。王丽琴跟在父亲背后，给大家敬酒，看见沈玉兰的样子，就凑过来悄声说："玉兰，这一碗，我帮你喝了！"

说着，就把沈玉兰的酒全倒到自己的碗里。

二十多号人，其实也就坐满了两桌，桌上是煮得直冒泡的一锅白肉血肠。这个白肉，其实就是猪肉，血肠就是猪血，这是漠河当地特有的菜肴。当地人除了煮，还会蒸，在炖肉前，先把这个白肉放在锅里头猛蒸上一阵，然后再拿出来煮，这样先蒸后炖煮的白肉血肠当真是鲜美可口，里面再放些酸菜粉条，好吃得要化掉舌头了。

要知道，在东北，最受欢迎的就是炖煮，满满一桌的菜，就没一个炒的，全都是各种各样的乱炖，当然中间这一锅白肉血肠是最显眼的。众人来自西北，对这种东北风味的菜不能说很适应，但是架不住饿啊，闻到香气，众人是食指大动，连郭志寅都毫不客气地参与哄抢肉块，葛乃尔别看年龄大了点，下起筷子来也毫不含糊，吃得那叫一个爽快。

不光是吃得爽，还要喝得爽。长夜漫漫，无以消遣，难得客来，王老虎十分兴奋，拿出东北人特有的好客热情，逮着众人要干酒。

大家不便拂他的好意，再加上初到此地，未来借助当地力量，需要搞好关系，最重要的是，一路上十分辛苦，好不容易吃饱了饭，晚上又没事干，喝点酒帮助睡眠也是极好的。于是好酒之人便也碗到便干，和王老虎硬是连怼了好几回。郭志寅作为领导，也必须得喝，但是他有些疲惫，干了第一碗后便有些不舒服了，看到王老虎又找到他，便急中生智道："小超，过来！"

# 第6章　长夜漫漫

林超涵正边和凌霄强聊天，边吃得爽快，听得郭志寅叫，一个激灵，连忙站了起来："郭叔，在呢。"

郭志寅对王老虎道："我觉得，我们两个老家伙喝酒实在没意思，我们要充分发挥年轻人的热情，你说呢？"

王老虎笑道："你这人，不厚道，不喝就不喝，整啥玩意儿呢？"

"我的意思是，您看啊，这是我们厂里第一英俊潇洒倜傥不羁的好汉，最是有才，我们平时都当宝一样藏着掖着，不敢有闪失，但今儿个真高兴，我就决定了，把他推出来，跟您喝，我这是豁出去了！绝对是够意思的！"

王老虎疑惑地问："您这是说真的，这后生能喝？"

林超涵脸都白了，不能喝啊！

但这句话被堵住了，郭志寅哈哈一笑："绝非戏言，但是我认为啊，我们这小伙子不能跟您拼，年龄摆在这里，您最好也挑一个后辈来跟他斗上一斗。"

王老虎有点为难了，他喝得有点多了，脑子有点不太清醒了，但是他也意识到他的晚辈只有一个宝贝女儿在这里了。

不料，王丽琴自己站了出来，爽朗地一笑："呀，来，整就整呗。"冲着林超涵一笑，拿起一碗温酒递给他，自己也拿了一碗，碰了一下，一口干了，然后将碗口朝下，举起来四周一晃，竟然喝得一滴不剩。众人哄然叫好。

林超涵十分为难，这一下子，他想拒绝都来不及了，举目一扫，只见大厅里众人都望着他，十分兴奋，尤其是损友凌霄强，扯着嗓子喊，鼓励他喝下去，只有沈玉兰的眼里露出浓浓的担忧之色，让他心里不由一颤。

王老虎舌头有点打转了："你这个小子叫什么来着？"

旁边人提醒道："林超涵！"

"那个什么涵的，赶紧的，喝了，连我家一个小丫头片子都比不过，什么有才嘛。"王老虎哈哈大笑。

林超涵一咬牙，仰脖一倒，将整碗酒灌了下去，喝下去后，只觉肚子里仿佛有团火，一下子烧了起来，将整个人刺激得亢奋起来。

"再来！"林超涵低沉着嗓子喊道。

"好！"王丽琴喝完酒，也是双腮含粉，唇红如血，显得明艳异常。她麻利地再端上两碗酒，与林超涵对碰，再次一饮而尽。

这一碗喝下去后，林超涵就断片了。

第二天，头疼欲裂的林超涵是在沈玉兰满是关怀的目光中醒过来的。他呻吟了一声："水——"

沈玉兰连忙端过一杯热水过来，林超涵一饮而尽，才觉得舒服了一些。他努力地回忆昨晚的一些片段。

断断续续的，好像他当时喝了很多酒，和王丽琴，还有凌霄强的惊叹怪叫声，好像中间还忍不住吐了。

想到这里，一阵阵的呕吐感涌出来，他趴在炕边的床沿上喘着粗气，沈玉兰温柔地拂着他的背，软软的手掌，让他感觉很舒服。

抬眼看了一下沈玉兰，只见她黑着眼圈，显然没有睡好，林超涵满是歉意地说："对不起，麻烦你了！"

沈玉兰脸色微微一变，但也没有说什么，只是轻声说："下次，别喝那么多酒了。"

"嗯！"林超涵对自己的酒量心知肚明，点了点头，勉强爬起来了，问，"天亮了，他们人呢？"

"嗯，都已经去试车了！凌霄强都去了，他昨晚照顾了你半夜，我不放心，后半夜我主动来照顾你的。"沈玉兰解释道。林超涵和凌霄强是住一间屋子的，再说了，以两人的关系，凌霄强照顾乃是天经地义。

来不及多想什么，林超涵却猛然脸色变了："坏了，来这里试车第一天，我就因为醉酒错过时间了！这下子该挨批评了！"

"郭工也真是的，明知道你不会喝，还偏让你代他喝！"沈玉兰轻声地抱怨道。

林超涵苦笑，当时那种情况，郭志寅不推他出来，就只能推出凌霄强了，但是王丽琴会不会跟凌霄强干酒，还真不好说。他林超涵有这个分量，不作出牺牲还能怎么办？这还真不是林超涵自满，而是的确到现在为止，仅仅用了半年多的时间，他已经多次证明了自己。他年轻力壮，不站出来谁站出来？哪怕是在酒桌上。

有点荒谬，但是有时候是情势逼人而已。

算了，没有多想，林超涵挣扎起来，洗漱了一下。沈玉兰去拿了一些简单的早餐给他吃，没吃两口，差点又吐了，只好勉强塞一点就不吃了。

昨晚是来这里的第一个漫长的夜晚，想不到竟然是这么过的，林超涵有些郁闷，万一有极光看，岂不是错过了机会。

正对着沈玉兰说这些，帘子一挑，王丽琴精神奕奕地走了进来，跟林超涵萎靡不振的样子一比，还真是反差鲜明。

"放心，有极光，我会带你去看的，昨晚我已经答应你了！保证不会错过。"王丽琴信心满满地说。

"我有说这话吗？"林超涵怀疑地问。

"有啊，你当时跳到板凳上大声说的。"王丽琴嘻嘻一笑。林超涵狐疑地看了一下沈玉兰，只见她也没有否认，就知道自己昨晚不仅是喝醉了，还肯定闹了很多笑话。脸一红，就低头喝粥，不作声了。

王丽琴看着他和沈玉兰，反复打量了半天，突然扑哧笑出了声。

林沈二人疑惑地看着她，王丽琴笑道："看看你们俩的样子，活脱脱一对恩爱小夫妻！"

沈玉兰急声解释，王丽琴又笑道："好了好了，开玩笑的。对了，既然你俩不承认有关系，那这帅哥，我就要下手了，有错过不放过。"说着，当着沈玉兰的面，就去挽林超涵的胳膊，搞到他连忙躲避，十分尴尬。

现在外面正在轰轰烈烈地试车，林超涵其实心里非常焦急想去现场，但是仍然有些头疼。现在也没有心思理会这些儿女情长。

正想着，只见张司机推门进来了，笑道："小超，你感觉好些了吗？"

林超涵十分惊喜："张师傅，您没去现场吗？"

"没有，我专门留在这里等你啊，顺便带饭过去。"张司机解释道。中午他们在外面试车，时间非常宝贵，基本上不可能回来吃饭的，只能送饭过去。

"那好，赶紧走吧！"林超涵一刻也不想多留了。

在一边，听到他们的对话后，王丽琴突然道："我跟你们一块送饭过去！"

林超涵本想拒绝，但是张司机却开口道："没问题啊，一块过去吧！"他们对这个姑娘都很有好感，昨晚一通喝，海量的酒量让大家很佩服，直爽，不做作，让人讨厌不起来。

张司机答应了，林超涵只好带着王丽琴一起出发了。这还不要紧，要紧的是沈玉兰也赶着来了，她也是后勤保障组成员，送饭也是她的职责。

在车上，林超涵一左一右，夹着两个美女，看上去艳福齐天，但实际上，林超涵真是如坐针毡。

在试车现场，众人站在场边，盯着车辆潇洒自如地在雪野上撒欢奔跑，大家的脸上都比较放松。试车已经进行快两个小时了，到目前为止，居然非常稳定发挥。

看到林超涵来了，大家跟他打着招呼，也没有表示不满，然后大家上车吃饭，边吃边聊。听大家说，林超涵才知道，今天一早，他们就从屋里把前一天晚上拆下来的车辆电瓶装回去，然后点火就打着了，就按着计划赶过来进行测试了。

要知道，在极寒条件下，电瓶如果露天放，失电极快，第二天很有可能就没电了。点火还不一定能成功，前一天行车如果卷起的雪比较多，化成泥水喷在启动机之类的地方，或者传动轴上，会复冻成大冰坨，或者渗入缝隙结冰。曾经出现过启动机被冻住，发电机被冻住的情况，遇到这种事还得拿开水浇。启动起来还不算完，真正的考验还在后面。极低温度对于金属强度尤其是疲劳强度的影响相当大，以前那种镀锌管接头曾经冻裂过，还有就是加的柴油含水量大，管路里水结冰堵塞管路甚至撑裂的比比皆是，曾经就出现过一夜之后柴油漏光的情况。另外就是冻裂零件的情况，尤其是底盘承力件。大梁上用了大量的铆钉，早期都是热铆，铆钉头正火不合适的情况下在东北冻掉的也是家常便饭，所以车打着了都得反复检查一圈，发个车没有两三个小时绝对完不成。但是军车不一样，要求随时可开动，所以一般都装有预热系统，用小型汽油机做热源那种，给油箱油路、底盘、发动机冷却水还有电瓶加热。或者直接进车库，测试的时候一般是露天，放到彻底冷却，然后半夜最冷的时候启动预热，

10 分钟内完成预热发车，跑几十公里才算合格。

到目前为止，新款车表现良好，基本满足了这个需求，没有出现意外，大家对此都很满意。

看着测试车辆在雪野上跑得欢快，王丽琴显得特别兴奋。她都恨不得坐上去玩一把，最终却被拦住了。真是开玩笑，理论上，她都没有资格来看带有保密性质的军车测试，但是实际上，当地村民想看也就看了，不能拿人怎么的，所以没有人跟她理论这些。

更何况，吃着热乎乎的可口饭菜，也不能吃水忘了打井人吧。

# 第 7 章　冬至的极光

但是欢乐的时光总是过得特别快，转眼就天黑黑。

车队一行检查了一下车辆后，就往回赶了。

在车上，王丽琴特别兴奋，一边拉着林超涵，一边拉着沈玉兰，噼里啪啦说个不停。她回村里也有两年时间了，这是她接触过的最大的一宗生意了，车队一行人要在这里吃住一个多月，这开销相当于他们家过去一年能够挣到的钱了。

最重要的是，这个村子住户零零散散的，加起来不到百户人家，年轻人更是稀少，难得看到沈玉兰这样的同龄人，或许是因为寂寞的缘故，她的热情都有点让人招架不住。或许是因为长年处在严寒环境的缘故，东北人性情耿直，豪爽大方，这点在王丽琴身上更是显现得淋漓尽致。

沈玉兰敏感地意识到，这个王丽琴尤其对林超涵感兴趣，经常缠着他问东问西。王丽琴并不是完全没有见识过世面的村姑，她主要的活动地点其实是在城里，但是她对东北以外的地方则是完全陌生，很是好奇向往。

特别是像这样一行车队，来这里试车，还带着军方的色彩，这在王丽琴的心中还是非常神秘的。当听说他们其实也来自大山沟里时，她有点难以置信，在她想象中，能够造汽车的工厂，就应当像画报里那样，高大威猛的机械车床和厂房，她实在无法相信能够在山沟里生产出这样造型粗犷威猛的重型卡车。

一路闲聊，林超涵向王丽琴介绍自己这些人是怎么艰苦奋斗从无到有制造重卡，终于让王丽琴相信，这些车是他们在山沟里制造的，她忽闪着大眼睛，用钦佩的语气说："你们老厉害了，哥！"

在天黑前，众人都赶回了王家院落。王家已经在准备晚饭了，郭志寅见到厨房热闹的动静后，有些发怵，对王丽琴说："丫头，今晚能不能跟你家老虎同志说说，不要再喝那么多酒了？你们的美意我心领了，但是我们这批人，每天都要跟数据跟机器打交道，头脑必须得保持冷静，不能再喝了！"

王丽琴一口应诺下来，可是她还没有来得及说，只见昨天来过这里简单交流的村干部又来了。村干部也姓王，大名东关，是这里的村支部书记，他拎着两条鹿腿，怀里还揣着两瓶酒走了过来，豪爽地打招呼："那个，郭总，昨天实在是不好意思，家里那婆娘事多，没能陪你们喝两口，今天来整两盅。"

郭志寅心里叫苦不迭，这大长夜的，人家一番好意，不能不领了。

于是这天晚上难免又一顿大酒，王老虎仍然来作陪，把西汽一干人等再次干得人仰马翻。至此，林超涵才算是明白了，为什么前辈们说起来试车的往事，都是既惊惧又垂涎，都是这酒文化给闹的啊。

凌霄强当晚被当作靶子给推了出来，喝得酩酊大醉。把他干翻后，村支部书记这才心满意足地醉醺醺地回家了。

林超涵则总算逃过了魔爪，当晚十分清醒地回到了房间，为了照顾凌霄强，他只得强打精神尽量不睡觉。

长夜漫漫，躺在炕上，听着凌霄强粗声粗气的呼噜，伴着冲天的酒气，他皱着眉头捂着鼻子，不由得对凌霄强十分佩服，想必这小子昨晚上也是这么陪自己的。

躺了半天，他实在是睡不着觉了，就点着灯，坐在屋子里翻起书来。

突然，传来一阵阵重重的敲门声，他有些讶异地开门一看，竟然是王丽琴。她穿戴整齐地站在门外，十分兴奋地说："走，今晚别睡觉了，出来，我带你们看美景。"

"啊？你说真的？"林超涵本来有点乏了，听到王丽琴这么说后，立即兴奋起来。

他匆匆地穿戴整齐，来到院子里。听到响声，出来的还有好几个人。

沈玉兰也被拉了起来，她本来不想凑热闹，但是禁不住王丽琴兴奋的召唤，也走了出来。

众人屏着呼吸站在院子里，此时，极地村仍然被笼罩在黑暗中，但是星星般的灯火却映衬着雪原，静谧中透着一种无声的热闹。

就在这时，突然天边微微扫过来一束光线，这束光线像是一种信号。突然间，天边出现了一片绚烂至极的光线，就在一刹那间，占满了整个天空。

"哇！"院落中的众人忍不住都发出惊叹声。

这是何等灿烂和美丽的景象啊，那成片的光线，色彩斑斓，缤纷奇异，形状多变，似是那铺开的扇子，又像那一缕缕舞动的彩带，难以尽述。赤、橙、黄、绿、青、蓝、紫各种颜色相间，天地之间像是变成了一个无垠的舞台。雪原的雪被色彩渲染，山峦殷红如血，原野树林则是色彩斑驳，各种景象交织，变幻成你能想象到的任何物体，如梦似幻，极不真实。但是此时却真实发生着。众人环顾四周，每个人的身上都流光溢彩。

"这就是极光吗？"有人喃喃自语，"太美了！"

这是无法用语言描述的自然奇观，也是时光都无法再现的瞬间震撼。

沉浸在这奇妙的自然景观中的众人，都被这大自然展现的奇观给震慑住了，大部分人都没有说话，只能拼命地抬头看向天空，低头看向四周。

有人冲出院子，看整个极地村，这里视野开阔，四周看得一清二楚。

大家都想把这一刻的美丽景象深深刻在自己的脑海里。

很快，极光突然黯淡了下来，很快就消失得无影无踪，留在四周的只有呼吸声和脚步声。黑暗再次笼罩大地，极光村再次静谧得像是从来不曾有人光顾过，如果不是还有零星的灯光点缀，大家都不敢相信这是一处有近百户人家的村落。

回过神来的众人发出了深深的叹惜声，怎么这么短暂呢？前后不过数分钟而已，极光就已经消失了。这次大家也带了照相机过来，但是在这种天气里，都不敢拿出来使用，万一一个不小心，就报废了，那就后悔莫及了。

所以这极光，大家就没有记录下来。

众人叹惜着，满足着，各自回屋了，只有林超涵有点不解地问王丽琴："你是怎么未卜先知，知道今晚能够看到极光的？"

林超涵没有特别查资料，但也知道，这种自然现象在极地村出现的频率并不高，每年出现的次数两个巴掌可以数得过来。王丽琴是怎么预知的，当真是难以理解。

王丽琴得意地说："这就是当本地人的好处了，极光出现，总会有一些预兆的，再加上去年这个时候晚上就出现过几次极光，所以只要每晚这个时候守在这里，就能瞎猫撞上死耗子的。何况，今天冬至，你不知道吗，冬至出现极光的概率会大很多。"

林超涵惊讶："这么说，你并没有十足的把握今晚会出现极光，要是没出现……"他没有说下去，心道，自己这运气也太好了，才第一次出门，就看到了极光。

王丽琴笑着说："昨晚我也喊你们了啊，只不过你喝醉了，没有出门而已。不过，昨晚什么都没有，想不到咱们运气这么好，第二个晚上就看到了。"

林超涵闻言，也十分开心，自己还真是运气超好，第一个晚上就看到了极光。

沈玉兰被冻得不轻，跺着脚说："我们回去睡觉吧，外面还是太冷了！"这可是零下三四十度的天气，晚上出来，兴奋劲过去后，剩下的就是极度寒冷了。

王丽琴拉着她说："晚上那么长，睡不着，不如我们聊聊天吧！"

林超涵一听颇为赞成，他也睡不着。这夜实在太长了，在学校里，他每晚都起码是 11 点过后才睡觉，回厂里后作息也差不多，如果不是太累，一般都要很晚才睡觉，突然要睡这么长一个晚上，实在是太难熬了。

沈玉兰一看他意动了，也就不坚持了，于是三个人就回到林超涵的屋里聊天。把炕烧得更暖和些后，三个人摘下厚厚的衣服，把可怜的凌霄强推到一个角落里，盘坐着聊起天来。

三人天南地北地闲扯了起来。其实一直以来，沈玉兰话不多，她害羞的性格其实是内心有些自卑，这半年来，离开了家庭环境，逐渐敞开了一些心扉，也能和两人有说有笑起来。

王丽琴谈起了极地村的一些趣事，林超涵也讲了一些他的见闻，都是年轻人，精力充沛，越聊越开心。

不知不觉，时间就悄悄流逝了。

# 第 8 章　总是有些意外

林超涵询问起当地的一些名胜风景，王丽琴就介绍了漠河的一些风光，当听到这里已经相当靠近俄罗斯边境时，林超涵一下子就提起兴趣来。

俄罗斯当时正处历史的特殊时期，苏联轰然倒塌后，继承了苏联遗产的俄罗斯对全世界来说，就是一团迷雾。这是一个翻天覆地的时代，外部世界的人从报纸电视上的报道里看到它的形象，难以尽述，一方面，苏联那种威慑感依然存在，但另一方面，一个解体分裂出来的俄罗斯，还有几分苏联风采，是不好说的。

从苏联解体联想到西汽的现状，林超涵都有些坐不住了，他想到，偌大的西汽，现在的方向和前途依然还不是很明确，未来真正走向市场，能不能经受得住考验，保住现在的一亩三分地呢？若不是自己的父亲，自己会把前途命运绑定在西汽这条正在暴风雨中艰难前行的船上吗？

林超涵仍然还很迷惘，忙碌了大半年，他觉得自己的内心还没有完全落定下来。

直到王丽琴大声地说："喂，喂，你听我说话了吗？我说我带你们去湖里捕鱼，听到没有？"

"啊？捕什么鱼？"林超涵从沉思中醒过来，一脸迷茫。

王丽琴摸着自己的额头叹了口气："难道我就这么不受待见，说了大半天冬捕的事，你都没听见吗？"

"真抱歉，你再说一遍，我刚才想到其他的事了，分心了。"林超涵皱着眉头把凌霄强伸出来的胳膊塞进被子。

王丽琴又说了一遍。原来她说，明后几天当地特有的弯月湖里会进行冬季捕鱼，王老虎也要去打几条新鲜的鱼，做点特色鱼汤，准备给西汽一行人改善伙食。

林超涵为难地说："我是向往已久了，但是我们白天还要试车啊。"

"真没劲，那么多人，非得要你去？"

"我还真得去。"林超涵苦笑。开玩笑，如果跑到这里来，不试车，却跑去跟人打鱼，这事怎么也说不过去了。

沈玉兰解释说："超涵哥，别看他年轻，他可是厂里样车试制组里不可或缺的成员。"她的语气坚定，还带有说不出的自豪感。这让林超涵有些意外。

王丽琴翻了个白眼："知道了，他牛。这样吧，玉兰，这两天我们俩去。"

沈玉兰想了想，做些鱼汤改善伙食也是必要的，本来她们几个女生就是保障服务的，本想着饭菜全部自己包了，想不到主家很好客，省了很多事，但该做的还是要去做。

第二天，试车继续。这次试车，选择了这里有名的九曲十八弯的盘山路。

林超涵准时起床，跟车了。

看着葛老头驾驶着样车在前面惊险地在雪地上飙车，林超涵都有点心惊胆战，这次没有人敢坐着跟车了，这种测试真有危险。

当然危险是相对的，对葛老头这种牛人来说，就算是身体过了巅峰年龄，驾驶起来依然轻轻松松。在他看来，这都是小儿科项目，只要车子本身没大问题，他就没有问题。

众人跟在后面正常行驶的车上，一边盯着前面的样车，一边讨论，照这样顺利地进行下去，是不是会提前结束这次测试？郭志寅一句话泼了冷水："别太乐观了，现在没出问题，不见得是好现象。"

该来的意外还是来了，但这次的问题不是特别大，但也比较让人心烦。

百密一疏，油箱果然出现了问题，但是问题让人哭笑不得。因为油箱用两道钢带箍着固定在大梁上，箍是钢的，油箱是铁皮的，钢碰铁时间长了肯定出问题，所以在箍和油箱之间会垫一圈橡胶皮做缓冲，同时增加摩擦力。

结果这次车跑到半路上，还没进东北的时候出了问题，修理油箱的时候，随便换了块橡胶皮。这个橡胶皮耐寒性极差，刚开始测试的时候还没问题，但连续跑了两天下来，就听见后车身叮当乱响，下来一看油箱已经快掉了，橡胶皮早就成碎末了，油箱差不多快撞漏了。

这个橡胶皮当地是没有备件的，而大家事先想到了各种问题，就没有人想过这个会出问题，所以路上也没有备份。

这次开来了两辆测试车辆，虽然只有一辆车出现这种问题，但是另外一辆车如果不更换橡胶皮，是没法开回去的。没办法，一边继续测试，一边去村委会给厂里打电话汇报情况，要求厂里千里再送来橡胶皮，厂里听闻后也是无可奈何。

最后郭志寅和林焕海商量，先暂时测试一辆车，另外一辆车就拖回去，等待厂里再派车增援。这增援还不是立即就出发的，还要再等几天，看还有什么遗漏的一起再送过来。

把这辆坏车拖回去也是费了九牛二虎之力，一直忙到天黑都没有完，只好先行返回，第二天再想办法拖回去。一来一回，又耽搁了很长一段时间。

而郭志寅则通过和林焕海的电话，告诉了大家一个更让人震惊的消息。原来，厂里发生了一件大事，前几天刚开除了一个车身分厂车间的生产科长。

这个家伙，竟然吃里爬外，将大梁的原料锰钢板装在车底下，往外偷运卖钱。他自以为做得高明，当时车间里每天会有大量原料和工具运进运出，他就伙同几个手下，将锰钢板装在一堆运出厂的废料底下。

谁知道，刚到厂门口，就被保卫科的人拦下来了。门卫室的人将车子掀了个底朝天，当场发现了一块锰钢板。

当即就追查下去，追查到了这个生产科长头上，这个生产科长一口咬定，是自己疏忽大意才没看见车上的锰钢板。

可惜他的手下胆小，承认是受他指使，这个科长在如山铁证面前才低下了头。这件事在全厂掀起了轩然大波，西汽历史上从来没有出现过这样恶劣的事件，竟然有人往外偷卖生产原料赚钱，这事简直是在打所有西汽人的脸。

林焕海震怒，当场宣布开除这个科长并立即报警处理，后来那个科长被判了刑。

表面上，这是门卫室的功劳，但实际上，这是凌霄强老爹的功劳。他是一个技术工，但不代表只会埋头干活，有些异常现象他早就察觉到了，上次在林家吃饭时借机向林焕海报告情况。

这个事件的问题在于，这个科长为什么要这么干。表面上原因很简单，是为了挣点外快，但是经查，这个科长并没有像他所说的赌博欠了外债，也没有急需用钱的地方，厂里也没有拖欠他的工资，他日子过得还挺滋润的，为什么要干这种事情？大家实在是想不大明白。这个科长极其嘴硬，一口咬定自己就是想挣钱，扛下了所有责任。

林焕海私下里对这个科长的目的有所怀疑，他怀疑此事另有主谋，但查无实据，就只能罢手了。

郭志寅向所有参与试车的人通报了此事后，有些认识那个科长的人也是颇为不解，这个人的人品风评并不差，为什么要干这种吃里爬外的事，实在想不通。

私下里，郭志寅对林超涵偷偷说："这个人，恐怕背后有更高层的人指使。"再细就没有往下说了。林超涵听了有些愕然，他都没有听明白。

这件事成了一个谜团，直到很久之后大家才恍然大悟。

# 第9章　等待

在等了近一个星期后，一批新的物资终于从西汽运了过来。

坏掉的油箱修好后，整个测试组再次被激活，全天满员地进行测试。林超涵也忙碌起来，每天早出晚归，在这茫茫的雪原上，西汽的车队到处出没。

他们蹚过深深的积雪，走过冰封的湖面，驶在无边的旷野，爬过陡峭的山坡。

中间居然奇迹般地再没出现严重的大问题，都是一些现场即可修理的小问题。

后面的试车按照计划继续进行，白天能见到阳光的时间仍然很短，又遇到了一些小故障，依着发现问题解决问题记录方案的步骤，一天天的日子就过去了。

没有什么特别的事情。

如果说有，每天回到王家院落休息的林超涵，总是被王丽琴缠上，今天不是让他帮忙一起送个货，就是明天跟他一块去林子里打个猎，特别偶尔有点休息时间的时候，王丽琴是绝不让他一个人轻松休息的。

有时候这姑娘还单独给林超涵煲个人参汤什么的，大晚上的借口聊天打牌，去林超涵的屋子里给他送汤。最关键的是，她总有花式的借口，总能让人无法拒绝。

她每次端来，还把沈玉兰一块拉来，表示主要是给沈玉兰补补，瞧她瘦弱的。

沈玉兰很想说，你哪里看到我瘦弱了？但是架不住王丽琴一句又一句的热情话，也只能喝了。

凌霄强看得酸溜溜的，对林超涵的人见人爱表示了不满，但好在，林超涵喝参汤，他也能跟着沾沾光，因此倒也没说啥。还别说，这参汤喝了，确实浑身发暖，白天出去也能扛多了。林超涵觉得这玩意儿应该优先老同志，但是开玩笑，老同志一个个跟人精似的，谁会掺和小年轻们的游戏。没有人跑过来跟凌霄强开玩笑，就是最爱凑热闹的夏万成也关门闭户，呼呼大睡不理会他们。

日子就这样一天天过去了，很快，测试的科目基本上完了，三产分公司的人带着人四处搜罗，特产也购置得差不多了。

要说这段时间，最感到麻烦的人不是别人，而是何云。这天寒地冻的，一堆人在外面跑，没事就落个冻伤太正常不过了。这个可不是开玩笑，需要及时处理，否则情况严重的话，截肢的危险都有。虽然带足了药物，但是处理起来也非常麻烦，涂抹冻伤膏算是小情况，皮肤出现较大面积冻伤的时候，还得打破伤风针。

何云作为厂医，尽职尽责照料伤员，一个多月下来，几乎是人人都或多或少带着伤了。比如林超涵有次踩滑雪摔了一跤，鞋子都甩出去了，当时脚就快冻麻了，把大家吓得够呛，幸好何云正好在现场，及时处理，才没出现大毛病。要是来试个车，把脚给丢了，那可真是冤枉得紧了。

就这样忙忙碌碌的，抬眼一掐时间，他们发现，已经是腊月底了。

抬头一看，极地村的村民们已经开始张灯结彩，准备过小年了。

小年夜的晚上，王家院落非常热闹，王老虎同志喝得满面红光，村支书和几个村干部在家里吃完后，居然大晚上的也赶了过来，要跟西汽的同志们一醉方休。

西汽方面，也因为测试顺利，一个个非常放松，有酒量没酒量的都开始拼了，大块吃肉，大碗喝酒，搞得像是梁山好汉聚义一般。

林超涵、凌霄强和沈玉兰、王丽琴、何云他们本来坐在一起，但最后，林超涵和凌霄强被拉去拼酒了，只剩几个女孩子在那里看着男人们狂欢。

沈玉兰和王丽琴两个女孩年龄相仿，坐在那里窃窃私语。

"你是不是很喜欢林大哥啊？"王丽琴突然很直白地问。这段时间沈玉兰和林超涵的纠结关系看得她都别扭得发狂了。

"这个，我们还是谈别的吧……"沈玉兰有点发愣，没有直接回答。

"装，你就装吧！"王丽琴的口气有点鄙夷，"你说你们两个人，天天装得像是啥事也没有。我就不信了，干柴遇烈火，会没事？"

"真的没啥事。"沈玉兰有点无奈，这事怎么解释呢，"何况林大哥是有女朋友的人，他女朋友在美国呢。"

"那你这林大哥可真不厚道，吃着碗里看着锅里的。"

"你不能这么说他，他不是这样人。"

"我看就是！"

看着沈玉兰有点生气了，王丽琴又笑嘻嘻地说："其实他是这样的人也没有关系啊，我都有点喜欢他呢。"

这话听得沈玉兰心一颤，夹的菜一下子就掉了。

"别紧张啊，我可不跟你抢，我就说说而已。"王丽琴仍然笑嘻嘻的，风情万种地看着酒桌上正在和王老虎干酒的林超涵，眼神里确实透露出一种别样的意思。

沈玉兰不知道说什么好，东北姑娘都这么直接的吗？当着她的面就敢抢自己的爱人？呸呸，什么时候成了自己的爱人了？沈玉兰脸色变幻不定，心里复杂得紧。

这一个月相处下来，大家说话也比较随意，沈玉兰也不好意思多说什么。

正想着，王丽琴拍拍她的胳膊："哎呀，我说你想这么多干啥？不如跟我一块去整几口？"

沈玉兰连忙摇头，开玩笑，这酒是什么好东西，她是绝对不会沾的。

王丽琴也不介意，端起碗自己就上去了，对着众人先干了一碗为敬，然后就挨个地敬酒，着实把西汽的人再次吓了一跳。这姑娘，竟然是千杯不醉，喝了多少，跟没事人似的，不愧是东北好汉！不对，是东北好娘们……也不对，是东北女中豪杰。

这一个小年夜，过得非常热闹，连续多次醉酒的经验，也终于让林超涵有了些长进，居然硬撑着回到了自己的房间。当然沈玉兰还扶着他，而王丽琴则是被她弟给硬拽回去的。

到了房间后，林超涵醉眼蒙眬地看着屋顶，突然冒出一句："季容，真想你啊！"说着伸手去拉住沈玉兰的手，还想说点什么，然后终于撑不住，翻倒在炕上了，鼾声如雷。只留下沈玉兰心里乱哄哄在那里不知所措。

极地村的冬夜再漫长，太阳也有升起来的时候。

等太阳再次升起来的时候，郭志寅召集大家，讨论归程的准备事宜了。但这个时候，一个意想不到的麻烦突然出现了，天色暗了起来，鹅毛大的雪又飘了起来。

这些天，他们经常碰到大雪的天气，但是总体还好，这里的雪虽然大，但下个大半天也能停，虽然对测试有一些影响，但不是太麻烦。

然而这次，雪整整下了两天两夜才停。

在这期间，天黑得跟锅底似的，道路完全被覆盖，根本没有办法出车了。

天这么冷，他们还得每天起来定时给油管等用喷灯烤暖，非常辛苦。但是没有办法，必须得做好随时出发的准备，否则他们就该在极地村过年了。

现在测试已经完成了，原计划大年二十八就赶回家，现在看，大年三十能赶回去就算是烧高香了。

这两天，他们急得热锅上的蚂蚁似的，大多数时间只能在屋里头转圈，消耗粮食，但是办法一点也没有。

好在存粮丰富，王老虎同志未雨绸缪，喜笑颜开地留西汽众人在极地村过年，但是西汽众人归心似箭，心急如焚，哪能够安心稳住。

而最开心的是王丽琴，她除了干活，其他时间都跟林超涵他们待在一起，有说有笑，仿佛那天晚上喝酒撒欢的是别人，跟她没有任何关系。

# 第 10 章 雪原突围

倒是沈玉兰，这些天除了在厨房帮忙外，就喜欢窝在自己的屋里，不愿意出来跟林超涵、凌霄强和王丽琴等人嬉闹。除了吃饭前后能看到她，其他时间都不见她，仿佛一下子就把自己给封闭起来了。

王丽琴屡次想生拉硬拽沈玉兰出来聊天，但沈玉兰总是在忙碌着，好像有干不完的活，只能放弃。

沈玉兰好像对外部的整个世界都失去了兴趣。

凌霄强疑神疑鬼地对林超涵说："老实交代，你是不是酒后对人家做了什么？"

林超涵冥思苦想，死活也记不起来喝断片后对沈玉兰做过什么事，恼怒地道："这不屁话吗？咱们俩一个房间，我做啥事你能不知道？"

凌霄强闻言不由得点了点头："那倒也是……咦，不对，那天晚上我醉得更离谱，你做啥了，我哪里知道啊？"

林超涵道："你那么聪明的人，谁知道你是不是装醉啊？你躺在那里，我敢做啥？"

凌霄强听后脸上笑嘻嘻，心里头却道："这小子心虚了。"

王丽琴性情开朗，没有沈玉兰，她自己一样找上门来聊天。海阔天空，天南海北，就没有这丫头不感兴趣的。

但雪总是要下完的，第三天，雪终于停了。

这天早晨，看着大雪后的道路，西汽人都傻眼了，雪已经埋到了车轴辘那么高了，道路根本看不见。

整个极地村，彻底被雪给包围淹没了。

登上驾驶室，一看四周，天地白茫茫，原野上除了白桦林、松木林等，几乎看不见任何有意义的标识物。

与长辈们紧锁眉头不同，年轻人看到大雪后反而更加兴奋了，林超涵和凌霄强站在院子里放声高歌，是当时流行的一首港台歌曲。

听着歌曲的豪迈与浪漫，郭志寅不由莞尔一笑，拍了拍林超涵的肩膀道："果真少年不识愁滋味，为赋新词强说愁。"

林超涵不认同了，对郭志寅说："少年其实烦恼更多，只不过少年人的烦恼大人常常不认同，以为只是幼稚罢了。比如说少年们有做不完的作业，影响了游戏玩乐的时间，但对大人来说，做作业比游戏重要得多，不会理会少年们的烦恼。反过来，少年人也不见得认同大人们的烦恼。比如这场大雪，郭叔你们觉得是上天的惩罚，要是早一天完成测试可能就走出去了，但对我们来说，无非就是一场大雪而已，平添兴致，而且增加人生经验阅历，有何不可呢？"

郭志寅被说得有点噎住了："可是没法走的话，就没法回去过年了！你看看这里这么多人，有多少个家庭，都在等着我们回去呢，都是家里主心骨，不回去过年，你说家里会不会着急，会不会烦恼啊？"

这个郭志寅是说真的，他们真的是被困在这里了。刚刚王老虎跑了趟村委会，听到的消息是村委会那里的电话线好像给冻坏了，打不出去，也接不进来。现在他们算是与世隔绝了。

林超涵点了点头："倒也是呢，其实我们还好，回不去家里也知道我们在干什么，你看那沈玉兰，要是赶不回去过年，估计他们家里该闹翻西汽了。"

郭志寅点点头："这丫头家里估计这会儿已经闹上来了。回去后不知道咋收场。"

林超涵吓了一跳："不会吧？"

"当然会了。她是当地人，家里长时间没她音讯肯定会找上门来问的。这也就罢了，马上要过年了，也没见到她的人，拿不到她的工资收入，家里搞不好连年货都办不好了，你说她家里会不会找上门来？"

"那还真是，问问她去。"

"问也白问，她也不知道。但是事情是可以猜到的，小伙子，你的人生阅历还是太浅了，在当地，像她这种岁数，一般小孩子都能打酱油了，你猜猜，她家里会怎么做？"

"逼她回去结婚？"

"差不多了，至少要相亲吧。她跑出来，你猜猜她家会不会大闹西汽，说我们把他们女儿拐跑了？"

"有这种可能性。"

"唉，想想真可怜，沈丫头看来回去就得被她家里人给捉走嫁给一个山里的老光棍了。"

"岂有此理，绝对不能让他们得逞。我们得帮她！"

"怎么帮？我们帮不了的。"

"这个……"

"你心里很清楚啦，你只要当她家面宣布，说你准备娶沈丫头，再送点礼物，保准她家欢天喜地，啥事没有。"

"啊……我不能啊，我有女朋友的。"

看着低头不语的林超涵，郭志寅拍着他的肩膀，谆谆教导："小超啊，你忍心看沈丫头嫁给一个瘸腿的老光棍吗？"

"当然不乐意，但……"

"哪有什么但是的。你可以假装宣布啊，先用缓兵之计嘛。到时候沈丫头找到如意郎君，自然你就解脱了。"郭志寅循循善诱。

"好像也只能这样。但是，就不能让其他人假装一下吗，比如小强同学……"

"拉倒吧，你不知道沈丫头脾气啊，内刚外柔，到时候来个誓死不从，一怒之下，搞不好最后就得嫁给瘸腿瞎眼的老光棍了。你想想她，一个娇滴滴如花似玉的漂亮姑娘，嫁给一个又瘸又瞎，关键是家里条件不好，脾气暴躁，动不动还打她的老光棍，那是何等凄惨的局面。"

"别说了，我同意了！"

"你可是自愿的？"

"绝对自愿的。我不入地狱谁入地狱啊！"

郭志寅十分满意地又拍了拍林超涵的肩膀，脸上笑意盎然。

"郭叔，你怎么想象力这么丰富啊？刚才还只是个老光棍，怎么又瘸又瞎了呢？"林超涵觉得有点不大对劲，不是讨论少年谁更愁吗？怎么被绕进去当新郎了？

"啊，哈哈，你知道的，叔叔家里的婶婶，没事订了本杂志，叫《知音》。里面那些故事不都这么写的吗？"郭志寅打着哈哈，转身离开。

"咦，你居然还看这么八卦的书？"林超涵好奇道，转头又想道，"莫非这两天，她闭门不出，就是因为担心家里的事？"

他正喃喃自语，回头一看，发现凌霄强和王丽琴两人正笑眯眯地看着他，显然刚才他和郭志寅的一番对话他们都听见了。

王丽琴露齿一笑："哥，恭喜你，要当新郎官了！"

凌霄强同情地看着他，拍着他的肩膀，却没有说一句话。林超涵知道这家伙心里肯定乐翻了，又有热闹可瞧了不是。

"谁敢说出去就跟谁翻脸！"林超涵当机立断，知道无法解释清楚，索性威胁。

王丽琴立即捂住嘴巴，眼睛里却满是笑意。

当天，整个极地村能动弹的老少爷们全都出动了，在热情的村干部们鼓动下，全村人被发动起来清扫道路上的积雪。

还别说，人多就是力量大，西汽的人也全都上了，全村上百号人，一起出动，还是颇见成效的，铲的铲，扫的扫，道路很快就被清出一段了。

西汽方面还大开脑洞，把一辆车简单改装下，把车上备的一片钢板给拆下来，装到车头前，就权当是铲雪车了。

这一铲下去，雪就被推到两边，然后一群汉子跟上去，扒的扒，铲的铲，清的清，将积雪给铲到道路两边，给改装的铲车清空障碍，然后再一铲子推下去，周而复始，效率虽然没有专业铲车快，但总算是省了很多力气。

刚开始村里面的路清起来比较困难，到真正的马路，反而清起来要容易一些。

就这样，大家像愚公移山似的整整干了两天活，终于清出了极地村通往外面的道路。

当天晚上，极地村的村民们和西汽众人像过节似的，狠狠地又喝了不少酒，这两天可把众人给累坏了。

郭志寅为了报答村里，在计算过用量后，从储存的汽油中倒了一些，送给了村里和王老虎。这可是个好东西，没人不喜欢的。他们这里离加油站很远，村里加王老虎家里的车，虽然有几辆，但是不敢随便开，一开没油就麻烦了。郭志寅雪中送炭的行为，让村里对西汽立即好感度倍增，又送了不少珍藏的东北野味给西汽。

离除夕已经非常近了，按照正常的行速，此时要赶回西汽过年，恐怕是不可能的了。第二天天色刚刚蒙蒙亮，炊烟还没升起的时候，西汽已经人上马刀出鞘了。

他们早早起来，用喷灯将油路全都烤了一遍，再分别试了一下发动机，确保车子没问题。

而王家则是一晚没睡，备了一桌丰盛的早餐，让西汽众位英雄好汉饱餐了一顿，还准备了一些路上的干粮，有馒头包子玉米饼什么的，到时候他们自己放到发动机上烤烤就能吃了。

归心似箭的众人谢过王家之后，就各自上车，一辆辆地发动起来，准备踏上归途了。王丽琴和林超涵等人这一个多月已经建立了深厚的感情，此时十分难过。她拉着沈玉兰的手，一直在说着悄悄话。

林超涵正要上车，突然王丽琴冲了过来，她的鼻子冻得通红，眼圈也是红红的，不顾众人惊诧的眼神，紧紧地抱了林超涵一会儿，才推开他。

"不要忘了我！"王丽琴的眼神里满是不舍。

"不会忘了你的！"林超涵百感交集。

车子缓缓发动起来了，从车窗，林超涵看到，王丽琴一直在挥动着双手，直到车子驶远，整个极地村变成白茫茫雪原中普通的一隅……

# 第 11 章　狂奔的除夕

凌霄强酸溜溜地说："小超啊，你真是人见人爱花见花开啊！"这也不知道是他第几次酸溜溜了。林超涵没好气地白了他一眼："谁让你自己不争气！"

沈玉兰听到后，扑哧笑了起来，这事跟争不争气有什么关系？

凌霄强叹道："既生超，何生强啊。"

林超涵一个巴掌盖在了他的后脑勺："都是你想歪了。"

凌霄强怪叫一声，对沈玉兰喊了声："你知道谁要做新郎官了吗？"

林超涵急了，死死地捂着他的嘴巴，气急败坏地说："敢瞎说，回头找一针线把你的嘴巴给缝起来。"

凌霄强好不容易挣脱后，叹道："你这太狠毒了点吧，重色轻友啊，天下第一损友！"

林超涵见沈玉兰别过头看车窗外，不知道在想啥，松了口气，对凌霄强说："我记得当时说过让你带小金库来的，待会儿是不是掏出来，给我们使使？"

"使啥？"凌霄强警惕地捂着钱包。

"笨蛋，我们就这么空着手回家里？不得买点什么东西回去孝敬老人啊？"林超涵说着，使了个眼色，凌霄强顿时会意，其实他是要帮沈玉兰，这丫头基本上工资都孝敬了家里，身上没什么钱，回家如果什么年货礼物都没办，肯定会被骂。

凌霄强点了点头，眼神鄙夷地看了一下眼林超涵。那意思林超涵秒懂了："装什么大尾巴狼啊……"

而在另一辆车上，郭志寅正在和葛乃尔、陈培俊聊着天，与其他车上或一脸焦急或是欢天喜地的状态不同，他们的脸上都是忧愁。

"这次试车，基本上比较顺利。"另一位跟车的三产公司的人比较开心，他的任务这次超额完成了，不经意地说，"我看几位脸上都不太高兴呢？"

陈培俊回答说："正是因为比较顺利，所以我们才有些愁。"

"啊？这有什么好愁的，说明我们设计制造都很好啊！"

"不是这样的……"陈培俊摇了摇头，没有接着往下说。

"你知道我们为什么不停地测试吗？"郭志寅问。

"这个……不就是为了找出问题加以解决吗？"

"对啊，我们这次其实并没有找到真正的问题，所以这次测试，我们是失败的。"葛乃尔边开车边叹道。

"啊？"那哥们有点脑筋转不过弯来了。

郭志寅也没有解释，只是叹道："我们知道应该有问题，但是正因为没有发生问题，所以我们的问题是，不知道问题是什么，下次如果在关键时刻暴露出来问题，恐怕会是我们的大问题。"

"好吧！"被这个辩证法打败的哥们颓然地靠在椅背上，他觉得，以他的智商，这辈子他估计都理解不了。

这一辆车上的气氛比较沉闷，林超涵车的气氛比较诡异，但其他几辆车上，基本上都是欢声笑话。

一个多月了，成天待在冰天雪地里，大家都觉得自己的思想也变得纯洁雪白了。

行驶在路上，路边的风景虽然也是白色的多，黑色的少，绿色的偶尔可见，土黄色的房子到处都是，但好歹有生气多了。

在极地村，那里的景色再美，人再纯朴，也有呆腻的时候。人为什么比猿猴高级，就是因为人是社会动物，脱离了社会，就失去了为人的乐趣了。

所以回到久违的繁华世界，哪怕只是在车上一晃而过，但看着也让人心情愉悦。

唯一比较遗憾的就是，时间太紧张了，他们可不想在正月赶回厂里。

司机们开车也变得异常生猛起来，虽然腊月寒天，但是军车本来性能就比普通车辆要强一些，而且挑选出来的司机也是个顶个的好手，因此，从极地村跑到东北省城，一路狂飙都没有什么事。

在省城，他们按计划要逗留一下，主要是补充给养，后面几天他们打算连夜赶路，因此有必要做一些物资补充，避免临时出现状况，那就叫天天不应叫地地不灵了。

别的不说，他们得备好食物，连续赶路就不打算下车用餐了，虽然也耽误不了太多时间，但是毕竟时间宝贵，所以他们购买了大量能够充饥的方便食品和水。还好，这个时期的中国，到处物资已经比较丰沛，他们采购一番后，就立即上车出发。林超涵和凌霄强趁机扫荡了一些年货，准备到时候除了自留一点外，全部送给沈玉兰带回家。

他们就这样紧赶慢赶，本来五天的时间，用了三天就跑完了，因为一直待在车上，每个人都神情疲惫。尤其是司机师傅，更是熬得一个个黑眼圈，他们最累。好在车队里还有几个人会开车，勉强开慢点也能开一段时间，因此司机们可以抽空睡一睡。

就这样，转眼就是除夕了。

大年三十，他们还在国道上拼命地跑着。从车窗看过去，家家户户都贴上了春联，有些地方风俗不一样，大中午的已经开始吃饭，燃放爆竹了。

过年的气氛，忽然就浓厚起来了。

车子一颠，将熟睡的林超涵给颠醒了，向左掉头一看，凌霄强睡得呼呼地，口水都流出好一尺长了。

再向右一看，发现沈玉兰手托着下巴，一直看着窗外，怔怔地出神，显然一直就没有睡着。当时大家分配车时，故意把她分到跟林超涵一辆车上，每次都坐在这个位置上没调换过。

林超涵悄悄观察，发现沈玉兰脸上没有一丝悦色，但也不是很愁苦，只是很木然，带着无奈的那种深沉麻木。

不得不说，就是这样的沈玉兰也是很美的。

林超涵露出欣赏的目光，侧着头看着她好大一会儿。

张师傅在前面咳了一声，他从后视镜里看到了这一幕，实在是受不了这两个年轻人的纠结和腻歪，伴着中年人特有的恶趣味道："再看，脖子就该折断了，前面有个大坎，准备好了！"

沈玉兰也吓了一跳，回过神来，她以为是在说她，因为她一直在扭着头看窗外。

林超涵脸一红，情知是说自己，于是装模作样地扭头拍了拍凌霄强："别睡了，烤羊排来了！"

凌霄强一惊而醒："哪里，吃年夜饭了？哪里有羊排！"

他仓皇急促的神情，再加上口水一直没断过，让大家顿时忍俊不禁，爆发出一阵哄笑。然后真的车子到了一个大坎，猛地一颠，凌霄强差点没把舌头咬断，疼得眼泪都快出来了。

他抱怨别人没提醒，林超涵无辜地看着他："提醒了啊，所以才叫醒你的！"

于是一路上凌霄强说话都大着舌头了。

下午4点左右，天色渐晚，车队一行才终于驶进了山沟里。看着两边熟悉的景色，众人欢欣鼓舞不已。

林超涵想起什么，回头对沈玉兰说："对了，我和凌霄强前面买了不少年货，想着自己家里也用不完，你要是不嫌弃的话，就拿一些回家去吧。"

沈玉兰脸上露出比哭还难看的笑容："这回，我爹真的要打断我的腿了，大年三十的还没回去，家里肯定会大发脾气的。"

"没那么严重的！"林超涵安慰说。

"有，你不知道的。"沈玉兰无力地说，"不说别的，我家在县城边上，今晚上赶都赶不回去了！肯定没车了。"

"啊？"林超涵还真是没想到这层，连忙道："这样吧，我看看哪位司机能够帮忙，给你送一趟，厂里有车。不行，我找我爸帮忙。"

沈玉兰："算了，不麻烦你了，我自己想办法吧。"

凌霄强在一旁看不下去了："他们林家就是这山沟里一霸，这点事好办。张师傅……"

那张师傅开着车回头道："怕是不行，我们这些司机都累坏了，再找人吧！"

林超涵拍着胸脯："这事儿，包我身上了！"

正说着，车子就开进厂了。厂里远远望见他们这一行人回来，都轰动起来，事前哪怕郭志寅在省城给厂里挂了一个电话，但没想到真的是除夕当天才赶回来。

这一行，千里转战东北，在雪原上艰苦测试，大家看他们如同看英雄一般，很多人自发地涌到厂门口欢迎，更不用说测试组成员们的家属了，他们拖家带口来迎接自家的汉子。

林焕海和姜建平等一众厂领导远远地迎了上来，姜建平紧紧地握着郭志寅的手说："辛苦了，老郭！"

于凤娟看见林超涵，不管不顾一把就搂了过来："儿啊，去东北，可把妈担心坏了！"说着，就从头到脚检查有没有缺少零件。林超涵哭笑不得，去北京读大学半年没见一次也不带这样的。

现场很快就乱了套，一片欢腾。

只有一个人，沈玉兰，悄悄地下车，没有人迎接她，她的实习好友都早早放假回家了。然而，她刚走没几步，就被一个人拉住了手，她抬头一看，原来是一位很照顾她的大姐徐星梅。这位大姐曾经因为被丈夫抛弃，带着孩子艰难生活，林超涵偶然撞见后，帮助她在厂里安排了一个单独的小宿舍，徐星梅特别感恩，也特别喜欢沈玉兰，私下关系不错。

看到徐姐招呼跟她一块过年，沈玉兰心里一阵阵温暖感动。

# 第 12 章　春去夏来

正月很忙碌，西汽无闲人。

车辆设计的细节调整、改进，还有一些内部的测试等，时间看上去充裕，但其实非常紧张。别小看这些细节小调整，其实非常麻烦。之前大块的设计，因为有图纸，再加上很多零部件通用，为了赶进度，很多东西就临时凑合着装了上去。

这些在测试阶段，虽然发现了不少问题，但是并不代表隐患就消除了。很多时候，需要一点点地抠细节，才能让一些设计性能得到更好的发挥。

做完这些修改后，就需要拉去汽车试验场做定型试验了。

所谓定型试验其实是分两阶段，第一阶段场地试车，测试车辆的基本性能是否达到设计要求，也就是匹配度监测，另外就是国家要求强制检测的内容，比如制动距离、承载能力等等，第二阶段就是跑路试，全国各地跑，看车的反馈情况。

这个汽车试验场的场地试车，测试内容主要是直线加速、不同速度下的制动距离、转弯半径等等基本参数，然后进阶的就是环形跑道（检验高速性能）、弹坑路（检验悬架性能）、搓板路（检验整车装配质量和悬架的强壮程度，以及减震器可靠性）、卵石路（检验动力系统和传动系统的抗冲击能力，以及悬架）、波浪路（监测车架强壮度，车架刚度、车桥和悬挂系统可靠性，以及差速锁的可靠性）、30 度坡（检验爬坡性能）、45 度坡（检验越野爬坡性能），在坡道上是要检验驻车上坡起步的，另外还有涉水（检验车身密封性、电气系统和机械系统的防水能力，检验设计涉水深度是否达标）等等，这一系列测试完了，看车辆表现，司机会打分，这才能确定车辆是否过关。

因为是军车，所以要求更高。光是试验场就要跑两个，这两个试验分别就代表了不同的特点。一个在华东地区，覆盖面积超万亩，是目前国内占地面积最大的汽车试验场，它拥有目前国内最先进的各种地形试验道路设施，内有山坡、树林、草滩、洼地沼泽和水塘等各种地形，并且有各种测试仪器，最关键是，它本身就隶属于军方，一直担负着各种军车的选型与定型试验，还有质量抽检试验工作。

而另一个在华南地区，是在海岛上，是唯一一个汽车湿热带综合型的试验基地，早在 50 年代就已经建成，占地虽然不如华东试验场那么大，但是胜在各种可靠性试验跑道和技术难度更大，拥有多种类型的试验路面，比如沙滩路、扭曲路、石板路、鱼鳞坑路等等，能够全面考核汽车性能和可靠性。

　　这些试验可能跑起来没几天就能够跑完，但是为此进行的准备和事后的复盘改进，却要耗时良久。

　　整个西汽为了这些试验而忙忙碌碌，进入工作的节奏后，时间就过得特别快。

　　正月过去，三月春暖花开，转眼间又到了六月天。

　　在这数月间，西汽按照计划，跑遍了两个试验场。

　　这其中的历程，一言难尽。发生问题和故障是预料中的事，无非就是逢山开路遇水搭桥，见招拆招罢了。

　　在这近半年的时间里，林超涵很忙，因为他现在是厂里看重的种子储备，所以像这种冲锋陷阵吃苦辛劳的工作，一样也没能少得了他。哪里有麻烦，哪里他就得出现，去哪跑车，他都得跟班，有什么意见，领导们不会忘记压榨他的脑细胞。

　　这小子太好使了，前辈们对他赞不绝口，很多人都已经忘记了他厂长儿子的身份，从某种程度上，他真是融入了这些技术工程师们的团队，大家更记得他所做的工作以及所付出的努力，因此他厂长儿子的身份在工作中越来越多地被遗忘。

　　这对林超涵来说，是一种莫大的肯定。

　　然而，林超涵自己心里最清楚，他之所以这么认真地工作，不是因为他已经决定为西汽奋斗终身了，而是一种良好的习惯使然。他作为一个学有所成的大学生，同时，有那么多高手在身边，可以学习参考，他要是不好好工作，只会被当成一个一无是处的纨绔子弟。别看现在大家都认可他，那是因为他从来没当自己是一个官二代，态度足够谦虚，身段足够柔软，工作足够勤奋，最关键的是，他屡次成功解决掉了问题，有成绩摆在这里，能够堵住所有人的嘴。

　　如果没有成绩，他只会被这些技术派们瞧不起。

　　在这期间，林超涵又参与解决了不少难题，没有一个是好相与的。

　　比如在海岛试验场热带环境下进行试车的时候，出现了一个大麻烦。一般来说车是不能往海滩上开的，海水会严重腐蚀底盘，但是军车试车是一定要下海洗澡的，如果是涉水车型还必须下海水池，水深达到涉水标称深度，不但要下海，还要浸泡。

这一浸泡就出现了问题。

很多人对海水的腐蚀性认识不足，实际上海水对于金属的腐蚀性极强，不仅含盐高，而且含有大量的重金属离子，而铁又是活泼金属，所以极易产生电化腐蚀，一般的不锈钢都扛不住测试，更不要说汽车用的普通碳钢和锰钢了。

西汽送去测试的车辆，泡没多久长时间，就发现底盘被严重腐蚀了，不光是钢铁的问题，因为涂装工艺落后和涂料不行，底盘的漆哗啦就开始往下掉。

在中国大部分内陆地方行驶，这是根本不存在的问题，但是，军车使用的环境天生就要严酷得多，谁敢保证哪天抢滩登陆作战的时候，车辆不会在海水中行驶呢，要是到时候作战不利，西汽有多少个脑袋可供军方来砍的？

美国对于军用钢铁材料的耐盐测试要求极高，甚至包括刀具用不锈钢也要进行海水浸泡测试。特种高碳不锈钢制造的刀具扔到海滩礁石上固定，浸泡一周，再拿来做锋利度测试和表面检查，一般的 42CrMo 之类所谓超强度钢根本扛不住，只有 9Cr18Mo 或者 S30V 之类的高级材料才能做到浸泡一周保持锋利。甚至据说某些厂牌的 S30V 可以做到表面镀钛涂层剥落还能保持刃口锋利度。这个充分说明了军用钢铁对质量的高要求。

所以找到合格的钢铁是一个大难题，这个问题在之前的老款车上也存在，大家都知道国产钢铁不行，因此要求也没那么严格。但这款新车，军方是准备大批采购的，寄予了极高厚望，绝不允许出现被海水浸泡就腐蚀影响性能的现象。

后来，西汽经过反复比较，终于找到一款国产的 440C（9Cr18Mo）不锈钢，才算勉强解决底盘钢铁的问题。当时 440C 在国内是非常难造的，厂家是费尽心血才研制成功，刚刚准备投入市场的。在此之前，西汽差点放弃了希望，准备从国外寻找进口替代，但是林超涵意外从俞老那里提前得知了国产超强度钢的消息，这才让西汽节省了不少力气和时间。

解决了钢铁问题，又得解决涂装问题。在部队有句话叫涂装就是战斗力，这可绝对不是光指表面的迷彩涂装问题，而是实实在在的材料问题影响战斗力。

底盘涂装用硝基漆，尤其是底漆，干得快，附着力尚可，属于基础漆，不会和其他任何面漆稀料发生反应，化学性能稳定，但是硝基稀料有毒，极其易燃，很不安全，特别是扛不住海水的腐蚀。

当时西汽重卡的表面涂装当然相对来说要求更高，对美观的程度要求也不一样，但是底盘部分的涂装，就相对粗糙很多。虽然底盘部分平时看不到，但是对于使用环境来说远比驾驶室来的恶劣得多，除了风吹日晒，还有长时间的泥浆浸润、飞溅石子的磕碰、融雪剂的腐蚀等等，而在越野环境下底盘涂装经常是直接用脸蹭地的，所以对底漆和面漆的附着力和耐腐蚀能力要求远比驾驶室高，不过好就好在没人看得见，涂得难看点也没人在乎，只要漆膜厚度够，附着力强，就没问题。然而，纯粹靠人工手工喷涂底漆，人工涂就会存在漆面厚度不均匀、漏喷、流痕等等问题，所以底漆喷完必须检查一遍，补喷、打磨重喷等等，之后才能下一步面漆涂装，涂料种类和配比也对涂装质量影响极大。

总之，涂装也影响了测试车辆的发挥。

没办法，西汽又在材料上和涂装技术上勇猛精进地进行改革，这到了考验化学成绩的时候。原来的材料被醇酸基涂料替代，醇酸基特点是化学性能稳定，附着力强，漆膜强度高，但是干得慢，一般自然干燥需要 8 小时定形，24 小时稳定，所以涂装起来不方便，需要特别烘干，这也促成了添置了专门烘干设备。

光是这个问题，就耗得西汽上下精疲力竭。

这半年，不光是解决车辆的技术问题，还发生了很多事。林超涵有的深度参与其中，有的则是属于看客，比如军方那边终于搞到了二手电子束焊机，林超涵负责和仲瑛对接，费了九牛二虎之力才终于将其搬到了西汽。

而这半年，军方也惊诧于西汽的进度如此迅猛，正如仲玉华所说，军方高层领导对这件事情的看法更加积极了，得益于西汽自己的争气，军方对新款车型的研制更加上心，愿意给出更多的时间让它成长改进。

但是，林焕海、郭志寅等人，甚至林超涵都清楚，这并不等于可以慢下来，因为西汽现在全指望着这款车型生存了，四千职工、数万家属的前途命运，已经系于此车。

# 第 13 章　亲儿子与野孩子

不知从什么时候起，国内就有一种风气传开，觉得造不如买，买不如租，特别是有一种思潮，认为工业的基础正在发生变化，像电子化、信息化才是未来的风向。

军方现在就分成两派，各有道理，一派认为应该引进国外先进重型卡车，直接形成战斗力，这个也能反向刺激国内重型卡车制造厂家提高危机感，从而追赶世界先进步伐，否则他们仍然会不思进取。

而另一派则认为，必须要给国产汽车制造厂家以机会，历史上惨痛的教训告诉我们，外人是靠不住的，万一哪天断供，立即会陷入更大的危机，一切都应该自力更生，哪怕暂时落后，但是靠得住，而且只要能够奋起直追，也不是不可能追赶世界先进潮流的。

前一派无法说服后一派，因为军方天生骨子里就有一股浓浓的危机感，共和国的历史告诉过大家，任何外国都是靠不住的。但是后一派也说服不了前一派，前一派对国内制造厂家已经深表失望，而且也并不觉得买外国的就靠不住，最重要的是，立即形成战斗力这一点非常有吸引力，当时中国的国防环境之恶劣，虽然因为苏联解体大大缓解，但是形势仍然十分严峻，边境摩擦不断，台海风云诡秘，等不了！

这两种争论很激烈，各有高层支持。

这对更高层来说，则是两难选择，每一种都有自己的道理。

这是一个时代的背景，在西汽如火如荼地进行各种测试的时候，军方高层也在紧锣密鼓地开会讨论部队装备升级换代的问题，其中7吨重卡就是其中一项重要的议题。在会上，邵子华将军将西汽目前的进展大大地夸奖了一番，认为西汽克服重重困难，上下齐心协力，推出了全新车辆，目前测试整体进展顺利，比部队最初预想的情况都要好，看来国内厂家不是不行，只要逼一逼，有压力了，再换上合适的领头人，就能干出比较好的成绩来，鉴于目前国产7吨重卡的研制进展比较顺利，因此建议部队等待车辆最终定型，进行大批采购。

但是旋即有人提出了异议，一位后勤部的副部长提出，当前国外有厂家也在积极向我军推销成熟款型的7吨重卡，他们的产品质量性能是可以保障的，比如路驰集团，他们的重卡在国际上都是赫赫有名的，如果能够采购他们的产品，只要稍加改装即能够投入使用，而且价格也比较诱人，很有吸引力，他们的质量保障和后期维护保养服务都是比较令人满意的。国产的目前相比，性能上不见得有优势，质量也得不到保证，后面还不知道要经过多少轮磨合。并且提出来，西汽历史上向军队发出的第一批货，无故障率连 30 个小时都达不到，后面差不多是经过了十来年的反复折腾，产品才算成熟，现在这款新车，实在不能让人放心啊。

邵子华针锋相对地指出，第一，目前西汽是借鉴国际成熟的设计来制造新型重卡，因此从设计的血脉来源来说，并没有大的问题，并不是从零干起；第二，西汽的新款车型一直在进行各种各样的测试，目前进展良好，虽然测试发现了不少问题，但一一改正了；第三，还是那句老话，西汽是军方自己的孩子，没有理由抛弃自己的亲儿子而去外面捡个野孩子。

邵子华最后一句话说得有点重，他险些脱口而出，外面捡的"野种"，最后一刻收了回去。

那位副部长当然听了大怒，在会上当即就拍起了桌子，要跟邵子华对干一仗。部长一看场面要不可收拾了，没办法，只得各打五十大板压下去，手心手背都是肉，各有道理，他也一时间拿不定主意。

这事放在今天看，理所当然地应当支持国产，比如当初如果不是放弃国产芯片的投入和研发，就不会遭到后来的耻辱，外国人总会在图穷的时候拿出匕首，捅中国人一刀不商量。但话也说回来，盲目投入到国产中也未必是件好事，还是拿芯片来举例，有人只是买了国外的产品自己打磨掉产品标识再贴上自己的标签，就把领导们忽悠得团团转，砸下了重金给予了无数荣誉，结果却是脸都被抽肿了，这件事情的后果就是直接导致真正想做芯片的一直遭受到各种冷遇和排挤，整个行业每年要花巨额资金购置国外生产的芯片。

当时的中国，工业到底是走"技工贸"路线还是走"贸工技"路线是存在巨大争议的。有便宜可靠性能先进的外国产品，还有没有必要自己再重新来研制一遍，经济学家都莫衷一是，更不要说使用者了。

哪怕是军方，在这件事情上也犹豫了。更何况，前一段时间他们还提出来要去搞一些国外军车的资料甚至样车回来，这个事也一直在运作当中，眼下这个缩水民用版至少有借鉴意义。

在部分人看来，绕开巴统的军事技术装备制裁限制，能以民用的名义进口到国外的成熟产品，这就是值得骄傲的，这远比自己吭哧半天造出一堆四不像要强得多。至于西汽，哪来哪凉快去，军队不是保姆，不非得哺育一堆长不大的孩子。

但是高层对全盘情况是有数的，虽然渴望国外的先进技术，但内心深处还是觉得把这些东西控制在自己手中比较好。因此，还是对西汽寄予了厚望，说不定再喂几次奶就学会自己走路了呢。

最终，会议决定，是骡子是马拉出来遛遛。

谁好谁坏，谁是孬种谁是英雄，打一架不就知道结果了吗。最好的办法就是将国外车型和国产车拉到跑道上一较高下。但目前，西汽的新车已经进行了多轮测试工作，正在加紧定型。在现有的基础上，再和国外车型来一次测试对比，可以做，但意义不大。

而具体怎么比试，高层领导就不是太关心了，领导只提了一个要求，这个车是要准备打仗的。

所以，最后会议决定，再给西汽一段时间调整，在8月底9月初的时候，正式将其拉到青藏高原和国外车型一较高下，部队将根据车辆的表现情况再做出最后的判断。

这已经是邵子华给西汽争取到的最好处境了，因为那位副部长根本不相信国产车能够跑赢国外车。海湾战争时，多国部队尤其是美军的表现，对部队的震撼极大，怀疑和鄙视自己国产装备的性能并不出奇。

这次比试，不仅关乎西汽的命运，在某种程度上，也关系着军队对国产装备的信心。

会后，仲玉华向林焕海转达了会议精神。

对此，林焕海深深叹了口气，这种情况在意料之中，早前在研制的时候，仲玉华就反复说过，有国外重卡车商在跟军队接洽。林焕海在这一年，集中了全厂的资源，全力以赴研制新车，投入极大，对其寄予的期望也极大。很多人豁出去了老命，拼死拼活，冬奔漠河，夏赴热带海岛，那都是为了能够及早推出新车，给部队也给自己吃一颗定心丸。

但是世事不如意者十之八九，新车最大的麻烦终于来临了，这一次不是纯技术因素，而是关乎路线问题，新车如果表现不好，也许西汽真的会迎来末日。

这，绝不是林焕海想看到的局面。

# 第14章　强敌来临

没多久，正式的军方通知就下达了，在文件中，十分明确但又很简单地写明了，要求西汽参与7吨重卡的选型测试，将与其他厂家同款产品进行竞争。其中除了一些常规的科目测试比较外，最主要的附加测试要求就是去青藏高原进行高原试车。

这份通知，在西汽掀起了轩然大波。

难道自己不是军方的亲儿子吗？特别是一些老职工，听说此事后，非常地愤怒，自己这些人，为了国家为了军队贡献了一辈子，图的什么？图的不就是富国强兵，让我们的军队从此摆脱国外产品的各种限制吗？现在眼看新款重卡就要研制完毕了，国外厂家就赶紧过来摘桃子了。难道军方不知道西汽如果失去这笔订单，就有可能彻底成为历史的尘埃了吗？西汽完蛋了，谁是受益者？

很难理解部队的选择和要求，也很难理解西汽当家人的苦衷，职工们群情激昂，有些职工就找到军代表来理论，质问部队为什么要做亲者痛仇者快的事情。

韩庆生很冷静地回答了找他质问的职工群众，他很理解职工们的情绪，也知道这绝对不是西汽高层的授意，因为他跟林焕海这一年接触下来，已经很了解林焕海的为人，他一定不会做这等毫无意义的事情。

他也不会因此就生气愤怒，故意给西汽找麻烦，一来都是为了工作，根本没必要带着情绪，这不是一个军人的作风；二来，一切还得看西汽自己的表现，没有麻烦找，就不必要故意找麻烦。

所以韩庆生就从三个方面回答了职工群众：

第一，军队一切都是为了胜利、为了打胜仗的需要而存在，装备什么，不装备什么，出发点都是为了这目的而存在，所以所做的选择都是从实际情况出发，不存在军方有人给国外当买办的事情，也不存在为了装备国产货而强行做出不利于自身建设的事情。

第二，国外的月亮不一定比中国的圆，但是相反亦如此，一切还是要看质量和性能，还有性价比。西汽如果对自己研制的产品有信心，完全不必要担心跟国外产品的竞争，实际上，良性的竞争是有利于提高自身产品质量的。

第三，现在还没有做出最终决策，测试还没有做，结果没有出来，吵闹本身并没有意义，反而是在给西汽的高层添堵。试想，如果军队领导知道西汽的职工无理取闹，对西汽的印象分是增加还是减少呢？是给西汽的工作增加困难还是减少麻烦呢？希望大家好好冷静思考一下。

韩庆生这话说得太有水平了。

当场就有职工醒悟过来了，自己这些人跑来找军代表麻烦，纯粹是没事找事，一旦被加油添醋地捅到军队领导那里，搞不好就变成了军代表被围攻，性质就变了，说不定一怒之下，军队领导直接撤销订单，判西汽死刑都有可能。

说得再难听点，现在再也不是当年那个军队可以捏着鼻子忍受等待西汽成长，给予无限期望的那个年代了。撒娇卖乖是没有用的，军队已经不吃那一套了。

理解这一点，有些职工心里真的有点惶恐了。还有些人想不通，想接着闹，被人按下，拉走了。

送走质问自己的职工群众，韩庆生也暗暗地松了一口气，以他的眼光观察，当然不难发现西汽对 7 吨重卡的投入和用心，别的不说，就是大年三十才从东北测试点赶回来，这一点就证明西汽方面真的是拼命了。这款新车的成长一点一滴他是看在眼里的，如果军队真的决定不采购，说不得他也得去跟上司理论一番，哪怕一点用也没有，也得尽这份职责。

同时，作为一名军人，他更懂得服从上级命令。更何况，两条腿走路是更好的选择，有得选择的话，他更愿意一边支持国产装备，一边花钱去进口装备，只有互相进行技术印证，才能走得更好更长远。

韩庆生这里发生的事情很快林焕海就知道了，他说的话也都传过来了。

林焕海立即去见了韩庆生，为职工们的无礼向他道歉，但是韩庆生对此却并没有责怪林焕海，反而为职工开脱，这让林焕海对这位军代表的度量和格局深有感触。

现在，西汽没有退路，只能狭路相逢勇者胜，跟国外军车进行较量一番了。

但是，这种较量有一些悲壮的色彩，西汽如果输了，可能就真的连底裤都输了。工厂目前的订单非常少，都只是小批量的订单，很多职工已经没有事情可干了，很多人闲来无事就开始自己倒腾各种买卖，有不少职工在厂里电影院门口摆起了地摊，卖个爆米花饮料什么的，整个西汽就像一个微缩型的世界。

当经济下行的时候，娱乐业就蓬勃发展起来了，电影院响应改善职工娱乐生活的号召，进了不少港台大片和外国片，没事就放电影，职工们看电视看腻了就跑来看电影，消费一下，摆地摊的生意居然还很不错。

但无论是姜建平、林焕海还是其他人，都知道这种现象只是暂时的，如果不能够有根本性的转折，这些微型经济圈根本持续不了多久。

林焕海的眉毛都拧成了绳，他连续多次召集厂管理层、样车试制组、技术员、销售科、三产公司开会，主题都只有一个，就是如何活下去。

这个局面维持得很辛苦。

除了三产公司方面生意做得还不错，聊以慰藉外，其他都不容乐观。销售科已经尽量往各个部队单位跑了，但是传统车型已经接近饱和了，再说又不打仗，损耗比较低，各个单位的经费都比较紧张，除非必要补充，不然没人轻易下订单。

在新车研制方面，郭志寅、谢建英等人的一致意见是，跟传统车型相比，新款车型目前的技术自然是要先进得多，但跟世界先进汽车公司的成熟重卡车型相比，在技术上的优势则是不大存在的。

唯一的优势就是西汽对军方的要求了解更多、更细、更全面，比如在设计冗余方面，给部队的驾驶操作留下了更多的空间。这个，国外的军车虽然也有加强设计，但是西方更讲求精密度，未必真正适合部队的一些特殊要求。

他们粗略分析后认为，西汽新研发的7吨重卡，从设计思路、方法和制造工艺等来说，已经十分接近当前国外水平了，虽然没有优势，但是劣势也并不特别明显，要说特别明显的，可能就驾驶员操作乘坐的舒适度，以及内饰装潢等，这些是没办法跟国外比的，然而在车辆性能方面，却没有这么大的差距。再说了，军队一向对花里胡哨的东西也不是特别感冒，再好看能顶屁用。涂装是战斗力没错，但你就涂得跟朵花似的，跑起来没几步就冒烟喘气爬窝，那就是废物一枚了。

因此，只要保证基本性能不相差太大，然后就可以充分展现出西汽的优势了，军车比的不是一时长短，而是看耐力、持久性，只要能够坚持住，最后的胜利仍然会属于西汽。

林焕海、郭志寅等人一番研究讨论，得出了谨慎乐观的结论。

但是这个结论有个比较致命的地方，那就是对竞争对手了解不多，现在除了知道路驰集团在强推一款针对中国制造的车型之外，其他的所知不多，必须还要进行详细分析。

理论上来说，西汽一直在搜集整理世界上各国重卡发展的资料，在部队方面，也有相关的资料，但是西汽方面的资料主要还是林超涵去年提出发展军用重卡思路的时候整理的资料，大家翻出来又再研究了一番，发现美方的 GMA 系列的 6×6 重卡，性能的确是非常优越。

西汽这次碰上强劲的对手了。

林超涵对自己经手过的资料当然记得很清楚，对这些 GMA 公开的数据了如指掌，作为一个初生的牛犊，以他参与研制 3180 的经验，他还是不太怵的。

然而他没有想到的是，还有一个他人生的劲敌在那里等着他。

# 第 15 章　砧板上的肉

此时的北京，在一间酒店的房间里，摇着红酒的范一鸣正在和几名外国人谈笑风生。

"亲爱的范，这次我们的 GMA 系列能够成功入围中国军队的竞标，全是你的功劳！实在是无法用语言来形容我对你的崇拜。"一名金发碧眼的女郎身姿绰约，端着酒杯向范一鸣敬酒。

范一鸣满面笑容地和她轻轻地碰了一下杯，眼神有些火热，但是却不敢放肆，因为他知道，眼前这位女郎别看年轻漂亮，但是手段颇有一些高明的地方，关键是背后的人能量大，实在不宜轻易招惹。

另一名络腮胡须、戴着眼镜的外国中年男子，透过闪亮的眼镜玻璃，仔细观察着范一鸣的一举一动，内心极度鄙夷，但是面上同样带着很平和的笑容，对范一鸣说："范先生，你确实让我们见识到了你的能量，我认为你确实是我们在中国寻找已久的最佳合作伙伴。"

范一鸣听了这话有点受宠若惊："托雷斯先生，能够为你们路驰集团服务，也是我的荣幸。"

另一个外国人是一个瘦削的外国青年，听到丹尼尔的话后，脸上露出极其羡慕的表情，却没有说话，静静地看着范一鸣。丹尼尔对范一鸣说完后才回过头对这名外国青年说："加西亚，你和艾伦以后要常驻北京，帮助范先生扩大路驰集团在中国的销售公司规模。"

加西亚点头："没问题，托雷斯先生，我们会是范先生的好帮手、好朋友的。"

几个人觥筹交错，气氛融洽愉快。

饭后，托雷斯在酒店的房间里和范一鸣单独谈话。

从窗户望外看去，北京城灯火通明，长安街上车水马龙，一片繁荣景象。

回过头，托雷斯轻轻地用指敲着桌子："关于合作的条件，我们同意，目前先任命你为路驰集团中国区副总裁，一旦能够成功地将我们的产品打进中国军队，我就会提报总裁，力争任命你为中国区总裁，同时将销售额的1%作为你的提成。"

听闻此言，范一鸣却脸色大变，内心将眼前的洋鬼子骂了个狗血淋头，不是说好了，一入围竞标就任总裁的吗，怎么现在只是副总裁，再说，当初答应的可是2个点的提成，转眼怎么只剩下一个点了呢？但是他却不敢翻脸，眼前这位托雷斯先生可不是普通人，他作为路驰集团现任CEO最信任的助理，在路驰集团说话也是一言九鼎的，在中国，他的态度也就是路驰集团的态度，不用说，那另外1个点的提成，是他自己拿走了。

范一鸣混迹贸易圈也不是一天两天了，近一年来狂练英语，果然派上了用场，通过关系介绍认识了托雷斯，这位托雷斯先生一直在向中国军方推销GMA系列重卡，希望能够拿到中国军队的大订单，但是一直进展不顺。

范一鸣和托雷斯认识后，立即动用了父亲的关系，打通了部队后勤采购部门的门路，经过沟通介绍，再加上背后关系的推动，终于让军方作出了和国产车进行竞标的决定。对于这次竞标，根据范一鸣的情报资料，可以说路驰集团胜算在握，西汽那些土包子们，无论怎么用力，悲惨的命运是注定的，他们制造的汽车，怎么可能跟美国货相提并论，到时候，路驰集团只要拿出一半的力气，就能够把他们打趴下。

人生一定要把筹码押宝在赢家。范一鸣自认为自己就是那个赢家，所以他对季容拒绝他无法理解，也无法释怀，既然季容非要选择那个土包子，那他就要用最男人的方式，从事业上摧毁他，让他从云端掉到尘埃，让他一无所成。到时候，季容就自然知道她的选择有多么错误了。

这一年来，范一鸣费尽心思，终于通过多条渠道打听到了西汽目前在做的事情，也通过公开报道，明白了林超涵正在参与西汽所做的事情。同时，他还打听到美国路驰集团也试图向中国推销自己的重型卡车。他直觉这是一个千载难逢的好机会，在经过精心的策划准备后，终于和路驰集团的总裁助理托雷斯搭上了线，并且利用父亲的人脉关系，极大促成了军方与路驰集团的合作意向。本来军方某些参与讨论的人一直在顶着路驰集团，但是他们巧妙地绕过了这些人，找到了其他的关系，果然大获成功，高层对路驰集团的产品也产生了深厚的兴趣。但是在军事合作这块，美国人一向信誉极低，虽然是以民品的名义与军方开办的公司合作，但是谁知道，哪天美国人一不高兴就制裁你呢？

所以军方高层虽然对路驰集团的产品兴趣浓厚，但是也不敢贸然决策，仍然对西汽寄予了一定期望。这个西汽要感谢邵子华将军和仲玉华，他们有先见之明，一直在抵制，使得西汽有了一年的缓冲期开发新车，至少有了一个公平竞争的机会。

仲玉华深知，像路驰集团这么大的公司一旦想进军哪个市场，必然会找到相关办法打进去的，所以他只能拼命地压迫西汽，只给了他们一年时间，压榨出西汽的全部潜力，眼看一年过去，西汽果然非常争气地拿出了可以用来竞争的样车。这让军方支持国产汽车的一派深感意外和欣喜，既然自己有了，无论如何也要保住这根好苗子，但又担心欲速则不达，很担心西汽方面会不会滥竽充数，生产一堆垃圾不说，最后反过来还会绑架他们。要知道这种事不是没有，某个研究所、某个厂自己管理不善，生产的产品质量不过关，反过来还到处托人找关系，压着部队接收他们的次品货，有的还真的只能含着泪打落牙齿往里吞。准确来说，西汽也有这样的黑历史，要不是自己争气，后来将质量提高上去，西汽在军队眼中真的就是坨臭狗屎了。

路驰集团在屡次推销无果的情况下，果然还是找到了关系门路推动，再加上军队某些人固有的一些迷信，以及前几年海湾战争的震撼，明知道美国人靠不住，但还是让高层动心了。而且时机还掐得比较准，正在西汽接近成功的时候，路驰争取到了竞标的机会。西汽有些职工以为是军方故意放水，打压西汽，殊不知这根本就是军方内部人士为西汽争取到的机会。

范一鸣就是这中间的关键人物，他可不是草包，他是通过自己的渠道掌握了相关资料后，有备而来才接触的托雷斯，帮路驰集团打开了通往新市场的大门。最初他的条件就是成功后任路驰集团的中国区总裁，以及拿到他应得的提成。别小看两个点的提成，美国人的价格可不便宜，每年在中国市场做成的生意，足够他活得无比滋润。原本，他还只是因为个人意气才进入这个领域，在实际接触后，他立即就意识到了这个市场无比广阔的前景。不谈军方的订单，将来中国民用市场的订单会比军方广阔百倍，一旦成功，他将一跃而成为在中国汽车行业呼风唤雨的大人物。

但是现在，托雷斯一张口就抹去了他1个点的收益，这让范一鸣心里很不痛快，这个托雷斯心也太黑了。但是他不敢反驳，这个机会不是时时都有的，而且能当一个美国汽车公司的中国区总裁，那绝对是光宗耀祖的事，在他父亲面前他也能傲然挺立了。再说了，他完全相信，美国货百分百是地球上最牛的，再也找不到比美国货更能折服中国人的存在了。然而他根本没想到托雷斯一张口就取消了他一半的收益，常说过河拆桥，现在还在桥上呢，这个托雷斯就居然敢撕毁最初的约定？

"怎么？范先生对这个有什么意见吗？如果有意见的话，我会直接向总裁进行报告的，我相信他会明白谁更适合中国区总裁这个位置。"托雷斯微笑着，他胸有成竹，再没有比开拓一个未开化的市场更加让人愉悦的事情了，一切尽在掌握之中，高高在上，予求予取。他根本不担心范一鸣翻脸。

范一鸣的脸色变幻了好几下，这个托雷斯心黑无比，竟然赤裸裸地威胁他，不接受这个条件他就直接换人，反正现在军方已经决定要进行竞标了，出于对美国制造的自信，托雷斯觉得已经胜券在握，他范一鸣的价值反而没那么高了。现在的条件已经算是相当优待他了。托雷斯显然并不担心范一鸣在背后捣鬼，因为那对范一鸣没有半点好处，这个美国人，已经把机关算尽。

范一鸣十分不甘心，但是心里却明白自己一点办法没有。只得咬牙道："托雷斯先生，您说的一点问题也没有，但希望能够有正式的文件确认这一点。"

托雷斯满口答应："没问题，亲爱的范，只要你能拿下军方订单，中国的市场就会交给你了。我想我们一定可以合作愉快，将来有什么事情，我们相信也可以彼此坦诚地交流。总部那边的事情，我会帮你处理好你所需要的各种文件和资金支持的，这个你放心。"

范一鸣心里大骂，这些资金和文件本来就应该给他的，托雷斯的意思很明白，只要他同意回扣的条件，托雷斯就会在美国总部那里帮他处理好各种关系。

这是砧板上的肉，人家宰定了。

# 第16章　四方角逐

有求于人，同时也实在是割舍不掉这块肥肉，哪怕是少了一个点的肥肉。范一鸣脸上挤出微笑："托雷斯先生，我同意您的条件，但希望后面的事情您能更多地支持我。否则，我宁愿退出这件事情。您知道的，虽然我的父亲已经不太管事了，但是他的能量在那里，也许只要他一句话，很多事情就完全不一样了。"范一鸣向托雷斯也发出了警告，不要以为他真的是待宰的羔羊，万一激怒了他，不说鱼死网破，坏你的事绰绰有余。

托雷斯的脸不自然地抽搐了一下，他这一年开拓中国市场，虽然也不能说没有进展，但进展缓慢，总裁已经对他表示过不满了，警告他若再没有进展，就会让他滚蛋，幸亏了范一鸣的加入才猛然加速。虽然说这里面也跟中国内部自己的原因有关，但毕竟是范一鸣的临门一脚才将路驰的球送进了框。在中国开拓业务以来，他已经深深明白在中国办事，关系门路的重要性。

范一鸣的父亲，据说是一个非常有能量的人物，在军方有自己深厚的人脉关系，这一点托雷斯是相信的。

虽然托雷斯不相信范一鸣会真的坏事，但是他毕竟不敢赌，所以不能一脚将范一鸣踢开，只是要了他一个点的利益。这一个点的利益，托雷斯垂涎欲滴，早有预谋。托雷斯来开拓中国市场时间不长，但是他对中国人的研究可时日不短了，深知某些国人的秉性。因此他不再绕弯子，微笑着安抚范一鸣："范先生，你放心，你的提成本来也有我的一份，这是交易的一部分，而且只要我们的利益一致，我相信我们都会遵守承诺的，不是吗？"

范一鸣点了点头："那接下来，托雷斯先生认为，我们一定可以拿下这份订单吗？"

托雷斯脸上显出倨傲的神色："范先生，只要给我们公平的机会，我对我们的产品质量和性能有充分的信心。至于你们中国人生产的东西，不行。范先生，只要你做好我们的代理人，相信整个中国市场都是我们的。当然了，前提是，你们那些该死的同胞不会偷窃我们的技术成果。"

看着托雷斯得意的神情，范一鸣脸上也是火辣辣的，作为一名中国人，他当然还是有一丝愤怒的，但是这丝愤怒很快归于平静，因为他也相信托雷斯的话，从骨子里他也不觉得自己的同胞能够做得比外国人好。至于父亲从小的教导，那是什么东西？至于所谓爱国，能比得过畅通天下的美元吗？

"那就祝我们合作愉快吧！"范一鸣下定决心，做好路驰的代理人，只要绑定了这棵大树，他就能一步通天了。有他做好内部关系工作，再加上美国货本身的质量保证，他从现在就可以开始走向人生巅峰了。

托雷斯和范一鸣两人彼此皮笑肉不笑地握住了手。

对范一鸣深度参与竞争的事，知晓的人本来就极少，再加上身处两地，消息闭塞，身在西汽的林超涵对此事一无所知。

他正忙着从国外资料上寻找路驰集团相关车型的详细资料。

但是国外资料上也不够翔实，很多细节处无从得知，他们还找了很多美军行动的相关视频反复观看，研究路驰集团生产的军事重卡特点。

巴统组织限制了西方技术向中国输出，但是将他们一些相对过时陈旧的技术包装成民品向中国销售，就能够避开限制了。这些事西方的情报部门未必完全不知情，但是这种事情只要做得巧妙，同时发挥上层的人脉关系，只要不闹出事，就不会有人关注的。

路驰集团这些年在全球市场上有些止步不前，现任 CEO 看着业绩报表，有些着急，准确来说，离亏损只有一步之遥了。所以开拓中国市场，虽然还是冒了一点风险，但这点风险在利润面前是可以忽略不计的。

因此，路驰集团也向中国军方提供了自己产品的一分资料和数据。

但从军方手上拿到这份资料和数据，西汽方面可是费了九牛二虎之力，说不得又搭了很多的人情关系。

对此，路驰集团方面肯定也心知肚明，这份资料最终一定会被西汽拿到。但是出于强烈的自信，他们也没有打算遮遮掩掩，提供的资料数据还颇为详尽。

林超涵拿到这份资料后，就一直在翻译、对比、思考。不只有他，厂里关键的技术人员都在研究这些资料。

林超涵越看眉头越是皱起来，这份资料和数据看上去非常正常，格式正常，描述正常，图文并茂，挑不出错，但是关键是那些数据，怎么看都像是掐着点针对西汽 3180 来的，他们那些比 3180 更优越的地方，都详尽地进行了描述，相对来说，优势不太突出的地方，则有些轻描淡写，寥寥几笔就带过去了。

他把这个感觉和郭志寅和林焕海都说过了。林焕海和郭志寅经他提醒，仔细一看，果然也有这个感觉。

试想如果军方掌握着 3180 的性能数据，然后再拿着对方的资料，对比之下，自然很容易得出路驰集团的 GMA 系列比中国国产汽车要强出很多的结论。

这能不吸引对新型重卡极度渴望的军方吗？

如果这个感觉是对的，那就说明一件事，就是西汽的 3180 资料数据对路驰集团来说根本不是秘密。

有两种可能，一是最早的斯太尔集团资料，路驰集团同样掌握着，至少设计性能数据是了如指掌的，这完全说得通；另外一种可能就是有人向路驰集团透露了西汽 3180 的关键性能数据，特别是有一些数据，西汽是做了重大改良，超越原版设计的，居然也有数处地方被 GMA 系列特别标明，压了下去。这个里面的猫腻嫌疑就大了。

军方的人如果向路驰集团透露这些数据，那基本是不可能的，这相当于间谍叛国。这在军队是性质非常严重的犯罪。如果军方不可能，那就是西汽高层或是核心研制团队泄露出去的？这种可能性不能排除。

但林焕海还提出了第三种可能性，即试车过程中不小心暴露的。要知道，国外很多先进的测量方法是我们不掌握的。这半年来，西汽到处测试，在全国跑了不少地方，如果有心人跟踪测量研究，是有可能分析出来一些端倪的。

当他一说完，林超涵和郭志寅两人互相对视了一眼，他们想起了在漠河试车时候那神秘的谍影。也许在当时，西汽已经被人盯上了。

他们还想起一件事，在去热带海岛试验的途中，曾经被一辆挂着使馆牌的车给盯梢过，当时他们还曾经停下车来询问，对方表示自己只是西欧某国的一个武官，自己国家的军车和眼前的这一辆外观非常相似，因此一时忍不住，想观察一下，纯属个人兴趣而已。

结合这几件事情，大家判断，西汽方面的情报泄露多半与试车有关，多半被人悄无声息地跟踪测量过，一些关键性能数据泄露了，但这种泄露是没有办法的事，也不能怪罪谁，他们从东北起其实已经非常小心了。平时在驻地对车辆的看管非常严格，但是辗转千里，走遍大江南北，谁知道什么时候被人监视跟踪了？

不管出于什么原因，现在的形势变得非常恶劣，对方对西汽似乎了如指掌，而己方所掌握的对方资料，虽然仍然有很大价值，但是也只能是参考而已。不得不承认，对方很多技术指标性能确实非常优越，西汽的确不如人家。

如果公平竞争，除了那仅有的一些冗余设计优势，其他的真的很不好说了。

这个分析结论让西汽的高层和研制组心都沉了下去。

然而祸不单行，福无双至。

就在西汽更加用心投入改进性能、研究竞争对手的时候，另一个晴天霹雳也炸开了。

军方给路驰集团开了一个口子后，全球能够生产重卡的集团都像是闻到了腥味，一下子全都猛扑了过来。

而且各有各的门路，各显各的神通。

很快，欧洲的沃克汽车集团，俄罗斯的乌拉尔重型机械汽车制造厂都向中国军方提出了合作申请，并且提供了翔实的资料和数据。

这让中国军方一下子有点有反应不过来，突然之间，这变成了一块香饽饽。原来像重型卡车这块市场，部队因为主要倚重国产，国外厂家很难打进来，但是现在既然对美方开了一道口子，总不能厚此薄彼吧？

欧洲人垂涎中国市场已久，俄罗斯人饿着肚子像狼一样四处张望，并且蛇有蛇道，鼠有鼠路，像是开了窍一般打通关系，通过贸易公司的壳，打着民用的旗号，让军方高层一下子选择就多了起来。

对军方来说，这是意外之喜，这么多外商愿意推销自己的产品，就可以好好挑拣一番了。于是索性就让这两家也加入高原试车的队伍中来。总之，吹牛都没有用，实力还是要靠实践来证明。

这个消息传到西汽的时候，林焕海等人简直是像是大冬天被人泼了一盆冷水，透心凉。


# 第 17 章　理论上的比较

光是一家还对付不过来，对付三家？

林焕海很不淡定，军方是打算彻底抛弃西汽了吗？

这事还是仲玉华通知他的，在电话里，林焕海当即就提出了质疑。

仲玉华苦笑着说："老林，你不要着急，不妨往好里想一下。"

"这还能往好里想？"林焕海不解。

仲玉华道："当然，如果就你们两家比试，你们若是输了，怎么办？毫无转圜余地。部队只能买人家的了，但是如果多几家比试，只要你们不是垫底，也许还有机会。"

林焕海："这不是拿我们开涮吗？西汽重卡的意义，领导应该比我们更明白啊。"用现在的话来说，林焕海大概想说句骂娘的话了。

仲玉华一顿好说歹说安抚了林焕海，林焕海心里不痛快，仲玉华焉能不知，但是这是领导的决策，他无法置评，只能从好的角度让林焕海振作起来了。

林焕海挂上电话，立即再次召开了只有少数人参加的内部会议。

当听说四家竞标的时候，会场所有人都张大了嘴巴，难以置信。但看林焕海的话不像是开玩笑，半晌，才有人疑惑地问林焕海："军方葫芦里卖的什么药啊？"

林焕海现在也无法回答这个问题了，在他意识中，只要按期完成部队交给的研发任务，这批订单基本就十拿九稳了，但形势突然急转直下，他心里也没有底了。

郭志寅替他回答了："这个事，部队自然有它的考虑，但不管怎么考虑，归根结底，还是要看我们手中的牌是不是够硬。请各位坚信，我们手中的牌足够坚硬。"

谢建英点了点头，她对自己亲自参与的整个研制过程了如指掌，心中也是有数的。

但是大多数人并不乐观，不只是军方有些人对美国货迷信，西汽大多数人心里也是明白的，从全球重型卡车发展来看，美国的重卡还不是最好的，最好的是欧洲货，准确来说就是德国重卡，比美国质量还要好，性能还要优越，至于俄罗斯的，大家最不担心，但是烂船也有三磅钉，俄罗斯的产品一向有自己的独到之处，军方对俄罗斯的武器装备一向是挺青睐的。

咱们自己组装起来的东西，有人家好吗？这个疑问挥之不去。郭志寅虽然竭力鼓气，但是大家心里还是打着鼓。

前段时间的意气风发一下子全没了，有种一下子被打回原形的挫败感。

林焕海也是眉头紧锁，郭志寅眼见自己无法说服这些人，索性说："小超，你来给大家讲讲，咱们这段时间的研究分析结论吧！"

这段时间，郭志寅带着林超涵和厂里那些有英文、德文基础的职工，进行了大量资料整理，他自己则和林超涵进行了大量的探讨，要知道，林超涵之前就曾经研究过世界各国军车的现状，这一次是知识资料的进一步补充和细化，而且是有针对性地进行研究。

再加上军方提供的资料数据，林超涵基本上对自己的对手有了一个清晰的认知。

林超涵道："各位，就我们手中的资料，我们做了一些粗浅的分析，虽然说这些分析不足以让我们战胜对手，但是却能够让我们更客观地看待这个事件。"

郭志寅道："老林、姜书记，还有各位，小超说得对，我们不能神化对手。"

林焕海听闻，恢复了冷静，点点头："不错，我们的先辈用小米加步枪解放了全中国，然后又靠两条腿都能跑赢美国的飞机和大炮，在朝鲜战争上，我们就给过美国人深刻的教训，在越南战争上，他们因为我们的警告，不敢越雷池一步。我们这一代人，就是见证者，我们只要扬长避短，发挥优势，谁也不敢小瞧我们，美国人也不行！小超，你就把你研究的结果说一说，会议开得匆忙，我还没来得及找你们商量，正好大家一块听一下。"

"好！"林超涵没有再废话，打开手中的笔记本，里面有一沓纸夹在里头。他抽出其中的一张，在会场展示了一下，"在下最终结论之前，我想让大家先看一下美国GMA车型的样子。目前，与我们对标的实际上是第三代GMA，第一代美军GMA虽然没有实际命名，但是从吨位、用途、战术目的上来看，50年代装备的Doge5吨6轮卡车无疑是GMA的祖宗，第二代是925/944中型战术车辆，也就是250的对标车，至于到现在，对标车已经变成奥什喀什的第三代7吨军用重卡GMA了，其实GMA从吨位、战术应用等等方面跟我们的3180基本上是完全一样的，再准确一点说，其实就是我们原版斯太尔的军车进化版。"

他扬了扬手中的剪报照片，笑着说："美国人大概是从斯太尔那里获得了我们的一些技术参数，从各个技术指标上都号称比我们要先进，数据的确漂亮，但是我们不能被轻易唬到，在实际使用中，那一点的数据差异，不代表什么。我们的数据有大量的设计冗余，这个是他们向我们推销的版本一定做不到的。"

"那到底有什么区别呢？"在场的人可不会轻易被林超涵说服，有人问道。

"有区别，最大的区别是自重，GMA自重比2190轻了差不多1吨，后面细说区别。GMA另一个显著特点是有CITS，也就是中央充放气系统，并且是可以在车辆行进过程中调节轮胎气压的，这一点就是俄国人都做不到，这个原理晚点再说。再有就是发动机功率略高于 3180，而且用了 7 档艾里逊 HD4070P 自动变速箱，其他的都是一些微小的细节性区别。

"而且，需要说明的是，我们 3180 的设计实际上是主动和 GMA 的上一代中型战术车辆某型战术卡车对标的，但是由于引进的是欧洲技术，所以更多的是对标德国同类型车辆，但是在战术使用和技术参数上更主要的还是对标美军军标。这是我们无心插柳的结果，但幸亏如此，我们在技战术指标上，其实是有能力和美军车一较高下的。"林超涵自信地说。

但还有些话他没有完全放在这里说，其实片面地追求跟美军车对标，是存在一定的弊端的，有些话现在还不能说，要是士气打击没了，还没出征就先输了一半了。

其实基于当时的技术基础，前面一系列军车的设计有些脱离实际了，当时 6×6 军车设计并不适合中国当时的要求，尤其是后悬架，双抛物线板簧半独立悬架的方式在空载情况下抓地力差，而重载能力差，总体偏软，再加上当时的平衡悬架底子已经很熟悉，而且产量已经上来了，所以最后决定还是另起炉灶，借鉴原始德国设计，对标 GMA。而发动机还是用 WD615 的 260 马力型号，高于旧款 5 吨车型的 180 马力，但是相较 GMA 的 V6 涡轮增压柴油机还是有很大差距，再加上自重大，所以高速性比 GMA 差了不少，后期换装了 360 马力型号发动机才有所缓解。

"说到自重的问题，GMA 用的是螺旋弹簧半独立悬架结构，变截面大梁，再加上轻量化设计，所以整体自重比较小，而我们 3180 采用的是少片簧抛物面弹簧前悬架和 9 片簧平衡轴悬架，自重相当大，仅仅后悬架加板簧就有一吨多，再加上为了套板簧的板簧滑板和垫板，差不多比 GMA 的结构重了 1 吨，而且大梁用的还是双 C 形截面直通梁，这点上，我们缺乏轻量化设计思路，所以同样是 7 吨级越野车，3180 的 GVW 高达 25 吨，而 GMA 仅为 21 吨，再加上发动机功率和扭矩的优势还有变速箱，GMAR 的加速性和高速性能比初始状态的 3180 是要高一些的。这个我们实话实说。"林超涵其实没有说的是，根据他的计算，可不是高一些那么简单，简直就是高了一大截。

"所以，总结一下，3180 相比 GMA 的几大劣势：没有 CITS，自重大，行驶平顺性差一些，毕竟 GMA 是螺旋弹簧悬架，而且是 7 档自动变速器。这个我们还是要承认差距。"说着林超涵观察了一下大家的表情，看到大家都默默地点点头，但是情绪相对没那么紧张了后才接着说，"任何事物都有长有短，我们的确是存在一些劣势，但是我们同样也有自己的优势，我们的优势在于，我们设计的车辆可靠性是经过多年实际使用检验的，而且存在升级空间，可以换装发动机和变速箱提高性能；设计冗余大，这一点师从苏联了，野蛮驾驶和恶劣路况高速行驶可以扛住，虽然公路速度不如 GMAR 高，但是越野速度基本上可以跟得上野战伴随行动的，这一点 GMA 不如我们，其实这也是继承了我们老款 5 吨车的优良传统的。"

林超涵补充说："我们相比 GMA 最大的优势还在于，我们是经过了自己的测试体系全面测试过的，最适合我们的国情。这一点，GMA 先天就不足，而且他们也没有上过高原，缺乏相关的准备和经验，所以我们和他们对标，不存在代差，只存在细节设计的区别。再说白了，可能临场发挥的运气也很重要。"

一句话，说得屋子里的众人露出了一丝微笑。

# 第 18 章　血统

"小超，说得不错！"姜建平第一个带头鼓掌，他对技术不在行，但是他天生是一个合格的思想政治工作者，看到会场气氛没有那么焦虑了，就给林超涵鼓掌，其他人也跟着鼓起了掌。

林焕海看着林超涵侃侃而谈，心里颇为骄傲，但面上却不耐烦地摆了摆手："就是做了点案头工作而已，有什么好鼓掌的。接着说。"

"GMA 的比较优劣势，我已经说完了。"林超涵双手一摊，表示没有什么好说的了。

"可是，刚才林厂长说了，还有欧洲和俄罗斯的竞争对手要进来，小超对这个有没有研究呢？"有人问道，倒不是故意刁难林超涵，而是确实希望能够听到一些有用的东西。

林超涵点头道："的确也花了点时间进行了小小的研究。首先说俄罗斯，大家知道，我们的设计技术和理念，以前都是师承苏联的，苏联的技术有其独到之处，不仅高度讲究实用性，还有一些值得称道的设计。现在，苏联是没了，但是他们留下的遗产特别丰富。他们的军用卡车卡玛兹系列，仍然非常有看点，如果把军用卡车比作是运动员的话，他们绝对是重量级的选手。"

"所以，我们目前面临的俄罗斯军车对手，应该没有什么意外，就是卡玛兹系列。"林超涵断言道。

"卡玛兹是个好东西！"郭志寅点着头，"我曾经在国外展会上见过他们的卡玛兹军车，其性能仍然极度强悍。"

"相比分析它的性能，我更关心究竟是哪拨人来倒腾俄罗斯的军车。"林超涵比较奇怪。

"没什么好奇怪的，如果没猜错的话，就是乌拉尔厂自己在做这个生意。"林焕海断言说，"俄罗斯不受巴统组织限制，这几年，中国的军机合作都在找俄罗斯。我们在航空这一块，的确是基础太薄弱了，我们不得不找俄罗斯。但是汽车行业差距没那么大，这块市场俄罗斯还打不进来。不过，俄罗斯现在经济困难，很多工厂处在半倒闭状态，只能勉强维持生存，乌拉尔厂肯定也一样困难，与中国合作对他们来说是好事，只要有人牵线，俄罗斯人一定会愿意卖给我军汽车的。"对这一点，林焕海已经是看得很透彻了。

"那就说得通了。"郭志寅点头道，"他们肯定很急切地想进入中国市场。不过，以俄国人的个性，我很难相信他们能把这笔生意做好。"俄罗斯人在市场头脑和经济发展方面，他们的脑筋思维和中国人完全不在一个位面。曾经有中国人在俄罗斯买了一套工艺品，是俄罗斯套娃，一模一样的共有五个，他看了后，问一个值多少钱，对方回答说 4 美元。然后这人就挺喜欢这玩意的，想便宜点把五个一起买走，然后问工艺店的老板，能不便宜一点，比如 15 块美元，就能一块拿走。谁知道俄罗斯人听了十分生气，说，不对，我们买一个套娃是 4 块钱，买五个套娃则应该卖 25 元美金。中国人听了也非常生气，一般只有说五个一起能便宜点，怎么一起买更贵呢？中国人不理解，俄罗斯人也不理解。在中国人看来应该薄利多销，在俄罗斯人看来，好东西就应该越多越卖贵，最后的结果只能是不欢而散。

因此，在林焕海等人看来，跟俄罗斯人做生意，恐怕打感情牌比死磕要好，喝酒比吃饭要管用。他们的线条比较粗犷奔放，可以做朋友，但不能纯粹用生意人的逻辑去谈。

但这个并不是军方拒绝和俄罗斯人做生意的理由，实际上，军备交易本来也是政治因素大过商业因素的。有珠玉在前，军方未必看得上俄罗斯的军车。当时从苏联时期到俄罗斯时代，现役的车辆型号 KAMAZ 系列，和 3180 相比除了多了 CITS 以外，就是自重大，特别大，号称越野载重 12 吨，但是 GVW 高达 28 吨，所有底盘零部件都是傻大黑粗，大量的设计冗余和加工冗余，零件表面粗糙度高，最大的优点就是抗造，比 3180 还抗造，然而其发动机仅有 191 千瓦，所以行驶速度和加速性还不如 3180 来得快，唯一值得称道的是设计使用海拔据说达到了 4500 米。

大家听着林超涵侃侃而谈俄军车的性能，频频点头，想不到连俄罗斯的军车资料都搜集到了，这是不是说明厂里早有心理准备啊。但看林焕海的样子又不像，这只能说明林超涵自己有着敏锐眼光了，有这样的儿子，林焕海真是有福气。

不谈大家在内心的感慨，林超涵接着说："这些是我们目前能掌握到的一些资料而已，有些性能是推测的，但是应该八九不离十，具体的可能还要看现场发挥情况。"

"那欧洲那边的呢？"有人问。

"实际上我们现在新车的血统也是欧洲的，"郭志寅插话道，"关于这个方面，我如果预料不错的话，欧洲那方面，也是在卖德国车。"

林超涵索性简单做了个推测，如果所料不差的话，欧洲的重卡性能都非常出色，其中最有可能会被引进的是 CATIII 民用版系列。根据现有的资料，它们的最大优势在于发动机性能上，无故障率远超中方，甚至也远超 GMA 系列。其他方面大概与 GMA 差不多。所以拿他们和 GMA 同等看待就差不多了。但是去试车，只要国产的发动机能够争口气，不至于闹肚子，应该不会有太明显的差异。

林焕海白了一眼林超涵，批评道："研究还是不仔细，什么叫差不多，说差不多就是差得挺远的，回去再好好用功，找些资料研究一下，不能出来丢人。"

林超涵默默地点了点头，这是他爹，能说什么。

倒是会场众人为之绝倒，这个林厂长，每次开会都拿自己的儿子树权威，也不嫌腻得慌吗，再说有这样优秀的儿子，大家还巴不得呢，抓点小错就开骂，这要是换了别人，肯定受不了。

分析完四方车辆的性能，林焕海和众人仍然面色凝重，但开始时的焦虑感减少了很多。所谓知己知彼，百战不殆，虽然所知不是绝对详细，但是可堪一战的信心还是树立起来了。

有这样的信心，就能去战斗了。

林焕海道："现在大家大概知道情况了，他们这三方参与，虽然给我们带来了压力，但是我们这一年也没有干等着，一直在进步。天道酬勤，我不信军队的领导们会不清楚我们这份努力的价值。没有什么事的话，该回去好好准备应付接下来的大考。"

姜建平点头道："不错，林厂长说得不错，接下来就是一场大考。具体的我们回去好好研究一下，针对高原的情况，制订详细的预案。这个，郭总师，你最有话语权了，接下来的事情就拜托大家了。"

郭志寅点了点头，示意理解，要知道高原他们不是没去过，但是那片土地永远有你预想不到的情况发生，一份更周详详细的预案，不仅能帮西汽赢下比试，更是生命的保证。

"不仅是预案，去参加比试的人选也得好好斟酌一下。"林焕海说。

郭志寅沉吟道："去高原试车，一是需要有经验的好手，人宜少不宜多；二是高原跟寒区热带都不一样，不是年轻就能胜任的，所以人选前提是要耐压；三是这次去高原，部队方面肯定也会跟车，我们需要有跟军队沟通比较顺畅的人选前去。我建议，最好都是有经验的人参加。"

姜建平点头同意，这是老成持重之言。

但是林超涵却听出了言外之意，郭志寅大概是不是想让自己去高原了。这些人里面，最年轻的就是自己了，什么不是年轻就能胜任的，不就是说自己吗。他刚欲发言反对，但是却看到郭志寅用十分严厉的目光看着他，搞到他心里咯噔一下，没有开口。

会议又讨论了一些细节，就散了。

会后，林超涵找到郭志寅，问："郭叔，您是不是不想让我上高原啊？"

"我有说过吗？"郭志寅反问。

"可是……"

"没有什么可是。去高原的人选我和你爸他们会来定的，你不用管。"郭志寅这话虽然没有说全，但是很明白是不会让林超涵去高原的了。

"但是，我……"

郭志寅打断了林超涵的话："小超，你不会觉得缺了你，咱们西汽的新车测试就弄不了吧？"

"没有这个意思啊。"林超涵叫屈。

"那就是了，没有你，咱们该怎么做还怎么做。你老实在家里做点研究工作，而且军方那边对国外正版军车十分感兴趣，你好好研究一下资料。那个仲瑛，你赶紧多联系一下，她手中的资料很重要。而且，说不定她还有事情要倚仗你呢，对不对？"郭志寅说。

"好吧！"林超涵屈服了，去高原他的动力也不是很大，只是想做点贡献而已，如果不让他去，就不去也没什么问题。这一年，他忙前忙后，神经也绷得很紧，借机休息一段也行。

"还有一件事情，"郭志寅回头说，"我听沈玉兰说，有一段时间没看到你了，你不去看看人家吗？"

# 第19章　共同闲聊

这个话一下子就把林超涵的脸问垮下来了。

这半年，他一来工作确实很忙，二来也因为季容的关系，不敢再和沈玉兰深入发展下去，他自己心里明白，对沈玉兰他不是不动心的，但是他不能动心，有些感情只能强行压制下去，他不停地安慰自己，跟沈玉兰所谓的男女朋友关系只是为了帮助她摆脱家里的压制。

那天的事情，有不少人目睹了，现在很多人已经认为他们之间确定有关系了，再也难以撇清两者之间的关系，但也有一些知情者和明眼者，认为林超涵只是帮助沈玉兰脱困，在家里人面前长面子而已。不管怎么说，善良的人居多，大家也不觉得男欢女爱有什么错，这件八卦传了一阵后也没有人关心了。

再加上林超涵真的很忙，天南海北地跑，经常不在厂里出现了，这件事情就算是搁置争议，共同闲聊了。

让林超涵去找沈玉兰，他心里不是抵触，而是现在有些害怕了，害怕自己辜负人家，更害怕对不住季容，这种矛盾的心理，也只有跟他比较近的人看得明白。

郭志寅多少是知道的，这也只是提醒，并没有多说的意思。说完就匆匆走了，他有太多的事情要忙了。

林超涵站在原地思索了半天，又转了半天圈，最后还是咬着牙，狠下心来，不打算去找沈玉兰。

至于去高原的事，被沈玉兰的事一打岔，就变得好像没那么重要了。

晚上回到家里，林超涵才跟林焕海提及去高原的事，于凤娟在一旁就急眼了："那地方不能去！太危险了！"

林焕海低头不语，这件事情，他当然明白郭志寅的用意，去青藏高原不能说就一定会送命，但是危险性是存在的，那地方，一旦高原反应，稍微医治不及时，就会挂掉。他当然不能徇私让林超涵逃避这份危险，但是郭志寅却向他表明了意图，青藏高原，是绝对不能让林超涵去冒险的。

至今为止，林超涵在样车测试过程中已经两次遭遇到危险了，第一次差点被铁链鞭头，第二次是在东北差点冻坏腿。

这两次，如果林超涵运气差一点，已经报销了。

这份危险大家是实实在在看到的，因此，不去青藏高原，众人也不会有什么意见。

最关键的是，林超涵很年轻，前途无量，而且现在已经成长为一名技术骨干，将来西汽的发展，需要林超涵这样的人才，不能轻易让他去涉险。

林焕海觉得郭志寅是不是有点太夸大危险了，那么多人去青藏高原也没有什么事，他一个年轻力壮的小伙子去青藏能有什么事，这只是一个成长锻炼的过程。

但是郭志寅却坚决不同意。他有他的道理，再说了，他会上已经打过预防针了，不是年轻力壮就可以胜任的。

林焕海在这件事情上也不能强压郭志寅，最关键是，姜建平和谢建英等人同样赞成郭志寅的决定，大家都认可林超涵的价值，去青藏高原，万一遇险，到时候哭都来不及了。这让林焕海内心也有些波澜，很有些内疚感。那些即将派去青藏高原的技术员司机们哪个不是家里的顶梁柱？他们不一样也冒着危险吗？他林焕海的儿子就比别人金贵？这让他这个厂长如何服人？所以林焕海心里非常矛盾，远胜林超涵。

这件事情，林焕海其实是多虑了，在对待林超涵这件事情上，根本没有任何人反对，那些可能将被派往青藏高原的人也没有任何意见。这一年下来，林焕海怎么样，林超涵又怎么样，大家都不是傻子，都看在眼里。郭志寅不让林超涵去高原，是出于保护，对这个，众人也认可，温室是培育不出来生命力顽强的花朵，但没事就放到暴风雨里摧残，再顽强的花朵也活不下去啊，适当保护是需要的。

初步的计划和人员名单都在制订当中，最重要的是对车辆要进行全面检修，该换的换，该调整的要调整，这是头等要事。

林超涵正犹豫的时候，凌霄强找他来聊天。又是大半年的时间过去，凌霄强成长了很多，在林超涵面前不再轻易提起某人的名字，因为他意识到把思念天天挂在嘴边，既没有意义也无用处。

两人各抽了一根烟。这半年，有时候苦闷，林超涵忍不住偶尔会跟凌霄强一起抽根烟解闷。

两人坐在河沟边的石块上，毫无形象地叼着烟，远处有小孩子在河里摸鱼捉虾，欢快的声音不时传来，这让他们想起自己小时候，也同样是这样没皮没脸。

可是回不去童年了，自从学会了长大，就知道烦恼伴随而来。有些烦恼是他们这个年龄段的人特有的，或者这个就叫作青春的阵痛。

凌霄强笑话林超涵，不知道享受齐人之福，摆明了有大美女等着他却天天这般苦闷，这不纯粹是自虐吗，哪里似他这般无聊。

林超涵懒得反驳他，听说那两黑眉毛的姑娘都已经放弃跟他纠缠了，再提点伤心事对他绝对是个沉重的打击，所以他就抽着烟，没有谈这个话题，而是问凌霄强："你知道厂里正在计划更新生产设备的事情吗？"

"知道啊，不过现在不是新订单还没下来，不敢轻易动吗？"凌霄强知道林超涵的意思，这是他们俩谋划已久的事情。

"或者，时机已经到了，兴许等到订单下来，你再去接手那些旧设备就没那么容易了。现在谈是最好的时机。"林超涵道。他们这并非密谋私吞侵占厂里的财产，一个愿打一个愿挨，也避免浪费和资源外流，虽然藏了些私心在里面。

凌霄强有点犹豫地说："如果我们订单下不来，厂里一来是大概率不会随意更新设备了，二来那个时候就算我买了机器，没了厂里的生意订单，那我这接手就是死路一条了。"

林超涵吐了个烟圈，看着烟雾飘散在空中，半晌才回道："我给你的建议本来就是要赌一把，港片里不是有句经典台词吗？有赌未为输。很多事情，我们都没法把握，但是至少我们敢拼一把。再说了，谁说只接厂里自己的订单，生意在整个省相关行业，甚至在全国，只要需要。"

这笔账他们是早就算过的，厂里淘汰旧设备，一是生产效率低，二是成本高，但是如果能够提高效率，有效降低成本，就能够榨取出利润来了。比如厂里车一个零件，因为人工的原因，要 10 元一个，但是如果在外面，请一些便宜的工人来做，也许就是 5 元一个，如果市场价是 8 元，那就能赚 3 元了。厂里的工资福利还有各种隐性开销成本太大，浪费又严重，实际上可能中间的差价还不止这点。在外面，如果自己私营单干，效率更高、浪费更低，但是价格却优惠，厂里一旦缺货，没理由不用。

这个不光是西汽可以做，林超涵的意思是，有些零件是各种机械工厂都要使用的，生产出来可以销往全国各地，这么看的话，这生意就大了，当然，销往外地，还要算上运输成本了。

这件事，不要以为在外面私营请工人就是残酷的压榨，不知道会有多少农民愿意来干这活，怎么着比种地要强得多，拿到实在的现金比什么都强。这是那个时代的特色，南方的经济特区都是这么干起来的，凌霄强在南方混过两年，对这些事情再明白不过了，而林超涵则纯粹是理性分析得出的结论。

试想，如果农民在这里打工一个月效率高点能挣上三四百块钱，甚至再高一点，能挣上五百块，还不用去南方那么远打工，这个诱惑力还真是非同小可，要知道当时的中国农民拼死拼活一年到头能挣上一千块钱就算是相当不错了。

凌霄强把烟头弹到河水里去，看着火星迅速熄没，脸上的神情却坚毅起来："是不应该再犹豫了，再犹豫就该跟这烟头差不多了，热情没了，就只能随波逐流。我凌霄强虽然没有你林超涵那么人见人爱鬼见不愁，但是绝对也不能混日子等死，该拼一把了。"

林超涵见他前面半句话说得还挺有意境，后面评价自己的话就有点不中听，不由得顺口说了声："屁的人见人爱，我现在这副样子，别人见了不知道会不会捂上鼻子。"他身上现在动不动满身油污，蓬头垢面，没办法，车间就是这样，连于凤娟都照顾他不过来，索性让他去，能洗就洗，洗不干净就将就，每次见他，都忍不住叹气自己的宝贝儿子，本来应该坐在明亮的北京办公室喝茶看报纸的，不知道为什么就又回山沟沟里面过得比土包子还不如。

两人说着话，抽完烟，在河里洗了把脸，就又慢悠悠回厂上班。

但是两人都知道，凌霄强在西汽上班的日子要告终了。人生，不是赌局，但是有时候，得有拼劲，豁出去，才能有那自己想要的未来。

# 第 20 章　一直在谈正事

六月入夏，流萤似火。厂里紧锣密鼓地准备着高原试车的事情。

自从上次听完林超涵的分析后，大伙儿又重拾信心，积极投入到工作中来。外国的对手再强大又怎么样？如果连拼的勇气都没有，西汽不如趁早吃个散伙饭。

去高原的测试车辆必须要保证万无一失，很多调试修改的工作，林超涵在现场很忙碌，此外，稍微有一点空余时间，他就得回去翻找研究资料。

军方那边，他和仲瑛有过几次简单的沟通，对方很忙，也有一阵子没搭理林超涵。

直到这天，他忽然接到了仲瑛的电话，他也正想找仲瑛，接到这个电话有些欣喜，劈头就说："太好了，正要找你呢！"

仲瑛有点意外："是吗，我以为你百年都想不起我来了呢。怎么着，有事求我？"

"是的，你上次不是说一直在搞国外的军车资料吗？怎么样，有进展吗，有我能用上的吗？能不能先提供点你手头的资料给我？"林超涵这话有点觍着脸说的，当然也是给逼急了。

"没有。"仲瑛回答得很干脆。这让林超涵有点失望，接下来仲瑛让他更失望了，"有我也不能说给你就给你。资料得过滤，还得让领导审批同意才行，你以为我们部队是你家开的吗？想要资料就伸手。"

林超涵有点讪讪地说："那不是因为咱们俩的关系吗。大家都那么熟了。"

"我跟你啥关系啊？没关系吧？"仲瑛讽刺，"大家也不是很熟。"

"你看看，还不是很熟，每次跟我说话都对杠，简直像是对切口。"林超涵都忍不住笑了。

"想得美啊你，还跟你对杠，我有那闲情逸致的话，还不如去找个男朋友喝茶赏月买衣服去。"仲瑛在电话里啐了他一口。

"那个，太可惜了，可惜我有女朋友了，不然，一定陪你聊天狂逛压马路，那场景想想就太美了。"林超涵接着调侃。

"得了，蹬鼻子上眼了啊你，你还不如开个后宫呢，不过姐可不陪你玩，姐是当皇帝的，收你当妾还差不多。"仲瑛每次跟他说话，都忍不住跟着他贫，也不知道为什么，两人感觉如此熟悉。

"别啊，哥没命享受，这机会你留给别人吧。"林超涵叹了口气，眼前又浮现仲瑛穿着军装英姿飒爽的样子，那的确是英气逼人，十分俊俏，忍不住嘀咕道，"可惜了！"

仲瑛的耳朵很尖，他那小声嘀咕也听得十分清楚，忍不住也问道："有什么可惜的？"

"可惜你是一个兵，要是穿裙子，那该多漂亮。"林超涵脱口而出。

"是吗？"仲瑛在电话那头忍不住嘻嘻笑了起来，听起来少了几分惯常的爽朗，多了几分女儿家的扭捏，"那改天我就穿裙子找你去。可不许说我穿得不好看。"

"那是自然的，肯定是天仙下凡一般的感觉。再涂个口红，戴个耳环，靓极了，肯定比港台明星差不了多少。"林超涵迷魂汤索性全套都灌了下来。

电话那头的仲瑛笑了老半天，才停下来："差不多了啊，你再灌迷魂汤我是不是就该投怀送抱了？"

"怎么，我还不够资格吗？林氏出品，质量保证，独此一家，别无分号。"

"不贫了，贫不过你。"仲瑛嗔怒道，"我们还没说正事呢。"

"嗯，我以为我一直在谈正事呢。"林超涵正声道。

"怕了你了，我给你电话，是想告诉你一件事情。"仲瑛道，"这个事情你听了定会非常感兴趣，到时候，你必须得答应我一件事情。"

"你先说是啥事情呗，说了再谈条件可好？"

"也罢，反正也不怕你不答应。先说也无妨。"

"洗耳恭听。"

"不跟你卖关子了，我们在调查的时候，意外发现一件事情，这件事情非常有趣，跟你有点相关。透露给你也不算是违规。你知道路驰集团与军方交涉的背后推手，即将上任的路驰集团中国区副总裁，以后路驰在中国卡车行业的代理人是谁吗？"

"这个人，总不会是我认识的吧？"林超涵有点意外。

"不仅是认识，恐怕跟你还恩怨匪浅。"仲瑛在电话那头有点调侃的意味，这让林超涵更加意外了。

"到底是谁呢？"林超涵猜不出来。

"这个人的名字特别有范，叫范一鸣！"仲瑛平静地说。

"什么？！！"林超涵本来是坐着接听这个电话的，听到这句话后猛地站了起来。这让周围的人吃惊地看着他。

竟然是他！

这怎么可能？范一鸣是路驰集团在中国的代理人？他们在推动向军方销售路驰重卡？这个情敌已经很长时间杳无音讯了，让林超涵几乎快忘了这个人的存在，但竟然在这样关键节点上听到他的消息。

这简直令人难以置信！

范一鸣怎么会混到这个行业来，而且能到那个位置，最重要的是，偏偏还是在掐西汽的脖子？想想都觉得像是在做梦一样。

林超涵震惊得半天没说出话来，眼睛直直地看着前方，但是却视而不见。

等了他半天，电话那头的仲瑛不紧不缓地说："我没有骗你，这个消息千真万确，也许你很快就能见到他，据说这次他也会带队去高原试车。"

"这怎么可能，这小子他懂什么汽车？他总不会是专门冲着我来的吧？"林超涵自言自语，震惊的神色未减。

"士别三日，就当刮目相看呢，你以为只有你在进步成长吗？"仲瑛这话说得有点恨铁不成钢了，"他懂不懂汽车我不知道，但是他的确会去高原，他这一次拼成了，今后在路驰的地位就稳固了。至于是不是冲你来的，我就不知道了，这是你们的私人恩怨。如果是你，我会劝你不要因私废公意气用事，但是这个世界上，总有些人，发了狂，什么都干得出来的。"

说完，仲瑛就道了声别，挂上了电话。因为聪明如她，猜到了此时的林超涵陷入沉思中难以自拔。

电话挂上后，嘟嘟了半天，林超涵才放下电话。

他直觉，范一鸣就是冲他来的，甚至不惜改换门庭，充当路驰集团的代理人，目的就是为了打垮西汽，打垮了西汽也就是摧毁了林超涵的事业，让他这一年的辛苦努力毁于一旦。达到这个目的，范一鸣就可以让他林超涵很长一段时间难以翻身了，在季容那里的竞争，也就优势更大了。

毕竟，以范一鸣的思维看来，在事业上无法匹配的两个人，最终也无法走到一块去。

林超涵和季容的爱情当然不会这么脆弱，但是谁也无法保证，两个人如果相差太远，一个变成顶层，一个变成底层，最后还能不能走到一块去。林超涵也不是高中生了，没那么幼稚。

再说了，一个男人就该努力，好去配得上他爱的女人。

这也是林超涵在西汽所有努力的最核心原因，他现在只想好好帮父亲把厂子搞好，这样至少他也能得到发展的保障，不会偏离轨道太远。反正他现在也回到了厂里，这是最好的途径。

但现在的情况是，范一鸣显然是知道了他在厂里的情况，然后也猜到了他想法，再然后就设计了一个方式，在他即将成功的时候，跳出来，毁了他这一切的努力。

肯定是这样。林超涵断定，事实也离这不远。同时，林超涵也能猜到，这小子一旦打开了市场缺口，肯定是日进斗金，大富大贵了。

这种情况对林超涵和季容来讲是一个莫大的威胁。

"绝对不能让他得逞！"这是林超涵的第一个念头，无论是为了什么，都不能让范一鸣称心如意，他称心如意，就代表着林超涵的失落失意。

他的心头燃起了熊熊的战火。

"到一线去，当面打败他！"林超涵猛然拿定了主意，想一鸣惊人是吧，那我就让你变得一文不名。

"这是男人间的战争！绝不能后退！"林超涵找到郭志寅，当面斩钉截铁地说，"无论如何，哪怕有天大的危险，何况只是理论上有点危险而已，所以，去高原，我去定了。无论天堑坦途，此行无怨无悔。这既关乎我的尊严，也关乎西汽的前途。"

当郭志寅听林超涵说明情况后，有点无语，这事未必有林超涵说的玄乎，但也不能等闲视之，别的不说，仲瑛的警告难道是白说的吗？没有必要，她那种职业的人才不会透露半点风声给你。

但无论如何也不能让林超涵抱着打私人战争的态度过去，这太危险了。年轻小伙子就爱冲动，这往往是会要命的。

听完最后一句，郭志寅冷笑着说："这么说，你去了，就能赢下竞标是吧？是不是说西汽现在离了你就没法活了？你太高估你自己的价值了吧？告诉你，林超涵，你没有你想象的那么重要，有你和没你，不会有任何分别。"

林超涵听完有点愕然，他审视着郭志寅，从眼神里，他确认郭志寅是很认真地在跟他说这句话，态度也是前所未见的恶劣。

这还是他那个没事爱八卦的郭叔叔吗？

# 第 21 章　确认过眼神

确认过眼神，发现郭志寅是很认真地在跟他说话后，林超涵也严肃起来，他在思索，郭志寅为什么要这么跟他说话，只是为了阻止他上高原吗？上高原的确有危险，而他本人也没有一定要让郭志寅同意他上高原的理由。只是为了去跟范一鸣干一仗吗？这个理由凭什么说服郭志寅？

这让林超涵有点小尴尬，一腔热情过来却碰了一鼻子的灰。

但是锲而不舍才是林超涵的性格，接下来，他持续多次找郭志寅，每次都给自己找了很多慷慨激昂的理由，比如说为国争光、为西汽生死存亡决一死战、不破匈奴誓不还等等，决心都下得非常大。

但是郭志寅总是摇着头叹着惜，没同意。

林超涵先后找了姜建平和父亲林焕海，他们也是重要的意见参与人，姜建平被林超涵上高原的热情所感动，当场表示同意林超涵上高原，但是他也得尊重郭志寅的意见，郭志寅是最懂技术的人，他说谁行谁就行，说你不行你就不能随便占指标。

林焕海则是臭骂了林超涵一通："你以为我不知道你为什么要去上高原？别扯那些为国争光的理由。为了自己的女朋友争风吃醋，你这样的心态去高原，是去找死吗？那是你为了个人恩怨争强好胜的理由吗？绝对不是！我同意郭总师的意见，打死不能让你去。当然了，想去，也可以！"

看见林超涵惊喜的表情，林焕海冷笑着说："自己走着去，我绝对不拦着你。"

林超涵像只斗败的公鸡，颓然下去，他现在有点明白郭志寅为什么不让他去了，但是他现在也没法有更好的借口解释了。

他有点苦闷，回到车间埋头苦干，直到下班。想着范一鸣会在西汽众人面前笑话他，而自己却无法还击，他有些憋闷，这是他的情敌，现在在事业上竟然也成了竞争对手，这件事情，如果他不能直面，那他就该反思一下自己是否还是一个男人了。

下班后，他没有回家，而是漫无目的在厂区周边闲逛起来。在宾馆的旁边，有一条小道，是他独处时比较喜欢走的一条路，这里通往更深的山村里，平时来往行人很少，厂里的人也比较少走这条路，所以很安静。正逢盛夏时节，草木茂盛，各种虫子出没，他慢慢地走着，欣赏周边的风景，舒缓一下内心的焦虑。

正慢慢走着，后面传来一阵阵喘气跑步声，好像有几个人跑了过来。

他猛然回头一看，居然看到沈玉兰正穿着小背心和几个女孩子在小路上跑步过来。

不知道为什么，他有点想笑，不知道为什么，他每次一到周边闲逛，总能意外地碰到沈玉兰。

他很自然地打了声招呼，沈玉兰看见他，更是开心，笑靥如花。有一段时间了，他们都没有私下里见过面。

旁边几个女孩非常知趣地把沈玉兰留下，自己嘻嘻哈哈地跑走了。

"想不到你还真是挺注意锻炼的。"林超涵有点感慨，"爬山能看见你，走个羊肠小路也能碰到你，实属难得。像你这样的女孩子这么热爱锻炼，很少见。"

沈玉兰擦了擦汗："我自幼身体瘦弱，经常生病，所以医生说过，要勤锻炼才能有健康，所以没事我就和姐妹们一起跑步锻炼。怎么样，我们一块跑吧？"

林超涵想了想，也好，于是就和沈玉兰一起慢跑起来。连续好久忙于工作，林超涵现在连打篮球什么的都少了，跑起来居然有点气喘。

沈玉兰说："超涵哥，看来你最近锻炼得不够啊。"

林超涵苦笑："确实，跑几步就气喘，怪不得郭叔他们不同意我去高原。"

"厂里不是已经安排好了吗？听说名单马上就要公布了，不去就不去呗。"沈玉兰跑得很轻松，连气都不带喘的。

"可是我现在有不得不去的理由。"林超涵闷着头跑，这条羊肠小道真的很长，他们跑了半天，还有走不完的路。

"为什么一定要去高原呢？上次去漠河不是已经有过很好的体验了吗？厂里安排自然有自己的考虑，不必非得你去。"沈玉兰又擦了擦汗，虽然不是很累，但确实很容易出汗。

"其实……这个，不知道怎么跟你说。"林超涵本想解释一下，但不知道为什么，面对眼前的沈玉兰吐气如兰阳光活泼的样子，他又有点尴尬地说不出口。

"当我是好朋友就说呗。"沈玉兰这一年真的成长非常多，林超涵还记得第一次看到她的时候，被那几个小混混吓得像只鹌鹑，没想到才短短一年，现在说话做事情都大方起来，面对林超涵，她也能做到泰然处之。上次除夕事件之后，沈玉兰对林超涵十分感激，但是后来，她很明白地知道，这是当时凌霄强和林超涵为了给她在家人面前抬起头，不得已而为之的。

而且，她也很清楚地知道林超涵和季容的故事，花季怀春的少女，要说内心没有种种萌动是没有可能的，然而，她可以单方面地相思爱恋，却没有权利要求林超涵一定接受她。爱，不等于占有，懂事的她太珍惜与林超涵相处的时光了，因此她并没有像一般女孩子那样，奋不顾身拼死一搏，她意识到，她如果非要强迫林超涵，也许，得到的反而是敬而远之。反之，把两人的关系相处得像朋友那样，既温暖，又舒服，林超涵也没有理由拒绝。

所以，虽然林超涵极少主动来找她，但是能够有这样在一起跑步的时光，她也是很享受的。而且，她相信，或许有一天，林超涵真的会被她打动。还记得在东北的那天夜里，林超涵喝醉了酒，夸她漂亮，对沈玉兰来说，慢慢地相处，精诚所至，金石或可为之而开。她也相信，她的心，林超涵是明白的。

林超涵当然明白不过，但是他既不能向前一步，也不能有任何承诺，要说这样的美丽女子放在眼前，他完全不心猿意马也很难做到，所以他只能尽量减少两人相处的时间。别的不说，就是眼前，穿着背心跑步的沈玉兰，汗流浃背，面红如花，他看了两眼，都不敢看了，但是他不敢看，那女子天然的香味却是扑鼻而来，闻之如醉。

凌霄强最讨厌的就是他这样的假道学，对他这样的纠结无法理解，每次都会笑话他，即使这样林超涵也不得不坚持一定的底线。

听到沈玉兰追问原因，林超涵心里掂量了半天，最后还是决定实话实说，他大概把前因后果给沈玉兰讲了一遍。

原以为沈玉兰听了就算不舒服，也会支持他，但是想不到，说完半天后，沈玉兰却是咬着牙，一句话也不说，就加快了速度。

林超涵一时之间竟然跟不上，连忙发力，追赶了上来，他现在也是挥汗如雨了，关键是他还穿着厂服，不是运动服，跑起来很吃力。

"你怎么不说话了？不是好朋友吗？"林超涵边跑边喘着问。

沈玉兰还是不说话，咬着牙继续加速，林超涵好胜心上来了，也跟着加速，他的底子在那里，初期有点喘过后，现在反而跑起来轻松了，很快，沈玉兰再加速，他也能轻松自如地跟着。

一直跑到沈玉兰跑不动了，停下来为止。

低着头，沈玉兰的眼泪在眼眶里打着转，忍了半天，才抬起头："你去高原吧，我相信，你一定能打败那个范一鸣。你永远是最优秀的。"

林超涵松了口气，笑着说："最优秀谈不上，但是让那个范一鸣滚出高原，是办得到的。"

沈玉兰道："可是，如果你此去高原，只是为了个人原因，你不去可能更好。"

林超涵怔住了。连沈玉兰都这么说。

沈玉兰诚恳地说："我相信你的能力足够胜任去高原的工作，但是我相信，郭工他们考虑的肯定是整体工作，而不只是你个人的表现，如果你带着极度争强好胜的心去，会不会反而欲速则不达呢？"

林超涵愣神地思考了一下沈玉兰的话。

"我也希望你别带着去打仗的心思过去，而是更平和一点。"沈玉兰说，"或者，大家怕输了，你会受到严重的打击。"

这句话彻底点醒了林超涵，沈玉兰十分聪慧，一句话点到了根子上。

林超涵猛然醒悟过来，厂里对这次高原试车，其实心里一点底也没有，林焕海没有，郭志寅也没有，谢建英没有，大家都没有，要硬扛美欧俄三方产品，这在中国制造的历史上是极少遇到的事情。就算是分析得再详细，大家心里依然没有绝对的把握。

越是这种时候，越是需要冷静地面对。

而偏偏他林超涵这个时候热血上脑，冲动激情地要去跟竞争对手干一仗，请问，怎么干才打得赢？若是输了，又该如何面对？

他的这种执着，也许反而会害了他，面对这样的敌手，如果输了，对他的信心是何等的打击，对他的自尊又是何等的摧毁？

# 第22章　力争

未虑胜，先虑败。

有时候并不是老朽者的保守，而有可能是进取者在面对强敌时，保全自己徐图未来的一种智慧。

他林超涵去高原，可能是酣畅淋漓的一场大胜，也有可能是丢盔弃甲的一败涂地，面对强大的竞争对手，仅凭个人的热血是没有用的。对手敢去，说明自信有几把刷子。西汽准备再周密，也并没有必胜的信心。

更重要的是，如果输了，这可不是他林超涵一个人的输，而是整个西汽的输，但是林超涵如果非要把西汽的输赢和自己个人的恩怨绑定在一起，那可能对他来说，是一场灭顶之灾。

成败与否，那是西汽的事情，不是他林超涵一个人的事情。

西汽几个高层的苦心孤诣，林超涵忽然有点明白了过来。得益于沈玉兰的点醒，林超涵突然意识到了这一点。

此去高原，说身体生理机能遭遇到的危险，是每个人都有可能会遇上的。这种担心，不光是对林超涵，对每个人都有。但是林超涵还年轻，在没有必要的时候，不一定非得去冒这种险。这是郭志寅拒绝安排他去的最初原因。

也许，林超涵如果能够有强烈的愿望想去高原，那么郭志寅也许会同意的，但偏偏他居然又掺杂了那么多的私人情感在里面。这样一来，郭志寅反而会彻底地断了让他去的心思。

又思考了一晚上后，第二天上午他再次找到郭志寅，郭志寅正在书架上找一本书，翻了半天，终于找到了一本德文杂志，戴上眼镜坐在那里看了起来。

听到林超涵在那里讲述认识到自己的错误，半天后，郭志寅才慢条斯理地说："你能够有这样的认识我很高兴，但是你有想过没有，我们只是为了保护你才不让你去高原试车的吗？"

林超涵听了一怔，难道不是吗？

郭志寅摇了摇头："如果你真的这么想，就更让人失望了。你是西汽的宝贝，也是林厂长的宝贝儿子，我们看着你，都像是看着自己最有出息的晚辈一样。保护你的身体，保护你的自信，这都是我们应该去做的。但是不让你上高原，却不只是这个原因。我们都知道，温室里是培育不出来花朵的，不经历风雨，你怎么能成长起来？你将来的履历表上，怎么能少了这一路来的各种实践经验？我们真心希望你能够尽快成长起来，不光是要有技术头脑，还要有更敏锐的思维，最重要的是，要有坚定的信仰，你从小在西汽长大，见过许多的前辈长辈，他们从青年到白发，把毕生的心血都贡献给了这个厂。很多人从繁华的城市来到这个山沟沟里，一辈子都没有离开。就是门卫朱远军，你听他讲过的，他的信念是什么？就是守卫西汽。他们每个人，都能找到自己活着的信仰，找到自己为之奋斗牺牲的信念。当然了，时代不同了，现在厂里很多人早没了信念，就以为这是个大国企、军工厂，能当个工人，进来混碗体面饭吃。可是，毕竟不是所有人都没了信念，还有很多的人默默地为厂子做贡献和牺牲，姜书记、你爹、谢副总师，当然还有我，很多人都是因为有一份忠诚和信仰，才坚守在这里。你爹现在口口声声说四千人的吃饭问题，但是你回去问问你爹，你爹拼到现在，就只是为了大家吃饭的问题吗？难道更多的不是出一种对这份事业的热爱？"

郭志寅这一段话说得很长，说得很慢，但却是非常有力。

林超涵听完，心情极度复杂，他自己现在出于什么理由待在西汽，似乎并不是那么纯粹。平时表现好，难道只是因为热爱，而不是因为他本身的性格原因而已吗？

郭志寅没有等他回答，而是低头又看了一会儿杂志，突然有个德文单词不认识，林超涵走过去，答了出来，这个词德文是"思考"的意思，整个句子非常单，只有四个德文字母，是一句德国的谚语，用中文翻译过来的意思就是"先思而后行"。

郭志寅反反复复读了这四个单词。

林超涵明白，这是他有意读给他听的。

"你有自己的信仰吗？你真的热爱西汽的事业吗？"郭志寅问。

林超涵有些不解，去高原跟信仰有什么关系。

郭志寅叹了口气："去高原，你会见到世界上最壮丽雄奇的风景，会路过千里无人烟的无人区，还有雪山、高峰、羚羊，等等，你还能看到这个世界上最虔诚的信徒。这些都能够净化一个人的心灵。如果你只是想去争强好胜，你会错过太多的东西。"

林超涵还想分辩一下，但是郭志寅没有给他这个机会，制止了他说话，接着说："如果你想比你的竞争对手更强，那你就得从思想意志上比他们更强，信仰上比他们坚定，才能打动上苍感动人心。我知道这些说得比较玄乎，现在的你未必懂。说点你能听懂的吧，这次去高原，我们的胜算是有的，但是要做好一切的准备，有可能我们真的不如人家的车好，到那个时候，我希望有人能够给西汽指引出一条未来的路。"

　　林超涵仔细打量着郭志寅，发现这段时间他的白发又多了，皱纹也深了一些，显然这一年来操心至极。注意到林超涵的眼神，郭志寅自嘲地说："别看我，看看你爸和姜书记，他们现在的压力更大，全厂数万职工及家属的前途命运，压在他们的肩上。他们现在恐怕晚上根本睡不着觉了。"

　　这个林超涵是知道的，林焕海最近头发成把地往下掉，晚上回家，听他妈于凤娟说，林焕海这些天就没有睡过一夜安稳觉，总是一个人站在窗台上抽烟思考发呆。

　　"我也许会同意让你参加青藏高原试车，但是你需要记住我今天晚上的话，还有，不要去争强好胜，年轻人意气用事就会坏事，记住，出去，你代表的就是西汽。"

　　郭志寅说完就把林超涵赶走了，他还有事情要忙，没工夫陪林超涵闲扯淡。

　　林超涵很想说："我这是有正事要聊好吧。"但是最终也没有说出声，告辞出来了。

　　在门口，他再次碰到沈玉兰，两人会心地一笑，擦肩而过。

　　七月中旬，部队正式下达了通知，要求在八月上旬，西汽派出参加测试的车辆，前往青藏高原进行试车。在通知中，部队同时正式说明了四家参加公司的名称和测试车辆型号。俄欧两家果然如林超涵所言，是卡玛兹和 CAT 系列。

　　西汽也正式公布了前往高原测试的人员名单，跟上次去漠河相比，这次的队伍相对精练一些。之所以如此，是因为这次没有运输土特产的车辆跟着。但此去的车辆却依然不少，除了正式测试的车辆增多之外，部队方面还要求西汽方面带足副油箱，这是有备无患，到时候，这个柴油说不定就是救命用的了。

　　这个任务肯定也落不到其他三家头上，他们能派出一辆车来参加就不错了，后勤的重任，几乎就全由西汽一家承担了。

　　对于这个要求，西汽方面没有拒绝。

毕竟人家是远道而来，而这里依然算得上西汽的主场。就算是这些客人是打算欺上门来要抢西汽的饭碗，西汽也得捏着鼻子认了。

西汽的名单是在内部公布的，听完名字，林超涵有些坐不住了，原本以为有自己的名字，但听到最后，也没有他的名字。

这让他有些不爽，郭总师那天的意思虽然不是太肯定，但是他判断应该是让他去的，但是最终名单还是没有他，这说明厂里领导还是不太愿意让林超涵去冒这个险。在名单宣读完问大家的意见时，他当场就站了起来，大声地道："姜书记，林厂长，郭总师！我想知道，为什么名单里没有我？"

这一声，有点大，让整个会场都安静了下来，大家都吃惊地看着林超涵，旁边的夏万成更是拉着他的袖子让他坐下，不要说林超涵了，夏万成这次也没有进入名单，但是厂里这么安排肯定有自己的道理。林超涵这么猛地站起来质问领导，要不是他爸是厂长，估计就算再优秀的大学生，也都要倒霉的。

林焕海怒了："你小子给我坐下，什么时候轮到你说话质疑厂里的决定了，你以为去青藏高原是小孩子过家家吗？说让你去你就去？"

姜建平也有点不解，这孩子过去不挺乖的吗，怎么今儿个有点变了性子了。

倒是郭志寅依然是慢条斯理地回头对谢建英说："谢副总师，我把人交给你调教，你就调成这样子了？眼里面都没有领导了吗？"

谢建英没有回答，只是严厉而疑惑地看着林超涵，这小子今天是吃错药了吗？当场质疑领导选定的名单。

再说了，去青藏高原试车难道是什么美差事吗？那可是苦差事，苦过漠河，苦过任何一个试车基地。

往好听点说，林超涵今天是积极表现，勇于承担更重的职责，往难听点说，林超涵这纯粹是吃饱了撑的。

# 第23章　偷溜出来

这场会很快散场了，因为本来也是一个简单的情况通报会议。林超涵在会议后半程没有继续争辩，被人给拉住了，拉住他的人是朱雪。葛老头身体有点不太好，去不了高原，这次朱雪会去。朱雪给了林超涵一个眼色，林超涵有点疑惑，但是蓦然又想到一个主意，就坐下了，几位领导尤其是他爹把他在会上痛骂了一顿，说他目无组织纪律什么的，也只能低着头认了。

后面会上又通报了大家的分工，这次的分工十分明确，去5辆车，全是3180新车，每车配备司机1名，以及各种技术维修人员1名，以及数名工程师。这次西汽的总负责人不出意料，仍然是郭志寅担任。其实本来应当由谢建英负责，但考虑到女士上高原生活太不方便了，就只能将她排除在外了。就这样还惹得谢建英老大不高兴，认为歧视女性，搞得姜建平还跟她好一顿解释安慰。

司机队伍中，则是以朱雪为主导，包括张师傅等人，也都是老司机。

具体的测试路线还没公布，到时候军方会统一宣布，相当于考试命题了，对于这个，提前知道其实也没有太大意义。西汽需要做的就是把车挑好，把物资准备好，把后勤都安排好。

在会上说明的事项中，林超涵对一点颇感兴趣，为了保障行车安全，到时候部队会给每辆车配备一名持枪的战士保卫。之所以带枪，是因为此去高原常常需要露宿，这个时候野外的野兽就非常危险了，这可不像上次那样只是虚惊，如果真有野兽来袭，是非常骇人的，必须要持枪保卫。但部队的人要到格尔木的兵站后才上车，现在只不过是提前说明。

林超涵这次是下定了决心要去高原的，所以他想到的办法就是——偷着去。

而偷着去，需要有莫大的勇气和决心，旷工可不是闹着玩的，还有，需要有充分的留下来的理，此外，最重要的是，如何偷着去。

当时，根据部队的安排，所有参加测试的车辆可以分别出发，但必须在8月25日前到达指定地点格尔木兵站汇合，然后短暂休整，统一安排好后，再集体出发。

格尔木兵站对林超涵来说，那就是最重要的时刻了，范一鸣也会在那天赶到那里，林超涵必须要确保自己站立在他的对面。这是他不可更改的目标，哪怕此次事了，西汽把他开除了，也必须要去。

这是男人之间的战斗。

林超涵并不是傻子，他能隐约猜到郭志寅的心思，因此，他想冒这个险。

朱雪给他的主意就是跟先遣车辆出发，而这辆车就是他开的。为什么要派先遣车辆，其实这也是西汽方面从报饭车得到的灵感。

所谓报饭车，其实是因为此行人数众多，去青藏高原的途中，必然会要进行补给、进食和修整，而在高原上驻扎着部队的一些兵站，这些兵站就是车队停顿休整过夜的地点，在当时交通不方便的条件下，需要有一辆车提前一天出发，到兵站后汇报沟通车队休整的事宜，由兵站方面安排住宿和餐食，还有一些其他的需求等等。这辆承担报饭任务的车就被戏为报饭车，实际上这辆车也是车队的一分子，也是试车的其中一辆。

西汽方面设想此去高原，路途中间还会经过不少地方，西汽的车队在这些地方，一是本身也需要提前准备停车场、休息房间和餐饮，二是提前让一辆车先走，也可以探探路况，好让后面的车辆有所准备。

所以就决定派出先遣车辆，承担这个责任。

朱雪作为技术最好的司机，自然就是先遣车辆的最佳人选了，再派一个工程师跟车，两人妥妥地就可以办好差事了。

朱雪事先就知道这件事情，以他这大半年来和林超涵相处融洽的关系，也知道林超涵的烦恼和想法，因此就给他出了一个偷偷跟车的主意。

朱雪的原话是："我可以让你先上车，偷偷跟车走了，但是你自己需要准备好面对后面的暴风雨，厂里到时候要处分你，你可别把我给卖了。"

林超涵拍着胸脯保证不会出卖朱雪，到时候查起来，就说是自己偷摸上车的呗。至于他偷走后会不会让人怀疑，那就请个假，说要回趟北京参加同学毕业聚会，家里无话可说，厂里现在事情也不多了，不会拦着他的。

准备工作虽然很多，但一忙起来就不觉得，很快就到了出发的时间。在先遣车出发的数天前，林超涵就开始做准备，除了偷摸整理了一下行李衣物外，就是查阅各种有关气象地理资料，做到有备无患。然后再跟家里和厂里都请了假，厂里不知道出于什么考虑，当他提出请两个星期假的时候，居然一路绿灯全都批了下来，好像是对他不去高原的补偿似的。

这让林超涵有点意外，但也管不了那么多了。此行能顺利出行就好。

然后他就在朱雪的安排下，在出发的前一天就藏到了先遣车上。先遣车在众位领导的眼皮底子下开出了厂区，谁也没有注意到车的后厢帆布盖着的一堆东西中，藏了一个人。

等到驶出厂区不远，朱雪停车的工夫，林超涵才从中跳了出来，坐到了驾驶室，把跟车的另一名工程师孔发祥吓了一跳："小超，你从哪里蹦出来的？孙猴子也没你那么快吧？"

"嘿嘿，孔师傅，我是偷摸着出来的，这两个星期请假了，想着也没事干，不如跟你们一起去旅游。"林超涵嬉皮笑脸地拿出烟给孔师傅点上。

　　孔发祥也是试制组的人，这段时间，跟林超涵自然也是熟得很，多少知道一点情况，冷哼道："你小子，胆子不小，敢偷偷跟车上高原，你爹知道了说不定打折你的双腿。"说着瞭了一眼朱雪，以他的人生阅历，自然知道这事没有司机配合是不可能的，再说你看林超涵出现在驾驶室里，朱雪连眼皮都没眨一下，分明是同谋。

　　"要打断双腿也得等我从高原下来。孔师傅，你不会撵我走吧？跟你讲，一路上咱们三人做伴，吹牛聊天，海阔天空，不知道会多少快活。"林超涵也给自己点了根烟，跟这些老烟枪在一起，还经常熬夜加班，林超涵也学会了跟群众打成一片。但是他自己也奇怪，分明大家都抽烟，但他死活学不会把烟吞进肺里再吐出来，也因此，一直没有什么烟瘾，每次跟着别人抽烟，别人是吞云吐雾，他是光吐雾不见吞云。

　　朱雪打着火，又发动车，向前走，笑道："孔师傅，这小子可是自作主张跟来的，再说他也请假了，就当是一起旅游呗。到时候厂里就算追究起来，跟你也没有什么关系。当然啦，跟我更是丝毫关系也没有。"

　　孔发祥哭笑不得，就这样上路，两人能脱得了干系才怪。但是他也懒得说什么，林超涵想去青藏高原为了什么，这段时间多少大家都隐约知道了一点，众人私下议论觉得厂里不让林超涵去高原实在是有点憋屈，既然他坚决要来，那不妨就帮他一下又如何？

　　所以他就默认了林超涵跟车，既没有赶他下车，也没有停下来向厂里汇报的意思。稀里糊涂地往前走呗，到哪座山不能带他走了再说。

　　还别说，三人成行，必有我师，朱雪和孔发祥都不是话多的人，但是耐不住旅途寂寞，再加上人少的时候，反而更容易谈心聊天，所以居然一路上三人聊得非常开心，捡些西汽的趣事以及以往试车中出现的种种事情，谈起来三人都有说不完的话，而且天气非常好，一路上风景秀美，看着壮丽河山赏心悦目。

　　出发没多久，他们就到了第一站，在本省的另外一个市，这里是关中平原的西部，风土人情跟西汽所在秦岭相差不大，他们在这里用过餐，没有多做停留就又出发了。

　　一天后，他们就到了毗邻关中平原的邻省城市，这里号称是华夏文明的重要的发祥地之一，据传是伏羲和女娲诞生地。一路上，他们开始感受到西部的苍凉，大山横亘，沟壑纵横，黄土处处，但同时也深刻地感受到这里孕育的磅礴生机，林超涵亲眼看到，不少地方都种着瓜果蔬菜，仿佛在一片苍凉中，也能让人感受到那一抹绿色的希望。

在这里，他们下午休整，给后面车队的人寻找并预订酒店宾馆房间，提前协调停车场所。按照计划，他们两行车队暂时先不用见面，林超涵大摇大摆地跟着两人吃吃喝喝，安心睡觉。晚上三人还逛了夜市，颇为热闹，林超涵掏钱请两人吃了一顿西瓜配烤串，结果晚上回去后就把孔发祥吃得拉肚子了，拉了一晚上，直拉得脸色发白。第二天天明，林超涵又去买了药回来给孔发祥吃，到十来点孔发祥才缓过劲来，停止了腹泻。

这样一来，耽误了出发时间，出于内疚，林超涵决定晚上请孔发祥喝酒压压惊，孔发祥有气无力地回道："别了，你这安的啥心啊，你这是要整死我才甘心吗？"

# 第 24 章　上高原

林超涵连连赔礼道歉，孔发祥苦着脸，吃的时候很爽来着，可是完全没有想到，像西瓜配羊肉这种吃法，未必适合所有人的胃，看着朱雪和林超涵两人吃得既欢快，又没有任何反应，真是天道不公啊。

第二天上路，他们就相对安静了点，朱雪和林超涵两人聊得愉快，孔发祥就睡了一路，才勉强补回觉来。

很快，他们就来到了毗邻省份的省会城市。这里滚滚的黄河从城市中间穿过，整个城市狭长，黄河边上还有很多的水车矗立，其中有的水车十分巨大，这让林超涵看得叹为观止。更让他感觉到震撼的则是那奔涌向前的黄河之水，黄浊的河水掺着泥沙，看不见底，上面漂着上游冲刷下来的树木碎片。车子一路从黄河边开过，再从黄河大桥上开了过去，看着壮观的母亲河，林超涵颇为激动，他拿出从李午那里借来的相机，使劲地拍照留念，朱雪为了配合他，也放慢了车速，一路上倒是留下了很多珍贵的照片。

次日，他们终于正式进入了青藏线，来到了青藏线上的第一个省会城市，在这里略作调整后，他们就转 109 国道，开始奔往茶卡盐湖，这里已经是自治区境内了。

他们在这里，再次欣赏到了美丽的盐湖风景，这是柴达木盆地有名的天然结晶盐湖。其盐粒质量颇佳，口味纯正，因此，早在乾隆年间，这里已经是有名的采盐重地了，至今已经有两百多年的历史。车子从湖畔经过，看着如同雪山般耸立的盐坨，如梦似幻，湖面澄净见底，与黄河大不相同，再加上蓝天白云，空气中都飘着丝丝的如同海风般的味道，这让林超涵大开眼界。

这一年来，林超涵跟着车跑了不少地方，既看到了热带海岛上风情万种的椰子树和棕榈沙滩，也看到了东北那一片白茫茫的雪原和晶莹的冰凇，还看到了南方的水网稻田和素雅人家，甚至大海他也见过，还下海游泳一番，在夜晚听过海浪拍打岸边的声音。

按理说已经是见多识广了，但是来到这里，他依然忍不住赞叹中国的地大物博、山河壮丽，这里太美了，如果时间允许，他真想在这里逗留徘徊数天，可惜他并不是真正的度假，只能徒叹奈何，心里暗暗发誓，无能如何，将来一定要再来这里，好好过上几天美好的时光。

而且，最好是能带季容一块来这里，想必她见到这样的美景，也会欢呼雀跃吧。想到季容，他的心里好像暖暖地，又带着一点忧伤。思念或者如这盐湖的水，宁静中蕴含着肉眼看不见的浓郁特质，而且它们还不是杂质，只是因为爱恨成灾，融入这片纯净当中，从而散发着泪水一般的味道。

林超涵沉默地看着蓝天倒映在湖面上，车速很快，湖面虽大，但是终于还是消失在眼帘里……

车子行驶过风景秀美的都兰后，他们终于进入了青藏高原的腹地，格尔木胜利在望了。

格尔木市已经是位居世界屋脊了，它的地域面积极其广阔，辖区由柴达木盆地部分区域和唐古拉山区两块互不相连的疆域组成，有11万多平方公里，世界上很多小国家都没有这个市大，它也因此号称是世界最大的市。这里有长江源头、雪山冰川以及昆仑山脉，沙漠荒丘与森林绿洲并存，自然景观极其独特。它整个境内湖泊星罗棋布，盐湖、碱滩与沼泽并存，河流密集分布，其中察尔汗盐湖是世界上最大的盐湖，号称"盐湖之王"。

不用说，林超涵来到这里后，沿途所见到的风景更加气势磅礴和雄伟奇壮，再次让他的眼睛都用不过来，年轻的身体里活力无限，孔发祥睡得口水都流出好几尺了，而他和朱雪则一路程畅聊无歇。

孔发祥也是闲得有点发闷，他们虽然开着测试车辆，但是由于此前紧锣密鼓的各种试车折腾，现在在平路国道上跑，基本上都没出过什么问题，偶尔有些小故障小麻烦，都药到病除，丝毫没有造成大的阻碍，这既让他们心里感到安慰，又觉得有些无聊了。

车子出行的第四天下午，在经过漫长的旅途后，他们终于胜利地提前到达了汇合地点，格尔木的一处兵站。

要知道，当时的青藏线可还没有后来这么壮观的青藏铁路，青藏线基本上就是军用公路，因为整条线大半要走无人区，所以在铺路的时候就在沿路设置了一定数量的兵站，一般情况，是数十公里左右就有一个，但在可可西里无人区间距公里数则相对要高一些。既然叫兵站，自然是要驻兵的，兵站驻兵一般是一个连或是一个排，连长就是兵站的最高军衔了。为了保障军车顺利通行，兵站的物资相对来说较为充裕，同时兵站内的设施相对来说也比较齐全，除了营房、操场之外还有小型的枪械库、弹药库、油料库、被服库和食品库。

一路上，朱雪和孔发祥闲时就给林超涵谈过兵站的情况，其实兵站的军用物资虽然较多，但是生活条件真不太好，这里的后勤补给其实比较差，有一些大点的兵站，比如楚玛尔河兵站还有一到两辆后勤车，但是车况都比较差。兵站的食物是够吃，但是除了米面，剩下的全是罐头，整箱的军用罐头，有肉的也有蔬菜的，却极少能吃到新鲜蔬菜，只有在有到大城市的顺路车的情况下才有可能让军需官跟着去采办点新鲜的肉菜之类，基本是逢年过节才有的机会。兵站的日常任务就是操练、巡逻，偶尔负责接待路过的部队，所以日常生活十分枯燥，每个月最热闹的时候也就是邮车来送信的时候。兵站比哨所条件强一些，但是相对于内地的部队来讲，条件非常艰苦。

这次前来兵站，林超涵他们先到路过的城市采购了一些新鲜的瓜果蔬菜，这里是高原天气，不比内陆，否则都该腐烂坏掉了。他们计划一部分送给兵站的战士们尝尝鲜，另外一部分留着接待汇合的车队。

他们到达的兵站算是一个比较大的兵站，在这里，他们碰到了一名中尉连长，中尉姓章，名叫章均铭。当车辆停下，得到站岗战士的报告，章连长走了出来，林超涵注意到，这里所有的战士因为长期在高原地带生活，脸色黑紫，嘴唇上都破了皮，几乎人人的嘴角都烂了，这是明显缺乏维生素 E 的症状，显然这里高原独有的低气压对驻站官兵身体都带来了影响。

章均铭很礼貌地接待了他们，兵站最主要的工作就是接待过往的汽车兵，他事先的确得到了上级的通报，知道有一批测试车队准备路过，但是没有想到西汽会有一辆车先行通过。接待汽车兵习惯了，接待造车的则是比较少见，这让章连长感到有些稀奇。

三人解释了一下，说明自己是西汽提前探路的先遣车队。章中尉仍然警惕地盘问了半天，才最终确定没有问题，就让三人在兵站先待下了。

到达高原后，林超涵确实有些不舒服，有点高原反应，但不是太厉害，郭志寅担心得对，林超涵作为年轻力壮的小伙子，未必就比年长者更能扛。

看着林超涵从车上有些艰难地下来，脸色痛苦，章均铭立即安排他去卫生室里吸氧半个小时，这才缓过劲来。其实他们随车携带有两个氧气枕，但是不敢轻易地使，这还没到关键时刻呢。

章均铭从车上卸下瓜果蔬菜后，十分欣喜，虽然其中有一些已经蔫了，但是只要还没有腐烂，就能吃，这下可以好好给战士们改善一下生活了。

晚上，林超涵和兵站里的官兵们一起用餐，这里的条件确实艰苦，章连长照顾他们三位，给他们单独开了一个小灶，单独坐了一桌。要知道，兵站繁忙的时候，每天都有很多汽车兵需要用餐补给。最近相对已经清闲了一些，不然章连长也不会有工夫单独照顾他们三人。

章均铭热情地招呼："三位，咱们吃饭，高原上喝酒对身体伤害很大，条件艰苦，所以也没法请三位喝酒了，我以水代酒，敬三位一杯，请！"

林超涵等三人连忙也举起瓷缸，与章均铭干杯。

"吃菜，吃菜！"章均铭热情地招呼几位。

三人面面相觑，还真是吃菜呢，因为厨房给这一桌端的全是他们自己带来的蔬菜，什么炝炒土豆丝、清炒圆白菜、蒜茸粉丝娃娃菜以及清炒莴苣，反而是肉很少见。

这个，是不是有点寒碜了？但是也不好拂人家的好意，再说，菜炒得香气四溢，显然部队的厨师水平相当高，所以他们就动手夹起菜来吃饭了。

刚拨了几口饭，吃得正香，朱雪捅了捅林超涵，示意他看一下周边桌子上的战士们，林超涵抬眼一看，只见战士们不时投过来十分羡慕的眼光，看着他们大口吃蔬菜，反观他们的盘子里绿色菜叶只是点缀，大部分依然是罐头做的肉菜和土豆等易保留的食物。连章均铭连长都和战士们吃一样的菜。

朱雪感慨道："这还是咱们的那支军队！他们舍不得自己吃，却用来招待客人。"

看着那些战士们的目光，林超涵突然醒悟过来了，章均铭和战士们显然确实有一段时间没怎么见过新鲜蔬菜了，对战士们来说，给客人的最高礼节，大概就是拿出自己最好的东西来招待。

而这东西，对格尔木官兵们来说，就是新鲜的蔬菜。

# 第 25 章　最可爱的人

所以，章均铭请三人开小灶吃饭，已经是倾尽站里最珍贵的食材了，对他们来说，罐头肉食已经腻味了，蔬菜才是人间至味。

看着战士们钦慕的眼神、质朴的脸庞和泛着高原红的双腮，林超涵鼻子有点酸酸的，有一种想要掉泪的冲动，这些同龄的年轻战士们，的确是最可爱的人，与他们的负重前行相比，自己那点辛苦不算得什么。

这里艰苦到他们已经想不起肉才是外面世界最受欢迎的食物。当时的中国，大多数的人刚刚摆脱温饱，对肉食的渴求仍然是绝对刚需，不像今天的中国，对肉食的渴求已经不再强烈。

醒悟过来的林超涵对章均铭说："我有一个请求，不知道允不允许？"

"远来是客，你说！"章均铭回道。

"我想吃肉，想用这桌子上的菜跟战士们换一下，不知道行不行？"林超涵的眼神很诚恳，并不是那种馋肉的样子。

章均铭嘴唇嗫嚅了几下，他当然看出来林超涵的用意，林超涵用恳切的眼神看着他，让他无法拒绝他的要求。于是他只能选择默认。

林超涵拿着桌子上的菜往其他战士的桌子上放，这些战士们十分不好意思，连忙起身阻拦林超涵，但是林超涵态度坚决，再加上看章连长也没有起身阻拦，只是默默地低头扒饭，战士们便只好随林超涵，他便把满桌的蔬菜全换给战士们了。

林超涵抱着饭猛吃，他没想到，在高原上还能吃到香喷喷的米饭。在高原上气压很低，若是用普通的锅煮饭都只能煮出一锅夹生的米饭来，以前兵站条件更为艰苦，想要吃上一碗香喷喷的米饭都是十分不易的，后来部队从 80 年代开始配备了高原专用的高压锅，才终于能煮好米饭，虽然依然无法与平原相比，但已经相当好了。兵站因为长期驻扎，人数也多，部队的配备还算是比较先进，因此林超涵等人就可以吃上一碗好饭。

林超涵一路上十分辛苦，自然也顾不得细细咀嚼。他大口地夹着罐头肉块，经过炊事班的加工烹调，味道刚入口虽然有点怪，但还算不错，吃起来也颇有嚼头，而且他还没那么娇气，因此居然吃得十分香甜，惹得兵站官兵们频频侧目。要知道，这些战士们需要长年吃这些东西，吃上一两顿还行，日复一日，年复一年吃这玩意儿，那简直是跟吃猪食差不多，对吃货们来说，那绝对是痛不欲生的体验。

长时间吃这东西，味觉也会退化的。所以对战士们来说，能吃到新鲜的时蔬那绝对是件了不起的盛事。在藏区，兵站分布不少，但是地广人稀路漫长，后勤补给根本无法保证给每个兵站运送新鲜蔬菜，能定期送来一些难啃但能保证温饱的罐头已经是非常难得了。有人说，咱们中国人天生就是修理地球的，特别是部队上的养猪种菜兵，那绝对是走哪种哪，但这是高原，不适宜于内陆平原地区的状况。而当时的蔬菜大棚温室技术才刚刚兴起，这里的兵站还没有引进。

林超涵这趟带来的菜并不多，厨师也没舍得一顿就做完，分下去，一桌其实也就是半盆蔬菜，每人一筷子也就夹完了。

所以当战士们夹着新鲜蔬菜的时候，都舍不得立即吞掉，而是反复放在嘴里面细细咀嚼品味，像是品尝山珍海味一般。而夹完了菜的饭盆子里面的菜汤，大家都是用勺子每人分一点点倒进嘴里细细咂摸。

其实不光是战士，章均铭和他的连副、指导员也是，他们吃菜时的表情也显得贪婪而虔诚，仿佛吃着世界上最美好的食物。

朱雪拉了拉正在狂吃肉的林超涵，让他四周一看，看到战士们吃蔬菜时的表情，林超涵还是愣住了。

这一幕从此深深印在了林超涵的脑海里，他悄悄地对朱雪说："我终于明白，军队为什么急着要更新换代卡车了，没有足够的运力，军人根本得不到良好的营养补充。"

朱雪点了点头："亲眼见到是不是很震撼？藏区的后勤补给真的太困难了，像格尔木还算好一点的，再偏远的更惨。还有的在雪山巅上，那里常年大雪覆盖，大风凛冽，每次出门巡逻都得是拼了命才能成行，危险系数极高。"

林超涵道："太可惜了，我们这一趟准备不足，早知道应该多采购一些新鲜蔬菜水果之类的。"

朱雪摇了摇头："你真买了，他们也不会收的。"

"那是为什么呢？"林超涵有点奇怪。

"因为他们知道我们还要走很远的路，也许还要路过兄弟兵站，如果在这里他们把蔬菜先都拿走了，后面的兵站兄弟们怎么办？咱们在路上怎么办？我们这是解放军，兄弟部队之间要互相照顾的。"朱雪是退伍兵，对这些很懂。

林超涵若有所思地点了点头。

正说着话，突然听见一阵哗啦的声响，林超涵抬头一看，发现有个战士连人带椅子摔倒在了地上，捂着自己的脖子十分痛苦，脸上呈现出酱紫色。

怎么回事？

章均铭赫然起身，高声道："卫生员！检查。"

官兵纷纷站立围了过来，不用章连长吩咐，卫生员立即冲上去，简单地检查了下。"情绪太激动了，高原反应发作了。"说着又嘟哝了一句，"唉，果然是个新兵蛋子，难道你平常就没听说过，在高原上不要太激动吗，吃个蔬菜就激动了？"

"立即送卫生室，快点，三班长，负责把人给抬过去。"章连长连忙下令。

众多官兵手脚并用，有的抬头，有的抬脚，还有的负责拿一个氧气包拆开给那名战士用。七手八脚地把他抬到了卫生室里去吸氧。

这个意外搞到林超涵有点蒙，难道自己带蔬菜过来是带错了吗？

看见林超涵有点失落的样子，反倒是章均铭走过来安慰林超涵："没事，这是常事，他进去休息一下就好了。你们先在这里用餐，我过去看一下就回来。"

章连长说着也脚步匆匆地跟着走了。

看着碗里的罐头肉和饭，林超涵都有点吃不下去了。他心里一直在挂念着那名新兵，而旁边的连副则组织剩下的人继续吃饭，要知道，这可是在高原，必须要吃饱饭填饱肚子才能保证基本的营养。林超涵坐下后，心里忐忑不安，直到这顿饭吃完也没看到章连长回来。

到很晚才知道，那名战士已经脱离了危险，但是仍然不放心，准备让部队派车过来，把他接到医院去检查一番。

晚上，在兵站睡觉的时候，林超涵也有些胸闷，朱雪警告他，千万不要硬撑着，如果实在觉得不舒服，立即提出来，否则的话可能就真的会出人命。

于是林超涵果断就跑去卫生室里吸氧，他碰到了章连长，章连长疲惫地坐在那里正在吸氧，看到林超涵来了，便笑着问："怎么，还是感觉有点不适应了？"

"有点不太舒服。"

"是心里不舒服还是身体不舒服。"

"都有点，对了，章连长，你在这兵站待了几年了！"

"五年了！"章均铭感慨地说，"从一个士兵起，我就在这个高原上扎根了，以前在别的兵站待了两年，后来就一直待在这个兵站。"

"你结婚了吗？"

"结了，有一个男孩！跟我媳妇在老家待着呢。"说着章均铭小心翼翼地解开制服的衣襟，从怀里掏出了一张有点皱巴的照片，"看，这就是我儿子！"

照片上能看到一个憨态可掬的小胖子，正张着双手欢笑。虽然照片有点皱了，但还是能看出这个娃娃的眉目与章连长有几分相似。

"真可爱！挺像你的！"林超涵笑道，"想不到兵站的生活这么辛苦，来之前我都以为自己做好了准备，想不到还是有点适应不了，你能在高原一待七年，真是想象不出来日子是怎么过的。"

"没什么怎么过，就是一个字，忙，平常没有接待任务那就练兵、巡逻，有接待任务那就得忙了。你知道吗，前几年，我们边境紧张的时候，部队运输频繁，接待任务就很繁重，我们这里一天光削土豆就得削上 8000 个，全连的士兵全都得动起来，就这样还经常忙不过来。"章均铭摘下氧气管，深呼吸了一下，酱紫色的脸顿时显得生动多了。

这让林超涵有些好奇了："你说的是前几年边境某国挑衅的事情吗？"

章均铭含含糊糊地点了点头，没有细说。

他三言两语把这个话题带过去，只说他们这里见过太多西汽制造的卡车运输物资，现在看到军方新一代卡车制造出来，将来物资运输能力更强，不由得十分兴奋。

林超涵叹了口气："我们现在还不一定会批量生产，这次我们来高原，同来的还有国外重型卡车，他们如果获胜，将来也许这里跑的都是外国车。"

章均铭愣了一愣，对这个情况他不是太了解。林超涵给他解释了一番后，章均铭才明白过来，他有些不太明白："为什么明明自己可以造，还要去买国外的车呢？"

对于这个问题，以林超涵的身份立场，也是无法回答了。

只得另找话题，林超涵问："难为你在这个兵站待了那么多年，生活是不是也太枯燥了？"

"或许吧，在这格尔木，也有你看不够的美丽风景，比如明早上，你若早起，就能看到这里有名的瀚海日出了。此外，还有其他的一些奇景，包你见到之后，就不会觉得枯燥了。"

# 第 26 章　西汽车队会师

经章均铭描述，林超涵果真对第二天的日出充满了兴趣。

第二天尚未天亮，章均铭和林超涵一大早逼着朱雪和孔发祥都起来，四人开着车，来到了察尔汗盐湖边上，这个盐湖和茶卡盐湖相比，既相似也有些差异，但都颇为壮观浩瀚，宁静得让人震撼。

而此时，天色将明。天边嫣红的朝霞已经让人沉醉，随后，万道金光大作，天边的云彩被阳光染得金黄金黄，而后宁静的湖面像是镀上了一层金漆，在光线的作用下，像是黄澄澄又剔透的一整片琥珀，湖面一片静谧，本来盐湖规模就不小，此时更显得浩瀚无垠，仿如置身神话世界。

四人陶醉地拜服在这自然的奇观面前。

良久良久，当太阳光线更加明亮起来，金黄色渐渐褪去的时候，他们才从这种陶醉的状态下醒过来。

不虚此行啊，朱雪和孔发祥十分感慨。这些年，东奔西走，本以为见识的够多了，但想不到，仍然有很多超出想象的奇观值得他们感慨。

林超涵更是不用说了。他跑得还没他们多，更被眼前这种景色深深打动。

章连长在这里待了许多年，也不止一次见过瀚海日出，但是他却总是觉得看多少次都看不够，高原艰苦，但自然也有它可爱的一面，有它壮丽的景色，值得军人们用生命和青春去捍卫。

但是兵站清闲的时光在林超涵看完日出回去后就结束了，出完早操的官兵们已经开始忙碌着，准备接待今天即将到来的大队人马。

理论上，今天除了西汽的大队人马会到来，另外三家车队的人也应该赶到这里会合。

部队方面已经派员在中途和另外三方车队提前会合，办好各种手续后，带领他们来到这里。

在格尔木，部队一方面需要熟悉各个车队的情况，对车辆情况进行记录，以便后面的行驶期间观察；另一方面也需要详细地给车队制订此行测试的任务路线，并让各个车队做好准备。

因此，来人不会太少，兵站这两天有得忙活了。

但是兵站的人其实非常期待车队的到来，因为一般车队过往都会运输一些新鲜蔬菜过来，这些蔬菜一般优先照顾远来的客人，但是兵站驻站的官兵们的生活也同样会一起得到改善。

官兵因为长期处在高原环境中，新鲜蔬菜匮乏，他们的嘴角都溃烂了，有的还比较严重，但这不是病，还没法医治，唯一的办法就是不断地补充维生素E，每天都得吃。实际上章均铭连长已经给先遣车队的三人都提供了维生素片，叮嘱他们每天要及时补充。他们三人还好，刚来还没有什么反应，兵站官兵们长年在这里，都已经比较严重了，连补充维生素E都根本补不过来。这暂时还没有更好的方法，好在也不会严重影响官兵的战斗力。

官兵们除了准备饭菜，上午还组织了两个排的人出去巡路，这是每天都必须执行的任务，要知道高原天气多变，自然灾害也多，你根本想象不到什么时候什么地段会出现莫名其妙的状况。

林超涵在右闲着无事，提出要跟部队一块去巡逻，看看四周状况，章均铭拒绝了，军队有自己的规矩，不会轻易让外人跟着部队行动的，哪怕只是巡逻这样简单的任务。

于是林超涵只能郁闷地在兵站里数石头子打发时间。他们自己车队的情况已经跟兵站交代过了，另外三支车队什么情况，部队什么情况那就不是他们要操心的事了。而且车子一路上也没有发生特别值得一提的故障，所以他们三人都很无聊，本想去厨房帮忙打下手，结果发现自己进去根本就是给人家添乱，不是打翻盆就是踢翻罐子，搞到炊事班的班长很恼火，把他们赶出了厨房。

于是只好出来看风景，但是兵站这周边，除了灰扑扑的山、远处的湖泊和天上紫外线异常强烈的太阳，就没有更值得一提的东西了。最后没办法，只好回到兵站提供的房间里补觉。

林超涵一觉睡到中午时分，是被人给摇醒的，朱雪摇醒了他，他刚醒就听到外面一阵轰隆隆，偶尔还间杂着刺耳摩擦的声音，他一个激灵就清醒了过来，孔发祥不在屋子里，显然出去迎接了。

朱雪用同情的眼光看着他："西汽的车队到了，待会儿，见到郭工，你自己跟他解释吧，千万不要把我出卖了就行。"

林超涵勉强一笑："放心，不会出卖你的，我亲自去跟郭工解释。相信他会明白我的苦衷。"

"但愿如此，还有，你得跟部队解释一下，怎么我们5辆车10个人的配备，最后出来了11个人。"

这个有点不太好解释了，郭志寅给部队报备的名单如果出现变化，部队方面会怎么想还不知道呢。

"兵来将挡，水来土掩吧。"林超涵现在也是死猪不怕开水烫了。

事情到了眼前，林超涵也豁出去了，就偷着跑出来了，怎么着吧，他扬起脖子，跟着朱雪一块到兵站外面迎接西汽一行人。

外面一排摆着五辆车，全是西汽全新的测试车辆，另外四辆是刚刚到来的，他们把兵站外面的空地占了一角。上面的人正在下来，卸着东西，果然这次也带来了一些新鲜蔬菜，而且数量还不少，郭志寅正指挥着大家从上往下卸货。兵站的官兵们也都加入进来，场面十分热闹。

林超涵站定，呼吸了一下外面的新鲜空气，刚刚睡一觉好多了，他觉得现在已经很适应高原的气压了，没有胸闷气短的感觉。于是三步并作两步，冲上前，也加入卸货的队伍中来。官兵们也都认识他，没有人质疑他，很自然地将东西递给他帮忙。

他扛着一筐卷心菜，从郭志寅面前走过的时候，硬着头皮和郭志寅打了一声招呼："郭叔。我也来了。"

在他想象中，郭志寅应该是惊讶万分、怒目圆睁、大声斥责，反正绝对不会让他好过了。但是完全出乎他的意外，戴着一副墨镜的郭志寅很明显地认出了他是林超涵，也听到了他的讲话，却像是无所谓一般地将手一摆，示意林超涵接着干活。

这种态度出乎意料，但是让林超涵心里多少有了点猜测，于是微笑着接着去干活了。

兵站的官兵看到新鲜的蔬菜大批运到，脸上兴奋之情溢于言表，虽然说这些蔬菜不是全部都给他们，但是其中有一部分是会给兵站留下的，这几天大家有好日子过了。

章连长也走了过来和郭志寅攀谈起来。

郭志寅对另三方代表到现在还没有到有点意外，不过转念一想，他们西汽算是轻车熟路，能够找到这里，但是那三方车队可不好办，首先车辆运到国内后得测试，测试完了得找个合适的司机，而一般的司机还胜任不了，有可能就是请部队汽车兵出马了，熟悉汽车性能也需要一点时间，而且外方对路况也不是很熟，心里没底，来得晚是正常的。而军方的人对西汽显然很放心，交代了一些基本要求后就没管，但那三方肯定得照顾妥当了，晚到也是并不意外。

正好到了午饭时间。

林超涵大大咧咧地跟郭志寅坐在一张桌子上，这一桌子主要是几个工程师技术人员，其中有个熟人，就是陈培俊，其他两个则是钳工装配工，从生产线上调过来的，都是修理车的好手老手。

陈培俊看到林超涵就有点意外："小超，你不是不在名单中吗，怎么在这里出现呢？"他说着，又转头向孔发祥，"老孔，这是怎么回事？"

他这不是质问，真是特别好奇。而且更让他好奇的是郭志寅居然好像没事人一样，一言不发。

孔发祥小心地看了郭志寅一眼，苦笑着低声说："老陈，这事可跟我没关系，小超是躲在先遣车上偷偷地跟着来的。我看到他的时候，已经在路上了，我能怎么办，又赶不走他，只好让他跟着来这里了。"

陈培俊很认真地说："你们这真是瞎胡闹，之前路过省城的时候就应该让他下来，坐火车回去，现在到了格尔木，可怎么办，我们不可能有送他回去的车了。"

他们俩说话声音虽然低，但是也没有打算瞒着近在咫尺的郭志寅和林超涵。

郭志寅一直没有说话，大家也搞不明白他的意思。这个时候，看着大大咧咧夹着菜吃，好像什么事也没有的林超涵，郭志寅的嘴角忍不住抽动了几下，这个小子，可恶，居然也不主动解释一下，还敢这么放肆地吃菜。于是他猛地一拍桌子，把整个餐厅的都给吓了一跳，大家都惊诧地望了过来。

"林超涵！你给我站起来！"

林超涵放下手中的碗筷，心不甘情不愿地站了起来，嘴里还咀嚼了几下，把一块肉给吞了下去。

# 第27章　结果简直不要太美好

看着望过来的一双双惊讶的眼睛，郭志寅像是强压下了火气，沉声问道："林超涵，你眼里还有没有组织纪律，还有没有我这个总师了？竟然不服从安排，擅自离厂，偷偷跟车来到高原，你是打算造反了吗？"

林超涵叫屈道："这可真是冤枉啊，郭叔，我并没有想造反。"

"你这种行为不叫造反那叫什么？你有什么好解释的？"

"您听我解释嘛，第一，我并没有不服从安排，擅自离厂，我本来就跟厂里请了假的，现在是休假期间，这段时间内做什么这是我的自由，跟服不服从安排没有半毛钱的关系；第二，我可不是偷偷跟车来到高原的，我是正大光明搭车来的，我出游的路上，碰见咱们的车，于是就搭了个顺风车出来玩，一搭就搭到格尔木了；这第三嘛，很简单，我这一路上走来，帮着厂里干了活修了车，还顺便陪两位聊天解闷，有功没有过。所以，你说违反纪律，并没有啊，更不要谈什么造反了。我对厂里的一片忠心天日可鉴。"说着还使眼色给朱雪和孔发祥，两人哭笑不得，谁也没有真的回应。

郭志寅被气乐了："这么说，你这私自偷跑出来，我还拿你没有办法喽。"

"郭叔，你这是何必呢，在这高原上，千万别气坏了身子，要知道高压环境下要是缺氧高原反应可就糟了。"

这句话听上去言辞恳切，但是郭志寅怎么听都觉得不是个味。他真是哭笑不得，自己做好人太久，装回坏人，演都演不像，林超涵现在摆明是看穿了他的用意，有恃无恐。这就跟孙猴子当年初出茅庐的时候一样，被菩提老祖在头上击打了三下，孙猴子立即破解此中之意，明白是让他三更半夜去偷学经文。

"郭叔叔，"林超涵自己坐了下来，两眼直视着他，态度十分诚恳地说："我理解你们的一片苦心。但是来高原，我是真心想来给厂里帮忙做贡献的，并不只是因为我要对付某某人，而是这件事情本身也值得我冒险。来这里的第一天，我就明白了，来高原来对了，我看了瀚海日出，看了盐湖如雪，也一路看见了高山巍峨，这些景色真的很美，但是再美，也不如这里的战士美。你看看他们，一个个缺乏维生素嘴角都烂了，就是因为缺少新鲜蔬菜给养，而没有新鲜蔬菜的原因之一就是因为我们部队的汽车性能有限，所以，我理解，像我们这样幅员辽阔的国家，如果没有足够强的运输能力，怎能守得住？就冲这一点，我也希望趁我年轻，多长点见识，多为厂里做些贡献，也为这些战士们做点贡献。"

一番话说下来，众人都安静下来了。连走过来的章连长都安静了，餐厅里也安静了。

官兵们突然鼓起掌来。掌声自发，很真诚。

孔发祥在一旁插句："小超有这份心意，我看很好。"

陈培俊感叹："小超懂技术，又年轻壮实，关键是脑子很好使。我觉得留着他一块走，也不是不行啊，郭工。"

其他人也都附和起来。

看见大家都这么说，郭志寅脸色便缓和了下来："什么脑子好，这些话在我这里都不好使。但既然你这么任性，那也就算了，我就豁出去担着了，让你跟着吧。至于你爸那里，你自己去解释吧。要是你娘知道你跑高原了，不知道老林晚上……"他最后一句话咽了下去，那意思是林焕海晚上可能又回不了家睡觉。

看着朱雪一直在旁边乐呵呵地笑，吃得不亦乐乎，一点都不紧张的样子，林超涵明白，这次来高原，其实就是郭志寅给他设计的一个小考验罢了。像他这样年轻力壮的干将，厂里从哪个方面来说都是巴不得他能够全方位得到锻炼，这与他是不是厂长儿子没有半毛钱的关系。培养年轻有前途的骨干，每个厂都会不遗余力。郭志寅找各种理由不让他来，其实是希望他主动提出来，至于为什么郭志寅要这么脱裤子放屁多此一举，别人不理解，他自己心里能没点数吗？

从一开始，他林超涵就不愿意回到厂里，后来虽然发生种种事情，他林超涵也一直在努力，甚至是经常抢当创新主力，但是每个岗位都不是他自己主动提出来要干的，要么是形势所迫，要么是被动安排，甚至有时候就是凭着年轻人的一股热血冲动。在思想里，他一直在想着如何脱离这里，或者说，只是想借力这个平台获得个人的一点成功，将来有足够的面子和实力去见季容罢了。

郭志寅希望他能更主动地去承担西汽的各种重任，包括来高原，以他的人生阅历，当然对林超涵冲冠一怒为红颜的做法不满意，如果只是为了斗情敌，那不如在家里睡懒觉算了。

因此，朱雪肯定是事前得到郭志寅的同意，不，林超涵断定，搞不好就是郭志寅授意，让朱雪提出让他偷偷跟车过来的。就看他林超涵把握得了这次机会不。

结果没让郭志寅失望，果然在格尔木看到了林超涵。更重要的是，林超涵刚才说的那些话，不是假话，这让郭志寅比较满意。

所以，林超涵就这样轻松地过了关。

这个结果，出乎孔发祥和陈培俊等人的意料。但他们很快就露出会意的笑容，他们都对林超涵印象不错，这个小伙子踏实又机灵，肯干又卖力，专业又年轻，能够得到更多的锻炼机会，这是大好事。

西汽车队的每一个人都很开心，饭桌上的气氛也活泼了些。

经郭志寅协调，章均铭同意林超涵用兵站对外联络的电话给家里挂一个长途，但是时间必须在5分钟内结束，这部电话很重要，随时可能要与上级联系，算是战备电话，不能占用时间过长。

于是林超涵午饭后就给家里挂了一个电话，坦白了自己来格尔木的事实，并向林焕海再次提出申请加入车队的要求。

林焕海一听就暴跳如雷，这小子前段时间说什么回北京参加同学会，原来是骗了老娘又骗了老子，一个人偷偷地跑去跟车队了。这是好玩的事吗？都说上阵父子兵，但是老子让儿子上，哪个不是提着心又吊着胆。

更何况，厂里怎么解决，郭志寅会不会答应？

在一阵怒吼后，听到郭志寅已经同意的消息，林焕海意识到，儿子是唤不回来了，冷静下来道："臭小子，去了就算了，等回来，看我不剥了你的皮。"

"那等我回来再说吧。"林超涵说着就挂了电话，5分钟时间一会儿就到了，他可担不起耽误部队战备的责任。

电话那一头，林焕海呆了半晌，心里哀叹，完蛋了，今晚看来又得睡办公室了。这事可不能瞒着家里的那头母老虎，于凤娟迟早会知道这个消息，晚说不如早说。早说了早发火，晚说了说不定他老林这把老骨头就要被拆了，还没等他剥林超涵的皮呢，自己的皮就先被老婆扒拉了。

想着，林焕海打了个寒战，心里还有点小确幸，幸好，长期锻炼的结果是，他在办公室里偷偷地置办了一套被褥，就等着这一刻呢。

想到这儿，林焕海反而乐了。

子承业大概是每个父亲的愿望，儿子林超涵能够追随老爹的步伐，为西汽的重卡事业奋斗，这种结果简直不要太美好。

且不说林焕海这里怎么跟于凤娟交代，只说此时在格尔木，挂完了电话的林超涵也长吁了一口气，这事还是有点冒险了，像他这种行为，还真有点是仗着自己的重要性胡抢了。这也就是他林超涵敢这么干，换个人可能厂里就直接宣布开除了。

当然，厂里现在肯定是不会开除他的，开玩笑，好不容易培养个像样的人才出来，可不能随便开除了。再者，像林超涵这种情况，你开除他，搞不好是成全他了，这小子要是一怒之下又跑回北京找工作，西汽到哪里哭去？但这事肯定会惹人闲话的，这是必须要付出的代价。然而，他是站在为厂里做贡献的角度出发的，仅凭这一点，就算是有人说闲话那也无大碍。

想明白了这些，林超涵就彻底踏实下来，跟着郭志寅忙前忙后，做各种准备工作。首先就是全面检查五辆车的状态，在路上跑了数天，是否有哪些地方的隐患没有发现，这个很要紧，得查严实。

这一点，车队几个人还真都没林超涵作用大，刚上来高原，都有点不舒服，轮流去吸氧了。而林超涵，已经基本适应了，来去自如，对车辆又熟，5辆车他一个人就检查了3辆，发现了几个小问题，随手记录下来，简单修理就妥了。

# 第 28 章　姗姗来迟

在林超涵等人忙碌的时候，通往格尔木的公路上，有一行车队正在快速行驶。

其中有三辆车造型跟其他数辆车有明显的差异。再仔细看，发现这三辆车的造型也都各异，除了看得出来都是重型卡车外，细节方面差异巨大。造型虽然都粗犷，但有的却像那种精雕细琢的工艺品般棱角分明，有的则显得比较笨重。

这三辆车上，除了司机，还坐着各自车辆生产厂方的代表。

每辆车上都坐着同一种人，他们有一个明显的共同特征，就是手腕和手指上都有厚厚的茧，这是长期拿扳手等工具造成的，通过这个可以看出他们的身份——技术维修人员。

他们的形象看起来忠厚老实，但是除了他们，还坐着年龄大小不一的厂方代表，他们是各自所在厂方在中国聘请的代理商或是区域代表。而除了这三辆车外，其他车上则坐的都是军人。

其中一辆造型工艺相对精致的车辆上，坐着一个年轻人，这个年轻人穿着讲究，梳着油油的大背头，按理说，像这样的人应该文质彬彬，但此时的他，却完全不顾形象地抱着氧气包正在猛吸，边吸边抱怨："这是什么破地方，都跑了一天了，一路上荒无人烟，像是进入了鬼蜮。太难受了，我得赶紧下车休息了。"

司机是个饱经沧桑的中年司机，叫任征。在长年的跑车生涯中，他屡次见过这样的公子哥富家小姐，跑高原的时候一个个毫无形象，各种抱怨叫苦，他印象中有一次还见过一个女孩子失声痛哭，歇斯底里死活要逼着车往回走。面对这种人，得很有耐性。

因此，他安慰这个年轻人："不要着急，很快我们就能到达兵站了。到时候你就可以好好休息了。现在，你越是烦躁，身体越是难受。"

背头年轻人嘴里还是嘟囔，但是听到司机的话后，明显也消停了。他确实也没有力气再折腾了。

这个年轻人自然就是跟车的范一鸣，而他所在的车就是美国路驰集团向中国推销的 GMA 样车，跟车的另外一人则是美国方面紧急短期培训出来的技术维修员。

部队方面，按规定，是不同意让外国人进藏的，起初美方极其坚持，认为除了他们自己，中国人根本不可能修理得了他们的车辆，部队听了自然是不高兴的，但是没办法，美方所提的各种理由也不是完全没有道理，他们的车辆的确有一些咱们不掌握的技术，如果临时出了故障，虽然会在测试中被减分，但是你也得修理好让他们接着跑个来回吧。所以最后综合考虑答应让美方派遣一个中方维修技术人员跟车。

美国人可以干，其他两家自然也都提出了同样要求。部队方面考虑后就全部同意了。本来沿途兵站都有维修工具，自备也行，让中方的技术人员，比如西汽方面的人员修理一下不就好了，但是万一有一些独特技术西汽搞不定呢？保险一点也行，反正都是中国人，略查一下就知道身家底细。

涉及国家安全，无论多小心都不过分。所以无论如何也不会同意美方提出让他们自己的工程师跟车进藏，这不开玩笑吗？这是军方行动！

但是中方对国外的技术还是很有兴趣，比如当时中国汽车行业跟德国有很多技术合作，有些问题中国人的确是百思不得其解，而从德国过来的专家在极短时间内就能够解决问题，不服就是不行。这事很矛盾，但是现在只能先这么办。

这条公路路线本身的确不是绝密，很多运送物资的民用车辆早就在跑了，这些年，有些外国人申请进藏，也偶有路过这条路的，要说秘密还真不多，但是考虑到这次测评有军方设计的路线，所以还必须拒绝他们的要求。防人之心不可无，就连各方代表的底细，部队都还是查了查的。

因此，在会合了三方车辆后，军方就登上自有的车辆，一股脑儿将他们带到格尔木了。作为军人，什么艰苦的条件不能接受？一声令下就出发，不会考虑到舒适度的问题，所以也没有太顾及范一鸣这些外方代表的生活需要。

但是他们事先也说明了进藏条件会非常艰苦，有高原反应可能会危及生命，还有各种各样的困难，连饮食都有可能存在不适。这些话一讲明，当时范一鸣就有些打退堂鼓了，他有点后悔，为了抢功贸然提出要自己带车进藏参与测试。万一把命搭在这里可就太不值当了。可是开弓没有回头箭，就算心里再嘀咕，他也不得不跟着车上了高原。

上了高原第一分钟，范一鸣就抱着氧气包狂吸，其实根本还没有发生高原反应，纯粹是心理紧张给吓尿的。

任司机看着他，在心里叹了口气，这次答应给他们做司机，纯粹是看在钱的分上，美国公司真大方，一出手就是他跑车一年的收入。这个报酬太诱人了，根本容不得他拒绝，像这种美差，不知道多少人抢着来。

所以面对这样脆弱的年轻美方代表，他也只能在心里叹气，面上绝不表露半分不耐的意思。至于那名忠厚的技术维修人员，则是自始至终保持着憨厚的微笑，坐在那里不吭声，他跟范一鸣本来也尿不到一个壶里去，若非用得着，范一鸣是半句话也懒得跟一满身油污的技术人员聊天的，张口闭口就称呼他叫老乔，丝毫没有尊重的意思。

另外两辆车上也大概差不多情况，各有一个中国老司机。但稍有不同的是，欧方，其实就是德国重卡，车里的德方代表叫霍欢，也不知道小时候他家里为什么要给他取一个"祸患"的名字，这不是招打吗？同时霍欢也是技术维修人员，德国人精细，省了一个人的钱。而俄罗斯的车里面，坐着俄方代表齐建国和技术工人，两人倒是有说有笑，一路悠闲。

连续数天的旅程，这些车队上的中外代表除了范一鸣，大部分人的表现还算正常。其实范一鸣也未必真那么差，但是军方一句"会有生命危险"的确是吓到他了，从小到大，他还没经历过有生命危险的事情，当然那些自己因为玩乐而作死的事情在他心目中都是不算数的。

这一行车队的领队是一名少校参谋卞文高，他是直属总后部门的，负责主持此次测评事宜，身材中等，但是显得颇为精明干练，此时的他正在与副领队谢剑江谈话，谢剑江则隶属于某军区野战部队，也曾经当过汽车兵，上尉军衔，副营长。两人正在交流对青藏高原的感受，讨论车队中三辆外国重卡的表现。

"卞参谋，以前来过青藏高原吗？"谢剑江给他递过一支烟，卞文高摆了摆手，他有点难受，刚上高原，有点胸闷，良好的体魄让他还能撑得住，但是哪里敢抽烟。

卞文高苦笑道："确实是第一次，若不是这次任务，估计也没什么机会来青藏高原了。谢副营长，你来高原有不少次了吧？"

谢剑江自己抽了起来，他在地方部长待久了，脸上皮肤比卞文高要粗糙很多，满身烟味："还行，部队经常上高原轮训，来过几次，还算适应这里的环境。"

"在野战部队很辛苦，我倒是申请过，想调回到野战部队继续锻炼。"卞文高有点羡慕地说。

"卞参谋，你们在机关待得挺好的，我们更羡慕呢。"谢剑江吐着烟圈，在高原上还能自如地抽烟，这让卡文高有点惊异。

但是很快谢剑江也把烟给掐了，其实他就是实在有点烟瘾发作受不了了，过下瘾而已，也不是真敢随便抽。

"兄弟们的枪弹都按规定整理好了吗？"卞文高问，按照这次事前设计，车队出发进行测试，就安排某军区派出车辆人手进行保卫警戒，谢剑江就是具体负责人。他自己虽然是正领队，但是车后面坐着的荷枪实弹的士兵都是谢剑江带出来的兵。他们在上一站会合后，匆匆就领着那三辆测试车辆上了高原。

"放心吧，不会误事的。像这种任务对我们来说都是平常不过的事情，后面那些兔崽子们太喜欢出这种任务了，比在驻地天天跟泥巴打交道要舒服多了。按照上级通知要求，人手一支枪，四个弹匣，枪弹分离，每车一人。"谢剑江道。

"那就好！"卞文高点了点头，这一趟任务，相对来说主要就难在组织和协调，以及恶劣的自然环境威胁，其实本身没有太多事情，他只要带着另外三名少尉做好记录测试就行了，只要没有意外，是一件很轻松的工作。

# 第 29 章　强身健体的法宝

两人随意交流着一些部队上的事，卞文高以前出身于野战部队，后来调到军委机关工作，对地方的事务并不陌生，不是纯粹的那种机关兵，这让谢剑江感到很舒服。

后面的车厢里的士兵大多数则是在闭目养神，毕竟坐在车厢里也不是很舒服，还有三个机关出来的少尉，让大家有点拘束，大家不能尿到一个壶里去，也没有人说话。

就这样，这一行车队，在当天下午 3 点半左右，晚了西汽的车队整整近四个小时才到达格尔木的兵站。

远远地看到他们过来了，郭志寅和章均铭等人便出来迎接守候。

美方 GMA 车驾驶室里，范一鸣终于摘下了氧气包，其实他并没有什么高原反应，身体长年保养，其实是不错的，他狠狠地骂了一句三字经，"呸"地吐了一口口水，长吁了一口气："终于到这个鬼地方了，先洗个热水澡，好好睡上一觉了。"

他的这句话让任征的眉毛忍不住皱了起来："这里没热水澡洗。"

"什么？这是什么鬼兵站？"

范一鸣听到没有热水澡洗便惊叫了起来，这让他旁边的老乔都忍不住皱起来眉头来了，这都是什么人啊，几天不洗澡会死人吗？我老乔曾经个把月不洗澡也没事。这次要不是接了个活，提前洗了澡，保管在路上就能把范一鸣给熏死。

"的确没有热水澡洗，而且我也不建议你洗。"任征耐心地回道。没办法，这是给钱的大爷，哪怕是有些娇气，那还是在忍受范围之内，看在钱的分上。说着他也没再解释，而是把两人都赶了下车，自己往车队里倒车，找地方停下来。

"不能洗澡，这是为什么？"不依不饶的范一鸣下车后就找到了正在指挥车队停驻的章均铭。

章均铭连长有点莫名其妙地看着这个穿着华贵臃肿，油亮亮的大背头居然还有些凌乱的年轻男子。一时间没反应过来。

倒是旁边有人插了一句话："我来回答你吧，这里洗澡会是要你命的！"

"吓唬老子是吧？洗个澡也能要人命？"范一鸣怒气冲冲，来搬东西、干活的人很多，士兵们从车上往下下，他都没有在第一时间找到回答他话的人。

而章均铭也搞不清他是什么背景，一时间也没有理会他，只顾指挥兵站的官兵们干活。

但是范一鸣怒着说完后，突然感觉这声音似乎有点熟悉，他愣住了，定睛一看，就发现站在不远处，也有一个比他还显年轻的青年男子，穿着一身皮夹克，正站在那里，直直地盯着他，那眼神带着不屑、警惕还有一种跃跃欲试的挑战。

这个人范一鸣认出来了，不就是他此行的目标之一，林超涵吗？

他居然也来到高原了？不是听说西汽此行并没有安排他来吗？对此，他还颇觉遗憾，一路上，之所以抱怨不断，就是因为他觉得没法当面打脸林超涵，自己哭着喊着承担来高原试车的任务，这不是纯粹是自讨没趣吗？

看到林超涵淡定自若的神情，范一鸣心里的一股火突然噌地就上来了。

而林超涵则是一直在等着这一刻，所谓仇人见面，分外眼红，两人的眼神就在这一刻在高原的空气中交锋了。

林超涵一直就在盯着从 GMA 车上下来的范一鸣，而范一鸣则完全没有意识到自己会在高原上碰到林超涵，所以反而一时间没有注意到他。

林超涵很大度："范一鸣同志，好久不见啊，自从上次北京一别。想不到在这个山旮旯里能够见到你！"

范一鸣皮笑肉不笑地说："怎么？见到我很惊讶？"

"没有惊讶，我就挺佩服你的。居然能够混到去做美国人的代理商。"林超涵是真心有些佩服他，这小子听说之前一直做贸易的，对汽车尤其是重卡根本不懂，居然能获取美国人信任，想必也是做了很多努力的。

对此，范一鸣没有正面回答他，也没有太过意外，自从军方宣布让他来参与测评开始，他就能猜到迟早西汽会打听清楚美方代表的情况，林超涵事前知情是正常的事，对此，他当然并不打算多解释，难道跟人说，是靠自己老爸的关系打通了人脉，才获得这一职位的？

"怎么？西汽没有人了吗？派出你这个小毛孩子来参加试车？"范一鸣奚落他。

"咱是穷苦人家，不像你们豪门大户闭着眼睛就有送钱来。穷人家的孩子早当家，混口饭吃，没办法。"林超涵说。

范一鸣听到林超涵讽刺他的出身，大怒，这个山沟里的土包子竟然敢嘲笑他的出身，这事简直是不能忍。其实林超涵这话说得也有些过了，只是气不过，拿来讽刺范一鸣罢了，要知道范一鸣的父亲是真正在历史上为革命事业做过一些贡献的。

"哼，没见识的土包子，说这些都是没用的。"范一鸣冷笑，"咱们还是用实力说话吧，看看谁的车更强，到时候你们西汽没了订单，倒闭了，你活不下去那天，还可以过来给我拎包开车。放心，看在咱们俩都认识季容的份上，我给你的工资保证是在西汽的十倍。"

"用你自己的话来说，一切看实力吧。我们中国人制造的车，不会一辈子被外国人压在底下的。"林超涵十分自信地说，他当然知道美方 GMA 系列车型的性能，美军使用的军车，不仅工艺精湛，而且扛造性并不比苏系要差，是十分优秀的一款车型。西汽新车，要跟它们比，其实真是相差不少，但是这种事情，并不是单纯比性能，而是要综合考量的。

换句话说，他认为西汽还是有很大机会胜出的。

"哈哈哈哈！"范一鸣突然爆出一阵狂笑，笑得弯了腰，连眼泪都快笑出来了，"我说，林超涵，你是不是在山沟里待久了，脑子生满了铁锈，你们制造的东西，能够比得上美国人？这种笑话，说一次就够了，说多了我一定会笑死的，到时候你要陪葬啊。"

林超涵冷冷地看着他，没有说话。在场的很多人已经注意到这两个人针尖对麦芒的对话了，一眼就看出这两人气氛不对，好像有什么深仇大恨似的，就算没注意到的，此时也被范一鸣的狂笑给吸引了目光。

"跟你说，说比人多，咱们肯定比美国人多，但是要比制造能力和高科技，我们差美国人一百年。你懂不懂？别以为在家里憋着用锤子敲铁皮，就能敲出什么高科技出来。"范一鸣嘴无遮拦地讽刺着林超涵。

林超涵的脸色铁青："你也是一个中国人。"

"是，可我是一个聪明的中国人。你这是纯粹是在浪费资源，而我这是在为中国引进高科技，昂得斯坦德？"范一鸣居然开始飙起英语来了。

林超涵摇了摇头，他现在不想理会范一鸣了，这个家伙的思想颇为扭曲，已经没有什么好说的了。

范一鸣却不依不饶："我们有市场，人家有技术，我们换过来就是了。总比你们做些破铜烂铁招摇撞骗要强。"说着，他还轻蔑地说："依我说，就是部队对你们这些破厂子太好了，生产什么都接着，要是我，让你们全部都关门了，免得浪费国家资金。"

这话一说，西汽众人的脸色全都变了，连郭志寅的脸色都铁青起来，这个范一鸣，太嚣张了，自己身为一个中国人，却如此贬损中国制造，还称西汽制造的都是破铜烂铁，关闭了好，这话听得恨不得冲上去把他揍一顿。

林超涵听完心里自然愤怒异常，这个范一鸣，原本以为只是因为季容的事怀恨在心，故意想来打击他而已，想不到，他的内心如此崇洋媚外，已经突破底线了。

但是不得不说，范一鸣说得并非完全没有道理，在当时的中国，有很多的单位企业的确是只会混日子，不思进取，成天只想着怎么从国家要钱，欲振不能。

然而西汽却不是这样，林超涵经历过就明白，像西汽这样，虽然也迫于生存压力，但是在资金极度困难的情况下，敢于挑战，勇于承担，积极创新产品更新技术，在中国已经实属难得了。不过，这些讲给范一鸣听那就是对牛弹琴了，他现在满脑子只认外国的"高科技"。

想到这些，林超涵虽然脑子里血往上涌，但是却死死地压制自己，冷静下来，他轻轻一笑："我们可能没你那点小聪明，但是我们有大智慧，知道什么东西是对自己好的，有些东西是穿肠毒药，吃的时候甜，吃多了会死。而有的东西，入口虽然苦点，但是有利于祛病延年，是强身健体的法宝。"

范一鸣听完嗤之以鼻："说那么多虚的没用，最终看实力。"

林超涵也不再多说："你说的我同意，一切最终看实力。我相信我们中国制造，有外国比不了的优势。"

说完，林超涵转身就走，实在是觉得跟范一鸣待下去是一种折磨，随时让他有呕吐的欲望。

范一鸣看着林超涵，冷笑着，突然想起来什么事，问道："喂，你还没告诉我为什么不能洗澡。"

林超涵顿住了，回头冷笑着说："这是常识，上高原后，前几天千万别洗澡，万一着凉感冒，你一定会死在这里的。"

又会死？范一鸣吓了一个哆嗦。

# 第30章　反悔是你孙子

很快，卞文高就组织四方人马在兵站室内开了第一次车队会议。

在会前，他就和西汽等人互相熟悉了一下，毕竟还算是自己人，卞文高跟他们混熟起来很快。互相介绍后，西汽和另外三方的人都坐在会议桌前，彼此打量着。

美方，范一鸣坐在那里，鼻孔都快翘到天上去了。卞文高不是很理解，这货是怎么就被美国人给看中的，整天都一副欠揍的模样。这种人要是放到部队里，分分钟就会有班长过来教做人的。但是现在也只能忍了，领导们对美式车辆非常重视，希望尽可能地让他们发挥性能擅长的地方，现在只能当作没看见。简单介绍了一下，几方代表点头示意了一下就算完事。范一鸣坐在那里，除了介绍德方代表霍欢时点头示意了一下，介绍西汽时，他就像是没看见一样。至于俄方代表齐建国，那是哪个洞里钻出来的，毛子有什么好东西，他打心眼里就鄙视这个苏联解体后的继承者。在他看来，那就是个笑话。

范一鸣不理睬众人，众人更加没有搭理他，像西汽众人都听到了他在外面和林超涵的一番对话，本来之前郭志寅对林超涵上高原和范一鸣展开情敌大战，心里还是不以为然的，现在一看，这货果然是太欠揍，幸好同意让林超涵跟来了，不然西汽众人觉得自己一定会被气死，现在有林超涵跟他对着干，大家同仇敌忾，一定要想办法让这货笑着来哭着回去。

至于俄方卡玛兹军车代表齐建国，见到范一鸣这副鬼样子，心里自然火气也是蹭地上来了，简直不拿豆包当干粮，要知道鼎盛时期的苏联机械化部队简直就是西方心中的噩梦，敢瞧不起俄国车？玩不死你。再一看，西汽众人看向范一鸣的眼神，再想想下午听到范一鸣那嚣张的话语，登时在心里跟西汽众人站在一起了。

其实霍欢也看不爽范一鸣的表情，但是他是事不关己高高挂起，再加上大家都是竞争对手，也没有什么好亲近的，好在都是中国人，虽然代表不同的利益方，但是互不得罪是最好的，说不定哪天自己在这里混不好，去投奔别人呢？因此，他就笑眯眯的，听卞文高讲述本次四方测试竞争的规则。

这些规则是卞文高接到任务后，和小伙伴们煞费苦心制订出来的。以前很少有这种多方竞标的现象，有也是国内居多，有三家外方参与的，历史上没有过。虽然这三家外方中，美欧两方其实都是挂着外贸公司的名义以民用车参与测试的。

说来说去，其实规则就是三条，第一条是一切行动听指挥，在高原测试期间，所有车辆听从部队统一安排调度，谁先谁后，走哪条路线，需要以什么的速度，都得听军方的安排；第二是保守秘密，要求所有人都签署保密协议，不得向外方透露此行测试一切事宜，军方会公布最后打分结果，细节方面只能各自知道各自的情况；第三是公平测试，不得搞小动作，不得贿赂评委，等等。

林林总总，听得出军方在这次测试上确实是花了不少心思。

关于这些要求，都是面上的，必须遵守的游戏规则，也没有人提出什么异议，只是听到最后范一鸣还是忍不住提出了一点要求。

卞文高有点诧异地看着这位公子哥，不知道他能提出什么高见。

谁知道，范一鸣趾高气扬地提出："一路上，军方应该提供更好的生活给我们，我要求能洗热水澡、提供酒水，还有每天测试时间不能超过八小时，必须按点休息……"

说着，他巴拉巴拉又讲了一些生活上的细节要求，要求必须提供什么牌的香烟，每餐必须要有牛肉，必须24小时保证供氧等等。

听得众人目瞪口呆，真不愧是从北京城来的公子哥，不，应该叫王爷了。

卞文高听得两眼都发直了，他实在是……不知道如何评价回答这位爷的话了。

倒是旁边的谢剑江，忍不住出言讽刺了："你这哪里是来做高原测试的，是皇帝出巡江南啊。"范一鸣身边坐的任司机和老乔都掩着面，实在是嫌丢人啊。美国人到底是从哪里请来的这货当代表啊？

"那倒不用那么高规格，如果实在办不到，降低点要求也行。"范一鸣自大的性格暴露无遗，在美国人面前的那种小心谨慎不知道跑到哪里去了。

林超涵实在忍不住了："我说范公子，你要不要还搞一搞高原选妃啊？"

范一鸣斜视了他一眼："这鸟不拉屎的地方，有漂亮姑娘吗？恐怕连只蚊子都是公的。"

这话一说大家又直皱眉头。他以为他是谁？真是皇上视察来的吗？

林超涵被气乐了："你也知道这是鸟不拉屎的地方，还想要酒喝烟抽？还想每天洗澡按摩，我看你是没有睡醒，稀里糊涂地就被人给拉到这里来了吧。"

范一鸣有点语塞，他自己只顾着抬高身份，结果前言不对后语了，所谓意见只是狮子大开口而已，实际上，他就是仗着美方代表的身份，在高层那里能说话，故意想要些优惠条件而已。此时话已出口覆水难收，依旧嘴硬道："这种垃圾地方，盛产的都是垃圾而已，如果做不到，那就去拉萨，一定要办到。"

这话太拉仇恨了，一句话把在座的所有驻站官兵脸都说黑了。这小子居然敢骂大家是垃圾，章均铭听得真想把这小子拉出去打靶了。

最后还是卞文高简单承诺，尽可能提高在座所有人的生活待遇，部队会尽可能照顾大家生活习惯后，才算收场，就这样范一鸣还是嘟嘟囔囔不高兴。

结果到了开饭时间，范一鸣一看桌子上的饭菜，大多数只是简单的蔬菜炒熟，夹着几块肉，又嚷嚷开了："这叫什么饭？是给人吃的吗？给猪吃的吧？"

说还不算，他尝了一下米饭，觉得煮得不够烂，有点夹生，拿起饭盆直接就扣在了桌子上，大喊道："这是什么鬼东西，还是生的，是不是想把我给毒死啊？"

吃了一口菜，直接一大口就"呸"地吐了出去："难吃得要死！全是青菜，你们这些当兵的，难道只会虐待客人吗？说好的照顾我们生活习惯的呢？"

这货不仅没把自己当外人，简直是把自己当主子了。

章均铭当时就火了，噌地就站了起来。

其他人也都不停了下来，吃惊地看着这位公子哥发作。当时就有几个兵站了起来，想把这小子给拉到外面揍一顿，只要他们连长一个眼色，他们就豁出去把这个货给收拾喽。

卞文高也十分恼火，高原上能吃到热乎乎的饭菜就不错了，他们军人，风餐露宿都是常事，虽然他这些年待在机关，少下去，但是吃点苦还是不当回事的。更何况他完全了解兵站的情况，兵站给客人们端上的各种炒菜，那已经是尽了自己最大的窖藏了，看不到周边战士们吃的是什么吗？

更何况范一鸣这小子这态度，也是极其让人不舒服，要不是看在他老爸的份上，看在部队领导吩咐的份上，他恨不得直接把这小子撵回去。他有种预感，这小子是个祸害，人家霍欢虽然叫"祸患"，但这小子更是烦人得紧，不光是"一鸣惊人"，简直就是处处闻啼鸟，吵死了。

谢剑江也有点想发作的，但看到章连长发作了，想想这是他的地盘，就按捺住了。

但是正好林超涵坐在章均铭身边，他笑眯眯地拉住了章连长，在他耳边轻声地说了几句，章连长这才余怒未消地坐了下去。

那几个兵看到他们的连长没有发话，也只能忍耐着坐下去，其实他们要揍这小子也是担了点干系的，毕竟这小子是老百姓，几个兵打他一个老百姓，这事往小了说是犯错误，往大了说那是违反军纪，要挨处分的。

林超涵笑眯眯地说："范公子，我绝对赞成你的意见！这里的饭菜都不是人吃的，你看看，这菜里又没有什么肉，实在是难以下咽。"

范一鸣有点意外地看了一眼林超涵，他并不完全是草包，只是多年来一直养尊处优嚣张惯了，嘴没遮拦而已，此时看到林超涵帮他说话，他心里也有点狐疑。

林超涵接着说："我认为，兵站是故意给我们吃这些东西的。他们肯定藏了很多好东西，故意不给我们吃。"

章均铭在旁边故意接了话茬，像是很气愤的样子说："岂有此理，那你们自己找去，找到了随你们怎么吃！"

"好！那我们就去找！你说的，找到了就算是我们的。可不许反悔！"

"绝不反悔！反悔是你孙子，你去厨房，仓库随便找！"

"行！范兄，咱们不吃这鸟饭了，去找他们的库存去！"

范一鸣还有点迟疑，这小子有这好心？

"我敢打赌，他们说不定藏着好酒呢，你想想，来来往往这么多车，他们能不落点好吗？"说着，林超涵走过来，在范一鸣耳边低声说。

一听到有好酒，范一鸣就动心了。林超涵拉着他："走吧！我们找去，不找怕他们反悔了！"

范一鸣心里还是有些不相信林超涵，但是身体却很诚实地随林超涵去了厨房。

# 第31章　斗车先斗人

他们俩抛下正在餐厅吃饭的官兵和众多代表技术员，就跑到隔壁厨房去了。

刚离开餐厅，章均铭就吩咐大家赶紧吃，把桌上所有的饭和菜都尽快消灭光，要知道这可是好不容易改善伙食的机会，战士们哪里还忍得住，大吃特吃起来。而各方代表和技术员们一看这架势，那还了得，也拼了命往嘴里送菜饭，那可都是虎狼之兵啊，万一不够吃了盯上他们的饭碗怎么办？

于是风卷残云，连一块饭渣和馒头块都没剩，甚至连菜汤肉汁全都消灭了个精光。

至于范一鸣和林超涵两人，真的到处找窖藏。范一鸣对林超涵的印象稍微好一点了，但是仍然态度很傲慢地说："想不到你居然也这么有品位。"

林超涵赧然一笑："当然是跟你学的。"

范一鸣傲然道："早知道是这样，不理解季容看上你哪一点了，识相的，自己退出，说不定将来我还能给你些生意做，让你赚点钱。在那个山沟里待着有什么出息。"

林超涵冷笑道："你死了这条心吧，一码归一码，你想要吃好点就赶紧的。"

范一鸣还想说啥，林超涵直接一个弯腰把屁股对准了他，范一鸣张了张嘴，最终还是没有说什么，弯腰寻找了起来。

但是他们翻遍了厨房和仓库，除了罐头和军粮，啥也没找着，别说高档食品，连瓶酒都没有找着。

要知道，在高原喝酒其实是非常危险的，也就是逢年过节，部队上会送酒过来意思一下，平时都没有人喝的，这种东西谁会藏着。

翻了半天，啥也没找着。

范一鸣有点恼火，但是也没有办法，至于那罐头和军粮，他根本没有兴趣拆开一看，因为那些玩意是什么味道，不用尝都知道，绝对不是什么好东西。

理论上说，部队是不会让人随意乱翻厨房库房的，但是这里又不是枪械库，也就是一些粮食，所以章均铭故意让他们去找的，林超涵甚至带着范一鸣去到章连长和几个军官的房间翻看了一下，也是啥东西也没有找着。

范一鸣折腾了半天，又累又饿，不甘心，最后只得硬着头皮回到餐厅，结果一看，餐厅早就被收拾得干干净净的，啥也不剩了。

这下子没办法了，林超涵摊开双手说，看来白折腾了，今晚只能先睡觉吧。

范一鸣有点郁闷，只得回房去睡觉，到房间一看，又是惊天动地一阵号叫："这都是什么床铺？"兵站军营能有什么好条件，一床一被一枕而已，范一鸣饭没有吃，澡又洗不成，躺在床上又硌得慌。他哪里吃过这样的苦，但是脸上又过不去，惨叫了半天后，只得和衣躺在那里睡觉。

睡到半夜，范一鸣被饿醒了，实在是又困又饿，听着屋里另外两条大汉鼾声如雷，整个人都不好了，他抱着氧气包狠吸了几口，摸着黑起床，结果一头又撞到门框上，疼得惨叫了一声。

这把他的室友任司机和老乔给惊醒了，忙问怎么着了。

范一鸣强忍着疼痛，只说自己磕到门上了，想去小解，任司机和老乔两人嘟囔了两句又睡下了。

范一鸣睁着眼睛适应了半天，摸出怀里的火机打着了，凭着白天的记忆来到了厨房，他记得这里放了不少肉罐头。

实在是饿得发慌了，他忍不住还是摸了个罐头，本想带回房吃，但又觉得当着老任和老乔的面吃饭，实在是有点面子下不去，索性在厨房找了个工具把罐头撬开了。

打开后，闻到一股怪味，让他的鼻子都忍不住缩紧起来了，抓起一片肉就往嘴里塞，那个味道……真不咋的，但是架不住饿啊，嚼了两口，适应了，还行，就又随手抓起第二片肉……

这个时候，听到有人在外面喊了一声："谁在厨房？小偷？"原来是值勤的哨兵发现厨房里有亮光走过来检查。

吓得范一鸣一个哆嗦。

然后手电筒一片雪亮，照得范一鸣都差点失明了，很多人起床跑了过来。

一阵慌乱过后，章均铭拎着范一鸣就出来了，他含笑问："怎么，范公子，不是嫌本站的饭不好吗？怎么喜欢吃咱们的罐头啊？"

范一鸣脸涨得通红，但兀自嘴硬："我晚上没有吃饭，吃个把罐头怎么了？"

这时候，林超涵笑眯眯地走了过来："哎呀，我晚饭的时候看到范兄一直想尝尝罐头来着，当时没有尝到，想不到睡着了做梦还在想着呢。"

孔发祥几个人在旁边偷笑，晚上，他们帮林超涵把晚饭单独打了一份，带回房间了，林超涵回去后吃得又饱又爽。可怜范一鸣则被涮了个干净。

卞文高参谋也披着衣服走了过来了，这里吵吵闹闹他也睡不着了，看到是范一鸣偷吃罐头，虽然觉得丢人，但没办法，这家伙是他带过来的。于是便走过来，跟章均铭说了几句话，就让大家都撤回去睡觉了。

范一鸣心情极度恶劣，章均铭让他把罐头带回房间吃，但是他此刻哪里还能吃得下，把罐头一下抛了老远，就气呼呼地回房间去了。

章均铭连长看着范一鸣狼狈的身影，脸上乐开了花，拍了拍林超涵的肩膀："哈哈，你这主意好，教训一下这小子，让他长点记性。"

这一晚，范一鸣辗转反侧，饿得没睡好，始终是迷迷糊糊地，想念着北京香喷喷的烤鸭，想念着王府井的小吃，想念着家里阿姨给熬的汤，他心里一万遍地后悔，为啥来到这破地方受苦啊。都怪季容，选谁不好，选那个臭小子，搞到自己鬼迷心窍跑去给美国人跑腿，献殷勤献得好啊，献到了这鬼地方来，吃没吃的，喝没喝的，还要被一帮傻兵蛋子看笑话。

想着，他的牙根恨得痒痒的，他回想起刚才林超涵似笑非笑的神情，那就是来看他笑话的，这么说，故意把他拉开，就是为了让他吃不饱饭，这个坏种！

一想到居然上了这个家伙的恶当，范一鸣心里就怒火中烧，好，等着瞧，先让你今天嚣张，等到测试完，把你们西汽干掉的时候，你就知道要过来求我了，可惜那个时候没有用了。他一边幻想着林超涵在西汽倒闭后来他这里摇尾乞怜的样子，一边意淫着吃过的各种山珍海味，才总算在快天明时睡着。

结果刚睡着，就被喇叭声给惊醒了。兵站早起要出操了。

听着官兵们士气高昂中气十足的出操口号声，范一鸣简直快要发疯了，还让不让人好好休息了？

可是这由不得他，他的诅咒和怒骂，完全淹没在气势如虹的跑步声中。

他缩在被窝里，不停地痛骂。

旁边的老乔和老任两人也早早起床，正在洗漱，顺便聊天。"老乔，昨晚上睡得还好吗？"

"还不错，现在总算适应了这气压，外面天气不错，看来我们也要出去活动一下了。"

"嗯，我也有这个意思，咱们出去走走吧，一会儿再回来吃早餐。"

"好，走吧！"两人穿上衣服就出门了，他们也没有叫范一鸣。这小子一晚上折腾，其实他们也没好受，一早就听到他骂天骂地，谁也不想待屋子里了。

倒是范一鸣听到两人的对话，突然眼前一亮：早餐？！！！

这个可以有啊。范一鸣的肚子开始狂叫起来，这顿饭必须得吃饱喽。

可是等到早餐端上来的时候，范一鸣的脸色又变了，这是人吃的东西吗？！萝卜咸菜，外加干巴巴的馒头，还有一碗稀粥可以随便加。对了，唯一可以吃的就是那个囫囵鸡蛋了。

我的面包加牛奶早餐啊，我的荷包蛋啊，还有那燕麦片，我那皮薄肉厚汤汁多的肉包子啊，都哪里去了？范一鸣欲哭无泪，强打着精神，把鸡蛋给剥了。

看着其他人快乐地啃着馒头，嚼着咸菜，喝着稀饭，范一鸣真想把一碗粥给泼了出去，但是当他看到林超涵似笑非笑地看着他，端着碗慢条斯理地喝粥时，他就强忍住了，这回不能再上当了，要是早餐也不吃，那恐怕真的不能活着走出这片高原了。

林超涵看这小子，居然敞开了吃，也有点意外，想不到这小子进步也挺快的，吃了一晚上的苦头后居然就拿得起放得下，还不能完全小觑，他原本想再整治一下这小子，让他早餐也吃不成，饿着肚子再晃荡半天，说不定最后得让人抬下高原。

但是转念一想，这小子就算是下了高原，其实也没有什么意义，部队一定会接着测试GMA，所以他也懒得动手了，还不如一路上想办法捉弄这家伙。

旁边的郭志寅慢条斯理地说："小超啊，咱们正事要紧，咱们来高原主要是为了试车，不是为了斗气，不值当。"

林超涵连忙点头："郭叔，我懂的，友谊第一，比赛第二，擒贼先擒王，斗车先斗人！我保证绝不给厂里丢人。"

都什么乱七八糟的，郭志寅哭笑不得。

# 第 32 章　昆仑桥上

1994 年 8 月 26 日的上午 11 时 30 分，在军方主导下，代表四国主力重卡车型的四支车队，正式从格尔木出发了。

原本车队还要在这里停顿休整一至两天的，但是一来由于各家车队车辆状态基本完好，二来人员状态也较佳，基本上没有出现不适应高原气压直接生病退场的，三来根据与上级部门联系，上级预测今年大雪冰封期有可能会提前到来，建议车队尽快出发。

卞文高少校在确认一路上的通信器材、维修器材、物资补给还有油料都补充足后，当机立断，当天上路出发测试。

他们最终携带的物资储备包括水 1 吨（一路都有兵站做补充，不用多带），军用罐头一车，大米半吨，睡袋、军大衣、棉服等等一车，备胎 18 条（各带各的），随车工具 5 套，此外还有油压千斤顶 4 个，拖车绳 10 条，滑轮组三套，备件若干（都是易损件），另外还有部队的通讯电台两部、电瓶、发电机各一台等。

最重要的还有谢剑江带领的跟车士兵，他们人手一把八一杠，每车一名，负责随车警戒。

格尔木兵站的章均铭一行官兵向车队敬礼，与林超涵等人依依惜别。

望着蔚蓝的天空，所有人的心情都还不错，除了范一鸣在那里嘟囔"总算离开这个鬼地方了"。

他们此行的目的地是奔往昆仑山口，过去后就是昆仑山了。

自古以来，昆仑就是中国人取之不尽用之不竭的神话题材，它又称昆仑虚、中国第一神山、万祖之山、昆仑丘或玉山。古人称昆仑山为中华"龙脉之祖"。据说西王母就住在这里，后世很多玄幻小说更为这里增添了无数神秘色彩。

其实这里提到的昆仑山口是地处昆仑山中段的位置，整个昆仑山脉西高东低，按地势分西、中、东 3 段，林超涵等一行车队要经过的就是中间位置。要知道，整个昆仑山脉极其广阔，西起帕米尔高原，横贯疆藏，延伸至青海境内，全长约 2500 公里，平均海拔 5500—6000 米，这样的海拔，给人带来的影响可想而知。整个昆仑山总面积达 50 多万平方公里，比内陆绝大多数省份的面积都要大，山中奇峰林立、地势险峻，但大多数都是无人之地。

昆仑山口在格尔木市区南约 160 公里处，海拔略低，是青海与甘肃通往藏区的必经之地，也是青藏公路上的一大关隘。山口地势高耸，气候也比较寒冷潮湿，空气稀薄，车队到这里后，呼吸感觉更为困难了。

但是昆仑的自然景象十分壮观，生态环境也比较独特，从山脚往上去，只见群山连绵起伏，雪峰林立，但偏偏山脚下有许多处草原草甸，可以供牛羊放牧。

林超涵跟着朱雪、郭志寅一辆车上，郭志寅指着巍峨的昆仑山给林超涵介绍着风景，林超涵看着这如画风光，当真是心情十分愉悦，只见那东西两侧，分别有两座山峰亭亭玉立，云雾缭绕，这就是闻名遐迩的昆仑奇观了。此时已经是近九月，天气已冷，两峰雪厚，看起来像是美人穿了一层棉衣，颇有意思。

不多时，车队就开到了昆仑桥，这座桥又称一步天险桥，位于格尔木南部的昆仑山下，是青藏公路上的一大险关。昆仑桥飞架于一步天险之上，全长只有 4 米多，是一钢筋水泥大桥。

这座桥本来是没有的，是新中国成立之后，才修建起来的。从 1950 年开始，为了运送人员物资进藏，就开始修建简易桥梁。1956 年，一位著名设计师在这里针对一线天的险要地形，设计了单行道的土路面石拱桥。当时取名叫天涯桥，后来一位元帅途经此地，诗兴大发，将桥更名为昆仑桥，然后就一直沿用至今。1984 年，武警部队在此基础上，又搭起了一座石搭桥，从此昆仑桥就变成双向石拱混凝土桥。昆仑桥本身看上去并不是那么雄伟，但是你若从桥向下望，便知道什么叫真正的悬岩绝壁，什么叫万丈深渊了。

林超涵坐在桥上的车里朝下看去，简直是头晕目眩，胆战心惊。只见绝壁上全是奇形怪状的各种岩石，凹凸不平，像是不知道从哪里爬出来的怪兽；而那谷底，则幽深不知深浅，一言难以描述其险峻；而那涧底，则是湍流不息的河水，奔涌咆哮，雪白的浪花击打在两壁上，发出巨大的轰鸣声，其声如雷，直慑人心。

这座桥其作用不可小觑，在空军运输相对乏力的年代，这座桥对进藏的物资运输起到了关键性的作用。这条公路大动脉上，它就是很重要的一个节点，大大节省了通行时间。

驶过昆仑山口并没有花太长时间。准确来说，一刹那就过去了。

但是就在前三辆西汽的车过去之后，突然发生了一个不大不小的事故，第四辆车刚到桥头，只听见砰地一声巨响，第四辆车停住了。

从对讲机里听到声音的郭志寅连忙叫停下，跑下车，林超涵也跳下了车，感觉到脚步有些虚浮，这里的高气压比格尔木还要严重一点，好在还能承受，倒是郭志寅健步如飞，林超涵有些担心他的身体，连忙跟了过去。

郭志寅心里有些着急，要知道这还没到关键地段呢，如果出了故障，是会严重影响到测评结果的。

走过去，看到司机正蹲下身子检查情况，郭志寅连忙高声问："怎么回事？"

这个时候，后面跟过来的三方车队也都见状停了下来，而卞文高少校也第一时间下车走过来检查情况，他有点气喘吁吁，显得有些吃力，显然就算是以军人的体魄，在这里也并不好受。

卞文高问："现在是什么情况？"

那名司机解释说："刚才我踩了一下刹车，感觉到突然间压力猛增，听到一声巨响后，就感觉制动很猛，很生硬，控制不住，要不是及时刹车，说不定我们要冲到桥下去了。"说着他还心有余悸地看了一下万丈深渊，这要是掉下去，连人都车都永远上不来了。

郭志寅皱着眉头问："知道是什么原因吗？"

"正在检查，还没有找到！"跟这辆车的是另外一名西汽的技术人员，他正半弯曲着身子检查车辆的制动装置，正说着，他突然叫道，"发现问题了！是后桥制动分泵管路的管接头爆掉了！"

郭志寅听了，在心里叹了一口气，卞文高在旁边说："郭工，如果这是车辆本身的故障和质量问题，我们是要扣分的。"

郭志寅何尝不知道，这个故障对西汽极其不利。

范一鸣吸着氧气走了过来，老乔和任司机苦劝过他，让他不要一直吸氧，要知道，如果还没到关键的时候就一直吸氧的话，就基本上算是废了，在高原期间恐怕就离不开氧气了，但是范一鸣哪里听他们的话，吃不了这苦头，没事就拿着氧气吸几口，几乎就拿它当灵丹妙药了。

范一鸣走过来，果然一句好话都没有："哟，不是挺牛的吗？怎么一到这桥上就爆管子啊？这种破烂玩意儿就别拿出来丢人现眼了，还谈什么中国制造，专造垃圾吧？"

这话连卞文高都听得有点恼火了，对他说："范一鸣同志，现在原因还未查明，请回到自己的车上去，这里需要安静地分析原因。"

范一鸣冷笑一声，鄙视地看了一眼站在那里分析查找原因的林超涵，讽刺道："装模作样！"说完转身径直回车上了。这桥上风很大，寒气逼人，他实在不想在这里待下去了，还是回车上舒服，就让这群土包子丢脸去吧。

赶走范一鸣，倒是老乔和欧方霍欢颇为关心地走过来询问是否需要帮助，实际上他们也是多年跟汽车打交道的技术人员，还真是有心帮忙。卞文高看了一下时间，索性通知在前面的一辆西汽车赶紧往下一站报饭，之前因为出发比较匆忙，他还有些担心，这里一耽搁，正好空出时间让前面一辆车临时充当报饭车了。

婉拒了两人的好意，郭志寅等人决定先换一根新的备用管路。于是在刺骨的寒气中，顶着不时吹过的山风，西汽一行工程师强忍着高气压不适，在现场拆卸换装。平常十分钟就能完成的工作，他们整整用了半个多小时，搞到后面范一鸣有点不耐烦地按了喇叭催促他们。

换好后，司机上去一试，喊道："还是不行啊，感觉制动仍然很猛，平时轻踩刹车的力量现在基本上就能达到急停的效果了！不行，换了新的也不行。"

这是怎么回事？虽然这么冷，西汽众人的脑门上开始出汗了，这如果被证明是个故障，那可就惨大发了，得扣不少分，真是出师不利，这才走到哪，就要出故障了？

在外面待长了，大家的呼吸都有些不畅了，林超涵拿着氧气包挨个送给大家吸，大家都很明白这氧不能吸多，吸几口轻松点就放下了。

林超涵到最后也吸了几口，发现氧气快没了，就挤了挤，又挤出了一点。

正要吸，林超涵猛然间脑子灵光一现，对郭志寅喊道："郭叔，我猜到一个原因了！"

# 第33章　话说反了

"什么原因？"郭志寅对林超涵的意见一向非常重视。

"咱们检查一下压力表！"林超涵迫不及待地说。

大家连忙检查一下压力表。

"天啊，指针已经打到顶了，气压超标了！"

"该死的，咱们的压力表是指针式的，根本没法报警，忽略了问题！"

"不用说，肯定是气瓶泄压阀出问题了。"

要知道，重卡的制动系统用的是压缩空气，所以发动机自带空压机，车架侧面会有压缩空气瓶用来储气，在平原地带，按照正常海拔设计的空气压力是8pa，基本上也就是8个标准大气压的压力，一般来说，储气瓶都有自动调压阀，用来在压力偏高的情况下泄压，但是2190的储气瓶调压阀设计在底部，目的是在调压泄气的同时排出压缩空气产生的水，这个位置一般不会损坏。

但是凡事皆有例外，这个不大容易出问题的地方竟然出了问题。不过他们都是经验丰富的工程师，迟早也能想到这一出。

大家检查了一下气瓶，发现原来之前在行驶过程中，蹦起来的石子将泄压阀给打坏卡住了，导致其无法排气，然后到达昆仑山口附近时压力陡增，按照换算应该能达到12帕左右，因此在制动的时候压力过大，加上后桥制动分泵管路接头制造缺陷，在踩下刹车的时候压力猛增，所以憋炸了管接头。

这个还真不是设计和质量问题了，纯属意外事故。

郭志寅连忙把这个分析讲给卞文高听，卞文高听说后，经检查认可了西汽的说法。

测试过关了，问题还得解决啊，这个坏掉的气瓶是谁也没有想到的，根本没带这个备件。为了应急，钳工现场用随车带的台钳和工具临时修复泄压阀，把被石头打弯的挺杆矫正过来，修圆，抛光，又把被打坏的泄压阀座修好，磨平毛刺和凸出干涉点，这才算是解决了问题。

同样，由于环境影响的原因，这个半小时能完成的作业拖了近两个小时。

后面的范一鸣痛骂不已，认为西汽的车辆根本不配来跟他们的车竞争，还好是关在驾驶室里骂的，老乔和任司机两人就假装没听到，至于跟车的警卫士兵，到地后就下去了，根本懒得理会，充耳不闻，让他尽情发泄。果然骂不了几句，范一鸣就又觉得头晕眼花，住了口，休息了半天后，刚准备接着开启吐槽模式，结果肚子又不争气地咕了两声。他现在特别后悔，当初逞什么能，竟然连点零食也没带上来，而在兵站的时候，也不知道夹塞几个馒头，只能干饿着，等待军方给他们解决吃饭问题。

谁知道等了半天，才有当兵的来给他们发又干又硬的馒头，这是格尔木兵站那边给他们备的一些干粮。在这山口，风太大，根本没法露营烧火做饭，只能吃点馒头垫巴一下。

范一鸣接到馒头的时候，简直是怀疑人生，这东西又冷又硬，怎么啃，早上吃的那个热乎乎的，还能凑合吃，现在这算是怎么回事？

看着老任和老乔两人吃得津津有味，毫不浪费，馒头渣掉到身上都捡起来吃，范一鸣就烦躁异常，跟这两个老粗在一块，真是太没趣味了，他恨不得将馒头扔下万丈深涧去，但是一想到昨晚上饿肚子的经历，他就只能强忍了下去，拿来馒头啃了一口，结果差点把牙给崩掉了。原来好巧不巧，给他的馒头里不小心混进了一粒石子。

这一下子范一鸣疼得差点连眼泪都掉下来了。真是倒了血霉了，就没看到老乔和老任两人吃的馒头有石头子啊！

老乔和任司机对他也表示同情，并给他递过水，让他喝点再啃。

范一鸣眼泪汪汪地把剩下的馒头给啃了大半个，最后实在是吃不下去了，这哪里是人吃的东西啊，跟石头一样硬！

从窗户看下去，只见林超涵等人也是吃得津津有味，边吃还边干活，热火朝天地，搞了半天，终于收工。范一鸣这才松了一口气，他真是恨不得赶紧走人，到下一个兵站里去吃点热乎的饭菜。

这边修完后，整个车队赶紧重新上路了，天色已近晚，他们还有一段路程要赶。

下一站路就是不冻泉兵站了。

一路无话，进入昆仑山后，整个车队都是紧赶慢赶，高速行进，卞文高正好借机再观察各国车辆的优越性。

他中间屡次换乘各方车辆，的确发现有一些差异，首先最大的差异就是CITS系统，也就是中央充放气系统，在车辆行进过程中调节轮胎气压的，这个前面林超涵曾经在西汽内部进行解释过。CITS系统在西汽的车上是还没有的，这一点西汽新车明显有较大吃亏。GMA的CITS是可以在行进中进行调节的，也就是说桥壳轴头的气封在8帕的压力下，旋转工作也可以做到不漏气，这很了不起。而俄国卡玛兹的轴头气封只能在停车状态下进行调节，否则会严重损坏气封，甚至报废，这一点卡玛兹随车俄文说明书中特别标注过。这样一来在路况不断变化的情况下，GMA的通过性就好很多，可以根据路面情况随时调节轮胎压力来适应，而卡玛兹一旦调整好了开始运动，下次再调整就必须停车，所以只能按照最保险的最低压力来调整以适应最极端路况，这样做的后果就是对轮胎损耗极大。不过，这个系统也就是美俄有，德国人的 CAT 是民用版，上面也没有这个装置。关于这一点卞文高如实地记录了下来。

其次，卞文高发现，虽然德国人的 CAT 民用版没有 CITS，但是相比国产车自重轻，发动机功率大，行驶平顺性好，问题是换装了民用驾驶室，再加上越野底盘，整车高度惊人，高达 3.5 米，相比国产车高度仅为 3.1 米，重心偏高，越野行驶颠簸严重，而且正因为用了民用驾驶室，CAT 在各款车型中舒适性是最好的，空间大，视野开阔，夏天有空调冬天有暖气，现在正开着暖气，在高原上坐在驾驶室里，十分惬意。这一下子，卞文高钻进去后都有点不太愿意下来了。

至于西汽方面的新车，卞文高则有一种无比的熟悉感，就像是自己的家，虽然换了新房子，住进去后还是浓浓的自家味道，那种与生俱来的"土"气，洗刷不掉，就像他刚当兵入伍时第一次所坐的那辆大车的感觉一模一样，谈不上喜欢，但却是无比的信任与踏实。他从 CAT 上下来后，坐在驾驶室里和郭志寅、林超涵聊天，虽然并不相熟，但是聊起来天自由自在，不用端半分架子。

卞少校在心里暗暗比较，觉得让自己来选择，真是左右为难。还是看谁笑到最后再下定论吧。

郭志寅人老成精，林超涵人小鬼大，自然不会随便给卞文高出难题，三人有说有笑，一路上聊些风景的话题，同时，不经意地向卞文高介绍新车的性能特点，像刚才的意外，算是一个小小的考虑和操作不周，并不代表设计有什么问题，这点也得跟卞文高细细地讲明点破。此外，还有一些冗余设计，以及一些跟旧款车的各种改进设计，都拣些要紧的地方讲给他听。最关键的是，还讲了一些试车期间的趣事，比如在漠河的时候碰上大雪围村最后改装成扫雪车才突围成功，以及在海岛热带气候试车时，车子帮试车场拉椰子的故事。卞文高聊得兴起，也讲起了自己以前坐部队大卡时的一些细微感受，倒也让郭志寅林超涵有所启发。

卞文高突然想起一件事，像是不经意地问林超涵："小林同志，我刚才在范一鸣同志的车里，听到他好像对你有些意见呢。怎么，你们以前认识吗？"卞文高其实一直想问一下这事，昨天下车时范一鸣和林超涵针锋相对的场景，他心里就有了这个疑问，后来林超涵捉弄范一鸣，两人显得宿怨不小。

林超涵对范一鸣怎么评价自己也是颇有兴趣："卞参谋，您听到他怎么说我的？"

卞文高有点尴尬地说："这个……他那个，有点口没遮拦的，学不来。"

"不学我也知道他是怎么说的。"林超涵轻声笑道，"肯定是说我土包子，一肚子坏水什么的。"

卞文高嘿嘿一笑，心道你知道就好。

"其实我们也没有什么血海深仇，实际上，我们甚至连一点仇恨也没有。"林超涵坦白地说，"这位范同志，以前我在学校没毕业的时候，突然来抢我的女朋友，然后我的女朋友瞧不上他，他就把我怀恨在心了。我虽然觉得冤家宜解不宜结，屡次讲道理摆事实，想让他明白做第三者是没有好下场的，但是这位范同志欺人太甚，听说我要上高原来试车，就把美国车拉过来溜了，说是要给我们国产的好看。唉，真是像小孩子斗气一样，可悲可叹。"

一番话把郭志寅听得都翻了白眼，林超涵这是把话反着说了，是谁要死要活上高原的？要不是他郭志寅早有准备，他林超涵根本就不会在军方的西汽测试人员名单里。

# 第34章　不冻泉

卞文高听林超涵说完，脸上浮现出笑容，他已经听明白了，原来这居然是一对情敌，在大学里没打够，结果跑到高原上接着来斗法了，这两人争的女朋友该是多么优秀的女子？

其实卞文高是有点误会了，这两人是情敌，但还真不是大学情敌，范一鸣要大林超涵好几岁，早就混毕业了。

感觉这个桥段有点狗血，卞文高就没有再接着追问下去了，只是略带警告地说："这是高原，环境恶劣，后面你们不要因为私事而针锋相对了，要知道，这里是公平竞争，万一闹出事，我不好向上级交代。"

这话听着林超涵有点不爽，听这意思，好像他林超涵还会搞小动作，但是他强忍住没有反驳。

卞文高接着说："这话我跟范一鸣也讲过了，让他稍微收敛一点，部队还没确定订单下给谁呢，不要动辄以赢家自居，还不能随意贬损中国制造。还有，如果他不能吃这个苦，不如早点回去。"

这话林超涵爱听，各打五十大板那他也能接受。这位卞少校显然深谙其中道理，两边都不得罪，公允适当，关键是他真不想这次高原测试闹出什么幺蛾子。

卞少校坐在西汽的车里，就一路到了不冻泉。不冻泉在昆仑的山腰上，这里有高原独特的奇观——不冻泉，尽管位于高海拔的冷冻区域，但这里的泉水常年清澈异常，它将与浑浊的雪山溪水一起，最终汇入黄河长江。

而他们要去的兵站是在昆仑泉。这是昆仑山中最大的一口不冻泉，水温常年恒定为 20℃，极为难得，这口泉平时从地底喷涌而出，巨大的水流搅得水面始终翻滚不停，形成各种各样的晶莹图案，水量大，稳定，常年不涸，而且水质透明甘甜，是真正的纯天然矿泉水，据说还饱含人体所需的多种维生素，实在是居家旅行必备。为了保护这口泉水，当地在泉池四周修建了一座亭子，由花岗岩石板砌成的多边形图案将其包围，旁边也有一块石头，注明了泉名。

在不冻泉兵站，他们将进行休整。这个不冻泉，给驻站官兵提供了较好的生活条件，而且南行有二道沟兵站，北走是纳赤台兵站，这几个兵站的吃水都是由不冻泉供养的。

因为路程上耽误了两个多小时，所以等到车队一行人赶到的时候，已经天黑了，幸好卞文高有先见之明，让报饭车提前出发了，不冻泉兵站这边一阵手忙脚乱，最终天黑之前将本车队的晚饭给搞定了。

所谓报饭车，其实是一种传统，一直沿用。在五六十年代，在边境自卫反击战的年代，每天铁流滚滚，汽车兵要运送大量的物资、人员到边境参加战斗，在战斗期间，负担更重，前线有伤员下来，也要负责运回来，后方要补充物资上去，任务更是吃紧。当时，兵站确实是配备有电台等通信器材的，但是电台如果整天就用来给兵站之间报吃饭的事情也太无聊了，浪费资源，更重要的是，由于汽车兵们是一拨接一拨的，兵站有时候根本分不清来来回回有哪些部队，再说，光做饭就要花费大量精力，哪有时间去统计，给下一个兵站报吃饭人数。

据说，当时的兵站接待任务繁重，并且由于兵站没有现成搭好的房子，几顶帐篷一支就是一个兵站了。兵站炊事班每天就是煮大锅饭，给过往的汽车兵提供热乎乎的饭菜，而每一天的工作就从报饭车开始。最忙的时候，据说有的兵站三天三夜不睡觉，给川流不息的汽车兵和战士们准备饭菜和开水，实在忙不过来，就在马路边竖起几个汽油桶，有的班负责劈柴，有的班负责烧火，时时刻刻保证路程过的兄弟们有一口热水喝。

报饭车也有尖兵班的作用，一路上，预警路况，探明情况，起到很重要的作用。当时路上并不平静，还有一些匪患，报饭车能够及时预警前方情况，给后方提个醒，万一要是一头撞进敌人的包围圈那损失可就惨重了。

因此，报饭车就成了一个传统延续了下来，到现在为止，就算通讯方法先进很多，这种做法依然沿用。

这次不冻泉兵站当然事先也有一些准备，但是由于车队这次出发仓促，所以略有些意外。炊事班的伙夫兵们使出了浑身解数，给大家准备了晚饭，他们将土豆、白菜、萝卜等混着罐头肉一煮，煎上鸡蛋，准备几个咸菜，就等着车队赶到。

等到车队赶到的时候，大家立即开饭。这次范一鸣终于学乖了，端起碗拿起筷子就吃，实在是饿得受不了了。兵站简简单单的饭菜，在他看来，简直堪比山珍，长这么大，他还没有这么饿过，一路上颠簸，也够他受的。他一个堂堂的公子哥，沦落到这个地步，真是闻者伤心见者落泪。

林超涵见状窃笑。对林超涵来说，虽然老爸也是个厂长，但是林焕海这个厂长可不好当，厂里条件不好，对林超涵从来不敢也没有搞过特殊化，林超涵自己争气，自小该吃苦吃苦，该锻炼锻炼，兵站的这些饭菜虽然简单，但是他依然吃得津津有味。郭志寅则胃口不是特别好，今天上山后他的高原反应有点严重，加上出故障后有点焦急，后来一路程颠簸，这会儿一直有点胸闷，反胃，勉强吃了一小碗饭就停了筷子。

林超涵关心地问："郭叔，您怎么样，不要紧吗？"

郭志寅脸色有些不好，强撑着笑了笑："没事，休息一晚上就好了！"

旁边几个工程师也觉得郭志寅脸色有点不对，连忙扶着郭志寅回房休息了。郭志寅有些不放心地林超涵说："小超，尽量不要惹事，早点休息，明天还有长路要赶呢。"

卞文高看到郭志寅要去休息，连忙走了过来，询问郭志寅："郭工，您的身体还能撑得住吗？要不要让卫生员给看看？"

郭志寅摇了摇头，道："卞参谋，一会儿有事，你和老孔、老陈还有小超他们开会商量吧。"

卞文高笑道："行，那我和他们商量。其实也没有什么事，我是想着今天走得仓促，报饭车没能提前派出是个问题，所以想询问下西汽这边能不能选一辆固定的报饭车，每天提前出发去报饭。"

郭志寅捂着额头，沉重地呼吸了一下，道："这个没问题，本来就应该我们去做的。具体选哪个，你和他们先商量如何？"说完，郭志寅就在别人的搀扶下去吃了一颗红景天胶囊，吸氧去了。

林超涵有点担忧地看了一下郭志寅，毕竟岁月不饶人，郭工虽然平常身体一直不错，但是不代表就不会有问题。后面还得时时留意他的身体状况。

饭后，卞文高就找了西汽几个人商量定报饭车的事。孔发祥、陈培俊等人认为，报饭车基本上就是起到上下衔接的作用，此时确定好报饭车，基本上就得在饭后即出发，晚上连夜赶车，到明天上午赶到下一站，再报饭休息。这种苦活，自然不可能让一些老同志做了，还得让年轻力壮和经验丰富的人来承担比较好。到后面，逐渐形成提前一天到达的局面，比较稳定了，再轮岗。

卞文高对此并无异议。

林超涵在旁边听着，顿时就知道，朱雪和自己又要承担报饭任务了，对这个工作，他心里并不抵触，实际上还蛮喜欢的。

但是，他更想一路上看着范一鸣是如何作妖的，然后他好借机把这个家伙拾掇几顿，一旦要提前去充当报饭车，可就不知道范一鸣在背后干啥了，虽然范一鸣也只能坐在驾驶室里吸氧，但他多少还是有点不放心。听季容隐约提起过，这小子老早就关注他在西汽的动向。

范一鸣上高原，固然有可能是为了在外国人面前邀功，但是他对西汽的情况有多少了解真不好说，会不会暗中使点阴招也不好说，他林超涵在这里，范一鸣一举一动都会在他的监视之内，一旦脱离自己的视线，这小子半夜偷偷出去扎西汽测试车辆的轮胎也有可能。

林超涵和孔发祥、陈培俊等人暗中通气，让他们留意范一鸣的举动。对此，老一辈们用慈祥的眼神看着他，点头表示知道了。看到林超涵不放心，孔发祥拍了拍他的肩膀："你放心好了，你看到车里坐的荷枪实弹的士兵没有，万一他们发现有人来搞破坏，你猜他们手中的枪是烧火棍还是擀面杖？"

于是林超涵和朱雪两人组成了报饭二人组，开始了新一轮的报饭之旅。

# 第 35 章　穿越无人区

一大早上，天尚未明，林超涵三人就洗漱整装出发了，等到车辆匀速行驶近半个小时后，天空方才露白。

朱雪载着林超涵，再加上驻车的一名战士，三人坐在车里，十分快乐地进入了可可西里。那名战士叫佟亚辉，年龄比较小，只有 19 岁，但是已经入伍一年多了，是部队的尖子兵之一，这次被谢剑江带出来，一路上颇感兴奋，虽然话不是很多，但也经常会插话。旅途因此不太寂寞。

至于孔发祥为什么没来，很简单，修理有林超涵就够了，同时，老孔也有点担心郭志寅身体，打算一直跟在郭志寅身边。

过了不冻泉，就是可可西里，著名的无人区。像之前的公路，虽然荒凉，但是远远地还能看到人烟和零星的建筑。只是因为当地同胞一般不太喜欢跑到公路边来，他们觉得公路和他们的生活有些格格不入，更喜欢远离尘世的感觉。

那时的牧民，与现在相比要更纯粹纯朴一些。当然他们也不是与世隔绝，只是本能地会与车辆呼啸往来的主干道保持距离而已，国家给他们有相当大的投入，援藏干部也很多，都会下到各个地方工作，他们正在逐渐适应现代化。

而这一行试车的车队，其实主要是检验车辆在高原条件的耐压耐寒能力而已，也不大可能会前往这些地方，整个行程主要的路线都在公路上。

在这些公路上能按照要求全程来回往返一趟，就足够检验这些车辆的能力了。

迎着朝霞，头次穿越可可西里，林超涵和佟亚辉还是相当兴奋的，整个无人区虽然广袤，但是横穿的道路相对来说是有数的，从昆仑山口过不冻泉再到唐古拉山口，约 446 公里，因此从不冻泉出发，顺利的话，下午两三点的时候就能赶到唐古拉山口。

可可西里有许多非常艰险的地方，很多路段不太好走，但朱雪的驾驶技术相当过硬，一路行来，基本上无惊无险。只是林超涵发现，路程的两边有很多的废旧汽车，腐蚀生锈丢在那里，还有的明显失火烧得只剩下车架子，路边的沟里，山崖下，沿途都可以看见到。朱雪解释，这都是以前路过出事的车子，各个年代的都有，林超涵十分震惊地发现居然还有西汽生产的老款 250 车。他惊叹自己之前查过的资料里没有谈及这些状况。

朱雪问林超涵："你之前研究过可可西里的资料吗？"

"略做过研究的。"林超涵从包里掏出了一张地图——反正驾驶室是真宽敞，他半打开地图都没有问题。朱雪边开车，边瞅了一眼，这张地图上有用红线画出的路线，还有一些符号。

"你上面都画的啥呢？"旁边的小战士佟亚辉好奇地问，他调整了一下枪的位置，将枪口朝下，枪托压在胳肢窝后面，呈半背的姿势，将头凑过来看了一下。

"都是些记号，是我之前查资料时看到的可可西里一些著名的景点，还有一些不解之谜的地方。"

"这兔子不拉屎的地方也有著名景点？"佟亚辉有点不解，"还有很多不解之谜？"他的学历不高，平时接触到的都是部队的各种教育，听到过些传说，但也都是基层官兵之间流传的一些趣事，再加上一些完全不可考证的荒诞鬼神传说，这让他对这片荒原缺少直观和全面的了解。在当时，可可西里还没有成为自然保护区，大家对可可西里也没有像现在这样重视。

林超涵拿出笔记本，读了一段自己摘录的资料，这片无人区面积近60万平方公里，比四川省整个都要大，它的平均海拔高5000米。幸好经过这几天的锻炼，林超涵等人已经比较适应高气压的环境了，此时只是略有些气闷，没有什么高原反应的症状了。

这片无人区，除了高山、湖泊、草原和野生动物，以及这些年由于公路运输，偶尔出现的行者，当真是荒无人烟的。这里物产比较丰盛，只要有工具，就基本不会饿死。但是这不代表可以横行无忌，叫无人区是有原因的，历史上曾经有一些人去探险，吃喝不愁，最后却因为迷路而亡，茫茫高山荒野，连个坐标点都不好确认，到处都似曾相识，根本找不到出去的路，史载，辛亥革命后，号称湘西三杰的陈渠珍率115人从那曲撤退，误入羌塘无人区，结果是九死一生，最终仅带着7个人活着走出去，无人区的恐怖之处可想而知。

不过，这里的景观却值得一看。

林超涵说了一些可可西里有些名气的景点，比如风火山、三江源等等。没有直观的感受描述起来也费劲，林超涵只是随口提了提，然后才说："可可西里未解之谜确实有很多，比如藏羚羊的迁徙之谜。每年4月开始，怀胎的藏羚羊便从三江源、羌塘和阿尔金山等地，向可可西里腹地的太阳湖和卓乃湖集结，将太阳湖和卓乃湖变成了藏羚羊的产房。生产完毕之后，这些藏羚羊就开始往回走，最神奇的地方在于，这些刚出生不到半小时的小羊们就能健步如飞，跟上它们母亲的步伐。但是它们为什么选这条路线，为什么千百年来始终不变地走这条路，到现在也不能完全解释呢。"

"那这些线条呢，也不全是咱们走的公路吧？"

"我标的，正是藏羚羊等动物迁徙的路线。根据资料，这一段时间它们往回迁徙，如果运气好的话，我们有可能会看到这一壮观景象呢。"

真是人运气爆棚的话，挡都挡不住。

林超涵话刚说完，只听佟亚辉惊叫一声："你看，那是什么？"

抬眼一望，三人目瞪口呆，只见远方地平线上涌起一片灰点，不停地攒动着，从山脊梁，从湖泊边，从野草丛中，钻出成片的灰点。

穷极目力望过去，所见之处，整个公路一侧，铺天盖地，全是这种灰点，而随着这些灰点一蹦一蹦地走近，他们才发现，全是动物，长着略微弯曲的长角，大小不一，像一只只精灵一样蹦蹦跳跳走着。

"没猜错的话，这就是藏羚羊在迁徙吧？"林超涵喃喃自语地说。

朱雪赞叹道："真是一大奇观啊，总算能够目睹这个传说中的盛况了。"

至于佟亚辉，更是张大了嘴，看着这一支像集团军冲锋一样奔涌过来的藏羚羊群，这场景确实十分壮观，给人极大的视觉冲击。

朱雪将车停了下来，他解释说："以这些藏羚羊冲击的速度，我们这么凶猛地冲过去，会伤害到它们的，不如先等它们过完我们再开吧？"

林超涵深表赞同，倒是佟亚辉看着愈走愈近的藏羚羊，吞了一口口水，握紧了手中的枪，略显紧张地问："它们不会攻击我们吧？"

一旦形成了数量，再温驯的动物也很瘆人，林超涵安慰道："不会有事，放轻松，我们就在驾驶室里一边看这种壮观景象，一边等待它们过完吧。"

没多久，成群结队的藏羚羊就开始接近公路了，这些藏羚羊野性未消，对这么大一辆卡车停在这里，完全视若无睹，只是那些带着小羊的母羊们偶尔会用很警惕的目光看过来，然后它们就或快或慢地通过了公路。有些羚羊不知道怎么想的，大概觉得公路和它们走过的路有很大差别，还很悠哉地在公路中央溜达起来，这给后面涌过来的羊群造成了不大不小的困扰。

没多久，放眼望去，公路的两侧像是藏羚羊的海洋，而林超涵三人所在的车辆就像是大海中的一叶孤舟，随风飘摇。

从车上居高临下看着羊群，三人也并不是完全放松的，有些羚羊性子比较野，还有一些小羊比较调皮，跑过来用角顶车轮胎，或者用身子使劲蹭，像是借机搔痒一般，有的比较粗鲁，撞的力气比较大，让车体一阵摇晃。虽然知道这不会掀翻车辆，但是让三个人略有些紧张，蚂蚁还能扳倒象呢，但好在有惊无险，很快羊群对这个晴又晴不动，顶又顶不走的大家伙失去了兴趣，自顾自地穿越了过去。

这一穿越持续了一个多小时，林超涵保守估计，穿过的羊起码有三万多只。这一奇景真是很难得看到，三人坐在车上，开起了玩笑，要不要打几只羊带回去烤羊腿。但是这只是开玩笑，这可不比西汽周边山头的那些野羊，这可是国家级的保护动物，要是真烤它们的羊腿，绝对是违法的。

佟亚辉突然想起一件事情来，严肃地说："这个还真不行，我在部队里听说，在可可西里这一片，有人盗猎，现象还挺严重，今年上半年还有一名当地官员组织保护队，在碰到一群盗猎者后，壮烈牺牲了。"

这件事情在当时还只有在小范围内传播，外界不甚清楚，直到多年后，一位著名导演拍了一部关于英雄的电影，才广为人知。

"我们不会碰上这些盗猎者吧？"林超涵皱起了眉头，"这些国家保护动物他们也敢动吗？"

朱雪在旁边道："你这是少见多怪，常年跑车你就会知道，现在社会上有少数人为了钱什么都干得出来，这些人极其疯狂，我们最好还是不要招惹的好。"

但是当天真是说什么事来什么事，在他们三个人讨论盗猎者的时候，他们突然听到天边传来一声枪响，然后本来悠哉的藏羚羊群受到惊吓，开始狂奔起来。

# 第 36 章　盗猎者

三人十分震惊地从车窗向枪响的地方望去，只见远处一只藏羚羊躺在地上抽搐，显然是被打中了，旁边一只小羊正围着它转，不时疑惑地用嘴去蹭它妈妈的身体。似乎想问，为什么妈妈不起来跟着大队一块走？

这副场景看上去，实在让人心生怜悯。

虽然有一定距离，林超涵三人却是看得明白，不过从来没有见过这个场景，一时间没反应过来。很快，就看到远处的草丛中爬出两个人来，一个手中拿着枪，一个拿着袋子，正在小心翼翼地靠近那两只大小藏羚羊。看样子，不只想抓走地上躺着的那只大羚羊，是想连小羚羊都一块给捕获了。

这两个人穿得十分邋遢，蓬头垢面，但是面目太远分辨不清楚，只是显得十分肮脏。显然在这片地界上待了有一段时间了，一直潜伏着，逮住了机会就下黑手。

三个人的脑海里都浮现出一个词：盗猎者！还真是说什么来什么，今儿个可真是邪门了。这些人为了一点点利益，居然就敢违法犯罪！

太肆无忌惮了，太嚣张了！竟然敢向国家保护动物下手，而且十分残忍，直接开枪猎杀，远远看去，羚羊身下的土地已经被它的血染成了一片殷红，像是一朵绽放的红梅。

这一枪加快了羚羊过公路的时间，之前很多逗留的藏羚羊受到惊吓后都加速离开了这片是非之地。这让西汽的重卡很快就可以继续在公路上向前行驶了，那两个盗猎者明显是注意到了公路上这孤零零的一辆重卡，一直在警惕地看这边，同时继续向那只逗留的小藏羚羊蹑手蹑脚地走过去。

在他们看来，这辆重卡虽然涂着部队的军绿色，但是只是单独一辆汽车，部队都是汽车兵，哪有闲工夫管这事，而且他们手中有枪，也不见得就怕军人。

怎么办？林超涵、朱雪和佟亚辉三人互相对视，管还是不管？

佟亚辉十分为难，作为一名军人，这个时候应该挺身而出，与犯罪分子英勇斗争，但是他身上有职责，对方也有枪，虽然只是猎枪，但也是挺危险的，再说你怎么能肯定对方就一定只有两人，说不定还有潜伏没露头的呢？他的职责是保护好司机和工程师，不能擅自行动，万一出现意外，那他恐怕就得上军事法庭了。

朱雪摇了摇头，他的意思这事别管了，在他看来，这事危险性太大，管了完全没有好处。而且他们只是报饭车，现在已经耽误了不少行程，要是再耽误下去，恐怕后面的车队晚上就要吃土了。

但是林超涵不一样，他现在还是一个热血青年，他觉得自己要是就这么放过这件事，实在不配为人。这两个盗猎者一旦得手，很快就会消失，恐怕永远都找不着，而且放着他们在自己的眼皮底下胡作非为，这事简直是对他尊严的极大侮辱。

"我要下去！"林超涵咬牙切齿，"再晚一点，他们就得手了溜走了。"

"耽误事了怎么办？"朱雪简洁明了地指出问题所在，"还有一定的危险性，你考虑好？"

"耽误事我负责！"林超涵说，"这件事情天理难容，英雄的血不能白流，让这些犯罪分子继续在无人区猖獗，我相信英雄在天之灵也会死不瞑目。如果我们连这点勇气都没有，我们就不用再上高原，直接打道回府算了。"林超涵想起刚才他们还在讨论的那位可可西里英雄人物。

朱雪朝他竖起大拇指："你牛，那你打算怎么办？凭借三寸不烂之舌去说服他们，让他们放下屠刀立地成佛吗？他们有枪！"

林超涵看了一眼紧握着手中的八一杠，脸上露出愤怒表情的佟亚辉："我们也有枪。"

朱雪叹了口气："那能怎么办？让小佟去跟他们打仗吗？子弹可不长眼睛。"

佟亚辉回道："我赞同林超涵的看法，我们不能坐视不理！"

朱雪年龄比他们大多了，看事情比较理性，一看这两个年轻人热血沸腾，十分冲动，知道拦无可拦，便问林超涵："你打算怎么办？"

眼看着那两个盗猎者越走越近，眼看就要得手了。

林超涵一咬牙："朱师傅，情况危急，考验我们车辆性能的时候恐怕到了？"

朱雪一愣："你想干什么？"

"开车，从公路上下去，直接冲过去，速度越快越好！发挥出你做极限测试时候的水平。"林超涵十分急促地说。

佟亚辉还没太反应过来。林超涵坐下来，死死地扣上安全带，让他赶紧坐好坐稳。

朱雪喊道："你疯啦？你确定我们就这么开过去？"

"开过去！撞他们，他们的猎枪，威力虽然不错，但是想对我们构成威胁，恐怕有点难，狭路相逢勇者胜！"林超涵坚定地说。

佟亚辉终于醒悟过来，连忙固定好自己的位置，这公路相对平坦，两边的路可不那么好走，都是坑坑洼洼的，绝对是对车辆性能的高度考验。

朱雪一狠心，一打方向盘，就驾驶着车辆驶离了路面，直接朝着那两个盗猎者的方向冲过去。

他们在争执的这会儿，那两个盗猎者见车上的人一直没有下来，以为他们不会管这闲事了，这会儿全副身心放在捕捉幼小的羚羊身上，那只小羚羊一直在哀鸣，浑然没有注意到危险来临。

一名盗猎者拿着袋子悄悄地摸到了小羚羊的身后了，正欲抛出袋子逮住小羊时，另一名盗猎者突然惊叫一声："啊，他们冲过来了！"

这一声，将那只小羚羊吓了一跳，连忙蹦了开来，那名持袋的盗猎者恼怒地对另一名说："你瞎嚷嚷啥！一千块钱就没了！"

"不是，你看那辆车，冲了过来！"

"不会吧？他们疯了，开着车就敢冲过来？"

两名盗猎者瞠目结舌地看着疯狂的卡车疾驰过来，一路上，只见那辆车在坑坑洼洼中颠得厉害，但是却目标坚定地冲着这边就开过来了。

这样操作也行？他们还没见过这么厉害的卡车，在这种地势极不平坦的地面上，还敢这么横冲直撞过来的。

他们很纳闷，这车上的人是把自己的卡车当成坦克车开过来了吗？

在车上，林超涵强忍着不适，冒着舌头被自己咬掉的危险，对佟亚辉说："小佟同志，子弹上膛，保险打开！"

佟亚辉不愧是谢剑江带出的精兵，就算是车子如此颠簸，也完成了标准的子弹上膛动作，在最短的时间内把自己调整成临战状态。

"没问题，随时可以开火！"佟亚辉喊道。

"好！"林超涵说，"朱雪，开到离他们数米的地方急刹车！"

朱雪舍命陪君子了，"好！"他咬着牙继续驾驶着卡车向前冲，幸好这车他已经上手快一年，基本上性能已经摸熟了，越野性能如何他心中也有数，虽然有些担心，但是他内心还是有底气的。

林超涵喊道："小佟，你敢开枪不？"

佟亚辉没有正面回答，而是回道："我接到的命令是，在遇到极度危险情况，不得已的情况下才能开枪。"

"那他们现在有枪，对我们而言就是极度危险了！"

"是。但是……"说到开枪佟亚辉就很犹豫了。

"没什么好但是，听我说，一会儿朱师傅一停车，你不要客气，直接对天连放三枪，震慑他们。"

"对天鸣空枪吗，这个没有问题！"佟亚辉松了一口气，只要不是要他一上来就对准盗猎者一通扫射就好办了！

看似远，但是在卡车快速行驶下，这点距离很快缩短了，那两名盗猎者的脸都看清楚了。那两名盗猎有点难以置信地看着卡车转眼间就驶了过来。

就在他们想着怎么处理这件事情的时候，突然车子在离他们数米的地方停住了，盗猎者们紧张地看着驾驶室，扬起手中的猎枪。

但是还没等他们开话，车窗打开了，一支枪从窗口升了出来，朝天连放了三枪，枪声极其响亮，把他们给整懵了，这当兵的真有枪，而且还敢开枪！相比军方的制式冲锋枪，他们手中的猎枪根本就是根烧火棍。

先头准备捕捉小羚羊的那个盗猎者鼓足勇气对他的伙伴说："没事，他们肯定是空包弹，现在又不打仗，当兵的哪敢带真枪实弹。"

他们说话带着浓重的川音，看来这是两个从蜀地跑过来的蛊贼。

另一个拿着猎枪，颤颤悠悠地看着驾驶室里冲出的那支枪。三人没有敢开窗，从外面还看不清车里具体有几个人。此贼犹豫地说："这个可不是耍子的，要人命的。"

先前说话的那个贼十分生气："怕个球，脑袋割了碗大个疤。你想想，我们出来这么久图个啥，吃这么多苦，临了要发财了居然收手，你看他们都不敢下来！"

他这话是真的，林超涵三人是真不敢下来，他们怕旁边还有埋伏，他们也紧张地观察着四周的地形。佟亚辉毕竟是当兵的，朱雪也当过兵，以他们专业的眼光观察了半天后，确认四周再无埋伏。这个判断下来，林超涵顿时就有底气了，转头对佟亚辉说："瞄准他们脚下开一枪！"

# 第 37 章　惊变突起

那两个贼还在争吵，该怎么面对这一辆军车，以他们单薄的智商，自然而然地以为当兵的不敢下来是有点怕他们。但是他们还有一种天生的狡诈，只见一个贼从怀里拿出一个冲天炮，朝天放了一响，这把车里的三人吓了一跳，这种场面好像在电视上见过，帮派坏蛋们召唤同伴就是这种手法。

拿袋子的盗猎者挥舞着袋子，对林超涵等人用浓重的口音喊道："臭当兵的，龟孙子，还不赶紧滚蛋，等会儿我们的人来了，我们就不客气了！"

莫非附近真还有他们的人？

这下子林超涵真有点犹豫，觉得自己是不是莽撞了。以自己手中的实力，让佟亚辉一个扫射，这俩贼就得挂，但是，这又不是敌我矛盾，没人敢下这个狠手，解放军对付外敌匪患绝不含糊，可眼前这俩貌似两者都不是。

一时间真有点两难了。

但是这只是一瞬间的犹豫，很快林超涵果断地说："亚辉，射击！"

佟亚辉抬起枪朝着两贼的脚下"啪啪"就是两枪，不得不说佟亚辉对自己的枪法还是相当自信，这两枪打得又准又狠，直接就点到了两个贼的脚跟前，激起的灰土把两个贼彻底吓坏了，拿着枪的那个吓得两腿一软，直接跪在了地上。另外一个，使劲用脚踢他都没反应。

林超涵一看这两贼如此怂包，立即开了小半扇车窗，对外高喊："放下武器，立即投降，否则我们就格杀勿论了！"

那个拿着袋子的贼，不死心，抢过跪在地上那个家伙的枪，举起来，对着驾驶室就瞄准，显得十分彪悍，佟亚辉连续又开两枪射在他的脚下都没吓住他。那家伙动作十分麻利，就在林超涵等人还没反应过来的时候，直接砰地就是一枪，这猎枪近距离听来声音确实骇人的响，但是威力却就一般般，而且准头也极差，直接就打在了驾驶室外舱盖上，还好没击中玻璃，这下子可把车里的三个人吓了一跳。

佟亚辉也是有点毛了，这小子完全是冥顽不灵啊，他抬起枪来，"啪"地就是一枪，打在了这家伙的左手臂上，那家伙居然顽强地把单手想装填子弹，结果又是一枪击打在他的右臂上。这下子这家伙彻底废了。

旁边跪倒的那贼也吓蒙了，嘴里一直在喃喃自语，彻底瘫软了。

那个被击中的贼够硬气，两只手拿不了枪，居然转背就跑，也不管他的同伙了。

"这个，怎么办？"佟亚辉有点拿不定主意了，他看着林超涵，这事都是林超涵决意要管的，现在三人也只能让他接着拿主意了，虽然朱雪年龄要大点，但是林超涵这一年来备受重视，虽然年轻，无形中也树立了一些威望，朱雪下意识也看着林超涵。

"下车，抓捕！"林超涵果断地说。

其实他本心也不想管这种事，但事到临头，要过自己心里那一关实在太难，既然管了，就索性管到底，把这两贼带到下一个兵站，让部队来处理这个麻烦事。而且那个摇摇欲坠在逃跑的贼一直在流血，如果不及时救治，真的会丢掉命。这可是高原，不比平原上到处都是人家，他跑了，到哪里去找人帮忙？

朱雪是当过兵的人，佟亚辉是当兵的人，既然决定让林超涵拿主意，那他的话就相当于命令了，先执行命令再说。

三人毫不犹豫地就打开车门，冲了过去，朱雪一把将那个瘫痪的人给按住，林超涵和佟亚辉则追了过去。那个贼受伤比较严重，虽然拼命在跑，但是越跑越慢，在高原上，呼吸困难，林超涵和佟亚辉也不敢用尽全力奔跑，只保持着小跑的速度，他们知道，稍微再拖几分钟，那个贼肯定会体力不支，到时候就手到擒来了。

那个贼跑过了一个土坷垃后，体力不支了，只见他一个趔趄，跌倒在土坷垃上。林超涵和佟亚辉大喜，警惕地慢慢走过去，准备抓住他。在高原上，必须要时时刻刻注意保存体力，这点道理他们还是明白的。

但是就这么一刹那的工夫，惊变突起！

只见一只毛茸茸的爪子从土坷垃后面伸了出来，直接搭在了那个贼的肩膀上，那个贼刚才跌倒，正坐了起来，准备接着跑，被搭后觉得有点异常，连忙回头一看，顿时心惊胆战魂飞魄散，只见一双冷漠无情的眼睛正在盯着他，然后一排尖利的牙齿就朝着他的脖子上咬了下来。只一口，就死死地咬住了他的喉咙。那个贼挣扎了两下，连一点声音都没有发出来，生命就彻底终止了。

这一个惊变说来话长，实质也就是两三秒的时间。

林超涵和佟亚辉看得很清楚，两人的毫毛都惊得竖了起来，这是一只体型中等，浑身黑黄，毛发脏得不成样的狼！只见它死死地咬着贼的喉咙，毫不放松，鲜血像是喷泉一样从贼的脖子里涌出来，溅到狼的牙齿，然后再滴落在地上。

这只狼只用了很短的时间，就结束了那个贼的生命。事情发生得极其突然，让他们都措手不及。

佟亚辉本能地举起了枪，瞄准了这只狼，无论如何，先射杀这只狼，救下这个盗猎者再说，不清楚是不是还来得及，但是无论如何不能让人被狼给啃了。

他刚要击发，林超涵却将手搭在他的枪上，低声惊惧地说："你先看情况再说。"

佟亚辉抬眼一看，也差点吓尿了，只见那只狼的身后，从土坷垃上面，又走出来一只狼，一会儿又走出来一只，三只、四只、五只……土坷垃后面不停地冒出来，最后形成了一群狼。其中一只狼皮毛是银色的，体型也比其他狼高大，这只狼像是有点通人性地直勾勾地盯着林超涵两人。那眼神显得极其残忍、嗜血、冷漠，不知道是不是林超涵的错觉，仿佛还有一丝丝的嘲讽。

佟亚辉拿枪的手都有点发抖了。

那些狼看着两人，一时间也没有进攻，那只咬死盗猎者的狼，依然死死地咬着没放松。

林超涵心里发毛了，他立即意识到，想再救回那个盗猎者已经完全不可能了。

"走，我们慢慢往回撤。"林超涵低声道，他从书上看到过，如果将后背暴露给狼，是十分危险的，等于是自杀，你的速度再快，也跑不过它们，它们的进攻迅猛快捷，从背后扑上来，连还击都做不到。

"慢慢地，面朝它们，我们倒退着走！"林超涵低声说，"枪口不要直指它们，略微向下！"

佟亚辉点了点头，事到如今，真的生死看天了。

他们俩慢慢地一起往后撤，一点点往后倒退，眼睛则是死死地盯着不断增加数量的狼群。那只银色的头狼一直没有下令进攻，似乎在思考眼前的局势。

其他的狼虽然看着两人一点点后撤，有点骚动，但是也没有追击下来。它们如果追下来，说不得那只能掉头狂奔了，佟亚辉枪里那点子弹，能打死几头狼不好说，在这种情况下根本不顶用。

不得不说林超涵运气极好，两人往后退了一段距离，狼群都没有追上来，林超涵估摸着离自己的车已经很近了，正着急间，却听到朱雪低声喝道："快，我们立即上车，走！"

朱雪将那个投降的盗猎者捆起来后，抬起头就看到了两人正在往后退，不远处的狼群十分醒目地站在那里，顿时就十分着急，当即就招呼他们往后跑，说完对那个盗猎者说："走，跟我们上车，否则你就被狼吃掉吧。"

那名盗猎者见状吓得手酸脚软，朱雪架着他，都有点走不动道了。

林超涵又退了一段后，低声地和佟亚辉简单商量后，果断地喊："一二三，跑。"两人转身就朝卡车狂奔起来。这速度，比来的时候快多了。

见他们终于转身跑了，那只头狼像是感觉自己受到愚弄一般，凄厉地"嗷！"地长啸了一声。这下子，它身边的狼群早就有些不耐烦了，接到命令，立即如土黄色的浪潮一般席卷了过来。

林超涵和佟亚辉这会儿也真顾不上任何高原反应了，就算是一会儿高原反应死了，也比死在狼嘴里要强！

两人不要命地狂奔了起来，狼群的速度远胜他们，在身后越追越近。

太紧张了，两人幸好都年轻，而且一路上运气极好，居然没有被石头绊倒什么的。高原的风在耳边呼啸吹过，地上的野草此时踩起来都嫌太软了，他们死命地奔跑，在最短的时间内来到了搀扶着那名盗猎者的朱雪身边，林超涵大喊："交给我们，开车要紧！"

朱雪当机立断，将手中的盗猎者丢给跑过来的林超涵和佟亚辉，自己则三步并作两步，动作极其敏捷地冲上了驾驶室，而身后林超涵和佟亚辉两人一左一右接住那名吓瘫了的盗猎者，他看见自己的同伙已经丧身狼口，精神都有点崩溃了，朱雪怎么说他都没有用。

林超涵喊道："不能放弃他，扛上车！"

# 第38章　万分惊险

佟亚辉点了点头，两人喘着粗气将这名盗猎者拖行了十来米，咬紧牙关用最快速度跑到了驾驶室边，后面的狼群已经追到了刚才他们架住盗猎者的地方。

只要几个呼吸，狼群就能追上他们，像咬死那名盗猎者一样，将他们分而食之。

这个时候，军车驾驶室要命的特点就显现出来了，如果是普通小轿车，只要把这名盗猎者往里一扔，关上门就可以跑了。但是军车有高度，前面说过，整个驾驶室高 3.1 米，这个高度平常上下都感觉有点费劲，年龄大一点身体不好的，凭自己的力量还根本上不去。

这名盗猎者吓得瘫软，一点力气都用不上来，精神还崩溃了，把他弄上车，就算是平时，那也是绝对费劲的，时间根本来不及。

林超涵一咬牙，急中生智："给扔后箱去！"

佟亚辉立即会意，两人架着盗猎者，使劲地将这名盗猎者给架起来，将他头朝里，肚子搭在后挡板上，两人抬着脚，死命地往里一推，就将这名盗猎者以极其不雅的姿势，扔到了后车厢。

然后，他们的时间也不多了，狼群离他们只有一步之遥了。

说时迟，那时快，两人没有了拖油瓶，又在生死危机下，爆发了惊人的能量，佟亚辉喝道："你先上！"然后就托着林超涵的小腿，林超涵使劲一蹬，就跳上了车。

车后厢的动静一大，看不到情况的朱雪以为他们都上车了，立即就发动了车子。

佟亚辉正要上车，没想到一脚差点踩空了，车子发动后，就快速开动了起来。

林超涵在车上急得大喊："快，跳上来！我拉你！"

佟亚辉将枪摘了下来，先扔上车，然后就跟着车跑了起来，后面狼群已经快跑到他的后脚跟了。

朱雪启动车的速度越来越快，眼看佟亚辉就要追不上了。

林超涵急得连嗓子都快喊破了："停车！停车！"

发动机巨大的轰鸣声淹没了林超涵的声音，逃离心切的朱雪根本没有听见。

就在这千钧一发之际，车好像撞上了一块石头，整个车猛地抖了一下，朱雪下意识地踩了一下刹车，结果车一下子就给停住了，这一下子停得又快又急，林超涵差点从车上给摔了下来。

就这一刹那的时间，只见佟亚辉抓住这个唯一生的机会，抓住了车后挡，一跃而起，林超涵及时地伸手一搭，将他拉进了车里。

后面跃起的狼在半空中咬了一个空，两排钢牙上下一磕，声音极其瘆人。

上车后，惊魂未定的两人回头一看，车后面密密麻麻地跟了数十只狼，那匹头狼就夹在其中，银灰色的皮毛深深地出卖了它。

朱雪略一停顿立即又启动了车子，就在佟亚辉上车的一刹那军车又开了起来，但是后面的狼群极其不甘心，疯狂地追咬，不断地跳跃，其中有数只险些跳进了车里，把扒在后挡板的两人吓出一身冷汗。

更让他们心惊的是，狼群中间的那只头狼，猛然发力，冲到了前面，以它的块头，冲进车后厢可能毫不费力。

危急时刻，林超涵紧张地伸手四处乱抓，好在后箱放的都是工具，林超涵随手一抓，竟然抓起了一根粗大的铁钳。

这是平常用来撬轮胎等使用的铁钳，林超涵也不管顺不顺手，抓起来使命地朝那只跃起的头狼挥去。

那只头狼也是有点背，它的确跃得够高，但是好巧不巧，它的头超出后挡板的时候，正好碰到了林超涵用了吃奶的力气挥舞过来的铁钳，就像是它专门送头来撞铁钳一样，撞了个正着。

这一下子可着实不轻，林超涵清晰地听到了骨头碎裂的声音，用力之大，搞到他都将铁钳震到脱手而出了，飞了老远，直接掉到了狼群里，好像还砸中了其中一匹狼，那匹狼发出了疼痛的嚎叫。

头狼被击中后，直接在半空中就翻滚了一圈，"砰"地一声，摔在了地上，激起了一片灰尘，也砸中了几匹跟得太紧的狼。

这一下子，算是让林超涵等人暂时脱困了，狼群因为头狼的失手，明显犹豫停顿了一下。

等到它们重整旗鼓，再追上来的时候，之间的距离已经不可能再产生威胁了。

在车上，林超涵和佟亚辉两人对视一眼，气喘如牛，一下子瘫倒在车厢里。

刚躺下，佟亚辉突然想起来："我的枪！"

他把枪扔进来后，他们就没有时间再去捡枪了。他们想起，车上还有一个人呢！

两人急忙回头一看，哭笑不得，只见八一大杠确实是扔进了车里，还爬在了那个人的身上，但是，扔枪的时候太用力，好巧不巧，正好砸在那名盗猎者的头上，直接将他砸晕了，头上肿得老高。

林超涵摸了一下他的呼吸，松了一口气，还好，没有一枪砸死，要是砸死就太冤了，他们拼尽了力气将他救上车的，万一被一下子给砸死了，这番辛苦可就全都白费了。

至于另一名盗猎者，他是命真的不好……

两人叹了一口气，想起丧身狼群的那个盗猎者，他们是真没想要贼的命，但是贼却因为他们而死了。

车子开出一段距离，从后视镜里看不到狼群之后，朱雪才松了一口气，将车停住了，喊道："快，坐到驾驶室里来！"

林超涵和佟亚辉听到后，挣扎着坐起来，将那边昏倒过去的盗猎者拖了下来，再拖到了驾驶室里，两人上车坐稳。

朱雪叹了一口气说："现在有个大麻烦了！"

"怎么？狼群又追上来了？"林超涵一惊。

"不是！是我们迷路了！"

"什么？我们找不到公路了？"

朱雪苦笑着说："刚才我有点慌不择路，看到哪里平坦就往哪里开，现在好了，已经远离公路了，我现在想抄个道去公路，但一时间有点分辨不清楚方向了。"

林超涵和佟亚辉两人连忙朝窗外看去，不知道怎么地，天色不知道什么时候就阴了下来，阴沉沉的，像是要下雨的样子，已经分不清方向了，四周荒山野岭，他们都不知道跑到什么地方来了，周围孤零零的就他们一辆车停在这高原之上，好像是被世界遗弃的孤儿一般。

这下子乐子可大了！

林超涵也有点懵圈了，这个情况是他之前所没有想到的，如果朱雪说分不清楚方向，那就真的是分不清楚方向了。现在车还有油，后厢也还有一些备用的油，如果在这些油用完之前，他们找不到公路，他们就只能弃车徒步去寻找公路了，这危险性，想想刚才的狼群就知道了，基本上就算是小命要丢在这高原上了。

到时候，什么雄心壮志，什么情敌美女，全都要化成泡影了。

林超涵能想象到，那个时候自己就会成为一个笑话、成为人家的谈资了，而且西汽会因此蒙羞，父亲会因此蒙羞。

这个是林超涵绝不能接受的。

在一旁的佟亚辉也意识到了事情的严重性，他们三人只是因为一时正义冲动，想去管一下盗猎者，结果，现在出了这么大档子事，部队上还不知道什么时候才能意识到他们出事。

此时跑一段时间，已经是下午了，用不了太久太阳就要落山了，在这生命禁地，天黑之后，荒野之中，危机四伏，他们这四人待在高大的驾驶室里，暂时还不会有生命危险，但时间长了会怎么样？

佟亚辉难以想象。

突然想起什么，他掏了一下随身的帆布包，从里面找出了一个指北针（对，指北针，部队是指北，外面用的是指南针），不停地调整姿势，分辨方向。而一边的朱雪也翻出了指南针，两人都在试图寻找方向。

两人拿着指南指北针对了一下，额头上的汗都掉下来了，他们的针指方向居然完全不一致，这种不一致是指，他们的针一直在不停地晃悠，根本就停不下来，都找不着北指不了南了。

这附近山上有磁场，影响了指针，怪不得这里叫生命禁区，还真是有一些古怪。

分不清方向，就不敢向前行了。

幸好这是越野军车，性能较好，跑了大半天，居然也没有太大的毛病，朱雪试了试车，确定没有大毛病，这让三人松了一小口气。

怎么办？

朱雪叹了一口气："没有办法，只能走回头路了！"

回头路上他们如果开慢点，慢慢找自己车子碾压过的痕迹，说不定还能找到回公路的路。但是回头路上有什么，他们也很清楚，那是那群狼的地盘，它们绝对还会在那里盘旋的。刚才的惊魂未定，说不得还得再经历一遭。他们在驾驶室里，本来可以不怕，但是万一车子油没了，或者是突然坏掉了，要停下来维修呢？这危险性还是非常大的。

再也找不到其他的办法，三人商量了半天，只能走回头路。三人先把后车厢帆布给扎紧，谨防有动物跳上来，给他们来个出其不意，同时又把那名依旧在昏迷中的盗猎者的双手双脚捆上，以防不测。

这才登车往回走。

# 第 39 章　失踪的报饭车

林超涵朝朱雪和佟亚辉道歉："对不起！我没有想到管闲事会惹出这么大的麻烦！现在我们的饭肯定是报不成了，如果我们拖延时间太久，不仅报不了饭，还会给后面的车队带来巨大的麻烦。"

朱雪苦笑着说："小超，这个时候还说这些，没有意义了，我们准备挨批评吧。你做的这个决定我也是赞同的，怪不得你。"

佟亚辉也没有责备林超涵，反而安慰他："这事，怪不得你，当时那情景，我们不可能不管。"这是出于一个军人的正义感。并且，刚才林超涵在最后时刻拉了他那一把，也是救了他一命，这个恩不能不记。

林超涵对这个倒是完全没感觉，换成任何人在当时情况下都不会放任不理的。

事已至此，多说无益，三人就瞪大着眼睛，找着来时的路，甚至有时候还需要下车去判断痕迹。

四周偶尔也有一些动物出没，他们甚至还看到几只雪豹在瞪着他们，让他们心惊胆战。佟亚辉的枪就没离开过手上，时时刻刻都准备打开保险开火。

幸运之神总算小小眷顾了他们一把，这一路上，有惊无险，还算顺利，但是因为停停找找，他们回去的速度极慢。

在他们艰苦找回程路的时候，天渐渐就黑了……

另一边，大队车队行进在路上，郭志寅缓过劲来了，但是他有点心神不宁，跟在他身旁的孔发祥关心地问："郭工，怎么了？"

郭志寅皱着眉头说："不知道为什么，我好像忽略了一些事情。有点不太好的预感。"

孔发祥哈哈一笑："郭工，您这也未免想多了，这叫杞人忧天！"

"天，真有可能塌下来！"郭志寅抬头望了望窗外的天，天空已经阴了下来，这种气候在这个季节还不算多见，"上午还天晴好好的，没想到气候如此多变，有点像是要下雨雪了。"

"这个，应该不影响我们的。"孔发祥对这个完全不担心。

郭志寅紧锁眉头，没有说话。孔发祥也自觉地闭上了嘴，开始闭目养神。

这个时候，对讲机突然响起来了，让大家打起精神来，天黑得比较早，开车时千万要小心谨慎。

与此同时，范一鸣坐在车里，倒显得正常了一点，看上去一直在瞌睡，仿佛认命了一般，利用睡觉来消磨时间。

最辛苦的反而是卞文高等人，他带的人一直要观察车辆的状态，始终都不敢轻易眨眼休息，对他们来说，到了兵站后才是放松的时间，在平常状态下，要尽量保持清醒状态，因为现场打分要靠他们了。

这一路无话，当他们路过林超涵三人当初等待藏羚羊离开的路段时，因为完美地错过藏羚羊路过的时间段，所以根本没有察觉到任何异常，直接呼啸而过。

没多久，天完全黑了下来，他们在晚上 8 点前终于赶到唐古拉山口的兵站。他们这一行车队惊动了兵站的人，一名中尉军官接到哨兵的报告，匆匆地从屋子里赶了出来，在车队停下后，他先是举手敬了个礼，然后大声地发问："你们是哪支部队的？"

刚下车的卞文高开始有点没搞清状况，一行十来辆车，发动机轰鸣，倒车停车，噪音挺大的，竖起耳朵才听到这名军官的发问，他有点发蒙："怎么，我们是总后进行车辆性能测试的车队，你们没有接到我们的报饭车吗？"

那名军官看到卞文高的军衔是少校后，再次向他单独敬了个礼："少校同志，我是唐古拉山口兵站中尉排长黄保宇，是这个兵站的负责人，我们事前接到过上级通知，知道会有测试车队路过，但是并没有接待过你们车队的报饭车。"

"什么？没有接到报饭车？"卞文高愕然，他都没有来得及自报身份姓名。

"的确没有接到过报饭车！"黄保宇中尉认真地回答。

卞文高直视他的双眼，知道这位中尉并没有撒谎，他奇怪地问："有三个人，一个司机，一个年轻的工程师，还有一个警卫士兵，开着像这样的车，你们都没有见过吗？"他指了指西汽车辆。

黄保宇回头询问了一下哨兵，然后报告："少校同志，我们确认今天没有见过任何此款车型的车通行。"

这怎么可能？卞文高震惊了。

这个时候，郭志寅、范一鸣等人都下车了，走了过来，很快就弄清了事情原委，他们突然发现一个很严重的事情，那就是报饭车不知何故，失踪了！

这可是了不得的大事情，郭志寅连忙走过来跟黄保宇求证，得到肯定的回答后，登时一阵晕眩，他的预感成真了，真的有事情发生了。

这辆单独的报饭车从可可西里的无人区公路上消失了。

"会不会他们走上岔道了？"孔发祥问，"或者是哨兵没有看清楚？"

终于明白过来有辆报饭车失踪的黄保宇排长很肯定地摇头说："这个不可能！第一，整个公路道路是非常明显的，他们不可能抛弃大道不走走小道；第二，我们的哨兵绝对没有问题，他们一天 24 小时会站岗记录过往车辆，不可能这么大一辆车过去而我们没有任何记录。"

卞文高少校在和黄保宇中尉两人再简单地交谈了几句后，确认了一个事实，那就是林超涵三人的报饭车真的是失踪了，根本没有提前到达兵站。

这个事情很严重！

莫名其妙地，沿路也没有看到任何意外事故的痕迹，竟然一辆车就失踪了？

范一鸣一旁冷笑着说："还不知道这几个人躲到哪里逍遥快活去了，龟兔赛跑的故事听过没？说不定他们就是那只睡觉的兔子，比不上我们龟速前进。"他心里其实是挺不爽的，因为车队要听从指挥，整体行速不是很快，所以这么晚到达，而且报饭车失踪，兵站方面根本就没有准备好热乎乎的饭菜等着他，这让他很窝火。

看着急得像热锅上的蚂蚁的西汽众人，老乔咽了一口口水，捅了捅范一鸣，让他少说两句，但是范一鸣反而瞪了他一眼："他们做得，我说不得吗？我说的不是吗？不就是报个饭吗？这么简单的事都做不好，像西汽这种垃圾厂家生产的车能靠谱吗？中国人，要造好车，还早着呢！"

"你给我闭嘴！"连陈培俊这种老实人都有点上火了，"别张口闭口中国人，你不是中国人吗？"

范一鸣讽刺道："我是中国人啊，但是我有自知之明，不像某些人一样妄自尊大，妄想自己敲敲打打就能赶得上强国工业。我们如果不对外开放，引进这些先进的工业产品，中国什么时候才能赶得上外国？"

这句话听得卞文高极度不爽，但是他长期在机关，见多了各色人物，也知道这位范一鸣确实有一些背景，因此还是打圆场："这个问题现在不适合讨论。我们还是先讨论一下如何处置这个事情吧。"

范一鸣冷笑了两声："怎么处置？依我说，管他们呢，我们该吃饭吃饭，该休息休息，等他们玩够了，回来了，我们再出发好了。一个报饭车连报饭都报不好，死不足惜。"

旁边的俄方代表齐建国听了，心里十分生气，虽然他代表俄方，但不代表他就完全站在外国人的立场上了，性情颇为耿直的他怒斥范一鸣道："你这人，还有没有人性？这是在可可西里无人区，要是出了事，真的会出人命！"

范一鸣笑喷了："出人命？他们也知道这是生命禁区啊？不好好报饭，鬼知道跑去干什么了。要是出人命那根本就是自找的。"他当然巴不得林超涵自己作死在生命禁区，要是这么轻易地就打败这个情敌，他真是做梦都会笑醒。

齐建国骂道："毫无人性，人面兽心！"他确实是有点看不惯范一鸣了。

范一鸣对他骂自己竟然也不生气，此时想到林超涵如果真因为不知道的原因死在生命禁区，那真是一大喜讯，因此对齐建国的痛斥也完全不放在心上，只是讽刺道："这就奇怪了，我只不过说几句真话而已，急什么，再说这事跟你有个屁关系。"

齐建国怒道："大家都是一个车队的，就算是竞争对手也不用说这种风凉话吧？"

范一鸣还在那里嘲讽："真是皇帝不急太监急。"齐建国听了大怒，脾气上来就想动手，被人给死死拉住了。

卞文高皱起眉头，这个范一鸣实在是不分轻重，在这种时候还非要挑起争端，他喝道："都住口，我们先分析一下这个事情。现在的情况是，报饭车失踪了，我们一是要尽快弄明白这件事情的原委，争取联系上报饭车；二是，黄保宇同志，尽快给车队安排晚饭；三是要开展救援搜索，事起仓促，时间紧急，车队所有官兵集合，由谢剑江同志带领，立即组织队伍，往回搜索。"

卞文高虽然只是参谋，但是军衔是这里最高的，也是车队的领队，他的话就是命令，哪怕又冷又饿，也得立即展开搜索。

谢剑江和黄保宇分别接受任务后，就马上各自组织队伍行动，黄保宇迅速让兵站全体官兵赶紧为车队准备晚餐，而谢剑江则清点警卫人头，研究搜索任务。

# 第40章 是我们的车

与此同时，进入兵站室内，郭志寅找到了卞文高，他刚才懒得理会范一鸣狂吠，而是低着头一直在地图上查看，他对卞文高道："卞参谋，我刚才研究了地图，发现有多个地点可以满足车辆驶出较远距离，可能因为一些突发原因，导致车辆驶出公路。"

说着，他指了几个地点，都是穿越可可西里的公路两边上可以开车离开较远的地方。

卞文高身为参谋，地图作业自然是烂熟于胸的，郭志寅不说，他也要找他讨论的，他赞同地说："这些地点，确实地势相对平坦，我们是军车本来就高，他们驶离后，行驶在这些地点毫无压力，但就是不知道他们为什么离开公路。"

郭志寅沉吟了一下说："你知道最近公路上可能会发生什么情况吗？"

卞文高摇了摇头："我也不是太熟悉，恐怕得问一下黄排长了。"说着，他就高喊黄保宇，黄保宇连忙跑了过来。

卞文高问道："黄排长，我想知道，这段时间，公路上会发生什么特殊的情况？"

黄保宇思索了一会儿："这段时间？对了，如果没记错，这段时间藏羚羊会迁徙，其他的似乎没有什么情况。哦，对了，说到这个，可能要小心盗猎者，听说这些人会打一些保护动物的埋伏，手段极其残忍。不过，盗猎者一般是远离公路的，因为路上经常过军车，他们不敢轻易靠近。"

"会不会他们在路上碰到了羚羊群？"卞文高猜道。

"这个是有可能的，但是藏羚羊相对性情温和，就算数量再多，也不大可能会对他们造成危险。在公路上，怕撞到羊，大不了停下来就是了，也不至于会有什么事。"黄保宇疑惑地说。

"那会不会碰到了其他的危险？"郭志寅问道。

"也有可能，像藏羚羊群，每次迁徙，其实也是一些肉食动物的盛宴，它们会尾随羚羊群进行捕食。比如雪豹，还有狼群等等。"

"有狼也不怕啊，他们在车上，开枪就能把它们吓走。再说那么多羊，就算是狼要攻击，也不可能攻击比羊群更凶猛的人类才对！"

"这就不清楚了。"

他们百思不得其解，只能在地图上画圈圈，确定哪些地点有可能会是驶离公路的地域。

这个时候，他们听见范一鸣在那边高喊："快饿死了！报饭车，报不了饭，报丧啊！哈哈！"

范一鸣如此拉仇恨，真是让郭志寅都恨得咬牙切齿想冲去把这厮揍上一顿，几个西汽的工程师早就不爽他了，听闻此言，就抄了家伙准备冲过去揍他，被谢剑江手下的兵死死拦住了。没办法，这些人手上都抄着铁钳扳手之类的硬货，上去哐当一下，那小子就要报销了，谢剑江虽然也极不喜欢范一鸣，但是关键时刻他还是拎得清的。

郭志寅阴沉着脸，不作声。

卞文高心里叹惜，现在根本不是责怪报饭车的时候，情况都还没搞清楚呢，怎么着都要等人安全回来再说，这个范一鸣为了饿肚子就责怪报饭车，这事不是说没理，但是话太难听，活脱脱就一副小人嘴脸。

　　范一鸣看着西汽众人眼睛里都在喷着火，心里虽然有点发虚，但是嘴上却毫不示弱："我说的不是吗？你们就等着给报饭的林超涵收尸吧！"

　　西汽众人和卞文高心里跟明镜似的，这小子真是巴不得林超涵死在路上呢。

　　但是这句话终于激怒了一个人，那就是谢剑江，车上还有他的兵呢，要是林超涵完蛋了，他的兵不也完蛋了？他默不作声走过去，反手就是一巴掌，抽在了范一鸣的脸上，直接把范一鸣给抽倒在地上了。

　　"老谢！住手！"卞文高头都大了，这个谢剑江果然是出身野战部队，野性难除，居然就敢打厂家代表，这事可是违反纪律的。

　　谢剑江是真有点火了，他没有接着下手，而是指着范一鸣就开骂："小子，说话小心点，那车上还有我的兵，要是我的兵出事了，我拿你是问！"

　　范一鸣被这一巴掌打得眼冒金星，牙齿都被抽得有点松动了，嘴角鲜血直流。他只感觉耳朵嗡嗡作响，但是谢剑江的话却是明明白白地听到了，他有点懵，什么意思，他的兵出事了，跟他有什么关系？找错人了吧？

　　卞文高心里暗暗叫苦，连忙示意旁边人把范一鸣扶起来。其实不用他说，老乔硬着头皮已经把范一鸣扶起来了，他心里也是真嫌弃这个公子哥，这家伙，真是一张嘴人见人憎。没办法，谁让他们是一伙的，老乔还拿着这家伙的钱呢。

　　范一鸣吐出一口血，抹了抹嘴，怒视谢剑江，他心里那个恨，有如滔滔昆仑河水，他长这么大，还没有挨过这样的揍。

　　"怎么？还想挨揍？"谢剑江冷笑一声，挥拳作势。

　　范一鸣吓得倒退了一步。

　　卞文高严厉批评："老谢，过了，打人是违反纪律的。"

　　谢剑江听到卞文高出声，嘿嘿一笑："我只是吓唬一下他，又没真打！"

　　范一鸣不干了，怒道："吓唬？你都把我打出血了。当兵的，你走着瞧，这事没完。"他有自知之明，要是干仗，他肯定是干不过眼前这位野战部队出身的军官。他瞧了瞧左右，发现连老乔都一脸尴尬，他恨恨地挣脱了老乔的搀扶，心里异常后悔，这次失算了，居然只身一人来到这高原上，对方是组团来的，要欺负他不要太容易。

谢剑江一巴掌打出，气也消了，这个时候听到范一鸣这么威胁，只是冷笑一声，懒得理他，回头这个范一鸣肯定会投诉他，听卞文高说这厮有些背景，但是无非也就是背个处分，那又如何。

范一鸣喘着粗气，刚才一下子真不轻，他又不敢对战，整个人摔倒起来后，显得很是狼狈，但是敢怒不敢言，用仇恨的眼光盯着谢剑江，心里盘算着将来怎么报复。

卞文高摇了摇头，对这个闹剧实在不想再理，这里的事，他会报告给上级，但肯定不会添油加醋，至于上级会怎么处理老谢，他就真管不着了，他们互不隶属，只是临时合作关系，要处分，还轮不到他说话。

他现在最关心的是那辆失踪的报饭车的安危，说不得，他得向上级部门报告这一情况，天明之后可能需要部队派出直升机来进行搜救。

要不要立即报告上级，他征询了周边人的意见，一旦车和人找不到，要进行搜救的话，就会耽误测试进程，这事他得先听一下相关各方的意见。

结果不出他所料，听到要向上级申请派飞机救援，并且有可能耽误行程，范一鸣第一个不干了："凭什么，凭什么让我们这么多人等在这里浪费时间，你们派直升机搜不搜我不管，耽误测试行程我首先反对。"这话又听得一堆人心里不爽。

西汽的人还没说话，齐建国就嘲讽道："你反对是没有用的，相信我们这里大多数人是同意的。"

郭志寅感激地看了他一眼，这个齐建国仗义执言，是个可结交的人，至于欧方德国车代表霍欢，则是一直没有表态，静观其变，显得颇有些城府。

谢剑江道："我赞成齐代表的意见，需要立即向上级报告，明天派出直升机进行搜救。"

范一鸣冷笑不止，看着两人，也不接着说话，他知道自己阻止无效，但就是要恶心一下他们。

大家接着商量了一下，最后决定报饭车失踪的事情需要报告给上级，但是可以等谢剑江等人先搜索一遍再说，虽然说在黑夜搜人相当于大海捞针，但是也要尽人事。

卞文高其实担了不少压力，出现人员车辆失踪这样的事，他作为此行的领队也是要承担责任的，这对于他将来升迁，可能会造成很大的负面影响，但现在他必须得强打精神，主持大局。

谢剑江等人早就准备完毕了，西汽的司机也得准备好。兵站炊事班用最快的速度煮了蔬菜粥，拿出了剩余的馒头，让众人临时凑合了一顿，搜索队就准备出发了。本来搜索队以西汽4辆车为主，但是齐建国主动提出一起参与搜索，变成了5辆车。

就在众人匆匆用完餐准备出发时，突然哨兵冲了进来，大声地报告："报告，远处好像有车灯，疑似有车辆将到达。"

室内众人顿时轰动了，集体冲了出来。

远方，黑幕之下，一线微弱的灯光正从一个山口缓缓驶近。

要知道军车的灯光都是极有要求的，出于军事行动的保密需要，军车的灯光是不能像普通民用车那样随意打出雪亮的灯光四处乱射的，因此在黑夜之中，远方这道灯光就像是微弱的萤火一般。

近了，那辆车显然注意到了灯火通明的兵站，明显加速地开了过来。

越来越近，几分钟后，这辆车就驶到了兵站跟前。

"是我们的车！"孔发祥激动地摇着郭志寅的胳膊。

# 第41章　捡了便宜

很快，车停了下来，从车上跳下来的人，果然是林超涵等人！

整个兵站沸腾了！提心吊胆之后，突然放松下来，这种心情真的很好。

郭志寅握着林超涵的手，都有点难以自已，有一刹那他是真的被吓到了。这位林大侠，果然非常人也，就是报个饭，也能报出毛病来！万一林超涵闹个真失踪，他可怎么向林焕海交代？

卞文高也走过来，拍着林超涵的肩膀吁了一口气："回来就好！"

齐建国十分开心地拍着林超涵的肩膀："小子，你没事了！"

林超涵有点不太搞得清状况，这个俄方代表什么时候变得这么热情了。

倒是范一鸣的表现一向没有让人失望，他冷眼旁观，看到林超涵下车，居然受到像英雄一般的欢呼，心里十分不满，直接出言讥讽道："报饭报饭，本来是应该早到的，结果还迟到了，居然还跟欢迎英雄似的，真是可笑之至。让大家饿肚子，是不是该先给个解释？"

他这话一出，全场都冷场了，仔细一想，这话好像是也是的，这报饭车迟到这么久，理论上应该先挨批评才对。

连卞文高都皱起了眉头，这事确实需要一个解释才行。下意识地，他就有点严厉地看着林超涵。

林超涵看着范一鸣出声，冷笑了一声，路上他早想到到兵站后这个范一鸣肯定不会有什么好话等着他，鄙视地看着他说："范一鸣，你脑子没毛病，居然知道这是在欢迎英雄啊！"

范一鸣像是听到了全天下最好听的笑话一般，狂笑不停："你迟到这么久，居然也敢自称英雄？你当其他人都是瞎子吗？"

郭志寅的脸也阴了下来，这事确实不好解释了。孔发祥、陈培俊等人在旁边暗暗着急，却又没有借口可以找。

这个时候，林超涵突然像是发现了新大陆一样，盯着范一鸣的脸说："咦，范一鸣，你的脸是怎么了，撞到哪个人的巴掌了吗？怎么脸上有巴掌印？"

打人不打脸，揭人不揭短，范一鸣的脸刚被人打过，现在又被林超涵嘲讽，顿时大怒："还不是因为你个混蛋！"

林超涵十分不解："这关我什么事！"

但是其他人都用一种奇怪的眼神看向林超涵，有人轻声叹道："还真的跟你有关！"

孔发祥在林超涵的耳边轻声地说了几句，林超涵边听边接过一碗水喝下，听完后，直接一口水喷了出来，捂着肚子笑了半天："我说，范大公子，你这不是欠抽吗？"

范一鸣的眼里火都要冒出来了，但瞟到谢剑江正在捏着拳头看向他，顿时就哑了。等林超涵笑完，才冷笑道："你笑吧，别转移话题，你先得解释一下，龟兔赛跑，兔子是怎么落后面的吧？"

卞文高点头，有点严厉："林超涵，这个事，确实需要有一个解释。"

范一鸣接话："我看你怎么扯淡，还想当英雄，呸！"

众人的眼里现出忧色。

倒是林超涵好整以暇地说："我说，范一鸣，是不是英雄你说了不算。"

"那倒是解释一下啊。"

"好！大家先看下这个人是谁！"林超涵一指车。

顺着他的手指，大家看到佟亚辉从车上跳了下来，谢剑江也是笑容满面地看着自己的兵，但是很快他就没笑了，只见佟亚辉从车上赶下了一个人，这个家伙蓬头垢面，脸上脏得都看不清楚容貌。

所有人都发现车上居然还多了一个人，都有点懵圈，这算怎么回事？

原来，当天下午，林超涵三人从原路返回后，一边慢慢辨认，终于在天黑前又回到了藏羚羊被打死的那个地方。在那里，只剩下一摊血迹，连个骨头都没有剩下。看着周边凌乱的足迹，朱雪判断那只可怜的母羊已经被狼群给吃掉了。

至于那个盗猎者，怎么说也是人类，三人本着人道主义精神，开着车在周边兜了一圈，寻找那名盗猎者的尸体。这时候离公路已经不远，反正已晚，也不着急，隐约看到有些碎布片挂在草丛间。三人默然无语，想不到那名盗猎者竟然会葬身狼腹之中。

佟亚辉有些内疚，那名盗猎者的死，多少跟他有点关系，要不是他打中了那名盗猎者的双臂，也许不会死得那么惨。

林超涵不停地安慰着他。

旁边的那名盗猎者早已经醒了，本来有点傻傻呆呆地，这个时候认出了这个地方，发疯般地用头撞车玻璃，被三人死命按住，只听见他嘴里不停地念叨："报应，报应啊！"此后，一路上他就这么喃喃自语，三人也问不出名堂，只以为是指他打死母羊的事。

林超涵也是叹了口气："我也不知道自己做得对不对，你说这个母羊我们没有救着，那只小羊单独跑了之后，不知道能不能追上羊群，也许也会死于狼口。"

"有可能！但是这是动物界的食物链，我们不应该干涉了。不同于盗猎者，这是人类强行干涉，而且法律明令禁止的行为。"朱雪回道。

"事已至此，多说无益。"林超涵叹道，"回去吧，我们报饭没报成，现在恐怕都赶不上晚饭了！"他们已经完美地错过车队，现在赶过去，只能是更晚了。

朱雪一打方向盘，就准备驶回公路。

刚一转，突然驾驶室的玻璃砰地一下，只见一副凶狠的面孔正扑击在驾驶室正前方的玻璃上，三人一眼就认出，这就是那只银灰色的头狼。

这一下极其突然，把车内众人都吓了一跳。幸好军车玻璃质量极佳，上面又光滑，那只头狼虽然跃高扑了一下，但是很快滑落了下去。

这群狼太狡猾了，三人心有余悸，幸亏回来后一直没敢下车，就在车上观察，这群狼躲在哪里根本就没发觉，还以为它们离开了，没想到居然也埋伏在这里杀了个回马枪，要是三人下车去探查，百分百就要丢掉性命了。

"去你的！"朱雪受惊后，一下子切换到了暴怒模式，"我撞死你们这群畜生！"

这是一群狼，撞它们，朱雪毫无精神压力，他加大油门，开启了狂暴的试车模式，来回辗转腾挪，把一辆卡车开成了坦克。

这群狼有的躲避不及，直接被卷进车身下，被当场碾毙，有的则被撞得头破血流加肉烂骨折。狼群不时地发出像狗一样的哀鸣。那匹银灰色的头狼也不知道压到没有，朱雪辗了一圈后，加速将车开向公路。

他这一圈，可把车里几个人给折腾得够呛，那个盗猎者的头第一下子就撞向了车顶，疼得半死，又差点晕了过去，而林超涵经验丰富，第一时间就死死地固定了身体，啥事没有，佟亚辉的头也跟玻璃有了亲密接触，痛得叫出声来了。

好在时间很短，朱雪当机立断，驶上了公路。然后就加速行驶，中间三人还匆匆忙忙地下来加了一次油，然后又上车狂奔。

这速度开得，用现在的话来说，就是溜得要飞起了。

得亏了朱雪是半国宝级的试车员，像这样的速度，他居然行驶自如，操作得当，毫无破绽。

就这样，报饭车一路启动狂飙模式，就开了过来。

听完林超涵的解释，众人一阵无语，看着那名脏兮兮的盗猎者，抓到一名犯罪分子，似乎也称得上是英雄行为了。

这事整个过程太冒险了，一环扣一环，很多事呢，开了个头，就停不下来了。

那名盗猎者一路上，喝了些水，吃了些干粮，总算是恢复了一点精神，在灯光下看到一群穿制服的军人，顿时腿一软，跪在地上说："报告政府，我要交代问题！"

范一鸣十分恼火，林超涵现在有人证物证，还抓回了一个贼，这是有功没有过，就算是有过，那也功过相抵了。他一腔怒火无处发泄，看到这个盗猎者，就一脚踢过去："我让你乱杀！"

那名盗猎者挨了一脚，立即大喊道："我交代，杀人的不是我，是吴老大！"

在场的人愣了，那名盗猎者还没等人问，就竹筒倒豆子全说了出来，从他前言不搭后语的话语里，大家听明白了，原来那个葬身狼腹的盗猎者外号叫吴老大，这个活捉的自称马小眼，他们两人从老家出来，本来是投奔了一个盗猎团伙的，但是这个吴老大脾气臭，人缘不好，而且年初在可可西里腹地，碰到一伙反盗猎的守护队，吴老大一枪把那个守护队的队长打死了，那个团伙觉得跟他们在一起太危险了，把他们俩赶出来自生自灭。在无人区两人晃荡了大半年，一直被别的团伙驱赶，实在没办法，才冒险跑到公路边混。没想到，才动手，就遇到林超涵他们，吴老大最后还被狼给啃了，实在是报应啊。

众人这才知道，无意中居然抓到了一条大鱼，怪不得那吴老大不肯放下猎枪，他有人命在身，被抓后也是死路一条。

大家用惊叹的眼神看向林超涵，这小子，也太狗屎运了，抓到这两人，政府有奖啊！

林超涵谦虚地拱了拱手："承蒙大家照顾！小子捡了一便宜也！"

范一鸣十分恼火，要不是他踢那一脚，这个马小眼没那么快供认。

这下子，林超涵真的当英雄了！

# 第42章　争取再为人民立新功

范一鸣恨恨地道："你们就编吧！"

朱雪冷笑了一声，从驾驶室里抽出一支猎枪："看，这就是那支猎枪，只要检查一下，就知道这支猎枪是不是杀人的凶器了！"

马小眼一旁很配合地叫了起来："就是这把枪，吴老大就是拿这把枪打死人的。"

范一鸣的脸都乌青了，脸上的巴掌印都更黑了。

众星捧月，大家都交口称赞林超涵果敢、机智，确实有英雄的风范。

林超涵继续保持着谦虚谨慎的作风："哪里，哪里，要不是朱雪师傅车驾得好，我们就回不来了。看，要不是佟亚辉枪法巨准，我们也打不了坏蛋！我个人只是在其中起了一些微不足道的作用，当然啦，决定都是我做的，但功劳归大家，一切都是靠团队的力量嘛。"

郭志寅听着这小子嘚瑟，真是哭笑不得。

卞文高听着也有些好笑，这个林超涵是得了便宜还卖乖，果然还是个年轻人。

其实，这个事并不是大家真的要给予太多溢美之词。说起来，众人心里都明白，林超涵这事到底值不值得表扬还是两说，何况他还误事，害大家都饿了一阵肚子。但是那个范一鸣处处针对林超涵不说，气焰嚣张，说话奇臭无比，实在太讨人厌了，这会儿表扬林超涵，那就是打脸范一鸣啊，大家都乐得看见这个公子哥吃瘪。

范一鸣在一旁当真是听得气闷无比。

谢剑江故意大声地说："林超涵同志这次出生入死，抓获盗猎的罪犯，我们应该向上级请示，为他请功。"

林超涵知道谢剑江给了范一鸣一下，心里对他十分有好感，听到谢剑江这么说哪里不知道他的意思，也大声地故意跟着说："惭愧惭愧，可惜没有抓到主犯！"

谢剑江道："都一样的，你这次意外破了这么大一个案子，确实值得表彰，我看今年的劳动模范，政府应该给你颁一个！"

林超涵谦虚道："这点小事不足挂齿，我争取再为人民立新功！"

范一鸣在旁边被这两人一唱一和给气得吐血，冷哼道："不就是抓了个贼吗？吹牛也不怕风大闪了舌头。"

林超涵接话道："有本事你抓一个我看看，不被贼抓算是你命大了！"

范一鸣哼了一声不理会他，心里却道，蠢货，有贼没警察去抓吗，要我抓，万一把命给折里面多不划算。

林超涵长叹了一口气："可惜，我没有完成报饭的任务，害得大家饿了肚子，这事是我的错，我甘愿受罚！"

谢剑江劝道："可是，兄弟，这事怨不得你，见义勇为，这是我们中华民族的传统美德，我们应该向你学习才是，至于区区饿肚子，算得了什么？"

听着这两人一唱一和，卞文高觉得过于肉麻了，他制止道："算了，事情都过去了，好在都平安回来了。黄排长，麻烦你跟上级汇报下，说抓到一名盗猎者，让政府派人过来带走审讯吧。林超涵，你们还没有吃饭吧，赶紧进去吃点东西，然后好好休息养好精神，明天继续出发。其他人都回去休息吧，明天还得赶路呢。"

众人各自回房。

只有范一鸣极度不爽，脸上巴掌印火辣辣，心里憋屈异常。

众人休息后，卞文高和谢剑江、黄保宇三人在会议室里开会。

卞文高今天经历一场虚惊，又要处理众人矛盾的关系，看上去十分疲惫，谢剑江劝他回去休息，卞文高摇了摇头，现在还有一些事要讨论，哪有时间去休息。

"明天的报饭车，让西汽换辆车吧！"卞文高道。

"我同意！"谢剑江冷静下来也挺后怕的，要是那三个浑小子死在了无人区，这事不只卞文高受影响，他自己的日子也不好过，毕竟兵是他带出来的，"明天我让一个更老成点的兵跟报饭车吧，免得再出现意外。"

"可以！"卞文高同意，他话锋一转，"但是谢剑江同志，我今天要严肃地批评你！再怎么样，也不应该打人，这违反纪律，而且那个范一鸣背景可不一般，你无端地得罪他，恐怕会有一些严重的后果。"

"能有什么后果，大不了我申请退伍，回地方去，他哪里找我去？"谢剑江满不在乎，他一点儿都不后悔。

卞文高道："对不住了，这件事我肯定要尽快向你的上级汇报的。"

"汇报吧！我愿意接受处分。"谢剑江对这个心里有数。

"那就好！"卞文高口气缓和下来，"老谢，我这是为你好！"

谢剑江点了点头："我明白，谢谢！"

黄保宇在旁边听着，点了点头，没作声。他看出了，卞文高是真为谢剑江好，这事隐瞒不了，索性先下手为强，若是部队提前处分了谢剑江，那范一鸣那边的嘴就被堵上了，什么话也说不出来。

三人又讨论了一些行程安排和盗猎者的看管事宜之后，才散伙回去休息了。

第二天天明，部队的出操哨声把众人唤醒。

起来后，林超涵才知道，昨晚已经商量定，今晨派出了新的一辆报饭车。听到这个消息，他有点不好意思，自己昨天那个报饭的职责实在没有履行到位。

离早餐还有一点时间，林超涵打着哈欠来到兵站外面，昨晚天太黑看不清，现在他想去看看自己坐的这辆车被折腾成什么样了。

结果一出门就看到车前聚集了一群人，包括卞文高等人。

他吓了一跳，出什么事了吗？连忙凑了过来，心里还嘀咕，这些人怎么起得这样早？

只听得卞文高赞道："郭工，你们这车质量不错，昨天那样折腾，还跑到公路以外的野原上去了，居然没有折腾出大毛病来，很是说得过去啊！"

郭志寅显然也比较满意："咱们别的不说，皮实这一点还是可以的，冗余部分做得还不错。"

卞文高用手摸着车头的一些皮毛和血迹，有点惊奇地说："看来，林超涵他们昨天是真的撞到狼了。"

那是昨晚他们开车辗狼群时留下的，毛都干了，粘在车前杠上，一大片。

看来昨晚真的是战况激烈啊，可惜天黑，自己都没搞清楚状况。

林超涵突然意识到了一点，昨天的意外还真是一次特别的测试，他们跑到野外这么穷折腾一回，其实是车越野性能的最好证明，至少从皮实这一点说，部队肯定会相当满意。卞文高显然想到了这一点，虽然没有安排这样的测试，但是这种验证方式无疑会让军方印象深刻。

至少种下了一颗会结善果的种子。林超涵想。旋即他又想起去年刚开始进行测试的时候，有一次在野外露营，碰到一群野狗，误以为是狼群。当时他是真没有想到，这次来高原见到了真狼群，若不是运气好，这次恐怕要去见列祖列宗。想起当时的惊险，林超涵后背凉飕飕的，全凭一股血气之勇，才最终活下来了，若是像那名叫马小眼的盗猎者一样被吓破了胆，他现在估计也是尸骨无存了。他理解那名叫吴老大的悍匪，毕竟能在生命禁区讨生活的肯定有几把刷子，但是像马小眼这种胆小如鼠的怂货是怎么在无人区混这么大半年的，他有点难以理解。也许，这就是人跟人的不同，有的愈是艰难愈是凶悍，有的则彻底被困难吓破了胆。

直到下高原后一段时间，林超涵才知道马小眼这名盗猎者交代了不少事情，公安干警根据他的交代，破获了一个大的盗猎犯罪团伙，论功行赏，政府给了林超涵一次嘉奖。这是后话暂且不提。

用过早餐后，他们才统一整队出发。这次目标是那曲，去那曲的路程是220余公里，车队匀速前行的话，七八个小时就能够到达下一个目的地。

# 第43章　公路守护神

昨晚天黑，没能好好一睹唐古拉山的美景，用过早餐出发后，车队众人被唐古拉山脉的美景给折服。连范一鸣都停止了抱怨，看着沿途的雪峰、青山、湖泊，心情略微宁静了一些，他是消耗氧气的大户，老任劝他不要太过，老吸氧就离不开它了。但是范一鸣是一个有点不自在就会千方百计找舒服的人，因此算是吸氧成瘾了。卞文高没有办法，给他准备了一大堆氧气包，离开这个他就快算半个废人了。

与范一鸣不同，林超涵表现活跃，与自己的年龄段相匹配，而且好奇心旺盛，一路上跟大家聊天，十分畅快，有时候有些地名叫不出，或者有什么问题，他都会通过对讲机问车队的其他人。好在大家旅途无聊，没有人觉得烦，还创造了一种对讲机聊天的模式。比如以下的对话：

"喂，A组呼叫郭工！"

"我是郭志寅，小超有什么事请讲！"

"我一路上有个问题想问一下，你看路两边有那么多汽车残骸，有些车看上去外观还可以，为什么就丢弃了呢？"

"你看到里面什么车为主？"

"民用车辆吧！"

"那就是了，你以为什么车都像咱们车这样结实吗？"

"民车肯定没咱车结实！"

"同意。结束。"

"拉不回去也不要随意丢弃在路边吧，怪可惜的，为什么不拉走呢？"

"这是高原，拉不回去。结束。"

"那至少也要废物利用吧？你看这些车有些肯定是废掉了，有些说不定还能卖个废品。"

"有那力气拆卸不如再花钱买一辆。结束。"

"车队，湖边休息半个小时，生火造饭。"对讲机里传来卞文高的声音，打断了林超涵的问话。

"总算不用听那个好奇宝宝问个没完没了了。"声音是范一鸣的。

"没办法，我就是这么强大，不像某些人离不开氧气包。我要去做饭了，喂某些走几步路都困难的米虫。结束！"

"林超涵，你别太嚣张，总有你哭的时候！"

"对不起，你叫的人已经下线！"另外一个声音穿插了进来，是谢剑江的声音，他问，"敢问范大少爷今天中午能不能吃下土豆烧罐头肉、清水煮蔬菜？"

"又吃这些玩意儿？能不能换点新花样？昨天还没吃够？"范一鸣有点气急败坏。

"不一样，昨天是可可西里草原上的河水，这是湖泊的湖水煮的，别有一番风味！"

"风味个屁！"范一鸣又开始臭嘴了，冲着对讲机就开骂。

"臭不可闻！"谢剑江讽刺，"我建议你一会儿跳到湖里洗洗，说不定能够香一点。"然后他就丢下对讲机，跑下去帮忙了。范一鸣气坏了。

他们来的这片湖叫纳木措湖，是高原四大名湖之一，这里的湖水看上去十分清凉，清澈见底，他们取了一些水来，就在湖边煮起了饭菜。老在车上吃干粮也不是办法，因此他们只要路过有水源的地方，就会下来煮口热乎的，补充体能。

谢剑江指挥一部分士兵持枪警戒，另外一部分则去寻找生火的树枝，这湖泊周边树木比较丰茂，轻易就能捡到干树枝来生火。

林超涵则成了十分快乐的炊事员，他架锅生火，忙得不亦乐乎，这里长辈居多，几个年轻人就得承担起这个重责。

谢剑江是个好厨师，显然在野外训练时没少做饭，只见他下刀如有神，蔬菜土豆很快就变成了一块块标准大小，被放进锅里。高原气候下水虽然难以煮沸，但是带有压力锅，煮饭毫无压力。炒菜，差不多也能炒熟，味道虽然差点，但是也能吃，特别是他放了一些辣椒姜蒜爆炒，闻起来还挺香。

自己动手，丰衣足食。看来部队还是保持了这一优良传统，几个人分工配合，手脚麻利地在很短时间炒煮了几盆菜，然后就宣布开饭。

这可是一群饿狼，部队的官兵虽然吃饭有规矩，但是也没太斯文，不多时风卷残云，将饭菜扫了个精光。众人吃完意犹未尽，却听到林超涵用很吃惊的语气问道："范一鸣，你怎么拿着碗，光吃饭不吃菜啊？"

范一鸣勉强往嘴里送着白米饭，心里一万个抱怨，一群饿狼抢完菜，哪里还给他剩下半点，连汤水都被人给连盆端了。

谢剑江十分不开心："范一鸣同志，你这富家公子哥的习气得改改了，虽然说这里的饭菜不如你在北京吃的爽口，但是好歹也能填饱肚子，你这样瞧不起我们野战炊事，害苦的可是你自己。希望你能端正认识，认真吃菜，从此过上幸福的日子。"

范一鸣勉强吃完一碗干米饭，掩面奔走回到车上，他觉得平生丢人的事都在高原上了，什么时候范家大公子，吃饭真的只吃米饭？

洗刷干净将炊具装车后，众人又上车开始了今天的行程。

上车后，林超涵继续当他的好奇宝宝，在对讲机里跟人聊着天，互相感叹着这如画风景，从唐古拉通往那曲的路程上，他们沿途经过了各种不同的地方，有很多地方值得大家驻留观看，可惜只能匆匆而过了。

他们出发没多久，领头车对讲机发来消息："注意，前方正在进行道路维修，好像整个路段都被压烂了，公路表面都给掀起来了。我们要走一段土路了。"

卞文高听到后第一时间就追问："确定车辆过得去吗？"

"公路只是在养护，我们应该过得去。"

林超涵从车窗望去，只见前面老长一段路都被掀翻了，正在重新修整，前面还有几辆民车试图迂回绕过通行，公路两边坑坑洼洼的，十分破烂，不易通行。但是时间是不等人的，卞文高随即下令全队走土路，绕行过去。虽然说路程有点艰难，但也不算个事，就是耽误一点时间，而且车上还有一些物资，怕颠坏了，所以让大家尽量平稳一点开。

然而开惯了军车的司机对这这句话基本免疫，在他们看来，这点土疙瘩算个啥，嗖地就开下去了。连任征这样的老司机都不在意，驾着车就下去了，一个颠簸，抖得浑身筋骨都开了，正觉得舒爽，却听到同车的范一鸣一声惊叫："你这是作死吗？哎哟，撞到我头了，疼死我了！"原来范一鸣对下土路没有任何准备，被抖得头撞上了车顶。任司机连忙道歉，范一鸣骂骂咧咧个没完，好在他虽然狂妄自大，却也不是个笨蛋，知道不能把自己人给得罪死，说了几句就闭嘴了，自己去默默地舔伤口。

这段坏的路还不短，一路上，林超涵看到还有一些养路的工程兵正驾驶挖土机进行作业，这些人是公路的养护神，整个青藏公路就是在一代代工程兵的养护下，才从 50 年代初到现在一直发挥着重要的交通枢纽作用。

这些工程兵，一个个皮肤黝黑粗糙，像是老树皮一般，这都是常年在高原驻守的代价。他们经常风餐露宿，公路就是他们的家，不是什么地方都有一口热饭吃、一口热水喝的，甚至像兵站那样的简陋床铺对他们来说也是一种奢侈。他们经常需要来回在公路上跑，有问题就要修复，每一次作业时间都不会太短，就这样错过了回营地住宿的时间，晚上赶回去没有必要，而且第二天一大早就要起来完成工作，所以他们要么搭一个帐篷在外面睡觉，要么就在车里随便凑合，有时候连帐篷也来不及搭，就用挖土机在地上挖一个长方形的坑，铺盖一铺，大衣一盖就能凑合一晚上了。

这些人是青藏公路的英雄。

当然英雄也是人，也喜欢开玩笑，这些工程兵看着这一行车队从这里过，也是有点奇怪，有些车好像从来没见过呢，于是有的就不由自主地停下了手中的工作，看这一奇怪的车队组合在土路上呼啸而过。

他们之间也互相用对讲机聊天：

"老王，你见过中间那辆车没有？我在路上这么久，好像从来没有见过呢！"

"确实没有，咱们国内有这种车型吗？好奇怪。连涂色都不常见。"

"你们什么眼神啊，何止一辆车，你看中间那两三辆车都有点奇怪，可能都不是国产的。"

"不会吧，进口的车？"

"有可能，我猜是苏联的！"

"屁！你们的眼睛都长到屁股上去了，有时间把自己的座驾好好收拾一下，擦干净点，免得长屁股上的眼睛糊屎了看不清楚。这一行车队，除了那几辆老 250，其他的车，全都是新款，包括涂成咱们军绿色的那几辆！"

"啊！这是什么情况？"

# 第 44 章　我敢打赌啊

"没什么情况，就是说咱们部队可能要换新车了。"

"这是好事啊，不过看这车的样子，比老车要厚实多了，体格也大了一圈，以后这路还得加固了，不然经不起他们造。"

"废话，这是肯定的，不过，也不好说，先观察一下吧，看他们的表现。"

几个工程兵闲极无聊，用对讲机热聊，他们能凑到一块干活并不容易，公路漫长，很多路段需要养护，平时他们也是分散在各个路段，有时候甚至是单兵一人一车照顾一段路，长年累月没有人说一句话。难得因为修这段路给调到一块儿，还不多聊几句。

车队一行，在驾驶室里，官兵们看见战友，虽然没法面对面聊上几句，但是仍然纷纷放下窗户玻璃，向工程兵们敬礼，表达自己的战友之情。工程兵们连忙放下手中的方向盘和操纵杆，给车队上的官兵回礼。

这段土路不长，但是比较陡，车队很快就来到前方，有数辆民用运输车堵在那里走不动道了。因为前方的土路有个大坑，不好绕也不好直接开过去。另一边则山路根本上不去，也不知道报饭车是怎么跑过去的。

唯一能走的只有公路，然而因为修路，全给挖开了，前面倒是有一段已经修完的路，有一个梯形的斜坡可以上去，可是路基很高，近两米，所谓斜坡也快 90 度了，几近笔直。这些民用车辆动力性能不足，根本上不去。

卞文高接到头车的呼叫，下来查看后，发现有点麻烦了，前面的路给挡死了，后面路还没修好，怎么办？难道要在这里等待？不知道还要等多久。卞文高看了看手表，有些焦急。郭志寅、林超涵、齐建国等人也下来查看了，发现确实此路不通，一堆人站在一起边查看情况边讨论解决方案。

前面那几辆民车上的人下来了，他们也是愁眉苦脸。

"怎么办？要是一直等下去，怕是要在这里过夜了！"

"过夜事小，就怕误事，车上这批物资是市里面急需的，要是今天赶不到，怕耽误事情。"

"你说这段路早不修晚不修，这个时候修！真烦人！"

"快别说了，这条路再不修，估计明年就没法用了，修是应该的，但是这进度就有点慢了。"

"慢？算快的了，前面这段路我们走的时候还没有修起来呢，这会儿已经修好一段，相当快了。"

"部队就不能多派些工程兵过来吗？"

"哪有那么容易，你看看，这些部队的军车不也上不去吗？"

"咦，这些车，很眼生啊。"

"可不是，我跑这条路这么久，也没见过这种车型。有意思。"

然后几位司机纷纷像是看外星人一样盯着几款造型特异的车看。他们也像工程兵一样，很好奇。

这时候几个工程兵临时休息，跳下车走过来见卞文高等人。

双方互相敬礼，领头的一名工程兵向卞文高报告："少校同志，武警交通A支队基本工程兵排长王志高向您报到！本次工程兵养护应到8人，实到8人。请您指示！"这个支队是一支光荣的队伍，它的前身是修建青藏公路的基建工程兵部队，后来一直肩负着青藏公路的建设和养护保通工作，自80年代中期成建制改成武警交通支队，但其前身一直是中国人民解放军序列。王志高报完姓名后，大家听了直乐，这个兵名字里也带了个"高"字。

"稍息！"卞文高回礼，"我是军委后勤部负责此次高原试车测试的领队参谋卞文高，王志高同志，你们辛苦了。"说完，他又道："现在你们划归武警部队管辖了，我们之间别太客气。小马，去车上搬一些新鲜的蔬菜和水果送给王排长。"

小马是卞文高带来的一名少尉，马少尉应了一声，带着两个兵去车上搬了两筐蔬菜给王志高。王志高十分高兴，他们在高原养护公路，比兵站的官兵还要辛苦，新鲜蔬菜更是极其缺乏。卞文高这是带来了两筐天大的福利。

卞文高略带歉意地说："王排长，不好意思，我们车队自带的不多，还有些要送给后面的兵站，不能给您更多了！"

"哪里，这些已经很好了，够我们吃好多天了！"王志高乐不可支地说。

"王排长，你们这路什么时候能够修好，我们急着赶路呢！"

"这个，我们预估勉强可以通车起码还得一周时间。"王志高为难地说。

"那有点麻烦了，我们得赶进度。"卞文高有点着急地抬起手腕看了看手表，眉头紧皱，如果耽误两天，在格尔木提前出发就完全没有意义了。

"我们只能加班加点干了，这段路前段时间地质有点塌方，路崩坏了，过往很危险，所以我们必须紧急维护，只能耽误过往车辆一些时间了。"王志高解释。

"我看前一段路都修好了，能直接用吗？可以的话我们直接开上去就走。"郭志寅走过来问，他刚才去量了一下坡度，心里有数了。

"这位老同志，您这是开玩笑吗？"王志高咧开大嘴笑了起来，"这两米高的路基，你们也上不去啊！"

"这是小事！只要路能走就行！"郭志寅转头对卞文高说，"让前面的车掉头吧，我们直接开上去，从修好的路段直接走就可以了。"说着，对处在中间位置的朱雪挥了挥手。朱雪早就等得不耐烦了，启动车子，一打方向盘，对着两米高的路基一侧的斜坡就冲上了去。

王排长和几个工程兵你看我我看你，心想，我看你怎么冲得上去，吹什么牛啊。

但是出乎他们的意外，只见朱雪驾着车，几乎是以90度的仰角就冲了上去，居然毫无压力。

卞文高眼前一亮，这个操作很溜啊。

工程兵们看得不由得一呆，没想到真上去了。

"这个司机技术真好啊！"王志高由衷地赞叹。

郭志寅笑道："那可不只是司机技术好！"

说完，只见后面的司机开着车，一辆一辆地从斜坡冲了上去。不仅是西汽国产车，范一鸣代表的美国车，霍欢代表的德国车，齐建国代表的俄国车都一辆接一辆，几乎毫不费力地直接给开了上去。

工程兵们眼睛都直了。

林超涵一拉郭志寅的手："郭叔，咱们上车吧！"

郭志寅向王志高点点头道别，抬脚向前走去，准备上车离开了。

只有王志高突然像想起来什么，大喊道："别走啊！那路刚修完，还不能立即就走！马上就走我们还得返工！"这些路是刚修好不久的，现在还不能直接上车，但因为工期匆忙，工程兵们还没有来得及给它加上护栏和标识。

卞文高看着一辆一辆直接冲上公路的重卡，苦笑道："王排长，看来要对不住了，他们都已经上去了，来不及了。"

王志高急得直跺脚，这叫什么事，这一来搞不好还得再返工。他完全没有想到这些车性能居然这么好，完全超越他以前所见到的卡车。

卞文高拿着对讲机喊道："前方车辆等一下，我们这里还有车上不去，你们得拖拉一下。"

上高原测试的8辆车停下了，郭志寅指挥一辆车倒退到坡前，将钢绳抛给250车，生拉硬拽把两辆车给拉了上去。这也不费事，前后只折腾了半个小时。

车队觉得非常开心，但王志高等几个工程兵却苦着脸，一招不慎啊。可是已经来不及了，车队大部分都已经开上去了，再下来也没有什么意义了，只能等后面的修完再去检查一下这段路了。不过，老王看着两筐新鲜蔬菜，口水都要流下来了，冲着这两筐菜，也只能认了。

旁边被堵着的那几辆民车，一直在旁边看热闹，看见这一队军车接二连三地冲上了两米高的路基，发出一阵阵地惊叹。

"这些新车，性能真是太厉害了！"

"要问卡车技术哪家强，还是军车最张狂啊！"

"唉，不知道何时，我们民用车也能用上这种好车！"

"那你就别做梦了，我敢打赌，这车部队还没装备呢，你们看看，他们这些车，哪辆挂的军牌？全是民用车牌，这说明什么，说明它们还都没装备部队！"

"啊？那我们买下来？"

"你说什么胡话呢，这种车，估计军队都是拿来当宝贝使的，我敢打赌，要不了大半年，就得全部装备部队了。"

"要不回头我们从军队里借车用？"

"切，你越来越异想天开了，借车，军队自己的物资都运送不完，哪有多余运力给你呢？回头打听一下它们是哪个厂生产的，找他们买去还有可能。我敢打赌啊，三五年内我们民用运输肯定就发疯地要这种车型。"

"打什么赌，你看他们在干啥？"

"系钢绳拉车啊，那是旧款车型，新车上去，旧车上不去，所以让新车拉旧车啊。我敢打赌啊，他们拉上去肯定毫无压力！"

"笨蛋，我让你打赌了吗？你见多识广，就想不到什么？"

"想什么？"

"他们能拉自己的车上去，也可以把我们的车拉上去啊！"

"有道理有道理！"

"去跟他们打个招呼，看能不能借他们的车把我们拉上去！"

# 第45章　似曾相识的场景

运送民用物资的一名领队模样的人三步并作两步冲到路面上，挥手示意车队停下，此时卞文高和郭志寅等人早就坐到车里了，见状卞文高跳下车来，询问何事。

"解放军同志，能不能行行好，把我们的车一起拉上路面？我们车里是市里面急需的百姓生活物资，要是在这里耽搁两三天，也会给很多老百姓的生活带来不便的。"那名领队搓着手不好意思地说。

后面跟上来几个人，其中一个也附和道："解放军同志，做做好事，把我们的车一并拉上路面吧。"这位就是刚才一直在说"敢打赌"的那位。

他们在这里说话时，谢剑江、郭志寅等人也走了下来，卞文高听到他们的求助申请后，笑着对郭志寅等人道："老谢，郭工，看来我们车队需要再等会儿走了，百姓有难，我们得伸把手。"

为人民服务，本就是解放军的宗旨。百姓有难，解放军支援，地方有灾，解放军先上。这种事太稀松平常了，其他人自然不会有意见，就是怼天怼地怼空气的范一鸣也没有话说。没有老百姓，军队就是无根之木，耽误点时间相比而言就根本算不得什么了。

民用车队的领队顿时大喜，千恩万谢。旁边的那位笑道："刚才怎么说来着，我敢打赌啊，我们请解放军同志帮忙一定没有问题的。是不是？"

旁人笑道："这还用你打赌？解放军同志学雷锋，不肯帮忙才叫怪了。"

王志高排长跑了过来，苦着脸说："你们这也太蛮干了，回头这路要是再出问题，我们可就遭罪了。"

对这件事，卞文高只能带着歉意说："这个，真是不好意思了，刚开始不知道这个路不能上。来不及阻止了。"

王志高摆了摆手："算了，大不了重新整一回，就是有点耽误时间。"

卞文高关心地问："是不是有什么麻烦的地方？"

王志高为难地说："的确是有点小麻烦，一个是油料可能不够了，另外咱带来的食物可能也不够吃了，咱们部队后勤运输本来就困难，幸好你送的这两筐菜，能让我们多坚持一段。"

郭志寅在旁边道："卞参谋，你看，要不我们送点柴油给他们？"西汽其中一辆车多带了油箱，一路上充当了车队奶妈的功能，这会再挤点奶给工程兵的挖掘机也算不得什么，大不了去下一个兵站再补充一些油料。

卞文高点头："行，那我们给王排长他们留些油料吧。只是这食物方面……"他有些为难，他们这一行，车上的确还有些食物储备，但是也仅够他们一两顿的用度而已，有些新鲜的蔬菜还得送给下一个兵站。

谢剑江在旁边说："卞参谋，我们饿肚子不要紧，把我们的食物都送给王排长他们吧！"

王志高连忙道："不必不必，我们省着点吃就行了！你们执行任务要紧。"

看着两方人马正在互相推托，旁边那个领队心里一动，插话道："王排长是吧？我们能解决你们的食物问题。"说着对他旁边的人说："去，赶紧给王排长搬两箱方便面，再帮一箱水过来。"不同于现在的方便面花样百出，90年代的方便面可没有那么多的花样，品种就那么几样，比如著名的干脆面、麻辣面等等，但那时候的方便面是个稀罕物，一般人吃不起。

那名"敢打赌"的人应诺就跑下去，从车里搬了两箱方便面过来，还搬了一箱纯净水。

"这算是我们对解放军同志一点小小的心意！"领队说。

"这可不行！"王志高排长一口拒绝，"我们解放军不收老百姓一针一线，何况是两箱方便面！这玩意儿我可吃不起！"他连连推辞，这不能接，他们宁可忍饥挨饿，也不敢随便拿这两箱方便面，这可是违反部队纪律的事情。

"这个就当是我们给部队的慰问品！"领队真心实意地说，"一来我们应该向你们致谢，没有你们，我们的交通状况肯定是差得一塌糊涂；二来表示一点歉意，我们为了赶时间，给你们带来麻烦了。"

"这个坚决不行！"王志高摇头。

旁边一直在看着的郭志寅朝林超涵招了招手，林超涵连忙屁颠屁颠地跑了过来："怎么了，郭叔，有麻烦吗？"

"没什么麻烦，就是想换换口味，我突然想到要不我们跟这位领队买下这两箱方便面如何？"

"好啊！好啊！"林超涵非常开心，事先怎么没有想到呢，其实在高原上吃吃方便面也别有风味的，他立即从口袋里掏出钱来，"多少钱，我买了！"

"这个，不要钱！"领队无奈地说。

"这哪行，那我们不成强盗了？按市价，你这方便现在一包8毛，一箱24包，两箱48包，加起来一共是38块4毛钱。嗯，这箱水，卖多少钱一瓶？1块？有点贵啊，算了，再加水钱24块，一共是62块4毛钱。喏，拿去点点吧。"

林超涵手脚麻利地把钱给付了，心里很高兴，这一路上可以略微改善下伙食，换个口味了。

郭志寅对卞文高说："这样，就解决问题了，这是我们自己人采购的，送给王排长就可以了吧？"当时军人的津贴极低，哪怕是像卞参谋这样的机关少校军官，要他自己掏腰包垫付这几十块钱，其实也是有难度的。对于这点郭志寅非常清楚，所以不等卞文高开口，就主动站出来解决了这个问题。

卞文高感激地看了郭志寅一眼，对王志高说："王排长，这是部队自己人，老军工了，你就踏实拿着吧，不违规。"

王志高十分高兴，拿兄弟部队的东西，那他可就不手软了。又有油又有食物支撑，那他就没有什么好担忧了，大不了工期再延长几天。

旁边林超涵有点愣，什么意思？自己掏钱买的方便面，转手就送人了？说好的改善伙食呢？

郭志寅对他低声说："能让卞参谋说一句'这是部队自己人'就值当了。别计较太多。"说着径自上了自己的车。林超涵挠了挠头，这个情景自己似曾相识啊。对了，每回自己拿凌霄强当冤大头的时候，好像都是这么理直气壮地来着，每回凌霄强也是各种不爽抱怨。

他嚷道："郭叔，这事得说清楚，我可是要娶媳妇的人，钱也不随便花的，得留着送彩礼！"

他说这话时，好巧不巧地路过了范一鸣的车，林超涵还说得特别大声，范一鸣开着车窗正看热闹，听到这句话顿时整个人都不好了，脸色瞬间乌青，吓了旁边的老乔一跳，赶紧拆了个氧气包给范一鸣，范一鸣一把推开，怒道："气太多，肺都快炸了，还吸什么氧！"

老乔百思不得其解，高原上哪来这么多气把肺给炸掉的呢。

林超涵隐约听到身后的怒吼，心里那叫一个乐啊，直呼这钱花得太值了，能买范一鸣一个不痛快，绝对值。

再说了，那两箱面送给工程兵，他都嫌做得远远不够，上高原后，他内心受到很大触动，虽然脸上嬉皮笑脸，但是却一次又一次被这些朴实无华的官兵们所感动，他们长年累月驻守在这片土地，享受不到天伦之乐，饮食三餐实属不易，所谓平凡中才见伟大，他就在这平凡中，看到了中国军人的伟大。

无论如何，得让部队用上最好的军车，这是林超涵在内心给自己许下的宏愿。一路上，他自然见识了美欧俄三方的卡车，他不得不惊叹于国外的先进技术，别的不说，光一个CITS技术西汽就没有。但是他也同时收获了自信，除了这些尖端的技术，一路上美欧俄的车也有各种不同的小故障，它们在平原跑起来也许是最佳车型，但是在高原上就没有那么强了。俄国人的车还行，相对皮实些，但是故障很多。欧洲车有些花哨，一路上好几次险些熄火，这是他亲眼见到的，要知道熄火一次，可是要扣大分的。而西汽的车一路上没有发生这种重大事故。美方车性能优异，越野性能强，但是也暴露出一些缺陷，车身上被蹦起的石子磕出了不少轻微的凹陷，皮实性也值得怀疑。至于俄国车，动力不错也皮实，但就是笨重，黑烟滚滚胜过其他车，每次司机下车都累个半死。这种车大概率部队是彻底瞧不上了。

想到这里，林超涵充满了自信，跳上了车。

# 第46章　见闻与思考

那几辆民车以及随后赶来的数辆车都被拉上了路面。

他们连声向解放军同志道谢。在他们看来，这些人无论军装也好便装也好，肯定都是跟部队有关，谢谢解放军总是没有错的。

车队在拉完最后一辆民车后，就开动了。这一段路，前后说长不长，耽误了两个小时，后面的路程就有点赶了。

一路上仍然是赏不完的高原风景，一望无垠的藏北草原，风景美丽如画，还偶尔能看到藏民们的身影。刚开始还是很新鲜的，但毕竟在高原已经连续看了好多天的风景，多少有些疲惫了，林超涵上车没多久就睡着了。一觉醒来，竟到了那曲。

这一夜，照旧住在兵站里，一夜无话，连最能折腾的范一鸣都早早吃完饭就去睡了。

次日天明，早餐后，车队出发，从那曲去拉萨。

从那曲到拉萨有三百多公里的路程，以车队的脚力，从早上出发，差不多傍晚就能到拉萨了。考虑到连续多天行车，大家已经十分疲惫，同时很多给养可以在拉萨再补充一下，卞文高和谢剑江讨论后，宣布车队将在拉萨短暂停留一天休整，这让车队顿时沸腾了。车子行驶在路上，众人的心情都充满了期待，发现连天都更蓝了。

范一鸣泪流满面，总算到拉萨了，他要去找一家最好的饭店好好吃上一顿，然后找个澡堂子泡上半天，好去去身上的灰尘和晦气。

林超涵也颇为兴奋，他询问朱雪拉萨有什么值得购买的纪念品没有，好不容易来到高原一趟，总得带点什么回去。另外，他还要去买一些胶卷，上高原时，他带了三筒胶卷，沿途一小心全给用完了，后来很多美景他根本没拍到，去拉萨正好可以找商店买上几筒。

佟亚辉有点羡慕他们，因为到了拉萨后，他们跟车的警卫还有其他的任务，就算没任务，也不能像他们一样自由地出去活动。

"亚辉，没事，你不能出去也没关系，想要什么，哥给你带！"

"那多不好！"

"没事，算我送你的，哈哈，咱们也算是共同生死患难一回了，分什么彼此！"

"这个，部队有纪律……"

"少来这一套啊！部队是有纪律不允许你们随便收东西，但这是咱们哥们朋友之间的礼物来往，不许推辞！"

"那好，我不能去逛街的话，那你就替我逛了吧！"佟亚辉也不矫情。

朱雪边开车边说："咱们驻地可能跟拉萨市区还有一定的距离，到时候咱们逛街也不见得方便，这车部队肯定不会让咱们随便开出去的。"

"那还真是有点麻烦。"

"到时候，看看有没有公交车搭。"朱雪兴奋地说，"也有两三年没来过拉萨了，到时候我们一起去逛逛。"

"太好了，有伴，回头问问其他人。"

"有一个人是一定要去的。"

"谁啊？"

"你的那个死对头啊！"朱雪哈哈大笑。

林超涵跟着笑了起来："那个家伙，他肯定是要去的。这几天在高原，估计快把他给憋疯了。那就是一个银样镴枪头，厮混在胭脂巷子里的富家公子哥。咱们逛咱们的，跟他不一个路数。管他呢。"林超涵并不在意范一鸣，这个家伙在车队里实在是混得人缘太差，几乎人见人厌，没人愿意跟他搭话，除了他自己车上的司机和技术人员，以及卞文高、霍欢等少数几个，其他人见了他都是绕着道走，或者是视而不见。也不知道这个公子哥家里是怎么教的，在社会上怎么混的，怪不得季容宁可出国都不愿意嫁给这样的人。

还记得当初在北京学校里第一次见面时，那家伙的嚣张模样。

现在看看这家伙，来高原上才几天，就已经蔫得不成样子了，真以为自己是超人呢。林超涵想到范一鸣最开始的大油背头，现在乱成一窝草的样子，忍不住就想笑。

正说着，看着远边的山头有一些庙宇，建筑得十分宏伟，吸引了林超涵的注意力。其中有一个地方让他有些诧异。

"那边那个大天台是干什么的？怎么有那么多鸟在那里徘徊？"林超涵好奇地询问。

"告诉你，在藏区，可千万别随便接近这种地方。"朱雪神神秘秘地说，"那些鸟，可不是什么善类，它们天性食腐，学名叫秃鹫。你现在知道那是什么地方了吧？"

"啊，不会吧？那里真是那种地方吗？"林超涵十分吃惊，在书上看到过这种事情的介绍，没想到真看到后却没有联想到，看来书本上和现实中真有很大差别。

"的确就是，没想到吧？"朱雪说，"想想其实挺瘆的慌。"

"那到底是干什么的？"旁边的佟亚辉有些不解，两人打了半天的哑谜。

"那叫天葬！"林超涵告诉佟亚辉，这是藏人的一种传统风俗习惯，将逝世的亲人送到天台上进行天葬。所谓天葬，就是让这些食尸食腐的鸟类来啄食尸体，当然其他的鸟类兽类也行，它的核心是推崇灵魂不灭和轮回往复。古代藏人认为，死亡只是灵魂与肉身的分离而已，拿这些"皮囊"来喂食兀鹫，是最尊贵的布施，它体现了大乘佛教波罗蜜的最高境界"舍身布施"。

初次听到这种事情，让佟亚辉有点难以接受，林超涵解释说，这就是一种信仰和社会文化而已，其实跟火葬一样，只是因时因地因人形成的不同的仪式。

林超涵兴致勃勃地说："书上以前讲过佛祖'割肉喂鹰'的故事，其实体现的就是这种理念罢了。"

车队很多人都注意到了这一现象，第一次来高原的人不少，有人通过对讲机问这个事情，林超涵也简单地作了解释，倒是像郭志寅见多识广，对这个视若无睹，连讨论的兴趣也没有。

这一天的行程比较长，中间要穿越不少地方，风景各异，尽皆壮丽奇特，更有蓝天白云在顶，绿草如茵在两边，远处更点缀着雪山，与湖泊倒影相映成趣。总体来说，除了高原呼吸依旧困难外，其他倒是十分惬意，中间又有车子出了一些小故障，下来维修略耽误了一些时间，总体还比较顺利。

午饭过后，继续上路。在一处山路拐弯处，林超涵注意到有一些藏民手上戴着手套，三步一磕五步一伏地跪拜前行，这些藏民身上都穿着自己民族的服饰，跪拜过程十分虔诚，并且旁若无人。

车队从他们身边路过十分小心，生怕轧着了他们，万一要是碰着磕着，可就是惹了大麻烦了。

藏民三五成群，一路络绎不绝。

林超涵和朱雪对视了一眼，没有说话，林超涵更是若有所思地看着这些藏民如此虔诚地跪拜。这些藏民都是去大昭寺朝圣的，他们来自藏区各地，有的需要历时一两年才到达目的地，只为朝拜一次佛祖本尊。后世的人们能通过各种影像资料看到这种场景，亲眼见到的确更加震撼，藏民身上身无长物，有的人还衣衫褴褛，更有人是拖家带口老小一起上阵。不用想，这种辛苦程度绝对超过车队一百倍。

范一鸣不知道触动了哪根神经，通过对讲机说："这些藏民真是虔诚，让人心灵受极大震撼啊！百闻不如一见，太让人感动了！比起我们这些庸人争名逐利要强得多了！"

听得大家都一阵阵腻歪，这里头争名逐利他范一鸣应该排第一吧？

林超涵冷笑着说："沿路上，你完全没注意过青藏公路各段的纪念碑吗？这条公路是我们死了无数人，用无数前辈的鲜血铸就的，这不是更应该让你感动。"

这话说得范一鸣一脸愕然。

林超涵用一句话毫不留情地打击了范一鸣。这一刻，他的头脑前所未有的清醒，他坚信，只有像西汽这样的工业制造健康发展，才是决定国家命运的根本。

哪有什么岁月静好，只不过有人为我们负重前行罢了。

# 第47章　藏刀

到达拉萨市边上的一座军营后，夜幕已经降临。夜晚的高原，寒气逼人，但星空美丽极了，像缀着无数晶莹的宝石。

车队计划在拉萨休整一天。众人下车后，准备尽快用过晚饭，早早地休息，因为大家都期待着第二天的市区之行。

但是还没有等到第二天天明，范一鸣就扬长而去。他到后没多久，一辆黑色的小轿车就开进了军营，直接将他接走了，显然这是范一鸣早就拥有的关系，就是不知道是不是他家里给安排的。车队众人交头接耳，这趟高原之旅，对方如此嚣张不是没有底气的。

大家有点担心谢剑江，毕竟他气急之下给范一鸣来了一下。这个仇这个怨，会不会被范一鸣给死死惦记住，寻机报复呢？卞文高都有点皱眉头，本来他是领队，这个车队无论军民，都临时归他指挥调配，像范一鸣这样不打招呼直接坐车就走的，他心里头很明白这自然是范一鸣关系触手所及，但是这不是他可以置喙的。相反，他还要好好安抚别人的情绪。至于谢剑江，他倒没有太大的心理负担，犯错挨罚天经地义，没什么好说的，认真检讨就是，其他的他考虑不了那么多。

出乎大家意料的是，第二个被接走的人是郭志寅。军营里他有的是老熟人，这么多年来，他上高原不是一次两次，好几次为了解决部队车辆出现的问题来过高原，认识了一些部队军官，其中个别已经身居要职了，即使这次来他一声没吭，也有人知道他到来的消息，就派人来接他，准备晚上相聚喝一小口。

郭志寅看着表情十分复杂的车队众人，打了个哈哈，跟卞文高解释了几句。卞文高苦笑，这他哪能不放行啊，不说别的，郭志寅的身份年龄就放在那里，资格够老。郭志寅原来有心要带林超涵一块走的，但西汽来人可不少，厚此薄彼说不通，索性一个都不带了。

看着郭志寅的小车扬长而去，正在腹诽之际，这座军营的两位主管长官赶到了。长官也是少校军衔，和卞文高、谢剑江等人相谈甚欢，把他们请走尽地主之谊了。要知道卞文高虽然现在只是个总后参谋，但是前途不可限量，都在军内，将来免不了抬头不见低头见。抛开这些都不说，卞文高作为总后来人，不管是来借宿还是干什么，地方部队干部正常接待一下也是应该的。

剩下车队众人默默地被军营一名排长带来食堂用过晚饭，回去安排好床位后，一个个像泄了气的皮球，沾床就睡了。林超涵也不例外。

一觉睡到第二天天明，林超涵洗漱用过早餐后，很兴奋地随着西汽众人，坐着部队安排的一辆客车，去往拉萨市内。车子开了约莫半个小时，就到了市区。规定好下午4点前原地集合，并提醒了大家几句注意事项后，车子就开回去了。

到了拉萨，布达拉宫肯定是要去的，西汽众人和齐建国一方组团，上午一起去逛了趟布达拉宫。这宏伟的建筑让从没来过的众人叹为观止，里面的艺术珍品让大家流连忘返。找了一家藏族特色馆子，吃了一些当地的有名小吃，啃了几块糌粑，再喝了一碗酥油茶后，众人心满意足地走了出来，直奔八廓街，这条街坊也叫八角街，是拉萨最热闹的一条街道，围绕着大昭寺和小昭寺，街上主要售卖拉萨的各种土特产和旅游纪念品，比如说各种骨头磨制的手链、藏民特色服装，还有藏药、唐卡、藏刀等等，你在北京的地铁天桥上看到的那些藏族特色摊位上的东西，这里应有尽有，并且更为丰富齐全。

齐建国这些人见多识广，捡了几样林超涵根本不认识的藏药跟人砍起价来。当时的藏民纯朴，但是这些做生意的可不太一样，他们开价又高又狠，换作林超涵，问了第一句，肯定就会倒吸一口凉气扭头就走的，但是齐建国老神了，悠闲地捡捡看看，随口砍着价。林超涵在旁边跟着听了一会儿，觉得没有什么意思，就自己走开了，和朱雪组队逛了起来。

突然，朱雪眼前一亮，急步走了过去，林超涵跟了过去，发现有一家铺子里挂了不少形式各异的藏刀。这藏刀民族特色鲜明，均是纯手工打造而成，刀面净光，刀刃锋利，刀把更有特色，有的是用牛羊等动物的角磨制而成的，刀鞘则是缠铜绕银，显得华贵异常。朱雪拿着一把超过两尺长的藏刀爱不释手，这可都是真家伙，绝不是那些没有开过刃的假模式样。

朱雪拿着刀试着朝空中挥舞了两下，隐隐有空气被割裂的声音发出。"真是一把好刀啊！"

林超涵接过来试了两下，觉得这刀使起来有点虎虎生风的感觉，招人喜爱。要是在冷兵器时代，这绝对是居家旅行杀人灭口的必备神器了，而现在，这把刀也就只能用来劈劈竹子砍砍树了，最多也就是用来割割烤羊腿，端的是埋没了。甚至这刀可能连砍柴割肉的机会也不一定有，往往这种刀的结局只是作为一些爱好者家里的珍藏，变成逢客必夸的炫耀品。

"这刀他们是怎么做的啊？"林超涵真是感慨，看这刀面，寒光闪耀，看这刀用的钢材，绝对是上等好钢啊。

"你猜呢？告诉你，这可是纯手工打造的，你看这做工，当真是手艺精湛。"朱雪笑着说，接过刀，又挥舞了两下，脸上充满了笑意。

"喜欢吗？这是尼玛嘎姆大师打的好刀，这把刀要150块钱！不讲价！"旁边的店主是一名中年男子，脸上的皱纹与黝黑的皮肤，以及不标准的普通话，表明这是一名典型的藏族同胞。

林超涵听了后，伸出去拿另一把短刀的手停顿住了。很震惊，这把刀要这么贵？当时是什么条件，150元相当于现在的1500元都不止了。

朱雪笑了笑，瞥了一眼店主，没有搭他的话，而是扭转过头来跟林超涵说："你猜这把刀是用什么来做的？"

"钢材啊？看这刀的样子，还是相当好的钢啊！"林超涵仔细捏了捏刀身，赞不绝口，"这钢材质上乘，怎么看也不像是野生土法炼钢能造出来的。"

"你觉得他们的炼钢技术能炼出这样的好钢吗？"朱雪笑道，"这个钢材的来源，你猜猜，肯定就能猜得到，刀确实是藏刀大师打的不假，但是这个钢材却是取之有道的。而且这个道，你一路来都见过的。"

"一路来见过的？"林超涵有点不解，"沿路来，除了各种风景，就是各种动物，另外……"

他猛地自己左手握拳在右手砸了一下，突然醒悟过来，兴奋地说："我明白了，这些钢材取自路边那些坠毁烧坏出事故被丢弃的汽车身上！怪不得我觉得怪怪的，那些车丢在那里，好像有被翻动拆卸过的痕迹！"

"就是了，你猜猜用的车上哪个部件呢？"朱雪问。

林超涵想了半天，猜道："莫非就是用的板簧钢？"

"对喽，就是用的板簧钢！这些车丢在路边，对咱们来说，要是车坏了又无法修那就是废物一个，但是对藏民来说，那可浑身都是宝啊，其中他们最喜欢拆的就是这个板簧钢。"

朱雪说的板簧钢其实就是汽车板簧，它是汽车悬架系统中最传统的弹性元件，一般是由若干片不等长的合金弹簧钢组合而成一组近似于等强度弹簧梁，在悬架系统中主要起缓冲作用，同时也可担负起传递所有各向的力和力矩，以及决定车轮运动的轨迹，能起导向的作用；而且，这个汽车板簧是多片叠加而成，还可以促使车身的振动衰减。制造它需要耗费大量的合金钢，一般来说弹簧有碳素的，也有锰钢的，但是都有各种缺陷，因此较少使用于汽车中，在我国硅锰钢应用相对来说更广泛。这些合金板簧占整个车身的重量有时可高达近10%。

"原来如此！"林超涵恍然大悟，这些藏刀大师用现代工艺制造出来的合金钢材来打造藏刀，自然是无往而不利了。除了本身的人工成本和加工成本，原材料成本基本为零了。

"所以，这刀也不是那么罕见。"说着，朱雪把刀回鞘，"太贵了，我也买不起。"

那名店主有点着急了，这八廓街说大不大，游客说多也多，但是不是谁都有实力消费的，而且竞争对手也多，会打造藏刀的也不只他们家一位。

店主连忙用生硬的普通话道："价格好商量，降到 140 元一把？"

"140？你抢钱吧？"朱雪也没客气，他看出来了，这个藏族店主跟社会上各色人等打交道很多，没有那么迂腐。

"那你说多少钱？"

"30 元一把，多一分不给。"朱雪斩钉截铁地说，"我以前来这里买过刀来着，最多一把 15 元，我这已经是翻了一倍了。"

"那是哪个年代的皇历了，十年前的事了。"店主十分不乐意，"50 元拿走！"

"40 元，成就买，不成就算了！看下一家去。"

"现在做生意真是越来越难了，你要是再买一把，我就同意这个价钱给你！"店主为难地说，额头皱纹都成沟了。

# 第48章　归返途中遇意外

休整一天之后，车队则抓紧进行下一阶段的测试，卞文高召集众人开会，宣布去一趟日喀则，然后开始返程，因为怕后面天气会转差。

在去日喀则的前一天，西汽车队照旧在发车前进行热车检查，其中一辆车，无意中发现前驱动桥转向横拉杆臂和直拉杆连接位置上有问题。

那个 Ø26 螺栓顶端位置有一个横向的 Ø6 孔，从横拉杆臂下方穿进去，再挂上直拉杆头上的螺栓孔，上面带一个六方开槽螺母，调整好位置之后，把一个开口销从螺母六个开槽中选一个合适位置的插进去穿过 Ø6 孔，穿出来之后把开口部分掰开锁死，这样做是为了锁住螺母，不会从螺栓上松脱出来。

在绕车检查中一名跟车的技术人员无意中发现车下地面上有两节金属棍，捡起来一看，越看越眼熟，觉得是车上的东西，于是钻到车下一看，发现了不小的问题，开口销掰开的部分齐根断了，地面上这两节金属棍正是开口销断了的部分，他立即让司机灭火，正好林超涵在旁边路过，技术人员跟他说出问题后，林超涵皱着眉头思索了半天，去问朱雪。

朱雪拿着金属棍，端详了一下，直接道："按照我这么多年的经验，这东西如果不是有人故意去用钳子之类的工具掰很少会断，只有在装配间隙不合适，长时间走烂路的情况下才会发生销子别断的情况，而且断的位置不对，如果是别断的，那么开口销两头都会断，而且断点是在螺栓的螺纹表面，而这个只断了一端，而且断点是螺栓外面螺母的外表面位置，所以明显是有人故意干的。"

林超涵听后十分震惊，他清楚，这样的结果就会让车跑起来之后直拉杆松脱，造成转向失灵，如果发生这样的事故，基本上西汽前段时间的所有表现都会清零，部队的测评必然是极低分，极有可能就此葬送了西汽的前程。

林超涵赶紧去找郭志寅，郭志寅也震怒了，但是姜还是老的辣，他拿着断了的开口销交给卞文高看。然后这事就搁下了，就算心里怀疑，他们也不能确定是谁干的，卞文高只能让他们先赶紧换销子，不能影响行程，至于谁在捣鬼后面再查。于是西汽只好隐忍下来，及时修复车辆就上路了。

走在路上，林超涵一直盯着范一鸣那辆车的动静，在中间下车生火做饭的时间内，发现范一鸣屡次有意无意地盯着西汽那辆被动过手脚的车看，暗道这厮肯定有鬼。但是他也拿不出证据，总不能说人家看看你的车就是坏蛋吧。于是他翻来覆去琢磨着这两节铁棍，发现上面有钳子夹过的痕迹，灵机一动找来随车工具箱拿出钳子一对比，痕迹跟国产的国标钳子对不上！

这只能说明是外方工具所为。林超涵想到，既然范一鸣这么看不起国货，带来的工具一定都是进口的工具，于是趁范一鸣找霍欢聊天的时机，找老乔说要借钳子用，老乔为人实诚，就将工具借给了林超涵，还说："这外国货确实跟国产货有点区别，我用起来很是顺手呢。你还别说，昨天范公子那么爱净的人，都还说要工具箱用，也不知道干什么用了。"

林超涵赔着笑，赶紧拿回来比对，发现跟金属棍上的夹痕严丝合缝，再加上老乔那句话，当即断定这是范一鸣搞鬼。于是他立即报告给郭志寅。郭志寅思考了半天，认为没有抓到现行，还不算实锤铁证，于是他立即召集开了个碰头会，要求大家随时留心，晚上派人轮流盯着车，但是白天一定不能表现出任何异常，内紧外松。

就这样，车队再开了两天，西汽那辆被动过手脚的车一直就没啥事，而马上就开始返程了。

于是让人跌掉眼镜的事情发生了，在从日喀则返回的前一天夜里，范一鸣被抓了一个现行。

原来，这期间，范一鸣真是坐不住了，他发现自己动的手脚没起作用，而西汽车队也没有异常，认为西汽就没当回事，所以决定放心大胆地继续搞破坏，睡到半夜偷起来，又跑到西汽车底下搞鬼，他直接剪断了固定中后桥制动气管的扎带，制动气管为了防止和其他零件干涉，蹭到之后长时间磨损漏气，所以外面是套着一圈钢丝弹簧的，他把气管固定破坏之后特意把气管固定到一个与传动轴法兰能蹭到的位置，而且这个位置法兰刚好能在两圈钢丝弹簧之间的缝隙，直接蹭到橡胶风管！也就是说跑不了多久这条管路就会被磨断漏气，整车制动失灵，也是严重事故，用心狠毒！而且更加隐蔽，不会被轻易地发现，即便是发现了也可以栽赃到西汽装配质量头上。

但是当范一鸣从车下钻出来的时候，迎接他的却是佟亚辉冷冰冰的枪口，当即把范一鸣吓瘫了。他彻底体会到当初那个盗猎者被枪指头的感觉了。这天夜里，正好是林超涵和佟亚辉在车上值班守夜。范一鸣只能怪自己的运气太不好了。

林超涵冷笑道："范大公子，这大半夜的，钻咱们的车底也不嫌冷啊！"他仔细检查了一下车队，倒吸了口凉气道："你这也太狠了，这是想把咱们往死里整啊。"

佟亚辉问林超涵："我去报告下参谋吧！"

林超涵点了点头，示意他等一会儿，他有点话想单独跟范一鸣聊聊，转头对范一鸣冷笑道："你真是卑鄙啊！想不到为了赢，这种手段你也会使！"

范一鸣突然一改草包的模样，十分硬气地说："姓林的，你不要太得意了。我只是出来溜达一下而已，你这样限制我的人身自由，我会找上面来理论的。"

林超涵笑道："你的无耻真是令人叹为观止，我现在去喊卞参谋来，让他来欣赏一下你的杰作如何？"

范一鸣却是有恃无恐："你不敢！"

"为什么？"林超涵很奇怪。

"因为我有一个重大的消息，可以选择告诉你或是不告诉你！"范一鸣冷笑道，"关于季容的。"

林超涵皱着眉头："她能有什么事？少扯淡了！"

"我们做一个交易吧！"范一鸣整理了一下衣领，在夜色下，眼里竟然闪现出林超涵以前所未见过的一丝精明，这让林超涵警惕起来，"我告诉你季容的这个消息，你不要把这个事捅到卞参谋那里，不要试图拒绝，我相信，知道这个消息后，你一定会觉得值得交易的。"

林超涵皱起眉头来，这个范一鸣，看来并不像他之前表现的那样草包。

# 第 49 章　一个交易

林超涵其实也抱有一个私心，希望通过这一次事故，让范一鸣自己体面宣布放弃竞争，这样，西汽拿下订单基本十拿九稳。

因为他知道，就算抓住了范一鸣的现行，那也未必就影响最终结果。这事说来残酷，其实一点都不复杂，因为就算部队相信范一鸣在搞鬼，那也只能代表他自己心术不正，是私怨作祟，美国的 GMA 生产公司仍然可以宣布继续参加竞争，但如果范一鸣代表美方宣布退出竞争序列，那才真的是有用。

而就算是他把范一鸣当作破坏犯交上去，闹出来，未必有用，毕竟事故没有真的发生，以范一鸣家里的关系运作，顶多只能得到些小小惩戒，没有太大的实质意义，所以跟范一鸣做交易，本来就是林超涵灵机一动想到的点子。

没想到范一鸣竟然主动提出了交易，这让林超涵大感意外，但是林超涵很快明白过来，范一鸣也想明白了这一点，所以并不太过担心，他真正要担心的是，值守的士兵不分三七二十一，直接一梭子弹撂过来，那他就要在高原上凉凉了，现在回过神来，自然要极力为自己开脱。

这个范一鸣很卑劣，直接抓住了林超涵的死穴，那就是季容。

关系到季容，林超涵不能不心乱，好不容易平静下来，他支开佟亚辉，和范一鸣聊了起来。半晌后，范一鸣将大衣遮住脸，快步离开了，林超涵则是站在车边狠狠地抽了一支烟，面无表情。他们两人达成了一个交易，林超涵不告发他，而范一鸣保证后边绝不再捣乱，林超涵不放心，还让他签字画押了。同时，范一鸣奉送了一个关于季容的消息，就是在美国那边，有一个同样也姓林的师兄正在疯狂地追求季容。用范一鸣的话来说，就是你姓林的都不是什么好东西。

这让林超涵的心情极度不佳，这个情况在他和季容偶尔的联系中，从来没有说过。

范一鸣告诉他这个消息，用意是很明显的，暂时他们在这件事情上，是处在同一战线的。美国那边，范一鸣鞭长莫及，季容根本不理会他，但是林超涵却是可以约束的。他范一鸣可不想干那种鱼蚌相争渔翁得利的事，虽然这个形容不大恰当。

这件事情就这么悄悄地被压了下来，林超涵只是立即唤醒郭志寅并向他单独作了汇报，郭志寅听后，半晌无语，无声而严厉地盯着林超涵看了半天。但是最后他的目光还是柔和了下来，他实在不忍心苛责林超涵，林超涵已经做得够好了，人生有些事，你总是难以两全。更何况，他们手中有了范一鸣搞破坏的铁证，不怕他反悔再出招搞破坏。

而竞争，还是让它公平地进行吧。

只不过，郭志寅说起了另一个事，让林超涵更感震惊。原来郭志寅晚上跟司机们聊天，无意中得知了前些天被他们忽略的一件事，那辆螺栓被破坏的车司机说起一件事，当时从昆仑山口下来到不冻泉这段，因为是连续长下坡，下到不冻泉后，其他三方车辆都是靠踩刹车降速，所以出山之后制动鼓都热得烫手，司机下来都要检查制动是否正常，担心过热烧了轮胎，而西汽车队则完全没有这个动作。当时，在车队暂停时，范一鸣还跑上去摸了摸西汽这辆车的制动鼓，半讽刺地说一声："排气制动还可以啊。"然后就径直走开了，好像并不是太好奇原因。

"啊？他怎么知道我们这个独门技术？"林超涵震惊。西汽的自信，当然不是盲目的，因为他们也有自己的撒手锏和独门秘籍。比如制动系统，除了常见的驻车制动系统和行车制动系统之外，还有一个应急用的排气门制动，这个技术是西汽在这次研制过程中灵感迸发，研发出来的独门技术，未经指点的话连行内人都不知道，因为从外观上看只有发动机出来的排气管上多装了一个气动蝶形阀，在驾驶室后面，位置比较隐蔽，不仔细看不会发现。西汽车队下坡一路用排气制动和刹车交替使用，所以温升并不大，根本不用检查。这个技术连部队都不是太清楚，为什么范一鸣显得很熟悉？

当时这名司机只是觉得奇怪，没来得及细想，但这次因为差点出事，所以回想起了这一个细节。在当时，林超涵和郭志寅都没注意到。

"你记不记得，当时在漠河试车的时候，我们做过一个实验？"郭志寅问。

"记得，在漠河为了试验排气门制动系统在低温环境下的制动距离，我们曾经做个一次简单试验，一般制动距离试验是刹车踩到底，车停下之后会有严重的前后摇摆，而且从车后方能够看到制动气室推杆伸长推动凸轮轴的动作，而排气门制动车辆降速不是很快，制动气室完全没有动作。这证明了我们这门独家技术的先进性，只有特别懂行的人可以从这个分辨出来。他范一鸣不是对汽车技术一窍不通……"

林超涵突然止住了话，因为他想到，他是不是对范一鸣太过轻视了，这家伙就算是不懂汽车技术，但是连续两次破坏，都是又狠又准，不是自己懂就是有高人指点，另外他对排气制动独门技术的熟悉，也绝不是普通人可以办到的。

"莫非……"林超涵脑子里突然闪过一个可疑的身影，"那辆红色的越野车！"

郭志寅点了点头："如果我记得不错的话，当时我们在漠河测试这个动作的时候，正是发现那辆可疑越野车的前后！"

"娘的！"林超涵忍不住暴了粗口，"这个范一鸣，当时就在车里，观察我们的测试？"

"十有八九，至少那辆车上有一名懂行的汽车技术高手，而且他肯定和范一鸣关系匪浅，你可记得当时极光村村民说过，有一名外国人和一名中国人。我猜那个年轻的中国人就是范一鸣吧！"郭志寅缓缓地说道。

"这个混蛋！"林超涵怒火中烧，"想不到这个家伙比我想象的还要无耻和阴险！他为了达到目的，真是无所不用其极啊，我承认，我是小瞧了他！"

"小伙子，书里的反派就没有弱智的。"郭志寅感慨地拍了拍林超涵的肩膀，"你现在知道你面对的是什么样的竞争对手了吧？我现在真不知道该庆幸还是幸运，最终让你留在车队，参加高原试车。"

"幸运居多。没这次的意外发现，还真看不出来这个范一鸣的城府，之前他一路上故意口没遮拦的草包样，还有被我戏弄，也许都是我的错觉。"

"你也许想多了，只不过，一个人可以有很多面，为什么反派就不能兼具草包和精明两种性格呢？就像好人，可以武功高强到一剑封喉，但却不得不听老婆的话出门去打酱油一样，都是人生的真实一面。"

"听你这么说，我并没有好受点。看来我是被人当傻瓜耍了。"

"不一定，再狡猾的狐狸也逃不过猎人的猎枪，他再怎么装，不也落你手里一次了。"

"如此说来，我好像信心又回来了一点点。"

"嗯，人生如棋，有时候臭，有时候高，就看你的随机应变和定力了。"

"前辈高论，小子拜服。"

"少拍马屁了，困死了，我要睡觉，你继续值班去。"

看着郭志寅打着呵欠休息，林超涵只得折返回去和佟亚辉继续值守了，就算是范一鸣现在信守承诺不搞鬼，但是万一是霍欢他们来捣鬼呢？虽然这种概率太小，但是不能不防。

关于当晚发生的这一切，知道的人除了郭林，就是佟亚辉和谢剑江了，佟亚辉是必须要向谢剑江讲实话的，但是谢剑江那里林超涵亲自过去恳求过了，就暂时压下来没有上报卞文高，但是后来一路上，卞文高看向范一鸣的目光明显有些隐晦的不满，或许多少知道了一点。

这个林超涵就不管了，反正他该做的已经做了，只要他不出来指证，范一鸣就没事。

经此一事，范一鸣彻底老实下来了，他现在就等着测试的最终结束，到目前为止，他依然相信美国的 GMA 要强过西汽，既然阴谋诡计搞不定，那就直接比试干货吧。

然后，没有了人祸，就有了天灾。

回到拉萨，再从拉萨准备走川藏线的时候，天公不作美，川藏线上突降暴雨，出现洪涝，不少道路据说被冲毁了，部队正在抢修。不得已，只得重新改回走青藏线。

青藏线也不宁静，上级部门的预测成真，的确雪期提前到来，天气愈加寒冷起来，沿途也遇到了暴雨，车队只能冒着雨慢速前进，比来时的狂飙突进要慢了很多倍，更要命的是，由于暴雨车速放缓，他们有时候无法按时到达兵站，只能在旷野扎营露宿。

整个车队都因此大吃苦头，范一鸣更是叫苦连天，简直是痛不欲生。

他们用了小半个月，才重新走完那曲，从唐古拉山口回到可可西里，穿越无人区后再接近昆仑山口，到达不冻泉。

# 第 50 章　救援巡逻小分队

归程算是轻车熟路，但是季节气候却大不相同了。

在他们路过的地方，有一座在青藏线上颇为知名的楚玛尔河大桥，其北距不冻泉兵站 60 多公里，西南方向 8 公里便是楚玛尔河兵站。楚玛尔河是一条季节河，发源自昆仑山下的措仁德加湖，最终汇入通天河，冬春季无水，每年 6 至 9 月水量大，上游有几个较大的湖泊，所处地带地势相对平缓。楚玛尔河大桥则是相当重要的控制点，因此此处兵站驻军较多，且有巡逻队负责楚玛尔河大桥和附近地区的巡逻和巡查任务。

测试车队即将抵达这里的前一天，因为厄尔尼诺现象影响严重，上游降水偏高，导致水量暴增，达到历史最大水量。这个数据虽然车队还不掌握，但并不是太过担心，但是常言道祸不单行，就在车队行驶过程中，当地还发生了 6.0 级地震。

6.0 级地震已经属于大震了。一时间山摇地动，就算是行驶在半路上的车队也有明显的震感，他们还目睹了山路塌方，惊出了一身冷汗，要是再晚上几分钟，就要被塌方的山石给埋了，后方的路已经断了，必须得赶紧报告上级派人来修复道路。

卞文高立即命令随身电台向上级通报了这一情况，但是具体要怎么做，就轮不到他们来操心了。好在那个年月大多数行驶在路上的都是货车、卡车和军车，没有像现在这么多的自驾游车队，否则肯定要造成较大人员伤亡了。

一路上，他们前行愈加困难起来，受地震影响楚玛尔河水位猛涨，发生了特大洪水。车队发现，因为地震与洪水的影响，道路损毁极为严重，有的地方根本就是寸步难行，幸好这里的司机都是高手，车也是全新未型，越野能力极强，才能勉强跋涉过去，区区80多公里的路就走了一天，可想而知路况有多险。

车上的司机们都一个个如临大敌，小心谨慎，坐在车上的人也一个个都十分紧张，不时要下车去找东西给车垫铺道路。每个人都极其疲惫，这种天气，又是高原，谁也不敢大意，也不敢偷懒，该做就做。除了范一鸣，他龟缩在车子里，打死也不愿意在非吃饭时间下来。他这副德性，大家也司空见惯了，也没有人喊他一句，算是默认了他的特权。

连林超涵都懒得去讽刺他，就当养个米虫就好了。范一鸣自己在心里面冷笑，像这种粗活需要他这样高贵的人去干吗？看着林超涵一身污泥疲惫不堪的样子，他就觉得这样的土包子活该就这命。

至于其他人什么眼光，他更不放在眼里了，卞文高参谋是给他个面子，面上尊重一下，骨子里，范一鸣这车队里的人，除了他自己，谁也瞧不上。

但是世界的事就是这么讽刺，他此时却不得不跟这帮上不了台面的人混在一块。他至今也想不明白为什么季容要选择林超涵，就因为他做事肯干卖力？

范一鸣永远也不理解。

但是不妨碍别人对林超涵刮目相看，卞文高当郭志寅面夸这小伙子实在肯干又机灵，真是个好苗子。郭志寅乐呵呵的，那当然了，这是西汽未来的王炸啊。千万不要因为他现在年龄小，就以为他是个青铜，这可是王者啊。

道路艰难，他们终于要路过楚玛尔河大桥时，洪水已经漫过桥面。

看着桥面上的水，车队前头停住了，因为他们一时间无法判断出洪水的深浅，不敢轻易涉险，导致整个车队都停了下来。

卞文高跳下车，他一时间也没有了主意，只能求助地望向郭志寅。在众人中，郭志寅年龄最大专业最强，对汽车性能的掌握也最到位。

车队的人都坐不住了，纷纷跳下车来观看洪水的情况。郭志寅皱着眉头来回用肉眼揣摩着桥面上的水，和司机反复讨论涉水而过的可能性。司机有的认为可以，有的认为不行，莫衷一是。

倒是谢剑江一句话提醒了大家，他说："看这样子，要是我们现在不赶紧过去，恐怕后面洪水要再大些，我们整个车队就要困死在这里，更危险了。"

郭志寅皱着眉头："是有些难度，但是只要小心一些，应该没什么问题。"

旁边林超涵丢了块石头到桥中间，看着石头扑通地掉进水，大家眼前一亮，这石头没有掉进多深，看来郭志寅所言不虚。

林超涵笑着和齐建国说道："不知道你们的车能不能过去，我们过去应该没有太大困难。"说着瞥了一眼站在旁边鼻孔朝天的范一鸣，这个范一鸣，什么时候都不忘记装大爷。就这种困难情况，似乎也没有觉得太了不起。

只不过，这种人对生命安全是非常看重的，居然还能跳下来一块看洪水，也是颇为难得的。

然而听到林超涵这话，范一鸣从灵魂深处里发出了一声冷哼："这有什么难的，我们的车过去绝对没问题。至于你们的车，莫在桥面上熄火了挡了大家的道才好。"

"你行你上啊！"林超涵毫不客气。

范一鸣真的就打招呼，让任司机开着车过去，号称要打个头阵。任司机本来有点犹豫，但是金主爸爸都说话了，他也就舍命陪君子了，而且，他也认为能开过去，只要小心一点就没有问题，于是就带上老乔和范一鸣，将车子开到前头，直接驶进了洪水漫延的桥面。

虽然挺看不惯范一鸣的做派，但是大家看着还是有点担忧。只见 GMA 下水后，淹没了大半个轱辘，但是要通过去基本上没有太大压力。

车队正准备返车紧随其后通过时，让大家大跌眼镜的事发生了，只见开上桥面的 GMA 居然又倒着开回来了。

这是怎么回事？难道前面有险情？

弄明白后大家一阵无语，原来范一鸣吹了牛让车辆开上桥面后，突然又后悔起来，觉得不应该太冲动，上了林超涵的当了，居然当起了开路先锋，实属脑子短路的行为。正好洪水一个浪头打过来，打得有点高，溅到车窗上了，这一下子把范一鸣给吓坏了，他在车里大喊大叫，让任司机赶紧开回去，他的命太金贵了，还不能莫名其妙丢在这荒山野岭。任司机无奈之下，只得驾车倒回来。

这厮也真干得出来啊。林超涵搞明白情况后再次刷新了对范一鸣的认知，夸海口的是他，结果怕死的也是他。

算了，林超涵也懒得跟范一鸣计较，他刚才观察了半天，基本心中有底，和朱雪对视了一眼，默契地返回车上，发动车子，就上了桥面，这个时候洪水不时涌起浪头，好像水位又涨了一点，朱雪艺高人胆大，涉水而过，一路上有惊无险地穿越了楚玛尔桥。

看到朱雪顺利通过，车队里发出一阵欢呼。事不宜迟，大家一辆车跟一辆车地涉水驶过桥面。

范一鸣当然看到这个局面，其实他刚才自己吓自己有点吓破胆了，但是现在看到别人过去了之后，心中后悔无比，刚才要是自己头一个过去，欢呼声就是给他的了，现在自己却成了个笑话。好在他有一个天生的优势，就是脸皮奇厚无比，心中想到，让他们先蹚路更好，否则自己不给别人做了嫁衣裳。哼哼，那个土包子，算他这次运气好。

于是他就默认了任司机发动车子，再次穿越桥面。

但是就耽搁一会儿，他们已经是最后一辆过桥的车了，桥面上的水位又涨了一些，GMA 上桥后，行驶更加困难，浪头有点急，差一点车被冲撞到了桥栏杆上。任司机和老乔都吓出了一身冷汗，一直在对岸观察情况的卞文高等人也吓了一跳。

范一鸣又故伎重施，他惊慌地喊叫了起来，让任司机开回去，但是这次任司机吃了秤砣铁了心，坚决不理会范一鸣的意见，开玩笑，又开回，孤零零一辆车在对岸停留几天，太危险了，别的不说，没有给养就得饿死，现在情况不妙，谁知道洪水什么时候退去？最后车子总算是有惊无险地通过了桥面，下桥后范一鸣吓瘫在了座椅上，脸色苍白，半天没有说话。

对这里的情况，卞文高等人同样无能为力，只能继续向上报告情况，然后指挥整个车队先借宿楚玛尔河兵站。

刚到兵站下车，兵站负责的一位张连长，心急火燎地找上了卞文高，他报告说，因为地震，所以他派了一支 8 人的巡逻分队去查看楚玛尔河上游情况，结果被洪水围困，通过电台求援，而兵站自己的一辆老爷车试了几次都无法通过地震损毁的巡逻路，因此请求车队能够前往救援。

人命关天，卞文高立即下达命令，改变车队的任务，要求车队组织三辆车前往救援。西汽众人听到后，立即表示义不容辞，齐建国十分仗义，再次提出他的车可以前往救援。对此，卞文高对他表示了感激，卡玛兹皮粗肉糙，执行这种任务正好。他还不时地瞄向 GMA，这车性能其实不错，要是能够一起参与就更好了。

但是范一鸣和霍欢都装聋作哑，拿他们的车冒险，门都没有！

# 第51章　楚玛尔河在哭泣

卞文高看两人的眼神从明亮到熄灭只用了不到一秒钟时间，他明白了，这两人根本不会做任何冒生命危险的事情，范一鸣就不用说了，霍欢虽然说话很少，彬彬有礼，但是同样也早没了血性，只剩下世故。

只有西汽，从头至尾苦逼哈哈，报饭车永远是他们出车，去危险地带执行任务是他们，第一时间站出来执行救援任务的也是他们。卞文高明白，只有他们，把军队的事当作自己的事。想到这一点，卞文高胸口有一股什么东西在涌动，促使他在这一刻突然下定决心，只要有机会，他就要向上级领导阐明这次的感受。

西汽方面，这会儿则没有心情去考虑这些，郭志寅和陈培俊、孔发祥以及林超涵等人立即挑选出三辆车前往执行任务，他们立即给车辆加满油，并且简单检查一下，看看有没有什么故障。然后就是派去执行跟随维修任务的人，林超涵奋勇向前，主动提出前往，对此郭志寅虽然有些不忍心，但是这种救援事故的确需要他这种身体比较好，能扛能造的人前往。另外，陈培俊主动提出前往，他人老实忠厚，话不多，但是碰到事情的时候却不含糊，对他，郭志寅也很放心，反复叮嘱他要看住林超涵，千万别冒险。陈培俊笑道："郭工，小超虽然年轻冲动，但却不莽撞，放心吧，我会看住他，让他安全回来的，厂里的宝贝疙瘩嘛。"

郭志寅然后又挑了三名司机前往，朱雪这两天体力消耗过度，状态不好，郭志寅就不勉强让他前往了，而且郭志寅也担心他跟林超涵关系太好，纵容林超涵冒险。

另一边，齐建国的车也准备好了，像这种任务，齐建国自己就不想跟着去了，但是对他的慷慨，卞文高和张连长还是很感激的。

急匆匆带上兵站送上来的干粮饭菜后，四辆车10个人的救援小队就出发了，除了司机和西汽派出的2名工程维修人员，即林超涵和陈培俊外，每辆车还坐了兵站派出的跟车向导。

张连长亲自充当临时的救援小队领导，兵分两路，林超涵随着张连长再次蹚过灌水漫延的楚玛尔桥桥面，又回到了对岸，顺着楚玛尔河流上游方向，两边同时开着车辆搜索前进。

沿路颇有些艰难，但好在还没有什么危险。一直搜索到日落时分（晚上9点左右），救援分队才抵达被围现场，他们发现，由于洪水蔓延，整个巡逻分队8个人被围困在洪水中的一块大石头上，应该是巡逻小分队在河水尚未大涨时准备去对岸查看情况，结果突然涨水，他们来不及过河，只能临时找了一块在河中央的巨石作为临时栖身之处了。

巡逻小分队真是运气好极了，幸好有这样的亘古以来就存在的巨石矗立在河中央，就算是洪峰袭来，也没有撼动这块巨石，但是已经岌岌可危了，水流快漫延到巨石的顶端了，8个人紧紧地挤成一团，看到两边大开车灯，照到他们，他们兴奋地拼命挥舞双手，他们的体力早已经有些透支了，看到生的希望，十分开心。

张连长十分着急，他用手电筒和河中央被困的小分队打着信号，巡逻小分队知道他在想办法救援，脸上都露出欣喜之色，但是却安静了下来，张连长要求他们先保存体力。

然后张连长就开始和林超涵及另一名跟车的班长等人商量对策，并用对讲机和河对岸的陈培俊等人保持联系。

如果是白天，有直升机，巡逻小分队可以毫无压力直接被拉走，但现在的情况是远水救不了近火，根本等不及，你不知道下一刻会不会突然水位大涨，直接把巡逻小分队给冲走。而且直升机一直是中国的短板，在高原上可以使用的直升机本来就不多，他们各自有重要使命，现在到处都有紧急状况，根本指望不上，向上级的求援只是尽人事，一切还得自己想办法，张连长对这个看得十分明白。

现在的情况是根本没办法去到河中央！

绳子也没办法固定到河中央，抛过去只能被水给冲走。

怎么办？

提出一个又一个的方案，都被否决了，其中一个最好的提案是想办法将一根钢丝绳扔到对岸去，由两边的车拉着，让巨石上的人顺着钢丝绳走，但是一来，现在根本没有办法将绳子扔过去，绳子由两辆车拉着固定性能也不够，被困人员很容易被急流冲走。

看着冥思苦想的张连长，又看着那边巨石下游因为被挡住而形成的那个漩涡，林超涵突然心里冒出一个疯狂的主意，以他对车辆性能的了解，在心里盘算了一下，觉得居然还颇有些可能性。

　　于是他问张连长："张连长，你知道这河面的浅滩在哪里吗？现在的水位在浅滩大概有多高吗？"

　　张连长愣了一愣，他在这条河上巡逻也有六七年了，对这条河的情况几乎是了如指掌，不然不可能凭着记忆带着车辆来到这块巨石边。他指着河面的一处，说："这块是浅滩，底下全是鹅卵石，比较坚硬，这里的水位肯定也不到两米。"

　　那就妥了！

　　林超涵兴奋地提出了一个救援方案，他提出可以让西汽一辆车装满沙子，从下游方向找附近浅滩下水逆流接近石头，在车架上固定，把被困人员接上车，停在石头下游的涡流区里，减少冲击力影响，然后两岸车抛钢丝绳过来，都固定在立杆顶部形成对拉防止车被拉翻，然后被困的人员就可以顺着钢丝绳撤离。

　　这个可行吗？张连长对车辆的性能略有些怀疑。

　　但是林超涵却认为可行，不过，林超涵突然又有点犹豫，这样做的话，其实是要把这辆车给扔到河里了，车辆能不能开回来是两说。

　　救援刻不容缓，但是厂里的车也不是他林超涵说丢就丢的。

　　对面对讲机里传来陈培俊的声音，在听到林超涵的方案后，他立即意识到林超涵的犹豫了，他坚定地支持说："这个事可行！小超，你不用担心车辆的问题。厂里不会怪我们的。"在这件事情上，陈培俊作为一个老党员，主动担起了责任。他虽然忠厚，但是并不是笨蛋，他说完还意识到一个问题，这个方案里还有一个最危险的地方，就是开车进河的司机同样会将自己置身于险境。

　　"这个事，就不要让司机去了，我来开车！"陈培俊当机立断。

　　林超涵听到后有点傻眼了："陈工，你自己开？不要，我来吧！"他也刚意识到这个问题，如果这个方案没成功的话，等于又增加了一个被困人员。

　　陈培俊在对讲机里爽朗一笑："我有驾驶证！据我所知，你没有！"这一年，林超涵其实已经学会了开车，但是确实还没有去考驾驶证。

　　张连长他们心急如焚，如同热锅蚂蚁，但是他们也很清楚这个方案的危险所在，他们也没办法要求别人舍命救人，听到陈培俊主动承担这个任务，都十分感动。

事不宜迟，立即动手，对岸所有人都开始疯狂地往车里铲土填沙装石，这边几个人只能干看着，帮不上，但也没闲着，而是不停地测量水位，确定最佳路线和执行细节问题，等到对岸装好沙后，基本方案也确定好了，用对讲机，指挥着陈培俊开着装满沙石的车辆一头闯进河水中，很快河水就淹没了整个车轱辘，但是军车的优良性能在这一刻体现得淋漓尽致了，虽然缓慢，但是车辆没有熄火，而是坚决地继续逆流而上。

10米、9米、8米……2米、1米，两边岸上提心吊胆地看着陈培俊驾驶着车辆一点点一点点地接近石头，然后巨石上的巡逻小分队十分小心地一个个上到车顶上，攀爬固定后，车辆再开进巨石后的漩涡中，停下来后，稳如磐石。

大家一阵欢呼！

车辆出发时，已经将钢丝绳绑好，一端由彼岸牵引着，而林超涵这边岸上，则将钢丝绳绑上石头，奋力地连试了好几次，终于丢到车上，两边岸上和河中央的人通力合作，将钢丝绳都固定在一辆车架上，对齐拉直，一条生命的希望之绳便固定住了，陈培俊所驾驶的那辆车在河中央起到了固定支撑点的作用。车灯雪亮笔直，再加上多道手电筒雪亮地照着这条生命通道。

在吃了一点陈培俊带过去的干粮后，巡逻小分队八个人略微恢复了一点体力，立即顺着绳子在河中间艰难地跋涉过去，他们将身体上绑的绳子搭在钢丝绳上，一点点地挪动着，河水冰冷，但是生的希望却让他们燃烧出惊人的能量，坚持着，艰难地移动到对岸。

小分队得救了！

但是林超涵却心急如焚，陈培俊在驾驶室里没出来，他一直在等待小分队的人过完后，将车开回去。

"这是厂里的宝贵财产！我一定要开回去！"陈培俊通过对讲机说。

"可是……"林超涵着急，这个难度很高，而且刚才陈培俊还刚跟他说车辆丢了也没事的，没必要非使这个劲。

"没什么可是，总要试试！总不能什么努力都不做，我是个老党员了，这个时候不上谁上！"陈培俊打断他的话，放下了对讲机。

陈培俊爬出驾驶室，来到车顶，拿着钳子，准备剪断车架上的钢丝绳，他的动作很艰难，在两岸人的注视中，费了半天劲才剪断了。剪完后，他还微笑着朝林超涵这边挥了挥手。

张连长突然惊恐地指着上游嘶吼起来："危险！"

河水湍急，突然上游传来巨大的呼啸声，陈培俊站在车顶上回头张望，然后所有人对他的印象就定格在这一刻了。

突然暴涨的河水没过巨石，卷走了车顶上的陈培俊……

山河在呜咽，楚玛尔河在哭泣。

# 第 52 章　此生立志为重卡

一切发生得那么突然，大伙都没反应过来。

刚才还活生生的陈培俊就消失在了楚玛尔河河面上。

众人都惊呆了，突如其来的死亡真实地展现在了眼前，他们很清楚，被这冰冷的洪水席卷而去是什么样的后果。陈培俊，用自己的生命，拯救了巡逻小分队。

"不！"林超涵发出悲痛的怒吼，他一甩手，什么也不顾地就要跳下河去救陈培俊。

张连长和那个班长死死地把他按住了，林超涵一旦下河，立即就要没命了。他们不可能放任林超涵去冒这个险。

"陈叔！"林超涵的喉咙都嘶哑了，被两个军人死死按拉住，他拼命挣扎都没挣开，"放开我，我要去救人！"

"不行！你下去也会死的！"张连长大声地说，"打晕，拉回去！"

然后，双眼通红有点失去理智的林超涵被那个班长给敲晕了。

林超涵做了一个梦，他梦见他第一次跟随谢建英去试车组报到时，看到人群中慈厚地朝他微笑，啥话也没说的陈培俊。后来，又回到了打地摊的时候，陈培俊带他去那个车间，他劝诫林超涵，脸上的担心和诧异怎么都藏不住。再后来，在车间试制新车的时候，点点滴滴，两人多次接触，就都在这个梦里反复播放，他们的交往好像很平凡，却是很真实，一点都不假。

醒来脑壳疼得很，那个班长下手可不轻。可是再疼，也掩不住心疼的感觉。林超涵泪流满面。

他分不清楚自己是后悔还是痛苦，他不知道该不该后悔出那个主意，但是痛苦却是真实的，那是失去了一个亲人、一个尊敬的长辈甚至是一个朋友的感觉。陈培俊话不多，但是每每在关键时候，站出来，很坚定，不含糊。

虽然他其实只是一个普通人，但他是一个大写的人！

不只林超涵，所有人都觉得这不是真实的，高原一行，危险遇到很多，但基本上有惊无险安全度过。谁也没想到，突然就在这个晚上，有人失去了挚友，有人失去了丈夫，有人失去了父亲。

郭志寅和孔发祥等人开着车，一直在楚玛尔河下游沿着河岸开了个通宵。他们希望有奇迹发生，但是奇迹没有发生。

陈培俊消失了，连遗体都没有找到，也许他会顺着河流一直奔涌向前，去长江，去黄河，去大海，去星空之中。

"人不在了，但时光会记住他。"这是郭志寅回来后拖着疲惫的身体，安慰一直在自责中纠结痛苦的林超涵的话，"他实现了入党时的誓言，也实践了他年轻时为中国重卡事业奋斗终生的承诺！相信他，没有遗憾！我们要记住逝者，但更要捍卫他献出生命来履行的使命！"

郭志寅和孔发祥等人，左一言，右一语，回想起那些逝去的青春时光，那个时候的陈培俊虽然年轻，但是理想却很坚定，虽然在一群人中不算最聪明，但是却最刻苦钻研技术，他是发自真心地热爱西汽，热爱自己从事的这份事业。

在西汽遭遇困难时，他会着急，在技术攻不破难关时，他会想办法，在别人取得突破时，他会在旁边开心鼓掌，什么时候他都优先想着厂里，想着汽车，从来不会因为自己个人的得失而计较，而正因为这份不计较，才让他成为厂里的骨干技术人员。虽然天资所限，他的成就不多，但是却是让大家最可靠最放心的人。

林超涵从迷茫中抬起头来。

对啊，与其在这里自怨自艾，还不如继承他的遗志。

"陈叔在天之灵鉴证！我林超涵在这里立誓，为中国的重卡事业奋斗终身！"林超涵站了起来，看着天空中正冉冉升起的朝阳。

洪水过去，雨水暂停，久违的阳光洒在楚玛河仍然有些浑浊的河面上，照在兵站里，温暖着每个身心疲惫的人们。

悲痛依然在，但是有一种熊熊的火焰在林超涵的胸腔中燃烧，他知道，这把火是一个人给点上的。但是这把火，也正是他所需要的。所有的迷茫，一扫而空。所有的徘徊，不翼而飞。所有的犹豫，不复存在。所有的忧虑，统统消失。

他终于知道自己来到高原的意义，不是为了看那些在无数前辈用生命修筑的公路上虔诚朝圣的信徒，不是为了看那巍峨耸立的庙宇塔寺，更不是为了争一己之长短，而是寻找到将来一生的方向。

西汽不是他的踏脚板，重卡不是他经历过的一段时光和经历，而是他要脚踏实地，奋斗终身的地方，以前哪怕他的父亲是厂长，他也没有一点这样的感觉，但是这一刻，他踏实了，他知道自己要走的路了。

看着稍稍恢复常态，但神情极度认真的林超涵，郭志寅点了点头，心里无限感慨。他知道，林超涵终于找到了人生的方向，就好像是他们年轻时一样。有一种信仰，让他们百折不回，让他们在山沟里安身立命，让他们用生命去付出，就如同陈培俊一般。

连续三天的寻找无果后，车队只能放弃，西汽方面虽然心有不甘，恋恋不舍，但是也无可奈何，大家在河的下游不知疲倦地寻找了很远的距离，最后只能黯然神伤地站在河边听风声呜咽。

在处理了一些后续事情后，车队踏上了归途，他们要进行最后的评估。寻找陈培俊遗体的事情只能拜托部队和地方政府了。

一路上，大家都保持着沉默，安静得吓人，对讲机里除非必要，几乎没有人聊天。连最叽叽歪歪的范一鸣都没有多嘴，就算是他再自大再混蛋，这个时候也清楚，陈培俊的牺牲对西汽众人的意义，对军队的意义，他毫不怀疑，如果这个时候他站出来说几句不得体的话，林超涵一定红着眼带着一堆同样红着眼的士兵把他给活生生撕碎的。

因此，他一路上保持着缄默，这让跟在他身边的老乔感觉有点意外。但是范一鸣不说话，不代表他脑子里不想事情，此刻他心里是焦躁的，谁知道半路上会闹这么一出？这样一来，部队会不会彻底将宝押在西汽身上，他也是很担心的。自己在整个行程中表现怎么样，他心里有数。他现在只能彻底将宝押在自己车辆的高性能上，在大部分地方，他车的表现应该是超过西汽的。至于欧方和俄方，他已经不太担心了。

他的担心是对的。

此时的卞文高已经向上级详细报告了一路行程，他甚至超越自己的职权，向上级强烈建议，立即宣布测评结果，宣布西汽获胜，但是这种带着强烈感情色彩的建议被上级一口否定了。军事行动是不带感情色彩的，工具性能的一点点优越往往就能决定战斗的胜负。虽然军队是小米加步枪打败了飞机大炮，但是海湾战争让大家看到了差距所在，人数和精神能不能再次战胜钢铁，答案是不言而喻的。

所以上级要求卞文高抛弃个人情感，严格按照测评标准进行评分。但是人孰能无情，上级部门在讨论西汽的表现的时候，也同样被陈培俊的表现深深打动，在内部逐渐达成了共识：无论如何，想办法也要保住西汽的生存。

但是这个现在还不能直接表露出来，需要看西汽最后的测评表现。

车队行驶过了格尔木，走完了青藏线，再次回到进青藏高原之前的城市。他们将在这里进行最后的综合评估。

卞文高终于正式向大家公布了测评标准，之前之所以没有告诉他们，是因为不希望他们刻意去表现，而能够让军方更合理地评估。部队的人保密意识非常强，自始至终都只是让车队按照他们的要求开进，没有透露过半点风声。

但是车辆性能大家都是知道的，林超涵和郭志寅等人以前私下讨论过，认为不外乎是那几项，但是部队更注重什么，则只有他们自己知道了。军方搞得这么神秘，有好处也有弊端，好处是不会瞎胡闹作弊，弊端就是对各车的优势发挥得不够彻底。

但是郭志寅认为，对军方来说，靠谱就是最重要的指标。只要能稳定发挥，其实就是最好的应对方式，因此整个过程中，西汽车队除了任务需要，基本上都是中规中矩的表现。没有刻意去突显特点。

关于这个标准，首先是采用评分制的，评分分为两部分：静态评分和行驶评分，各占 30% 和 70%，满分 100，静态评分主要是看参数，谁家参数高谁家分高，这里面分了几个大类：

动力性能、行驶性能、承载性能和尺寸参数，共四类。

动力性能，主要看纸面上的吨功率，包括平原功率和高原功率标称值。

行驶性能，主要看转弯半径、刹车距离，以及越野行驶速度。

承载性能，主要看载重量和拖载能力。

尺寸参数，主要看是否符合国内的道路法规标准，另外就是看接近角离去角，前后悬长度以及最小离地间隙。

行驶评分，则主要看的是实际使用中的表现，主要看的是这几方面：

动力性能，看满载 0—60 秒加速时间，也就是检验动力匹配，也是分平原和高原的。

行驶性能，主要是测评军官们主观打分，看车辆的实际操控性能。他们都会开车，经常在某些路段，会去体验一下，还会观察司机的动作。

加分项，比如 CITS 之类的，还有液压备胎架、液压绞盘，与民用车零件互换性等等，基本都是主观分。

宣布标准后，大家都在心里默默地给自己打了下分，估量着自己的优劣势。

# 第 53 章　反转的测评结果

最后的评分，不是由卞文高宣布的，他只是负责现场试车领队，负责观察和测评，最终结果的评定和宣布则不在他的权限范围内。从高原下来后，总后派了一个工作组过来，专门听取了卞文高一行的汇报，并结合跟随卞文高一行四名军官的打分，再加上部队一些老司机对四辆车的试驾印象，以及军方专家的意见，确定了最终结果。

工作组组长刘昆明大校取代卞文高，主持最后阶段的工作。

经过连续三天紧张的测评计算权衡后，刘昆明大校主持了结果鉴定工作会议，向四方代表公布了军方的最后打分，他当场进行了报读，一名少校军官则在会议室上的黑板表格上写下了四方车辆各项指标的分数。

最终结果如下：

| 车型 | 美方 | 中方 | 欧方 | 俄方 |
|---|---|---|---|---|
| 动力性能 | 90 | 80 | 85 | 70 |
| 行驶性能 | 83 | 92 | 80 | 83 |
| 承载性能 | 70 | 85 | 75 | 90 |
| 尺寸参数 | 60 | 60 | 50 | 40 |
| 动力性能 | 80 | 90 | 75 | 75 |
| 主观行驶性能 | 77 | 75 | 75 | 60 |
| 加分项 | 50 | 20 | 10 | 30 |
| 总分 | 510 | 502 | 450 | 448 |

对这一结果，四方代表的态度不一，欧方和俄方代表眉头紧锁，特别是齐建国，不满之情溢于言表，但是却也没当场反驳，他心知肚明，俄国货确实在某些方面很难达到军方要求，只能算是可堪一用。至于欧方的霍欢，更是神色不愉，他欲言又止，颇想当面反驳，欧洲造怎么只比俄国造总分高了两分呢，而且加分项才10分，这算怎么回事？

只有范一鸣兴高采烈，神色飞扬，一副睥睨天下舍我其谁的表情。只不过霸气不足傲气有余，看得一些人在心里只是摇头。

郭志寅和林超涵互相对视了一眼，这个结果，在意料之外，也在意料之中，他们私下里反复研究讨论过，实际情况跟他们想象的也差不多。

美国GMA的纸面数据没有实际性能好，反倒是西汽重卡性能更稳定，俄国人发动机技术太次，所以垫底是正常的。在行驶性能方面GMA可圈可点，不过中方一样发挥稳定，欧方CAT是阉割版的民车，所以军用性能总体都不如中美，俄国车粗糙的做工再次垫底。

倒是在承载能力方面，俄国人的东西都是按照3倍以上冗余设计的，所以承载能力极强，得分最高。但是同时，尺寸参数方面，自重超标，车高超标，同样的，CAT也是尺寸超标，太长太高，所以他们在这一项扣分也较多。在主观行驶性能方面，打分应该会考虑到人机工程学方面的内容，GMA座椅较低，舒适性差了点，否则得分更高，而俄国车颠得难以忍受，得分最低，欧洲车舒适性最高，但因为性能原因，所以主观分实际是压低了。

至于加分项，大家也心知肚明，有些指标是事先没有设计过的，但却是各种车的特长所在，所以会有专门的加分项。刘昆明让卞文高给大家解释了一下。

其中GMA的CITS一项就得了50分，它的实用性极高，评价高是正常的。在这方面，西汽新车凭着液压备胎架和液压绞盘拿了20分，CAT的随车工具设计很好，得了10分。原本俄国人的CITS是可以拿到40分的，但是发挥不稳定，时好时坏，在高原上表现不佳，所以大打折扣，只加了30分。

不管怎么说，美方GMA从打分结果来看，是绝对的赢家。

范一鸣觉得胜券在握，有一种苦尽甘来的感觉，自觉这一段时间的辛苦没有白费，他果然押宝没有押错，美国人的东西就是性能卓越，这么来看，中标是注定的事了，剩下就是怎么利益最大化了。若不是还有一点理智，他就要当众仰天长笑了，但即使这样，他眼神里瞟向林超涵的那种嘲讽，挑衅意味极浓，恨不得立即结束会议，好狠狠地挖苦林超涵几句才舒坦。

相比，林超涵的确眉头紧锁，他注意到了范一鸣那挑衅的眼神，但是却视而不见，心里反复在盘算着，和旁边的郭志寅两人不时耳语。

范一鸣嘲讽地看着两人的动作，觉得这两人假装淡定，结果都出来了，说什么都没有用了，在他看来，这两人就是死鸭子嘴硬不认输。

刘昆明大校介绍完评分后，示意会场安静下来后，沉声道："各位，结果刚才已经通报了，这是经过我们工作组和试车组反复讨论后定下来的，每一个评定细节都有理有据，每一分加减都是严谨认真的。在这方面，我们没有掺杂任何私人情感在里面，在此我可以向大家保证。"

卞文高听完，略带歉意地向西汽众人瞥了一眼。西汽众人排第二，心里虽然有些郁闷，但是却没有怪罪卞文高，他们对这个结果也不能说不满意，毕竟他们还是超过了欧俄，这说明部队对他们还是很认可的，但是美国重卡的确部分性能超过西汽，他们不得不认。

范一鸣听完刘大校的话后，立即站了起来："对这个结果，我们路驰集团完全没有意见，我认为这个结果非常准确地反映了我们美国在军用重卡技术方面的先进性。不像某些小地方来的，没见过世面的。"说着，他继续用挑衅的目光直视林超涵。

林超涵不动声色，虽然心里十分焦急，但是脸上却是一副漠然的表情。范一鸣看着冷笑连连。但是他完全没有注意到，刘昆明大校听到他自称是"我们美国"后，眉头微微皱了一下。他仍然和颜悦色地示意情绪高昂的范一鸣坐下，看向另外三方代表。

霍欢和齐建国各自提了几点疑问，得到军方肯定的回答后，只得颓然坐下，彻底打酱油了，他们知道，基本上已经与军方订单无缘了。这次就当是观光旅游了一番吧，静看西汽和路驰竞争。只不过他们俩心里各自支持的对象，未必是一家了。

征得郭志寅同意，林超涵站了起来，礼貌地向刘昆明大校介绍了一下自己，问道："刘大校，我们有一个问题，这个分数就代表最终评判结果吗？"

刘昆明微微一笑，他早已经听说了这位年轻人的事情，虽然从未谋面，但是却颇有好感，路驰让一个年轻人当代表，西汽老前辈索性也推出年轻人站前台。他耐人寻味地说："测评分数非常重要，是我们最终评判的首要参考依据。"

这个话中有话，林超涵听明白了，他随即提了一两个分数中的小疑问，得到肯定的答复后坐了下来。

在确定各方对结果没有异议之后，刘昆明大校跟左右交流了一下，道："那接下来，要跟各位代表谈一下售后维护维修的问题。我们主要有三条要求，请卞参谋给大家说一下吧。"说着，他就端起了茶杯抿了口茶。

卞文高站了起来，提了第一点要求："按照常规，三年质量保证或是八万公里保证，这两者以先到为准，即先到三年或先到八万公里即算质保结束，在质保期间要 7×24 小时服务，这里保的项目包括各大总成，但可以不包括轮胎。请问各位有什么问题吗？"

他问出来后，欧俄两国代表都紧闭着嘴没有抢答，他们很清楚，现在他们只剩一口气，快出局了。卞文高客气地问他们四方，实际就是问西汽和路驰。

林超涵正要回答，谁料到范一鸣抢先回答道："这个路驰集团一般是质保两年或六万公里先到为准，但是，"他左右顾盼了一下，故意停顿炫耀地说，"为了表达诚意，这个条件我可以向公司申请，应该没有问题。"他心里盘算了一下，觉得可以说服美国人，就答应了下来。

林超涵站起来，没有废话，只说了一句："我们西汽没问题。"

卞文高点了点头："第二个要求，在质保期间，每年每个军区至少要提供三次集中维护维修培训。可以吗？"当时全国八大军区，这么算的话，全年得至少组织 24 次培训了，这还是没有计算进军分区的需求。

这次林超涵毫不犹豫地回答："可以。"这个基本就是西汽的常规操作，这么多年都是这么干的，他们没少下连队，虽然做不到召之即来，但是全年到处奔波是常有的事，这点没有什么好犹豫的。倒是范一鸣这次摇头了："这个恐怕不行，我们国内技术人员有限，无法做到全国范围内那么多场培训，就算有，我们必须得集中培训。而且，还得承担培训费用。"说完，他意犹未尽地说："我们会请美国工程师来给大家培训，水平不知道比某些路边摊要强多少！"

他洋洋得意地扫视了西汽众人，却没注意到刘昆明等人眉头紧锁。

卞文高在心里冷笑了声，接着说："第三点，首次换油保养里程，3000 公里左右。可否？"

这是国内常规操作，林超涵点头："没问题。"

范一鸣摇头："不必要，我们车子加工精度高，首保换油根本没有必要，

9000 公里一保就差不多了。而且，这个我们还必须得收钱。"他在心里盘算着，这一笔是很划算的买卖，车卖得多，钱就可以狂收了，这点还可以在美国人那里做点手脚，他个人从中就可以闷声发大财了。

刘昆明淡淡地道："好，大家的态度我明白了。我还有一个问题，你们整车配件价格比是多少？"

# 第 54 章　来之不易的定型与订单

第一轮报价，欧方最便宜，单价 42 万元；其次是西汽报价 50 万元；俄国人报的不便宜，卡玛兹要价 55 万元；而美方 GMA 最贵，要价竟然高达 62 万元。

看起来，霍欢打算用价格进行最后一搏了，他报完后竟然又自降 2 万元，减到 40 万元，因为这是民用版本，降点还是有利润空间的。没想到的是，他报完后俄方卡玛兹居然也决定自降身价，直接降到 39 万元，这让大家非常惊讶。不过，他们心里已经明白，这纯粹是垂死挣扎，机会已经不大了。

西汽却是没法再降了，成本高啊。至于范一鸣，仍然十分自信，报价同样，一分没再降。

看着四方报价，刘昆明淡淡地问四方整车配件价格比的问题。

林超涵得到郭志寅的肯定后回道："我们是 1∶2 左右。"这个在国内是正常的，因为配件当中包含有运费、仓储、折旧、管理等等费用，所以是合理的。

范一鸣摇头道："国内的这个价格不适合路驰，我们公司的零部件必须是原装进口的，在国内要设立仓库，储备的话就得进口，我这里有一份配件清单，可以看一下。"

说着，他从自己的包里抽了一份文件，递给刘昆明。刘昆明接过翻了一下，顿时脸色大变，手略微颤抖，差点将这份文件给甩了出去。

路驰集团在售后方面早有谋划，连配件清单都准备齐全了，大到驾驶室，小到螺栓，这份清单几乎应有尽有。

刘昆明皱着眉头问范一鸣："你们这个配件价格比到底是多少？"

"不多，1∶12 吧！"范一鸣很快回道，这些都是美国人内部早就测算过的。如果这个价格放到现在，可能还真不见得高，现在很多车，如果你把全车零件拆开卖，最后会发现价格是整车的 12 倍，完全不夸张，拆汽车零件比整车都贵，是老司机们都知道的事情。但是当时这个价格则是非常不合理，对军方来说，完全不可接受。

会场一片牙酸的声音，全都在倒吸凉气，这个范一鸣还真敢狮子大张口，竟然要 1∶12？

刘昆明扬了扬手中的清单，冷笑着说："你们还真是会做生意啊，如果我只买你们一辆车，岂不是说要花费 12 倍的费用，差不多 700 多万来做后期维护，这个算盘打得未免太精明了吧？这个坑太深了，我们跳不起啊！"

范一鸣一时语塞，这个价格是美国人定的，他无权更改，嘴硬道："这个价格其实是很公道的，美国人跟全世界都是这么定价做生意的。"他实在对美国货太有自信了，完全没有意识到自己在跟谁对话，在跟谁做生意。

刘昆明深吸了一口气："我终于知道，美国人为什么那么有钱了。"

这个时候，林超涵站了起来说："我们有一个计划，要在全国建立我们的配件库，比如在拉萨，我们就准备建一个库，这样，将来部队有需要的时候，就可以从当地调运配件。"

说完，他就坐下了。这个主意是郭志寅和林焕海等人事先冥思苦想了很久，才想出的绝招，至于为什么会出这招，将来才会显出他们的远见卓识。刚才郭志寅低头给林超涵面授机宜，林超涵也是极感意外。

会场一片寂静，针落可闻。

刘昆明大校看着胸有成竹坐下来的林超涵，默默地点了点头。

范一鸣坐在那里鄙视地看着林超涵，吹什么牛呢，全国建配件库？你西汽有几个子，基本上地球人都知道啊。

除了他，所有人都知道，结果注定了。西汽当着军方的面承诺，必有所仗。

但是当场并没有宣布结果，而是直接宣布散会，刘昆明大校还需要回北京汇报情况。会后，高原试车整个车队才正式宣布解散，西汽和军方、齐建国等人依依惜别。临别前，林超涵将购自拉萨的那把藏刀送给了佟亚辉作为纪念，这是他答应过的事情。

最后的结果是在各方代表返回老家后，才正式宣布的。

这一天，西汽正在给陈培俊开追悼会，军方派来代表刘昆明，他在致敬默哀后，宣布了部队的决定，将正式向西汽采购第一批 500 辆的军用重型卡车。

郭志寅听闻后，默默地在陈培俊的遗像前点了一支烟，轻声地说："老陈，这西汽的未来，如你所愿。"

这一天，西汽所有人的心情极其复杂。

这是一个特殊的追悼会，在这个追悼会上，没有遗体，只有一套陈工生前穿过的衣服放在那里供大家瞻仰。一直到现在，陈工的遗体都没有找到，他的妻子眼泪已经哭干，家里人一个个悲伤欲绝。很多和陈工相熟的老职工们都饱含热泪，来为他送行。

可是，大家却再也无缘见他最后一面了，只能凭想象和记忆来勾勒他的音容笑貌。这一点，尤其让大家心里难过。林超涵更是情难自已，若不是自己那个主意，也许陈培俊会活着回来，当然，没有那个主意，也许就是那八名战士再也见不到家人了。

陈培俊的事迹，受到军内和省内媒体的高度关注，军方高层深受感动，多次前来慰问家属，政府则给他评定为革命烈士，这是极高的荣誉！

这个追悼会，来了很多军界和省内领导，比如邵子华将军再次带着仲玉华等人前来吊唁，又比如省里俞副省长，派他的秘书前来献了花圈，还有其他一些部委、省级领导，他们特别来这里给陈培俊送行。陈培俊为了救人和保卫国家资产献出自己宝贵的生命，这无论从哪方面来说，都值得大书特书。

刘昆明专门赶来向西汽宣布正式竞标结果，正是为了向陈培俊致敬，为他奋斗一辈子的事业。刘昆明简短地宣读了部队对西汽的鉴定报告，报告对西汽重卡评价极高，同时部队也高度肯定西汽上下不怕牺牲，勇于为国奉献担当的精神。

他在宣读致辞时正式透露了新一代七吨重卡代号，即2190。（原先的3180，只是为了保密起见，迷惑外界。）2190正式定型了，部队第一批订单直接就是500辆，这足够救西汽于水火的了，因为要生产这批车辆，西汽需要更换很多机器设备，有很多新的技术要投入使用。虽然这批订单还不能让西汽摆脱全部的困境，但是曙光已现，随着部队更多的订单下来，三年内西汽生存已经无虞。

这两年的奋斗，总算没有白费。

林焕海终于松了一口气，近两年来，所有的辛苦努力终于有了结果，当初那一把赌赢了，若是当初不敢接招，现在西汽就算是彻底要走向消亡了。但是，他知道，这才是刚开始，西汽只是赢得了生存之战，赢得了喘息之机，未来要发展，还有无数的工作等着他来做。

姜建平老泪纵横，他仿佛看到了西汽的鼎盛辉煌时代到来。很多西汽人和他一样，这一天心情既压抑又激动。

这一天，注定是西汽历史上难忘的一天，这一天的意义，对西汽来说不亚于开厂破土动工的那一天。

这一天，意味着新生，意味着在新的时代西汽拥有一个光明灿烂未来的可能。

林超涵出来后，走在吊唁的人群中，他在西汽终于找到归属感，不仅是因为这里是他出生和成长的地方，更是因为他找到了自己为之奋斗一生的事业。

不在其他地方，就在这里，不为其他事情，就为了重型卡车。西汽哺育了他，他现在要用毕生的精力为西汽铸造辉煌，慰藉那些将青春和热血奉献给了西汽的人们，慰藉那些在世界屋脊上忍受着高原恶劣自然环境的人们，慰藉所有关心、担心、操心中国汽车发展的人们。

他想了很多，想到了远在美国的季容，想到了很多的往事，他还想到了发小凌霄强，在他回来之前，小强同学正式辞职离厂了，但是今天他应该会回厂来吊唁吧，他有话想找他好好畅聊一番。

突然，他看到了人群中一双明亮的眼睛正担心忧虑地看着他，这双眼睛的主人一身素服，清纯无比，熟悉舒服。

他们彼此报以微微一笑。

第二部

# 蓝海搏击

# 第 55 章　是彻底改制的时候了

冬去春来，四季轮换，南河湾两旁的山上树叶黄了又绿，秃了又再长，不知不觉，在忙碌中时光流转，刹那芳华，人间换新颜。

1995 年的夏天，又是一个骄阳似火的日子，一堆人站在西汽的厂门口，目送一批 2190 重卡被部队轰隆隆地开走。

至此，他们已经送走 300 辆 2190 军用重卡了。他们想起前年也是初夏，这现场所有雄姿勃发的卡车，都还只停留在图纸上，所有参与设计的人都心里没底手里没粮，在彷徨中咬着牙坚持，一点点地啃下所有难题。然后就是漫长的各种验证、试制、试车、测试、竞标，所有的事情他们一样一样地坚持下来，最终结出了累累硕果。

眼见它从图纸概念，到终于正式走上生产线，那一切的艰难都恍如隔世。

这里所有人都是亲历者，他们不只见证了最初的诞生，更经历了一场场成长的攻坚克难之战。

量产 2190 跟试制又是不同的概念。当时试制，很多部件是小批量定制采购，虽然工艺技术上存在各种难题，但是克服后就并不难，一旦进入量产，很多麻烦就浮出水面来了，产能能不能跟上，设备需不需要更新，质量如何保证，成本如何控制，愁得林焕海白头发不断增多，到如今，他的头发已经灰白成片了，为了保持形象，他不得不悄悄地去染黑头发。

这件事情，知道的人不多，他的儿子当然是其中之一。林超涵在这一年再度成长许多，一直听从调遣，奔波于各个车间一线，参与指导，甚至亲手制造各种相关部件，没日没夜地，非常疲惫，若不是年轻底子好，还真是扛不住，父子俩这么玩命地干，大家看在眼里，记在心里。在背后，大部分职工还是竖个大拇指的。

现在，厂领导和一些技术骨干，包括林超涵，目送车队远去后，却没有太多的时间用来感慨，他们现在面临的事情比之前更多更棘手，一年前中标，拿下部队订单的喜悦感早已经被各种层出不穷的困难给折腾得没剩下几丝了。

林焕海边走边问身边的王兴发："你和老罗那边打过招呼没有，今年更新机床设备的钱能不能挤出来？"

王兴发苦笑着说："打过招呼了，不能。现在咱们处处要用钱，这些订单生产，成本居高不下，只有更新设备，产能才能得到缓解，生产成本才能降下来，但是这些机床设备更新本身又是一笔巨大的投入，我们现有的资金链非常紧张，很难承担得起。老罗把算盘拨拉一阵后，都快要哭出来了，咱们还是太艰难了，虽然说拿下了部队订单，厂子有活干了，但是利润都被吞掉了，我们依然是在生死线上挣扎。"

旁边的姜建平听了后，有些不解地问："2190 新车，价格都是 50 万了，成本虽然高，但是应该我们也能够消化得了，怎么利润就被吞掉了呢？"

王兴发叹气道："姜书记，您不管生产，就有所不知。咱们这 2190，听上去价格很高，快是以前老车的一倍，好像利润很大，但是其实并不是那么回事。这新款车，从头至脚，有很多地方是换了新血的，很多生产技术和零配件成本都很高，技术也不是太成熟，很多零配件的废品率居高不下，质量保证非常困难，甚至连装配成本都很高，我们想了很多办法才勉强应付过关，这利润根本就没有多少，再加上人员工资，工厂日常开销，最后我们能够勉强打平已经是高水平发挥了。"

林焕海挠着头，表情纠结地说："成本居高不下也就算了，不赚钱咱们也只能认了，最关键的地方在于，部队现在对 2190 的价格如此之高其实还是有意见的，这第一批订单，咱们使出了浑身解数，现在也才生产完 300 辆，后面的 200 辆不是不想尽快生产，而是不敢尽快生产出来。现在部队后续的订单十分拖沓，迟迟未至，就是因为部队方面也有些吃不消这个价格。听仲玉华说，部队内部争议很大，现在军费紧张，各部门都在争，采购新车的事情提不上日程。我们现在要是一下子就把所有的车都生产出来了，大家可能立即面临没活干的窘境了。"

旁边郭志寅插话说："姜书记，这一年你又不是不知道，咱们厂又走了多少人。虽然去年暂时军心稳定了，但是军车这点订单，技术生产如此吃力，大家的待遇也就是维持着现状，不少人觉得西汽的前途也就仅限于此了，已经找门路走了。"

姜建平沉默了几秒钟，才神情惨淡地说："这个也不能怪他们，他们也要奔自己的前程。"

林超涵在后面跟着，听着，他很清楚叔叔们在讨论什么，去年他们拿到部队的正式订单后，的确是全厂喜气洋洋地闹了一段时间。

但是逝去的终究挽不回，世界变化了大家就得去适应。

很多人在这之前，或者觉得自己已经为西汽贡献了青春了，不想再把最后的时光留在山沟里，或者对西汽的前途比较看淡，觉得必须另觅前程，又或者听说南方打工特别挣钱，对技术工又很看重，就动了心思，于是各种托关系，找门路，想办法离开这里。这种趋势，在拿下订单前早已经暗流涌动了。

在去高原试车之前，已经有一些人离开了。

剩下动了心思的人仍然犹豫，其中一部分人在拿下军车订单后，选择按下心思，安心在这里上班发展，但还有一部分人，却正好相反，听到西汽拿下订单后，心里松了一口气，觉得自己不是在最困难的时候离开，已经很够意思了，反而加速了离开的心思。

谁都不是傻瓜，部队的订单听上去不错，但是一计算，这500辆车也就半年的生产任务量，而且还不是很饱和，后来干什么呢？就算后面还有订单，西汽也无非跟以前一样，不死不活而已，前途依然渺茫。

很多林超涵熟悉的叔叔伯伯都离开了西汽，当年从北京来的一些专家和技术工人，就这两年走了一半，而从旧都过来的那批支援专家，这些年陆陆续续走了，这两年更加快了步伐，已经是一人不剩了。

这些事情，林超涵是亲历在目的。

所以，像他这样前途远大的大学生选择回到西汽并安心待下来的，的确就是稀罕至极凤毛麟角。很多走的人其实在内心很不舍西汽，毕竟在这里生活工作了多年，但是仍然义无反顾地走了，在他们眼里，像林超涵这样，因为父亲的关系，放弃了大好前程，回到山沟沟里来的，其实是非常可怜的牺牲品。

这些走的人当中，有些真的技术非常好，还有的真找到了非常好的去处，有人从小看着林超涵长大，临走前和林超涵打招呼，若是哪天要去外面发展了，可以去找他。林超涵这两年成长进步非常之快，是把技术好手，又年轻，若是给一个更好的平台，说不定前途无量，能伸手拉扯一把也是件愉快的事情。

对这些，林超涵都选择了婉拒，并感谢他们的好意。如果换作刚回厂的时候，他会无比焦虑，但是现在，他觉得自己已经有了定力和恒心，或者说是有了信仰。他不会轻易放弃这里的一切，在他看来困难都是暂时的，西汽的将来，在他心里的蓝图里，绝对是无比辉煌。

他没有向这些前辈透露自己的各种宏图规划，或者说一些他们将来会后悔的狠话，因为他心里很清楚，这些都毫无意义。

那些前辈叹惜着离开，在他们看来，林焕海确实是一个好厂长，但是太迂腐了，非要拉着儿子来为西汽殉葬，实属不智，就算将来西汽生存下去了，但是要说辉煌发展，那是不可能的，就算林超涵将来做得再好，也不过是在一个半死不活的厂子里蹦跶，充其量只是池塘里的鱼罢了，跃不了龙门。

送走这些人，每一个都让姜建平很伤心，但是最不能拒绝他们的人也是他，因为他们每一个人离开，都有着自己绝对的理由，他们要追求更好的生活，无可厚非，他姜书记没能在山沟里创造出更好的生活来，这是他姜建平的失职。

好在，以郭志寅为首，包括谢建英、孔发祥等中坚力量，以及林超涵这样的新生力量，维持着西汽的技术发展。就算有磕磕碰碰，也至今没有遇到不可解决的要害。

"但是，人走得太多，始终不是件好事！"林焕海思索着说，"我们以前的改革，只是为了应付2190的研制与生产，提升生产质量，做的一些权宜之计。现在，是到进行一场伟大的、真正的变革的时候了。只有一场变革，才能重新树立大家的信心，才能彻底解决我们面临的各种困难，才能真正实现扭亏为盈。"

姜建平道："老林，你是不是有什么新的想法了！"

"早已经在酝酿了，现在是彻底改制的时候了。"林焕海坚定地说，停住了步伐，回头看着跟在他身后的一群西汽领导骨干。

# 第56章　光阴与变化

所有的人目光都投向站在队伍最前方的林焕海，只见他的脸上露出一种坚毅的神情："是时候，将我们的工厂体制转变为公司体制了。"

林焕海的话掷地有声。

但是迎接这句话的，有的是疑惑，有的是迷茫，还有的是紧张和警惕。当然也有少数人脸上露出欣慰的表情，聪明人哪里都有，他们对问题太清楚了。

林焕海扫视了一下人群，把众人的表情都默默记在心里，露齿一笑，半解释半自白地说："因为目前的处境，是时候要做一些变革了。近期，我们会推出改革方案。这场改革，势在必行，为了西汽的将来，我们必须要壮士断腕了。"

众人默然不语。

林焕海就任厂长已经是第三个年头了，这三年，他最大的功劳就是维持住了西汽的生存，研制出了2190，并且成功拿到了部队的订单。但是除了最初为了应急而搞的一些规定，还有质量管理措施外，并没有大规模的改革。

这不像是一个改革者的姿态，更像是一个守成者的姿态。而且林焕海动辄跑在第一线，为了一些具体的事情急得心急火燎，这更让人觉得他可能也就是平庸的接班人而已。

此时他霸气外露，让人有些不适应。

这些人里只有少数几个人，比如郭志寅、王兴发和林超涵等人知道林焕海早就有了改革腹案，而王兴发则是主要的方案执笔者，具体的方案此时就锁在王兴发的办公桌抽屉里。但是连林超涵都不知道，林焕海具体的改革方案是什么，只知道林焕海一直在为此做准备，每次在家里想从林焕海嘴里掏点料出来，都被林焕海给瞪了回去。林焕海是有些担心，担心自己的儿子嘴巴不严实，万一吐露出来就不太好办了，具体改革方案真泄露出去也没什么关系，但是说什么也不能从林超涵这里泄露出去，如果是那样，林超涵就是败家的二世祖，他林焕海就算是威严扫地了。

郭志寅醉心于技术，对改革方案也只能从技术角度提出一些自己的意见，所有的核心方案主要是林焕海和王兴发不知熬了很多个深夜才推敲出来的，连姜建平都不甚了了。

这份方案注定是会遭到很多的反对意见的，林焕海对这个心知肚明，所有的罪就由他自己来扛吧，别让姜书记遭人记恨了。

之所以不早拿出这个方案，林焕海是有考虑的，他和王兴发两人在讨论时，王兴发给过他建议，暂时引而不发，等待合适时机再推出来。之所以这么说，是有原因的，厂里突遭大变，最重要的是稳定军心，而稳定军心最重要的则是重新获得军方的青睐，赢得喘息之机。在这之前，所做的改革都是应急的权宜之计，仿若一个重病病人，如果突然来个猛药，搞不好就承受不住，一下子挂了，只能是先用人参吊命，然后再徐图整治。

更重要的是，这些改革措施，提早了，体制大动，人员结构大幅调整，结果却因为没有订单可拿，整个厂子倒闭了，那就成了一个历史的大笑话了。

这三年来，他们在人事上一点点调整，在技术上一点点改进，在管理上一点点加强，同时，在经验上一点点学习先进经验，基本上现在有了比较大的把握了，方向也更为明确。

是时候提出改革方案了。

林焕海看向姜建平，沉声道："姜书记，现在我们厂里的状况，已经到了非改不可的地步。"

姜建平的眼神里有些欣慰又有些不解，他点头道："老林，你打算怎么办？"

"就趁今天的机会吧？我们召开一个临时会议，我想跟大家讲一下我的初步计划和方案，如果没有问题的话，那我们就开干！"

"好！"姜建平说，"老林，你要做什么，我还是那句话，我支持你！"

林焕海感激地看了一眼姜建平，这个姜建平真是兑现了他的承诺，自从他上台以来，几乎每一个决策姜建平都是鼎力支持，要不是他的支持，不好说很多重大事件林焕海能不能撑下来，西汽能不能赢得现在的局面。

打铁要趁热。这是林焕海自己总结的，这一次会议的确是临时起意召开的，但是王兴发最理解他，这个会迟早都是要开的，今天既然话都说到这里了，那就索性开了。

厂领导们去开会了，林超涵没有资格出席，还有其他很多人都不必要出席，带着些许疑惑，大家都散开，各自忙各自的事情去了。

这场会议少不了各种争议，甚至是剑拔弩张，但可以肯定形势要比林焕海三年前要强多了，对此林超涵并不担心，他之所以回到西汽，就与在会议上新任厂长的林焕海被人挤兑有关，现在的情况是林焕海威信已树，地位已固，就算有些人想提反对意见恐怕作用也不会太大，再说只要姜建平支持，就没有太大的困难。

所以，林超涵回去上班了，下班后就优哉游哉地溜达了起来。

他想去找叶文源聊天，这一年来，因为凌霄强辞职离开，他有些寂寞，后面因为李午在宣传上的一些事情，他和叶文源作为厂里近年来唯一的两个新入大学生，共同话题就很多了，于是经常走到一起聊天。

至于小强同学在外面干什么，这些都在林超涵的策划掌握之中，他给凌霄强的计划就是先购买厂里的淘汰旧机床，自己开一个小厂接些活儿生存下来。按照计划，凌霄强现在已经开工了。但是具体怎么发展，林超涵还要走一步看一步。这次厂里的改革计划，对他也至关重要。

虽然林焕海瞒着他，但是他是谁啊，他是林超涵，父亲想干什么，他很清楚。这不只是因为他们是父子俩彼此了解，更重要的是，这改革的逻辑摆明了放在那里。对此，他很笃定，有一些改革肯定是要做的，只要做那就是他和凌霄强的机会。

不谋万世者不足以谋一时，林超涵很清楚，只靠着上一代人，很多事情是没有办法做的，对此，他必须要下一步闲棋冷子，必要的时候，成为他的助力。

小强同学，千万不要让我失望。林超涵在心里默默地祈祷。

叶文源住在宿舍楼里，有一个分配的小单间，这是他经常去的地方，很熟悉，跟徐星梅一栋楼。他经常会拿着自己的工资给徐星梅的姑娘买一些文具之类的东西，很受小姑娘欢迎，徐星梅对他一直抱有感激之心。

这次去找叶文源，果然在楼道里又碰到了下课回来的小姑娘，她甜甜地喊了林超涵一声叔叔，林超涵摸了摸她的头，开心地笑着说："几天没见，果然又长高了！"

"林叔叔你要去找叶叔叔吗？"小姑娘剥着糖，含糊地说，这糖也是前些天林超涵去县城办事顺手带回来的。

"嗯，对，我去找叶叔叔。"

"他不在呢，我刚才看见他出去了！"小姑娘嘻嘻笑着说，"不过，我这里有一个人，你肯定更想见。"

"谁啊？"林超涵好奇地问。

小姑娘嘻嘻哈哈地从里屋拉了一个人出来。

"是你啊！"林超涵微微一笑，果不其然，是沈玉兰。这姑娘跟徐星梅现在关系非常好，经常来往。

小姑娘有点撒娇地说："我妈今天没空接我，是拜托兰阿姨去学校接我的。"

沈玉兰认识林超涵一转眼也第三年了，她落落大方地倒了一杯水给林超涵，问："你最近怎么样了？"

这句话一问，旁边那个小姑娘就不高兴了："兰阿姨，我妈说你是林叔叔的女朋友，怎么他过得怎么样，你会不知道呢？"

林超涵有些尴尬地摸了摸小姑娘的头发，没有作声，这事实在是不好解释。他怀着歉意地看了一眼沈玉兰。

沈玉兰这一年来，整个人出落得更漂亮了，因为长期在厂里上班，气质也越来越成熟了，林超涵能够感觉到她越来越强烈地散发出一种让人无法拒绝的魅力。他怕自己会迷失，因此忘记对季容的承诺。

然而，上次在高原上，范一鸣对他透露的消息，却让他如鲠在喉，在好不容易接到季容一次电话时，两人说了几句，居然鬼使神差地吵了起来。聚少离多，终究是个绕不开的坎，第一年，强烈的思念如同千年积雪无法融化，第二年，离愁就变得有些像冬日的浓雾终日弥漫却易被阳光冲散，到了第三年，因为忙碌，因为生活，也因为接触到不同的人，那些思念，只能在心里飘啊飘，找不到来处，寻觅不到归途。

听到林超涵的一点怀疑，季容的激烈反应超出了林超涵的想象。

在美国的季容，最近也十分心烦，学业比她想象的还要麻烦，不像在中国，大学成了放羊的牧场，在美国，大学是精英们真正开始竞争的分水岭，季容如此好强，发誓要在这里脱颖而出，面对着全世界的精英人才，她的压力可想而知。而且，在大学里，她也见到了各式各样的精英人才，很多人她不得不承认，除了不是林超涵以外，很多人比林超涵各个方面都要优秀一些。对她来说，远隔大洋，感情很深刻，不会淡化，但是，是人，总会有一些情绪的。

# 第57章　恋爱谈成工作

关键是，季容也莫名其妙永远都知道林超涵在工厂里的情况，甚至冒充人家男朋友的事也知道得一清二楚，虽然理解难处，但多少有点膈应。

何况他们都如此年轻，也不是圣人，还是会犯一些常人会犯的错误，季容心里有些计较，而林超涵则心里也有些不舒服，两人的一点不同见解竟然会化作争吵，这是他们俩都没有预料到的。

他们当时都有些懵，最后季容说了一句："那我们暂时不要联系，彼此冷静一下吧。"

这一冷静，就是大半年时间过去了。

在这半年时间里，林超涵和季容处在一种奇怪的状态，他们彼此都在想念对方，却谁都不肯先低下头联系对方。

实际上，一个是工作忙碌到没有时间去想，一边是学业繁忙到根本顾不上。

所以，他们的关系好像是真的冷却了下来。

这天林超涵去找叶文源，他想跟叶文源交流一下今天自己的一些感想心得，两人还是相当有共同话题的，可以好好碰撞交流一下。

直到很晚，他跟叶文源吹完牛皮回到家，一问母亲，才知道林焕海还没回家，他有点惊讶，这个会开得够长的，想想也正常，像改革这么大的事，能很快议出个子丑寅卯来那才有点奇怪呢。

他躺倒在床上，默默地想事情，最近他除了忙厂里的事情以外，一直在替凌霄强那边操心。这个事情他没有和谁细说，但是厂里很多人都知道，凌霄强真的花钱买一台厂里淘汰的旧机床，是东北那旮旯生产的老60机床，机床是生产桥壳上的差速锁孔堵头的，这是一个很简单的小圆柱体，低碳钢材料，一个成本才不过四五毛钱。这个机床实在是太老旧了，用了多少年了，都快擦秃了，因此在机器设备更新计划一提上日程后，就被报废丢弃了。凌霄强花了100块，以买废铁的价格就把它给淘走了，厂里很奇怪，问他要这个旧机床干什么，凌霄强很光棍地说，这东西修修还得用，自己买了去开厂子，做点零配件卖，厂里也没当真，一笑而过，就算是能车出零件来，厂里新买的机床也可以车出来，你车了卖给谁去啊？凌霄强租了辆车，就把这台机器给拉走了。

凌霄强听从林超涵的建议，在省道的旁边租了个空房就当是厂房，安置好机器。选在这个地址是林超涵深思熟虑的，一来不能离厂里太远，必要的时候他可以不太费事地支援，将来重新向厂里销售配件运输也不麻烦。二来这里还可以向周边快速扩散，别看这个小生意，在国道旁边过往的车辆那可是相当多啊，国道两旁的修车生意相当红火，各种小配件是急需的，这里生产的还可以卖给这些修车摊，虽然本小利薄，但是蚊子再小也是肉，权当是试水了，等后期生产能力增强，可以生产其他配件了，那就是个大市场。

凌霄强也做了长期抗战艰苦奋斗的准备，准备三年赚不了钱，他手头还有点，再加上生产能够运转起来的话，吃饭是没有问题的。他和林超涵用了小半个月的时间，才把这台机器给捣鼓明白，调整到最佳状态，然后涂刷一下，修葺一新，看上去有个八九成新了，买到碳钢材料，他们试验了好多次，终于车出了合格的圆柱体。然后两人兴致勃勃地招了两个当地农民进来当工人，给他们干活，经过连续一个多月的培训和磨合，这两个人和工人配合好，每天也能车出一整筐的东西。

林超涵第一个想到的生意主顾就是他当初在试车时，碰到的那个臭脾气但真有本事的张树根师傅，他们俩就真的去找了张树根，看他有没有意向进点货。张师傅随手拿起东西看了一下，就有些惊讶地发现这东西跟原厂产的没太大差别，他有些怀疑这两人是不是手脚不干净，偷了厂里的东西出来卖，搞得林超涵哭笑不得，解释了老半天，才让张师傅相信他们俩真是自己生产的。

张师傅虽然脾气臭，性格粗放，可并不是个大老粗，很精明，当即提出，进货不可能，放在这里当维修配件用是可以的，只要卖出一根，按照价格付一根的钱。当然他是绝对不会说，这玩意儿他自己会卖多少钱。林超涵和凌霄强两人一合计，觉得这也是个非常好的销售方式，唯一要考验的就是人性和人品了，万一到时候张师傅不认账他们就算是亏了。

林超涵索性一不做二不休，就提出让张师傅做他们的代理商，周围所有店铺的相关生意都可以从他这里拿货，卖出一个，还给张师傅提成一毛钱。这个主意让张师傅眼前一亮，当即拍板合作，还正儿八经地手写了两份合作协议，一边一份。这个生意就算是初步敲开了市场，还别说，张师傅人品还过得去，因为技术精湛，周边很多修车铺都服他，这个配件就真的慢慢成为周边店铺的通用配件。

因为这个生意很小，没有人注意到这个，那些大的零配件商连发觉都没有发觉，就算是发觉了也没当回事。但是这资金虽少，却能够让凌霄强的小作坊有了现金流，开始慢慢运转起来了。

现在林超涵就琢磨着怎么把凌霄强的小作坊变成一个大作坊，这个还得紧密贴合厂里的技术改革措施。

哪些机床会被优先淘汰更新，哪些技术他可以拿来利用起来呢？他需要好好盘算一下。

这两三年来，他看得越发清晰，西汽迟早会进行一场轰轰烈烈由里到外的改革，传统的体制很难维持起西汽的发展，到处都是掣肘，到处都是地雷，到处都是坑，每走一步，都十分艰难痛苦，就算是林焕海当时以设计新车的名义，将人事组织进行了调整，那也只是杯水车薪，积重难返，很多人依然是把西汽当作一个大锅饭在吃。要想在体制内部做一些创业型的改变，根本是不可能的，只有真正进入到市场里去，真正经过大浪淘沙般的洗刷，才能挖出真金来。

让凌霄强去市场上，一方面是发挥他的特长免得埋没人才，另外一方面，也是林超涵的一个计划，也许哪一天，他必须要借助一些外围的力量做一些他没法去做的事情。

第二天，厂里就开始流传着要进行改制的消息。厂里的动作也很迅速，很快就向职工们传达了改革的讯息。

但第一份正式出炉的改革方案却让很多人大跌眼镜，也跟林超涵预料的相差甚远，厂里宣布正式让三产公司独立出去，成立单独的运营公司。

厂里把一份《关于三产公司实行独立运营的通知书》贴在了公告栏里。大家争相观看，但是这份雷声大雨点小的改革方案却让大家有点丈二和尚摸不着头脑，因为据说林厂长决定要全面改组西汽，实行公司制，但是现在贴出来的这份，却只是先剥离三产公司，这是不是太丢份了？

因为关于"三产"这块，其实早就是在单独运行的，跟厂里的主营业务不怎么搭界，现在只不过是决定成立全新的"西北汽车商贸有限公司"而已。这还不是换汤不换药吗？

告示下有人大声地说："这跟以前没什么两样啊？"

有人就笑了起来："谁说没什么两样啊，魔鬼就藏在细节里。你们仔细看就会发现大不一样的。"

"程秀才，那你给解读解读？"旁边的人起哄。在山沟里的工人，别看一个个浑身油污，像是大老粗，可是要知道这里的工人都是读了些书的，没有谁不识字，只不过有人看得仔细，有人却会留心观察。

被戏称为程秀才的工人笑着说："叫你们平常多读书，肯定都是去读金庸琼瑶了，这份告示好多东西都明说了。你看看，首先这新成立的三产公司里面，有没有'服务'两字呢？"

大家一看，还真是没有提"服务"两字。提不提这两字学问可就大了，要知道三产这块一开始投入运营的初衷主要就是服务于厂里职工，做些三产生产，给厂里的职工增加福利，还有一些不方便说的，就是三产里面大多数职工其实是厂里有空有闲的职工家属，给他们找个工作干一干，缓解一下家庭收入压力罢了。

现在没了"服务"两字，这是代表着以后公司不为西汽职工提供服务了吗？大家疑惑地提出了疑问。

"非也，非也！"程秀才摇头晃脑地说，活像是《天龙八部》里专跟人唱反调的包不同，道，"其实这告示里依然提了，三产公司是给厂里职工提供福利的重要渠道，但是不同的是，这种福利不再只是进些便宜特产给大家分发，而是定期要向厂里交纳一部分财政收入，厂里则利用这部分收入向大家分发福利，三产公司自己呢，除了缴纳部分费用外，其他的全部都要自负盈亏，自主经营。"

"这个，以前三产好像也是一直能赚钱的，不也要向厂里缴钱吗？"有人还是不解。

# 第58章　全盘接招

"不一样，以前三产是厂里的正式职工，赚的钱一分一厘都是厂里的，以后不是这样，三产的人从严格意义上来说，已经不算是西汽的正式职工了，而且，他们赚的钱，除了部分缴纳以外，其他的可以自主支配，可以用来扩大经营规模了。"

这一下子，可就真炸开锅了。什么？以后所有三产公司的人都不算是西汽的人了？这对大家来说，真是非常震撼，搞三产这块的人说多不多，也有百来号人，这些人都跟现在看告示的人沾亲带故，甚至有的人就是三产的人。

大家仔细看密密麻麻的告示，可不是嘛，上面清清楚楚地写着，"所有原三产服务公司的人员自即日起，不再享受西汽正式编制待遇，而是根据西贸（简称）财务状况自行制订工资制度。"

这下子，真的轰动了，还以为这种改革只是换汤不换药，谁料到好像是只留药汤，把药渣和药罐直接全给倒掉了。

动作不可谓不大！

这个改革当天就成了山沟里最大的新闻。

很多人的第一感觉就是——

西汽不要三产的人，要甩锅了。

这份改革最让人震撼的还不是这个，最让人震撼的是曹海鉴，居然不再任西汽副厂长职务，而是直接改任西贸的总经理。堂堂副厂长，直接就给扫地出门了？

这个消息让人既羡慕又妒忌，有些人觉得三产其实是块肥肉，老曹这下子发财了，另外有些人则是十分同情他，从此之后，老曹就也一样不再享受西汽的正式职工待遇了。这在铁饭碗观念还比较浓的时代背景下，就显得震撼了。

很多跟老曹比较合得来的人，都纷纷向老曹打探消息，其实大部分是带着同情来询问的。

这让曹总很是哭笑不得，这有什么好同情的？好歹自己还是个总经理不是？只不过这总经理担的风险有些高，万一要是经营不善，那他在西汽也真是没有立足之地了。他的压力全来源于此，至于剥离开经营，他自己是千肯万肯的。三产公司蕴藏着多大的潜力，他是最清楚的，只要运营得好，说不定他们的利润要比厂里的主营业务还要高，厂里这两年几乎没有什么利润空间，要不是三产一直在输血，厂里根本都发不出任何福利来，现在能够单独出去运作，他是求之不得，这一亩三分地独立出去，他的自主权可比当副厂长要大多了，而且也会滋润得多。厂里这次改革的会议上明确说了，他这个总经理的待遇可以根据经营业绩进行提升，公司赚得越多，他总经理的薪水就越高，甚至高过林焕海也不在话下。当然不能太离谱，厂里对西贸还是有监督要求的，一切还是要受西汽节制，重要事件尤其是高层人员任免一定要由厂里通过。但不管怎么说，权力比以前大多了。

所以曹海鉴心里是非常乐意这个改革的，以前三产福利虽好，但是他也不能多拿多占，一切要等厂里分配，虽然赚了不少钱，他这个副厂长的待遇却没怎么提高过。现在市场经济嘛，他改任独立公司的总经理后，只要肯用心做，什么都好说。

他回忆起当时在会议上的情景，当林焕海提出各项改革措施后，他诧异地惊掉了下巴，什么？第一刀就拿他开刀？他这个副厂长要干不成了？

当时他第一想法就是这是在欺负人。但是当林焕海一点点把自己的想法拆细了说后，曹海鉴突然醒悟过来了，虽然当不成副厂长，但是当个独立公司的总经理也是很快乐的。当听到薪水可以根据业绩升涨后，他第一时间就站了出来，宣布自己支持林焕海的改革。

这把旁边准备看笑话的潘振民一下子看懵了。自从上次林超涵帮助曹海鉴解决掉三产难题后，他就和曹海鉴没那么亲密了，老曹像是开了窍般，不再任听他潘振民的教唆，偶尔发发牢骚，却不肯再故意给林焕海找难题了。但是这次改革，第一刀砍向曹海鉴，要剥夺他的副厂长职务，想想曹海鉴肯定会勃然大怒，奋起反抗的，他乐在一旁看笑话，没想到，这家伙居然第一时间站出来赞同改革方案，这完全不科学啊。

连陆刚都有点难以置信地问曹海鉴："老曹，这不像是你的作风啊？"

曹海鉴有点尴尬地看了陆刚一眼，他不知道怎么给陆刚解释，难道告诉他，这三产公司"钱"途无量，待遇肯定会大大提高不成？不行，绝对不能说，说了说不定一堆人要跟他抢这块肥肉。

不是大家都笨，实在是大家脑筋没转过弯来，放着好好的铁饭碗不要，却要搞什么自负盈亏？万一哪年收成不好，怎么办？那不就成回不去的青春了吗？

曹海鉴于是说："厂里要改革，再苦再难我也认了，作为副厂长，在改革中，必须要以身作则，站出来支持改革，三产上百号人，虽然说经营起来很困难，但是背靠西汽这棵大树，我相信很快就能发展壮大起来的，到时候再反哺厂里，这就是对厂里最大的支持了。"

林焕海和王兴发两人会心一笑，这个老曹，还算识时务。两人商议改革的第一条，就是从三产开始，无它，最简单，最容易而已，还不到触及灵魂的时候，而且这里面的利益很大，阻力最小。但预计要说服曹海鉴还有些困难，没想到老曹竟然第一时间就站出来支持。这很好，开了个好头。

但是曹海鉴也有自己的难题啊，三产公司利益很大，他老曹也有信心搞起来，但是有两点他还是有点发愁的，一是手下那百来号人，这绝对不是小数目，真要靠三产自己来养活这么多人，现在也可以，但是养完，恐怕也没有多少利润了，三产经营必须要在现有的基础上进一步扩大规模才行，要找到更赚钱的活才行；二是这百来号人，大家以前还算是西汽编制，现在一下子剥离开来，就少了很多保障，这行不行得通，底下人愿意不愿意，都不好说，人心还得安抚，队伍还得好好带，不能就散喽。

关于第二件事，在会上他们就讨论过了，三产公司的人员如果不愿意脱离体制的，可以仍然改回西汽车间上班，但是工资待遇却不一定能保留，要从头做起，另外，接下来的改革，西汽整个都会大动，回来后也不见得就是铁饭碗。这个一定要想清楚，别捡了芝麻丢了西瓜。相信职工们会自己打好这个算盘的。

但是第一件事，却不在会议的讨论范围。

林焕海的原话是这样的："老曹啊，这事一旦正式宣布之后，我就不想再操心你们三产方面的事了，除了上交厂里的，其他赚多少都算是你们自己的，亏了多少也是你们自己的，怎么扩大经营规模，怎么赚钱，怎么开拓市场，这些我帮不了你了，你得自己想办法，我对你只有一个硬性要求，就是每年交给厂里的现金绝不少，而且要逐年递增。其他的嘛，你自己看着办就好了，千万别把三产公司搞垮了，你要是觉得有压力，也可以不干，我就只能换人了。"

林焕海如此霸气侧漏地说这一段话，曹海鉴还能怎么办，只能硬着头皮全接了下来，他十分清楚，自己这个副厂长本来就不是靠着干生产提上来的，一直以来就是负责厂里的各种杂务，甚至也当过厂办主任，真要让他在厂里待着，改革后副厂长的职务还有没有不清楚，搞不好到最后连三产这块一亩三分地也没了。

所以曹海鉴索性就全盘接招了。这让林焕海对他刮目相看，老曹同志这两年的转变他也是看在眼里的，没有跟潘振民搅和一块，的确给他省了很多麻烦，潘振民孤掌难鸣，掀不起风浪来也老实多了，这才是他搞改革的底气所在。

一切改革其实首先就是人事，搞定人事，就好办了，曹海鉴虽然脾气臭点，但无论从哪方面来说，他还是尽心尽力为厂里好的，就冲这个，也得给他安排一个好位置。他如此识趣，最好不过了。

曹海鉴对后面厂里面的改革方案参与就不多，在会上，他一直在打各种算盘，计算自己将来应该怎么做，但是算来算去，他却算出了一身冷汗，他发现，这风险其实是超出他的预估的，虽然说西汽给了很大自主权，但是支持也同时少了，以前厂里要去天南海北试车，顺便就运回来土特产，以后还有没有这方面的便利？就算是厂里同意，是不是要付费运输？这些成本有多高？还有，厂里的运输队汽车划归他们管理，但是这是现有的队伍，后面要扩大规模，那些车辆厂里还会直接划拨吗？那也得自己掏钱买吧？那得多少钱一辆啊？想一想，他都有点绝望，这些成本一旦都得自己承担，那真是个无底洞了，公司能截留多少利润啊？

# 第59章　贤内助

但是会上这项议题已经过去了，也不再讨论这个话题了，其他人有更关心的议题，都如坐针毡，谁也没有心思理会他这件事了。

所以现在很多过来跟他探口风，表同情，他一一接了，却实在没有心思跟大家多说什么，基本上没有人比他更了解这块，也没有人能够分担他的烦恼。手下的那一百多号人更要安抚好，不能乱了，这是厂里的要求，所以他口干舌燥地跟大家反复解释，甚至是承诺，都不要钱地撒出来。

反正都这样了，这些关于未来的牛皮，先吹出来稳住人心再说，实在有些人纠缠不清，那就索性说这是厂里的决定，有问题可以找林厂长和姜书记反馈。

于是还真有人去找姜书记了，说自己不想离开西汽的编制，姜建平自己也有点晕乎，于是便用他的威望把事情压下去了，宣布有三个月的考虑时间，先运行一段再说，看厂里其他的改革情况和三产公司的改革再说，不好，随时可以调回厂编制。那些心怀不满者才逐渐散去了。

曹海鉴左思右想，觉得自己的才干不足，恐怕不足以把三产公司做好做大，之前的会上被利益蒙心，为了表现自己的赤胆忠心有点表现过头了，现在真心恐慌起来，心里焦躁不安，很想去找林焕海把这个事给推了。

在家里他晚上像个热锅上的蚂蚁转个不停，把他老婆都给转晕了。最后他老婆发怒了，说："他姓林想的幺蛾子，让他自己儿子去干不就好了。你明天就去把这事给我辞了！"

曹海鉴猛然惊醒，他突然想起来，上次三产公司出现问题就是林超涵帮忙给解决的，很好地扩大了东北大米的销售范围，给厂里赚了不少现金。这小子很聪明，没准他还真有主意，想到这里，他哈哈大笑，抱着老婆啃了一口，说："老婆，你这主意真好！"

他老婆啐了他一口："老夫老妻的，你不嫌臊得慌。"

曹海鉴得意地说出了自己去找林超涵解决困难的想法，他老婆有点困惑地说："小超是挺聪明的，也许能帮你解决问题，但是你现在拿什么去说动他呢？要是他不敢解决问题，或者是解决不了问题怎么办？"

"那是不可能的！"曹海鉴很肯定地说，"你难道没听说林超涵的事吗，这小子，还真有几把刷子，你知道吗，之前试制 2190 时他出了很多点子和主意，要不是他回来，参与这些工作，2190 的研制可能都没开始，开始了也没这么快，他在北京见过的世面大，很多思想很新潮，能解决实际问题，别看他现在还只是一个普通工的身份，将来的前途真是不可限量。"

他老婆还是很疑惑："他怎么回厂三年了，还是个普通工？"

"这只是名义上的，他爸怕他骄傲，也是怕落人口实，一直压着他，其实以他现在的技术能力和水平，完全可以升做个车间副主任工程师什么的，都没有问题了，他老爸也是比较谨慎，没给他升职。但是谁只是把他当个普通工看待？很多时候，他一个人就可以挑大梁做事情了，一些设计加工之类的事情，他都可以独立完成了，围着他，隐约已经有一个小团队了，那些老工程师都乐意让徒弟跟他一块干活。他脑子灵活，肯定能帮我想到好招。"曹海鉴感慨着说，"要是我家小子将来有林超涵的水平就好了！"

"那是！咱们小子，天天贪玩，怕是不行！"自家人知道自家事，他老婆叹了口气，"人跟人没法比啊，我都听说林超涵要不是跟个叫什么兰的好像是一对，厂里很多未婚的女青年怕是要抢着嫁给他了。"

"所以啊，老婆，这机会我不能错过，我必须得把这个独立的公司弄好，赚够了钱，起码将来咱们家小子造，也能有得造。"曹海鉴接着说，"林超涵这小子，人缘不错，而且很热情，这也算是厂里自家事，他没有理由看着不管的。我去找他，给他许诺好处，他一定会帮咱们的。"

"许诺好处？"

"嗯，咱们就聘他当个顾问什么的，要是听他的能做大生意，咱们就另外给他一笔顾问费，甚至是提成什么的都可以考虑。"

"你这主意好，拿了好处，他一定会卖力帮咱们出主意的。"

就这么一会儿，夫妻两个就真正地像个奸商，开始按照市场规律考虑起事情来了。

他们所谈到的林超涵，这会儿确实有些意外，三产公司第一个被开刀，他还是有些不太明白的，让三产独立运营，他早猜到了，但是单独提出来，作为一个改革方案，他觉得这步子实在是太小了。

至于剥离编制带来的震撼，对他来说完全没感觉，要是可以，他希望整个西汽都这么干，那才真正的感觉呢。

这一点点小动作，几乎不算得什么改革，带着这个疑问，晚上在吃饭的时候，他准备向父亲林焕海请教一下。

林焕海忙了一天回来，这会儿好不容易安静下来，扒了几口热饭，吃上几口于凤娟做的精致小菜，顿时心情舒爽愉悦起来，当着儿子的面，他赞叹："小娟啊，我就爱吃你做的这口菜，吃了几十年了，都不腻。"

于凤娟听了心里高兴，脸上却是不屑："哼，都是嘴上抹了蜜，实际上不知道吃烦了没得，天天都不着家，你说说，有几天没有回来吃个晚饭了？"

林焕海连连叫屈："你问小超就知道了，我现在忙厂里的改革，事情多得不得了，哪有工夫回家吃饭啊。"

林超涵连忙给父亲作证，趁机提出了自己的疑问。

林焕海听完后，笑着说："看来你还是真动了脑筋考虑厂里的事了，跟你们说，后面的改革一定会惊天地泣鬼神的。凤娟，你要做好准备，说不定哪天有人会上门来堵着咒骂我们，说我姓林的缺德没良心。"

于凤娟怒目圆睁："谁要是敢堵我的家门口骂我的老公，我拿把刀砍死王八蛋去，谁不知道我于凤娟一张嘴打遍西汽无敌手的，没领教过我的厉害吗？"

看到于凤娟如此暴力，露出狰狞的本来面目，老林和小林对视一眼，这样他们就放心了，两人于是默契地大口吃起饭来。自古以来，改革者往往没有什么好下场，商鞅变法动了既得利益者的奶酪，最后被车裂而死，现在西汽的改革虽然没有到那个地步，但那也绝对是会触动很多人的利益，到时候保不齐有人的利益受损，或者是不适应改革，跑来堵林家的门的。但是于凤娟的态度是，人不骂我，我不骂人，人若骂我，我骂死他全家。这样的暴力老妈，林超涵早就见识过的，可以说，林焕海能有今天，于凤娟也功不可没，若不是她一张嘴就能掀起舆论，老林当年的升迁可能就没有那么容易。

"做好改革的贤内助。"这是老林的官样话。实质上，因为改革，他们必然遭遇到很多意想不到的麻烦。于凤娟不会因此而怨恨老林，还肯站出来帮他顶住压力，林焕海很感激她。

"对了，"吃着饭的于凤娟若有所思地说，"你老林，是不是改革后权力就更大了？"

"也可以这么说吧。"林焕海含糊地嚼着菜说，"不过不能这么说，一切权力都是人民给的，只不过改革关口需要我站出来强力推动罢了。"

"那你绝对不许变坏，不许养狐狸精！我看电视上，那些富商什么的，一有钱就养小三，听说广东那边很流行养金丝雀。"于凤娟神色间透出浓浓的忧虑。

"你怎么能这么想呢？咳、咳……"老林被一口饭给噎住了，咳了小半天。

于凤娟狐疑地看着老林："你不会是心虚了吧！"

"妈！"林超涵不满地说，"爸现在满心思地搞改革，哪来心思去搞不正之风！你千万不要在这个时候给爸爸分心，要为他分忧才是。"

"哼，谅他也不敢！"于凤娟想了想，老林也不是那样的人，说着神色转忧为喜，"吃饭，都赶紧吃完了我好洗碗！"

"我会帮你盯着他的。随时向你汇报情况。"林超涵又补了一句，说得老林又咳了起来，这都作了什么孽，养了这个不孝子。

# 第60章　有个人可以推荐

第二天，又没睡好的林超涵意外在办公室外碰到了前来找他的曹海鉴。曹海鉴这一年来一直跟着谢建英，在车间解决各种生产技术问题，平时没有事，就会先到副总师办点个卯，然后就下到各个车间，参与一线工作，基本上就是一块砖，哪里需要哪里搬。

"曹副厂长……哦，不，曹总经理，您怎么有空来找我呢？"林超涵连忙给曹海鉴泡上一杯茶，请他坐到一旁狭小的会议桌上边，这位新晋的总经理不忙自己的公司运营改革事宜，专门跑到这里来找他，很有些奇怪。

"小超啊，你别太客气，叫我一声曹叔好了，别这么生分，好歹我也是看着你长大的。我这也是逼急了，没办法才来找你的。"曹海鉴扫视了一下林超涵的办公室，非常普通，跟好几个人挤一个屋子，到处堆满了资料，显出这个屋子里的人工作之勤奋程度。他以前从来没有来过这里，也曾听说过，但完全没有想到林超涵作为厂长的儿子，竟然真的是半点特权也没有搞，办公还跟几个人挤在一个拥挤狭小的屋子里，屋里装饰寒酸，没有半点奢华的迹象。在心里，他暗暗地点了点头，林家父子，果然都有些德行，不像有些人，一人得道，鸡犬升天。潘振民的办公室他去坐过很多次，那叫一个讲究，林焕海的办公室，就没有那些花里胡哨的摆设。有其父必有其子啊，曹海鉴感慨，幸亏他转变得早，不然跟这样的人作对，那人生真的是悲剧。

"瞧您说的，曹叔，什么困难能让您来找我呢？我能力有限，不一定能帮得了忙，再说，您那里有事，也不用非得找我帮忙吧？"林超涵有点不解，三产公司，不，现在叫西北汽车商贸有限公司，好歹也有百来号人，轮得到他吗。

"小超，你可千万别谦虚，这事恐怕还真的只有你能帮到我。"曹海鉴很严肃地说，随后他把自己的困惑原原本本地讲了一遍。

林超涵听了半天，终于听明白了，原来曹海鉴是鉴于上次他出面解决了三产的难题，所以现在来找他帮出谋划策的。这个，真的有点让人挠头啊。

林超涵听完，沉吟半晌后才说："曹叔，这事吧，你可能还真找错人了，上次我的确是出了主意不假，但是我本身对外面做生意的事不是太在行，出些点子还行，整体运营，我没有思考过，也拿不出什么好主意来。"他是有一些运营的思路，适合凌霄强那边，他准备走技术路线，至于其他生意，他还真没有认真考虑过，也不知道应当怎么运行。

曹海鉴以为他谦虚，反复请他运作，甚至承诺给他报酬答谢。

林超涵很为难，有钱拿当然好，但是也得有本事拿才行啊。他可以拍脑门给曹海鉴出一堆主意，但是让曹海鉴为难的，不仅仅是扩大经营规模，还有经营管理等等，这是非常大的一摊事，他林超涵纵使三头六臂，也没法给他出一整套的方案谋划，他的才智在技术上可行，在生意上未必行得通，个别可行，整体也未必就灵光。

为难之际，林超涵首先想到的是凌霄强，他差点脱口而出，想让凌霄强去做曹海鉴的帮手，但是仔细一想，凌霄强好像也不太适合，一方面，他们俩现在运作的事情刚刚才进入正轨，不适宜转移方向，他们俩志不在此，另一方面，曹海鉴可以信任他林超涵，但是对凌霄强，则恐怕未必有那么信任了，过去能干什么呢？就算再重用，也是要打折扣的。

所以推荐凌霄强不适宜的。突然，林超涵脑中灵光一现，对了，有一个人，他可以推荐。

他兴冲冲地对曹海鉴说："曹叔，这件事我帮不了你，但是有一个人，肯定可以帮你的。"

"谁呀？"曹海鉴诧异。

"就是叶文源，如果没记错，他就是学经营管理的。"林超涵兴奋地说。

"哦，让我想想，没记错的话，好像是另外一个留在厂里的大学生？好像一直在计划处是吧？我有点印象。"曹海鉴拍着脑袋，使劲地想了半天。也难怪，这个叶文源太低调，自从来到厂里后，很少出风头，当初解决三产问题的时候，好像是跟林超涵一块去的。

"当初，去买东北大米，是他跟我一起去的，当时他挺有想法的，让我也大开眼界，不愧是学经营管理的。"林超涵感慨地说。

"我想起来了。"曹海鉴点头。

"他有很多现代的经营管理理念，可惜在厂里一直没有用武之地，这一两年我经常去找他聊天，真是从他身上学习到了很多知识。"林超涵感慨地说。林超涵之所以找叶文源聊天，除了兴趣相投外，很大程度上也是惜才，他看叶文源有才干，但是一直在厂里得不到发挥，十分可惜，怕他寂寞待不住，才刻意跟他交朋友的。

"这个人，真的靠谱吗？"曹海鉴还是有些怀疑，毕竟没怎么接触过，不能只听一面之词。

"肯定靠谱！"林超涵越说越肯定，"能够帮你解决困难的，舍他，西汽再也找不出第二个来了！"

看林超涵对叶文源如此有信心，曹海鉴也有些动心了："对，好歹也是个大学生，肯定是有点真本事的。"

"那是自然！我突然觉得这个位置真是非他莫属，有他，曹叔，你就放心地扩大经营规模，等着赚钱吧！"林超涵哈哈大笑起来，他是真开心，觉得给好朋友找到了一条光明大道，再没有比这个更值得开心的事情了。

"走，我带您去找他！"事不宜迟，林超涵拉起曹海鉴就走。

很快，他们就找到了正在办公室里埋头在一堆报表中的叶文源。这个工作，没有办法，干得干，不干也得干。

叶文源抬起头，疑惑的眼神从眼镜后面透了出来。他不明白林超涵为什么这么开心，上班时间跑来找他。他当时不知道自己的命运就这样发生了逆转，人生从此走上一条快车道。

曹海鉴和叶文源的领导打了声招呼，跟叶文源聊了一上午，当即拍板，找厂里要人，要求让叶文源调去西贸上班，当他的总经理助理。

对曹海鉴的这个决定，大多数人并不是很理解，一个没见过世面，只会舞文弄墨的书生顶个什么用？林焕海等人却是倍感欣慰，觉得曹海鉴真是突然聪明了很多，知道要人才，而叶文源确实是一个很合适的人选，厂里这几年对他的任用实在是没有找对路子，埋没人才，只让他做些案头工作，现在能够人尽其才，再美不过了。

叶文源到西贸公司之后，帮助曹海鉴厘清了物流体系、管理体系和运营体系，三产公司本来就基础不错，现在得到现代管理理念的加持后，便如虎添翼，很快就迅速扩大了经营规模。在经营过程中，曹海鉴的粗放型风格非常适合开拓市场，但是背后有叶文源的各种新思路和计算，工作起来就更加细致。而且叶文源懂法律，好几次在关键时刻挽救了西贸，曹海鉴被人算计，险些掉进坑里，都是叶文源及时发现问题，力挽狂澜。因此，曹海鉴愈加重用叶文源，后来几乎到了无计不从的地步。三产公司发展良好，叶文源如鱼得水，个人能力也得到了充分发挥。

对此，叶文源一辈子都很感激林超涵，若不是林超涵在关键时刻的推荐，他要么黯然离开，要么只能扑在案头一辈子。

林超涵推荐叶文源给曹海鉴后，自己也十分愉悦地回到车间去上班了，今天他来到的地方是底盘生产二车间，他到这里是因为新的生产工艺应用后，需要调查记录使用情况，看看有没有什么问题需要改进。

来到车间后，林超涵心情十分愉快，跟车间主任况新泰打了声招呼，就拿着本子去了一线。

而与此同时，另一边，郭志寅正在翻找一份资料，翻了半天也不见，猛然想起是上次林超涵从他这里借走了，打了一个电话，没人接，于是他站起来，喊了一声："小沈，过来一下。"

沈玉兰连忙推门进来了，她气喘吁吁地，刚从罗关根那里拿了账目回来做，听到郭志寅喊她连忙走过来。

"你知道这几天小超在哪里上班吗？"郭志寅问。最近林超涵上班的车间经常变换，这会儿也不知道去哪里找他了。

"这个，我不知道呢。"沈玉兰低着头说。

此时，郭志寅却有点着急了："那本德语的《动力系统》有个资料，是我现在急着要查的，但是那本书才寄来没多久，就被林超涵那个小子给借走去看了，你能不能辛苦一趟，去找一下小超，把书拿回来呢？"

"哦，嗯……"沈玉兰嘴里答应着，脚却没有移动半步。

# 第 61 章　认真工作的男人最帅

郭志寅看出问题来了，这两人好像闹别扭了，以前有这种事，沈玉兰往往就会像鸟儿一样愉快地飞过去找林超涵，今天好像有点不大对劲。

"怎么了？你们小两口闹别扭了？"郭志寅开玩笑。

"郭工，你别开玩笑了。"沈玉兰的脸色很是黯然，这两天她想了很多，觉得再这么持续下去终归不是办法，也许，是梦就该醒，不是自己的不能强求。

"那为什么不愿意去呢？"

"我想，你要不找别人去吧，以后……以后我都想尽量不去见他了。"沈玉兰的话音越说越小，最后低垂下头。

"看来这次你的情绪很大。"郭志寅严肃地说，"但是，这次我可不是让你去找他谈恋爱，这是工作。去吧，有什么误会，当面解释就清楚了。"

"没有什么误会。"

"没什么误会你这副魂不守舍的样子，赶快去吧，你总不能让我这把老骨头满车间找人吧？"

"那好吧，郭工，有一件事情我想跟你说。"

"有什么那也等回来再说吧。"

郭志寅是真的有点着急，这个资料关系到 2190 改进型的一个建议，部队方面对动力还有点想法，他想从德国的资料上印证一下。

看到郭志寅是真着急了，沈玉兰也知道此时不是说事的时机，便默默地回头去找林超涵。她先到了林超涵的办公室里，结果这里空无一人，大家都下车间了，没办法，她只好沿路寻找，好不容易打听到林超涵去底盘生产车间了。

她便到底盘一车间，结果林超涵不在，车间的人让她去二车间找，她又去了二车间。一车间的人在背后窃窃私语：

"这个姑娘就是林超涵没过门的媳妇吧？"

"你不认识啊，咱们西汽一枝花，厂长家预定的儿媳妇。"

"啊，那还真不能得罪她了，不然，说不定哪天厂长给咱们穿小鞋了。"

"穿小鞋？你想多了！咱们八竿子打不着。"

"那倒也是，干活吧！"

这些在背后的议论，自然沈玉兰听不着，但是她所到之处，总是看到大家一些异样的眼神，以前她不觉得，但现在却让她感觉有些不舒服，愈发地想跟林超涵有个了断。

来到底盘二车间门口，她远远地就从一堆人里面认出了林超涵，只见他戴着安全帽，蹲在地上，观察着什么，正在认真做记录。

她望着林超涵的侧影，一阵阵地恍惚失神。稳了稳神，她就走了过去，由于她身着厂服，因此也没有人格外注意她。

林超涵正在认真记录着生产工艺情况，好半天才抬头注意到，身边竟然蹲着沈玉兰，她刚才一直在入神地看他认真工作的样子。都说认真工作的男人最帅，果然如此。

林超涵吃惊地站了起来："你怎么到车间里来了？"机械轰鸣的声音很大，他说的话几乎是靠吼出来的。

"这里只准男人来，不准女人来吗？"沈玉兰面露微笑，同样用吼叫的方式跟他说。

"没这条规定，只是这里蛮嘈杂的，咱们出去说吧。"林超涵指了指门口。

见沈玉兰点了点头，站起身来，林超涵也准备站起来，结果长时间蹲在那里，脚发麻了，脑袋供血不足，眼前有点发黑，站起来，都差点站不稳，一把扶住了沈玉兰的胳膊，才稳了下来。

沈玉兰见他有点不舒服，把什么都忘光光了，连忙搀扶住他。林超涵感觉有点晕眩，最近睡眠不好，休息质量不佳，严重影响了他的状态。

沈玉兰搀扶着他走了好几步，才慢慢缓了过来，他笑着说："没事了。"

但沈玉兰还是有些不放心地扶着他，向前走着。

车间的工友们注意到了这两个小年轻，有的微微一笑，这小两口，真是秀恩爱不分时候，个别人还调皮地朝他们吹了声口哨。

大部分人都善意地看着他们俩，也没有谁觉得不妥。这两人的事情，厂里还是有很多人知道的。所谓郎才女貌，要是真能成了，也是西汽的一段佳话。

但是不是所有人都能心平气和地看待他们俩，其中，车间有一个青年也看到了他们俩，顿时就有些不愉快，要知道沈玉兰进厂的时候还有些青涩，但是这两年，出落得跟朵花似的，气质越来越出众，每次出现在大众眼里，都是极其吸引眼球的。然而，一来，沈玉兰跟林超涵的关系现在已经不是什么秘密了，年轻的小伙子们只能哀叹新一代厂花又被林家人给抢先了；二来，沈家父母的德行大家也都清楚了，谁也不想攀上这两个瘟神一般的人物。所以沈玉兰虽然美貌名声在外，厂里却没有什么人去招惹她。

不过，世界上的事情总有例外，在底盘二车间上班的一个青工看着这两人亲密的样子，就极其不顺眼。所谓青工，就是青年工人，也就是刚入厂不久的小毛头，一个叫徐小威的，他偶尔见过一两次沈玉兰，当时就惊为天人，顿时就魔怔了，要不是理智告诉他不要轻易跟厂长家的公子抢媳妇，他肯定会使出在技校追女生时的赖皮神功给黏上去。西汽这些年来，每年会从厂外招收一些实习工人或是青年工人，其中技校就是很重要的人力来源。当时的技校，既有很多踏实肯干的人，也有一些在学校里实在待不下去只能去技校混日子的差生，这些差生大多数吊儿郎当，不好好学习，就知道混社会，在学校里以追女孩子为乐事。好不容易混毕业了，就想方设法，钻营进大企业来混碗饭吃。这个徐小威就是这么个背景进的厂。

此时的他，正准备将车间内一箱半成品的垫压板零件给运到另一边去加工成成品，一抬眼看到了亲亲热热搀扶着走在一起的林超涵和沈玉兰两人，顿时就妒火攻心，情绪有些失控，但是他又不能干什么，总不能冲上前去把两人拆散吧？

于是他就把情绪发泄到工作中了，本来这箱子半成品零件，按照规定，需要开铲车过来铲走，但是他此时情绪不佳，嫌麻烦不去开铲车，索性就用龙门桁车将零件给提拉吊运过去，他粗手粗脚地将桁车的吊绳拴到箱子上，就开动了桁车了。

这个桁车可不是谁都能开的，在当时，开桁车是一门很讲究技术的工作，需要有专门的桁车证才能开，这个家伙平时见过别人开，觉得很简单，完全不当回事，这会儿也没人管他，他就自顾自地操作起来。

但是他犯了一个大错，在这个桁车的吊钩上标得清清楚楚是"1T"，也就是说最大起吊限重只有一吨，但是他根本不懂这个 1T 的含义，平时也没有人跟他说，他自作主张地将这一箱子垫压板半成品给吊了起来，这个垫压板，一个就差不多有 5 公斤，一箱子就装了几百个，早就超过两吨重了。

他强行吊起来的结果就是，桁车钢丝绳承受不住了。但是他完全没注意到这个，他的眼睛就盯着正要从他眼前经过的林超涵和沈玉兰两人。沈玉兰路过的时候，随意地瞥了一眼，因为这个桁车起吊，对她来说还不常见的，她的眼睛很尖，很快就发现钢丝绳不对劲。

沈玉兰失声惊叫起来，那个徐小威看见她一脸慌张，心里还有些莫名的快感，以为她是被这桁车起吊的壮观给震惊到了，他使劲一扳开关，结果那条钢丝绳"砰"地就崩断了。

说时迟，那时快，林超涵还没反应过来，就被沈玉兰使尽全身力气给推倒在地了。他只听见一声尖利的惨叫，有些发蒙的他定睛一看，顿时牙眦欲裂，只见沈玉兰的下半条裤腿被撕得稀烂，血肉模糊，她疼得靠在架子上，快要失去知觉。

"快救人啊!"林超涵嘶喊，他从来没有如此惊慌过。

在关键时刻，沈玉兰推开了差点被钢丝绳击中的林超涵，自己则被断裂的绳子抽到了小腿，从膝盖以下，顿时皮开肉烂，血流如注。这一下子，十分狠，直接将她的小腿骨给抽断了，某些地方还是粉碎性骨折——这些是后来才知道的。

当时，那个闯了祸的徐小威也是吓坏了，他完全没有想到，自己一时任性，会造成这么严重的后果，现在伤了人，要是出了人命该怎么办？他脑袋乱哄哄地，呆愣在现场，一动不动。

林超涵根本没有工夫搭理他，赶紧扯下身上的衣服，拼命地给沈玉兰包扎伤口，拼命地喊人。刚才一下动静太大，整个车间的人都被惊动了，听到有人受伤，况新泰和工友们都赶紧冲了过来，一看情况，也来不及追究谁的责任，立即派人打电话让厂医何云赶紧过来，另外，呼叫医院的救护车，赶紧过来救人。

巨大的疼痛已经让沈玉兰昏厥了过去，在模糊中，她看到林超涵焦急得快要变了形的面孔，她的心里居然还略闪过一丝欣慰，自己能让林超涵这么着急，曾经爱他也爱值了。

# 第62章　医院作别

沈玉兰被送到了省人民医院，在那里她接受了顶级的治疗，西汽方面被她勇敢舍身救人的行为所感动，要求医院动用最好的资源医治她，所有的费用都由西汽担负，对于这个，就算是最吝啬的罗关根也没有反对。

但是就算是这样，情况也不容乐观，那条钢丝绳抽中人的身体，几乎相当于炮弹弹片击中人身体，幸亏没有击中上身或头部，否则人就没了。上次林超涵在测试车间的时候也差点被钢丝绳击中，当时幸好皮毛都没伤着，只是一场虚惊，没想到这次竟然又一次中招，简直是有些离谱。事后一查，原因是徐小威无证违规操作，把大家那个气呀，林焕海大怒，当时就宣布开除这个小子，还连累况新泰今年的奖金没了，整个二车间的奖金都被扣掉了，大家也只能自认倒霉。

那个徐小威被开除是活该，厂里也没有人同情他，除了个别招他进厂的人，躲在背后啥话也不敢说外，大家都像送瘟神一样立即把他赶出了厂门。

抽中沈玉兰小腿的这一下子，真是不轻，用医生的话来说就是，恢复不好的话，有可能残疾，就算好了，小腿以后也不能用力过度，而且得打上钢钉，留下长长的疤痕，这对一个女孩子来说简直就是灭顶之灾！

当正要上班的林超涵听到这个消息后，整个人都惊呆了，当时他第一时间将沈玉兰送到医院，守了一夜后，被何云给赶了回去，说这里一切有她。听到这个消息已经是沈玉兰入院一周后。这一周，他每天都会给省医院的何云挂电话询问情况，厂里让何云去照顾沈玉兰，沈玉兰的家人也通知了，但是居然谁也没有时间去医院守护，这也真是奇葩至极。直到医生最终确诊，沈玉兰情况稳定之后，何云才告诉了他这个消息。听何云的意思，还非常责怪他，让沈玉兰伤心了。

让她伤心了？几个意思，一时间林超涵还没明白过来。反复追问，才听到何云含糊地告诉他，沈玉兰之前对林超涵的态度感到很失望。

何云的原话是："唉，之前玉兰就对你不肯明确关系不是太开心，现在好了，可能要残疾了，你就受良心谴责一辈子吧。"说完，就挂了电话。

林超涵呆立在电话机旁整整半个小时……

随后他去了医院，站在医院门口徘徊良久，终于抬腿走了进去。按照何云给的地址，他一路找到了病房，看着病房上的门牌号，鼓足勇气，准备敲门进去。但是里面的对话引起了他的注意。

是何云在说话："小兰，你真考虑清楚了吗？"

"嗯，我考虑清楚了！"是沈玉兰熟悉的声音。

"你真打算去读书进修？"

"嗯，我想了想，还是想离开西汽呢。"

"真的只是为了读书？"

"嗯……也许吧……"

"什么叫也许？你救了人，你就这么走了，不公平。"

"没什么不公平的，我想了很久了，是该离开了，这里不属于我。"

"你是说真的吗？"

"何医生，您看我像是在说假话吗？我是真想好，要离开了，这里，活得不轻松，我想为自己而活了。"

门外听着两人对话的林超涵如遭雷击，半晌，刚准备敲门，正好这时候一个年近三十岁、戴着眼镜的斯文医生拿着病历本走了过来，很礼貌地推开了林超涵，走了进去。

医生很温柔地问："小兰，你今天感觉怎么样了？"

"嗯，感觉好多了！"沈玉兰的声音听上去很愉悦，"甫医生，今天还推我去花园吗？"

"去，我先检查一下石膏，没问题了，我们就去。"

"嗯，好，你检查吧。"

何云在旁边显然是待不住了，她站起身："我去打点开水！"

说着何云就站起来走出了病房，刚一走出来，就看到旁边站立着的林超涵。何云看了看他，叹了口气，什么也没说，走了。

然后林超涵就站在一边，看着那个甫医生用轮椅推着沈玉兰走了出来，两人有说有笑，在花园里溜了好几圈。透过窗户，林超涵观察两人，他们非常轻松，好像认识了很久的老朋友一样。

等待沈玉兰回房，等待甫医生离开，等待何云离开，林超涵轻轻地敲了敲门，推开走了进去。他和沈玉兰聊了聊天，沈玉兰让他不要愧疚，这一次遭遇让她决心离开西汽去进修读书，这是她的前程，林超涵无法阻挡，只是不知道为什么，心里有些堵得慌，感觉亏欠她太多。但最终他还是无言地离开了。

后来沈玉兰想辞职，但是郭志寅却劝住她了，郭志寅给她出了个主意，调她去西汽在省城设立的办事处上班，这样可以边进修边上班，还有一分工资拿。对沈玉兰来说，这个选择也非常好，直接就脱离了父母的管束，真正自己闯起世界来。

只是连林超涵也没有想到，沈玉兰自此彻底从他的世界里消失了。

离开医院后的林超涵有些茫然地走在省城的大街上，上一次他曾经跟父亲一起经过这里，还向父亲建议过将来要把工厂迁到省城来。那时候的他，刚刚回厂，已经有了这样的想法，现在这种感觉依然强烈，如果不把西汽搬迁到一个交通更加便利的地方，西汽是很难发展壮大的。当年选择在山沟里建设西汽，是因为形势的需要，也是考虑到战争的残酷性，而现在，时代已经大大不同了。

不与城市融为一体，就很难招收到合适的人才，没有便利的交通，成本就会大大上升，这是很浅显的道理。

他摇着脑袋，苦笑了一下，怎么到了这个时候，自己还在想这些，是不是太超前了？再说，这个时候似乎也不该想这个。

呸巴了一下嘴唇，觉得很苦涩。认识沈玉兰已经三年了，这时间不短了，就算是个铁人，他的心也早就融化了，但是到头来，却没有想到挨此当头一棒。他不甘心，因为到手的珍宝却被别人夺走了。但仿佛又有一丝丝的解脱感，他做出这样的选择，是准备好了要与季容分手的，他无奈，不舍，留恋，但是事情变化得那么快，他没有选择，现在被拒绝了，对他来说无疑是一种解脱。更何况，沈玉兰现在准备离开去进修，也是一件很不错的事情。

该回去了，还有很多的事情等着他去做。而且既然来到了省城，是不是顺便帮凌霄强开拓一下市场？他摸了摸包里的样品，问清楚了方向，寻汽车装配城而去。

林超涵回厂后，注意到自己的父亲依然很忙，每天都在思考着下一步的改革计划。有天晚饭时，林焕海突然问林超涵："你觉得我们现在最应该从哪里开始改革呢？"

这很难得，林焕海极少就改革的事情向林超涵征询。

"爸，你这话问得太突然了。"林超涵不在意地说，"要改的方面太多了，得看你问哪个方面。"

"你这口气不小啊，好像你懂的还挺多似的。"林焕海笑了，他不觉得林超涵能给出太好的建议。

"爸，你这也太小看人了吧？我好歹在厂里也上班快三年了！"林超涵无奈地说，"我去过的部门也有好多个了吧。多少有点看法。"

"那你先说说，咱们要改革哪几个方面呢？"林焕海索性考究起来。

于凤娟在旁边听着就不高兴了："老林，你们大人们的事情，让小孩子掺和什么呢？"

林焕海摆了摆手："个头都比我高，还小孩子呢。"

林超涵有点无奈地叫了声："妈！！"

"好了，你爷俩聊，要不要我给你们泡杯茶？"

"那就有劳母后大人了！"

于凤娟真的就给两人沏了茶，让他们爷俩坐下来细聊。林焕海也是兴趣上来了，真想考究一下林超涵这两年除了技术上长进外，是不是在其他方面也有点长进。

"你说说看！"

"我觉得咱们厂的改革，至少要从四个方面来说。"

"哦，哪四个方面？"

"第一，我以为最迫切要改的是整个管理体制，再不能是工厂制度了，要改就要尽快调整成公司体制，工厂变公司，就像你把三产剥离出去一样，你自己是公司总经理，让姜书记当董事长。"

"这是废话，这还要你说，我们现在正在做这个规划，用不了多久就会正式宣布的。"林焕海有点不满意，这是全厂职工都知道的事情。

林超涵笑了笑："爸，别着急，我想问一下你建立公司体制，是打算到时候实行什么制度管理呢？"

"什么制度，当然是公司制度。下面设置……呸，我自己都说了，你说什么，你说说看应该怎么改？"

"我认为呢，改成公司体制，建立基于事业部的独立核算机制，因此，就要要求各个分厂也好，车间也好，全部都要进行独立的核算！"

"哟，可以啊，儿子，你还知道这个，那你倒是说说这个制度的特点是什么呢？"

# 第63章　不靠谱的小强

"先不说特点，我先说一下为什么这个特别适合我们厂吧，因为我们生产汽车，汽车有无数个部件，其中有很多是单独可以拿出来作为产品对外开展业务的，当然主要还是对内，但不管对内对外，都可以按照产品的类型，成立不同的生产经营管理部门，即事业部，这跟我们现在不同的分厂和车间也类似，但恐怕要更加集中一些，凡与该产品有关的设计、生产、技术、销售、服务等业务活动，均由这个事业部负责，每个事业部都按照自己的产品，组织生产经营全过程，事业部内部进行成本核算、利润核算，事业部与事业部之间也这么干。

当然啦，整个公司集团总部，仍然要按照职能制结构进行组织设计。不然的话，就乱套了，不可能真的让各个厂独立。我猜，你们让三产独立出去，是想做个试点吧？"

"哈哈，不错不错，居然这个你也猜到了。三产那边我们之所以先推出来，向市场要效益，就是试验一下，但是更重要的，不只是试验，而是要把他们打造成一个示范，将来我们西汽要变成一个集团性质的公司，在集团下面，要有很多效益不错的子公司。三产这块，是目前厂里最有可能在短期内见到效益的一块业务，所以我们推出来，就是为了给后面改组做典型用的。"

"我看，曹总那边很配合您啊。"

"老曹不知道怎么，突然开了窍了，这是好事，不然三产交给他我还是不放心，听说你推荐那个大学生叶文源给他，干得还不错，给老曹出了很多主意，目前三产正在顺利改组，以后市场扩大，效益转好，这个典型就算树起来了。说起来，要是老曹真发财了，那还得算你一份功劳。"

"那是自然，我是慧眼识英雄。"

"少吹牛皮了，你且再说说看，这个事业部制度要怎么干呢？"

"这个嘛，您老早有定论，我就不瞎猜了，但是我有一个建议，您一定得采纳。"

"哦，什么建议？"

"您记得咱们一直有一个汽研组吗？"

"当然知道啊，怎么了！"

"我建议，这个汽研组要升级成一个事业部，把目前临时性的各种技术研发组织彻底固定下来，建立一个专门进行前沿技术研究的汽车研究所。这样，才能带领我们的技术变革，保证我们厂在技术研发上始终不落后。"

这话说得林焕海有些惊奇："你咋想到这个的？有人跟你说了方案？"

"没有人跟我说啊！"

"那你怎么知道我们要成立汽研所的？"

"啊？您真的要成立一个汽研所？"

"当然，你自己都说了，这个汽研所很重要，必须得成立，记得不，前年你回厂后干的第一个工作？"

"记得啊，那件事咱们干得漂亮极了，让部队都刮目相看。"

"我也是从这个事得到启发的，有些前瞻性的研究才能彰显我们的专业价值，这些年，我们中国人老是跟在外国人的脚后跟后面跑，不是我们不聪明，不是我们不够智慧，是因为我们底子太薄，而正因为技术底子太薄，所以我们更容易苟且于眼前的仨瓜俩枣，却忘了我们还要奔向星辰大海。没有一些前沿研究，没有对未来技术的把握，我们很容易只能陷入对现有技术的修修补补境地，而不能真正去用新技术引领市场，引领潮流。"林焕海十分感慨。

林超涵像是重新认识父亲一样，打量了林焕海一番："老爸，就冲今儿这番话，我觉得您还是我心中的偶像！"

"那是，我是你爹啊，连你小子读几天书都会卖弄，你觉得我们这些老江湖浸淫在这个行当数十年，没有点自己的心得体会？以前是没法为，现在，我有条件了，一定要有一番作为！"

林焕海这话说得掷地有声，听得林超涵也是心潮澎湃。

"不过，我是没有想到，你也能想到这一层，这几年没白干。"林焕海显得很高兴。

"那您都想好了，我觉得我就啥也不说了，跟着老爹您干就是了。"林超涵嘿嘿一笑。他心里很是高兴，其实每一个孩子能够得到父亲的承认，都会发自内心地快乐。

于凤娟给爷俩不断添茶，心情也是大好，转眼间自己的儿子就长大了，她这个当娘的自然功劳排第一，不过转念又想到儿子的婚姻大事，心里又有抑郁了。她发愁地看着眼前的儿子，自己的儿子是优秀没错，可是这将来该怎么办呢？

父子俩没有理会于凤娟的心情，聊兴很浓地接着谈。林超涵整理着思路，这跟他单方面和沈玉兰吹牛不同，这可是他爹，改革的主导者。

林焕海问林超涵另外三点分别应该改什么？

林超涵回答说，第二就是刚才说的，应该从技术上进行改革，成立汽研所只是第一步，后面应该抓紧研究市场，了解市场需求，开发相应车型。第三则是市场销售改革，将来销售应该全线打开，不仅要部队的，也要地方的，不仅要国内的，也要国外的，但是现代市场销售不能再像以前，就是销售科带几个人打几通电话，出几趟差，就完事，每天坐在办公室里就能等到订单的，一定要到市场一线去，向西方学习，向国内那些正在崛起的企业学习，争取让销售从厂里不起眼的小部门变成一个大部门。最后一点，就是可能需要进行资本改革了，现在厂里之所以存在各种窘境，都是因为缺钱，要是不能从银行贷款，就看看能不能吸引到投资，借力才能发展长远，陷在自己的小天地里是没有前途的。

林超涵一口气巴拉巴拉地说了很多自己的看法，连林焕海都感觉很受启发。

他沉思了好一阵，才问了一句："小超，将来若是厂里改革了，你最想去哪里发展？"

"这个嘛……"林超涵有点犹豫，"其实我对哪个领域都挺感兴趣，技术领域是我现在正在学习的，也是擅长的，但是这个领域跟将来的发展关系可能不是太大。"

"此话怎讲？"林焕海奇道。

"我们目前的技术已经走到了一个瓶颈了。"林超涵坦率地说，"我们后面还会开发很多的技术，但是一来消化目前现有的技术体系就需要好长一段时间，那些更为先进的技术在可见的范围内我们还搞不出来，需要一步步地来，我觉得我继续钻研技术这一块，固然可以提出许多的新鲜想法，然而一旦积累用尽，我觉得恐怕未来不能取得什么大突破，所以我觉得技术这块需要重视，但是更需要开阔眼界；二来嘛，我还年轻，想见识更多的风景，想去更广阔的领域闯一闯，不想限死在技术这一块。所以，我觉得我在技术领域，不能待太久。"

林超涵这话说得很直白，没有遮着掩着。

林焕海听了，若有所思地点点头。

"至于管理领域，我现在管谁，谁也不服啊，再说了，我是您的儿子，如果你让我上管理岗，这不就成了徇私了？没法干，再说了，我现在这么年轻，也不会管人。你就给我一个什么总经理当当，我也不见得能接啊。"林超涵接着说。

林焕海笑骂："你当总经理，那我去扫大街去啊，你倒是想得挺美的。"

林超涵辩解："不是还有分公司总经理吗？我可不敢抢您老的班。"

"咱们这个班抢是抢不来的，轮也轮不到你。分公司总经理你现在也没戏，好好想想你到底想干啥吧？你不会真是想跟小强子去干那个小破作坊吧？"林焕海喝着茶，戏谑地说。

"啊，爸，您都知道小强干什么？"林超涵吓了一跳，这件事他连他妈都没说，他爸怎么知道的？

"小兔崽子，你以为你们捣鼓那点事我不知道？你一翘屁股我就知道你要拉什么粑粑，小强他爸早就跟我说了！"林焕海大笑着说，"我一听说小强把我们淘汰的那个破机床弄走了，我就知道你们想干啥，是不是觉得这个东西有利可图啊？"

"爸，真是什么都瞒不过您的慧眼。"林超涵拍了一下马屁，"我们的确是想练练手，您看，小强，其实他那个性格，他那个脑子，根本不适合在咱们厂里面一直待着，这对他不是好事，他更适合去外面闯荡。但是南方他是不想再回那个伤心地了，咱们厂里他本来也没什么心思待太久，不如自己干。"

"小强的情况我知道，他爸当时让他回厂里上班，跟我提时，我就跟他爸讲过，小强在厂里待不太久，他爸的意思是先收收心，没准找了媳妇就好了。结果，媳妇跑了，到现在也没联系过吧？在厂里他不适应，到外面去也确实是一条更好的路。"林焕海感慨地说。

于凤娟在旁边插嘴说，"老林，我听说小强现在外面就是一个小作坊，雇了俩农民在干活。"

"妈，怎么您也知道？"林超涵也吓了一跳。

# 第64章　三产改革的借鉴意义

于凤娟翻了个白眼："你以为你们俩捣鼓点事，别人就不知道？小强他妈早就跑过来跟我说过了。"

林超涵郁闷地说："这小子，真是嘴巴不牢，咋啥事都跟家里说了呢。"感觉小强也太不靠谱了。

林焕海怒目一睁："他这是孝顺，哪像你，居然口风这么紧，从来不跟我们说这档子事。"

林超涵讪讪地说："我这不是不想让你们两位操心吗，再说了，也不想让你担上以公谋私的罪名啊！"他的意思是如果让外面人知道西汽把淘汰的旧机床卖给他们，然后到外面加工零部件开始销售，会说各种闲话。

"少扯淡了！我林焕海要干个什么事，还会在乎别人说什么？"林焕海霸道地说，"只要我问心无愧，怕什么？"

林超涵除了竖起大拇指，还能说些什么。

"给你透露个消息吧，我们决定了，最近还要下大力气引进新设备，淘汰一批旧设备，你可以让小强子早点过来跟厂里洽谈购买事宜，而且，在这里我还承诺你，小强若是在外面搞得好，产品质量过硬，回头厂里可以考虑从他那里购买这些零件。前提是价格必须得比厂里生产的成本至少便宜三成，质量还不能差！"林焕海竖起三个指头。

林超涵还没说话呢，于凤娟在一旁就着急起来了："老林，你也太狠了，居然要比厂里便宜三成？这不是让他们白干吗？"

谁料到，林超涵信心十足地说："好，您放心，这质量一定不会差，价格可以比厂里成本价便宜三成！"

于凤娟在一旁急得直跳脚："你这孩子，真是傻了！"

"妈，您不懂，其实这个价格已经很优惠了，您知道吗？厂里由于管理不善，再加上很多人技术不到位，造成大量浪费，还有其他一些人力成本什么的，核算下来，成本其实真的很高，而小强在外面，弄的东西不差，成本却是千差万别，比厂里成本要便宜的话，做起来不难，还有得赚。"林超涵的小算盘拨得很响。

林焕海点了点头："孺子可教也！"

"爸，您真打算开放向外面采购零部件？那咱们厂里那些设备和分厂什么的怎么办？"林超涵突然想到一件事，有些不解地问。

"所谓改革，就要彻底，有些东西，该舍弃的就要舍弃了！"林焕海站起来，准备结束今晚的谈话，"有些分厂，有些东西，本来就不是我们擅长的，我们以前非得事无巨细，都给引进来，自己生产，自己造，固然对外部的依赖性减少了，但也太浪费了，人力、物力、财力还有精力都平白消耗，还不见得能产出相应的效益。比如发动机就是典型的例子，要不是鲁柴支援，我们的发动机厂能搞出新发动机吗？我们很多的成本，贵就贵在人力上，什么都想自己造，成本能便宜得了吗？我们以后就要变成，自己造的比外面好，就自己造，自己造的跟外面差不多，就努力进行技术改进，自己造的差太多，就不造了，向外购买，那些可造可不造的，就索性都不造了。"

林焕海摆摆手，既像是在跟林超涵说话，又像是在下某种决心。

林超涵对此当然是举双手双脚赞成的，林焕海能有这样的决心，这无论从哪方面来说都是好事，从内部来说，西汽精简掉不必要的设备和部门人员，自然更能轻松上阵；从外部来说，能够获得西汽这样的大客户，也能推动供应厂家的发展。

唯一的问题就是，那些被改革到头上的人，他们该怎么办？

这个谁也没有好招。

第二天，林超涵照常上班。现在他那点子事，已经根本没有人提起谈及了，准确来说，大家已经完全没有心思谈论风花雪月的事了。

在所有人的口中，谈论最多的是厂里改革的事，因为这些改革与每一个人都关系密切，但是大家没有太紧张，因为再怎么改革，西汽仍然是国企，车间仍然在轰鸣，在生产着剩余的订单。而且有消息说新的订单很快要下来，因为厂里技术人员已经在各个厂间统计各种设备型号和年份了，据说要更新一些新设备进来。

现在的通用机床，比如40车床、60车床、铣床之类的，都已经非常老旧了，虽然还能生产，但是生产效率低下，不知道什么时候嘎嘣一下就坏了，那就麻烦了。最关键的是，现在的生产规模每年也就是千辆左右，火力全开，也只能翻倍，将来若是扩大生产规模，这些机器设备的产能是跟不上的。所以必须未雨绸缪。

除了少数人知道，这些统计只是在做准备而已，真正引进新设备的资金还远远没有准备好之外，大部分人都认为，厂里是有计划要扩大生产了，因此职工们对此还是报以乐观态度的，大家都在憧憬着扩大生产后每月的奖金再增加一些，可以好好地改善一下生活了。

但是这些还没见影，三产那边，也就是西贸公司的改革却立竿见影了。自从公司独立后，老曹带着叶文源进行了很多的改革，老曹这个人特别有意思，他的招数就是无招胜有招，自觉能力不足，他就放手让公司的职工自己出来搞副业。以前那些副业都是厂里集中搞，其实养上百号人大多数并没有什么用，叶文源去了后一算账，发现公司根本养活不了这么多人，一旦真要脱离西汽自主运作，这些人光吃也能把公司吃穷，谈发展是没戏了，这事老曹也是懂的，但是没有想到这么严重，被叶文源一顿说，就着急了，索性下令，让下面所有的职工都要找一门副业搞搞，除了像运输队，还有专门负责特产购销的少数人外，大多数人都得投身副业。公司前期可以部分垫资，但后面必须要连本带利都给公司上交回来，完不成任务、达不成目标的，就得开除。不愿意搞的，也简单，反正工资就只象征性地发点最低标准，根本连吃饭都不够。

这可就捅了马蜂窝，要知道，当时去三产上班的这些员工，都是厂里职工的家属，谁不跟西汽的各种大小领导沾亲带故啊？老曹这么胡抡的一招出来，把这些平时闲着没事，偶尔搬点货，去产业基地收割一下成果的人都给惹毛了，好好的日子过不成了，搞副业不要紧，但是这个完不成任务就得开除，太狠了！

这招简直是断子绝孙啊，这里面很多人都是拿着三产一份不薄的收入，再跟厂里的家属工资加一块，一家子的生活过得就比较滋润了，但现在，似乎好日子要结束了。

很多职工就开始在私底下骂老曹，这简直就是瞎胡闹，有些人就撺掇自己的家属在厂里告老曹的状，但是很快他们就发现，告状是不灵的，厂里对西贸的事根本就不闻不问，完全没有心思理会这些，也不打算理会这些，因为三产现在是独立运营，他老曹想怎么干，厂里管不着了。

刚开始宣布改革时，大家确实议论了一阵，但是绝大多数职工都没有选择脱离西贸，因为他们回厂也没有事可以干，还不如留在这里继续拿一份工资，但是没想到曹海鉴真敢干啊，他们现在后悔也晚了。

他们再骂，他们的曹总也是无动于衷，主意坚定。职工知道骂没有用了，脑筋灵光的人转念一想，公司能部分垫资，这其实是大好事啊，这等于是让他们有了干自己事业的本钱。他们只要干好，把本和利交给公司，其余部分就纯属自己赚的，要是生意干好，说不定能发财呢。

于是有人就开始向公司要钱做生意了，有的人自己跑出去找市场找货，有的人则是凭借着关系搞起了运输生意，还有人开店做买卖，厂里上万人吃喝，其实本身就是一个很大的社会了，搞个百货店、小吃店、服装店，都不愁没有生意做没有钱赚，就算觉得这里太小，跑到县城或者附近城镇、高速路边做生意也不错啊。

还有人胆子更大一些，就承包鱼塘果山什么的，反正这些公司都得运营，近水楼台先得月。这里面的门门道道，他们清楚得很，以前是给厂里做贡献，他们懒得动脑筋，有时候浪费了也根本不在乎，现在变成自己的了，就特别上心了，用心经营的话，只要不是运气太差，混个温饱不在话下，再勤快一点，还有小赚，碰到运气顶尖的，说不定真能致富。

有人带头，就好办了，在吵了数天后，一些动作快的人悄然就开始抢占各种资源了。老曹除了核心业务把持在公司运营外，其他的资源他全部豁出去撒出去了，引起一阵争抢，有人抢不到心仪的资源，就托关系找门路，甚至还有个别吵起来大打出手的，总之，西贸公司近两百号人中的大多数全都变成了一个个的个体，有点像是家庭联产承包责任制，按时交粮就可以了。

有笨的，抢不到资源，索性就借点小钱摆摊，这方面西汽早有传统了，每到厂子比较消停的时候，就有很多人出来做点小本生意养家糊口，多少能赚点。

这一招比较狠，连林焕海都有些吃惊。

# 第65章　改革的第二板斧

林焕海决定把三产公司包给曹海鉴，他完全没有想到曹海鉴居然把公司又变成了无数个独立个体，更让他没有想到的是，这些个体们迸发的能量远超过他们的想象，因为他们以前是为集体做事，现在一大半是为自己干活，积极性彻底被调动起来，很快很多人就有声有色地搞起来了，虽然一时半会儿公司还收不到什么收成，但是集腋成裘，迟早会形成很大一片产业的。将来这些个体是继续留在公司，还是真正独立出去，现在也考虑不到这么多，但是这样一来，虽然前期公司投入有点大，但是比起发放工资来说，还是要省钱多了。西贸的负担压力一下子就减轻了无数倍，老曹也少操很多心。

老曹在搞定这件事情之后，听从叶文源的意见，开始对业务进行优化。首先叶文源盘点了一下以前三产这边所有的资源，把账目仔细算过后，将这些资源划分了等级。主要有三级，第一级是优质资产，能够迅速带来大量现金流量的，比如像东北大米粮油特产之类的，这些非常受市场欢迎，还有运输大队，老曹还是硬着头皮找厂里把这个要了回来，这也属于社会迫切需的资源；第二级则是普通资产，主要是那些池塘果林之类的，还有一些瓜果蔬菜大棚，这些需要投入很多人力，收成看天，但是最终还是可以变现的资源；第三级则是劣质资产，这个包括一些鸡肋般的生意，比如理发店、照相馆之类的，都是一些服务性质的生意，这些生意基本赚不了什么钱，能维持就不错了。

分完级别后，叶文源就建议集中精力把第一级资源经营范围进行扩大，甚至他还建议针对社会需求打造一系列名牌产品出来，比如打造系列品牌粮油，在当地刷墙、在报纸上做广告，吸引消费者购买，这个对西汽来说，是相当超前的建议。老曹听了感觉很好，认为当时老百姓就信这个。至于第二级和第三级，他就建议全部交给个体去承包经营。

老曹言听计从，集中全部精力去开拓一级市场，果然就取得了很大的成就，别的不说，像运输队就搞得有声有色，让各方侧目，至于特产品之类的，由于他们进过来的货物美价廉，确实很受市场欢迎，供不应求，后来他们果真推出了自己品牌的产品，甚至还包括了一个服装品牌，在全国都打出了名气。

整个三产公司轰轰烈烈的改革，让林焕海备受启发，很多拿不定主意的改革措施，他一下子就拿定了主意。虽然这些改革，是后来才慢慢释放出能量，但是站在一定的高度上看问题，林焕海深刻认识到，三产开始脱胎换骨后必有一番作为。

他更认识到，自己选择用三产作为改革的参考对象，是非常好的一步棋。

没多久，厂里的改革大招开始连续放出来了，非常频繁地出招，让大家应接不暇，这些改革一个比一个更让人震撼。

1995年，已经是南方谈话后的第四个年头了，全国都在学习讲话领会精神，很多地方的改革已经搞得有声有色了。特别在南方，特区发展一日千里，很多优秀的企业如雨后春笋般冒了出来。在全国其他很多地方，也在经历着各种各样的阵痛，只不过，有的地方速度快，有的地方速度慢，有的还在懵懂中，有的已经龙腾万里。

这里面既有国企也有民企，百舸争流，大家都在努力地变着法子让自己适应这个时代。因势因时因人，有些企业走出了自己的成功之路，日子越过越好，有些企业则因为种种原因，沉沦下去，沦为改革中需要汲取的教训。

像西汽这样的企业，在全国有很多家。因为三线建设，很多厂家深藏功与名，在深山老林里面继续看天吃饭，有些因为没有强有力的领导和过硬的技术产品，过得很是艰苦，饿得只剩皮包骨头，有些因为手中有些干货，还能等着来自军方和地方的订单，让职工们三餐吃饱。

西汽在这些企业中，算是中不溜的，看得明白的人，都懂一个道理，前年西汽大动荡，换了领导后，若不是舍命去折腾，现在几乎是完全没有机会可言的。现在大家勉强还能吃饱饭，这都有赖于在这么艰苦的条件下，西汽集中全部优质资源，造出了2190新型重卡。靠着这批重卡订单，西汽职工有活干，人们有饭吃。

但是也仅限于此，西汽只是为自己续命争取到了一个喘息的机会。

像林焕海、姜建平和郭志寅等领导层最清楚，西汽赢得这个喘息的机会，最重要的事情有两点，一是林焕海借此彻底树立了威望，他现在的权威如日中天，已经可以说一不二了，他的威望已经超出了前数任厂长，除了开厂元勋以外，他已经足够让职工们信服了；二是西汽终于可以坐下来好好考虑改革的事了，这正是改革的最好时机，虽然厂里面依然危机重重，但眼下正是凝聚人心进行改革的大好时机。

所以林焕海毫不犹豫地就开始推动改革，姜建平兑现了他的承诺，只要林焕海提出的改革方案，他一律投赞成票，顶多在细枝末节上提点改进意见。最顶层的和谐，让这些改革的推出异常顺利，在厂务会议上，也没有遇到太大的阻力。实际上，随着机械工业部甩包袱，省里面接盘后也嫌烫手，因此对厂里的事务基本没怎么插手，林焕海在厂里想干什么，基本没有太大压力，在他兴致正高的时候，也没有人敢于反对。

这可不像是他接手初期，为了压服众人，不得不把儿子从北京给召回来。但是让大家伙没想到的是，林超涵回来后，越干越出色，这反过来再次让林焕海的威望值大大增高。

在把三产公司推出去后，林焕海和王兴发两人简单地算了一下账，两人觉得这个还是非常值得的，一下子给厂里减轻了很大的负担。三产以前的确给厂里职工带来了一些福利，但是三产也养了很多闲人，这些人平时不显山不露水，其实也让厂里增添了很多负担，整体算下来，厂里其实是亏的。这次狠心地把他们推出去，居然把这些人给激活了，各显神通地搞了起来，这让他们感到内心的负担也减少了很多。这个还让他们得到了重要的启发，那就是改革很苦，但的确是良药。

于是林焕海就雄心勃勃地开始连续推出他的改革措施，无论有多少困难，他都决定要坚持下去。

这些改革的措施，力度大得超出大家的想象，之前，大家以为顶多就是改个体制，可能就是改几个部门换批人，就差不多得了。完全没有想到，一上来就是疾风骤雨，让所有人都始料不及。

林焕海这一次一口气推出了八项改革措施，这八项改革措施，被称作是西汽改革前三板斧的第二板斧。

这八项改革措施具体内容分别有：

一、西汽从工厂制改为公司制，成立西北重型汽车制造公司，林焕海任总经理，姜建平继续任党委书记；其他各个领导根据改组后的部门进行相应的职务称呼改变，比如以前的车间主任、工段长什么的都改叫经理和主管了。

二、西汽各分厂各车间按公司制进行改编，根据部门性质进行调整，比如工艺处，改叫工艺部了。有些不够成为分厂的升级为分厂，比如机修分厂、铸工分厂，成为跟发动机分厂并列的分厂。

三、所有部门和分厂实行独立核算制度。这个跟林超涵的观点类似，就是彻底让各个部门都要核算成本效益，谁也别想混日子，这就是逼着生产口的管理者开始精打细算，学着怎样省钱，减少浪费。

四、工资奖金实行绩效制度。谁的生产效率高、产品质量好、浪费少，就可以多拿钱。

五、成立汽车技术研究所。以后所有汽车技术研究都由汽研所来具体负责。

六、成立汽车政策研究室。主要用来研究汽车的重大政策变动，提前进行各类资料收集和调研，提出应对之策，并进行市场销售策略的制订和建议。

七、成立销售公司。原销售科直接改组成销售公司，专门负责承担西汽公司各类型车辆的销售工作。

八、打破铁饭碗制度，实行聘任制。任何岗位都可上可下，唯才是任。这里面最厉害的一点是，公司将有权开除那些不负责任、不胜任岗位要求的员工。

这八条，几乎是一样比一样狠，每一样发布，都引起一阵轰动。实在是太刺激了，西汽建厂近30年了，还没有这样刺激的改革，每一样都是改头换面敢教日月换新天，每一样都是深水炸弹敢下五洋捉鳖，每一样都是惊天动地鬼哭狼嚎。

这八条更让人佩服的是给了甜枣的同时，大棒也准备好了，干不好的，随时可能会被开除滚蛋，这给了企业极大的用工灵活性，虽然林焕海不会滥用这个权力，但是这就像一把达摩克利斯之剑，悬在头上，让员工不得不敬畏。

不只是他看到了这一点，西汽从上到下，很多聪明人都看到了这一点。

成立汽研所也好，成立政策研究室也好，这些都是改革中看上去最无关紧要的东西。独立核算和工资制度改革这两条是其中的核心，牵扯面实在是太广了。

这些改革是一边宣布，一边就开始各种机构改组，在此之前，林焕海已经向省里和部里都提交了改革的草案文件。对这些文件，部里没有说什么，现在也不归他们管了，葛副部长只能口头表达支持。关键是省里，林焕海亲自去找了俞副省长，俞副省长见到改革方案后非常高兴，立即表达了支持的意思，并批复了文件，转交省国资委部门。就这样，林焕海很顺利地就把这些改革落实了下去。

省里很明确的批复，授权西汽方面自主行事，包括人事权都可以自主。这让林焕海的腰杆挺得很直。

一系列措施公布后，整个西汽都被彻底搅动起来。

# 第66章　改革的第三板斧

随后，西汽改革的第三板斧也打出来了。经过罗关根反复进行财务盘账，非常彻底地细细筛了几遍，把一些陈年烂账全翻出来查，这些账，是多年以来积压的一些旧账，有些是前些年给地方、给部队或是给其他兄弟厂商，提供成品车或是汽车零部件，积压下的一些应收账款，这些应收账款还不少，其中有很多还是三角债。比如说有附近某维修基地前些年向西汽订购了一批军车用于后勤保障，但是由于基地人手来回换了好几次，然后有些时候，西汽从他们那里采购一些特殊的零部件用于生产，但是由于对方的问题，好多账目迟迟没有算清楚，西汽这边也没有专门去和他们明对白账。

这些罗关根以前也是知道的，但是这些账因为各种原因，一直沉睡在那里，他也没有办法，这次改革，林焕海提了起来，要把这些账给清算清楚，对此，他是举双手双脚赞成的。因为这些账，很多以前他也经手过，如果不从上面开始要求清算，他也不见得动得了，将来退休，这将成为他的莫大人生遗憾，现在能够清算清楚，他在心里也是大大地松了一口气。

这些账，罗关根他们前后清查了快两三个月，因为现在按件计算工资，工作量非常大，他们加班加点才能完成这些工作。从仓库很多旧箱子里翻出的账本，一笔一笔反复计算，幸亏罗关根当年就特别注意保存这些账本，否则要是丢失或是发霉字迹不清了，那难度要增加很多。

　　算完后，收支相抵，他们发现居然在外面，欠西汽钱差不多有 400 多万元。这可不是个小数目啊，西汽虽然一年有超过 5000 万元的进项，但是盈余最后满打满算也超不过 400 万元，若是能把这 400 万元给要回来，那西汽的财务状况立即要改善很多了。

　　得到这个消息的林焕海很振奋，立即要求销售公司和财务人员组成小组专门出去跑三角债。这可不是个轻松的活，这件事等于把整个西北地区很多单位都给搅起来了。

　　很多单位看到西汽派出的要债人员就懵了，什么时候还欠他们的钱？结果西汽一笔笔把账目都列出来，这些单位的财务和主管人员都傻眼了。

　　这算什么事？陈芝麻烂谷子的事居然都记得清清楚楚，有那个必要吗？

　　但是想抵赖是不行的，西汽把账本都列得清清楚楚，单据也整得明明白白，不承认都不行。然而这些单位的财务们是不信邪的，逼急眼了，就坐下来跟你对账，对完只能承认西汽算得没问题。但单据有没有问题不知道，是不是有遗漏呢？那只能查一下自家的账本，但是不是所有单位都像西汽那样把账本保存完好的，很多自家的单据早就不知到何处去了，也许是某一年某一月某一日搬家的时候当废品给卖掉了。

　　西汽的人把话说得明明白白了，以前呢，是计划经济，上级统一调配，所以这些账都由国家扛也没有问题了，可是现在说明白了，是市场经济，西汽财务是自主的，国家拨不了款也不给发工资了，兄弟们吃饭就等着这些米下锅呢。

　　这些单位有些领导人要脸面，有的还挺富裕，看西汽说得可怜，大手笔一挥，就把钱给还了，但是大多数单位自己也等着米下锅呢，拿什么还西汽？就只能耍赖拖欠。有的单位不高兴，直接放狗把西汽的人给赶了出去，他们想得很明白了，反正以后一辈子也不会跟西汽打交道了。有的单位领导人只能找各种借口，表示账我是认的，但是钱是没有的，要命很多条，你要几条吧？

　　总之，这笔账收得真不轻松，很多单位表明了不给钱。

　　但是这个西汽早有准备。

　　不给？也行，拿相应的资源来抵账也不是不可以，你家有没有什么果园的农副产品销不出去？可以作个价给我们也行，反正就一个原则，这是债，得还了。

　　其实西汽在打出这张牌的时候，底牌并不是一定要把债都要回来，最重要的是把资源给盘活，一是瞄上了这些单位的副业，当时很多企业单位都有一些副业，但是绝大多数经营不善，放着大好的资源在那里都给浪费了，但是西汽不一样，单独成立的贸易公司因为有一个运输车队，资源完全可以非常廉价地盘活起来，这些副业可能挣不少钱呢；二是希望跟这些企业合作的时候，能够以账抵账，有的单位生产的配件质量好，西汽本身也是可以采购的，如果能用旧账抵掉这些采购费用，实际上也是变相要到钱了。

理想很丰满，现实很骨感，要账人员要了两三个月，也就收回不到一半的欠账，本来罗关根还是有点垂头丧气的，这些钱里面，现金还只占了三分之一，也就是说，就五六十万而已。其他的都是各种资源置换。

但是林焕海对这个已经很满意了，平白无故相当于多了一笔备用资金，干什么都值当了，虽然也不多，干不了什么大事，但是有一些小事是可以先转动起来了。不过，这些钱先用来投什么，他还在思考。

这次改革，实在动静太大，但不管怎么发展，现在林焕海心里很有数，这些事早该做了，不做也不行。

他站了起来，透过窗户看向外面忙碌的厂区，点了根烟，思考了起来。

从 1968 年建厂伊始，那算是西汽开始创业了，现在如此规模庞大的改革，相当于又一次创业啊。他突然灵机一动了，对了，索性就喊出这个口号，叫"二次创业"，用它来向所有人说明这次改革的重要性，也说明这次改革的困难程度，几乎就是一次脱胎换骨的过程！

就这么定了，他郑重其事地坐回办公桌前，记录下了自己的思想：

> 建厂为第一次创业，为国家三线建设挥洒汗水，在艰苦奋斗中崛起的第一代中国军用重卡！
> 自 1992 年至今是第二次创业，西汽引进新技术，彻底进行转型改制，力争做大做强中国重卡。

写完，他长嘘了一口气，又写了三个字，很大：

> 活下去！

再没有人比他更清楚，这是西汽最好的时代，也是西汽最坏的时代。说是最好的时代，是因为西汽终于迎来了更加自主独立的发展权利，他作为西汽的领头人，现在完全可以放开手脚来做一些前人无法想象也无法去做的事情，但是同时，这也是西汽最坏的时代，没了娘家，没有了背后强有力的国家背书，所有的一切都要靠自己去努力争取，这胜败难料，而且历史的包袱还很沉重，改革成败与否，最关键的还是要看市场能否打开。

之所以成立销售公司，将西汽的销售业务提到这样一个高度来做，他也是思前思后考虑了很久的，这个销售公司的总经理到现在还空缺着，像王文剑，离当一个总经理的素质还差很远，现在只能让他暂时以副总的职务代理着总经理的职责。

但是销售从哪里打开，他的心里也没有谱，军队依然是西汽的上帝，地方民车的市场现在是必须要去敲开的，但是怎么敲，做什么产品，他现在也很没有数，之所以成立政策研究室，就是希望他们能够帮助销售搞明白这个问题。

想着想着，林焕海觉得很是头疼，于是一个电话，把王兴发召唤了过来。

"老王，你说，这个政策研究室应该怎么构成呢？总不能让郭总工一直兼任着，他的精力有限，也忙不过来。"林焕海坐下揉着脑袋，沉吟了半晌说，"关于这个政策研究室主任的位置，我思考了半天，觉得恐怕必须得找一个能力很强的人担任。这个人，恐怕最合适的就是你了！"

"我？"王兴发有点意外。

"对，就是你！"林焕海站了起来，"我知道，这对你不公平，但是这个位置现在实在是太重要了，我必须要找到合适的人来干这摊活。"

"可是，我……"王兴发很是犹豫，这个位置并不是什么值得夸赞的好位置，而且远离权力中枢，他实在是内心有点不太乐意。

"没什么可是的！"林焕海围着桌子边转了一圈，又回到座位上，直视王兴发的眼睛："我们之前讨论过，咱们现在最紧要的事情是什么！"

"是，我们讨论过，其实对咱们来说，最紧要的事情就是生存。"

"没错，我们要求生存，就必须要有市场。这个市场，我们的未来市场开拓，肯定不只是军用重卡，部队的消化能力有限，我们顶多也就是能够维持生存，但是将来的发展是不可能只靠部队订单的，应该开拓更广阔的民用车辆了。这民用车辆，这几年我们陆陆续续也向地方销售了一些，但是反馈一般，适用性不高，而且性价比极其不划算，所以现在就必须要好好研究市场，找准合适的方向，开发西汽的民用车型系列。这个前期的调研任务，就必须要由专业的政策研究室来完成了。"

王兴发对这个任命实在是有些意外。

"好，你能明白就好，兴发，让你在这个岗位上确实有些屈才，但是我承诺，一是这个岗位给你们最大的自主权，二是给你们重要的决策参考权力，三是给你个人承诺，只要研究室的工作干得好，公司的职位任你挑！"林焕海加码诱惑。

"啊！这个可不敢当。"王兴发很吃惊。公司职位任他挑，这个怎么可能，他想当总经理取代林焕海总不行吧？

# 第 67 章　你办事我放心

"就这么说定了，你办事，我放心！"林焕海很满意地说。

"不过，去做可以，我有两个条件！"王兴发想了一下说。

"你说，我都满足！"

"第一，关于这个政策研究室，如果只是让我们闭门造车，我们肯定是不行的，必须要有一定经费支持我们走南闯北！"

"同意，正好厂里最近收回来的钱，还没地儿用！"林焕海在心里迅速盘算了一下，说，"我批 10 万的预算，你们随便花。"

"随便花我可不敢，一笔一笔皆得有出处有用途。"王兴发很清醒，"第二点，我也要人事权，自主人事，人员得我来定！"

"这个，也没问题，只要抽得出去的，都可以给你！"林焕海自然没有道理不应允。

"那你把林超涵调给我使吧！我觉得去调研市场，恐怕没有比他更合适的人了！"王兴发开口道。

这个有点出乎林焕海的意料之外。"你要把小超调过去？嗯，仔细想想，他也挺适合做这个事情的，只是这两年，我一直让他在技术前线忙碌着，都忘了他的特长是干这个了。"林焕海想起前年在北京宾馆里让林超涵半夜去学校查资料写报告的往事了，那个时候，他还没有现在这么有底气，厂里未来也不知道会如何，幸好当初赌了一把，这赌一把也还是林超涵推动的，自己这个儿子，还是有点出息的。

"您啊，这是灯下黑！想起所有人，就是没有想起小超来。"王兴发笑着说，"要是别家的公子，我可能还真不敢要，但是小超不一样，肯干，头脑灵活，又从来不会因为你是总经理就跟人摆谱，这样的孩子太难得了，要好好用起来，这个事，我觉得他最合适。"

"话是这么说，可不能惯出他的坏毛病，这两年，我刻意让他去艰苦条件下干活，刻意安排跟着不太好说话的领导，那都是希望他别养出一堆不良习惯出来。说起来，名义上我是这个公司的负责人，但是那也是靠拼命干活挣出来的脸面，要是他瞎搞，那我这一生声誉就算毁了。"林焕海仰着头叹道。

"幸好，小超不是那种纨绔子弟，这几年，给您是大大争气长脸了！"王兴发笑着说，"我没有想到，前些天那些老人闹事，他敢站在前面去跟他们对话，试图讲道理。"

"这个我也没有想到，虽然他还太嫩了，但是居然敢于担当，这点作为父亲，我也是很意外的。"林焕海有点骄傲了。

"这就是领导潜质啊，遗传的。"王兴发小小地拍了一下马屁。

林焕海摇了摇头："他太年轻，就不要想什么当领导的事了，这对于他来说只有害处没有好处。"

"要是人人都这么教育孩子，认识这么深刻，就好了！"王兴发叹道。厂里有个别领导的子侄仗势乱来，这对比起来，真是让人感慨。

"不说他了，你若是要他帮手，应当没问题，现在就是要去说服老郭和谢副总师，你要从他们嘴里抢肉，一般都得脱层皮。别怪我没给你敲警钟，小超现在的任命，也不是我一个人就说了算的，也得考虑到其他人的想法。"林焕海说。

"我明白。"王兴发重重地往后靠了靠，他对谢建英也是很头疼的，说服郭志寅问题不大，只要说明这事的重要性，还有对小超有利，郭志寅都是乐于让年轻人锻炼的，但是谢建英那可是个浑不憷的性格，谁不知道她的厉害。

"我现在想跟你探讨的是另外一个问题，你看看这个！"林焕海说着把手中刚写下的字纸递给王兴发，"我想给这次改革再树立一个大的旗号！凝聚人心！"

王兴发接过来一看，顿时就明白了，他击节赞道："二次创业！好大的气魄，我十分赞成，这个口号充分说明了咱们厂现在面临的形势和任务，高度浓缩，高度概括，高度提炼。现在咱们的确处于一个重新创业的时期，从哪个方面来说，改革都是一场攻坚战，以前我们从无到有，现在我们从有到强，这个口号，好！"

林焕海听到王兴发即兴的解释和评论，眼前一亮："没错，你这几句话总结得也挺好，第一次创业，我们是从无到有，万丈高楼平地起，第二次创业，我们是从有到强，日上三竿更进一尺，这个口号，我想近期就组织写篇文章，向全公司领导员工发公开信，号召大家团结奋进，拿出当年开发南河湾的热情，为这次改革的成功而努力！"

"好，我赞同。"王兴发表示赞同，"这篇文章，我组织办公室的笔杆子们写吧，争取三天内能拿出让您满意的文稿来！"

"好，有你这句话我就放心了。对了，还有一件事，也是你需要着重进行研究的事情。"

林焕海说道。

"什么事情？"

"我思考了良久，你说，我们搞第二次创业，如果我们还在南河湾搞创业，你觉得有可能搞成功吗？有可能激发大家的兴趣和信心吗？"林焕海说。

"这个……"王兴发思索了半天，"可能真是有些动力不足，在这里，我们再怎么折腾，可扩张的范围也有限。"

"你说得没错，以前我们搞三线建设，一切为了适应战时隐蔽性的需要，所以为了保密，我们从五湖四海赶到这条山沟里来搞建设，奉献、牺牲、拼命，所幸，我们所做的事情没有辜负我们的青春，但是现在，还要我们这些人窝在山沟里，实在是有很多的弊端了。"林焕海站了起来，推开窗户，"看看，这眼前的一切多么难得，那么多任厂领导，他们都还在我的记忆里，每一栋楼，每一辆车，都是我们一个螺丝钉一个螺丝钉地装起来的，我们的青春无悔……"

"但是，我们在这里奉献了青春，白了头发，时代却变了。现在是市场经济，已经不允许我们只窝在这个山沟沟里面闷头苦干了，我们要去市场一线，就必须要有四通八达的便利交通，我们要扩大生产，就必须要有更宽阔的厂房和地界，我们要吸引人才来厂里，就必须给他们更为现代便利的生活条件，别的不说，你想想，我们用上干净的自来水，才几年时间啊？"

王兴发当然知道，前年他们才从水库引来自来水，全厂职工才喝上一口干净水，当时厂里面就跟过节一样，当然，也发生过事故，水管爆裂，好事多磨。

"这些年，厂里很多老人走了，回到了北京、南京、上海，还有很多人去了省城，去了其他单位，他们回了亲人身边，回了家乡，回到了生活更为便利的城市，这些都无可厚非，每个人都有追求美好生活的权利。何况，今时已经不同往日了。不瞒你说，我都有好多次想离开这里，山沟沟里的生活，安逸，但是跟外面相比，太苦了！

"就拿小超来说，我每次也都在想，如果我不当这个操心命的厂长，我何至于让他也回到这里来上班，让他在北京找个单位上班，将来彻底摆脱这个山沟，那该是多美好的事。如果他做得好了，稳定了，我将来老了退休还可以经常去他家里坐坐，带带孙子。但是这些，已经不可能了。"林焕海说到林超涵，情绪有点激动起来。

王兴发连忙又给他倒了杯水，林焕海摆了摆手："不喝了，再喝就该一上午跑厕所了。"

王兴发接话道："我看小超现在发展得挺好的，在外面也不见得比这里好！"

"别人以为有我遮风挡雨，他当然能发展得不错。实际上，这几年，真是苦了他了。"林焕海有些愧疚地说，"去东北，去高原，这些都不是什么便宜差事。"

"林总，您也别太自责了，小超怎么样，大家都看在眼里的。"王兴发安慰道，他这是实话实说。

"回到刚才那个话题吧，前年小超刚回来的时候，路过省城，他就跟我提过，要是能在省城建厂该多好，我当时就动心了，但是条件不成熟，我就算有这个心思，也没法去做。但是现在，恐怕条件成熟了。前些天我去省里面开会，俞副省长问我有没有把厂子迁出来的心思，我说当然有啊，只是还没有合适的地址，也没有钱。俞副省长当时就说，地的事他会帮我们来考虑，钱的事，他没有办法，但能够帮我们向银行借贷。我一下子就动心了，去省城里建厂这件事情，我觉得可以提上议事日程了！"

"这件事，没听您说起过啊！"王兴发有点吃惊，"要是咱们能迁到省城，咱们公司肯定能够得到大发展了！"

"所以，你说如果我们能找到新址建厂，是不是更符合二次创业的号召呢？"林焕海神情亢奋地问。

"太能了！可是……"王兴发话说到一半，就被林焕海止住了。

# 第68章　迁厂激动人心

"我知道，你要说什么，要去省城建厂，绝非小事，征地成本、建筑成本、用地规划、建厂资金、设备资金等等，还有对生产的影响，搬迁如何安排，哪些人去哪些人留，南河湾的旧厂房做什么用，这些，太多的事情了，每一样都牵涉甚大。我们绝对不是贸然就可以下手的。但是这个作为我们的战略规划，却已经是时候要搞起来了。"林焕海十分肯定地说。这件事情他已经不是想了一天两天了，而是已经想了快三年了，只不过现在适逢机会而已。

"最重要的是，我们得抓住这个机会。前几任厂长其实也有过这个想法，也去省城看过，这方面的资料我看过，有很多想法前辈们都已经考虑过了，我们可以参考借鉴。过了这村没这店，如果我们不抓住这个机会动手，将来恐怕就没这么好的时机了。"林焕海接着说。他很清楚，像俞副省长这样肯真抓实干，给西汽如此支持的领导，要是错过了，说不定以后就没有更好的机会了。

"如果能搬去省城当然更好！"王兴发同样振奋，但是忧虑更多，"现在，我们刚开始改革，太多的事情需要我们来考虑，这个时候如果贸然提出要去省城建厂，第一是我们的精力顾得过来吗？第二是会不会反而影响改革，让公司所有人都觉得厂里头脑发热好大喜功？要知道我们现在还在求生存阶段。"王兴发提的这个问题也非常尖锐，但他必须要尽好自己的职责。

"我觉得不会，关于精力方面，我现在的主要精力就可以放在改革和建新厂这两方面，生产和技术实际上已经用不着我管太多了，我相信大家可以把事情做好，而且，我也不是头脑发热，实际上，我觉得只有这样才能真正激发大家改革的热情，遏制厂里人才流失。去省城发展，这事我们想了很多年，现在终于实施，是好事，虽然会让我们在短期负倒债，但是如果我们后期发展得好，就能很快把这些问题解决。我绝对不是瞎胡闹，我现在之所以急着让你去调研民用市场的情况，就是想扩大生产规模，进军全国民用车市场，而这个怎么干，就关系到新厂那边的生产设备和规划，这些都要同步进行，是一脉相承的事情。"林焕海终于透了底。

王兴发听得一阵阵心潮澎湃，他没有想到林焕海已经把事情想到这么远了：

"太好了，我支持！没什么话说。"

"真没什么话说？"

"没有……要说有，就是我会把这一切都给摸透的，把市场摸透，把新址建设的事情摸透，到时候，给您给厂里提供一套完整的解决方案。"

"好！就等你的这句话！"林焕海的眼里燃起了熊熊的烈火。改革，绝对不是请客吃饭，而一场场的战斗，不能只沉湎于几个小战役的胜利，而应该着眼于全国战略，打几个大的战役，才能彻底将战略态势扭转到于己有利。

王兴发不知为何，也被深深感染了，他能领会到林焕海作为一个改革带头人的雄心，而这种雄心往往会感染一批人，让人相信奇迹会在这种人身上发生。

二次创业的口号一周后响彻了全厂，很多人虽然被这个口号给打动，但是不免还有些疑惑，现在改革就算是二次创业，这跟第一次创业是没法比的。就说当年，山沟里面一栋像样的住房都没有，一间厂房也没得，是大家硬生生地挖、搬、运，才一点点积累成今天的规模，而二次创业，只是让大家的工资涨了点，福利降了点，生产效率高了点，质量提升了点，另外把体制进行改革了，大家以前叫国企职工，现在叫公司员工，似乎说二次创业有点言过其实。

但是，渐渐地大家就明白这个口号的深意，绝对不是吹的。数月后，省城那边选定新厂址的消息传来了，有一些前期去考察的人回来，兴奋地说起有那么大一片地将成为西汽的新地盘，哪个分厂哪个办公楼可能要建在哪里，家属区离省城有多近之类的，全公司的人都恍然大悟，原来，二次创业，还要顺带着重新修建一个在省城的新厂房啊。

这么大的手笔，才配得上二次创业这种口号！

想到有机会搬到省城去，全公司再次沸腾起来，大家奔走相告，憧憬万千，但是同时也开始发愁起来，旧厂房不可能空置，还有一部分人注定是要留下来的。

这些都是后话了，在当时，王兴发和林焕海谈完话后，不到一周，就正式公布政策研究室主任的任命。这个任命，全公司员工都没有太过注意，实际上大家也没太重视这个任命，不就是研究一下政策嘛，有什么了不起。还有人为王兴发惋惜，觉得他可能是哪里得罪林焕海了，好好的办公室主任这个实权职位不当，去干什么吃力不讨好的政策研究，实在是有些可惜了。

王兴发走马上任后，就从全厂各处抽调了六名骨干，他们大部分都是文笔不错，头脑灵光，有点见识和想法的，其中就有林超涵。

调林超涵来，可真是被林焕海猜到了，王兴发费了九牛二虎之力，很多人都对他横眉怒目，特别是谢建英，当她当听到王兴发要调林超涵去做市场调研的时候，整个人的神情就像是炸了刺的母老虎，浑身上下都充满了危险噬人的气息，看得王兴发是毛骨悚然，差点手酥脚软落荒而逃。

当王兴发硬着头皮解释这个政策研究室工作的重要性时，谢建英发出了尖笑："这些都关我们屁事！厂里人都死绝了吗，非得从我这里抽人过去！"

王兴发就纳闷了，不是林超涵当时刚来的时候很不受待见吗？现在成了香饽饽？

"我们这里都是厂里的精英人才，人人都是独当一面的技术骨干，你王兴发好大的狗胆，敢毁我厂里的万里长城根基？你是不是觉得我一个女人，就得听你们的？我还是不是副总师了，厂里还没有解我的职吧，你这就想欺负我？那好，我就告到林焕海那里去！看他怎么说！"谢建英毫无逻辑地一通喷。

王兴发就像是被兜头泼了一盆冰水，胃都缩紧了，这个谢建英果然有强大的逻辑！终于见识到了，这跟欺负女人有什么关系？扯得太远了吧？他甚至恶意地想，莫非这个女人觉得林超涵像是年轻时的林焕海，让她留恋逝去的美好时光，所以想方设法地要把林超涵留在身边。

实际上连郭志寅也有点后悔，当初不该把林超涵放在谢建英手下，锻炼是没问题了，可是，这女人太护犊子了，现在有时候郭志寅想调用一下林超涵，也得被谢建英数落一顿。

王兴发无奈，他根本不是谢建英的对手，只得败下阵来，求助林焕海和郭志寅等人，但是林郭二人也对谢建英退避三舍，装聋作哑，顾左右而言他，打死不肯跟王兴发一起去说服谢建英。但是这也激发了王兴发的勇气，要个人还要不到，他就不信了，于是他就找到了姜建平，姜书记自从改革后，有些沉默，有些事情跟他想象的相差甚远，心理上有些难以接受，但是听到王兴发的要求，他就立即自告奋勇，带领着王兴发去找了谢建英。谢建英谁的面子都可以不给，但是姜书记的面子，她驳不开，也不敢像骂王兴发那样对待。好说歹说，才让谢建英松口，但还不是调，而是借，用她的话来说，要是林超涵在王兴发那里干得不愉快，被人欺负了，她就是拼死拼活也要把林超涵要回到副总师办来。

听得王兴发哭笑不得，林超涵需要你这么护着吗？谁会欺负他？谁敢欺负他？再说了——王兴发心里有句话，只和姜建平对视一眼，憋在心里了——你这么护林超涵，也不怕他母亲于凤娟听到后醋意大发，要是两人再为下一代干一仗，这乐子可就有点大了。

但是这话王兴发打死也不敢说的，说了，他估计就别想活着走出副总师办的大门了。

林超涵于是就稀里糊涂地又被调到了政策研究室，他有些纳闷，自己这么好使吗，怎么谁成立新部门都想要找他去帮忙。

前些天，王文剑副总也登门拜访了，各种好话，目的也就是想让他去销司帮忙，但是王文剑可没有王兴发这样好的牙口，敢直接去磕谢副总师，聊到最后，也只能遗憾离去，走的时候还千叮咛万嘱咐，让林超涵能调离的时候，第一就去销售司报到，那里的职位随便他挑。

但是林超涵很有自知之明，他就真要去，也不能随便挑职位。抛去父亲的影响不说，他自己，也还太年轻了。

# 第69章　谈心

政策研究室正式成立的当天，林焕海带领着一堆厂领导过来给大伙开了个会，会上主要给政策研究室定了调，就是要做领导们的智囊。换句话说，厂里有什么搞不明白的活，就要丢给他们去研究明白。

整个政策研究室现在算草创期间，加起来也就是七个人，挤在一块办公，厂里给他们挂了个牌子，甚至还专门给他们配备了两台微机，这可是不得了的待遇。其他六个人林超涵几乎都认识，对于这个安排，林超涵也只能坦然接受，哪里不是干活。

在另一边，林焕海正在办公室里想事情，他挺头疼的另一件事情是，新的办公室主任由谁来担任，王兴发推荐了手下的人，但是林焕海觉得他们能力欠佳，得再另寻摸一个，想了半天也没有合适的人选。

正一个人一个人地划拉的时候，突然有人敲门了，他喊了一声："请进！"

有个人推门进来了，看到来人，林焕海不由得一怔："咦，老潘，这是什么风把你吹来了？"潘振民对林焕海上位一直心怀不满，这事很多厂领导都是清楚的，林焕海自然也明白潘振民有心结，但是老潘这个人呢，总是背后嘀咕，当面都是笑呵呵的，双方从来也没有真正撕破脸过。

只见潘振民端着一个保温杯，脸上笑眯眯的，显得人畜无害的样子。他打趣道："怎么，林总，不欢迎我过来！我可是想找你聊聊天的，就怕你这个改革领头人没时间理我呢。"

"你说啥呢？"林焕海热情地站起来，亲自动手给潘振民沏茶，潘振民连忙说："不浪费你的茶了，你看我这喝的都是枸杞茶，养生的，很管用！"说完，欲言又止。

"老潘有事？"林焕海打量着潘振民说道。

"当然了，无事不登三宝殿嘛。"潘振民不急不缓地说道。

"那你说来听听！我洗耳恭听了！"

"先不说这个事，我先跟你说说别的吧，老林！"潘振民一副很诚恳的样子，"我这趟来，是有些心里话，想先跟你说说。"

"嗯，我想听你说的，咱哥俩是有多久没单独聊过天了？自从我当了这个厂长之后，总感觉你跟我生分了很多，其实一直也想跟你唠唠。"林焕海见到潘振民准备交心，心里也有些感动。这个老潘，其实也是有些能量，也有才干的，如果能用好，那对西汽来说，是一桩好事。最重要的是，西汽领导层不和，本身这个也挺影响西汽人心士气的。

"是，是，老林，要知道你当初当这个厂长，我是一百个心里不服的。"潘振民点着头，十分懊悔地说，"唉，现在回头想想，实在是大不应该，跟你心生芥蒂的。"

林焕海听到潘振民这么说，顿时有些感动起来。作为一个改革领头人，宽阔的胸襟是基本素质，他并不想看到潘振民消沉地跟自己作对，即使这几年有些事情让他心里不舒坦，比如前几天那个谣言他就怀疑跟潘振民推波助澜有关系，但是他从来没有想过要把潘振民给驱逐出局，而是始终保留着他副厂长职务，现在改制，也依然保留他的副总位置，将一些工作交给他负责。

除了顾忌潘振民背后的一些力量，不想轻易惹事外，最根本的原因就是林焕海还是对潘振民颇有期待，希望他能够发挥自己所长，为厂里做贡献。在心里面，林焕海还是希望能够与潘振民友好相处的。

林焕海颇为激动地说："老潘，你能这么说，我很高兴。咱们共事这么多年，应该是有话说话，而不是一直这么着，有话藏着不说。你说是不是？"

"对，对，你说什么都对！"潘振民哈哈一笑，"我想了很久，觉得还是应该在这次改革中发挥一点作用，给厂里做一点贡献！"

"我太欢迎了，咱们同志齐心，有什么不可以做的！"林焕海精神振奋地说。

"嗯，以前是我不对，现在真心向组织靠拢，咱们一起努力干！"潘振民这番话说得十分慷慨激昂，让林焕海听到后都觉得自己有问题，以前太小看老潘的胸怀了。

两人好久没有聊得这么热烈了，边喝着茶，边聊着对近期改革的一些看法，林焕海发现，潘振民其实对改革也有一些自己的见解，而且颇有见地。

正聊着，潘振民问起来："咱们厂里最新的订单已经下来了吧？"

"下来了，部队方面这次又订了500多辆车，不光是部队，地方方面也有一些小订单。"林焕海说道。

听到林焕海这么说，潘振民松了口气说："那就好，我就担心厂里没活干，咱们改革铺这么大摊子，很难支撑，只要咱们有订单，就可以好好干一场了！"

"正是如此，但是咱们掏心窝说一句话，其实像这么点订单，只能让咱们吃饱饭，要谈发展，真是谈何容易啊！"林焕海叹息道，"咱们如果每年都只能指望部队，发展迟缓，也许要不了几年，就又要面临像去年那样尴尬的处境了。想想老陈，为了咱们厂子能够生存下去，把命都丢在高原上了……"

"陈师傅，伟大，高尚，我前些天去看了一下他的家人，家里两个小子，一个出社会了，我已经把他招到厂来了！能照顾就好好照顾吧！"潘振民说。

"嗯，像他这样的必须得招进来！你做得好！"林焕海听了连连点头，这段时间改革各种烦琐事情太忙了，这些工作潘振民做了，实在是帮了他大忙了，总不能寒了烈士家属的心吧。

"这些事，都是我应该做的。"潘振民有点谦虚，他话锋一转，突然问了一个问题，"那我们现在有没有和外面进行资本合作扩大生产的想法呢？"

"有这方面的想法，我也正在找路子呢，俞副省长很久之前就给过我这样的提议，可是我们一直没有精力去考虑这方面的事，今年也是时候，我们应当好好考虑这方面的事情的了。"林焕海有点不无遗憾，其实现在才想这方面的事情的确有些晚了，如果能够早一步真正朝这个方向迈进的话，现在也许局面还会更好一些。

"不说还好，说起来，我倒是想起一个人呢，你记得老王吗？"潘振民思索着说道。

"老王？哪个老王？隔壁的老王？王兴发？"林焕海有点不太明白，姓王的人海了去了，莫名其妙地提一个老王，谁知道谁是谁呢。

"就是王瑞生！你记得不，十多年前曾经调到咱们厂工作过一段时间，那个时候我们还没有当副厂长，他是上级调过来的副厂长。"潘振民提醒林焕海。

"哦……想起来了，那个老王啊，我记得他在咱们厂也就是干了不到半年吧？我当时负责车间，跟他接触的次数，加起来一个手掌都可以数得过来。"林焕海想了半天，猛地拍了一下脑袋，这才恍然大悟，想起来有这么个人来。

"对对，就是在咱们厂待过一段时间的王瑞生同志，我当时跟他还比较熟。"潘振民露出一丝怀念的表情。

"嗯，这个王瑞生同志可不简单啊，当时来厂里好像也就是过路一趟，没多久听说就上调了，对了，好像去了一家大型的国企对吧。"林焕海绞尽脑汁地想对这个人的记忆，实在是因为接触太少，在厂里的时间太短，他有些记不起来了，不过，在印象里，这个人也就是拿西汽当了一下跳板，据说背后有过硬的关系背景，就是到这里临时镀金，然后直接就跳走。这个人印象中也没干什么，调来就是西汽副厂长，调走后也没有人太关心他的去向，厂里大家当时也就是议论一下就彻底忘记了。

"对，他去了国内一个大的汽车集团，后来，他又离开换了一个地方，现在，你知道他即将去什么地方任什么职吗？"潘振民有些神秘地说。

林焕海有点疑惑："他要去什么地方？"看来老潘对这个老王非常关注啊。忽然他心里一动，这个老王莫不是老潘背后的关系网之一？

"据我所知，王瑞生同志马上要接任响越集团的总经理了，而且很有可能将来接替响越集团现任董事长的职位。"潘振民亮出谜底。

林焕海听了大吃一惊，响越集团，这可是中国数一数二的大型集团公司，它的业务遍布全国各地，是改革开放以来成立的新公司，旗下有数不清的企业工厂，其中很大一块业务就是汽车业务。

此时猛地听潘振民提起响越集团，这让林焕海非常意外，那个当年只是西汽过客的王瑞生已经爬到了这个位置？实在是难以想象。

"这个王瑞生，要去主管这么大一个集团？"林焕海诧异地问道，"他的能量很大啊！"

"王瑞生同志岂止是能量大，关键是他个人的能力上级相当认可的。"潘振民对这个王瑞生显得特别推崇，"当年，他在西汽的时候，我就觉得他日后必然会飞黄腾达步步高升的，果不其然，你看看，这证明我当年的眼光没有错。"

林焕海皱了皱眉头，没有直接答话，他的心里有点不舒服，老潘这个人，始终还是有点市侩气质，让人无法苟同。

# 第70章　决心尝试引资

注意到林焕海面有不豫之色，潘振民连忙改口说："我的意思是说，这个王瑞生同志有很强的关系网，以后一定能够在事业上帮到他的。"这属于越描越黑类型。

对此，林焕海也不能否认，像王瑞生这样的人物，走到哪里都迟早会发光发热的，他有多大本事林焕海不太清楚，但是能够一步步走到今天，肯定少不了背后的能量。也许人家真的有过人之处呢。

林焕海喝了口茶，面色平静地说："这个王瑞生确实有能耐，但是我们恐怕是高攀不上了。"

"谁说的？那可不一定。"潘振民显得有些热切地说，"王瑞生同志对我们西汽可是念念不忘的，一直惦记着关心着我们的发展，听说我们改公司体制了，还专门给我电话表达了贺喜之意。"

"哦？那就多谢他了，看来，他和你关系匪浅嘛。"林焕海低头喝着茶，像是有点不经意地问道。

"老林，这个不像你想象的那样，就是王瑞生同志以前在厂里的时候，我是负责安排他生活的，彼此有点联系罢了。"潘振民连忙解释说。

"嗯，他也算是咱们厂的老同志了，回头有机会，我们应该去拜访一下他，也许他那里会有什么好的合作呢。"林焕海对王瑞生现在的发展不是太感兴趣，但是想了一想，觉得虽然对这个人不感冒，但是如果将来碰到，也可以聊聊，广交朋友总没有坏处，再说西汽也算是他曾经落过脚的地方，互相客气一下都是应该的。

"这个嘛，我们还真是和他有合作机会。"潘振民露出一丝微笑，"听说咱们厂的情况后，这个王瑞生同志，其实是三番五次地找我了，但其实他也不是真想找我，主要是想找你老林谈谈。"

"咦，他要找我谈谈？谈什么呢？"林焕海有点诧异，他的确难以想象王瑞生能找他有什么事。

"刚不是说了吗，这个王瑞生同志呢，现在要负责响越集团的业务，其中很大一块就是汽车业务。你知道吧？"

"这个基本上我们大家都知道啊。也不是什么秘密了。"

"对，他认为汽车业务这块是个很大的市场，但是他收购的那家汽车公司技术不咋的，也没有特别过硬的产品，更不说军车市场了，连毛都撬不开。所以呢，他就想到了西汽，对我们这块强项业务特别感兴趣。"

"汽车这是我们的强项不假，但是你倒是具体说说，他对哪方面感兴趣呢？"林焕海听到这里，有点精神上来了，要是王瑞生对西汽的业务感兴趣，也许可以开展一些合作呢。

潘振民给林焕海解释了一下，原来这个王瑞生现在上任在即，想搞出一些业绩出来，其他东西市场规模有限，发展潜力不大，但是汽车业务却是潜力无限，随着中国改革开放的深入，经济的不断发展，汽车必然成为运输交通的重点，汽车有很多种类型，有卡车，也有客车和小轿车、面包车之类的，这些里面王瑞生熟悉一点的就是卡车，好歹他也在西汽工作过半年，没吃过猪肉难道没见过猪跑吗？他特别欣赏卡车这块业务，因此，现在听说西汽的处境后，他希望能够和西汽合作，他手上有资金，可以给西汽投资，甚至是收购西汽。

林焕海听后，眉头皱了起来："收购我们？就算是响越集团也不能说收购就收购我们吧？我们怎么说也是个国企，而且是担负着军用车的生产任务，就算是改制，也不能轻易就被人给收购了。"

潘振民轻轻地在自己大腿上一拍："咳，可不是嘛，我听到这个话后，当时就表态了，收购我们西汽是绝无可能的，要收购我们，我潘某人第一个就不答应，我们又不是活不下去，再说了，宁为鸡头不为牛后，我们这么大体量，要是被他们轻松收购，岂不成了笑话？"

"老潘你这话说得对。"林焕海听到后立马赞成，这确实是个笑话，西汽几千号员工，这是庞大的一个负担，而且西汽就算再不受待见，就算是不入流，就算要倒闭，那也是一个国企，上头有人管着的，不是说想收购就可以收购的，就算林焕海答应了，也得看省里干不干，部队认不认啊。

"我说了后，王瑞生同志也意识到了这个问题，所以他提出了合作的方案，他提出了一个新的合作方向，说要么参股，要么就合资成立一个新公司。按出资比例进行分配股权。"潘振民最后说道。

"这两个方向，倒不是不能考虑。"林焕海沉思了起来，现在西汽亟须资金进入，但是怎么引资，怎么谈判分配股权和利益，都是个问题，反而成立合资公司可能比较简单一点，"不过，如果成立新公司，按出资比例分配股权，我觉得可能不一定妥当。我们一是本身就缺钱，二是我们的技术占优，这方面的因素没有考虑，三者这个公司将来具体做什么业务也得说清楚了。"

"这个我都明白，也跟他讲过了，他的意思呢，是想当面跟你聊聊，毕竟他跟我聊的不算数，还是得跟你聊算数，你是主事的嘛。"潘振民有些尴尬地说，想当初，他如果努力争取，也许这个厂长、总经理的位置就是他的，何至于现在事事被动。

"当面聊？这个也可以，反正我们都是要引资，就看大家合作的条件。这样，老潘你再辛苦受累，联系王总，我们看看具体在哪里合作比较合适。"林焕海当机立断，准备跟他们先接触再说。

"行啊，这具体的事，我居中联系吧，争取尽快帮咱们约上王瑞生同志。要是他真能够解决我们的发展资金问题，这是好事啊。别的不说，新厂房的建设，就需要大量的资金投入。"选新厂址要搬迁到省城去的事，潘振民作为公司副总，就算是想瞒也不可能瞒过的。

"行，那就拜托你了，我们一起去会会这个老王。"林焕海赞同道。

然后两人又东扯西拉地扯了半天，潘振民才告辞而去，林焕海将他送到了门口。看着两人相谈甚欢的样子，办公楼里的人有点吃惊，大家早就传闻林潘二人不和，但没想到此时两人居然有说有笑，像是从来没有发生什么事一般，这让大家觉得很稀奇，一时间楼里都将此事传成了八卦。

送走潘振民后，林焕海一个人静静地坐下来了想了一会儿事，他意识到潘振民来找他聊天，恐怕说半天主要就为了见王瑞生的事，他觉得有点好笑，直接切入主题不就好了，这事只要对厂里有利，别说让他俩冰释前嫌，就算让林焕海给潘振民端茶送饭也是可以的。不管怎么说，现在潘振民已经表明要和他林焕海一条心了，可以充分发挥他的作用了，这也是件好事。

没一会儿，潘振民就电话告诉林焕海，已经和王瑞生联系过了，现在王瑞生在另外一个省，来回距离也很远，准备坐飞机，到周末的时候和林焕海见面聊。对此，林焕海当然还是非常期待的，这相当于要瞌睡了有人送枕头。

他把这件事简单地向姜建平和郭志寅等人进行了小范围的通报。姜建平对此是乐见其成的，不过，郭志寅的看法有些不一样，他研究了半天，觉得这事还是存在一定的风险，毕竟响越集团是个大集团，旗下收购的那家东汽公司也并不是弱鸡般的存在，如果西汽跟人合作，也许会被人一口吞下去，连根毛都不剩，在此他建议林焕海不要头脑发热，答应各种不利条件，而是要留些心眼，不要被人耍了。

还有句话郭志寅没有说出口，这让他后来非常后悔，他个人还是对潘振民突然"投诚起义"有点不太相信。

在当时，像融资这类事情，西汽公司很少接触，很多人存在很多的误解，再加上对自身属性的定位，也让他们对融资疑虑重重，觉得这就相当于引狼入室，还担心国有资产的流失，所以，谨慎也是必然的。

林焕海听后默默地记在了心里，他本来想等政策研究室有一定的成果后再展开融资合作等，但是现在看起来，时间是不等人的。他还正在思虑这件事情，别人已经先瞄准了西汽，在这其中，到底有什么谋划，又到底该如何应对，就凭潘振民这么简单聊几句，他自己是完全无法确定的。

思来想去，他觉得只有具体当面碰碰，才能深入了解对方的想法，但是怎么跟人聊，聊哪些内容，怎么应对对方的问题，这些都得认真准备一番才行。

目前的事情千头万绪，他自己捋了一遍，发现的确到现在为止，西汽最缺的就是钱，只要钱进来了，发展就能够快起来，各种计划的落实也会加快，因此，他调整了一下工作状态，决心先尝试一下融资。

# 第 71 章　被挖

林焕海在思考着如何获取资金支持，但是这样的事情在当时注定有些孤独，他找不到特别合适的人去探讨这件事情，大家都只能互相搀扶着谨慎地摸着石头过河。

在另一边，林超涵考虑的事情却没有那么多，现在他接到了一个重要的任务，就是负责调研全国民用卡车市场状况。随着经济的发展，道路越修越多，将来的物流运输必然大量用到重型卡车，这些机会摆在眼前。近年来，向西汽订购重卡的民用订单已经有增加的趋势，虽然说只是杯水车薪，解决不了西汽的长远生存问题，但是苍蝇也是肉，这也让西汽人注意到了这块市场的潜力。

王兴发就任政策研究室主任后，将这个任务交予林超涵主要负责，他也是经过慎重考虑的，因为林超涵对技术比其他人都要在行，同时，年轻吃苦耐劳，只要有经验丰富的老手带着到全国跑几趟，多掌握一点社会经验后，放他单独出去都是没有问题的。

他自己则是根据林焕海的安排，要重新回去帮他一块处理关于融资的事情。对于老林的出尔反尔，他并没有怨言，听到林焕海谈到有人愿意向西汽投资，进行合作，他立即敏锐地意识到这件事对西汽的重大影响。

现在西汽主要面临三件工作，一是生产效率的提高，这依赖于要更新机床设备；二是扩大生产规模，但是这已经不是更新机器可以解决的事情了，尽快建造新厂址已经势在必行；三是人员编制的改组。这三件事情，前两件都是要花大钱的，特别是建造新厂址，这里面的投入，他们心里一点底都没有，如果有人愿意投资西汽，和西汽开展合作，带来充裕的资金，那么就可以尽快完成这些事情。

现在林焕海要重新整理材料，王兴发仍然是最得力的助手。所以王兴发把政策研究室的事情直接交给年轻人来负责了，他只能在前端给予一些指导，在后端检查成果，中间的过程他是不可能事事亲为了。

至于年轻人们能不能完成这件事情，王兴发坚信一点，必须要让他们冲在前面一线。但是这些年轻人毕竟经验太浅，跟社会打交道的经历太少，所以还得有人来带一带，所以王兴发跟销司的王文剑和负责配套采购的杨勇祥等人商量，让他们派出经验丰富的人手协助政策研究室进行市场调研。

王兴发是带着林焕海的圣旨来的，王文剑和杨勇祥自然是拍着胸脯表示自己一定会全力配合这些年轻人的工作。

这不，林超涵就带着任务来找王文剑了，他现在的身份是政策研究室一组组长，但意外的是，林超涵发现销司正要搬家。

林超涵来到办公室，正碰到王文剑打电话，王文剑十分热情地对着电话说："好，没问题，你的事就是我的事，咱们哥俩谁跟谁啊……行，没问题啊，下次过去我带些土特产过去，野山羊肉你吃过没，我管你吃一个冬天的……好就这么说定了，回见哈！"

挂完电话，王文剑才发现林超涵和黄小露两人，顿时大喜。如果是其他组过来，王文剑肯定没有工夫跟他们慢慢聊，但是林超涵不一样，不说别的，就说当初，林超涵去北京城，怎么帮助林焕海拿下新型卡车的研制任务这件事，他是亲眼所见的，当时就觉得林超涵身上丝毫没有骄纵之气，聪明能干，后来一些接触更是让他十分欣赏林超涵，抛开厂长公子的身份，林超涵也值得他结交。前段时间老曹那边据说就想挖走林超涵，结果林超涵推荐了个叶文源，弄得风生水起，搞得他很是妒忌，懊悔怎么不早点改革，让林超涵给他解决一下难题。

看到林超涵，王文剑第一时间就握住了林超涵的手："小超啊，你看看什么时候能够来我销司工作呢，你看看，总经理的位置还空缺着呢，专门给你留的！"

这还没开始采访呢，突然来这一出，林超涵很意外。

"王叔，您真是开玩笑了，我一个黄毛小子，怎么能担此大任呢？"林超涵微笑着说，"这可是给您的专属晋级机会！"

"快拉倒吧，我心里清楚得很，这个位置啊，有能者居之，我实在是没那个能力，这点自知之明是有的。"王文剑一点也不避讳地说，他是真心对总经理那个位置没有太大的企图心，因为厂里的销售情况，除了林焕海就他了解最清楚，这些年，销售岗位其实就是客服岗位，若不是有一些客户关系维护在手上，销售几乎形同虚设。他对自己的贡献有多大心里门清，现在是找不着合适的人上位，才让他先顶一段时间。

林超涵嘿嘿一笑："王叔，您就谦虚着吧，等您真正忙起来，自然就会有好结果的。"

"没那个奢望！我是真心希望你能来帮我，你看你，又懂技术，做市场销售又是一把好手，不能埋没了人才啊。别的不说，销售这事特别锻炼人，以前我老王年轻的时候跟着领导出去，那是见人就脸红，连开口都不知道开口，现在也是老油条一根了，能力顶到天了也就这样了。但是你不一样啊，年轻有为，只要稍加锻炼，掌握一些技巧，就又能打开一片天地。只要你乐意，我拼了命也要说服林总把你调到销售公司这边来。"王文剑和林超涵打趣道。

"说不定以后有机会呢。"林超涵倒也没把话说死，其实来销司工作他也曾经郑重考虑过，父亲也曾经问过他的想法，但是因为还有很多技术需要学习，这块不想放弃，因此一直犹豫着要不要过来，还没等想明白，就又成立了政策研究室，被调走了，想着在新的部门怎么也得干一年半载的，来销司就别指望了，现在听王文剑这么一说，他又有点心动了。

"那就太好了，这销司的大门一直向你敞开！对了，说了这么多，你也不介绍一下你的身边人，还有，你们来找我，就是让我们配合你们做调研吗？"王文剑和林超涵好一顿说后，才注意到林超涵身边站着一直保持着迷人微笑的黄小露。

"给你介绍一下，这是我的新同事黄小露，跟我是一个研究小组的，我们配合工作。"林超涵连忙介绍，他接着道，"是这样的，王叔，我们政策研究室呢，现在打算配合销司做一下市场调研工作，为开拓全国民用车市场做准备。找您呢，是我们希望配合销司最近的安排，跟着去全国市场走一走，了解民用车市场的现状，摸清市场的需求，看看什么样的卡车技术性能指标比较合适我们开发。"

"我们首先要调研的，就是你们对现在国内市场的看法，能给我们的调研提出什么要求建议吗？王叔，您是知道的，我们都是新兵蛋子，不懂这些，还需要您这样的老前辈多多指点啊。"林超涵客气地说。

王文剑道："谈啥指点嘛，小超，跟你说实话，其实搞销售没什么技巧，就是一个字——诚，其他的都是添油加醋的。咱们这些销售人，其实跟谁打交道，最核心就是诚信、诚恳和诚心，只要做到了，对方多少都会买单的。当然，像咱们卖卡车，能够消化得了，除了军队，也就是一些地方国营企业和运输交通车队。"

林超涵姑且听着，这个王叔果然是做销售的人，太能吹了，把陪吃饭喝酒聊天就当作是诚恳诚心了。这两三年，王文剑的本职工作就是销售，管理着十来人的团队，平时更多的就是维护一下客户关系，除了军方外，就是跟一些零散的客户保持联系，彼此非常熟络，没有他自己说得那么玄乎。倒是黄小露听了不由自主地点着头，在本子上猛记下来。

王文剑嘿嘿一笑，又各种拔高，讲述所谓销售技巧，这些其实他自己未必实践了，但是看看书，什么也都会说了。

林超涵在旁边听不下去了，打断口水喷得满屋的王文剑说："王叔，您就跟我说说，您在销售过程中发现哪些问题吧，现在国内的民用卡车市场，到底是个什么状况，您清楚吗？"

这句话一下子把王文剑从虚头巴脑的销售鸡汤中唤了回来，他讪讪地笑道："国内的市场嘛，其实我们到现在为止，也没有正式掌握全国的市场规模，我们的客户群体大都是一些固定的熟人客户。但是在这个行业这么多年，没吃过猪肉还没见过猪跑吗？大概也是知道一点的。"

"快讲给我们听听！"黄小露连忙说。她对这个倒是非常上心，丝毫没有意识到自己的行为有什么不妥。这让林超涵觉得她还是很真性情的。

"莫急嘛，让我喝口茶。"说着王文剑就给自己倒了杯茶，慢慢品起来，林超涵也拿着自己的杯子慢慢品鉴，倒是黄小露没有心情喝了。

# 第72章　我自己写的是啥

然后王文剑大概讲了一下国内重卡市场的竞争格局和情况，像西汽这样以前专供军队使用的军车，基本上算是垄断了军队的重卡市场，但是在民用市场上，却是几乎没有前景的，因为西汽的标准是军车，成本难有优势，因此在民用市场也只能偶尔碰到不差钱又有苦力活要干的单位才下单买几辆。

王文剑嘿嘿一笑："所以咱们销司难做啊，因为咱们的车贵，真的只能眼巴巴地看着市场从手中流走。有时候整车不好卖，咱们卖些零部件、配件什么的，反而销路很好，可惜这些生意做不太大，只是让销司的同志们保持有事干。"说着，他随口报了一个价格，十分惊人。

"为什么会这么贵呢？成本有那么高吗？"黄小露难以置信。

林超涵接话道："其实，这也很正常，我们公司生产的这些重卡都是参照军方的标准来制造的，所有的设计用料都非常讲究，虽然很皮实，但是因为有设计冗余，大量的设计和制造都是浪费的，成本根本就降不下来。这方面的事情，恐怕罗科长那边最清楚了。"

黄小露对这个倒是听明白了，她默默地点了点头。

"你知道，咱们的车到民用市场上其实是受非常欢迎的，你知道老曹那边为什么一定要把运输队抓在手吗？"王文剑问道。

果然黄小露听到这个话题也非常感兴趣，很配合地问王文剑原因。

"很简单啊，就像小超刚才说的，咱们的车皮实啊，能装会运，跑起来绝对放心，所以地方经常要租用咱们的运输队，这方面绝对挣钱，我听说老曹那边很想再扩大运输队，但是连他也买不起公司生产的车了。"王文剑有点惋惜地说。

"啊，那以前运输队是怎么建立的？"黄小露不解地问。

"光景好的时候，厂里咬牙建立的。"王文剑也是很遗憾，说起来也是他这销售没用，没能拿到大订单，让厂里赚取到足够的资金。

"是可惜了。"黄小露若有所思地说。

林超涵对这些话题不太感兴趣，这些都是他清楚的内容，也就是为了给黄小露科普一下，才让王文剑发挥几句的，他单刀直入地问："王叔，你走南闯北，大概了解现在全国民用车市场的状况吗？有哪些厂家跟咱们是竞争对手？"

"这个，你算是问到点子上了！"王文剑一拍桌子，整个人显得特别亢奋地说，"其实，这个全国市场啊，现在对卡车的需求是非常旺盛的，但是民车市场流行的是轻卡中卡，重卡嘛，不是地方不想要，实在是成本负担不起，而且，用处也不大，只在矿山、砂石等建筑材料领域使用广泛，近几年，我看到各地都在大肆修路，重卡的需求也在慢慢兴起了。我认为要不了几年，全国到处都跑上重卡，修那么多路，就是为了运输啊，山西的煤，贵州的石材，首钢的钢材，要运到全国去，不都得需要重卡啊。这方面的前景是很明显的，公司之所以成立销司，其实就是希望能够打开这个市场，可惜，我们无能啊。"王文剑显得有点沮丧，明明看到很大一块蛋糕，急切却吃不到嘴里，他是很难受的。

林超涵安慰道："心急吃不了热豆腐，王叔，咱们这不是马上要进行民卡市场的调研吗？我现在最紧要的任务，就是搞清楚市场到底需要一款什么样指标的民卡。这个我们得一起去看看。你以前掌握的资料有哪些，也可以先跟我们谈谈嘛。"

"这方面的资料嘛，我偶尔跑市场的时候，也记了一些。"王文剑沉吟了一下，翻找了起来。但是因为最近销司要搬家，收拾得乱七八糟，这会儿都找不着笔记本了，只能到处翻起来。过了一阵，只听见王文剑的声音洪亮地传了过来："哈哈，终于找到了，翻了老半天，压箱子底下去了。来来来，我给你们讲。"

王文剑露着抽烟抽黑了的牙齿，笑嘻嘻地低头翻看着自己的笔记本："这上面可有不少宝贝呢，我以前偶尔记一点，有时候忘了就翻来看看。"

林超涵只好忍住没问黄小露，只是瞪了她一眼，凑过去看王文剑的笔记本。只见上面笔迹潦草，十个字能认出两个就不错了，林超涵歪着脑袋跟着看了一会儿就放弃了。这简直就是天书啊。

黄小露更是皱着眉头道："王副总，您这笔记自己能看懂吗？"

"能啊，哈哈，我自己写的嘛。咦，这个，这个我写的啥来着？"这就很尴尬了，王文剑突然发现有很多记载连自己都不认识了，也得认个半天才猜出自己记的是啥。

这让林超涵和黄小露面面相觑，哭笑不得。

辨认了半天，王文剑才破解了自己留下的密码："哦，对了，对了，我说一下吧，我以前记过的，像国内这些市场啊，像东北呢，你们懂的，有国内的第一家汽车制造厂，他们算是垄断了这个市场，咱们现在很难挤进去，虽然说他们现在有些困难，但是瘦死的骆驼比马大，咱们搞不过它。还有像西北这块市场，也没法混，你看看，就这山区，同样有朱岩重汽把持着，那里重工业也不少，但是咱们也很难打进去。像华中地带，也有些麻烦，同样也有一个大型汽车制造厂。像沿海地带，东汽那边的轻卡中卡很畅销，咱们的重卡，需求量也不大。麻烦。"

"这些地方您都跑过吗？"黄小露略带怀疑地说。

"有些跑过，有些不用跑，跟同行交流一下就知道情况啊，还有一些是林总这些领导平常去开会的时候听到的情况，回来跟我说，我也知道的。"王文剑坦诚地说。

"读万卷书，行万里路才行。"林超涵思考着说，"我们这次调研不是坐在家里采访一下就行了，是要走出去的，王主任那边跟我交代过，这次恐怕要我们跑遍大江南北，了解一下市场情况，所以，要您带着我们到全国各地走一走，您看看，怎么安排这些行程合适，从哪里开始调研比较好呢？"

"带你们跑是没有问题啊，我们去见客户，你们都可以跟着，销司派往各地的人员，你们想去哪里，我都可以安排。不过，需要说明白，我们销售出差可不像你们想象的那么轻松，要跑很多地方，很累很辛苦，你们得做好准备。"王文剑很爽快地说。

"这个自然！我有准备。"林超涵说着看了一眼黄小露，他是真心有点纳闷，王兴发为什么非得派个女孩子参加这次调研。

"我也没问题!"黄小露急急忙忙表态,她还示威性地向林超涵瞟了一眼。

两人出来后,林超涵本来想和黄小露商量下后面的调研计划,但是张了张嘴,一直感觉黄小露对他有点成见,一直防备着他似的,不想自讨没趣,于是就一马当先,带头走了起来。

不料黄小露却有些意外地主动问道:"林超涵,我想问一下,怎么沈玉兰走了啊?你为什么不留呢?"

"啊?"林超涵听了十分愕然,黄小露猛然提起来,真让林超涵噎住了。

"不会是你抛弃了她吧?"黄小露嘟囔了一句,径直快步走了。

自己在大家心目中已经形成了这样的印象?林超涵十分困顿。他慢慢地向前走,感觉脚步异常沉重。他不知道是黄小露一个人这么看,还是一大群人都这么看。他的情绪受到了严重的影响,以至于恍恍惚惚地回到了办公室。他一个人,静静地坐在那里,靠在椅背上,闭着眼睛冥思起来。

时光啊,过得太快了!

季容在异国他乡还好吗?此时的他特别想念季容,有一段时间他们没联系了,再热的恋情,隔了一个太平洋,隔了万水千山,那也会慢慢地淡漠吧。

而在他思念的同时,在太平洋的那边,则已经是傍晚,季容正在和一群朋友聚会,参加一场派对,派对的主题是"60年代",顾名思义,这是一场以60年代模仿秀为主题的派对。

派对上,季容则成了另类,她穿着白色上衣和小花碎裙,头上只别了一个发卡,秀发披肩。她是想起以前看过的画报,在中国的60年代初,有这样打扮的女孩。在人群中,她像是一只轻灵的蝴蝶穿梭,别致的打扮,清纯的扮相,意外让她成了全场的焦点。

女学生好奇地围在她身边,询问她这身打扮是怎么回事,她用流利的英语介绍说,这就是中国的60年代,在那个年代,不只有美国的嬉皮士,还有蓬勃发展的新中国,那里有11亿人民,准备追求美好幸福的生活。

周围热闹喧嚣,来来往往的人很多,那些人或高或矮,或富有或贫穷,或温暖或寒冷,或真实或虚伪,但那都像是街头橱窗里花枝招展的模特,看得眼花缭乱,却不合己身。她的爱人,得让她飞蛾扑火,得让她刻骨铭心,得让她踏实依靠,但这里的繁华世界,纵有花团锦簇,却只可远远地观赏。这让她分外想念太平洋彼岸的人，不知道他此时过得还好吗？

# 第73章　南方之行

季容有些烦闷，离开了人群，一个人端着杯子，静静地站在一隅，仿佛在时光的通道里，不知道为什么，她的眼眶微微湿润起来，她早就体会过，思念，是有点疼的味道。

直到师兄林文达又凑了上来，季容微微皱起了眉头。

摆脱各种烦人的纠缠后，季容回到学校，迫不及待想给林超涵打一个电话，她实在是太想念林超涵了，她想第一时间听到他的声音，想第一时间和他诉说这一段时间的相思之苦，想给他一个天长地久的许诺。

但是当她打电话过去，却得到了一个让她极其郁闷失望的消息——林超涵又出差了，这次出去要好长时间，而且行程也不固定，要全国各地到处跑。

季容失落地挂断了电话。

季容打来电话，是厂长办公室的人接的，但是王兴发调任后很少回来，接电话的人因为太忙，忘了跟王兴发说这个事情，林超涵因此不知道许久没联系的季容给他电话了。

此时的林超涵，已经随着王文剑出差了，这也不是他们俩第一次结伴出差，前年回厂去北京的时候，他们俩就一起出过差，不过，这次还多了一位同事黄小露。

他们先是到中部某省会，这里一条长江从城市中间横穿而过，雄伟的长江大桥连通两岸，气势壮观。接下来的时间，三人就在这个省各个市到处走了一遭，然后再到隔壁省份转了一圈。整整花了半个月的时间，除了走访部队外，林超涵和黄小露主要考察民用车市场，但是最后分析的结果令人沮丧，在这里，重卡的生存空间也不大，中卡、轻卡仍然占据了主要市场，最主要是价格方面，西汽的重卡价格实在太贵，林超涵分析过，就算是搞成民用版本，那么成本也远超一般的中卡。

这让林超涵的心情有些郁闷，随后他和王文剑、黄小露三人又在外面飘了一个星期，走访了江浙市场，最后发现这里的市场也容纳不了他们的重卡。然后他们就按照计划，最后跑广东，这里是改革开放的最前沿地带，整个珠江三角洲经济正在蒸蒸日上，这里也被王兴发他们寄予了最大的厚望。

当时，这里实行代加工制，也就是在这里生产产品，再贴牌运到国外，再从国外发往世界各处，因此物流贸易特别繁荣。但是在整个物流过程中，重型卡车的影子却难以寻觅。林超涵注意到，这里除了长长的货柜车很壮观外，其他都是中卡轻卡，能运输的货物比较有限。他也随机采访了一些卡车司机，得知这里的卡车，除了一部分是工厂自己的外，大部分都是外面跑车的运输车队的，甚至是私人车辆，普通的工厂是根本买不起，也不想买卡车，因为养车和养人都很麻烦，除了一些大型的厂家会专门配车外，小厂家都是通过社会关系雇佣车辆，一趟运输下来，扣除油钱，50公里距离毛利通常在80—120元，这可是一笔不小的费用。林超涵算过，如果一辆车开足马力跑起来，每天可以来回跑上至少10趟，算起来就能赚800—1200元，一个月下来，那可是相当惊人的数字，如果一辆车能够一个月不间歇地跑，一个月就能挣到林超涵在西汽上班两三年才能拿到的工资。果然是油门一响，黄金万两。

算着账，林超涵都有一股冲动，赶紧去考个驾照，来改革的前沿阵地买辆车跑运输得了！跑个半年就连本带利都赚回来了！

当然也只是想想，跑车也不是什么时候都能接到活的，也不是什么活都那么好挣的，听司机们叫苦，有的厂子仗势欺人，把价钱压得很低，有的厂子则是穷得叮当响，半年给不出钱，有的厂效益不错，但老板就喜欢压账，好几个月甚至是年度结算一次。

在听这些卡车司机抱怨时，林超涵注意到了一个细节，这些司机日子不好过的一个重要原因是载重有限。

而为什么载重有限呢？道理很简单，就是设计载重就不高！

林超涵拿着笔和本子，就着记忆里看到的国内外各种车型，对照着进行记录，这让他惊奇地发现一个现象。

"怎么可能，这里都是以日本车居多啊？"他发现了很多车都是日本的山鹰卡车，它们的标志很好认，这是日本的一家老牌企业，有百年历史，在侵华战争期间，是日本军火武器的重要提供方之一，在抗美援朝战争时期，他们靠着给美军提供物资，又重新活了起来，再次成为财阀巨头，他们生产的卡车靠着日元开路，走遍了全世界。

而粤省这里，却全是二手日本山鹰卡车！

最让林超涵感到不可思议的是，这些从香港运过来的二手车，大部分居然还都是右舵的。但是这些二手车除了性能良好外，一是价格便宜，二是省油，因此特别受欢迎。

林超涵三人在调研了一天后，晚上坐下来讨论，交流心得。

"你们俩说说，在广东这个地方，有没有重卡生存的空间呢？"王文剑开了一瓶冰冻饮料，痛痛快快地喝了一口，其实他真没有必要这么辛苦，但是公司有任务，又不得不陪着这两位搞调研。

"广东这个市场有没有我们发展的空间呢？"林超涵自问自答，边思考边说，"我感觉，这里的市场空间太广阔了！"

"哦，怎么这么说呢？"王文剑有点意外，"你看这里，我感觉也都是轻卡中卡的市场，根本就没有我们发展的空间。"

"那可不尽然啊！"黄小露竟然也站出来反驳王文剑，"我看这里的市场谁占领无所谓，关键是我们有无用武之地！"

"这不废话吗？"王文剑连续喝着，把饮料喝光，长吁了一口气，"这地真是太热了！来回跑，真是折腾死人了。我看咱们明天启程回公司吧，能看的我也都带你看了！"

"不，王叔，我还想再观察调研一下！"林超涵坚持说，"虽然这趟差出得已经够久了，但是太值得了，广东这里，我认为可能是我们开发民用卡车，发展壮大的最佳市场，这里有充足的土壤和养分，能够让我们尽情地成长！"

"别搞那么抒情的，说说你的根据吧。"王文剑问道。

"根据很简单，就因为这里经济在飞速发展，道路在密集施工，工地正在大兴大建，而物流则是繁忙无比，种种条件决定了，这是卡车发展的最优市场，没有之一！"林超涵断言。

"哦？你这么肯定？"王文剑意外地问。

随即林超涵列举了一些数据，黄小露也进行了一些补充，这番大道理讲得头头是道，听得王文剑频频点头。

"老了！你们终归是八九点的太阳，果然是我们的接班人啊！"王文剑感慨，"既然你们这么有想法，那就再调研几天，我们形成统一意见后向厂里汇报，如何？"

"好！"林超涵和黄小露两人异口同声地回答道。

转瞬一周过去了，林超涵和黄小露天天出去调研，风里来雨里去，他们白天调研，晚上就汇总各种统计数据，这些数据有的是他们采访问来的，林超涵还设计了一份调研问卷，随机采访了近百名卡车司机，有的是他们站在路口，根据车流进行记录的，当时可不像现在有这么多的大数据统计方法，为了研究车流量，他们得忍受各种天气和路上的灰尘，蹲在路口，测量记录车流和车型号，然后根据统计数据进行推算。

通过这些数据，以及各种采访，林超涵心里更有底了。

此次出差前后差不多跑了一个半月，到西汽这边春暖花开天气变暖的时候，他们给公司报备了一下，准备回厂了。

# 第74章　漫天要价坐地还钱

王兴发接到电话很是高兴，就问了一句有没有什么收获，得到肯定的回答后，追问了几句，就挂断了电话，他的事情也很多，最近林焕海关于融资的事已经紧锣密鼓地在进行中，要忙的事情太多了，王兴发作为左膀右臂，一直在协助林焕海处理这件事情。

王兴发挂上电话后，匆匆地赶往了林焕海的办公室，这会儿，林焕海正在研究响越集团提供的资料文件。

"老王，你来了正好！帮我参谋下，这个响越集团到底打的是什么盘算？"林焕海皱着眉头说，"他们提出新成立公司要占股2/3，虽然说他们计划帮我们出资兴建新厂房，也会给我们的技术设备更新投资，但是要占这么多的股份是不是有点过了？"

就算是完全不懂这些金融手段，也能够看得出，响越集团这个要求太狠，会导致西汽完全丧失主动权，这是林焕海绝对不能接受的，他是要西汽发展，西汽也的确需要资金支持，但是响越就算是全额出资，他也不会同意的。

"他们这是按照出资比例提出的股份占比吗？"王兴发接过文件扫了一眼，上面详细列着响越集团关于合作的一些倡议内容和条件，其中有几个地方被林焕海用红圈圈给点了出来，最大的那个圈就是股份分配的问题。

"是！他们大概是以为我们资金紧缺，如鱼缺水，所以想狠狠地拿捏我们一把！但是这个条件，可不是那位之前谈到的，大家好说好商量，基本上，如果我们同意了这个方案，那就得谈崩，没得说，没得商量了！"林焕海有些生气地说，"太不厚道了！"

说着他点燃一支烟狠狠地吸了一口："他们还说，要求以后公司管理层任命要经过他们允许，他们还将派驻团队保证项目顺利实施！这不都扯淡吗？我们出力出人出技术，最后还要被他们给架空，他们想得可真美啊！如果是这条件，咱们谈都不用谈了，后面的合作直接取消就好了！"

王兴发看完扑哧一下笑了："我说林总啊，漫天要价，坐地还钱的道理你不会没听过吧？他们敢漫天要价，我们也要敢于杀价啊！你先缓一缓，咱们又不着急非得现在就答应或拒绝他们，你说是吧！"

"嗯，那你看，我们应该如何杀价呢？"林焕海平复了一下心情，掐灭烟头对王兴发说。

"哦，那这个，我还得再仔细考虑一下，我们肯定不能为了只图一时痛快，提出一个同样让他们也难以接受的方案。那样，就真的直接谈崩了，我们这段时间的接触和付出，都白费了。也浪费了潘副总一番努力不是？"王兴发沉吟着说道。

"是啊，老潘那边这次也不容易，一直在撮合我们见面，接触几次下来，我们的合作意向倒是谈得很好，但是对方书面提的这个条件可真是不一般啊，招招见血，步步惊心，我怎么看着都觉得他们算得太精明了，跟这样精明的玩家合作，我都有些害怕，怕给我们公司带来麻烦。"林焕海皱着眉头说。

王兴发摇着头说："那倒不至于，不说我们现在还没有进入实质合作阶段，也只是拿到了一些基础的合作计划文件，可进可退。就说我们进入了实质性合作阶段，只要我们能够坚决主张自己应有的权益，他们也拿我们没奈何的。"

"该有的权益我们应当坚持，但是哪些权益我们应该列进去，我们应该考虑清楚，我就担心挂一漏万，会遗漏一些细节，导致我们在将来被动。你看过报纸没，这几年，有些地方企业为了融资，真是各种上当受骗。"林焕海说的这些事都是历史真事，一些骗子冒充海外侨胞和港台同胞，打扮得一表人才，到各地招摇撞骗，虚构一个机构身份，再加上一些与名人的合影，阔气地出手，让一些见识不广的地方企业领导人纷纷上当，在合作正热之际，对方却拿着地方企业预垫的款项卷款潜逃了，报案都抓不到人。这一招在信息不灵便的当年屡试不爽。

林焕海担心自己成为笑话，这在王兴发看来，也是很正常的。

王兴发笑着说道："小心点是应该的，不过，我们之前也做过功课的，我们不是跟仲司长他们打听过了吗，的确响越集团最近新换的掌门人就是他，而且，潘副总跟他也熟不是吗？"

林焕海点了点头，忧虑之色稍解，道："那咱们还是好好讨论一下杀价的条件吧！"

"好吧——对了，林总，刚接到小超的电话，他们准备暂时结束考察回公司了！"王兴发正要走，突然想起来，赶紧向林焕海汇报。

"哈哈，浪了那么久，终于要回来了！"林焕海很开心，"他们有没有说，有没有什么调研结论！"

"有！他们已经对市场情况有了充分了解，这次回来，计划向公司汇报他们的研究结论！"王兴发笑着说，"小超和小露居然还跟我卖关子，说具体情况回来详谈！也不知道葫芦里卖的什么药，但我了解他们，没有把握绝不敢说这话。"

"好！等他们回来，我们专门开内部会议听取他们的汇报。"林焕海老怀大慰。

林焕海第二天参与了公司的生产会议，其实会议都是一些常规内容，主要就是各个分厂之间的生产任务安排，这些没改制前，林焕海也是每会必参与的，因为有些事，他不来协调，活儿就没法分配下去，有时候扯皮推诿，能耽搁很多事，他作为权威决策者，必须在现场拍板，下面的人才不会不服分配。

就算是这样，往往也会产生各种各样的争议和矛盾，甚至有闹得不可开交的场面出现，公说公有理，婆说婆有理，剪不断理还乱。

林焕海再头疼也没有办法，必须得参加。最开始时甚至还有各种不服他的，有使绊子的，有唱反调的，还有阴阳怪气的，各种挤兑，让他这个厂长都经常很难堪，但是，面子都是自己挣回来的，赢得尊重全凭实力。

从林焕海唤回儿子入厂起，不断发生各种事情，都在打反对者的脸，最后在会上各种故意唱反调的声音才慢慢消失，但是免不了还有各种摆困难讲辛苦的，这些往往是牵扯林焕海精力最多的事情。

要不是姜建平和郭志寅两大支柱一直在支撑着林焕海的信心和勇气，林焕海现在也不敢说自己一定能走到这一步。

好在俱往矣，随着改制措施的深入，这些生产会议虽然一直需要林焕海参与，但是他现在轻松多了。

为什么？一切拿数据说话。自从实行独立核算后，各个分厂车间对自己车间的产品质量、效率、效益都十分上心，因为这切切实实跟每个干部每个员工的待遇密切相关了。每个车间每个月生产任务是多少，完成了多少，良品率多少，成本花费了多少，浪费多少，分摊下来，是赔是赚，都核算得一清二楚。

这样导致的结果是，生产会议的画风大变。

以前是这样的：

"喂，老张，你那个车桥是怎么搞的嘛，我们总装等你们送车桥过来好久了，干等了好几天，工人不干活，结果你们送来的车桥十个里面有一半不能用，这浪费可有点大啊！"

"怪我咯？我们还不是要等着桥壳那边铸造好再生产？不得等齿轮那边的配套到货才行？前面的质量都过不得关，我这里再把关有个屁用！你去跟厂长说嘛，看他有哪个办法？"

"厂长可是三令五申要把好质量关的。"

"那我有什么办法嘛，你去找桥壳那边嘛。"

"什么，老张，你不太厚道了，桥壳铸造冲焊这工艺，本来控制难度就大，我们这边尽心尽力把东西赶出来送给你，还嫌我们质量不过关，良心呢？"

各种扯皮，光是听听，就让林焕海觉得浑身黏糊糊的，像是怎么都洗不干净的肥皂泡，真想拿把冲锋枪把这些恼人的家伙全给突突掉。

改制后好了，现在开会经常是这样的：

"老张啊，你们上个月车桥一共生产了56个，嗯，但是良品率只有85%，这个月估计资金要扣光光了吧？我跟你说，你们良品率这么低，严重影响到我们总装了，不过，还好，我们总装这边合格率都95%了，这个月你们扣的奖金都算便宜兄弟们了。哈哈。"

"老秦啊，你可别幸灾乐祸，我们这个月良品率已经接近97%了，哼哼，我们汲取了教训了，专门收拾做桥壳的这帮混蛋，你猜猜怎么着，我们加强核查后，发现他们的良品率只有72%！上个月扣掉的奖金这个月就全指着他们弥补了！"

"唉，真是倒霉啊，我这个月就请了一个星期假，手下那帮没责任心的就给我捅了个大娄子，看我回去不好好收拾他们！"

就这样，互相之间，一笔笔账都算得清楚了，谁该为什么事负责，数据一出来，清楚明白，认真负责的单位赚钱受表彰吃肉，没责任心混日子的单位只能喝点汤汁。每个车间每道工序都有自己的特殊性，数据指标也不全一样，但是却必须竭尽全力才能完成好。一切都取决于生产表现。

虽然说有些懒人叫苦不迭，但是大多数人却更愿意铆足劲干活，无他，唯挣的钱多耳。

# 第75章　不能干点正经事吗

在这种情况下，林焕海就很轻松了，分配完任务后，只需要关注各个分厂车间的独立核算结果就行了，一切都看数据定乾坤。各个分厂也没心情去跟他这个公司负责人去扯皮，怎么提高自己的数据，让员工们的钱包更鼓点比什么都强。

这个改革开始时，有些人担心，所有的员工收入都增长了，那厂里效益不是要被掏空了吗?

但是一番账算下来，大家都服气了，经过一段时间后，财务核算惊喜地发现，虽然计件后员工们的工资整体大涨，涨幅最高一月较之前几乎达到41%，但是由于质量的普遍提升，浪费的材料大大减少，整体来看成本还是降低了8%。这个数据就相当可观了，它充分地说明了生产效率和生产质量与成本之间的正相关关系。只有效率和质量上去了，成本才能更好地得到有效控制。

而且，这说明，改革初见成效了。这一切，早在林焕海和王兴发等改革派的算计之中。以前搞教育、抓落实、搞处罚都不能有效地降低成本，但是一旦将这些与收入挂钩，立马就发挥了巨大的动能。

这一切，都是在不知不觉间完成的。这次生产会议，果然也在林焕海的意料之中，基本上大家都是拿数据在说话，谁的成绩好那是一目了然的。而且林焕海还曾经加了一剂猛药，比如说任何一个分厂车间，要是当月能够百分百甚至超额完成任务，并且良品率达到99%以上的话，还会额外给予一份"优秀奖"。当然这个奖每个月只能产生一个，为了拿到这份额外奖励，很多车间都拼了。

林焕海很轻松地开完了生产会议，当会议即将散场的时候，他向大家通报

了三件事:

一是公司准备引资,和一家国内大型集团企业成立合资公司,对方将注资进来,引资后,公司将会迎来全新发展。

二是公司有计划在省城周边选定一块地方建厂,目前政策研究室正在进行调研,希望大家也有所准备。

三是公司准备大力开发民用车市场,目前政策研究室调研小组即将回来,准备汇报调研成果,这个调研将决定民车市场开放的方向和技术性能指标。这件事也希望各个部门有所准备。

这些事大家其实也模糊不详地听说了一些,但是从林焕海口中正式宣布出来,还是让各个部门的人一阵阵失神,这些消息其实一个比一个更震撼。

成立合资新公司?这事靠谱吗?至于建新厂房,这个大家倒是近期传得沸沸扬扬,不得不说,这倒顺应人心,但是大家心里还有怀疑这个决策现在是否理智。这算不算劳民伤财?

至于第三件事,大家更皱眉头,要开发民用车型?咱们现有的车不是也有地方订购的吗?公司特色就是重卡,有必要再去开发新款吗?万一市场前景不好怎么办?

虽然疑虑重重,但是大家都注意到了一件事,这个所谓的"政策研究室"看起来说话很管用啊。大家第一次对这个新成立的部门重视了起来。

林焕海宣布三件事后,也在心里松了一口气,说真的,他主持这次改革,多少有点忐忑,但是现在他心里有底了,因此也不怵跟大家分享一下公司最新的决策方向,这几样事,现在也需要跟大家交代一下了,不然大家会以为他这个厂长就可以躺到一边享清福去了。

但这些事目前也只适宜和干部们简单通报下,具体的细节林焕海没有透露。至于会引起什么反应,他倒没有什么担忧,这些事都是厂里发展的大事,他相信,到最后,赞成的声音一定大过反对声。

开这个生产会议的时候,林超涵一行三人正坐着绿皮火车哐当哐当地往回赶,从南方赶回到西汽,时间还很长。在开完生产会议后,林焕海拾掇拾掇就出发去省城了,他要去找一下俞副省长。现在引资的事必须要向他做个通报说明了,还得听听他的意见和指导。

林焕海到达省城后,先去找了省国资委的祁副主任,屡次开会打交道,两人很相熟了，准确来说，祁副主任现在算他的顶头上司。祁副主任全名叫祁重礼，是个南方人，早年就一直随父亲在秦省上学，接着在这里工作，一直没有离开过秦省。

俞副省长也不是说见就能见着的，林焕海还得先和祁副主任走个程序，第二天一大早，他就坐着车赶到了省国资委的大楼。祁副主任比较忙，但也抽时间和林焕海聊了半个小时，当听说林焕海正在跟响越集团的人接触，有可能接下来要进行合作时，他沉吟了半晌，只是提醒林焕海要注意风险，其他的倒没有多说什么。

见完祁副主任，林焕海便又急匆匆地拜会了俞副省长。俞副省长更忙，他见林焕海全程只有15分钟，俞副省长十分歉意对林焕海表示这实属无奈，马上要参加省里一个重要的工作会议，不过他对与响越集团的合作还是非常感兴趣的，听到后眼前一亮，但是他短时间也没有办法替林焕海拿主意，原则上他是同意合作的，不过，当听到林焕海说对方提出要控股新公司，皱起了眉头。但是他毕竟非寻常人，立即提出一个新的解决办法，合作可以是三方合作，既然西汽属秦省国资委管辖，那么这个新成立的股份公司，国资委方面也出头，可以帮助西汽向银行进行借款，但是前提条件是国资委必须在新公司里占据百分之三十的股权，这样才好向银行开口。当然不是以国资委的名义，而是国资委旗下企业的名义占股。

说完俞副省长就匆匆地走了，临走前让林焕海仔细考虑斟酌，回头提交一份正式的合作方案。

林焕海仔细琢磨了这个新方案后，很是动心，如果国资委也参与占股的话，就等于是又多个出资方了，互相可以制约平衡，西汽方面到时候只要仍属国资委管，那么这家新开的公司就不至于会被响越集团一口吞掉，但是这个提案，响越集团会作何反应也不好说，有可能就此放弃与西汽的合作了。

林焕海感觉现在有些两难，一时间也难作决断，索性不想了，准备去考察一下新厂址选地。俞副省长之前有给过他建议，让他们去东郊建厂，但是具体如何，他还是去看看更放心。另外，销售司之前说过要搬到省城里面来，具体的办公地址已经先定，但是林焕海自己还没看过，他也想过去看看再说。

这边，林焕海到省里活动的时候，林超涵一行人回到了西汽。他们三个人回厂的动静很小，但是见到他们的人都忍不住乐了，因为三人的扮相都有些另类了，都是蓬头垢面。回厂后，他们各自先回住所洗漱。

林超涵回到久违的家中，一进门，于凤娟看到就心疼地直叫唤，这个老林，看把好端端的一个儿子给弄的，都快成小乞丐了，浑身都散发着难闻的味道，衣服也破破烂烂，这都成何体统啊。

"儿啊，赶紧去洗洗。咳，都说儿行千里母担心，也不知道怎么搞的，你自从回来上班后，动不动就出差，每次出差回来，都是这副德性。"于凤娟边说边有些抱怨。

"妈，这是我从南方带回来的一些特色食品，你尝尝！"林超涵边说边把身上能脱的外衣都脱了下来，丢给了于凤娟，赶紧去洗洗，他自己也感觉快霉掉了。

在家里洗澡，林超涵感觉轻松自在，使劲地清理了一番后，才舒舒服服地走出来。

"妈，爸这几天在家里吗？"林超涵随口问道。

于凤娟正麻利地在客厅用澡盆搓衣服，她把阳台上的大澡盆接了两桶水，再掺了些热水，把林超涵脱下的脏衣服全扔了进去，然后倒了些洗衣粉，搓得全是泡沫。她边搓边回答："你爸去省里了！也不知道什么时候回来！"

"哦，好吧！"林超涵听后有点失望，"我都迫不及待想向他说一下我的新情报新发现了！我不是已经提前告诉他我要回来了吗？"

"你就先省省吧，先在家里吃好喝好，把身体养好了再去汇报工作！"于凤娟突然想起来，只顾着洗衣服，也没问下儿子饿不饿，"呀，我先去做饭，你那该死的爹，居然一点也没有告诉我你今天回来，早知道，先给你煲点鸡汤喝。"

"那就不用了，南方那边，妈，你是没看过，凡是吃饭都要先喝汤，这半个多月，我们喝了各种各样的汤，算是喝够了，一会儿您就先来几个家常菜就好了！"林超涵回答说。

"那倒是！你妈我年轻的时候也去过南方，在那里待过一段时间。唉，那个时候的确是汤喝得太多了，把我都养胖了，后来要不是来西汽支援三线，那我还真不愿意离开那地方。"于凤娟不无遗憾地说。

"咦，老妈，你在南方待过一段时间吗？"林超涵有点意外，第一次听说。

"咳，当年你妈走南闯北的地方多了，认识的帅小伙也多，要不是来西汽认识你爹，现在也不知道你在哪里呢。"

"那是，再帅也没我爹帅，再美也没我妈美！"

"不用拍我马屁，你倒是说说，去南方有没有认识什么女孩子啊？听说这次跟你出差的又有一个女孩！你们没有日久生情吧？"

"妈！你是想抱孙子想疯了吧？"林超涵不满地说。

"也不知道你怎么搞的，唉，这么大一个小伙子，整天都不干点正经事！"于凤娟很惋惜地说。

林超涵无语，敢情在老妈的眼里，谈恋爱生孩子才算是正经事，其他都不算。

# 第76章　我会努力的

"对了，吃完饭你去找一下凌霄强吧，这两天他回厂里来了，也不知道走了没有，你们俩捣鼓的那点事估计出了什么问题，他心事重重的样子。"于凤娟提醒林超涵，像家属们还是习惯把公司叫厂里，因为这样叫着亲切，好像还是从前的样子，公司这个词听着就有些冷冰冰的，还是叫厂里感觉暖和。

林超涵听到了，怔了怔，这能出什么事呢？不过，他转念一想，有一个重要的事情他正要转告给凌霄强。

想着这件事，林超涵就有些坐不住了，很快于凤娟做好饭，他三下五去二狼吞虎咽吃下两碗米饭后，就放下筷子，跑出了门。他要去凌家找凌霄强，两家都在家属院内，相隔不远。

林超涵刚下楼，却碰见另外一个人，徐星梅。有好长一段时间没有见到她了，自从沈玉兰离开后，他已经很久没有去过徐星梅那边了。

只见徐星梅有些愁眉苦脸地在徘徊，一直在转悠着。

看见林超涵出来，她连忙迎上去了，林超涵一怔："梅姐，你找我有事？"

"嗯，是有点事，小超，我想跟你唠几句。"徐星梅有点不好意思。

林超涵安抚她："梅姐，没事，我就是你弟！有什么需要我帮忙的，尽管开口。"这还真不是安慰她的话，徐星梅一直把他当作弟弟一样看待，而林家包括于凤娟知道后，既同情她的遭遇，也欣赏她真诚善良的性格，经常给予她一些照顾。

徐星梅听后稍稍犹豫了一下，才接着说："小超，其实我是没有办法，才来找你的！"

"啊？！怎么了，又有人欺负你吗？我去找他们算账！"这话林超涵还真是不胡说的，当初有人欺负她们，强行占据了她母女的小窝，最后也是林超涵帮忙要回来的。这件事情，全厂人都知道，当时大家都夸林超涵真仗义，都认识到这个年轻人是见不得龌龊伎俩的，不好惹。徐星梅无以回报，好在有一帮知心大姐朋友，这些知心大姐可别小瞧了，她们在舆论场上可不是盖的。每次林超涵一有什么事可能会被误解，这些知心大姐们就在徐星梅的鼓动下，宣传真相，辟谣洗白，不遗余力。还真别说，这些作用还真大，让个别别有用心的人在背地里捣鼓的事都莫名其妙地被扑灭了，他们就闹不明白了，怎么想通过林超涵打击一下林焕海的威望就那么难。固然主要有林家父子持身甚正的关系，但是这些辟谣大姐们自发组织起来的力量也是功不可没的。而这些，都是徐星梅的作用。

"那倒没有人欺负我们，大家也都挺照顾我的。只是现在公司改革，按计件工资算，你知道的，你姐的水平不高，所以……"徐星梅说着惭愧地低下了头。

"我明白了！"林超涵点头，自从林焕海搞公司改革后，整个公司的面貌确实焕然一新，新的工资制度实行后，多劳多得，干得好有奖，但相反来说，干得不好的那部分人收入就会下降。不消多说，以徐星梅那惨不忍睹的技工能力，肯定是属于相反那一个圈层，而且，极有可能她就是属于垫底的那些人里面的。

事实也是如此，林超涵接着问："梅姐，你现在收入多少？"

"上个月拿到的工资，才180元钱！"徐星梅说着就抽泣起来，"这么点钱，我要是一直这样，恐怕就过不下去生活了！"

"啊？！"林超涵听了不由得有些吃惊，以前徐星梅拿多少钱具体他不知道，但应该四五百块钱也是能保证的，这些钱虽然不能大富大贵，但是比徐星梅回家种地还是强多了，保证她母女俩生活是问题不大的。但是现在不到200块钱的收入，确实是太低了，这生活没法过下去了。

想了想，林超涵急忙说："梅姐，你等我一下！"说着他急匆匆地跑上楼上，跑回房间，翻了一下柜子，将自己之前存下的工资揣到口袋里。出房门来，于凤娟奇怪地问他怎么了，林超涵也来不及答话，就风一样冲了家门，再冲下楼来。

"梅姐，这里有500块钱，我之前存下的，我一个单身汉，用不了那么多，你先将就着用一下。"林超涵情真意切地说。

"不，不能要，小超，你姐不是来跟你借钱的。"徐星梅看到林超涵拿出钱来，连连摇头，她不是那种恬不知耻只知道伸手拿要的人。

"姐，这钱你先拿着垫付家用吧！你要认我这个弟，你就先拿着，其他困难我们接下谈，我再想办法帮你解决问题。"林超涵并不是穷大方，也不是装阔气，实在是他最近没有大开销，上个月的工资还压在财务那里没去领呢。他不愁这点，平时吃喝在家里，于凤娟都花林焕海的工资，他反正跟着蹭就是了。

林超涵好说歹说，徐星梅才勉强收下了钱，这钱不是不需要，而是她实在不忍心让林超涵用自己的钱贴补借用。

"小超，这个钱我会记下来，将来一定会还的！还不了，让我女儿接着还。"徐星梅拿着这钱，心里很不安。

林超涵笑了笑，没有接话，这个钱，他还真没想着要徐星梅还。

"长远来看，我不觉着这是一个好办法！"正说着，凌霄强不知道从哪里冒出来了，显然把这一幕看在眼里了。

"对哦，小超，你帮梅姐想想，有没有什么更合适的工作让她去做呢？"凌霄强第一时间站出来替徐星梅说话，从某种程度来说，他有很朴素的正义感，觉得弱者天生就应该被帮扶。

"更适合的工作？"林超涵沉吟了半天，真心话，他实在没想出什么工作特别适合徐星梅的，照顾困难家庭不是不行，但是得有度，而且也不能滥施同情。如果处处照顾落后者，改革等于没改，相当于又回到吃大锅饭的年代了。弱者必须要自强才行，而不是一味等着照顾，否则，改革就失去了意义。

换到徐星梅这里，林超涵就算是真想帮她，亦不可能去找林焕海理论或是要特殊照顾，将来公司发展壮大了可以，现在，不行！

"那个，梅姐，我有个不是特别好的主意。听不听在你哈。"林超涵思考了一下，觉得事情不是不可为，"三产那边，我去找一下曹总，看看你能不能在休息时间兼职帮他干点什么，或者从他那里拿点资源，平时有空闲就拿出卖卖。万一能挣钱了，也可以补贴家用。至于亏本，应该不至于，我觉得也没有那么大的负担，至少能打平吧。"

"这个可以吗？"徐星梅犹豫，她对这个不是很在行。在林超涵、凌霄强两人一顿好说歹说之下，她才勉强接受。

目送徐星梅走后，看着她的背影，凌霄强叹了口气："小超啊，我怎么感觉你讨了一个麻烦给自己，像梅姐这样的困难户公司里恐怕还有很多，将来你能一一照管过来吗？"

"不能，所以我得想法，让西汽做大做强，然后公司才有能力照顾所有弱者，阳光普照世界大同。"林超涵一本正经地说，"不改革，大家一起死，改革失败了，也是一起死，只有改革成功了，所有人才能活得更好！"

"听这话，像神棍啊。"凌霄强听罢大笑。

"呀，差点忘记一件事了！"凌霄强突然想起来什么，又打断了林超涵说，"我这次呢，找人请教了一下，让人起草了一份合同。你看看！"

说着，他从上衣口袋里掏了半天，掏出了两张皱皱巴巴的纸来，神情兴奋地递给林超涵。林超涵纳闷地接了过来，笑话他："我说，小强子，你什么时候喜欢写东西了！"

"没办法呀，那几个干活的农民更不会写东西，有时候有人要起草协议合同，只能我自己写了，你不知道这苦这个累啊！"凌霄强不由得抱怨起来。

林超涵展开纸张一看，上面写着"关于利通股份公司股权分配协议"，光看题目就让林超涵哑然失笑。

"你看看内容嘛。"

"甲方：林超涵，乙方：凌霄强，现有甲、乙双方合股（合伙）开办一家利通汽车配件股份有限公司，全面实施四方共同投资、共同合作经营的决策，成立股份制公司。经双方合伙人平等协商，本着互利合作的原则，签订本协议，以供信守……双方约定甲方占有股份公司股份51%；乙方占有股份49%……"林超涵一边看一边念，念到这里不由得放声大笑了起来。

"笑个鬼啊！"凌霄强大怒，这可是我请教了高人，一笔一画照抄的！

"别了，我受不起这份大礼。"林超涵认真地看着凌霄强，"咱帮你，不图回报，就是希望你也做番事业！"

"好，我敬佩你是条汉子！这个股份协议，我也就不强求你签了！"凌霄强也沉默了半天，才说道，"本来想用协议绑定你，但现在看来，还是用哥俩的感情绑定你更合适！为了将来，能让你我二人梦想成真，我会努力的。"

# 第 77 章　都惦记着

林超涵和黄小露两人根据他们记录的情况向王兴发进行汇报。

王兴发听着听着就不自觉地点上了一支烟，抽了一根，整个办公室有些迷离了；不一会儿，听到精彩处，不由得插嘴问话，又点了一根，办公区开始有些云雾缭绕了；后来，他越听越觉着这次两个年轻人太有收获了，这下子厂里有救了，兴奋难以自抑的他又点上了第三根烟，空气中云蒸雾蔚，颇为壮观。

黄小露终于绝望地受不了，她猛烈地咳嗽起来，捂着鼻子对王兴发说："王主任，我给您提个意见好不？抽烟能不能隔一段时间再抽，像您这样，连续抽，那对您自己的身体也不好啊！"

王兴发尴尬地看着自己已经抽了一半的板猴儿，不掐不是，掐灭了也有点心疼，这可是从林超涵他爸那里蹭过来的，虽然免费，但是糟蹋粮食天打雷劈啊。最后他还是狠下心把烟给掐了。其实以前他抽烟并没有那么凶，但是这一两年，却逐渐养成了这习惯，因为林焕海发现他颇有思想见地后，特别重用他，各种改革方案都是两人经过无数次讨论总结出来的，就在每一个思想枯竭烦闷的时候，就在每一个不眠的夜晚，两人都靠着抽烟提神。来来回回，他的烟瘾就越来越厉害了，现在也不知不觉地就点上了。但是他不知道，烟雾对一个女生的杀伤力有多大。

黄小露还是捂着鼻子，走到窗户边开窗户狠狠地吸了一口新鲜空气。林超涵耸了耸肩，没有说什么，心里却想这个黄小露的奇葩属性真是死性不改啊，这样很容易得罪人的。这多亏了王兴发历年来伺候领导伺候惯了，已经养成好脾气了，否则这下子黄小露有可能就要被穿小鞋了。

实际上，王兴发此时还真是心里转了千百遍想给黄小露穿小鞋的念头，最后却哑然失笑。

他用眼神征询林超涵，林超涵领会其意，点了点头，示意就是这个黄小露在出差途中给王文剑和他制造了不少麻烦。王兴发想了想王文剑那尴尬的表情，差点忍不住笑出了声。

"太好了！你们汇报的这些工作重点，再把逻辑理顺一下，比如说广东这块，你们提的方向很多，但是我觉得略微调整一下，比如说你们看看能不能总结一款能够快速打开市场的车型，而且在技术方面没有那么复杂的，我们先易后难，如果一上来就告诉大家我们要做各种技术修改，哪怕只是降低技术标准，但听起来好像就是另起炉灶，按咱们公司某些工程师的性格，这民车搞不好也得像军车那样上一整套的试车流程，那恐怕我们就要错过机会了。你们说对不对？"

林超涵和黄小露若有所思，他们俩的总结确实是细节考虑很多，反倒是重点没有突显出来。事实证明，王兴发这句话真是有先见之明。

王兴发听完汇报，提了一些意见后就离开了。马上林焕海就要回来了，他可不止这一件事情要汇报，关于搬迁的一些前期研究和方案他也在思考策划，等公司开会的时候，肯定不会只听取一件事情的汇报。

林超涵和黄小露等王兴发走后，就又开始修改汇报方案。对此，林超涵有自己新的意见，便和黄小露商量起来。没多久，其他调研小组有人回来了，大家聊了一些厂内搬迁新址的意见调研情况，据说那些七姑八嫂一听说调研，都围了上来，提了各种丰富多彩的需求，有要求"将来的新厂址，家属一定要分套大房子，房子必须带彩电冰箱"的，有要求"必须要同时装一个马桶、一个蹲坑，为了方便老人和孩子"的，还有要求"隔壁老张经常上班开小差，这种人就不能带他去省城的"的，还有提出"必须要做一排洗衣池，免得跟人抢"的，最厉害的是有人问"到时候搬厂了，能不能给每个人配辆车，没事还可以回山沟里消夏避暑"等等，不一而足。要求最多的，就是学校要跟着去，大家都担心孩子上学的问题。

上述还不算特别不切实际，面对几个小年轻，这些家属们毫不怯场，提出了各种各样匪夷所思的要求，其中一些幻想性要求简直让人拍案叫绝。比如有人建议从省城向山沟里修一条铁路，这样，山沟里造的零件还可以运到新厂，来回运输方便，列车可以每天都开，这样，既可不离开山沟生活，又可以兼顾上班。

这些还是家属的意见，那些正式职工的意见则相较一致，就是搬厂后，必须要保证更多的活干，大家倒没提工资的问题，主要是忧虑搬新址后，万一订单量跟不上，到时候可就麻烦了。这一段时间，大家已经尝到多劳多得的甜头，对未来的前途还是充满了信心，但是担忧也挥之不去。当然，也有一些人说怪话，主要就是改革中的失意者表示不看好。

林超涵听着描述的这些事情，若有所思，看来员工们是担心公司的生意，大河无水小河干，这个道理大部分人还是明白的，这就尤其突显了林超涵调研民车市场的重要性。

没多久，突然副总师办那边打过来电话，是谢建英，谢副总师问林超涵在外面潇洒走一回的感觉如何，滚滚红尘是否繁华如故，他连忙向谢建英汇报了最近的工作。没办法，从名义上来讲，谢建英算他的"娘家"。话里话外，谢建英都在暗示他别忘了本，他这是被人借调的，随时只要一句话，他还得调回副总师办干活。别的不说，就连林焕海都有点怵她，所以林超涵毕恭毕敬的，表露出一副赤胆忠心的模样，表示只要组织呼唤，无论是枪林还是弹雨，都会立即回去副总师办同生死共荣辱。谢副总师很满意，叮嘱他要在政策研究室这边好好工作，争取干出一番成就来，千万不要辱没了副总师办的威风，更不能偷奸耍滑，不好好干活，那样会对不起党和国家以及厂里的栽培。听得林超涵直冒汗，他自打出生以来，就不知道什么叫偷奸耍滑，哪件组织上交代的任务，他不是办得妥妥帖帖的？但人在屋檐下，只能听凭发落，他谦虚的语气和恭敬的神态，即使没见面，也让谢建英如沐春风，最后让他抽空回一趟副总师办，走亲访友回娘家。好不容易挂了电话，林超涵擦了一把汗，自己苦笑了一下，却不经意看见对面的黄小露露出一副终于发现你也有不堪一面的表情，而另外两个也是竖起耳朵听他们的电话，看到林超涵被传闻中的谢副总师如此摧残，已经快笑出内伤了。林超涵自嘲地说："唉，混得惨成这样，我看来挺失败的。"

惦记林超涵的可不只这一位，刚挂完电话，和刘志武聊了几句，郭志寅那边打电话过来，让他过去一趟，有事。郭志寅找他，什么事都得扔一边。没奈何，林超涵只得放下手中的工作，跑步赶去见郭志寅。赶到总师办公室，郭志寅先是给了林超涵一封德文信函，并让他翻译出来。完事后两人聊起了天。

当林超涵说起南方市场的现状时，郭志寅有点诧异，他好多年没有去南方了，不知道那边发展得如此迅速，无数工厂雨后春笋般冒出来，虽然大多是生产玩具、电子产品、服装鞋帽等轻工业产品，但是那边对货车运输的需求是真实存在的。

郭志寅指点了几处林超涵设想中的新款车技术细节问题，给了一些建议，让林超涵顿时大感受用，觉得报告可行性又增强了几分。说完这些，他们俩还聊了一些这趟出差路上的所见所闻，林超涵顺便谈了一下给厂里再进一步扩大微机应用的看法，认为西汽必须要把住世界先进潮流的脉动，引入更完备的现代化计算机体系。林超涵更进一步判断说，将来很多岗位都将使用机器人，甚至一些装配都会自动化运作。

关于工厂自动化的话题，其实郭志寅也关注很久了，但这个话题太超前，没有深入。

# 第78章　三种必备品质

就这样忙忙碌碌，林超涵还惦记着徐星梅的事，借着空档，专门去找了一趟叶文源。这哥们现在可是大红人，非常忙，曹海鉴都没有他忙，几乎整个三产分公司的各种制度制订，各种策略建议，各种工作分配，各种人员安排，他都要掺和一手。曹海鉴开心得不得了，觉得自己捡到宝了，逢人便夸，而这个叶文源的确也找到了发挥才华的最佳场所，每天忙得不可开交，整个人一扫当初在计划处的憋闷，意气风发，挥洒倜傥，让人羡慕。

坐在办公室里，看着叶文源轻轻松松地把两拨前来交付任务的人打发走后，林超涵笑着说："可以啊，叶文源同学，现在已经是一方诸侯了！"几天不见，他发现叶文源已经一洗身上那种怯怯的文弱书生气，蜕变得干练成熟起来，连发型都不再随便耷拉着，而是规矩地偏分了。

处理完手头的急活后，叶文源热情地站起身来，要给林超涵倒茶，笑着说："你可别笑话我了，这个位置本来是你的好不好，要不你过来，我给你打下手！"

林超涵摇着头："开玩笑，这个位置非你莫属，就算是我过来，也未必有你干得那么出色，现在西贸公司干得这么红火，军功章有你一半的功劳啊。"

说着，两人相视默契一笑。

"无事不登三宝殿啊，这次来还真有个事想请你帮忙呢！"林超涵笑着说。

"瞧你这话，没你有我今天吗？你的事就是我的事，只要不是杀人放火，我都给干。"叶文源回答得很是爽快。

林超涵把徐星梅想承包点资源的事情给叶文源说了，叶文源皱着眉头说："好干的活现在都已经包出去了，现在我们这里可没有太好的现成资源给她了。总不能从别人手里再拿回来吧。"现在三产的很多资源都被公司的人给承包出去经营了，这个事本身也是叶文源一手主导的。

看着林超涵的表情有些失望，叶文源又道："不过呢，最近我正在考虑是不是要让西汽做一些其他的生意，比如说做点服装生意什么的，但是这个需要时间，开拓渠道需要联系厂家。要不我加快速度，回头让徐星梅承包一块，你看呢？"

林超涵思索了一下："也好，要尽快，她那边的情况不太好，不能拖太久。我估计再要几个月，她恐怕在车间就很难干下去了，如果能专心做些小本生意，说不定也是条比较好的出路。"

叶文源满口答应，对他来说，这算是举手之劳，既还了林超涵一小份人情，又可以帮到公司里的困难职工，他有什么不愿意的。

谈好后，林超涵又去找了一趟徐星梅，让她少安毋躁。徐星梅千恩万谢，对自己给林超涵找的麻烦心怀愧疚，林超涵安慰她这都是些小事。当时林超涵不曾想到的是，这些做好事不图回报的行为，为他带来了莫大好处。


很快，林焕海就回到了公司，刚进入办公室，他立即让王文剑来给他汇报这段时间出差跑销售的情况。王文剑得到召唤后，立即放下手中的茶杯，跑步赶了过来。

林焕海给王文剑递了根烟，两个人笑了起来，熟门熟路互相给打着火，随后就吞云吐雾起来。

"这趟出差，有什么收获没有？部队方面对咱们新车的反应怎么样？"林焕海不指望着王文剑能够卖出去多少车，更在乎客户的反应。

"挺好的。虽然有一些细节的意见，但是普遍反映这车的性能比以前的车要强很多，很适应。"说着，王文剑还掏出了自己鬼画符一般的笔记本，辨认了半天自己的笔迹后，才一条条地向林焕海汇报这一路得到的各种客户反馈。

林焕海边听边写，做了点笔记，当他听到有人反映说车子故障率有点高的时候，警惕了起来："具体怎么回事，你细细说说！"

王文剑又把部队反映的一些故障率较高的地方说出来，林焕海立即打了电话，找了总成和相关部件负责部门的人过来，一起听王文剑汇报详细内容。

在等人的过程中，林焕海问道："这次，小超陪你一起过去，给你添了不少麻烦吧？"

"不麻烦，不麻烦，小超这孩子很懂事。"

"他们调研有没有什么成果？"林焕海问。

"具体他们调研我也帮忙参与了不少，但主要是他们俩在记录分析。我听过小超的分析，他对形势的判断很好啊，我建议，我现在不说那么多，等他正式向你汇报吧。"王文剑卖了个关子。

"哦？还真有一些想法啊，好啊。不说具体的，就说你这段时间出差，感觉我们如果开发民用卡车市场有没有前途呢？"

"当然有前途，前途大大的，恐怕都远超我们的想象。但是，这个市场虽大，竞争者众多，咱们拿什么来敲开这个市场，特别费思量。"王文剑坦诚地说，"我觉得，我们现在的价格很难在市场上占据优势，必须要大幅降低成本才有戏。"

"嗯，这个是根本，我们现在全是军工体系，要转成民用，恐怕还不是简单的减法，也许从思想到技术都需要一场革命。"林焕海深沉地道。

王文剑没有接话，对于技术，他并不擅长，谈到这个，他没有发言权，索性就不谈这个话题。

"省城那边的销司办公室我去看了看，交通不错。"林焕海转换了话题，"拖的时间也不短了，你们早点抽时间搬过去。当然我让你们先搬过去，并不只是因为销司出差交通方便。"林焕海弹了弹手中的烟灰："让你们搬过去，以前我讲过原因，在这里再重申一遍：这第一，就是为了让销司和客户的距离更近，对客户需求的反应更快；第二，是希望你们真正走向市场，以后民用车起来后，你们要奔赴全国，战线会拉得很长，你们要从客户服务的舒适区走出来，勇敢面对市场的大风大浪。以前对你们说的这两条依然适用，这次我回来后，觉得要加上第三条，就是你们销售公司必须要向国际大品牌汽车公司学习，探索一条适合我们国情，适合我们公司的营销和销售体系。我这次出去，在省城转了转，看到很多国内外的汽车公司都开了专门的销售门店，进行形象展示，还到处做广告，这些东西，我们能不能学呢？我看是可以学的。"

王文剑额头开始冒汗了。

林焕海有点不满地说："我才说了这么一点，我怎么看你就坐不住了。"

王文剑勉强一笑："林总，您说的都在理，我也听进去了，但是……但是我实在是能力有限，以前跑跑客户，实际上都是跑腿，关系是早就处理好的，现在你要把我们投到大风大浪里自己学会游泳，我怕我游不好，还会被水呛死！"

林焕海恨铁不成钢地说："你让我说你什么好呢，不是我批评你，文剑，这么多年你这个销售科长确实没有真正长进多少，市场经济时代，销售是生死存亡的关键，你必须得学会游泳。"

"我懂！您的批评我全都接受！"王文剑苦笑连连，"但我确实不是那块料，这些年我常常觉得自己过时了，这个世界变得太快，我有点难适应。"

"你知道我为什么不升你做销司的总经理吗？"林焕海问道，"我是多么希望你有一天能转正职！"

"我知道，您让我当一个副总，我觉得特别合适，这才是我最高能到达的位置。市场是为弄潮儿而留的，我觉得你应该找一个特别合适的人来担当大任。"王文剑说得很坦诚。但这种坦诚让林焕海觉得有些无奈，如果说王文剑是块钢铁，现在也差不多铸造成型了，很难再改了。

"那你觉得有谁可担此大任呢？"林焕海颓然问道。

"其实这个人远在天边，近在眼前。"王文剑笑道，"有一个人能担当此任，绝无问题。"

"谁啊，咱们公司还有这样的人？"林焕海十分惊奇。

"当然了，你的儿子林超涵啊！"

"啊！他？他怎么能？"林焕海不由失笑。

"恐怕再没有比他更合适的了！"王文剑十分严肃地说，"以前我就多次想拉小超去我那里，但是他一直没答应，我也就放弃了，想想真是应该早下手为强。这次出差，我暗中观察了，发现小超有三种做销售的必备品质。"

"哦，你倒是说来听听。"

"第一种品质，小超待人接物十分真诚，不虚伪不做作，丝毫没有纨绔子弟的气息，这一点尤其难得，他这样的人能结交很好的朋友，而这些朋友就是他前进路上的助力。做销售，光靠油嘴滑舌是走不远的。"王文剑认真地总结，"第二种品质，就是他善于察言观色。一路上，我发现他懂得在什么时候说什么话能让人接受，这是天生的，可能是跟您学的吧，家教好！"

林焕海琢磨了一下："咦，你这话听起来有点怪怪的，好像不是什么好评价。"

"嗯，我用词不当，这是我改不掉的毛病。您看看小超，有学问，人长得也帅，说话还懂得咬文嚼字，不会随意得罪人，这多好啊！"王文剑解释道。

林焕海点了点头，算王文剑解释过关。

"这第三种品质，刚才已经说了，小超有学问啊，不仅知识面广，而且还懂技术，这个尤其难得。我这一生啊，最怕就是钻研技术，客户每次稍微多问我一点技术方面的问题，我就晕乎。小超懂技术，能够当场就给出客户满意的答案，显得比我专业多了。"王文剑坦白道。

# 第79章　三个问题请举手

很快，林超涵就接到了通知，第二天上午9点，公司大会议室，举行一次管理层的扩大会议，这次会议将邀请公司管理层和各个分公司分厂管理层前来参加，会上最主要的议程就是听取政策研究室关于民用车市场开发和新址搬迁的前期调研报告，主讲人分别是林超涵和王兴发。次日，在会上，林焕海重复了当天会议的主题，讲述了开发民用车市场对西汽的意义，以及搬迁新址的意义。

说了几句开场白后，他就把话筒交给王兴发，示意他可以开始了。

王兴发接过话筒道："前段时间，我们研究室才组建成立，目前，我们开展了两个重大的调研项目，这其中之一就是由林超涵负责的民用车市场开发。大家知道，他这一个半月以来，一直在外面出差调研，调研后，关于民用车市场的开发，我们有了一些基本的判断，下面就请林超涵为我们做这份调研的报告吧。"

掌声过后，话筒就交到了林超涵的手里面。

林超涵站了起，他清了清嗓子道："各位领导，在汇报之前，我想做一个小小的调研，请各位领导积极配合我。"

他这个说法倒是新鲜，大家一听，都饶有兴趣地抬起来头来，追随着林超涵的一举一动。

"有三个问题，非常简单，大家一会儿就举手示意即可，我的搭档黄小露同志会帮我计数的。"林超涵说得非常洒脱，没有丝毫怯场，众人看着他镇定自若的样子，心里不由得想，果然虎父无犬子啊。

黄小露突然听到林超涵介绍自己，并称呼她为搭档，不由得一阵惊喜，连忙挺了挺胸，显示自己的存在。她是头一次参加公司管理层会议，紧张得都有点说不出话来，好在也不需要她说话。

"第一个问题，是一道判断题，认为将来西汽的发展系于民用车市场的请举手！"林超涵很快就问了第一个问题。

顿时会议室里哗啦啦，绝大多数人都举起了手。

"很好！"林超涵示意大家放下胳膊，"看来大家都认同我们发展民用车市场的战略方向！"

"接下来，是第二个题目，这也是一道判断题，我有一个判断，认为十年后，西汽的年产量必须至少达到10万辆才能满足市场需求，同意这个预测的请举手！"林超涵很快就问出了第二个问题。

这次，很多人都犹豫了，如果林超涵说年产一万辆，所有人都会举起手来，但对一个年产量能达到2000辆就已经困难得不行的西汽来说，突然设想要年产10万辆，这是不是太夸张了？按现在西汽的产能，10万辆得生产50年才行。

结果，大家最后发现，除了林焕海、郭志寅等寥寥数人外，几乎都没有举手，有些人看到他们举手了，也跟着举了起来，但依然占少数。

"好，我明白了！"林超涵示意大家放下手，"第三个问题，请大家谨慎举手。现在在全国市场上，能跟西汽作为竞争对手的卡车制造企业，能够罗列出十家以上的请举手！"

很多人刚想举手，结果发现自己好像还真不是非常清楚，到底市场上有哪些牌子在跟西汽竞争，十家汽车制造商的名字好说，但是谁会跟西汽竞争，这个就不好列举了，大家顶多只能列出四五家都知道的企业，十家以上，这个知识，好像不够。

结果又是只有林焕海、郭志寅和王文剑等寥寥数人举起了手，这次连跟风的人都没有了，举手的人更少了。

林超涵脸上露出耐人寻味的微笑："这结果跟我想象的差不多。"

台下的林焕海看到林超涵镇定自如地调动着会场众人的情绪，心里不由得有些欢喜，又有些忧愁，欢喜是因为儿子成长进步得很快，忧愁则是担心这小子是不是太高调了。不过，现在戏已经开演了，他就只能任凭儿子发挥了。众人都以为他已经和儿子沟通过，了解儿子要讲什么了，只有他和少数几个人知道，他是真没有跟儿子交流过细节。

林超涵问完几个问题后，略微停顿了一下，才说："各位领导，我问大家这几个问题并不是想显摆，也不是夸大其词，而是基于这段时间的调研和思考，得出了一些结论，想向各位领导汇报一下。"

说着，林超涵拿起自己写的材料道："这次，我代表政策研究室出差一个半月，走了四个省份，收获很多，感慨也很多，我刚才问的三个问题，就是我的报告前三个部分的主要内容，第一部分是关于未来卡车市场的前景分析，第二部分是未来民用重卡市场的需求规模、类型和价格分析，第三部分是竞争厂商分析，第四部分是民卡技术性分析，最后一部分是结论和建议。各位领导，在我汇报的过程中，如有疑问，可以随时打断我，交流沟通。"

说着，林超涵看向端坐在会议室中间位置的林焕海和姜建平，姜建平看向林超涵，十分欣慰地笑着说："小超，你表现得很不错，就按你整理的思路给大伙好好地讲一下，大胆充分表达，咱们这些人天天都待在这个山沟里，实在有些坐井观天，必须要好好学习一下外面市场上的变化，才能跟得上形势。"

说着，带头鼓起掌来，整个会场都鼓起掌来。

林超涵受到鼓舞，就侃侃而谈起来，经历了这两三年的风雨，他是真的一点都不怯场，也不怕自己说错话，大胆表达就是了，何况做了充足的准备。

林超涵按照自己的思路，谈起了调研期间对这几省市场的一些认识，首先一个结论是民用卡车市场现在正在蓬勃兴起，正好赶上中国经济建设大发展交通建设大跨越的时代，卡车作为运输的一种重要工具，作用毋庸置疑，说国际运输长途运输卡车肯定效率不如火车轮船，但是短途运输、中转运输等，则是卡车的天下。

"我这一行，发现了一个最大的问题就是，当前中国，重卡极少，中卡和轻卡居多。整个重卡在卡车市场上的份额是极小的。中卡和轻卡的市场，我们轻易是打不进去的，而且我们的技术优势主要在重卡上，中卡和轻卡我们就算是切入，面对的竞争对手也很多，我们缺少一锤定音的技术优势和价格优势。所以我们最终的目标还是重卡市场。"

"这个结论是不是有些武断了！"有人表示了疑问，这是以前计划处、现在生产调度主任何永清，他也算是个老江湖了，对林超涵的这个结论嗤之以鼻，"谁说我们在中卡和轻卡市场上没有优势的，重卡都能做好，中卡和轻卡难道是问题吗？"

这句话其实也代表了很多人心中的疑问，就是林焕海也有类似疑问，既然说民用市场上以中卡和轻卡为主，那为什么西汽不能朝这个方向发力呢，能做重卡，中卡和轻卡根本没有任何技术难度可言，因为只需要模仿，不需要超越。

关于这个问题，林超涵笑了笑，还没有回答，坐在旁边的王文剑听到何永清问话后，揉了一把脸，苦笑着说："我说何大主任啊，你这话问得我都知道回答了！其实这个道理非常简单，我们做中卡和轻卡是没有问题，而且也可能卖得出去，但是市场销路却绝不会太好！"

"那是为什么呢？"

"因为在这块市场上，咱们西汽没有任何知名度，那些卡车司机已经习惯了开各种杂牌车，绝对不会轻易换一个牌子，因为那意味着未知的风险。"王文剑说，"我们要费很大的劲去开拓市场，就算是市场认可了我们的牌子，但是我们跟别的厂家相比，在中卡和轻卡上，几乎没有太多的优势可言，只能勉强存活，这对于我们来说，意义真不是太大。而且，现在市场上所谓重卡的概念也是模糊不清的。"

"还有一些其他的原因。"郭志寅插话说，"我们如果看错了市场，把大量的资源都用来研发和生产轻卡中卡，恐怕就在重卡技术上会有所懈怠、落后，这几年好不容易形成的局面就会被打破，形不成有益的技术积累。"

林焕海听了点点头，这里面的弊端他是早就看明白的。其他人也不是笨人，听完后默默地点了点头，何永清也没吱声，算是默认了王文剑和郭志寅的解释。

林超涵看了看不再说话的王文剑，他算是帮林超涵挡了一道，免得林超涵年轻说话不知轻重，万一直接反驳，何主任面子上不太好看，他出面则没有这个顾虑了，反正共事多年，彼此了解，真要是得罪也无所谓。

林超涵接着说："为什么我们一定要开拓重卡民用市场呢？因为我发现，有三个理由，第一是因为这是我们顺应形势，在当前改革开放越来越深入，要致富先修路的观念带动下，到处都在大修大建，修路运输材料需要我们，修完路了，运输货物更需要我们，这是时代的潮流，我们无可抗拒，相反，还要抓住时机切入这个市场。可以说，如果我们能够提供市场所需的重卡，也是我们在为国家经济建设积极做贡献。"

这一点林超涵说得比较虚，但也是大实话。台下姜建平和林焕海开玩笑道："小超这话，倒像是领导做报告，抢了你的台词了。"

# 第 80 章　性价比要提升

林焕海很是无奈地看着明显讲得有点进入状态的林超涵："让他嘚瑟，回家收拾他！"

"挺好的啊，为什么要收拾他呢？"姜建平拍了拍林焕海的肩膀，无声一笑。

林超涵接着说道："这第二点理由嘛，就是刚才说过的，我们具体有技术上的优势，只有发挥自己的优势和长处，才能拿下市场。刚才我说重卡在整个卡车市场占据的份额极小，不到 2%，但是这不代表重卡地方不需要，相反，我的结论是他们太需要一款适合他们需求的重卡了。目前市场上能够向地方提供合格重卡的汽车厂商本来就不多，我们如果不占领这块市场，就太可惜了！"

"你确定他们对重卡的需求很大吗？"

"是的，很大，我确定。工地、矿山尤其需要我们的重卡。但是市场上能提供他们选择的重卡太少太少了。我判断，这就是我们的战略机遇。"

这一点结论让大家兴奋了起来，大家纷纷交头接耳，对林超涵这样定性私下议论了起来。

林超涵依然接着说道："第三点理由嘛，在这里我就不方便多讲了，这应该各位领导们来讲的，就是生存压力和发展的问题。军卡，解决了我们吃饭的问题，但是发展问题，我的看法是必须要靠民用市场来解决，那是山和大海一样广阔的天地，我们应该大有作为，也必须要有所作为，否则后果不堪设想。"

这话他特意用轻松的语气说出来，这个理由其实是最大的理由，为什么要去调研市场需求，就是因为吃饭发展需要，厂里如果光靠着军卡，现在的改革其实是持续不长久的，一旦订单减少或消失，西汽数千人就又得喝西北风去了。

会议室里的人当然都懂得这个道理，谁也不傻。林超涵这个理由没有人接话，说了那么多，这个才是重点好不好。

接着，林超涵就开始讲他做市场调研的一些所得所获。走遍四省之地，他见了不少，也听了不少，有些是一手数据，有些则是观察心得体会。虽然说只有四省，但是管中窥豹，也隐约能够看到全国卡车市场的现状。

会议室的人大多都在认真听林超涵的汇报，有些人还拿笔出来记录着，林超涵汇报的内容中，有些数据以前是大家所不掌握的，这些年来，除了销司和试车经常走南闯北，对市场略有些了解外，其他人基本上是两眼一抹黑，都是道听途说，了解一些众所周知的情况而已。

林超涵对当前市场上的重卡现状详细地描述了一番。实际上，按照严格的国标来说，那个时候中国的真重卡极少，常见的有两个牌子，最大的也就是东汽的8平柴，所谓8平柴就是8吨平头驾驶室柴油车，连涡轮增压都没有，整车整备质量8吨出头，额定轴荷前轴3.5，后桥5.5，按国标来说顶多算中卡，真正的轴荷13吨的重卡当时只有四家，而且产量都不高，相比较全国卡车市场而言，军用和民用都极少。

林超涵还提到，还有一点值得注意，重卡不让进城，理由是冒黑烟，实际上各家的重卡都有涡轮增压，尾气比当时的轿车还干净，但是由于各种根深蒂固的观念，所以仍然只能在工地和城外跑。这些原因都导致在市面上重卡不受待见，市场不大。

有人接话道："这个倒是知道，像咱们的车，以前没事，现在据说要进省城就挺麻烦的，不好进。新的2190还好一点，老一点款型的车都不怎么跑市内了。"

"部队的车也不让跑吗？"

"没事开着重卡进城溜达干吗？没有那个必要！"

大家听到林超涵说这个的时候，你一言我一语地搭上了，都略感忧虑，要是重卡这么不受待见，需求旺盛也不好搞的。

林超涵摇了摇头："这个重卡虽然城市道路不欢迎，但是城市的建设欢迎，而且，广阔的农村天地也欢迎，矿山欢迎，工地也欢迎。这个前景还是毋庸置疑的。"

接着他就谈到了一个观点："按照我的测算估计，未来的民用市场的规模非常巨大，一年新上路的重卡，我预计全国需要10万辆以上！所以，我的观点是，未来我们西汽要打进这个市场，就得拥有一年10万辆的制造能力，据我所知，现在几家大的卡车制造厂，最多一年也就年产15000辆，谁的产能能够占据上风，谁就最有可能打开市场。"

会场真的轰动了，大家没有想到，林超涵刚开始提的问题竟然真是他的结论。

"这个数据，你是怎么测算出来的呢？"陆刚副总有点疑惑地提了问题。

有人附和，确实这个数据就凭林超涵上下嘴皮子一碰，就出来了，这个未免也太不靠谱了。还有人觉得说年产 10 万辆，根本就远超西汽的产能，短期内根本无法实现，太不现实了。各种质疑的声音都出来了。

林超涵微笑着听大家问话，最后连林焕海都站了出来："这个，林超涵，说数据一定要有充分的依据，不能光凭猜测想象，最后成了笑话。"

"那我说一下我的依据吧，其实预测市场规模无非就是根据规律、趋势、逻辑、经验来进行判断分析，再加上一些数据分析模型，比如说线性回归、趋势外推什么的，但是我的推论非常简单，目前我走了四个省 18 个地市县级单位，根据我和运输车队、工地等交流的情况来看，每个县目前每年需要新增重卡的数量起码在 100 台左右，这还没把损坏、报废情况算进去，当然各县的情况是有的多有的少，在南方需求更远超这个数量，但是我们简单点，就按 100 台车算，全国有 2000 多个县，每个县的经济水平不一样，需求也不一样，我们就再打个对折，就算每个县每年需要 50 台车吧，这样算下来，就是 10 万台了。这个算法当然有些简单粗暴，但是需求是真实存在的，我相信，随着中国经济的增长，各地对卡车的需求会越来越旺盛。10 万辆车的产量，只是我的最保守预测。当然这个市场很大，我们不可能一下子吃掉，而且我们的产能也不可能一步到位，但是只要需求存在，在可预见的范围内，我们的产能必须提高提高再提高才行。"

这个推论虽然非常简单，而且也不是特别科学，但是其道理是浅显易懂的，如果现在市场需求真的这么大，那么林超涵的算法还可能往小了说了。

"现在市场上真的对重卡的需求有那么高吗？刚刚你还说其实重卡市场特别小，大家用中卡轻卡比用重卡的多。"有人又质疑。

"我确实说过中轻卡比重卡受欢迎，但那是基于市场上没有一款能够让大家接受的好民用重卡产品而已。"林超涵解释道，"需求是真实存在的，我在一些工厂亲眼见过，有一些中卡因为载重较低，运输量较少，被厂家埋怨，在工地上见到的更多，如果有重卡，大家更希望能够用重卡。各位知道吗，在南方那边，我见到的最多的重卡是什么吗？"

"不是东汽就是解放牌呗！"有人哂笑，这还用说。

"不，刚才有个情况没跟大家交流，现在市场上流行的重卡主要是二手卡车，但是二手卡车中，日本的山鹰卡车最受欢迎，最离谱的是，这些二手车很多是从香港那边走私过来的，司机还开着右舵，让人大开眼界。"

"哈哈，小日本的车能有什么好的！"有人嘲笑起来，得到了更多人的认同，日本车只听说小轿车还不错，在卡车上有什么作为吗？

"不，据我观察，这些日本二手车，性能和质量都非常好！"林超涵严肃地说，"我认为，不能小瞧他们，现在在南方市场上，这种日本二手车特别抢手好卖。"

"在中国的道路上他们开右舵，这是开玩笑吧？"

"事实就是那样，虽然违规，但是目前市场上就是这么个情况。"这很无奈也很现实，在改革开放初期，由于国内市场缺乏相应的产品，很多市场就被国外二手货垄断。

"真是想不到啊！"姜建平听后都有点震惊了。

林焕海一瞪眼睛："他们走在前面又怎么样，这里是中国，这里是中国市场，我们最了解中国市场，只要我们来了，他们根本没戏！"

"是是是，您说得都对，但是现在有很多现实的问题需要我们去解决，10万辆需求，就算我们能抢到20%的市场，也需要年产2万辆，这个产能需要我们开足马力了，而且我们还得大大降低成本，否则价格没优势，生产再多车也可能卖不出去。"林超涵一摊手说。

他认为现在市场上的重卡价格很高，一辆8平柴才8万多一点，西汽6×4的载货车，180马力的，也要15万左右，这价钱就差不多能买一辆半8平柴，所以市场接受度肯定不高，认为恐怕只有在有特殊需求的地区卖的才会好一些，比如大型车队、大件运输、工地等等。但是如果有竞争和选择，他们一定会首选便宜货。所以林超涵的结论是，必须要把价钱至少降到跟8平柴差不多，甚至更低，但是性能必须要更优越才行。

这个要求对于西汽来说就很难了，很多人在心里默默地算了一笔账，最后不得不承认，目前西汽的成本根本降不到那个地步。成本是大山，价格是刚性要求，西汽目前的生产体系要把成本彻底压下来，显然不来一次革命是不可能的。

不光是性能要提升，更重要的是性价比要整体提升。

# 第81章　占领前沿阵地

"说起来易，做起来难啊！"姜建平听到林超涵说起性价比要求后，感慨了一声，"咱们一直是做军卡的，做民卡技术难度应该不存在，但是要控制好成本就有点难了。"

林超涵点了点头，接着说："当然我们要注意到，民卡性能要求不一样。我们长期为部队提供军用重卡，部队对军用重卡的要求，包括机动性、灵活性、稳定性等等，因为军队的任务要求这些重卡经常要出现在各种极端环境和条件下来执行任务，所以对卡车的各种性能指标要求非常严格，对质量的要求也很高，这让我们养成了一个思维定式，认为重卡就是部队要的那个样子。但是我发现，不是这样的，民用重卡的需求和部队太不一样了，比如说运送矿石煤炭什么的，他们只需要能够载重能够跑各种路况的卡车就好了，不需要考虑其他方面的性能优化，像挡风玻璃，部队要求注重反光，但是民卡就完全不存在这个问题。所以只要我们掌握了地方使用的需求特点，就能对症下药，定制适合的卡车出来。"

这一点是林超涵刻意强调给大家听的，他知道，在座的这些叔叔伯伯们，在国内已经算是首屈一指的人才了，但是他们的问题是，一向只做军工卡车，再浪费也要保证成品的质量，这种理念已经深入骨髓了，现在民卡要求减负，对质量的要求远没有军车那么苛刻，但是由于平时用惯了好材料，习惯了设计的冗余，习惯了不计成本只看结果，所以从商业角度来考虑，这根本没法在市场上生存。

果然林超涵一开口谈军车和民车的区别，就有些技术出身的人坐不住了。

"这个民用车我们也不能放弃对质量标准的重视吧？"

"不错，民用车虽然性能指标无须和军车对标，但是若说为了价格成本而降低对性能标准的要求，我不赞同！"

"什么是咱们的招牌，就是咱们的性能和质量，放弃这个，无异于缘木求鱼，去这样拼市场，会毁了咱们的招牌。"

一片议论质疑之声传来，让林焕海等高层听了都头疼，这些可都是公司的管理层，其中有些人更是技术上的顶梁柱，他们是西汽这些年能够屹立不倒的关键性因素，若是他们一开始就反对，很多事就没法推行下去了。

林超涵不慌不忙，对于这个情况他早有预料："各位领导，我觉得这里需要区别一下，我们放弃一些性能指标，不等于放松对质量的要求，这是两码事，不能混为一谈。"

说到这里，郭志寅不能不站出来说话了，要说技术大拿，这里没有牛过他的，他开口道："关于这一点，我赞同林超涵的意见，放弃一些指标要求，不等于放弃质量要求，这里面的差别是很大的。关于军车和民车的区别，在我看来，首先军车和民车从设计阶段就存在着巨大的差别，军车的使用要求是高强度高性能高可靠成本可控维修简便，民车的要求就是拉得多跑得快要省油；而使用工况也存在这巨大差别，民车绝大多数是跑在铺装路面或者简便施工道路上的，而军车很多情况是没路也要硬碾出一条来，所以从这两点来看，军车和民车根本不是一类，但这并不妨碍军车和民车的部分零部件甚至大部分零部件通用。对这一部分零件的质量要求，是绝对不能放松的，它们是我们质量的保证，也是性能的保证。"

郭志寅说话，大家还是服气认同的，接着郭志寅的话头，林超涵又谈了自己观察到的地方，深入到实际车辆差异层面，最直观的特点就是军车高，特别高，最小离地间隙大，悬挂高车高，为的就是给通过性打铺垫，而民车普遍低得多（工程车除外），另外军车在配置方面，发动机一般比民车高一个档次，变速箱也选耐冲击性更好的，车桥也是专门设计的，而民车为了降低制造成本和使用维护成本，这些参数都要比军车低一个到两个级别。另一方面，就是军车重，2190用的双C复合大梁，重量是同类型民车的1.8倍，而民车为减重，甚至会采用变截面大梁来降低自重，毕竟自重轻就可以拉得更多跑得更快更省油。军车都是油老虎，2190百公里32个油，同样GVW的民车23个油，主要还是在发动机调校上，军车是高扭矩高功率，扭矩曲线调得尽可能陡直，越快到达扭矩平台越好，而民车刚好相反，扭矩适中，功率较低（现在民车都是高功率，那个年代民车很少有超过200马力的），为的就是省油。

谈到省油这一点，在座的人其实是比较无感的，因为他们长期和部队打交道，部队为了追求性能卓越，同时在执行任务过程中的要求，在耗油方面，只能放松一些要求，虽然说会大大增加后勤压力，但这个后勤的压力是部队自己感受最深刻，对西汽这些制造厂商来说，感受却比较肤浅了。

但是这一点是民用市场考虑的重点。这个从另一个侧面可以看出来，在八九十年代，日本车风靡了美国市场，严重的时候，把美国的汽车制造商几乎都干趴下了，导致美国人当时的爱国理念之一就是要抵制日本车，买美国车。但是并没有用，日本车在美国就是好卖，自 20 世纪 70 年代日系车进入美国市场以来，省油、好养、使用舒适、可靠度高、空间大的优点，非常符合美国人的用车环境，美国油价又相对便宜，这让日本车至今为止，仍然是美国市场上最受欢迎的品类。日本车型世界公认的一个优势就是省油，日本人为了减少油耗，拼命地追求热效率，这就导致日本车使用起来最为经济。在当时的中国，一次买车是刚性需求，中国人还能忍受，但是每加一次油相当于要放一次血，这对中国人来说就非常难受了，国人对油耗性能的追求胜过追求舒适性。

　　所以如果要打开民用市场，降低卡车的油耗就是必须要做的事情，这就要求减重降负，林超涵反复强调对这一点的认知，在座的人虽然不是非常赞成，但是仔细一想，这应该是事实，中国人一向勤俭节约，能省点油就能降低运输成本，这是很重要的。

　　说到省油，林超涵就谈到了将来在市场上会遇到的最大竞争对手。

　　"各位，刚才讲了那么多，不知道大家认为目前我们在市场上将碰到的最大竞争对手会是谁呢？"他原本是自问自答，但是意外却有人接话了。

　　"我觉得最大的敌手可能还是咱们的那几个国内老冤家吧，他们应该也认识到了这个市场的重要性。那几家大的汽车制造商有可能现在也在拼命打开民用市场！"

　　"我觉得可能是日本车，没听到林超涵刚才说的吗，日本二手车已经打开了南方的市场，这个很麻烦。"

　　"国内国外都会有吧，连俄国人都挺进来了，这个重卡市场，不好搞啊，我估计将来是一片混战。"

　　王文剑也插话了："还有一点情况，我也提供一下吧，为什么我没有带他们去东北市场考察，最主要的原因是那边的市场已经很难插进去了，那边有全国最大最早的汽车制造商，他们优势很大。"

　　"嗯，各位领导所言都极是，其实现在我们面临的确是一个国内和国外竞争对手都争夺的一个局面，但是我想说的是，首先根据我的调查，我认为我们首要的选择目标是南方省份市场，原因只有一个，就是需求量大，供不应求，而在那边，我们目前面临的最大竞争对手可能是日本车。"

"南方市场吗？"林焕海开口说话了，他不置可否地说："那边日本二手车会跟我们有很大的竞争吗？"

"是的，我认为我们的目标应该是南方市场，那里是改革的前沿，就冲这个，我们也不能放过，能打开南方市场，我们就可以说在经济发展建设的过程中，抢占了发展的有利高地。而根据我的观察，那边的市场其实是一片空白，日本二手车能够大行其道，最大的原因是，国内厂家还没有提供合适的卡车产品而已。准确来说，日本二手车他们叫重卡，其实按我们的标准来算，顶多算中卡而已。"

"日本二手车，这不是长久之道。"陆刚说，"我刚才在想，就算现在我们国家在经济快速发展过程中，不可避免有一些灰色地带存在，在执法方面也有些滞后，但是一个明显不符合法律法规的车型能够长久地存在吗？"

"不能，我的判断是，很快，这种日本二手车，将会逐步被淘汰出市场。"

"理由呢？"

"理由是，我已经观察到，南方那边的媒体已经开始在披露这个情况，这对社会来说，其实是一个巨大的安全隐患，有关部门不可能没有注意到的，只要他们出台规定或者严格执法，这种日本二手车就会慢慢被清退出市场。"

# 第82章　冤家的新东家

这个理由大家是认可的，大家都懂的，在发展的某些阶段，有些地方有些人，为了节省成本，获取最大利益，会选择一些明显违规但是不会被严格执法的事情去做，行走在边缘地带，这种事情暂时无力改变，但是随着时代的发展，总会被慢慢取缔，最终要靠走正规路线才能长久生存。这大概就是资本原始积累阶段最明显的特征吧。

"日本二手车被淘汰出去的话，不代表我们就能够占领这个市场啊。"有人还是质疑。

"没错，二手车淘汰了，日本原装车就会进来的，改成左舵，适应中国的交通规则，这是很容易的事情。"

"那这日本二手车，在国内市场上价格还有优势吗？"

"这个问题问得好，所以我判断，如果日本原装车一旦进来，就是灭顶之灾，靠着对外国货的迷信，它们还能撑一段时间，接下来就是我们的天下了。所以说，选择南方市场入手，我们可能一开始就立于不败之地了，只要努力耕耘，就能有巨大的收获。"

"关于日本车的问题，我们先不说了，现在先抛开这个问题，我们谈一谈成本和价格的问题。看看市场上接受的情况吧。"

林超涵不知道的是，他在这里侃侃而谈国内民卡市场的时候，在北京，他的老冤家范一鸣正在和两个日本人一起用餐，陪同的还有一个中间人，另外还坐着一位女生，她就是季容的同学。因为范一鸣对季容的追求，让朱梅英妒忌，耍了些手腕，终于成功和范一鸣搅和到了一块。此时的朱梅英化了淡淡的妆，稳坐如淑女，但眉宇之间，却不知不觉地露出几丝媚态，让两个日本人不时抛去关注的眼神。

范一鸣内心是极度瞧不起这两个日本人的，若不是大意失荆州，他现在应该还是路驰集团的中国区代表，整天和美国人一块喝洋酒泡洋妞，哪里需要跑到这里跟两个日本人低眉顺眼地谈判。

这两个日本人正是日本山鹰集团的代表，一个是执行副总裁，名叫岩畸二太郎，四十多岁，另外一个是他的副手，名叫佐久彦洋，也近四十岁了。正如林超涵通过跑市场调研发现日本二手卡车风靡南方市场一样，他们早就敏锐地察觉到中国市场对卡车的旺盛需求，目前已经在中国市场上调研了小半年了。日本人做事认真细致，经过他们缜密调查发现，虽然用他们的原装车开拓中国市场难度不小，但是这块肥肉，只要用心寻找机会，总能攻破的，在此之前，他们需要找到对中国卡车市场很熟悉的人来帮助他们开拓市场。

他们已经接触了三四个人，都不是太满意，意外地，他们得知有人曾经担任过路驰集团的中国区代表，这个人非常有人脉关系，能量很大，对卡车市场也十分熟悉，经熟人介绍，就决定接触了解一番。

而这个所谓对中国卡车非常了解，又非常有人脉关系的人正是范一鸣。

"一鸣君，跟您见面，十分荣幸！"在这间京城少有的日本料理店里，岩畸二太郎非常客气地向范一鸣鞠躬，他居然还操着不太标准的中国话，这让范一鸣有些意外。范一鸣连忙还礼，随后和佐久彦洋互相致意，双方经中间人介绍后，才客气异常地坐下来开始用餐。

"岩崎君，你的中国话在哪里学的呢？"坐下来后，范一鸣非常好奇地询问道。

"哦，是跟我的母亲学的，她以前来过中国，会说中国话，我从小就对中国非常向往，所以一直跟母亲学说中国话。说得不太好，让您见笑了。"岩崎二太郎十分谦虚地回答说。

这两个日本人，是日本山鹰集团的高层，平素傲慢无比，但是表面上的客气却做得十分周到，让范一鸣感觉非常舒服。

"您的普通话非常不错了，比很多中国人都标准。"范一鸣赞赏道，这话也是真话，至今在国内有很多地方上的人不会讲普通话，张口说普通话也带有浓重的口音。

"惭愧惭愧，我还要努力学习，这次来中国，也想着提高一下中国话的水平。"岩崎仍然十分客气，"我听说，一鸣君对中国的汽车市场十分了解熟悉？"

"十分了解熟悉谈不上，但是的确有一些经验。"范一鸣变得有点谦虚了。

"听说，一鸣君曾经担当过路驰集团的中国区代表，负责卡车的销售，不知道这个消息属实吗？"

"确曾担任过一段时间，对中国卡车市场的了解嘛，也就是那段时间积累下来的。"

"能冒昧地问一句，范先生，为何后来不继续担任此职务呢？当然如果不方便，也可以不回答我这个问题。"岩崎二太郎微笑着，脸上笑容很舒服，似乎并没有要刨根问底的意思。

范一鸣心里大骂，知道眼前的两个日本人肯定是做了一些功课的，这个问题还不能不回答："其实，这个原因，我想岩崎君肯定是了解的。坦率地说，我之所以没有长久担任这个职务，是因为在军车竞标项目中，我们落选了。"

"哦，我对此中内情十分好奇，不知道范先生能否为我解惑呢？"岩崎二太郎语气十分温和，让人无法拒绝。

"这个中缘由，想必岩崎先生也是知道一些的。我之所以在那个项目中失手，本身不是我的责任，而是公司的问题，首先，要知道能够敲开军方的大门，让路驰参加竞标，这中间需要耗费的关系人脉和精力物力，想必岩崎先生是明白的。"

岩崎二太郎点头表示理解。

见岩畸一副深以为然的表情，范一鸣才接着说："军方对卡车质量的认可，其实就代表着对品牌的认可，这对国内市场是有风向标意义的，这一点想必岩畸先生也是同意的吧。"

"的确如此。"岩畸点头。

"路驰一路披荆斩棘，参加军方的测试，您打听一下就会知道，路驰的测试结果是第一名！在这个过程中，我不畏艰险，亲自带队，在高原上吃了很多的苦头，整整跑了个把月的时间，高原反应就不知道有多少次，我都坚持下来了，唉，一言难尽啊！为了能够保证路驰集团的车辆测试顺利，我使尽了浑身的解数，知己知彼，光是前期的情报工作就做了大半年，否则你认为，路驰能够顺利拿到测试第一名的成绩吗？"范一鸣很是感慨地说道，至于内里实情如何，当然打死他也不会说的。

"对一鸣君的自我奉献精神，我深表钦佩！"岩畸二太郎肃然起敬，"我曾经去过中国的高原，知道在那里呼吸是怎样的困难！"

旁边一直没开口说话的佐久彦洋也站起身来，对范一鸣说道："我曾经担任过日本登山队的队长，爬过欧洲阿尔卑斯山脉的铁力士峰，那里的高原反应很低，依然使我的一名队员因此退出，一鸣君能够坚持在中国的高原上跑一个月的车，并且多次高原反应坚持不退，这使我对一鸣君的意志力深表钦佩。"说完，深深地鞠了一躬。

这让范一鸣的虚荣心大大地得到了满足，一下子对两个日本人充满了好感。看看，日本人多善解人意啊，想起在高原上吃的苦头，范一鸣觉得两个日本人的赞赏，让他得到了应有的回报。

但是范一鸣继续装模作样："唉，当时确实一心只想为公司拿下军方的订单，没有想到太多个人的安危，现在想想，当时真是有些年少气盛，给身体还留下了一些后遗症，不瞒两位，我现在经常还在梦里回到在高原时候，仿如那时候的气压，会被闷醒。"

"那一鸣君都拿到测试第一名，为什么没有拿下订单呢？"岩畸二太郎奇怪地问。

"道理很简单，对手无耻至极，自己人则拖了后腿。唉，其中苦处，向谁诉呢？"范一鸣将杯中的清酒一饮而尽，显出一副痛心疾首的样子。

范一鸣的这副表情让两个日本人面面相觑。

# 第83章 也会东方的哲学

面对两个日本人，范一鸣继续解释说："首先，我碰到了一个极其无耻的竞争对手，这个对手就是中国的西汽，它的负责人叫林超涵。这是一个下流坯子，手段极其低劣，他买通了军方人员，事先知道了评分的规则，还对我们的车暗中做了手脚，让我们扣了不必要的分，否则我们的分值还会更高。而且更可恶的是，他私下和军方做了各种交易，把军方的底牌拿到了手，在最后的谈判中占据了上风！"

范一鸣倒打了林超涵一耙，反正对方绝不会在此时站出来反驳。朱梅英在旁边心里冷笑，这小子把自己说得跟英雄似的，那些卑鄙无耻下流的手段只有你范一鸣才能做得出来吧。但是面上她却是一点没有表现出来，还非常配合地点头，一脸沉重的样子。还真别说，她是真有演戏的天赋，她的表情，让岩畸二太郎看了后，不由得有些怜惜，潜意识地竟然相信了几分范一鸣的话。

"这一点也就罢了，咱们中国人，做事讲究光明磊落、以直报怨，对方无论使用什么阴谋手段，我们都会用最漂亮的数据反击回去，因此，评分结果，最终依然是我们第一！对此，我感到骄傲和自豪！"范一鸣慷慨激昂地说，连他自己都快相信了。

旁边的朱梅英差点没吐出来，她强行忍着，实在是憋着难受，还只能装出一副同仇敌忾的样子。

"嗯，看来这个西汽的林超涵的确是很卑鄙！"岩畸二太郎若有所思地点着头说道，"不过，以我们日本人的角度来看，为了胜利可以不择手段，从某种意义上来说，他也不失为一个英雄！"

范一鸣被日本人的这句话给噎住了，朱梅英在旁边也差点笑出声来，这个范一鸣装过头了吧！没想到日本人反而会如此评价林超涵，也算是错有错着了。

"岩畸先生，你是没有见到这个林超涵，他就是一个完全不值得信任，浑身一无是处，除了下三烂的招数，就什么都不会的小人。跟英雄完全不沾边！"范一鸣有点恼火地说。

"是我失礼了，不应该这么评价您的敌人，以后如果碰到这个人，我们一定会小心提防他的。一鸣君请接着讲。"岩畸二太郎示意说。

"嗯，必须得提防这种人，这种人是小人，小人就是不值得信任，甚至连接触也不要。"范一鸣在这里破口大骂林超涵，林超涵正在会上侃侃而谈，此时已经接近中午了，他忍不住打了一个喷嚏，有些奇怪，也没感冒啊，谁没事惦记着自己呢？此时的林超涵，甚至在心里都把范一鸣这个人给遗忘了，听说美国人一怒之下就把他给开除了，嫌他是个废物，这种人只要不出现在眼前，林超涵甚至懒得再关注他。

范一鸣骂了半天，觉得爽快了，看着两个有些不耐烦的日本人，才勉强停住，接着说道："各位都知道了，测试结果我是第一名，但是意外的情况是，路驰集团自己的条件限制住了我的发挥。路驰集团的各种售后规定，我想要尽可能地满足军方条件也不可能，而那个林超涵，就向军向瞎许诺，军方要什么他就提供什么，但是我不行啊，我得坚持原则，维护公司利益，公司的规定严重拖了我的后腿，就算这样，我依然争取到了军方给我们缓冲时间，好去向公司谈判要优惠条件，可惜，路驰集团十分死板，一点优惠好处都不肯答应，认为凭借着自己卡车的质量就能吃定中国军方，因此错失了最后的机会，这些愚蠢的美国人啊！"

"同意，这些愚蠢的美国人！"岩畸二太郎和佐久彦洋两人都对范一鸣的这个说法深表赞同，对范一鸣的好感也因此急剧飙升。

怼完美国人的范一鸣，接着又把跟他接触的几个美方代表，骂得狗血淋头，什么背信弃义，什么无情冷酷，什么鼠目寸光，一个劲往美国人身上招呼，骂到最后，连岩畸都觉得有些过了。范一鸣停了下来，觉察到两个日本人对他的评价有些不安，便居然来了个神转折："但是，虽然美国人有这些毛病，我认为，他们与我解除合作却是对的。"

"啊？一鸣君为何这么说呢？"岩畸二太郎一下子来了兴趣。

"因为，他们是站在公司最高层面来看问题，订单和利润才是公司的一切，其他都是虚的，如果是我站在他们的立场，也会毫不犹豫地与我解除合作。我承认，我的确最后失去了军方的订单。无论如何，我是输了这一次。"范一鸣依然给自己的脸上贴金，什么解除合作，分明就是开除好吧。

但是两个日本人却有些感动："一鸣君，您能有这样的大局观和视野，我们深表赞同。"不知不觉，他们对范一鸣的评价又上了一个层次，这样能够收放自如，认识自身存在问题的人，才是能够干大事的人。

范一鸣看两个日本人上钩了，便开始侃侃而谈："虽然离开了路驰集团，但是我一直没有放松对自己的要求，也没有离开卡车市场。这一年来，我一直在努力调研，继续研究中国的卡车市场，我研究发现，中国的民用卡车市场非常大，是我应该投身的下一个战场，这里想要暗箱操作难度更大，老百姓就看性能和价格，需求量巨大，且市场分散，那个林超涵就算是想跟我抢，他也没那个本事和精力，我可以发挥的空间十分巨大！"

"一鸣君，您对市场的判断跟我们是一样的。"岩畸二太郎深深地点头，表示同意，"那么，您认为，我们应该从哪里着手打开这个市场呢？"

"很简单，从南方，就是中国经济建设的前沿区域，这里工地多，基建忙，运输频繁，需求量远超其他地方，我们如果要打开中国的民用卡车市场，这里是不二选择！"范一鸣毫不犹豫地说。

岩畸二太郎和佐久彦洋对视了一眼，互相从对方的眼睛里看到了惊奇。

"一鸣君，您这个判断和我们一模一样，我们的确是想从南方打开市场。我们的观点十分一致。之前我还有所怀疑，现在我认为，您对中国的卡车市场的确是十分熟悉的。"

"咳，谈不上，谈不上，任何人只要肯用心，肯努力去做一下市场调研，就能得出和我相同的结论的。"范一鸣谦虚地说，打死他都不会说，这是朱梅英给他的建议。朱梅英毕业后直接去南方打工了，才干了不到一年，就意识到了卡车这块巨大的市场利益，恰巧范一鸣因为季容的事再次找到她，她就把自己的这个判断说给范一鸣听，范一鸣刚开始还没当回事，但不久后有人找到他说有日本山鹰集团想找一个中国代理人，去打开中国卡车市场，他立即就意识到朱梅英的价值，把她从南方直接叫了回来，许诺，一旦他接了日本人的活，就高薪聘请朱梅英当他的助理，朱梅英贪图利益，便同意了。此时，朱梅英听到范一鸣这么说，心里自然是冷笑连连。

"您对南方市场很是了解吗？"岩畸二太郎非常关心地问。

"谈不上很了解，略知皮毛吧。我知道，目前在南方有很多你们的二手车在卖，这些二手车非常走俏，都是从香港那边运过来的，省油，载重强，然后又舒适。但恕我直言，这些二手车虽然是你们生产的，但是山鹰恐怕在其中享受不到什么利益。"范一鸣装出一副很直爽的样子，把林超涵在会上分析的内容给日本人又讲了一遍，这些自然都是朱梅英教他的，别说，这个朱梅英还真是有一些才干，她出去后，用自己的方法做了一些调研，得出了跟林超涵差不多的结论，当然整体完全没法和林超涵相比。但是个别细节，她的观察角度还是很独到的。

范一鸣就把这些观点现学现卖说给了日本人听，这让本来没抱多大希望的日本人很震惊，其中有些细节，比日本人自己的调研结论还要犀利。如果这些都是范一鸣自己去调研得到的结论，那真是有些可怕了，说明这个人对市场的观察非常仔细，确实是山鹰集团寻找良久的合适的中国代理人。

而且日本人从侧面了解了范一鸣的出身，知道他不仅有家庭渊源，在生意场上有无数的合作伙伴在排着队等他，这个对开拓中国市场也是非常重要的助力。至于美国人为什么败退中国市场，他们肯定不会再犯相同的错误的。

这点日本人非常有自信，东方的哲学，他们也会！

# 第84章　狼狈可为奸

日本人对范一鸣的第一印象非常好，精明的日本人当然不会听范一鸣的三言两语就被忽悠住，明面上双方宾主尽欢，暗地里自然还会使些手段。

但是无论如何，范一鸣是正式进入日本人的视野了，这将是日本人攻克中国卡车市场的一枚重要棋子，不管范一鸣是不是真的有很大的把握拿下市场，是不是真的对卡场市场有很深的了解，至少他拥有的关系不是假的，而且表现出拥有一些前瞻性的眼光。从日本人的角度来看，就是这小子太年轻了，年轻容易狂妄，狂妄容易无知，无知便会犯错，但是人孰能无过，就看怎么调教和使用了，这点上日本人还是挺自信的。

在这场饭局上，两名日本人还发现了另外一个亮点，那便是朱梅英，这个女人看上去十分有味道，既青春貌美，又有一种说不出的成熟风情，这特别让岩崎二太郎十分欣赏，坐在他旁边的佐久彦洋深有同感，但是他毕竟不能跟自己的顶头上司抢女人，所以他只能在旁边眼馋着。

朱梅英作为一个女人，对两个日本人垂涎三尺的表情自然敏锐地感觉到了，这是她的直觉，但是这并没有让她愠怒，而是微微一笑，表面上装作若无其事，但是接下来的每一个动作都能够让人感觉她的风情魅力。

这一切也没逃得过范一鸣的眼睛，这小子别的不精通，吃喝玩乐玩女人那是样样都精通。一边招呼着日本人吃刺身，大谈这个原料难得，一边却在心里冷笑，这个蠢女人，真以为自己魅力那么大吗？你以为会傍上什么大款？笑话，有你哭的时候。他心里有一杆秤，朱梅英本来就是他预备要抛出去的一枚棋子，但是收放得由他来定，而不是由这个女人自行其是。这两个日本人想要得逞，没那么容易，不来点实在的，碰都别想碰自己的女人。在潜意识里，他已经霸道地认定朱梅英是他的女人了。

范一鸣还在隐忍，一次见面决定不了，那就多来几次，一向知道跟日本人打交道不容易，那就不妨慢慢来。

他故意对两个日本人说道："二位，常说吃一堑长一智，自从上次我输了后，我一直在痛定思痛，决心要再深入了解市场，再跟着长辈做几年生意，所以打算再去欧洲看看，听说那边的卡车技术非常先进，很多方面其实比美国更好，我过去找找生意机会，打算代理一家品牌公司进来。"

岩崎二太郎本来打算还再考察考察，但是听到范一鸣这么说，心里就有些着急了，要是这么熟悉卡车市场的人，再代表其他品牌，那么日本车还有什么机会？如果说顶尖的重卡技术，欧洲第一，美国也只能排第二的，至于日韩其实跟欧美相比，卡车技术差老远了。

这点岩崎是心知肚明的，日本车也许此时在中国还有一些市场，还能打下一片天地，但要是引来欧洲重卡，那日本在中国发展之路也许就此要断绝了。他当然也知道范一鸣这么说有些将军的意思，但是这种可能性不得不防啊。于是岩崎被逼得只能表态了："一鸣君，所言差矣！"

"此话怎讲？"

"其实您应当知道我此行来中国，是为了寻找一个合适的中国区代表，担当我们日本山鹰集团重卡进军中国市场的重任。经过初步接触，我认为一鸣君十分合适，请相信我们日本企业的福利和待遇，都一定不会比欧美企业低，所以请您暂时不要再和欧洲企业接触，我们向总部汇报后，下次我们再见面谈一下条件，如何？"

"这样啊，来你们日本山鹰集团也不是不行，我这个人呢，天生就只会做生意，闲不住，等不了太久的。"范一鸣拿捏了起来。

"一定用不了太久的。"岩崎严肃地回复道。

"既然如此，那我就等几天吧。"范一鸣见好就收。

心怀鬼胎的几个人哈哈一笑，互相敬酒，一顿饭吃了近两个小时才尽欢而散。散场后日本人匆匆回国，向总部和董事方汇报来中国的成果。而范一鸣则带着朱梅英离开了，两个日本人心里就算是百般冲动，自然也知道还不到时机。离开后，朱梅英皱着眉头对范一鸣说："你真打算跟欧洲接触吗？"

　　范一鸣冷笑着说："为什么不接触，他们那边的代表我又不是没见过，虽然有些城府，却也不灵光，打不开中国市场，不如我自己去。"

　　"那日本山鹰集团这边呢？"

　　"自然也不能放弃。日本人的钱，我不去挣谁挣，这是一片大好的市场，我要趁林超涵还没有发展起来的时候，把这个市场占了。"

　　"林超涵好歹也是中国人，西汽也是中国企业。"

　　"哼，你朱梅英是这么迂腐的人吗，只要我们自己挣着钱了，哪管它钱是哪国来的。"

　　"我可还没有挣着钱。"朱梅英装得可怜巴巴地说。

　　"你还挣不着钱？你去南方那边，没少被人打主意吧？凭你的姿色，在哪你混不出息？"

　　"哼，本姑娘的便宜哪有那么好占的。"朱梅英傲然地说，"本姑娘不让他们占便宜，自然也捞不着什么好处。"

　　"好处？跟着我你会有捞不完的好处！"范一鸣说着，居然就动手把朱梅英给搂住了。朱梅英使劲地挣脱开来，她的脸有些红晕："请放尊重点，我是来给你帮忙的，不是给你暖床的。"

　　"哼，不给我暖床，你不会是想给那两个日本人暖床吧？"范一鸣狞笑道，"那两个日本人吃人不吐骨头的，你不会那么贱，想跟他们去吧？"

　　"谁说不可以呢？"朱梅英拨开了范一鸣的魔爪，"别以为我不知道你在想什么，无非就是最后要是日本人谈条件，你想我当作筹码呗。"

　　"这一点，你都想到了？不愧是我范一鸣的女人！"范一鸣倒也住手了，看着朱梅英的漂亮脸庞，眼睛里放出冷光。

　　"谁是你的女人了，你的女人不是季容吗？"朱梅英讽刺道。

　　"别提那个贱人了！早晚有一天我会收拾她的，除非她不回国！"范一鸣咬牙切齿地说，"听说，她在那边又认识一个姓林的，现在打得火热。你是她的闺蜜，没有听她给你说起过吗？"

"有这种事？我自毕业后就没跟她联系过了，不知道她那边的情况。"朱梅英很是意外。

"有这种事，她做得初一，我自然做得初五，我本来确实是打算把你当作筹码的，但是现在我改变主意了，在季容没回国这段时间，你就做我范一鸣的女人，保你吃穿不愁，要有什么有什么！"范一鸣说得非常自然，完全没有任何觉得不妥的地方。

"呵呵，那也得我同意才行。我不同意，你得不到我。"朱梅英冷笑着说，"我是爱慕虚荣，但是我也有底线的，在南方有人要占我便宜，如果我不自重，轮得到你吗？"

"你这是拒绝我吗？"范一鸣有点愠怒，"如果你拒绝我，你要想清楚后果！"

"你这是威胁我吗？"朱梅英寸步不让，"如果你威胁我，你也要想值不值！"

范一鸣气笑了，这个朱梅英什么时候变得这么硬气了？当初为了点小小报酬甘愿通风报信，现在明显是为了巴结他给他来出谋划策，从内心来看，他是看不起她的，觉得可以玩弄她于股掌之中，但听她的意思，明显不甘愿被玩弄。

看着怒气冲冲即将发作的范一鸣，朱梅英心里冷笑着，心想，别以为我还是当年那个弱小无依的朱梅英，今时不同往日了，我的手段你小子还没见识过呢。

所以她突然一改冷笑倨傲的表情，瞬间变脸，温柔一笑："范公子，我是来跟你合作，不是来跟你置气的，我不想跟你作对，但是你也要明白我的价值，我可以给你出主意，帮你的忙，但也可以拆你的台，毁了你的谋算，你总不想把我逼到你的对立面吧？我的合作前提，就是需要尊严。如果你打算连这一点都不给我，那我立即转身就走，江湖路远，咱们再无再见之日。"

范一鸣有点惊异地上下打量着朱梅英，发现这个女人再不是当年那个他甩了一耳光都不敢吱声的女子了，似乎生活改变了她很多，也许，还真有点用呢。

"好吧，我收回之前的话。这样吧，我们合作，条件是你帮我这几年，我给你你想要的。"范一鸣突然脸色也变得温和起来。

"嗯，好。那你为什么不问我愿不愿意做你的女朋友呢？"

"那你愿不愿意做我的女人呢？"范一鸣稍微改了改词。

"我愿意！"朱梅英也假装没听明白。

"哈哈哈……"范一鸣爆发出狂笑，但笑得十分干巴，笑声中有奸计得逞的味道，也有一些真正的开心，还有一些烦躁，看从哪方面听了。

然后，在北京，某个豪华的酒店外，狼狈为奸的两人牵着手，像一对情侣一般，融入了人群中。

# 第85章　还要开向全世界

范一鸣在北京和日本人达成初步合作意向的时候，在西汽的会议室里，林超涵依然在舌战群雄。

此刻的他，正讲到了价格的问题，他谈到民用车要打开市场，必须要大幅降低成本，以远低于军车的价格才能打开市场。要知道，军民车最大的差异就在于价格，军车无论是在原材料成本、制造成本、质量成本、过程成本还是使用成本上，都比民车高几个数量级。例如制造成本，民车零部件加工检验不合格可以返工，甚至补焊后重新加工，但是军车零部件一旦超差立刻甩线不允许继续加工，要么报废，要么转民品（如果型号相同或近似），总之不允许出现在军车上，这就是一块巨大的成本，所以一辆2190可以卖到近50万元，而同期类似民品只有15万元左右。当然，表面上来看，军车的利润率还是特别的高，毛利率可以接近50%，而民车肯定没有那么高，只能是薄利多销。但是需要说明的是，军车不是看上去那么挣钱，一旦出现问题，部队的罚款是很可怕的，最严重的情况甚至可以一次把你全年利润罚掉，而问题并不局限在质量问题上，例如延期交付，是比质量问题更严重的违规。而民用车一是没有那么多的麻烦，相对来说好沟通一些；二来民用车的利润虽然少，但是胜在市场广阔；三是民用车的生产比军用车肯定要简单很多。

而且，林超涵只是浅浅地提了两句："必须要抓紧时间进行技术改革和创新，必须要加大力度研究降低成本的方法。"就没有再深入分析了，其实大家一听到这个价格，心里就有谱了，如果降不了成本，这市场根本玩不转。

滔滔不绝了半天，最后终于有人忍不住问林超涵："那你倒是说说，具体的建议是什么？"

"这正是我要讲的最后一部分内容。"林超涵微微一笑，"最后一部分，我主要有三个建议，第一个建议是组建专门针对南方市场的研发、开发、生产和销售体系；第二个建议是针对南方市场开发相应车型；第三个建议是用什么营销手段打开市场。"

"小超，你的意思是，专门针对南方市场我们还要组建相应的体系和团队吗？"姜建平摸着下巴说，"现在单独成立销司，我们本来就计划要开发市场的，需要单独建立相应的体系吗？会不会有点乱了？"姜建平有着自己的疑虑，这段时间林焕海眼花缭乱的改革，让他一直担心是不是有点走过头了，听到林超涵又建议要成立新的部门体系，他潜意识里觉得是不是步子迈得太大。

"姜书记，本来如果只是一般的市场开拓，是不用成立专门组织来做应对的，但是这是我们试水民用市场的第一仗，我们如果不能集中百分百的力量，恐怕就不能应对市场的快速多变的需求。军用市场的要求虽然比较严格，但是变化却没有那么多，民用市场不一样，瞬息万变，你不知道天上会飘来哪片云彩，必须快速应对，快速反应，快速调整，快速获胜，否则你慢一步就有可能被人超越的。我有一种预感，像现在日本二手车在南方市场这么走俏，日本人不可能无动于衷，有可能，现在这会儿，他们就在集中精力准备开拓市场了，我们不能等，必须要有一个能够快速决策的部门，而且我建议，这个部门要向我们的前辈们学习。我看过很多战争时期的回忆文章，我军之所以能够打胜仗，最重要的原因就是我们的指挥部尽量靠近第一线，仗打到哪儿，指挥部就迁移到哪里，所以，我们需要组建南方市场开拓的专门团队、公司，负责珠三角地带的民车所有市场开拓和销售事宜。"林超涵本来还没有想那么多，姜建平一问反倒刺激他的灵感了。

这个臭小子，还教导起我们做人做事了。林焕海和郭志寅两人对视一笑。居然还谈什么战争时期，谈什么指挥打仗的做法，如果是换作林焕海和郭志寅来说，毫无违和感，但从一个乳臭未干的黄毛小子嘴中说出来，好像有些让人好笑。

潘振民在那里喝茶，一直没有作声，听到林超涵这么大言不惭，也忍不住喷了一口茶出来，让林超涵注意到了他。

姜建平面上的表情也有些复杂，但是他也不得不承认林超涵说得有道理："这个也有一定的道理，但是开拓一个市场就需要成立一个分公司，那我们未来不得把分公司开遍全中国啊？！"

林超涵很认真地回答说："姜书记，我以为，将来我们不仅要把分公司开向全中国，还会开向全世界。"

整个会议室很多喝茶的人听到这里，都忍不住喷出了茶来，这小子，真是会吹牛，现在还没迈出第一步呢，就想走遍全世界。

林超涵并不在意大家的一些嘲笑和非议："那些未来的事，现在设想当然有点早了，但是我强烈建议，成立负责珠三角市场的销售分公司，而且公司内部也要理顺整个流程，为开发市场建立一个新的适应市场的体系。"

王兴发听了半天，没怎么发言，听到林超涵这个建议后，简单地思索了一番，就开口说道："小超，这个建议我认为是有道理的，我赞成。"他发话就相当于代表这是研究室的观点了。

姜建平摇头道："这个要慎重思考！"然后还有一些人发出了附和的声音。

林超涵有点意外，成立专门的体系或是公司团队开发市场怎么了，这不是很正常的思维逻辑吗，怎么大家还有点想不明白呢？他忽然意识到是不是自己思维太过超前了，公司这些人这些年一直待在山沟里，的确是贫穷限制了思维。他想了想，准备还理论一下。

"这个还言之尚早，你先说一下你的产品开发建议吧，到底结论是啥？"林焕海阻止了林超涵的进一步发挥，现在销司单独成立，还什么成绩都没做出来，又要改变策略单独为珠三角区域市场成立新的分公司，这开支和花销可没有想象的那么简单。

林超涵也没有纠缠下去，他接着说，"我走了很多地方，看到了很多工地和矿山，也在南方火热的各个工业区走过，经过数据统计和研究判断，我以为，我们接下来，要开发的不是一个车型，而是一系列车型。"

"一系列车型？"很多人很意外。

"第一种车型，我建议我们开发一款集装箱牵引车！"林超涵抛出了自己深思熟虑的一个建议。

"集装箱牵引车？"这个说得部分人都有些晕乎。这个真的不怪他们，他们中的很多人在西汽这个山沟里待了大半辈子，真的没有见过集装箱，偶尔电视上看过，也就一掠而过，甚至都没有注意到，在他们的意识中，火炮牵引车可以做，但是集装箱牵引车是个什么鬼？集装箱其实就是一种标准化了的运输工具，方便利用机械设备进行装卸搬运，呈长方体模样。在南方，外贸生意基本上都走的是集装箱运输，长长的集装箱货柜车，是常见的风景，但是西汽的很多人虽然一辈子跟汽车打交道，奈何这里没有港口，所以他们根本没有机会见识集装箱，听到说要生产集装箱牵引车，都很茫然。

但也不是所有人都没见过，这里见过世面知道怎么回事的也有很多，而且经过林超涵连比带画，还掏出了几张冲洗出来的照片后，在场所有人都明白了过来。

"我说小超，这集装箱牵引车，我们要研究研究，生产是没有问题，但是据我所知，这些生意，在那边肯定早就市场饱和了，我们再挤进去，还有没有机会呢？"这次发出疑问的是陆刚，他对此很有些意外，这是他根本没有想过的类型。

"有市场，而且这个市场非常大，但是前提是，我们必须要出奇制胜，除了在牵引力量上我们要达标外，最重要的则是让货柜车司机们无法拒绝。"

"有什么理由是他们无法拒绝的呢？"

"在这之前，请允许我卖一个关子，我先介绍一下选择这个市场的由来背景吧。这是我在那边做了大量的数据统计后进行调研得出的结论，当时我们先后站在7条主要干道上，对来往车辆进行了统计和分析，结果发现，过往车辆中，数量最多的卡车类型就是这种集装箱，当地人喜欢叫它们货柜车，这种货柜车，来往非常密切，是中国进出口贸易中必备的一种车型，它们来往于各大海关码头，将货物运输向海内外。起初，我也没有注意到这种车型，以为这种货柜车肯定是有其来源，但是我深入调研后，却大跌眼镜。"

林超涵端起杯子喝了一口茶，实在是有些口渴了，接着说："这些货柜车的来源竟然五花八门，很多甚至根本不是正规军，这让我从中看到了机会。"

# 第86章　他们都是见过世面的人

然后林超涵就详细说了他调研的背景：他抓住机会，找了一些货柜车司机进行聊天，这让他发现，这些集装箱最多的就是来自香港，当时基本上都是过了口岸拆箱倒车拉走的，不但费时费力，而且货损相当大，而当时承运人已经不是以前的省运输公司，而是改制后的货运公司和大量的个体车老板。1992年之前，这些个体老板跑车，其实是游走在边缘地带，跑起来还遮遮掩掩，经不起查。

但是 1992 年南方谈话之后，思想得到进一步开放，个体经营就可以光明正大地注册公司，进行大规模发展了，所以那个时候一两辆车的小运输公司遍地都是。这种情况跟一些工业区工厂间拉货的普通卡车司机们的情况差不多，但不同的是，这些散户很多是兄弟车、夫妻车，为了多挣钱，减少成本，吃住都在车上，所以驾驶室就是家，而那些普通卡车司机则一般都是一个人一辆车，顶多有一个换班的跟车。

所以这就导致一个情况，那些货柜牵引车来源五共八门，大部分是国外进口的二手车，小部分是国内制造的。这些牵引车，技术性能不是很统一，动力也不见得很强劲，有的好点，有的差些，只要能拉货就上。长相也各有特色，有的像是擎天柱，有的则像是普通的卡车头。

说到这里，就有人问了："什么擎天柱？"

于是整个会客厅的人都目不转睛地盯着这个提问的人，然后大家都原谅他了，这位家里既没有孩子，自己也不喜欢看电视，所以不知道擎天柱是谁也情有可原。最后还是林超涵从笔记本的夹层里抽出一张粘贴画，上面写着四个大字"变形金刚"，然后指着其中一张告诉他谁是擎天柱。当时像这种撕下来就可以粘贴的小画纸非常流行，这是林超涵在南方随手购买的，没想到竟然在这里派上了用场。

在这个啼笑皆非的小插曲后，林超涵接着往下说。

这些货柜车大部分都是在珠三角流通的，但是需要说明的是，当时珠三角的交通远没有现在便利，很多道路不是很好，或者还在施工中，因此这些货柜车从港口出发，再运送到厂里，短则数小时，长则有可能需要数天时间。因此，这些车上，锅碗瓢盆被盖一应俱全，但是由于空间狭窄，在里面很不舒服，尤其是路途遥远的时候，就算是轮班休息，那也非常地累，坐也坐不好，睡也睡不了，都很痛苦。

但是没办法，生计需要，必须得忍受着这份痛苦。

当林超涵问这些货柜车司机们对车型有什么要求时，这些货柜车的司机竟然不约而同地要求舒适性。这让林超涵感到非常奇怪，但是仔细一思考也见怪不怪，这些货柜车司机固然生计要紧，但是这里是改革开放的前沿，他们也都是见过世面的人，根本不吝啬于在下车休息吃饭的时候点几个好菜慰劳一下自己，也根本不吝啬于给自己装备一些华而不实的车饰。林超涵就亲眼见过一辆货柜车的司机的坐垫，那绣得叫一个精美，司机手腕上戴着的手表也并不是路边摊卖的水货。对他们来说，怎么在规定时间内完成雇主交给的任务最重要，在此之外，只要车的性能够用，他们也不强求高性能车辆，宁愿牺牲一些性能换来一些舒适性，工作不只是辛苦卖命，能够享受到便捷舒适，比什么都重要，如果拼命工作，就为了省那么一点钱，他们更觉得不值。

因此，货柜车司机迫切需要一款能够满足工作需要的高性能，又能够满足他们舒适性要求的集装箱牵引车。

"如果我们能够推出一辆带有卧铺功能的加长版集装箱牵引车，我敢说，一定会受到市场高度欢迎的！"林超涵总结说。

这个说法有点石破天惊，要知道，中国的卡车基本上是没有卧铺的，一方面继承了原来苏联车的长头传统，另一方面长途运输主要靠铁路，卧铺基本上没用，所以厂家也就不造这样的车。带卧铺的卡车在西汽人的心目中，几乎从没有想过，就算是屡次试车，要跑东北，跑热带海岛，一路辛苦劳顿，他们偶尔会念叨一两句，但也从来没有真正往心里去，没有想过要开发一款带卧铺的驾驶室。

林超涵说完后，整个会议室里静悄悄地，像郭志寅和王兴发等极少数人事先知道一点林超涵的想法还好，其他人都有点没进入状态，他们还没有搞明白其中的逻辑思路。

"你是说，要开发一款带卧铺的集装箱牵引车头，向南方市场进行推销吗？"陆刚总结了一下，疑惑地问，"可是，我觉得有些不靠谱呢？"

"是啊，确实听上去有些不靠谱，这个集装箱我虽然没有亲眼见过，但是在电视上也看过，那么大一个货柜，是不是对车性能的要求太高，我们根本满足不了呢？"有人担心地问道，既不了解情况，也显出有点不自信。

"对对，我虽然觉得你说得很有道理，但是这个市场怎么打开，你刚才也说了，都是些散户车辆，他们都已经有车了，我们就算再推出来，他们有那个财力再购买一辆车吗？"还有人考虑到市场因素。

"就算是这款车有人买，市场也需要，但是加卧铺的作用有没有那么大呢，我还是有点不相信。"

"不错，我们一向给部队生产的车型，在舒适性方面考虑得比较少，主要是考量性能要求，有点怪怪的，就算是加个卧铺，我也想不出来，有多少舒适性可言。"

当然也有人站出来支持林超涵，林超涵还没回答，就有人帮他搭腔了。

"加个卧铺，对部队来说，确实一点意义也没有，因为他们多是考量野战条件下的道路状况，天天跑在坑坑洼洼的土地上，有时候还尽是险地，比如当初试车去高原，很多路段确实是很吓人，就算有卧铺，你有那么大心敢睡吗？但是这在珠三角民用市场根本不是问题，就算那边道路状况再差，也比野战条件下要强得多了，他们加个卧铺，就可以得到很好的休息，换班后更有精神，减少事故发生率，我觉得这是个很好的主意，没准真的挺受欢迎。"

"嗯，那边人比我们有钱多了，也许他们真会不吝啬换购一辆更舒适的卡车头呢。"

林超涵微笑着拿过黄小露的笔记本，不顾黄小露翻白眼，举起笔记本道："我可不是自己瞎比画的，这些都是有据可查的，我们一共跟 35 名来自不同地方的货柜车司机聊过天，做过一些小小的调研，其中呢，有 24 名货柜车司机主动跟我们提起过，希望能够增加车头的舒适性，这 24 名中有 13 名提出了卧铺车的概念，另外值得一提的是，这 35 名货柜车司机中，有 30 人都愿意购一辆性能优越同时带有卧铺的车，这可不是我瞎编造的，我们蹲点采访，每一名接受采访的货柜车司机能记下姓名的我记下了姓名和联系方式，能记下车牌我记下了车牌，如果我们能够生产出这些车来，我们第一批就可以联系这些车主，说不定就能卖出去一批。"

黄小露嘴巴狠狠地嘟了起来，这些可都是她在旁边辛苦一笔一画记下来的，当时的情况是林超涵随手记了几笔，主要精力都用在跟这些司机吹牛上了，她在旁边埋头苦记，现在完全成全了林超涵。谁叫他是组长呢？太会出风头了！

接着，林超涵打开笔记本，举起来对外向所有人展示了一下密密麻麻的记载，然后还挑了几个片段，读了几段。

这下子，大家都无话可说了。大家有来由没来由地都觉得林超涵说得好有道理，说不定市场还真是需要这一款产品呢。

"那这个车型的性能要求呢？复杂吗？你也知道我们公司现在各种技术情况，你认为，我们能不能生产出这样一款车型呢？"陆刚问道。

"这个性能不复杂，我自己做了一些性能总结，数据都在这里。"林超涵又拿起自己的那一沓材料，"这里面我有详细的技术细节描述，当然还需要再进一步细化，但总体来说，我认为难度远低于 2190 的研发，比将 2190 改装成榴弹炮牵引车复杂不了多少。"

"那你认为我们多长时间研发完成投入市场呢？价格定价呢？"

"我认为，我们最短两个月，最长三个月就可以完成研发，然后就可以投入量产，关于价格定价嘛，我以为 15 万左右即可。"

"两三个月就完成研发？"这回是轮到谢建英惊了，这任务最后还得落到她头上，虽然她一直力挺林超涵，但是她还是忍不住质疑，"这个，从技术绘图再到做干涉实验，再到组装样车，到试车，全程三个月怎么也不可能完成啊。"

林超涵有些无奈："谢副总师，其实三个月都算长的，它不是军车，没有那么复杂，而且都是成熟技术改装而来，试车也无须大费周章的。"

# 第 87 章　拍板决定

"当然了。"林超涵顿了一下说，"无论如何，我们需要对质量负责。我觉得我们面临的最麻烦可能是怎么装饰，让人觉得既奢华舒适，又低调实用。"这方面西汽的经验的确非常欠缺，面对部队的那帮糙老爷们，怎么硬朗怎么来，性能永远是第一位的，舒适性永远是排在最后一位的。要说搞奢华装饰，的确大家的眼中闪过一片一片的茫然，就连林焕海和郭志寅都不例外，倒是一直没说话的潘振民突然提了几个主意，介绍说可以向谁谁谁学习云云。林超涵一听，觉得还确实是那么回事。

"这个车的研发，那可是要讲科学规律的。"谢建英皱着眉头，她可没有林超涵那么乐观，一向对工作一丝不苟严谨认真的她，无法想象出能省掉哪些环节。

"我明白，我十分认可这一点，但是需要说明的是，我们其实是从成熟技术上进行改装而已，不仅我们之前在研发 2190 时积累了大量的经验，而且，还有一件事情，对我们大有帮助，会大大加快我们研制的步伐。"林超涵胸有成竹地说。

"哦，什么事情？"大家都有些好奇。

"那就是我们在引进斯太尔资料图纸的时候，已经买了全系列驾驶室的设计，包括短款低顶，短款中顶，长款低顶，长款中顶，长款高顶，双排低顶等等，其中长款和加长款中高顶默认都带卧铺，而且还有双卧铺。"

"对啊！原始设计里面确实有一块是有全系列驾驶室的设计，里面有关于卧铺的内容。"坐在角落里的周洪一拍大腿，兴奋地叫了出来，他最近升了个小职，到汽研所设计部任职副主任，勉强有资格参加这样的会议。

林超涵用眼神和周洪打了个招呼，笑道："确实是原始图纸里有这一块，之前我们翻译图纸的时候，记得是有这一块内容。不过因为部队驾驶室有自己的要求，所以那块我们当时没有重视，算是束之高阁了吧，要不是我经手过，确实也想不起来有这么一堆现成的设计可用。"

"在我们之前的车型基础上进行改装，同时，利用斯太尔的车头设计图纸，那我觉得问题就不大了。"郭志寅沉吟着说，对图纸的情况他也是非常了解的，"如果是这样的话，我认为如果我们全力以赴，是可以三个月内推出新款车型来。问题不大，而且这个民用车的测试只要达到国家制订的一些标准，然后满足司机需求即可，不必像军车那样大费周章，全国跑测试，实际上我们是针对珠三角地带进行定向开发的，只要适应了南方炎热潮湿的气候就可以了。"

谢建英点点头，她也缓和了下来，仔细一考虑，如果基于现成的东西，那么两三个月推出一款新车确实不难，如果铆足了劲干，两个月真的可以拿下来，前提是大部分主要零件都能够军民通用。

"这事我觉得还是比较可行的。"王兴发开口说道，"虽然这款车我们以前没做过类似的产品，但是只要市场有需要，以我们公司的技术力量，研发生产都不是问题，而且，据我了解，目前在重卡驾驶室的卧铺方面，国家还没有制订相关的行业标准，如果我们先干起来，是能够占领市场制高点的。嗯，用我最近看的一些销售管理书籍的观点来说，这就是一片蓝海市场啊。我建议，公司认真考虑这个建议。"

王兴发作为政策研究室的主任，他的发言很受大家重视的，虽然有些人不大听得懂什么叫蓝海市场。

看到大家都沉思起来，林焕海发话了："那这样，这个项目既然可干，那就动起来，第一，王文剑同志负责南方特别是珠三角市场的销售工作，最好能拿到一些预订的订单下来，这样相较保险一些；第二，郭总师和谢副总师则担当起技术攻坚的任务；第三，成立南方市场开拓小组，我亲任组长，协调公司内外的各项资源。这件事就先这么定下去，政策研究室嘛，现在最重要的任务就是配合技术和销售，把相关细节的问题都理清楚，这件事情，我觉得宜早不宜迟，若是犹豫不决，那有可能就是错把机会让给其他竞争对手了。"

林焕海既然拍板定音了，那就没什么好说了，包括姜建平在内，其他人虽然心里多少还是有些疑虑，但是也想不出其他反对意见了。

林超涵心里还是挺高兴的，父亲既然在会上这么支持自己，那说明自己的眼光是没有错的。能得到父亲的公开认同，这让林超涵更有信心了。

接下来，林超涵又提出了几款同样实用的车型，一是区别于 6×4 的集装箱牵引车，做一个 4×2 牵引的敞厢货车；二是工地和矿山使用的自卸车，这又是两款不同标准的类型。只要汽研所有余力，每一样都可以尽快搞起来，必然大有市场。

林超涵抛出的这些市场调研观点，再度引发了众人的热议，实在是这些民用车型的要求跟军用车大有差异，而且林超涵把车型越来越细分，他是根据具体的用途进行设计，这在某些方面也跟军用差不多，军用重卡，有的是用来牵引，有的是用来运输，根据不同地域和不同用途，也有各种不同的配置。

但区别在于，军用的需求对西汽来说是十分清晰明白的，有部队订单，有部队的需求单和各种要求细则，在这种情况下，西汽等于是拿着命题作文来做文章，但是现在有所不同的是，这种市场调研回来的需求，还不是真实的订单，也不等于调研的想法就能实现或是用户买单。

所以大家各种疑虑慎重也是非常正常的，但是林焕海雄才大略，关于这些调研回来的信息，他的观点就是如果一直在争议讨论，不去实干，就等于什么也没干，先干起来再说，有问题再慢慢解决。

对于这种想法，部分人是有意见的，因为公司的财务状况也不乐观，贸然投入很多的精力和财力到这些新车型的研发上去，会不会得不偿失呢？但是这些疑虑都阻挡不了林焕海的决心，财务状况无论多么难堪，如果连研发投入和市场开发投入都不敢做，那真的就会失去未来。这一点林焕海心里是十分清楚的，姜建平书记虽然有一些不同意见，但是最后考虑长远得失，依然还是站在了林焕海这一边。至于郭志寅，则同样雄心壮志，他并不怵任何挑战。

关于市场开拓的各种讨论，持续到了下午三四点。基本意见统一后，林超涵退场，王兴发再次上场，他汇报了这段时间关于新址搬迁建设的前期研究。

对这个林超涵也在认真听，因为去出差了，关于公司新址方面的调研情况和结论，他还没有太多精力去关注，正好听一下王兴发的汇报。

王兴发先是论证了公司新址搬迁的重要意义，其实这个意义大家都明白，但是王兴发还是从战略高度论证了公司未来发展产能扩大的可能性，特别是结合刚刚林焕海宣布成立的南方市场开拓小组，谈及未来的确市场需求空间广阔，现在厂区产能已经接近饱和，再也无法承载更大的产能了。目前，西汽的年产能力顶多再增加一两千辆，但是从全国市场格局来看，这简直就是杯水车薪。王兴发还列举了关于交通便利、市场开拓需求以及职工生活等搬迁后的意义。

随后，王兴发进入正题，对省城周边考察的情况，以及公司内部的职工意见建议进行了汇报。关于搬迁新址，目前省里是高度支持的，省城周边现在刚处于改革的初期，仍有大片空地，拆迁工作比较好做，因此选择还是比较多的，但是从各个区接触下来的初步情况来看，在东郊建厂的可行性最大。东郊所在区的政府官员对西汽搬过去是举双手欢迎的，而且相关的土地征收工作也比较好做，这里交通也比较便利。

对此，大家都没有过多的异议。王兴发说是东郊，那就东郊好喽。

林焕海去相关地段考察过，他插话道："去东郊建厂，是目前我们发展的一件大事，那块地我去看过，也跟当地人交流过，西汽过去，是能够带动当地经济发展的，他们是欢迎的。当然了，具体还有大量工作去做。而且，我再补充说几句吧，我知道有些同志认为我们现在提出建设新厂区是心里在打鼓的，认为这是我林某人吹的牛皮，好大喜功，但是大家应该知道，关于搬迁新址的事情，并不是我们厂里第一次提出来，也不是第一次进行调研，我记得十年前，我们就曾经做过一些准备，东郊那边当时就考察过，可是过了这么多年，我们都因为种种原因，没有推动这件事，但是现在有一些契机，促使我们将此事提上议事日程来。此外，还有一些不得不搬的原因，刚才王兴发同志已经讲得很透彻了，我再补充一句就是，如果不建新厂区，等我们把部队的红利吃到头的时候，就是我们公司宣布倒闭的那一天。"

# 第88章　戒还不成吗

林焕海接着说："关于新址搬迁的理由我们实在可以找出太多，每一条我们都无法拒绝，但是不建新厂区，我们的理由只有一个，那就是缺钱，但是缺钱，任何时候都缺，我们可以向银行举债，可以融资引资，各种方法都可以想，它不是阻挡我们干事业的理由，整个中国都缺钱，中国企业没几个说不差钱的，家家都有难处，但是难处不是我们裹足不前的理由，而应该是我们前进的动力！"

对此，会议室里爆发出了一阵热烈的掌声，大家对建设新址的理由和意义认识都还是挺充分的，除了少数人对这里太习惯，不想折腾外，大多数人都非常赞成。只要稍有头脑的人就明白，如果一直窝在这山沟里，迟早得被市场淘汰，只有闯出去才能活过来，而建设新厂址，就相当于全面融入经济发展的浪潮中，在目前的情况下，拒绝改革进步就相当于死亡。与其坐看船沉，不如奋起一搏。

而王兴发公布的内部职工调研的数据也证明了这个观点，厂里80%以上的职工和家属都是愿意建设新厂址的。在这山沟里待了这么多年，他们也渴望去城市生活，过去的年代，为了国家的三线建设战略，他们抛家舍业来到这里开创了一片天地，现在，形势变了，那就要积极顺应形势，做出相应的改变。

接下来，王兴发对整个新厂区进行了大体的方向规划，包括哪些分厂和车间要搬过去，办公楼和生活区怎么建设，提出了一些具体的建议，对这些大家都没有太大的意见，反正都是要搬过去。但是哪些人留下来，哪些部门不挪窝，反而争议还要大点。但是这个可以协商，而且还要根据形势发展来决定。

最后就是建设新厂所需的资金预算了，王兴发粗略估计了一下，建设东郊新厂包括征地费用、建设费用以及各种配套设施建设费用、人工费用，最少也得2亿元以上，听到这个数目大家还是倒吸了一口凉气，这就相当于西汽四年的营业额左右，还不算是利润了。拿这么多钱投进去，可能还不是终结，这还不包括各种设备更新的费用。当然，罗马也不是一天建成的，这两个亿也不是说一次性投入进去，而是要慢慢投入，相关设备购置更新的费用也是要慢慢投入的，这个设备费用资金肯定也不会低于建设费用。

不管怎么说，过亿的资金预算，确实是把大家给震惊了。王兴发计算完费用，再说了一下时间进度大概是以十年为单位进行规划后，大家都松了一口气，听上去挺多，但是如果这十年，每年分摊一部分就没有那么让人发愁了。当然也不少，基本上一年大家不吃不喝，不付材料成本费用，收入也就勉强比建设费用要高一点，这个钱从哪里来，大家心里无底。

王兴发说完后，会议室里陷入了长长的沉默，有人不自觉地掏出了烟点了起来，大家有样学样，憋了半天的参会人员很多都拿出烟来抽。结果谢建英第一个不干了，她拿眼睛一瞪正准备掏出根烟来的林焕海，搞得林焕海讪讪地只得把烟放下收起来，谢建英皱着眉头说："每次开会，我觉得快要升仙了，男同志们在这狭小的空间里抽烟，是准备把我们女人给熏死掉吗？"

她话音刚落，黄小露就猛烈地咳嗽起来，捂着口鼻和其他几个女生都跑了出去。烟鬼们看到这情景，顿时不好意思起来，有的连忙也出门吸完赶紧回会议室，有的则直接掐灭了烟头。被抽烟这一个意外给打断的会议反而意外气氛活跃起来，大家一时间被转移了注意力，没有那么沉重了。索性林焕海就宣布会议暂时休息二十分钟，大家都开始活动了起来，有去上厕所的，有的出去透透气的，也有的继续坐在会议桌前发呆。

林焕海花了很大劲才把烟瘾给忍下去，回头对摸着下巴沉思、完全没注意到会场秩序的姜建平说："姜书记，您说，咱们如果搬过去，还有哪些方面要考虑的呢？"

姜建平被惊动后，站了起来："我们去隔壁坐着聊一下吧。"大会议室旁边还有一个小型的会议室，平常有些小会就在里面开。

林焕海便招呼还在场的几个高层都去小会议室。

坐定之后，姜建平脸上露出为难之色，他之前已经尽量预估了建设新址需要的费用，但是仍然没有想到高到出乎他的想象："我说，老林，这个费用是不是太高了，以我们现在的财力，是根本承受不起的，不管是举债还是融资，恐怕都不能解决这些困难，谁肯出那么钱给我们盖厂房呢？要知道，省里是支持，部委那边也支持，但是他们恐怕一分钱的资金也不会给我们划拨，我们几乎是孤立无援的局面。在我看来，这比我们建厂之初人抬肩扛的情况还要恶劣，在这种情况下，我认为我们应该在励精图治而不是盲目冒进，这个'左'倾冒险主义的路线可要不得，咱们党和国家在历史上吃过大亏的。"

姜建平这话老成持重，确实是金玉良言，其他人，包括郭志寅也有些担心地补充道："建设新厂区这是我举双手赞成的，但是这个资金问题确乎超过我的想象了，这么多钱从哪儿来？我们就算是建成了，是不是会给后代留下难以偿还的债务呢？这个我们不能不慎重。"

在座的除了潘振民相对还悠闲地喝着茶外，其他包括陆刚都极为担心，幸好罗关根今天去银行办事，没在场，否则要是听到这个预算，估计会心脏病突发倒地而亡的。

林焕海长叹了一口气："你们所言我岂能不知啊，但是逆水行舟不进则退，今天的西汽看似还能苟延残喘几年，但我敢说，要是我们不有所作为，大刀阔斧地改革，大踏步地前进，我们恐怕几年后就会彻底被市场淘汰，那个时候，想要翻身根本没有可能了，我不趁着现在大家还有一股干事的热乎劲，不趁着改革的这股春风，趁着市场上咱们的同行们还没有反应过来，那我们就彻底没有机会了。"

小会议室里众位高层陷入了一片沉默，这里面的纠结大家都很明白，没钱是根本原因，公司要发展壮大，怎么可能没有一些大动作，但落实到实际层面，那就是另外一回事了，总得有油盐柴菜米，不能总是宏图伟业。

"资金的问题，我正在想办法解决，响越集团正在和我谈融资的事情，而且俞副省长那边也确定可以给我们一些帮助，初期的建设资金我们应该是能解决的。"林焕海缓缓地说道，"至于后期的发展资金，可能就得看我们的民用市场开发得如何了，如果有较高利润，就能支持我们长远发展，如果市场开拓得不好，可能我们的发展就会受挫。总而言之，主要还是靠我们自己。我希望各位能够积极支持我们的战略发展，如果我们自己都没有达成共识，恐怕一切发展蓝图都得化为泡影。在这里我林焕海请求大家相信我，也相信广大职工的积极性和创造性，我们无论如何得撑过这几年。"林焕海言辞恳切地看着小会议室里的几位高层，如果他强行要推动计划的话也推得动，但是他更愿意跟所有人坐在一条船上。

"老林，虽然这个发展战略我觉得太冒险了，但是我还是要兑现我的承诺，只要对公司有利的，我就会支持你，这几年，我们准备省衣节食，共渡难关吧。"姜建平眉毛都蹙到一块了，但是他还是决定咬牙支持林焕海。

姜建平带头，其他几名高层都陆续表达了自己的支持之意，林焕海这才长吁了一口气，放下心来。他也在反思，是不是最近跟大家沟通得太少了，像这么大事，应该事先开个沟通会才对，这样匆忙地让大家表态，他也觉得于心不安，不过好在，这些事情也都是王兴发的政策研究室事先做的研究而已，还不是最终决策，但现在不是决策也快变成决策了。

林焕海还是忍不住从口袋里摸出了一根烟，抽了起来，他满足地吐出一个烟圈后，笑了起来："这烟瘾真不是个好东西。"

姜建平不怎么抽烟，但也不排斥，他责备地看着林焕海说："关于工作的事情我支持你，但是关于生活上的事情你还得听我的。我最近发现，你烟瘾是越来越大了，你说说一天抽几包？我得给你个规定，先把烟给戒了，现在公司这么多事，你都要负责，烟抽多了对身体是好事吗？如果你率先躺下了，这么多事你让我找谁扛去？"

本来还有人也想点个火的，听到姜建平这么说后，都讪讪地把烟给塞了回去。

林焕海也被噎住了，看着姜建平来自灵魂深处责备的眼光，只得恋恋不舍地把才吸了两口的烟给掐了。

"戒，我戒，我戒还不成吗？"

# 第89章　脚踏实地前程似锦

林超涵出得会场来，有不少人追着他问东问西，说实在的，搬新址的事虽然震撼，但是毕竟那还有点遥远，一时半会儿还见不着影子，但是研制集装箱牵引车，这是马上就要落实的事情，每个人思考的角度虽然都不一样，但是大家都明白必须得参与和配合，涉及自身的工作，就不得不仔细打听一下了。

"小超，刚才在会上我记得不是太仔细，有些指标细节，你能不能再说说看？"

"这个牵引车真的在南方市场会有前景吗？我是没有见过集装箱这种运输形式的，我听数据就有些不太理解，你说集装箱那种长度要是在碰到狭窄的道路怎么行进呢？"

"在车头装卧铺，这事我左思右想都觉得有点儿戏了，司机以车为家我能明白，但是装个卧铺，这舒适程度并不高啊，算来算去，要是个子长点还得窝在里面睡，想想还是蛮好笑的。"

大家都围着林超涵说个不停。林超涵应接不暇。

休息过后，便是接着开会，关于新址大家想提的意见也很多，但总体来说，因为高层方面达成共识了，所以会议很快就形成了统一意见，新厂区必须建，将来必须要搬，想想这种前景，大家都觉得干劲十足，更有奔头了。

至于建设资金的问题，林焕海也略交了一点底。大家听到资金的问题能解决，相对来说焦虑减少了一些，看着众人热情高涨的样子，姜建平心里略略平静了一些，只要这是大家都乐意的事情，那无论有多少困难就去干吧。如果被困难给吓倒，西汽现在就根本不存在，想想两年前2190车任务刚下来的时候，他的绝望其实比现在更强烈，不能贪图安逸，只有不停地奋斗、奋进、奋发，才能奔出一个理想的前景来。

总之，最后这个会开成了思想团结一致的会议，开成了热情洋溢活力迸射的会议，开成了行动号角吹响的会议。

散会的时候，天色已晚，这一场会，开得真是酣畅淋漓，从早开到晚，就为了听政策研究室的两个调研报告，然后进行研讨，竟然最后下定决心决策了很多内容，这让大家印象深刻。政策研究室一炮而红，这个部门才草创不过两三个月，就能促成这么多的大事，简直是开挂了。

王兴发的这个政策研究室主任的位置终于被大家认可了，至于厂长办公室主任由谁来接任，已经没有人再关心了，就算是接任了，也不可能达到王兴发这样的影响力了。

林超涵再次被大家所瞩目，这一次他调研汇报的信息，对西汽接下来的工作至关重要。南方市场开拓小组已经建立，接下来又要进入新的疯狂研发阶段了。从设计到工艺，再到试制，整条沉寂了近一年的流程又要活络起来了。

但是林超涵接下来的工作安排，却难倒了高层领导，王兴发当然是愿意林超涵继续在研究室写报告做研究之类的工作，后面的工作还有很多，接下来几个市场也都得走走，比如西北市场、东北市场、华东市场等等，是不是遍地黄金，现在还需要好好测试一下。

但是谢建英不爽了，她认为现在研究试制任务繁重，像林超涵这样当打之年的优秀青年，应该继续在一线锻炼，前期调研的任务已经完成了，他现在应该回去报到了，无数的攻坚工作等着他来解决呢。

不止谢建英，其实工艺部和设计部也都提出调林超涵的请求，因为他是最了解需求的人，如果能够参与，将大大加快研发进程。

王文剑也提出了一个要求，要求南方销售分公司交由林超涵负责，让他去销售市场上锻炼锻炼，因为他现在最了解南方的需求，也建立了一些关系，这个工作应该让他接着来完成。

这还不算离谱的，离谱的是几个分厂的领导都提出要调林超涵去他们那里工作，说是因为有很多设计研制细节需要他。

这些借调请求，让林焕海等人有些无语，何至于此啊，其实哪个环节少了林超涵不都一样干吗？非得要他去你说干吗？

林超涵自己则更是挠头，好像现在去哪儿都合适，去哪儿好像都有可能让别人失望，不过，他更乐意继续待在研究室，因为他还有一些想法需要继续深入验证一下。最后，还是姜建平站出来压服了大家的争议，林超涵继续留在研究室，完成手头未竟工作，但是他有义务帮助所有部门去解决他们遇到的问题，姜建平还说了一句话："谁让你的脑袋比较灵活的？"林超涵听了眼睛都直了，这么说，自己什么活都得去干？年轻不是我的错啊，有才也不是我的错啊。

但心里还是有几分得意的，林超涵晚上回到家里，吃饭的时候，和林焕海谈及这些事，看到儿子沾沾自喜的样子，林焕海忍不住打击他："我说小超，你真以为每个部门都离不开你，每个岗位都需要你吗？"

"事实摆在眼前啊！"林超涵嘚瑟地说。

于凤娟脸上乐开了花，给林超涵夹了个大鸡腿："儿子，来补补。我儿子多优秀啊，完全继续了我的优良传统啊。"

"一边去，你有什么优良传统？"

"哼，当年老娘还不是厂里一朵金花，好多人都想抢我呢，原以为生个儿子不会有人抢了，现在看，儿子的才华完胜老娘的美貌啊。"

林焕海摇了摇头："那你现在有人抢吗？"

"屁话，老娘我现在人老珠黄了，儿子都可以做爹了，谁抢我？现在大家都是尊重我。"于凤娟不满意林焕海的类比。

"那是因为我是你老公，然后你生了个还算有点出息的儿子，所以大家都愿意捧着你。"林焕海有些不客气地说。

"死老林，你说什么呢？你以为我是靠你长脸面的？哼，这一厂的妇女谁不知道我的厉害。"于凤娟不服气。

林焕海没有理会她，而是掉头对林超涵说："儿子，你的情况差不多，各个部门以前抢你我不说什么，但是在改制后，还想抢你过去，你想过为什么吗？"

"爸，你不会想说，他们是看你的面子吧？"林超涵啃着鸡腿，有点含糊地说，回头又补了一句，"妈，你烧的鸡腿真好吃！"

"你喜欢那就成！回头你娶了媳妇，我教她，保证烧菜烧得好，管你吃得好！"于凤娟十分开心。

"别打岔！"林焕海严肃地放下筷子，"小超，有些部门调你去好说，但为什么生产部门也提出要调你过去？你不觉得他们是因为某些原因动的心思吗？"

"我知道您的意思，不就是说看在您林总的面上，这些人都想换着法儿来讨好你，或者说在未来的某些时候，得到一些额外的便利呗。"林超涵满不在乎地说，"这些我都知道。"

"你懂就好，改制前，工程师们的价值，是靠技术和威望来支撑的，但是改制后，价值主要用钱来衡量了，这有好处，但也有弊端，就是有些人会为了钱抛弃一些值得我们坚守的东西。我呢，只是希望你清醒一点，你现在还没有真正到能够独当一面，处处吃香的地步，你自身的价值，有一半可能是来自我给你的荫庇，而不是真正的实力。"林焕海的语调显得非常郑重，"我希望你一直保持清醒，戒骄戒躁。你只是西汽的普通一兵，脚踏实地，前程似锦，骄傲自大，止步于此。保持一颗谦卑的心态，对你的成长是有好处的。"

"明白的，爸。我会保持清醒。"林超涵认同了父亲的担心，现在林焕海权力更大，更需戒骄戒躁，现在他必须得脚踏实地，继续低调，否则说不定哪天就有可能遭遇滑铁卢。

# 第 90 章　为之则易

盛夏时分，骄阳似火，挂在树上的知了叫个没完。

车间里众人滴着豆大的汗珠，全神贯注地围绕着驾驶室进行组装。林超涵穿着的白色背心已经被湿透衣背了，他也没有工夫抹把汗。今天是卧铺集装箱车头正式组装的日子，距离上次会议已经两个半月过去了，这两个半月中，林超涵几乎是没有一天歇息过，不是在出差的路上，就是在车间里，连研究室的门都没有几次跨进去过。

谁也没有想到，王文剑不知道怎么说动了林焕海和姜建平等人，厂领导层都同意让林超涵去销司上一段时间班，还让顾志良来找他谈话，这让林超涵很是郁闷，他无法推辞，但是王兴发却用林超涵自己的一套说辞来和厂领导进行交涉，厂领导们转念一想，似乎也对，林超涵其实现在在哪个部门上班都没有关系，关键是他要做的事情一件也不能少，最后决定人事关系依然落在研究室，但是使用权由几方领导商量着使用。这让林超涵有点哭笑不得，这事听上去简直有点匪夷所思，自己有这么吃香吗？

但是每个领导都有用他的理由啊。

林涣海回到家也感慨，这简直就是奇哉怪哉，只有于凤娟很高兴，自己的儿子是万金油，到处都好使，这是好事来着。

但是很快于凤娟就心疼得说不出话来了，因为她见到自己儿子的时间是越来越少了，林超涵开始更加频繁地出差，每次王文剑要去广东，都会带着林超涵一起出门，就这两个半月的时间，他们已经去了广东三次，差不多每个月都要去一次。

最近一次，就是昨天，林超涵和王文剑跟广东潮汕地区的一个运输队搭上了关系，经过连续接触，对方对西汽即将要推出的带卧铺的集装箱车头充满了兴趣，决定要深入合作，他们已经签下了意向协议，西汽组装完成的第一批10辆集装箱车头就交给他们试用。双方约定，见到车头的第一天，交付10%的款项，此后试用一个月的时间，交付50%的费用，剩下40%，三个月内如果没有重大质量问题，就付完款项。

这个协议其实对西汽并不有利，但是林超涵和王文剑已经是喜出望外了，他们本来已经做好计划，这10辆车前期就免费提供试用，甚至最坏打算是对方不要，最后一分钱也拿不到，为此，他们准备了好几套预案，跟多方进行了接触，但是没有想到，跟这个潮汕运输队进行接触，事情还比较顺利。

他们拿到这个协议后，就赶紧返厂了。回到厂里后，林超涵立即挽起袖子来到了车间，在车间，他看到自己亲自参与设计绘图的卧铺集装箱车头，已经开始进入组装阶段了。

看到这个场景，甚至来不及感慨，林超涵就参与了进来。基本上试制组都是老熟人，林超涵一来，一个扳手就顺理成章地递了过来："小超，帮我把车胎螺丝拧一下。"

林超涵顺手就开干，一边干，一边还讲了这一趟的见闻，以及客户提出的意见要求，大伙就听着，有闲的拿本子记下来，谈到一些细节意见时还一起热烈讨论一番，看怎样才能更好满足客户的需求。

好在绝大多数的要求都在原始设计中已经想到了，预留了空间，太离谱的也没法实现，比如林超涵说，对方提出要在车头装空调，这可就有点难倒大家了，这个活大家没干过啊，最后只能折中一下，装一个电风扇。关于怎么安装，装在哪里更舒服更妥当又要经过各种试验折腾。

总体来说，集装箱卡车头从设计到组装，整个过程相对顺利，而且十分迅速，要知道，两年前他们装 2190 的时候，简直是吃够了苦头。

最让大家纠结的地方在于车体的质量和成本控制，这些老工程师们按照惯例，又进行大量冗余设计，在需要加粗的地方毫不吝啬原料，结果测算下来，这车头一辆的成本价格都快破 20 万了，而 30 万是林超涵给定的销售价格（本价不是这样，但是考虑到近年来通胀得厉害，这是个算进了通胀后的价格），如果按这样做下去，那就迟早要没得玩了，直接宣布破产得了。

厂里又组织了大量的研究，修改设计，把原先那些个没必要的冗余设计都给去掉，虽然说，哪是必要哪是不必要的大家争论得面红耳赤。

其实从军车到民车简配很容易，去掉绞盘，去掉防撞栏，去掉军用灯具，去掉延长排气管，去掉分动箱，用非驱动前轴换掉前驱动桥，换掉传动轴，用变截面大梁换掉双 C 大梁，用短款驾驶室换掉双排驾驶室，换大箱，去掉液压备胎架，这基本上就是一辆民用二类底盘了。但是还要做一些调整，比如发动机换低功率型号，轮胎换 12 公路胎，悬架调低等等，其实这里面最大的成本是在制造过程中控制成本，军用的检验都是加严标准或者 100% 检验，民用的这方面简化很多，工时也低一些，总体就降下来了。

然而工程师们习惯了军卡的要求，觉得除了上面说的那些，其他的哪个去掉都是不合适的，而且他们说得也不无道理，如果说真的将民车不当干粮，在性能方面没有特殊的优势，最后到市场上可能会被人诟病，被赶出市场。这话也是有道理的，西汽的优势在哪里？还不就是有军车的底子。

但是不减是不行的，不减成本降不下去，不然市场还没进去呢，就先把自己给拖垮了。

最后还是郭志寅出面说服了这群老顽固，要是不好好改，今年的年终奖就不要想了，降不下来成本，大家都准备喝西北风去。

这招还是很有威慑力的，于是最后大家嘟嘟囔囔，极不情愿地去冗余，没想到这样一来，整个车显得灵动了许多，看上去十分漂亮，比军卡好看多了。

但是这种审美也不是这帮糙汉们能够欣赏得了的，工程师一致惴惴不安的是，这车看起来非常地单薄，如果让朱雪这些试车员来试驾一下，要不了两个时辰就得散架。

但是林超涵的看法却是足够了，他做过计算，对民用卡车来说，大多数时间只是跑在一些公路上，根本没有像野战条件那样的糟糕路况，因此按照斯太尔的原版设计，不加冗余。只要不超载严重，是没有所谓的。

实际上，有现成的底子，大家又都经验丰富，各种性能要求又没有军车那么苛刻，对西汽的工程师来说，这种难度简直是易如反掌，无非就是在车头上加装个卧铺，这就是计算一下空间，打几个孔，焊接一下，然后再把卧铺床搞舒服一点。为了把卧铺搞得舒服一点，西汽还专门让杨勇祥等采购部门的人跑了几个地方，找了几家专门给长途车生产座椅卧铺的厂家，经过比对后挑了一家比较满意的厂家供货。

对方也很惊讶于西汽要给卡车头设置卧铺，直言这是他们从未接过的订单，当然，难度为零。

现在第一辆车头的组装进入了关键时刻，一堆人围着，林焕海和郭志寅等一干厂领导都准时赶了过来，等待试车的那一刻。

没多久，崭新的集装箱车头就组装完毕了，虽然还没有喷涂，但看着酷似变形金刚的车头，厂领导们有些无语，只有林超涵十分兴奋，终于亲手做成了个擎天柱，这种感觉跟看动画片是完全不一样的。

"汽车人，出发吧！"林超涵意气风发站着车头上，举着扳手吆喝。

他想起了前年在这里组装 2190 的时候，哪有这么顺利，各种磕磕绊绊，几乎处处都是坑，到处都是雷，真是一把辛酸泪。

郭志寅在下面望着兴奋的林超涵，感慨地道："只是可惜了老陈，他没能够看到这一幕。"

姜建平有点伤感："是啊，或许在天上，哪个地方，他在看着我们呢。"这个有点不唯物主义了，但是大家此时也没有心情跟姜建平计较这个。

"言之尚早，我们还是上路试车吧，千万不要轮子又跑出去了！"林焕海在旁边严肃地说，他看了看手表，"马上就 2 点了，争取 4 点的时候，出去溜一圈吧。"

郭志寅点了点头，招呼道："大家再检修一下，没什么问题就准备试一下车。"

他们在设计的时候，也制定了试车的计划，计划就试半个月，主要是跑一下各种公路，而且操作也不必要那么风骚，简单直接标准就好，这不是军车，能够应付各种道路就好了，没必要去跑石头滩。就这单薄的身板，可跑不了石头滩。

广东天气炎热，基本上也没有必要再去东北试车，就在这种天气在周边道路能够顺利跑下来，基本上就算合格了。

旁边潘振民戴着墨镜，看不出来他的心思是什么。林焕海突然想起什么来，问道："老潘，响越那边对我们三方合资建厂是个什么意见？"这两个月，林焕海也没有闲着，除了盯紧新厂址选址和方案设计外，主要就是和各方接触，打算把投资建新厂的资金给落实下来。

好几亿的建设资金，虽然说不是一次性投资，但是这种压力也巨大而真实，作为带头人，林焕海私底下想起来也是心慌发毛，害怕自己把西汽带进万劫不复的沟里，但是很多事情，为之则易，不为则难。

# 第 91 章　蔚为壮观

既然已经推进了，就不能缩回去，他比谁都清楚，西汽将来要面临着什么样的环境，只有趁着现在还有优势，迅速发展壮大，才有生存的空间，否则当国内外的汽车制造商都发力进攻市场的时候，西汽就只能迅速陷入穷途末路的境地了。

潘振民皱着眉头说："我从侧面打听了一下，对方还是想全资控股建新厂，如果咱们省国资委注资控股的话，那他们的兴趣就减弱了很多。"

"那他们岂不是算计着收购我们了？"林焕海不满地说，当然不是冲着潘振民，"我们还没有到要卖身的时候，而且现在我们还有发展的空间。你看，马上这个新车型投入市场了。"

潘振民做无奈状："老林，这个道理我们知道，他们也知道，这个新的车头，就算投入市场，什么时候能够奏效，什么时候能够赚回本，生产线怎么扩张，设备怎么更新，都是个大问题，我们的产量只有那么大，我们如果不能迅速铺开摊子，那是没有意义的。对方自然也是要看我们的动作再说话，光拿着一个预期的前景来跟人谈，我看机会不大的。"

陆刚在旁边听着，有点不太舒服："什么叫机会不大，我看机会很大，这个市场的前景，大家都是讨论过的，很有市场，而且广东那边不已经开始有人愿意预订了吗，投放市场测试很快就能看出结果了，如果结果很好，那我们急什么？"

"老陆，你不要冲着我嘛，这事，他们怎么想，我又左右不了。"潘振民忍着怒气对陆刚说，陆刚的嗓门又大性子又直，喊起来像是吵架一般，每次潘振民都跟他坐得老远，怕膈着耳朵。

"我没有冲着你，我是说这事。依我说，不要搞什么融资了，拿别人的钱，我总觉着不是个好事，哪有那么容易说给我们钱就给我们钱的，说不定埋着什么雷呢。"陆刚降低了嗓门，但是仍然直话直说。

林焕海听到陆刚的抱怨，有些不快起来，关于融资这个事情的意义，他已经三令五申地谈过了，怎么老陆还是不明白呢？看来搞技术出身的人脑子确实容易死板。林焕海在心里盘算着。

看着林焕海脸上的不快，旁边姜建平和稀泥道："老陆，这个话以后就不要说了，这个事情呢，是我们的集体决策，无论如何，我们得尝试一下，改革嘛，就是摸着石头过河，不蹚一蹚，哪知道哪个是坑，哪个是真路？"其实，姜建平心里的忧虑比陆刚还要多，他私下里好几次向林焕海表达了自己的担忧，这个响越集团，的确背景深厚，实力强大，他们融资，是好事是坏事不好说，西汽虽然说现在比上不足，但比下还是有余的，如果好高骛远急功冒进，会不会一步步被人套牢了呢？西汽发展壮大是件好事，但是最好能够独立自主，只有独立自主，才能真正对这数千员工负责任，一旦别人入主了西汽，那他们来个新官不理旧账，对西汽的员工们来说，不是件好事啊。

对这个，林焕海何尝不知，宁为鸡头不为牛后，他的改革是为了调动大家的积极性，提高西汽的活力，应对市场的竞争，这是根本，而不是纯粹为了利润，不是像西方那样为了保住企业的生存直接进行大裁员，那样的改革，确实是壮士断腕弃卒保车，但是却偏离了初衷。而且，隐隐约约地，他能够感觉到，用不了多久，全国的各种国有企业恐怕都要经历严厉的改革，太多的工厂是在混日子，明明改革的春风已经吹到，却依然沉湎于过去的荣光里不可自拔，到了哪一天，国家已经无力再负担这些企业工人的吃喝拉撒，恐怕会来一次彻头彻尾的改革。

林焕海对姜建平讲过自己的担忧，并且谈过现在的改革，虽然说大刀阔斧看上去有些不讲人情，但是这是必须要做的步骤，只有把厂子搞活起来，自己能养活自己，在将来的暴风雨中才不会遭遇到更残酷的改革。事实上，林焕海确实是有先见之明的，没过两年，大批的工人下岗，他们的困难境遇成为拉开一个大时代序幕的背景。林焕海不想让这种情景出现在西汽。这是一个有前瞻意识的领导人的预见性，正因为这种预见性，加上他的各种改革动作，后来东北数十万工人下岗的时候，西汽没有一个工人因为养不活自己而被动下岗。

当时林焕海说出这种担忧的时候，姜建平也是为之一震，这种可能性已经初露端倪了，别的不知道，就说他们西汽吧，要不是被甩锅，现在哪里有这种改革的忧患意识，说不定一样是看天吃饭，死气沉沉。所以姜建平思考良久，仍然决定维持自己的承诺，坚定地支持林焕海进行各种改革，哪怕是陪他一起沉船。

所以，当着众人的面，姜建平是一定要站出来帮林焕海说话的，他反驳了陆刚的投降主义倾向。陆刚嚅动了几下嘴，还是将话给咽了下去，他是耿直，但不傻，林焕海脸上的不愉快是写在那儿的。

林焕海虽然脸上不快，但心里却是不由地多了几分警惕，常言道说者无心，听者有意，陆刚说的这个陷阱，说不定是真有，回头还得小心谨慎，提防中了别人的圈套。现在他也算是踏足商场了，商场上的各种尔虞我诈，他不得不防，这几年西汽也不是完全没有遇到过。

当然他面上决不肯表现出半分的，他挥了挥手，示意不讨论这个话题了。大家围绕着这辆车头转了几圈，林焕海还坐了上去，试了试，打一下火，然后就从后门上到卧铺车间，躺了一会儿，感受了一下，使劲地压了压，不由自主地咧嘴笑了起来："南方那边的司机还是挺懂得享受的，要是我当司机，跑累了，直接停在路边就可以睡个大觉了，还不用去住旅馆，而且还能看车，又安全又舒适，真是蛮实用的。"

听林焕海这么说，大家的兴致都提了上来，纷纷躺上去体验了一把卧铺的感受。有的人感觉非常舒适，空间感不错，但也有个别叫苦连天，觉得实在是有些不太爽。比如陆刚，他坐上去，踡在那里，十分难受，下来后苦着脸说："这卧铺，对我这样的大个子来说，简直就是受罪。"

大家不免发笑，谁让你长了一个一米八五的大个子来着。这卧铺本来就不是为你这样的大块头设置的好不好。

像林超涵这样刚好一米七五的体型，躺上去刚刚好，超过了显然就不会太舒服。

大家都感受过后，一致觉得这款车肯定能大卖，越想越觉得有卖点，你看看这模样，俊俏得很，你看看这身材，胖瘦适中，你看看这体贴程度，温柔可人，能不大卖吗？大家的脸上很快就喜气洋洋起来。

让大家更为欣喜的是，因为现在大家的技术更为成熟，虽然说车头外观款型跟军车有很大不一样，但是可靠性稳定性还是相当不错的，当天下午的上路试车几乎没有出任何状况，轮胎没有跑，螺丝也没有掉，基本上算是非常好的开端了。

后面的道路试车也非常地顺利，半个月，车头一直在跑，在这炎热的天气里，连续在各种道路上跑了数千公里，总体还是比较让人满意的，没有大的质量问题，基本上都是一些小毛病。

车子很快就定型了，代号4250，意为25吨半挂牵引车，车头为方头，外加四十尺柜挂车，初步定售价为30万元。前期一批量计划生产50辆，向市场进行投放测试。

这款车因为造型特别，而且另辟蹊径加装了卧铺，这让厂里的职工们都非常新奇，生产热情也极度高涨，这50辆的任务，一个月就基本完成了。

这款车代表着西汽在民用市场的试水车型，大家都非常重视。在生产过程中，林超涵和王文剑包括销司所有的人都出动了，去广东市场跑销售，他们首先联系了一个车场，在东莞一个偏僻的镇边上，租了一大片地作为新车的提车点和销售点。以后西汽生产的新车将源源不断地运到这里来，然后买家将从这里提货。

他们忙得不亦乐乎。在生产出第一批集卡车头4250后，他们费尽了周折，组织了一批司机，将这批车都开了过来，甚至带来了一支维修团队，他们将驻扎在这里专门为南方的客户进行服务，提供售后和维修服务。

潮汕那支运输队接到林超涵的通知后，马上就决定过来接收这批新车头。为了迎接他们的到来，林焕海等厂领导们都千里迢迢赶到了西汽的车场。经过前期的修葺和整理，这个车场已经搞得像模像样了。几间房子被打扫得干干净净，四周都建起了栅栏。

前期运到的 50 辆集装箱牵引车整整齐齐地摆放在车场上，显得蔚为壮观。

# 第 92 章　关键在于有人买单

林焕海很是兴奋，他这次来广东，主要就是参加西汽第一批民用集装箱车头交付的仪式。不光是他，姜建平和郭志寅等一批西汽高层都跟着过来参加这个仪式。王兴发甚至建议要不要请当地驻军领导出席一下，想了想，林焕海还是决定不惊动当地的驻军关系为好，虽然说王文剑这些年走南闯北，为西汽结交了很多军方的关系，但是像这种军转民用，似乎跟部队也并没有太大的关系，于是就不麻烦他们了。

"你还是一贯地低调啊。"郭志寅对林焕海说，他回忆起了三年前搞 25 周年厂庆的时候，当时也是决定不必非得邀请到领导捧场，就西汽自己热热闹闹地过完就算了，没想到领导们会一个个不约而同自己出现。

"这种场合，我们自己珍而重之，在别人看来，也就是一场表演而已，没有意义。"林焕海不在意地说，"我们要见证历史，但这个历史是我们自己的，没有必要拉着别人一块凑人头。我想得很开，那些虚名，都好像浮云一样。"

几个人开着玩笑，边视察这个车场，林超涵和王文剑跟在后面陪同，林焕海回头看了一眼自己的儿子："咦，小超，你怎么搞得又瘦又黑？快向文剑靠拢了。"

王文剑咧着嘴开怀笑着说："林总，您是有所不知，这南方的太阳太毒了，我们天天在外面干活，用不了几天，就晒成这样了，而且这里又闷又潮，你是前一段时间没在，待几天您就明白了。"

林焕海心里闪过一丝痛意，但是面上却没有说什么，"哦"了一声，接着问道："文剑，那几个潮汕过来的司机具体说他们什么时候到了吗？"

"嗯，你们到之前联系过的，确定说明天上午 11 点左右赶到这里提车。我们这里要搞一个交车仪式的事了跟他们说了，他们说尽量配合。"

"那就好。我们这次把李午也专门带来了，回头写几篇新闻通讯稿，争取到报纸上发表，向世界宣布一下，我们西汽现在要进军民用卡车市场了。"

跟在后边的李午胸前挂着照相机，正到处瞅，他十分兴奋，难得有一次出差机会，得好好发挥一下笔头功夫，到时候来个本报通讯员李午报道云云，想想还是蛮风光的。上次认识的那个大记者，隔三岔五地还真会跟李午联系，她经常问西汽有没有发生什么新鲜事值得报道的，但李午不敢说2190的事，毕竟这个可是涉密的，他有几个脑袋敢随便公开乱说，上次报道只是照片进去了一部分，都差点出事了，说什么他也不敢再冒这个险了，但是民车没有问题啊，随便说随便吹，写得天花乱坠都没有问题。

听到林焕海提到他，李午回头瞅了一下林超涵和王文剑，他那得意的眼神，深深地出卖了他。林超涵忍不住想笑，看看这回你能怎么编排我，这回一个女生都没有赶过来，你不能说什么了吧。

不料林焕海下一句话就让林超涵有些提心吊胆起来。只见林焕海看了看手表，有点不满意地说："怎么兴发和那个小孩都还没到呢？"

"什么小孩？"林超涵不解地问。

"就是跟你一起到南方来做调研的那个小姑娘，叫黄什么小来着？她之前也做了很多工作嘛，这样的场合，不能忘记了她的功劳。让她也过来一起亮个相。"

王文剑像鸡啄米一样地点头："对对，叫黄小露，之前我们做调研的时候，她记录得可详细了。"后面会议后，王文剑带着林超涵跑市场，就没有带着她的必要，而林超涵也很少回到办公室，见到黄小露的机会也很少，基本上都快忘了有这么一个人，此时林焕海提起来，顿时就让他感到有些头疼，他有一种不太妙的感觉。

"快了吧，兴发他们坐的是另外一趟车。"姜建平说，顺便还解释了一下，因为王兴发在新址那边有一些方案急着处理，所以没有跟他们一趟车过来。此时也联系上，只能等着了。

正聊着天的时候，那边办公室有人喊道："王总，这边有你的电话！"

王文剑连忙告罪了一声，跑过去接电话了。

"新址那边的情况怎么样了？"林超涵关心地问，他这一段时间根本就没有时间关心公司新址的事情，听到父亲谈起，就顺口问了一句。

"还行，地是没有问题，省里特批，这块不用太过操心。"林焕海温和地回答说，他看着儿子又瘦又黑的脸，颇有一种冲动，想带儿子出去吃点好的补一补，都说广东的汤养人，但似乎这个车场的伙食不怎么样啊。

"后面，这个车场的后勤保障也要好好改善一下了。"姜建平也想到了这一层，"现在这个车场，咱们西汽前后进驻了有十来个人了，要是吃不好，恐怕将来活也干不好了。"

"姜叔，您是有所不知，这边的天气太热了，每天需要大量饮水，但是食欲就不振了。而且还特别容易上火，大家喝凉茶要比吃饭更有积极性！"林超涵笑着解释道。

"凉茶？"姜建平以前基本没有来过南方，对这些不是太了解。

"哦，就是这边人常喝的一种饮料，有热的也有凉的，其实就是一种中药，喝下去后清热解毒，能够有效防止各种因上火导致的小毛病，比如说口腔溃疡。"林超涵仔细给姜建平解释。

"那一会儿可以喝一杯来尝尝。"李午在旁边听到后，十分感兴趣，还有这样的草药饮料，一定得好好尝尝，说不定可以写进通讯稿里。

"那我还是建议您别尝了，这玩意儿，好苦的，加糖都不行！"林超涵咂巴了一下舌头，心有余悸，若非弄了好几次口腔溃疡，他是打死也不喝这玩意的。

李午不服气，后面林超涵就带他去喝了一次凉茶，结果第一口他就喷了出来，后面他本着不浪费的精神用了最大的勇敢给灌了下去，结果整整一天，舌头都是苦的，吃什么都是苦的。

正聊着天，王文剑兴奋地跑过了过来，他边跑边说："好消息，林总！"

"什么好消息？慢点说。"

"刚刚接到潮汕那边黄老板的电话，他们说明天他们要过来看，估计会来不少司机，如果觉得车不错的话，索性一次性就把车现场都开走，这个很适合我们做下宣传啊。"王文剑兴奋地说。

"那这是好事啊！"旁边姜建平听着十分开心。

"其实，我们的意向客户还不止这些。"林超涵在旁边插话说，"之前调研过的那些小车队和散户司机，我们都联系过，其实他们也有意愿来提车，不过，有的还在犹豫，有的觉得现有的车已经足够，有的是付不起款，还有一些提车意愿还是蛮强烈的，我已经把举办首批交付仪式的事情和他们通报过了，他们若是感兴趣，说不定还会有一些散户过来提车的。"林超涵这话一点也没有夸张，他和王文剑私底下商量好了的，这些散户若来最好，不来也不强求，因为不确定，所以也没有上报。

林焕海听到后很高兴，这说明市场还是有的，早提晚提不重要，关键是有人来买单。

王文剑也非常兴奋，如果一开始就能卖出一二十辆，那这个市场还是非常让人乐观的。

当天晚上，他们在车场的宿舍里临时住下了，王文剑十分抱歉地对各位领导说："太不好意思了，因为条件太过简陋，所以只能安排各位领导住宿舍了。"

"没事，你们都住了一段时间了，我们住住又何妨，我们本身就是能吃苦的工人阶级，年轻建厂的时候，我还在大冬天的露天睡过！"姜建平想起了青春时光。那个时候，大家真能吃苦，革命的热情高涨，从不觉得累，也不觉得苦，只是战天斗地，有一种精神在散发着光芒。

林焕海拍了拍床板："不错了，我们这次说过了，不住宾馆，节约点经费，有自己的地方干吗到处去住？"

郭志寅自然更无异议，他打趣说："咱们好久没有晚上住到一块了，要不待会儿大家搞一个茶话会议如何？"

听到这个，大家都忍不住叫好起来，这个好玩啊，长夜无眠，不如一块来聊聊天。

王文剑有点可惜地说："可惜还没有买一套广东的工夫茶具，否则的话，边给大家沏茶，边聊天吃东西，真是别有一番风味的。"

当天晚上，他们真的在宿舍开了一场茶话会，把所有派调过来的西汽员工都聚拢在一起，谈愿景，聊前程，真是十分愉快。这几年林焕海等人因为工作太忙，也很少跟基层的员工一块坐着聊天了，有很多事情林焕海已经是有心无力了，正好听听员工们的心声。

是夜，月朗星稀，微风吹来，宿舍里颇为凉爽，王文剑不光泡了茶，还买了一箱啤酒过来犒劳大家，林焕海很是放松地和大家喝了几支啤酒。

这么放松的场景，对林焕海来说已经很多年没有过了。到最后，他竟然有些醉了。


# 第93章　能不能砍个价

趁着月色，借着醒酒的名义，林焕海和林超涵两人走出简陋的宿舍，绕着车场散起步来。

"小超，没有想到，这里的条件竟然艰苦到这个地步，你还能习惯吧？"林焕海问道，在这个时候，他只是一个父亲。

"还比较习惯，只不过，销售这个工作，我可能低估它了。"林超涵有些郁闷地说。

"哦，怎么这么说呢？"林焕海有些意外。

"确实有些低估了，我原以为只要我们有好的产品，就不愁打不开市场，但是从我跑销售的这一段经历来看，我可能想得有些偏了。我看着文剑叔长袖善舞，才知道姜是老的辣，他会搞关系，很多生意在酒桌上就搞定了。比如这个潮汕黄老板的生意，其实就是他到一家潮汕司机常去的酒家吃饭蹲点，等到这些司机们干完活过来吃夜宵的时候，搭上的话，然后喝了不少酒，交上朋友后，才在酒桌上说服他们签的协议，没想到这些司机酒醒了之后还承认这个协议。反倒是我，之前联系的那些所谓意向客户，没有几个真能成单的。我觉得自己可能还是经验不足。"

听到林超涵的抱怨，林焕海忍不住笑了起来："销售这玩意儿，本来就不是光靠着理性的述说就能卖出去东西的，它必须要诉诸一些情感上的东西。你不记得我带你去仲玉华叔叔家里喝酒的事了？如果不是喝酒，你仲叔怎么可能会透露出一些真言？在中国，这种酒桌文化，你可以鄙视它，也可以痛骂它，但是它就是有一种特殊的作用。我们中国，也许还要过上一二十年，会不会改变这种文化呢？都不好说的。你要真做销售，可能就得喝一些酒，学会这种特殊的中国文化。当然，从我个人的角度来说，我并不赞成你变成一个在酒桌上卖车的人，这对你没有什么好处，对西汽来说，也不需要一个满嘴喷着酒气的年轻人。所谓吾之蜜糖，彼之砒霜，对王文剑来说，他能够靠着酒桌文化就把车给卖出去，但是对于你来说，则应该走适合自己的路，在我看来，你如果能够靠专业就能把车给卖出去，那才是最好的一条路。"

林焕海讲的是至理，林超涵是读过书的人，一听便觉得十分有理，他默默地点了点头，抬起头望着明月，长长地吐出了一口气。

"不错，谁规定了只有在酒桌上才能做销售的。"林超涵脑子一时间明朗起来，本来有些不切实际的想法也给抛诸脑后。

"小超，这段时间你到处奔波，差不多也算是有了结果，你倒是说说，后面你是打算留在南方跑市场，还是跟王兴发一块回去继续做研究，顺便钻研技术呢？"

"爸，您的意见是什么呢？"林超涵把球给反抛了回去。这段时间，他反复掂量，也不知道自己未来的路应该往哪边走，现在他确实是万金油，但是人总是术业有专攻的，总不能下下一步他去研究计算机吧？有罗恩那个小子就足够了，这小子个头虽然不高，但是聪明绝顶，厂里的微机室现在几乎成了他的天下，只要有空就去那里捣鼓，他的时间几乎全部泡在那里。林超涵现在估计是拍马也追不上这小子玩计算机的水平了。

"我没有什么意见。你自己的路，在你自己的脚下，或者进一步登上高山，或者退一步去海里游泳，想去哪里，我都支持你，前提是，你要想好，你去哪里。"林焕海并没有给答案。

但是林超涵却若有所思地点了点头："我计划，在南方待一段时间，等到这边上了正轨再说吧。"

"好，明天事毕，你陪我去一趟广州吧，我计划去那里见一个人。"林焕海突然转换话题。

"见人，见什么人呢？"林超涵有些意外，"你明天不回厂里吗？"

"不回了，必须去见这个人，他是广东前投银行的行长，俞副省长介绍的关系。"

"见他谈借钱的事吗？"林超涵对这个很敏感，找银行借钱，他已经听说很久了，但是完全没有想到的是，借钱的对象居然是前投银行。这个听上去其名不扬的银行，其实实力十分强劲，是在南方地区十分有名的一家商业银行，它的业务范围十分广泛，发展也十分迅猛。据说它的行长是个特别厉害的牛人，没有想到西汽居然会跟这家银行产生联系。

"是的，俞副省长跟这家银行的行长有不错的交情，俞副省长前一段时间就在给我们牵线搭桥，但是一直忙，没顾得上。"

"俞副省长为什么不直接在我们秦省这边找一家银行，非得千里迢迢跑到南方来呢，是不是有点舍近求远了？"

"不是，俞副省长同时介绍了好几家给我，其实条件都大同小异，但是接触的这几家银行，借款都有很高的要求，我现在也是在比对中，也没有说一定要找前投银行借钱。"林焕海解释说。

"您想好就行。"林超涵对于林焕海做的事情也不想问太多，毕竟这都是公事，不是他们父子俩之间的私事，"对了，那您干吗非得带我一起去见他呢？"

"道理很简单，你看看你自己，都瘦得跟猴子一样了，我要请人吃饭，正好带你去补一补身体啊。"林焕海跟儿子开了个玩笑。

"可是我并没有觉得自己已经到了要进补的地步。"林超涵抗议。

"废话，当然不可能只是带你去补身子，我是要你到时候给这位行长讲讲你的专业，说一下为什么要年产10万辆车，为什么要到南方来开拓市场，再讲一下这个集装箱车头的来龙去脉。"

"您的意思是让我好好谈一谈西汽的美好前景，帮助你说服人家借钱生蛋？"

"就是这个意思，你只管讲你的专业和判断，其他的事我来说就好了。"林焕海十分自信地说。

"没问题，那我就随你一块去了，都说打虎亲兄弟，上阵父子兵，反正我就当您的兵，好好打仗就得了。"

"好，明晚你跟我走吧。现在嘛，时间不早了，我们睡觉去吧。"林焕海说着不停地打着哈欠，困乏的感觉涌了出来，他刚刚喝了支啤酒，都有些醉意了，再加上溜达了半天，已经熬不住了。

送父亲回宿舍休息后，林超涵自己又出来围绕着车场走了两圈，将酒意都散得差不多了之后，才回去休息。

第二天一早，西汽众人早早就收拾妥当，甚至给预先要交付的车都披红挂彩了，静等客户上门。

结果早上刚到9点半的时候，就有几个散客找上门来了，其中一人是林超涵在之前调研中认识的司机，他们是结伴过来考察集卡车头，看到后，大家都赞不绝口。这批集卡车头，当初林超涵力排众议，坚持要求刷成各种颜色，有薄荷绿色，也有纯白色，还有蓝色，50辆车，每一排颜色都不一样，看上去十分高端漂亮，这些长途司机一进入车场后，看到这一排排各种颜色的车头，顿时眼前一亮。

"喉靓啊，尼个车真系好靓，额喉中意！"（这辆车真好，我很喜欢。）

"达，达，呢个车，能坐又能瞓，真唔错。"（这辆车，又能坐又能睡，真不错。）

"晤盖，尼个车几多钱呢？"（请问，这辆车多少钱？）

几个长途司机都长着饱经沧桑的老司机模样，一看就知道是行家里手，他们围着车，转来转去，赞不绝口。

"他们在说啥？我怎么一句也听不懂？"姜建平偷偷地问林超涵。

林超涵低声说："我也只能听个大概，来这边几次，学了一点点白话，他们大概意思是车真漂亮，能坐又能睡，很不错，问这个车最低能卖多少钱。"

林超涵说完走过去和这几个司机交流起来，这些司机说普通话也够费劲。

"陈司机，您好，怎么样，感觉我们生产的这批车头还看得过去吧？"

操着浓重白话口音的陈司机是个黑壮的汉子，回头朝林超涵竖起了大拇指："丢，没想到，你们生产的这个车看上去跟鬼佬（外国人）们生产的有得一拼呢，这个喷漆的颜色，白色很靓，比那些日本车要好看。"

"这个双卧铺，我记得上次您提过，想要的，怎么样，上去躺躺试试！"

"好！我试试！"陈司机手脚麻利地爬上了车，在卧铺上躺了一会儿，突然像是发现新大陆一样，对下面的几个司机喊道，"好疏肝，大家都嚟试试哦。"（好舒服，大家都试试看。）

说着，几个司机各自找一辆车，爬上去，都试着躺了躺，一个个都发出满意的声音。

有的突然还发现："好，十足好，就系有得闲调，有点可惜！"（非常好，就是没有空调，有点可惜！）

还有的喊道："我顶你个肺啊，有得躺就唔错咗，唔系有风扇咩。"（能躺就不错了，不是有风扇吗。）

王文剑给下面围观的西汽众人翻译说："他们说，这个可惜没有空调，不过有风扇也不错，勉强凑合吧。"

陈司机打了下火，试着在车场里开着车头绕了两圈，下来后脸上显得很兴奋的样子，搓着手，用他那不标准的普通话说："这个车，性能不错，而且左舵也用着顺手，多少钱一辆？能不能砍个价？"

# 第94章　大水冲了龙王庙

"不二价，30万元一辆！"林超涵笑眯眯地回答。

"这么贵？"陈司机把头摇得跟拨浪鼓一样，"我们买的二手车，最多也就15万元一辆，30万元一辆，我们哪里买得起，太贵了！"

"陈师傅，首先这是新车，刚出厂的，新鲜出炉，童叟无欺；其次呢，这个价格可是包含两年的售后维修价格的，这你到哪里去找？还有呢，这个车的性能你也试过，而且还有卧铺，这么有个性的车头，你到哪里找呢，对不对？"林超涵解释说，林焕海在旁边听着，顺手掏出烟来，给陈司机和其他几名司机都递了一根，大家吞云吐雾起来，这些老司机被林焕海抽的烟给呛到了，他们抽的广东烟都比较清淡，没有西汽那边那么辣。

虽然林超涵讲了很多好处，而且实际也看到了好处，这几名司机依然只是围着车头打转，不停地评头论足，有的还挑出了一些做工上的小瑕疵，始终不肯做出决定。

林焕海也不着急，他拍了拍儿子的肩膀，示意他少安毋躁，只是又递过几支烟，和这些司机一样，蹲在旁边抽起烟来，一边抽，一边问起这些司机的情况。果然，如林超涵所了解的那样，这些司机的确很辛苦，经常跑货运，需要有一款舒适度较高的牵引车头，而且也有很多日本二手车在开。

陈司机这几个人其实是在一起开车的，算是有个小团队，他们是家族式管理，几个人要么是陈司机的大舅子，要么是他的小叔子，其实就是几家人凑了点钱跑长途运输，现在也的确是想买几辆车，扩张一下生意，但是本钱不足，很难一下子就拿出那么多钱来买车。对于这个，林焕海很能理解，但是他也很震惊，这个改革开放的前沿果然是民间很富有，几十万的一辆车，他们只是嫌贵了点，并没有觉得太过为难的样子，关键是这个钱是他们自己家族能够凑出来的，要是在西汽山沟那边，就算是省城，也没有多少这样随便就能够凑钱买卡车的家族吧。但是广东这边，似乎这是很常见的。

但是林焕海并不急于松口降价销售，看见他主动在跟司机们聊天，王文剑和林超涵等人也不着急。

一聊起来时间就过得特别快，没多久，又来了几个他们事前联系的散客，情况跟陈司机都差不多，都是有心思要买辆新车，但是手头有些紧巴的。但事情也有例外，有一个单人来的豪客，一看到卧铺车头，当时就豪爽地决定要开走一辆，而且这个豪客司机居然是带着现金来的，整整三十沓万元现金甩在桌面上，炫得众人眼睛都花了，虽然西汽每年的营业额都是数千万上下，但是要说这么豪爽的个人掏现金场面，他们还没有见过。这名豪客立即赢得了和西汽一众高层领导合影留念的待遇，当得知这是西汽的老总和书记后，这名豪客也惊讶异常，十分配合地让李午从各个角度给他拍照。幸好当时没有朋友圈，否则李午的朋友圈第一时间就发会出："喜报！喜报！粤省豪客喜提西汽集装箱重卡一辆了！"这名豪客司机姓任，来自省城，是听到朋友提起，感兴趣便特地跑过来看看，他的朋友也是林超涵之前联系过的司机之一。

一直等到快 12 点的时候，一辆中巴车缓缓地停在了停车场，接着从车上鱼贯而下十来名穿着各色衬衣的司机。

"黄老板到了！"王文剑十分欣喜地喊了一声，他刚刚还有些担心这个黄司机会爽约，但好在显然这些潮汕人是讲信誉的。他赶忙迎了上去，这可是大主顾啊！

"王总喉啊！"黄老板的普通话显然并不比那个陈司机要好到哪里去，准确说，口音之浓重更胜一筹，勉强能听懂在说什么。

"黄老板，等您等得好辛苦啊！"王文剑不胜唏嘘。

"我说过会来的嘛，就一定会来的。"黄老板在王文剑的陪同下走了过来，王文剑给他介绍了自己的各位领导。双方握手寒暄了一下，就开始为黄老板和各位司机介绍西汽的卧铺集装箱车头。

"真是好靓啊，想不到国产车也有这样的眼光和气度！真的是好意外！"听着林超涵在旁边介绍车头的各种性能，当听到说 25 吨半重的牵引车后（实际牵引重量其实可以达到数倍），黄老板显得特别高兴，跟旁边的众位司机用白话热烈讨论起来，他们纷纷爬到自己中意的车上去后，又是打火试车，又是左躺右坐，总体来说还是相当满意的。

黄司机一时技痒，直接开了一辆车头在车场连续绕了好几圈，下来后说了一句让西汽所有人都意想不到的话："30 万元一辆是吧？便宜 2 万块钱，这里的车我全部都要了！"

"啊?！"王文剑和林超涵都有点傻眼了！豪客天天见，今天特别多啊！

西汽众人幸福得找不着北了，但是他们不着急，有人急了，那个任司机已经掏钱买了不着急，然而还在犹豫的陈司机就着急了："喂，有没有搞错啊？要讲个先来后到的好不好，我还没有说话呢！"

黄老板眯着眼睛看了他一眼："丢，你是个小队伍，我这边人多，要扩张，等下次好了，我还嫌车不够呢！这里多少车，就 50 辆吧，要是好开，我再来100 辆。估计你得等下下批次才能拿得到货了！"

"不行，不行！这绝对不行！"陈司机着急了起来，头又摇得像拨浪鼓，"我也是准备要扩张车队的，这次绝不能白跑一趟。"

陈司机身边的几个也跟着嚷了起来。

那个黄老板身边跟着的十几个司机看着就不爽了："什么意思，抢货咩？我们潮汕人什么时候怕过事？""做事，做事了，抄家伙！""有没有搞错啊，没钱还敢讲大话？"

这些老司机没一个是怕事的，长年在外，他们靠的就是这股子凶悍抢活干，抢饭吃，团结一致，共御外敌。

眼看着潮汕帮撸袖子就要上演全武行了。

林焕海和王文剑等人就着急了，这会儿他们回过味过来了，无非就是搞个首付仪式嘛，他们西汽敞开了生产的话，又岂止是区区 50 辆的产量呢，司机干吗为难司机，打起来不好看。

"黄老板，抽烟，抽烟！"林焕海连忙拉住黄老板，面上露出为难之色，"你看，黄老板，这是在我们车场上，再说了，今天大家生意做成功了要有个好彩头！你说是不是？"

那个黄老板骂了几声，回头接过烟："丢，给你林总面子，今儿个不闹事。大家都不许再吵了。"他的威望显然很高，立即手下的十几个司机都愤愤地收起了拳头。

那个陈司机虽然人少，但也并没有立即服软，他们常年在路上讨饭吃，见过各种各样装腔作势的人，倒也并不真的担心潮汕黄老板会动手。要知道，他们是司机，又不是黑社会。他不服气地说："我们得讲讲道理！这个先来后到的道理懂的不？这车我们也看上了，正要买几辆，你不能说就这么全部拿走了！我们不是要白跑一趟？"

黄老板嘲讽道："我看你们连这几辆车的钱都付不起，在那里讨价还价半天，不如索性我买了。"

"话不能这么说！你们是财大气粗，但是凡事那得讲个规矩，不是谁钱多就拳头大，可以包揽一切的。"陈司机坚持不让步，然后和黄老板用白话吵了起来，两个越吵越激烈，林超涵和王文剑等人面面相觑，已经听不懂他们在聊什么了，都有点担心会不会再次打起来，要是真打起来，西汽这些人也没有什么好果子吃，开张第一天就抓人，这事怎么听怎么不好。

郭志寅在旁边给姜建平等人解释："其实，他们是不会打架的。"

一脸焦急的姜建平奇道："你怎么确定！"

郭志寅笑道："年轻的时候我也待过这里，知道一点南方人的性格，他们是求财的，别看吵得这么激烈，本质其实都是在抢食而已，这车对他们来说，就意味着能拉更多的货，能赚更多的钱，他们是真的都看上这车了，知道能够给他们带来利益，所以不可避免都要争一争，抢一抢。放心吧，他们俩最后会谈判妥当的。"

那名姓任的豪客司机在旁边也十分悠闲，显得并不担心的样子。

将信将疑的西汽众人发现那两帮人先是声音越吵越大，好像撸起袖子来要干仗了，但是后面声音就慢慢小了，到最后，居然有说有笑，勾肩搭背了起来。

"误会，都是一些误会。"黄老板笑眯眯地走了过来，"原来老陈是我表姨夫他家大舅子的二姐夫！大家都是一家人，险些大水冲了龙王庙。"

"是啊是啊，都是亲戚！"老陈咧着嘴，好像刚才拌嘴的是另外一个人，他热情地拍着黄老板的背部说，"这个老黄，早说不就没事了，不就是几辆车吗？你要都给你就是了！"

"那怎么行呢？说好了，你提走五辆车，哦，对了，这个任司机也已经买过了一辆了是吧！行，剩下的44辆，呸！这个数字太不吉利了，这样子，老陈你多提一辆车走，6辆车，剩下的43辆我全部要了！"

# 第 95 章　一炮而红

"这个，好是好，但是6辆，太多了，我有点吃不下……"陈司机有点犹豫，他们这次来本来就没有计划要一次提数辆，也就是计划买上两三辆车先试试看，现在一下子要买6辆，他还真是掏不起那个钱。

那个黄老板见状也不为难他，自顾自地说："既然你们6辆都吃不下，那算了，不如你们就取3辆，这样，我们提走剩余的46辆就好了，这可不是我欺负你哈。"

一看到黄老板三言两语就要把车都给瓜分了，其他几名散客司机有点着急了，任何东西都是没有人抢购就没有人紧张，一旦饥饿营销了，大家都觉得抢到就是赚到，他们立即嚷嚷了起来："你们可不能吃独食啊，也要顾及一下兄弟们吧？我们也要分几辆走。"

"丢，有没有搞错，刚才也没有看到你们那么积极呢！"黄老板有点不满意地说。

他手下那些司机也纷纷嘲讽那些散客，在他们看来，这些人刚才都还想砍价捡便宜呢，转眼间形势变了，他们才着急起来，还要跟黄老板抢货，当真是尽想便宜事。

几名散客又开始叫苦起来，说起长途运输过程中的辛苦，也是一把鼻涕一把泪，好不容易看到有这样的好机会，可以购买到心仪的汽车，等到下批货来又不知道到什么时候了。他们这么一说，黄老板就有些不忍心了，都是爹娘生的，这些个体司机的苦处，他们也都尝试过，要不然也不会组织到一起做一个运输物流公司。于是，就决定让出数辆车给这些个体司机。

三言两语当中，都没要林焕海和王文剑等西汽众人插话，50辆车，转眼间就被这些南方豪客们都给瓜分完毕了。甚至林焕海等人都有一种错觉，这些豪客，还真是不拿钱当钱，二三十万元对他们来说好像就是过家家一般地容易。当然，这纯属错觉，这个黄老板之所以能够拿得出那么多钱来，另有原因而已。

接下来，就是艰难的讨价还价环节，以黄老板为主的买家与以林焕海为主的卖家，经过来回拉锯战，最后达成了协议，黄老板一次购入43辆车，平均每辆优惠1万元，而其他散客则没有这么好的待遇了，每辆也就象征性地减掉了3000元。倒不是西汽方面抠门，而是这个价格，他们已事先经过了测算，基本上可以勉强回本，要知道车辆本身的成本就已经逼近了20万元，运输费用、两年的维修费用加起来，其实利润已经削减到非常微薄的地步了。

但是今天难得高兴，彩头好，林焕海就咬牙作主给降了一部分价格，买家们虽然对这个优惠价格还是有些不大满意，但是他们又不是不识货，光那两年的售后维修费用那可就不得了。总体来说，双方算是皆大欢喜了。

这个姓黄的老板非常阔气，也是拎着现金就来的，他按照双方约定的协议，直接带来了近150万元的定金。但是他们之前签的协议是10辆车，西汽就算是损失了也损失得起，现在要多加33辆车，这个就不太可能全给他们了，最后商量，黄老板先提10辆走，次日再筹措齐备。黄老板豪横，让西汽人再次大开眼界。不管怎么说，现场这么多现金，看得大家眼睛都花了，其他散客更没有这种优惠待遇，必须一次性付清款项了。

黄老板和众多司机，和西汽领导们留下了多张合影，双方宾主尽欢，搞了一个交车仪式。李午忙得不亦乐乎，他一天就用光了自己带来的所有胶卷。西汽一干领导都有些幸福得有些晕乎，虽然对黄老板接下来付款的能力还是有点担心，但是整体来说，西汽方面还是很满意的，这一批车居然在头一天对外展示就被一扫而光，这是他们没有想到的，完全没有想到民用市场居然如此有潜力。

"日子要好过了啊！"姜建平笑得合不拢嘴，这次本来只是打算参加一个交车仪式，见证一下历史时刻就算完了，没有想到，当天居然就有这等好事，所有的车辆就这样被销售一空了。

"小超，还是你们年轻人的嗅觉灵敏，想不到咱们生产的这款集装箱卡车头居然这么受欢迎。"

"是啊，咱们这段时间的辛苦没有白费！"

"来之前，还我有些担心呢！"

西汽众人纷纷夸奖林超涵，林超涵自己也有些懵，他的确是看到了这块市场，但是完全没有想到，竟然能一售而空，这种有点疯狂的局面他是完全没有料想到的，听到众人的夸赞，他有点不太好意思起来。

让林超涵更不好意思的是，中间发生了一个插曲，正在众人各种组合照相的时候，王兴发终于带着黄小露赶到了，黄小露一来就十分惊异地看着集卡车头被一群喜笑颜开的司机给一辆辆开走，那个黄老板，拿着大哥大，又在召唤另一批司机，准备将整个货场都给提空了。

黄小露一来，就看到大家纷纷夸奖林超涵的远见卓识和市场洞察能力，完全没有人提及自己，顿时就有些不爽了。她拉过林超涵，瞪着眼睛小声地质问他："我说林大少爷，这个调研可是我和你一块完成的好不好？为什么你就不能谦虚谨慎一点，把这个功劳说成是大家的功劳呢？"

林超涵无奈地耸了耸肩膀："好吧，这个功劳就是大家的功劳！"

黄小露十分不满："林超涵同志，你太个人英雄主义了！我向你表示抗议。"

"并没有啊，如有雷同，纯属巧合。"

两人好巧不巧，正好站在一辆集卡车头面前，聊得火热，两人精彩的表情，好像是在讨论着什么，李午忙里偷闲，竟然给他们抢拍了几张，结果就留下了数张单独的合影，这几张合影没有多久就又来到那位大记者的案头，记者看到后非常开心，又以"大学生情系三线，西汽成功开拓民用市场"为题发表了一组纪实报道。果然林超涵身边又换了个美女又成了西汽的新话题，黄小露一不小心充当了女主角，这让她很不高兴，这都哪跟哪，记者瞎胡咧咧也能信？为了解释这个误会，黄小露也使出了浑身解数。这是后话暂且不提。

在这之后，黄小露为了抢镜头，表现一下自己不朽的功勋，抢过来和众人合了数张影，好巧不巧，屡次正好站在林超涵身边。李午忠实地把这些都记录了下来。

当天下午，陈司机就把自己的车给开走了，显得还特别地满意。而黄老板也招呼着自己人把这些能开走的车都开走了，第二天又来了一拨，将剩余的车都提走了。

而且，黄老板和西汽又签订了续订车辆的协议，他的有钱程度实在让西汽咋舌，不就是跑运输吗，他私人能建起多大的车队啊，简直是难以想象。黄老板自称整个潮汕地区的长途货运他都要包了，准备把运输队扩张成一家大型的物流运输公司，原先是找不到特别中意的车，现在找到了，就要赶紧扩张规模才行。

在那个时候，林焕海等人还没有见过哪个私营运输公司，随随便便就敢签下上千万的订单的。这么豪爽的客户以前只有军方了。他们赞叹不已，同时也意识到，民用市场确实具备非常大潜力，只恨之前没有发现，早知道，一大早就跑来开发民用车辆了，虽然说利润并不算高，但胜在这个市场比军方要大很多倍。所谓薄利多销，就是这个道理了。

林焕海等人没有想到，车场马上就失去作用了，如果已经没有车辆了，一堆人守在空场地完全没有必要。因此，当即调整决策，以后不再专门租调车场了，但需要设立销售分公司，开拓业务。以后西汽生产的卡车采用订单制，只要订单到了，就加足马力生产，生产一批就让客户派人到厂里直接开走一批。

"可是维修服务怎么办呢？"王文剑提出异议，"我们原先准备依托这里做售后维修服务的，要是撤了场，恐怕两年维修服务就要失约了。"

林超涵建议道："要不，直接采取与一些汽车服务站进行合作的方式，由这些服务站为西汽后续的车辆提供服务呢。"

林焕海和姜建平、郭志寅等人商议了一下，认为林超涵这个想法还是比较可行的，当然后续需要先跟人谈拢才行。

于是这个车场前后使用不到一个月，就成为过往历史。西汽众人都有点哭笑不得，没有想到竟然是这个结果，原本以来还要打打长期抗战呢，没有想到，第一天就成了人生赢家。接下来，还有什么好说的，就是扩大生产就好了。

不光是要扩大生产，而且是要疯狂地扩大生产。

西汽众人都预见到了光明的前景，林焕海喜上眉梢，整个人精神焕发亢奋无比，原先的忐忑一扫而空，集卡车头一炮而红，在民用市场上发力成功，那必然会带来多方面的连锁反应，西汽必须要扩大产能了，而扩大产能就必然要求新厂址新车间尽快投产，而要新厂址建设，就必须要进行融资和借款，因为民车市场开发的成功，去融资和借款也会更加顺利，手中的谈判筹码更多了。

# 第96章　门缝里看人

而在当天晚上，林焕海带着姜建平、王文剑、林超涵三人就来到了省会羊城，与一家银行谈妥了个人车贷借贷三方合作服务的协议，做一个汽车专项贷款，只要司机们买西汽的重卡，就能够从银行享受到贷款便利。经过研讨，大家一拍即合，开启了一个高达百亿规模的巨大市场。

西汽方面保守地估算，如果产能能有效扩大的话，一年至少能在珠三角卖上一万至两万辆各种型号的车辆，这个量级对银行来说就是非常好的生意了，如果这些司机都通过前投银行来贷款买车的话，对于银行来说，就是一个稳赚不赔的生意了。这些司机可千万别小瞧了，跑车也许用不了一两年，就连本带利都能赚回来了。现在基建正火热，到处都在搞建设，明眼人一眼就能看出其中的利益在哪里，交通运输那是必然要发大财的行业。

为了占领市场，负责该项业务的行长李步辉引荐，带领西汽众人来到羊城省政府交通厅，在李步辉很热情地将西汽众人一一介绍给马竞舸副厅长认识后，马竞舸的态度出乎西汽众人意料之外的好，简直让大家有点受宠若惊。这李步辉的面子未免也太大了点，竟然能让一个副厅长对他们另眼相待。要知道，西汽虽然说上交部委，中交省委，但是毕竟那只是在西汽所在地，而且也是他们与西汽或多或少存在一些旧的联系而已，并不代表着西汽的面子真能够行遍天下。

但是很快，他们就知道自己想错了，马副厅长并不全是看李步辉的面子才同意跟他们见面的。

来到交通厅的会议室，马竞舸没聊几句，就单刀直入地说："我最近一直在为那些从香港走私过来的二手车头疼不已，没想到，你们很快就送来了解决方案！我觉得，你们进军珠三角市场的时机刚刚好，如果你们不找上门来，说不定我就主动去联系另外几家汽车制造厂过来了。"

一句话说得西汽众人互相惊喜地对视一眼，这次真是来对了啊。

林焕海笑道："马副厅长，您说笑了，怎么能劳烦您来找我们，是应该我来找您！"

马竞舸摇了摇头："说真的，如果不是你们来找我，我是真不太清楚，国内原来专业生产重卡的厂家还包括你们，我一直只知道那几家大的制造厂家，真不太清楚你们的存在。"这是真的，西汽的存在感一直比较弱，虽然生产军车，这是部队重点栽培的厂家，但是对于外界来说，这就是陌生的星球了，西汽长期没有在民用市场露脸，以至于名声并不彰显。

林焕海连道："惭愧惭愧，我们这次，其实是第一次真正地进军民用市场，以前精力全都用在满足部队的军车需求，而且身处三线，跟兄弟厂家比，名气实在是太小了。"

李步辉在旁边打圆场说："我说老马，你可别小看这家名气不显的厂家，他们可是在军车竞标的时候，打败了美欧俄三家竞争厂家的，你说说，不管是什么环境条件，如果同样是跟这三国厂家竞争，国内有几家能够办得到啊？就冲这一点，我就觉得西汽可是底蕴深厚，而且前途无量。"

马竞舸昨天没有听李步辉这么详细说过，而且找周围的人打听，查找西汽的资料也没有听说过这一段，毕竟军队的事情，对外界大部分还是保密的，再加上当时资讯闭塞，哪怕这件事情过去了两三年，马竞舸也没有听说过。因此，听到李步辉这么说，他就有点好奇了，问："哦，还有这样的事，讲讲来听一下？"

林焕海对于自己带领西汽成功拿下部队订单这件事情还是非常自豪的，但是这个场合确实也不宜过多自我吹嘘，要知道马竞舸是什么人，现在他没听说是因为他不知道这件事情，没有刻意去打听，只要他知道，回头跟部队稍微打听一下，就能够知道详情了。竞标这件事情，部队没有大肆对外宣传，但是也并不是绝密事件，以马竞舸这种地位，想打听出来是分分钟的事情，吹牛夸大是完全没有必要的。于是林焕海就简要地把去高原试车决定最终部队订单的事情说了一下，他如实地说了当时初步的评分结果，仍然是美方厂家领先，但是因为他们的售后要价过高，导致部队退而择其次，最终确定了西汽。而且，他也简单地提及陈培俊烈士的感人事迹，感慨他对这一趟试车的结果也起到了关键作用。

马竞舸在交通领域浸淫数十年，对于高原试车的意义非常清楚，一点就透，他听完后重重地点了点头："你们自己新研发的新车，这么短的时间就能够上高原，还能够打败竞争对手，这件事情，说是奇迹也不为过！"

林焕海谦虚地说："我们还是参考了图纸的，有原版设计。"

"这个就不用多说了，如果没有，我都怀疑你们是不是吹牛皮了，就算是有，这其中的难度我是知道的，如果你们没有一些特别的手段，或者是特别好的运气，这件事情也做不成。了不起！高原试车成功，了不起！"说着，马竞舸朝西汽众人竖起了大拇指。

这让西汽众人特别感动，这位马副厅长是个行家，懂得其中的艰苦。要知道，昨天同样是给李步辉提这件事情，对方只注意到打败了三家外国厂商，对其他的完全没有感觉。现在李步辉听到马竞舸这么说，才意识到自己还是小瞧了西汽的能力，这绝对不是一般人能够做到的，李步辉对西汽的信心又增加了几分。

姜建平笑着说："马副厅长，我们这里面就有一位当时参加过高原试车的小伙子，林超涵，这辆军车之所以能够问世，跟他有直接的关系，从提出方案到设计图纸，到引进计算机帮助，再到样车试制，高原测试，每一样工作都有他的参与，没有他，这车是出不来的。哦，忘说了，他还是林总的儿子，在北京上过相关大学专业的高才生！"

马竞舸这才注意到一直在旁边低调听着大家说话的林超涵，他不由得惊叹了一下："林超涵是吧？你算是上阵父子兵吗？林氏一家两代都搞卡车事业，算是卡车世家了吧！"

林超涵很有礼貌地站了起来，颔首朝马副厅长示意，他很谦虚："我没有姜书记说的那么重要，就是参与了一些工作而已。"

"小伙子，人生就是一场舞台，你能够发几分光，就千万不要隐藏着让观众看不到，否则，人生这个舞台就少了很多的趣味。"马竞舸大有深意地盯着林超涵看了一眼，"又年轻又能干，将来这个舞台一定有你的一席之地。"

"过奖了，小子不敢。"林超涵笑了笑，面对这样的赞誉他没有飘飘然，很多他想要追求的目标没有实现，这点小小肯定，对他来说，没有任何值得夸耀的地方。

马竞舸在心里暗暗地点了点头，这个小子面对赞扬泰然自若，不骄不躁，是个好苗子，要是自己手下的年轻人都有这个水平就好了。

众人又聊了几句，终于聊到了正题，李步辉笑着说："老马，昨天西汽众人来找我，我其实呢，对车不懂，对市场也不是很了解，这钱，借还是不借呢？借呢，怕打了水漂，我没法交代；不借呢，看着他们对市场开发这么有信心，要是错过了这单大业务，我真的是会后悔到跳楼的。所以，最终还是要请你这个大行家来帮忙鉴定一下，看看这个业务有没有搞头。"

林焕海连忙借着话头，将昨天整理好的材料递给马竞舸，笑着说："马副厅长，关于我们西汽民用市场的研发计划、未来市场销售的计划，以及关于扩大产能需要借款的情况都在里面了，请看一下。"

"哦，你们还准备好了材料？"马竞舸从怀里掏出一副眼镜戴上，打开林焕海递过来的材料，认真地翻阅了起来，他看得很认真，但是速度也很快，林超涵为了让领导看清楚，每个字都写得比较大，而且字迹工整。

没多久，马竞舸就简单地翻完了，他点了点头："步辉，依我的经验来判断，西汽这个研发计划很靠谱。准确来说，他们踩中了我们的痛点啊！我刚一来就说了，那些日韩二手车占领南方市场，真是让我们头疼，他们使用右舵，增加了安全隐患，光这个月，我手头接到的因为这种二手车造成的交通事故都有数十起了。这个很让人忧心不说，光从民族感情来说，我们大量使用日韩淘汰的二手卡车，这也是让人接受不了的。但是考虑到没有替代品，我们也没有什么好的办法一下子既能扼制这个风气，也能够保证经济发展对交通运输的需求。左右为难啊。"

说着，他扬了扬手中的材料："西汽若是能够成功地开发出这些车型来，我敢打赌，珠三角的市场，肯定有你们重要的一席之地。"

听到这个话，最高兴的还不是西汽，而是李步辉，他面露欣喜之色，他今天来的主要目的已经达到了，有马副厅长这一句话，他吃到定心丸了。

西汽众人当然也高兴，但是这个市场需求他们是反复调研过的，是真实存在的，马副厅长只不过把他们的判断给重述了一遍而已。

"听你们的意思，你们现在投放到市场上的卧铺集装箱车头，很受司机们欢迎了？"马竞舸又问道。

"是的，我们完全没有想到，本来这次投过来50辆车，还打算卖上一段时间，结果被人一天就全部订购完了，出乎意料。当然，这是好事，增强了我们进军民用市场的信心。"林焕海回答说。

"我是真没有想到，国内的汽车制造商里还有这样一家能够勇于创新开创新潮流的，你们这个卧铺集装箱车头的创意我十分欣赏那些买了这个车的司机，就能够得到很好的休息，也会减少出事故的可能性，你们这是一个大大的善举，也许就因为你们这个创举，有数百人的性命就无形中得到了挽救，我应该代表南方的老百姓，向你们表示感谢！"

说着，马竞舸竟然真的站起来，向西汽众人鞠了一躬。

# 第97章　收获满满

这一躬，让西汽的人连忙站起来，回敬了一下，他们既感动又震惊，这位马竞舸副厅长竟然会向他们鞠躬，这让他们感动不已。同时也震惊地发现，自己本来是为了解决市场问题，没想到对方考虑的事情更为深远。

马竞舸严肃地说："其实，我们早就想取缔这些漂洋过海来的二手车了，这件事情从一开始我们疏忽，没有注意到，到蔚然成风，时间很短，让我们有些措手不及。整治，简单，一纸文件下去，让各地运管交警们严查，很快就能把这股风给灭了，但是灭了容易，替代是个大难题啊。"

他说的是实话，如果真要狠下决心放手去治理，多少二手车也不够灭的，但是存在即合理，市场上既然出现了这些二手车，说明是真需要，简单一灭了之，对经济发展无形中也是一种损害，但这只是短期内的现象，从长期来看，这种不符合规定的车型长期存在，对经济发展是不利的，除了安全隐患，它还挤压了正常交通工具使用的空间，对于西汽这样致力于发展市场的汽车制造厂家来说，是不公平的。

"是时候治理这些二手车了。"马竞舸下结论说，"昨天李行长给我打电话的时候，我就意识到，能够解决掉困扰我多时的问题的时机已经到了。"说着他严肃的表情像是雨过天晴一样，显得非常愉快。

这让西汽众人的神情也彻底放松了下来，本来来见副厅长，他们还做好了各种说服准备，希望能够让政府方面意识到他们开发市场的意义，没有想到，政府方面其实对于市场的现场早就洞若观火，而且比他们自己更了解开拓民用市场的意义。

既然大家都有共同的认知基础，那接下来谈什么都会显得特别顺利了。林焕海就大概阐述了一下西汽的开发计划，除了集装箱牵引车头之外，还要开发矿山工地用的自卸车和敞篷货车，目前这两款车型公司汽研所已经牵头进行研发绘图了，不多时日就能够试制样车并进行测试了。这些本来也写在材料中，但是马竞舸还是很认真听他的口头描述。

而且马竞舸听得特别认真，不停地低头做笔记，对一些技术还反复追问。行业伸伸手，便知有没有，双方互相掂量了一下，西汽众人也很叹服马竞舸副厅长对于一些具体车型和技术指标的了解，而马副厅长对于西汽能够准确地把握到市场的脉博很是赞赏。他说道："你们这三款车型是直奔着市场的需求而来的啊，这调研做得很仔细呢。"

姜建平指着王文剑、林超涵和黄小露三人说："为了开发这个市场，我们这三位功臣可是在这边调研了好长一段时间呢，他们走了很多的地方，找很多司机聊过天做过调研。掌握了很多一手资料和数据。所以我们才认真地对待，开始开发这个市场。"

三人谦虚了一下，马竞舸对这些调研细节也非常感兴趣，后面追问了一些细节，听得高兴起来，说道："既然西汽方面做了这么多准备，那我这边也表个态吧，后面，我们会尽量帮助西汽来开拓咱们省的卡车市场，可以从政策上给你们一些便利，比如税收方面可以搞一些优惠政策，甚至比如说，使用你们的车的，高速收费都可以减少一些。还有，从用车标准上，参考你们的一些指标。另外呢，像李行长这边，我看你们提出的个人车贷这个想法非常好，我们厅里一定大力支持，也会鼓励全省的司机们去添置符合国家标准的一手车。"

得到马副厅长的这些许诺，西汽众人喜不自胜，这一趟来得真是太值得了。

"当然了，现在还不是你们高兴的时候，对你们也是有要求的，第一，像你们的这些计划，要尽快落实，新产品要尽快上市，否则我们推出政策，你们的车还没上市，那就有些尴尬了；第二，必须要保证质量，符合国家标准，充分展现你们军卡的质量优势。我看啊，你们的价格卖得不便宜，要推广你们的卡车，必须得尽量减低成本，降低价格，否则我看生意也不会那么好做的。"马竞舸接着说道。

林焕海连连点头："马副厅长所言极是，我们一定加快速度，保证质量。唯独成本这一块，我们现在产能很难提上去，所以成本就很难降下来，这个还需要我们尽快解决。"

"嗯，我看你计划里也写了，要建设新址，扩大产能，提高产量，减低成本，这个计划我看没有问题，虽然投资巨大，但将来的收益也是翻倍的，但这个我可帮不了你忙，关键还是要看李行长愿不愿意慷慨解囊，当回散财童子。"马副厅长幽默地说道。

"马副厅长都愿意给政策支持了，我们必须也得表示表示啊！"李步辉大手一挥，"我向各位保证，你们的所有计划，我们一定认真研究，在我职权范围内的我现在就可以承诺，至少，跟西汽的业务合作，是板上钉钉的。"

"那就太感谢两位了，我们西汽如若顺利发展壮大起来，那两位就是我们西汽的大功臣。"林焕海感激地说，"未来只要两位有什么吩咐，我们西汽一定尽力做到，你们永远是西汽的座上宾。"

马副厅长摆了摆手："那倒不必，我们是各取所需罢了！"说着他不无遗憾地说道："可惜，我们本土没有像样的汽车制造企业能够占领这个市场，只能掉头支持你们了，回头有可能的话，你们不妨考虑来南方投资建分厂啊。"

"一定考虑！"林焕海点头道，他确实也有在南方建厂的计划，但是现在肯定不是时候，在省城的新址是他的重点，在建起之前，其他地方投资的可能性太低了，没有那精力也没有那财力和人力，产业的转移可不是那么简单的事情。

对于这个，马竞舸也是非常了解的，因此也没有强求，只是顺带提了一提。

双方本次交流主要是一些意向性的合作交流，总体来说，西汽等人收获满满，交流持续进了两个半小时，直到中午11点半西汽众人才站起来告辞。

李步辉对马竞舸说："老马啊，昨晚让你去喝一杯，你不去，那要不今儿个中午咱们一块出去吃个工作餐？"

马竞舸和旁边的下属低声交流了几句，笑道："论理，西汽的各位同志来到南方，我是应该好好招待一下的，但是的确非常忙，我马上要参加一个国外使团的接待工作，实在是走不开，估计这一段都很难抽出时间来。这样吧，我们商定好，等西汽同志们正式在南方推出他们承诺的三款新车型，我给西汽开一个庆功会，我还要带着厅里一些同志来参加，到时候，你李行长那边的重要人物也不能缺席，如何？"

"你老马都这么说，我怎么会不同意！"李步辉哈哈大笑。

一行人告辞出来，马竞舸又送到了楼下，然后才匆匆地离开赶赴下一场活动。而林焕海等人和李步辉用过午餐后，下午又开了半天会，趁热打铁，他们要敲定一些合作细节。林焕海来一趟南方，其实也是很不容易的，正好他和姜建平都在，两人有商有量，能够决定大部分的事情，这种情况可不多见。

错过这一次，下一次恐怕就不太好办了。所以他们抓紧这个宝贵的时机，决定把借贷的细节内容给当面议出来，要知道，他们回到西汽后，一忙碌起来，下次要再过来谈这些事情，可不是易事，耽误着耽误着就把时间给蹉跎过去了。不得不说的是，他们的运气特别好，不光这次双方相谈甚欢，而是抓住了一个历史的时间节点，如果当时他们没有谈妥这些事，也许后来的一切辉煌都不会发生。

在他们商谈的时候，在城市的另一边，林超涵的老冤家范一鸣也正在四处活动，想要找到市场开拓的切入点，他还是老办法，先找当地关系，让关系再介绍关系，计划打造一个利益共同体的链条出来。他已经成为日本山鹰卡车在中国的正式代理人，日本人对他寄予了厚望。他自信山鹰集团的品牌就是他的撒手锏，有前期市场的认可，在他看来，市场是手到擒来的。所以他的计划就是找到合适的当地合作伙伴就行了，由这些合作伙伴把他手中的产品卖给各种各样的运输公司，而且有他们不得不买的理由，他只需要坐在幕后数钱数到手抽筋就好了。

在会议上，林超涵和黄小露就在一边记录，准备会后立即整理出会谈的纪要，将双方的合作最终落实下去。他们也很兴奋、振奋，这半年来所有努力都没有白费，他们有一种感觉，自己正在见证着西汽的腾飞。

如果西汽的民用车市场发展顺利，他们见证的就将是西汽的盛世。

# 第三部

# 重卡雄风

# 第 98 章　渠道要广泛

西汽管理层的南方之行简直就是各种惊喜意外，连他们自己都没有想到的顺利。原来，他们没有想过第一批 50 辆车能够很快就卖完，也没有想过能够顺利地解决借贷问题，更没有想过能够得到当地交通运输厅这样主管部门的认可和支持。

第一批用户的口碑现在是他们重点要关注的内容，如果这些车投放市场获得很高的评价，那么接下来，他们就更有信心扩大生产了，所以留守下来的人都被要求要尽量靠近一线，追踪监测这一批车的使用情况，如有问题，能解决的当场解决，不能解决的要及时汇报给公司。

其次，他们接下来，便是准备和前投银行进行多轮谈判，虽然合作意向已经确定，但是具体条件双方还得经过几轮交锋才能确定下来。一是关于建设新址扩大产能的大额资金。这笔钱是西汽急需的启动资金，他们和响越集团的谈判其实是陷于僵局的，对方一直想趁西汽手头紧巴又急于求成玩一票大的，但是西汽自己却不那么看，双方很难达成一致意见，但是新址建设又刻不容缓，不能一拖再拖。二是关于珠三角市场的个人车贷问题。这个方面就不得不说一下李步辉个人发挥的作用了，他和西汽谈判的主张是，为西汽做专项重卡个人贷款业务，费率和利率都很诱人，比市场上其他同类厂家（主要是小轿车）的车贷利率低了两个点，而且这个协议有排他性，只对西汽生产车型有效，李步辉提出这个条件的前提是，作为回报，西汽委托前投银行做融资，首期至少不低于 2000 万，并且承诺长期从前投银行贷款，李步辉看中的是西汽的前景，觉得长期绑定，对他个人来说政绩大有好处，而西汽有稳定的贷款融资来源，也十分高兴。双方一拍即合，双赢互利，不亦快哉。有了这个稳定的融资来源，西汽日后做事情就更有底气了，当然压力也更大了，如果市场开拓并不如想象的顺利，那就是很大的麻烦。

然而为了解决这个麻烦，交通厅的马副厅长已经给出了各种优惠条件，这些条件都在其次，关键是省里已经下定决心要逐步将这些不合规的走私二手车全部清理出市场，这里面给西汽留出的空间非常大。当然，交通厅也不只是给西汽机会，而是给了所有厂家同样的机会，谁愿意进军这个市场，只要合乎规定，交通厅都是非常欢迎的。实际上，交通厅很快就出台了相关文件，文件里就整治市场提出了多条意见，这些意见对市场的冲击将逐步显现出来。而市场摆在这里，除非是瞎子，大家都能看到，于是国内群雄开始逐鹿起南方市场来，其中老牌的汽车制造商也先后派人过来考察市场，打探情况，只是可惜，西汽比他们领先了，虽然只领先了不到半年，但是这半年太关键了，决定了西汽今后能够达到的成就，这是西汽历史上值得大书特书的一笔。

林焕海和姜建平等人回到西汽后，立即召开会议，通报了南方一行的成果，这些成果，听得大家欢声雷动，他们之前已经听到先回到厂里的郭志寅等人带回的销售喜讯，现在林焕海的消息等于是喜上加喜，所有人都意识到，只要大家继续努力，西汽的春天就快要到了。

而伴随着春天的就是万物复苏，西汽本来因为改革已经显得生机勃勃，现在更像是打了鸡血，大家走路都带风，互相问候都是"今天的任务完成了没有？"

之所以这么问，是因为南方那边不停传来订单，集装箱车头的生产开始快马加鞭，领导们却愁眉苦脸，这些订单虽好，但西汽也得吃得下才行啊。军车的生产任务也差不多时候加码了，军方对前期使用的产品比较满意，提了一些改进意见后又下了一批订单，整个西汽生产车间日夜赶工，通宵轮班，忙得不亦乐乎。大家痛并快乐着。

对林焕海来说，现在最重要的事情就是赶紧和前投银行签订协议，把钱拿到手。此外就是赶紧确定好新厂地址。说起新厂址选址，现实也远比想象中的要复杂，比起一波三折还要过分麻烦。

林焕海回到厂里开完会后，马不停蹄地就带着王兴发等人又赶赴省城去考察地块。于凤娟心疼自己的老公和儿子，可是也没有办法，她只能眼睁睁地看着父子两人饭都没好好在家里吃一口就又上路了。

在车上，林焕海却是精神异常抖擞，他和王兴发等人聊着天。车是他们新添置的一辆中巴车，现在都流行这种车，装的人多。

"兴发，咱们十年前就开始考察新厂址，你知道当时领导们是怎么想的吗？"林焕海问王兴发，他现在很兴奋，使命感和成就感在熊熊燃烧，仿佛给他提供了无穷无尽的能量，周边的人也经常被感染得不轻。

"知道一些，当时的事我有印象，好像是准备去我们隔壁市县考察的，那边毕竟离我们近。"王兴发回忆说。林超涵在旁边听着，也有些意外，他对那段历史所知极少，听着这些过去的八卦也觉得挺有意思。

"没错，当时我们真是去考察过，我也随行考察了，还跟当地政府接触过，他们给的条件是真不错，愿意给我们划一块好地，各种优惠条件也很好，当时他们甚至提出，只要我们肯搬过去，就由财政拨款给我们修一条路，租金低，税收又有很大优惠，三年不纳税的说法都有，听着真让人心动啊。"林焕海感慨着说。

"那后来怎么不考虑那边了呢？"

"没办法，我们去看过，那边地方太小了，各种配套极不完善，跟我们这边有得一拼，相当于我们从一个山沟搬到另一个山沟，什么都得自己重建，可利用的资源不多，实在是可惜，交通也不方便，顶多比我们这里好一点，但那也是等修完路后，其他的还不如我们窝在这个沟里，虽然厂区受限，但是交通经过我们这么多年一点一点地努力，还是过得去的。"林焕海对这段历史记忆犹新。

"那是挺可惜的。"

"历史不能假设，当时厂领导其实是很有战略眼光的，一直在琢磨着要搬出这条山沟，如果当时我们的条件和环境许可，也许我们早就搬出去了。"

"对了，我听说，当时我们还考虑过搬到县城那边去。那里总比我们这里要好一些吧，条件还算便利，这边各种配套也能用得上，两者之间还能相应呼应一下。"

"的确有这么一说，但是咱们的县领导……唉，不说了，有些人总觉得咱们是块肥肉，很想要咬上一大口，我们刚表露这个想法，对方提的条件就把我们给堵回去了，除了地价贵得吓人，还有各种税收，甚至要求把某些领导的七八姑八大姨都给安排进厂里，任职一些他们以为的肥差。这种条件简直是令人难以忍受，厂领导和县里简单沟通过两次后，就彻底断绝了这个念头。其实从那个时候起，厂领导就下定了决心，有朝一日我们要搬离这里的话，一定要离这里远远的才行，最好是搬到省城里去，就算是条件苛刻一点也可以忍受，毕竟比起各种便利来说，那些都是毛毛雨了。"林焕海透露了这段秘事。

听到这里，林超涵才恍然大悟，原来搬去省城建新厂是很久以前就做出的决策，现在只不过真正落地执行罢了。

"嗯，可惜，我们厂里的财务状况一直不太好，再加上当时受历史条件所限，我们也没各种融资便利，厂领导对借贷也是很慎重，所以真正建新址的事，每隔一段时间提一次，然后就悄无声息了。"王兴发叹惜，这个他还是知道的，有的还是他见证过的。

"对，其实理论上来说，就算是现在，我们的财务状况也不甚好，老罗，你知道的，也抠门，如果不是他把关得好，我们现在恐怕会直接变成亏损状态。"林焕海说道，"不过，现在我们最大的利好是碰上市场经济的好机会，我们所有的一切，只要能够控制好节奏和步伐，只要能真正地在民用市场上拓展出一条光明大道来，我们现在所有的努力都是非常值得的。"

"嗯，不过，我还是有些担忧，您说，建新址需要这么多的预算，再加上这两年通胀得厉害，最后的预算我们到底能不能很好地把控，我都有些没把握。"王兴发担心地说。确实这几年钱变得不值钱，猪肉价格飙升，社会物价上涨得厉害，这也部分抵消了西汽改革加工资的效果。

"这确实是可虑的，所以融资的渠道一定要更加广泛才行，谁来我们也不要排斥，哪怕是响越，只要真心来投咱们，咱们就跟他好好谈。当然，全资控股我们是绝对不答应的。"林焕海对待这件事情很认真。

# 第 99 章　出个靶子批斗

选定新址不是一朝一夕就能完成的任务。省城方面市领导对于西汽要搬过来是持欢迎态度的，因为西汽过来等于是将一个庞大的产业链带过来，而整个省，汽车企业本来也就西汽这根独苗。之前，西汽显得无关紧要，大家都恨不得当作烫手的山芋有多远扔多远，但是现在不一样了，眼看人家不要照顾也活蹦乱跳地活得很好，那就说明是有前途的，现在又要建新厂区，这说明对方想扩大产能，很值得扶持一把。

所以，市政府方面对于西汽用地的要求还是非常重视的。但实际上，此时的省城用地非常紧张了，当初省城在东郊规划了工业区，西汽一开始反复考察的也是东郊地段，有些地段西汽非常看好的，但是后来与政府一沟通，得到的消息却很沮丧，看中的好地段大部分都已经被人给圈占了。换句话说，就是西汽来得太晚，这里没有多余的地方了。

市政府前段时间提出要将西汽安置到西影路，在城市东头，那里非常靠近另外一个大厂家，地方很大，总共有2000多亩地，相比西汽在南河湾的500多亩地来说，非常有吸引力了。但问题是，西影路那边还是太偏，道路交通极度不方便，距离省城太远，如果搬过来，相当于重建南河湾，实在是没有什么吸引力可言。于是西汽方面就委婉地否定了这个方案。

市政府对此表示理解，因为领导们也很明白，西汽为什么一定要搬迁过来，就是为了图一个方便，别小看这个方便，交通方便，可以节约物流成本，工作方便，可以留住人才，生活方便，可以大大地丰富职工们的娱乐生活，如此种种，对于一个工厂来说，明面上看似用地成本增加，但是无形中却大大地降低了生产成本。这本账大家还是算得过来的。

知道西汽的打算，市政府虽然有些为难，但是要解决起来也不见得没办法。没有条件创造条件也要上。市政府方面一合计，觉得西汽难得确认一定要搬过来，怎么着也要留住，那怎么办呢？地从哪里来呢？

这个难不倒市政府。在规划初期，市政府其实是有预留地的计划的，这些预留地的位置一般还不错，但也不是最好的位置。在批建设用地的时候，这些地只要用地单位不坚决要，就先留着以备不时之需。他们商量来商量去，认为为了留住西汽，动用预留地是值得的，于是就左抠抠右抠抠，硬是从幸福路北头挤出了两块预留地，一块260亩，一块220亩，然后就给西汽提出了建议。

林焕海一行人赶到这里后，前后围着这两块地看了一圈，又下车走了走，对这两块地的位置还是相对满意的，虽然弄不到最理想的地段，但能在这里弄到两块地也还过得去。

但是仍然感觉很遗憾，两块地没法连在一起，到时候还是有很多的不方便。之后，他们又围绕着这几块反复研究，认为幸福路北头的这两块地虽然说不够理想，但是如果要利用好的话，至少比山沟里的旧厂址要好多了。

随后西汽开启了轰轰烈烈的新址规划和建设。

王兴发带着整个研究室接下来就全扑在这件事情上面了，任务很急，牵涉的人也很多，他只负责研究，至于跟政府打交道，就得林焕海、姜建平、潘振民等人亲自上了。

林焕海更忙，什么事现在都压在他的身上，几乎是脚不沾地，整天到处跑。他拿到用地后，就得快马加鞭赶往北京，那边部里听说西汽决心要投资搞新厂区，也想听听林焕海怎么搞，然后再决定能不能从政策层面给予一定的支持。虽然部里已经不再直管西汽了，但是部里还是很重要的关系，西汽无论从哪方面来说，都离不开他们的支持，于是林焕海简单整理了一下材料，就飞奔部里了。

不光是要见葛副部长，还要见一下仲玉华。现在民用市场开发正热，但是军方毕竟是亲爹，无论什么时候都得把军方的事情放在第一位，这一点林焕海认识得还是很清楚的，所以他必须去抽时间去军方跑跑。

另外一件大事，则是去见响越集团的老总王瑞生。王瑞生现在常驻北京办公，西汽现在对他依然抱有很大期望，虽然说让响越控股无论从西汽自身的角度出发，还是国资委对国企的控制角度出发，都是不大可能允许的，但是如果能够争取到融资，那对西汽的发展还是有很大助益的。这条路，不能轻易放弃。

一切都在紧张有序地开展着，西汽这边生机勃勃，所见之处一片忙碌，民用市场初步告捷，众人都看到了民用市场的巨大潜力，都在加大马力开工干活。

然而，与此同时，范一鸣却带着朱梅英在南方活动，此时他的身份已经是日本山鹰集团的代理人了。靠上了日本人的范一鸣，此时正在很得意地跟一堆关系户指点江山。

"看到没有，外面的那些停在路边的货车，那都是我们山鹰集团出口到香港，再从香港弄到内地来的。要知道，这些都是用了不少年的二手车，却依然很抢手啊。"范一鸣得意扬扬地说，他看了一眼朱梅英，朱梅英打扮得十分时尚，穿着蓝色西装裙，头发盘起，前面略微烫染了一下，嘴唇鲜红，显得既职业又娇媚，成了这一桌子上的焦点人物，但是别人只能眼馋看着，没看到她一直围在范一鸣的左右吗，这是人家的禁脔，能看不能动。朱梅英很配合范一鸣的动作，听到范一鸣的话，频频点头，用崇拜的眼光看着范一鸣。这让范一鸣赚足了面子，虽然他很清楚朱梅英这崇拜的眼神到底有多假，但是至少在面上，这个聪明的女人让他很是舒坦。

跟范一鸣吃饭的人，有的是范一鸣父亲当年的地方旧部，有的是曾经受到范家恩惠的人，更多的是则是看中范家势力和关系，赶过来巴结想讨点便宜的主，这些人里面三教九流的都有。

一个脑满肠肥，一看就不是善茬的主，这会儿满脸堆笑，对范一鸣点头哈腰说："范少说得对，这些确实都是山鹰集团的车，不瞒在座各位，这外面停的货车都是咱们家的，这几年咱就是靠着这些车做点小本买卖，养家糊口。"

旁边一个戴着眼镜、穿着花衫的中年男子笑道："我说高佬辉，你别装得这么可怜，谁不知道这方圆五十里的运输生意都叫你家给包了呢，你要是只靠这点货车养家糊口，那我看，我们这些人都只配睡大街了。"

"去去去，任老三，你做的生意都是开矿的，那里面的利润谁不知道啊，跟你比，我们都是小虾米。"高佬辉怼了回去，惹出大家一阵哄笑。

"我那叫什么矿，三年都没有挖出一块煤来了，那也叫矿吗？那就是个洞。"任老三毫不在意地自嘲道。

"哼，别以为我不知道你怎么撮食的，你是拿着那个矿到处去骗人投资，至少这三年已经骗了三家了吧？没赚几千万也有几百万了。"高佬辉并未留情，当面揭人短。他们俩以前就有一些积怨，虽然彼此知道对方底细，也没有翻脸，但是彼此见面了就互掐。

谁知道任老三对这个根本不在意，他倒是非常坦然地回答说："也不怕让大家笑话了，这几年要不是东骗骗西骗骗，我早就饿死了。"

范一鸣对这个任老三这么坦率也有点意外，无耻到这个地步，也属于罕见的角色了，但是他也没有作声，因为他找这些人过来本来也不用管他们做什么，能帮自己把事情做成就行了。

那个任老三接着说："但总这么骗也不是个事，所以我就想着能不能转行，高佬辉你给了我一些启发啊，现在跑运输这么挣钱，我也准备来掺和一下。"

高佬辉一听，脸色就阴沉了下来："怎么，任老三，你是打算来跟抢生意了？"

"是又怎么样？你当我怕你吗？"任老三并不在乎。

高佬辉一听，顿时大怒："这个市场就这么大，你跑来跟我抢食？找死是吗？"

任老三冷笑道："谁规定这块地盘就你吃独食了，反正都是撮食，谁干不都一样？"

高佬辉怒道："你试试看，敢进我的地盘，第一时间开战！"

眼见两方剑拔弩张就要翻脸开片，范一鸣有些不高兴了，今天他才是主角，怎么两个不起眼的小配角要当他面打起来呢？他很是不爽地看了一眼旁边坐着的几个故交，他们也一脸尴尬，不知道自己邀请来的人这么不给面子，纷纷呵斥高佬辉和任老三。

朱梅英站了起来，风情万种地走到高佬辉和任老三面前，端着杯子说："两位大佬，今天范公子请客，两位千万不要一时冲动扫了他的兴子，这样大家都不好，不如小妹陪两位大哥各饮一杯如何？"

任老三回头一看，发现气氛的确些尴尬，他嘿嘿一笑："也罢，我懒得跟高佬辉一般见识，不识逗，真没趣，来，小妹妹我们喝一杯。"说着他笑眯眯地和朱梅英碰了一杯，将一杯红酒一饮而下。

看着朱梅英将一杯红酒灌下去，有人故意捧场："朱小姐海量啊！"

不愧是跟着范公子的人。

朱梅英嫣然一笑，残酒挂红唇，如烈焰般映耀四周，让人沉迷，连范一鸣都不由得心头一动，朱梅英虽然跟了他一段时间了，但是他今天还是头一次发现朱梅英如此动人明媚。

高佬辉狠狠地瞪了任老三一眼，但是他也不是傻瓜，心头大恨，他是听到范一鸣代理日本山鹰才赶紧过来想巴结一下，弄到一手的资源，运输这块市场的利润他再清楚不过了，这个任老三，要什么没什么，想插手这块市场，那就是砸人饭碗如同杀人父母了。

高佬辉也端起酒杯和朱梅英喝了一杯，朱梅英笑着说："其实范公子代理的卡车，一旦投放市场，大家都有机会，市场那么大，只要不在一个地方争抢，哪里不是一样吗？"

高佬辉冷哼一声："就怕有些人吃不下，撑死。"嘲讽了一句后，也回到座位上。

范一鸣虽然不乐意看到有人打起来，但是看到这些人都冲着他手中的资源而来，心里还是蛮爽的，也更有底气了，站起来，端着酒杯说道："各位来了都是客，这次我代理山鹰集团的卡车，质量都是没得说的，兄弟们谁想要，在我这里报个名，交个定金，回头我就进一批货回来，我承诺，第一批一定先交给兄弟们！"

说完后，原等着掌声响起，但是意外，大家都很沉默，过了一会儿，才有人问了一句："范公子，你进口的车，卖多少钱？"

"不贵，不贵，反正像外面停的那几辆卡车，原装进口的，我们就卖25万一辆。"范一鸣笑着说。外面停的车都是那种敞篷货车，二手车不过十来万。

听到范一鸣出这个价格，大家脸色都变了，这有点贵了吧？

刚才问话的那个人又弱弱地问了一句："范公子，这个价格把国家进口税算进去了吗？"

这个话问得范一鸣一顿，没有接话，但是很快大家都明白了，进口商用车，国家规定的进口税高达 50%，再加上购置税 12%，算下来差不多一辆车要 40 万元，这对于国内的司机来说，实在是太贵了。

# 第 100 章　又遇冤家

贵成这样，还有必要谈下去吗？在座的众人面面相觑，这些人过来本来以为有块肥肉，争着抢着想要分一杯羹。没想到，来了之后，看到的肉是很肥，但是要吃下去，恐怕收回本来也要拼掉半条命才行，一下子积极性就全没了。

范一鸣一看，顿时眉头紧皱起来，在他看来，虽然价格有些高了，但是在没有够资格的竞争对手的情况下，也不见得不可接受。想到这里，他冷笑着说："知道我为什么今天要约大家来聊一聊这个生意吗？原因很简单，省里面已经下通知了，马上就全面整治走私二手车了，你们以为靠二手车跑运输还能持续多久？"

这个通知刚刚下发，范一鸣早早便也知道了，但是底下百姓还是不太清楚的。听到这个消息，大家都有些拿捏不定，甚至都有点怀疑范一鸣是不是故弄玄虚。

很快，大家就知道所言不虚了，因为范一鸣旁边坐的几个人都在默默点头，表示这件事是真的。

这个范一鸣是个什么人在座的都还不太清楚，只知道有一些背景，很了不起，来自京城，但是到底是什么来路，就不甚了了。但是，陪在范一鸣身边的几个有头有脸的人物，大家是很清楚的，若不是这个范一鸣确有几分本事，那就是他的来头确实不小。至于说他什么山鹰集团代理人的身份，反倒不是太重要，不过，大家都知道市场上那些走私的二手车，大部分都是日本的，少量的还有韩国的，而日本货的信誉，当时在大家心目中是靠谱的。在那个年代，中国人对欧美日本先进的科技是非常迷信的，所以听到山鹰这个大牌要进来，本能地觉得这是值得一抢的资源。

"范公子，照你这么说，很快政府方面就要上手清除二手车？"对这件事，高佬辉无疑是最敏感的，任老三用幸灾乐祸的眼光看着他，叫你嘚瑟，现在看你能猖獗到几时？高佬辉听到这个消息，心里不停打鼓，此时也懒得计较任老三嘲讽的眼光了。

其实走私二手车会被整治，这是他们早就意料到的，只是一来走私车不少，大家都在用，法不责众嘛，二来当时法律不够完善，对很多事情也没有明显的界定，或许能钻钻空子，三来他们总有一种侥幸心理，觉得政府会睁一只眼闭一只眼，君不见，这两三年都没有怎么管过吗。基于这种心理，高佬辉为了揽生意，拼命地扩充自己的车队，虽然说这些二手车总载重都不能超过 12 吨，而且大部分二手车进来后，需要花钱进行大修，再加上大部分只能进来车头，挂车还得单配，这样成本其实算起来也不低，进口一辆八九万即可，但是其他的，还得零零碎碎搭上十来万，总成本也并不低，但是谁叫市场上没有更好的替代产品呢。

听到质疑，范一鸣微笑着点了点头："这事千真万确，各位，你们开的那些二手车，很快就会被清理出市场，但是你们失去了二手车，却可以拥有咱们的全新一手车，虽然价格上明显有点差异，但是只要想想，这可是原版车，就什么都值得了。相信我，用不了太久，这些本钱都会赚回来的。"

范一鸣说得挺轻巧的，但是在座的人听着不是个滋味，于是大家都纷纷向范一鸣打听新车的类型和引进的日期，因为范一鸣虽然现在讲得天花乱坠，但是新车大家一辆也没有见到，总须问清楚了才行。

对此，范一鸣也解释说，目前山鹰集团的卡车正在针对中国市场进行设计和调整，很快就能报关，时间用不了太久了。

听着范一鸣侃侃而谈，之前很活跃、现在有点沉寂的任老三，突然幽幽地冒出来了一句："不知道范公子那边的集装箱牵引车头卖多少钱一辆呢？"

这话问得范一鸣一愣，这个价格他还真不记得，幸好他身边的朱梅英反应迅速，山鹰集团给的价格里面包含了各种类型的车型，范一鸣只是记住了那几款常见的车型，但朱梅英却暗自把所有车型的资料和价格都记下来了，现在正好派上了用场，于是她轻轻地在范一鸣耳旁耳语了一下，范一鸣感激地看了她一眼，说道："关于集装箱牵引车头嘛，我们的价格是 35 万元左右，再加税率，差不多要卖到 55 万元左右吧。"

任老三听了暗暗有些咋舌，他摸着下巴，自言自语道："这个价格，比国产的高多了。"

高佬辉立即抓住机会嘲笑他："我说任老三，你傻了吧，别不懂装懂，国产集装箱牵引车头是便宜点，但是质量和舒适度能跟山鹰相提并论吗？"

"我不知道别的，但是我知道最近有一款新出的国产牵引车头，卖得非常火，而且价格要便宜得多。"任老三没有跟高佬辉拌嘴，而是老实说道。

高佬辉嗤之以鼻，这个任老三纯粹是胡扯，有这样的车他怎么不知道。如果知道的话，他第一时间就会冲过去把车子给抢回来，要知道，集装箱运输可是一门好生意，只要手下的司机得力，开着这个车，那都跟开着印钞机差不多。

看着范一鸣投过来的疑惑的眼神，任老三说："是真的，我半点没有说谎，我有个堂弟就是当司机的，前一段时间去提了一辆带双卧铺的集装箱牵引车头，总价是多少来着……对了，就 30 万元，非常不错，目前他已经开着这车跑起业务来了。"

"有这种车？"范一鸣皱着眉头，感到不快，同时也有嗅到了一点不妙的气息。

"真有！"任老三很肯定地说，"而且肯定是国产的，具体什么牌子我还真没记清，我堂弟随口提了一句，我从来没有听过，反像是西北那边的一家什么厂子。"

"西北？西汽？"朱梅英在旁边听着，突然脱口而出。

"对对，就是西汽！"任老三一拍大腿，朝朱梅英竖起大拇指。

范一鸣如遭雷击，他心里此时正在破口大骂。他连忙回头跟坐着的人求证，得到了一些印证，的确交通厅此时出台政策，是因为有国产的厂家正在介入，准备向市场投放一批重卡，有了这些，交通厅才有底气敢于向二手车叫板。

范一鸣脸色铁青，他的确早就防着西汽，但是在他看来，西汽研制一辆2190 军车那么费事，改成民车绝对快不了。

失算了，对方的速度超出他的意料了了，而且，他的消息来源似乎也遗漏了这条重要的讯息，这让他感觉非常被动。

"妈的，林超涵这个王八蛋，又要跟我生意了！"范一鸣又惊又怒，低声咒骂起来，而此时的林超涵除了莫名其妙地打了两个喷嚏，完全没有意识到，因为自己努力的缘故，提前就把对手堵在了家里，郁闷个半死。

朱梅英也十分诧异，怎么跑到南方来开拓市场，也能碰到西汽呢？因为林超涵的缘故，范一鸣对西汽恨之入骨，他虽然能靠关系做点生意赚点钱，但是却不可能直接去对付一个庞然大物般的国企厂家，他的能量还没有大到这个地步。而又因为范一鸣的缘故，朱梅英同仇敌忾，对于西汽自然也没有多少好感。想起远在美国的季容，朱梅英内心有些复杂，但是无论从哪方面来说，西汽都是她和范一鸣共同的敌人。

范一鸣和朱梅英脸上阴晴不定。

高佬辉却是试探起任老三来："喂，任老三，你刚才说的那个带卧铺的集装箱牵引车头，这事到底是真的还是假的，别编个消息来吓唬人。"

任老三冷笑道："不用激我，我说是真的就是真的，听我那堂弟说，当时他们第一批推出 50 辆车，当天就卖完了，潮汕那边有个老板一下子就把大部分的车都给订走了，我弟若不是下手快出手大方，连一辆车都提不到。他们下次到货，我弟就打算也去抢一批回来，上次是准备不足，这次他打算真投几辆。"

高佬辉不由自主地问道："他们啥时候投放第二批货呢？"

"这个你问我，我问谁去，不知道。"任老三两手一摊，表示不知情，高佬辉虽然恼火，但也奈何不得他，只得在心里反复盘算去哪里打听一下真实的情况，探个虚实。

而范一鸣则彻底失去了兴致，西汽要进民用市场的消息，他是知道的，猜也能猜到，迟早会走上这条路，但是他也没有想到，西汽的动作如此之快，在他拿到山鹰代理权后，竟然立即就在南方市场碰到这个对头。上次的滑铁卢，可是让他记忆犹新。

他恨恨地说："就算是抢先一步又如何？这个市场，最终还是能者为上，我就不信，国产的能比得过国外产的。走着瞧吧。"

# 第 101 章　东南西北汽

范一鸣接着又询问了西汽集装箱牵引车头的具体情况，当得知车头还只是用风扇后，不由得松了一口气，对众人道："这个西汽我知道，光会吹大话，其实技术不怎么样。他们现在连个空调都装不到车上，技术与日本相比，差太远了，我们日本的车，虽然说价钱整体比西汽的要贵上一些，但是胜在舒适啊。

各位都是见过世面的人，你说司机喜欢哪种车呢？"

在座的人一阵附和，任老三也没有接说下去，大家看上去一团和气，都开始吹捧起范一鸣来，但是大家心里都盘算着一笔账，要是西汽的车果真物美价廉，那它更值得投入资金啊，没听说马上要投放下一批新车了吗，到时候打听好情况，直接赶过去抢购就是了。

至于说什么舒适度，大家自动忽略了，这个姓范的当大家是傻瓜吗，日本二手车什么都好，就是载重并不高，12吨，实在是太少了，这个西汽既然敢冲击这个市场，肯定有几把刷子，赶紧去打听一下是正事。

范一鸣完全没有想到，本来是想通过这桌饭局推销车辆出去，结果却是意外给西汽做了广告，看着虚与委蛇与他打哈哈的在座众人，一个个心思活络得很，他就感觉一阵阵郁闷，连胸口都有些憋气了。

最后，这桌酒席表面上一团和气愉快地结束了，大家都给足范一鸣面子，酒到杯干，但就是没有一个人当面决定要给他订单。

范一鸣恨得牙根痒痒，也没有办法，他第一次意识到，他看重的那些关系，拥有的这些关系，其实也没有太多用处。人都是现实的，谁也没办法拿着点关系就想着压服对方，这些人是无利不起早。

席散后，几个核心人员没有走。范一鸣阴沉着脸对朱梅英说："想不到，林超涵那个小子，竟然又抢先我们一步了，原本以为我们有现成的产品可以打开市场，没有想到他们已经开始布局了，要是给他们抢占了先手，后面恐怕我们会很困难。"

朱梅英沉吟着对范一鸣说："依我看，现在西汽那边也未必就能打得开市场，他们还只是先期试水，未必敢大规模投入，而且，依照我们以前了解的情况，他们年产量也就是一两千辆，又要生产军车，又要生产民用车，恐怕产能根本就跟不上，如果他们的产能跟不上，我们依然有大把的机会，把他们挤到一边去。"

"但是这价格问题，恐怕我们未必占优，要是人家都愿意等他们生产出来再买呢，我们也没有办法。"范一鸣忧愁地说，不知道为什么，想起林超涵这个土包子，他既恼怒，又觉得非常棘手，他自从有记忆以来，一个在女人，一个在事业上，先后都输给了林超涵，这让他多少有点心理阴影，虽然不服输，但是也隐隐有一种遇到命中克星的感觉。此时，乍听到这个消息，他多少有点慌了神。

朱梅英看出了范一鸣那点隐秘的心理，笑着说："一鸣，其实换个角度来说，我们未必要跟人家硬碰硬去竞争价格，首先我们是进口车，质量是很好的，只要能够证明我们的质量比他们的好，迟早这些人都会靠拢过来，只要我们牢牢抓住这一点，本身就能立于不败之地；其次，他们不是已经推出新车了，如果他们在试用的过程名声都搞臭了，扩大生产完全是自讨苦吃了，至于怎么搞臭他们，我们有的是办法，比如让媒体报道批评一下；再次，我们可以再深入打听一下，只要知己知彼，我们就能想到其他的方法来解决，比如说能不能找一些领导干部说说话，使使劲，通过政策的方法把他们限制住呢？"

范一鸣一听，顿时心里非常吃惊，这个女人每次总被低估。当然这些方法他也知道，只是一时间有些慌张，没有想到而已，他深深地看了一眼朱梅英，点头道："不错，我们其实有的是办法来对付他们。"

旁边一名官员模样的人物皱着眉头说："范少，我都怀疑最近交通厅出台的文件是不是就受他们的影响，听说之前一直在犹豫是否要出台相关文件，没想到，转眼间这个文件就发出来了。"

范一鸣听了有些心惊，要是西汽能够影响交通厅，他费的力气可就大了。

朱梅英在旁边分析道："范少，我们现在面前有两条路，一是各走各的，我们走进口品牌这条路，我相信市场这么大，也够我们发展的，因为时间很紧张，我们现在要尽快让日本方面出口一批到国内来才行，让人眼见为实；第二条路，就是我们死盯西汽，见招出招，把他们彻底打趴下，我相信您有的是办法。不过，有一点我有点担心。"

"什么担心？"

"担心时间的问题，现在拼的是速度，如果我们把心思都花在整西汽上了，我忧心的是其他国内厂家也会发现商机，参与到竞争中来，我们总不能整倒了西汽，又出来东南北汽吧？"朱梅英犀利地说道。

朱梅英的这个担心非常有道理，原本以为这个市场轻而易举能够攻下，没想到半途杀出个程咬金，而且还是个老打交道的程咬金，问题在于不知道还有哪些程咬金藏在角落中等着出手，万一要是群狼动动，就算范一鸣浑身是胆一身铁骨，那也是打不过的，要知道，这些国企哪个背后不是站着国家，哪个的背景不是深似海来？范一鸣你就是全家老小一块出动，也啃不动这些硬货啊！

她怕范一鸣不清醒，非要盯着老冤家不放，耽误了大事。虽然她心里依然有一些小九九，不足为外人道哉。

范一鸣咬着牙说："不打败林超涵，我是绝对不甘心的，原本以为我这次能够抢到先机，没想到又被这小子给捷足先登了。"

其实他这话说得很没有道理，连朱梅英都不太信服，一个刚毕业的毛头小子，怎么能代表西汽，直接把他当作竞争对手呢？

看着朱梅英怀疑和担忧的眼神，范一鸣幽幽地说："你以为我是疯了吗？别小看林超涵这小子，我有一种预感，西汽之所以大力开拓南方市场，推广新车，恐怕关键就是这个林超涵促成的，不知道他这会儿在哪里，如果知道我这里受阻，估计他做梦也笑醒了。"

看着范一鸣有点魔怔的样子，朱梅英很是担心地说："这是不是太武断了，我们对西汽的情况还不是太了解，打听一下再说吧。我觉得虽然有必要给西汽制造一些麻烦，迟滞他们进军市场的步伐，但是没必要死盯着他们，我们先干好自己的事情比较重要。"

范一鸣摇了摇头："你不明白，盯死西汽，就是我们眼下要干好的事情，其他的都是细枝末节。我担心，不盯死不打败这小子，我们恐怕什么事情也做不好。"

朱梅英听后心里有点冷，没想到范一鸣依然对季容有那么大的执念，看来她无论怎么表现，无论怎么努力，也无法取代季容的地位。想到这里，她对在美国的季容痛恨不已。作为一个女人，陪着范一鸣抛头露面，帮他挡酒，给他出主意，图的是什么呢？她清楚，范一鸣也应该清楚。

范一鸣没有注意到朱梅英的表情，他依然陷在自己的思绪里，他想起了当初季容给他的脸色，想起了林超涵在高原上给他使的各种绊，他觉得他想的一定没错，林超涵一定在这件事情里面起到了重要作用。在高原上，他亲眼看到西汽对林超涵的重视，而且林超涵是厂长的儿子，这个身份也能够让他获得各种特殊待遇。林超涵如果知道他范一鸣也在开拓市场的话，肯定也会不择手段给他使绊子的。以己度人，不得不说范一鸣的想法大致也没差，林超涵若是知道范一鸣要来开发民用市场，同样也会想尽办法来对付范一鸣的。

朱梅英在心里重重地叹了一口气，她现在要的东西，范一鸣能给她，如果范一鸣执意要去报复林超涵，那她仍然会出谋划策，就像她刚刚建议的那样。

范一鸣半晌后才抬起头来，冷笑着说："也好，既然林超涵把南方市场当作战场，那我们在这里就陪他好好玩一趟。梅英，咱们回去，好好策划一下，我们背后有日本山鹰，实力摆在那儿，他林超涵只不过是有一点小聪明而已，我们走着瞧。"

朱梅英点了点头，只要范一鸣有斗志，那就仍然值得好好扶持，她浅笑着，红唇如血，挽着他的胳膊，一摇一摆走出门去，看得其他人艳羡不已。

此时的南方夜晚，霓虹灯闪烁，晚风轻吹，夜色分外撩人。道路上各式各样的货车、卡车、轿车都在欢快地跑着，彰显这个城市的无限活力。

范一鸣重拾信心，那股子狂妄再次占据他的脸庞。

# 第 102 章　先把事干大

林超涵现在非常忙，他手中的事情非常多，公司很多工作都与他有关，比如说政策研究室，现在正在做着新厂址的规划设计，本来前期他是没有参与这项工作的，但是现在也要求他来贡献参与，他推辞不掉，也只能硬着头皮研究各种规划。因此，林超涵几乎没有时间来想其他事情，包括他那飘浮在太平洋上空的爱情。

不光是他，西汽就没有闲人，现在建新址在即，而且要加大新车研发和生产，各个分厂每天都在抢进度，为了几件成品的进度，上下环节常常会吵架，谁工作做不好，谁就要成为罪人，人人的神经绷得都很紧。

刚开始有收入增长的兴奋，还能撑着大家，但是林焕海也有隐忧，这种打鸡血的状态也是不长久的，人毕竟不是钢铁，不能长期缺少休息睡眠，准确来说，钢铁做的机器也不能不休息，必须要进行适当的保养和维护。

但是现在生产任务很重，能怎么办呢？大家都有点担心，怕哪天崩不住就出大麻烦了。

这种情况下，外购零件成品就成为一个重要的替代选项，凌霄强的好时光开始了。凌霄强本来只是做些小买卖，强撑着，但是上次林焕海说过话后，西汽就逐渐开始向他采购一些小零部件了，这些让他逐渐活起来，虽然采购价格压得比厂里自己生产的成品成本价还要低，但是凌霄强的成本更低，完全能够承受得了。

而现在，民用市场的生产忙碌起来，凌霄强接到西汽的订单陡然增多，这一下子让他的小作坊忙得不亦乐乎起来。但是他有些忐忑，本来他是做好了一些准备的，这一年来，他也培养了几个熟手，但是订单量太大，如果他完不成的话，那就有麻烦了。

在这种情况，凌霄强不得不找林超涵来商量。于是在一个中午吃饭的时间，凌霄强逮到了有些蓬头垢面的林超涵，两人没有去食堂，而是找了一家三产服务公司那边的员工开的一家小餐馆，点了几个小菜，坐下来聊几句。

"小超，你最近好像比以前更忙了，怎么都黑瘦成这样了？"凌霄强坐定后，打量着林超涵，满脸的惋惜。

"咳，光棍蛋一个，也不要形象了。"林超涵自嘲地轻拂了一下头发，他这段时间确实有些不修边幅了。

"玉兰妹子现在不在了，你也不能就自暴自弃啊！"凌霄强也拂了一下自己的头发，他忙归忙，但是对自己形象的打理却是一日都不敢荒废，他现在都按照港片里最火的明星打扮来打扮自己，一身牛仔，脚蹬旅游鞋，发型潇洒无比。

"瞧你说得那么不吉利，人家现在去学习，好着呢。什么在不在了。"林超涵笑着说。

凌霄强盯着林超涵的脸看了半天，摇了摇头："算了，这么刺激你的话题，咱们就不谈了。你还是想着你的美国大妞吧！"

"美国……"林超涵也有些迷茫，他现在感觉季容好遥远，但有时又感觉就在身边，两人已经有很长时间没有联系了，林超涵太忙，没有时间去与季容联系，而季容似乎也不着急着和他联系，两人就这么僵着。想着，林超涵苦涩地一笑，说道："时间和距离我不知道是不是能够冲淡一些事情，还是我的意志本来就不够坚定，这两三年，我走的地方越来越多，做的事情越来越土，但是却感觉与太平洋彼岸越来越远了。"

"依我的判断，"凌霄强上下打量着林超涵，"你现在是把自己快给逼疯了！卿本佳人，奈何现在变成了一个土包子，你真不去照照镜子吗？你看看，你跟生产线上的工人有什么区别，都是一身蓝色的厂服，上面又油腻，脏不拉几的，而且头发也不好好打理一下，我真怀疑，还有哪个姑娘看得上你。"

"这个就不用你操心啦，你还是操心一下自己吧，你现在还真打算一直等下去吗？某人现在不知道在部队过得有多么快活，你还真不打算死心啊？"林超涵反过来嘲笑凌霄强。

"等着呗，熬着呗，走哪算哪！"凌霄强反倒是想得很开，"现在，你把西汽的民用市场打开了，现在生产线上那么忙，我这个小作坊也搞得风生水起了，说说吧，订单这么多，我该怎么办？"

"给你钱，你还挣不着啊？这不是你的风格。"林超涵对这一切早有预料。

"我这两年左攒右攒，好不容易弄来了几台机器，现在全天候满负荷运行着，哥们都快累吐了，但是这个订单的活很难干完啊！"凌霄强现在真是痛并快乐着，守得云开见月明，这是好事，但是看着好好的钱挣不着，那更难受啊。

之前他只是简单做些冲压件，但现在不仅继续做冲压，而且又弄了一台折板机，开始做钣金，甚至车架上的一些板件和冲压副梁之类的也开始做上了。西汽这边现在正好，反正都是外购，他们之前还担心凌霄强这边草台班子做不好事情，但是用过几次后，发现他们做的东西质量把关还是到位的，没有什么大的问题，就放心向他们派发订单了。采购部杨勇祥本来也和凌霄强熟，问他这个能不能做，那个能不能做，凌霄强就捡了些有把握的说了，杨勇祥就索性有相关的外购订单能发的就发给凌霄强了，像林焕海说的，凌霄强把价格尽量压低了，杨勇祥也乐得节省点成本。至于说拿回扣啥的，在当时的情况下，杨勇祥就算想拿，其实也没有什么利润空间可拿，所以双方的合作既干净又干脆。刚开始，双方合作愉快，凌霄强准时交货，西汽准时付款，但现在随着民用市场的爆发，订单猛增，凌霄强就受不了了。

"那能怎么办呢？"林超涵反问。

"我呢，想再进一些机器，加一些人手，这两年索性不想着赚钱的事，先把事干大起来再说，你觉呢？"凌霄强说。

"你这不是想得挺明白的吗？我赞成啊，只要够你饭钱开支，其他的钱全部用来再扩大生产吧！"林超涵点头同意。

"你真对民用市场那么有把握啊？我现在真怕一旦扩大生产招人，突然一下子又说民用市场这块不行了。"凌霄强终于把自己的苦恼说了出来。

"放心大胆地扩大产能吧，民用市场这块，我是亲自去过南方看过的，是真的需求巨大，厂里现在就是怕供不应求，有钱挣不到手，跟你一样。"林超涵笑着说，"我对这个挺有信心的。"

"你有信心就好，那我就放心了，无论如何，你是我们这个小厂的大股东，扩大生产我得听你的！"凌霄强松了一口气，心里的石头放了下来，出于他对林超涵的信任，他立即下定决心排除万难扩大事业。

"也不是没有担忧！"林超涵边吃边说，"我现在最担心的是，我们速度不够快，市场就在那里，去或不去，是我们的选择，但也是别人的选择，国内国外，我们是有竞争对手的，这点技术，其实门槛不高。"

林超涵挺清醒，西汽当然有自己的独特优势、创新优势，但是这种优势并不大，而且最关键的是，西汽现在还经不起折腾。所以一旦有其他厂家同样跑到南方市场去竞争，西汽就会有挺大的麻烦。

"会有人比我们速度还快吗？"凌霄强持怀疑态度。

"会有！比如日本人。"林超涵说，"你知道吗，我在南方看到那么多的日本二手车，最担心的就是他们厂家会意识到这里面的商机，会过来抢食，特别是山鹰集团，他们是老牌军工企业，他们生产的重卡完全能够满足市场要求，虽然说国家有规定，保护国产车，对进口的同类型车课了重税，但是如果他们肯降价销售，有质量保证，又把维修搞到位，那我们的麻烦就挺大的。"

林超涵完全只是在胡乱猜测，没有想到的是，他猜想的已经变成了现实，用不了多久，他就会得到山鹰卡车要进军中国市场的消息。

"这也有可能！"凌霄强点点头，认同林超涵的说法，"咱们现在这个厂地方太小了，总共才四五百亩地，产能上不去，而且成本也不便宜，真要面临竞争，麻烦很大。"

"好在，我们也有搬迁的计划，我们已经到省城东郊拿地了。这几天我正在帮忙做规划呢。"林超涵给凌霄强透露消息。

"听说了一些，真希望能够早点搬过去，过去的话产能怎么着又能扩大几倍。我们的生意也能扩充几倍。"凌霄强向往地说。自始至终，他们的目标就是把这个小作坊绑到西汽的大树上。西汽发展好，那么他们也就能成长起来了。

"那是肯定的，你就努力好好赚钱吧！"林超涵自信万分。

# 第 103 章　仓库意外发现

忙了几天，总算初步将新址的规划定了一个方案，林焕海拿着方案就带着领导们开始四处活动去了。听林焕海的意思，响越集团听说他们这边融资有进展，态度有所改变，不再坚持之前的要求，现在又提出可以提供部分资金，甚至不排除共同开发市场，贴牌生产之类的。这种合作对于西汽来说，就更有吸引力了。林焕海已经决定要积极接触他们，好好谈一谈了，可能会在近期再去趟北京。

听到这个消息的林超涵也松了一口气，要是西汽真的和响越全面融合，他直觉这不是什么好事，幸好他的父亲比他更清醒。当然，这些事情暂时还轮不到他来操心。

林超涵刚空下来，趁手上的事情少一点的时候，准备去找徐星梅。前几天，他找叶文源聊了几句，叶文源说和徐星梅已经接触过了，但是徐星梅对服装这块的生意不是太感兴趣，简单聊了聊，已经谢绝了他的好意，自己走了。

这让林超涵有些担心，徐星梅现在的处境恐怕不会太好，虽然有上次他给的钱，但家里也未必能坚持太久。于是他就赶紧找人打听徐星梅的下落，找到车间的人一问，才知道，徐星梅已经调离了生产线，现在负责保洁卫生工作了。说是保洁卫生工作，但是林超涵知道，其实就是让徐星梅去做清洁工了。

虽然说工作不分贵贱，但是工资却是分高低的，清洁工一般是那些没有一技之长，年龄大，没有发展机会的人最后的选择。

这让林超涵有点懊丧，他应该早点想到这个情况的。

他赶紧四处去找徐星梅，无论如何他得想办法，让徐星梅找到更合适的工作，她毕竟相对来说还年轻，总不能就这样耗费掉时光。

帮人得帮到底，这是他的宗旨。

结果，他总算在西汽一处偏僻的仓库角落里找到徐星梅，这是总装堆放积压产品的一处仓库，在山沟的一处山坳里，这里有些荒凉，四周就是一些当初建厂时炸开的陡峭山体，树木都稀稀寥寥的。在林超涵的记忆中，这里他小时候和凌霄强也只是偶尔来玩过，因为觉得太荒瘠，没啥好玩的，极少涉足这里。他记得最后一次来这里还是年少时，那次和凌霄强一块来，这里正好存放了一批车，他们还进去溜达了一圈。那都是些老250车，当时十分崭新，对他们来说，坐到驾驶室里玩一玩还是非常有意思的。

林超涵看着徐星梅可怜巴巴的样子，于心不忍，他只能没话找话说："梅姐，你平常都做些什么工作呢？"

"就是看看仓库里面那些库存的车而已。"徐星梅回答说，"正好我去打扫一下，你要不要进去看看。"

"也好，很久没有进去看过了。"林超涵想来左右无事，便随着徐星梅打开仓库大门，进去一看，他有点震惊了，"什么，都多少年过去了，怎么这里还有这么多250？"他惊讶地发现，这个总装的仓库之中，竟然放置着他少年时代就来看过的250老车，难道当年他爬过的车一直都没有出货？

"这怎么可能呢？"林超涵惊讶地张大嘴巴着说，总装仓库里装着一批老车，而且这车居然是他和凌霄强十年前就见到过的。论理说，无论如何，这批车早就交付了，但不知道为什么，现在还停在这里。

林超涵怀着震惊的心理惊讶地看着这批车，转头问徐星梅："梅姐，你知道这里停了多少250吗？"

一眼都望不到头，什么时候西汽有这么多老车没有发出货，他一点都不知道啊。他看出来了，这批车，也都不是军车，其实就跟现在思路一样，针对的是民用市场，但是完全用军用技术生产的。

"150辆左右吧。"徐星梅回答说。

林超涵很惊讶，怎么可能，好像这里的车辆就是少年时代他坐过的车辆，这让他觉得有些意外，他手抚这些车辆："有这么多车，竟然一直就停在仓库里？"

"也不知道是什么时候停进来的。"徐星梅同样很是疑惑，她也不理解为什么这么多车停在这里。

"也就是说，这批车停在这里快十年了。"林超涵努力辨认着这里的车辆，他很难相信，这里居然停放着西汽一批已经生产快超过十年的车辆。

"太可惜了！"徐星梅不无惋惜地说，"这么多车，好像是被遗忘了一般，停放在这里，无人理会，我刚来到这里时也很是意外。"

林超涵喃喃地道："正所谓，鸡肋一般，食之无味，弃之可惜，也许讲的就是这个场景吧。"这些250，他能够看得出来，整体来说都是按照部队的需求生产制作的，但是多少有些差异，应该还是民用车，不知道是西汽当时出于什么情况进行生产的。

这些车，他简单地检查了一下，判断都还能开，只是荒废在那里了，整整150辆车，好像是历史的尘埃一样，这让他很难理解。

徐星梅在旁边叹道："如果这些车能够卖到运输队去，也许能够让西汽回掉一部分款子。"

"这批车，技术上有点落后了。"林超涵观察发现，这些车的技术是西汽十年以前的技术，现在，部队肯定不要，市场呢，也未必要。

徐星梅有点叹惜："这批车，别看技术是落后了，但是说不定有人要呢。"

"谁要呢？"林超涵沿路走着，拿手拍拍车身。

徐星梅说出自己的看法。"我跟人打听了一下，咱们厂里的这种车啊，也许只有像西南边境上才能用到。"

"西南边境？"林超涵很是诧异。

"是啊！"徐星梅脸上泛起一片红晕，"我听到有人说的。"

"有人说的？"林超涵脸色怪异地看着徐星梅。

"嗯，听到……听到有人说的。"徐星梅说着都有些脸红起来，"我，我有一个朋友，我跟他打听过，咱们这种车，要是卖给一般的运输队什么的，恐怕根本卖不出去，只有卖到边境地带去，才有可能卖出去。"

"这是为什么呢？"林超涵不解。

"因为这批车生产的背景，正好是当年边境自卫反击战的时候，这些车的同批款型，据说是上过战场检验的。"徐星梅有些不确定地说。

林超涵却是一听就明白了，这批车跟郭志寅总工当年去战场上送弹药的那批车，应该是同一时期的。理论上，这些车都有军车的品质，而且是经历过战场恶劣环境考验的。

"你的意思是……"

"我这些天打扫这个旧仓库，突然有一些想法，我们要是向边境地带推销这批车，说不定能够有个好出路哩。"徐星梅犹豫地说，"小超，不瞒你说，我认识一个司机朋友，这些事都是跟他打听的，我这些想法也是跟他聊天的时候想起来的，他分析说，咱们的这些车，市场只能选在对车辆有高要求的地方。想来想去，也只有西南方向了。所以，只要我们肯下些功夫，说不定就能在这些地方把这些车卖出去。"

"梅姐，我看你干销售还是合适的嘛。"林超涵开玩笑地说，他都没有想到徐星梅居然会分析市场起来，就算她是学别人的，但肯定也是有一些自己的想法的。

"那个销售我不会啊！"徐星梅有些自嘲地说，"我就是觉得这么多车停在这里，非常可惜，所以闲暇的时候琢磨了一下。"

"你的意思是，我们把这批车卖到条件恶劣的地方去，它军车的品质肯定是能够满足一般客户的需求的。"林超涵问。

"肯定有大把客户需要的，我听人说，那边经常下雨，又是热带，泥泞遍地，要是车辆不好，在那里寸步难行。"

"有门路吗？"林超涵关心地问道。

"有一点门路吧，我那个朋友认识那边的朋友，之前听他说过这事。"徐星梅的脸上又泛起了红晕。

"梅姐，你这个朋友不简单啊！"林超涵敏感地捕捉到了徐星梅那种欲言又止的神情，他依稀记得上次徐星梅也提起过自己有朋友来着。

"嗯，就是普通朋友来着。"徐星梅有点慌张地回答道。她有些藏不住事，还是让林超涵看出了端倪。徐星梅虽然已经三十好几了，但是长相并不差，只是性格有些懦弱而已，经历过生活的磨砺，现在的她更添了几分成熟，对一些男人的吸引力是很大的。林超涵总算是看出来了，这位梅姐也不简单，现在肯定是有人在追求她，而且这个人可能就是搞运输物流的。

"梅姐，看来得恭喜你啊！"林超涵由衷地赞叹道。

# 第104章　这话是表扬

一句恭喜把徐星梅说得有点脸红，但瞬间她反应过来了，自嘲地说道："都是七老八十，明日黄花了，何喜可言。"

这话林超涵没有直接反驳，他这段时间接触了不少搞运输的老司机，这些司机各式各样的都有，其中有些厚道纯朴，有些则流氓习气很重，也不知道看上徐星梅的人到底是哪一种，要是只是看中徐星梅家里没有男人，就意图不轨想欺负她，那这种人多接触可不是什么好事，但要是另外一种情况，就是真有人看上她了，在追求她，那对徐星梅来说，是好事啊。

但这些话他也不能直白地说，只是小心翼翼地劝道："徐姐，咱们关键还是要过好日子，看人品的，也不能一概拒绝是吧？"

"小超，你不懂，我这样带着孩子的女人，在社会上生存是很艰难的。"说着，徐星梅下意识地看了看手中的笤帚，这让林超涵有点难过，徐星梅这样的女人，在改革的大潮中，可能是真正弱势的那个群体，而且，她不能总靠别人照顾生活不是？在社会变革过程中，她这样技能不强也没有突出贡献的人，本来就处在被淘汰的边缘。车间不可能因为同情和可怜她，就放她在一线消磨时间，让她来到这里负责清洁卫生已经算是照顾她了。

对于徐星梅来说，现在求生存是第一位的，而且她还有一个女儿要照顾，得益于林超涵的努力，她的前任老公现在丢官削职，收入地位一落千丈，既没有能力也没有意愿掏钱来照顾她们娘俩，要不是林超涵、凌霄强等人不时支援一下，她的日子会更难熬。

林超涵脑子转了转，觉是长期这样不是一个办法，因此严肃地说："梅姐，我想，你刚才的那个主意还真不妨一试。像王文剑王总那里，对南边边境那边的贸易不是太熟悉了解，你如果有朋友了解那边的市场情况，不如这样子，我推荐你去销司那边，你试着干上一段时间，万一要是按照你的办法做成生意了，这个收入肯定比现在要好多了。"

说着，林超涵还透露了一件事："销售公司那边，现在正在采纳我的建议，准备向公司申报销售提成奖金的改革，如果这个改革提案通过了，那以后在销司那边，销售业绩不错的话，也许收入会挺高的。你不如试一下呢？如果可以，你也找到一个新的落脚地，如果不行的话，再回来就是了。"

"啊！真干销售？我不行的！"徐星梅有些惊惶，这是她以前从来没有想过的事情，只是这段时间太闲，瞎琢磨打听了一下而已，没想真去做这个工作。

"其实，销售这个工作没有你想象的那么复杂。"林超涵想了想，就把自己近段时间接触到的一些销售情况给徐星梅讲了讲，社会上五颜六色，林子大了什么鸟儿都有，但是只要自己有定力就还好，而且，像徐星梅也是过来人，不至于碰到有人说荤段子就扭头走人，至于黄小露，那可是有可能拍桌子翻脸的。

说了半天，林超涵说得都口干舌燥了，徐星梅才有一点点松动，犹豫地说："你说，销售这么麻烦，要跟这么多人打交道，我一个带孩子的女人，合适吗？"

林超涵拍了一下脑袋，懊恼地说道："哎呀，忘了，徐姐你是带着孩子的，其实做销售会经常到处出差，甚至是夜不归宿，这种生活还真是不太适合你呢，有了孩子，就有了拖累，还真不合适你。"

徐星梅听到林超涵这么说，意外地说了一句："孩子现在也大很多了，要是托人照顾，倒也不怕。"

这句话很是出乎林超涵的意料，他以为徐星梅会顺着他的话杆子索性把销售这个工作给推辞掉，没有想到徐星梅倒是自己已经开始在想怎么应付这些问题了，这让林超涵意识到，徐星梅内心里多么渴望改变自己，改变处境。

如果是这样，那徐星梅还真是孺子可教了。

林超涵问道："那，孩子托给谁照顾比较好呢？"

徐星梅苦着脸："现在她还在上学，否则的话，我还真想把她托到娘家去。"说着有些颓丧地坐在了台阶上，她刚才在内心盘算了一下，自己都是奔四的人了，女儿现有也有十一岁了，如果不赶紧想办法改变处境，等到姑娘长大，更需要用钱的时候，困难就更大了，还不如趁着这个机会搏上一把，豁出去了。

林超涵还年轻，体会不到那种孩子大了，但是财力不济的内心惶恐，到这个时候，她徐星梅还有什么放不开，还有什么不好意思去博一把的呢？

看着热情洋溢、一心助人为乐的林超涵，徐星梅很感动，也有些遗憾，遗憾的在于，她一心想促成沈林二人的结合，但是结果却让人如此惋惜。如果沈玉兰在公司的话，她就不担心了，就让沈玉兰帮忙照顾一下自己的姑娘，自己该奋斗就去奋斗，多好的事呢，可惜了。

看到徐星梅那种惋惜的眼神，林超涵自然而然地就明白了她在想什么，他也是叹了一口气，如果没有发生那些意外的事情，也许现在徐星梅真的就不用那么为难了，想了想，他问道："梅姐，你难道在公司里就没有别的跟你关系好的人吗？"

"有是有，但那几个都是有家有室，生活本身已经十分艰难了，让他们照顾我的女儿，谁也没有那个余力啊！"徐星梅摇了摇头，苦涩地说道。其实女人都会有自己的好姐们，但是偶尔让人家帮下忙还行，长期麻烦人家那就不好了。在她看来，跟她关系很好，然后又有时间，还跟自己女儿相处得不错的也就是沈玉兰了，可惜她现在基本不回来了，养好伤后就驻外了，然后又是上学校学习，很长一段时间内想看到她都很难了。

林超涵叹了口气，没有说话，这中间的事，真是一言难以说尽。徐星梅看着他的样子，突然有些生气，责怪道："小超，别怪我多话啊，小沈是多好的姑娘，你为什么就不能真心对待她呢，现在你难道就没有一点后悔？！你是木头人啊？"

林超涵面对指责，苦笑着说："梅姐，我如果我有一点后悔，那又怎么样呢，我有自己的等待和追求，我们只能说时机不对。"

"算了，你们年轻人的事，我也管不了！"徐星梅仍然余怒未消，有点赌气地说。她的样子让林超涵真实地感受到了一份姐弟情，这种感觉也让林超涵心头一动，想到了一个主意，于是便说大家都再想想办法，争取让徐星梅能够调动。

从仓库出来，林超涵一直思索着这件事情如何处理。晚上回到家里，又到了一家人吃饭的时间，但是父亲林焕海没有回来，就林超涵和于凤娟两人吃饭，边吃饭边聊天，于凤娟心疼地让林超涵多吃些肉菜，多喝点汤，要知道这段时间老林小林都忙得瘦了不少。于凤娟真是恨不得把龙肝凤髓都弄出来给爷俩好好补一补，可惜，大多数时候，这两人吃不上喝不上，最后又怕浪费，只得自己喝掉，于是二林依然瘦削，而于凤娟自己胖了一圈。好不容易逮着儿子回来吃饭了，于凤娟恨不得把整锅汤全灌进林超涵的肚子里。

"好了，好了！真吃不下这么多了！"林超涵看着自己碗里快码成金字塔的饭菜，眼睛瞪得溜圆，有点无处下嘴的感觉。

"多吃点，你说你一个大小伙子，就这么干巴巴地，一点儿也不显精神头，你看看你，以前多漂亮的一头头发，好端端地理什么短桩，跟那车间的小钳工也没什么两样！"于凤娟毫不客气地教育起林超涵。

"妈，可不许你歧视人家小钳工，人家那是工作需要，而且，他们也是按劳分配，做事吃饭！清清白白的，有什么不好？"林超涵抗议道。

"你一个大学生，不好好地戴个眼镜，跟那几个刚来的书生一样，天天写写画画就行了，天天钻什么车间，跟什么市场，你不嫌丢人啊！哪里像个大学生的样子？"于凤娟埋怨地说道，其实她当然不是真的歧视小钳工，要知道她老公以前也当过呢，就是口头上奚落儿子而已，并不存在恶意。

"妈，你这话说得可就不对了，我这样的大学生怎么了，我天天钻车间油腻腻的怎么了，我这成长得快！那些大学生，要是以为自己靠着写写画画就可以混得人模狗样，那他们的未来也就一眼望到头了。"

"小兔崽子，你敢反驳你妈的话了？不把大人放在眼里了？"于凤娟怒目圆睁，为自己的权威受损而瞬间变得像一只狮子一般。

看到于凤娟这副表情，林超涵立即知道自己的父亲为什么经常不能到床上去睡觉了，谁见了都会怕三分啊。

他由衷地赞叹道："老妈，我今天终于知道为什么你这么厉害了，就冲这副表情，绝对是河东狮一声吼，动物们吓得满街走啊！"

"你这话是表扬吗？"

"我认为是！"

"乖，好儿子，多吃点菜！"

# 第105章　历史的偶然

对于自己在吵架上的天赋，于凤娟不以为耻反以为荣的表态，这是林超涵深有领教过的。所以他就在老妈发怒的第一秒，就把自己的表扬给奉献了出来，而且一脸诚恳，这让于凤娟很是开心，果然知母莫若子啊。

林超涵叹了一口气："妈，你让我吃这么多菜，我有点吃不下去啊！"

"是胃口不好吗？我早就跟你们俩呆瓜都说过的，千万不要在外面胡吃海喝，更不能饥一顿饱一顿，电视上说了，饮食不规律就是导致胃病的主要原因。你看看，这么瘦，胃口又不好，肯定是这段时间吃饭没吃好的缘故。这样吧，赶紧的，请个假，明儿个我带你去一趟医院，好好检查一下，有病治病，没病就当是科普预防！"于凤娟噼里啪啦一通说，把林超涵喷得满脸口水。

林超涵歪了歪头，静等母亲表演完后，才说："妈，不是胃病的原因，我的身体好得很，胃也好得很，什么都挺好，就是心情不太好！"

"心情不好？为什么心情不好？有人欺负你了？妈替你出头去骂一顿出气！"

"非也非也，心情不好的原因不是因为有人欺负我，也没有人受欺负，就是觉得有些事情，让我心情比较压抑而已。"

"什么事情让你这么上心的？"于凤娟说着又给林超涵的碗里夹了块肉，然后林超涵的碗就彻底崩塌了，菜全部垮下来，不少掉到桌子上了，于凤娟一边埋怨浪费，一边又一块块地夹进林超涵的碗里。林超涵无可奈何，只得赶紧吃掉两块肉，才得以重新码好。

"你不会是看上哪家姑娘，人家不想理你吧？"于凤娟突然想到什么，惊奇地问。

"不是，哪有什么姑娘？"林超涵边吃肉，边含糊不清地澄清。

"少扯淡，我听说你最近跟一个姑娘出过差，还有点什么事，不过，幸好你爸没有抓到什么把柄，不然可告诉你，你真得立即的，最晚明年让我抱个孙子玩。"于凤娟脸上的表情有点复杂，既有些憧憬，又有些遗憾。

"老林可真八卦！"林超涵有些不满。

"不关你老爹的事，我是听别人说的，有些小小传闻，不过大家现在一点证据也没有，所以就只是闲来瞎聊而已。不过，别人只是说闲话，我却不能不问个清楚。"

"有什么好清楚，跟以前一样，绝，对，不，可，能！"林超涵最后一字一顿地说道。

"你这句话，可真伤妈的心啊！"于凤娟捂着胸口，很受打击的样子。这让林超涵很佩服，自己的老妈不愧是曾经在文艺宣传队伍里工作过的，演戏天分一流啊。

"这是真的，就是纯粹的同事关系，千万不要八卦，如遇询问，必须否定！"林超涵很严肃地说。

"好吧，你爱怎么样为娘的也不管了！"

"别啊，妈，你得接着追问我为什么心情不好？"

"你心情不好，有我现在心情更不好吗？"于凤娟反问。

林超涵认真地思考了一下，回答说："的确比你心情更不好！"

"哦，这么说来，你果真是有一些心事了？既不是事业，又不是谈恋爱，那就只有一种可能了！"于凤娟像发现了什么，很肯定地说。

"什么可能？"林超涵很意外地问自己的老妈。

"就只能是，无病呻吟，没事找抽呗！"于凤娟老手一摊，很肯定地说。

林超涵本来以为她有什么高见，听到这句话，顿时为之绝倒，果然跟自己的娘斗嘴，是讨不了好的。他只好说道："心情不好主要是因为看到别人过得不太好，觉得心里过意不去。"

"咦，别人过得不好？"于凤娟有点意外。

"嗯，就是徐星梅，你也认识的。"

"她怎么了？有什么问题吗？不也上班吗？"于凤娟不是很理解，她也曾经给徐星梅送过一些油之类的，对她的遭遇也很是同情，厂里给她照顾的宿舍房子什么的，总体来说，应该过得不会太差。

"她现在有些麻烦。"林超涵说着，把徐星梅因为改革差点下岗，现在只能分配去做清洁工的事情说了一下。

"你自己也说了，劳动无分贵贱嘛，钳工也好，清洁工也好，有什么不好的？"于凤娟反问林超涵，用的也是林超涵自己的逻辑。

"这个，虽然劳动没有贵贱之分，但是收入有高低之别啊。"林超涵说道，"现在徐星梅家里还有个女儿呢，马上要上初中了，越长越大花钱越多，她怎么办呢？"

"这倒是一个问题。"于凤娟点头，"唉，真是可怜，碰上负心汉。说起来，我觉得，儿子你的选择也是对的，只要不是自己最中意的，就不娶，免得将来后悔又做了个负心汉，那对自己对别人都不是什么好事。"

"谢谢母后大人理解！"林超涵感激涕零。

"少说废话，说说吧，你想怎么做？"

"啊，是这样的，我发现她有一个好机会，可能去做咱们公司的销售，说不定能混出个好名堂来，所以想帮她，介绍去销司工作。"

"是你疯了还是我疯了？让她去销司工作？她的性格合适吗？她承受得了那份压力吗？"

"不试试怎么知道呢？我觉得也许那里就是一处产生奇迹的地方。"

"简直是胡整，再说了，她去跑销售了，她姑娘怎么办？"

"嗯，这就是我找你来商量的事情。"

"你不会是想让她把闺女放到我家里来寄养吧？"于凤娟突然转过弯来，她盯着林超涵一脸认真的样子，就知道自己猜对了。

"我想过了，在徐星梅出去的日子，反正你没事，你就可以抽出时间来帮忙照顾一下小姑娘。你看，我和老爸两人根本就不需要你照顾，反正也很忙，你可以抽出时间来献一下爱心，做一下公益事业，有益于身心也有益于公司的发展嘛。"林超涵拉大旗作虎皮，不停地忽悠着自己的母亲，他想过了，其实这件事情他们家来做还是比较合适的。

"这个事，我答应了！"于凤娟干脆利落地回答说。

"啊！"原准备了很多说服理由，没想到母亲一口便答应了，这让林超涵张大了嘴，后面的话说不下去了。

"我是没问题，那个小丫头我也见过，很是懂事的一个小机灵，没事到我家来玩，我就可以好好当自己的女儿一样收拾一番。你不知道，我从你小时候起，就想生一个女儿，可以在家里梳辫子穿花衣，可惜啊，你爸不想生老二，嫌麻烦，后来又开始搞计划生育，想生也不能生了，哎呀！"于凤娟叹气道，"结果，就只能生你这么一个男孩，搞到为娘的现在想在家里找人聊几句天都没有机会了。"

"这不是如你所愿了吗？"林超涵笑道。

"只要徐星梅愿意，只要她姑娘适应得了，我可以把那个小姑娘带回来照顾一下。"于凤娟轻拍了一下桌子，"太好了，以后你的房间就要腾出来了，我搞成个小闺女的房。"

"咦，那我睡哪里？"林超涵目瞪口呆，突然发现爱心大发的母亲眼里，自己的地位可能不保了。

"沙发啊，对了，还可以打地铺，你要是嫌麻烦，就可以搬去集体男工宿舍嘛。"于凤娟考虑得显然很周全。

"啊？不啊，一个小姑娘，不占地的，你可以带着她一块睡的。"

"那不行，我房间里，还得睡个你爸！"

林超涵有些说不出话来，好像有什么地方不对，把自己装进去了。他们分的房太小，也就是两室一厅而已，再多也没有了。

"听说，准备建新厂址了，到时候，说不定可以分套大房子，咱们的问题就全都解决了。"于凤娟向往地说。

林超涵只好自认倒霉了，当好人就必然得牺牲些什么。反倒母亲这边这么顺利地就说服，他挺意外的。

第二天，林超涵就又去找了一趟徐星梅，征询她的意见，徐星梅反倒不好意思起来，怎么好这么麻烦林家呢？他们两家又非亲非故的，林家本来已经够照顾她娘俩了，现在还要跑去人家家里，这算什么事呢？虽然说只是女儿在自己不在的时候过去一下。但是林超涵坚持，并且劝她放下心结，勇敢尝试一番。反复考虑之下，徐星梅就同意了林超涵的解决方案，至于回去怎么说服自己的女儿，她也有信心的，自己的姑娘年龄虽然小，但是很聪明很懂事，也不会太过麻烦人家的。

在林超涵看来，徐星梅受到改革的影响，境遇变差，这件事情让他不仅同情，而且略有点愧疚，毕竟改革的方案是自己老子定的，他多少觉得自己应当做点什么方才心安，听到徐星梅同意了，他心里松了口气，很是高兴。

徐星梅能够走上销售之路，本来于他来说，是死马当活马医的冒险解决方案。但是他自己完全没有想到，这引导徐星梅走上了一条截然不同的精彩人生路，一位中年离婚妇女，竟然创造了西汽销售的光辉历史，成为未来西汽举足轻重的人物之一。

历史，有时候是偶然创造的。

# 第106章　第一趟差旅

林超涵找到王文剑，提起让徐星梅来做销售的建议，王文剑听后，有些不太乐意，他认为徐星梅只是一个中年妇女，缺少见识，也没有出过远门，让她去做销售，这不是给她机会，而是害了她。

林超涵据理力争，他提起了仓库里库存车的事情，这批车王文剑果然是知道的，提到这个，他惊诧地说："我说小超，你怎么想起打这批车的主意啦？"

"那批车怎么啦？我也是很奇怪，150辆车，那么多，就封存在仓库里超过十年，我很是不解啊。"林超涵疑惑地问道。

"这批车，说来可就话长啦！"王文剑不胜欷歔，"这批车，其实是西汽开拓民用市场的最初努力和尝试。"

看到林超涵有些不甚了了的样子，王文剑就解释了一下。原来，在十年以前，西汽其实已经看到民用市场的巨大需求，但是当时厂里的思路比较传统，想当然，自认为民用市场其实就是军用的简化版，把事情看得太简单，就在老250传统车型的基础上调整了一下，因为军队路况复杂，使用前驱的情况可能比较大，考虑到民用市场不会有这样复杂的需求，于是就把前驱动给去掉了，要知道，这块可是相当重的，而且也费功夫费材料，去掉后成本会省掉一大部分，然后，还砍掉了一些部队常用而民间不常用的功能，整体成本确实下降了一大截，但是这里面又犯了一个主观主义的大错误，就是做成了短板车，车厢只有5米，而一般来说，8米才是市场的需求。而这些，基本上都是几个人坐在那里闭门造车，空想出来的，然后厂领导们也没有经验，认为既然自己军用都能造好，造几辆民用车不是小意思吗？于是就很生猛地投产，前后生产了近200辆，但是麻烦就在于，这200辆费尽力气，最后也才卖出50辆左右，剩下的全都积压在总装的仓库里了。这个还是在西汽当年全盛的时候，但因为投入过多，回报太少，整体经营就被拖累得够呛，但是因为国有体制条件，同时也缘于集体决策，大家都有一些责任，稀里糊涂地这件事就过去了，没有追究什么人的责任。刚开始大家还在想办法，想把这批车给倒腾出去，变现，但是最后发现一来市场变化，这批车稍微积压一下就更显过时，二来，也是因为军用车的生产任务繁重，时间一长，这批车就基本被人遗忘在仓库里了，三来，最重要的就是人事变动，因为效益不好的时候，人事变动更加频繁，这里面的人事斗争偶尔还很激烈，时过境迁，这批车几乎就没有人提起了。

王文剑当时还只是一个销售科员而已，但对这件事情记忆犹新，这几年其实也一直在想办法，找机会把这批车给销出去，但是苦于没有机会，根本没有人对这批车感兴趣。

林超涵有些不太理解地说："难道我爸和姜书记他们都不知道这些事情吗？他们不想办法把它们变现吗？放在那里，是会自然掉价的。"

王文剑叹了一口气："你以为林总他们不想卖掉吗？我这两年，先后有两三次和你父亲讨论过这件事情，但是就是林总，现在也无力回天，没有任何办法处理掉这批车，无论怎么处理，都不是最佳方案，所以就还是拖延了下来。"

"真的没有人能买吗？"林超涵疑惑。

"真的就没有人想要这批车，部队不用问，送给他们还嫌烦，民用市场，现在我们全力以赴卖新车都忙不过来，你看，我们有什么精力去卖这批积压的旧车呢？"王文剑说着，还翻起了资料，翻了半天，找到了关于这批车的一些资料信息。

林超涵拿起来随手翻了翻，看到几个关键指标，他皱了皱眉头，确实，要把这批车卖出去还真是有些难度。

他对王文剑说："要不这样子，我来想办法，帮徐星梅把这批车卖出去，然后你按照新的提成方案，给她提成，然后让她留在销司干，你看如何？"

"那没有问题啊，我可以给徐星梅这个机会，但是我有点意外，你有把握帮她把这批车卖掉吗？难道你有什么不为人知的秘密渠道？"

"王总，这可就有点开玩笑了！我哪有什么秘密渠道，但是说不定，徐星梅有呢。"林超涵有点神秘地笑着说。

"没问题，反正就是试试，我也不吃亏，你让她过来上班吧。不过，话可先说好了，我顶多给她半年时间，要是她做不出什么业绩，你可不要怪我把她撵走。"王文剑半开玩笑半警告地说。

"我相信她，有时候奇迹反而是由某些不起眼的人创造的。"林超涵嘿嘿一笑。

想到徐星梅跃跃欲试的模样，林超涵决定赌一把，无论如何要帮她渡过难关。

就这样，徐星梅就走马上任了，没几天，她就从后勤负责清洁卫生的一员变成了销司的一员，身份变换之大让人咋舌。销司还有些人心里瞧不起徐星梅，不屑与她为伍，从她面前走过的时候高昂头颅，认为像她这样靠关系跑来销司混的人，根本就是一根可以任意践踏的草。甚至有个别老业务员居然动了歪心思，觉得徐星梅肯定混不好，需要他们来带，想找个机会，欺负一下这个可怜的小女人，满足一下自己变态的心理。

这其中的苦处，只有徐星梅自己来承受。但是不知道为什么，徐星梅自从决定要来销司工作后，整个人突然像是开了窍一般。她首先改变了一下自己平常做家常大嫂的模样，稍微倒饬了一番，穿了一身相对职业的服装，立即让所有人都刮目相看，来上班的第一天，就让王文剑的眼前一亮。不过他心里嘀咕，这样靠外貌的改变是没有用处的。

他的意见当然是对的，但接下来，他就有点郁闷了，因为徐星梅只要逮着他就问个不停，请教销售的各种内容、技巧与关系资源，刚开始，他还比较有耐心，但很快他就有些怕了，因为徐星梅会出现在任何角落、任何地方跟他请教，好几次，他从厕所出来，都被堵了个正着。

后来，王文剑经常就去省城新的办事处待着，不再回厂里，他实在是有些怕了，而那些老业务员，有些人心肠比较好，会回答徐星梅，有些人则是摆谱，或者索性懒得搭理，还有些人出言讽刺，直言徐星梅不是干销售的料。

没多久，徐星梅开始打听着南方边境的事情，向王文剑申请出一趟远差。这让王文剑有些惊讶，你一个女人，单独出差，这怎么能行呢，经验又欠缺，万一人生地不熟，在那边吃了亏，甚至碰上坏蛋，被人拐卖了都说不好。

但是徐星梅有自己的坚持，她有自己的底气，那个做运输的朋友答应帮她一块过去联系业务，而且双方讲好了，徐星梅一旦做成业务，销售提成分他一半。在厚利的诱惑下，两人决定冒险一起去趟边境。

王文剑很是不放心，便征询了一下林超涵的意见，林超涵笑着说："王总，我劝你就放手让梅姐去做吧，她都三十好几的人了，对自己的事情会负责的，您说说，要是不放她出差去跑销售，你觉得她待在销司干什么呢？"

"也对！"王文剑一拍脑袋，自己是多虑了，人家既然提出来，肯定有几分把握的，那个时候，民用市场还没有全面开发，销司的业务员们分工并不是特别清晰，有时候地域会有交叉，这也不是王文剑故意的，纯粹因为历史形成的原因，就是看谁有空，跟哪里熟一点，就往哪里分配任务，而且他们也没有什么中华区、华东北西南中各区的概念，反正谁去哪里都是一样。不过，最近听了林超涵的建议，王文剑确实起了彻底划分整理的心思，这两天厂里就要就销售提成的事情进行研究，他们销司的管理必须得尽快完善起来。

王文剑就此放手让徐星梅去开发市场了，但是怎么着他还是有些不放心，千般叮咛，担心徐星梅一不小心就捅出天大的娄子来。

于是徐星梅开始了人生第一趟差旅。

徐星梅要出差去跑销售的消息很快大家都知道了，很多人都在等着看她的笑话。而对这一切，徐星梅则是一无所知，此时的她，泪别自己的女儿后，就义无反顾地踏上了征程。在这里，她等到了一个朋友，名叫刘刚。

这个刘刚混过黑道，跑过车，是通过徐星梅的前夫认识徐星梅的，在得知她离婚后，一直想追求她。但徐星梅只是拿他当普通朋友，这让他有些沮丧。

这次徐星梅突然跟他提起要去边境出差做生意，就是有一次聊天时听刘刚说到有在云南做卡车生意的经验，这次找他就是为了帮忙。

# 第107章　屡次受挫

看着徐星梅略微打扮后的模样，刘刚其实眼睛是直的心是痒的，但是他却不敢动作，生怕吓着了徐星梅。

"没问题，这回出差都包我身上了！"刘刚信心十足地说道。

"你再跟我说说，你是怎么认识那边的朋友的呢？"到此时，徐星梅已经没有了退路，她得好好打听一番才行。

"其实那个朋友，说起来还真是巧呢，跟我一样也是搞运输，做点小本买卖的。"刘刚笑着说，"准确来说，我们是在火车上认识的。"

"火车上认识的？你不是开货车吗？经常坐火车吗？"徐星梅有些不理解。

"你这是不知道啊，我们是搞运输不假，但是我刚才说了，其实我搞运输是副业，手上没生意的时候就跑跑，有生意我就要先跑生意的，不是所有生意都需要自己开着货车到处跑的。"刘刚解释说。

"你还做生意呢？做什么生意呢？"徐星梅好奇地问，对这些情况，她还真是所知不多。

"其实，也没做什么生意，就是东搞搞西搞搞喽。"刘刚有些不好意思地说，"比如说，我从我们这里把苹果运到别的地方去卖，赚个差价。以前跑过一段时间，赚了点小钱，但是后来，因为有一次不小心，耽误了时间，一车苹果都烂掉了，本全亏掉了。另外一次，则是遇到竞争，结果又亏了本，把赚的全亏了，所以这个生意都停了，但是听到什么地方有这样的生意可以做，就会赶过去做一下，这样子。上次，坐火车，就是我听说，有个地方有煤矿在开采，找人运煤，我觉得这里面有机会，就坐着火车过去问一下，谁知道意外在火车上听到了一件事，这件事，让我觉得你们那个公司的生意，确实有得做。"

"你都听到什么了？"徐星梅好奇。

"其实就是在火车上认识了一个木材商人，听他说，他在中缅边境倒腾一些木头，发了点小财。"刘刚喝了一口水，回忆着把事情的经过说起来。原来那次，刘刚想从本地倒腾一批钢材去西南贵省那边，坐火车时，隔壁铺位的几位聊天却吸引了他的注意力。这几位听口音是云南人，在和同包厢的吹牛，刘刚东奔西走也见识了不少地方的风土人情，对他们的口音多少也听得懂一些，于是便竖起耳朵仔细听。

其中说话较大声的人是一个木材商人，趁着改革开放从缅甸倒腾木头回来，发了小财，现在正在吹牛说要扩大自己的车队。缅甸木头便宜，跟白捡一样，但前提是你得能从雨林里把木头拉出来。原来这人是退伍兵，1988 年在边境前线负伤退下来就退伍了，因为会开车，所以从部队搞了一辆退役的老牌 250 跑运输，也就是上一代的西汽产品。一听这个刘刚可是来了精神，拎了瓶常备在包里的泸州老窖凑了过去，一说自己也是跑运输的，而且也认识西汽的人，顿时这位也来了精神，立刻大家坐在一起边喝边聊。

这位姓胡，云南人，在前线的时候见识过老 250 在西南雨林里出色的越野能力，而且负伤下前线的那段烂路就是 250 送下去的，也算是被 250 救了一命，所以对 250 和西汽十分信任。就是这辆 250，让他能到别人都去不了也不敢去的地方跑货，无论是雨林还是山地，250 都很可靠地完成了每次任务，让老胡小赚了一笔有了本钱，于是又倒腾了一辆退役 250，拉着老家的胞弟一起跑特种运输。前年两个人又听说缅甸的木头便宜，但是没人敢去拉，就算是烂在雨林里也不往外拉，那几年国内对木材的需求年年看涨，瞅准了这个机会，老胡哥俩开着 250 就去了。

到了缅甸，一开始木材商人（华人）看到他们开的车都有点看不起，当地都认日本车，根本瞧不起中国的，但是既然生意来了不妨一试，不成功就当看笑话了。结果雨林的雨就来了，暴雨如注，顷刻间平地积水，缅甸商人以为完了，这雨一来这深坑必定是泥潭，往年别说日本车，就是德国车也得交代在这里。哪料到老胡过泥潭时，找了根长竹竿往下杵了几下，差不多一米二深，上面半米水，下面全是泥，不过最底下是石头，给排气管接上加长段，检查了进气和各个关键位置的密封，上车打着了火挂上前驱就往下冲，吓得缅甸商人哇哇直叫。但是这拖着挂车的 250 在泥坑里如履平地，到了坑的那头一昂头就上来了，整个过程一气呵成，第二辆车如法炮制，也顺利地通过，这一下，震撼了缅甸商人。

就这样，老胡靠着倒腾缅甸木材，车队规模逐渐扩大，现在已经有四辆车了，而老牌 250 在缅甸也算是出名了，还有人问老胡能不能弄几辆过来卖。

故事听到这里，徐星梅就明白过来了，刘刚当时就动了心思了，怪不得一直在向她打听西汽有没有老车卖，但之前她一直不知道仓库里还有一批老 250，所以根本不可能回答他的问题，后来机缘巧合之下，她接触到仓库里的这批货，刘刚能不激动吗？

想到这里，徐星梅心里有点不舒服了，这个刘刚可有点不太厚道了，这个事情应该提前跟她讲，虽然说现在讲也差不大离，但是总有种上当受骗的感觉。不过，她现在确实也需要刘刚帮助她，把那些老 250 给卖出去。

果然如徐星梅所料，两人来到省城先去找姓胡的问情况。刘刚从怀里掏出一张皱巴巴的字条，上面的字迹马虎潦草，两人辨认了半天，然后费尽力气打听了半天，才终于找到了地址上的"边境友谊运输公司"，但是让他们泄气的是，这家公司早半年已经搬走了，算算时间，也就是刘刚和姓胡的商人认识后不到一个月的时间。至于搬到哪里去了，就谁也不知道了。

人海茫茫，那时候又没有百度，到哪里去查这家运输公司呢？

刘刚尴尬地站在路边上，拿着纸条一阵阵失神，如果没有姓胡商人引荐，或是直接向他推销，这批车他也不知道从哪里卖起。

徐星梅郁闷不已，一阵阵地失落袭来，虽然她事前就有点担心这个姓胡的不靠谱，但是没有想到的是，不靠谱到了连人在哪里都找不到的程度。

没办法，两人就开始跑起本地市场来。刘刚毕竟还是有经验，很快就打听到了本地的几个运输公司的地址，他们就赶紧找上去登门拜访。他们找的第一家运输公司是一家国营公司，这个公司的总经理姓黄，好不容易才进了他的办公室，这个黄总经理一听他们是来推销卖卡车，直接像是赶苍蝇一样把他们赶出去了："卖车！卖个屁的车，我们连生意都没得做，你没看到车场上那么多车都闲停在那里吗？走走走！什么？西汽重卡？什么东南西北汽，一律没听说过，走走走！"

然后他们又找了一家私营个体运输公司，但进他们的车场一看，就知道可能来错地方了，这里全是一些1.5吨车厢的轻卡，估计业务里根本没有用到他们西汽重卡的地方。一聊，果然对重卡毫无兴趣，对方就是承接一些轻工业品的运输，活得挺滋润，根本就没有要跑重型运输的意思。

他们于是接着一家家地问下去，终于有人既知道西汽的名声，又知道他们的军用重卡好使，更有这种需求，但是遗憾的是一问价格，他们就退缩了，要知道西汽的老250卖得可真不便宜，就算是这批民用的，价格也开到了20万元一辆，这还是出行前最后商量打折的价格，这他们根本承受不起。

连跑了三天，去了七八个地方，把打听到的有可能性的地方都跑遍了，也没有卖出去一辆，这个时候的徐星梅和刘刚都有点心慌慌了，难道他们都搞错了，这批车其实并没有什么市场。

这天早上在外面吃早饭，两人都各自叫了一碗米线，虽然味道依旧鲜美，但是两人吃起来都有些索然无味，刘刚说："星梅啊，看来还真得去边境看看了，这里离边境还有点距离，要是跟周边国家做点什么生意，比如木材啥的，应该还是在那里有市场。今天如果再没有结果，我们不如就直奔边境吧，你看呢？"

徐星梅正吃着米线，突然灵光一闪："你刚才说什么？"

"我说去边境啊，"刘刚有点丈二和尚摸不着头脑。

"前面一句！"

"我说那边有市场！"

"做什么的市场！"

"做木材生意的市场啊！"

"对了！"徐星梅突然兴奋地说："我想，我们可能搞错了方向！"

"什么意思？"刘刚不解。

"我们一直在想着，跑运输的公司单位，但是这几天打听下来，这些运输公司都没有太大宗的生意，运输的货物也没有太重量级的，但是我们没有专门打听一下，那些专门做木材生意的公司，他们有运输木材的业务，但是却不叫运输公司！"徐星梅兴奋说。

刘刚还是没有反应过来："你啥意思？"

"意思就是，我们不如直接去找做木材生意的公司不是更好吗？那些木材公司，说不定就有这种需求呢！"

"对，对，对，我怎么没有想到这一层呢！"刘刚一拍脑袋，"我赶紧打听一下，看看做木材生意的公司有哪些？"

"好，我们分头打听一下。"

# 第108章　柳暗花明

徐星梅和刘刚打听到了一家省级的国营木材公司的地址，两人联袂而至。他们在市周边一个比较偏僻的地方找到了这家公司，一到这里，他们俩互相对视一眼，惊喜地发现，这里果然有重卡的存在！更让他们惊喜的是，在这里竟然看到了老250，而且都是部队淘汰的款型，现在随着2190和2150K的推出，部队逐渐淘汰以前的老250，没想到这个木材公司会用上。

徐星梅对刘刚说："现在，我有点真信你那个故事了！那个姓胡的商人没说谎。"

刘刚的脸立即垮了下来："敢情你之前一直没有相信过我说的话啊。"

"谁说不信，之前是全信，后来就全不信，现在又信了一点点了。"徐星梅有些童心大发，开玩笑说。

刘刚唉声叹气，搞了半天，原来还是不被信任啊。

两人在木材厂热心员工的带领下，很快找到了这家木材厂的领导，这家木材厂的领导姓朱。这个朱姓领导跟前几天碰到的一些领导完全不一样，他十分热情把两人迎了进来，然后给两人斟茶，这让两人有点受宠若惊。他自我介绍说是这个木材厂的总经理，听说两位是来推销卡车的，问能不能看看介绍信呢。

徐星梅连忙从包里掏出介绍信，以前跑业务要是没有这种介绍信，很难证明自己的身份。所以当看过"兹证明，徐星梅同志为西汽销售公司业务员，请予接洽为荷"的正式大红章介绍信后，朱总更加热情了："这么说，这位徐星梅同志是来自西汽的业务人员了？不知道这位是……"

徐星梅连忙站起来介绍说："这位叫刘刚，是我的朋友，因为我对这边人生地不熟，因此，麻烦他帮我带一下路，而且他也是搞运输的，能给我不少建议。"

刘刚站起来，点头又哈腰，还习惯性地从口袋里掏出一包烟，要给朱总发一根，朱总连忙拒绝："刘刚同志，我们这里是木材厂，防火戒烟是刚性的要求，我可不敢随便违反。"

说得刘刚连连道歉，赶紧把烟给收了起来，这是木材厂，要是随便抽烟，搞不好一个火星就能引发一场火灾来，那可就麻烦大了。

"两位，西汽，我是知道的，我们这里有一些车，都是从部队那里淘汰出来的，都是西汽以前生产的车，很好使啊。我们做木材生意，少不了要从深山老林里往外运输木材，什么车都不太好使，就你们西汽生产的这些车好使。管用！"

说着朱总还竖起了大拇指。

这句话说得刘刚差点热泪盈眶，这朱总一句话就彻底洗刷他身上的不白冤情了，他可真没有向徐星梅乱盖，从深山运木材出来，这事是真的，千真万确。

徐星梅听了，略带歉意地看了一眼刘刚，说道："朱总，感谢您对我们西汽的评价。我早有耳闻，听说我们从边境运木材，就我们这些军车好使。想不到，百闻不如一见呢。"

"你们生产那车，确实好使，那么深的水坑，那么艰难的路，你们的车居然都能一路蹚出来，真是难得呢！我听很多部队上的朋友说，当年打仗的时候，全靠你们的车运送弹药到山上，这样才保证了我们打得赢仗。"朱总深有感触地说，"要不是你们的车过硬，我想，就算我们能打赢，也会牺牲更多战士的生命。"

"朱总，您也是当过兵的吧？"刘刚问。

"是，我是当过兵，不过没有上过前线，一直在大后方，退役后就直接来到这里管这个厂了。"朱总坦然地说，但话语中有一种浅浅的遗憾，显然是对没能上战场有点耿耿于怀。

"我看你们这里的生意很是不错呢，外面车进车出，码了那么多木材！"刘刚赞美道。

"总体还不错，托国家改革开放的福吧，这几年到处搞建设，需要用到木材，还有打造家具什么的，对木材的需求还是挺旺盛的。生意还算凑合，勉强也能养活一公司老小吧！"朱总感慨地说。

"那朱总，不想再扩大一下生意吗？"旁边徐星梅笑着问。

"想啊，一直都在想怎么扩大生意，但是这扩大生意，不是我想就能实现的，受到好多条件的限制，比如说有竞争对手，现在好多个体户都在做木材生意，他们还有从国外进口的，质量很好，价格也便宜，做生意的方式又灵活。要不是我们的客户对象有点差异，还真干不过他们。"朱总坦率地说。

刘刚和徐星梅都对这个朱总颇有好感，说话有一说一，丝毫不拐弯抹角，想了想，也不打算拐弯抹角了。徐星梅索性单刀直入："朱总，你们有没有计划要加强一下运力呢？比如再引进一些我们西汽的卡车。这样，你们的生意还能扩大。"

"市场经济，能赚钱我能不想吗？"朱总笑了起来，"我正等着你给我推销呢！"

徐星梅忍不住笑了起来，这么爽快的客户对象还真是少见，哦对了，她到现在为止，也没有走过多少家客户，谈不上多见少见。

徐星梅正式地介绍说："朱总，是这样的，我们西汽确实以生产军用重卡而闻名，但是近年来我们也正在积极开拓民用市场，我向你推荐的这批产品呢，是我们厂生产的250重卡，这批车完全适应你们现在的需求，基本上是按照军车的要求进行生产的。只不过，这批车积压在仓库里有一些年头了，不过我向你保证它们是全新的没使用过的，稍加维护便能用上。"

徐星梅说着，便详细地向朱总介绍起了这批车。朱总听得很认真，不过，中间他还是插问了一句："你是说这批车积压在仓库快十年了？"

"是的，确实有十年了！"

"那你们为什么没有卖出去呢？是因为质量问题吗？"

"绝对不是质量问题，其实之所以没有卖出去，是因为以前不够重视民用市场的缘故，没有找准市场定位，也没有找对市场需求。"徐星梅叹息着解释，这些词都是她从林超涵那里学习到的，什么市场定位和市场需求，她是搞了好长时间才明白过来的。

"哦！"朱总点头表示理解，又接着听徐星梅介绍这批车的性能。最后他又问道："对了，你们现在还生产这款车吗？"

"现在这款车，不生产了，现在都是生产改进型，或是 2190，对了，还有专门为广东市场生产的 4150。"说着，徐星梅又介绍了一下自己厂里目前生产的几大主力车型。

"2190？是你们给部队生产的最新军车吗？"朱总对这个兴趣很大，"要是能买上这批军车就好了，我现场就能拍板订一批。"

这个问题来之前徐星梅也听王文剑解释过，她为难地说："这个不太可能，一来这是军队的最新车型，他们的订单生产任务很重，我们现在根本忙不过来，不可能向外销售这一款，二来这个价格可能也不是民用市场承受得了的。"

"多少钱？"

"民用市场订，可能还要贵很多！"徐星梅坦白地报了一个数字。

"那么贵？！"朱总有点震惊了，"太贵，我们还真是买不起。"

"所以，还是这批老 250 适合贵公司的需求呢。"徐星梅笑着说，"价格适中，而且质量保证过得去。"

朱总沉吟了一会儿："你们真能确保这批车的性能跟军车基本一致！我刚才听你的介绍是，这批车没有前驱对吧，那可不行啊，在山里面走，山路艰难，用到前驱的机会还是很多的。"

"那没有关系，这个我们也考虑到了，只要你们有需求，我们立即组织改装，将前驱动给装上去。"徐星梅解释说，这个也是林超涵和王文剑给她交代的，也报备过厂领导，厂领导同意，只要能够卖出去，可以重新再装前驱。

"还有分动箱，听你说也没有？"

"一样，只要你需要，都可以装上！"徐星梅豪爽地承诺。

"这样啊！"朱总满意地点点头，"只要你们确保性能不比我们外面那些从部队淘汰出来的 250 差，这批车，我还真是能够全部吃下！"

这话一说，把徐星梅又吓了一跳，她连忙重复说："朱总，我们这批车有150辆呢！朱总您的意思是全能吃下？"

"没错啊！我全都能吃下！"朱总脸上露出得意的笑容，"我们要组织车队从山上往下运，还要组织从国外往国内运，还要组织从木材厂往客户那里送货，区区150辆车，对我们来说，还有些不够分配的。"

徐星梅有点受到惊吓了，她原本计划能够在这里卖上几十辆就顶天了，完全没有想到，一笔就能够全销出去了，这可比林超涵他们在南方那边一天销50辆车，似乎更为刺激。

旁边的刘刚听得眼冒金星，他恨不得立即握住朱总的手，叫声"土豪，我们做朋友吧！"遗憾的是，那个年代，还不流行这句话。

# 第109章 棋逢对手

"您是说，这150辆车，其实对您来说还有些不够？"徐星梅情不自禁地有些怀疑自己耳朵出毛病了。

"确实如此，你可千万莫小看了我们木材公司，我们每天生意的吞吐量还是相当可以的。咱们云南别的不多，山多林密，而且与外国接壤，有很多生意可做，总是需要车的，你们的车名声在外，我其实一直想着要不要找上门去求购一些，没想到倒是你们找上门来了。"朱总的语气显然不是开玩笑，"话说回来，我们还是希望你们能再便宜一点，毕竟你们能一次性销售这么多，也不是常见的吧？你们要20万元一辆，这个价钱完全不可能，我付不起。"

"这个，这个，我可以借你们电话打一个回厂里问一下吗？"徐星梅的声音都不由得有些颤抖起来，一下子卖出这批车，远超出她的想象，更没有想到还有更多的生意可以做。什么时候，生意都这么好做起来了？

朱总很大方："这样子，你去我隔壁会议室打吧，会议室有对外的电话机。"

"多谢了！"徐星梅赶忙在朱总的指引下，来到隔壁会议室，拨通了公司里的电话，接电话的是王文剑，王文剑听到徐星梅说这批车马上能全卖出去，眼睛都快瞪出来了，但是要降价大促销，他也做不了这个主，而且，这批车涉及改装，需要动用大批人力物力，他更不能擅自作主了。想到这，他还有点埋怨徐星梅自作主张了，他完全没有想到这根本就不是徐星梅的主意，而是林超涵的主意，但是无论如何，这批车要是能销出去，真是功盖千秋啊。

所以他让徐星梅过半个小时再打过来，他自己立即跑出办公室，直奔林焕海的办公室，幸好，他这段时间心有所感，留在山沟沟里了，否则这么大事，他就不能当面请教领导了。他一路快跑，赶到林焕海的办公室，林焕海正在那里和王兴发讨论新址建设的事情，看到王文剑上气不接下气很着急的样子，都不由心里一突："文剑，你这是怎么搞的？出什么事了！"

"的确出了一件了不得的大事！"王文剑好不容易缓过气来，这才说出话来。

"什么大事，都说了泰山崩于顶，而要不形于颜色嘛。"林焕海很淡定。

"真是大事，徐星梅把积压在仓库里的那150辆老250全卖出去了！"王文剑说出这话时，还有点不太相信自己的耳朵。

"什么？！"林焕海也有些大惊失色地一下子从座位上蹦了起来，"这是天方夜谭吗？怎么可能？"他已经完全忘记刚才批评王文剑的话了。

厂里商量好后给了徐星梅最终指示，徐星梅最后以每辆12万元的价格谈妥了这笔生意。

徐星梅心里别提多高兴，这可比林总给出的底价要高多了，无论如何，西汽方面会非常满意，看朱总的样子，也很满意，毕竟对他来说，一下子能杀到这个价，其实也值了，要知道这批车对他来说，那可都是聚宝盆。站在时代的背景来说，这笔生意有很多特别的地方，在当时，双方各取所需，都没有其他选择，合作是必然的。谈生意很难，但是一旦对路了，也可以很容易。换了个背景，双方就未必能谈得这么顺利。

"那我们先草拟合同吧！"徐星梅十分积极。

双方就付款条件进行了讨价还价，最后朱老板提出了要求："我可以首付60%，剩余三个月内付清，但是前提条件是西汽方面能够在15天内完成改装，并将车辆送货上门，当然在此之前，我会派人过去监督验货的。"

"15天完成150辆车的改装！"刘刚在旁边听得都倒吸了一口凉气，这其实是相当于重组这批车啊，西汽完得成吗？他有点担心。

徐星梅点了点头，至此，她觉得她已经能压榨到底了，无论如何，也必须让林总方面答应15天交货的条件。

结果，不出意外，西汽内部对徐星梅谈成的协议也炸开了锅。大家一方面很振奋，终于可以把这批积压存货出手，虽然价格比理想的要低，但比底价还是要高的；另一方面，半个月内完成改装，这个要求实在是有点太高了。

至于付款条件，林焕海想都没想就答应了，别说首付 60%，50% 那也是好的啊，如果木材厂这边坚持只首付 30%，林焕海也必须得答应。

众人盘算了一下。

"我们现在的进度大概只能 4 小时改装完一辆，同时最多只能改装 2 辆。一天拼死也就只能改造 8 辆吧。半个月时间，恐怕也就能改完 120 辆车，还有一部分缺口。"郭志寅听完后大概推算了一下时间。

"为什么同时只能改装 2 辆车呢？"姜建平在旁边听着有所不解。

"现在生产任务太重了，恐怕也抽调不出更多的人手。能拿出来的也就是样车试制组这批人了。而且，更关键的是，场地也受限，这批车必须运到总装那边进行改装，那边腾不出太多的地了。"陆刚对生产情况还是很了解的。

"是的，所以看上去这 150 辆并不算多，但是要在半个月内完成改装并送货，这困难是很大的。"郭志寅说。

最后林焕海拍板，让所有干部取消休假一起上阵，他们都是好手，大家都来干活，同时改装 3 至 4 辆，争取 10 天内完成，剩余 5 天，组织司机，开至云南！

高管们面面相觑，这 10 天，看来大家都得累吐血。

这件事情，整体来看并不麻烦，也不复杂，技术难度也不高，主要就是要合适的场地和足够的人手以及工具零件就行了，但是偏生这几样，却不是一点问题也没有，主要是没有充足的时间准备，而且，厂里的生产任务最近本来就繁重，人手不充裕，仓库里的各种备件是否充足也需要再核实。

但既然林焕海已经下令了，那么就得按照要求去执行，无论有多么麻烦，下面的人必须要挤出足够的人手来，有人需要赶紧去清点库存零件，有人需要去组织人手，有人需要去整理场地，有人负责协调，还有人要负责后勤保障等等，不一而足。

会后，决策立即被执行，总装那边最手忙脚乱，因为他们要腾出场地来改装，这样一来，原先的正常生产秩序全部要被打乱，要新车给旧车挪地，那很多新车生产出来的部件都只能先放在一边当摆设了，这样一来，就没有多余的地方接收前面工序送过来的部件了，一环扣一环，整个公司各个分厂都在不同程度上受到影响了。

更重要的是，为了保障改装进度，各道生产线都要抽调一些好手到改装组报到，这固然能够让改装组获得较好的人力支持，但是调这些人手过来，互相之间磨合也需要时间，整个改装流程是下午郭志寅亲自带人核定确认的，并且召集主要人员一直开会到深夜，讨论改装方案，统一思想认识，确定改装流程。

而清查仓库库存的报告也在下午确定了改装流程后，在大半夜终于统计完全了，主要部件目前来说，虽然有所不足，但是生产和采购时间上应该能够保证。

然后陆刚和郭志寅等人就商量制订了改装排班表，要求所有改装人员分成三组，每组八个小时，轮班倒，通宵连轴转，每一组都确认了临时组长。

而姜建平则是组织后勤食堂专门组织伙食保障和供应，别的不说，面皮管够。当晚开完后，第一班人马就开动改装了，那存放150辆车的仓库像是突然被解冻一样，尘封多年的汽车一辆接着一辆，轰隆隆地被开了出来，驶往总装车间进行改装。在这期间，还发现一些车辆就算是加了油也打不着火，或者出现这样那样的问题，当即就组织人就地进行检查修理。十年没有开过，出什么问题都是正常的，但好在平时保养清洁做得也还可以，大部分的车都能正常启动，这让林焕海等人也对自己生产的车辆充满了信心，自豪于这车的质量。

西汽上下一心，左追右赶，硬生生地在规定期限到来之前，将150辆车全部检修完毕、改装完毕，加上了前驱动桥，以及其他要求之内的改装。

公司突然的举措，造成这么大动静，顿时让大家议论纷纷，很多人确实都不记得公司还库存有这样一批车，看到这些车一辆辆开出来，不免非常惊讶，而那些知情者则是啧啧称奇，这150辆车居然在十年后能被卖出去，简直是奇迹中的奇迹啊。

而当大家知道是徐星梅在云南那边把这批车给卖出去的，顿时一个个瞠目结舌。

在15天期限的最后一天，徐星梅终于等到了最后一批车送抵云南，她握着这些长途跋涉过来的老司机的手，十分高兴。她这次出差，总算是不辱使命，第一次谈生意就给公司解决了一个老大难问题，你说运气也好，说是实力表现也好，总之，这次徐星梅做了一件对西汽来说很有意义的事情，这一大笔费用到来，部分缓解了西汽当前的资金压力。

# 第110章 众星捧月

回到西汽，徐星梅发现，一进公司大门，所有见到的人都用一种特别惊叹的眼神在看着她，很多人看到她都会停下来跟她打招呼，和她聊几句天，几乎所有认识她的人都不例外，特别是平常一起干活聊天的妇女，更是拉着她从头到脚打量，扯着她不停地询问，到最后，身边的人越聚越多，围成一个圈，大家都在争相向她表达着自己的惊叹和赞赏。

从出生到现在，就是结婚，就算是生下姑娘的那一刻，徐星梅的身边就从来没有围过这么多人。她有些受宠若惊，也有些不知所措，所有的自信洒脱都突然之间又消失不见了，面对汹涌的人群，她都不知道哪只手该往哪里放。

尤其是当听说她回来之后赶过来的一些领导，比如潘振民等人，这些人平时在公司都是她仰视的存在，此时却像是众星捧月一样握着她的手赞不绝口。

她心里只知道一点，自己应该不会再去做清洁工了。

徐星梅一次性卖出150辆车，本是大喜事，因为怎么奖励就成了一个问题，最后林焕海拍板，为了给全厂销售树立榜样，根据事前确定的奖励方案，重奖了一笔提成给徐星梅。此外，她被直接提拔为了销司主管职务。

王兴发和林超涵就找到了徐星梅，当听说公司上层正在讨论对她的奖励，而且这份奖励丰厚到一个不可思议的地步的时候，徐星梅简直被这份幸福震晕了，捂着胸口半天没缓过来，吓得林超涵不停地给她捶背。

"我的天啊，真的要给我那么多钱吗？"徐星梅难以置信地反复确认，她之前也想过，自己应该能拿到一笔奖金，但没有想过会有这么多。前一刻，她还挣扎在贫困线上，需要靠林超涵救济才能生活下去，下一刻，自己大概就要成为西汽最富的人，这种事情，想想就如坠梦里了。

"现在还没有确定呢，只是一个方案，也许你最终拿不到这么多！"王兴发无奈地摇了摇头。告诉一个人他的梦想实现了，但下一刻却告诉他离实现梦想还远，这是件蛮残酷的事情。

林超涵在旁边解释："梅姐，你先醒醒，这事没那么简单，其实只是公司领导们在讨论新的提成方案，以你作为榜样而已，但是一次奖励这么多，咱们公司没有这个先例，就算是厂里会议通过了这个方案，也许是过一段时间才实行，未必你就拿得到的。"

徐星梅充满感激地摇了摇头："我的一切，现在全是公司给我的，或者说，是小超你帮我拿到的，公司愿意怎么给我都是接受的，那么多钱，想想我自己都心慌呢。有一份奖励，让我别再让人瞧不起，我就满足啦。"

林超涵点了点头："梅姐，你有这样的心态最好了，我就怕你太过失望。"

"傻瓜，我失望什么呢，我一点也不失望。"徐星梅开心地笑了起来，这一刻，她脸上散发着一种前所未见的光彩，林超涵看出来了，这位徐姐姐这次真是有点脱胎换骨的意思了。徐星梅自信地说道："无论公司领导怎么决策，其实都不影响我呢，钱多了固然是好，但是我发现，我更喜欢上了销售这份工作。我决定了，我下半辈子，倾尽所有的热情，要做好这份工作。小超，你相信我，无论公司给我多少钱，我都会尽心尽力接着干好的。钱，能让我摆脱贫困，能让我自信，但这不是生活的全部，只要能让我女儿过上好日子，我就满足了，现在她越长越大，我该把我的精力放在奋斗我的事业上了。"

王兴发欣赏地看着徐星梅，他有一种预感，这位徐星梅将来一定会有一番了不起的成就，固然这次有运气的成分，但是却也让她找到了成功的门道，也找到了人生的自信。他不知道的是，他正在见证一位女强人的诞生。

林超涵同样倍感欣慰，他是真没有想到，自己竟然成功让徐星梅找到了人生正确的轨道，比起钱来，这更让他有一种满足感。说实话，18万元，他都有点嫉妒了，这是多大的一笔巨款啊，不过，比起在南方碰到的那位土豪黄老板，他又觉得这不算什么了。

从一个清洁工到销司主管，这个变化有点大，但是却真实地发生在徐星梅的身上了。这件事情对西汽人心的影响的确很大。有些人心存妒忌，造谣中伤。更多的人是受到了震撼，没有想到公司这次是来真的。

徐星梅一下子拿钱拿到手抽筋了，1%提成，奖金18万元，额外奖励9万元，一下子就是27万元，扣掉个税，以及按照新通过的规章，相关部门应该提取截留的部分外，她实际最终拿到手的超过10万元了，这是一笔了不得的巨款啊，在西汽的历史上，还没有谁能够拿到这样大的一笔奖金。前所未有，开创了先河。

用石破天惊、惊天地泣鬼神来形容西汽的这次壮举也不为过。这笔钱，放到现在，当然不算得什么，在当时放在全国范围内也不算得什么，但是放在西汽这样特殊的历史背景和环境下，就显得非常特别了。

徐星梅自己首先被震惊得说不出话来了，真正拿到这笔钱，她的手是颤抖的，她第一时间想的不是怎么好好利用这笔钱，而是想着，自己会不会到时候被当成贪污犯给抓起来，钱是好东西，谁也不嫌多，但太多了，好像就有点烫手。

她很想直接把这笔钱捐给厂里，照顾弱势群体，但是林焕海让王兴发传话，厂里拒绝她的任何捐助，因为一旦她这么干了，就显得这笔钱奖得名不副实，意思就是说，让徐星梅自己想怎么花就怎么花，因为这笔钱是她自己应得的。

然后她又很想第一时间就把这笔钱送给林超涵，因为在她看来，这一切都是林超涵应得的。她表达这个意思后，林超涵大笑，明确表示拒绝，这是她的钱，林超涵一分一毫都不会要的。徐星梅只得把林超涵前后帮助她补贴她的两千块钱还给了他，才勉强心安一点。对此，林超涵倒没有拒绝，钱给了徐星梅，当然从来没有想过要她还，但是现在徐星梅有钱了，要还他，他拒绝就显得太过矫情了，何况，钱这东西，他不是不需要，前提当然是这钱不能来路不正。

过了一段时间，徐星梅再次找到林超涵。

林超涵正忙着，但是他还是立即抽空请假和徐星梅见面聊，徐星梅最近遇到的烦恼，在他这个局外人看来，反而是看得清楚明白。

看着徐星梅脸上还未完全消散的愁容，林超涵关心地询问她是否还在为这些身外事烦恼。

"梅姐，你不会真把钱都借给人了吧？"林超涵开玩笑地问。

"没有！我一分钱都没有借出去，只是有一个以前相熟的工友，她家里真困难，老公住院生病，确实需要花销，我借给了她三千块钱。"徐星梅坦率地说。

"那就好！"林超涵欣慰地说，他是真担心徐星梅一下子就把钱都撒出去了，"你应该知道，在这个时候，找你借钱的人，绝大多数肯定就没有想过要还给你。"

"这个道理我明白，在我困难的时候，谁伸过援手，我心里一清二楚，除了那几个姐妹，也就是你小超了。其他的人，那副嘴脸，我记得清楚着呢。"徐星梅虽然以前显得有些迷糊，但并不傻，有些事门儿清，都记在心里头。

"你能认清现实就好了，就怕你哪天顶不住。这十万块钱，说多不多，要是你真撒出去，恐怕很快也就没了。"林超涵说。

"所以，小超，你得赶紧帮我想个办法，时间长了，姐也顶不住。你听说过没，我那个不要脸的孩子她爸，昨天居然也托人带话给我了，说想要痛改前非，要跟我复婚。"徐星梅的脸上带着不屑和鄙夷，这让林超涵明白过来，她心里根本瞧不上自己的前夫。

林超涵用审视的目光打量着徐星梅。徐星梅被他打量得有些不自在，脸一红，笑道："小超，你是不是觉得姐有些变化了？"

"变化好大！"林超涵由衷地赞叹。

"我已经想好了，如果小强那边缺钱的话，我就把这次的奖金大部分都投给他，我相信他的人品，绝对不会亏了我的。"徐星梅不是临时起意，这事她也反复想过了。

看着林超涵不语，徐星梅有点急了："我知道他那边的事，你说了肯定能算数，你说说吧，到底行还是不行？我这笔钱放在自家口袋里实在是烫手至极。"

林超涵看到徐星梅有些着急了，连忙赔笑道："这事，我先帮凌霄强表个态，肯定是可以的，但是我也丑话要帮他说在前头，其实自主创业，怎么都会有一定的风险的，有赚的可能，也有赔的可能，到时候如果他做砸了，那可一时半会儿也赔不起。"

"我相信你们不会做砸的，再说了，做砸了就砸了，算我倒霉。再说了，我现在能卖出 150 辆车，回头我就能卖出 1500 辆，只要厂里生意好，我就不会缺一口吃的，钱没了，怕什么，姐再挣，到时候还投给你们，相信你们总能干好的。"徐星梅这话说得豪气万千丈。

# 第 111 章　新概念

西汽连续不断的改革措施，尤其是销售提成方案试行办法公布后，整个公司的士气又上扬了许多，现在大家都明白了，厂里的改革真的跟自己的切身利益是紧密相关的，只要你肯干，收入真的能增加很多。尤其是销售，这种差事以前大家并不眼红，因为差旅费一向紧巴巴，销售都是向军方销售，来来去去就是人那点事，没有什么意思，还挺累的，要知道那个年代去一个地方出差，经常坐绿皮火车，长期坐是非常劳累的，再加上 90 年代初有一段时间车匪路霸横行，尤其是发生过震惊中外的火车大劫案后，人们从思想根源上就有些畏惧这样的他乡之旅，很多人对干业务的是抱有一种同情的心态，觉得他们是拿命在玩。

虽然实际上情况并不完全如此，出差自然有出差的好处，但是不管怎么说，销售这个岗位是没有多少人愿意去干的。

现在可好了，有徐星梅的榜样在前，又有制度公布在后，兑现出来的白花花的银子刺得很多人眼睛都瞎了。销售这个岗位一下子从不受待见变为炙手可热了，很多人都在托门路找王文剑，想调动到销售岗来，但是王文剑早就接受过林焕海的指示，对这种情况早有预料。确实销售岗是缺人的，但是需要的是像徐星梅这样出去能够成单的精兵强将，而不是随便哪跑出来的觊觎提成费却又没有真本事的废柴。因此，虽然找王文剑的人很多，但是真正能够通过考察转岗的人却寥寥无几，而且每一个都有着无可辩驳的理由。比如新来的廖良友，还没到岗，就发动自己的朋友关系，订购了十台新研制的自卸卡车，这样能够真正带动销售的人，是西汽需要的。

销售业务很重要，这是西汽在开拓民用市场后最大的发现。以前西汽99%的精力都放在为军队服务上，有军方的订单，足够全厂活下去，但是现在，不进则退，必须要尽全力发展才能活下去活得好。随着重型卡车的民用市场发展迅猛，西汽开始有近50%的精力放到了民用市场上，而这一市场方向的转变带来的改变之一是，销售人员的作用突显出来。

因为民用市场不像军用市场集中采购，而且技术指标也更加多样，销售方式也需要更加灵活，这个时候，能跑能说的一线销售人员就是非常重要的。在这个时候，销售提成的制度就显得重要起来了。军方的订单，奖金没有明显的提升，但是民用的就有必要大幅度提升了，否则销售人员的积极性就很难调动起来，这是这次提成方案能够进行改革的重要背景。

现在大家为了促成销售，真是开始绞尽脑汁想招了。

像投放向南方的第一批50辆车，很快就销售一空，后续确实跟着有订单进来。而拿到这些奖金后，销司上下为之一振，大家都开始挖空心思想办法，想出了一些歪招，惹出了一些事端，王文剑因此被林焕海臭骂了一通。

没奈何，王文剑还是得求助林超涵，他被手下那一群想发财眼睛都红了的家伙折腾得够呛。林超涵听后无奈地说："我说，王总啊，咱们上次跟前投银行谈的那个个人车贷的事情，这就是一个很好的营销招数啊，我都提前替你们想好招了。"

王文剑苦笑着摇了摇头:"那个事,还算顺利,审批基本也都下来了,但是通过个人车贷买车的,销售提成的比例就要低很多,而且要一辆一辆地死磕,大家嫌慢了。"

这话说得林超涵大吃一惊,这都还嫌慢?

"你手下这些人不会真以为人人都有那么好的运气,一次卖出上百辆车的大订单吧?"林超涵有些不解地问。

"当然不至于,但是这种机会也不是没有,你可记得上次咱们在南方,那边需求是很旺盛的,现在南方的销售订单正在不停增加。虽然说这些单子是咱们铺垫好的,这些提成不可能有徐星梅拿的那么多,但是也颇为可观的,一堆人都眼热心跳,想把南方模式复制到全国呢!"王文剑有些无奈地说。

"这怎么可能呢?南方那边有其独特性的好不好?"林超涵觉得有些不可理解,这些家伙想什么呢?天底哪有那么多的好事在等着他们捡?

"就是啊!"王文剑自己也懂得这个道理,"天下哪有那么多便宜好捡,但是现在重赏之下,这帮人都眼红了。"

这让林超涵也觉得无可奈何,现在南方市场发展顺利,市场前景可以说是一片光明。当然,要把这个前景转化为实实在在的订单,就没有那么容易了。以前西汽做军车,一次订单都是上百辆,都是走批量的,现在则辛苦多了,很多时候都是要一辆辆死磕,这要卖出去,真得让销售们往死了拼才行。在这种情况下,销售们嫌销售速度慢,就很正常了。现在他们的工资收入彻底跟销售业绩挂钩了,如果没有好的办法能够卖出去,能不着急吗?

林超涵琢磨着说:"王总,我觉得,还是要脚踏实地的好,这个您得教育手下的人。徐星梅是个特例。"

"能教育得了才行,呵呵。"

听到王文剑这句话,林超涵觉得林焕海没让他当正总经理实在是看人太透了,王文剑千般好万般好,就是有点过于圆滑,缺少棱角,而且也缺乏大的战略眼光和魄力。如果不是他干了这些年,经验丰富,还算见多识广,也许副总这个位置都不见得坐上。

想到这里,林超涵心里一动,突然想到,如果徐星梅发展顺利的话,也许更适合坐这个位置呢。他想到徐星梅那种决绝、大气、眼光,也许适合去领导销司呢。但是他也仅是想想而已。

"你或者可以找一些经销商做代理嘛。"林超涵劝说王文剑。

两人讨论了一下，发现做经销商模式也不是不行，找代理卖车，能够迅速扩大占领市场。

"有道理，要不这样子，小超你帮我写一个报告，我回头跟公司高层汇报一下，请示请示吧。"王文剑思索着说。

"咦，为什么又要我写报告呢？"林超涵觉得有些不爽了，怎么自己提什么建议，最后都是坑自己呢。

"唉，谁不知道西汽第一报告小能手就是你呢！"王文剑笑嘻嘻地说，"回头我可以跟王兴发提出需求，让政策研究室帮我们出这个研究报告就行了。林总不是已经说过了吗，要我们销司主动积极地了解市场动向，并与政策研究室共同配合，完成各种调研分析吗？"

"啊！"林超涵听得都有些晕，"我说，王总，不带这样玩的啊！"

"没办法，再辛苦你一下，我都给你说过，叫你到销司来正式上班，其他活都不要干了，这个总经理的位置直接就留给你好了！"

"我还真想去销司工作呢，赚的钱多啊！"林超涵表情有些纠结。

"回头我跟林总申请下，正式调你去销司工作就好了！"王文剑安慰道，"这样一来，等于你所做的工作就是为以后自己的工作做铺垫了，何乐而不为呢？"

"你虽然讲得很有道理，可是为什么我就是觉得有些不对呢？"林超涵哭丧着脸。

"哈哈，这事反正就拜托你去做啦！"王文剑起身就要走，他很高兴，每次找林超涵总是能得到自己想要的答案，这样的人才，自己如果不抢走去做销售，他认为西汽将来就不可能未来可言了。

"哼，如果你没坑我的话，我本来还有一个更好的主意呢！"林超涵哼哼地说道。

"听你这意思，你还有保留喽？先说来听听！"本来要走的王文剑又留了下来，饶有兴趣地盯着林超涵。

"其实也没有什么，我最近正在写一份报告，本来也是主要为你们销司做服务的，当然啦，这是全公司的一个战略工程。"林超涵解释说。

"你们又在搞什么花样？"

"我提出了一个新型的概念，叫打造服务型企业！"

"这是什么意思？"王文剑迷惑不解。

"这话说来可就长啦，我慢慢解释给你听吧。"林超涵用充满着诱惑的语调说道。

以前西汽的售后基本上没有，就是给各省交通公司的维修工讲课、发配件，仅此而已，重大故障派人上门修的策略，在开发民用市场后，只能找几个修理厂搞联合维修，给他们的维修工培训，给他们的配件价格优惠力度大，这种简单方式一开始还是起作用的。

然而随着用户量越来越大，西汽方面发现，这些合作的修理厂同时也接了其他厂家的联合维修单子，短期内尚可，时间一长，技术机密就要泄露出去，这种情况实在是忍无可忍了。

林超涵有鉴于此，提出了做服务型企业的概念，他设想，应该建立服务热线，在南方等重点销售市场建立固定维修点和流动维修点相结合，贴身服务、第一时间响应、7×24 小时候命、新车 5000 公里首保等原则，发展到后来，逐步借鉴了乘用车的 4S 店模式，把销售、服务、维修、金融都放在一起，而且不再是厂家自己的，而是和当地实力较强的汽车经销商联合，派驻驻点代表，定期做培训这种方式来运作，如此一来无论是整车还是配件，库存占用资金明显下降，资金链得以大大稳定。

现在，林超涵打算让王文剑支持这个新概念。

随后，西汽推出一系列车型，比如市场型号叫 K29 的自卸车，推出后好评如潮，这车简直是绝了，它的载重简直就让矿场和工地欣喜若狂，设计载重理论上应该是 20 吨左右，但是装上四五十吨也跟玩似的，甚至有的矿场主或是煤矿让它装上七八十吨也能勉强跑得动。

理论上说，这样超载是违规的，但是在当时的历史条件下，大家一心在追逐财富的路上，对实用性的追求超过了一切，只要车自己能承受，不被压爆胎，那能超载多少是对性能的肯定，大家都希望能够花最少的代价，去干更多的活。与进口车相比，西汽的自卸车的冗余设计让它的口碑爆棚。在林超涵推出售后制度化建议的时候，自卸车其实还没有全面铺开，它的研发比集装箱车头还要简单，基础的设计都是军车的底子，虽然价格更加昂贵一些，但是市场上对它的赞誉很高。

# 第112章　销售网络建立

没多久，行业传来一些风声，众人坐在一起讨论。

"什么风声？"林超涵放下手中的工作，疑惑地问道。

"听说，我们国内有一些厂家打算推动国家制订一些行业标准，他们比我们更有影响力，这些标准一旦制订，恐怕对我们会极大不利。"王文剑说，其实他也是听到林焕海私下里跟他说的，林焕海也是听部里一些人给他透露的。

林超涵眉头紧锁："制订标准是什么意思？难道说他们还能够让我们的车上不了路不成？或者说，他们降低重卡的标准不成？"

"让我们上不了路还不至于，但是改变一些评价标准还是有可能的，不可能完全把我们排挤出市场，但是会让我们很被动是真的。"王文剑都感觉到自己有些头疼。

"那我们不能坐以待毙，还得赶紧去争取。"

"话是这么说，但是咱们公司在行业内还是比较小的，话语权和影响力也不大，恐怕要争取也没有多大机会。"王文剑对这个看得比较清楚。

林超涵听后，半天没有说话，他真是有些服了，有些人不去想着一致对外，尽想着对内卡脖子，这说起来有些悲哀，对于这些，他也无能为力，这已经不是他的智慧和能力能够解决的事情了。

"那目前我们唯一应对的方法就是先占据市场，只要在市场上形成了主流的声音，他们也不至于敢那么明目张胆地与市场作对吧！"林超涵思索了半天，下了结论。

"说起来，我们的确是占据了一些先发优势，但是我还是嫌市场开拓的速度太慢啊！"王文剑郁闷地说。

"不错，产能受限，市场开拓也受制于销售渠道匮乏。我们的确是有点内忧外患了。"林超涵说道，"不过，现在新址马上投建，产能的问题迟早会解决，这次我们争取就把销售渠道彻底打开吧！"

徐星梅点了点头，这是她此行的主要任务之一。

黄小露听了半天，突然问了林超涵一个问题："你说，就是我们真把市场都占领了，要是国家标准对我们不利，那我们的努力岂不是全部白费了？"

"不会，有些人携自己的影响力，可以调整一些细则，但是整体上，他们谁也不会逆潮流而动！"林超涵肯定地说。

有些事，不是林超涵这个层次能够触及的，甚至也不是林焕海能够触及的，能够做的是，拼命地扩大优势、积累优势、发挥优势而已。

对于这一点，西汽上下心知肚明。王文剑也只是提前透露一些讯息，免得大家到时候措手不及。现在，需要赶紧做的就是卖车，向市场卖更多的车。

更绝的是，由于和徐星梅的聊天，在广东市场认识的黄老板，突然发现了新的生财之道，他也想切入这个木材生意。对做这个生意的人来说，最大的难点其实不在于销售，如果真是上好的木材，那只会供不应求，在广东这个地方哪有卖不出去的道理，那么多的家具厂，闭着眼睛都能赚上一笔；最大的难点恰恰在于运输，而这方面，则正好是黄老板的强项。

至少，他知道从哪里购买适合运输木材的车辆。

黄老板决定先去一趟云南，敲定生意，然后再视情况，定购一批西汽生产的载货车。他心里很清楚，西汽的车辆虽然存在一些设计上的小瑕疵，但是好处多多，一是载重真的是非常让人舒坦；二是售后维修做得很到位，不愁出现状况；三是实在需要感谢一下徐星梅的居中介绍，别小看熟人介绍，如果黄老板自己找上门去，也许门路在哪都还需要反复捉摸，现在一下子就能找到关键的厂家关键的人物，这个对于做成生意很重要。

而徐星梅又"稀里糊涂"地做成了一笔生意，这个又算是撞了一次大运，黄老板指名道姓要求把业绩算在徐星梅名下，没她签字都不认账。连徐星梅自己都意外不已，她有些哭笑不得地跟黄老板说，自己其实是来广东这边发展经销商的，并没有要直接做销售业务。但是拗不过客户，西汽后来非常自觉地就把这笔业务算在徐星梅的业绩，让其他销售羡慕嫉妒恨到爆了。

林超涵连续在广东跑了一个多月，才终于把这个问题给解决掉了，松了一大口气，对他来说，这次广东之行的任务直到最后一辆车的问题被解决，才算是大功告成。然后，找一些空隙，他帮助徐星梅谈经销商，这方面还得感谢黄老板，黄老板给他们介绍了一批有门道有实力还有客户的生意人。

林超涵和徐星梅、王文剑、黄小露四人一一同这些生意人见了面，当然也不只是黄老板介绍的人，还有一些自己事先联系过的，以及其他关系，比如银行那边介绍的人，同这些人见面洽谈合作，刚开始取得了不错的成果。

大家因为各种关系的缘故，大部分对西汽的民卡系列代理还是很有兴趣的。在这方面，由于西汽已经在市场开拓上取得了一些进展，市场前景是看得到的。

　　而西汽四人接下来则需要对这些人进行筛选，他们需要了解这些人的实力、计划和人品，并且商谈经销代理的合作条款、价格以及其他各种必要要求、条件等等。经销和代理是有区别的，需要根据各方的实力和意愿来确定，代理的权限要大一些，会与厂家合作更为密切，按厂里订的规矩办事，而经销商则是按照固定价格拿货，后面卖出去加多少价全是他们自己说了算，只要客户能接受就算他们的本事。

　　这些谈判的过程开始是非常艰苦的，之所以艰苦，倒不是说这些条件有多难以达成，而是这些生意人没有一个不是头脑极其精明、经验极其丰富、功利心极重之辈，他们对利益看得比天还大，恨不得能压榨一点是一点，说白点，他们巴不得西汽以低于成本价让他们进货，而他们则卖得比天高。

　　而且，这些生意人手段极其灵活，有的人卖憨直，有的人脸上如同笑脸弥勒，还有的人甚至是无所不用其极，私下神秘兮兮地邀请王文剑和林超涵二人去光顾不可描述之场所。

　　千人千面，应对起来，如果论起人际关系的处理，王文剑自然是游刃有余，但是有三个人跟在身边，他行事说话都有些不方便，因此也有些不太自然，而且这次谈的经销代理，他从来没有谈过，很多东西都是要靠自己琢磨。幸好，林超涵来之前对这个进行了一些深入的研究，并跟叶文源那边进行了交流，知道一些代理这个行业的规则技巧条款，否则他们还真没法谈。

　　倒是徐星梅和黄小露两人从头到尾兴致勃勃，徐星梅现在有点开挂了的意思，开始有一些自己的主张，因为连接处理了两笔生意的缘故，她现在显得分外自信，对一切都不怯场。刚开始的时候，林超涵还怕她不理解自己设计条件的意思，但越到后来，林超涵发现，越没有自己啥事情了，徐星梅自己就可以有针对性地跟人聊天了，林超涵乐得如此，后面就在旁边笑眯眯地看着，只是偶尔补充一下。

　　最奇葩的是黄小露，这个丫头加入销售部后，充分发挥了自己人肉笔记本的优势，往往一场会谈结束，她就差不多能拟好双方合作条款的细则，稍事整理就可以趁热打铁签订协议了。这倒是跟徐星梅形成了绝配。

　　一个月的磨砺下来，徐星梅、黄小露都成长不少，王文剑还是老样子，林超涵也有很多体悟，无论做什么样的准备，这些生意人都会从自己的角度提出新的见解，而且往往还一针见血，直指本质，这也给了林超涵很多启发。

最重要的是，西汽与这些人初步建立起了一张经销代理网络，西汽的销售再强，人数也有限，市场要打开也不是那么容易的，整个珠三角市场是非常大的，地域广袤，销售们要一个个司机谈，要开拓到猴年马月呢？但是有了一批经验丰富的代理人，那就不一样了，市场推进的速度一下子快了数倍。

徐星梅则正式成为这张经销网的主要负责管理人，大致谈完广东后，她雄心万丈地要把这套做法推到全国去，这可把王文剑吓坏了，虽然说事先大致划分了西汽自家销售和经销代理的销售、权利范围，但是要把经销商做到全国，这是极大的一张网，在当时的手段条件下，要管理真不是易事，到时候徐星梅可别把事情做砸了。

王文剑委婉地向徐星梅表达了自己的担忧，徐星梅却认为无须担忧，她认为建立起来也不是一朝一夕的事，起码得一两年的时间，这一两年的时间必然能建立起完善的管理体系，看着她意气风发的样子，王文剑啥话也说不出来。他突然有一种觉悟，自己在销司的位置恐怕不保了。

看着林超涵对徐星梅十分欣赏支持的样子，王文剑就算是想要官威强压徐星梅都不可能了，这让他有些憋闷，只能琢磨着回去向林焕海汇报情况的时候表达自己的意见了。

回到西汽后，徐星梅的销售业绩又提升了一截的消息再次引起了轰动，上次大家都默认她是走了狗屎运，大多数人并没有认为是她真实的实力体现，但是去一趟广东，又签了一笔近百辆车的合同，这简直是匪夷所思，怎么可能走到哪里都那么好运气呢？

其实只有一行四人最清楚，这是由于徐星梅牵了个线，让黄老板和朱总两人建立了联系。黄老板真的去了一趟云南，他考察下来发现，这个木材生意当真是前景广阔，不比他其他的生意利润低，顿时心动了，与朱总达成了引进木材到广东的协议，并且他长袖善舞地与朱总签订了在广东市场供货的优先协议，即在同等条件下，朱总供货必须优先他黄老板。黄老板得意之余，认为这得益于徐星梅提供的信息和关系介绍，再加上木材运输又确实需要一批得力的重卡，于是他就在一行人走之前痛快地签订了订购协议。

而且，徐星梅干练职业女性的形象，也影响了黄老板的判断，如果跟他说徐星梅在干销售之前是干保洁的，他一定觉得说这个话的人是疯了。徐星梅跟经销商们谈判的时候，也给了这些人很深的印象，他们中的大多数人认为徐星梅虽然年龄稍大了一点，不像小姑娘那样胶原蛋白满脸，但自有一番成熟的韵味，而且言谈恳切，在坚持原则条款的同时会为他们着想，因此，除了个别禀性怪异的外，也大都乐意跟徐星梅保持良好的关系。

这些人当中，有些确实有自己的手段特长，刚刚签订协议，一批订购合同就发到了徐星梅这里，这些理论上也都算徐星梅的业绩，这让整个西汽都有些轰动了，这个徐星梅当真是人不可以貌相啊。

一时间，比之前更加强烈的羡慕嫉妒恨再次扑面而来，但是这次大家少了一些酸味，多了一些钦佩和认可在里面，一个人一次运气好，不奇怪，连续两次运气好，肯定有点实力了，如果后面运气一直挺好，那就不是运气，是真正的实力了。

因为这批订单支撑的缘故，西汽上下更加振奋了，王文剑本来想向林焕海表达自己的担忧，但是看到林焕海对徐星梅的各种做法赞不绝口后，只得咽回肚子里，一口气憋得他十分难受，不过，慢慢地，他就想通了，气顺了。

# 第113章　九七年的春天

徐星梅正式在销司立稳了脚跟，林超涵放心了，他该考虑一下其他事情了，比如他的爱情。是有很长很长一段时间既没有跟季容通讯，也没有跟她有任何书信往来了，他回到西汽后，翻找着自己家的邮箱，里面果然除了各种订阅的报刊外，没有任何来自海外的信件，他很是失落。

因为忙着，又忙着，他是有多久没有关注过季容了？现在大家都知道他有一个在美国的女朋友，但是大家同样也知道，这个女朋友似云似雾又似风，飘忽不知所踪，谁也不知道她到底长什么样，姓甚名谁，和林超涵到底有多深厚的感情。

因为这位谜一样的女子，林超涵错过了什么，跟他亲近的人，跟他不亲近的人，都或多或少知道一点，也因为如此，近年来很少有人愿意给他介绍女朋友，怕白费功夫。

林超涵给季容寄去了书信，而且根据季容留下的电话，也给季容挂过去了两次电话，但是遗憾的是，没有一次季容能够接着，她已经来了四五年了，住宿的地方已经换了。

因为彼此的距离，因为周遭的环境，因为所遇见的人，他们俩现在有一种隔膜，这种隔膜既无形也有形，因为每一次的热血得不到对方及时的响应，两人自己都不知道是在赌气，还是真的遗忘，就真的渐渐搁下了联系。

爱情，还在吗？林超涵不知道，时间才不过过了四五年而已，他变得更加稳重成熟了，内心的热血还在，每次想到季容，他还是觉得内心有一种钻心的疼，只能用忙碌的工作来麻醉自己。渐渐地，他觉得自己好像已经放下了许多。时空距离太远，环境差异太大，原本以为奋斗可以弥补，但是现在好像奋斗再有成绩，共同话题却已经不再有了，有什么用？

也许，这样也挺好，慢慢地淡忘，让时间洗去一切曾经燃烧的激情。

他这样安慰着自己，他不知道的是，太平洋那边的季容也同样安慰着自己。没有摊牌，但他们都默默地等待着那一天的来临。

所以到了 1997 初的时候，林超涵已经 28 岁了，却依然孑然一人。

这一年的春天，是中国的春天，也是西汽的春天。

在西汽一切都生机盎然，随着南方市场的顺利开拓，徐星梅负责的经销商网络正在向全国蔓延，西汽不缺订单只缺产能了。而这一切，西汽高层正在努力解决，省城那边的新址建设已经在 1996 年底破土动工。

融资也比较顺利，经过多轮艰苦的谈判下来，西汽融到了自己想要的资金。首先，西汽、省国资委与响越集团正式成立了合资公司，省国资委委托旗下的一家公司参股，象征性地投资了一千万，再加上以技术占股，占了 10% 的股份，而响越集团则直接决定投资 1 个亿，占股 45%，西汽自己则也占了 45% 的股份，三方形成了互相制约的平衡状态，其实响越集团对这个占比是非常不满意的，他们一上来就想直接控股的，现在只能占不到一半，他们各种不爽，资金到位就因此拖拖拉拉。西汽本来也是想控股的，但是谁叫自己资金不充裕，好在省国资委那边如果不出意外，一般是会支持自己的，也能勉强接受。这种互相平衡制约的状态。其实后患无穷，但是在当时，已经是各方能够达成协议的底线了。

响越集团的投资虽然拖拉，但好歹会进来，加上西汽向银行方面借贷到的钱，西汽在省城新址的建设就变得顺利多了，按照规划，他们会先在两块地上把厂房给建设起来，争取到的第三块地，再盖生活区。

这三块地基本上互不相连，有点分散，像一些车间之间的半成品交接，只能穿行马路了，这些无疑会增加很多成本，但是暂时也没有其他办法，而且好在距离也不是太远，不太麻烦。并且由于订单量的不断提升，给了西汽高层无限信心，只能要挣到钱，些许的成本增加还是能够接受的。

这些事情，主要的主导者是林焕海，他在这里充分展现了自己的远见卓识和权威，若不是他果断推进新址建设，后面激增的全国民用车订单，绝对直接会把西汽给压垮。到 1997 年年中，新址已经初步完成了厂房的建设，大量的机器设备正在源源不断地购进来，安装进厂房。

这些机器大部分都是全新购买的各种机床、设备，甚至有些是进口的。之前西汽一直在琢磨着进行全面的技术升级，这次新址建设充分考虑到了技术升级的需求，在更为宽大的厂房里，让这些设备充分发挥作用。

当然这些设备也有不少很昂贵的，全套采购费用，如果让以前的西汽来承担的话，根本不可能吃得消，但是现在有了响越的资金和银行贷款，还是能够勉强撑起来的。只不过这样一来，西汽的债务变得沉重起来，罗关根每次算账都愁得眉毛要白了。只有林焕海很淡定，坚定不移地举债，能借到就是幸福，只要产能扩大了，市场做大了，这些债务都不是大问题。

事实上，现在的发展态势也支持林焕海的设想，这让反对声音压到了最低。

1997 年 7 月 1 日，香港正式回归的日子，那天，西汽组织全公司的工人在各个车间、会议室集体收看回归直播。

骄傲、兴奋、自豪之情洋溢在西汽每一个人的胸腔里，看着五星红旗在香港正式冉冉升起，象征着殖民时代的英国米字旗落下，欢呼声响彻山沟。

经历了一夜兴奋，第二天，林焕海组织了部分领导职工前往新址参观建设情况，林超涵也在列，他现在已经正式踏入一个小中层干部的行列了，其实在半年前他已经被正式任命为政策研究室的科长，最近王兴发那边的级别提升了，加上了总经理助理的头衔，正在考虑将林超涵提升为副处长级别，据说已经在报公司高层审批中了。

坐在大巴上，看着窗外满目的苍翠，林超涵的心情总体还不错，除了一个坏消息一直压在他的心头之外。

这个事情说来话长。

这半年来，林超涵依然是保持着一个万金油的角色，时刻得保持着对市场的洞察，但同时，各种款型新车研发也都让他保持着参与，并且还要时不时参与市场营销，并且偶尔还要冲到销售第一线去直面客户，忙忙碌碌地，时间过得特别快。

林超涵为了帮助徐星梅管理她的经销网络，建立了一个数据报表体系，提出了利用数据进行经销商管理的理念。以前，所谓的销售数据，除了财务报表，王文剑那边的统计还是比较随意的，因为全厂总共每年的产量也就是千来辆，闭着眼睛也能数出卖给了几个客户；后来提成制度改革，也就是算工资奖金的时候，大家会高度关注一下，平常不是很关心各种数据特征比较、趋势规律统计分析之类的东西，但是林超涵认为，随着民用市场的开拓，各种型号的增加、销售客户对象范围扩大以及订单量的不断增长，必须要建立起一套完善的销售管理数据体系出来，其实这也就是 ERP 的概念。

当时电脑普及都还是问题，还没有建立 ERP 系统的观念，但是林超涵认为有必要利用一些表格记录销售数据，分门别类、定期整理、专业分析。

特别是徐星梅这块所负责的范围广泛、人员庞杂、订单多元，必须得有一套完整的管理方法，他出谋划策，制订管理体系，坚持让徐星梅建立起了一个统计报表体系。幸亏得了黄小露的参与，如果让徐星梅自己来做，她只能懵，黄小露再次充分展现了她在这方面的天赋，在林超涵确定了大致方向和基本方法后，她就在很短时间内设计并制作出了简单的报表，简单来说，报表上的项目主要是包含日期、客户对象、地域、订单数据、发货数据、未完成订单等各种数据统计数据。

这些数据按照林超涵的设计，必须至少半月统计整理一次，未来要求周统计甚至是日统计汇报。

刚开始还挺麻烦，但幸亏得益于科技的发展，因为微软发布了视窗 windows95 系统，西汽微机室很快就引进了这一套系统，装上后，林超涵第一时间进行了操作和熟悉，并买了一些相关的书籍学习，没几天就基本掌握了 EXCEL 表格和 WORD 表格的使用方法。

有了计算机这个统计工具，有了函数的帮助，这些报表的制作迅速便捷化了，而且他们还购买了打印机，装好后，在电脑上制作的表格立即就可以打印出来了。这些销售数据很快就每半个月一次地被统计出来了。

刚开始这些统计表格还只是内部使用，只是供徐星梅自己管理使用，而王文剑这人天生最怕的就是这类文字工作，看到表格基本上就晕了，所以刚开始死活不愿意用这套体系进行管理汇报。

他依然是老办法，用他那天文一般的文字在笔记本上记录各种数据，时间一长，订单一多，他就糊涂了，屡次在公司会议上啰唆不清，说不明白这些销售数据，只能靠着罗关根那边的财务数据江湖救急。

这让他受到林焕海等公司高层的严厉批评，你堂堂一个销司的负责人，居然完全说不清楚每个月卖了多少车，这不是搞笑吗？这如何管理呢？如何布置安排任务呢？

# 第114章　梅姐绽放光芒

连接两次会议上，王文剑都被批评得灰头土脸，终于他学聪明了，第三次开会的时候，他直接把徐星梅带上了，公司领导层要听他的销售汇报，看到徐星梅参会，都有些不解。理论上，徐星梅还不够格参加公司高层的会议。

潘振民皱着眉头问道："我说老王，你怎么把徐星梅也带来了，这个会议没有通知她来参加吧？"

姜建平和林焕海等人也有些疑惑，但没有说话，静等王文剑解释。

王文剑也光棍："没什么，这些数字我老是搞不清楚，徐星梅这边记得清楚，索性让她过来，一起帮我汇报梳理这些数据。"其实徐星梅是不想来的，她反复总结了一些核心的数据让王文剑熟记下来，但是王文剑思来想去，还是把她拉过来，因为这些数据就算是他背熟了，但是各种细分的，他是说不清楚的了，而徐星梅在林超涵和黄小露的教导下，已经能够清楚明白地看懂各种表格了，索性让她带着一沓数据报表，随时要用随时查看随时回答，岂不快哉，至于这么干会带什么后果，王文剑也是不管不顾了。

"这些数据，星梅这里都清楚？"陆刚有些惊奇地问道，他上下打量着有些局促不安，但仍然保持着镇定的徐星梅，像是想看透她的思想。

"她最清楚不过了。"

"好吧！那还是接着上次的话题，你来汇报一下，这个月的销售数据吧，最好不要又让老罗来帮忙。"林焕海威严地说道。

"这个月嘛，我们统计，除了众所周知，军方加订了150辆2190外，主要就是民用市场，这个数字嘛……"他拿眼睛瞄了一下徐星梅写给他的数据，"总共是接到采购订单需求：卧铺集装箱车头25辆，交付20辆，还有5辆等待下批生产完后发货；载货车132辆，交付110辆，其他22辆下批生产完发货；自卸车98辆，全部交付；250K民用型30辆，均未交付，等待生产……"

王文剑照本宣科读了下来，听得众人眼前一亮，这个王文剑终于把这个销售数据大体上说清楚了，这可比听罗关根的财务数字还要清晰明白。

林焕海表扬道："文剑，你今天的功课备得还算可以，不错，总算让我们有一个明了的销售数据了，可不能老只等车间统计和财务统计，你们自己销售确实应该也建立好这个账本。"

"是，是，是！"王文剑连连点头。

"那这个应收账款的情况怎么样呢？"林焕海追问道。

"呃，这个嘛。"王文剑连忙低头看报表，还好，徐星梅也有准备，他连忙报出了一串数字，应收未收都清楚明白了。以前他们对军方销售，这些数据林焕海门清，根本不需要他报账，现在真正走向市场，他们销售作为第一线，就必须要搞清楚所有状况了。但这个真不是他王文剑的特长，真为难死他了。

听着王文剑的汇报，林焕海等人满意地点了点头，姜建平笑道："老王，你这次看来很是用了一些功夫嘛。这不是说得很清楚嘛，不错不错，有进步了啊！"

这说得王文剑老脸一红，做啥功课，要不是徐星梅在帮他，他还是一样要接着挨批评。

林焕海点了点头，接着问道："那这个月的销售数据跟上周相比差别大不大？是增加了还是减少了？"

呃？脱离剧本了？王文剑愕然，前两次可都没有问到这个问题啊。其实以前光是帮他统计总的销售数据就费了半天劲，后面这些问题根本都没有机会问出来。

看到王文剑的表情，林焕海心里顿时明白，这个老王，还是稀里糊涂地，看来刚才也不过是照本宣科而已。

徐星梅连忙抽出了一张报表递给王文剑，这上面有近几个月的销售数据趋势报表，有同比增长之类的对比数据。但问题是，这些图表王文剑一个也没看明白过，更不要说深入研究了，现在徐星梅递过表格，他看着跟天文数字一样，也不知道如何解读。

看着脑门冒汗的王文剑，又看着眼神渐渐严厉的各位领导，徐星梅心里叹了一口气，默默地向王文剑投去了一抹抱歉的眼光，抽回这张报表，第一次主动发声道："王总，刚刚拿到这个数据，还没有来得及仔细看，我替他说一下吧？"她面向林焕海，眼里带着征询的意思。

"可以，你说吧！"林焕海并不介意她越俎代庖，示意徐星梅说下去。

徐星梅低头看着报表说："这个月，总体销售额从数量来说较上月同比增长了15.5%，其中主要是自卸车辆订单和载货车两款车型订单数量上升的缘故。"说着，她又分门别类把各款型的上下浮动说得清清楚楚。

这些数据，听得林焕海等人频频点头，这正是他们想要得到的结果。

接下来，更让领导们满意的是，徐星梅还从各个角度回答了领导的提问，特别是她还回答了销司和经销商的细分，还有交付时间周期安排等。

尤其是交付时间，徐星梅对经手的每一笔订单都记得十分牢靠，而且，在林超涵的要求下，黄小露从一开始就默默地帮助整个销司统计合同订单数据，因此销司近段时间所有的数据他们都有掌握。

这些情况甚至是王文剑都不了解的，不是徐星梅不汇报，而是王文剑自己不愿意看那些报表数据而已。

徐星梅从开始有点紧张局促，到后来的自如轻松，大家都看在眼里，听在耳里，心里各自有了一些计较。

林焕海对徐星梅的交付排期数据十分感兴趣："你刚才说，我们下个月的交货量要达到近300辆？"

"是的，这是我们之前有的订单没有完成积欠下来的，有的是我们近段时间接到的订单，还有一些是我们根据前几个月销售情况进行预测的。"徐星梅抬头看着林焕海，坦然地回答道。

"这300辆车，我们交付会不会有问题？"林焕海掉头问陆刚，现在主抓生产的就是陆刚了，他对生产的情况十分了解。

"这个，真做不到！"陆刚摇了摇头，"就算我们往死里加班了，也很难完成这个目标，很多生产订单必须往后推了。"

"区区300辆而已啊！"潘振民在一旁有些不满意地说。

"老潘，咱们这个沟里，满打满算，每年的产量也就2000余辆，我们现在已经饱和式生产了，勉强能够增加两三百辆，摊到每个月，你算算嘛，能生产200辆车就算不错的了！"陆刚头摇得像拨浪鼓似的，"除非咱们搬新址了，工人再增加，两边一块生产，每个月产能才能成倍提高。"

林焕海对这个情况当然也很清楚，他刚才不过是顺口问了一句，对答案他毫不惊讶。他没有追究这个事，而是紧锁眉头："如果我们完不成这个任务目标，客户那边怎么交代？"

大家一片沉默，目光却都不由自主地盯向了王文剑。

王文剑尴尬地说："没有办法，只能做客户工作了，延期交付呗。"这也是大多数人能够想到的答案，也很难想到其他办法。

林焕海则明显对这个答案很不满意，他颇为严厉地说："我们答应客户的事情，岂能轻易地出尔反尔，如果每次都这么干，那我们最后不是失信于人吗？你们大家都知道，军队对我们的交货日期是卡得非常严的，要是我们晚交，迟早会罚款，重则会有更严厉的处罚。不是说我们改主攻民用了，这个基本的底线就可以放松，到底是你们销司不考虑我们生产能力，还是我们生产部门没有向你们销司讲清楚产能呢？这样的订单排期，我们会吃大亏的！"

王文剑满脑壳都是汗，这件事情，他完全没有预料到，谁知道民用市场打开后，竟然进展如此顺利，销售人员也罢，各地经销商也罢，都在玩命地接单，忽略了西汽的生产能力，以至于现在大批订单无法及时交付了。

"幸亏星梅这边有统计，不然，恐怕你们销司到时候大批违约，都还稀里糊涂地不知道是怎么回事！"林焕海很是不满意地盯着王文剑，突然他转变了话题，对着徐星梅道："我看你手中都是各种各样表格，很有意思嘛，你拿来我看看。"

徐星梅连忙把手中的报表整理了一下，递给了林焕海，林焕海拿过来一看，呵，还真是详细，分门别类，各种数据，统计得还真是挺翔实的，他从来没有见过如此清晰明白的销售数据报表。

"这个报表很不错，看来你是用了很大的心思啊。"林焕海低着头边看边赞叹，顺手还将报表递给姜建平等人传阅。大家一看，都有些吃惊，报表大家都见过，但是像这样清楚明白的销售报表，连罗关根都做不出来，他主要就是财务数据，其他的欠奉。

"都是小超和小露两人帮忙的，小超出的主意和思路，小露做的统计。"徐星梅很谦虚，她可不敢居功自傲，要不是林超涵给她出这个管理经销商的思路，打死她也想不到用这种数据统计的方式来做。

"这个得给你们记一功啊！"姜建平感慨，"小超这孩子，真是不错，处处想在前面，事事都有新方法，实用，管用！"

徐星梅一说，大家立即心知肚明，这种销售统计方法除了林超涵，再不可能有其他人能够做得如此翔实，从现在的角度来说，这种统计报表是十分日常的事情，但是在当时的年代和背景下，能够想到这个，则已经是非常先进了。

这些领导都是人精，虽然这场会议林超涵没有参加，但是林超涵再次露了一把脸，让人意识到这个家伙真是人生何处不折腾，处处折腾得浪花四溅啊。

林焕海听了徐星梅的说法，也是一愣，自己家那个小子没听到他说搞出这个统计表格来啊，连自己老子也瞒，真是该打，回去看不好好收拾一番，居然半点口风也不透露一下，看来这个小子这两年真是长了城府了，不再轻易炫耀了。

"这个报表形式很不错，我看可以形成一个制度，以后销售、生产、财务，甚至还有采购部门、人事管理部门，都慢慢设计一套统计表格来，每周提交，每个月总结一下，你们看如何？"林焕海突然灵光一现，提议道。

姜建平见猎心喜："我看这个好，虽然说句老实话，我也不大看得懂这个表格，但是如果能够帮助我们把事情都搞明白，那就是个好事情。"

其他包括陆刚和各个生产部门、采购部门甚至人事管理部门的人，听了都是一脸懵，这是什么情况，莫名其妙好像多了一件了不起的工作？

但是胳膊拧不过大腿，没看到姜林二人都先后表态了吗，这个时候，行也上，不行硬着头皮也得上，大家刚才都不是听明白了吗，设计这种表格，找林超涵啊，这小子肯定有办法搞出来。倒不是说表格有多难，以前也有一些统计表格，但大都非常简单，如果设计复杂，还有各种计算，就比较复杂了，统计起来非常麻烦，要每天统计每周交，这项工作如果手工来完成，那得搭进很多人手，似乎不划算，但听徐星梅这个意思，利用计算机很快就能完成这项工作，那就试试再看呗。再说，林焕海也没有时间要求不是。

于是，大家都点头答应了下来。于是从这次会议起，各个部门都开始在管理上实行表格化管理了。然后众人又讨论起订单如何消化的问题，林焕海的关注角度是对的，如果大批量的订单不能及时交付，这虽然不会造成多大明面的损失，但西汽无形中信誉会严重受损，长期下来，必然会导致在市场的口碑下滑，那不是西汽希望看到的情况。

这一次，没有任何办法，只能是做部分的工作，尽量把无形中的损失降到最低。大家最后的讨论重点是，做哪一部分客户的工作，这个很犯难，有人提出让经销商部分的订单延后交付，这个提议的出发点是让经销商代西汽受过，至于销司毕竟是自己人，是要照顾的。

然后谁也没有料到的，这引起了徐星梅的极大反感和反对，她公开站出来反驳了这个说法，她的观点是经销商同样是客户上帝，他们从某种程度上，是比销司的自己人更值得珍惜的人，而且，他们的影响力是销司销售们根本无法企及的，绝对不能让他们受损，相反，首先要保障的就是他们的利益。

对于徐星梅激烈的反对，高层领导中有人不以为然，但是林焕海却坚定地站在了徐星梅的这一边，经销商的业务绝对不能有所损害，虽然说经过经销商转一道手，西汽的利润被削弱了很多，但是他们却已经呈现出后来居上的趋势，也许将来，西汽的销售额大部分都是他们创造的，现在如果首先就拿他们出来祭旗，虽然说事情也许不是很大，但是无论如何，也会让他们寒心，与西汽离心离德的。

讨论来讨论去，最后还是达成了折中方案，优先完成军方和经销商订单，接下来就是重点客户和救急订单，最后剩下无法达成的，给予一定的优惠补偿，比如增加 1 年保修年限之类的。这次教训其实是蛮深刻的，要不是徐星梅的统计，等到问题爆发出来，恐怕就够西汽好看的了，幸好现在还可以提前进行处理，不会影响到根本。王文剑则遭遇了冰火两重天，一方面，大家对销司现在的销售数据统计表示赞赏，并提倡全司进行学习，但另一方面，领导们还是批评了他们接单，完全是顾头不顾腚，以后必须要做到对产能心中有数。

对这些，王文剑只能虚心接受，好歹这次会议没有单纯地批判他，有些问题本来也是该解决了。

而这次会议，西汽正式出现了一位冉冉升起的新星，因为王文剑的无心之举，再加上个人的高光表现，徐星梅正式成为西汽高层领导高度重视的一枚新星，这次会议她崭露头角，开启了人生新征程。

# 第115章　遭遇竞争

新址建设正式开始，西汽组织了干部参考观察，林超涵也赫然在列。

在尘土飞扬的工地，他跟在郭志寅身后，被问了一个问题："小超，你看我们这个新址能不能达到年产万辆的目标？"

林超涵抬起头，微微一笑："当然达不到！"

"嗯，我也是这么认为的。"郭志寅点了点头，新址能够大幅提高产能，但是要说真正达到年产万辆，实在是还远远不足，无论从规模、人员配备，还是机器性能、市场份额来说，一时间还难以达到这样的要求。

"六七千辆差不多吧。"林超涵揉了揉被沙尘溅进去的眼睛。

"能达到这么多吗？"郭志寅有点怀疑。

"差不多吧，再多也没有了。"

"这是理想状态，头一年各种机器调试，还有各种流程磨合，很难达到，产能提上去了，质量能不能保证好也是个问题，还有成本问题，也需要好好琢磨一下了。"

"嗯，当然这是理想状态了。只要产能放开，市场销售这边就可以放开手干了，我个人推测，理想状态下，产能全开，一年也能销售得完。"

"市场真有那么大吗？"郭志寅有点怀疑。

"有，恐怕还要更大，不过，目前的销售数据有点问题，我得查查原因。"林超涵说着又绕回了自己一直在考虑的问题。

"哦，什么问题？"郭志寅对销售数据不敏感，他只对各种技术指标了如指掌，但要说市场营销销售，就不在行了。不过，出谋划策他还是不排斥的。

林超涵把自己碰到的数据问题说了一下，他一直在考虑这个数据应该怎么分析，只不过因为时间的巧合，到现在为止，他还没有来得及跟徐星梅讨论一下，所以只能站在现有的数据基础上进行合理推测而已。

林超涵想到了竞争对手的问题，他一直在关注国内兄弟厂家推出各种类型竞争产品的消息，但是他判断这些对西汽都造不成严重冲击，那些经销商不是傻瓜蛋，谁会去代理一个不如西汽的产品呢，再说代理又怎么样，双方由于技术差距，定位是不一样的，相互之间不存在太大的竞争，就好像奥运赛场上，

60公斤级别的轻量级选手与82.5公斤的重量级选手之间进行较量，那不是欺负人吗，根本没有可比性啊。

郭志寅对这个也没有什么见解，不了解情况，瞎猜是没有意义的，他甚至觉得林超涵是不是太敏感了，经销商和代理商这事，本来上层领导的意见也是不统一的，很多人觉得没有必要，就连郭志寅私下里也觉得这样做是不是有点太过激进了，只是出于对林超涵的信任才选择了支持。

现在如果经销代理数据出了问题，在他们看来这情况实在是太正常不过了。出于安慰，郭志寅说："这个事情，回头你去问问，也许只是偶发情况而已。"

"也许吧！"林超涵只能点点头，他也想不出来什么。

很快，林焕海就召集大家就新址的建设各抒己见了，两人连忙走过去，听林焕海的安排布置，各自提了一些具体的建议，时间很快就过去了。在吃够了灰土之后，众人就又坐上车去就餐回公司了。

总体来说，大家很振奋，这里的人大多数是头一次来看新址建设现场，看到高大明亮的厂房和办公地点即将建设完毕，很快就可以入驻，众人议论纷纷，畅想日后的美好工作生活。但是几家欢喜几家愁，有些零部件的生产还将留在原地山沟里，这些部门的领导一个个唉声叹气垂头丧气。不过，没有办法，这是事先已经确定好的事情。但是看着还是心里有些难受，既然自己不能搬，还过来看新址，这不是折磨人吗？

林焕海更是振奋，他现在雄心勃勃，要把西汽带上新台阶。谁也无法阻挡他的脚步，但是世界上的事情从来没有一帆风顺，后面终于还是遇到了一些问题，在这里暂且不提。

林超涵回到山沟后，马不停蹄，先找王文剑来了解情况，但是王文剑更加稀里糊涂地，说不清楚状况，正在疑惑中，徐星梅匆匆赶过来，说明了问题所在。原来，一位叫任老六的经销商在谈判中有意无意透露一个消息，听说日本山鹰的重卡正在向市场大量进行投放。很多经销商和代理商觉得山鹰的品牌好、舒适性高，最重要的是，他们的销售价格居然比西汽还要便宜，这让见利忘义的经销代理们觉得完全可以一边兼着西汽的代理，一边还可以兼山鹰的代理，而山鹰那边更给出了优惠的条件，如果经销商放弃与西汽的合作，只专注于销售山鹰，那么还会有额外的奖励提成。

山鹰集团？他们不是只卖二手车吗？真的来卖一手车了？林超涵觉得有些

不可思议，这怎么可能呢？他之前也担心过日本会卖进一手车进来，但后来与相关人士进行详细了解后，已经放松了警惕，从他获知的价格，如果山鹰进口进来，各种关税加上销售成本，根本对西汽产品难以产生什么撼动，理论上来说，西汽是没有一个全面的竞争对手的。

但是现在山鹰集团却神乎其神地进来了，听这意思，他们卖的价格比西汽还要低。这怎么可能呢，难道还是卖的二手车？

"这不可能，绝对不是二手车，就是新车！"徐星梅很肯定地说。

"山鹰集团难道不考虑关税的问题吗？贱价卖？"王文剑很疑惑地问。

"不可能！"林超涵摇了摇头，"资本家绝对不会做亏本的买卖，如果他们用这招来挤压市场的话，最后恐怕他们自己总公司第一个会受不了，几年的财务报表就能要了他们的命。"林超涵是关注海外情况的，他绝对不相信山鹰集团会像做慈善一样来打市场。

"那就奇了怪了。"王文剑一副束手无策的模样，显得很是急躁。如果各大经销代理都选择背叛西汽，投靠山鹰，那对西汽刚刚做起来的民用市场业务来说，虽然不算是灭顶之灾，但绝对也是很沉重的一次打击，这点他还是看得很明白的，"怎么办？这么下去可不是办法。"

徐星梅倒是显得很冷静："我们先不急，恐怕得先摸下情况再说，我们西汽的产品、售后服务体系以及车贷这些优势，依然还是存在的。再加上，我一直优先保障他们的利益，如果说，他们最后非要因为一些小利而抛弃我们，我以为，是他们的损失而不是自己的。"

"早说了，这些人就是喂不熟的狼崽子吧。"王文剑埋怨道，上次徐星梅在会议上公开反驳领导意见，要求优先保障经销代理的利益，这件事情，他多少还有点耿耿于怀，也有点后怕，要是林焕海这些领导高层不爽，那他带着徐星梅参会，这就起了反作用了。

"现在不是追究这个的时候。"林超涵打圆场，制止王文剑接着往下说，他现在已经看出来了，随着徐星梅的不断成功，将来极有可能再进一步，王文剑现在是有点怕徐星梅了。

"我们还是讨论一下调查应对的事情吧！"林超涵转移到正题上。

"这个好调研，我们杀去广东现场考察一下就行了。"王文剑说。

"去是必须去的，但是去了干什么，怎么应对各种情况，我们还得商量个腹稿方案出来。"林超涵思忖道，"现在，其实要调查出具体的情况很容易，现在就可以打电话给还在广东的销售，甚至是向银行方面打听一下，就知道山鹰集团新车的情况了，我相信很多人现在应该知道具体情况了，只不过，我们得到的讯息有些滞后了而已。"

徐星梅皱着眉头："难道我们自己的销售，还有那些售后服务的一点信息也没有得到吗？"

林超涵也觉得有点不可思议，理论上如果市场上有什么异动，应该自己的销售也会得到消息才对，怎么现在好像全成了聋哑摆设呢，这里面肯定还有别的原因。

王文剑有点不高兴了："我们自己的销售只顾着盯一些客户，对市场上不敏感是很正常的，那些售后维修只管修车，谁管竞争对手啊。"

"王总，咱们也别纠结这些了，这样子，你先跟在广东的几位销售联系，要求他们立即调查山鹰集团的市场开拓情况，同时，梅姐你也一个个跟经销商代理商们联系，探询他们的态度和意见，最后，我们这边拟定应对方案，发动社会关系了解情况，然后尽快赶赴广东，进行实际情况的了解。"

林超涵的建议，得到了王文剑和徐星梅的响应，两人立即分别着手去安排了。

仅过了不到半天，两人就脸色难看地找到了林超涵，他们得到的消息很不乐观，目前山鹰集团已全面切入广东市场，而且，他们摆明了就是以西汽作为主要竞争对手，正在不择手段撬西汽的墙脚，甚至有个别西汽销售都接到了来自山鹰集团的邀请。

两人感到了事情的严重性，连忙拉林超涵、黄小露以及王兴发等人来到会议室商量情况，之所以拉王兴发，主要还是出于信任。

"梅姐，你的意思是，很多经销商已经摆明了态度要准备跟山鹰合作吗？"林超涵的表情也很凝重。

# 第116章　有没有规矩了

"是的，除了少数几家不为所动，还有几家没有联系上，几乎大部分我们之前谈的经销商和代理商都有意愿跟山鹰合作。从他们的态度判断，其中至少有一部分已经准备背弃与我们的合作协议了。"徐星梅点头，她和黄小露分头打电话，统计了各方态度，做成了一个表格，林超涵接过来一看，上面写着每一家的回复态度。

"岂有此理！我们之前和他们签订的协议里有时间限制，还有一些同业竞争排斥条款的。"王文剑十分恼火，"他们怎么能说背弃就背弃？告他们去！"

"这些人如果真撕毁协议，我们当然会告他们，但是现在我们还是首先考虑怎么应对吧。"王兴发在旁边听了半天，劝解王文剑道，"发生这么大事，我们必须得立即向上汇报了。"

"汇报是一定要汇报的，但是在汇报之前，我们还是要把情况仔细梳理一下，然后有个基本的应对措施再说吧！"林超涵反倒冷静了下来，其实他早就担心过发生这样的情况，没理由二手车大卖，新车却不想着卖进来的。

他接着说道："我现在还是有几件事情没搞明白，首先他们是什么时候开始正式进军中国市场的？我刚才听两位得到反馈的信息，应当也就是这两个月的事情吧？"

"我判断是！我听任老六说，据他所知，有个别经销商上个月才开始正式推销山鹰卡车。"徐星梅回答。

"好，我明白了。其次，他们是怎么把价格降到这么低的呢？对外销售只要25万元，这笔账他们是怎么算过来的？根据之前了解的情况，加上关税怎么也不可能这么低。这个我百思不得其解。"林超涵很疑惑。

接着各人各抒己见，分别从成本控制、关税减免等角度进行推测，但都没法统一意见。

"这个是个谜团了，这个，等我们去广东的时候实地考察再弄清楚吧！"林超涵也没有其他的办法了。

"只能去一趟才知道了！"王文剑双手一摊，刚刚就这两个月他松懈了一下，没有去过广东，那边就出事了。

"去是必须要去的，我还有一个疑问，山鹰集团看上去对我们的价格体系还有经销商体系非常了解啊，难道说日本人的情报搜集能力真的这么强吗？我有一种感觉，他们针对我们的竞争手段，几乎是贴身肉搏啊，非常精准，所有的经销代理看样子都有接触到他们，这些经销代理很多人是并不互相联系的，山鹰是怎么拿到我们的名单的？"林超涵用怀疑的眼神看着窗外。

"如果他们切进来如此精准，那肯定是我们内部有人向他们泄露了联系名单。"旁观者清，王兴发在旁边点醒道，但其实这个也是林超涵心里怀疑的。

"我们的销售人员根本不掌握这个名单，这个不可能！"王文剑直接排除了手下人泄密的可能性。

徐星梅和黄小露对视一眼，黄小露十分不客气地说道："林超涵，你这是什么意思？你不会怀疑我们俩泄露出去的吧？这份名单，可是我们这里最全面。"

"没有怀疑你们！"林超涵无奈地说。

徐星梅拦住黄小露，坦然地说："这个不可能是从我们这里泄露出去的，我们从来没有把名单交给任何一个不相干的人或是哪个经销代理商，跟他们的联系都是单线的。"

"有没有可能是维修点透露出去的呢？"王文剑突然说，理论上维修点会掌握合作的经销代理们的电话。

"不太可能，我们维修点很多，每个地方掌握的联系名单不一样，想要拼凑齐全，也需要耗费很多功夫。"林超涵思索着说。

"那也不是不可能的，要知道日本人搜集情报的能力是世界一流的。我看过资料，抗战期间我军缴获日本人制作的中国地图，发现他们绘制得比我们自己的还要精细，许多我们自己绘制的地图上没有标上去的建筑、道路、树木，他们都有。可见他们的情报工作做得有多么细致。"王兴发在旁边说道："现在虽然是和平时期，中日友好，但是他们对我们的情报搜集恐怕是一刻都没停，尤其是我们这样算是半军工的企业，有什么动静，他们肯定关注，下点功夫就能拼凑起这种民用市场上的大路货情报。"

"这也只是一种可能性吧！"林超涵点头赞同，只要用心，再加上金钱开路，想搞点民间和经济上的情报，对日本人来说再容易不过了。

"如果是这样，他们能够精准打击我们，撬我们的墙脚，这个就很容易解释了。"王兴发继续分析。

"他们的工作做得很细致，肯定还分别做了这些人的工作，所以拖了两个月，我们才发现这个情况，要不是他们工作做得急躁，这几天碰到任老六这样的人，还有开始撬我们销售的墙脚的，我们肯定还要被蒙在鼓里。"林超涵点头。

王兴发转头对王文剑说："咱们的销售里面，有没有人真的被说服，向我们隐瞒情况，还真不知道，您是不是回头也查查？还有，为什么有的人明知道山鹰的举动很不友好，为什么不及时汇报，这是不是作风也太散漫了？"

其实这话也是林超涵想说的，但是顾忌到王文剑的脸面，他没好意思质问，但王兴发却没有这样的顾忌，现在他提升为总经理助理，这些事情理论上他都有权责过问了。

王文剑老脸再度一红，他心里很清楚，随着业务的发展壮大，他的能力是越来越跟不上形势了。

林超涵打圆场："我们还是先讨论一下如何应对吧。梅姐，经销代理这块是你负责，你有什么想法呢？"

"我刚才已经有了想法，这些经销代理里面，我会一一去劝，劝他们回头，别鬼迷心窍，上了日本人的当，只要他们愿意回心转意，我们就还是好好合作，我也会尽力保证给他们供货！"徐星梅用一种十分平稳的语气说道。

"怕是没那么容易，利字当头，他们难保不会心动！"

"所以，如果确认他们失信，那我们也不会客气，立即取消他们的合作资格，中断供货，并向法院起诉他们违约，告到他们彻底退出这个市场为止。"徐星梅语气依然坚定平稳。

林超涵很震撼，他真是没有想到徐星梅居然如此决断冷酷。

徐星梅还没说话，旁边的黄小露急着插嘴道："梅姐，你当初那么坚定在厂领导面前为这些经销代理争取权益，现在又力主跟他们翻脸，会不会对你影响不好？"这个丫头有点没脑子，这话本来应该在私下说的，但是当众被她提了出来。

"不怕！我支持他们是为了公司的利益，现在与他们决断也是为了公司利益，相信高层会理解的。"徐星梅的表情显得很是坚毅，显示她心意已定，从她的脸上完全找不到当初林超涵熟悉的惶恐与失意痕迹。

但是，徐星梅说的话算不算数，这个就不是她自己可以决定的事了。这个得看高层领导对她支持不支持。

王兴发惊讶又赞赏地看着徐星梅，从她身上，他看到了一种叫作果敢的东西，此女如果一直保持下去，将来会成大器啊，哪怕是大器晚成，那也是大器。

"我赞同梅姐的意见，大不了，重新换一批合作方，我们哪怕是市场开拓因此放缓，但是让销售网络变得更加健康、成熟、稳定也是必需的。"林超涵点头说，虽然这个网建起来也不过半年多，但是既然对方不按常理出牌，那西汽也必须要做出适度的回应，否则还真以为西汽是个软柿子，谁都来捏两把了。

王文剑内心是崩溃的，但是既然看样子大家都同意了，他只能表态同意这样的处理方法。

"那去找林总汇报吧，这事情我们得尽快解决了！"王兴发最后总结说，就结束了这个临时的小型会议。

很快，林焕海就被从繁忙的其他公务中，给拉回到销售战场上，听到经销代理商被人猛撬墙脚的消息，林焕海顿时勃然大怒："什么？什么人这么大的胆子？"

"日本人！"

"查，日本人没那个本事，这事肯定还有一个中国人做代理，究竟是什么人这么搞事，还有没有一点规矩了？！"

"我们马上奔赴广东，搞清楚这件事情，查个水落石出！"

"今晚就走！我三天内要听到你们关于所有情况和应对措施的汇报！我们的民用市场好不容易打开，广东更是我们的立身之所，这是一场真正的战争，我们绝对不能打输！"林焕海重重地敲击了一下桌子。

# 第117章　对手是谁

"明白，我们今晚就走！"王文剑连忙点头。他真是颇感无奈，自己这个销司实际负责人现在的工作量比以前可多上好几倍了，以前只需要到各个部队点点卯，没事还喝点小酒就可以，现在好了，自从民用市场推出后，自己就没有几天能够脚沾地的，不是火车上，就是客车上，不是在客车上就是在小轿车上，这麻烦还没完没了的，真是让人十分难熬。

好在，无论什么时候，都要拉上林超涵就对了。想到这里，王文剑的心情就难得地好起来，这些事，如果都让他去弄，他真是头疼，林超涵又年轻精力充沛，对市场了解又比较透彻，关键在技术上也是好手，凡是有麻烦，让他出面总能解决，屡试不爽，也让王文剑建立了对林超涵的信心。

很快，他们就调查清楚了，原来是范一鸣代理了山鹰，在背后捣鬼。

与此同时，在特区山鹰集团总经理办公室里，范一鸣正在和朱梅英两人品着一瓶红酒。这瓶红酒是范一鸣托人从美国的一家名不见经传的酒庄里专门带回来的，这家酒庄据说是纽约一家富豪地产商前一段时间花了老大劲买的，为了赚钱，他把窖藏的酒卖给了一批中国人。而且这位地产商特别会做生意，据说这酒不仅没有降价，还把价格翻倍了，但是这位富豪很擅长讲有故事，把这个酒庄的故事讲得天花乱坠，而且还在纽约以他的名字命名的大厦里亲自举行拍卖会。这批中国富豪，是改革开放后成长起来的第一批民营企业家，这些人听了这位地产商的一顿忽悠，就纷纷掏出天价把这批酒买了下来，留下了钱多人傻的传说。

据说二十年后这位地产商竞选总统的时候，谈起这件事件，依然觉得不可思议，不少评论家认为，从那个时候起，这位地产商心里就埋下了要敲中国人竹杠的种子。

这些酒运回国，其中有两箱辗转就送到了范一鸣的手中。现在范一鸣就是喝这种酒，当时，很多普通中国人，一辈子都没尝过红酒，但是像范一鸣，早已经喝过无数次了，因此品位自然也不会太差。

范一鸣晃荡着玻璃杯，闻了闻，又喝了少量进去，闭着眼睛回味了片刻，睁开眼叹道："算得上是上乘好酒，香气扑鼻，判断这是上好的葡萄酿造的，这山庄打理得不错，这味道嘛，入嘴醇厚之余，略略的涩味，好像……好像……"

朱梅英很少喝红酒，也就是这段时间陪着范一鸣开始喝酒，因此对这些酒大约只能评价好喝不好喝，或者香不香，谈不上什么品鉴。听到范一鸣这么说评价，不由好奇地跟着问道："好像什么？"

"好像是初恋的味道。"范一鸣哈哈一笑。

"这酒，也能喝出初恋的味道？"朱梅英不信，她刚才也喝了，"我什么都没感觉出来。"

"那是因为你见识太短！"范一鸣毫不留情地点评道，"你一个乡下来的丫头，要能懂怎么喝红酒，那就奇怪了。"

朱梅英冷笑一声："我的确是乡下女孩，不懂红酒，但是我为什么一定要懂？"

"做我的女人怎么能不懂这些？"范一鸣霸道地说。

"谁要做你的女人了？"朱梅英接着冷笑，"我跟你，是合作关系，反正你也不会娶我，所以我不会做你的女人。"

听到朱梅英这么说，范一鸣却是一阵默然，他知道朱梅英说的是实情，朱梅英虽然功利心很重，来投靠他，在外人面前甚至牵手搂抱，但是私下里分寸却是谨守的，他啥便宜也没有占到，而且越了解这个女人的性情，他越是不敢放肆，他完全相信，他要是强迫的，朱梅英一定会以死相拼。有次他喝多了，在宾馆里准备霸王硬上弓，但是朱梅英却拿出刀子向他比画，差点割破了他的喉咙，让他心有余悸。这个女人什么时候变得这么刚烈呢？这完全不是他想象的那样。原本他以为很容易就能拿下的，但是朱梅英却让他一次次挫败。

而要让朱梅英放下戒备，那就只能一个条件，娶她！

什么都可以答应，但是婚姻大事，范一鸣是很清楚的，想娶季容，那不光是因为他喜欢，更是因为家里默认，认为季家还勉强上得了台面，但是朱梅英呢？什么都没有，家里是不会同意的。

所以两人就一直保持着一种很奇怪的关系，在外人看来，他们如胶似漆，铁定是情人关系，但是私下里，他们却保持着一定的距离，因为心中有气，所以范一鸣常常在言语上羞辱朱梅英，而朱梅英也从来不客气，会进行反击，有时候能把范一鸣气死。但越是这样，范一鸣越是不想让这女人离开。或许，他自己都不清楚是否有一种受虐的倾向。

朱梅英自然有自己的算盘，如果是从前，没有认清自己的价值，她也许不介意让范一鸣占了便宜，但是现在她猛然发现，在事业上，她对范一鸣的价值远比范一鸣认为的要更大，所以，她就不乐意让范一鸣占便宜了，要占便宜，就一定要有代价，如果付不出，那就——走着瞧。

范一鸣过了半天才开口道："这品酒，也像是品女人，第一杯，像初恋，青涩，从来没有过的体验；这第二杯嘛，就像是热恋，迫不及待地让人喝下一大口。"说着，他猛地灌下了大半杯。

"别喝太猛了，像上次那样发酒疯，我这次是不会客气的。"朱梅英脸上笑得有些异样。

范一鸣自顾自地接着说："这第三杯酒嘛，其实就像是夫妻生活，熟悉了，痒了，醉了，麻木了。"

"你们男人都这么看女人吗？"朱梅英用一种很奇特的眼神看着范一鸣，不知道为什么，她发现这个时候的范一鸣的脸上少了些狂傲，多了些落寞。范一鸣这个人，其实长得挺不错，但就是因为那种狂傲的表情，让人觉得欠揍，很浮躁，所以让人对他印象不太好。但这会儿，少了些狂傲，倒是像极了一个普通人。

但是这种表情转瞬即逝，范一鸣又猛地喝了一杯酒后，就没再倒酒了，端着空杯子，仰坐在沙发上说："一直以为只有欧洲才有好酒，没想到美国也有，等山鹰集团把西汽干垮了，等我把林超涵打趴下后，我就要去一趟美国了。"

朱梅英知道他想去美国做什么："这么多年过去了，听说季容连跟林超涵的联系都少了，还会记得你吗？"

"哼，由不得她记不记得，我范一鸣要的女人，一定跑不掉，哪怕那边她认识别的什么人，都没有用。"范一鸣的表情非常阴鸷。

朱梅英心中不知道是什么滋味，但是她又很清楚自己的作用在哪里，哪怕再不爽，她也会压下来，试过几次，知道季容是范一鸣的逆鳞后，她很少故意在这一块撩拨他，她冷静地说："其实想追一个女人，也不一定要非等到功成名就之后，你现在过去，依然占据了先机。"

"你懂什么？现在她肯定知道我之前跟林超涵的几次碰撞，我去，只会自讨没趣，被嘲笑，再说那是在美国，我的关系还没有那么长的手能够进到大学里面去。"范一鸣很清楚自己关系的边界。当然也不尽然，只要有钱，在美国，他虽然说不能为所欲为，但是想做些事还是很容易的，美国有的是愿意为钱卖命的人，不过他还没有走到那一步而已。

他，范一鸣，多多少少还有点自己的骄傲。

他忘不掉，林超涵那看着又轻蔑又同情，还带着怜悯的表情。

他想到林超涵就非常不舒服，那个小子，总是带着一副努力上进、热血阳光的面孔，这种人，要多欠揍有多欠揍，埋头做国产车有什么前途出息呢？哪有他这样靠关系赚钱就能过得潇洒自在的？哪有像他这样代理外国品牌这么风光高大的？

那个土包子，肯定这会儿还在厂里搞得灰头土脸。范一鸣在心里这么想，每次这么想，他觉得很爽，但是又总觉得哪里有点不对劲。

"好吧，就当我没说。"朱梅英在心里还松了一口气，"那我们还是好好考虑怎么在南方市场把西汽挤出去吧！"

"不仅是把他们从南方挤出去，还要让他们负债、破产、完蛋！"范一鸣有点烦躁又有点狂躁地说，也不知道他哪里来这么大的仇恨，"不光是要把他们从民用市场挤出去，等到他们没有能力发展的时候，我还要让他们连军用市场也丢掉。"

"这个，你真有把握吗？"朱梅英担心地问。

"怎么没有把握，有些事，不是你们女人应该知道的，就静静地等着看好戏吧。"范一鸣冷笑着说，"没有金刚钻，哪敢揽瓷器活，如果没有一些后手准备，就凭我们压低价格，撬走几个供应商就能把西汽挤出市场？那是做梦，日本人太死板，车子质量还行，但是在关键载重指标上，完全只能被人碾压。价格是不能完全打倒他们的，必须要配合别的方法。"

"你还有一些别的方法？"朱梅英眉头紧皱，她倒不是担心，而是有些不快，跟了范一鸣快一年了，很多事情，范一鸣还没有完全向她交代。

在保密这一点上，范一鸣还是挺有能耐的，极少跟她透露这方面的口风，这次也不例外，就说了这么多，范一鸣就死活不肯往下说下去了，他转移了话题："别说其他的废话，我们还是要把眼前的事情做好，你现在跟西汽所有的经销商代理商都联系过了吗？他们当中有多少人愿意跟我们合作的，把最新情况说一下吧。"

"现在名单上几乎我们全部都接触了，除了个别一直没有联系上以外，其中大多数都对跟我们合作有兴趣，其中有近一半同意抛弃西汽，跟我们合作。"朱梅英汇报说，她具体负责这些事，这段时间可没少操心。但她死活有个疑问，这份名单范一鸣从哪里弄来的？难道西汽还有人给他提供资料吗？她不好判断。

"好！联系不上的不管他了，答应的赶紧签，不放过，模棱两可的要跟紧，争取绝大多数都争取过来，这一次，我要林超涵败得心服口服！"范一鸣重重地将酒杯砸在桌台上。

# 第118章　贪婪是原罪

接下来的日子，朱梅英和范一鸣就频频出动，到各地去见经销代理商，秘密地跟他们谈判取西汽而代之的事宜。这些经销代理，西汽方面可真不是瞎找的，他们越接触越发现，这些经销代理商比他们刚开始准备开拓市场时遇到的那伙人要靠谱，都是在各地属于那种有强大的人脉关系、有一定资本且做事业非常有手段的人，这些人如果山鹰一个个去找，肯定是要费老大的劲，但感谢西汽，提前给他们铺好了路，他们现在只需要一个个去摘果子就好了。

在他们频频出动的时候，徐星梅和黄小露也频繁地与这些经销代理们见面面谈，这些经销代理们在最初没有选择的时候，看到西汽有种种便利条件，而且产品如此受欢迎，有这样的机会自然是好谈多了，但是现在他们有了第二选择，而且发现自己更是香饽饽，被人争来抢去的时候，自然怪话多了牢骚多了，而且要价也更苛刻了。

有的明显已经不打算跟西汽合作了，阴阳怪气地批判西汽把价格开得过高，让他们赚不着钱了，说现在山鹰虽然说有的技术条件不如西汽，但是司机们喜欢啊，而且价格低四五万，这个选择题很好选啊，何况，山鹰给的经销代理利润也比西汽要高一点，再加上其他林林总总的条件，明显已经是不打算继续跟西汽合作了。

个别的在谈的时候喝大发了，居然还毛手毛脚，想非礼黄小露，幸亏带了男同事没有吃亏，但是却让人像吃了苍蝇一样。徐星梅气不过，当场还报警了，但是警察没有任何证据，也不能奈何对方，对于这种人西汽当然选择彻底放弃。

当然这都是极个别，大多数的都是抱着模棱两可的态度，既想跟西汽合作，也想跟山鹰合作，多一款产品让客户选，对他们来说是好事啊，干吗非得争个你死我活的。他们跟西汽方面总体还保持着客气，给他们面子，来了好吃好喝招待，但要么哭穷说要养家糊口，要么就打太极，反正既不撕破脸皮，也不会答应执行排它条款。这让徐星梅等人像是一拳打在棉花上，很是难受。

看来走到哪，贪婪都是原罪。

但好在出发前，林超涵早就想到了这一点，他们商量的对策就是碰到这种经销代理那就先稳住，保证不完全投奔山鹰再说，如果他们非要两边都代理，那大不了答应就是，但是有一个前提条件，那就是退而求其次，必须保证不能跟山鹰签排它协议，如果做不到这一点，那就结束协议，法庭上见。

对于这个条件，已经是底线了。这部分人中，一半的经销代理都同意了，甚至写了保证书。剩下的要么是口头答应，要么是含糊其词，反正不愿意再签什么保证书。对于这样的，西汽只能很遗憾地告诉他们，他们的经销代理资格被取消了。有些人听到这个后又反悔了，但是按照西汽众人事先商量好的，对于反悔的除非愿意执行排它，否则没得商量。

被取消资格的经销代理很是恼火，有些人甚至发出了警告，说以后如果看到谁敢在当地再代理西汽，那他们可不会客气，对此，徐星梅硬顶了回去："本来我们愿意共存竞争已经够可以了，如果你们只想见风使舵，那我们宁可拒绝。"

当然也不是所有的经销代理都被山鹰那边迷惑说动，也有部分人根本不为所动，他们认定跟西汽合作了，也有排它条款，那就应该好好执行这个条款，做人不能不诚信，做生意更是如此，如果现在见利就忘义了，将来谁还敢跟他们合作？他们对这些道理看得很透彻，山鹰三番五次地来找他们谈，都直接予以拒绝，甚至像任老六这样的，还直接跟徐星梅他们汇报了这件事。

对于这些人，徐星梅一行也拜访了他们，徐星梅很感动，当场承诺，以后只要她徐星梅还负责这块业务，所有的发货都会优先他们，而且，将来厂里只要有优惠活动名额，第一时间都会考虑他们。

徐星梅说得很实在，这也是她能够承诺的极限。这近一年来，这些经销代理跟徐星梅打过交道，知道她虽然表面看上去还没有完全褪去家庭妇女的影子，但是为人坦诚、信守承诺，并且为他们着想，从来不拖延他们的交货时间，这让他们也很受用，觉得跟徐星梅打交道还是很省心的，这才像是做生意的嘛，不是所有人都喜欢像王文剑那样的老油条，这种老油条当然说话都好听，但是往往做起事来也很油，让人感觉不太可靠，还是跟徐星梅打交道比较愉快。

在见面中，这些人也向徐星梅承诺，只要徐星梅还负责这个业务，愿意把这个生意交给他们做，那他们就一辈子跟徐星梅合作，在西汽也只认徐星梅一个人。

黄小露在旁边听得很是服气，本来她内心是略有点瞧不起徐星梅这样的家庭妇女的，但是屡次见到她跟人谈成生意，这份执着、坦诚还有亲和力，是她不具备的，当然她依然还有着自己的骄傲。

徐星梅前后在各地跑一圈的工夫，朱梅英也跑了一圈，双方在不见面的情况下，已经碰撞了好几圈。往往总是徐星梅前脚刚走，朱梅英后脚赶到，又或者是朱梅英刚离开，徐星梅正好驾到。

没用多久，双梅都知道对方的存在和活动了。

徐星梅与朱梅英两人关于经销代理之争，其实还只是表面的争夺，双方都明白，现在大家的竞争还不到一个台面上，山鹰推出的系列卡车，整体来说产品都直奔着西汽去的，双方从类型上来说，是直接的竞争对手，但是双方一个载重有优势，一个价格有优势，整体来说，还勉强能够平衡，如果让客户来选择的话，委实难以抉择，除了少数有特殊载重需求的，比如矿山运输，肯定会首选西汽系列以外，其他都很难说，因为山鹰也有自己无可比拟的优点，比如操作更为便捷，舒适度比西汽要高一个档次。

这个时候就要看推销人员如何说服客户了，看他们推哪款产品了，这个推销很大程度上会影响客户的选择。

然而这一切还都是表面的竞争，林超涵心里最清楚不过，现在双方最大的竞争还在于价格，只要西汽价格能够压下来，其实整体上还是会比山鹰更占优势。在市场竞争中，稳住自己的底盘还是没问题的，至于舒适度装饰之类的，那总还是有改进空间的。

所以，林超涵暂时没有参与到具体的跟经销代理的谈判中去，那方面，他们计议已定，在他看来，这些经销代理如果都被挖走会伤筋动骨，但真要重建这样一套体系也并不是说多难。

真正核心还在于西汽的生产如何降低成本，如果改进技术，做得比山鹰更完美。

说易行难，他必须要很有针对性地了解山鹰卡车的技术现状。

而且降成本，何其之难，林超涵完全明白，要是能降低成本，西汽早年就不至于步履维艰了。长期做军车，好处很多，但最大的弊端就是浪费，大手大脚用习惯了原材料，固定的工序流程，不同素质的工人，造成了本成的不可控，就算在改革后大幅降低了浪费，提高了各道工序的成品率，成本仍然还有很大的降低空间。

降成本是个综合性极强的体系工程，现在包括原材料价格、物流成本、加工工时成本等，其中原材料成本和人工加工工时成本是最大的两块，占到成本的90%，除此之外，企业的运行成本（包括工资、车辆开支、能源等等）、售后服务成本也都是要加进去的，不但如此，国企还有大量的职工福利。更可气的，还有极少数老鼠居然干出中饱私囊偷出去卖这种事。林超涵去东北试车的时候，厂内就发生过一起相关的事件，那是被揪出来的，也还有没有被揪出来的，有些账稀里糊涂的，这些最后都要算在料废成本里，基本上占了加工成本的20%（实际上真正干废的废品率只有不到5%）。

在这种情况下，要降低成本就必须要有更强烈的决心、更决绝的手段和更智慧的设计。他决意现在要结合自己调研到的对手情况，提出优化改进生产流程的建议。当然了，对手的情况有些他是非常怀疑，这些进口车的价格居然卖得比国产车还便宜，固然可以说是对方成本控制得力、加工精密、零部件采购科学等等，但无论如何，这些车如果加上进口关税进来，也不会比国产的要便宜，难道他们拿到什么尚方宝剑，免了这进口关税？或者有什么其他的手段和措施？或者说是走私进来的？但是肯定不是，他们进口手续齐全，什么一致性证书、发票之类的都看上去是完全合法的。

这就让林超涵之前怀疑他们走私进来的想法被打消了，又是怎么回事呢？以他现在的社会关系和力量，还查不到海关那边，海外的情况也只能打听打听，他现在没有其他办法了，只能从价格上面下功夫。

# 第119章　完美复制套路

在林超涵考虑如何给公司提出建议的时候，公司也发生了一件事情，搞得高层大为光火，而这件事情，也是与成本息息相关的。

西汽现在由于生产民用车，产量上去了，分厂能够加工的零件都供应不上，有些自己生产不了必须外购的零件更是只能全部由外部采购，这些都是外协件，由于各个层级都太忙，而采购部门的杨勇祥几个人力量不足，光是搞清楚那些纷乱的零件规格就够他们头疼了，让他们管理采购件质量就别想了，因此当时外协件成本基本上也是失控的。

比如说轮边减速器壳壳体，当时包给一家外部厂商强骅公司，最初采购的时候，只是规定了材质、给了图纸，要求50块钱搞定，至于强骅到底成本多少，谁心里都没谱，根本没有供应商管理的概念，谁能干谁上，不行了再说这种想法，基本上就是采购部这边通 行的理念。

在这种情况下，供应商在私底下胡搞瞎搞，甚至把订单卖给作坊，这种作坊可不像凌霄强那样正儿八经打算创业的作坊，是真正意义上的手工作坊，半吊子主导，不负责任，一心向钱看，能糊弄则糊弄那种。

这些人向强骅提供自己做的部件，然后强骅也懒得管质量如何，直接打上自己的合格章再卖给西汽赚差价。这种恶心人的事情竟然发生了，要不是强骅提供的壳体成批尺寸出现问题，根本装不上去，要全批次重新加工，一加工还发现材质根本不合格，大片大片地直接崩了，导致生产车间拿到货后怨气冲天，直接找采购部门的人扯皮，这事还没受到重视。

要知道，零部件包括自产的都一样，都不可能完全合格，装配的时候往往需要经过一些小小调整，这是正常现象，但这样全批次重新加工，而且还发现材质完全不合格还是罕见的，这已经严重影响到生产进度了。

各个生产部门听到这件事情后，纷纷自查统计，发现还有好几个部件同样存在这样或那样的问题，这一下子就惊动了高层，公司立即组织人手进行了全面核算，最后得出的结论是后果很严重！

林焕海非常震怒，这几年，竟然有1000万元的零件由于外购，出现了问题。1000万元啊，这是什么概念，也就是说，这些年西汽因此要承担的质量成本是非常可怕的。当然这1000万元只是西汽自己的统计，很多材料虽然不合格，但有的浪费掉了，有的用掉了，库存的都是极少数，因此在证据查找上非常困难，但是林焕海懒得理会，只要查出哪家供应厂家是这么干的，一律都要追偿，否则以后这些厂家都别想给西汽供应零件了。

采购部门承受了巨大的压力，杨勇祥辞职，但未获批，林焕海要求他去找供应厂家追偿，他没有办法，硬着头皮一家一家供应商去跑。这些厂家对自己的行为心知肚明，大部分都不敢抵赖自己有外包以次充好的行为，但是这些经营者则是良莠不齐，特别是一些民企供应商，跑路的跑路，耍赖的耍赖，这1000万元，最后只追回来400万元，损失总计高达600万元。当然这个损失是计算历年的，而且这里面不可避免有些冤枉了。

在这个过程中，凌霄强的利通公司经受住了考验，所有批次的零件都是自己加工的，没有外包，而且质量合格率也达到了要求。

西汽轰轰烈烈的内部清查让林超涵明白，公司对成本控制的意识开始萌发了，与自己要进行成本控制降低价格的想法，完全同步。

在琢磨降成本的同时，林超涵仍在客串销售的角色。现在由于西汽有银行的个人车贷业务，再加上前期的铺垫和宣传，不时有客户或打电话，或找上门来洽谈购车业务，林超涵就充当销售，跟这些客户谈判，了解他们的需求，一不小心还做成了几单业务。

他同这些散客们的谈判，其实主要是想了解这些散客对于车辆性能的要求，总体来看，购买载货车车型的主要是散客，因为他们只要有辆车，就可以跑单做生意，而购买集装箱车头这样的大多是有组织的行为，像工地矿山自卸车则是大机构购买，当然也都不绝对。市场的情况是五花八门的，不能一概而论。

他在这期间意识到，这些客户购买西汽车辆，虽然也抱怨有点贵，甚至有人拿山鹰出来做对比，但最终还是选择了西汽，这说明市场对西汽的认可度现在还是很高的，也不是所有人都注重舒适性，实用依然是主流，哪怕西汽这边贵出四五万元，他们依然能够接受。

这让林超涵心里更有底气了，要说山鹰没有影响，那是不可能的，肯定也有客户去购买山鹰了，但是西汽卡车的性能和售后服务算是已经打出了名声，客户还是愿意买单的。

如果成本能够压下去，再保证原来的服务和性能不变，那么西汽与山鹰相争，就必然会占据优势，如果在设计上再优化一下，将山鹰赶出市场也不是不可能。

所以，归根结底林超涵要尽快把成本优化方案给做出来。

林超涵于是白天就出去调研做销售，四处活动，晚上就回来整理笔记和思路，希望写出一份优化方案来。他的这个想法已经给王兴发汇报过了，王兴发给公司高层汇报过了，高层因为前段时间外购件的质量问题闹得很头疼，与林超涵的想法不谋而合，于是这个任务正式落到了林超涵的身上，要他尽快给出一个方案来。

但是公司上层还有一个意见，这份方案闭门造车是不行的，最好能够亲身参与了解各个生产环节和采购环节，有了更深层的认识才能写出来。因此要求林超涵尽快搞清广东市场状况后，回公司来完成这个方案设计。

林超涵现在还不能回去，他觉得有挺多事情要干的，不过他有了一个主意，要尽快召开经销代理商大会，就在羊城这边召开，初步可以让整个南方区域的经销代理们过来，用会议做公关。

这个主意王文剑是认可的，徐星梅在外面奔波，但也时常打电话回来，听到这个主意后眼前一亮，于是就拿着这个到处跟销售网络谈，心向西汽的经销代理们一听觉得不能错过会议，而心生异心的则是有些动摇了，觉得贸然抛弃西汽这棵大树搞不好是个错误。

召开经销代理大会这个建议，公司领导层听到后非常赞成，届时公司主要领导都会出席，与经销代理们做亲密沟通互动，这对于展现西汽形象，加深与他们的感情，同时促进销售都大有好处。

这种会议营销的方式千万别小看了，有时候往往就是因为双方感情亲密一点，就会多出不少订单来，中国是一个讲人情的社会，人情有时候大过天。林焕海其实早就有跟自己的销售网络亲密接触一下的想法，倒不是不放心徐星梅等人，而是认为自己出面的话会给销售带来更多的正面加成作用，至少让经销代理商们感受到组织的存在，感受到自己被重视。

林超涵这个提议，很快就通过了。

他回到了南方，与徐黄等一行人会合，用了较快的时间把剩下的经销商和代理商都挨个再走访了一遍，由于游说力量的加大，再加大会的邀请，这些人基本上都没有跟西汽翻脸，保持了面上的友好，其中部分还表示与西汽的合作一切不变，并且明确表示不会再跟山鹰合作。

在林超涵的坚持下，一行人对名单进行了梳理，确定日后重点合作的名单，同时，列出了清除出合作队伍的名单。

这清除名单，拉得也不短，这些人都是之前好不容易一个个谈下来的，现在拱手让人，要说他们心里不窝火是不可能的，但是徐星梅完全同意林超涵的意见，她的态度很坚决，愿意合作，那就好好合作，既然不愿意合作，那就不要去勉强。合作的，她一定会为给他们争取最大的利益，拿他们当朋友，真诚地对待他们。

清除一批经销代理后，剩下的这些，他们仔细盘点了一下，惊喜地发现，能力较强、订单较多的，大多数都还留在合作名单内，这是相当大的利好。清除一批人固然会影响整体销售量，但是长痛不如短痛，大不了重新来过。

这一轮走完之后，林超涵基本上对各种情况心里有数了。

很快又出现了新情况，这天林超涵震惊地看到《汽车行业分类国家标准修订办法》正式颁布，他赶紧浏览了一下，顿时整个人都有些不好了。

在制订过程中，有些企业为了让自己尽可能保存重型车方面的份额，借着制定排放标准的势，把重卡国标给修订了，其中一条，就是把轴荷参数给改了，当时给出的理由是向欧洲看齐，跟国际接轨，因为当时欧标 EEC 中有一条中后桥轴荷大于等于 11.5 吨这个概念，但是人家是界定城市短途专用重卡的，针对城际重型卡车还是 13 吨，然后国内一些专家为了保有市场，生生地把国标标准给改了。

这个标准让一些中卡拿到了重卡身份，即所谓的准重卡。这些个标准参数，以前本来林超涵就了如指掌的，所以他对自己在行业的优势是非常有自信的，在他看来，日本车根本就构不成对西汽重卡市场的威胁，但是现在不知道他们是撞了什么大运，竟然在这个关键时刻，推出了这样一条新的与重卡相关的国标。

这样一来，日本山鹰卡车就等于名正言顺地获得了重型卡车的通行证，而且是国家认可。西汽再也没有办法跟人说日本山鹰根本就不算重卡，对不明真相的客户们来说，山鹰的宣传就没有任何虚假的地方，个别指标的差异也没有那么突出了。对山鹰来说，这就是获得了国家背书，简直就是他们的福音。

扫过那些细微的参数说明，林超涵的心里有一股说不出来的滋味。那些友商们的动作，固然是给了他们缓刑时间，那也把西汽推向了一条更窄的路，虽然不能说是绝路，但是眼下这形势，对西汽的不利是显而易见的。

更可气的不是他们通过这个新标准给日本车松绑，而且是还要给日本一些车补贴。额定轴荷降低，必然会造成大批原来不属于重卡的车辆可以名正言顺地安上重卡的名头卖，而且价格比真正的重型车低很多，这对西汽这样的重卡制造企业会造成极大冲击。尤其是日本车，原来理论上只能算中卡，不享受重卡专项补贴（这补贴在一段时间内是由国家出的，后来取消了，前后不到5年），现在算上补贴之后便宜不少，对国产车冲击很大。不过，所谓国产车，主要是包括西汽在内的几家生产的真正重卡，而那些本来就主要生产中卡的大厂根本不在乎，他们的车本来就很便宜，算上补贴更便宜，真正吃亏的就是真正的重卡企业。

这些标准和政策的制订，在某种程度上来说，就像是刀子一样扎在了西汽的身上，捅得林超涵鲜血淋漓。

这种情况完全在林超涵的预料之外，之前说可能会对西汽有些不利，他还不是特别担心，认为应该不到最坏的情况。

冷静下来，林超涵提出了改进生产流程，降低生产成本的四大对策：

第一条，压缩采购成本，具体内容包括缩短原材料采购的合同价有效期，加快市场行情同步调整；精算外协件加工成本，重新核定采购价格；辅料辅具采购采取严格审批制，由原各分厂自行审批改为主管领导审批，消灭不必要的超采；严格材料领用制度，不定期抽查刀具消耗和工具损耗，不定期抽查耐用品实物状态等；

第二条，压缩生产成本，具体内容包括：重新核定工时单价；重新核定刀具辅具定额；重新核定材料消耗和废品率定额；落实返修返工工时核定和追责机制；减少不必要的人员，例如辞退不必要的民工岗位，培养一专多能人才等；

第三条，压缩经营成本：甩掉自备井等外围生活设施的运行维护岗位，转由社会承接，公司监督方式，降低运营成本；服务公司实行严格财务制度，精算成本，降低运输消耗；自备车队可以对社会开放运营，承接货运业务，减少出车浪费；

第四条，质量成本压缩：严格供应商质量追责；严格售后服务单审核制度，设立专门的审单专员岗位，对服务单进行真伪判别；严肃服务商考核制度，对不合格的服务商坚决开除出名录。

这四条对策是林超涵参考了一些生产管理相关的书籍，再加上自己平时的观察以及自己对公司内部的管理状况，提出的对策。

林焕海听完后，皱着眉头没有吭声，他在想，自己这个儿子是不是太招摇了，每一条提出来的都很合理，都很在行，但这更应该是由他提出而不是由林超涵提出。他有点担心别人会怀疑他们俩这是唱双簧。

但是旁边姜建平和郭志寅等人则是听得很认真，这些改革措施不能说全然陌生，准确来说，现在各种国企改革，万变不离其宗，都差不多是这样的套路。只是说易行难，原则说起来都赞成，都好说，具体落实起来千难万难。

# 第120章　确认走在正确的道路上

其实像林超涵提出来的这些建议，大多数也在领导层中讨论着，没有谁是傻瓜，生产中是什么情况，他们门儿清，只不过冰冻三尺非一日之寒，每推进一步，其实都是非常艰难的，之前林焕海推行的各种改革措施，都在朝着这个方向迈进，只是仍然不够彻底，而且只是解决了一些容易做到的事情，啃骨头的事，触及灵魂的事，还都只是浅尝辄止。

说到降成本，对西汽来说，其实核心只有三条，一条是人员成本，一条是材料成本，再就是管理成本。上面林超涵说的，其实也都是针对这些展开的，不过说得相对具体一点。

会议室里的空气凝固了一会儿，林超涵说完，也静静的，没有出声，等待着长辈们的意见。

　　过了一会儿，郭志寅才开口说道："小超，你刚才说的，重新核定工时单价是什么意思？"

　　"哦，我觉得我们需要再搞一个工时复核专项。我仔细考虑过，之前在车间的时候也调研过，我觉着我们现在的工时核定还是有漏洞的，有一些错误的、人工的统计方法，导致我们多付出成本了。"

　　这个话很得罪人，要知道，林焕海上次搞完改革后，各车间干得热火朝天，很多工人的工资都提升了，总体来说效益也是随之提升的，但是现在林超涵的意思是这些都还不够，还要再精细化一点，这样的话有可能会影响到一些人的工资奖金收益的。

　　"这个会不会让工人们觉得我们太抠了？"姜建平有些担心地问。

　　"恰恰相反，我觉得这样做才更公平一些，有些环节，靠着这种不精确的统计，多拿多得，其实就是对真正优秀工人的不负责任。这都是合理范围内的成本压缩，我们并不是要剥夺他们的合理收益，只是收回不合理的部分所得而已。"林超涵补充道，他对这件事情想得很透彻，现代企业生产，容不得得过且过。

　　"小超说得有道理。"王兴发表态赞成。

　　"这样子吧，把陆刚喊过来。他是管生产的，听听他意见吧。"林焕海对王兴发道。

　　王兴发立即给陆刚拨了个电话，请他过来一叙，陆刚正在为了生产车间的一些小事情忙得焦头烂额，听到会议召唤又不得不来。

　　他的火气有点大，进来后，直接先自己倒了两杯水咕咕地就喝完了，然后才一屁股坐在沙发上，长吁了一口气，抱怨道，"咱们最近新招进来的一些工人，实在是素质太差了，这么简单一点小事都做不好，尽添乱子。"

　　"怎么回事？"姜建平连忙问道。

　　"你得问老潘去，这家伙这两年招进来的人，总有进来一些不靠谱的，怎么教都教不好，今天铸工分厂那边，有个家伙，胡乱操作，搞得我们浪费了不少好钢材，现在还在统计损失中。"陆刚很肉痛，这些浪费的，回头都会增加公司的成本。

林焕海听了都直皱眉头，现在还在谈降成本呢，这好，马上就听到还要浪费成本了，这怎么得了。

"正说到要裁掉一些不合用的人呢。"郭志寅笑着说，"小超刚才提议，像这些不合格的工人，直接裁减辞退得了。"

"必须得辞啊，这种人留着简直是个祸害，太不靠谱了，回头我真得说说老潘去。"陆刚抱怨道。

"也不能尽怪他，他也是尽力了。"姜建平说，"这几年，很多人都去广东打工了，毕竟那边打工赚的钱可能更多，也更有用武之地，愿意到我们这里来干活的人本来就少了。更何况，外面还有很多其他的民营企业蓬勃发展，都在招人，我们现在算是抢人了。没办法，也只能招一些普通的农民，他们种地利索，但是在工厂干活就不见得在行了，需要时间来磨合。"

"那也要宁缺毋滥的好！"郭志寅道，"我们搬到新址那边后，还要再扩招，这次，我建议尽量招多一些技校毕业的学生比较好。"

"这些我们一直都在招，不过，因为我们的地理位置比较偏，很多技校毕业的学生都不愿意来我们这，等以后搬到了新址，估计招到素质更高一些的技校学生，应该会容易得多。"姜建平答道。

"希望尽快能招到这些人吧，不然以后的生产确实麻烦很大，人不行，什么都会出问题。"陆刚说着，端过林超涵给他刚倒的水，接着灌了一大口，这已经是他喝的第三杯了。

"对了，小超，你把刚才说的再跟陆副总说一遍。"

"好咧！"林超涵就重复了一遍刚才的建议。

"我们刚刚正在讨论这个工时重新核定的问题，你觉得可行吗？"林焕海问陆刚。

陆刚沉吟了好一会儿，重新核定工时，其实对生产部门来说是增加了压力，一种惯性形成后，要调整起来特别费劲，那些工人恨不得干一小时的活给十个小时的钱，你如果跟他们抠这些，有些反抗是必不可少的。如果没有必要，他也不想动。

"小超，你搞工时复核，我不反对呢，但是这个能降低多少成本呢？关键是，现在着急搞这个，必要性在哪？会不会反而影响正常的生产？"陆刚反问道。

"必要性的问题嘛，我来回答你吧。"林焕海接过话头，"现在所有的环节都必须要压缩成本了，市场竞争激烈，连日本山鹰都赶过来跟我们抢食，我们那些兄弟厂家，现在拿着中卡当重卡卖，都在拼命地挤压我们的市场生存空间，不降价，我们是打不过他们的，要降价，当然就必须要压缩成本了，哪里能压缩就从哪里压缩，不得已的事情，但也正好，是倒逼我们改革、精益求精的动力了。至于说会不会影响正常的生产，我觉得这个是多虑了，只会更好，不会不利，真有不利，我来负责任。"

陆刚听了点点头："好，我认同，这件事可以做，但是具体怎么做，有什么效果呢？"

林超涵斟酌了一下，缓缓说道："我建议，这个工时复核专项，可以由工艺部来完成，必须跑遍公司每个车间，对着工艺工序卡片一个工序一个工序卡，虽然不能完全准确地计算工时，这方面的手段确实咱们也欠缺，但是只要做下来，就一定会有大量的错误被纠正。至于会降低多少成本，我之前略微测算过，至少应该能降低5%—10%的生产成本！"说着，他举了几个生产环节的小案例，根据这些数据上的差异正好推论出了降低5%以上成本的可能性。

"而且，这个事情不能一次定，我们以前生产什么，工艺工序都是一次性就定好了，后面不怎么修改，换新设计时，也往往就偷懒借鉴了以前的统计方法，这些都不够精细，工艺部如果能够辛苦一点，每次有新的工艺做出来，就进行一次新的工时核定，长期积累下去，我相信收获的效益会更高的。"林超涵说道，此后的改革也确实如他所言，仅仅这一项降加工成本7%，后来这个传统坚持下来，生产逐步走向了精算化。

"能降低这么多的成本，那这事我们就尽快安排下去！"陆刚一拍桌子，表态下决心，他可不傻，没看到大家都在盯着他吗，这事他不干也不行了。

"那好！你回去后，立即安排这事。"林焕海很满意，陆刚这人有时候性格比较刚猛，但是干事情的优点是特别认真，只要干一件事情就一定能干好。

接下来，他们就又讨论了生产物料成本的降低，这方面主要是针对加工失误导致的工废，还是从工艺上下手，需要研究工艺优化和工位器具、刀具优化，比如说机加工，原来用加工人自己磨的车刀，不但费时，而且刀具一致性难保障，每次出来的产品都有差异，后来换了成本高的机夹刀具，只需要换刀片，虽然成本上去了，但是产品一致性和加工节拍都保障了，料废下来了，返工下来了，综合刀具成本比原来还低了一半。

这个主要是技术问题和设备问题，好在新址那边这方面的工作已经开展了，他们只是再明确了一下方向，确认走在正确的道路上，就没有多说了。

接下来他们讨论了怎么对付料废，相对来说复杂得多，因为面临的主要问题不是技术，而是人的观念。你叫不醒装睡的人，对于那些本来就是磨洋工吊儿郎当的人再怎么教育都是无用的。

怎么办呢？

这个就得上管理手段了，林焕海提出了一个很粗暴但是很有效的方法：罚，发现一次问题，罚，第二次加倍罚，第三次调岗。

这个方法，林超涵其实是提不出来的，但是他歪着脖子想了半天，竟然觉得姜还是老的辣，这好像是最简单有效的方法了。后来实践证明这招还真管用，抓了几回典型后，那些吊儿郎当的工人一方面叫苦连天抱怨不断，但另一方面真的做事情用心多了，废料再次降少很多。

但是，大家明白，光靠罚不能解决所有问题，还得有技术手段支撑。

# 第 121 章　搞掺沙子

在如何降低成本方面，大家又讨论了半天，比如引入 5S 管理，在运营成本降低方面也议了不少事，比如说服务外包，比如说子校社会化，但是这些的影响都一般，倒是林焕海提出的一项措施——取消厂长小车，起到了一定的作用。他这算是以身作则的表率，虽然车没卖，转变成公司公车，但是在厂里的影响还是正面的，后面降招待费差旅费之类的就顺多了。不过总的来说运营成本降低并没起多大作用，毕竟当时公司规模还不算大，经常出差招待的都不算频繁。那些附加的费用本来就只占很小一块，只能聊胜于无吧。

不管怎么说，这次会议后，西汽上下，又开启了新一轮的改革。

但是在当时在会议上，他们最棘手的问题还是采购成本问题，发生了强骍的问题后，关于采购怎么干好的问题，很愁人。谁都知道，采购是块肥差，但是杨勇祥这些年兢兢业业，没有发生过什么大错，除了喜欢吃喝外，倒也没听说这家伙有拿回扣的情形，而且，据这一段时间的调查来看，也没有人反映他有拿回扣的现象，所以，采购这一块的问题暂且只能归结于采购对于业务不熟练导致出错，人手缺乏导致对质量管控不到位等等。

但是林超涵自然有自己的一套逻辑，他认为采购这一块大有可为，成本压缩主要就是从采购着手，但是怎么做，他只能提出原则性的建议，具体内容他也提不出来。

"那这样吧，你过一段时间就去采购部报到，暂调过去上班，把采购的情况摸个底，再提出精细化采购的改革方案。"林焕海下令道。

王兴发第一个表态赞成："这是个好主意！不过，林总，这样做，杨主任那边还得好好做做工作，别让他以为我们是不信任他，搞掺沙子。"

"没必要，他能理解自然理解，不能理解，就换人好了。现在几个部门的领导我个人觉得都有些能力不足，需要尽快换上新人来负责，杨勇祥负责的采购算一块，王文剑领导的销售也算一块，还有几个人，都应该换有能力一点的人上来，否则总占着位置，是个大麻烦。"林焕海突然爆出这样的话来，让会议室的气氛有点紧张。

大家都有点沉默，确实，随着西汽发展，有些人的能力缺陷明显暴露了出来，比如王文剑，汇报销售数据都不如下属搞得清楚，人家徐星梅一个离婚妇女现在都干得有声有色，王文剑依然是原地踏步，这样下去，迟早得换人。

"发展是不等人的，人跟不上，只能被淘汰。"林焕海使劲地按下了烟头，这个决心，他已经下了，今天只不过是第一步，先透露出来，试探一下大家的态度。

"老林！"姜建平的声音有些干硬生涩，"人事问题是最大的问题，你是不是再慎重考虑一下？不过，还是那句老话，你决定的事，我都会支持。"

林焕海满意地点了点头，对姜书记，他还是充满感激的。

他们俩都同意了，在座的数人都是互相信任的伙伴，自然也就一致默认了。那接下来就是物色接替人选的事情了，但在这之前，这些负责人还得尽心完成工作。不过，这事还得保密，毕竟没有最终宣布定论。

"说说下个月全国经销代理大会的事情吧！"林焕海在前面的事情差不多定下来后，突然转换话题，问向林超涵。

林超涵简单地说了一下自己的设想，主要就是通过会议做营销，展现西汽的实力，给合作伙伴信心。

"这个事情，我们已经安排下去了，现在文剑和徐星梅都在忙这方面的邀请，潘副总那边主要负责筹办。你到时候就负责再策划一些活动吧。"林焕海吩咐说道。

"这个没问题，我已经想过了，可以组织这些经销代理们去风景名胜地点旅游，增加交流时间加深感情，还可以组织他们来我们西汽的新址参观，当然这些可能会增加预算，有点麻烦。"林超涵说道。

"这些留待下次吧，这次不是降低成本吗，预算紧张。"林焕海说道。

"那就颁奖吧！"林超涵笑着说，"甚至搞个晚会也行。"

在内部技术讨论会上，林超涵侃侃而谈。

"我承认，我之前有些轻视山鹰了，以为它只是靠着舒适度就赢得市场认可的，现在仔细观察后，我不得不承认，我是看走眼了。"林超涵总结说道。

"小超，这个日本车当真是技术很先进吗？"郭志寅皱着眉头说，"这可比我们原来想象的要复杂得多。"

"不是很先进，但是有其独到之处，值得我们琢磨学习。"林超涵坦率地说，"我简单地说明一下吧。"

要说起来，日本车的确是咱的好老师，虽然技术水平一般，但是装配质量是咱们没法比的。比如管路布置，西汽重卡很多是在试制车间试装的时候现场制作后量尺寸再作为正式产品设计下发工艺的，这样一来后续批产的时候一直在调整各个管路和接头，而日本车在设计之初就已经算好了各个管路尺寸和接头位置，而且管线排布很规整，基本不会发生干涉，咱们的则是一把抓一捆扎，乱成一团。

林超涵大概讲了一下日本山鹰各种管路和接头的布局，找了个黑板还画了起来，边说边评。

下面的听着觉得有些启发，谢建英感触比较深，皱着眉头问："日本人做事果真这么精细吗？这些有的没有必要吧。"

"很有必要的。"郭志寅接口道，"我看这些事情我们就要学习，要知道，日本人不会做无用功的。小超，你的建议呢？"

"所以，我的建议就是，改变管线管路制作的工序，试着正向做设计。"林超涵总结道，"这是一方面，另一方面，涂装质量，尤其是底盘涂装质量，咱们的底盘件表面粗糙度差，焊缝也不打磨，飞溅颗粒到处都是，所以挂了底漆之后也存在很多空泡和没覆盖到的地方，之后再喷面漆，基本上过不了多久就会锈蚀脱落，而日本车铸件毛坯表面质量好多了。"

"他们是怎么做到的呢？"

"据我了解，他们铸造用的金属模具和树脂砂，咱们是木质模具和普通铸造砂，而且日本人焊缝质量高，焊完打磨，去焊豆和飞溅之后再喷丸，上底漆和面漆。所以，他们涂装质量比咱们强多了，给客户的观感也不一样，从某种程度上，咱们的涂装质量如果跟日本人放一起比，真的是显得咱们土得掉渣。其实这个涂装做得好，不光是表面质量能够上去，强度也会有一定程度的提升的，日本人就是靠这种我们忽视的一面，把它做到极致，赢得客户好感和市场的。"

林超涵说这话一点也没客气，也没顾忌大家的自尊心，听完林超涵的话，林焕海的脸上都有些挂不住了："涂装这一块，各位的工艺设备落后，是情有可原的。不过，看来，咱们也装上喷丸机才行。"

这又要增加购买机器设备的费用，但是现在西汽已经麻木了，该花的钱就花呗，大家听着虽然有点咧嘴心疼，但没有人反对这个决定。

然后林超涵又讲了其他从日本车上学习到的细节经验，总体来说，就像他刚才自己说的，日本人重视和引以为自傲、别出心裁乃至体现质量品质的地方，大多数正是西汽忽略的地方。从某种程度来说，西汽的卡车设计和生产虽然已经引进了欧美理念，但是骨子里依然带着苏联的思维烙印，就是只注重硬指标性能，而忽略了各种细节的改善和创新。

而现在市场用血淋淋的现实告诉大家，不注重细节是会吃大亏的，有些客户，对载重要求不高，就更愿意选择日本车，因为舒适，看着显档次。没有比较就没有伤害，相形之下，西汽虽然高大威猛，但就是欠缺了一点点温柔和精细在里面。

这种思维上的冲击和改变对这些工程技术人员来说，是有些难以一下子完全接受的，对日本人的轻视思维仍然在顽固在影响着大家，但是林焕海放话了，接下来要设备买设备，要材料买材料，无论如何，在面子上也不能输给了日本车，要知道接下来民用市场的竞争更加残酷，没有足够的底气，如何立足？

林超涵汇报过后，就是热烈的讨论，这种技术人员可不会因为领导在场就怯场不敢说，有炮放炮，大家各抒己见，讨论如何改进，需要做什么样的改变。聊着聊着，大家就讨论起了这次新国标修改的事宜，其中对西汽影响较大的各个方面，很多细节因为标准的强制执行，必须得调整，甚至是车头有些布置，都得调，本来威猛的造型，也因此娘气了许多，这让一干汉子们有些不服气。

"这国标是针对咱们来的吧？有的规定简直是有些搞笑。"有人批判。

"不错，这私心太重，不可理喻！我们应该上书反对。"

林焕海第一时间站出来反驳了："对新国标有意见咱们可以保留，但是既然国家已经颁布了相关规定，那咱们就应该无条件遵守坚决执行，今后不允许非议新国标。"

领导放话了，大家就算再有意见也只能作罢了。实际上，林焕海的不满挺多，也向葛副部长那边表达了，但是现在大家都无能为力，他们左右不了，短期内也改变不了现状，只能忍耐接受。

林焕海话不多，郭志寅替他作了解释："这事，我们已经向上面反映过了，但在修正之前，我们只能执行这个标准。何况，我们如果就被这点小困难打倒，后面谈何发展？"

# 第122章　一拍即合

这次新国标制订，变动最大的是排放标准，这对重卡有比较重要的影响，大家的会议目标很快转移到这块上来了。

所谓国I标准实际上相对于当时的国家标准并没太大变化，毕竟是过渡标准，主要就是燃烧率上来，排放的颗粒物要降下来，说白了就是不喷黑烟。老柴油车尤其是没有涡轮增压的，一路开过去一路黑烟，主要就是因为氧气不足导致柴油燃烧不充分，碳颗粒析出造成的，再混合上没燃烧完的重烃形成的黑色油烟，加了涡轮增压之后氧气量上来了，燃烧自然好很多，不但扭矩大了，而且排放也下来了，总的来说实现起来并不是难事，难就难在涡轮上。柴油车上没有用机械增压的，都是废气增压，发动机排气先经过涡轮的排气侧涡体管，驱动主动涡轮，主动涡轮带动进气涡轮对进来的空气增压，可是排气侧排除的发动机废气温度相当高，正常工作情况下涡轮排气侧是烧红的，所以无论对壳体还是排气涡轮来说，都是需要耐高温的（500度左右长期工作温度）。题外话，当时咱们的材料技术在这方面是欠缺，所以壳体和涡轮直到1998年都没完成国产化，真正实现国产替代要到2002年了，所以当时全是进口。

在这样的背景下，关于发动机的事宜又提上了议事日程。

郭志寅坐在会议室的后边，捋了一下已经接近半白的头发，发愁地说："现在，发动机已经成为我们明显的短板了。"

林焕海点点头："这事，比我们想象的要麻烦。"

林超涵心里很清楚，随着形势的发展，他之前预想的很多方案都要推翻了，比如和山鹰的竞争，本来在他看来，主要以降低成本为主，但是现在看来，技术上的革新也是必不可少的了，包括发动机技术。

陆刚接话道："现在，这个排放新要求，对发动机的要求越来越高，咱们的分厂技术力量和制造能力都有一定缺陷，只能向鲁柴那边订购新型发动机，才能维持现在的制造局面。"

"鲁柴那边现在的情况怎么样？"林焕海转头问陆刚。

陆刚摇了摇头："具体情况我也不是很清楚，这件事情还得问采购部门的人，老杨那边是最清楚不过了。不过，我也听到了一些情况，据说鲁柴那边现在抢购发动机的队伍已经排到十里开外了。各种车型除了进口，都得从他那里购买合格的发动机产品，有的厂家为了垄断货，直接数百万的货款先打过去，然后就坐在那里等着，出来一批就拉走一批。我们现在过去，恐怕也是排不上号了。"

"他们见机很早啊！"林焕海皱着眉头，这件事情，太被动了，有些国内大型汽车制造厂家明显事先就知道很多信息，提前就去鲁柴备货了，而西汽这边得到消息有些晚，再去鲁柴那边备货是很被动的。

两年前，发动机分厂和鲁柴谈过一次合作的事宜，当时，西汽已经下决心要把分厂给彻底改造的，但是后来鲁柴那边人事变动频繁，导致相关谈判也受到了影响，再加上西汽这边在形势变化后，也就不乐意丧失控股权，希望将发动机的生产控制权牢牢掌握在自己手中，而相关技术的革新当时也没有那么迫切，这件事情一拖就拖了两年，到现在为止，西汽向鲁柴进口发动机的趋势没变，而新款发动机的研制，西汽这边的能力不足，推进缓慢。记得当时，有些人还受到鼓动闹事，认为厂里不应该败家把分厂卖掉，但是没想到到后来，这件事情还是因为种种原因被搁置了。

所以，西汽等于就要被卡住脖子了。

这让西汽上下都很难受，早知道，当年直接把发动机分厂给卖了，然后让鲁柴在这边投资把分厂做大，现在也不至于如此被动。

"教训啊！"林焕海有点自责。

王兴发站了出来说，"这件事情，责任在我们。"

大家都有点诧异，这事跟你王兴发有什么关系。但是王兴发接下来说的话就让大家没话说了，他说："我们政策研究室本来就应该研究各种政策前沿变动的，但是这段时间，我们的精力过于集中在市场调研、新厂址建设以及其他事情的梳理上，对新国标的关注和调研没有投入足够的精力，导致我们应对失措，这事责任在我们。"

林超涵挠了挠头，事先知道这件事情的重要性，也知道会对自己不利，但依然没有投入较多精力进行研究，你要说研究室没有责任那就是推卸责任了，研究室本来就应该重点关注这块，更早提出建议。

但是这一段时间他的精力也没有放在这上面，导致被人打上门来，还打了个措手不及。这个教训其实真的非常惨痛，他立即反思，以后一定要把更多精力投入到提前预测上来，而不是头疼医头，脚疼医脚。

林焕海有点沉重地点了点头，这事理论上来说，政策研究室名义上应该重点研究关注的，结果被具体的事件给耽误了，他说道："前瞻性研究，本来应该是我们做的事，但是我们现在把研究室的研究工作放在具体事件的应对上了，这是不对的，必须要调整重心，政策研究室首先就应该跟踪、分析、预判政策。这件事情上，我们要汲取教训。研究室增人吧，事情都得干，都不可偏废。"

"明白，我回去就成立专门的小组项目，盯紧政策前沿动向。"王兴发点头。

他们俩的对话是当众说的，很多人突然意识到，这个政策研究室，如果要发挥好作用，还真是一把利剑，但是这次显然是玩砸了，挨批评也是应该的。

林超涵想到这点，也觉得有些遗憾，这件事情，他无疑也是有责任的。

"这些都是题外话，事情都发生了，咱们还是想想怎么应对吧！"姜建平在旁边说道。

"各位，现在这件事情发展到现在，我们其实应该知道怎么做了。"林焕海在心里盘算了一下，毅然决然地说道，"和鲁柴合作的事情不能再拖了，一方面，我们必须要派出精干的人员去鲁柴搞采购，别人能抢，我们也要会抢，这事会后马上研究方案；另一方面，现在鲁柴提出苛刻一点的条件我们也必须要接受了。他们控股就他们控股吧。"他很是懊悔，当年苏健到西汽来谈判的时候，他本来是下定决心就算让出控股权也不在乎的，但是后来，他改变了主意，导致了被动局面，当然这跟鲁柴自己内部的改革变化也有关联，他们内部事情不断，谈判积极性不高，而且同样条件变来改去，大家都有一定的责任。对鲁柴来说，没有拿下西汽的发动机分厂，同样对西北的业务生产造成了重大损害，现在产能紧张，又缺少扩张的抓手，这件事情不光是西汽的问题。

正是因为有这种不得已的合作需求，林焕海判断，双方应该还能再谈一轮，如果鲁柴愿意收了西汽的发动机分厂，进行技术改造和升级，再优先提供西汽发动机供应，那么对西汽眼下来说是求之不得了。

以前有些人对西汽要把发动机分厂卖给鲁柴，还是颇有微词的，现在都只能闭上嘴巴了，连饭都吃不上的时候，说什么都是废话。随着改革的推进，西汽的新老职工都十分关心公司的订单情况，因为这跟大家的收入息息相关了，怎么才能有美好生活，努力工作就有美好生活。而新国标公布后，不用干部们来细讲，大家自己就会分析，特别是像发动机分厂那边对这个排放标准之类的最感兴趣，也最有发言权，工人们现在流传的是，如果发动机这块没有明显的技术提升，西汽搞不定这项技术，基本上就会被淘汰，所以工人们普遍都挺紧张，要是有解决方案，欢迎都来不及，谁会来闹事。更何况，随着林焕海的地位稳固，再没有老同志敢随便拿资历来压他了。

西汽目前正在走上坡路，新型发动机的需求旺盛，鲁柴应该不会拒绝这么大的蛋糕。

事实上，后来也证明，林焕海的判断是对的，鲁柴的确很苦恼，虽然说大家排着队拿着现金买他们的产品是很爽，但是这个代价也是有的，鲁柴现在战略布局正在不断调整，他们有意要进军汽车制造业了，如果他们一味只顾着眼前利益，未来的战略布局就会受到阻碍，不能将全部精力都放在发动机制造上，而眼下全国汽车制造商都来找鲁柴，几乎所有的生产线都用上了，还供不应求，日子好过归好过，但是就没有精力顾及其他了。以前之所以想拿下西汽的发动机分厂，也是出于战略布局的考虑，这两年内部关系理顺，很多步子必须得赶紧迈出去了。

所以，鲁柴接到林焕海的谈判请求，立即就积极热情地响应了。当年负责这件事情的苏健副总经理带队，亲自飞到了西汽，和林焕海进行谈判，双方这次一拍即合，一个愿打，一个愿挨，鲁柴携带着雄厚的技术实力和资金实力来收购西汽发动机分厂，并且实现了控股权，他们将尽快将发动机分厂进行技术升级和改造，这件拖了两三年的事终于踏上正轨。

# 第 123 章　向内改革要效益

发动机分厂这两年，在苗连喜的带领下，总体来说，队伍比较稳定，人员也比较齐心，但是设备陈旧、技术落后的局面，一直没有实现根本性的转变，导致发动机这块外购较多，而内部自己生产的已经成为少数了。这次收购，基本上西汽上下再无人有什么异议，大家都明白，现在西汽耽误不起了。

对鲁柴来说，这次收购也是卡住了一个好时机，谈判结果对他们有利得多，他们实现了梦寐以求在西北布局的机会，首先是可以更好打开西北市场，其次有稳定的客户对象，最后还能真正地与汽车整车制造业形成合作关系。

这一步布局对鲁柴来说也是至关重要的，包括当时林焕海和苏健等人都没有完全意识到这次合作的重要性，正是因为这一次的良好的合作开端，让双方在后来的关键时刻深度融合，让鲁柴实现了更大的野心和目标。在当时，谁也没有料到，后来西汽远比他们当时预料的走得更远。

不过罗马也不是一日建成的，鲁柴虽然和西汽基本上达成了合作意向，但是要落实下来，并非一天两天能够完成的，将来发动机分厂建设在哪里，里面的管理人员何去何从，技术升级的方案该如何设计，生产的规模需要多大等等，没有一件不是耗费精神的。从时间上来说，从鲁柴注资成功到批量生产新型发动机，这事少说也得一两年。

这事急也急不来，当务之急，西汽若是要解决发动机的事情，还得从鲁柴进口，另外则是从国外进口，但是国外进口更难，国外厂商对中国市场不重视，交货期极慢，要是等他们，黄花菜就凉了，没办法，西汽只能也派人死盯鲁柴生产现场，抢工期交货。

这次国标的修订发布，确实是影响很大，林超涵的计划也被打乱了，前有狼后有虎，原本他以为最大的对手就是山鹰了，现在兄弟厂家全部都要进来了，而西汽反而需要改造升级，在外形上都有要调整的地方，主要是灯光和外廓尺寸，当然这些没太大难度。设计修改调整的这个时间差足够友商们推出相应的产品进军这个市场了，而且，理论上，这些友商都肯定早就投入研发制作了。

全国市场上，很快到处传来了友商们推出"准重卡"的消息，他们的车型各有长处，再加上宣传做得好，很快就取得了一些成绩，抢夺了西汽的市场份额。这些消息，总体来说，对西汽都不友好，王文剑、徐星梅等人着急上火，回厂里没多久就又全国各地到处跑了，连开会的事情都暂时搁置了。

但是没多久，他们都回来了，得到的消息是，虽然友商们的准重卡也有一定的市场空间，然而优势都没有山鹰大，对西汽的威胁总体不是很大。而且让他们大跌眼镜的是，有个别友商生产的准重卡质量极其低劣，事故频仍，看来，虽然有市场意识，但是产品质量却没有把好关。而随着经济的快速发展，市场空间广阔，大家虽然有竞争，总体来说，碰撞暂时还不太激烈，友商们也不好意思像山鹰那样毫无顾忌地抢夺西汽的经销商和代理商。

最关键的是，友商们发现，他们原本以为最大的竞争对手可能是西汽，但是最终却发现，他们跟山鹰重卡成了竞争对手，因为在载重方面的缺陷，他们不是西汽的对手，然而却跟山鹰撞了个满怀。

这让友商们很不痛快，好不容易推出一个有利于自己的标准来，可以暂时缓口气，没有想到，好像是为人作了嫁衣裳，便宜了日本人。

包括范一鸣和朱梅英都没有想到，这种好事会落在他们头上。范一鸣向日方吹嘘，经过他通过内部关系的努力，取得了政策上的优惠，这让日本人喜出望外，多次表扬范一鸣工作有方，市场开拓得力，因此也更加倚重范一鸣。范一鸣为此十分得意，每天意气风发，一扫前段时间被林超涵挤兑而产生的阴霾，觉得西汽不过如此。倒是朱梅英不以为然，这种偶然发生的事情可一不可再，林超涵前段时间当面批判他们的那些话，还是非常有道理的，山鹰如果觉得现在就能高枕无忧的话，实在是太早了。

为了这个，朱梅英和范一鸣又闹了个不高兴，朱梅英提醒范一鸣仍然要注意市场动向，尤其是不能轻视西汽，而且还要向西汽学习。这让范一鸣大发雷霆，觉得朱梅英被林超涵说几句就丧失信心，实在是对他缺乏信任，要不是他勉强还能控制自己，有几分理智，知道需要靠朱梅英，帮他建立和稳定经销代理团队，他都会立即赶走朱梅英。就是这样，他也与朱梅英暂时有些疏离了。朱梅英劝谏无果，颇感灰心，但是从表面上看，确实形势对山鹰很有利，而西汽目前只能采取守势，没理由在山鹰过得最好的时候，跟范一鸣闹翻，所以就隐忍了下来，继续尽心尽力帮助范一鸣，但是内心深处，她很清楚，西汽只是暂时遭遇一些困难，只要林超涵回去后解决了这些困难，后面仍是山鹰的最大劲敌。

不说别的，就是西汽花大力气建设的售后网络，就是他们最大的资本。而且他们的零配件价格相对来说也比较便宜，山鹰如果要长期发展下去，必须要比西汽做得更好一些。然而，现实是范一鸣特别迷恋一切操之在手的感觉，整个山鹰也就建设了两个大型的售后服务维修点，而且里面的维修和零配件价格死贵死贵，这些如何能够灵活与西汽竞争呢？

朱梅英忧心忡忡，但出乎她意料的是，西汽在还没有彻底转型的时候，其他国产车突然杀进了民用重卡市场，他们清一色是与山鹰类似的准重卡，而且他们各有特长，一不经意就能获得客户青睐。有一家来自福建的车企，靠着车体保温技术瞬间抢了整个东三省市场，不光是山鹰被干翻在地，连西汽都差点被完全排挤出了东三省市场，要不是西汽的重点也不在那边，光这一下子，也够西汽喝一壶了。

这些准重卡们，搞得山鹰很难受，因为日本车虽然精密，舒适度高，外观漂亮，但是基本性能方面差异不大，而且还像保温车技术一样，各自有擅长的地方，这样差异化竞争，就抢了山鹰原本很有希望拿到的订单。

范一鸣对这些所谓准重卡不屑一顾，觉得它们不成大器，因为无论从质量还是从数量上来，对山鹰都构不成致命威胁。但是朱梅英作为市场推广的主要负责人，却不得不花费大量时间应对这些竞争对手的威胁，相形之下，与西汽的重卡市场竞争反而没有那么重要了，他们也只能暂缓精准打击西汽的行动了。

这意外给了西汽一个喘息的机会。

西汽本来面对各种竞争车型，是有些眼花缭乱，担心自己的市场份额会被瓜分完毕的，但是一段时间观察下来，他们惊讶地发现，聪明的客户们已经开始学会选择适合自己的车型了，西汽重卡的销售额并没有明显降低，这显示出西汽由于自身优异的性能，在市场上已经形成了固定的口碑。

但是西汽接到的抱怨跟业绩差不多，这些司机客户都在抱怨西汽的价格过于高昂，实在是有些承受不起。

这下，西汽降低成本控制价格的改革，变得更加重要起来。

林超涵回来后提出的降低成本建议，连续经过多天讨论，反复修改，终于取得了一致意见，包括工时重新核定、刀具统一换装，以及对部分懒惰员工采取惩罚措施后，确实取得了一定的成绩。

陆刚、秦树庆等人这段时间是最忙的，罗关根同样忙得不亦乐乎，整个财务部门因为涉及重新核算工资、考核成本，也得陪着他们一块去现场核定，每道工序，都在优化范围之内，在新址还没有完全投产之前，他们只能向内改革要效益了。

林超涵在这一段时间，最核心的事情就是推动改革，帮助各个车间分厂降低生产成本。因为降低成本的需要，他开始研究起采购的事情来。正好要向鲁柴大量采购发动机，公司高层研究决定，临时调他去采购部工作，第一件事情就是去鲁柴，盯死发动机。整个公司一边要调整设计降低成本，一边还要保证生产不断档，发动机就成了第一要务。在这种情况下，他有点遗憾地暂时放下销售这边的工作，开始转向内部。仔细想想，徐星梅现在越来越成熟，全国各地到处跑，高层对她的工作也越来越倚重，这块其实不用他太操心了。广东市场，交给万艳兵，他也没什么不放心的，像这样的人才，提拔太晚是损失，现在提起来正合适。倒是王文剑，现在仿佛有点被架空了，颇为可惜。

盘算了一下，他决心全力帮助公司生产做一次全面内检，管采购就管采购吧。

# 第 124 章　一时心软

林超涵第一件事便是先来到鲁柴，现在发动机这块离不开它。

在这里，林超涵几经周折，意外结识了鲁柴老总覃晓东，通过努力谈判，阐明合作利害关系，帮西汽拿到了最优惠的发动机价格。

其他友商当然不干，嚷嚷着要一视同仁，还有些友商十分激动，准备要找覃晓东算账，但是鲁柴方面给出的理由是，马上就要跟西汽合资建发动机分厂了，双方是合资合作伙伴关系，因此降价是投资协议的一部分而已。这就让其他友商哑然失言了，鲁柴为了自身利益出发，经营出现调整，那是他们的自由，有本事你也让鲁柴来找你投资合作生产发动机啊。没办法，只能硬着头皮拿钱来砸，不然鲁柴停止供应那损失就更大了。好在鲁柴方面也向各家厂家承诺，正在扩大产能，产能扩大后，成本如果能够降低，会尽快降低价格，勉强才压制住了大家的心头怒火。

在这种情况下，西汽在鲁柴的驻扎人员就成了众矢之的，大家看他怎么看也不顺眼，大家本来就是竞争关系，谁都有自己的关系线，一起发作起来，够宋博这小子喝一壶的了。

林超涵和覃总的交易结束后，他终于有时间和西汽驻厂采购宋博好好聊一下了，但是他发现宋博面对他的眼光，有些闪烁。这让他心里有点奇怪，他四周张望了一下，发现自己现在可能真的成了公敌，各个友商的人看着他们的眼睛都像是冒了火一样。

林超涵对此并不在意，微笑着对宋博说："你看，我们降低了采购价格，还有优先供应权，他们想不妒忌都不可能啊，不要在意。"

宋博眼神闪烁："嗯嗯，是的。"

林超涵看了看手表，问宋博："今天的这批货开始，优先供应我们西汽，咱们这边接收的准备做好了没有呢？"

"做，做好了……"宋博说得有点吞吐。

"做就是做好了，没做好就是没做好！这么吞吞吐吐做什么？"林超涵皱着眉头道，"他们优先供应我们，这是大好事啊！你别搞得像是个大麻烦。就算是其他友商捣鬼，那也得拿出真金白银来不可。"

"对，对，他们不敢捣乱的，我跟这里刘姐的关系也很熟了。"宋博有些尴尬地讪笑道。

"好，那就太好了，咱们准备接收吧。这批应该能接收到30台发动机吧。"林超涵看了看手中的生产表格，不无遗憾地说道，"有点可惜了，要是一次能接收百台就好了，那样凑个整数，我们就能赶紧发货回公司了，现在这样每次像是挤牙膏一样，也很浪费运办输成本啊。"其实对这些汽车制造厂来说，相对节约的反而是运输成本了，因为他们运输都有自己生产的车，特别是像西汽这样生产重卡的企业来说，一次载货量更大，成本是相对很节省的。鲁柴工厂外面的广场上，停着各种各样的卡车，包括西汽自己的司机，都在那里等候着。

"嗯，这次是能接收30台。"宋博的脑门上快出汗了。

林超涵有些奇怪地看着宋博，这个年轻人跟自己差不多，能进采购科，肯定也是有人带的，而且家庭关系背景都是非常清白的，因为他们经常要拎着现金全国各地到处跑，所以他们这些人如果不可靠，是根本进不了采购部门的。这几年跟杨勇祥那边接触得比较少，对这些新人不怎么认识，但听说也进厂有两年了，怎么跟个菜鸟似的，说话都打结巴，这样怎么派出来执行任务呢。

很快林超涵就知道原因了。当交货的时候，他跟宋博一起去跟那个刘姐结算货款，那个刘姐点来点去，最后只发了29台的货款，剩下一台，竟然不够数，一台4.5万元，竟然都差了有2.5万元！很遗憾，这一台就被刘姐给发配给其他友商了。

虽然只有一台，也不是什么大事，但是林超涵却非常恼火，因为头一天，得知生产计划和接收计划后，西汽方面立即给鲁柴电汇了20台发动机的款项，剩余10台，因为计算到宋博手上还有50万元左右的现金，就让他用现金结算，现在宋博竟然拿不出来，这里面的缺口未免太大了。

出得车间的大门，看着发动机往西汽的卡车上装载，林超涵一脸阴沉地问旁边畏畏缩缩的宋博："怎么回事？按照事先我们的核算，你手上的现金应该还有50万元，就算是你请客送礼花了一些，区区10台的钱应该还是很轻松能够拿出来的，你为什么竟然差了这么多？"

他的问话还算客气，但是质疑的神态却是表露无遗的。

宋博低着头，不吭声。

"到底怎么回事？"林超涵有些不耐烦了，这人怎么回事啊？他有些恼火了。

在林超涵的一再逼问下，宋博终于说出了实情。原来，宋博跟林超涵一样未婚，常言道，哪个少年不怀春，本来在西汽宋博还有师傅带，夹着尾巴做人，但是来到鲁柴后，手握重金采购，整个人就有些飘起来了，虽然说这里是卖方市场，但是看着同行们一个个穿金戴银，阔气得紧，出手阔绰，给鲁柴的人送礼也大方，自己顶多送个面皮，虽然刘姐挺喜欢的，但是时间一长，就被其他客户给比下去了，于是为了能完成任务，按照师傅的交代，他也咬牙开始动用现金去购买贵重物品送礼。这是当时的一个潜规则，你很无奈，但是有时候不得不做。西汽为了生存，哪怕再不情愿，在这方面也是有一些动作的。

当宋博连续做了几次后，意外认识了一个卖金银首饰的姑娘，那个姑娘长着一双大眼睛，皮肤白皙，人水灵灵的，看着就心动不已。宋博每次出手大方，不是买金项链就是买金手镯，掏钱掏得都不眨眼，这在那个姑娘看来，那就是一个富二代啊。这样的人，哪里去找？

就这么着，一来二去，两人短短的十来天就彻底好上了，该做的不该做的，就全都做了。现在宋博已经跟姑娘住到一块了，每天晚上回去就是温柔乡啊，作为一个在外出差的寂寞单身男子，宋博哪里能把持得住，虚荣心作祟之下，就默认了自己富豪的身份，还撒谎说自己是鲁柴的大客户，来这里出差谈合作的。为了显示自己的大方，他还接连出手，给姑娘送礼，给客户送什么就给这个姑娘买什么，不止如此，吃的穿的都送，那个姑娘见他出手如此大方，更是曲意奉承，于是宋博掌握的资金迅速被掏空了一部分。

宋博虽然说得含蓄，吞吞吐吐，但是林超涵一听就明白了，心里顿时异常气愤。这可都是公司的钱啊，就这么白白被糟蹋了，这让他辛苦干十来天的意义何在？

宋博竟然还越说越动情："林主任，我是真的爱上那个姑娘了，没有她我真是活不下去了，所以这才没有办法动用了这笔资金。"

林超涵恨不得一巴掌把这个宋博给打醒，他低声吼道："够了，你难道不知道你这是挪用公款，属于犯罪吗？"

这句话把宋博给吓愣了一下，过了一会儿了他才缓过神来："我知道我错了，可是……我们是真爱……"

"真爱个屁！"林超涵实在忍不住，直接一脚踹了过去，将宋博踹翻了个跟头。这下把周围的人眼光都吸引过来了，大家都用奇怪的眼神看着西汽的这两个人，不明白为什么林超涵要欺负宋博，宋博最近驻点大家都认识了，但这位林超涵是何许人也？大家还是比较面生的，从感情上来说，大家虽然是竞争对手，但看着林超涵欺负人，还是对他有几分不满。

宋博被踢翻后，突然趴在地上痛哭起来。

"你还嫌不够丢人吗？"林超涵怒从心头起，宋博跟他无亲无故也无仇，但是他此时却抵制不住心头的怒火，一脚又踢了过去，"给我站起来！"

林超涵一把拧起宋博的衣领，把他半拖着拖出了众人的视线，找了个僻静的地方，他详细地盘问了起来。在他严厉的口吻下，宋博突然意识到自己闯下了弥天大祸。林超涵告诉他，这批发动机只要一回公司，公司立即就会发现问题，会追问他这笔钱去了哪里，如果解释不清，西汽恐怕不仅要开除他，还要报警抓他！

宋博快被吓瘫了，一个劲地求林超涵帮他，林超涵看着他可怜兮兮的样子，真是恨铁不成钢。但是他内心也明白，这个年轻人，如果东窗事发，一切就都完了，他的一生说不定就要伴随着铁窗阴影了。

"如今之计，你只有让那个姑娘把你送的那些东西退回来了。"林超涵面无表情地说，"或许能弥补部分损失。"

"啊！我很爱小清的，我如果要回来，她肯定就不跟我了……"

"蠢货，如果因为这些身外之物，她就离开你，这种女人，你要有什么意义？"

宋博一下子怔住了，然后他很痛苦地认清一个事实，那就是如果他不去要回赃款，那么，他就只有坐牢一条路可走，但是如果不想坐牢，那就要失去心爱的小清。经过激烈的思想斗争，宋博决定，还是按照林超涵的要求，去找小清要回自己送出去的东西，大不了实话实说呗。然而，他没有想到，当他实话实说提出要回赃款的时候，小清立即就翻脸不认人了。宋博没想到这一段时间所有的甜蜜，其实都是虚情假意，顿时就懵了。幸好林超涵早有准备，提前已经报备当地警方了，说有人骗财骗物，当地警方过来调解，好歹要回了一部分金银首饰，变卖后抵扣了部分现金，但是穿过的衣服、吃过的饭、住过的宾馆等等，都没有办法再变回来了。

前前后后，宋博损失了近5万元公款，这些钱，他也说不清都是怎么花销的了。林超涵也叹息，损失这么大，他根本没有办法弥补亏空，只能向公司汇报了，他帮不了宋博了。不料在这个时候，得到消息的宋博的师傅匆匆地赶了过来，他拿着自己的棺材本帮宋博还清了这一部分款项。这也是没办法的事，如果宋博进去了，他这个师傅也讨不了好去。

这个风波就这样在他们的掩盖下被隐瞒了过去，林超涵后来虽然秘密向父亲和姜建平进行过汇报，但是因为钱被追回了，他们也没有过度追究，只是让宋博离开了西汽。

但是这毕竟是一桩丑闻。林超涵因为一时心软，竟然因为这件事情，差点被打倒永不翻身。

# 第 125 章　撒谎都不会

在林超涵意外搞定鲁柴发动机价格后，西汽上下精神振奋。本来，在家里好不容易改革，降低下来的成本还不够人家一次涨价的，虽然说改革的劲头依旧在，但是想起来就很心塞，现在好了，随着发动机价格回到常态，整车的成本终于真的降下来了，虽然说还没有降到位，但这种态势是十分喜人的。

整个西汽为了降低成本，真的投入了巨大的精力，发生了很多的事情，这些事情在各个角落里，以不同的形式发生着，每一件事都是一次碰撞，每一次碰撞，都让西汽的生产效率提高了那么一点，抑或让成本降低了那么一点。

林超涵因为降低成本有功，西汽众高层了解后，对他更加赞赏，在大家一致赞成下，他的级别一下子就提到副主任了。正好又碰到底盘车间的老主任常思宏突然重疾住院，而副主任不足以服众，经过公司党委研究一致决定，为了给年轻人更多锻炼，决定让林超涵临时代兼底盘生产车间的分厂厂长职务。

这个决定让很多人大跌眼镜，但是仔细想想也不意外，林超涵这几年东飘西荡，各个部门来回转悠，就生产部门还没有好好锤炼过，履历里是不能少了这一环，现在他对全厂的生产环节了如指掌，但就是缺乏实操经验，而他的学历也够，任一个分厂的代厂长还是屈才了呢。

要知道生产口要接触到的有技术、质量、采购、设备、财务多个方面，特别适合锻炼人。生产口最重要的工作是确保生产的产量、秩序、安全，尤其是产量。当时产量不但关系着整个厂的效益，同时也是政府的任务，还有全厂的饭碗，所以当时有"生产为王""一切为生产让路"的说法，是核心中的核心单位。同时生产口也是人数最多、人员结构最复杂层次跨度最大、组织结构最复杂的单位，一个厂长不但要操心生产上的事，还有设备、消耗、技术、采购、安全，甚至是职工家里鸡零狗碎的事很多时候都需要厂长出面去协调摆平。而且当时职工当中有不好管的，甚至有违法乱纪的，都得厂长去操心管，所以能否管好一个分厂决定了你是否有能力进入公司管理层。生产厂长是公认的最不好干的领导岗位，不但要细心，会观察，会理解，会倾听，还不能做老好人，必须会骂人，会收拾人，会使阴招，否则下面那些心怀鬼胎的根本摆不平。所以上层让林超涵临时兼任，当真是一个锻炼的绝佳机会。

林超涵自己有点懵，但是既然决定了，他就接受了，自己虽然年轻，但是这个机会难得，他也不想错过，林焕海让他好好干，那他就好好干，废话不多，干就是了。

只是销司那边正在忙着准备召开经销商大会，他现在就是有点担心自己无法参与，但是也顾不了那么多了，他甫一上任，各种问题就接踵而来。底盘车间是公司非常重要的车间，此时降成本正在关键时刻，他必须要顶上。

此时，他站在路边，听两个技术员对话：

"这个月 Φ75 的平面铣刀刀片消耗还没下来？"

"反倒又增加了。"

"加工类型没变？"

"小变动，但是淬火件数量降下来了啊，按理说刀片应该用得少才对。"

"厂家联系了吗？"

"电话刚撂下，小吴说厂家检测报告都是合格的，应该不是材质的问题……"俩技术员边说边走远了，站在路边的林超涵眉头拧成了个疙瘩。

正在实施的降成本措施里，刀辅量夹的消耗是生产单位考核的重点，本来这个月努力攻关工艺改进把刀具消耗降下来了，但是Φ75平面铣刀消耗增加一下就让这些努力全白费了。Φ75平面铣刀可是厂里的宝贝疙瘩，第一次用机夹刀就上了这么个大家伙，刀柄上不用再12个钎焊硬质合金块磨修了，而是12个标准规格的刀窝，用标准螺钉配上刀夹，刀片可以独立更换，关中工具厂的新产品，是林超涵死磨硬泡了两天才买回来专门用于降成本的利器。

以往平面铣刀要是12个刀片中任意一个崩角，都得把整个刀头拆下来，融掉坏了的和磨损严重的刀片，再用黄铜和氧炔焰钎焊上新的刀片，这一来一回修理时间长达半个月，工具厂都不愿意接活。为了保持生产连续，他们买了十几个刀头轮换着用，即便是这样，一旦遇到难啃的淬火件加工，这十几个都不一定轮换得过来。而机夹平面铣刀如果刀片崩角，只需要换掉坏了的那一个刀片，前后不到3分钟，就可以继续加工，两个刀头，一个干活一个应急就足够了，刀具消耗按理说可以降低50%。但是林超涵知道，成本降低了一个月之后，刀片的消耗量没理由地暴增了300%，不但抵消掉了降低的那部分，反倒超出原来不少，反复检查刀片质量、机床精度、工件硬度，但是都没有异常，所有人都百思不得其解。

林超涵回到办公室，拿起电话拨给工艺处："刘主任，麻烦你个事，能不能把咱们5032铣床铣平面工序的工艺卡片帮我整理一下？对，就是底盘二那个。对对，好，一会儿我让小吴过去拿，感谢感谢。"

20分钟后，林超涵看着桌上一沓厚厚的工艺卡片。这是这台闹鬼的5032会用到平面铣的所有工序，加工零件的种类也超多，不但有桥壳件，也有减壳、悬架件，支撑座之类的零件，用到平面铣刀的不下20种。

林超涵想了想，先把很久没干过的零件的老工艺卡片挑出来放到一边，然后把最近没干过的挑出来放到一边，最后桌上只剩下发动机支撑座、单后桥垫压板、250 减壳三种零件的工艺卡片还留在桌上。仔细看一下工艺工序，找到相应的那一张图，先看了刀具一栏，只有支撑座和单后桥垫压板铣平面用的是Φ75 平面铣刀，而且是一个月前新刀头买回来之后签发的新工艺卡片，然后林超涵发现了问题：刀具一栏标注的是适时更换，而不是以往的更换频次。也难怪，新机夹刀买回来之前大家都没经验，合理消耗谁也不知道，更不知道多久换一次刀片，只能按经验，坏了就换，此路不通。

林超涵苦笑着摇了摇头，也对，他能想到的技术员也想到了，怪不得刘主任刚才说这批工艺卡片才还回去。按理说，刀具消耗这种小事轮不到他一个厂长去过问，吩咐下面人管好就行了，但是林超涵技术控的脑子一旦盯住技术问题，就一发不可收，一定要查个水落石出，更何况刀具降成本是他先提出来的，也是首先在他这做试点的，不得不重视。

林超涵看了看墙上表，该去开工艺处组织的会了，于是拿起笔记本和钢笔，去车棚取了自行车向汽研所大院骑去。刘主任老生常谈，又要搞工艺纪律检查，多少年没搞过了，现在想捡起来，毕竟工艺处刚刚彻底与技术处分家了，新官上任三把火嘛。

不过林超涵这次倒是很有兴趣，散会之后叫住刘主任："刘主任，你不是想搞工艺纪律检查吗，从我这开始吧，我配合你。"

"哟，今儿这是什么风啊，往常我提这事儿你不吭不哈的，今儿这是……"

"我也有这方面想法，工艺纪律搞上去了对质量啊成本啊都有积极影响嘛。"

"得，明儿我带着周强他们去你那。"

"好嘞，多谢了。"

"应该我谢你才对啊，正愁没人愿意配合呢。"

"哈哈哈……"

第二天早上 9 点，分厂干部会刚一结束，刘主任就带着工艺员周强在门外等着了："走吧？"

"我喝口水咱们就走"。

走走看看，翻翻工艺卡片，跟职工问几个问题，一个工位一个工位地过。林超涵其实是醉翁之意不在酒，心思都在 5032 上呢，正在琢磨着，突然旁边开车床的小伙子往废料箱里扔了个铁疙瘩"哐当"一声，吓了林超涵一跳，探头一看，原来是个报废机加车刀刀片。

小伙子一看是厂长，缩了缩头就想往回跑，林超涵赶紧叫住他："陆旭旭，你回来！"

小伙子缩手缩脚低着头拐了回来："厂长，咋了，我没干啥坏事啊。"

"你先把刀片捡出来。"小伙子犹豫了一下，抄起旁边钩铁屑用的铁钩子慢吞吞地对着废车刀瞎划拉。

"快点！"

"诶，诶！"

捞出来的刀片在林超涵手上颠了个个，他对着光仔细看了看："老刘，老刘，来，你看看这个。"

刘主任听声从工艺卡片上抬起头，看了看林超涵手上的刀片，把卡片交给周强，走了过来。

"怎么啦？"

"你看看这个刀片够报废标准吗？"

"干的什么活？"他问陆旭旭。

"油……油堵……"

"再说！"

小伙子不敢说话了。

"车黄铜油堵有用 90 度刀的吗！撒谎都不会！"

# 第 126 章　惊人决定

"对不起，刘主任，我记错了，是……是差速锁堵塞。"

"哼！"老刘不再跟他计较，"周强！把桥壳 21 工序的卡片给我拿过来！"

周强颠颠地快步走到车床，从机头挂钩上摘下透明工艺卡片袋，把卡片抽了出来，这个时候陆旭旭的头已经低得看不见了。

老刘指着卡片说："45 钢就车个外圆俩端面能有多废刀？啊？你这个刀才干了不到十件活吧，有你这么糟蹋东西的吗？！说，瞎胡闹多久了？！"

"没……没……头一次……今天干得不顺。"

林超涵一听这里面有问题，顿时就有些恼火，大声立刻质问了一句："谁教你的！"

陆旭旭吓了一哆嗦："大老徐……徐师傅教的……不是，厂长我真是头一次，不敢骗你，真的是，我错了，下次再也不敢了……"

"还敢有下次！"

"没没没，再也不敢了再也不敢了……"

"行了，赶紧回去干活，下次再让我看到了看我怎么拾掇你！"

"诶诶……"陆旭旭撒腿往工位跑。

"站住！"

"我真的不敢了厂长……"

"你师父教你在车间里跑的？！"

"我错了我错了……"

"赶紧回去干活！"陆旭旭这才回头快步走回床子跟前。

老刘看了一眼林超涵："你看你把孩子吓得，吓出个好歹看你怎么交差，这孩子好歹也是厂子弟，质检二科李丽红的儿子。"

林超涵神秘一笑，没正面回答老刘："我看我这难题有门儿了。"

"什么难题？"

"这个我还得查，我觉得这里面有事！"

三天之后，公安处终于来电话了，林超涵第一句就问："抓住了？"然后就笑逐颜开，乐呵呵地奔着厂门口门房去了。果然，推门进去，长椅上坐着垂头丧气的徐勇，两边是公安处的两位警察盯着。

"说吧，这么多硬质合金刀头打算带哪去？"

"沟口废品站。"

"还不老实！"

徐勇猛一抬头一脸恐慌："我错了，我再也不敢了……"

"是不是上个月来我办公室要收硬质合金那四川人？"

"是是是，就是他……"

林超涵哼了一声，转向旁边的警察，"查出来多少？"

警察从旁边桌子上抄起徐勇的包打开，打眼过去有两三百片硬质合金刀片。

"你知道这值多少钱吗！他给你多少钱你就这么干！"

"二……二百八……"

"混蛋！至少一千七八的刀片你就这么卖了！你知道吗这是盗窃！你对得起

你爹妈吗！”

徐勇低着头不说话。

“辛苦你们了，该怎么处理怎么处理，他父母那边我去应付，这小子得让他长长记性！”这句话是林超涵对警察说的。

事后查明，徐勇从小就小偷小摸，初中毕业进了技校，技校毕业就进厂开铣床，前不久认识了四川来的收报废硬质合金的贩子，他们一拍即合，徐勇就经常敲铣刀上的硬质合金刀片下来，偷偷带出厂以后卖给这个人赚外快。因为以前的刀头多，修得频繁，就一直没发现，直到最近换了机夹刀，他又故伎重施，把只干了几件活的刀片卸下来偷偷藏到自己的工具柜里，但是他逮住一只羊使劲薅羊毛，还没等把这一批带出厂卖掉就彻底暴露了。公安处还顺藤摸瓜，抓了那个收硬质合金的四川人，教育了一顿后放了。徐勇给扔到公安处的小黑屋关了七天，把他爸气得够呛，接回家之后捆起来狠狠揍了一顿。

这件事情后，底盘车间一下子就变得清净起来了。林超涵以前也有些不解，为什么不管他怎么提出建议，西汽很多车间的成本就是降得不多，想必有很多地方是他根本没有接触到的。通过这一件事情，他明白了许多，想起在鲁柴的时候覃晓东那副表情，这个覃晓东跟底层接触比较多，自然知道里面的各种猫腻，但是要改革，又要保持稳定，那就得一步步来，把各种利益的保护伞都给去掉才行。

他这一下子，虽然得罪人了，但是也一下子树立了威信，整个车间的人这才知道，这位表面温和的公子爷，其实是有手段的，车间里本来还瞧不起他的人一下子就变得老实多了。本来林超涵的身份就够让人忌惮的了，如果再加上手段，谁受得了。就算他是真得罪人了，那又如何？谁能把他怎么的？何况大家心知肚明，都知道林超涵做这些事没有错。

林超涵很快稳住了底盘车间的局势，然后他很快又接到了通知，临时抽调去参加一下在广东省城举办的第一届西汽全国经销商和代理商大会。他有点郁闷，这是把他当牛使唤啊，指东打东，指西打西，他的脑子转换得过来吗？这不就是欺负他年轻吗？

没办法，该去也得去，再说了这一块他也很关心。

徐星梅和黄小露、王文剑等人早一周就出发去那边筹备了，林焕海、姜建平等人也都在准备各自的讲话稿，还要负责邀请一些相关领导出席，他们对这次大会看得很重，这次大会要充分展现西汽迈向现代化的实力。而且也是打感情牌，与经销商和代理商贴近的机会。

不得不说，当初林超涵提出这个建议很是时候，从林焕海等人的角度来说，把自己的产品交给一堆没见过的人去销售，其实心里是有些没底的，见见这些人，交流一下，建立一下感情肯定是件好事情。

而且，林焕海还在酝酿着另外一件大事，他已经在内部初步取得了一致意见，虽然说这个决定有点惊世骇俗，但是他却认为这个险值得冒。

转眼间就到了大会的举办日，会场选在了广州一家四星级的酒店里面，这家酒店外表朴实无华，但大厅装修着实不俗，厅高十数米，大厅中间居然种植了两棵棕榈树，墙上挂着一幅巨型壁画，各种灯饰也颇为高档，显得十分气派。

林焕海带着一行人提前一天入住酒店，林超涵这个代厂长，这次也勉强算半个领导级别，这次跟着来也算可以有点待遇了。

徐星梅等人已经忙到脚不沾地了，她现在又已经有一个月没有见到自己的女儿了，全心投入到这次会议中来，对她个人来说，接待这些经销商是她的本职工作，现在很多经销商只熟悉她，这是她的主场，她必须得竭尽全力来做好这件事情。而对西汽来说，这是一次很重要的公关和营销会议，在潘振民的努力下，电视台方面会过来采访，当作重要新闻进行播放。这样的传播，从某种意义上来说也是一次硬广告，会对西汽的知名度起到极大的提升作用。

黄小露现在是徐星梅的得力助手干将，此时的她意气风发地和万艳兵站在一起，挥斥方遒，指挥着各色人等进行会场布置。与徐星梅主力接待客户不同，她的任务则是负责客户引导和会场布置等工作，万艳兵带着一干销售，心甘情愿地听她指挥。黄小露十分嗨，感觉已经达到人生的巅峰，以至于她都没有注意到悄悄来到会场看情况的林超涵。林超涵见她如此兴奋的样子，有些好笑，没有打扰她，自己悄悄地找徐星梅去了。

林超涵找到徐星梅后，就领着她去见了林焕海等领导，在会前难得的空隙里，她带着林焕海逐个地认识各家经销代理商，这些经销代理以前只认识徐星梅，不认识林焕海，此时见老总亲自来拜访，都颇有些受宠若惊。

林焕海与这些经销代理商的寒暄不必多说，双方主要是建立初步的感情联系，不可能深谈，但因为来的人多，他一个个见到深夜也才只见到一半的人。

第二天一大早8点半，大会准时开幕了。在会上，西汽请了机械工业部的沈处长过来讲话，然后还请了当地交通运输部门的相关领导过来讲话，然后才到林焕海、姜建平等人发言。并请了经销代理商的代表上台讲话，谈跟西汽合作的感受，整体流程由于潘振民的得力把控，搞得有声有色，没有出现大的纰漏。

林超涵自然也游在人群中，与全国各地的经销商打成一片。他这次来，相对来说职责比较轻松，就是与客户交流一下，然后听一听反馈意见。

不过，意外还是发生了，林超涵正在跟山东的一位经销商聊天，谈及鲁柴发动机时，不经意地朝门口一瞥，顿时火冒三丈，原来门口竟然来了两个不速之客，这两人正是范一鸣与朱梅英。说真的，他不是没有想过这两人会暗中捣乱，但是绝对没有想到这两人竟然敢明目张胆地出现在会场。

不得不说他和范一鸣两人的气场实在是太相冲了，会场上百人，他发现了范一鸣，而范一鸣也第一时间看到了林超涵。两人的眼中冒出了火花。

此时台上的林焕海正在宣布一个重要的决定：当众任命徐星梅为西汽销司副总经理，正式全面负责经销商和代理商业务。

这个决定连林超涵都听了都心头一颤，公司竟然已经如此看重徐星梅了？这不是已经和王文剑平起平坐了吗。

# 第 127 章　宾至如归

然后林焕海就让新任销司副总徐星梅上台讲话，林超涵这个时候也懒得理会范一鸣了，他有点担心徐星梅会不会讲话出纰漏，闹出笑话，要知道，徐星梅以前可是从来没有上过演讲台的人。

但是事实证明他的担心是多余的。上台的徐星梅一身干练的职业小西装，头发也明显是用心做过的，显得精神奕奕，跟以前那个窝囊的家庭主妇相比判若两人。林超涵看见她上台的架势，就知道自己不用太过担心了，因为她虽然很激动，但是步伐显得自信从容，显然对这个任命也并不意外，而台下山呼海啸般的掌声也证明了徐大姐的人缘真是非同一般。

徐星梅上得台来，很多经销商和代理商在下面使劲鼓掌，这掌声比林焕海上台时都来得热烈得多。大家都明白，这是因为徐星梅一直奔跑在第一线，跟台下的大多数人都非常熟悉的缘故。所谓人心都是肉长的，因为接触得多，大家对徐星梅的观感更加直接、感性，看见一个熟悉的人突然获得组织的重视，这些经销商和代理商从某种层面来说，也觉得分外有面子，这说明公司是真拿他们当自己人来看待。以前徐星梅顶多就是一个经理，大家都觉得她虽然得力，但是由于头衔太低，打起交道来，还是有一些不太对等、不太舒服的感觉，好歹他们当中很多人，在本地的公司头衔都大得吓人，诸如某某地市环球贸易公司总经理这样的已经算是很谦虚了。

现在好了，徐星梅升作销司的副总，这个级别差不多可以了。甚至有些和徐星梅关系很好的人不免会想到，要是徐星梅做西汽销司的总经理就更好了。

其实这种可能性还是很大的，要知道，现在销司名义上的带头人王文剑只是个副总位置。西汽总公司这么提拔徐星梅，那么有朝一日她压王文剑一头也完全是有可能的。

想到这个可能性又认识王文剑的人都忍不住下意识地看了一眼端坐在台下的王文剑，他的脸上有些无奈又有些落寞，但整体来说还算是表态积极，该鼓掌都带头鼓掌。当然听掌声就明白了，他王文剑上台肯定没有这么热烈的掌声。从长远来看，他这个代理掌门人的位置从现在起已经开始交出去了。

徐星梅在台上开讲了："各位领导、先生、女士们！感谢你们的热情掌声，这让我想起了往事。曾经，我只是一个家庭妇女，被老公抛弃，被家人嫌弃，是西汽，给了我重生的机会，让我从一个普通工人，成长到今天的地步，在这里我首先要感谢公司领导，感谢你们的信任！其次，我要不点名地感谢一个人，感谢他为我打抱不平，感谢他将我推荐到销售这个平。"徐星梅走到讲台一边，朝台下深深地鞠了一躬。

林超涵会心一笑，西汽的人都知道这是在说他，至于徐星梅为什么不提他的名字，这里面自然有其道理，准确来说，这是他曾经要求徐星梅的，不要动不动就说自己在照顾，如果有人嚼起舌根来，并不是什么好事。

徐星梅在台上接着说道："但是我最感谢的还是台下的诸位兄弟、姐妹们，我今天能够取得的成功，全是靠着你们的热情支持，我徐星梅在这里谢谢你们了！"她大声地说着，再次鞠了一躬，现场的气氛立即变得热烈起来，有人高喊道，"梅姐，我们支持你！"这惹起大家一阵哄笑。

就从这一刻开始，"梅姐"这个名头正式打响了。

林超涵会心一笑，看到徐星梅熟练地挑起气氛，像是一个天才的演说家一样，在那里张弛有道地讲起话来，他没有再用心听下去，而是回过头来瞄向范一鸣的位置。范一鸣刚刚有点错愕，他似乎没有想到现场的气氛如此热烈。

范一鸣和朱梅英在后面找了个空位坐了下来，然后目光就开始四处在人群里寻找起人来。在林超涵重新注意到他前，他已经和几个人暗中交换过眼神了。

看到林超涵重新瞄向他，范一鸣脸上露出一丝坏笑，不怀好意挑衅式地看向林超涵。林超涵看了，眉毛一跳，他知道范一鸣肯定私下又使坏了，但是他能干什么呢？这里这么多人，一个人一口唾沫就能够把他给淹死了，他过来，真以为自己不会动手揍他吗？他再把目光投向他身边的朱梅英，却发现朱梅英眼神幽怨地看着他，咦，这是什么鬼？

正在思索间，突然林超涵的肩膀被人狠狠地拍了一下了，吓了他一跳，回头一看，不是黄小露是谁，只见她神情异常亢奋，显然这亲手参与组织的盛会，让她得到了极大的满足感。

"干什么下手这么重？"林超涵有些不满地揉着肩膀，这个黄小露的手劲真不小，"你不是早餐都没吃吗？还这么有力气！"

"对啊，我早餐还没吃呢，连水都没来得及喝上一口。"黄小露突然惊叫起来，抓过林超涵的杯子，咕噜咕噜就是一气猛灌，也完全不顾是不是沾了林超涵的口水。看得旁边的人不免侧目，这丫头，未免太生猛了。

林超涵很无奈，回头看了一眼范一鸣，范一鸣投过来耐人寻味的眼神，但是林超涵却死猪不怕开水烫，他知道范一鸣想表达什么，肯定是说他勾三搭四对季容不忠诚什么的，但是他也懒得理会这些了。他只想知道，范一鸣到底藏了什么后招。

灌完水的黄小露自顾自地说："呀，真是饿了，你明知道我没吃，为什么不照顾一下女生呢，带一个鸡蛋进来也好啊……呃，太好了，你居然还真知道给我带个鸡蛋，嗯，我先吃了。呃，太噎了，我喝……"不到一分钟的时间，黄小露就把一个鸡蛋差点连壳都吞下去了，这还是林超涵注意到他们会务组忙到上蹿下跳，悄悄从早餐里夹带一个出来的，没想到还真就派上用场了。

吃完的黄小露这才注意到像斗鸡一样盯着林超涵的范一鸣坐在不远的后排位置。

"咦，这对讨人嫌的狗男女怎么又来了？"黄小露口没遮拦，她早就发现了，自己跟林超涵一块就是控制不住自己这张嘴，想说什么就来什么。

"他们来了有一会儿了，不知道想搞什么鬼，走，过去，会会他们。"林超涵说着，跟身边的客户低头致歉一下，然后就带着黄小露来到了后排。

"两位不请自至，我是不是应该让我们的会务人员请来安保呢？"林超涵微笑着说，不等着两人回答，又接着说道："远来都是客，既然是我们请客，你们来也没有问题。小露啊，中午咱们无论如何也要腾出两个位置给两位贵客，他们好不容易来一趟，一定要管他们一顿饱饭。"

黄小露听完扑哧一笑："明白，两位，有咱们一口，就有你们一口，既然来了，哪怕没桌子，我单独为两位叫一桌也行。呀，不行，餐厅所有的桌子咱们全坐满了，这样吧，等我们吃完了，我让服务员把残羹剩汤给两位端上几碗如何？放心，我们保证宾至如归。"

两人一唱一和，范一鸣勃然大怒，自己何时被人这么奚落过？从来只有捧着他，没有敢逆着他的，出社会以来，吃的最大亏就是上次在青藏高原上。

"臭三八，敢把我们当成是要饭的？"范一鸣怒道，他的声音还不小，后排的人听到后都回头看了看他。

旁边的朱梅英连忙拉着他的袖子，把他拉坐下来了，这才一改刚才的幽怨眼神，改作一副风轻云淡的样子："妹子，牙齿太尖利并不是什么好事，有时候祸从口出，明白吗？作为同行，我们是来给你们捧场的，如果你们就这态度，恐怕同行们听见了会笑话你们小气的。"

虽然说朱梅英现在不受林超涵欢迎，但是他不得不承认，朱梅英说的话是对的，真要传出去，同行真会笑话西汽待客不周。

"别扯太远了，怎么着，你还想威胁人不成吗？"林超涵转移话题。

"我也不想扯太远，就只想静静地坐在这里听会，如果两位真不欢迎，我们立即就走。"朱梅英说道。

林超涵眉头一皱，理论上来说，如果他叫人把这两人给撵出去也没什么，毕竟大家是竞争对手，但是如果就这么撵出去，他又不知道人家到底想做什么。

但很快他就明白这两人是来干什么的了。

这个时候徐星梅发言快结束了，正准备讲几句客套话就下台，突然台下有人大声地说道："梅姐，我能提个问题吗？"

林超涵一愣，抬眼一看，这个经销商他是见过的，是南方某地市的一个经销商，姓廖，叫廖子豪，印象中这个廖子豪话不多，但人还是挺能干的，销售业绩中上等。

"什么问题呢？"徐星梅愣了一下。

这个廖子豪不知道从哪里接过一个话筒："我听说，明年咱们这里的销售返点要取消是吗？"

台下的林焕海顿时一惊，这个事，他前些天还真跟销司的人讨论过。

# 第128章　中了美人计

徐星梅处变不惊，她很冷静地回答说："你从哪里听说的？我们并没有这样的决定。"她的话很巧妙，一是诛心，二是辟谣，但是却没有说绝无此事，只是说并无此项决定。

"我有很确切的渠道，得知你们计划取消销售返点，只让我们自生自灭。"廖子豪冷笑一声，提高了声音，对着全场的经销商说："他们西汽是过河拆桥，借我们的力打开了市场，现在却要取消返点，以后等于我们在他们基础上提高多少就算多少，再没有固定的收益了。"西汽之前为了鼓励经销商和代理商多销售，给了固定的1个点的返点收益，与西汽的销售差不多，经销商和代理商拿到车后，完全可以按照西汽指导的基础价格进行销售，这样的话最差也能拿到提点，有这个提点他们就不怕同行竞争了，因为他们胡乱加价，会导致消费者去找其他经销商，脚长在消费者腿上，他们爱去哪里买，他们也管不了。

现在如果西汽取消返点，以后赚的利润可能会极其微薄，这对于他们来说，是难以承受之重了。从某种意义上来说，就相当于要把他们清理出场了。

如果廖子豪说的是真的，那可不是过河拆桥吗？

在场的经销代理们一个个脸色变得极其难看了，大多数人心里充满了愤怒，他们辛苦干了一年，算是为西汽铺开了半壁江山，现在西汽如果翻脸不认人，他们以前所有的努力岂不是白费，为他人作嫁衣裳了？

在场的众人都纷纷议论起来，声音越来越越大，有些个经销代理情绪有点激动，敢情西汽把大家伙聚到一起来，就是提供最后的晚餐吗？

"老哥，西汽真有这个想法吗？你那里怎么办？"

"简直就是欺负人啊，我刚拿到10辆车的订单呢，一分钱也没有加价，如果取消返点，我岂不是一分钱也赚不到了？"

"西汽是疯了吗？"

"我看，八成是他们领导层觉得我们提点太多，看得眼红了，觉得可以把我们一脚踢开了。"

"嘿嘿，敢这么干，回头我让西汽的车再也进不了我那片区域。"

"对，我也有办法不让他们进来了！"

"这个不一定是真的吧？"

"那哪好说，利令智昏呗！"

现场有怀疑的，有反对的，有情绪激动的，也有高声咒骂的。

看到现场一片嘈杂，大家都有些情绪激动起来，火候差不多了，便有人便站起来带头闹事。"西汽，你们得给我们一个交代！"

"交代什么？我们都不干了，让大家散伙去！"

"对，散伙去！"有人附和。

徐星梅站在台上，一直默不作声地看着事态发展，完全不顾台下一干领导面面相觑，不知所措，几个副厂长都如热锅上的蚂蚁，陆刚几次都要站起来，冲上台说话，被林焕海给按住了。

坐在台下看热闹的范一鸣向林超涵投去得意的一瞥，林超涵顿时心知肚明，这个王八蛋，都是他设计捣蛋的，那个廖子豪和几个公开站出来带头闹事的经销商铁定都是范一鸣的特洛伊木马。

看到情况如自己所想象的发展了，范一鸣终于站了起来，他不知道从哪里弄到了一个话筒，得意扬扬的声音传了出来："各位，请听我说两句。"

他这一说话，大家都安静了下来，回头看着他，其中有些人认识他，但是还有很多全国各地来的是不认识范一鸣的，不过有些人反倒是认识他身边那位美女了。

"诸位，先自我介绍一下，鄙人范一鸣，是山鹰重卡中国的负责人、总经理，我这次来，本来只是给同行捧场助兴的，没想到，看到这样一出好戏。西汽，利用大家打开了中国广阔的市场，现在却要过河拆桥，这种事情，我范一鸣是干不出来的。坦白讲，我范某人不想抢同行饭碗，但是看到这样卑劣的行为，不得不站出来说两句。在这里，我只想讲一句，我们山鹰的大门是向大家敞开的，我们的价格比西汽要便宜，我们的提点比西汽还要高0.5个百分点，我们的产品质量是日本制造十分过硬，欢迎大家找我合作。"

在中间的廖子豪和几个人立即叫嚣："对，对，我们都不要再跟西汽合作，去跟山鹰合作好了！"

"扯什么淡！你们拿了人家多少好处，在这里造谣惑众？"突然一个很洪亮的男中音从会场中间传了出来。

全场愕然。大家都看到，其中一个叫任老六的经销商站了出来，这个人有很多人知道他，挺仗义爷们的一个人。不过，怎么也没有想到他这个时候会站出来说话。

虽然言语有点粗鲁，西汽众人心里面却有些感动。

廖子豪急了："任老六，我可没有得罪你，你凭什么说我拿了好处？"

"姓廖的，你不要以为睡了那个姓范的身边的美女，我们都不知道。前些天你还喝醉了跟我们吹呢，说什么为了兄弟们好，我看你就是中了人家美人计！"

啊？！此言一出，连范一鸣都惊了，他下意识地望向身边的朱梅英，朱梅英面色通红，气得浑身发抖，一时间竟然没有说出话来。

"任老六，你胡说什么？"廖子豪气急败坏，自己敢睡范一鸣的女人吗？那不是嫌自己命长吗？

"你还说没睡？她的条件就是让你们跳出来闹事，给你们一人10万块，当我们是傻子吗？"

"哪来10万块，就5万……"突然廖子豪情绪激动，发现自己说漏嘴了。

"哦——"全场传来意味深长的眼神，拿了人家5万块钱的好处，还睡了人家身边的女人，这个买卖，真划算！

廖子豪脸色苍白，他已经看到范一鸣那要吃人的眼神了。

"你他妈放屁！胡说八道！"朱梅英终于回过神了，尖声厉喝出来。

看着她那噬人的眼神，任老六脑袋一缩："对不起，我只是猜的，跟我没关系。"说着他就坐下来了。

这一出大戏连林超涵看得都有些头晕目眩，这是唱的哪一出啊。这个剧本好像有点走偏了呢？看范一鸣那扭曲的脸，似乎他完全没有想到会有这一出。

站在台上的徐星梅笑了："呵呵，请这位姑娘安静一下，任老六这个玩笑开得有点过了，对不起了。"说着，她居然在台上深深鞠了一躬，"我在此向你致歉。"接着她又站直起来："我一直以为山鹰会比较自重，不会做一些龌龊的事，但是显然我还是高估了范大公子，更没有想到你会亲临现场啊。"话筒的声音经扩大传遍全场，大家一听，这里面很有戏啊，似乎这刚升任的徐副总有所准备啊，于是大家又一齐扭过头来盯着徐星梅。

徐星梅站在台上，气势更足，她显得从容不迫，但声音清晰地说道："各位，本来我们还有一个重大决定是等到结束的时候再宣布的，但现在不得不先宣布了。"

"那就是，我们西汽系列的主要车型将实行降价，降价幅度如下，K29，降5.2万元，现价24.8万元……"

说着，徐星梅从怀里掏出一张纸，顺着念了下去，她念的是原有各种款型及衍生型号的价格，统统都降了下去，降幅从3万元至6万元不等。这些可都是这段时间西汽各种生产改革、采购改革，硬生生地将成本压下来后，能够挤出来的最大降价空间。

没有办法，不打价格战，西汽就可能会被个别猪队友和山鹰重卡给拖死，市场很残酷，留给他们的缝隙和空间不多，如果不尽快降下价格来，很快就会被淘汰，就算是有载重优势，但是这种优势也未必完合保险，对用户来说，还有个性价比的考虑问题。

但是适当的利润却是必须保留的，如果不保留的话，那等于自杀。西汽明白，自己的黄金发展期随着山鹰重卡和新国标的推出，一堆重卡准重卡杀向市场，已经结束了。

现在就是刺刀见红的时候。

再苦再难，这个时候都必须得顶住，为了这个目标，西汽必须要封堵住所有的漏洞，价格就是其中之一。

好在经过艰苦卓绝的努力，西汽目前已经把成本给硬生生地压缩了近20%，这才有了降价的空间。

在座的经销代理们其实都明白，西汽目前的产品优缺点在哪里，其中最大的缺点就是价格高昂，虽然说确有其贵的道理，但是这种高价，最后可能就沦落为只能在某一个单一市场里厮混了。所以都希望西汽能够把价格压下来，虽然说这样他们的提成会略少一点，但是如果销量能够上去，那总体来是会赚得更多，这笔账都会算，这样他们也好去跟别的牌子竞争，现在如愿以偿，顿时全场欢声雷动。

大家的士气一下子提振了起来。

# 第 129 章　越描越黑

徐星梅念完后，接着说道："另外，需要跟大家说明的是，所谓销售返点取消的事情，的确我们有过讨论，但是我们讨论的前提是，在降价之后，重新进行核算，我们打算实行更弹性的销售返点政策，销售返点以后将处于 0.5—2 个点之间，基本原则是销售得越多，返点就越高。"

啊？！全场人在听到徐星梅讲解完后，顿时大喜，拼命鼓掌，这样好啊，如果每月销售一百辆以上，就提两个点，这个利润实在太喜人了，拼了命也要完成啊。

当然也有人愁，听徐星梅的意思，如果以后每月销售低于 10 台，可能也就只能拿到 0.5 个点，这比山鹰还要低啊，不过话也说回来，如果自己卖不出去车，拿低点是属于背，你也不能怨社会不是？

而且，徐星梅也讲了退出政策，那些长期累月半年内达不成销售任务的经销代理，是要被淘汰换掉的。

这一下子让大家都紧张起来了，纷纷在心里盘算，这个任务额自己能够完成得了不。

徐星梅几个宣布一下子就把气氛给扭转过来了，就这么一会儿工夫，大家已经完全忘记了刚在会场上发生的一些不愉快事情。

因为，这跟利益确切相关啊。

没听到徐星梅说吗？

"我知道有那么少数几个人串通，要去投奔其他友商，我在这里明确表态，想走的坚决不留，并且欢送。但我相信，大家都是一起共过患难拼市场的兄弟姐妹，你们不会弃我而去。有那么少数几个人，我也只能表示祝福。"

"哦，对了，有人可能觉得山鹰提点高、固定，想去那边拿高返点，我真心在这里奉劝一句，只有做得不好的，才想过去，做得好，在西汽，你能赚到的会更多，对不对？"

"对，梅姐说得有道理！"台下有人算明白了账，心里很振奋，自己那里条件好，销售额能够保证得了，如果长期合作下去，赚得会更多。至于山鹰，这里很多人都明白，那东西华而不实，以后麻烦大了，现在贪图小便宜，将来等于就丢掉了更广阔的发展空间。

能做生意的都是聪明人，想明白了这一点，很多人都开心地大喊支持梅姐。

台下王文剑一脸尴尬，怎么没有几人喊支持他老王啊？倒是其他人安慰地拍了拍他的肩膀，意思是，哥们就老实待着吧，属于梅姐的时代已经到来了。

林焕海一直端坐在台上，面露笑容，姜建平在旁边却深呼了一口气，他有些埋怨地说道："老林，下次不要搞这么悬的事好不好！幸好有准备，要是真被人给带偏了会议节奏，这会就真开散了。"

林焕海对着几个请来的领导解释了一番，原来，徐星梅现在和经销代理们的关系非常密切，很多人非常欣赏她的拼劲、韧劲，以及处处为经销代理着想的信念，愿意跟她深度合作，这样当范一鸣密谋要捣乱的时候，徐星梅抢先一步得到了消息，但是确切的内容她也是不清楚的，索性万变不离其宗，怀揣着方案，就等着合适的时机公布了。

西汽请的几个领导都是跟西汽关系相当好的，自然对此不会介意，但刚才不知内情的他们确实也捏了一把汗，要是这个会开散了，那他们真的是很没面子。西汽这次本来还想请高级别领导的，但是思考再三，觉得没有把握一定开好，所以就没有请，内心也觉得庆幸不已。

徐星梅一系列的举措宣布，其实是事先都商量过的，不过也确实是急就章，有很多条款是他们昨晚上才拟好的，包括降价幅度其实也是最近才计算出来的，为了给经销代理商们打气，他们昨天晚上咬着牙制订了新方案。

现在果然收到了奇效。看着现场一片欢腾，林焕海和徐星梅等人心中都有数了，山鹰不择手段的搞乱差不多宣告失败了。

也幸好，林焕海和姜建平对视一眼，这件事情定下来也就是昨天晚上，而且是他们密议的，没有拿到公司会议上去讲，否则说不定对方通过什么渠道就知道了。

徐星梅在台上也讲到，这些条款都是刚刚拟定的方案，尚未完全通过，但相信最后通过的结果只会更好，但是这些话大家都没有太注意听，刚才的效果已经达到了。

看到这一幕的范一鸣有些恼火，但是脸上却没有太多的失落，毕竟他也没有想着真能一次性就把这么多经销商都给撬过来，朱梅英早就分析过，如果西汽那么多人努力还不如他振臂一呼，那真是白活了那么大岁数。但求能够做一次广告，让这些经销代理们知道山鹰就好了，说不定后面就会有很多人跟他们联系。

但是万万没有想到的是，千算万算，朱梅英没有算到，居然把自己给扯进来了，而且还说得那么不堪，虽然对方最后道歉了，但是恶劣的影响已经造成了，特别是范一鸣看向自己的眼光就有些异样和厌恶的意思了。这让朱梅英又气又急，却又无可奈何，因为这种事情不适合在台面上说，也不能解释，是属于越描越黑那种了。

林超涵在台下看着这两人的表情，哑然失笑，对他来说，这个结果他也没有想到，昨天自己太累，蒙头就睡了，后面还有很多精彩的事他根本没有参与，否则想来，徐星梅也不会瞒着自己的。

真是高啊，居然就这么化解了一场风波，还顺带打了广告。

这波操作太溜了，林超涵只能说一个服字。

徐星梅真的自己成长起来了，林超涵看着台上容光焕发的徐星梅，再看看台下涨得脸通红的朱梅英，心里真是感慨无限。有这样的领导，西汽的销售应该可以找到主心骨了。

范一鸣恼怒地看了看朱梅英，又看了看林超涵似笑非笑看过来的表情，知道今天在这里讨不到太多便宜了，再待下去也没有什么意义了，立即离开为上策。他隐蔽地朝场里某处投去了一瞥，心道，咱的后手还有的是，这才第一招而已。冷笑着，甩开朱梅英的手，径直地离开了会场。

林超涵快步走了过来，嘲笑道："怎么，范公子不留下来喝一杯西汽的庆功酒吗？"

"哼，走着瞧吧！"说着，他带着朱梅英头也不回地走了。

经销商大会后第二天，林超涵和西汽众多领导已经回到公司上班了，林超涵继续当着他的代理厂长，这一段时间因为威望的树立，他的日子逐渐好起来了，下达的命令也没有人敢不当回事。但是生产的事情不用太操心的时候，搬迁新址如何开展生产的事情就压在他的案头上了。

七月初的时候，他们已经在新址考察过了，其实当时搬迁已经在陆陆续续进行中了，但是为了不影响生产，很多重要的生产车间都没有移过去，还有很多新设备，也还没进货安装完全，但是现在，已经到了迫在眉睫的时候了。安排好搬迁，同时不能耽误生产，这是当前的头等大事，各个分厂为了安排好这一切，真是操透了心。

有很多设备只能在晚上安排拆卸安装，好在西汽别的不多就是车多，否则就是运输费，那就是一笔不得了的花销。

在搬迁过去之前，还有一件重要的事情要解决，那就是厂子搬过去后，那么多的职工在哪里住宿吃饭是个大问题，当时的资金看上去有一些来路，有人注资，有银行借贷，有自己厂里市场销售的回款，但是真要仔细算下去还是紧巴巴的。

本来，最初计划搬迁，无论市政府还是省政府虽然支持，但也犹豫过，主要原因就是这可不是小事，一去就得好几千号人吃喝拉撒的问题要解决，想想就头疼，而且，因为时机耽误了，所以只能凑合给找了东郊的三块地皮，但是随之而来的问题就是，家属生活区的建设问题。

地皮是有的，建家属楼就是两回事了。生产办公区的楼，是公司出钱建的，而家属楼，公司负担不起，只给建了一栋临时的单身楼用作过渡，之后的事嘛，没钱。不但公司没钱，省上也不给钱，市里考虑到企业困难，象征性地给了一点钱，在家属区地皮西面又多征了一小块地，建了子弟校教学楼和操场（当时这一片都是农田），家属楼还是没着落。直到人快要搬迁了，还没着落，大家都着急了，于是，只能集资建楼。这个就是七月考察后面临的实际问题。

问题在于，当时职工也都没什么钱，虽然说厂里改革，工资收入有所增加，打开了民用车市场，但是由于通胀得厉害，生活消费占了大头，因此，职工手里是没有余款的。大家听到要集资建房，回去翻翻存折，普遍的情绪是比较绝望的。

但是相对于在市区里租房子来说，还是愿意集中资金建楼，毕竟以后房子的产权是可以继承，所以算来算去，大家还是很积极，咬牙跺脚吧，终于能够有从山沟里搬出去的机会，没有钱东拆西借也要搞定。

房子建设总共规划分了三批，基本上和搬迁建设是同步的，所以前两批建设进度很快，每家根据认购房子面积大小不同交 7000 元到 9000 元不等押金（其实就是集资款），对应的房子户型有一室一厅，两室一厅和三室一厅，最小的 50 多平方米，最大的 95 平方米。

不过，当时由于条件有限，款项不充足，导致了一些后遗症，比如说房子不怎么样，毕竟钱少，建筑质量偷工减料，虽然是实心黏土砖结构的老式房子，但是后面装修墙上连膨胀螺栓都不敢打，冲击钻一下就掉一片墙体，里面沙子比水泥多。

为了提高集资的积极性，这批房子公司提出，只要是家里还有一个人在厂里上班，这房子就可以一直住下去，直至全家迁走再收回，不退押金。虽然按照政策来说，当时政策上已经不怎么允许企业集资，但是考虑西汽情况特殊，省里市里又都拿不出钱，看西汽这么搞了也就睁一只眼闭一只眼，最后拖拖拉拉花了差不多两年，才把最后四栋房子建完。

不管怎么说，前两批家属楼算是基本解决了搬迁过去的工人们的生活问题。这给搬迁新址创造了基本条件。

林超涵先是作为代理厂长，带头冲出去给自己厂里的工人们抢到了一批房源。这个时候，他顾不得别人闲言碎语了，作为管理人员，首先就得保证自己人的福利问题，他甚至不惜动用自己的关系，软磨硬泡要到了一批房源，这让其他分厂工人不免有怨言，但也有些羡慕，看看人家林超涵，那是真愿意给手下人争取福利啊。

# 第 130 章　整容术

但是对林超涵未来的定位，可不是只放在这个小小的底盘分厂，很快公司领导觉得大家各自为政十分混乱，不利于统一分配，就组织包括林超涵等人在内一起重新调整统一了搬迁规划。

在林焕海眼里，手心手背都是肉，要操心的事情老多。

在整个搬迁过程，最大的投资，是一条驾驶室冲压装焊线，几十台设备，上百套焊接胎具。冲压机当时根本买不起进口的，只能是全国各地找便宜货，然而对于车身冲压来说，太便宜的也不行。当时厂里最大吨位的冲压机是一台天锻的 1000 吨，宝贝得不行，专门用来冲压车架大梁的，多缸多行程控制的。装机后进行测试，发现很不稳定，三天两头就出问题，为了解决这个问题，林焕海到处找关系，最后发现踏破铁鞋无觅处，得来全不费功夫，就在他们新址旁边那个军工厂，居然就可以加工大梁。但是因为拿地的原因，得罪了这一家厂子，商量在中间开辟道路的计划也是被他们拒绝的，按理来说两家算是结了怨了，可是，大家都是为国做事的，哪里来的什么隔夜仇，林焕海就和对方厂子的厂长私下吃了两次饭，一笑泯恩仇，林焕海提出委托他们来加工大梁，对方一听顿时大喜，这纯属提高福利的额外收入啊，忙不迭答应了，要知道，他们在此建厂，虽然也有拨款，也有部队订单，也有各种支持，但是同样地主家也没有余粮，日子并不比西汽要好过，西汽的大梁委托他们加工，多少也是一笔收入，用来改善一下职工生活那是相当好的。最重要的是，其实这家军工厂因为部队订单有限，产能闲置还挺多，因此迫不及待两家修好，接下了这批订单。理论上来说，作为涉密的军工厂，没有上面的批准是不允许私自接民品的，但是当时上面也知道下面的情况有多困难，集团对此睁一只眼闭一眼只眼，就当没看见，让他们接了西汽的订单。就这个订单，既完美地帮助西汽度过了困难时期，也缓解了军工厂的燃眉之急，就这么干了差不多五年，直到西汽新压机上来才告停止。

总体来说，由于资金有限，南河湾的旧设备仍然要发挥作用，比如其他的冲压设备，一半是从沟里调过去的老掉牙的机械冲床和两台300吨油压，都是70年代初的产品了，状态不良。实际上按照当时国际通行做法，驾驶室这一类的外装钣金件冲压用的都是连冲线，没块钢板从下料到出成品一条线完成的，分步序的切边、成形、开孔、矫形、定型这么出来的，但是资金和场地都不允许，所以还是按照当时沟里的生产组织模式（千辆级规模）零散布局为主，有些产品有条件的形成流水线，但是所有设备都是手动的，完全没有自动线。

这些破烂家业，西汽还是得当宝贝一样供起来，好好拆好好地运，中间各种周折，但是总体来说还算是顺利地运了过来。

相形之下，冲压设备还算好的，焊接就更惨了，国外初步用上工业机器人的时候，西汽还在手工端着点焊机去一个点一个点地焊，无论焊接时间还是定位都没法精确控制，所以焊出来的玩意热变形大，比如车门，门框和外板都是先点焊上去再包边的（多余部分折回来把焊点藏起来，最后涂装前封胶），但是因为手工焊热变形，最后出来的车门成品和驾驶室侧围的贴合度纯粹是拼人品，几乎没有一件能一次装到位的，都要二次矫形，甚至报废。以至于后来数年请来德国人来做装配教学的时候，从进口来的散件里拿出一件钣金件一比画，不合适，直接就扔废品框里再换一件上去，直到合适，这让领导看得心疼，等德国人下班以后派人把废品件全捡回来了，修磨一下拾掇拾掇全给装车了。从这一件事情上来看，就能明白人家国外车卖得贵而国内车的质量一段时间内不如人家，是有道理的。

这些设备的情况，林焕海、陆刚等管理层自然是知道得清清楚楚的，要知道，就这些设备，那都是西汽花了二十多年的时间东拼西凑慢慢积攒起来的，现在要想一夜之间就把它们抛弃，既舍不得也不现实。

林超涵曾经对林焕海提出咬一咬牙全部更新设备的建议，虽然会提高负债率，但是同时也会提升生产效率，最终还是会有成效的。因为在此之前，淘汰旧设备的工作一直在做，不然的话像凌霄强也不会捡漏了。

但是林焕海沉默了半晌，才回道："我何尝不知道，但是我们搬迁新址扩大产能已经是在豪赌了，现在一步到位固然是爽，但是算一算账，到时候我们还利息就得还到窒息。"

林超涵心里默默一算，只得作罢，林焕海等人显然事先已经反复盘算过，这已经是在现有条件下能做到极致的情况了。

在林超涵与郭志寅聊天的时候，郭志寅表达了同样的观点："虽然这些设备都是些老弱病残，但是就是靠这些设备我们还是要努力维持生产，甚至要突破我们的设计产能，这是现实对我们提出的硬性要求，做不到我们后面就会相当麻烦。"

林超涵对此观点表示赞同，在他看来，必须在之前改革的基础上，进一步调整管理方式了，现在新的情况、新的要求对产能提出了更高的要求，自从经销商大会后，全国各地以广东为代表，销售量出现暴增的现象，一方面各地基础建设需求增加，另一方面，在经销代理们尝到更大的甜头后，销售态度更为积极了，为了促销，他们自掏腰包在乡间田野到处刷墙做广告，为西汽主动做宣传，这对刺激销售起了极大的作用。

当然，最重要的是，西汽的生产成本被硬压下来后，降价促销的效果十分显著。山鹰原本拥有的就是生产质量、舒适性及低价，而各种准重卡们的优势同样是低价，但是当西汽把价格压下来后，山鹰的优势一下子被大大削弱了，他们的销售一下子到了瓶颈。更加雪上加霜的是，随着时间的推移，用户渐渐发现，车子开始出现各种问题，但山鹰的售后服务跟不上，售后站点极少，打电话投诉，往往得到的都是礼貌而程序性的回答，这让不少用户口出怨言。对比西汽的贴身服务，完全不是一个量级，西汽前期花在售后体系上的精力完全没有白费，更高效的售后，让西汽车辆很快就能解决故障重新上路。因此山鹰的口碑正在渐渐崩塌，但是这是一个漫长的过程，也不是一天两天就能看出市场结果的。得到消息的西汽包括林超涵等人，松了一口气，感觉竞争的压力小了很多，果然竞争最好的手段是做好自己，而不是只想着去打击别人。

值得一提的是，西汽在新国标出来后，很快完成发动机的调整，以及各种规定外观设计的调整，虽然时间很紧张，但是由于保障设计到位，基本上没有耽误生产。市场上的各种准重卡们原本是想等着看西汽笑话的，好抢后面的果子，结果一看，完全没戏了，顿时只好放弃跟西汽的竞争，瞄准垂直市场发力去了。

在这一期间，发生了一件特别有意思的事情。

有售后站点反映说，遇到了一个特别奇怪的现象，他们在维修中碰到了一个情况，就是有人开着西汽生产的汽车过来维修，本来这是很正常的，但是维修员发现，这个车子横看正看侧看，甚至拆开了都是标准的西汽产品，但是偏偏门脸不是，牌子不是。这让他们很是诧异，对司机表示这不是西汽生产的汽车，没有理由由他们来维修啊，但是司机急了，拿出购车发票合同让他们看，一看，确实是西汽生产的。

于是仔细一查，竟然让他们哭笑不得，个别友商在市场竞争中杀红了眼，为了给自己贴金，提升市场曝光度，竟然出钱给这个司机，由他们提供技术，将西汽车前部的标志门脸换了一层皮，贴上他们自己的，以此作为宣传噱头，显示他们在市场上占有率很高，诱使其他用户去购买他们的车辆。

这种招数，真可以列得上亚洲四大邪术了之整容术行列了。

徐星梅听到这种情况后，赶紧跑去调研了一番，发现像这样被人改头换脸的车还不少，一些司机贪图便宜，就让人给车改头换脸，反正也不影响他们使用，因为各种技术性能一点都没问题。

这种情况下，西汽能做的只能向用户做出提醒了，如果接受这种改造，那就别想再来西汽站点维修了，这才勉强刹住这股歪风。而在销司多处取证后，向友商提出了抗议，并且威胁对方，如果再出此招，那就法庭上见。对方也知道这种招数实在见不得光，只得赔礼道歉，并同意纠正错误行为，灰头土脸地处理了内部人了事。

# 第 131 章　全部吃掉

暴增的订单，让西汽上下精神振奋，但同样也让大家压力倍增。现在已经开足马力去生产了，但是旧址的产能是绝对跟不上的，因为首先还得保障军车的生产订单，现在新址必须尽快启动，才能满足雪片样飞来的订单。

这些订单的压力，让新址的生产启动加速了。

现在西汽的节假日全部都取消了，所有人全天候要么在忙生产，要么在忙搬家。

当时的厂房布局、生产线布局，一方面受制于地形，另一方面也受到产能指导的限制，仍然停留在千辆级生产规模——当时他们虽然市场不断扩张，但是还是没有想到后面市场需求很快就突破万辆级别，所以还是计划年产最高到六七千辆级别，在他们看来，这么高的规划，可能还是有些产能会闲置的，因此西汽的生产组织模式仍然沿用老的管理思路，这严重制约了后来产能提升的能力和潜力。后来随着产能迅速提升，以及新设备新技术的引进，做了很多生产线调整，比如说自动反馈式强扭机的使用、老设备自动化改造、生产线布局调整、流水作业等等，但是受制于规划的限制，产能基本上还是原地踏步。这不能不说是当时的遗憾，就连最有信心的林超涵，也没有预料到世界变化得如此之快。

1998 年，国家出台了许多改革措施，其中最大的一个改革就是住房制度改革。这个改革催生了今后近 20 年规模罕见的房地产市场，房地产从那一年起开始蓬勃发展，各种基建以远超从前十倍百倍的速度在狂飙突进，虽然也带来了各种社会问题，但是客观上，助推了中国经济的飞速发展，催生了各种富裕阶层。

基建以远比从前迅猛的发展需求，带给了西汽等卡车制造企业巨大的商机，在当时，西汽自己还沉浸在搬迁新址的忙碌之中，无暇顾及这个正在酝酿中的历史机遇。他们设想了很广阔的前景，但还是被贫穷限制了想象力，没有做出超前的预判和决断。林超涵虽然基于自己的判断提出了一些意见，但是手头的紧巴还是让林焕海向现实低头，采取了一些保守的设计。

后来随着国家层面的改革推进，王兴发负责的政策研究室提出了一份相对超前的建议，才让林焕海逐渐意识到自己的保守，但是由于当时各种生产规划、设备配置和管理方案已经确定，全盘调整已经不可能了。

唯一让林焕海觉得欣慰的是，自己还是有先进之明，坚持咬着牙上了很多新设备，其中最重要的，就是一条新的整车装配线。当时这条线并非国外原装，原装在友商那里，西汽这条是仿照原装的模式，以及自己在沟里那条装配线的经验，自己设计拼凑出来的一条流水线。所有设备全是国产，没有 PLC，就用行程开关组控制，没有大功率拖动电机，就用中等功率并联拖动，总之能想的方法全想了，让这条线跑了起来，而这条拼凑起来的装配线，一直用了近 20 年才退休，当然中间也有数字化改造。

不过，土法上马，让这条线也有缺憾，所有的强扭机全部是定值式的，也就是设定了一个理想值去工作，至于实际拧紧的扭矩是多少，只能通过拧紧之后用扭力扳手去一个一个校验，所以精度和效率都不算高，后来也因为要产能忽略了校验，出了事故，暂且不提。

东郊新址生产是在 1998 年初正式开始启动的。

那一天，天空晴朗，虽然风仍然有些冷洌，但是空气中有着暖暖的春天味道。

俞副省长，哦不，俞省长——去年他已经升任省长了。他亲自到场为西汽新址剪彩，省城市委书记市长都莅临了现场。

现场的气氛十分热烈隆重。西汽新办公楼前的小广场上，挂着大红的横幅，铺着红地毯，在西汽临时搭起的主席台上，俞省长发表了热情洋溢的讲话。

他高度赞扬了西汽艰苦创业、自主创新的精神，并表示省政府和国资委一定会大力支持西汽将重卡事业建设推向新高度。

他的讲话，标志着林焕海提出的第二次创业基本宣告成功。这让林焕海感慨万千，也让那些为了东郊西汽新址奋斗过的所有建筑工人、各单位职工备受鼓舞，他们也与有荣焉。

在省长简短地讲完话后，市领导也分别发表了讲话，对西汽的到来表示支持与欢迎。与之相对的，则是西汽旧址所在当地的领导此刻心情复杂难受，因为他们的一些短视行为，坐看西汽搬到了省城，虽然说旧址仍然留在那里，还能发挥作用，但是整车生产再也不会回到那里了，对于他们来说，恐怕永远就失去了。

响越集团老总王瑞生也出席了会议，响越作为西汽下属公司的合资方，在这里投入了不少，现在马上就要生产了，代表着他们也正式进军重卡行业，不来这里捧一下场是说不过去的。对他们，西汽也是热情招待，给予了极高的礼遇，他们的代表全程由潘振民陪同。

各级领导在林焕海、姜建平等西汽高层的热情带领下，参观了新址的各个车间，向领导们介绍了设备情况，当然，林焕海主要是带着领导参观新设备区域，那些旧的设备区域，林焕海也觉得丢人，没有带领领导们参观。

领导们对西汽崭新的各种设备还是非常欣赏的，说了很多勉励的话，当地的电视台全程跟踪报道了，当天晚上的电视新闻就播出来了。观众们在电视机前首次注意到了西汽漂亮、干净、整洁、先进的厂房形象。这个新闻意想不到的后果是，西汽在当地招工变得容易了，大家都愿意来这里上班，算是不大不小的收获。

繁华过后，省市领导事情繁忙，有的讲完话就走了，其余的午宴后也都相继离开了。俞省长走之前，对林焕海抛下了一句话："老林，好好干，将来有什么需要，来找我，我能解决的尽量帮你解决。"

林焕海有无数要解决的内容，但是他心里很清楚，这些要求只能在关键时刻提，现在就提，恐怕会用掉西汽所剩不多的人情，要知道，领导出席启动典礼已经是很给面子了，因此很识时务表示以后还请省长给予支持，会及时请示汇报。

最后，只剩下响越集团的老总王瑞生，和林焕海等人进行了会晤。

在西汽崭新的会议室里，看着明亮的办公环境，林焕海心情很好，和王瑞生愉快地聊着天。现在整个新址已经一分不耽误地进入了生产状态，其实在启动仪式之前，很多车间已经开工了，毕竟生产任务很繁重，几乎所有的机器设备是一调试完备，就正式投入了生产，能看到投资开花结果，王瑞生还是很满意的。

他称赞道："老林，你还是个实干家，我之前还有些担心你们，不知道猴年马月完成新址建设，没有想到效率这么高。"

"这个必须得感谢王总，您这投资来得跟及时雨一样。否则我们还不知道什么时候能启动。"林焕海此时是真的心存感激。

王瑞生是一个气质有些阴柔，看上去喜怒不形于颜色的人，在多次谈判磨合过程中，给林焕海留下了城府极深的印象，但是林焕海也逐渐摸清了他的脉搏，这个人喜欢别人配合他，不喜欢别人拒绝，是很强势的一个人，不是表面看的那么阴柔，如果不是因为他们对重卡这块技术十分看重，也看好西汽的生产和技术能力，后期的谈判，很有可能是进行不下去的。

王瑞生不置可否，似乎对这点投资根本不太在意，他只是说道："按照我们的协议，现在新址投产后，是否我们响越集团可以在这里生产重卡了。"

这是他们之前的一个协议内容，即由西汽生产贴牌重卡。王瑞生一直想进军重卡行业，他手上也有其他汽车制造厂，但是技术并不出众，而且没有生产重卡的能力。刚开始林焕海是不太明白他为什么那么看好重卡行业的，后来悟出来了，对方真正看中的是基建市场对重卡汽车的巨大需求，响越集团是真心对未来的重卡民用市场极度看好，这才迫切想要切入这个市场。眼下西汽的民用市场越做越好，响越更加迫不及待地想进来分一杯羹了。

之前，在旧址，生产能力跟不上，响越集团一直憋着没有提出要西汽生产贴牌重卡的要求，但是随着新址的开工，王瑞生立即要求西汽兑现承诺了。林焕海对此心知肚明，也早有准备。

"王总，这个我们早有考虑了，这次请您来，一是为我们新址开工剪彩，二是来探讨一下关于贴牌生产的具体要求内容。"

"我没有什么要求，贴我们的牌子，用你们的车，就成了，但是数量要多，每个月至少给我们500辆车。"王瑞生开口道。

林焕海大吃一惊，这等于一下子要把西汽目前新址每个月的产能全部都吃掉啊。

# 第 132 章　陷阱

林焕海怀疑是王瑞生口误，小心翼翼地说道："这个，王总，咱们目前的设计产能年产也就6000辆，最多不能超过7000辆的。"他的言下之意则是现在每个月西汽总共也就计划产生出500辆，如果响越集团要全部拿走，是根本不可能的。

王瑞生毫不在意地说道："林总，你这是担心我们响越集团消化不了吗？区区500辆，我们集团自己内部就能消化掉一半，然后另外一半，通过我们的各种渠道途径，基本上都可以消化干净。"

林焕海紧锁眉头，他知道，自己是一招不慎引狼入室了。这个响越集团，他是知道一些背景的，这个王瑞生的来头也很大，关系网遍布全国，像范一鸣那种关系对于响越集团来说简直是小儿科不值一提，整个响越集团自己承包的基建工程就有无数，还跟国家各种建设集团、交通集团有着密切的联系，如果西汽重卡交给响越销售，他们还当真可能自己内部消化得了。以他们的关系网，很容易就能将西汽的重卡销到各个集团，区区 500 辆，有可能真的不够人家塞牙缝。

如果当初不是看中响越集团充沛的资金，林焕海是不愿意跟他们接触的，自己是虾米，对方就好比是一只老虎，一口就能吞下西汽。

若非俞省长在中间拦了一道，介绍前投银行来贷款，再加上以省国资委的名义控股，那现在还真是极度麻烦了，以王瑞生这种强硬的个性和霸道的作风，西汽就算是完蛋了。

所以林焕海摇了摇头："王总，真不是我不相信你们的实力，而是我们现在的产能确实已经到达了极限，而且军车的订单保障依然是我们的头号任务，所以给响越集团贴牌生产是没有问题，但是 500 辆确实我们生产不出来，不如降低一些数量。"

王瑞生表面还是很阴柔，但是明显有些不悦地反问："那你说吧，你们究竟能给响越生产多少辆？"

"最多不超过 150 辆。"林焕海说道。他这是经过计算的，响越集团虽然投了不少钱，但是占股总体来说也就 30%，500 辆的 30% 也就是 150 辆，这是响越集团应该拿到的配额。

"你！"王瑞生显得极为不悦，猛地坐直了身子，眼睛盯着林焕海，但声音仍然很阴柔，"林总，你这是不给我面子吗？"

林焕海很恼火，什么叫不给面子，有事谈事，他最烦别人动不动就拿面子来说事，但是他不得不压制住火气，因为他知道，对有些人来说，面子第一，其他的都靠后。

林焕海让了一步："王总，要不我给响越每月生产 180 辆吧？"这已经是从牙齿缝里扣出来的了。

王瑞生盯着林焕海，默不作声地观察了他半天，像是有些懒怠地说道："林总，话说三遍淡如水，想不到我的面子仅值 30 辆。"

林焕海真心不爽了，陪同的姜建平在旁边看着有些担心了，他插话说道："王总，其实咱们的面子哪里能用多少辆车来衡量对不，在我们心里，你王总是我们的贵人，你的面子比天还大，但是我们要考虑到军车需求，又要考虑到市场开拓的订单需求，做人得有诚信，我们得完成这些任务，所以请你原谅则个，我们尽可能将产能挤出来，为响越提供生产吧？"

"姜书记，你们扯这个那个的没有意义，我就是要 500 辆车，有那么困难吗？"王瑞生显得漫不经心，却又蛮横不讲理地说。

在座陪同的各位西汽高层都面面相觑，这个王瑞生真是口气巨大不说，还显得不可理喻。只有潘振民一个人端着茶在喝，还不停地吹着茶面，看不出他的表情，整个响越集团的引进，最初就是他引荐的，此时他两边为难，作壁上观，逃避似乎也是情有可原的。

"这样子，您看行不行，下下个月，等到订单排开，我们新址火力全开，500 辆全部为响越贴牌生产。先为王总解决第一批的需求，后面我们视情况再说如何？我保证，最低每个月可以为响越提供 180 辆车。"林焕海思索了半天，虽然内心深处，对眼前的王瑞生极度不悦，但是王瑞生这个话说到这里了，然后又当着这么多人的面，僵了也不好说话。只能牺牲一下眼前了。

"既然林总都这么说了，我也要给你一个面子是不是，那就这么办吧。不过我有一个条件，那就是交货从下个月就开始，不要等到下下月，你可以不用下月交完，但下月开始必须得交 150 辆。"王瑞生淡淡地说，口气像是命令。

林焕海皱了皱眉头，也同样淡然地说，"王总，谢谢你给这个面子，但是我需要说的是，这只是特例，而且，所有生产的车辆，必须也得货款到位，我们才能交付。"他们投资建设是一回事，货款又是一回事，双方并不是签订的借款协议，这车辆不是质押物。

"呵呵，这点钱不算什么，明天我就能让财务给打过来。你按照内部价格给我们。"王瑞生无所谓地说道。

这一次双方的交谈很不愉快，结果只能算是勉强达成了协议。会后，林焕海和姜建平等人沟通，觉得这个响越集团恐怕以后打起交道来会很麻烦。第一次安排生产就这么麻烦，以后还会不会有什么幺蛾子也都说不好。

只有潘振民一个劲地表示，凡事还是要好好商量，毕竟人家投了这么多钱进来，对西汽的新址建设有贡献，有点要求也是应当的。

倒是陆刚等人非常发愁，虽然说完成林焕海答应的任务并不难，但是同时要赶工完成其他订单，则非常麻烦，徐星梅那边要求极度强硬，屡次和他干架，就是因为生产进度的事情，徐星梅要求生产部门必须要准时发货，否则就要向客户进行解释。

陆刚刚开始的时候还不把新晋的实力派徐星梅放在眼里，毕竟人家只是销司的小小副总而已，但是双方大战几回合之后，他发现这个女人真不简单，不知道是不是吃了金丹开了窍，现在不仅言辞锋利，做事也极为果敢，一旦发现陆刚糊弄她，她立即就把前因后果，数据表格、客户要求、沟通记录什么的整理一份递交给公司例会上，搞得他是狼狈不堪，自此之后，他特别害怕惹到徐星梅。人家梅姐现在身后站着的一大票客户，因此她说的话就代表着客户的意旨，这个可不能随便违逆。现在林焕海答应得爽快，到时候徐星梅杀上门来，那他可就得吃挂落了。

这个难题说不得，在会后他就抛给了林焕海，但是林焕海不愧是多年老滑头，面对陆刚这么困难的问题，他就双手一摊："我能怎么办，这是你负责生产的副总的任务，我可管不了。你自己解决去。"说着，就去会见其他客户了，留下陆刚在那里抓耳挠腮。

前投银行和鲁柴也都派了代表来参会，在和王瑞生会谈完后，林焕海与双方也沟通交流了一番，前投对西汽的前景很是看好，颇为兴奋，没有提什么苛刻要求，而鲁柴方面，双方则是交流了一下新型发动机的生产投产事宜。双方合资建设的新址目前暂定在南河湾，但是未来会搬迁，会搬迁到哪，目前只有意向，鲁柴方面覃晓东本人没有来，但是代表捎来了一句话，就说让"林超涵有空过去鲁柴喝茶"。这让林焕海哭笑不得，不请他去喝茶，居然请他儿子，真是成何体统。

新址正式投产后，林超涵就开始忙碌起来，他负责的地盘，预计还得管上一段时间，像是开工典礼，这种花里胡哨的场合，他就匆匆地露个面就走了。至于去鲁柴喝茶的事，他也没有多想，这才哪到哪儿，哪有时间去喝茶啊。他现在吃饭都得连跑带走，新址生产的各种事情安排还挺多，他必须都得盯着，还好像郭志寅这些老前辈都很关心他，没事过来提点他，让他不至于忙得晕了方向，搞出生产事故来。也幸好他们指点几件事情，让林超涵十分庆幸没有犯错。在这种情况，他也飞速地成长起来，向合格的管理者迈进。

当林超涵听说要为响越集团生产500辆车的任务时，与他父亲一样，颇为惊讶，这个响越集团真是野心不小啊。虽然父亲暂时答应搪塞过去了，但以后的事情恐怕不太好讲了。他私下里向父亲提出建议，尽快把响越集团给挤出去，否则将来必成大患。

林焕海只剩下苦笑："哪有这么简单就能把人家给挤出去，虽然对方股份少，但是我们钱少啊，根本拿他们没奈何，虽然说生产主动权在我们手上，但是后续生产投入还得他们投入。"

"换个角度想问题，如果他们真能够直接消化得了我们的年产量，那我们是不是再考虑扩大一下生产规模呢？毕竟他们能够消化得了对我们发展是件好事。"

# 第133章　未雨绸缪

林焕海叹了口气："这也不是什么好事，第一，他们取车的价格相对低廉，我们利润空间很小；第二，如果我们的市场被他们垄断，我们只能仰仗他们的鼻息生存了；第三，回头他们一旦取消订单，那我们就更被动了，刚扩大的生产规模只能闲置，那个时候，为了摆脱困境，我们真的只能卖身给他们了。"

林超涵听明白了，父亲深谋远虑，这个王瑞生，其实是在给西汽布一个大大的陷阱，如果西汽真的为了销量一头栽进去，那后果真是不堪设想。为了扩大产能，西汽还得借钱，或让他们注资，这相当于饮鸩止渴。同时，如果一旦销售出了问题，那西汽就只能欲哭无泪了。

现在西汽的销售网络刚刚建成，销售渠道刚刚打开，订单正在不断增长，虽然说这些事做起来非常麻烦，但好在利润还是有的，而且销售渠道多元化，体系非常健康，不会因为某一地某一处订单而造成西汽被动。

林焕海对其中的利害关系是非常清楚的，这个响越集团自从一开始就想控股，当时坚持没让他们控股是对的，否则现在真的麻烦了，王瑞生干涉生产和销售的欲望十分强烈，如果让他们接手，西汽不知道还能不能存在了。

陆刚如何解决生产的问题，林超涵也没有办法想明白，他同样向林焕海进行了讨教，谁料林焕海竟然说出了如下一番话：

"你傻啊，我都说了，钱不到账，我们不生产，根据我们以前和响越打交道的经历，他们的财务绝不可能第二天就到账的，我们就以他们到账的日期计算时间，下个月，下下个月是什么，这他们无话可说吧？"

林超涵问："那他们万一真到账了呢？"

"那不是更简单了吗？我们只是口头承诺，也没签合同，就算是签了合同，也存在各种不可抗力吗。我们到时候如果真完不成，就让仲玉华那边出一个催货单，拿着这个军方的令箭，我们就可以理直气壮地说，这是不可抗力啊，那有什么办法。"林焕海耸着肩，显得很轻松地说。

林超涵听得目瞪口呆，再次刷新了对自己老爸的认识。怪不多那么多人，他不投胎，专门投胎到老林家，这是有原因的。

老林原来是把各种事情都想明白了，才承诺原先那番话，真要完不成，耍赖就是了，响越还能拿西汽怎么的啊？老林当众不能不给股东方面子，给了响越集团一个承诺，但是有时候面子是人给的，也是凑上来丢的，真到了耍赖的时候，谁怕谁啊？

林超涵又上了一堂深刻而生动的课。看着林超涵崇拜的眼神，老林得意地说道："小子，你要学习的地方还多着呢，别以为天下就你聪明。"

"姜还是老的辣啊！"林超涵叹服地点了点头，"我就不跟我妈汇报你跟何医生眉来眼去的事情了。"

"臭小子！敢胡说八道！"林焕海勃然大怒。前些天体检，何医生非得给林焕海做全身检查，林焕海拗不过她，只得随了，这事看在有心人眼里，不免让人有点闲话。林超涵也是通过某个人的嘴里听说的八卦。他现在是隐晦地提醒老林一句，要当心点，万一这事传到他母亲于凤娟的耳朵里，这事可真没地讲理去。

老林对此事没在意，后来果然跪了三天搓衣板，睡了一个星期办公室。

西汽当然不可能真的去抵赖，唯一的办法就是提前和销司商量，将一些订单压后，尽量挪出空间来为响越生产贴牌产品。

其实西汽也不想再造一个品牌出来，自己跟自己对打，但是这是当初达成协议里很重要的一部分，想想反正都是自己生产，林焕海咬着牙答应了这个要求，现在为了让王瑞生的面子过得去，这次西汽也是豁出去了。

但是响越如此霸道，已经让众人心里蒙上了阴影，林焕海心里很清楚，林超涵说得对，必须得再找一个能够替代响越集团的才行。万一要是响越集团靠不住，那西汽现在还真的很麻烦，要知道，目前的情况是，西汽新址刚刚投产，仍然需要大量的资金注入支持，如果响越撤资，会严重影响到后面的规划设计。

想来想去，林焕海决定再去麻烦一下俞省长了。没想到这么快就要麻烦到他了，林焕海自嘲地想，但是兹事体大，他偷偷地和姜建平、郭志寅两人反复商量，大家一致同意林焕海未雨绸缪的做法，新址建设当天下午王瑞生的表现给他们上了很深刻的一课，与这样的虎狼为伴，对西汽来说绝非幸事。

没几天，省里召开一个重要的与国企相关的工作会议，俞省长主持参加，通知让林焕海过去参会，林焕海借机到省里，找个空隙向俞省长汇报了当前与响越合作的一些情况。在俞省长的办公室里，两人简短交流了一下。俞省长果然更有办法，直接介绍了一家龙德集团给西汽，这是一家很有实力的公司，总算是解了西汽的燃眉之急。

得到俞省长的承诺和帮助，林焕海心情大悦回公司，现在他们全家都已经搬到省城家属楼来了。于凤娟现在每天开心得要死，没事就出去逛街，直到逛了几天，发现自己所处的地方比较偏僻，没有什么可逛的之后，才死了心。不过，由于物质丰富了，现在林焕海每天回家能吃到的饭菜就更加花样翻新了，这让林焕海回家吃饭的欲望又高了不少。

但是很快，一件事情就败坏了他的胃口，刚回到厂里，就碰到陆刚匆匆忙忙地来找他："林总，出大事了，我们的车出现了严重的批量质量事故，现在成批的要退货呢。"

林焕海当时没回办公楼，正走在回家的路上。家属区跟办公楼中间隔了有一段距离，这没办法，批的三块地都是零散不相连的。这块生活区才刚刚兴建起来，很多设施还不完善，但基础的都算有了，包括家属楼、单身楼、食堂、医院还有子弟学校等等，周围都是荒地，吃饭只能去食堂，或者回家。现在西汽近一半的职工都搬了过来，主要生产设备都搬过来了，留在南河湾的主要是车桥分厂，他们几乎就是另一半人，因为车桥的机加工和装配都很复杂，设备多工序多，所以仅仅工人就有1000多人，再加上家属，很难全部搬过来，再也腾不出地了。本来当时还想跟政府再争取一块地，结果也黄了，所以没有办法，只能留下。林焕海作为总经理，当然优先得搬到新址来上班，但是每周他至少要有一天回南河湾，确保那边不乱套，只要大家经常能看见总经理，就不会有太多怨言了。

林焕海现在就走在回家的路上，一边走，他还一边打量着各处设施，他心里在筹谋着未来要怎么调整布局，生活区的配套必须要尽快推动起来了。

想到大好的前景和家里的美食，林焕海心里是很轻松愉快的，但是他很快碰到了匆匆赶来找他的陆刚。隔着老远，就听见陆刚的大嗓门在喊，林焕海心头虽然有些不悦，觉得陆刚喊这么大声，生怕别人不知道出事了。但是大事为重，他只能迎上来仔细询问情况。

听到陆刚心急如焚地给他说明情况后，林焕海顿时所有的好心情全都没了。

当真是出了个大事了，还吃什么饭啊？

"走，去现场！"林焕海当机立断，拉着陆刚就往外走。看到回来吃饭的工人们跟他们打招呼，两人也都没有心情搭理，匆匆地就赶回车间。

林焕海的心情糟透了，听陆刚的意思，现在突然有一批客户喊着要退货，说质量不行，这个事情发生已经有几天了，前方徐星梅一直在处理，她很快发现果然出现了严重的批量质量问题，不少客户反映接到新一批载货车后，还没开出多久，跑着跑着后桥敲击异响，然后就是哐当一声，直接就停半路了，死活也启动不了，简而言之就是开不了。

这次事故不同于以往的故障，是真的质量事故，维修点根本解决不了，连问题都找不到，他们直接明了地说是生产质量问题。

这下子可真是让不少司机发怒了，他们觉得西汽的质量太不靠谱了，这样的车怎么用？现在不少客户嚷嚷着退货，这还算好的，还有的说要告西汽，要西汽赔偿损失。徐星梅十分明白这次问题真的出在西汽身上，没有办法，只能各种赔礼道歉，承诺尽快解决，并表示如果不能解决，就退款，希望能够弥补一下。

徐星梅在确认生产质量事故原因后，立即就打电话回公司，质问陆刚，要求立即解决问题。陆刚得知后，赶紧检查了跟上一批车同时生产的几辆车，试着开了一下，果然其中一辆车没开多久也发生了这个问题。

陆刚确认问题后，丝毫不敢隐瞒，立即来找林焕海汇报，现在也不是他逃避责任的时候，必须要第一时间汇报了。所以当他听说林焕海开会回来的时候，立即就一路小跑着过来。

林焕海心情沉重脸色难看，他现在也没有责怪陆刚没有管好生产，只是一路上思索着怎么解决问题。

他不知道的是，这一批车同样也发到了广东，山鹰集团很快就得知了这一消息，范一鸣大喜过望，总算是抓住了西汽的毛病，范一鸣觉得这是把西汽从市场上赶出去的千载难逢的好机会。他立即发动舆论，到处诋毁西汽产品，甚至把西汽车辆的消息捅到了报纸上，直斥西汽产品是粗制滥造。这造成了相当大的负面舆论影响，很多客户包括经销商和代理商都用怀疑的眼神看着西汽。

山鹰还借机不断宣传自己的产品，范一鸣到处推销山鹰重卡，宣称日本货质量更加靠谱云云。

这些都对西汽造成极大的压力。

# 第 134 章　比态度比服务

包括林超涵和一堆工程师和技术人员都赶了过来，研究原因。又经过连续两天的分析研究，他们最终搞明白了事故原因。原来问题出在平衡轴上，总体来说，是由于加工问题，平衡轴不同轴，公差放大之后会造成跑偏和差速器齿轮早期磨损，直接表现就是主减速器高温甚至烧死。

最终的解决方法仍然是土法上马。做了专用的钻具工装，把平衡轴和支架按装配角度固定在工装上，在平衡轴支架接合面之上，垂直于平衡轴轴线的方向，打了一个 $\Phi 38 \times 45$ 的盲孔，然后用压机压了一个 $\Phi 38.1$ 的低碳钢粗销子插进去，硬是把平衡轴和平衡轴支架连为一体，很简单地解决了这个复杂问题。看似简单粗暴，实则行之有效，从此之后再没出过这个故障。

虽然找到解决问题的方法了，但是山鹰集团在背后推波助澜扩大市场负面影响，差点让西汽败走麦城。

山鹰拿这件事情大做文章，一时间导致西汽的新增订单锐剧减少，虽然西汽派出的技术人员赶往全国各地，基本上解决了这个问题，但是很多客户仍然心存疑虑，对西汽产生了一些不良的看法。

这些不良的看法需要西汽花很长时间才能解决。徐星梅等人也没有更好的办法，只能更耐心细致地做解释，要退车的，他们也只能认了。

但是好在随着经济的发展，很多地方建设需求量大，大多数客户司机都最终还是选择了接受，因为车一旦修理好了，立即就可以投入到无限的赚钱大业中去，如果退车再买，那是相当耽误赚钱的。

因此，西汽勉强算是躲过了这一劫。山鹰虽然因此受益了，但是随着时间的推移，他们的负面舆论攻势最终没了用武之地，反倒是他们自己的车辆问题开始频繁出现，而维修又不及时，糟糕的售后服务体系，加上范一鸣傲慢的态度，却渐渐惹恼了很多用户。

据徐星梅听到一些朋友的转述，有一些使用山鹰卡车的司机向集团投诉了他们的售后服务，因为维修速度实在是太慢了，排队要等个把月，这等于把大把的钞票拱手丢掉。

但是范一鸣首先是对这些情况充耳不闻，直到有人找上门后，才勉强过问这些事情，然而，由于这些客户存有较多的怨言，言出不逊，甚至骂脏话，这一下子让范一鸣恼火了，他跟客户吵了起来，甚至叫人把客户打了一顿。

总之一句话，他对售后服务极其不上心，在他看来，售后是没有太多油水可以捞的地方，也就是那些零件每次更换，因为价格极高，多少还有点赚头，不然，售后他是根本不想管的。

对那些投诉和抱怨，他反倒是认为，这些客户受到了西汽方面的蛊惑。也不知道他是不是诋毁西汽的事干多了，导致他现在心理扭曲，认为西汽同样也在诋毁他。那些司机，在他看来都是上了西汽的当。而且，从本心里他就不愿意跟这些满嘴脏话的司机们交流。这导致了用户对山鹰卡车的离心，不知不觉间，范一鸣往作死的道路上一路狂奔。

听到范一鸣各种荒唐行为的林超涵简直难以置信，这个范一鸣的脑子简直就是一桶糨糊，他不知道售后服务到底对客户来说有多重要吗？西汽之所以现在在市场上仍然吃香，就算是经历了严重的事故，依然没有从根本上动摇市场的信心，最根源就在于西汽的态度。

态度第一！

西汽的服务态度最好，是司机们的公认，售后维修保障十分给力。正所谓没有对比就没有伤害，刚开始司机客户们还不觉得，到后来他们分别比较体验了山鹰和国内一些友商的售后，才明白西汽的售后做得实在太到位了。

各种贴身服务，各种嘘寒送暖，现在售后这一块也归徐星梅管了，她的要求是这些售后必须在第一时间响应客户的意见，并且要求在最短时间内解决问题，该上门上门，该加班加班，反正再苦也不能苦了客户。

这让西汽保持了良好的声誉。

山鹰相形见绌的售后服务体系，逐步在断送他们的前景。

林超涵很奇怪朱梅英为什么不提出中肯意见，在很久之后，他才知道，范一鸣从西汽会议上离开后，对朱梅英的态度一落千丈，凡事不肯听她的意见，各种乖僻行为，有时候甚至纯粹为了跟朱梅英怄气，他对朱梅英的态度不好，但又不敢不肯放她走。朱梅英明白范一鸣是个扶不起来的阿斗，叹息之余放弃了挣扎，不再管山鹰集团的事务，只是当一只沉默羔羊，一步步看着山鹰中国走向没落。

在这种情况下，西汽虽然没有直接向山鹰做出针对性的动作，但是却受益匪浅。

然而，西汽虽然躲过眼前一难，另一难却结结实实地撞了个满怀。

有句老话叫福无双至，祸不单行。很快，西汽就出现了另外一个让林焕海差点心梗的质量事故，而且又是一次批量事故。

这事还得从响越集团说起。不出林焕海的所料，响越集团那边真的在货款支付上拖拖拉拉，一段时间后才到账，收到款后，西汽就全力按照响越集团的要求生产车辆。

就是给他们生产的这批车辆，竟然担心什么来什么，又出了问题。

给响越提供了第一批车辆后，响越很快就把这批车投入到运营当中，没有想到的是，这批车竟然出现了一个怪现象，就是车辆特别容易跑偏，经常是明明操作没问题，但车却斜着跑了。两个月后，问题集中爆发，用户是某省运输公司，大客户，他们收到的这批150辆车全部或多或少发生了大梁变形、啃胎、传动轴别断、高车速方向抖动等等严重问题。

这种情况简直就是噩梦啊。不出事故不死人已经是西汽相当大的运气了，很快响越集团王瑞生那里就得知了这种情况，虽然语气依然阴柔，但是却夹枪带棒地羞辱了一顿林焕海，认为他根本没有能为管好这么大一个厂，接连出现这种批量质量生产事故，那一定是管理问题。

王瑞生这一顿批，把林焕海确实说慬了，他赶紧派人去调查，结果果真如王瑞生所言，这一批次的车辆确实存在一些怪毛病，这把林焕海吓出了一身冷汗，已经完全顾不上想王瑞生怎么想的，他赶紧去车间又检查了下一批车交付情况，结果试车结果表明，果真这一批车里面也都斜着跑车。

这简直是邪门了。

怎么接二连三出现这种问题？

查，必须得查个水落石出，看看问题到底出在哪里。

大家在试车过程中，发现他们所言车辆在斜着跑，但是角度是很微小的，只有驶出一段时间后，才会发现问题。仔细观察，还是能够发现行驶状态有异常的。但是问题在哪儿这个也不好判断，一堆人围着观察，怎么也判断不出问题到底出在哪。

有人提出可能是车架加工有问题，于是就找车架车间的原因，然后车架车间自信没有问题，怎么检查也都没有看出哪道工序有问题，这就奇哉怪也了。

这段时间，由于质量问题频仍，在郭志寅建议下，升任谢建英做了总质量师，谢总魄力很大，直接命令先把车架拆了检查再说。首先是量了车架上的预留孔尺寸，结果发现是车架两侧悬架安装孔位同轴度超差 10 丝。

作为底盘分厂的代理厂长，林超涵也在现场帮助检查，他看到这个情况后，很肯定地说："10 丝超差会在一定程度上造成斜跑，但是前提是公差链上有连续放大。"

但是这个结果却让车架厂很是不服，说以前超差 20 丝让步接收的时候也没出过这样的问题，总之就是不认，现场会上就吵起来了，谢建英总质量师虽然有一定权威，但是也没有办法断定就一定是车架厂的责任，制止了争吵，做了进一步分析。

结果还果真有发现，他们发现——量悬架件尺寸，发现推力杆都是左边的！

发现这个令人哭笑不得的结论后，众人一起在心里大骂，这叫什么事呢？原来，采购回来的下左右推力杆是错的，都是左边的，而左边实际上与右边长度相差有 1 毫米，而同是左边，从外表是根本看不出来有任何异常的，如果不是标尺反复测量，根本发现不了这个问题。从字面意义上来讲，西汽是真正地犯了一个严重的"左"倾冒险主义错误。

虽然都是左边，却根本不影响装车，而且左右当时没有做设计处理，所以就算是这批推力杆全部装上都很难发现问题。

那这就相当于是采购的责任了。

连续两次出事故，对于西汽来说，相当于是一次毁灭性的打击，林焕海极为震怒，第一个事故，仔细分析算是偶然，最多能把锅甩到管理者对采购用品性能了解不够上，这个损失，公司只能吃一个哑巴亏了，但是第二个事故的发生，则是有些不可原谅的人为错误了。

公司立即召开会议，要采购部门对此事负责，公司高层要听一下他们的解释。这采购里面的事情本来就容易出现各种状况，但是再怎么样也不能马虎至此啊。

采购部主任杨勇祥就此下课。

# 第 135 章　一朝翻脸

这次麻烦只是开始，后面，西汽与响越集团的合作越发变得磕磕碰碰起来。上次会议之后，西汽无奈之余，只能召回那些有问题的车辆进行翻修，这批车辆响越后面的检查非常严格，几乎能找的碴找了个遍，把西汽的人恶心了个够呛。

但是没有办法，谁让你做错事在先呢，再恶心也得忍着。对于西汽来说，这次教训之深刻，可以位列建厂以来前三位。

好在这一批车，除了那个推力杆以外，其他的质量总体来说还是过硬的，响越集团虽然各种刁难，但最后也没有发现其他大的毛病和问题。实际上，以他们的水平，也不足以发现太大的问题。

林焕海深知，这次的事件主要还是内因引起，内部的事情不抓是不行的了。他首先狠抓质量，规定所有进来的货物都必须严格按照规定进行抽检，责任落实到人，谁采购的就找谁负责，谁检查的就找谁负责。其次，要求车出库前要抽检，做一些基本的检测，查验看是否有异常，一旦有异常同批次就要求全检全测。

私下里，姜建平和杨勇祥等采购部的人屡次谈话，但是杨勇祥等人自己也有一肚子的委屈。

用杨勇祥的原话就是："采购这事，看上去是肥差，但是我们为了公司的效益，有的紧俏零件得跟人抢，有的货价格太贵我们又千方百计要把价压下去，按大成分也有好几十个部分，全拆散有上万个部件，抛去自产的，30% 我们都是外购的，那数量也不少了。现在车辆好多款型，有些不通用，数量还得翻番，这么多零件，我们整个采购也就不到 15 个人，除去坐办公室的有三四个人，其他全部撒出去那都不够跑的。在这种情况下，我们能够保证到货就不错了啊。"

虽然不负责具体业务，但是姜建平也很清楚采购部门的压力，说起来，大成类的他们一般不外采，但细散零件好多都得外采，像紧固件标准件一类的100%外购，还有一些专业件，比如ABS系统、气管管路、油管管路之类的，还有电气件、发动机等，都得外采。这些东西，要完全靠采购部来保质保量，确实有些困难。

但是再困难那也得有要求啊。

林焕海制订了一些对采购部门的要求，比如要求"确保所有采购合同都报备审批""大额采购合同必须经过招标流程确定"等等，对采购部门提出了很高的要求，大家都甚至有些不知所措，刚开始执行起来很不成系统，照样出了很多麻烦，但是后面毕竟还是要正规一些了。

而从杨勇祥等人的口中得知，上次采购虽然出了问题，但是问题根源不出在他们身上。准确来说，这个问题算是采购的一个老毛病了。很多采购都是本来已经有的关系，还有一些是同行介绍、公司内部熟人介绍的，准确来说，生产推力杆这个供应商家就是公司内部人介绍的，介绍人就是潘振民。前一段时间林焕海说过，为了降低成本，让大家尽可能寻找物美价廉的供应商，这个时候潘振民向杨勇祥推荐了这家供应商，并且承诺说能够保证质量，杨勇祥果真采信了，对这个供应商的资质和产品质量都没有细究，谁知道就出了这个问题。

杨勇祥还提到，其实潘振民这个副总，从理论上来说还兼管了采购部门，这次进货，其实是在潘振民主导下采购和入库的，所以，在某种程度上说，这次采购出问题的核心不在杨勇祥，而在潘振民，杨勇祥等于是在为他背锅。

当然杨勇祥说的话没有这么直白，但是姜建平一听就全明白了。但是此时他也没什么办法，只能将这事埋在心里。

1998年，是西汽历史上极不平凡的一年。这一年，搬迁到新址的西汽发展并不顺利，相反，异乎寻常地艰难，主要原因就在于外有追兵，内有掣肘。

特别是内部接二连三发生了批量质量事故，导致一些外部客户和响越集团对西汽失去了信心。市场是灵敏的，竞争对手趁机撬下了不少西汽的市场份额，好在西汽核心技术和优势并没有完全丧失，基本盘还在，慢慢地在及时调整纠正问题后，在市场上稳住了脚跟。

在市场上，由于徐星梅前期积攒下的人缘，加上西汽销售团队的努力，让情况实际上没有预料最坏的情况的那么糟，前期虽然山鹰集团做了很多负面新闻攻击，但是谁让他们的车辆更不给力呢，在比烂的条件下，大家发现西汽根本没有传说的那么糟糕，于是乎继续用脚投票，这才让西汽有了缓一口气的机会。

在这件事情上，林焕海又给徐星梅记了一大功。

市场上的麻烦还算是小麻烦，真正的麻烦还在于西汽的资本方——响越集团，给西汽带来了相当多的麻烦。

上次会议还只是开始，后面王瑞生接二连三的动作，让林焕海感受到了彻骨的寒冷。响越集团先是逐步停止了资金注入，而且，借说赔偿，还让西汽出了一次血。其次是据可靠消息来源，响越集团自己在之前控股的汽车厂商内自己组建重卡生产线了，同时还听说响越集团在四处挖人，其中有不少人还是西汽近年来辞职出走的技术骨干，这些消息让林焕海非常不安，这摆明了响越集团是想独立掌握重卡生产技术了。如果响越集团真正地投产重卡，那将是西汽的灭顶之灾，因为他们有资金，就可以引进更先进的设备，可以招揽更强的人才，甚至是购买更先进的技术。

如果说有一点还能够让林焕海感到安慰的话，就是王瑞生的心太着急，行动未免太早了，这让林焕海提前警觉了起来。

王瑞生的动作还不止如此，从上次让曾远啸带话后，王瑞生好几次都提出要重新布局西汽新领导班子，甚至要把响越集团的人往西汽领导集体里面推，这让林焕海更加警惕紧张起来。林焕海软磨硬泡扛住了压力，借口省国资委的要求，顶住了响越集团塞人的要求。

硬的不行，就来软的，在西汽逐步稳住市场后，他们又提出要增资西汽，提高占股比例，虽然看着热钱眼馋得不行，但是林焕海依然委婉拒绝了新投资。

在林焕海看来，响越集团的野心已不可遏制了。不知道王瑞生为什么对西汽的重卡业务那么有兴趣，他们现在已经越来越迫不及待地在向外界发出一个信号，他们对西汽重卡是志在必得。

林焕海加速了与龙德资本的接洽，但到了 1998 年下半年，发生了一件大事，才算是宣告西汽与响越双方彻底决裂。

这一年的下半年，响越的第一条重卡生产线建成了，而且前期的市场宣传已经轰轰烈烈地开展了，甚至做了电视广告。西汽的人都清楚地看到，响越集团在电视上广告上展现的所谓响越旗下重卡，就是西汽给他们贴牌生产的重卡。

这让西汽的人非常愤怒，但又说不出来什么。

响越肆无忌惮的原因在于，他们通过逐步挖墙脚、建生产线，认为自己已经掌握了生产重卡的技术，可以一脚踢开西汽了。而且，他们不仅装了重卡生产线，还搞了大客车生产线，在他们看来，汽车市场几乎可以通吃了。有了自己的根据地，响越对西汽的态度就变得更加轻视起来。通过一些渠道信息，林焕海敏锐地意识到，响越集团已经准备跟西汽翻脸了。

但是撕破脸的程度是林焕海没有想到的。11月底的一天，响越集团通过报纸向外界发布了一则消息，宣称由于投资的西汽重卡公司连年亏损，始终入不敷出，所以响越集团计划从西汽撤资云云。看到这个消息后，不只是林焕海拍了桌子，俞省长也拍了桌子，他愤怒地打电话给林焕海问怎么回事。林焕海把自己了解的情况汇报后，俞省长沉默了半天，说："天要下雨，娘要嫁人，他们要撤就让他们撤吧。未尝不是一件好事。"

林焕海点头道："我也是这么想的，从理论上来说，他们想撤资如果没有我们点头同意，也是不能轻易撤资的，但是情况特殊，他们又执意要走，恐怕我们没有办法挽留，不如就痛痛快快让他们走！"

"他们要是走了，资金的缺口怎么办？你想好了吗？"

"已经准备好了，我和龙德资本的人已经达成了合作意向，他们对投资西汽非常有兴趣。"

"也好，我有一个计划，你找龙德资本入股，我这边也让省里几个骨干企业一起来参与支持下，你们索性重组一下，再整合几家上下游企业，搞一个西汽重卡集团出来！"

"西汽重卡集团？这个好啊，俞省长，您这个真是站得高看得远。这个说到我们心坎里面去了，我们现在确实需要有集团作战的优势。"林焕海倒不是拍马屁，而是真心觉得很爽利，俞省长一句指责没有，直接给了他一个更大甜枣，他能不高兴吗。

"你们好好搞，不要被噪音干扰，也不要有什么心理负担，作为省里重点扶持的企业，你们要做出点成绩出来，我们才有面子，有了大汽车工业，再加上我们的飞机制造业，我们秦省经发展的里子就有了。至于你们现在的什么亏损，明眼人从长远都能看出来，不值一提。"

# 第 136 章　保卫国家财产

11 月的最后一天，天气已经颇为寒冷了。清晨的省城，此时街上叫卖羊肉泡馍和羊肉汤的已经喊成了一片，不少上班的行人或行色匆匆，或驻足买上一碗汤温暖一下饥肠，满足地打着饱嗝。街上的车辆已经渐渐多起来了，除了来往不息的公交车外，还有一些卡车、汽车来往行驶，其中一辆中型客车上，坐了十几号人。

领头的人叫老柴，老柴此时正带着十几个司机赶往仓库，他是昨天晚上接到的通知，要求他务必一大早凑足人手，去东郊临时租借的仓库把那里所有的卡车全部给运到火车站去，然后从那里发货前往处省某地。

"大饼，我是老柴，提车！"老柴对说话的门卫道。原来这个老柴跟他算是相熟，以前数次提车，双方有个几次交集，这个门卫原来姓邵，叫大兵，跟他相熟的人习惯性地戏谑地称他为大饼，全称烧大饼。

邵大兵对旁边的另外一个门卫老头奇怪地问道："我说，老秦，你接到通知了没有，我记得前天接到的通知是让我们紧守门口，没有林总的签字，是绝对不允许提车的吧？"

门卫老秦正睁着蒙眬的睡眼，打着呵欠："没错啊，是没有接到什么提车的通知。要不我问问其他几个人。"这里是东门，正大门，另外还有还两人分别守在西门和南方，老秦是想问一下其他人有没有接到类似通知。

"你问下吧，不过，咱们没有接到通知，他们更不可能接到通知了。"邵大兵心里很有数，这几个人公司规定了，他算是个小领导，朱队长的反复叮嘱教导他还是记在心里的，不管在什么地方，看什么门，那都要遵守公司的规章制度。

邵大兵掉头从门窗里对老柴说道："老柴，你确定是要来提车的吗？我这里没有接到通知，是不是日期搞错了。"

老柴有些不耐烦地回道："没有搞错，我这边接到通知来提车的，这里全部都是我们响越集团的车，我们想什么时候提就什么提。"

邵大兵对老柴的不耐烦却没有半分不耐烦，他笑着道："话可不是这么说的，这里依然还是西汽的车场，这里所有的车，只要没有签出货单，那就依然还是我们西汽的车。不能想提就提。"

"要提货单是吧？"老柴从怀里掏出了一张单子，"这个是我们的提货单，看，盖章，签字都有。"

邵大兵接过来仔细看了一下，摇了摇头："不对不对。"

"咋不对了？"

"这就是不对嘛，上面没有林总的签字。"

"咦，什么时候一定要林总签字的？"老柴有点奇怪，"以前都没有这样的规定啊。按理来说，有你们公司出货单，有我们的大红章就行了。"

这张出货单上的签字其实邵大兵是认识的，确实是西汽这边仓库方面给签的字，也盖了西汽的出货章，换作以前，邵大兵当然就顺手放过了，但是现在……

"我们前天接到的通知，近期所有出货均需林总签字方可放行！"

"放屁！"老柴很是愤怒地出口成脏，"什么狗屁规定，响越可是西汽的股东，这样的规定，我们为什么没有接到通知？"

"这我可就管不着了，反正我这边接到的通知就是这样。"邵大兵不为所动。旁边老秦挂下电话对他说道，"刚问了，都没有接到提货通知。"邵大兵点点头，表示知道了，凡是只要经过他手，就没有这样的事。他使了个眼色，老秦会意，立即又拨打电话回公司，这是公司仓库主管的电话，他是出货的具体负责人，理论上对这件事情应该知情。但是老秦打过去电话，对方只是表示，确实自己签署了出货单，而且找公司高层盖过章的。老秦问他知不知道需要林总签字的事，对方表示这是上级同意的，他再问问，随后挂完了电话。

邵大兵对老柴无奈地道："抱歉，我们这边确实是不能放行，要不你再等等，我们等公司通知确认。"邵大兵直到此时，依然并没有任何怀疑，只是执行上级命令行事，说着，他还递了一支烟给老柴。此时的天气很冷，外面的这些司机冻得瑟瑟发抖，一个个口出怨言，没奈何也只得等着。

老柴琢磨了一下，这么干等着也不是个办法，他立即跑到旁边的一个小卖店里，找了个电话拨了出去。找到了给他安排任务的胡经理，但是胡经理赶到现场也无济于事，正焦急间，忽然潘振民出现了，在他的强令安排下，门卫只得放行。

随即十几个人鱼贯而入，相续拿到钥匙点着火，发动，一辆辆车就准备从大门开出来。潘振民就站在大门口，一边嘴上有一句没一句与邵大兵、老秦两人闲聊，一边看着这些车辆发动起来，眼看着第一辆车子就要从门口开出来。

突然，远处传来警笛声，随即一辆警车牵头，后面跟着一辆警用小巴车。速度很快，这两车就冲到了大门口，停了下来。警车下来一个警察，对着后面的小巴车说了几句，随即警车开走了，而小巴车车门打开，十来名全副武装的武警动作迅猛地从车上跳了下来。其中

为首的一名上士，指挥这十来名武警分东门、西门和南门分散开来，东门这里则留下了六名武警，他们荷枪实弹地站立在大门口，纹丝不动地正视着前方，看样子，是打算守卫在这里了。

这些事情，说时迟，那时快，在那些司机发动起车子还在倒车的时候，这些武警已经快速完成了部署。

那名武警上士走到大门口，伸出手示意车子停下，他大声喝道："所有人，立即下车！警告，所有人立即下车！"

这一幕看得门口的众人目瞪口呆，这闹的又是哪一出。

原来，西汽方面抢先一步，在得知响越集团正式准备和西汽清算撤资前，申请了省里保护，对这一批车辆进行了看管，要知道，这批车，可以说是西汽的，也可以说是响越的，现在是有点说不清的。

响越集团上层不知道出了啥状况，想哪出是哪出，决定跟西汽翻脸前，还没有想到这批车的事，翻完脸才猛然想起来，自己在西汽还有一批贴牌生产的车辆。这批车运走，响越短时间内还可以对外展示吹嘘一下，现在可好了，决定下了，才想起来，还有批车还没有运走。

近期，西汽早就有预感响越集团会有一些动作，林焕海指示拖延交货，为了防止响越集团抢车，提前请示俞省长，请政府出面保护这些贴牌汽车，因为这些车如果交给响越集团，搞不好就会各种折价，最后价值会降到极低甚至几近于无，而留在西汽，改头换面让销司卖出去，那至少还能换来一些现金收益。

在俞省长的指示下，政府动作很快，立即就派出武警以保护国家财产的名义进驻了这里，因为从道理上也说得通，西汽是国企，他们生产的汽车的确是国家财产，无可厚非。

胡经理弄清楚情况之后，只得绝望地向上司汇报情况，响越集团得知这一消息后，顿时也是无语凝噎了。西汽手段也挺狠，响越集团能量再大，那也不

可能跟国家机器作对抗，那不是作死，那是自杀。

至于提货单什么的，现在是不存在的，存在也没有什么用，用了也不一定管用，反正这辈子，胡经理不指望再从这里提出车去了。

响越集团得知这个消息，高层自然是大发雷霆，但是却也无可奈何。

这些事前因后果说起来复杂啰唆，其实简单说，就是西汽已经满足不了响越集团的野心了，响越集团决定不再与西汽合作了。

发生在车场门前的那一幕只是双方斗争的一个序幕，或者说是一次小小的风暴前奏而已。双方以此为标志，等于撕破了脸。

响越集团的王瑞生向西汽发出了正式的通知，要求撤资离场，要求西汽在一个月内退还所有响越集团投资。这些完全违背最初合作规定的要求，西汽自然不可能答应，原因很简单，那就基本上要抽干西汽，西汽会当场挂掉的。

虽然说响越集团的资金是支撑西汽走到今天的重要支柱之一，但是如果他们威胁到了西汽的生存，那就没有什么面子好讲的了，双方撕破脸来闹吧，大不了法庭上见，打过三两年官司，等西汽缓过这一口劲来，还是一条好汉。

林焕海是下定了决心，而从资本层面上来说，响越资本退去，前期与龙德集团大量的勾兑终于展现出成果来了，双方谈合作的事迅速摆到了明处。

真正对林焕海造成致命打击的是来自西汽内部。

因为，这次提货事件事细思恐极。

# 第 137 章　稳定局势

林焕海当时心里已经隐约在怀疑潘振民了，总觉得大家总体利益还是一致，只要是为了西汽好，他都可以容忍下去。但现在看，根本不可能再容忍了。有些事，必须当面问清楚。那些暗处的东西，只有拿到光明底下晒一晒，才能显露原形。有些人，是毒瘤，那就要想办法清除干净。两人商议了半天，觉得必须要下定决心，搞清楚老潘的真实想法和私底下的行为，不能再姑息养奸了。但是，动这么大的人事，没有绝对有把握的理由，是办不到的，而且，还必须得征得姜书记的同意。

因此，他们决定找姜书记阐明其中的利害关系，争取他的支持，然后再找理由与老潘摊牌。但是还没有等到他们找老潘摊牌，老潘抢先一步发难了。

潘振民带着一批技术骨干和车间工人集体辞职了！这是西汽建厂以来，最大的分裂事件了。得知这一消息的林焕海，眼前一黑，差点晕死过去了。

这个老潘，背叛得也太绝了。响越集团，这玩的是绝户计啊！

老潘辞职、员工集体辞职，还有响越清算撤资，种种事情加起来，当真是让整个公司人心惶惶了，很多人不知道是怎么回事，但却仿如有一种祸事来临山雨欲来的感觉，影响极其恶劣。高层这次也硬气，这次要辞职走的一个也不留，全部批，但是工作要求必须尽快交接清楚，并且要尽快安排好替岗人员。

到这里，不得不说老林当初搞汽研所的好处了，生产线各条战线几乎都有潘振民插手的痕迹，有人员离开，唯独汽研所这一块，郭志寅挑人十分谨慎，首先要求老职工，其次才是技术骨干，这些人员对西汽感情深厚，技术积淀也颇为深厚，他们离开生产一线，搞研发试制，平常看起来有些闲了，但是在这样关键的时刻，却成为西汽的顶梁柱，老将出马，一个顶十个。那些因为离职人员造成的技术岗位空档，他们全部都能接下来，保证生产顺利进行，并且他们在汽研所也不是白干的，很多人都带了徒弟，这些徒弟平常没有机会，在这时却成了顶缺的热门人选，大多借着这次机会都成为厂里的骨干力量。

所以刚开始虽然有些紧张，但是很快离职人员造成的混乱局面都被平息了。有些管理岗位，让经验丰富的老员工或是新招进公司的储备干部顶上，也都没有出现大的问题。这让林焕海的心里慢慢踏实下来。潘振民想借这次机会打击西汽生产的企图落空了，响越集团在清算时本来抱着看笑话的心理，顺便再踏上几脚，结果看到西汽很快在短时间内稳定下局势，也就只好不扯犊子了。

生产虽然稳定下来，但是负面影响却没有那么快消除。一段时间内，各种说法纷纭，林超涵都听到了不少，他不得不向自己的父亲反映这些情况，但是林焕海却没有太多的精力来管这些事情，厂里消除影响的事，他只能交给姜建平来完成了。

而林焕海最主要的精力则放在与龙德资本的沟通上了，他就是这段时间内，带着龙德资本方进西汽前后考察了几次，进入了谈判的最后阶段，但始终还无法谈拢。

转机就在这一年。

1999年3月25日，欧洲一场战争正式爆发了，这场以空袭为主，打击敌人士气信心的奇特战争，注定载入史册。

全世界人们的眼光都被这场战争给吸引了，欧洲小国的顽强令人钦佩，但是西方联军的强大更让人惊颤，这场战争继海湾战争之后，再次带给了中国人无限震撼。军方高层从情报里看到北约军队的武器之锐利装备之精良训练之有素，联想起数年前的台海危机，感到了切肤之痛，经过了这么久的战略忍耐，现在还是否要坚持下去，尚无绝对定论，但是对武器装备研发升级的迫切性，愈加重视起来。

对武器装备的升级与重视，是全方位的。此时，四川某地，一架中国人此前从未见过的飞机正在悄悄地进行试飞试验，这架飞机开启了中国人真正自主研发的第三代战机新时代；在黄海，一艘噪音更低但威力更大的潜艇也正在试航之中，他们在尝试着更长时间的潜伏；而在乌克兰，通过竞标获得的瓦良格号航母正在办理交接手续，国内一家民营公司正在策划着将其拖回中国；而在北京郊区某地，成批的新式坦克和装甲车正要进驻阅兵训练场，他们将展示陆战大国的风采，与这批新式装甲坦克一起进来的还有西汽生产的各类车型，他们主要作为牵引车的形式存在。

没有多久，关于我国下一代军车研制的秘密文件就下达到了林焕海的案头，文件里指名要求林焕海、郭志寅以及林超涵等人要以开拓创新不畏艰苦的精神，为军队军用重型车辆达到世界先进水平而努力。很快，详细的第三代军车战术指标就下达了，其中有些指标在当前情况下根本实现不了，看到西方制造很容易，但是背后的设计理念、制作工艺、材料，甚至是锻造水平等等，各方面都要求极高，在当前的技术水平下，别说西汽了，集中全国各家之所长，也实现不了，仅一个发动机就满足不了。

因此，这份文件的指导进度是以十年为单位计的。也就是说，军方很清醒地认识到差距，下达给西汽的是一个长期的奋斗目标，在这十年里，西汽要朝着这个目标不断地努力。而为了支持西汽能够研发下去，军方也有各种预算经费支持，其他各种车辆的订单也会不断，这样一来，从长远来看，西汽其实算是真正地摆脱了生存危机。有军方的背书和支持，西汽的发展之路，从此就相对更加平顺起来 。

而 5 月初，那一场突如其来的轰炸，导致三名中国记者牺牲的事件，彻底燃爆了中国人的愤怒，欺负到头上了！这如何能忍？美国人一再解释说是过期地图误炸，但是中国人如何能信得过？你天天吹嘘说是如何精准制导，如何斩首行动，如何安排精密，突然就过期地图了？

愤怒、悲痛、哀伤、惊惧、反思，种种情绪左右了中国人很长一段时间。这段时间内，中国人再次感受了切肤之痛，原以为这场战争远离中国人，没想到其实离我们的同胞这么近。

在这种背景下，建设强大国防，在全体民众当中，都已经是不需要争议的目标。

在去年抗洪抢险过程中，军队为了堵住缺口，投入了很多军用重卡装沙沉江，这个损失本来就需要再补充，西汽现在接到了大批军方订单，同时又接到了新一代军卡研制的任务，这让西汽受到内部负面问题冲击有些黯淡的前景，一下子变得光明起来。

这让响越集团后悔不迭，他们后悔撤离得太早了，如果他们再坚守一段时间，也许就能够掺和一腿了，有军方订单背书，对响越集团来说同样很宝贵。但是现在说什么也晚了。原本他们还想着借机搞垮西汽，现在这个也基本没有指望了，军方是绝对不会让西汽垮掉的，而省里同样更加看重西汽，开始加大扶持力度。

而龙德资本本来还在犹豫当中，但经此一事，他们立即就意识到了西汽的价值简直难以估量。

这样一来，龙德很快就下定了决心。耿进波致电林焕海，急切地表达了要近期达成投资协议的意见。这让林焕海喜出望外，困扰西汽多时的资金问题马上就可以得到缓解了。这一段时间，西汽承受了巨大的压力，财务状况非常糟糕，如果再拖个半年，说不定西汽真要宣布破产了。

好在，这一切不幸都没有发生。

# 第 138 章　年轻代的榜样

部队下达的任务任重而道远，因为部队清楚，仅靠西汽去消化所有的技术是不现实的，特别是一些信息自动化方面的研究更不是西汽的强项，因此实质上军方下达的任务是被拆分的，全国很多研究所和厂家都接到了各种配套研究任务，而林超涵所在的西汽，主要承载的是整车研发任务。

在军方看来，追赶是必须的，但是现实是严峻的，很多技术只能通过逐步积累才能慢慢突破。所以这种研发任务没有那么紧迫，可以从长计议。正因为从长计议，西汽有了充裕的时间来探讨怎么安排这件事情。

西汽高层讨论来讨论去，发现这个任务正因为时间漫长，所以更需要年轻人来担当重要责任，因为郭志寅现在也快奔六了，虽然他的精力还很充沛，看样子再干一二十年也不成问题，但是总不能让一个老人时刻占着位置吧？总得考虑接班人吧？但是这些年西汽虽然发展迅速，也有一些年龄比较合适的工程师和技术员，但是能够称得上是领军人物的却寥寥无几，年富力强的中年技术大拿实际上是断层的，而年轻人里面能够拿得出手的也并不多。这几年也招了一些年轻的大学生进来，尤其是搬到新址后，进来了一批大学生，但是这些年轻人要成长起来还要有时间。

因此，在领到军方任务，成立研究任务组时，虽然郭志寅、谢建英等人依然是主要负责者，但是西汽已经决定了，要借助这次研发任务，让年轻人全面参与，培养一批技术骨干起来，最好就是郭总工等人先带进门，后面让年轻人挑大梁。

而且，郭志寅的建议获得了通过，那就是让林超涵担纲研究组副组长的职务，虽然只是之一。挑大梁的年轻人当中，没有谁比林超涵更有资格了。这个任命打破了常规，像夏万成等人，虽然年纪更大资格也更老，但是都屈居于林超涵之下了。然而，没有谁有不同意见，更没有认为林超涵是沾了老爸的光，大家都很明白，林超涵已经具备了这样的综合能力，他现在既有理论知识、精通多门外语，又有研发的实践经验、创新颇多，关键又有市场意识，有前瞻性眼光，这样的人物放到哪里都不会埋没得了。换句话说，林超涵靠着自己的努力，已经成为西汽年轻人中的佼佼者，何况，省里还决定要重点扶持培养他了。

所谓实至名归就是这个道理。

而且上上下下都明白，随着郭志寅等人的老去，林超涵天然就是青年一代的领军人物。

这让大家感慨地回忆起了林超涵初回西汽的场景，眨眼间六年就过去了，当时林超涵之所以回厂工作，纯粹是被逼的，因为林焕海就任厂长后要以身作则，让他前程远大的大学生儿子回到山沟里来上班。

但是造化弄人，林超涵回到山沟里后，用自己的勤奋努力、好学上进征服了大家，因为他的优异表现，大家更加敬重林焕海，为林焕海的改革减少了许多的无形阻碍。

所以，现在林超涵出任这么重要的职务，且前景一片光明，罕见的少人妒忌。你有本事你来啊？

随着潘振民的离去，西汽的高层虽然依然存在种种矛盾，但明显更加团结了，大家都认可对林超涵的任命，而林焕海自己也不再反对了，儿子让他多自豪，六年的历练，他认为林超涵已经相对成熟了，可以放心放手让他干了。而只有这些高层才知道的是，这次任命还有另外一层意思，那就是补偿，因为这次任务说得不好听点，是林超涵拼了命才换回来的，军方碍于保密，没有明面上表彰他，但是在任务文件里都点名要求林超涵参与负责研发任务，仅凭这一点，林超涵的待遇差不了。这是很难得的，作为靠给军队提供重型卡车起家的西汽来说，军方的认可，是压倒一切的。

林超涵对这个任命同样不排斥，因为他现在已经被激起了无限斗志，决定要撸起袖子大干一场。

但因为这个任命，导致一个无法为外人得知的重要影响是，林超涵近期要去一趟美国的愿望泡汤了。这既为他的安全着想，也有保密的要求。虽然林超涵心里很失落，但是这个决定他无法任性地改变。

或者，这就是一段爱情的宿命不成？他有时候这么想。

当然，这个任命虽然下达了，研制的任务却没有那么快就开始，因为要突破的技术实在是太多了，比如装型复合材料的研制，这个西汽就抓瞎了。所以实质上，任务没有那么繁忙紧张，公司里面需要林超涵出面干的其他活依然很多。

比如市场销售。

这也让林超涵有些纳闷，这天他正在资料室查外文资料的时候，突然门外风风火火地闯进来一个人，他定睛一看，不是徐星梅是谁。只见她现在穿着干练的职业西装，头发盘起，略施淡妆，任谁一看都是那种女强人类型的。很多西汽新进来的员工，听说梅姐当年是从清洁工的岗位上被提拔起来的，都根本不相信了，对他们来说，徐星梅说话办事掷地有声，绝非普通人可比，怎么可能只是一个被老公抛弃干啥也不行的家庭妇女？这太侮辱人的智商了。

但是西汽的老人都知道，这是事实，这是传奇，是最好的励志榜样。从某种程度上来说，她比林焕海的名声还要响亮。很多老人教育自己的子女都是说：

"你看看人家梅姐，都快变成咸鱼干了还能翻身，你有什么资格不努力的？"又或是说："徐星梅一个扫地的都能够当老总，你说说将来人生有什么事办不到的？""她以前家里吃饭都要人照顾，看看现在，提成奖金就够她花一辈子了，但是她还是那么拼，知道为什么吗？因为人家有责任心啊！"等等，不一而足。

前一段时间，西汽集体擢升了一批干部，自从潘振民离开后，一批临时起用的干部有的需要转正，有的需要调岗，还有的需要直接更换，这些都必须要牵头搞起来。这次人事调整中，有几个特别引人注目的任命，其中第一是王兴发正式取代了潘振民以前的位置，全公司的人事管理由他负责了，由于潘振民的影响太过恶劣，林焕海现在也不放心其他人，王兴发办事，至少他是放心的；第二是徐星梅正式被提升为销司总经理，王文剑则依然是副总，徐星梅逆袭成功，正式独掌销司大权，这个任命，虽然大家早有准备，但依然是哗然一片，一个高中没毕业的妇女能够当上销司老总，这是有多能干啊。

当然，还有一个亮点是，林超涵在这次调整中正式升职为主任级别，为他做研究组副组长做了一次铺垫。

但是那次任命后，林超涵有一阵没见到徐星梅了，见她进来，很是疑惑地问："梅姐？你怎么到这里来了。"

"市场上又怎么了，难道那个范一鸣现在又玩什么花样吗？"林超涵接着问道。

"山鹰一直在玩各种各样的小动作，我们都习惯了。"徐星梅回答道。这两年西汽经历了前期的波折后，后面在市场上心理承受能力就强得多了，已经基本上适应了市场上的各种竞争。徐星梅等人面对市场上的各种情况，自然有相应的处理方法，基本上已经不再需要林超涵来出谋划策了，销司自己成熟的销售团队，已经有足够的镇定能够处理各式各样的问题。

"那又怎么了？"

"唉，主要就是现在我们面临的竞争对手越来越多，响越集团已经正式下水试温了，听说他们那边虽然磕磕碰碰，但是已经逐渐向市场进行投放了。"徐星梅严肃地说道。

"这种情况也很正常，我们早就能预料到的。"林超涵很冷静，民用重卡的市场原本他以为一年需求一两万就算快饱和了，但是根本没有想到，这个市场容量越来越大，林超涵自己保守估计，现在市场年需求量至少在5万辆以上了。

这么大的市场，西汽想独吞，本来也不现实，随着兄弟厂家越来越多地掺和进这个市场，而西汽由于自身的原因，产能一再提升也无法跟上了，所以只要能够分一杯羹，在市场上稳稳立足，就算是成功了。现在响越集团进来，无非就是多了一个对手而已，又能怎么样呢？

两人讨论了一下，都觉得响越集团的这一招有点棘手。林超涵只能决定再去一趟广东，到时候再看情况提出对策。

但情况的变化再次让他们目瞪口呆。就在西汽众人紧锣密鼓准备稳固市场，想对策、走访调研、拉关系的时候，另外一件震惊全国的重要事件即将爆发了，这件事对西汽的市场竞争产生了重要的影响。

# 第139章　报应不爽

原来，昨晚某市海关发生了一件大事，这其实是一场酝酿已久的行动，从1998年10月起，中央就觉察到了这个地区的海关走私异常行为。这个案子影响之大，牵扯范围之广，几乎成了新中国成立以来之最。犯罪金额之大，以及背后牵涉的关系网之强大，让国家高层为之震惊不已，下令严查到底。

严查下来的结果是让人触目惊心的，这个特大犯罪集团为了走私牟利，通过金钱、女色等手段拉拢腐蚀行政执法部门的领导人、业务人员，甚至还有地方的党政主要领导，极其疯狂地进行走私犯罪活动。据后来统计，他们走私最多的就是汽车，还有钢材以及成品油，此外还有各种通读器材、电器，甚至还有粮食等，可以说，只要是赚钱的事，就没有他们不敢走私的。

这个犯罪集团注册成立了多家公司，前期只是通过贿赂基层工作人员走私一些低端产品，但是后来该集团的老大贾某，通过某一层关系认识了海关的关长李春生，这个李春生前几次吃饭喝酒还拿着端着，很快贾某就发现这个李春生对他请来作陪的手下干将也是他的情妇张某某比较感兴趣，于是安排了一个局，在一次 KTV 酒足饭饱后，李春生就在包厢里和张某某发生了关系。在这层关系下，贾李二人的关系就越走越近，贾某不断给李春生介绍各种美女，并给他送钱，李春生则为贾某大开绿灯。

于是贾某正式开即通关走私服务，开了一家贸易公司，不光为自己，更为其他犯罪团伙提供海关通关服务。他们将海关、边防、商检、港务等执法监管部门的关键岗位全部打通，采取了各种措施，包括少报多进、伪报品名，甚至不经报验直接提货以及假退运、假核销等多种手法，进行拥有"正规"海关手续的走私服务。更有甚者，他还与李春生合开了一家拍卖行，将走私物品通过拍卖的方式进一步正规化。

在打通这层关系后，贾某的触角涉及运输、码头、仓储等各环节，可以说，在他们事业最为"辉煌"的时候，李春生管辖下的整个海关都是为他们服务的窗口。

贾某深知，这么"辉煌"的事业，只靠自己一个人是搞不定的，于是他居然又把当地市场委书记的儿子拉入伙，作为合伙人，随后"事业"更加风生水起。不只是海关，可以说，整个市都是他们的天下了。这个市的部门领导和海关边防等成为他们背后的保护伞，成为走私犯罪活动的同谋。

中央对于这一个毒瘤的存在早有警觉，当地干群愤而举报也好，经济市场上发现的种种可疑迹象也好，让中央下定了决心要清除这个毒瘤。经过长期侦察，不断突破，最终厘清了整个走私犯罪集团的大致脉络，掌握了主要涉嫌犯罪的人员名单。

在这种背景下，有了边防海关的这一次突如其来的行动，实际上，当晚行动可不止海关一处，其实整个市都在行动，贾某名下的所有公司、明面和暗里的据点窝点，有一个算一个都被端掉了，主要涉案人员也都被宣布隔离审查，也就是双规了。为了行动的突然性和保密性，所有的武警全从外地调过来，所有的行动由公安部统一实施指挥。行动过后，除了少数人由时临时意外，逃出法网，其他主要人员几乎一网打尽。

一只蝴蝶扇动翅膀都有可能引起一场风暴，像这么大的一场行动，怎么会不引起市场上的动荡呢？

当听到这个消息的时候，山鹰重卡深圳总部里，范一鸣惊怒交加，他简直不敢相信自己的耳朵，一夜之间，那个地市的边防海关被扫荡，所有货物被清查，所有海关报关单全部核查，所有的关系人员被隔离进行审查，这怎么可能？

那些人都死光了他也不在乎，怎么查，他自信都不会有事。但是积压在海关那里的一批山鹰重卡怎么办？这条线被斩断了，山鹰重卡要增加的关税怎么办？山鹰重卡的市场价格怎么办？

准确来说，山鹰重卡在中国的前途大大地堪忧了。

虽然这个行动十分突然，也没有新闻媒体报道，但是像范一鸣这样的人，自然不缺乏信息来源渠道，行动之前他得不到消息，整个行动结束后没几个小时，他就得到了消息。

范一鸣怎么也没有想到，自己会突然遭遇到如此的窘境。那个关长李春生他是认识的，还在一起醉生梦死过，那个贾某，他自然也很熟，每一两个月，他们就要聚到一起胡天胡地地鬼混。准确来说，那个市委书记的儿子这个关系，还是他介绍给贾某的。

正是通过这几层关系，他除了以前掌握的一些生意外，山鹰重卡进入中国的海关渠道，就是全靠他们打通的，他们正是通过大量的少报多进，以及假借汽车零部件的名义进口整车的方式，才大大地降低了关税，将山鹰重卡在中国的销售价格整整降低了三分之一，导致西汽在市场竞争大大被动。准确来说，如果不是靠偷税漏税，山鹰重卡在市场上的份额会是一个极其可怜的数字。

现在走私渠道被一举摧毁，范一鸣可以想见，山鹰重卡在中国的前景有多黯淡。悲观一点，山鹰重卡已经没有前途了。

可是，他享受的荣光、金钱，他甘心就此放手吗？

脸色极其难看的范一鸣在办公室里大发雷霆，将文件扔得满地都是，搞得进来收拾的行政人员战战兢兢。而接到消息赶过来的朱梅英，看到范一鸣发那么大脾气，挥手让收拾的人员离开，关上门才微笑问范一鸣道："你怎么发那么大火呢？"

范一鸣哀鸣道："我们可能要完蛋了！"

"什么？"朱梅英一时间还没有听清楚。

"我说，我们要完蛋了！"范一鸣抱着脑袋，表情有些狰狞。

"好好地，怎么就完蛋了？"朱梅英皱着眉头，眼前的形势虽然有些艰难，但是山鹰重卡依然可以向前发展，有她操盘，短期内没有什么大问题，她自己的盘算和谋划刚刚展开，还没有到需要收场的时候，范一鸣这么悲观，没有道理啊。

范一鸣叹道："你知道我们山鹰重卡的价格为什么压得那么低吗？"

朱梅英心中一动，这是范一鸣自己掌握的核心机密。有些事情，范一鸣是从来不肯让朱梅英参与的，然而她不可能承认自己掌握了某些信息，只是笑道：

"这还不是靠范总您运筹得当，压低了价格。"

范一鸣摇了摇头："你是个聪明人，应该能够看出来，我们山鹰重卡进来的某些地方不合规。准确来说，我们是靠着和海关的关系降低了税率才活下来的。"

朱梅英沉默，既不承认也不否认。范一鸣这个话虽然无心，但是说中了某些事实。

范一鸣没有注意到朱梅英的态度，因为这些毫无意义了，他接着说道："可是，我们这个合作的海关昨天晚上被武警给抄了！"

"什么？"朱梅英这一下子才真正地吃惊了，这个消息来得太突然了，"怎么回事？"

"我也是刚刚接到的内部消息，千真万确。也就是说，从此之后，我们要么另谋渠道，要么就只能按照国家规定老老实实地交关税。"范一鸣红着眼睛说道。

"啊？"朱梅英被这个消息搞得有点懵。

范一鸣此时已无暇顾及自己的形象，他自斟了一杯红酒，看着里面如血荡漾的酒花，仰起头，一饮而尽，他自顾自地说道："你知道这意味着什么吗？意味着我们以后所有销售车辆的价格要上涨三分之一，意味着市场对我们山鹰的不认可，意味着我们的事业完蛋了，意味着我们在日本人那里也没有利用价值了，更意味着，你，朱梅英再也享受不到今天的地位和金钱了。哈哈哈！"范一鸣发出了一阵怪笑。

朱梅英沉默，她紧盯着范一鸣的神情，她看出范一鸣并没有说谎。其实她当然早就看出了山鹰集团偷税漏税的举动，在她看来，这根本不是一个长久之道，几乎可以说是山鹰重卡的死穴，虽然不知道范一鸣打通了哪些关系，但是总有一天会曝光于天下的，那时候山鹰重卡在中国虽然说不一定是末日，但是肯定他们俩要被踢出局的。因此，为了自己的前途，她决定要实施自己想了很久的一个计划，这个计划的核心是利用经销商货款支付的时间差和现金汇款可以打到个人账户的支付漏洞，向有关部门举报山鹰重卡偷税漏税行为，一旦山鹰被核查，甚至被封查，她就可以名正言顺地私吞掉这笔货款，让日本人和范一鸣都有苦难言无处可查。她刚刚启动这个计划，准备完善其中一些细节，没料到这么快山鹰就要完蛋了。

她脑中不断盘算着立即加快自己计划的可行性，一边听着范一鸣在那里唠叨。他很痛苦，他虽然因为家庭原因不缺吃穿用度，但也同样欠缺一份打拼事业的成就感，这次山鹰重卡，他前前后后用了无数的心思，才走到今天这个地步，没有想到，这么快，就要走向结局。面对国家大势，他有心无力了。

# 第140章　把自己作死了

朱梅英听着范一鸣的唠叨，心里无限失落，看着他那副颓废的样子，眼神里闪过一丝轻蔑的神色，在她看来，范一鸣手握一把好牌，打烂成这样，除了无能，也没有其他词来形容了。

但是此时此刻，她还得安慰范一鸣说："那有没有办法挽回呢？你的关系那么多，能不能再找一找渠道……"

还没说完，她就知道自己说错话了，范一鸣用看白痴的神情看着她说："你以为打通那么多关系渠道，有那么容易吗？这条路，从此就算是断了，再也不可能有这样的漏洞可以让我们钻了。"

朱梅英很不喜欢范一鸣看她的眼神，但是她心里很清楚范一鸣说的是对的。范一鸣的能量是很大，关系网很强，但是这并不代表着他就是万能的，什么事都可以办。家有家规国有国法，从国家的层面上，是绝对不允许有完全脱离自己控制的东西存在的，尤其是不会允许这样大幅扰乱市场经济秩序的走私活动长期存在的。

别的不说，如果山鹰集团不是通过海关的种种关系开道，降低关税，降低了市场价格，他们现在根本就立足艰难。如果他们只能老老实实地按照规矩办事，最后又打不开市场，增加不了销量，那日本人要他们干什么，这是很明白的事情。

"那我们有什么对策吗？我们还有一批车应该刚到海关还没有运出来。"朱梅英道。

范一鸣又喝了好几杯酒，眼睛红血丝遍布，他狞笑道："这批车估计我们是再也提不出来了，就算要提出来，代价之大，我也不敢想象了。现在我们要做的是，别让这件事情的火烧到我们身上来。"

"会烧到我们身上来？"朱梅英皱了皱眉，她对里面的运作细节不是太了解，但是她不信范一鸣没有一点保护罩可用。

"会！不过要烧也只是烧到山鹰。"范一鸣冷笑道。

朱梅英一惊，顿时就懂了，范一鸣自然有自己的金蝉脱壳之计。这件事情，如果真有损失，无非就是山鹰集团承担而已，他是一个子儿也不会出的。她只是失落，恐怕没有机会实施自己的计划了，看来自己得换个工作了。

范一鸣突然道："如果火烧到山鹰，整个公司财务就会被冻结的。"

朱梅英点了点头，要查，山鹰公司的账户肯定逃不掉。

"我记得，我们以前有时候让经销商把卖车的钱打到我们的私人户头再转，对吧？"范一鸣慢条斯理地说道。

朱梅英毛骨悚然，难道自己的计划被范一鸣看穿了，但是仔细看似乎不是，难道这是范一鸣一开始就故意留下的漏洞？果然范一鸣接着道："理论上来说，所以钱都应该汇进公司，但是由于我们的操作，跟日本人的谈判条件，加上对公司账目的保护，这件事从来没有人质疑过，对吧？"当时很多规定执行本身就不是特别严格，只要结果不差，很多事情的操作不严谨也没有人追究。

"对。"

"所以，从现在起，所有钱都让他们汇到我们的私人户头。"范一鸣嘿嘿一笑。

朱梅英明白了，原来自一开始范一鸣就打着这个算盘呢，还以为只有自己想这么干。她再次刷新了对范一鸣的认知，这个人，狂妄自大，但却不傻，相反某些方面还很精明。或者说，对歪门邪道的东西，天生有一种天分在那里。

而且，她知道，山鹰重卡在中国，真的要完蛋了。他们俩现在只能靠着一点信息差和时间差，准备捞一笔就走。

至于损失，就让日本人来担吧。

想到这里，朱梅英就试探地问范一鸣："你是说让他们打进我们的户头，也打进我的吗？"

范一鸣仰坐在椅背上，听到后，动也不动地说道："这事当然也有你的份，但是多少比例，你要控制好，咱们九一。"

"七三。"朱梅英毫不客气地说道。

范一鸣睁开眼睛深深地看了她一眼，笑了笑："早知道你这个女人贪心，没想到这么贪。你要知道，要的多担责也多。"

"我和你是一条线上的蚱蜢。"朱梅英道。

"答应一个条件，我就同意！"

"什么条件？"

"等我想好以后再告诉你吧。七三就七三吧。动作要快，晚了就来不及了。"

"我懂。"

日本人做梦也没有想到，失去控制的山鹰重卡竟然被代理人给坑了。

海关被查的消息，林超涵等人是两天后才知道的，也是和人闲聊的时候听到的。

只是林超涵听到一些细节后，突然有所醒悟，如果说那边走私汽车是重点，那么，像山鹰集团的重卡在中国卖得那么便宜就可能找到原因了。之前他怎么也没有想明白，为什么山鹰重卡在中国市场上卖得会比西汽重卡还要便宜。他当时就怀疑有一些不为人知的违法手段，也想到了海关走私的可能性，但是后来看山鹰重卡在市场上的手续齐全，而且能够批量稳定地进口，他也逐渐就打消了这个疑虑，只以为是山鹰重卡压缩了出厂价格所致，这也导致了西汽疯狂地压缩生产成本，才堪堪与山鹰重卡打平，稳定了市场地位。

他怎么也没有想到，居然会出现整个边防海关沦陷的事情，这种超出他想象范围的事情，让他觉得很震撼，不止他，整个市场都被震撼到了。在汽车市场上，大家都知道一些事实，那就是有些进口汽车卖得比国产的还要便宜，但因为种种原因，这些汽车居然还能够合法化，这里面的门门道道，水深得很。但是谁也找不到具体需要为此负责的人，只能稀里糊涂地承认这个事实。实际上，当时这些进口汽车，大品牌、性能佳、质量好，大家都喜欢，利润那么大，想根绝走私也很难。

林超涵敏锐地意识到，山鹰重卡要出大问题了。

他立即让大家都转移注意力，尽量注意山鹰重卡在市场上的变化情况，比如价格，比如销量，比如销售人员队伍等的情况。大家虽然不是很理解，但是因为打听山鹰重卡本来也是西汽市场竞争的重点之一，所以都积极地通过各种渠道了解相关情况。

很快，万艳兵就传来了一个消息，他发现山鹰集团方面近期加强了催款进度，而且还特别急。当前，有一些西汽的经销商暗地里也运作了山鹰重卡的代理，近期他们不约而同地接到山鹰集团的催款通知。得到这个消息也是因为万艳兵神通广大的本地关系网，他报告这个消息的时候，有点疑惑，山鹰集团催款也很正常吧，只是急了些而已。

但是林超涵却听出了一些弦外之音，他认为这是山鹰重卡在未雨绸缪，准备回笼资金应对接下来的变局。

接下来，不多长时间，终于又有一些消息传来，山鹰重卡的供货出现了困难，一些订单交货时间过去了半个月也还没有看到山鹰发货过来。

再过了一段时间，更劲爆的消息传来，山鹰集团裁撤了自己的销售团队，整支自建的销售团队一个不留全被炒掉了。

至此，林超涵明白了，山鹰重卡是真的遭遇到了重大的困难，极有可能就是走私的渠道被限制了，他们交不了货，既然没车可卖，留着销售团队干吗，索性整体裁掉了事。但是这样一来，带来的风波很大，整个重卡行业市场上都流传着山鹰重卡要关门的消息。但是还不确定，因为山鹰重卡集团总部那边发出了声明，说是整个集团由于近期利润不够理想，内部进行调整重组，很快就会恢复正常供车，同时，说明山鹰重卡对中国市场的期待和重视云云，意思就是表示一切都是暂时的现象而已，让大家放心。

但是市场上的声音可不是一个声明就能够压熄的，没几天，一个更加重磅的消息传来，说是山鹰集团的总部被警察给查了。这一下子，连带着日本的山鹰集团总部都被撼动了，他们不得已发表了一个极简短的声明，表示自己一向遵纪守法，会配合调查，请市场保持信心。甚至由于重卡的原因，山鹰的小汽车市场都受到了一定的影响。

至此，林超涵露出了笑容，山鹰重卡终于把自己作死了。根据后面打听到的消息，在海关那边，山鹰重卡有一大批车辆被查封了，这批车辆，报关居然是以汽车配件的名义进来的，怪不得价格可以压得那么低，现在国家怀疑山鹰集团故意偷税漏税走私汽车，这个罪名可就大了，由不得山鹰集团不重视，中国市场可不是个小市场，对他们发展很重要。

后来，若不是中国要进行入关谈判，考虑到市场影响，如果过分针对山鹰集团会让人怀疑中国对外开放的决心，出于大局考虑，才放过山鹰集团一马，那么山鹰集团的麻烦就真大了。

也正因为如此，范一鸣和朱梅英才逃过了一劫，范家动用了浑身解数，才让范一鸣从中解套出来，而范一鸣和朱梅英吃进去的钱，最后迫不得已又吐了出来大部分，事情才算结束。

# 第141章　乐极生悲

西汽在南方市场大赢之后，再次迎来喜讯，龙德集团和西汽正式签约合作。

龙德老总耿进波，以及省里等数位领导都到了签约现场，少不得又是一番寒暄欢迎。很快他们参观了几个主要车间后，就来到广场上，这里已经有近千号职工在整整齐齐地等待了。

面对这么多工人，在主席台上，省领导、耿进波和林焕海等人相继发表了一番讲话，基本上这些讲话都是对龙德集团与西汽携手合作的期待。

领导的讲话精练简短，有高度，大局观很强，林焕海讲话则颇为踏实，主要是陈述了西汽的辉煌历史与对未来的展望，而耿进波则让大家看到了不一样的风格。准确说他是吹了一番大牛，当场表示，只要西汽需要的，他就会投入，不计成本地投入，他希望将来西汽形成一个庞大汽车制造集团，不仅生产重卡，还要生产大型客车、小轿车等等。

职工们听着很爽，连省领导们听着也觉得很提气，这也是他们希望看到的发展规划。但是西汽的领导却互相对视一眼，心照不宣地没有泼冷水，这事哪有这么容易啊，得投多少钱呢？大概耿进波还是没有算过。

然后就是签字、合影。连林超涵和耿进波的公子耿少卿都参与了合影，这是有主要省领导参与的大新闻，当天晚上，相关的电视、报纸新闻报道就相继发出去了，很多有心人都注意到了，而这份报道没多久甚至传到了太平洋彼岸某些人的耳朵里。


耿进波一行人坐上车，在林焕海、林超涵等一干人等热烈的送别声中，缓缓驶出了厂区。驶出厂区门口时，情绪尚有些激动的耿进波，突然隔窗看到有两辆黑色的挂着政府牌照的车辆和一辆警车驶进了西汽。对此，他也没有在意。

倒是耿少卿有些意外地回头看了看，他觉得有什么不对，但是具体是什么也说不上来。

这三辆车由于有警车带头，门卫没有拦阻，很快就驶到了西汽的办公楼前，这时候送行的人群还没有散去。

不少人注意到了这三辆车，不免有些愕然，没有接到通知有领导来访啊。

只见车门打开，有六七名胸前别着国徽的人走了下来，领头的是一名短发精干三十来岁的女性，只见她一身黑色，上衣是一件夹克，脸若冰霜，大步流星地直走了过来。人群看着这一幕都有些莫名其妙，面面相觑不知对方的来头。

汪炳康迎上前，小心翼翼地问："请问你们是哪个单位的？有什么事吗？"

"我们是省纪检监察委员会的，我叫付菁。"说着，她掏出了工作证亮了亮。

"纪检委？"汪炳康有些懵，西汽有什么事要麻烦他们的吗？

付菁也没有废话，就直接对着众人道："林超涵在哪里？"

林超涵一惊，他本来只是看热闹的，怎么突然问他在哪里呢？他感到有些不妙，但是自觉与纪委所辖之事相隔甚远。虽然有些不太舒服，林超涵还是第一时间站了出来："我在这里。"

付菁目闪精芒，直视林超涵，冷冷地道："林超涵，你涉嫌贪污公款、参与洗钱，请你回去协助我们调查！"

"什么？"林超涵整个人都懵了，这都哪跟哪啊？自己贪污？洗钱？贪哪门子污，洗哪个的钱哦？他怎么不知道。

付菁接着冷冷地说："请跟我们走一趟。"

众人惊呆了，现场数十人鸦雀无声，针落可闻。西汽这些年还从来没有发生过这样的事情，虽然曾经因为厂里的一些事情报过警，处理过一些人员，但是还没有哪位高管被纪委给当众宣布双规的。

林超涵算是创造历史了。

不仅他自己没有料到，所有的人都没有料到。

于是，就在众人异常复杂的目光注视下，付菁带着林超涵上车，直接开出了厂门。等到于凤娟接到消息拿着菜刀赶过来要拼命的时候，他们已经不知道开到了哪里。

这一件事情，让西汽欢腾庆祝的气氛一下子降到了冰点，公司上下都传遍了，大家都知道林超涵被当众带走的事情，绝大多数人都难以置信，这怎么可能呢？除了少数心里有些阴暗的人外，大家都坚定认为这只是一起冤假错案。

本来，西汽马上就要与龙德资本展开深度合作了，大批资金注入，将给西汽带来前所未有的活力，大家都憋了一口气要好好干，但林超涵的事，给这件事情蒙上了一层阴影，甚至连林焕海都不知道，龙德资本的耿进波知道这件事情后，会不会改变决策。当今之计，他只能联系一下俞省长了，让他出面解决这件事情，但是他没有把握能够说动俞省长关注。他现在压力山大，除了公司的事情外，还要操心自己的儿子，以及自己的老婆，于凤娟已经快疯了，拿着菜刀一直守在办公楼外，扬言见他就要砍，谁让他把儿子交出去的？这理没法讲了……

而一切风波的中心，林超涵坐上了纪委的车后，一直在闭目养神，他在回忆，自己到底做了什么，会让人这么大张旗鼓地上门抓自己。

他把自己这些年所有做过的事情都回忆一遍后，确定自己一没贪二没拿三没胡乱折腾，这些事情根本与自己不沾边，但是为什么纪委会说有一定的证据呢？那只有一个可能，那就是诬告了。

而谁会诬告，他脑海里立即浮现了一个人的身影，那就是潘振民。

这第一晚，确实是林超涵人生中最难熬的一天，他被软禁在南效外一个不起眼的小宾馆里，有三个人24小时轮流看着他，虽然吃喝不愁，但是他确实有些难以下咽。与车上那一瞬间思考的东西不一样，在这里，他有了更多的时间胡思乱想，他一会儿想了想自己的工作，不知道丢在那里谁会捡起来做，万一他要是倒霉，真的要坐牢，那么这些工作岂不是推动很困难吗？一会儿他又想到自己的妈妈这会儿肯定很难过，母亲的脾气他是知道的，得知他被带走，他真担心母亲会带着菜刀找到这个宾馆里面来，说不定到时候就会出人命官司，到那时可真的什么都说不清了。

一会儿他又信心满满，觉得自己肯定是被冤枉的，只要上面认真地查，很快就会还自己清白，但是他又很明白众口铄金的道理，他当着全公司领导面前被带进来，也许自己的前途尽毁于此了。想到这里，他就又郁闷得想撞墙。

但是清者自清，他心中有一股信念，这又不是动乱年代，自己一定会没事的。

一直到第二天早上大约6点刚过，他就被人唤醒了，然后被迷迷糊糊叫到宾馆的小会议里谈话。

小会议里，摆着一张很简单的桌子，付菁和小吴坐在桌后面，前面放着一个椅子，林超涵很自觉地就一屁股坐到椅子上，还情不自禁地打了个呵欠，因为确实有些迷糊，他都没有意识到自己的动作好像是在挑衅一样。

小吴看了，眉头一皱，忍不住呵斥道："林超涵，你老实点。"

林超涵莫名其妙地睁大眼睛看了他一眼，自己一直挺老实的啊？他脑子此时的反应还是有些迟钝。倒是旁边的付菁制止了小吴，而是示意林超涵坐好，准备开始问话了。

　　"姓名，年龄，职业。"付菁问道，她还补充了一句，"走流程。"

　　林超涵老老实实地回答了，虽然还有些不清醒，但他潜意识里知道，胳膊拧不过大腿，做什么事还是按规矩来最好，何况只是让他报这么简单的问题。就算略带有几分屈辱，但是他还是坦然地回答了："林超涵，30岁了，职业，呃，工人吧。"

　　"工人？"小吴冷笑一声，"有你这样当领导的工人吗？"

　　林超涵莫名其妙地盯了一眼小吴，不明白他这么说是什么意思。好半天才反应过来，在别人眼里，自己现在也算是半个小领导了，虽然在他自己的意识中，自己一直都是西汽的一块砖，哪里需要哪里搬，对当官做领导从来半点感觉也没有。

　　付菁观察着林超涵的神态，心里微微有些异样，从表情来看，林超涵不似在作伪，但是职业的经验不允许她过早做出判断。她现在颇为疑惑，虽然林超涵有些戏谑，但是她看得出来，林超涵是真的比较淡定，这么年轻就有这么好的演技吗？她难以置信。这种人，会是那种大奸大恶擅于伪装的人吗？

　　"你是不是曾经管过一段时间采购工作？"付菁插话问道。

　　"没有管理过，从来没有过。"林超涵当然矢口否认，"确实为公司的采购出过力，干过活，但是没有管理过，从来没有，不知道你说的这个管理指的是什么？"

　　付菁皱了一下眉头，确实，林超涵从来没有在采购部门担任过任何职务，都是公司上层要让他参与处理一些事情。但是这个难不倒付菁，她又问："你承认你在采购部门工作过？"

　　"临时有参与一些工作，只能这么说，与在部门工作过是两回事。"林超涵又补充道，"我在好多部门都待过，销售市场、设计工艺、车间、研究室等等，公司哪里需要我，我就去哪里工作，俗称万金油是也。"

# 第142章　另有隐情

这是林超涵人生少有的经历，一连串的交锋中，他终于明白了，上次宋博那件事给他带来了麻烦。

付菁单刀直入地问道："林超涵，你说当时都是按照规矩办事，但是我这里有人举报你当时贪污了10万块钱，导致鲁柴一台发动机没能够及时交货。"

"什么？"林超涵听得猛然心头一震，一下子就从椅子上弹了起来，旋即被后面站着的人给按了下去，他这才注意到他身后始终站着两个人。

小吴感觉抛出这个话题后立即占据了主动，有些兴奋地问道："林超涵，关于这件事情，你怎么解释？"

林超涵苦笑，他知道自己一时好心，大意，终于犯了一个错误，居然被狗给咬到了。

他叹了一口气说："关于这件事情，我真心不想解释。"

看着小吴准备开口，他又说道："但是不解释也得解释一下。"

付菁道："你说，我们听着呢。"

林超涵想了想，整理了一下思路才开口道："如果方便的话，可不可以告诉我这个举报人是不是宋博？"

"这个无可奉告，我们是不会说出举报人姓名的。"付菁面无表情，但是却让林超涵更加笃信是宋博这个无耻小人在背后恩将仇报。

"不说也行，我只想告诉你，真正贪污公款的，正是这个宋博，他后来被开除了，这点，想必你们做过一些调查吧，你们就不想知道他被开除出去的原因？"林超涵很难以置信，他们怎么会相信这种小人的举报而把自己抓进来呢，实在是太过离谱。

"西汽从某种意义上来说，虽然不是你们家开的，但是如果你们家要打击报复一个人，给他头上扣一顶帽子，我想不是难事吧？"付菁没有直接回答这个问题，而是稍微暗示了一下自己的怀疑和判定。

林超涵此时极度的无奈，说："我们家人的人品，如果只是如此，你以为西汽上下数千名职工都是瞎的吗？会服我们？"

"就算你说的是真的，但是你们开除宋博，为什么不公开宣示原因呢？怕是有什么见不得人的地方吧。"小吴在旁边冷笑着说道。

"我虽然不屑于反驳，但是我还是要说，我们家没你想象的那么卑鄙。不过开除宋博的原因，你可以询问一下我们姜书记，他是个老好人，总想着给人一个悔过自新的机会，不要一下子断了人家的前途，公布了原因，这个宋博还能好端端地跑来泼污水吗？那不得去牢里蹲上三年五载的？"林超涵反问道，说着，他就竹筒倒豆子把当时处理宋博的情况都给讲了出来。

"照你这么说，是你发现了这个宋博贪污公款追女人，然后导致你们少购一台发动机？然后因为他师傅补上了亏空，你们只是开除了事，对吗？这整个过程中，你就是无辜清白的？没有利益？"小吴冷笑着，显然对林超涵的话一点都不相信。

"事实就是如此，你可以去调查，那个女孩的姓名和地址我大概都还能回忆起来，你也可以去公司里问一下我们厂里的几个领导。"林超涵恢复了冷静，这是铁证如山的事情，他根本不怕翻盘。

付菁和小吴对视了一下，他们俩虽然都不可能完全相信林超涵的话，但是看林超涵的样子，这件事情似乎另有隐情，不管怎么样，都得去调查考证一番了。

至于鲁柴回扣什么的，则只是他们试探罢了，现在看来，这个宋博的证词得重新考虑。不过，当然能带林超涵回来，手上可不只有这一点证据。但这些证据也需要林超涵的证词才能最后串起来。

"林超涵，你现在能否解释一下原材料采购里面多付出数百万成本的事情？"付菁掏出厚厚的一沓账本，指着上面的数字对林超涵说道。

"什么？"林超涵没有听明白。

"我再说一遍，这是一份账单，上面清楚明白地写着生产大梁用的 16 锰钢板，这是你们生产大量用到的吧？"

"对！这是我们必须采购的原材料。"

"这个账单清楚明白地记录着，从 1993 年至 1997 年初，西汽一直是向省 X 钢厂采购 16 锰钢，但是从 1996 年底开始，逐步换成向保钢厂采购，如果我们得到的信息没有问题的话，这个改换供应商的建议是由你作出并且最终采纳的，对吧？"

"是，这个保钢厂的产品更为过硬，技术更强，损耗少，并且价格并没有提升，我建议改换供应商充分考虑到各种情况的。"林超涵点头承认。当时为了应对山鹰的竞争，他做了大量的工作，替换部分供应商以降低成本，这也是他的建议之一。

"你们现在每年要采购多少吨钢板，你有数吗？"

"之前一两千吨，现在每年都得有四五千吨吧，今年估计数量还得翻，我们的产量更高了嘛。"林超涵微算了一下账，这个他也只是模糊有数，自己没有真正统计。

"你真不清楚具体数字吗？"付菁拿着账本问道。

"这个真不清楚。"林超涵老实回答。

"我来告诉你吧，这里记载了，1996年，你们采购1536吨；1997年，你们翻了一番，达到了3021吨；1998年，达到了4950吨；1999年会不会翻番我不知道，但恐怕确实会翻番。"付菁念道。

"你怎么可能知道得这么清楚。"林超涵大吃一惊，这个数字他从来没有关心过。

"因为有人提供了账本给我。"付菁回答说。

"那又怎么样呢？"林超涵不解，"这跟我有什么关系吗？"

"有，大有关系！"付菁冷笑道，"根据这份账单，我们做了一个粗略估算，每年因为购这个钢板，西汽要多付出数百万人民币，这笔钱，受益方或者会通过某种方式给予一定回报的。算来算去，推动保钢成为供应商的人主要是你，你说说，这个账你怎么解释一下呢？"

"啊？这个怎么可能？"林超涵大吃一惊，"每年西汽要多付出数百万元？这个怎么可能呢？他们根本就没涨价，还降低了损耗，应该是降低成本才对。"

"那我就不清楚了，事实上，根据你们自己的账单计算，结果就是你们每年多支出了很大一笔钱。你能解释一下，这笔钱对方拿到后，会装作什么事也没有发生吗？如果他们没有表示，你们会一直保持采购吗？"付菁扬了扬手中的账单，到现在，她终于使出了撒手锏。

林超涵糊涂了，他确实解释不清楚，接过付菁手中的账单（她手中的其实是复印件，不会给他原件的），粗略地翻阅了一下，最终的计算结果，如果没有算错的话，确实应该比采购X钢成本要高，这不是采购量升高的原因，而确实就是采购单成本都相对上升了。

他的脑门渗出了汗，这个无法解释啊。

"这份账本，以及你卡里多出来的钱，让我们有理由相信，你是拿了好处的，如果不能解释清楚这件事，我相信，你无法证明你的清白。"付菁最后说道。

林超涵眉头紧蹙说："我能自己再核算一下吗？"

"可以，我提供计算器和纸笔。"付菁很大方取过工具递给林超涵。

林超涵于是开始了自己的计算，他不相信这里面会有这么大出入，明明是降低成本之举，怎么到最后竟然增加成本，说不定是计算有误，也说不定从哪笔账目里能够看出来问题，总之，他不自己计算一下是不会甘心的。

付菁在一旁道："林超涵，其实让你看这份账单，是有些违规了，但是，请相信我是真心想帮你的，我希望你自己能够解释清楚这件事情。只要核查清楚，你没有违规违法，我相信组织一定会还你清白，但是如果你解释不清楚，对不起，我只能公事公办。"

林超涵瞥了一眼付菁，他有点拿不准这个付菁说的到底是真话还是假话，但是让他自己核算账单确实是对他最大的方便了，这点必须承认，他默默地点了点头，拿起账单一笔一笔地核算起来。

就在林超涵拼命核算成本，力证自己清白的时候，其他人也都没有闲着。

林焕海昨晚劝了于凤娟半夜，保证自己一定会想办法把林超涵救出来。作为一厂之主，他现在也不是没有关系的，但是这些关系怎么用却得大费脑筋，有些事说不得，该用还得用这些关系。无论如何，不能叫人冤枉了自己的儿子去。

还没等到他等到消息，纪检委就有人上门来调查一个被开除的叫宋博的员工的事，这才让林焕海摸到一点门道。

这件事情，事实很清楚明白，他们又找了宋博的师傅，从他的口中也证实了林超涵的清白。

宋博这个人纪检委事先已经接触过，与西汽众人说的完全是两回事。但是此时再联系，已经找不到他了。纪检委的人一商量，认为这个宋博确实有很大的诬告嫌疑，他们不敢懈怠，立即启程前往山东，想搞明白情况。到了山东后，他们费尽了周折，在当地警方帮助下，才找到当时与宋博谈恋爱的那名女孩，并且由当地警方证实，确实是宋博被她骗取了大量钱财，这一下子就证实了宋博的举报证词纯属子虚乌有，而且还可以说是恩将仇报。

虽然找不着宋博本人了，但是这些调查材料很快就呈报了上来。付菁看到后，立即意识到这件事情颇不简单，既然宋博不靠谱，其他的事情可能也不见得真实，但是那些疑点仍在，有待调查。

# 第143章　算账

等宋博的事情查清楚已经是四天之后了，在这四天里，林超涵曾经不眠不休地算了两天两夜，翻来覆去地算了好几遍，都解释不清楚账目的问题，他都有些绝望了。

明明一切都是合理的，明明他们也没有涨价，明明从质量上看也没有问题，明明从损耗上来看，保钢的钢板是更有优势的，但是结果确实是总成本上升了，这到底是怎么回事呢？林超涵想不通，账目他算了，计算得没有问题，一切看上去都很合理。

付菁不傻，此时的她，已经从最初准备打老虎拍苍蝇的兴奋中彻底醒悟过来了，她从林超涵的回答和表情来看，再从后续调查情况来看，特别是得到宋博失踪而且基本确定是诬告后，她就心里有数了，肯定是有人要整林超涵。

事实证明，这个世界上没有奇迹，有的只是人们为某件事情做出的不懈努力而已。比如此时的西汽，林焕海和姜建平、郭志寅等人正在商量对策，为林超涵洗清冤屈。

郭志寅揉着眉心，他和姜建平都有些受不了林焕海那么凶猛地抽烟了，但此时，作为战友，他也没办法站出来指责林焕海，他们都清楚，此时的林焕海压力山大。首先，龙德资本那边在离开的当天其实就知道了林超涵被纪检委带走的消息，此事确实给西汽造成了较大的负面影响，龙德资本内部的一些人对此颇为担心，想暂停相关合作，观望一段再说，但是幸亏耿进波的儿子耿少卿坚持要继续投资，压下了许多反对的声音，也让耿进波压下了变卦的心思；但不管怎么说，来自龙德的无形拷问压力却是始终存在的。其次，是上级和周边的压力，林焕海自己的儿子居然被纪检委带走，外面人可不管你是被冤枉的还是真有其事，大家都普遍认为西汽内部存在问题，这让林焕海出外公干开会都感受到无形的压力。最后，就是西汽内部的压力，现在职工们虽然绝大多数人都不相信林超涵会有问题，但是大家那种关心和关注的目光、询问都会让林焕海觉得压力巨大。在外面他得强撑着，但是到了自己熟悉的战友面前，林焕海疲态尽显。

姜建平看着林焕海的憔悴有些不忍心，开口道："老林，你也别太操心，从现在得到的消息来看，小超这次应该不会有事的。"

郭志寅也劝道："现在军方都出面了，有些问题很快就能解释清楚，小超很快就会出来的。"

林焕海摇了摇头说："现在出来又如何，有什么用？那还是说明不了自己的清白，与其如此，还不如不出来呢。"

如果付菁和郭志寅等人互相知道消息，一定会惊叹这两父子果然骨子里都一样，有着属于自己的骄傲。对他们来说，清白甚至高于自由和生命，什么都可以忍让妥协，但是关乎尊严的事情妥协不得。

郭志寅默默地点了点头，他是理解林焕海的，但是他还是有些担心，姜建平更是替他把这种担心说了出来："小超这个孩子，就怕脾气跟你一样犟，不肯服软，在里面会吃不少苦头，咱们还是想办法把他先捞出来再说，清白的事，慢慢再洗！"

"我们林家的孩子不怕吃苦头！"林焕海情绪有点激动，"吃点苦头算什么，所谓艰难困苦玉汝尔成，天将降大任于斯人也，必先苦其心志，饿其体肤，增益其所不能。林超涵如果这一关都过不去，那也不用出来了。"

"那怎么行呢？"姜建平表达不同意见。

"有什么不行的，该怎么办就怎么办！"林焕海对此铁了心，他丝毫不打算给自己和儿子留退路。

郭志寅颇为无奈说："那你就想想你们家小娟吧，你这么干，她一旦知道了，会怎么想？会不会活剐了你呢？"

林焕海脖子一缩，正准备说话，突然房间门被推开，进来的是同样满眼血丝的于凤娟。她风风火火地闯进来原准备找林焕海算账的，但是隔着门听到了里面的对话，觉得必须得站出来了，于是她接着郭志寅的话头说道："我们家老林说得有志气，该怎么办就怎么办！"

"你来啦！"林焕海看着自己的老婆，不知道怎么着，气势就矮了半截。

于凤娟瞪了他一眼说："都怪你这个没有用的爹，连自己的儿子都保护不了。"林焕海被她批得连大气都不敢喘一下，只是嚅动嘴，想说些什么，却又低却无声。

不过，打一巴掌立即又赏了一个甜枣，于凤娟刚瞪着林焕海的眼睛一会儿就又变了，转为欣赏的神情："但是，老林，你还是有几分骨气的，没有想着变着法儿捞儿子，真要这么干了，我们家就真成了笑话了。这事我这些天在家里反复思量过了，这就是我儿子命中注定遇到的一个劫罢了，算不得什么，自己的儿子我最了解，他是一定不会去做那些作奸犯科的事情，这个事情摆明了有王八羔子要整他，说不得，肯定是潘振民那个龟孙子，回头别落到我手上……哼哼！"于凤娟咬牙切齿地赌咒发誓把潘振民骂了个通透后，才接着说道："我已经想清楚了，既然我儿子没事，那就一定要清清白白地回来，让全厂的人都知道，我的儿子没有错，有错的是那个诬告的王八羔子！"

郭志寅和姜建平对望了一眼，看来，这一家子都是要清白不要命的主。简而言之，就是自尊心太强了。这是好事，但有时候过刚则易折好事也会变坏。

他们俩想了想，其实也挺认同林家人的想法，如果林超涵不能明明白白地出来，恐怕将来的前途就算毁于一旦了，从这个角度来说，不急于出来也是对的，但这个事情有个度，关押的时间太长，也绝对不是什么好事。

"现在只能相信组织了！组织一定会把事情调查清楚的。"姜建平总结说。

几个人沉默了，现在还有其他方法吗？难道就只能被动地等待吗？

郭志寅突然打破沉默，问道："除了干等，难道我们就不能想想办法吗？"

林焕海狠狠地吸了口烟，然后在于凤娟虎视眈眈下，把烟蒂摁在烟灰缸里狠狠捏碎，这才回道："也不是没有办法，现在据说小超是因为我们换了钢板的供应商导致成本上升，解释不清楚才仍然无法下定论的。"

"这不是瞎整吗？保钢的钢材质量更好，而且损耗低，相比之下，我们应该是降低成本才对，怎么会是成本上升，还是小超的责任呢？"

"关键问题就在这里。那个王八羔子弄到了我们的账本，然而，根据上面的账目，说是我们每年多付了几百万元，这笔账我正让老罗清算，但是恐怕不是他的能力能够解决的。"老罗现在即将卸任财务部主任一职，但是仍然兢兢业业地执行每一项安排。

"为什么呢？"

"情况很复杂，我也有点说不清，虽然你我都知道总体来说成本降低了，但是单就这一项，的确好像是成本上升了，这里面涉及整个生产线的成本核算，按我们以前的计算模式，解释不清楚。"林焕海叹息。

"那我们都亲自看看账目再说吧？"郭志寅建议。但是当拿到账本，简单核算后，他们与林超涵一样，陷于无解当中。

于凤娟在旁边看着觉得气闷，她略带嘲讽道："你们几个大领导算账都算不清楚，那估计西汽就没有人能够解决得了，那还不如请外面的人来帮你们算了。"

一语惊醒梦中人。郭志寅眼前一亮，对啊，自己算不清楚，不代表别人不行。他兴奋地对林焕海说道："现在听说很多企业流行请外面的会计师事务所或是审计单位进行成本精算，作为调整业务的参考依据，不如我们也请一个，他们肯定能帮我们算清楚。"

"有这样的事？"林焕海闻言精神一振。

郭志寅简单地介绍了一下，原来，这些年来，随着改革开放，国内涌现了一批大型企业，这些企业与外部进行接轨，很多制度向国外学习，像外部审计就是其中一项重要的财务制度，它的优点是审计人员与企业不存在行政上的依附关系，无须看企业眼色行事，只需对账务和法律负责，因而更能彰显独立性和公正性。理论上，西汽也是时候请这样的会计师事务所进行审计了。

"那事不宜迟，我们赶紧分头打听一下，请这样的单位来给我们号号脉诊断一下吧！"姜建平当即拍板。虽然动辄数十万上百万的审计费用非常吓唬人，但与林超涵的前途相比，不算什么，而林超涵个人的前途，与西汽整体的利益相比，从某种意义上，已经息息相关了。

# 第 144 章　好久不见

秋风乍起，惊起几只夏天的鸟，它们徘徊在空中，犹豫着要不要现在就开始南飞。然而，在天空上，有一只比它们更大的铁鸟正按时按点准备降落在北京机场。

在飞机上，有一位女士正在看着手中的资料。从背面看，她简练地盘起了乌黑的头发，从乌丝丛中，偶尔露出雪白的脖颈，让人遐想万千；从正面看，只见她微抹淡妆，五官俏丽，白齿红唇，举止优雅从容，上白下黑的职业装束，披着一条蓝色的薄丝巾，虽然经过长途的飞行，但是脸上却看不出一丝疲惫，此时依然精神奕奕。

旁边有几位男士已经放弃了跟她搭讪的欲望，因为自始至终，十三个小时的漫漫长途中，除了闭目休息和进餐外，这位女士的时间主要都用来翻看手中厚厚的资料，看上去虽然和善温柔，但是却又像是冰山美人，将一切搭讪拒之门外。

而后排座席上一名金发碧眼、身着西装的美国人，则是似笑非笑地看着那几个抓耳挠腮却无计可施的男士。在他看来，这些人都在做无用功，在他们公司，谁不知道这位东方女性的厉害，有多少自以为条件优越的男士想追求她，都被她拒绝了。

这次，公司派他和这位女士来中国处理中国区的工作，他其实是很意外的，因为这位女士是主动申请要回国工作的，本来总部是想派她去欧洲的，因为那边的工作更重要，利润也更高，但是这位女士却非常坚决地要回中国，用她的话说，未来世界经济发展就要看她的祖国。这位女士是如此聪慧，而且能力出众，才工作两年就已经拿到北美的正式精算师资格，这种人才总部是不可能轻易就放弃的，为了确保她不会跳槽去竞争对手那里，总部最后妥协了，同意这次派驻她回到中国负责处理中国区分公司的工作。

要知道，他们本简会计师事务所乃是全球六大会计事务所之一，并且在其中排名也不低。这种工作就算是在美国本土，也没有多少人能够胜任的。而去欧洲，薪资待遇比在中国同等职务高上两倍，福利待遇则更高。放弃这样好的机会，不知道是愚蠢，还是有大智慧。男士暗暗地想着，他自己是倒霉，轮到的，否则他是绝对不愿意来中国的。不过，这一行能有这样一位美丽的同事同行，他还是有些窃喜的。

冰山美人又怎么样，只要他施些手段，总会有大把的机会在等着他，在美国总部他是没有这样的机会的，但现在他绝不会放过。正在胡思乱想的时候，前面的女士突然回头冲他一笑，说："威廉，有件事情我想先通知你一下，一会儿到达首都机场后，我会先去见几个朋友，估计要逗留一小段时间，然后再转机去深圳，你如果等不及的话，可以先转机走。"

威廉一听，有点急了，刚想着近水楼台先得月呢，这马上下飞机就要分开行动了，那哪来的机会，于是他也不好拂了美人心意，故作大方地道："亲爱的季，你难得回到中国，先见朋友也是应该的，我可以等你。"

原来这名女士正是季容，她嫣然一笑，看得威廉都有些傻了。季容说："那我可说不好要逗留多久，也许会逗留两到三天都说不定，我有很多私人的事情要办，具体我已经和总部汇报过了，我会自由行动，你如果留在北京欣赏我们伟大的首都我也不反对，不过，到时候总部问起来，可不关我的事。"

威廉听了吓了一跳，总部管理虽然比较人性化，但显然不经汇报，迟迟不到中国区分公司报到，解释起来也会有麻烦的，因此，他只好无奈地点头，表示自己会处理。

就这样，一下飞机，本来还想一亲芳泽的威廉只能眼巴巴地看着季容拉着箱子扬长而去，而自己只能在机场干巴巴地候着转去深圳的飞机。在这个时候，生着闷气的威廉只能责怪公司为什么不把总部设在中国的首都北京，而偏要选在远在南方的深圳。不过想一想，到时候可以去香港潇洒走一回，威廉的眼睛又亮了起来。

季容甩掉了威廉之后，顿时感觉海阔天空起来，无论如何，跟一个陌生的、荷尔蒙过剩的西方男子一起出行，她感觉极其别扭，甚至在飞机选座时都故意不跟他选在一排。如今她独自行动，就像是鱼入水鹰飞天，别提多爽快了，至于安全？危险？不存在的，北京比纽约、洛杉矶要安全得多了，更何况，自她记事起，她就是喜欢这么独来独往，一向有自己的主张。

六年了，六年没有回国了，故国的风，故乡的土，天空的云，还有熟悉的语言，出了机场打上出租车的季容，只用了很短的时间就适应了过来，就好像她从来没有离开过这里一样，只有那些已经大变样的景观提醒着她，时代已经不同了。

她的第一站当然是回到自己的母校，不过，在这之前，她在长安街一家五星级酒店下榻，放下了行李，简单地收拾洗漱，整理了妆容后，她就叫了辆的士送她到母校。一路上她看着皇城根下巍峨的城墙，金瓦红漆，无数的往事浮现在心间。

原来以为离开那么久，有些事会慢慢遗忘，但想不到记忆却如此清晰。

她想起了很多事，想起了刚来北京时游历各大著名地点的兴奋感，想起了那些欢乐无忧的时光，想起了某位学长那深情的眼神……

走在学校的小树林里，看着学弟学妹们依然把这里当作是恋爱的圣地，季容微微一笑。她信步走在小道上，正好迎面走来两个学妹，她俩叽叽喳喳地聊着天，季容略微倾听了一下，居然都是跟什么电影有关的，其中一个短发的学妹一脸陶醉道："唉，要是我能像紫霞仙子那样，有一个人那么爱着我，死也值了。"另一个长发学妹笑道："紫霞仙子什么的就也不想了，我呢，就做个盘丝大仙，没事缠死几个和尚，长生不老就好了。"短发笑妹道："那得嫁给猪八戒！""啊呸，我才不要嫁给他呢！宁可嫁给牛魔王，你看人家娶个亲多风光。"

这些话听得季容一头雾水，这都哪跟哪啊？什么乱七八糟的？她当然不知道这两个学妹是讨论当时在校园特别流行的一部电影，在外面飘荡了多少年，国内那些流行元素她完全接不上了。不是应该讨论一下汪大诗人的诗集或是读一下林大学士的散文吗？怎么，好像现在早已经不流行当年的话题了。

或者这再已经不是白衣飘飘的年代了，季容若有所思，倒是那个擦肩而过的长发学妹突然转过身来，询问："师姐，你好！"

季容有些意外，礼貌地回道："你好！"

那名长发学妹非常好奇地询问："师姐，你手上这个普那斯限量版的包包在哪里买到的，好像是最新款呢，我在北京的专卖店都没有见着过。"

季容抬了抬左手挎着的小包，粲然一笑说："我刚回国，这是回国前在纽约新泽西机场买的1999最新款式，应该很快就会引进到国内吧。"

长发学妹羡慕地看了两眼，说："等我毕业后一下要嫁给牛魔王，只有他能给我买这个包包。"

短发学妹啐道："你就做梦吧，顶多嫁一个大嘴的癞蛤蟆。"

"去你的，反正我也不想着长生不老吃唐僧肉。"说着长发女生又打量了一下季容，"师姐，你是从美国回来的吗？你打扮得真是好看呢，哦，不是，我意思是你长得更漂亮。嗯，回头毕业我也要去那边留学。"

短发女生笑道："你要嫁个洋人，那可找个长得像牛魔王的。"

说着两个女生嘻嘻哈哈地都走了。季容依然听不懂她们在说什么，但大约跟西游记有关吧，想来自己要跟上国内的流行趋势，还得好好补补课了。

不知道那个人现在变化大不大了，季容悠悠地想到，六年的时光，足够改变很多事情了。这六年中，他们有两年热度联络，两年时间断断续续联络，最后两年就基本断了音讯，也许是两人都害怕听到对方变化的消息，也许只是想保存那份美好，也许只是想慢慢淡漠，也许吧。

季容漫步在校园里，她从东门进来，穿过了整个校园，看着这里的变化，那些物是人非，不知道为什么，她竟然一个熟人也没有碰到，老师、读研的同学一个也没有撞见。她走到西门外，这里开了一家咖啡店，是台湾人开的，属于餐咖性质，有人约了她在这里见面。

那个时候，喝咖啡还不是特别流行，但是年轻人喜欢，经常会在这里谈事，顺便解决吃饭问题。

她推开咖啡店门，在服务员的引导下，来到一处偏僻角落前，舒适松软的沙发，玻璃桌面，正好在窗边，外面的景色一览无遗。

看见她来，一直在等候她的那个女生抬起头来，脸上浮现出一种莫名的笑容："季容，你终于回来了！"

"梅英，好久不见！"季容淡淡地说道。

# 第 145 章　渴求得到的东西

原来约她在这里见面的正是她舍友兼同学朱梅英，今天的朱梅英一身红装，倒是扎眼得很。

季容左右瞟了一眼，有些疑惑，也有些意外。朱梅英看着她的表情，知道她的担忧，便道："今天只有我自己约你来，没有其他人。你放心好了。"

季容的声音有些冷，显然对朱梅英不是很有好感了，只是"哦"了一声，然后坐了下来，脸上很平静地对朱梅英道："既然姓范的没有来，那我们或者可以聊两句。"

朱梅英有些尴尬地道："季容，你还恨着我呢，其实当初那些事，也是我年幼受人利用，这些年东奔西走也懂得了很多道理。其实你今天完全可以拿我当朋友，坐下来好好聊聊的，没必要剑拔弩张，搞得像仇人一样。"

季容淡淡地道，"我从来没有拿你当仇人，当然现在也不可能当朋友了。"朱梅英背着季容干的那些事，季容早有些猜想，再加上朱梅英在范一鸣身边出没好几年了，这些消息早就传到季容的耳朵里，越发印证那些猜测罢了。朱梅英为了钱出卖自己的同学和朋友，这是季容很难容忍的。若不是基于某些原因，她根本不会应邀来到这里。幸好这里也是公共场所，否则她是不会踏进这个门的。

朱梅英道："当不当朋友都暂且不说了，无论怎么样，我们至少还有同学这层关系。"

季容对于这一点当然不避讳，默认了她的说法。

朱梅英接着道："你喝点什么吗？今天我请客。或者也可以点些吃的，边吃边聊。"

"给我来一杯清水吧。喝多咖啡对皮肤不好。"季容看了看朱梅英面前摆着的那杯咖啡，像是不经意地说道。

朱梅英面色一僵，不由自主地摸了摸脸，她还是对自己有些不自信，不过隐约觉得这不科学啊，没有想到是季容故意刺激她的。季容看着朱梅英的表情，心里暗笑，这么多过去了，朱梅英还是这么容易被外物所干扰。

服务员送来清水，季容端详了一下，轻轻抿了一下，算是承了朱梅英的情了。朱梅英看着季容那优雅从容的姿态，内心没来由地升起了一股嫉妒感。凭什么，季容处处都显得那么完美呢？老天真是不公平。

季容却在心里叹了一口气，朱梅英论起聪明劲来，绝对不比自己差，也够勤奋，但就是容易被自己的一些小情绪甚至是不应有的小杂念所诱导。这样的人，干好了不稀奇，但要长时间保持干好的状态，就很难了。

"开门见山地说吧！"朱梅英觉得自己不能长时间跟季容待在一起，那样她会嫉妒到发疯的，只有远远离开她，自己内心才会稍微平静一点，趁现在自己还有理智，赶紧把要说的话都说完最好。

"不急。"季容上下打量了一下朱梅英，看得出来，她今天是刻意打扮了一番，那套红色紧身上衣勾勒出她良好的线条，也是国外的一个知名品牌，随身携带的包价格也不菲，至于发饰也并不廉价，看得出来，朱梅英也很习惯于这身装束，再加上近30元的一杯咖啡，这种消费能力显示出这几年朱梅英的日子过得还算不错。不过，她的手指头上却空空如也，显示依然未婚。

"看来，你这两年混得还可以。"季容点了点头。

只一句话差点就挑起了朱梅英内心熊熊的火焰，敢情只有你能过上好日子，我就活该穷一辈子吗？什么叫混得还可以？朱梅英内心极度不平衡，强行将脱口而出的一句反问给压回去了，因此胸口被这股气憋得上下起伏。

她决定不再兜圈子了，必须速战速决。"我混得怎么样，都只是靠自己一点点省吃俭用抠出来的，怎么也比不上你季大小姐家里好啊。"朱梅英脱口而出地酸了一句，她这话的意思是季容全靠家里养着，不像她全靠自己打拼得来的。

季容不置可否。

朱梅英紧接着往下说，她害怕季容再插句话她就能情绪失控了，原以为自己现在有底气面对季容而不乱，想不到那份隐藏的妒忌之心却超出了自己的想象。她道："其实这次找你来，主要是告诉你一件事情。"

"哦，什么事情？"季容依然很平淡。

"关于范一鸣的。"说着，朱梅英顿住了，她在观察季容的脸色。

"没兴趣！"季容说完，立即站起来准备离开了。

"我骗你的了，"朱梅英见她被气得要走，觉得自己像是扳回了一局，脸上浮现出些得意的神情，不过却掩饰得很好，她改口道："其实，是关于林超涵的事情。"

季容站起来的身形呆滞住了，她平复了一下自己激动的心情，只是缓缓地说道，"哦，他有什么情况？"

但是她略微有些颤抖的声音却深深地出卖了她，朱梅英在心里得意地一笑，果然还是关心则乱，有你紧张的地方。不过面上她却毫无表现地说道："你难道不知道，现在林超涵被抓了吗？"

"什么，他被抓了？为什么？"季容震惊得站了起来，这条消息来得还真是突然。

"怎么，你不知道吗？"朱梅英往后一靠，颇有些报复后的快感，但是她还是知道此时不能显示出那种得意之色的，否则后面的事情就不好谈了。

"我不知道这件事情，怎么回事？"季容语气不那么淡定了，原以为跟林超涵之间也许真的就淡了，就算是刚刚她在校园里缅怀那些美好的时光，她深深地思念、想念以及挂念，但她也没有那么急迫地想跟林超涵见面，因为，或者她和林超涵都有一样的心思，都六年了，流行趋势都变了好几茬了，也许此时相见不如怀念。

然而，真正得到这样的消息，季容的心深深地揪了起来，她突然明白过来，自己还是那么在意林超涵，那些刻骨铭心的东西不是时间可以淡漠的，只是因为她自己固执地以为，自己会走自己想要走的路，却因此差点错过了路边的风景。

不知道为什么，听到林超涵被抓，这一刻季容都感觉自己处在水深火热之中了，就在一刹那间，她脑补了无数林超涵在铁窗外艰难挨日的画面。那种想立即扑进他怀里，和他一起共赴苦难的心情压倒了一切。

朱梅英看着季容紧张的神情，内心有说不出的嫉妒，林师兄当年帅气阳光，虽然不是很张扬，但是那种清澈的眼神，低调内敛的气质，还有那种独特的男人味道，其实也不只是季容对他动心的。但是最后，季容却摘下了桃子，她们这些女生也是很妒忌的。所以林超涵毕业离开，而季容出国，很多女生看着这出苦情戏不禁内心有些小爽。

朱梅英压抑着这些想法，表面说起来像是风轻云淡一样："哦，原以为你跟林超涵一直有联系呢，谁知他出事了你都不知道，看来这些你在国外发展得很好啊，估计追你的人不少吧。"她这个话就有些恶毒了，这是讽刺季容不关心自己的男朋友，然后又暗示季容在国外招蜂引蝶。

季容听了，突然恢复了一贯的冷静，沉默了一会儿，淡淡地说道："那也比不上梅英同学你在山鹰这一段时间的无限风光啊。"

朱梅英一听有些懵了，怎么，她和范一鸣在一起的事，季容知道得很清楚？其实她不知道，季容这些年在国外一直不肯回国，主要就是担心范一鸣逼婚，因此，她哥哥会偶尔向她透露一些范一鸣的发展情况，好让她心里有数。朱梅英作为范一鸣在山鹰的重要合伙人，又是季容的同学，这种重要的事情季容的哥哥季硕怎么会遗漏呢？季容早就知道了。甚至也知道朱梅英现在的处境，现在山鹰集团还在内部调整中，到处追查，朱梅英吞下的赃款估计也吐得差不多了。可笑朱梅英还以为季容对此毫不知情，她们俩这些年倒是没有彻底断掉联系，否则哪能约到季容。

"你们那些事，我一点儿都不感兴趣，还是说说林超涵的事吧。"

"你很着急？"

"是很着急，不过，既然知道他出事了，不用你说，我出个门用不了半个小时就能打听清楚具体情况，所以你可以选择说，也可以不说。"季容说着，喝了口清水，直视朱梅英。

朱梅英很不爽，但是她知道季容这么说肯定是有自己的依据，她都知道她在山鹰的情况，没道理林超涵在西汽的情况她打听不到。实际上，这几年林超涵的情况是季容刻意不去打听的，否则她早就知道了。

所以朱梅英就把林超涵目前遇到的情况都讲了出来，包括林超涵因为什么被抓、被谁抓、抓了多久，她都竹筒倒豆子一般说出来了。当然有些情况她是不知道的。

静静地听完后，季容道："三个问题。第一个问题，这个情况你为什么会知道这么清楚？第二个问题，你想要什么？第三个问题，怎么解决这个问题。"

朱梅英才一说完，聪慧无比的季容就清楚地抓到了其中的关键点，像知道被抓不稀奇，这么详细地知道被调查的原因那就不是一般外人能做到的了。极有可能就是朱梅英直接参与了陷害林超涵的谋划。而她现在选择这个时候说出来，自然是有她渴求得到的东西。

# 第146章　女人疯狂的心思

朱梅英听完季容的三个问题后，立即知道自己在季容面前，虽然说不至于完全透明，但也基本上是没有什么遮掩了。于是她接下来谈了一系列条件，这些话，虽然季容听了表面上保持着镇定，但内心却是极度震惊，她没有想到，朱梅英的心理扭曲已经到了这个地步。之前，她已经尽量把朱梅英往坏人那个堆里归了，但是没有想到的是，朱梅英此时所思所想已经不能用坏人这个词来形容，准确说，是有点变态了。

当然，这只是季容的评价，从朱梅英的角度来说，她所思所想全都是合情合理的，她的报复也是适当的，她的选择都是被逼出来的。

她向季容透露的消息，确实如同季容所思所想，林超涵之所以被人陷害，的确她也参与其中了，但是这个事情的主导不是她，是别人，她只是帮着范一鸣去执行而已。比如宋博冤枉举报林超涵，就是潘振民提供的联系方式，她亲自上门找到的宋博，答应了5万元报酬，她给了2万元钱订金，承诺事后再给3万元，但是事后范一鸣翻脸不认人了，这个宋博无奈只好拿着钱躲起来了。

而第二条线索，朱梅英则不知道范一鸣通过什么渠道得到的消息，只知道他动用了某些关系；

第三条则是潘振民提供的材料，他利用职务之便，对公司的财务是能查到的，他早就发现了这个线索，并让他在财务的人一直默默记录整理这份账单，在范一鸣忍痛拿出10万元钱后，从西汽某个财务手中买到了那份账单。

这大部分的过程朱梅英都是有参与的，准确来说还出了不少计策，一直帮着范一鸣把这件事情运作成功，果然收到了奇效，林超涵被纪检委调查了，谁让他刚升官，已经够被调查的资格了。

听着这三条环环相扣的毒计，季容背后直发凉，这三条举报内容，真是一条比一条狠，林超涵被人这么算计，恐怕还不知道是谁主使的，而所有的一切目的都只是为了报范一鸣的私仇，又或者说是一箭双雕，借这件事也打击西汽。在整个事件中，看上去范一鸣已经没有什么好处可以拿了，纯粹就是为了泄愤，但实际上据朱梅英所知，范一鸣仍然在跟日本山鹰那边勾结，想通过这件事情一举把市场上具有举足轻重地位的西汽给挫败，这样山鹰说不定仍有反攻的机会，而如果山鹰能够反攻的话，范一鸣凭借着翻身之功说不定还能回到当初的位置上。说白了，既有私仇也有利益的因素考量在里面。

听着令人齿冷的话，季容陷入了深深的沉思当中。这么说，林超涵其实从头到尾就是被人陷害的，据朱梅英所知道的情况，现在纪检委并没有给他定罪，仍在调查中，也就是说林超涵仍有脱罪的可能。

但是在为林超涵脱罪提供帮助之前，她还是要认真倾听朱梅英自己的想法。听后，她被朱梅英深深震惊到了，朱梅英之所以选择来告诉她这件事情的根底，是因为朱梅英要报复范一鸣。

朱梅英的逻辑思路是这样的，范一鸣一直在利用她，还想占她的便宜，但对她又不完全信任，对她还不好，没有对未来的承诺，说白了就是范一鸣只想玩弄她，没有打算给她个名分地位。朱梅英当然对此是极度不甘心的，在山鹰最后的时光里她本来是想坑一把范一鸣的，谁料还没来得及实施，因为走私渠道被查，山鹰重卡就基本上被中国市场给排挤出去了，分公司关门被总部清查，她私吞的钱大部分又被追回去了。范一鸣家大业大，倒是不在乎，她朱梅英在乎啊，下半辈子的荣华富贵和优越生活，这下子从哪里去寻找。至于说山鹰集团重新启用范一鸣，在她看来，那根本就是范一鸣的一厢情愿，最后必然是会被人家利用完一脚踢走，今非昔比，范一鸣太高估自己的实力了。既然范一鸣不能回到山鹰，那她也不可能回去了，至于去其他的公司，她敢断定，她再努力，也顶多只能换来短暂的美好的时光。

如今之计，要想一辈子衣食无忧，只有让范一鸣娶她了，但是正常条件下，范一鸣是不可能娶她的，除非出现了非常情况，比如范一鸣潦倒了，当然只是一时潦倒，不能真的彻底潦倒。

为了达到这个目的，朱梅英就必须要出卖范一鸣，让他原形毕露，让别人来收拾他一顿，而且这个收拾顶多会让范一鸣一段时间内难受，他家里最后还是要照顾他的。

所以，朱梅英得知季容回国的消息，立即就想尽一切办法联系上了她。

这是朱梅英明面上对季容说的话，但是季容却隐隐觉得她的目的并不如此单纯，可能还有更深的谋算。季容看得出来，朱梅英并不真爱范一鸣，很有可能她根本目的就是谋取范一鸣的家产，至于得手之后，范一鸣的下场可想而知。看明白这一点，季容真是不寒而栗。

"你来找我说这么多，是认为我可以救林超涵吗？"季容问道。

"除了你，难道还有谁吗？我清楚地记得，范一鸣在得意的时候说过，潘振民认为，除非全面再对西汽的成本价格进行精算，否则林超涵这回死定了，怎么也洗脱不了嫌疑了，就算没事，那这一辈子也有一个污点了。那个时候，我就暗暗留心了，我知道你在美国学的是经济管理类课程，现在又在会计师事务所工作，想必会有这样的能力。"朱梅英说道，"其实，我也不确定你能不能，但是我也只有向你透露内幕消息，西汽才能有的放矢去解决困难。西汽倒不了，范一鸣没有指望，你和林超涵再续前缘，范一鸣绝望了，才会有娶我的可能。"

说到这里，朱梅英那浓浓的嫉妒就掩饰不住了，她的眼神恨恨地看着季容，说："虽然我不想，但是我这一辈子也只能捡你不屑一顾的残羹剩饭了。"

季容眉头微蹙："朱梅英，你错了，范一鸣并不是什么残羹剩饭，他只是不适合我而已。如果他娶了你，是你的福气，希望你能善待他。"

朱梅英用一种听到全天底下最好笑的笑话的神情看着季容，虽然她什么都没说，但是季容看出来了，她认为季容居然为范一鸣说好话，这太阳从西边出来了。深深在心底叹了口气，季容就为范一鸣默哀了三分钟。毕竟这也不关她的事，她不是圣母，没必要为范一鸣去操这份闲心，路都是自己选的。

"谢谢你今天提供的这个信息，我知道该怎么处理了。"季容点了点头，她在飞机上拼命翻查的资料里面，正有西汽的资料，她当时还有些纳闷，怎么公司会关心西汽，除了西汽即将跟龙德资本开展合作，需要借助外部力量对内部成本进行精算的表面需求外，原来还有这么一档子事。西汽是要救林超涵啊！

想到这里，季容的脑门上隐隐溢汗，幸好自己这次坚决回到中国，居然如此巧合地碰到这件事情，换个人未必会如此用心。无论跟林超涵的将来如何，这件事情她是管定了。

心中主意已定，面上却不会显示表露出半分出来。季容见和朱梅英该说的话也说得差不多，拒绝了朱梅英邀约吃饭的建议，主动买了单就离开了。临走时，她突然回头道："朱梅英，无论如何，感谢你今天透露这些内容，将来如果哪天你有过不去的坎了，只要不是违法乱纪，我会出手帮你的。当然，如果你觉得不需要，你开个价，我现在就可以给你现金，范一鸣能给你的，现在我一样能给。"

朱梅英愣了愣，摇了摇头，说："不需要，我不需要你的施舍。但或者有那么一天，我会找你帮忙吧……"

季容点了点头，走了。

朱梅英看着季容的背影，眼光闪烁，不知道在想什么。此时的她，已经把底都抖出去了，后面就看天意了。范一鸣算计别人，却不知道自己也在被人算计。实际上此时的朱梅英有些可怜，她的所谓算计，能不能控制住结果，是很难预料的。但是陷害林超涵，于她而言已经没有半点好处，出卖范一鸣，却极有可能在范一鸣人生低谷的时候俘获他，做出哪种选择，是很容易判断的事。

出得门来，季容深深地呼吸了一口气，她这一次出来，本来是准备碰到范一鸣的，她要当面让范一鸣死了这条心，但结果……她根本没有想到。

得到了这个消息，她再也无心在北京逗留了，按照计划，她要去拜访几位老师和在北京工作的同学，然后去一趟哥哥季硕在北京的公司处理一些事情。季硕现在在欧洲，忙到没功夫管季容的事，还要麻烦季容出面去解决几个小问题。此时，季容只想快刀斩乱麻，取消所有拜访，处理完哥哥公司的事，然后立即飞往深圳报到，然后第一时间去秦省，接下西汽的这单业务。

顺道，救出林超涵。

# 第147章　仙子人物

站在繁华的深圳街头，季容不免有点惊叹，这里的发展速度远超她的想象，不同于威廉，她对自己的国家和人民是有信心的，但是她也完全没有想到深圳如今再也不是当初那副模样，区区六年多时间过去而已，深圳市区内高耸的大楼和完全现代化水准的配套设施，让她恍若处于纽约街头。

但是此时的她却无心流连于这街头的车水马龙，她收起自己的目光，拦了的士直奔公司。公司位于深圳最繁华黄金地段的一座地标性建筑的高层之上，从玻璃窗望下去，半个市区一览无遗。威廉见到她的时候，颇有些吃惊，不是说好了过几天才回来吗，怎么自己前脚刚到，后脚季容就到了呢？他觉得有些心灰意冷，看来季容对他并无好感，连同行都不愿意，只是找个借口跟他错开行程而已，看来总部那些所谓的少女杀手们之所以前赴后继地失手，并不是意外。但是他这次实在是误会季容了，季容还真是完全没有把他那点心思放在眼里，之所以提前赶回来跟他一点关系都没有。而且他们俩虽然年龄相差有好几岁，但是差不多同等级别，威廉也无法约束她。

威廉朝季容打了声招呼，季容礼貌地冲他笑了笑，自行到人事部门和主管部门去汇报。由于她是总部派驻过来的，自然没有人敢为难她，这里的主管也是个美籍华人，英文名简称托尼，虽然平常看人鼻子都冲天，但是面对入职时间并不长的季容，托尼也丝毫不敢托大，利利索索指定季容的办公室，另外，热情地介绍了公司的各种情况。

不过，季容此时根本无心听他啰唆，在托尼介绍他奢华精致的办公室时，她直接问道，"亲爱的托尼，我之前关注到咱们的业务里是不是有一桩来自秦省一家叫西汽的公司的询价？"

"西汽？"托尼有点摸不着头脑，想了半天还是没有想起来，直到叫来秘书提醒才记得确实有这么一桩业务。季容皱了皱眉，这里的业务负责人对自己的业务似乎不是那么精深，不过想想也很正常，像托尼这种人，肯定是把目光放在能给公司带来巨大利益的客户身上，像西汽这种既不出名又不是很大的业务单子，托尼要是关心那就有鬼了。所以她就直接说道："亲爱的托尼，我希望我们能够尽快接下来这档业务。"

托尼接过秘书递过来的资料，有些不以为然，说："亲爱的季，我觉得西汽这桩业务并不是特别重要，我们还有更重要的客户和业务要去处理。特别是像你这样的精英人才，精力应该放在大客户上。"

"恕我直言，西汽就是一个潜在的大客户。"季容瞥了一眼资料说道。

托尼很意外，他严肃起来，说："何以见得？"

季容说："西汽六年前毫不起眼，年销售额不足亿元，肯定不在我们的客户对象范围之内，但是六年之后，他们的产品遍布广东全省甚至是全国各地，销售额已经接近 20 个亿，未来市场份额仍然在持续扩大中，预计十年后，年销售额突破百亿，这样的客户难道不应该算我们的种子客户吗？"

托尼有些吃惊地翻了翻资料，但资料上语焉不详，对西汽描述不是很精准，他吃惊地问道："你这些数据从哪里来？"

季容道："我对重卡汽车市场比较关心，一直在搜集相关资料，有些数据是从公开渠道获得的。比如中国上个月的新闻报道，就专门介绍过西汽的发展状况。还有些数据是私人提供的。"

托尼听闻，恨恨地看了一眼手中的资料，说："看来我们的企业情报搜集整理工作还是不到位啊！"

就这样，季容说服托尼接下来自西汽的这桩业务。实际上西汽不只向他们，还向其他几家公司都发去了同样的业务咨询函，但很遗憾，大家同样都瞧不上西汽，无人第一时间理会，直到季容来后，本简审计事务所才确定接下这桩活儿，并且确定由季容牵头，和威廉一起去西汽洽谈这桩业务。托尼其实也挺头疼季容和威廉来后怎么给他们安排工作，因为之前的案子和客户都有人负责，如果强行切入，分了别人的蛋糕，也是很麻烦的事情，现在季容既然愿意接下西汽的活儿，他正好顺水推舟了。

既然决定已下，季容一分钟都不想耽误，她决定当天晚上就杀奔秦省，这搞得威廉一阵阵抱怨，但是他初来乍到，也不敢拂逆了上司旨意，只能跟随。倒是托尼临走前意味深长地问季容道："亲爱的季，我想接下西汽这桩生意，你应该欠我一份人情。"

季容点头默认，这确实是欠了托尼一份人情。人老成精的托尼哪能看不出季容对西汽这桩业务格外上心，要说这其中没有别的原因他是不信的，至于说西汽是潜力股那只能说是一个很好的理由，要知道，全中国这样的潜力股数不胜数，西汽可能排不上号。相比西汽，托尼更看好响越。

接下来的当天晚上，季容就带着威廉匆匆地赶到了秦省省城。威廉对她毫不避讳跟自己一排同坐，倒是惊喜异常，一路上不停地献殷勤，搞到季容烦不胜烦。要不是上级安排，鬼愿意跟他一块出差。

他们刚到省城机场下飞机出来，立即就有人派车接他们，这是姜建平特别安排的。本来西汽是不允许领导干部乘坐豪车的，所以公司都没有合适的车辆派出来，最后是联系凌霄强，让他派老柴驾驶他公司配备的豪华小轿车，来接季容一行。本简公司接这桩活，让西汽十分高兴，一来是证明他们公司的实力已经让人侧目了，二来对方可能有足够的信誉为林超涵证明清白背书，当然前提是他们的能力确实到位。

老柴接上了季容和威廉两人，不免有些嘀咕，咦，这么好的中国姑娘，可千万别嫁给这个外国佬啊。季容坐在前排，没听清，问道："师傅，你说什么？"

老柴连忙说没有说什么。一路上，季容跟他打听着西汽的状况，老柴在利通公司做了也有一段时间，跟西汽打交道的历史更是久远，自然了解不少，便兴致勃勃地跟季容讲起了西汽的各种情况。一不小心说漏了嘴，把自己是利通公司司机的事情说出来了，不免十分懊悔，在季容巧妙诱问之下，解释说自己的老板跟西汽某人是发小的事情。季容又不动声色地追问了一下老柴对某人的看法，结果听老柴说某人现在连个女朋友都没有，被传为公司奇谈的事情。

老柴叹息道："那个小伙，我也是见过的，一表人才，又懂礼貌，技术好得不得了，肯干能干，没人不夸的，就是不晓得为什么事，一直不肯娶媳妇，跟我老板一样。对喽，听说啊，他在美国有个女朋友，但是这种事情大家都晓得的了，人家喝了洋墨水，哪里瞧得上咱们这大山沟的土包子，我们聊天都替他可惜呢。你说人家姑娘肯定是嫁老外啦，唉，咱们中国男人就是太实诚，吃亏，依我说，这种姑娘不要他是自己的损失，没眼光……"说着，他突然惊觉眼前这姑娘也可能是留洋回来的，连忙讪笑着解释："不是说你的了，莫误会。"

季容灿烂一笑，老柴顿觉整个车里都被点亮了。她笑道："确实不要他是个损失。"

老柴尴尬地嘿嘿一笑。坐在后排的威廉虽然学过少许汉语，但听起方言味道浓重的秦普来，一句话都听不懂，也一句都插不上嘴，只好闭目养神或是看看风景。

一路来到西汽省城东郊新址门口，再进到办公楼前，姜建平、郭志寅等人翘首以盼，等着本简事务所一行人到来。林焕海则对这个不是很感冒，也不觉得能起多大作用，就只顾着安排生产，没有亲自来迎接。

车子缓缓停下来后，老柴敏捷地跳下车，为季容和威廉开门。下得车来，季容缓缓扫了一眼这眼前的办公楼，心里感慨万千，走过千山万水，走过时空光年，走过太平洋，她终于站在了林超涵奋斗着的地方。虽然这是她第一次来到这里，可是好像自己待了已经很多年，虽陌生也熟悉，虽不如纽约和深圳那敞亮、漂亮的大楼办公室，但是自有一股中国人特有的朴实味道。

倒是西汽前来迎接的一行人有点失神，实在是这下车的姑娘容貌和气质均太出众了，黑发半盘，白衣红唇，飘然若仙，虽然着装职业，但却更显灵动。

姜建平有点犯嘀咕："怎么本简事务所让这样一个年轻小姑娘来呢？行不行啊？"

郭志寅连忙捅了他一下，说："这样的年轻人才叫厉害，他们本简不是傻瓜，不会派笨蛋来的。"回头一看，跟在他身边的那些年轻小伙，甚至小姑娘都被季容的风姿给深深震慑到了，在西汽，常年只看到穿着工服的女子，几时得见这样的仙子人物。

郭志寅暗骂了一句没出息，连忙接着姜建平迎上来，伸出手，说："两位，欢迎！"

季容大大方方地伸手一握，回道："姜书记好，郭总工好！我是季容！哦，这是我的同事威廉。"

# 第 148 章　伯父伯母好

这听得姜建平和郭志寅一愣，什么鬼？居然知道自己的姓名和职务？自我介绍还没有开始呢。看着他们一脸吃惊的样子，季容抿嘴一笑："来之前做了点功课。两位不要见怪。"说着她用英语给威廉做了介绍，姜郭两人这才缓过神来，连忙握着威廉的手表示欢迎。

看着姜郭两人疑惑的眼神，季容解释道："我们是项目小组制，这一次业务我是项目经理，他是助手。如果有别的业务，有可能换过来他是项目经理，我协助。"

姜郭二人恍然大悟，不由得啧啧点头，这样也挺好，以业务划分，很有启发的管理模式。

姜郭二人连忙把两人迎进办公楼，并介绍着大厅和楼道内的一些宣传展板。这里除了党建的内容外，主要就是西汽发展的历史以及介绍生产标兵、三八红旗手之类的展览，还有专栏放置报刊剪报、公司简报之类的，里面有大量的照片展示。

季容兴致勃勃地听着两人热情的介绍，旁边的威廉极不耐烦，不停地看表。

走到一个专栏前，季容停了下来，看见她如此有兴致，姜建平不免又大肆吹嘘了一番公司这些表彰的优秀人物事迹，浑然不觉季容死盯着其中一张照片，这张照片是林超涵一次接受表彰奖状时留下的，照片里，林超涵一身蓝灰相间的工服，眼神明亮，朝气蓬勃，虽然过去了六年，但是依然如记忆里那样，工服也掩盖不了他的阳光帅气。

不由得季容看得有点痴了，好半天才回过神来，继续听姜建平介绍着，有礼貌地随着他移动，直至专门为他们准备的办公室。这是西汽除了总经理办公室外最好的一间办公室，为了腾出这间办公室，他们有十个人要挤到别处跟别的部门一起办公。这里虽然阳光透亮，但是环境装修非常简朴，威廉看得直皱眉，但季容却懂得，这已经是西汽方面用自己的方式表达出的诚意了。

姜建平略带歉意地说："我们公司财政不宽裕，所以大家办公的地方简陋了一些，抱歉！"

季容笑道："姜书记，您太客气了，这已经很好！麻烦你们了！"

姜建平对季容很喜欢，这个小姑娘虽然完全可以靠脸吃饭，但是却能够如此知书达礼，真是不可多得啊。

倒是郭志寅不经意地聊起了季容的经历，季容并没有避讳地说出了自己留学的经历，郭志寅听了若有所思地点了点头。

此后，就是谈工作了，这方面也不是一句话两句话就能够说明白的，姜建平本来想等到请两人用过餐后再开始谈工作，孰料季容和威廉却坚持要立即开始谈工作，这让姜郭二人很是诧异，想不到老外的思维方式就是不一样啊，迎来送往不是很重视，一来就谈工作，这真是文化差异吗？

他们当然不清楚两人虽然行为一致，但目的却不同，威廉是一刻都不想多留，只想干完活走人，而季容却是心急如焚，想早点上手解决问题，见到林超涵。

这一谈工作不打紧，随便找几个部门的人询问了解一些情况，谈着谈着就到了中午12点半了。姜郭二人实在过意不去了，强行中断了谈话，要求他们俩先吃完工作餐再说。要说这顿工作餐也是煞费了苦心，怕两人口味不惯，他们俩紧急让凌霄强去外面聘请了专业厨师——谁让他关系网广呢，这顿饭是中西合璧似的，既有沙拉面包，也有炒菜蒸煮。威廉一见双眼放光，大快朵颐，他在这一刻喜欢上中国了，这里的美食实在太诱人，倒是季容有些过意不去，让姜郭二人不要过于破费，他们在国外工作其实也就是吃快餐，不用太过奢华。但是吃饭是中国人文化礼节里很重要的一项，姜郭二人这么夸张安排也只是为了让两人尽心尽力工作，并非刻意铺张浪费。在季容坚持下，两人最终还是答应以后用餐安排尽量简化。倒是威廉听后很是失落，表示什么沙拉面包就不用了，那个什么颜色鲜艳的肉菜可以多来几样，听得姜郭二人无语。

这次请本简来，就是为了全面审计西汽的财务状况，重点是要核算成本利益，顺便为将来的定价和销售提供精算。这倒不是说西汽以前没有审计，但是我们的一套体系，相比西方发展已久的各种精密核算考量，确实显得落伍和陈旧了，比较粗放，很多东西都没有算得那么清楚，因此往往会留下各种漏洞可钻，这也正是林超涵那笔背锅的原材料成本核算迟迟没有搞明白的原因。要自己跳出以前的框架很难，也只有请外面的高手来打破思维定式了。

姜郭二人特别强调了原材料那笔账单的事情，他们也同样很疑惑，明明对节约成本是有利的，为什么算着竟然算出了亏损。他们含糊地表示，这关系到自己公司一位很重要成员的清白，请季容二人一定要上心。

季容默默地点了点头，若不是为这个重要人物，她岂会出现在这里？想了想，她提出要求扩大调查面，允许她尽最大可能接触各个车间甚至各条生产线，深入到各个部门去做调查。姜郭二人有些为难，因为西汽有军车生产的任务，有些车间是不能随意参观的，因此，在协调做出了必要的限制后，同意了季容扩大调查的要求。

这么一折腾，就到了晚上。季容精神奕奕地挑灯夜战，查各种账本，看到了深夜11点半。威廉早就受不了抗议了，10点不到就回去休息了，季容在他走后又看了一个半小时，才在总师办一位小姑娘的带领下来到了西汽为她安排的五星级酒店，依然是老柴开车送她回去。

到了酒店，季容依然睡意全无，洗漱完，她给自己倒了点红酒，抿着嘴喝了一点点，解了解乏。望着窗外的灯红酒绿，她又想起了身陷囹圄的林超涵，不知道此刻的他是否睡得踏实。她坚定了决心，无论如何也要查明事实，给自己的爱人一个清白。

而在另一边，陪着他们查到半夜的姜建平和郭志寅也回到了宿舍，两人走在马路上聊起了天，郭志寅很是疑惑地对姜建平说："姜书记，你有没有觉得今天这个季容有点特别？"

"是很特别啊！这个姑娘真是不错，是个好姑娘！谁娶了真有福气！"

"我是说这个名字有点特别，我似乎在哪里听过，但一时间想不起来了。"郭志寅有些苦恼地说。

姜建平笑话郭志寅多疑，他怎么可能以前听过，这是美国留学回来的。郭志寅反问道："姜书记，你难道不记得林超涵有个在美国留学的女朋友吗？"

姜建平一惊，说："这个，不可能那么巧吧？"

"不知道呢，要不要去找老林问一问？"郭志寅有点不踏实。事关重大，两人商议了一下，也不管大半夜的，就直奔老林家去。

砰砰砰，敲门声响起。正歪在沙发里的林焕海睁开眼睛，示意于凤娟去开门。姜郭两人进门一看，呵，还以为他们不关心呢，敢情夫妻俩都没睡觉，半夜里还坐在客厅不知道说啥。

林焕海见他们俩，一怔，正准备说话，郭志寅抢问道："小娟啊，你记不记得以前小超说她的美国女朋友叫啥来着？"

"啊？这个，我记得以前，他偶尔提过，好像叫什么容，黄容，不对，李容，咦，也不对……"

"不会叫季容吧？"姜建平脱口而出。

"对对对，就叫季容，我听小超说过。"于凤娟一拍巴掌，你看看，自己儿子心心念念的，当娘的啥也不记得，真是说不过去啊。

姜郭二人对视一眼，很震惊地说："不会这么巧吧，天底下竟然有这种事？"

林焕海看他们俩神色异常，问道："怎么回事？今天你们不是接待本简吗？怎么还有心情管这样的儿女私情了呢？"

"出大事了！老林！"郭志寅一脸严肃。

林焕海被吓了一跳，连忙问："什么大事！"

"你儿媳妇杀上门来了！"从不开玩笑的姜建平难得开起了玩笑。

当听到今天来公司查账的本简公司精算师就叫季容时，于凤娟和林焕海都傻了眼，半晌过后，于凤娟才对林焕海说："我说姓林的，这儿媳妇你都敢怠慢，我看你是活腻了吧？今晚睡楼道吧！不许你进我房门！"

姜郭二人窃笑不已。林焕海懊悔不已。

于是第二天一大早，当季容再次出现在西汽的办公室时，她发现里面明显气氛不对了，包括昨天见到的姜郭二人，她还发现多了两个脸上显出惊讶、暖昧、诡异、尴尬等各种表情的人。不用多说，她第一时间就认出了这两人，一个是西汽总经理林焕海，另外一个，看着她笑得嘴巴都没合拢过的中年妇女，自然就是林超涵的母亲。

她立即意识到了什么，脸上一红，羞涩地低头叫了一声："伯父伯母好！"

于凤娟牵起她的手，不停地夸赞："真是个标致的人啊！老林，我们家有福了。"

旁边的威廉多少听懂了一些，顿时脸上显出奇异的表情，他觉得自己好像上当了。

# 第149章　如梦境

接下来的事情，就没有那么复杂了。

其实自从季容接手这件事情，证明林超涵的清白就不是难事了。原本西汽诸人怕本简不尽心为林超涵证明清白，又或者是能力不行，但是自从知道季容原来就是林超涵一直挂念的美国留学女朋友之后，什么心都放下了。

季容也不负众望，在西汽全权放她进行各种调查统计之后，她很快就给出了一份完美的答案。

原来生产大梁用的 16 锰钢板，当年是厚度 18 的冷轧钢卷，一吨单价 4130 元，但是以前买的标称 15 吨的钢卷实际上有 5% 的短缺。缺斤短两当年基本上是行业潜规则，曾经前几年钢材价格不稳定，生产厂家为了维护自己的利益集体搞了这 5% 强加在用户头上，而厂家在进货时也只能吃哑巴亏（在哪买都是一个样），而这 5% 的缺损只能以生产损耗和废品损耗为名计入生产成本，否则审计这关是过不去的（买的远小于产出加库存），但是采购成本表和生产损耗表是两张表，没有直接关联，在审计的时候也是分别有人去查，查出来了也是拿行规说事，一般也就过去了，大家都心知肚明，不会说穿。

林超涵在调整采购成本时，经过调查对比选定保钢作为新的 16 锰供应商，一方面是因为保钢率先摒弃了 5% 默认短缺的行规，全重量供货。但是没有了这 5% 的保钢冷轧板钢卷比秦省当地虎钢的价格高 4.2%，也就是说比少了尺寸的虎钢冷轧卷贵，而质量经过理化检验，材质和结构都是差不多的，是合格产品。所以在采购方面每年几千吨的冷轧卷采购成本会多出几百万，而这几百万涨幅反馈到整车利润上却无法体现（当时根本没有实现精算），也就是说这几百万不见了，多花的钱不知道花到了哪。

林超涵被查，正是因为他只关心采购成本，没有算过生产损耗，所以说不出所以然。采购是考虑到 5% 默认损耗的价格，实际上是便宜了 0.8% 的，但是最终这几百万也说不出哪去了。这样一来，账面上的事情他自然解释不清楚。

而季容很敏锐地注意到这 5%，于是就追查以前这 5% 是怎么处理账目的，结果发现大家都没关注过。于是季容这才要求给予权力，下车间统计科查账。在林焕海支持下，她很顺利就拿到历年来车身厂大梁加工的详细账目，根据投料（按实际投料吨数）减去工废料废（就是废品之和），算出正确的产出值，又查阅工艺算出实际加工废料（切边、钻孔、冲孔下来的边角料），算出这里面还有 5% 不见了，这样一来这 5% 基本就能对上了（投料批次不同价格不同，精算有偏差），于是她根据这个拿以前虎钢钢板投料记录再算一次，果真是没有这5% 的。

就此真相大白了，这证明林超涵并没有说谎。而付菁那边，这一段时间也在想办法查账，为林超涵证明清白，他们要求保钢方面协查，根据保钢提供的相关账务一对，发现完全对得上。两方面一对照，林超涵的清白就彻底被证明了。

私下里，林焕海等人也感慨于潘振民这个家伙隐藏之深，他分明早就注意到了这个账目问题，却一直不提出来，直到离开后才作为撒手锏交上去。当然，他们也只是猜测，因为目前没有任何证据证明潘振民参与了此事，潘振民把手脚摘得很干净。

付菁兑现了自己的承诺，她亲自驾车把林超涵送回了西汽。西汽众人在办公楼前默默地等待着，当纪检委一行出现后，看到林超涵从车里面色轻松地走出来时，众人忍不住一阵欢呼。但很快被领导给压住了。

付菁很郑重地从包里掏出了一张纸，是盖有纪检委大红章的一纸公文，她清了清嗓子，大声念道："证明，经查，西汽技术中心主任林超涵，被检举揭发贪污受贿、挪用公款、洗钱一事，查无实据，纯属诬告。组织认为，林超涵同志矢志改革、一意创新，为西汽的改革创新和事业开拓是作了贡献的，他是我们党的好同志，值得我们大家学习！中共秦省党委纪检处。"

现场静默了一会儿，突然暴发出山呼海啸般的欢呼声。大家喜极而泣，组织这是借为林超涵证明清白的机会，表面含蓄实则清楚地公开表扬西汽改革开放成就。当然，不管是哪一样，都值得大家欢呼。这一段时间，大家都压抑得太久了，林超涵被带走，就像一块石头一样压在西汽每一个人的心头，大家不明白，如果这样肯干能干一心为事业操劳的好小伙都不得好报，那西汽事业的前途又在何方呢？

西汽虽不大，但是我们能够众志成城——这是林焕海握着付菁的手，说的第一句话。他这么一条汉子，眼里此时却闪动着泪花，甚至连省里的表扬都没有让他这么激动。

从此，西汽又可以像从前一样，放下一切负担，拼命向前冲了。好多人感慨着，他们拍着林超涵的肩膀和后背，安慰着他，他们用自己的行动证明了，大家从来都跟他站在一起，相信他。

林超涵感动得无以复加，看着这些长辈、同龄平辈一张张热情开心的笑容，他当然备受感染。

但这个时候，气氛突然变得诡异起来，人群突然分开了，大家伙突然变得极其安静起来。

林超涵有些莫名其妙，他的手还分别和两个人握在一起，突然他们也抽出手，退到了一旁，这让林超涵怔住了，莫非大家刚才都只是哄自己一时开心？

但这个时候，他眼睛好像恍惚了一下，看到了什么绝不可能出现的事情。他连忙甩了甩了头，闭了一下眼睛，缓缓地，他再重新张开了。

这次，他看清楚了，如坠梦境。

那是谁？在向他缓缓走来，一袭白色长裙，长发披肩，眉目清丽脱俗出众，浑身散发着一种天使般的光芒，在阳光下，纯洁有如白羽舞空，那一抹浅浅红唇，又好似万绿丛中那绝世的一抹鲜艳。

"嘿，好久不见！"走来的那人微微一笑，露出洁白的牙齿，语气温柔得好像多年前某个夜晚，在月光下携手并进。

"好久不见！"林超涵清醒地知道这是在梦里，这个梦，但愿永不醒来。所有的人都像背景一样被自动屏蔽隐去，或者是自己这段时间受刺激太大，活在了幻想里，这烈香浓醇如酒的感觉，实在太过醉人……

"欢迎回来！"女孩像变戏法一样从背后拿出一捧鲜花，缓缓地递了过来，献给林超涵。

"我回来了吗？"林超涵傻乎乎地接过鲜花，他此时什么都不想，只想把眼前的这幻象紧紧地拥在怀里。

女孩被林超涵的热情拥抱所融化，同样紧紧地抱着林超涵。两人紧紧地相拥良久良久，纯当周边的人都不存在。而实际上，他们相拥的时间真的太久太投入，以至于周边的善意的人群都悄悄地散去，不忍心打扰他们俩，在他们看来，这也是一对苦命鸳鸯。

付菁会心一笑，婉拒林焕海他们的挽留，又开着车呼啸而去，不知道为啥，这是她执行得最愉快的一次任务，相比看到罪犯伏法，她发现自己更乐意看到好人不受冤枉。这次也给了她一个提醒，要极度认真地看待每次任务，细心细心再细心，绝不冤枉清白无辜，亦绝不可放过枉法之辈。

姜建平和郭志寅看得都老泪纵横，两人互相搀扶着离开了。周边的人一个个都悄悄地回到了自己的工作岗位，现在只留下了寥寥数人。

良久，林超涵从云端回到了现实，他突然惊醒，这不是梦，他是真抱着一个人，而且这感觉如此熟悉。季容从他的肩膀上抬起流泪的脸，轻轻拂拭着林超涵的脸。

两人相拥对视，一眼万年，千言万语似乎都不必再提起了……

直到，凌霄强实在受不了，一个巴掌击打在林超涵的肩膀上，说："我说，小林子，也不介绍一下嫂子。"

旁边还传来了一个很魔性的声音，如此刺耳，唬得林超涵一个激灵，只听得她用尖锐的声音大笑道："都说你林超涵在美国藏了一个女朋友是吹牛，我一直说肯定是真的，看，我没说错吧。"说着，便是一阵得意的大笑。这人不是王士妹是谁？

林超涵简直怀疑自己又坠入梦中，那个牵着魔女王士妹手的不是凌霄强是谁，他们俩？搞什么啊？难道真是洞中一日世上千年不成？不行，他得赶紧回去补个觉压压惊。

"小超啊，我的儿啊！"在旁边等待已久的于凤娟此时已经从狂喜状态转变为吃醋状态了，"果然是有了媳妇忘了娘啊，亏了老娘我在这里等了这半天，连个招呼都不打。"旁边的林焕海尴尬地扯了扯她的衣袖，表示这不体面，被她瞪回去了。

倒是季容恢复了冷静，抽出身来，让林超涵去和于凤娟打个招呼，自己则在一旁微笑着，一句话都没说。看得林焕海倒是很惊异，觉得自己这个儿媳妇不得了，于凤娟这次可碰到对手了。

# 第四部

# 走向未来

# 第150章　新世纪新序章

凡是过往，皆为序章。

时间流逝从来不讲道理，生活行进从来也不是一帆风顺，但人们从来都坚定着自己的步伐，一步一个脚印。1999年很快被抛诸脑后了，所谓千年虫的恐慌被证明只是一场虚惊，时间很平稳地过渡到了2000年。

这一年的9月，秋风乍起，酷热渐散的季节，林超涵随团一行人从首都机场起飞，这是他第一次真正到达欧洲。经过长途跋涉，进入西欧上空的时候，林超涵从沉睡中醒了过来，他眼神有些复杂地看着身下这片土地。

去年那场战争的硝烟已经渐渐散去，欧洲恢复了平静，这场战争给中国人也留下了难以磨灭的记忆，但是毕竟此时，虽然胸臆难平，然而纠结那些过往是没有意义的。唯有不停地壮大自己，让自己的祖国不至于遭受这样的苦难，这才是永远的正道。

正因为有了这样的感慨，勾起了林超涵内心的波澜，林超涵脑中像是电影画面一样闪过了无数的回忆：

去年9月，他突然遭遇了人生的第一次重大劫难，在完全没有准备的情况下，被人举报，导致被纪检委带走进行调查，但是组织上通过调查，证明了他的清白，在这其中，他的女朋友季容发挥了重大作用。在这件事情后，发生了一系列的事情，有些事情甚至远超他的想象，他没有想到，这次幕后的黑手不光有潘振民，主力居然是范一鸣。这个小子真是死性不改，居然通过关系查到了自己的银行账目变动，并且查到了自己用过的身份，这一下了就捅了不该捅的地方，触怒了军方相关部门。军方出面对其家庭提出了严重警告，范家没有想到后代这么不争气，范老爷子一怒之下，狠狠收拾了这个小子一顿，然后就是整整禁足了半年，不准他再在国内做生意，再然后就把他赶出国留学了。而林超涵这边算是因祸得福，这一次意外，让西汽进行了一次更加彻底的改革，对内部成本核算进行了全面精算核查，本简事务所给西汽号脉把诊，给出了完整的改革方案建议，西汽因此对内部的成本控制更加精密了，这进一步提升了西汽产品的竞争力。而林超涵本人，则被正式提拔为技术中心主任一职，官升一级不说，身上的担子更重了，郭志寅大有把总师的班交给他接的意思。

这些都还是小事，最主要就是军方不断调整对第三代军车研发的技术要求，而西汽随着对市场不断深入开拓，逐渐发现在民用市场的技术优势在缩小，多方面的压力，迫使西汽准备进一步提升自家的技术水平。而另一方面，响越集团的注资，也给西汽带来了新的活力，这也促使西汽在生存无虞的情况下，有精力有条件去开拓创新。正是因为这些压力，导致西汽方面经过郑重考虑，并且多次向省里进行请示汇报后，最终决定前往德国寻找技术合作方，这就促成了林超涵这一次的德国之行。

　　林林总总，在这一年之间，发生了无数的事情，导致那被调查的一个月成为西汽无人提起的话题，实在有太多的事情要干了，大家早就遗忘了这件事情。就连林超涵自己，现在想起这件事情，除了有些无奈外，更多的倒是甜蜜，他绝对没有想到，居然季容会从天而降，给他带来巨大的惊喜。

　　想到季容，林超涵心里泛起一丝温柔，现在两人依然还处在两地分居的异地恋状态，但是好歹都在国内。虽然在两个城市，彼此工作繁忙，但是没事通个电话，甚至思念泛滥的时候，直接坐飞机到对方的城市见面一解相思，那总比出国要方便得多了。

　　两人的感情在沉寂六年后，再度升温。而这一次，没有了范一鸣的捣乱，两人在这一年里享受了一些美好的时光。他们发誓要在这半年内，把这六年失去的美好都给补回来。

　　这种失而复得，让两人也更加珍惜这份来之不易的感情。

　　但是两人毕竟是成年人，季容刚刚回国工作，公司事务繁忙，不得不经常到外地出差，而林超涵自己同样重担在肩压力巨大，两人虽然竭力找时间见面，但是仍然在绝大部分时间里，处于劳燕分飞的状态，暂时也没有更好的办法，除非有一个人放弃自己的工作。但是两个人都是骄傲的人，也都是精力充沛且干劲十足，谁也不可能轻易放弃自己的事业，如果那样，反倒不是他们俩了。

　　只有于凤娟经常抱怨，好不容易见着媳妇真人了，但依然只是个准媳妇，两人还没有要立即结婚的打算，她也只能干着急，但是心里却偷着乐，怪不得儿子一直不肯相亲结婚，原来看中的儿媳妇这么能干，更何况这次林超涵平安无事，季容有很大的功劳。因此，她逢人便夸自己的儿媳妇有多能干。私下里，她就反复做林超涵的工作，让他俩尽快把婚结了，再生个孩子让她找点事干。但是林超涵哪敢轻易答应她，只能含糊蒙混过去。

说起来，他们俩可都老大不小了，于凤娟总是说你看看凌霄强，马上就要谈婚论嫁了，不知道他和王士妹是通过什么渠道又搅和到了一起，现在据说已经开始筹备婚礼了。想到凌霄强马上要迎娶魔女，林超涵一阵阵无语，婚后，凌家还不知道会被折腾成什么样。这里面的事情别人不清楚，他是清清楚楚的，只不过说来话长暂且不表了。

此时的林超涵坐在飞机上，一直在默默地想着自己的心事。很快，飞机就要降落在法兰克福机场了。他们这一行只有五个人，西汽总经理林焕海、总师郭志寅，以及法务部主管姚锦元，还有一位则是来自省国资委国际科技合作处主任邹乃德。此行来德国，他们是过来考察，准备洽谈合作事宜的，邹乃德作为主管国际科技合作处的主任，对最后的合作有着部分现场拍板决策的权力，因此省里派他同行，体现出对这一次的考察特别重视。邹乃德年龄超过五十了，头发有些稀疏，戴着一副黑框眼镜，身形有些发福。

而林超涵则是临时充当着德语翻译的职责，何况他也是技术中心的主任，也是技术骨干。这次的考察，就他最年轻，姚锦元相对年轻点也四十多了，因此林超涵除了担任翻译、整理技术资料的工作外，还要承担杂役、拎包跑腿、行程安排等各种工作，特别辛苦。因此一上飞机，安顿好后没多时，他就进入梦乡了，此时睡完一觉后，顿时感觉精力充沛了许多。

他们要从法兰克福下飞机，然后转机再去慕尼黑。

首次降落在德国，林超涵还是很有新鲜感的，不过，他忙得也没有时间去欣赏德国风情，跑前跑后安排大家的行程，偶尔才有闲工夫打量下法兰克福机场。这个机场的设计挺特别，结构相当坚实，环境整洁干净，处处显出德国人的严谨认真来，各处通道设施都有德英双语标识，工作人员看上去不是很热情，但一丝不苟。

彼时的法兰克福机场，迎接的中国客人还不算太多，因此汉语标识极少，若是德语或英语不精通，会相当麻烦。再者，当时的欧洲对中国的印象还停留在遥远的过去，而中国人也还没有进入暴买的阶段，因此德国人对中国游客的重视程度也不是太高，因为除了他们的东方面孔偶尔会吸引少数人的目光外，几乎没有人特别关注他们。

林超涵发现这里虽然处处设计严谨认真，但是有些地方也未免过于死板了，他们下飞机过通道也走了很长时间。然后他们要转机，还必须从 T1 航站楼坐机场巴士到 T2 航站楼，这之间行程还挺麻烦，若不是林超涵事前有所了解，此时肯定晕头转向了。

他的德语相较来说，一直应用文字上比较多，实战经验比较少，用德语问路交流，刚开始还颇为生疏，但入乡随俗融入情境中就好多了，并且事前他还专门突击了一下口语，再到书店里查了一些与德国相关的资料，总体上没有出现什么大的纰漏。

看着他逐渐开始用德语不断地跟人交流，那名对他了解不多的官员邹乃德有些感触，在快轨上问林焕海：“我看林超涵的德语说得很流利嘛，果然是个不错的人才！”之前他已经了解到两人的父子关系，倒也不忌讳。

林焕海听了，乐呵呵地笑道：“还不行，他的德语说得还不够好，需要加强锻炼！”

邹乃德笑道：“老林你这就可违心了，你这是生了个好儿子啊！”

林焕海摇了摇头，说：“没什么出息，也就会说点外语，干不了大事！”

邹乃德更笑了，说：“老林你这就太违心了啊，这样的儿子，谁不想要多几个。这年头，年轻人有天赋的不少，但肯吃苦下功夫不多。难得。”

林焕海还是呵呵一笑，没有多说什么，说多了怕林超涵骄傲了。

# 第 151 章　老马识途

郭志寅其实德语水平也不错，但是口语就差多了，主要都是文字工作，没办法，像他这样的位置，不了解多一门外语，根本吃不开。要知道做汽车行业的，很多时候就绕不开德国，这里的汽车工业发达、技术领先、质量可靠是全球闻名的，向他们学习是中国制造企业的共识了。听到两人聊到德语，他就插话道：“这还是日常对话，难度不高，且看到后面那些技术词汇，我们到时候才看得出来小超的能耐。”

郭志寅这话可不是专门为吹捧林超涵而讲的，他是在讲一个事实，要知道德语本身就是出了名的严谨，语法特别繁复，就像德国人的倔性子一样，而且德语发音不像英语那样相对随意，发音肌肉和器官必须始终高度紧张，吐音才能较为清晰。林超涵的德语是从大学里就开始练起的，这都还不算是事，主要就是他们要跟汽车行业打交道，那些各种专业术语才是要人命，词语特别复杂，词汇量又大，稍微不对付，就有可能鸡同鸭讲，完全不知道对方在说什么东西了。这个非常考验人，这也是西汽一行没有邀请专业德语翻译的原因，因为就算是专业的德语翻译，也不见得能够翻译一些专业术语。

而林超涵好歹也是个技术骨干，对各种专业词汇还是会比一般翻译要了解更多更透彻的。当然，他们后面也没有料到，双方还是会遇到很多语言的障碍，因为他们发现从德语到英语再到汉语，对一些技术或零部件的称呼都是不同的。

林超涵正好和一位德国乘务员对话完毕，此时回来汇报，说："这个巴士，很快，十分钟就可以到 T2，我们准备好下车吧。"

话音刚落，他们明显地感觉到巴士慢了下来。众人此时也没有多言，就拎着行李下车了，来到 T2 航站楼，对着牌子找到了登机口，一行人就找了个咖啡馆坐了下来，静候一个小时后再登机。

"各位领导喝点什么吗？我去服务台点一下！"林超涵笑着问道，他看了看手表，转机还要等两个多小时，在飞机上已经用过飞行餐了，此时也不宜进餐，就给领导们买点饮料了。

林焕海掉头笑着问道："邹主任，我们也是头次来德国，您看要不来点德国特色的饮品？"他这是表现出对邹主任的尊重。

邹乃德坐这么长时间的飞机，也感觉有点累了，此时正在揉着有些发胀的小腿，听到林焕海发问，他连忙客气地回道："林总，你们来定好了，我这也不是第一次来德国了，咳，该尝的也都尝过了，你们看着点就好了。"

郭志寅在旁边笑道："早听说德国的啤酒不错，可是咱们这是公差，不好饮酒，我就来点咖啡好了，醒醒脑。"

姚锦元听到郭志寅的意见也决定要杯咖啡。最后大家都统一意见，一人要了一杯意大利咖啡。其实当时虽然咖啡已经在中国比较流行了，但是西汽这些人都喝惯了茶的，对咖啡还是不太熟悉的，林超涵本想提醒了大家这咖啡比较苦，但是看着大家比较有兴致，便也没有多说。

然后大家就都后悔了，就是邹乃德也是脸色大变，这苦啊，早知道不该客气，直接叫红茶得了，这弄得……

只有林超涵觉得味道还算可以，勉强把它喝完了，其他人都喝了两口，就再没喝了，强忍着没吐出来就算有涵养的表现了。虽然拼命往里面加糖，但那股怪味，真是挥之不去。

林焕海心疼咖啡钱，最后硬着头皮喝完了，瞪着眼睛评道："真应该请老外喝喝咱们的龙井啊、铁观音啊，普洱什么的，喝这咖啡，怪受罪的。"

　　林超涵听了，只是嘿嘿一笑，没有多说。当然这只是一个小插曲，他们在整个过程中还是主要谈着工作安排。

　　林焕海问林超涵："本地的中资机构你联系好了没有？"

　　林超涵点头道："来之前就已经打过招呼了，只要不严重误机，他们派出的司机就会准时出现在机场，等待我们。"

　　邹乃德听了，有些好奇地问道："咱们找的哪家中资机构？"

　　林超涵说了一个集团的名字，是一家很大的电动生产厂家，他们同德国人有大量合作，为了保证业务的顺利，他们派驻了少量员工在慕尼黑成立办事处，专门负责协调双方合作事宜。这个关系也是林超涵发动自己的同学关系才找到的，也算是半个地头蛇了，有他们伸手帮忙，他们就不至于四顾茫然了。

　　在休息的时候，几个人又说会儿闲话。邹乃德虽然说自己并不会德语，但英语还行，之前和德国人打过一些交道，因此有一些经验，就顺便与西汽众人交流起了与德国人打交道的要点。作为一名官员，邹乃德主要的接触对象也是官员，但是毕竟都是德国人，身上肯定与企业家有一些共通性。

　　比如说，德国人非常守时，在开会谈判时对守时者印象就会特别好，对迟到者印象就会变得比较恶劣，影响谈判进程；又比如说德国人对契约非常尊重，不管是出于宗教原因也好，还是民族个性也好，一旦达成了协议，哪怕是口头协议，他们都会非常尊重，绝不会轻易推翻；还比如说德国人对谈判细节非常重视，这与中国人更注重大面上的事情不一样，特别是商贸谈判，一定要有足够的耐心和准备；同时，德国人对高质量高标准的追求是举世闻名的，他们选择的谈判对象也要有足够的信誉才行。邹乃德一向西汽众人传授了自己打交道得到的或是听说的一些经验，这让西汽众人也是受益匪浅，心中自然也多了一些计较。

　　这些事情，事前他们多少有一些了解，也不是说没有与德国人打交道的经验，怎么说郭志寅也跟德国人有过一些交流，林超涵也曾经接待过德国专家来访。不过这些都还是雾里看花，也没有与德企高层有过深度勾兑。

　　又休息了一阵后，林超涵看了看手表，说："各位领导，咱们该转机登机了。走吧！我来推行李！"说着，他就把行李放在行李车上，带领大家登上了去往慕尼黑的飞机。

在飞机上，他们又聊起了此行的目标，其实西汽的目标是很明显的，他们早在国内的时候就已经基本锁定了目标，那就是 G2000！

西汽除了 G2000 之外其实还有其他选择的，比如另外一个知名公司的 Actors III，总师室曾经拉出个单子，目标车型里面排第一的是 G2000，然后就是 Actors III，甚至还有斯堪尼亚 R50，雷诺奖状 II，连 DAF 的 FAA 这种烂大街的车都在名单上。而且有一点，都是欧洲车。

为什么呢？其实总师室也考虑过美国车，但无论是应用环境、习惯还是法规适应性，都不如欧洲车，毕竟欧洲是世界重卡最高水平嘛，所以大家眼光也得放高远一些。实际上这个单子只是总师室的初步选择目标而已，下一步就是出国去看去问。

从法兰克福到慕尼黑的飞行时间很短，一个多小时就到了，下得飞机后，正好是阳光和煦的下午。

慕尼黑是世界闻名的城市，是德国巴伐利亚州的首府，是德国南部第一大城市，是全国第三大城市。在历史上，这里就十分著名，"啤酒馆暴动"就发生在这里，纳粹就是从这里逐步控制德国的，因此在战争中备受摧残。当然那都是过去了，这里的一切又恢复到了风光美如画的境地，很多世界著名的风景名胜在等待人们游览欣赏。

西汽把目的地选择在这里，当然不是为了游览这里的风光，而是奔着慕尼黑的汽车工业来的。慕尼黑现在是德国的高科技工业中心，重工业尤其是汽车制造业是这里的掌上明珠。他们要看的好几家重卡制造企业都在这里。

下飞机后，他们从接机的人群中一眼就看到举着中文牌子的一名中年东方面孔，他操着一口浓重的山东口音。"各位是秦省和西汽的领导吧？欢迎来到慕尼黑！我叫马凡，你们叫我老马好了！"众人听了不免一笑，这算是老马识途吗？

众人客气地一一和老马握手，哪怕他只是个司机，但好歹也是这里的地头蛇，必须给予足够的尊重。后面的行程安排全要靠他了。

在老马的引导下，大家把行李拉到停车场，他开的是一辆八座型商务车，后面的空间还算宽敞，五个人的皮箱勉强能塞下。安顿好众人，老马扭过头来问道："各位领导，咱们是直奔酒店吧？"

林焕海摇了摇头，说："我们第一站目标不去酒店了！"

"那去哪里？去哪个风景名胜，都好办，我都熟！"

"我们去高速路口！"

"什么？"老马有点懵。

# 第 152 章　锁定目标

老马虽然一头雾水，但还是很尽职尽责地满足了客人们奇怪的要求，当然实际上他们第一个站点并不是高速路口，而是先去了预订好的一家酒店，将邹乃德姚锦元先安排住下了，然后老马才载着剩下的三个人来到了巴伐利亚州重要的高速主干道旁边。

德国的高速公路异常发达，这也是他们工业文明发展的象征之一，到本世纪末，德国拥有了仅次于中美和加拿大的第四大高速公路网络，这与其面积极不相称，要知道，俄罗斯整个国土面积可是德国的十来倍。并且这些高速公路的质量非常好，号称碰到坑的概率小于见到 UFO（不明飞行物）。

而慕尼黑的高速公路有多条，有通往纽伦堡的，还有去往帕绍、萨尔斯堡、乌尔姆和斯图加特的。林焕海、郭志寅和林超涵三人则去到了几条高速的交叉路口，在这里他们下了车，来到一个服务站，然后一个人负责拿着望远镜辨认车型，一个人拿着本子记录，一个人用相机拍摄，整整一天，就待在那里观察路上来往行走的车辆。

老马对他们的举动十分好奇，不理解他们这么做的目的，他载的来自中国的客人多了去了，有的一来就去名胜古迹，有的一来扎进酒店里不出来，更有甚至一来就去花天酒地了，从来没有人一来居然就蹲守高速路口的，看这一伙人也不像是要打劫过往车辆的样子啊？

老马实在是看不懂他们的举动，而这三人也十分客气，没有让老马帮忙，只是自己忙活自己的。此时天色尚早，看着客人奇怪的举动，老马虽然好奇得不行，但是实在非常枯燥，而且他懂得规矩，无论客人干什么，他也不打听，于是只能闷在车里听音乐，睡大觉，养足精神，谁知道这些客人什么时候就要出发了。

其实此时的林焕海等三人是在做基础统计，这是他们进行市场调查的一种常规办法，虽然很笨，但切实有效。

正所谓，读万卷书不如行万里路，他们好不容易来一趟德国，是半点时间也不想浪费，要实地考察一下德国的重卡到底如何，都说德国这车那车多好，耳听为虚，眼见为实，你可以去国外蒙所有人，但总蒙不了自己的同胞吧？

所以他们现在必须要自己亲自统计一下，看看他们列在名单上的那几家车厂，到底谁的车跑得最多，车况如何、载荷如何等等，对照手中的图像资料，他们一边观察一边对照记录，一一登记在册。

此时的德国，工业繁荣发达，路上跑运输的重卡络绎不绝，如果说石油是工业的血脉，那重卡就可以看作是工业的神经网络了，虽然说铁路运输同样重要，但是重卡自然有它不可替代之处，起码运输更加灵活，有些铁路运输不方便的也需要靠重卡来运输。

路上跑的那些重卡，确实看得西汽三人口水直流，对于美女来说，看到好的化妆品走不动道，对于男人来说，那就是看到好车就迈不开腿了，他们一边擦着口水，一边感慨：

"这车，真是，太牛了，威风，我们要引进！"

"看看这发动机，比我们那强太多了，得有多少匹马力了？260马力水冷中冷涡轮增压柴油机！这技术，必须来一整套！"

"看，那个车，整车设计，风阻面大大降低了，这么好的设计造型，我怎么没有想到！"

"拍照！赶紧拍下来，都是资料啊！"

"百闻不如一见，资料看上一万遍，没有眼见一下更有冲击感！"

"老林，以后我们要多出来走走，你看看这些设计我们完全可以设计嘛！"

"没错，以后各种车展也好，国防展也好，我们都要派人参与，现场取经，大有裨益啊！"

林超涵在一边记录得手忙脚乱，这可不光是要记一些数量，还涉及两位领导从经验出发对车辆性能的分析，这些都得尽量记录下来。有时候不免还被两位长辈嫌慢手慢脚。

倒是那些过往的德国司机，对他们投以好奇的眼光，他们实在不太理解，自己的卡车有什么好拍的，这些车，在德国可谓是抬头不见低头见，并没有什么值得夸耀的地方。

看了整整一天下来，他们心里大致有数了，确定了基本目标。一直到傍晚时分，夕阳西下，路上的车况他们已经渐渐看不大清了，这才恋恋不舍地离开了这个地方。此时的老马已经不耐烦到睡了好几觉起来，中间还跑去给他们买了汉堡充饥。此时得到要回酒店的消息，老马表现得比他们三个人还高兴，终于回去了，没有什么可以担心的了。

回去的路上，三个人跟老马也聊了起来，问起了德国重卡运输的一些情况，老马知无不言言无不尽，他自己虽然没有开过大车，但是多少还是知道一些的。老马便简述了一番，听得三人不停点头，从老马口中，他们也大约得到了跟统计差不多的结果，比如老马自然有一些直观感受，在路上他看到的哪种车型更多，这对于西汽三人来说也是一个参考。

回去后，他们关起门来又研究了半天，从现有的资料里，直接进行排除法，首先淘汰的是DAF的FAA，路上跑的不少，但是经过了解这车走的就是低价路线，性能中庸，质量一般，赢在便宜（相对于其他欧洲车，折算成人民币单车售价仍然高达国产同类产品价格的3倍以上），其次是雷诺，然后是R50，太贵太复杂的，不适合中国市场，最后剩下的目标车型只剩下两个：G2000和Actors III。跟他们了解到的情况差不多。

这两款车跟中国都很有渊源，G2000的上一代KAT III用了大量的斯太尔技术，Actors III的前身也曾引进过中国，但不在西汽生产罢了，因此中国人对这两款车都比较熟悉，而G2000总体评分比Actors III要高一些，而且它的生产公司NAM和西汽一直有业务往来。当然所谓的业务往来只是因为有时候需要进口一些部件，这里还离不开NAM公司的支持，所以首选G2000，目标基本锁定。

G2000算是集众家之长的高级产品，不但吸收了CAT III的经验教训，还用了大量斯太尔的储备技术，又比如WEVB，实际上最早研究出来的是斯太尔，但是曾经小试牛刀之后就雪藏了，直到斯太尔被收购后才给发扬光大，而它的整车布置基本上是和另外一个车企巨头合作的，当时NAM甚至有并购另一个巨头的打算，所以技术交流很多，而它的车轿也是升级后的重要作品，还有轮边双级减速桥等等，各种设计均堪称集欧洲顶级技术之大成，连续三年蝉联欧洲年度车型，划时代的产品，这些资料汇总起来，导致此时西汽的眼里只有G2000。

至于他们忙活了一天，得出了与之前基本相同的结论，他们并没有认为是浪费时间，反而是心里更踏实了，不至于一上来就被人给蒙了。

第二天一大清早，西汽一行五人直接来到了德国 NAM 公司总部，这家公司坐落在一处四周环山、风景优美的地方，除了宽大的厂房和低沉、悦耳的机器轰鸣声，这里倒更像是一处世外桃源了。

此时德国负责地方政府联络官克里斯蒂安正安静地在总部喝着咖啡，和 NAM 进出口事业部经理保罗聊着天。克里斯蒂安说："亲爱的保罗，你们这次接待的中国客人你们是否事先有过详细的了解。"

保罗露出迷人的微笑，他是个典型的日耳曼人，金发碧眼，长得很是帅气，头发梳得一丝不苟。身在接待外部客人的岗位，保罗必须始终给客人留下第一眼的好印象，他露出两排整洁的牙齿，很是轻松地回答道："克里斯蒂安先生，相信我，我们是专业的，全世界的汽车企业，特别是我们的同行，在我们这里都是有备案的。"说着他还指了指自己的脑门。

克里斯蒂安则是大腹便便，这导致他穿的西装也松松垮垮，听到保罗的话后他点了点头，说："你们有数就好。这次我们接到外交部门的要求，说对方有地方官员随同出席，为了对等，所以派我出来接待，但是我们都只是形式上的，不会插手你们的具体业务，不过我这里带来了市长的一点要求。"

保罗有点意外，问："市长有什么要求吗？"

"也没有什么特别的要求，就是市长对来自东方的客人比较感兴趣，有机会的话，希望见一下他们，以便推动慕尼黑城市与对方建立更密切的联系，让我们的企业更多去中国寻找商机。"

保罗对此当然并无异议，此时门卫传来讯息，说来自中国的客人已经到了。

# 第 153 章　德国人的严谨

保罗连忙通知了自己的总经理沃尔夫冈先生，沃尔夫冈听到中国客人来到，连忙走出自己的办公室，带领众人来到楼下，准备迎接客人。

沃尔夫冈今年也五十多岁了，他从出生开始，一直就待在 NAM，见证了这家百年企业从一个辉煌走向另一个辉煌，如今他在欧洲的事业已经基本达到了巅峰，要想再进一步，就必须进军全球市场，而纵观全球市场，如今能够有大量旺盛需求，而且有实力引进 NAM 产品的也就只有中国了，东南亚那泥泞的道路不适合，非洲那原始部落一般的土地更激不起他的兴趣，至于北美，那里市场早已经稳定，没有太大的发展前景，而南美，那里只要能够太平过日子就谢天谢地了，就不指望他们创造太多奇迹了。

所以，对于来自中国的客人，他非常重视，决定亲自接待，并带领下属制订应对方案。关于西汽这家汽车企业，他本来是没有太深印象的，但是这几年，随着西汽在中国国内市场上攻城略地，不可避免地走进他的视野里来。

经过研究后他惊奇地发现，原本以为这只是一个代表着落后技术的中国工厂而已，没有什么了不起的，而且还只是一个地方省辖企业，这种企业在中国没有上万，也有成千，根本不值一提。但是让他感兴趣的是，这样一家濒临倒闭的企业，居然在短短数年时间内就发展得风生水起，把之前引进的斯太尔技术吃得透透的，开发了 7 吨军用重型卡车，并打败了欧美俄三家产品，成为军方主要重卡供应商。而前后研发时间不过一年多而已，这堪称是人间奇迹，就算是 NAM 全部消化这些技术也就这个水平而已。

这也罢了，集中全部技术力量办成一件事或者只是偶然，但是这家公司不甘寂寞，不断创新，在原有的技术上进行各种创新修改，推出一系列适应民用市场的民用重卡，然后还不断攻城略地，在短时间内成为国内重卡市场不可忽略的重要力量，这可就相当了不起了。而且，据说日本人都被这家企业打得溃不成军，那就更值得刮目相看了。

有这样的成就，有这样的魄力，有这样的技术基础，还有庞大的市场份额，这就由不得他不重视了。他通过各种公开资料研究发现，这家企业的一切条件，特别符合他们对合作方 的要求。

前面说过，德国人做生意特别严谨，这也体现在他们对合作方的高标准要求上，这在沃尔夫冈看来，是再合理不过了，如果作为同行，你的产品拿出来，根本不符合他们的一贯高标准，他是懒得理会你的，而据德国专家去中国考察回来报告的结果显示，西汽生产的车辆质量虽然与 NAM 的顶级技术不可同日而语，但已经达到了他们能够掌握的技术的极致水平，并且在一些小细节上有自己的创新和理解，可靠程度在中国国内来说已经是远超大多数厂家的水平了。一叶而知秋，从产品上，也能看出西汽确实是用心在做卡车。这样的企业，已经具备了合作伙伴的基础。

当然这还是不够的，NAM 仍然会研究这家公司，他们得从方方面面来判断这家企业是否值得合作。首先就是信誉，没有信誉的公司，NAM 是不会接触的，不是因为个性的原因，纯粹是为了规避风险。而从这一点上来说，西汽同样也具备这样的高信誉，这得益于徐星梅，开挂后的她，成为西汽在销售市场上的一面旗帜，业内都知道她特别讲信誉，宁可亏了自己人，也要完成对客户的承诺。当然她也不是只知道委屈自己人，准确来说她对所有的合作经销商、代理商也一样有高要求，特别是回款必须及时。曾经有经销商自恃销售量大，公开找她要好处，并且拖欠货款，徐星梅立即果断地中止了与对方的合作，即使面对人身威胁都置之不理。徐星梅在市场上的名声，给西汽带来了绝对的正面效应，行业内部虽然有一些非议，但私下里都对西汽重承诺赞不绝口，认为这才是大家学习的楷模。而这些消息自然也作为情报进入了沃尔夫冈的眼眸，他对西汽讲信誉印象深刻，潜意识里已经不由自主地把西汽列入了合作伙伴考虑对象范围。

当然，即使有信誉那也不能让沃尔夫冈放下所有戒心，在 NAM 的考察目标里，还有一项很重要的内容，那就是潜在商业伙伴的资信如何，财务状况如何。

只有拿出令人信服的财务状况，才能让沃尔夫冈踏实放心地合作。讲真，西汽现在的状况是真不能让沃尔夫冈放心，西汽的财务状况虽然并不对外披露，但是通过一些渠道还是能够了解和计算出来。NAM 的情报搜集系统对西汽的财务状况进行了演算，得出的结论是西汽现在负债状况堪忧。准确来说，在他们眼里，西汽一直挣扎在生死边缘，若不是始终有投资方在顶着，恐怕很多款项还没收回来，半途就倒闭了。当然，这里面也有新址建设投入过大的缘故。

对于这个情况，沃尔夫冈是经过慎重考虑的，原本像西汽这样负债累累的公司，他是会直接排除掉的，但是考虑到西汽的技术、经营、销售和管理都非常好，而且市场潜力巨大，在可预见范围内，西汽生存其实并无大的问题，只要他们欠下的债务不是因为愚蠢地浪费掉了，那就仍然值得考虑。换句话说，西汽仍然有足够的筹码打动他。

思前虑后，在接到西汽的合作意向咨询后，沃尔夫冈力排众议，决定与西汽正面接触。

从这一方面来说，沃尔夫冈之所以能够坐到这个位置上，就是因为他的眼光远比其他人长远的缘故。

　　林焕海一行五人在门卫指引下，下了老马的车，坐着一辆电瓶观光车来到了办公楼前。这里的大片建筑还保留着上个世纪的特色，虽是重工业生产要地，却透露出一股浓郁的人文气息。

　　看到林焕海一行人下车，沃尔夫冈等一干人脸上均露出热情的笑容迎了上去。林超涵自然当仁不让地继续充当翻译，而且在介绍自己的时候，只是将自己技术中心主任的头衔轻轻带了过去。

　　沃尔夫冈握着林焕海的手，两人互相打量着。

　　在沃尔夫冈的眼里，林焕海跟他在照片上看到的差不多，但是要更加精瘦一些，此时的他全身穿着一套银灰色的西装，多年来上位者的气场不经意间已经抹掉了他身上那种车间工人的气质，在沃尔夫冈看来，林焕海虽然个子不高，但是举止得体从容不迫，言谈间的自信让人折服。

　　但在林焕海眼里，这个沃尔夫冈的热情举止就显得有些刻板生硬，并且身上那种大资本家的气质鲜明，这不是个好相与的主。第一次见面，林焕海就有一种觉悟，后面的谈判不会很顺利，这个沃尔夫冈先生不将西汽榨出血来是绝对不会罢休的。但既来之，则安之，大不了兵来将挡水来土掩，至少目前西汽还掌握有一定的合作主动权。

　　而另外一边，对方的技术中心主任则握着郭志寅的手用英语聊起了天，克里斯蒂安则满脸堆笑地与邹乃德进行寒暄交流，两人用英语都还能对上话，只有法务主管姚锦元有些闲极无聊，只能跟保罗有一碴没一碴地点头示意了。

　　沃尔夫冈热情地用他的大手拍了拍林焕海的后肩，林焕海见状也不示弱地拍了拍他，沃尔夫冈有点发愣，反应过来才道："亲爱的林先生，我们终于等到了你！"

　　林焕海感慨："沃尔夫冈先生，中国有句话叫有缘千里来相会，在中国我们没少和你们打交道，这次我们是专程来跟你们交朋友的。"

　　沃尔夫冈身边的翻译显然是个汉语二把刀，听完林焕海这句话后，他费力地向沃尔夫冈进行翻译，听得旁边的林超涵直皱眉，真是糟糕，如果按这个翻译的意思，西汽这次来谈合作直接将搞砸，因为按他的直译是说："沃尔夫冈先生，我们中国人经常和你们打架，这次来，是专门就这些事情来进行谈判的。"

# 第154章　不是晚清

因此，林超涵决定重新翻译一遍，于是他用相对流利的德语，将林焕海的意思完整地翻译了过去。沃尔夫冈听到林超涵的翻译后才知道是自己的人翻译不到位，于是他狠狠地瞪了那个二把刀翻译一眼。

然后沃尔夫冈注意到林超涵，他发现这个中国年轻人非常坦然，行为举止同样有一番气度，于是微笑着朝林超涵点了点头，示意自己听明白了，不会误会。

于是接下来德方聘请的那位翻译被边缘化了，基本上都改用英语交流了，沃尔夫冈尝试了一下，发现他讲英语林焕海大致是能听懂的，有些细节不懂就问林超涵，这样一来，双方交流就愉快得多了。

林焕海和林超涵不知道的是，直到此时为止，沃尔夫冈依然只是在观察和试探，对这些做企业的德国人来说，掌握一到两门外语就是家常便饭，而英语则是国际通用语言，更是不能不具备的必要外语工具。因此，如果连英语都不会，他们就会从心底里鄙视你，跟你谈生意的欲望就极其之低了。

林焕海毕竟是做技术出身的，长期查找外文资料那是必须要做的功课，不会一点英语那怎么行呢？德语实际上他会一些，只是不太擅长罢了，正因为他的言传身教，尤其是坚持让林超涵在大学期间既修了英语又辅修了德语，终于现在派上了大用场。对于沃尔夫冈请来如此水平的汉语翻译他也有些诧异，但当时的确没有细想，后来才回过味来，这些洋鬼子，可没有一个是善茬啊，要是你的基本功不足，只会被人吃得连骨头渣都不剩一点。

看着林焕海用勉强流利的英语交流，而旁边的郭志寅虽然德语水平不如林超涵，但也基本能听明白德语的意思，一干接待西汽一行人的NAM高管略微收起了高傲的眼神。此时看到对方有备而来，对他们的母语也颇为精通，一下子这些高管就收敛起了轻视之心，起码不敢当面用德语肆无忌惮地聊某些不应该聊的话题了。

沃尔夫冈热情地将林焕海一行带领到自己的会议室，他示意了一眼保罗，保罗立即会意，打开了会议室的投影仪，给客人讲起了NAM的光辉历程。不得不说，作为同行，西汽一行无法不对NAM的历史充满了钦佩，对沃尔夫冈家族也充满了敬意。总体而言，NAM确实是百年企业，他们从汽车行业兴起的第一天就成立于世，一步步走到今天，成长为世界三大重型汽车生产商之一，这种持之以恒的匠人精神，不得不令人佩服。当然中间也不是没有黑历史，二战期间这家公司扮演了为纳粹提供武器装备制造的反面角色，并且在二战期间达到了历史的巅峰。战后，NAM浴火重生，几度轮回，重新站立在了世界之巅。而在这段历程之中，沃尔夫冈家族的贡献更是功不可没，这个家族自NAM成立之初就牢牢把握着NAM的经营大权，一直传承至今，实在是极其不易。所谓富不过三代，但这话在沃尔夫冈家族好像并不管用，他们至今已经传承五代了，依然与财富站立在一起，殊为不易。

沃尔夫冈本人则是深谙家族的教诲，那就是"永远要将生意置于一切之上"。在他看来，与西汽能做成生意，那西汽一行人就是上帝，用侍奉上帝的心情来对待西汽一行人，他是没有任何心理负担的。倒是他手下那些高管过于骄傲，在整个过程中，几位高管只是保持着礼貌的微笑，缺乏与西汽一行深度探讨的兴趣。

林超涵一边给西汽一行人低声地翻译着保罗的介绍，毕竟大家的母语既不是德语也不是英语，虽然保罗尽量用英文进行介绍，但中间免不了还有大量德语元素，若不是林超涵翻译，众人听起来会极其吃力的。

沃尔夫冈此时已经基本确定，可以与西汽一行进行深度交流了。在保罗介绍完毕后，他又让一名叫约瑟夫的高管上去讲述当前NAM的各种产品类型。对此，虽然西汽众人事先也研究了一些相关资料，但毕竟没有人家介绍的齐全和完整，因此从头至尾极其认真地听完，并做了笔记。林焕海低声和郭志寅交流着心得，他们俩都有点惊讶的是，这些德人介绍的似乎都是些过时的产品，比如当年斯太尔技术的各种衍生型号等等。

"他们似乎不太想让我们看最新产品。"林焕海皱着眉头，顺带还耐着性子向讲得唾沫横飞的约瑟夫点头微笑。

"他们大概还以为我们是晚清的李鸿章。"郭志寅笑了笑。这里面有个典故，一百多年前，也就是清朝末年，李鸿章作为清末重臣，曾经到访过德国，在德国，他既受到了人家的热烈欢迎，同时也受到了极大的震撼。当时李鸿章受到德皇盛情款待，参观了德国的重工业，并且参加了阅兵。德国人展现了雄厚的工业实力，当他看到钢铁构造的车间里大炮钢管一根根地通红地出炉冷却时，当他看到军容鼎盛的德军装备精良时，可想而知，对国内孱弱实力有着深刻认知的李鸿章内心是何等震撼，他清晰地看到，再过二三十年，中国也不可能达到德国当时的工业水平，要知道，德国当时的钢铁产量超过 400 万吨，占全世界的四分之一，中国和日本加起来也不如德国的零头。

实际上，中国的钢铁年产量在 1956 年才达到 447 万吨，比李鸿章预计的时间要晚上五十多年。而到了 2000 年的时候，中国的钢铁产量已经达到了 12000 万吨，而到了 2007 年的时候，中国的钢铁产量近 50000 万吨，而当年德国的钢铁产量则仅为不到 5000 万吨，中国已经是德国的十倍，世界第一了。

此时郭志寅的意思是，NAM 等人的思维可能停留在十年以前甚至是百年以前，十年前中国引进相对已经落后的斯太尔技术时，德国人等于是将过时的技术卖给中国，而百年前德国人则是连卖过时技术的心态都没有，因为你中国得有一个工业体系才能承载下来。

但是此时的中国，已经建立了世界上种类最齐全的工业体系，质量和技术含量如何暂且不论，论工业的完整性，中国已经比德国更全了，也就是说，中国实际上已经拥有了承载更先进技术的工业基础。

跟外国人做生意不是做慈善，不能再看破不说破了。林焕海听到郭志寅的话后点了点头，他们不是李鸿章，是平等来做生意的。

林焕海在耐着性子听了一半的时候，终于打断了约瑟夫滔滔不绝的介绍。

"对不起，沃尔夫冈先生，我们其实主要想听到一些你们最新技术产品的消息，我们对这方面的合作更感兴趣，不知道能否尽快进到这个环节呢？"林焕海示意林超涵客气地问道。

沃尔夫冈听了有些愕然，说："不知道林先生主要想听什么呢？"

而被打断讲话的约瑟夫则有些快快不快，他心里嘀咕，这些黄种人能懂什么呢，知道我们德国产品有多么伟大吗？最新技术产品，你们中国人有能力驾驭吗？换句话来说，此时，他是觉得"你们也配姓赵？"

林超涵道："沃尔夫冈先生，我们其实特别关注 G2000、CAT3 这些款型产品的介绍，不知道能否直接跳到这一环节呢？"

沃尔夫冈记得资料上说过，那些基于斯太尔技术的产品西汽已经消化得很好了，有各种各样的产品推出并且还有些创新，再介绍那些老旧技术实在是不合时宜了，于是他示意约瑟夫，直接进入最新产品介绍的环节。

一看到幻灯片上直接跳到了最新款产品，西汽一行人的眼睛就瞪大了，目不转睛聚精会神地听着约瑟夫的介绍。

不得不说，NAM 的技术和理念就是先进，西汽一行人边听边记。德国人就是严谨认真，你说想听最新产品是吧，那好，一款款地来，包括西汽等人最感兴趣的 G2000 也都介绍了一遍，当然此时只是讲一些理念和性能，细节涉及不多。但就是这样，西汽众人也从中看到了很多亮点，许多数据与市面上整理搜集到的资料有一些细微的差异，这些差异倒也不是说 NAM 故意对外撒谎，而是他们自己也在不断调整改进，各种改进后的新指标比最初推出的又要强上许多，而约瑟夫讲的都是最新数据，这让西汽众人又涨了一些经验值。

# 第 155 章　划时代产品

不得不说，G2000 是个好东西，它简直就是一个划时代的产品。在约瑟夫终于结束了冗长的介绍后，沃尔夫冈热情地邀请大家去参观他们的车间，西汽众人相视一笑，终于到重头戏了。于是众人便随着沃尔夫冈去参观车间。

但是让他们意外的是，不知道这些德国人是怎么想的，他们竟然只是带着他们匆匆瞥了一眼 G2000 的样车，就带着他们前往另一处车间，热情洋溢地给他们介绍起 CAT III 车型来。

看着约瑟夫又开始得意洋洋地给他们吹嘘起 CAT III 来，林焕海终于忍不住了，他扭头问道："沃尔夫冈先生，您为什么不详细给我们介绍一下 G2000，而是绕过它给我们讲述 CAT III 呢？据我所知，这款车型相比 G2000，应该是要落后一些的。"

沃尔夫冈听了后摇了摇头，没有说话。这个时候，约瑟夫站出来说道："林先生，据我所知，在你们中国，G2000 是远超你们的技术能力和实际需求的，我不认为详细推广它对你们有什么意义。"

沃尔夫冈这时才接话道："林先生，我认为，如果你们对 G2000 感兴趣的话，想必你也知道它和 CAT III 的价钱也是完全不一样的，不知道你们是否为此做好准备。"

林焕海毫不客气地回道："沃尔夫冈先生，是什么价码我们总得谈一次再说，我们同样不认为，中国这么大一个市场，只能用着落后过时的技术，也不认为我们没有与你们谈判的资本，我以为，总得谈一谈，你说呢？"

沃尔夫冈脸上露了微笑，说："只要是生意我想我都会考虑的，但是如果我是林先生的话，不妨先从 CAT III 开始更合适呢。"

西汽一行人之所以死活要看 G2000，当真是因为它的技术之先进，让他们心动了，让军方也心动了。这里需要讲一讲 G2000 的技术先进程度了。

首先看驾驶室，G2000 的驾驶室是欧洲当时最先进的驾驶室，无论是布局还是车辆电子系统，都是最先进的，而且还有一点很重要的，就是卡车内饰轿车化，无论是人机工程学还是舒适性，都在向轿车靠拢。坦率讲，G2000 原装车一进去，感觉就像那个年代的欧洲中级轿车一样，所有开关触手可及，仪表一目了然，内饰也比以前的老车型精致，还有就是驾驶室底板基本是平面，驾驶座与副驾驶之间可以直接走动，而且驾驶室通道顶部还有一排储物空间，后排卧铺底下也有储物空间，每个卧铺顶头还有阅读灯和单独的空调出风口，这些人性化设计在以前的重卡上是没有的，所以在舒适性和人机工程学方面甩其他厂家的产品几条街（Actors III 有很多设计也是借鉴 G2000 的）。还有一项重要的改进，就是车辆电子系统，CAN 总线的引进。以前的车辆电子设备全部都是模拟信号，只需要在驾驶台做开关控制就行了，而 G2000 第一个引入了数字总线技术，所有的电子设备包括传感器全部是数字设备，通过数字总线方式连接到车辆的中控 ECU 上，对发动机、变速箱、电气设备、开关设备进行数字化控制，这是划时代的技术，为今后的车辆自诊断系统打下了基础。对西汽来说，当时最看重的也是这块，他们看重了 CAN 总线技术，才决心一定要引进的，因为关系到将来的车联网系统，那是引领时代的东西。

再看车架技术：变截面大梁和 CAE 分析技术应用。以前说过斯太尔是直通梁，两根 C 形槽钢一通到底，但是实际上大梁上每个部位的受力并不相同，很多地方明显过度用料，所以 NAM 用了 CAE 仿真技术对大梁的受力情况进行计算机模拟分析，并且根据分析结果调整设计，最后达到了大量减重同时还能获得更好的刚度和强度的结果，也就是变截面大梁，需要承重的部位用大截面，承力小的部位用小截面节省材料，而且通过 CAE 分析确定在大梁上什么位置打减重孔不会影响强度，最终的结果是大梁减重 20%。这是个很惊人的数字，而这也是轻量化设计的初步试验。西汽早年就接触过 CAE 系统，在 2190 的研制过程中已经使用了部分相关技术，但是在引进 G2000 的过程中，再度接触了更先进的 CAE 技术。当然人家不会教你，只是给你经过分析优化之后的设计，这些都是在后来的谈判中间逐步获得的消息，西汽后来与金教授合作搞出了更先进的、属于自己的 CAE。

再次是车桥技术：这个相当关键。在 G2000 引进之前，西汽只有前轴和轮边双级减速驱动桥和转向前轴两个产品系列、四个产品型号，说白了就是在吃斯太尔的老本（那个时候全中国都在吃斯太尔的老本，而且还没彻底吃透），只是在后来又从 1291 设计库里翻出了两个速比的齿轮设计，转化之后投产，才多了产品品种。西汽正在筹谋成立的海瀚车桥分厂，正是因为 G2000 技术引进，一下为西汽带来了重型前轴、加重前轴、超重前轴、轮边减速双级桥、469 单级减速双联、485 单级减速、425 单级减速双联、随动转向桥、可提升承载轴等产品平台，一下为产品序列带来了质的提升。消化设计的同时也带动了一大批自研产品平台，比如 HH300、HH237、HH386 几个系列，后来海瀚能够在中国工程机械用桥方面占据 90% 的市场，另外在轮式全地面起重机方面占据 95% 的市场，都是得益于这一大批产品引进的带动作用。

此外，还有整车布局技术，看似简单，实则不然。以前斯太尔整车布置相对来说比较凌乱，硬质管线的设计大大制约了车辆设计，而 G2000 大量使用了聚合物软质管线、VOSS 标准接口设计等等，让整车的管线、线束布置更加合理和灵活，而且可靠性大大提高，可维修性获得极大改善。除此之外，还有大量的车族化设计语言应用，一套大梁可以应用于一个系列的车型，而不是原来的一个大梁对应一个车型，这样做不但大大简化了生产准备，同时也大大降低了库存成本和在制品成本。而且这也可以说是模块化设计的前身，成熟的模块直接插入新的设计，很快就可以设计出新的车型。

还有车身附件布局技术：铝油箱、整合型消声器、小型化压缩气瓶、蓄电池组标准化箱等等，这些看起来不算什么重大改进，但是整合起来对于整车侧面的平整度和一致性有了极大提高，以至于不用增加侧围板就可以将风阻系数大幅度降低（斯太尔时代的高速公路用车还是要用玻璃钢侧围板来对侧面进行整形的），而且高度集成化、标准化的车辆附件设计在进行车型设计变更的时候更加灵活，几乎不需要做任何改变就可以直接调用标准模块使用，这也是模块化设计的一部分。

总的来说，G2000 是当时世界上设计思想最先进、技术成熟度最高、前瞻性最强的车型，在这个车型基础上，西汽将学到的是最先进的设计理念，而伴随着逐步国产化，西汽把这些理念逐步应用到新的变形车设计和后来的 G3000 小改款设计上进行了验证，事实证明即便是到 2013 年前后，G2000 的设计理念仍然不过时，尤其是 CAN 总线的应用，在当时仍然处于较高的技术水平，让西汽的车联网快速部署和使用有了一个良好的基础，直接抢了市场先机。至今为止，国内其他厂家的车联网产品都没有西汽车联网的完成度高，数据采集效率和积累量也远不如它。

所以总结来说，西汽虽然在此时看上去只是买了一个车型，但实际上西汽买的是理念和未来。G2000 是为未来服务的，是绝不能放手的战略级核武器。当然，后来很多发展西汽当时不可能全部预料到，但是趋势当时他们已经看得清清楚楚了。

然而德国人却不这么看，他们认为中国人要 G2000 根本没有意义，说一句不好听的，给你你也消化不了啊。沃尔夫冈虽然对西汽勇于创新的勇气表示欣赏，但是在骨子里他根本不认为西汽，甚至是中国人有可能消化得了 G2000 技术。

沃尔夫冈还是客客气气，但是态度坚决地拒绝向西汽众人介绍 G2000 的技术。这让林焕海等人有些气闷，但也不好过于强硬，毕竟从某些层面上来说，你说 CAT III 是落后产品，那也得看针对谁啊，对于 NAM 来说，当然是落后产品，但是对于当时的中国来说，同样是先进产品，有很多的技术是西汽眼馋而不可得的。

这些技术虽然比 G2000 差上许多，但是借鉴意义仍然很大，对郭志寅和林超涵来说也有较大的吸引力，林焕海也只好先闷上一口气，听德方介绍完再说。

# 第 156 章　重点推荐产品

重点向西汽推荐 CAT III，其实是沃尔夫冈等人事先制订好的策略。

沃尔夫冈满脸堆着笑容，说："林先生，如果我们的资料没有显示错的话，你们西汽应该还一直为军方提供军用重卡对吗？"

林焕海很坦然地点了点头，这没有什么好隐瞒的，也瞒不住，虽然说给军方提供的军用重卡相关技术细节都是保密范围内，外界无从得知，但是提供军用重卡这件事情本身而言，外界知道是很正常的。再说，这也是西汽的骄傲所在，能为军方提供重卡，一方面这是西汽技术实力的证明，军方的采购订单可不是随便能下的；另一方面，这也是西汽的生死命脉，民用重卡市场虽然现在销售额已经开始超越军方采购额，但是军用重卡带给西汽的东西，是民用重卡替代不了的。

看到林涣海点头承认，沃尔夫冈用一种好奇的语气问道："林先生，正如你所知，我们NAM也一直为欧洲甚至世界各国军方提供军用重型卡车的设计生产和制造服务。我相信，你们与我一样，以能够生产这样的产品而骄傲。所以，在我看来，你们选择G2000远不如选择CAT III实用。"

剩下的话沃尔夫冈其实没有说出口，但是在场的大多数人都心知肚明，除了那个德方的官员克里斯蒂安对此不甚了了之外，大家都明白沃尔夫冈的暗示。

这要从CAT III的性质说起了。实际上这种车是基于联邦德国国防军CAT重型战术车辆衍生出来的民用产品，260马力水冷中冷涡轮增压柴油机，9前进2后退手动变速箱，带爬坡挡，6×6和8×8两个型号，变截面大梁，整体式轮边减速驱动桥、螺旋弹簧半独立悬挂，性能和配置在当时相当强悍，但是由于板焊的半装甲驾驶室舒适性太差，所以中东的用户（该车曾大量出口中东）要求改装驾驶室，这才有了CAT III。把NAM的G50民用驾驶室装在了CAT的底盘上，发动机缩水到直列六缸230马力，其他基本不变，但是舒适性和视野有了极大的改善，市场反应良好，所以NAM才在这个基础上再次做了简化，比如后悬架改成断开式平衡轴11片板簧悬架，前悬架改成抛物线钢板弹簧悬架，变截面大梁改成直通梁，成本有了大幅度下降，基本上成了G50的下一代拉皮车，在G2000正式投产之前都是作为主力车型在卖，所以相当成熟和稳定。

此时，沃尔夫冈的意思也很清楚，如果西汽愿意购买CAT III的话，其实就相当于购买了军车技术，而且听他的意思，某些更牛的技术，只要价钱谈得拢，一切都好说。这对西汽确实是一种莫大的诱惑。

实际上，西汽内部也不是没有图便宜买KAT III/New G50的声音，毕竟不用二次投入搞研发，直接上手就可以用了。

然而，事实上，林焕海和郭志寅对此根本毫不动心，CAT III虽好，却不是他们要的东西。

面对沃尔夫冈这么明显的暗示，看着身边那些高管们微笑的脸上流露出的那种"早就看穿你了"的表情，林焕海心里极度不舒服，这些德国人好像是吃定了他们一样，他必须要直接回绝。但是郭志寅却拦住了他，林焕海一愣，不理解为什么郭志寅不让他说下去，郭志寅低声说道："这才是第一次见面，很多事情不要着急，慢慢来。"

林焕海立即醒悟过来，确实不能太操之过急了，如果让这些德国人发现他们只愿意谈 G2000，后面也许会把价码抬到一个他们完全无法承受的地步，这样一来，反而是欲速则不达了。想通了这一点，林焕海便沉默了下来。

幸亏沃尔夫冈的二把刀翻译对于中文不够精通，而且郭志寅的声音压得也比较低，说得也比较隐晦，导致沃尔夫冈只注意到林焕海的沉默，便以为是默认了，在心里他得意地笑了一笑，在他看来，中国人现在就是被封锁怕了，只要是能到手的技术就会饥不择食。实际上他有这种想法也真不能完全怪他小瞧人，在那个时候，因为各种制裁封锁，导致我们引进技术的确是障碍重重，对西方的很多技术那真的是来者不拒，结果造成一些西方企业的傲骄，像 NAM，虽然与中国以前没有深度合作过，但是对中国的印象那是根深蒂固了。

因此，沃尔夫冈笃定了西汽肯定最终会选择价钱相对便宜的 CAT III 车型，这不是个太难的选择题。

然后，林焕海等人耐着性子听着 NAM 等人继续讲述 CAT III 引进的各种好处和技术细节。林超涵当然对郭志寅的话听得很清楚，而且也知道西汽各种选择的缘由，此时自然不可能公然跳出来反对，在德国人眼中，他现在只是一个翻译而已。至于什么技术中心主任这一职位，被自动忽略掉了，看看德方的技术中心主任，哪一个不是四五十岁的老工程师，像林超涵这么年轻，在 NAM 是不可能走到这个高位上的。

林超涵也乐得被忽略，这样他反而能够时时刻刻站在旁观者的角度去看待一些问题。至于邹乃德和姚锦元都不是技术口人才，对这些其中的弯弯绕绕没有太多的发言权，此时只能在一旁旁听，邹乃德作为官员，更擅长处理的是与对方官方的关系，此时听到德方意见后也是有些拿捏不定，此时只能保持着沉默。

但是无论德国人吹得如何天花乱坠，西汽一行人是肯定不会选择 CAT III 的，双方聊了一阵后，德国人终于意识到，西汽这一行人只是在保持礼貌倾听的状态，实际上眉宇之间已经流露出一丝疲惫的神色了，林焕海等人掩饰得很好，并没有表现出不耐烦。

于是沃尔夫冈很识趣打断了手下人滔滔不绝的演讲，他关心地问道："林先生，你们是否需要休息一下呢？"长途跋涉还有时差等因素，林焕海等人表现出这种神情并不意外。

林超涵不好意思地替林焕海解释道："我们确实没有意识到倒时差给我们带来了极大地困扰，因此大家确实有一些疲惫。但是这不影响我们的交流，还请继续。"

沃尔夫冈倒不是真的关心西汽一行人的身体状态，他只是觉得如果在这种状态下继续交流起不到太大的实质意义，于是便建议西汽一行人先回去休息，隔天再过来交流。林焕海也借坡下驴，说需要回去好好消化一下今天得到的信息，下次沟通交流的时候再确定目标对象。

沃尔夫冈虽然急于推销自己的产品，但是他们这一趟是进行技术合作，而非单纯的买卖货品，无法急于一时，后面要沟通的项目还有很多。于是在沃尔夫冈的建议下，西汽一行人就离开了 NAM 公司，回去酒店了。

到酒店后，五人来到林焕海的房间开会讨论，其实这种会议邹乃德是不必要参加的，他此行其实更像是陪读，实质上不参与最终决策。但是林焕海为了尊重他起见，也请他参会。

林超涵有些耐不住性子，他问道："郭叔，咱们真的要在 CAT III 上浪费时间吗？"

郭志寅嘘了一声，让林超涵暂时闭嘴，然后他沿着房间各个角落和电子设备挨个检查了一遍，最后才松了一口气道："现在可以说了！"

姚锦元在一旁奇怪道："郭总师，您刚才这是检查什么吗？会有窃听器？"

郭志寅点了点头，放松下来的他窝在沙发上，慢声道："不可不防。"作为一个总工程师，机械是他的本行，电子则是他的副业，这一圈检查下来，那还是靠谱的。然后他讲了一个故事，有一次某个友商去某国也是谈一个项目，由于放松警惕，他做梦也没有想到，自己的房间时刻被人窃听，因此底牌全部都泄露出去了，造成了在谈判中的极大被动，后来及时醒悟，改变策略不再在房间中交流，才堵住了这个缺口。

这个故事，听得大家极有启发。

# 第 157 章　轮也轮不到

"虽然只是一次商业谈判，但是我们绝不能因此就掉以轻心，这是在人家的地盘上，小心至上。"郭志寅说道。

林超涵佩服地点了点头，果然姜还是老的辣，万一他们在这里讲的话，全部被沃尔夫冈截获，那还真是跟裸奔没啥区别了。不过目前来看，对方还算是君子，没有一上来就使出这种卑劣手段。

只有邹乃德略带怀疑地问道："会不会对方技术太高明，我们发现不了呢？"

郭志寅笑道："应该不至于，就那么几个地方可以动手脚的。"作为总师，郭志寅的各种经验那是相当丰富。邹乃德虽然还有点不明所以，但是思索了一下，便作罢了。

"小超，你知道今天我们为什么不明确拒绝沃尔夫冈吧？"林焕海开口道，虽然是在问林超涵，其实是想告诉邹乃德和姚锦元这么做的原因。

林超涵点了点头，说："您和郭总工是怕和对方关系闹不好看。"

"还有吗？"

"对方似乎早有盘算，我们如果一味反对，恐怕反而不好交流下去。"

"小超说的是对的，"郭志寅点了点头，"还有更重要的一点，现在 NAM 方面看样子吃定我们了，如果我们强行直奔我们的终极目标，对方也肯定不会轻易同意。再者，他们开出的价码也会让我们接受不了，仓促之下，对谁都没有好处。我怀疑，他们就没有要卖出 G2000 的打算，甚至根本就有可能开不出价码，因为那可能暂时是他们的非卖品。"

林焕海点了点头，他也有这种感觉，沃尔夫冈可能根本就拿 G2000 当非卖品，就算他当时强烈要求只看 G2000，可能得到的便是非卖品这个拒绝的回答，那样一来，接下去就不好谈了。

邹乃德听后显然受到了一些启发，说："如果对方坚持只卖 CAT III，那后面我们该如何切换到我们的目标呢？如果 G2000 买不到的话，CAT III 是不是可以作为次选呢？"他虽然对西汽一行的目标有所掌握，但是对西汽坚持要选 G2000 的原因还不是特别了解。

林焕海叹道，"我们绝无可能选择 CAT III，因为这纯属浪费钱，德国人不了解这个情况，但是我们自己内部应该都明白这个道理。不是我们不想设置一个次优，而是实际上我们根本没有必要选择次优。"

"那这是为什么呢？"邹乃德有些不解，万一 G2000 对方根本就不想卖，而西汽又绝对不会买 CAT III，那这次来德恐怕就会无功而返，这样他回去也不好交差，总不能跟人说就是来德国看了一趟风景吧？他毕竟肩负有推动双方合作成功的职责。

郭志寅苦笑道："其实这也不是什么不能说的秘密，其实像 CAT III 的技术，我们根本不缺。"

"我们不缺吗？"邹乃德十分意外，在他看来，如果西汽能够进口这样军民两用的技术，实际上是大有裨益的，什么时候西汽的技术牛到不缺 CAT III 这样的技术了？

"邹叔，是真不缺。"林超涵插话道，得到郭志寅默许的眼神，他接着往下说道，"这是因为，我们西汽一直有 CAT 原型军车在做参考研究。"

"啊？"邹乃德有点惊讶，他虽然也算是主管单位官员之一，但是对于西汽内部的一些情况不是很了解，听到这个消息后不免有些吃惊。

实际上，这些年来中国在外交上攒下的人品一直不赖，虽然碍于各种封锁，我们无法直接进口到西方的军用装备，但是各种交流却不少，既有中欧交流，也有与其他国家的交流，而其他国家中自然就有使用德国军车的军队，他们可不受西方巴统约束。就这样，其实西汽这几年一直在秘密与军方合作，得到了 CAT 和 CAT III 的好几辆军车，这些车已经被郭志寅带着内部的工程师们反复查验，几乎都快摸透了，正一点一点把设计经验给搬到自己 2190 的改进型上。因此，虽然说 CAT III 的指标比 2190 还是高出不少，但是并不是遥不可攀了，所以如果非要买 CAT III，基本上就等于糟蹋钱，无论从民品角度，还是军品角度，西汽都不可能再买进它的技术了。

当然，更关键一点是，总后对于新一代军车研发，提出的性能指标比 CAT III 要高许多，如果没有更先进的技术打底，是完不成任务的，所以只有 G2000 这个唯一的选择了。

听完林超涵的补充说明，邹乃德这才恍然大悟，原来竟然还有这么一出。旁边的姚锦元对这个情况也不是很明了，此时也是顿悟，从理论上来说，他作为法务，是要对此提出风险质疑的，但是出于大家都懂的原因，他此时闭口不言。毕竟这都是中国人占便宜的事，为什么要质疑呢。

虽然现在大家都明白CAT III是不可选款型，但是此时大家还是有些为难，不管怎么说，德国人现在明摆着只想卖这个过时落后的技术，他们的目标也很明确，研发CAT III实际上也是有较大投入的，但是市场只有那么大，他们的利润并没有完全达到预想目标，不过只要把它卖给中国人，就能大赚一笔，说不定比做其他生意都要赚多了。

那么接下来就只剩下一个问题了，怎么说服德国人把G2000的技术卖给西汽。

"恐怕这个不太好说服他们。"邹乃德思索着说，"咱们可拿出的筹码也不多。"

他这个倒是点出了西汽的窘境，实际上西汽现在最大的问题就是钱不够，虽然政府派了邹乃德来帮忙，但是在引进技术的费用上，政府是帮不了太多忙的，太多国计民生要花钱，现在不太可能在引进这个并非当下急需的技术项目上一下子投入太多，那样根本吃不消。

说到钱的问题，现在虽然西汽有龙德资本的鼎力相助，但是要让龙德为引进技术一下子拿出一大笔钱来，也绝不容易，说白了，就是这技术在短期内根本看不到效益。未来虽然可期，但那毕竟是未来，除了像林焕海等真正有长远战略发展眼光的人以外，大多数人也不太能理解这样决择的意义。毕竟有这些钱，投入到改善职工待遇，一下子就能让西汽很多职工的生活上一个档次。

此时的西汽，说好听点叫咬紧牙关图发展，说不好听点那叫打肿脸充胖子。

因此听了邹乃德的直言，西汽众人也都陷入了沉思，说起筹码，这的确是个大问题。又要便宜又要好货，这世界上没有这么便宜的事情。

"我们最大的筹码，其实就是我们广阔的市场了。"林焕海深深地叹了口气道，"这个方面，我们看得出来，原本我们以为我们每年生产一两千辆就能满足国内民用市场需求，结果一看，五六千辆都不够用，现在我们想规划到每年数万辆产能，但是按照现在国内市场发展的速度，恐怕每年十万辆产能也未见得把整个市场都吃下，我们再扩张，可能也赶不上市场的发展速度。只有兄弟厂家一起努力，甚至再加上进口，才能最终满足市场的胃口。"

如果说以前还看不明白，现在林焕海等人是看得明明白白地了，国内重卡市场的迅猛发展，真是出乎了他们的意料，随着经济的快速腾飞，重卡市场迅速扩张，以前甚至现在西汽还在和兄弟厂家们鏖战市场，但未来一段时间内，恐怕大家各自吃各自的都满足不了市场需求，产能会不断扩大，一直到市场真正彻底饱和为止。

"那么，我们有没有可能和其他兄弟厂家一起来平摊这笔引进费用呢？"邹乃德提问道，他此时确实是站在为中国重卡发展的角度来思考问题。要知道当时引进斯太尔技术就是机械工业部谈判引进，最终成本由大家共同分摊的。现在大不了重新来一遍。

听到邹乃德这么说，林焕海和郭志寅对望了一眼，都从对方眼中看到了苦涩的笑。

"邹主任，这实际上是不太可能的了。"林焕海喟然长叹道。这其中的道理再简单不过了，首先机械工业部已经没有了，在 1998 年的改革中，机械工业部和电子工业部，这两个由原先的机械电子工业部拆分而来的部门彻底消失了，变成了信息产业部。部委改革的部署显然不是林焕海和郭志寅等层级的人能够置喙的，只能被动接受。但不管怎么说，部委消失了，分管部门的职责变了，领头人就找不到了。

更何况，这些年来，为了抢市场，大家互相竞争，有时候甚至互相恶整拆台，从感情上来说，大家也疏离多了，大家的目标市场也都分解了，任务目标不一样了，连看法都不一致了，几乎没有可能再凑在一起去分摊资金了。

西汽是着眼长远，想在未来占据更大主动权，或者更直白地说，西汽的野心很大，这才有动力主动挑头来做这件事情。否则以西汽的体量，轮也轮不到他来说话。

# 第 158 章　大概率拒绝

林焕海细细剖解了其中的道理后，邹乃德听明白了，说白了，大家现在都有点自私了，西汽也是为了在市场竞争中取得优势地位，这才急吼吼地要抢先引进技术。现在让大家再团结起来，一块购买这个技术，实在是强人所难了，也没有现实意义。

"那么，引进 G2000，你们西汽到底准备了多少资金呢？"邹乃德关心地问道。

林焕海摇了摇头，说："我们自筹资金来做这件事情，能够拿出来的不多，现在我们手头能够抽调的资金加起来还不到 2000 万。这点钱恐怕还不够他们塞牙缝的。"

邹乃德听后彻底沉默了，要知道林焕海说的肯定不是美元也不是欧元，而是人民币。2000 万人民币，相当于多少欧元？差不多一两百万吧，就算有 200 万，对于像 NAM 这样的大企业来说，也就是打个牙祭而已，相当于是空手套白狼的活，除非他们脑袋被门夹扁了，才会有那么一丝可能谈妥。

邹乃德此时看到林焕海和郭志寅等人脸色虽然凝重，却也没有那么绝望，还是有些不解，西汽哪来的信心呢？

对于这个，林焕海没有多作解释，实际上他打的算盘是，这个谈判他压根没打算一次谈成，现在只有这么多的流动资金不代表未来没有更多的，在漫漫的谈判过程中，应该还有足够的时间让西汽通过各种渠道攒够资金，实在不行，还是老办法，跟银行借呗。西汽现在可是银行的至尊 VIP，大家都觉得西汽是块肥肉，要不是西汽自己控制欲望，怕形成贷款依赖，西汽想借多少那就是一句话的事情。准确来说现在是银行追着让西汽贷款，而不是西汽要主动求贷。

略微再解释了一下后，林焕海道："所以，现在我们真正能够打动 NAM 的筹码其实不是资金和我们的实力，而是我们中国的经济前景。未来我们中国只要一直良好地发展下去，市场越做越大，NAM 是绝对不会坐视这么大一块市场被忽视的，他们要进军中国市场，必须要找一家企业合作，我们这次打个前站，留下个好印象，合作的机会就大多了。"

由于各种市场限制和关税影响，NAM 要想享受中国发展的红利，就需要跟国内本土企业合资建厂，否则技术再先进也可能寸步难行。这是现实考量的问题，否则以 NAM 的体量和地位，根本都不会搭理西汽，更不用说还一门心思想着把 CAT III 推销给西汽。

"用市场换技术，还是这条路最可靠了。"林焕海说完，邹乃德恍然大悟。

"实际上就是这么回事吧。"郭志寅在一旁插话道，说着，肚子就咕咕叫起来了，他们这次访问 NAM，一天也就随着 NAM 吃了个工作简餐，下午直接就回到了酒店，此时已经是下午快五六点了，肚子早就饿了。说实在的，德国人的工作简餐真的是简单，几片面包，加沙拉，再加两根香肠，就这么点东西，此时早就消化光了。

于是众人结束了这次房中商议，去酒店餐厅用餐。当然这里都是西餐，能吃的无非就是多加几根香肠，加多一些薯条和鸡块之类的，偶尔吃一次还不错，要是吃多了胃就会受不了。倒是德国的啤酒相当不错，几个人各自要了一杯啤酒，边吃边喝，倒也惬意。

吃饭的时候，大家都很有默契地把工作丢在一边，各自谈起了一些琐事，邹乃德也给西汽众人讲了一些官场上发生的趣事，听得大家兴致盎然。然后邹乃德又询问了林超涵的情况，他有些惊讶，林超涵都奔三了咋还没有结婚，西汽难道就没有好姑娘吗？林超涵连忙解释说自己有女朋友了，还是在跨国会计师事务所工作，不过平素要么在深圳要么在外地出差，双方见面的机会也不是很多。听得邹乃德一阵歆羡，不过他对林超涵的女朋友季容从事的工作比较感兴趣，毕竟是主管国际合作的官员，见闻博广，远超一般内地官员，他非常看好季容公司将来在中国发展的前景。甚至他还建议，不如季容将来自己出来创办一家会计师事务所，毕竟这些工作不能都让外企给独占了，国内还是要有自己的审计品牌的。

这话听得林超涵心中一动，如果季容将来真的能够自己出来单干，那倒是相当好的一件事情，起码工作会更自主一些，选择办公地址也更随意些，说不定就可以落户秦省，将来两人见面就会更加方便一些了。不过此时也只能想想，季容工作才几年呢，有多少客户会认她呢，不在行内部打拼一番，如何立足。然而，世事无绝对，有一个目标总是好事，林超涵此时琢磨着回头要不要跟季容讲一下这个想法。

众人喝完啤酒，神经稍微放松了一下，林焕海提出建议，要大家一起出去走走。对此，邹乃德有些不解，林焕海解释说，现在他们一行人的动向，想必NAM方面会特别关注，如果大家显得比较焦灼，一开始就准备与人艰苦谈判，那对方知道后说不定更有底气，等于平白增加谈判难度，因此不如面上放松，对方如果得知自然会以为西汽胸有成竹，反而会猜不透，忐忑起来。

大家一听，深觉有理，于是便同意林焕海的意见。一行人遂找到老马司机，询问晚上可有什么值得一逛的风景，老马对这个自然十分在行，便道市中心的奥登广场最值得一逛，众人欣然往之，一番游览下来，对德国的治安状况还有城市风景赞不绝口。

西汽一行与 NAM 约的是隔天再去，因此第二天，他们没有具体的事情可干，但又不可能一直在慕尼黑逛街，所以众人商议了一下，便分开行事，邹乃德和姚锦元两人一行，行动自便，而林焕海三人则来到慕尼黑最大的口港，继续数了一天汽车，研究了一下德国的物流情况。

在这个过程中，三人一直在讨论着接下来怎么和 NAM 谈判的问题。在慕尼黑港的一处咖啡馆里，三人坐下歇脚，各自点了小吃和喝的，便聊了起来。除了林超涵坚持喝咖啡外，两位老人家都只点了果汁，这让来往的客人很是诧异，来这里的中国人是不多的，当然也不是没有，毕竟这些年来德国与中国做生意，关系越来越密切，偶尔也能看到中国人到港口来检查货物运输情况，但是来这家咖啡馆休息的人则是屈指可数了。看着这几张东方面孔，咖啡馆的老板也是十分欣喜的，给他们单独送了一份免费的糕点。林超涵和老板攀谈了几句，有些啼笑皆非，原来这家老板居然是希望他们多留一会儿，因为他们三张东方面孔出现在这里，是给他做了活人广告。虽然德国人比较内敛，不会像其他国家人那么热情，主动凑上来拍张照合影什么的，但的确那些过往的人都有点惊讶于他们的东方面孔。这里又不是名胜风景区，这些中国人到这里的确有些稀奇。偶尔还有港口的工作人员来这里喝下午茶，跑过来跟他们搭讪几句。

就这样，三人断断续续地闲聊着。

林焕海一直在考虑着明天要怎么跟 NAM 方面直接拒绝 CAT III，提出 G2000 的谈判请求，因为老是顾虑来顾虑去，其实没有什么意义，迟早都得正式提出来。对此，郭志寅也没有更好的提议，当时是给了沃尔夫冈的面子，此时说经过反复考虑和磋商，正式提出 G2000 的引进需求，也合乎逻辑。只是这么一来，对方如果没有足够的准备，恐怕接下去又要凉一段时间，进退不便了。

两人讨论来讨论去，都觉得有些棘手，林焕海忽然想起什么，扭头一看，只见林超涵没有认真倾听他们两人的聊天，而是有些走神，不免生气地说："林超涵，你想什么呢？一点建设性的意见都没有。"

林超涵这才回过神来，对自己父亲的怒斥不以为意地说道："谁说我没有建设性的意见呢？"

"那你说来听听。"

"爸，郭叔，你们想过没有，恐怕沃尔夫冈也不是一点准备也没有的。"林超涵道。

"哦，此话怎讲？"林焕海一下子来了兴趣。

"直觉!"林超涵回答道。

"臭小子,尽扯淡!"林焕海大怒。

林超涵委屈地道:"听我说完嘛,其实理性分析也可以得出这个结论,就算是沃尔夫冈他们事先就只打算卖 CAT III,但那天你已明显表示对 G2000 的兴趣,也许他们今天就在商议怎么出谈判条件呢,否则的话,明天都不用谈了,直接当面拒绝我们就好了,只要他们还愿意谈,说不定就会开出他们的条件。"

林焕海还要呵斥,郭志寅拦住了他道:"我倒是觉得小超说得很有道理,也许我们自己还有纠结,对方已经准备了条件,打我们一个措手不及呢。"

林焕海还是摇了摇头,说:"有些门槛还是绕不过去的,大概率明天还是会拒绝。"

# 第159章　冤家路又窄

对于林焕海所顾虑的,郭志寅自然也有所了解,默默地点了点头,毕竟 G2000 就是 NAM 的当红炸子鸡,要他们答应出售可能性本身就不高,并且 G2000 的技术还有些部分并不完全由 NAM 控制,这里面涉及的问题很多,牵涉到各方各面,要弄起来挺复杂的。

"他们说不定同意整车卖我们,或者进口零部件回去我们组装,我觉得都是有可能的,甚至同意提供部分技术给我们都有可能,但是要整套技术卖出去,这个的确现在他们做不好准备。"郭志寅点头赞成。

林超涵也只能默默地点了点头,比起辣的老姜来说,他还是嫩了点。奇迹不是随时都能出现的。不过,他脑筋一转,又道:"我觉得我们明天再去未必一定要让他们得出与我们合作的结果,我们只要争取到意向就可以了。"

"哦,这个怎么说?"郭志寅道,"我们现在在谈,本身就是有意向的表现。"

"这个还是不一样的,我建议明天以坚持达成合作意向为目标,也就是说,无论是有一份合作意向书也好,还是有一份备忘录也好,我们一定要争取达成这个目标。"林超涵道。

"这个有什么意义吗?"林焕海毕竟和国外打交道比较少,颇有些不解。

"很有意义的!"说着,林超涵就解释了起来。其实说起来,林超涵是充分利用了德国人信守承诺的性格。首先是锁定目标,让德国人认识到西汽坚持的目标，只要他们意识到西汽只对 G2000 感兴趣，思想总会慢慢转变过来的，前提是，他们先要意识到这一点，无论是什么协议，都会加深德国人对这件事的印象。其次则是锁定合作范围。通过这份意向书，西汽基本上能够摸清楚 NAM 在 G2000 方面的合作范围，说白了，就是看哪些技术是禁区不可触碰，哪些是可以谈的，把这个框架理清楚，以德国人的严谨，肯定会把这些话说在前头的，而这实际上，就让西汽初步掌握了谈判方向。最后，也是最重要的一点，那就是要锁定双方的优先合作，让 NAM 方面与中国合作只认西汽一家。西汽现在是抢了个先，站在了制高点上，如果成功，那以后西汽在国内重卡领域的优势将牢固建立，到时候难免有人眼红，但也晚了，然而要命的是现在，西汽能够看到 NAM 的技术优势，其他友商也很快会看到，尤其是他们这次来德，虽然相对低调，但是行业内部信息流通很快，整个行业顶层很快就都知道他们来和 NAM 谈合作了。西汽的实力和底子在国内都不是一流的，比他们更财大气粗的主有好几家，万一他们仗着有钱，也跑来跟 NAM 谈合作，那西汽就抓瞎了。因此，他们只要在意向书或是备忘录里确认双方是优先合作对象，就等于把其他友商给排除在外了。

但只要不是协议，那随时都可以撕毁的。就算是协议，撕毁也就撕毁了，历史上有的是先例，二战就是这么打起来的。所以这个优先意向，其实就是建立在德国人重信誉守承诺的基础上，如果沃尔夫冈财迷心窍了，那这份优先意向是没有半点意义的。

郭志寅和林焕海自然一听就明白了，他们同意林超涵的观点，认为达成这样的目标是合理的，至于林超涵对德国人信誉的担忧，他们也没有更好的办法解决，只能指望着沃尔夫冈珍惜自己家族百年的声誉了。

后来的事实证明，林超涵的这个建议极其有先见之明。当然，在此按下不表。

三人又闲聊了一阵，最终决定明天以达成合作意向为主要目的，其他的恐怕只能慢慢来，要德国人一下子接受把最先进的技术出售的事实，本身难度就不比自主研发超越他们的技术要容易。

说好听点，德国人普遍重信用，但换个角度来说，德国人普遍天生固执。

计议已定，他们就在港口拦了一辆的士直接回酒店，今天老马被他们派去给邹乃德专用了，不管怎么说，跟领导搞好关系总是没有坏处的。

回到酒店后不久，邹乃德也回到了酒店，今天他随着老马去了市政府，回访了克里斯蒂安，意外地见到了慕尼黑的市长，市长大人对他们来德国谈合作非常欢迎，并表示中国客人在德国期间，有什么需要可以随时找他。这也让邹乃德觉得是挺意外的收获。当然这个收获的实质意义不大，至少目前他们没有想到对西汽一行的业务有什么帮助。不过，市长大人又提出了其他几个方面的合作想法，让邹乃德觉得很有搞头，准备回头再去找市政府协调，再深入考察了解一下情况，回去好有针对性地推动实质合作。

　　听着邹乃德的介绍，林焕海频频点头，作为一个中国人，根深蒂固地相信政府的作用，连带对其他国家的政府自然也会抱有同样的看法。更何况，这里是德国，从某种程度上来说，德国人对于政府作用的认识比中国人要更深一层，中国人自古以来对政府的认知更看重道德感召力，而德国人则是普遍对政府无条件信任和遵从，双方种族基因中既有一些相近性，也有很大的差异性。因此，林焕海听到邹乃德获得慕尼黑市政府支持，倒也是颇为振奋的。虽然他认为，这种支持只是聊胜于无。

　　然后林焕海也给邹乃德讲了一番今天的计议，邹乃德听完后立即表示支持，就算达不成合作协议，有一份意向协议或者备忘录，那也是不虚此行的。相比较林超涵的担心来说，他则不是那么担心德国人的信誉，甚至他突发奇想，可以让慕尼黑政府和他自己作为政府第三方，共同监督签署这份意向书，这样又多了一层保障。

　　这话听得林焕海三人眼前一亮，而法务主管姚锦元更从法律的角度阐述了有这四方出现的意向书和备忘录，是有一定法律意义的，有一定的约束力，虽然不是绝对的强制，但是起码会让违反者背负道德上的骂名。

　　所以现在的问题只剩下一个了，那就是 NAM 方面会不会与西汽达成这样一份协议。

　　对此，大家不是特别有把握。

　　一切还要看跟沃尔夫冈谈判的结果。

　　这天夜里，在德国境内谈论着西汽与 NAM 合作的，不只西汽一家。此时，在德国首都柏林的一家酒吧里，一群年轻人正在喝酒聊天，仔细观察，发现这群年轻人肤色各异，有白皮肤的，有黑皮肤的，甚至还有黄皮肤的，大家都身着现代服饰，有着一个共同的特点，都是来自世界各地有钱或有权的家族，其中有日本财阀世家的，有欧洲工业巨头家族的，还有中东王族的，当然也有个别来自中国。

如果林超涵在这里，会惊讶地发现，在这群人当中，居然坐着一个他的老熟人，范一鸣。

范一鸣被家族痛斥禁足后，给赶到了欧洲游学，但像他这种人，怎么可能耐得住寂寞好好求学，法语怎么写，德语怎么说，怕吃苦的他根本就不愿意钻研，但好在他当年居然有一阵勤奋好学，竟然英语达到了还不错的水平，否则此刻他根本没办法与人交流了。此时的他，借着游学的机会广交人脉，反正他家里供他游学的经费很足，柏林就是他其中的一站，他与几个富二代相约来到柏林度假，正好又认识了几个德国的朋友。

他们这个圈，其实大家的目的都差不多，都是为了多认识几个人，以前他们是不屑于带中国人玩的，认为中国又穷又破又落后，但是这些年中国突飞猛进的发展引起了各国的注意，各国高层开始刻意结交中国富豪权贵阶层，而这也影响了他们的后代，因此范一鸣走到哪里都备受欢迎，尤其是大家发现他很有钱，并且不断标榜自己的家世身份。

此时他们正聊得热火朝天，在德国人当中，有一个叫彼德，自称是马丁家族的人引起了范一鸣的注意，特别是彼德自称家族是从事汽车制造的。范一鸣刻意与彼德攀谈了一下，发现他的亲叔父居然就是现在 NAM 家族掌权人沃尔夫冈，沃尔夫冈只是名字，他和这位彼德有个共同的姓氏就是马丁，沃尔夫冈等于是这一代马丁家族掌权的人，从某种意义上来说他是彼德的族长。

为了显示自己与叔叔的亲密度，彼德宣称前天晚上还与叔叔一家共进晚餐了，范一鸣注意他主要是因为 NAM 就是重卡巨头，他觉得其中大有文章可做。

更让范一鸣意外的是，彼德还透露出了一个消息，在家族晚宴上，他的叔叔说当天有几个中国人来寻求合作，那是来自中国偏僻省份的小厂，不过技术还不错，他的叔叔还当众夸赞了一句。

范一鸣立即敏感地意识到了什么，追问了一句："那家企业叫什么名字，是不是西汽？"

彼德喝酒喝得此时有些脸色红润了，听后有些意外，说："你咋知道的，看来这家企业在中国还是挺知名的。"

范一鸣冷笑连连，果然是冤家路窄啊。

# 第160章 不按套路出牌

范一鸣本来最擅长的就是搞关系，哪怕对方是外国人。哦，不对，准确来说，他最擅长搞定外国人了。已经搞定了两拨，不是吗？虽然说最后的结果不是太好，但终归起初都信了他的邪。

老奸巨猾之辈他都能搞定，何况这样一个初出茅庐，靠着家族的名声混吃混喝的富二代。很快，以他娴熟的手腕，他就跟这个叫彼德的家伙混得蜜里抹油了，聊得十分热乎，范一鸣心里暗喜，这次来德国真是有意外的收获啊。而在彼德的眼里，范一鸣这个中国人十分热情，处事老到，所聊的事情跟他十分对胃口。殊不知，这是范一鸣刻意的，天下所有的纨绔子弟其实差不多都一个德行，那就是特别好面子，把面子看得比什么都宝贵，虽然以他们那点浅薄的见识，根本不知道维持这个面子付出的代价有多大。范一鸣刻意奉承，处处照顾彼德的面子，自然就会赢得彼德的好感。

说起来，范一鸣其实还有一定能力的，如果把这些都用在走正道，没准也能干出一番事业来，但是此时的他鬼迷心窍，只想投机取巧，按照自己错误的认知，走各种捷径，于是经常到最后就走不动道了。若是他肯沉下心来反思痛改前非也许迟早还会赢，也许不致走偏得太远，可惜，只这些只是如果。

范一鸣心里十分得意，他不动声色地把彼德家族上下三代的关系都搞清楚了，更是旁敲侧击地弄明白了彼德跟他叔叔的关系。彼德不停地吹嘘自己同叔叔有多亲密，他的另外一位好友，也是家族的亲戚，名叫弗雷德里克的年轻人，在一旁实在听不下去了，小声地规劝彼德别抖搂得太多，说不定会给家族带来麻烦，这才让彼德稍微冷静一点，否则他往下就该吹嘘自己将要接班掌管NAM了。

但是这些对范一鸣来说已经够了，他已经明白西汽现在要跟NAM谈什么，而NAM是怎么考虑这件事情，如果要跟NAM去谈这件事情，可以找谁切入了。

这些信息足够他再次证明自己的价值。在觥筹交错灯红酒绿之间，他把彼德灌得酩酊大醉，那个叫弗雷德里克的小伙子明显是个善良的人，最后是他勉强搀扶着彼德回去的。目送他们离开，范一鸣立刻与现场欢娱的众人告别，准备返回自己的住处。

然而，一块组局的一位中东豪门子弟有些不高兴了，哪次玩不是通宵啊，提前走了，这场子还怎么延续下去啊，于是他表达了对范一鸣的不满，这个豪门家族将来也是有大把的生意可以做啊，范一鸣还不敢得罪他，只好坐下来继续陪这些豪门子弟畅饮，逐渐地在酒精的作用下，他把自己想要干的事给抛之九霄云外了，最后直到把自己灌倒。

　　等到范一鸣清醒过来的时候，已经是第二天下午傍晚时分了，他迷糊记得最后是被人给扛回酒店的，时间大概是凌晨时分。他好不容易从酒精中清醒过来，猛然想起昨晚有件特别重要的事要办。他立即从床上弹了起来，强忍着不适，拿起自己的手机，准备拨打电话。他的手机早就开通了全球通，拨回国内完全没有问题。

　　但是手机上的时间显示，让他意识到，自己可能有点操之过急了，这会儿在德国是下午，在国内那就是凌晨了，这么晚，打过去合适吗？

　　他有点犹豫，虽然有潘振民的电话，但是他却不敢在这个时候轻易打过去，上次的事，他明知道是潘振民在利用他，但是他也是心甘情愿被利用的，收买宋博，找人查林超涵的账，再加上最后的举报信，那都是他一手操办的，潘振民准确来说，只是出了一个主意而已。事后，他被罚禁足，幸免于牢狱之灾，与潘振民失去联系一段时间了，但是两人毕竟臭味相投，事后他还是去找了一次潘振民。潘振民对他依然很客气，但是却有一种明显的疏离感，连吃饭都免了。范一鸣回来后，想得很清楚，这是因为他目前已经失去了利用价值。如果想要让人重视他，还必须要自己有利用价值才行。

　　所以得到西汽的消息，他第一时间就想出卖给潘振民，然而此时在凌晨，他一个电话过去，对方如果在睡觉呢？这样打扰是否合适呢？换作从前，他是从来没有这样的顾虑的，他想干什么就干什么，想那么多干什么，但是现在吃一堑长一智，失败的次数多了，性情也会猜疑起来，就为了凌晨时分要不要打电话，他就犹豫了半天。

　　最后他还是决定等到次日一早再打，也就是等到德国这边明日凌晨时分打才行。

　　然后范一鸣就放下了电话，但是鬼使神差地，他居然又拨打了另外一个电话，半天后，电话里才传来一个慵懒但熟悉无比的声音："喂，哪位？"

　　范一鸣愣了一下神，他居然不知道该怎么说话了。

"喂？哪位？神经病，不说话我挂了啊！"对方有些不耐烦了，任谁凌晨时分被吵醒都不会有好脸色。

"是我！"范一鸣低沉着声音，他竭力模仿着电影里男主角那种嗓音，那种嗓音的魅力往往会让女主从头麻到脚，然而，他这是画虎不成反类犬了。声音变异得不成样子，难听得很。但意外的是，他想要的效果达到了。

电话里传来一阵惊呼："范总，是你吗？"然后传来了喜极而泣的声音。

范一鸣无限感慨，人在低谷的时候，往往能看清谁最真心，连自己的家人都不可靠，看到他就像看到瘟神，但是却有人在这个时候听到他的声音喜极而泣，可惜这样的人在身边的时候自己不珍惜。

不用说，电话的那头是朱梅英。

范一鸣不知道的是，对面的朱梅英是一边装着喜极而泣，一边开心地无声大笑，终于，终于等到了范一鸣的电话，一度她以为彻底失去了对范一鸣的利用价值，从此就被抛弃了，但是苍天不负有心人，范一鸣最终还是想起了她，而且是真的那种想起。

两人随意地聊起了天，范一鸣破天荒地问她这一年过得好不好，朱梅英的日子虽然过得不那么如意，但是前期积累的财富也足够她过得还不错了，但她自然不会跟范一鸣说实话，两人居然首次像情人一样卿卿我我地聊了半天，才挂上电话。挂完电话，范一鸣自己都愣住了，他发现自己可能是真的爱上朱梅英了，这个电话打过去，他心里居然有一丝暖意，因为对方在关心叮嘱他的身体状况，不感动都不行。

季容那边不用考虑了，自从得知她回国后第一件事居然就是帮助林超涵时，他就对她彻底绝望了，放弃了。那么此时，是时候给朱梅英一些承诺了，甚至真的把她给娶了也未尝不可。这是他第一次这么想。

然后，想着这些事情，范一鸣又迷迷糊糊地睡着了，再醒来的时候已经是晚上快 10 点，然后又被一帮狐朋狗友拉去喝酒了……

等到他终于有时间给潘振民打电话的时候，已经是两天之后的事情了。

而在这两天当中，又发生了很多远超预料的事情。

那天上午，在范一鸣醉得深沉的时候，林超涵等一行人如约再次来到了NAM 公司，不出所料，沃尔夫冈再次准时迎候了他们。

在见到他们的时候，沃尔夫冈先生带着他的一堆高管手下，脸上泛着热情的笑容，见到林焕海像是见到老朋友一样摇着他的肩膀，表示自己对这第二次会面期待已久。

他们这次没有再参观车间，而是直奔会议室，他们很清楚，这第二天的会面是关键，彼此肯定是计较已定的了。

双方寒暄过，沃尔夫冈坐定后，再次泛起他那职业微笑，露出自己洁白的两排牙齿，询问道："亲爱的林先生，不知道你们对我们上次提议的，就CAT III 相关技术进行转让一事，考虑得如何了。"

"亲爱的沃尔夫冈先生，"林焕海同样回敬称道，听得西汽一行人不禁莞尔，他接着说道，"我们经过正式考虑，决定拒绝CAT III 的合作提议。"

听到林超涵字正腔圆的翻译，再加上他们二把刀翻译的肯定后，德方不禁哗然，中方居然出乎他们的意料，直接拒绝了CAT III 的合作，这明显是不按套路出牌啊。在他们内部的评估中，最后西汽肯定会接受这个合作提议，因为他们根本不认为西汽有拒绝的权力，也不认为他们有拒绝的能力，除非他们已经掌握了相关技术，但据资料显示，西汽根本不可能掌握相关技术。他们当然没有想到西汽其实也有自己的底牌，那几辆交流用的军车原版放在那里，哪怕是还没有吃透，也足够让西汽拒绝他们的合作提议了。

沃尔夫冈对此非常意外，他不解地问道："林先生，据我所知，CAT III 的技术正是你们急需的，军民两用皆可，而且价钱我相信我们可以谈到一个合理的额度，如果你们有更多的想法，我们也可以继续谈，因此，您现在的态度让我非常难以理解。"说着，他连连摇头，一副难以置信的表情。

# 第 161 章　画大饼

沃尔夫冈身边的约瑟夫也是一脸愕然，他说："林先生，恕我直言，据我所知，你们的技术水平还远远达不到我们CAT III 的技术水准吧？你们如果一直给军方提供重卡的话，应该了解，我们的CAT III 完全符合相关要求，虽然我们不能直接出口军品，但是以你们的技术，适当改进并不难吧？如果很困难的话，我们也可以适当提供帮助的。"

约瑟夫这话就比较露骨了，此时，克里斯蒂安并不在场，他们也无须隐瞒什么，很多事情都是摆在桌子上的明事，此时一些忌讳早被他们抛之九霄云外了。

但是这话听得郭志寅等人直皱眉头，这些德国人未免太小瞧西汽现在的技术水平了，CAT III 不是没有可取之处，但是在郭志寅看来，对自己对军方的作用其实并没有那么大。没错，军方目前依然经费不足，不可能大规模装备各种先进装备，但是军方的雄心并不小，未来十分可期，现在他们憋着劲，就是在将来要弯道超车的，如果没有几把刷子，他们敢接军方的招呼吗？

至于 CAT III，别说军方已经不大瞧得上，不符合未来战争的发展趋势，就连他们自己，也不见得看得上，撇开那几辆样品车不说，就是没有，他们也不会引进的。

但是西汽此时却也不大可能公开站出来说，自己的技术已经达到多高的水准了，在 NAM 面前，那还是有些班门弄斧了，不合时宜。总之，西汽目前的处境略有些尴尬。

对于沃尔夫冈等人的反应，西汽众人虽然早在预料之中，但是此时听到约瑟夫的话，大家就有些坐不住了。

沃尔夫冈接着约瑟夫的话头说道："还有，林先生，拒绝我们的合作提议，这是贵公司的最终结论吗？"

林焕海说道："沃尔夫冈先生，约瑟夫先生，还有在座的各位，我们西汽并不是拒绝与贵公司的合作，相反，我们希望与贵公司开展更大的合作，共同打造一个更大的愿景！"

这话听得沃尔夫冈神情一振，表示愿闻其详。

林焕海缓缓地说道："不瞒各位，对于 CAT III，我们的确是非常赞赏的，我认为贵公司的产品，当然不止这一个品牌，都是深厚技术积累的智慧结晶，我们中国人一向对你们德国人这种精益求精的精神和产品质量十分认可，并且一直是作为我们学习的榜样和楷模。"

林超涵原封不动地将这些话翻译给德方听。沃尔夫冈和约瑟夫等人听后，都是一脸的骄傲，的确，这是他们引以为自豪的地方。听到林焕海的当面称赞，无论他们心里怎么想，但是确实听了舒坦、高兴。

"不过，也恕我直言，我们中国人同样也具备为了美好生活而勤奋学习和努力工作的基因，我们与德国人一样，喜欢追求更精致的事物，希望把所有的事情都做到极致，哪怕现在做不到，我们也会一点一滴地积累，直到达成理想为止。"

"所以，在我们看来，CAT III 是一个好东西，但是也不是一个好东西。说它是好东西，是因为它是重卡发展过程中值得铭记的一个品牌，说它不是好东西，是因为它对于时代的潮流来说，已经开始显出疲态，已经有所落后了，相信对于这一点大家都不会否认吧？"

"一个已经注定落后的东西，我们引进回去，它能发挥多大的价值呢？它能帮助我们实现达到极致的目标吗？我想，它不能吧。"

林焕海侃侃而谈，林超涵丝毫不耽误地及时翻译过去，沃尔夫冈等人听得十分专心，有人已经在暗中点头了。人都有同理心，林焕海说的这些道理，他们何尝不明白。

"因此，我们拒绝 CAT III 的合作提议，其实是在为我们打开一扇更广阔的合作大门。"林焕海终于亮出画大饼的獠牙了。

"诸位对我们西汽有所了解，但是不知道对我们整个中国的市场是否有所了解？我们 1998 年的 GDP 增速是 7.8%，用我们总理的话来说就是来之不易，大家知道这一年我国发生了百年不遇的洪水。接着 1999 年，我们中国的 GDP 增速是 7.7%，这样大幅度的增速，充分证明了我们市场的活力，以及巨大的潜力。你们想必也知道，这是在我们还没有充分融入全球化的进程所取得的成绩，而现在我们入世的谈判已经接近尾声，一旦中国入世，整个中国的经济将会再次跃升。诸位想想，在这样一个大的历史进程中，有多少基建事业等着我们去做？汽车制造业将会发展到何等地步？我们置身于这样一个伟大的时代，重卡行业在中国能得到多大的发展？"

"不瞒各位，我们的预测是，用不了多少年，中国的民用卡车销量将会以月度 10 万辆起计，重卡预计将占 30%。诸位，是月度，不是年度！这是多大的一个市场啊！我们难道不要为此早做准备吗？在那个时候，如果我们拿不出称手的产品，如何面对市场竞争？"

"所以，我们的终极目标已经不能放在 CAT III 上了，我们要合作就直接瞄准 G2000 这样的产品，我知道这是你们现在最得意的作品之一，不是这样我们还不会考虑合作呢，只要你们能敞开合作的大门，我们就能一起打开中国的市场，实现大家共同的梦想。"

说完这段话，林焕海停顿了下来，他慷慨激昂地说了半天，现在需要停下来观察一下德方的反应。实际上此时的沃尔夫冈等人是处于一种比较懵圈的状态中，他们在反复思量着林焕海这些话里透露出来的信息，中国市场当然是他们眼馋已久的，不然林焕海根本也坐不到他们跟前侃侃而谈画大饼。

中国经济增速什么的，他们听听就得了，对这些公开的数据，他们虽然有过关注，但也没有太过重视。但是说到中国月度卡车销量能达到 10 万辆，就由不得他们不重视了，这是多大的市场份额啊！

沃尔夫冈先生感觉自己的呼吸有些艰难，他提出了一个疑问："林先生，你们是不是有些过于乐观了，据我所知，现在中国重卡的销量并不高。"

当年，欧洲 16 国，卡车销量超过 5 万辆，其中 NAM 的份额很高，但是整个中国市场，据公开的数据统计，还不足 3 万辆，在沃尔夫冈看来，这已经是很不错的一个市场了，要说达到 10 万辆，那简直就是逆天了，有没有搞错啊？他很怀疑。

"有！我相信很快就能达到！如果您同时也研究了我们市场的增长速度的话。"林焕海用很肯定的语气说道。实际上，他的预测还是相对保守的，后来中国市场的增长速度远超他的预料，举一个公开查证的数据资料，到 2016 年，某月全世界各国卡车销量统计数据显示，当月整个欧洲销售卡车达 4.7 万余辆，北美地区达 3.6 万辆，而中国达到多少？ 25 余万辆！其中重卡就有 7 万余辆。而到了 2019 年 1 月，统计数据显示，当月仅重卡销售数据就接近了 10 万辆，而这还是略有下滑后的数据。

听到这组数据，沃尔夫冈有些坐不住了，他低声和身边的人交流起来，他们不得不怀疑林焕海的数据预测，但是严谨的德国人从掌握的一些数据分析来看，这种前景似乎并不是不可能的。但数据是一回事，现实又是一回事，将来到底会如何发展，其实谁也不敢打包票的。看着林焕海信心满满的样子，沃尔夫冈顿时陷入了矛盾之中。

如果中国未来的卡车市场真如林焕海所言，有这么庞大的销售量，对德国人来说那绝对是一种震撼，整个欧洲甚至再加上俄罗斯的销售量，全年算下来，可能都不如中国的一半多，如果 NAM 错失机会，等于葬送了企业的未来，任谁都不可能放任竞争对手去占领这么大一片市场而自己却无动于衷的。

但是换一个角度来说，如果林焕海说的是虚假的呢？那又会如何呢？那NAM 其实就相当于被中国套去了最优质的资产，将来发展的后果难料。

林焕海再在火上浇了一把油，他说："其实，NAM与我们的合作只会双赢的。你们想想，就算出现意外情况，中国的市场发展不能完全达到我的预测，对NAM来说也依然是不能放弃这块市场的。你们说对吗？"

沃尔夫冈心里清楚，这话说得太对了。其实就算林焕海有吹牛的成分，达不到月销10万辆卡车的额度，打个对折，这个市场也是NAM绝对不能随意丢弃或是置之不理的，NAM是他们家族掌管不假，但也是股东们的地盘，如果股东们知道他们轻易放弃中国市场，不知道是会活剐了他呢，还是清蒸了他？

"沃尔夫冈先生，其实像这些情况，你们不必要猜测，只需要到中国市场上去走一走，看一看，就知道了，这里面有着多么巨大的商机。"林焕海再添了一把火，他是真希望沃尔夫冈去中国走走看看，那里庞大的市场，只要稍微看几个工地，比如去几个国内大的工程项目去溜达一圈，基本就能征服他们。这里面的市场到底有多大，是不言而喻的。

这时，一个一直坐着没有说话的德国主管，名叫霍夫曼的突然开腔道："我们打开中国，也未必一定要和西汽合作吧？"

# 第162章　沃尔夫冈的承诺

其实，德国人心里是有一本明账的，NAM不是看不上中国市场，也不是进不去，而是进去了没有什么意义。他们如果直接整车销售到中国，不好意思，直接交20%关税，然后就没戏了，因为它一台车可能也卖不出去，除了脑袋被门夹了的以外，是不会有人买它的车的。

就是因为太贵了，原产于德国，本身人力成本、材料成本就高，加上运输费用，再加相关税，实际上推出的产品价格就是天价了。NAM自己测算过，基本上售价必须得是西汽重点主力产品的4倍价格，也就是说100多万一辆车了，这根本不划算。要知道，在国内重卡大多用于拉土运煤等重活，西汽的承载能力最强，已经够使了，其他花里胡哨的功能都是多余的，NAM在承载能力方面也未必比西汽强多少，但价格却贵到一辆买国产四辆，是个人都知道该怎么选择了。

正是因为这么现实的原因，NAM才放弃了直接开拓中国市场的打算，就靠偶尔跟国内做一些零部件生意维持着联系，直到西汽这次找上门主动寻求合作。

这正是 NAM 求之不得的事情。但是沃尔夫冈有自己的打算，跟中方的合作，最重要的当然是利益，但是也要适当保护自己的技术，因此，将相对过时的技术抛出去是最合算的，只要西汽肯接盘，以 NAM 的技术实力，可以迅速帮助西汽在中国建立起相关生产线，然后推向市场，在中国生产的成本会低廉很多，到时候 NAM 光靠吃专利费，还有卖各种零部件的钱，就赚得快乐无比了。

但是现在看样子，中国人不吃这一套，沃尔夫冈就有些为难了。

听林焕海说得天花乱坠，德国人也不是傻子，虽然能听到其中的机会，但是商业就是商业，有自己的考量逻辑。

因此，霍夫曼才突然有了这么一问，是啊，难道 NAM 非要跟你西汽合作吗？不行的话，我找别人合作也行啊，说不定开的价钱还比你高。

林焕海也没有想到，对方会这么早就提就出这个问题来，有点措手不及。在他看来，只有进入后半程，双方开始就价格进行砍杀的时候，德方才会提出这个终极议题，没有想到现在这么快就提了出来。听德国人的意思，应该是说 NAM 不见得非要跟西汽谈 G2000 的合作，而是舍掉西汽去跟其他厂家谈合作，说不定 CAT III 就能顺利地卖出去呢。

旁边的郭志寅插话道："大概这位，哦，霍夫曼先生对中国市场不太了解，重卡市场，我们西汽就是风向标，我们不要的东西，是不会有人冒着被全天下耻笑的风险去抢购的。"

这话说得颇为霸气，听得那位霍夫曼哑口无言，他总不能公开质疑西汽在中国国内重卡行业的地位吧？那样未免也太不礼貌了。他确实不知道中国国内市场的情况，但如果强行质疑，也会引起自己一方人的不满的。

林超涵翻译了郭志寅的话后，也补充了一句："各位，说句题外话，如果各位到中国市场上走访一遍，就知道我们在民用重卡市场上的名声了。说句套话，我们就是这个行业的风口。"

沃尔夫冈深深地看了一眼林超涵，他倒不是觉得林超涵吹牛，而是作为一名翻译，他这么态度自若地补充了一下自己的意见，这似乎不是翻译这么简单的。他翻了一下手中的资料，终于发现这位翻译竟然是西汽技术中心的主任。他低声地吩咐了一下自己的秘书，让他查一查林超涵的经历过往。秘书点了点头，悄然地安排了下去。

两人的话一下子打消了 NAM 一方另起炉灶的念头，并不是说德方真信了，而是因为沃尔夫冈也一直认为西汽是最佳合作伙伴，其他也有几家实力不错的国企汽车制造商，但是他们体量更大，NAM与他们交锋，不见得能占什么便宜，还不如选择有一定实力，但是锐意进取的西汽更佳。

所以沃尔夫冈压下了其他人的意见，连道："我们不是要质疑你们在行业的地位，我们德国人信守承诺，与你们沟通合作，是绝不会轻易与其他家进行接触的。"理论上货比三家更好，但是德国人确实有自己的执拗，既然答应了与西汽进行接触，在没谈崩之前，再与它的竞争对手进行接触，这种事情实在有违他们的行事风格。

林焕海连忙接过这个话头："亲爱的沃尔夫冈先生，我非常欣赏您的坦率，也欣赏您的作风，关于双方合作这个事宜，我有一个提议。"

"请讲！"

"那就是我希望我们不管后面谈得如何，我们可以草拟一份意向合作协议，或者是备忘录，如何？"

"您的意思是……"沃尔夫冈有些拿不准林焕海的想法。

"也没有别的想法，就是刚才您的这位同事提醒了我，让我觉得有必要我们双方再次明确一下合作意向。在这里，我需要得到您的承诺，在我们的合作没有最终达成协议以前，我们要进行排他性合作，在欧洲，我会不再接触其他企业，在中国，你们不要再接触其他企业，您看如何？"

沃尔夫冈明白了，原来中国人是担心他们会跟中国其他企业合作，想要合作优先保障，于是他便笑了，说："请放心，林先生，关于合作意向，我同意签订，我在此也口头向您郑重承诺，如果没有不可抗力的因素，我们在与你们达成最终协议前，是不会跟其他中方企业进行合作的。这里的中方企业包括你们的汽车制造商、中间商还有贸易商等等。"

得到沃尔夫冈的承诺，西汽众人心里一下子就踏实了，没有想到这么轻易地就让沃尔夫冈同意了排他性合作。达成这个目的，西汽此行一大半的目标就实现了，剩下的就是细节上的讨价还价了。

西汽人的心里有底后，态度就更加放松起来。

他们接着聊了下去，林焕海重申了自己决定引进G2000的决心。

但是沃尔夫冈却面露难色起来，对他来说，今天根本就没有打算谈G2000，因为在他心中，确实这有一种非卖品的感觉。

其实不光是不想卖当家产品技术的原因，还有就是沃尔夫冈害怕麻烦，因为 G2000 有些技术不是他们 NAM 独家的，比如前面讲过的轮边减速双级桥的技术授权，就牵扯与另外一家知名品牌汽车制造商路驰的交叉授权和知识产权，要谈起来，还得去和人家沟通，这其中的麻烦可不小，说不定还会影响整个行业以后的技术合作。因此，他现在无法表态。

想了半天，沃尔夫冈试探性问道："不知道有没有可能，我们的合作循序渐进处理呢？"

"怎么说？"

"我们的合作，可以从 CAT III 开始，我们对你们放开全部技术授权和知识产权，你们可以拿去作为过渡产品，同时，关于 G2000，我们再慢慢谈。林先生，还有诸位都明白，我们 G2000 的技术太过先进，一时半会儿掌握不了也产生不了什么收益，不如先利用 CAT III 获得应有收益之后，你们也积累必要的资金，在这个过程中，我们再一步步推动 G2000 的合作。不知意下如何？"他这是缓兵之计。

西汽众人面面相觑，林焕海嘴角露出一丝苦笑。说来说去，对方就是想把 CAT III 硬塞给西汽，不要，接下去的事情就不要谈了，只有买了，后面双方才能更深度地合作，也就是 G2000 的技术合作。

偏偏这也是西汽极力想避免引进的技术。

林焕海感觉有些谈不下去了，他正在思考着怎么回答沃尔夫冈的问题，正转动脑筋时，约瑟夫在一旁忍不住开口了。

"亲爱的林先生，我其实一直不太理解，你们中国人的技术水平真的达到可以就 G2000 展开合作的地步了吗？"说着，他扬了扬手中的一部手提电话，林超涵等人看得很清楚，这是一部典型的欧洲通讯科技结晶，是一个风头无双的品牌斯其亚。

"就说这部手机吧，它虽然小，但是代表了我们欧洲的最顶尖科技，质量过硬、信号良好、坚固耐用。它由许多零部件组成，看上去简单，但是目前世界上还没有一家能够生产这样好的产品。你们中国，有一家通讯企业生产的产品，能和它相提并论吗？说得不好听点，未来十年，你们中国都不可能出现能够超越它的品牌，世界上也不会有。其他的品牌只能占据一些低端的位置，在斯其亚的竞争压力下苟延存活。所以，换到重卡领域，我的观点也是一样的，如此先进的技术，你们怎么追赶也是追不上的，何必浪费宝贵的金钱和时间呢？不如拿一些趁手的先占领市场再说。"约瑟夫说道。

林焕海听了觉得十分不爽，约瑟夫实在太低估中国人的能力，也低估了世界技术发展的速度。他如果知道，再过八九年，一部触摸屏手机横空出世，直接将斯其亚打入深渊，他一定不会这么自信；如果他知道，再过个十八九年，另一个中国品牌突飞猛进，将斯其亚差点都挤出通信市场，更加不会这么自信了。

"约瑟夫先生，你怎么知道我们中国追赶不上呢？任何人小瞧中国人的智慧，都会后悔的。"虽然直陈这一点可能会更让人加忌讳，但是林超涵实在忍无可忍，直接反驳道。

# 第 163 章　双方庙算

听到林超涵公开反驳，约瑟夫傲慢地说道："一百年前，到现在，我们确实没有看到在工业领域，你们中国人有什么不得了的创新，这是事实。所以，你让我怎么相信你们做得到？"

林超涵有些愤怒，头脑一热，差点想站起来与约瑟夫舌战一场，但是很快他就冷静下来了，与约瑟夫在这里逞口舌之利实在毫无意义，因此，地按捺下极度的不爽，冷静地说道："其实事实会胜于雄辩，将来你们会看到我们中国创造出世界奇迹的。"

约瑟夫冷笑了一声，也同样没有再争辩下去，在他看来，中国人要创造奇迹，除非德国人都死绝了。

面对约瑟夫这般近乎赤裸裸的歧视言论，西汽等人都高度不爽，郭志寅直接用英文表达了抗议，表示如果不道歉，他们就离开谈判桌。

沃尔夫冈其实也有些难堪，这个约瑟夫实在是有点过分，要不是现在还有用得着他的地方，早就把他一脚给踢到外太空去了，哪里轮到他在这里大放厥词。想着，他狠狠地瞪了一眼约瑟夫，示意他闭嘴，然后连忙表达歉意，表示约瑟夫所言并不代表 NAM，他本人还是非常愿意和西汽合作，而且也相信中国人的智慧。

好说歹说，西汽一行人才勉强留了下来。约瑟夫这个时候也意识到自己的问题，后面一声不敢再吭了。

但是会议进行到这里，接下去的话都是口水话了。不过双方还是达成了一些共识，比如说双方都同意继续保持接触，同意就 G2000 的问题进行进一步研究。西汽等人达到了一些目的，最重要的就是让沃尔夫冈明白了西汽众人的底线，G2000 是西汽矢志不移的目标。而西汽等人比较无奈的是，虽然沃尔夫冈同意进一步接触，但却一点也不肯进行实质性的谈判。

西汽众人明白，接下来该是艰苦的谈判期了。

既然进入到口水话阶段，多谈下去就没有意思了，双方没多久就结束了这一次的会面，相约隔两天再谈。NAM 表示内部还要再研究一番才行。

目送西汽众人走后，NAM 内部立即召开了另一个会议。首先，沃尔夫冈严厉地批评了约瑟夫刚才的言论，这样做毫无意义，既得罪了客户，又于事无补。

约瑟夫在众目睽睽之下只得屈服地进行了检讨，否则就要被直接开除出公司。

处理好了内部的问题后，沃尔夫冈再次征询大家对西汽合作提议的看法，但是内部却没有达成一致意见。

他们都认可将来的中国市场值得期待，开发中国是势在必行之举，不过对是否需要信守承诺只与西汽进行接触，则有不同意见，有个别人仍然坚持认为不必吊死在一棵树上。

他们都认可与西汽继续保持接触的重要性，并且在后面的会面中，应该更直接地提出合作框架。但是关于 G2000 可不可以谈，则完全没有定论，各有各的意见，有的认为应该直接封杀，不给西汽任何幻想，非卖品就是非卖品；有的则是认为可以展开部分合作，也就是保留关键技术，只提供部分技术；只有极少数认为可以敞开来谈，用开放的心态来看待这件事情。

这些话说得沃尔夫冈头都大了，他现在也很难决策，合作是一定的，但是要出卖的是 G2000 的技术，他真的是有些不甘心。

想了半天，沃尔夫冈才制止了正各抒己见的部属们，探询地问自己的技术中心主管："亲爱的弗兰克，你那里的进展情况如何了？"

弗兰克保持着优雅的微笑道："沃尔夫冈先生，我们的 XGA 目标进展十分顺利！"

听到弗兰克的话后，沃尔夫冈松了一口气，又问："预计 XGA 什么时候上市呢？"

"迟则一年，快则半年吧！"弗兰克回答道。这个答案让沃尔夫冈精神为之一振。他们所谈的 XGA 其实也是从 G2000 脱胎而来的，与 G2000 相比，只是更换了驾驶室和发动机，但整体性能又将上一个台阶。现在是研发的最关键阶段，一旦研发成功，立即可以转化为量产，去开拓市场了。

听到弗兰克肯定的回答，沃尔夫冈松了一口气，XGA 作为新一代的改进款，至少给了沃尔夫冈就 G2000 进行合作的底气。如果没有这个底气，他是打死也不愿意和西汽进行合作的，现在则一切都不同了。

他在心里慢慢盘算了一下，无论如何，最终的合作得拖到 XGA 正式上市以后再说，这样，他卖出相对落后的产品，也是说得过去的。

所以他最终拍板决定，可以就 G2000 与西汽进行技术合作，但是得按步骤来，有一个过程。一是要求条件不能低，能压榨出来多少算多少；二是过程不能太急，必须采取拖延战术，三是得研究一下与西汽合作的方案，到底是走哪条路线更合适，内部需要先制订一个策略出来。

那些吵吵闹闹的高管们在沃尔夫冈下定决心后，便都沉默不言了，包括约瑟夫也都不敢公开站出来反对和质疑沃尔夫冈的决定。说起来，德国人的服从性远远要强于中国人的。让你集体参与讨论是一回事，最终决定下来执行又是另外一回事了。

于是接下来沃尔夫冈就带领一干手下，反复讨论怎么重新拟定合作方案。上次的方案已经作废了，现在是全新的思路和开始。

与之相对的则是西汽一行人出了 NAM 后，再次回到酒店了。

说实在的，此时的林焕海是有些心急上火了，连续两次与 NAM 会面，其实都没有达成实质性的合作，一直待在德国乱转悠肯定不是个事儿，国内还有一堆的急活等着他们干呢。好在现在他们已经配备手提电话，全球都可以通话，厂里遇上了紧急事务，还能联系上他们。

"这么干挺下去也不是一个事，万一对方最后回绝了我们的合作要求怎么办呢？"林焕海这会儿有些不自信了。

林超涵站出来说道："我倒是觉得他们肯定不会回绝我们。"

"哦，理由呢？"

"理由有三个，一是没理由他们放着这么一大笔钱不赚，我们市场潜力那么大，他们肯定是大为动心的。"

"这个算一个理由吧，还有呢？"

"第二个理由就是，我观察了一下他们的表情，虽然为难，但是他们并没有表露多大的愤怒表情，你们想想，如果他们愤怒，说明我们要 G2000 的技术是触碰到他们底线了，他们不愿意出售自己的最高水平技术，但是他们没有，只说明一件事情，那就是他们可能还有备胎，而这个备胎的技术肯定比 G2000 更加先进。"

林焕海翻了个白眼，说："人家有备胎这事还用你说？"

"备胎跟备胎也是不一样的。"林超涵思索着说道，"只要他们还有更先进的技术，就一定会乐意就 G2000 展开合作的，这对他们不算太大技术损失。可惜我们不知道他们最新的技术是什么，否则倒是可以提出更进一步的要求。"

"你真是想多了，其实他们下一代的研发早就公开过方向了。"郭志寅插话道，"可惜语焉不详，我猜可能就是改进型吧，意义不大。"

"反正，他们既然不认为 G2000 是不可以动的奶酪，那我们的希望就会大大地提升。"林超涵说道。

"那说说看第三个理由是什么。"

"第三个嘛，其实很简单，直觉。"林超涵干脆利落地答道。

"滚！滚！"林焕海懒得听林超涵瞎掰了。倒是郭志寅在一旁笑说，直觉这东西有时候也应该重视的。

不管怎么说，西汽一行人也需要好好地琢磨甚至是评估一下下次见面双方谈判的内容，他们得从各个角度去推演，对方会提出什么样的条件，西汽又能答应到什么地步。当然，如果对方直接请西汽一行打道回府，那他们也没有任何办法了。

这两天，双方都在精密推算谈判桌上会出现的情况。林超涵提出，下次还要好好地参观一下 G2000 才能决定谈哪块，否则容易被人蒙。林焕海和郭志寅对此也是同意的，上次算是惊鸿一瞥，下次必须要好好地琢磨一番才行。

而就在双方绞尽脑汁准备下一次谈判的时候，正在柏林的范一鸣终于有机会拨通了潘振民的电话。果不其然，刚开始潘振民装腔作势，打着官腔，准备拒范一鸣于千里之外，但是当他听到范一鸣说西汽一行人来到了德国，顿时脸色就变了，他此时在西汽自然还有一些耳目，但是高层出行那都是保密的，很难再捕捉到内部情况，此时听说西汽一行人出现在德国，那自然不会是去游山玩水，肯定有其重要目的。

于是潘振民立即变换了语气，开始与范一鸣套起近乎来，各种关心问候一股脑向范一鸣砸去。范一鸣十分清楚潘振民在表演，但也不由自主地再次升起一股对潘振民的好感。

# 第164章　纸醉金迷的攻势

世界上很多事情是非常巧合的，范一鸣从得到消息到给潘振民通风报信耽误了两天时间，偏偏就是这两天时间决定了很多事情。

当潘振民得到范一鸣消息的时候，实际上他从行业内也听到了一些风声，此时更加确定西汽是决意要从 NAM 这里取得更先进的技术了。潘振民顿时就很不淡定了，他手上现有的技术本身也都是东拼西凑过来的，若不是响越集团财力雄厚能够支撑，根本就开不了张，就这样的技术现在还没有整利索呢。目前正在努力开拓市场，刚刚有些成就，如果持续下去一段时间，未必没有可能拿到一定的份额，但是现在看来，西汽比他们走得更远，如果他们能够获取下一代技术，那立即又会在不远的将来将响越集团彻底抛得远远的。

不行，不能让西汽独占鳌头。潘振民立即在心里拿定了主意。

但是让范一鸣干什么，他心里则有些拿不定主意。本来他是有心想与范一鸣摘干净的，他也看出来了，这个家伙有些不靠谱，靠得太近，说不定会被传染上倒霉气。但是眼下这种情况，也没有其他选择，只能依靠范一鸣了。范一鸣现在正在德国，并且听他的意思与内部人士取得了一定联系，这种关系不用，那是傻瓜蛋，从国内派人赶往德国，来来去去最快也得几天时间，稍一耽误黄花菜都凉了。所以必须得委托范一鸣帮忙，但是委托到什么份上，给他什么回报，这个就有待考量了。

范一鸣现在对潘振民狐狸般的属性也是有认知的，所以他在试探，放出风声的同时，也扎紧了篱笆，打死也不说自己走的内部哪条线，保持一份神秘。

潘振民对范一鸣的关系网将信将疑，但是他真要找 NAM，同样也有正常渠道的，不过像他这种信奉台下交易的人，宁可信奉关系人情，也不愿意相信公开谈判。所以最后他还是默认了范一鸣的作用，答应范一鸣只要这次能够帮助响越从西汽手中抢到 NAM 的代理权，那么就委任范一鸣担任重要岗位职务，具体职务回国谈。

但是递根干枝子是别想打动范一鸣的，范一鸣不可能完全信任潘振民的口头承诺。两人虚与委蛇地交涉了一阵，最后潘振民答应给范一鸣响越重卡谈判委托代表的身份，立即从国内传真过去盖章委任状，另外同意给范一鸣再安排一个响越重卡经理的头衔，并且承诺，如果能够成功劫和，则直接授予范一鸣响越重卡公司副总经理的头衔，负责市场营销和销售业务。

两人在电话里聊了两个小时，才终于谈妥了大致条件，细节条款双方还有待进一步商榷。潘振民的计划是先让范一鸣出面阻止 NAM 和西汽之间的交易，然后再紧急从国内调派得力干将前往德国与范一鸣会合，双方共同出面，开出更优厚的条件，拿下这桩合作。

对于这一点，潘振民很有底气，不同于西汽方面的抠抠搜搜囊中羞涩，恨不得一个铜板掰成两半花的窘境。响越重卡，别的没有，就是有钱，只要能说服上面的老总，掏再多的钱也只是眨眼工夫的事情。没吃过猪肉也见过猪跑，潘振民这些年在西汽也不是白混的，他深深知道技术的力量，NAM 的技术一旦引进，那又将引起重卡市场的新一轮革命，跟得上，活，跟不上，死。

另外有一点底气的是，潘振民听出来了，范一鸣现在可以拿到 NAM 内部的一些核心消息，西汽可能现在都不知道 NAM 的开价，但是范一鸣有可能打听出 NAM 的心理底价。同时，西汽一旦报上价格，范一鸣也有可能得到相关讯息。综合这两点，响越集团只要比西汽开的价码更高，不信 NAM 的人不动心，哪有不想赚更多钱的道理。

潘振民也是有几分魄力的人，当机立断，决心走范一鸣这条路线。他也不拖泥带水，讲妥大概条件后，立即就着手准备。次日一早，想好言辞的他就打电话给了响越的王董，对方在潘振民十分郑重地提出要与西汽竞争 NAM 合作权的事后，表态非常赞同，需要多少钱，集团方面一定会通过，前提是 NAM 真有那种技术高度，对此潘振民是拍了胸脯保证的。得到集团支持，潘振民底气就更足了，立即召唤心腹人马共同商议。

在这方面，他的心腹们对他的决策是不会提出质疑的，接下来就是安排出行的人，三名心腹外加一名翻译的队伍很快就安排好了。潘振民自己之所以不去，是因为他另外有一个更重要的行程，这段时间有个重要领导的接待他不敢怠慢。

调兵遣将，召齐人马，交代要务，准备文件，兑换外币，再加上其他重要事项，再快也是要时间的。好在关系网硬，德国申请签证也相对简单，很快落签。在范一鸣电话后的第四天清晨，响越重卡一方的代表人物就坐上了前往法兰克福的航班。

范一鸣这边，得到响越的正式授权后，立即就开展了他擅长的公关，与彼德之间的关系变得十分热络起来，连续数天，纸醉金迷的攻势，让彼德彻底找不着北了，两人现在关系好得穿同一条裤子了。不得不说，哪怕是德国人，也不全部都是严谨刻板，也总有那种花花公子，彼德在范一鸣的刻意交往下，彻底放下了那一点点的种族意识，把范一鸣当作无话不谈的好朋友，连底裤的颜色他都会如实告诉范一鸣。

从彼德的嘴中，范一鸣摸清了 NAM 的沟通渠道。但是彼德也只是从沃尔夫冈的大儿子，也就是他的表哥那里得到一些不完整的零散信息，所以范一鸣对双方谈判的进展依然没有确切的讯息。只能等这几天彼德再去参加家族聚会，从沃尔夫冈那里打听了。

范一鸣从彼德嘴中得到的最重要信息就是，他的表哥其实才是有可能改变沃尔夫冈主意的人。彼德虽然在家族里有一定地位，但是无论从能力还是从继承顺位上来看，都不可能成为继承人。但好在彼德与自己的表哥关系极铁，他不能影响沃尔夫冈的地方，他的表哥则大有可能。

所以在范一鸣的盘算中，就是让彼德尽快找机会让他见到这位表哥，然后他再直接与这位表哥进行沟通。但由于彼德的表哥工作比较忙，没有那么快能够约上，范一鸣只好等着召唤机会。

这一天，范一鸣前往机场去接机，因为响越重卡的人就要过来了，他必须要去接他们，而他的心情还略有些莫名的激动，内心有一种渴望早一点看到响越的代表团。

等到飞机降落，人员走出机场的时候，范一鸣终于等到了他想要看到的人，他激动地冲了上去，紧紧地拥抱住了其中一位，甚至久久不愿意放开。

因为，这个人，对范一鸣来说，现在特别特别，她就是朱梅英。范一鸣和潘振民提的其中一个要求就是，让朱梅英也进入响越谈判小组。潘振民虽然不是很乐意，觉得范一鸣未免有些公器私用的意思了，但是最后也同意了范一鸣的要求。

朱梅英被范一鸣紧紧地搂住，说真的，有那么一刹那，她居然有点小感动，而且还有些莫名的情愫升起来。有她在，范一鸣的底气更足，这几年的相处下来，他早就默认了，朱梅英其实与他有着极强的共生性。这个女子其实是个极其厉害的人物，有她帮忙，范一鸣觉得操心甚少。

除了感觉，朱梅英还是有点尴尬的，她是真的没有想到范一鸣居然大庭广众之下会搂住她，这出乎她的预料。看着响越那边四个人各种羡慕嫉妒恨的表情，她不好意思地推开了范一鸣，低声道："范总，让外人看着不好！"

"呵呵，他们是外人，那你就是内人了！"范一鸣对此毫不在意，在这一瞬间，久别重逢的感觉压倒了一切。

"谁要做你的内人？"朱梅英有些不好意思起来，脸上居然泛起了红晕，这让范一鸣更加意动。

"不做内人，做什么？"范一鸣现在也是豁了出去，他想通了，反正季容对他是没有感情的，斗来斗去这么多年，死盯着季容，除了不甘心之外，没有任何意义了。心灰意冷之下，朱梅英反而是他朝夕相处了那么几年，从最初的死活瞧不上，到合作看着办，再到最后的重用离不开，这个过程中，他不自觉地对朱梅英产生了感情。以前不承认，反而是来欧洲的这半年时间里，他终于想明白了。

所以他无论如何，也要让响越方面把朱梅英给送过来，别的人他信不过，只有跟朱梅英在一起，他才有安全感。

"讨厌！"朱梅英这样的女子居然有一点小女儿状，是有点不适应，但可能吐着吐着就好多了。响越重卡的其他几人一直没有怎么吱声，看着这两人当着他们面亲热也无动于衷。他们自然有各种计较与心思，面上却肯定不会流露出半点。毕竟名义上，这次来德谈判，以范一鸣为代表。

# 第 165 章　艰苦的谈判

而在另一边，西汽与 NAM 的艰苦谈判才刚刚开始。NAM 在林焕海上次讲话之后，终于意识到，中国人这一次可以说是来者不善，瞄准的目标绝对不是已经落后一代的 CAT III，这款车型从中国人身上估计是榨不出来什么油了。

如果还想赚中国人的钱，那么只能选择从 G2000 开始谈起了。沃尔夫冈深刻认识到了这点，知道更先进的 XGA 已经即将可以实现量产后，他已经决定谈 G2000 了，林焕海那一天对广阔市场前景的描述，深深地吸引了他。他甚至认为，如果自己不能投身到这么大的市场里面去，那活着还有什么意思呢?

　　当然这只是他自己的内心活动，他是绝对不会在表面上承认自己已经被打动了的，合作还得一步一步来，正如饭一口一口吃是一样一样的。

　　所以，他的策略是再和西汽扛上一次甚至两次再说，再强推一下 CAT III，最后实在不行再勉强将就地同意就 G2000 进行谈判，剩下的事就是怎么把 G2000 的研发经费赚回来，再大捞一票了。

　　基于这种心理，在隔天举行的谈判中，沃尔夫冈的表现是依然没有松口，而且再找了一大通理由来证明中国根本没有必要现在就引进 G2000，最合适中国的依然是 CAT III。这次，他还扯到了一个新证据，那就是他举证说西汽目前的生产设备比较落后，如果全面升级的话，非常不合算，反而是 CAT III 能够在不做大的设备升级条件下，可以在性能上实现大的飞跃，甚至他还抛出了一个极具诱惑力的条件，即附赠一条 CAT III 的完整生产线，并低价出售另外一条生产线，并保证会派德国专家全程指导安装直到生产。

　　不得不说，这个条件确实有较大的诱惑力。对于西汽来说，现在缺什么?表面上缺的是钱，其实最缺的就是先进的设备。因为没有先进的设备，导致生产效率低，导致质量不高，导致市场进取乏力。从某种程度上来说，缺设备比缺技术更严重，是饥渴一般的严重。

　　若不是 CAT III 的底牌早已经被西汽了解，换个环境下，说不定林焕海还真会答应这个条件。只要这两条生产线引进，林焕海敢说，明年的生产任务用不了半年的时间就会全部完成。但是这毕竟与他的最终目标不符，即使面对如此巨大的诱惑也不能动摇，他只能忍痛拒绝了这个条件。

　　林超涵都被德国人这一次出手给震惊到了，他立刻想到，并提醒了林焕海，既然 CAT III 的生产线可以引进，那是不是可以得寸进尺，在合适的时候提出 G2000 的生产线引进。但是被林焕海暂时压住了，时机不合适。

　　看到西汽一行人顶住诱惑，依然坚持提出要引进 G2000，沃尔夫冈终于放弃了推销 CAT III 的念头，但是他也绝不会轻易就低头，于是再次提出要改天再议的要求。

这下子，真的有点惹恼林焕海了，对方一而再再而三地装模作样让他觉得这事没法谈下去了。于是他强硬地表示，如果始终在一个没有意义的议题上打转，那也没有再谈下去的必要了，明天他就只能买机票回国了，因为他不可能浪费太多时间，国内有太多的事情等着他回去处理。

说实话，林焕海发飙的时候，林超涵翻译都为他捏一把汗，一时间会场的气氛都很紧张。好在沃尔夫冈早有预案，于是也装作迫不得已要挽回客人的样子，向自己的同僚表示没有办法对方就是"客以强大"，要赚钱得趁早，于是他勉为其难地宣布可以就 G2000 进行谈判。

林焕海转怒为喜，双方又开开心心地做朋友了。

实际上正如林超涵所料，对方肯定是会同意就 G2000 进行谈判的，但不逼一下是不行的。林焕海之所以作态就是为了逼迫一下，而沃尔夫冈这边，其实内部是有不同声音的，虽然说他强压下来，谁也不敢反对，但是强压毕竟没有顺水推舟更能平息反对的声音。两边其实都是戏精而已。

既然大家谈得这么愉快，那往下要就聊些干货了。

既然是干货，那就难度更高了。双方这次会议就确定了一个大方向，即第二天开始正式就引进 G2000 的技术细节和商务细节进行谈判。这里面的学问就太大了。实际上，双方在这一次会议上，谈得最多的还是大方向的合作，双方只是确定了后面大概要谈哪些内容，而按照双方共同的认知，就这些技术细节的谈判，双方还要进行好多轮，而这么多轮的时间，他们都说不好，初步达成共识的是，争取双方在一年内至少进行三次大的磋商以达成最终共识。

旁边的姚锦元终于感觉自己要扬眉吐气了。说真的，这几天的前期谈判，基本上没有他插话的份，因为这些大的方向根本不是他能够参与的，只有到后面合作的商务细节，才有他的用武之地。那些与法律相关的条文，他在西汽众人里面最有发言权。

而邹乃德也松了一口气，他同姚锦元一样前期都起不到作用，只能干着急，但是此时他心里终于有底了，回去后可以向省里进行汇报了，这也算是他的工作成绩。能够促成双方的合作，他与有荣焉，合作不成，他回去也觉得有些灰头土脸，他还真怕林焕海一怒之下双方谈崩，回去他也不好交代。

他们接下来要谈的，首先是合作模式。

对西汽来说，最好的合作模式当然是掏最少的钱，买到最好的全套技术，然后还能附赠样品和生产线，把自己的技术水平提升后，再竞争国际市场，一切完美。但遗憾的是，这是做梦，德国人不是傻瓜，当然不可能按照西汽的条件走。

德国人则同样也有一厢情愿的地方，他们希望能尽量不提供最重要的部分技术，然后西汽再从 NAM 这里直接整车购买回去卖，大家快乐无比地坐地分钱，这样中国人永远不会威胁到 NAM 的江湖地位，一切完美。但遗憾的是，德国人也早早地就发现了这几个中国人并不是传说中的人傻钱多的主，他们有着自己精密的盘算。

当时有三种模式供西汽选择，德方在长期的市场开拓中，已经形成了诸多合作模式，以应对像西汽这样的合作者。

这三种模式分别是 CBU 整车进口，SKD 总成进口装配，CKD 散件进口装配。顾名思义，CBU 的合作模式就是 NAM 最喜欢看到的模式，西汽充当搬运工，将 NAM 的产品运到中国大陆进行贩卖，做中间商赚取差价，一直只是模仿，绝不超越，如果西汽要购买其中技术的话，不好意，生产线还得花钱再买。

而 SKD 的模式，则是从 NAM 这里进口最重要的部件，回到国内进行组装。这样西汽可以掌握部分技术，比如组装技术，但是属于师傅领进门，修行在个人了，你能学到多少，全看自己努力了。当然，有天分总是可以多学一点的，这样 NAM 也不是很担心教会徒弟饿死师傅这种情况发生。

最后是 CKD 模式，则是西汽完全以零件的形式进口全部或者只是部分 NAM 的产品，回到国内进行分配组装，其中部件会以国产化代替掉。这样基本上如果西汽肯下苦功夫钻研，有个十年八年的工夫，也差不多可以学会师傅的全套本领。但那个时候，师傅是不是练成了什么新的独门秘籍就不太好说了，应该是大概率的事，NAM 虽然会有些不爽，但依然可以指点江山激昂文字。

这三种模式里，第一种不消说是中方最吃亏，德方最赚钱的模式，但是却也是绝不可能实现的模式。原因此前已经说过了，价格高出天际，西汽可能撑不到最后直接就流血而亡了。

第二种相对中庸一些，但依然是中方付出较大代价，最关键的是生产线西汽也得花钱去买，这哪成呢？林焕海表示，西汽现在已经开始着手规划新的生产园区了，生产线会自己建立不劳 NAM 操心，所以这种模式也不完全可取。

至于最后一种，表面上，大家最多也只是打个平手，但其实这种模式才是德方内心最想推销的方式，因为这种方式，就会将中方科技树彻底锁死。林焕海刚开始还没有意识到其中的问题，倒是郭志寅发现这种模式的缺陷，那就是西汽会完全沦为 NAM 的代加工厂，想发展壮大起来，会处处受制于人。这哪成呢？这种模式也不完全可取。

在德方看来，反正不管哪种模式合作，德方都稳赚不赔。

在中方看来，反正不管哪种模式合作，德方都是赚的，但区别是中方在其中的地位，以及未来发展的潜力。

起初，听到 NAM 提出这三种合作模式的时候，西汽的人不免内心有些崩溃，这样做下去，西汽岂不是会当冤大头？看到西汽众人脸色不太好，沃尔夫冈立即指示约瑟夫解释说，不管哪种合作模式，关于 G2000 的技术，都是可以谈的，这才让中国人的脸色好看点。

# 第166章　像法律一样坚实

对中方来说，其实最重要的依然还是引进技术。大家都是聪明人，听完德方的合作建议后，他们很快就意识到，这里面的诀窍在于西汽对于技术的消化速度。如果西汽在技术方面的天赋不够，胃口不好消化不良，那入我门来遇祸莫怨了；如果消化速度很快，能够很快实现国产化，那么这几种合作模式，哪样都无所谓。

西汽内部计较的结果是，德方提出的这些合作模式并无所谓，其实哪种模式西汽都无法拒绝也不能拒绝，对西汽最合适的模式是——三种模式都采取，但是这是有步骤的，先 CBU，再 SKD，最后再 CKD。实际上，西汽最后也是这么干的。当时第一批是 CBU 整车进口，但是挂的是西汽的标，也就是说依旧算西汽生产，批量不大，主要用于西汽对整车进行掌握和参考，基本不对外卖。第二步是 SKD，大总成进口，从驾驶室总成开始，车架、车桥、线束、附件等等，西汽用来在装配线上试装，熟悉和掌握装配过程，大概有 200 多辆车，最后是 CKD，完全是零件进口，比如车桥部分全部扩散到海瀚进行装配，大概 1500 辆车。最后再逐步国产化。整个过程，西汽付出了巨大的代价，投入了全集团最优质的资源、最精干的骨干力量，资金更是巨大，但比起最后的收获来说，都值了！

当然整个谈判过程肯定没有那么容易了，这些模式，在沃尔夫冈提出来后，西汽一行人整整激烈地讨论了三天时间，才最终确定下方案。

这些方案是一个大的综合体，既不完全认同德国人的方案，也不完全否定。对于中国人提出自己的整合方案，沃尔夫冈和他手下的德国人听到后，基本上是崩溃的。他们做事办事一向非常严谨，关于各种方案的制订也都是早有定案的，来谈合作的，要么被动接受，要么就修修补补，像中国人这样大杂烩的解决方案他们也是有点懵，一时间转不过弯来。他们的思维很难理解中国人的处理模式，怎么既可以 A 也可以 B，同时看上去也不排除 C，这是中国人太聪明还是中国人太糊涂，他们也有些分不清楚。

所以在西汽一方提出相关方案的时候，德国人崩溃得只能提前结束谈判，他们要花费大量时间和精力去解读西汽一方提出的方案，然后从中找到对自己最有利的线索。

目送西汽一行人离开后，沃尔夫冈揉着眼睛，十分疲惫，不是完全没有与中国人打交道的经验，但是像西汽这一行人如此难缠，他也是有些意外。

约瑟夫在旁边恨恨地说道："沃尔夫冈先生，中国人太狡猾了，完全没有谈判的诚意，我们不如索性拒绝与他们的合作，另外寻找合作伙伴吧？"

旁边的几名参与谈判的高管也不停地点头表示同意。

霍夫曼的话最有代表性："我深刻怀疑中国人是否认识到商业谈判有自己的规律，如果他们只想按照自己的游戏规则来玩，那么我们是否下场陪同他们一块游戏？这是否已经超越了我们曾经以为拥有的期待和理解？"

沃尔夫冈不是一个独断专行的人，实际上他心中虽然有自己的主张，但却一向不排斥别人有不同意见。此时听到大家的意见，他心里也有些打鼓起来，中国人提出这一套解决方案，他们当然会仔细研究，分析中国人到底想干什么，但是如果中国人只想另起炉灶，他不是傻瓜，自然不会奉陪。

然而，林焕海描绘的宏伟蓝图，像是火一样撩拨着他的心。他深深知道，如果自己错过与西汽的合作，下次进军中国市场，未必能找到一个能够真正值得信赖的伙伴。前期那些大量的工作并不是白做的，如果只是因为一时的误解而放弃了真正的朋友，那他也许会有后悔到撞墙的那一天。

所以他只是沉吟，没有做声。但是他也知道，眼前一行高管都是 NAM 的高层，如果他们只是有一些不同的意见，他还可以压下，如果反对的声音过大，他就必须得郑重考虑违逆的后果了。

正在这时，一名穿着灰色西装套裙的女士出现在他们的眼前。这位女士其实应当称之为女孩，因为大家都知道她是大好的未婚女青年，NAM 大名鼎鼎的法务官莎洛特·巴赫。她的出现让大家眼前一亮，只见她一身职业套装，却掩不住身材的曼妙，雪白的衬衣衬托出她略显古铜色的肌肤，显示她平时经常进行户外运动，戴着一副低度黑框眼镜，更添几分风采，脸上的雀斑微微点缀，让文雅的气质中流露着一丝野性。

"喔，喔，是我们美丽的莎洛特·巴赫，这次又带来什么文件了？"沃尔夫冈满面笑容，对这位年轻漂亮的法务官，他一向是青睐有加的。印象中她毕业于著名的海德堡大学法学系，出来后即加入了 NAM，至今已经为公司服务三年有余了，从来没有出过什么差错，沃尔夫冈对她很是欣赏。

"沃尔夫冈先生，这里有一份从捷克方面递交过来的续约子合同中的一份，需要您的签字。刚才去您的办公室了，所以找到这儿来了。"莎洛特保持着微笑和礼貌，让人如沐春风一般。

"捷克？"沃尔夫冈微微皱了一下眉头，那是他们授权的一个生产厂家，管理混乱不堪，质量也不佳，在他看来，那简直就是败类集中营，他对那里可没有什么好印象。但是出于以前合约的约束，他也不得不捏着鼻子就认了。他试探性地问道："莎洛特，这个续约合同有没有什么问题，我们可不可以取消这份合约。"

莎洛特摇了摇头，说："您不会喜欢这个主意的，那会让我们赔一大笔钱。"

听到要赔钱，沃尔夫冈就没脾气了，能怎么办呢，捏着鼻子认了呗。他嘀咕道："真想取消跟他们的合作啊！"

莎洛特道："那除非他们犯了要命的错误，给我们借口。"

沃尔夫冈听了心中一动，签完字后对莎洛特道："那你可以随时帮我留意着。"

莎洛特点了点头，这是老板交代的工作，她会完成的。

沃尔夫冈突然又问道："亲爱的莎洛特，不知道你有没有听到我们跟中国人谈判的消息？"

"有，刚刚听到你们在质疑中国人的诚信。"莎洛特很直截了当地回答道。

沃尔夫冈听了有点愕然，笑道："你怎么看待这件事情？"

"对不起，我不了解详细的情况，不能给您想要的回答。"

沃尔夫冈心里暗自笑了一下，是自己想多了点，于是便道："我们和他们的谈判，后期也需要你们法务部门的介入。这样吧，从下次谈判开始，你就进入我们的谈判团队，我们一起面对那些可恶的中国人。我们需要告诉他们，我们会比他们更懂法律，你好好教育一下他们什么叫作专业。"

莎洛特自信地一笑，说："遵您的指示，我下次会教育他们什么叫做法律，什么叫作诚信的。"

沃尔夫冈咧嘴一笑，说："好姑娘！"

然后他压低声音问了莎洛特一个问题："莎洛特，你觉得如果我们口头答应了他们不会与他们的竞争对手进行谈判，是否需要遵守这个口头承诺呢？现在这些人，包括约瑟夫他们都想抛开这些中国人另寻合作伙伴。"

莎洛特坚定地看着沃尔夫冈，说："沃尔夫冈先生，我想我们对他们的教育，第一条，就是我们的口头承诺都像法律一样坚实。"

沃尔夫冈默默地点了点头，看来这个年轻的姑娘看得比他手下那些脑满肠肥的家伙要更长远一些，虽然角度未免显得过于单一，但或者正是他最值得遵守的信条。

看着莎洛特摇曳多姿离去的身影，沃尔夫冈嘿嘿一笑，他倒没有某些下属那龌龊的心思，只是觉得这个姑娘做事情真是人狠话不多，实在对他的胃口，再培养几年，没准会成为他的左膀右臂。

沃尔夫冈与下属们讨论自然暂时没有结果，没有研究清楚之前他们的讨论是没有价值的，不如想想怎么在这其中将利益最大化。

怀着这样复杂的心思，沃尔夫冈回到了他的家中。今晚又是一次家族聚餐，他们马丁家族之所以能够保持长盛不衰，经常聚会增进家族成员之间的情感，便是纽带之一。他热情地与每个成员打着招呼，包括他的侄儿彼德。虽然彼德身上有一些他不喜欢的东西，但是在他看来也没有什么了不起的，他年轻时也曾经荒唐过，但是最后不也成为 NAM 的掌权者吗？

"嘿，彼德，最近你回柏林大学怎么样？"沃尔夫冈像往常一样跟彼德闲聊几句。

彼德显得有点紧张，说："叔叔，我很好，认识了一些朋友，一起聊天，认识世界，就这样。"

"多交朋友吗？非常好，像你这样的年轻人，要多认识一些朋友，但最好是上层社会的朋友，这样对你将来是有帮助的。"沃尔夫冈并无意外，只是善意地提醒，还没注意到彼德脸上古怪的神情。

# 第 167 章　事态严重

彼德一直不停地瞄向自己的表哥，也就是沃尔夫冈的大儿子丹尼尔。丹尼尔与他的关系一向十分要好，看到彼德的示意，便做了一个少安毋躁的动作，彼德才安静下来。

然后便是一向常规的聚餐，管家和佣人们不断端上各种菜肴，沃尔夫冈和大家谈笑风生地喝着红酒，边品尝美食边聊天，并且照常透露一些 NAM 最近的动向，同样也提到了彼德最感兴趣的与中国人合作的问题。

餐后，丹尼尔带着彼德向父亲提出要私下聊天的要求。

沃尔夫冈虽然奇怪彼德会有什么正事要谈，但依然很愉快地同意了私下聊天的要求。在他们家那占地面积巨大的花园里找了一个角落，沃尔夫冈坐了下来，想听听他们说些什么。

丹尼尔对自己的父亲说道："亲爱的父亲，彼德最近认识了一个中国人，对我们 NAM 的合作非常感兴趣。"

沃尔夫冈十分惊讶地看向彼德，什么时候彼德能认识中国朋友了？看到他探询的目光，彼德略带紧张，有些结巴地交代了自己找他私聊的目的。很快沃尔夫冈就听明白了，彼德在偶然的机会，认识了一个叫范的中国人，他是另外一家中国重卡公司的全权代表，已经带队来到了德国，希望能够有机会与沃尔夫冈见面交个朋友。彼德还反复强调了这个叫范的中国人背后公司的实力，强调这名范是多么的慷慨大方有权有势。

沃尔夫冈听完彼德不是很流畅的叙述后，紧蹙眉头，表情严肃。丹尼尔在旁边帮腔道："父亲，我认为将客人拒绝在门外不是我们的待客之道。"

沃尔夫冈自然不会相信范一鸣是在什么偶然的机会认识彼德的，更不会天真地相信范一鸣要求见他是准备和他交个朋友而已，他第一反应就是这名叫范的中国人是刻意接近彼德的，也许这个范正是西汽亲爱的林的竞争对手。

他很严肃地询问彼德："这个叫范的中国人的来历你是否摸清楚了。"

彼德还没回答，旁边的丹尼尔抢着说道："父亲，我已经查过授权书了，确实是一家叫响越重卡公司的全权代表。"

"响越重卡？"沃尔夫冈反复咀嚼着这个名字，听上去很陌生，但是隐约他也有一些印象，不是太确定。他记得之前的资料里，中国重卡市场的主要玩家中并没有一家比较大的公司叫响越，但是也似乎曾经见过，也许是一家不起眼的小公司罢了。

他必须要回去翻找一下资料才能印证自己的记忆，但不管怎么说，应该不那么重要。

所以他不以为意地松了一口气，说："这应该只是一家中国的小企业罢了，并无什么实力，没有与我们交朋友的资格，不见也罢。"

本来在他看来，这只是一个很小的事情，但是出乎他的意外，丹尼尔强烈地反对他的这个决定。丹尼尔说："父亲，恐怕您有所误解了，这个响越重卡，不是什么中国的小企业，准确来说，它有一个庞大的背景，它的背后是资金雄厚、实力强大的响越集团，这家集团的综合实力，据我多方打听到的结果，恐怕其整体资产实力并不下于我们 NAM 集团的。不过，不同于我们的是，他们涉足很多领域，包括金融投资、房地产，还有互联网行业，布局很大。重卡品牌是他们最近一年才推出来的，据说发展非常迅速，潜力十分巨大。我们不应该错失结交这样朋友的机会。"

丹尼尔是他十分重视和培养的接班对象之一，在三儿两女之中，地位特殊，所以他的意见沃尔夫冈不能不认真倾听。听到丹尼尔这么说，沃尔夫冈有些为难起来。

"如果没有料错的话，这家什么响越重卡公司的人应该也是盯着我们 G2000 技术来的吧？"

"这个我不敢多言了，需要您见到他们再聊。"彼德小心翼翼地插话道。在这个面带微笑，其实极其强势的叔叔面前他还是非常畏惧的。

沃尔夫冈没有吭声，在思索其中的利弊。谁也不知道他那闪烁的眼睛背后，想着什么。

丹尼尔和彼德都不敢吱声，在旁边默默地等待着沃尔夫冈的决策。

良久之后，沃尔夫冈才抬起头来，说："丹尼尔，你去见，你去谈。"说着他站起来就准备离开了，在离开之前他才猛然回头道："你们可以接触，但是不允许透露任何我们和西汽谈判的详细信息，而且，你们也不是 NAM 的正式代表。"

说着，他抬腿就走了，一句话废话也没有多说。

彼德看着沃尔夫冈就这么走了，十分愕然。他有些不解地回头问丹尼尔："丹尼尔，叔叔这话是什么意思？"

丹尼尔若有所思地说："父亲是让我代表家族去接触范和他的代表团，但只是打听一下他们的条件。"

"有机会吗？"彼德很紧张地问。

丹尼尔吃吃一笑，回头像盯白痴一样看着彼德说："机会在我们的手中，明白吗。我会让这些中国人明白，什么叫德国的价值。"

彼德只能赔笑。在整个事情中，到现在为止，他还不大明白的是，他已经失去了控制权，在丹尼尔的眼中，他只是一个可怜的陪衬，是他接管家族大权前的一次预演。如果能够在这件事情中，榨出更大的油水来，那么他就会成为 NAM 的大功臣，以后进入管理层也会更加方便。

如果任由丹尼尔在背后去跟范一鸣接触，也许后来的历史就会改写。但是世界上的事情，无巧不成书。

这天，老马起床后照常直奔酒店，准备接林焕海一行去 NAM 洽谈。当他路过另外一家著名的大酒店门口的时候，意外看到有几名中国人从酒店里出来，为首的两名中国人是一对牵着手的亲密男女，身后跟着几个中年男子。

因为难得在异国他乡见到同胞，老马心情非常激动，于是他便稍微将车靠在路边，想和这几名中国人攀谈一下，毕竟他的时间也不是特别着急，去接林焕海的任务今天不太明确，有可能不会过去。

但是他最终没有下车，因为他清晰地听到一句，"这次要让西汽的人吃个哑巴亏！"那个年轻的男子有些肆无忌惮地用中文说道，边走向路边一辆停靠的商务车。老马意外地又发现，那辆商务车他曾经在 NAM 数次见到过，车牌号他都记得，因为他在停车场的时候闲极无聊，就观察 NAM 的各种没见过的车型。这辆风格奢华夸张的商务车他是见过的，据说好像是 NAM 老总的常用座驾。

这让老马彻底地留意上了，本来计划下车的他，就此止步留在车上。

无疑那名年轻的中国男子正是范一鸣，他做梦也没有想到，除了翻译，在异国他乡有人能够听懂中国标准普通话。

旁边的朱梅英倒是更警惕，制止了范一鸣的嚣张发泄，在她看来，与 NAM 的见面还八字没有一撇，这个时候保持低调才是最好的相处之道。

范一鸣现在不大敢违逆眼前这个女人的话，不知不觉间，他是离不开这个女人了，所以嘟囔了两句就上了商务车。

老马目送他们离开，觉得事关重大，索性开着车跟了一段路。直到看到他们一行人去到一个著名的俱乐部前，下来进去，确认对方一时半会不会出来后，才回到林焕海一行人下榻的酒店。

这些天相处下来，老马与西汽一行人已经非常熟悉了，大家像朋友一样交往，林超涵还将从国内带来的土特产送了一些给老马，让老马非常感激。再加上他本来也是个热心肠的人，听到有人要对西汽不利，天然就生出一股子义愤的心情，于是他赶回到酒店后，立即找到林超涵，向他报告了自己所见到的一切。

林超涵听到后大吃一惊，顾不得跟林焕海汇报，反正今天也没有计划一定要去 NAM，他立即请老马带他到那个俱乐部前，果真看到了那辆停在路边的商务车。然后他们一直等了四五个小时，等到快熬不住的时候，才看到范一鸣一行与一名德国青年聊得十分火热地并肩走出来。

看到范一鸣和朱梅英走出来，林超涵简直不敢相信自己的眼睛，他揉了又揉，才确定自己没有看错。这真的是他的老冤家范一鸣和朱梅英，大概有一年没见了吧，还以为这两个人要从行业里彻底消失呢，居然阴魂不散地又出现在这里。

范一鸣会在这个紧张谈判的时刻出现在这里，这其中透露出的敏感信息不能不让林超涵联想许多，更何况，那辆商务车据老马确认，正是 NAM 公司的御用车辆，就凭这辆车，就能说明许多问题了。

林超涵认为事态极其严重，想到范一鸣的目的可能与他们相同之后，他立即吓出了一身冷汗。

# 第 168 章　天生仇敌再相遇

对于林超涵来说，今天是一个幸运日，他得超级感谢老马才行，若不是他意外撞到这一幕，可能他们这一行就是悲剧了。

他就坐在车上，看着俱乐部前那几个人相谈甚欢，一边背上冒着汗，一边又感到凉意嗖嗖，完全不可能发生的一幕居然发生在这里了，不由得他不警惕。范一鸣和他是什么关系，有时候林超涵自己都觉得奇怪，走哪里居然都能碰到，说是缘分抬举了，说是前世有仇还差不多。

今天因为不一定会去跟 NAM 谈判，所以感觉到气闷的他想出来走走，所以带了相机，此时正好，他就坐在车上一通狂照，感觉自己已经比肩 007 了。

然后他看着范一鸣和朱梅英等一行人坐车离开，那个年轻的德国青年露出自得的笑容，坐上他那价值不菲的豪车一溜烟就走了。

老马问道："需要我跟上去不？"他居然还跃跃欲试，大概是碰到这种谍战剧情，前所未有的刺激。林超涵翻了个白眼，那个德国青年坐的是什么车？那是著名的跑车，就老马这商务车去跟踪人家以速度著称的名牌跑车，这不是开玩笑吗？

那个德国青年到底是什么身份呢？林超涵琢磨，虽然跟不上去，但是他还是很有兴趣的。想了片刻，他推开车门下去了，然后直接往俱乐部里面闯。门口的那个保安伸手拦住了他，要求他出示贵宾卡。

林超涵解释说："我是刚刚离开这里的，掉了一件衣服在里面，想回去拿一下。"

那名保安有些困惑，确实刚才有几名中国人离开了，但是东方面孔在他的眼里都长得差不多，眼前的这个人好像是刚才看到了，又好像没有看到，他有点不知所措。但是职责所在，他还是坚持要求出示贵宾卡。

林超涵很生气地说："我刚才是跟着你们那个金发的朋友，叫什么玩意地一块进去的，你仔细想想，叫什么来着……"

那名保安确实想不起来，但是他还是不由自主地说道："丹尼尔·马丁！"显然丹尼尔是这里的常客，连保安都知道他的名字。

"对，就是丹尼尔·马丁，我跟他一块进去的。"林超涵终于得到那名青年的姓名了。他转身就走。那名保安更糊涂了，在身后喊道："嘿，中国人，你不是要进去拿衣服吗？"

林超涵头也不回地说："我去找丹尼尔拿贵宾卡再进去。"

保安喊道："先生，你不能拿别人的贵宾卡进去，这是不允许的。"

林超涵跑得更快了，丢下一句："那衣服你们自己留着吧。"

回到车上，老马佩服地看着林超涵，这家伙真有演戏的天赋啊，虽然听不清楚林超涵在说什么，但是大概他也能猜到，就这样套出对方的名字，林超涵真是很有急智。

"我们走吧，去照相馆。"林超涵道。老马自无不可，然后两人又到处跑了一趟。等他们回到酒店的时候已经下午4点半了，此时林焕海和郭志寅等人正坐在大堂咖啡厅喝下午茶，他们之所以坚持每天要体会一下德国人的生活，就是想摸清楚德国人的生活习性，好针对性地进行谈判。

林超涵走过后，直接将一沓照片拍在了桌子上。大家都很疑惑，各自拿一部分看了起来。

郭志寅看着其中一张照片道："咦，这不是老黄吗？他怎么出现在照片上？小超你在哪里拍的？"

林超涵道："离这里也就十公里路程的一个富人俱乐部门口拍的。"

"老黄来德国了？"郭志寅很不可理解，这个人不是已经……

林焕海接过来一看，也认出来了，说："这是谁，这是黄显魁吧？他不是已经跟着那个谁走了吗？"

林超涵当然也认识这个老黄，实际上他在看到那三个中年男子中，居然有一个是老黄。心里就极其发毛，要知道这位老黄是从西汽辞职走掉的，正是潘振民离开时的事情，这个老黄据说一向对潘振民是言听计从，属于潘系人马，是亲信。老黄后来应该也是去了响越重卡，但是他却此刻出现在这里，这里面就有很多事情值得说道了。

郭志寅看着照片上的那对年轻男女，绞尽脑汁在想自己在哪里见过。

林超涵提醒道："青藏高原上！"说着做了一个拿着氧气瓶拼命吸气的样子。这一下子就勾起了郭志寅的回忆，他终于想起这个年轻男子是谁了，正是范一鸣。其实作为对手，他当时对范一鸣的印象是很深刻的，但是在青藏高原上条件简陋，范一鸣的打扮跟现在完全不一样子，而且这离当时又过了好几年，所以他一时间没有认出来，此时认出后恍然大悟，然后又是苦笑摇头，这些人怎么搅和到一块去了。

"这就是那个跟我抢儿媳妇的家伙是吧？"林焕海对范一鸣自然殊无好感，看着照片一脸轻蔑。

旁边的邹乃德和姚锦元听到林焕海这么说，顿时八卦之心火熊熊燃烧。

倒是林超涵自己很是无奈提醒林焕海要注意措辞，然后提醒父亲这个家伙其实跟他也有一面之缘，就是上次在广东开经销商大会的时候，林焕海点头表示回忆起来了。

而朱梅英也被他们认了出来，这是跟范一鸣一伙的，看他们俩亲密的样子，明显关系匪浅。

这两个人出现在这里，然后还有一名已投向响越集团的前西汽职工，这中间透露出的信息其实已经非常惊人了。

林焕海叹道："想不到他们还真是下得了手，就不知道他们是怎么得知消息的。"他想分析一下，但是又碍于邹乃德也在场，西汽自家的悲剧事件，他也不希望被人反复提到。

邹乃德有点没搞明白，说："这几个人凑到一起说明什么问题了吗？我不太理解。"

林超涵就主动给他简短地讲了一下双方的恩怨史，但是也没有太过详解，只是表示对方做事不择手段和不讲江湖道义。对方在这个时候出现在这里，说明是得到风声，来跟西汽抢食了。

"抢食？抢什么食？"不光是邹乃德有些摸不着头脑，那个在旁边一直没有吭声的姚锦元也非常不理解。

"你们如果知道这个德国青年是什么人，你们就会知道这其中的问题了。"林超涵叹道："这个青年叫丹尼尔·马丁，跟沃尔夫冈一个姓。而且，你们知道吗，范一鸣一行人乘坐的商务车，经老马司机证实，就是 NAM 的重要座驾之一。"

邹乃德突然想起什么来了道："我和克里斯蒂安交流的时候，曾经听他讲过沃尔夫冈家族的一些事情，其中他提过沃尔夫冈的大儿子好像就叫丹尼尔。对，我没有记错，很有可能这个青年就是沃尔夫冈的大儿子。"

郭志寅点了点头："那就对得上了。看来，就是 NAM 方面在与我们保持谈判的同时，也接触了响越重卡的一行人。他们或者是想两头通吃，又或者是待价而沽？反正这一下子，我们谈判的难度将大大增加了。"

林焕海对此也是心知肚明："响越出现在这里，不是个好兆头，如果沃尔夫冈真的甩开我们的话，我们这次恐怕将无功而返了。我们确有很大麻烦。"

但是他话锋一转，自信无比地道："就算是响越集团有钱又怎么样，这个范一鸣一直是我们的手下败将，这一次也不会例外。"

林超涵对范一鸣同样并不害怕，但是这个对手每次都玩阴的，不走正道，这种人看着就让人很头疼很烦。这次又来这一套，林超涵真是恨不得把这小子揍一顿。好在，谢天谢地谢老马，提前让他发现背后的阴谋诡计。

战略上藐视，战术上要重视，虽然说范一鸣是屡战屡败，但每次都阴魂不散地又出现在眼前，简直就是神憎鬼嫌。

林焕海问道："我们应该怎么去应对这个竞争对手来挖墙脚的行为呢？"

林超涵笑道："回来的路上，我想了很久，觉得这个问题其实可以简单粗暴地解决。"其实他想得还真挺简单粗暴，他分析认为，就算这个丹尼尔是沃儿夫冈的大儿子，就算是 NAM 派车去接人，只要范一鸣还没有拿到授权，只要他还没见着沃尔夫冈，西汽依然还是有更大胜算。

虽然对沃尔夫冈明面一套背地一套很是不爽，并且有些不安，但是林超涵却很清晰地知道，这件事情背后没有那么简单，就算范一鸣玩出花来，就算丹尼尔是沃尔夫冈的大儿子，那也不代表着沃尔夫冈就打算放弃西汽了。

有更大可能就是沃尔夫冈自己都没有想好怎么做。

邹乃德担心地道："如果响越重卡开出更好的条件呢？"他的屁股当然是坐在西汽这一边的，但是从他的角度来说，无论西汽还是响越，双方其实都是友商，都是中国人，现在如果窝里斗让人家看笑话，在他看来是很惋惜的。

"他们提不出更好的条件。"林超涵胸有成竹地道。毕竟如果响越只知道用钱砸，可能合作一时爽，但是不见得一直合作一直爽，响越内部那混乱的机制，马屁横行小人当道的格局，沃尔夫冈能看得上才怪了。

# 第 169 章　看重您的承诺

第二天，继续是阳光明媚的天气，慕尼黑的天空一碧如洗。西汽一行人早早起来，准备停当后就坐上老马的车直奔 NAM 总部。

一如往常，沃尔夫冈满面笑容地来到公司楼下迎接西汽一行人。虽然说他们已经熟门熟路了，但是沃尔夫冈每次都不敢怠慢。看到他热情的笑容，西汽一行人各怀心思，倒是林超涵看到沃尔夫冈的表情后反而心里一定，他最担心的是沃尔夫冈得到其他条件后开始对西汽有所怠慢，只要不怠慢，至少说明响越还没有打动沃尔夫冈，只要沃尔夫冈没有真正起其他心思，今天的事情就好办了。

但是让西汽等人有点意外的是，今天 NAM 方面的谈判代表除了之前几名高管外，还多了一名洋妞。这洋妞自然就是莎洛特，她大大方方与西汽一行人一一握手，沃尔夫冈略带自豪地向大家介绍自己公司的法务官之一，来自海德堡大学法学系的高才生。与男人不同，其实莎洛特并没有什么种族主义的心思，比起其他人来，她其实是最单纯的一个。

但是她的身份决定了她不可能是最轻松的那个。林超涵很是意外地和莎洛特握了握手，随口问道："莎洛特夫人，您在 NAM 工作有多长时间了？"

这其实就是随意一问，但是莎洛特有些不高兴了，她反问道："林先生，您结婚了吗？"

这话问得很突兀，林超涵愕然地道："还没有呢！"

"那我也没有。"

"呃！"林超涵有些纳闷，这话是什么意思，一见面就谈婚论嫁的，搞得很吓人啊。他很想说自己虽然未婚，但是是有女朋友的人了，希望对方不要有什么其他心思。自己虽然长得帅点，但是中德有别，大家还是保持矜持的好。但是很快他就知道自己自作多情了点，因为莎洛特很直率地道："那你应该称呼我作莎洛特小姐。"原来她是对林超涵称呼她为夫人有点不高兴。林超涵有点郁闷，按照西方礼节，见到身份稍微尊贵的人，尊称一下并无不可，谁料到对方居然不喜欢。

林超涵连忙改口说："对不起，莎洛特小姐。"并露出歉意的笑，开始向她一一介绍西汽诸人。在听到林超涵简略的自我介绍时，她突然用十分别扭但也能听懂的中文问道："林先生，请问林焕海先生和您都姓林，双方有什么关系吗？"其实这些天接触下来，两人的父子关系人尽皆知了，但是她第一次来还真不知道。

她这一开口，却是震惊了全场，连沃尔夫冈都有些傻眼，他从来都不知道莎洛特居然会讲汉语。而林超涵更是佩服得五体投地，不是因为莎洛特的勤奋好学，而是因为她的眼光。她解释了一下，就是因为看好中国经济的发展，认为将来需要与其打交道，所以兼修了汉语。这种眼光殊为难得，像她这么年轻，既好学上进，又眼光独到，才是西方真正的精英人士了。

林超涵有点感慨："莎洛特小姐，想不到您居然还会汉语，太难得了。"

莎洛特反问道："您可以学好德语，为什么我不可以学汉语呢？"

林超涵听了无言以对，可不是吗，允许你学德语，不允许她学汉语？但是不管怎么说，因为这个缘故，顿时让林超涵对莎洛特颇有好感，林超涵简短地介绍了一下与林焕海的父子关系。

听得莎洛特有些好奇，在她看来，林超涵作为总经理之子，这么早就被逼着要抛头露面参与生意，将来前景不可限量。就好比沃尔夫冈先生，他从28岁开始，就跟着他的父亲一起管理经营NAM，如今，他的儿子丹尼尔也非常了不起，将来有大概率会接父亲的班。当然，这只是她所思所想，在现场不可能说出来的。

不管怎么说，在她心中，对林超涵顿时高看了一眼，在她看来，这样的人一般都是分外优秀，将来必然会有一番不错的前程。

再加上两人年龄相仿，自然聊得来，要不是林超涵还得兼任翻译，两人完全可以热火朝天再开一个谈判桌。不过，莎洛特露了一手后，林超涵不再苦逼地一人担任两边的翻译了，那个二把刀的翻译一直是个摆设，只能在一边判断林超涵是否故意扭曲谈判内容。而莎洛特的才华，让沃尔夫冈反而是心里松了一口气，不怕在这个上面吃亏上当了。

实际上，林超涵一直都没有搞清楚，像NAM这么大的一个企业，为什么不请一个好点的汉语翻译，直到很久后他才想明白其中的道理。

当然这是题外话。谈判桌上了加了一个德方的法务官，这个动作翻译的信息让西汽一行人反而心里更有底了，这说明沃尔夫冈还是很乐意和西汽至少能起草一份有法律意义的文书的。

在谈判桌上，不出意外，双方再次就合作的模式讨论了起来。上次西汽就自己的了解提出的一个按照步骤实施的混合打法，NAM方面经过研究，大致明白了西汽的想法，但这毕竟不能让德方利益最大化，自然不可能一开始就赞同西汽的意见。

他们还是坚持自己的套路。其实所有技术转让的车厂都是这个路数，NAM优先考虑的是CBU，沃尔夫冈算过一笔账，这样不但可以消化自己的库存，而且可以把大部分的总成生产转到二线供应商去做，自己则收授权费，这样的话大家都赚钱，而MAN自己可以躺着挣钱，但是这样被坑的就是买方。西汽自然不可能答应这样的条件，很强硬地一开始就拒绝了这个方案，仍然强推自己的方案。

不过，前面说过，西汽的方案中，同意少量整车进口，也就是采取 CBU 的模式，做自己内部研究使用。既然西汽这方说不通，沃尔夫冈只能退而求其次，表示可以考虑的就是全部 KD 出口方式。但这样的话跟上面差不多，买方永远也摆脱不了自己的技术体系，一旦买方要做设计更改就只能找 NAM 来做，这样一来 NAM 就有足够的控制权控制买方的技术走向，就算买方打算甩开 KD 逐步自己生产零部件也得有 NAM 的技术支持才行，而且 NAM 可以随时断供来控制。实际上 KD 方式是很阴险的一条路，因为买方摆脱不了 NAM，而 NAM 在技术和设计上有巨大的控制权，做到后面真正起来了 NAM 就主导了买方的设计和生产，最后的结果就是买方被 NAM 实际控制，甚至导致要被迫卖身给 NAM。对于这种模式，西汽早就仔细考虑过，这次也毫不犹豫地直接拒绝完全采取这种模式。

对西汽来说，最重要的就是进口技术，技术，技术！重要的话说三遍，不能掌握技术，对西汽说，玩什么 CBU、KD，纯属扯淡的玩意儿，可以不用往下谈了。

但是对 NAM 来说，最不情愿的就是技术出口，虽然沃尔夫冈心里有准备，但不咬下最大的一块肉下来，他是不会松口的。

所以他的头像拨浪鼓一般摇着，说："不可能，林先生，你们的要求有些过分了。我觉得我们出售给你们整车、各种部件，再加上生产线和技术指导就足够了，没必要把这些技术都拿过去。在我们的谈判底牌里，是没有技术这一个可选项的。"

约瑟夫也在旁边帮腔道："我们认为，现在的西汽不太适宜直接掌握这些技术，我们完全可以先组装生产，等你们熟练之后我们再谈技术。"

在旁边的霍夫曼没有开口，但是他的眼神充满鄙夷，低声对旁边的人说道："如果对方完全谈不通的话，我倒是觉得可以直接放弃他们了。反正还有别的中国人接盘。"

声音很小，但是坐在旁边的莎洛特听见了，她觉得有些不可思议，在谈判桌上怎么能这样呢？她一直以德国人重守承诺感到自豪，她作为法务官，更是对即将变成协议的口头协定都看得很重要。因为知道沃尔夫冈曾经答应过西汽排他，因此她对霍夫曼的态度十分不满。当然，因为她现在只有旁听的份，所以没有出声制止，只是心里的天平，未免向西汽这方偏移了一点点。

面对油盐不进的德国人，西汽一行也是很头疼的。邹乃德虽然也参与谈判，但是因为不懂技术，大多数时候只是给林焕海充当参谋，此时听到德方的想法更加坐不住了，他真是不想空手而归。倒是他旁边更闲的法务官姚锦元由于职业对等的缘故，一直比较注意莎洛特的表情，此时见到她颇为不满地看向霍夫曼，心中一动，低声对邹乃德说："说不定他们私下里真有其它想法，我看他们还有其他计较了。"

邹乃德连忙把这话递给了坐在他旁边的林焕海，林焕海听了后，便在心里叹了口气，果然与预想的差不多，是时候该出重磅弹了。

双方一旦激烈地讨论事情，气氛就不好，这个时候中场休息就顺理成章地到来了。

林焕海带着林超涵，沃尔夫冈带着莎洛特，四个人找了一个角落，喝着茶吃着糕点聊了起来。其实这也是谈判中常见的小伎俩，很多时候，让领导人的私交来决定问题比公对公死怼要强多了。

沃尔夫冈仍然试图说服林焕海接受自己的条件，他一直拿合作惯例来说事，表示这是 NAM 方面的硬性规定，是不可能卖全部的技术的，并强硬地表示，如果西汽不接受谈不下去，那么今天就到这里结束了。

对此，林焕海自然不可能信。他很直截了当地问道："沃尔夫冈先生，我想请教您一个重要的问题。"

"什么问题？"

"信誉问题！德国人的信誉我一向是信得过的，所以我一向对您的承诺特别认同特别看重。"

沃尔夫冈听着觉得苗头有些不好，但是他硬着头皮点头称是。

# 第 170 章 备忘录

看着此时林焕海的强势，沃尔夫冈其实内心是拒绝的，但是没有办法，他居然也会有被人抓住把柄的时候。他不是不重诺，只是试图接触做个备份而已，但是因为坑爹的儿子办事不力，被人抓了个正着，他此时就算是有心要否认，也难过自己心中那一关了。

微微有些脸红之后，沃尔夫冈只得委婉地表示，那只是家族中人的接见，不代表着 NAM 公司的官方立场生变。

林焕海嘿嘿一笑，不语，只是看着沃尔夫冈，不代表着官方立场，那用你公司最好的商务车去接待他们？但是他只是笑而不语，不曾当面说破。林超涵在旁边观察沃尔夫冈的神色，发现他的脸皮红得更厉害了一点。果然德国人要当戏精是比较难的，还是老实人，应该好打交道。

沃尔夫冈被两人的眼神盯得浑身不自在，看着旁边的莎洛特也用一种怀疑的眼神看着他，他便感觉挺难堪的。迫于无奈，沃尔夫冈便当着三人的面承诺，在 NAM 与西汽的谈判没有彻底结束前，他是绝对不会让 NAM 与第二家中国企业进行竞争性谈判的，而且可以把这一点立即写进当天的备忘录里。莎洛特还提醒了他一句，这个承诺虽然并没有法律效应，但会有极高的道德风险。被自己内心的纠结逼到角落里的沃尔夫冈自然不在乎什么道德风险，于是这件事就这么愉快地定下来了。

后面的谈判相对就顺利起来了。沃尔夫冈猛然发觉，他再坚持也没有意义了，这次反正也不可能真正达成协议，索性在大方向上交出了自己的底线，那就是同意就 G2000 进行技术合作且排他合作。他当场表示同意的时候，约瑟夫和霍夫曼两人的神情有些难以置信，怎么中场休息一下，回来气氛就更友好了？他们拼命使眼色试图阻止沃尔夫冈，但是已经晚了，沃尔夫冈此时主意已定。

NAM 与西汽最终在这次会议上初步形成了合作意向，大家原则上同意进行充分且必要的技术合作，德方将向中方也就是西汽提供 G2000 的技术及重要零部件支持，而中方也原则上承诺将向 NAM 批量采购整车和零部件。

这还只是大方向上的合作，双方还初步拟定了一些合作细节。主要来说，大家形成了以下五点核心共识：

一是双方确定主要技术合作方向是 G2000，以及各项主要子技术；中方将按照自己的需求来采购整车或是部件，但是必须保证一定数量；

二是双方确定将围绕这些主要技术展开下一步的谈判，双方力争于一年内完成相关谈判；

三是德方同意向中方派遣专家团队作为技术顾问提供必要的技术支持，但中方得支付顾问费用；

四是双方将建立各自专业的谈判小组负责谈判工作；

五是 NAM 将明确排他合作，承诺不与西汽的竞争对手进行谈判，以保证双方技术合作的纯粹性，确保双方能够愉快地玩耍，不互相捅刀子。

这些都是一些原则性的备忘内容，涉及各种具体的细节，实际上双方现在都拿不出来，中方没有配备专业的技术团队来就每一个细节来进行谈判，德方同样也没有准备好自己的资料技术。

双方都需要时间来做好准备，在准备好之后才真正进入硬碰硬的谈判，最后谈成的结果就看双方各自能够接受的底线了。

对西汽来说，其实最重要的还有一点，那就是准备好充裕的资金。这注定不会是一个轻松愉快的过程，不像从前引进斯太尔技术，由国家部委出面，资金相当于大家分摊，西汽根本没费多少钱。这次，国家目前阶段不可能再出面组织进行这样的技术引进了，西汽如果想要保持自己的竞争优势，那就必须得独自负担。这个负担很沉重，虽然林焕海的决心很大，但如何筹措这笔资金，必然会非常头疼。

不光是西汽，德方也需要考虑卖多少钱的问题。虽然说越多越好，但是德方自然也有自己的考虑，杀鸡取卵是绝不可取的，但是他们也有自己的底线，那就是一定要赚回研发成本。这并不是价钱卖得越高越好，如果对方没有一定实力来消化这些技术，或者不认真对待这些技术，在德方看来那也是暴殄天物的行为，是犯罪。

总之一句话，大家都需要时间。

这一天双方一直谈到下午，很快草拟了备忘录，打印出来，当场就签署了。莎洛特和姚锦元两人作为双方的法务官员，哪怕对这些没有法律效力的备忘录也检查得很仔细，字斟句酌了半天。

签署完后，德国人也累得不行了，大家干了一杯香槟表示庆祝。不仅西汽林焕海等人比较高兴，沃尔夫冈同样兴奋，大事已定，对他来说，做成这样一笔生意，是很赚的，要知道，虽然说卖整车相对来说比较简单一点，但是卖技术却是一本万利的生意，其实是相当于纯赚的。

沃尔夫冈还热情地邀请林焕海等一行人参加 NAM 次日专门为他们一行办的小型庆祝晚宴，也是一场舞会，林焕海自然不会拒绝这样的美意，在返程前能够与 NAM 多增进一点感情就是保险。

散场后，林超涵和莎洛特两人互相开玩笑，次日这场舞会上彼此当舞伴。两人毕竟相对来说年龄相仿，语言又不是障碍，沟通得十分愉快。

回到酒店的西汽一行人十分开心，林焕海拿着备忘录道："这一趟虽然还是比较虚，但是成果却是很丰硕的。"

林超涵笑道："就是不知道沃尔夫冈回去跟他儿子丹尼尔怎么说，范一鸣被拒绝的表情，想想就很有意思。"

郭志寅不是太乐观地说："这东西毕竟还没有法律效力，我怕约束不住他们。"

邹乃德摇了摇头："如果德国人的风格，这么不重信守诺，我想他们也走不远的。德国人可不像美国人英国人那些滑头，他们还是很靠谱的，一旦口头承诺，他们都不会轻易违反的，何况现在还是白纸黑字的。"

姚锦元插话道："从法律上来说，我们还真没有什么约束他们的东西。希望他们不要突破自己的底线。"

林超涵道："想想，我还是很相信他们的。"说着，他讲了一个自己从杂志上看到的德国故事。故事讲的是一个德国家族，非常信守承诺，在一百多年的时间里，他们家族主要成员的话就相当于一份合同。因为他们言出必践，这就是信用，甚至银行向他们放贷，都不一定要签什么合同，因为他们说什么时候还钱就什么时候还钱。他们一般不开口，开口不一般，就靠着这种良好的信誉，混出了一片天地。而林超涵还研究发现，资本主义国家为什么发展起来，其实有一个核心的原因就是他们对信用的重视，买卖要信用，借贷还钱也是信用。当然这里面的道理很大，不能尽道。

林焕海现在倒不是很担心 NAM 的信誉问题，其实换位思考，就能想到沃尔夫冈现在的心思了。对于沃尔夫冈来说，跟谁都是做生意，没必要换一拨不靠谱的人来谈，与其什么结果也不确定，还不如选择眼前可靠的对象做生意。

对于这一点，以响越那些人的思维，肯定是很难理解为什么出高价 NAM 还不愿意跟他们谈。他们出再高的价，需要多久消化？又一定能把市场做起来？这些都是不可控的因素，NAM 方面没必要跟他们瞎耽误工夫。至于沃尔夫冈的家族是怎么样的，会不会撺掇他放弃西汽选择响越，林焕海就不多想了，如果沃尔夫冈这点定力都没有，早就被人从现在的位置上拉下来了。

事实上，此时他们回去，NAM 内部确实也进行了类似的对话和讨论。

沃尔夫冈面对下属们的一些不同意见，表现出了自己果敢独裁的一面，明确表示不接受反对意见，与西汽的合作是他通盘考虑后做的最优选择。事实上，后来也证明他确实更有远见，与西汽的合作，至少让他实现了回本的初心愿望。

而另一边，范一鸣在酒店里得意地等着丹尼尔的回音。上次他和丹尼尔达成了初步的合作意向，丹尼尔承诺会尽力向自己的父亲推荐与响越合作。

范一鸣完全相信丹尼尔有足够的能量说服自己的父亲，就像他真想干一件事情，父亲无论如何也会心疼他支持他一样。

喝着红酒，带着朱梅英成双入对，再带着几个跟班，在范一鸣的踌躇满志中，丹尼尔迎来了父亲无情的打击。

丹尼尔很难理解当他兴奋地向父亲询问是否同意与响越合作时，父亲冷冰冰地甩来了一句："我们已经选择与西汽合作，其他公司不予考虑。你，现在立即和对方中止联系，立即马上！"而且末了，他还补充了一句："你居然蠢到被人发现与其他人接触，我想，你在 NAM 的前途完了，丹尼尔。"

丹尼尔郁闷至极，如同大冬天被浇了一桶雪水，透心凉。

# 第 171 章　一万种渠道

范一鸣十分郁闷，左等右等，白等了一夜，都没有等到丹尼尔的消息。据丹尼尔自己吹出的牛皮，一定没有问题，但是现在他却始终没有等到胜利的消息。朱梅英当即判断出了问题，那个丹尼尔看来并不是典型的德国人，明显过于好高骛远，肯定没有得到家族的真传。

等到次日天明，范一鸣更是惊诧地发现，他已经联系不上丹尼尔了，丹尼尔仿佛失踪了一般，他无论怎么打电话，丹尼尔要么不接，要么关机，反正没有回音。

对于范一鸣来说，这显然是很难接受的结果，他已经无法向手下那三个眼光闪烁的响越集团高管们交代了。他如果不能尽快与丹尼尔达成协议，自己这个名义上的响越集团全权代表可能立即分文不值。

必须得想办法联系上丹尼尔。范一鸣很清楚问题的症结在哪里，只是他自始至终没有想过，是不是应该走正规渠道与 NAM 公司取得联系。不过他没有想到的东西，那三名来自响越集团的高管们却已经想到了。他们私下商量，觉得范一鸣这个小子华而不实好吹牛，那个丹尼尔恐怕也是物以类聚罢了，出发前，他们是有 B 方案的，在看到范一鸣脸色难看啥成果也没有的时候，他们隐讳地在心里鄙视了一番，然后就背着范一鸣，以响越集团的名义直接联系了 NAM 公司。然而很不幸的是，如果他们早一天打这个电话，虽然 NAM 公司不一定会答应他们的合作条件，但至少会留一道口子，见面详聊，而现在他们给 NAM 公司去电话，却直接就被 NAM 给拒绝了，因为他们得信守自己的承诺，已经明确答应只与西汽在中国市场进行合作，那就必须要执行。

响越三人这时终于明白过来了，好像是被范一鸣给坑了，他们脸色难看地向国内进行报告。得到消息的潘振民气得直跺脚，却无可奈何。他甚至怀疑是范一鸣故意跟林家串通好了来整他，但是冷静下来，又觉得此事绝无可能，范一鸣没有这么做的意义。所以他只能忍了，并且吩咐自己的亲信三人，暂时稳住范一鸣，范一鸣是绝不可能就此罢休的，怎么着也还能折腾出事情来。现在不妨等一等再作决定，不过，他已经信不过范一鸣，指示亲信三人凡事都要及时向他汇报，他好运筹帷幄决胜万里之外。

范一鸣从响越三人的脸上看到了自己的危机，私下里与朱梅英商量："梅英，依我看，那个姓潘的不是什么好东西，响越现在肯定要过河拆桥了。"

朱梅英纠正他说："现在还没有过河呢，他们拆什么桥，他们能绕开我们跟对方去谈吗？"

"这个可能性不大，就算他们绕开了，我相信他们什么也谈不成！"范一鸣对此很自信，成一件事情很难，但要破坏一件事情的难度就小很多了。

"我以为，我们还是得尽快联系到丹尼尔，或者是他的那位堂弟，如果不能尽快得到他们的回复，我们就需要另寻其他方法了。"

"丹尼尔可能是指望不上了，那只能找他的那位不成器的堂弟彼德了。只是我们跟丹尼尔后面的沟通，直接绕开了他，也许彼德这会儿怀恨在心，不想理我们了。"

"我看未必！"朱梅英冷笑。

"何以见得？"

"我们虽然抛开了彼德与丹尼尔进行联系，不如把这份责任全部推到丹尼尔身上去，反正这一次事后，他们堂兄弟肯定互不信任了，丹尼尔说什么彼德不见得会信，也许这就是咱们的机会。"朱梅英冷静地分析道。

"有道理，我联系一下彼德。"范一鸣点头称道，然后拿起手机就拨通了彼德的电话。果然电话那头彼德的语气很是不善，准确来说，他觉得自己挺倒霉的，好端端地为什么非要让丹尼尔抢走自己的朋友和客户呢？而他对范一鸣的观感也负面起来，认为这个中国人只想利用他而已，如今还联系他做什么呢？范一鸣巧舌如簧，表示自己之所以和丹尼尔单聊抛开他，是因为那是丹尼尔安排的，他们只是客随主便，并表示这是中国人的习惯，然后诚挚地道歉，邀请他出来喝酒。

彼德此时并没有得到西汽与NAM合作进一步的消息，还以为范一鸣这是真心道歉，于是同意见面。两人见面后，范一鸣各种旁敲侧击，才从彼德嘴里打听到NAM目前已经正式与西汽签署合作备忘录的消息。

范一鸣很是不解："只不过是签署备忘录而已，那又怎么样呢？"

彼德用一种看傻瓜似的眼神看着范一鸣，说："看来你不懂我们德国人。"

这会儿彼德想起自己是德国人了，当然范一鸣也没有忘记，他只是不明白，一份备忘录而已，又怎么样，难道这就能把响越重卡排除在外吗？

彼德点了点头，他有点小骄傲地告诉范一鸣，这基本上就代表了NAM的态度了，在西汽主动退出之前，响越是没有机会了。

范一鸣对信誉承诺这个东西没有感觉，在他看来，利益适当的时候一切皆可以放弃，一切也可以争取。

但是朱梅英在一旁是听明白了，她提醒范一鸣："彼德的意思是他们很重视承诺，不会轻易违反。"

范一鸣很不屑地道："什么狗屁承诺，利益面前，一切都是零，我不相信他们面对我们提供的高利润视而不见。"

朱梅英疑惑地摇了摇头，说"我以前看过一些文章，说德国人对自己的信誉是很重视的，也许这个备忘录对于他们来说跟合同等同。"她这个话说出来自己都是不信的，在一个连自己都不信的人眼里，信誉和承诺这东西太虚无缥缈，因此她说这个话也是半点底气也全无的。

范一鸣冷笑道："我就不信了，有钱不能使鬼推磨。反正我们现在也没有什么好失去的了，花的也不是自己的钱，我们尽可能去跟他们沟通，抢不过来，也不能让西汽好受，姓林的欠我的十辈子也还不清了。"他丝毫没有自作自受的觉悟，时至如今，他对林超涵的痛恨已经用滔滔江河都盛载不完了。

看着他们俩用中文嘀咕个不休，彼德有些不耐烦了："范，如果没有我什么事，我就先离开了。"

范一鸣连忙赔笑说："哪里，彼德，后面还有很多事情需要靠你来帮忙。如果帮好了，少不得还有一些利益大家可以分的。"

听到利益两字，彼德的耳朵就竖起来了，说："范，这个话你之前也说过，但似乎没有兑现。"

"哪里哪里，之前，你介绍丹尼尔，虽然说丹尼尔现在不知道为什么联系不上了，但是你的这份功劳我们是记得的。这里有三千美元，是作为感谢费。不是很多，但是我们中国人也是说到做到的。"说着范一鸣递过去了一个信封。

彼德眼前一亮，虽然说三千美元对于他这样的公子哥来说并不算多，但也不算少了。至少说明跟眼前这个中国人在一起，是有利可图的，看来他背后真的站着一个有钱有势的财团。所谓见钱眼开，对于彼德来说，是适用的。他是有家族背景，但是钱却不是他随便可以拿到的。

于是彼德本来已经离开半边的屁股又坐了下来，他毫不客气地接过信封揣进自己的兜里，脸上也多了一些笑容。只不过，他如果知道这是范一鸣私人掏腰包的，可能想法就不一样了。

实际上此时的范一鸣也是有些肉疼。他是有钱，但此时身在异国，为了惩戒他，家里的支援并不丰厚，并且他早有规划各有用途，随便丢出三千美元，他还是有些郁闷的。但是舍不得孩子套不着狼，这点他很懂的。

看到彼德也缺钱花，他和朱梅英对视了一眼，心里略微安定了一些，至少还是有一个突破口可以用。

"我们坐下来慢慢聊吧。"范一鸣满面堆笑，和彼德凑得很近，碰杯，一饮而尽。不得不说，德国的啤酒真是个好东西，范一鸣特别爱喝。

不过，彼德突然想起一个问题，问范一鸣道："你刚刚说，丹尼尔你们现在也联系上了？"

"嗯，前天我们还谈得好好的，不知道为什么，现在联系不上了。兴许是他手机掉了？"范一鸣半认真半开玩笑地说。

"不如由我来试一下！"彼德拿到钱了，还真是乐意办事了。说着，他就掏出手机给自己的堂哥打电话。很快，他也失望地摇了摇头说："真的关机了。"

"那怎么办？"

彼德嘿嘿一笑："你们联系不到他,自然很麻烦,但是我,有一万种渠道跟他取得联系。"

再说西汽那边。林焕海等人得赶紧回国,处理国内堆积如山的事务,然后组织人马,进行下一次技术谈判。

这一轮只是意向谈判,确定大方向而已,接下来,由双方的技术人员进行的实质性讨论,才是涉及各种重要细节的关键所在。毋庸置疑,林超涵接下来肯定是要忙翻了,也许下次去德国,他就最重要的谈判角色之一。

当然了,引进 G2000 技术,肯定不是他林超涵一个人能够说了算的,厂里各个口要抽调精干力量参与,而且还要请一些国家层级的专家参与,有技术大拿,还有谈判专家等等。太多的事情等着他们来干了。

至于响越集团范一鸣什么的,林超涵就没有放在心上了。当然这算是一个大意,但是谁能想得到,那么刁钻的角度,都让范一鸣给捕捉到了,给西汽和 NAM 都造成了极大麻烦。

归程是兴奋而愉快的,但旅程却是疲惫而熬人的。除了林超涵,其他人年龄都不小,刚开始还有兴趣聊会儿天,后来,就实在是扛不住都睡着了。依然是转机再抵达国内,不过,到国内的时候,他们坐的是飞到广州的航班,林超涵想去一趟深圳,因为季容在那里。林焕海和郭志寅等人自然没有什么好说的,实际上,此时的林超涵婚姻问题,也快成老林的心病了。当然,别说这是自己的儿子,就是别人,这么长时间与女朋友两地分离,抽空过去探望一下,从人之常情来说也没啥不可以的。

于是林超涵从广州白云机场下飞机后,就打了个车去长途客运站,坐上了去深圳的客车。这条路是他十分熟悉的,在开拓南方市场的时候,从广州到深圳的路他都快踏烂了,有时候甚至是跟着卡车司机一路过去的。

季容正在公司忙活着一桩案子,现在她已经不再跟威廉搭档了,可以相对自由地选择合作伙伴。而这一两年的工作成就,让她的上司托尼对她很信任很满意,也很放心,对她的管束不多。托尼倒是对威廉颇有些微词,这小子动不动就去香港花天酒地,虽然这是私生活管不了,但明显几次喝大了影响了工作。两相比较之下,季容有一种东方女性独有的细腻,而且自律,升职加薪的机会优先给谁,自然不言而喻了。

接到林超涵的电话,季容惊喜异常,立即将案子的资料整理交给自己的一个下属，立即驾车赶到长途客运站接林超涵。

在长途客运站，来来往往的人非常繁忙。这里进出的大部分都是来深圳打工的人，也不乏各地过来出差的人员，各色人等成色复杂，但大家都不由自主地会被路边一个风景给吸引住。季容今天一身飘飘白衣，红唇胜血，再配上一辆红色的福特小轿车，要多惹眼有多惹眼，因为气质太出众了，所以众人敬而远之，连觊觎着游客钱包的小偷都不敢上前了。

看到林超涵从车上下来，季容笑颜如花，像个小女生一样，飞奔着扑了上去，紧紧地拥着他。在羡煞旁人的目光中，她带着林超涵上了自己的车，扬尘而去。

"我咋没有这样好运呢？"一个头发蓬松满面稚嫩的男孩子，背着破旧的大背包，拧着铺盖，看着远去的背影，喃喃自语。

旁边的一名中年男子，一巴掌轻打在他的后脑勺上，笑道："这就是深圳，梦想之都，只要你肯努力，说不定哪天也可以比更这风光！"

# 第172章　那么美好

季容载着林超涵在路上行驶着，林超涵打量了一下这车子，里面反而不像外表那么华丽，朴素简洁，只是偶尔有一两个小东西作为点缀，颇让人眼前一亮。像极了季容的风格，让人一进来就能捕捉到专属于她的味道。

季容在他进来后也不说话，在他打量车的工夫，一溜烟就开了很远。窗外闪过深圳那繁华的大街，风从车窗吹进来，吹得他们的头发飒飒飞扬。

林超涵不知道为什么，想起张学友那句经典的歌词，"想和你再去吹吹风，什么都不必说你总是能懂"。两人此时的状态就是互相懂得，因为思念成灾，所以有很多的话郁积胸中，因为彼此心心相印，所以说什么也仿佛是多余。

季容开了一段时间之后，终于将车停在自己住宅下面的小区里。在车里，两人相拥而坐，互相依偎，静静地听着你的心跳，还有我的呼吸，闻着你身上的香水味，嗅着我身上雄性荷尔蒙的味道，摸摸你的秀发，弹一弹我身上的灰尘。

两人还记得，从前在校园里那种爱到死去活来的刻骨铭心，但是彼此都长大了，少了一些冲动，却更懂得了欣赏彼此的好。

那时是美好的，那时是浪漫的。然而此时，也是美好的，也是浪漫的。

每一次两人的碰面，都感觉像是梦境一般，虽然两人都是现实主义者，季容每天面对冷冰冰的数据和复杂的企业案例，而林超涵则要面对更加复杂的机械线条和工艺，如果他们把浪漫用一分在工作中，那么工作就十分可能完蛋。所以，他们每一次的工作，实际上都是战战兢兢地进行计算，每一次的任务，就是把计算推进到再无可推进的地步。然而就是这样的两个人，在一起，化学反应让他们燃烧着，数据融化为冰雪，钢铁绕指成柔，那种感觉很奇妙和微妙，只有他们俩能真真切切地感受到，其中的美妙。

季容幽幽地说："真是怀疑，咱们每一次的见面都不真切、虚幻不可捕捉的样子，是我们太不容易给彼此安全感吗？"

林超涵的身体轻轻一振，他被触动了，这种感觉何止是季容，他也感同身受。

"或者，我们分开得太久了，都有点不敢相信这眼前的事实吧。"林超涵苦笑着说，"我想，我们该有更实质性的进一步了。"

"讨厌！"季容脸上泛红。

林超涵愕然，他说的不是那个意思，连忙解释道："这个，你千万别误会了。我没有那么急。"

"我懂！你真不容易，等了这么多年。"说着，季容深深地把头扎进他的怀里。

林超涵顿时就哑火了，不能再解释了，越描越黑。他紧紧地搂着季容，享受着这难得的温馨时光。

稍微温存之后，两人上楼，来到季容的公寓里。这是她自己看中的一套公寓，装修现代，窗明几净，楼下绿树成荫，远眺视野开阔，适合下班之后，喝一杯咖啡，翻几页书，欣赏一下城市的夜色。

林超涵打量了一下她的公寓，问道："上次来这里，好像你住的不是这间公寓吧？"

季容白了他一眼，倒了一杯水给他说："你有多久没来了？我都搬了两回了。"林超涵挠了挠头，嘿嘿一笑，上次来其实还是去年年底，今年是一次也没有来，倒是季容飞去秦省看过他一次，两人一直这么异地恋着，实在是辛苦得紧。

"这里不错。"林超涵喝着水，却还是口干舌燥，有些心不在焉地说道。任哪对情侣在这种环境下独处，都不容易。何况，此时的季容放下了头发，轻轻地撩拨着，风情万种，无法言喻的感觉。

"你喜欢？我已经买下来了！"季容很随意地说，"很便宜，只要你愿意，这里的一切都是我们的。"

"我当然愿意……"

良久良久之后，季容轻轻地靠在林超涵的肩膀上，对他说道："我想到一件事情了。"

林超涵轻拂着她的头发，享受着这美好的时光，有些含糊不清地道："什么事情？"

"我们，是不是应该去见一下我的父母？"季容羞涩地问道。

"啊，要见，要见！"林超涵惊了一下，然后立马反应了过来。其实在他的心中，对季容父母的印象相当不好，要知道，季容刚上大学呢，家里就要给她定亲，甚至是逼婚，逼得季容不得不远走异国他乡，一去多少年不复回。

这种父母，在林超涵的眼中，大概就是封建包办婚姻的愚昧代表。他当然知道与季容的未来肯定是绕不过他们，但是在内心深处，他对她的父母还是挺抵触的。季容刚回来时他也曾经询问过季容，她是否回家见过父母了，但是季容的回答是合适的时候再回，他从此也没敢再问过。如今季容主动提出要去见她的父母，林超涵是意外加惊吓，一时间反应不过来很正常。

季容低着头说："咱们的关系，已经更进一步了，无论如何，我们都得面对我的家人，你的家人我已经都见过了……"

对于这一点，林超涵对季容是真心地感激，他知道，季容去年回来跑前忙后，甚至顶着公司的巨大压力，就为了帮他洗刷罪名。但同时，季容也大大方方地与林焕海、于凤娟二人见过面了，两老自然对季容赞不绝口，没什么好说的，除了于凤娟有点小醋意外。

季容如此勇敢，林超涵自然没有退缩的道理。

然而，现实的问题总是要面对的。林超涵为难地问道："见你父母当然没有问题，是我应该做的，但是，这个总归需要看你跟他们的相处是否融洽……"

季容摇了摇头，黯然说道："他们虽然对我回来很高兴，但是对我当年不辞而别，离开中国去美国的事情，始终耿耿于怀。对你的事情也多少了解一些，恐怕对你不会太友好，这点你要有心理准备。"

季容这么一说，反而激起了林超涵的万丈雄心，他信心满满地说："怕什么，兵来将挡，水来土掩，我林超涵，是你季容的男朋友，未婚夫，而且必然会成为你的合法且唯一的爱人。我有什么好担心的，有什么招，冲我来就是了，我一并接着。你想想，那么重的汽车我都造出来了，索性我造两娃出来，看他们怎么办？"

　　季容刚听着他慷慨激昂地陈辞，转眼间就有些耍流氓无赖的意思了，有些娇羞又生气地道："谁要跟你造两娃？"

　　"嘿嘿，不造两娃，那造一娃，按照基本国策办事。"林超涵嘿嘿得意一笑。

　　季容扑哧一声笑了出来，不知道为什么，跟林超涵在一起，哪怕是最简单的动作或最低幼的笑话，她总是能开心地笑出来。她清醒地意识到，眼前这位还是当年那阳光帅气的学长，即使经过了这么多，经过了各种红尘历练。

　　他们是幸运的，有多少人错过，有多少人等待不起，有多少人在辗转之间擦肩而过，而他们居然还能在一起，简直就是奇迹中的奇迹，用凌霄强的话来说，这根本就是童话故事。谁说童话都是骗人的？如果他们俩不在一起，凌霄强就决定再也不相信童话了。说这话时，林超涵清晰地记得，凌霄强被王士妹拧着耳朵龇牙咧嘴的表情。

　　"我们一起长长远远地走下去吧。"林超涵低声说道，他有一种冲动，再不想分开片刻，再也不想等待，立即就给季容披上嫁衣领回家。

　　季容郑重地点了点头，对她来说，何尝不是与林超涵一样的想法。在美国的六年，她其实比林超涵更辛苦，不仅是学业上的，更是心理上的。那里号称自由的国度，时时刻刻各种观念侵袭，各色人等出没，其中不乏比林超涵更有才华的，至于颜值方面，要稀世俊美都能找得到。有人为她不惜耍浑蛋，也有人痴情为她，甘愿付出一切，抵御这一切，比写毕业论文还要难。所以她必须要行事如火，为人似冰，坚守再坚守，哪怕遇到再大的诱惑，也不沦陷。实际上，有时候她也不知道自己为了什么，为了林超涵吗？好像也不是，当初毅然决然离开中国的时候，她甚至已经想过，与林超涵一刀两断，不耽误他的人生。

　　但偏偏，仿佛造化弄人，两人的人生就在各种蹉跎、耽误甚至是意外中，等到了重逢那一刻，而这一刻，他们居然还能没有阻碍地走到一起。

　　遍翻那些小说影视剧，分合别离是常态，悲剧转折是固态，偏偏这样的完美好像从来不曾存在过。但现实往往高于生活的地方在于，作品中残缺或者是美，但现实中却残留有一些机会，让故事可能不那么圆满，却那么美好。

突然，季容抬起头，狡黠地望向林超涵说："我突然想到了，你还欠我一些东西。只有结果，没有过程，是不是就不那么圆满了？"

林超涵恍然大悟："你是我最爱的人，总有一天，我会踏着七彩的祥云来娶你。放心吧，一切都会更好！"

季容开心地一笑，看了看外面的天色，良宵尚早……

# 第173章　落后五十年

良宵又苦短，第二天一大早，林超涵悄悄地将自己下楼买好的早点放在季容公寓的餐桌上，留张纸条写明自己因为回程时间紧急一大早赶飞机先走了。出门前，回头看看季容恬淡的面容，林超涵忍不住亲吻了一下季容的额头。然而就悄然掩上房门，前往机场搭乘最早一趟航班，赶回公司。今天公司要召开内部会议，向公司董事方和主要高层汇报与 NAM 的合作情况，并讨论接下来的计划，他不能缺席，必须尽快赶回去。

10 点半的时候，他降落在了秦省，然后打了一个出租车，一路狂奔，12 点前赶回了公司，连饭都顾不上吃，立即找到郭志寅报到，着手准备下午开会的材料。

其实这些材料并不复杂，主要就是 NAM 方面提供的一些 G2000 的相关资料，然后就是备忘录里提及的合作方向和内容，基本上事前已经准备完毕了，郭志寅回来后稍微拾掇了一下，需要林超涵处理的地方就不是很多了。

只是他作为此次谈判小组的重要成员，必须要列席会议，并汇报自己的所见所闻。对西汽来说，每次出差其实相当于一次小型战役，都必须事前请示和事后总结汇报，尤其像这么重大的合作，必须要全公司上下统一意志才行。

但是这个意志并不是那么容易统一的。实际上，很多人对于这个合作是颇有微词，大家不太理解，目前西汽的日子相对来说比以前好过多了，在民用市场上折腾得风生水起，徐星梅带领着销司不断扩大市场，生产任务多到忙不过来，大家到手的票子因此也相对不缺了，难得公司现在终于摆脱了生死危机，很多人就想放松一下神经，起码别过得太苦。但是如果按照林焕海的规划，引进 G2000，公司的利润恐怕大半要没了，这样一来，苦日子还得延续几年。因此，不是所有人都理解和支持林焕海这个决定的。很多人无法理解林焕海为什么这么急迫地扩张！

对，就是扩张。大家很难理解，这几年西汽变化太大，从山沟里来到省城，从年产千辆到年产近万辆，这搬迁新址扩大产能耗掉的资金是以亿计的，肯定一时半会儿没回本，贷款也没有还清，这么匆匆忙忙地就又要上马新项目，是不是明智？很多人心头都存有这样的疑惑。

但是疑惑归疑惑，谁也不大可能站出来反对林焕海的主张，因为历史的经验往往证明他是对的，若不是这几年他一直把握着大方向，西汽早就翻车了。君不见，离西汽仅百余里地的另外一个极其知名的加工型企业，本来一直利润可观，但就是因为新工艺出现后，其企业领导人没有及时调整方向，加强研发投入，反而是盲目乐观继续引进旧工艺设备，扩大生产，结果呢？现在可好，整个厂五六百号人，逐渐陷入了弹尽粮绝的境地，挣扎了两年后，终于轰然倒塌。这都是前车之鉴啊！所以，林焕海现在准备引进更新一代的技术，这眼光有多长远，谁也不轻易断言。

其实，林焕海等人该考虑到的早就考虑过了，公司一些人在想什么，他们心里门清。说实话，他们何尝不想安逸下来，尽情地享受几年订单接到手软的日子？但是他们更清楚地看到了，与世界先进技术相比，中国汽车技术仍然落后至少20年以上，如果因为眼前一点成绩就沾沾自喜，那么要不了两年，西汽就会变成陈旧落后的代名词，被时代毫不留情地淘汰。这种结局不是林焕海他们要的初心，所以他只能咬着牙向前闯，逆水行舟，不进则退。林焕海不仅打算将这次会议开成通气汇报会，还打算开成一次技术革新之战的动员会议。让各方都知晓这一次赴德的成果还是次要的，更重要的是要做一次思想动员，统一全员意志，打赢这场战争。

这场会议比林超涵想象的时间要长很多，林焕海等人向公司众多高层剖析了当前的市场格局，以及对未来的预期。

林焕海说，总体来说，他相信大家的觉悟。眼下公司的员工虽然近年招收的有大批人员进来，高级人才包括大学生的入职比例大大提升，但整体来说老员工占大多数，而高层管理人员除了个别破格提拔的人才外，也以老职工为主。大家目睹了厂子是怎么从亏损濒临倒闭的处境一步步走到今天欣欣向荣的，要说大家都愿意躺在功劳簿上睡大觉，就愿意这么干下去，挣上一分钱就全部用来改善大家的生活，那很有可能有了今天就没了明天，咱们不干这种断子绝孙的事。挣到的钱只有全部用在技术革新上，才能创下像 NAM 那样百年不衰的企业基业，那样企业才有未来，大家才有未来。

林焕海对自己职工的觉悟非常自信，事实上也是如此。在座的大多数人是干技术出身，就算有些因循守旧，但是这几年，目睹林超涵不断地折腾新花样，比如引进计算机，CAE 等各种辅助手段，对技术提升带来了巨大作用，现在谁也不怀疑未来的方向。林焕海简单描述了 G2000 的几个数据指标，听得他们大流口水，要是能生产出这样牛气的车型，甚至创新出比这更牛气的东西，那将来老了，就可以很自豪地向晚辈述说自己的奋斗历程了。只有厉害龙德集团派驻的财务等人，充满了疑惑，他们听到西汽如此宏伟的计划，顿时肝都颤了。这一年来，为帮助西汽引进新设备扩大产能，德龙砸了不少钱，耿进波发了狠，决定要好好干一番汽车事业，但是这汽车事业哪里是那么好干的，那就是一个无底洞啊，砸多少都不听见响。特别是耿进波决定了还要帮助西汽建设新厂，那更是一大笔投入，只不过，现在还只是考察阶段，尚未大规模投入。

现在林焕海说得热闹，又要引进德国新技术，但是要投入多少，他们心里没数没底。龙德派驻的财务总刘良玉，就是这么一个人，他监管了财务，平素基本上都配合林焕海的工作，但此时实在忍不住了，问道："林总，不知道这个投入需要多少？"他四十多岁，但头发都花白了，可见财会这项工作有多熬人。

林焕海看了看他，内心虽然有些不忍心，但嘴上还是轻描淡写地道："我预计前期技术引进专利费等等，可能也就三四百万美元吧，后期其他各种合作，可能还要增加投入。"

刘良玉迅速在心里默算了一下，这笔钱看上去好像还能接受，区区数百万元美元，也就是几千万人民币，对于耿进波来说不算个什么事，相比新厂区要投入上十亿，那简直就是毛毛雨，零头了。那就没必要太纠结了，只是出于本能，他还是提醒了一句："林总，这笔钱需要尽快做出预算，我向耿总那边汇报一下。"

林焕海听了有点不乐意了，咋事事向耿进波汇报呢，西汽是需要投资注资，但这不代表西汽自己没有独立自主权，而且也不代表着西汽不挣钱，西汽此时虽然利润不算太高，但也还是挣钱的，只不过花得更厉害罢了。

"这笔钱呢，我们尽可能不走龙德的账目。"林焕海沉默了一会儿才说道，

"主要还是从我们公司内部账目开支走，算成本。有些福利我们压缩一下，看看有没有哪些地方可以挪用一下。比如说三产那边的进出账，在他们效益好的时候，我们就要多一点，毕竟困难的时候，我们也是把资源都开放了的嘛。"

这话听得曹海鉴脸都抽搐了一下，但还是保持了沉默，只是轻轻点了点头，没有反对。连姜建平书记听了都有点意外，但是同样没有反对，他也不想让林焕海难堪，毕竟他才是决策人和主要压力承担者，事事向耿进波请示汇报，别说林焕海做不到，就是他姜建平也不乐意啊。

既然不走龙德的账目，那就没有必要跟耿进波请示了，刘良玉也乐得轻松，自然不会反对。

于是表面来看，公司内部就这么愉快轻松地达成了统一意见，形成了统一阵线。在得到 G2000 的技术后，西汽必然会如虎添翼，更上一层楼，对此，大家还是蛮憧憬的。

但是林焕海显然考虑得更多，每次大会之后再开小会是他的习惯，民主集中制嘛。留下一小圈精英中的精英，才是他最想要说的话。

林焕海脸色凝重地说："刚才只是给大家看到希望，现在我们来讲讲真话。实际上，我想讲的是，我们的危机所在。大家以为引进 G2000 是结束吗？错了，是刚刚开始。赴欧一行，我深切感受到了我们跟世界顶尖汽车制造商之间的差距，我原以为顶多落后二十年，错，我们起码落后五十年！从机床设备，到人员素质，从管理制度，再到技术研发，我们无一不落后，无一不是危机重重！"

# 第 174 章  主公我有一策

林焕海不是危言耸听，而是实实在在地说他的感受。他这次参观 NAM 后，的确是整个人都不好了，他虽然不动声色，但是对方处处体现出来的先进理念，以及那些先进设备，他是时时留心在意的。

落后五十年可能有点夸张，但是想想，五十年前西汽还不存在呢，而 NAM 已经存在了五十年以上。想想这中间的差距，西汽既没能弯道超车，也没能迎头赶上，实际上是在用落后于 NAM 两代的技术，在生产研发。西汽之所以今天还算风光，准确来说是拜当前中国普遍技术落后所赐。

林焕海道："我不是一个激进主义者，实际上，如果不是形势所迫，我也很愿意继续吃老本吃下去，但是出去走一趟，回来那种紧迫感就大大增强了。我认为，如果我们在引进技术上落后一步，我们可能就要差人家一大截了。而且从长远来看，我们真正要做的是自主研发，NAM既然肯卖给我们G2000，就说明实际上他们手中掌握有比G2000更牛的技术，我们总不可能每初期次都引进落后的技术，迟早我们都得走上正向研发的道路。那是光明大道。"

林焕海又讲了一些感想，中心意思仍然是围绕着引进和正向研发两条路开展。在他看来，前一个是为后一个铺路所用，但是前一个是必不可少的铺垫。

在座的人主要是技术精英，对于这个并不反对，但是他们在林焕海面前也是直率的，有人提出了疑问，这些钱从哪里来？引进G2000的技术，前后到底要花多少钱，以西汽目前的财政状况能否应付得了等等。

这个问题，在德国的时候，一行人早就聊过，此时林焕海仍然耐心地解释了一遍，西汽现在能够抽调的资金只有两千万左右，而实际上为了消化G2000的技术，最后至少初期开销就得过亿。

听到这个数字，大家都倒吸了一口凉气。这么大把的钱撒出去，人家是赚爽了，西汽受不受得了啊？答案无疑是：受不受得了也得受。

会议的气氛有点沉闷，新技术谁不想要，但新技术就代表着新体系、新设备、新工艺、新制度，甚至是新的技术工人。这整个升级所带来的开销想想都吓人，甚至都不敢想。

林超涵此时已经真正有资格列席这样的会议了，他看到现场的气氛，再看着自己手中的资料，突然有一个想法冒了出来，他觉得还十分可行，不由得琢磨起来，以致会议后面的内容他都没有认真听。

当然，开会没听清也没有关系，他下班后立即在餐桌上跟父亲提问，今天开会都讲了什么。他坦承自己开了小差，没有听清楚，请父亲把重点再阐述一遍。

听到林超涵这么公然挑衅自己，林焕海一口饭都没咽下去，就气得怒目圆睁："林超涵，公司提拔你当技术中心主任，不是让你开会走神回来开小灶的，要开小灶滚你媳妇家里开去，咱们西汽不养你这号闲人！"

于凤娟一听就不乐意了："我说，老林，你发的什么疯，儿子想媳妇又怎么了，就去看了媳妇一晚上，连家都没怎么待就直奔会场了，你好意思骂咱儿子，时差都没倒过来呢！"

说着，于凤娟突然觉得自己问到一个很关键的问题了，转向林超涵说："儿子，你说说，你这次去看媳妇，有没有那啥？待了一晚上是吧，嘿嘿，好啊，什么时候能让我抱上大孙子就好了。"说着于凤娟就嘻嘻哈哈起来，完全没有把一旁吹胡子瞪眼睛的老林放在眼里。老林无可奈何，儿子都是被女人给宠坏的，弄得到现在啥成就也没有，连开个会都不能集中精神。

林超涵被于凤娟追问得都有些架不住了，也嘿嘿一笑："保密！"

"了解！收到！"于凤娟居然打了一个很响亮的响指，兴奋地对林焕海道："咱们抱孙子有戏了！"基本上她的表情就是咱家的猪把人家的白菜给拱了的意思。

林超涵有点尴尬，又有点小小的思念，不过好歹也是奔三的人了，脸皮都不带红的，大口扒着饭，直夸今天的饭菜真香啊。

林焕海虽然也想抱孙子，但是现在他脑子里主要还是事业，毕竟他正年富力强没有退休呢。他追问道："林超涵，那你说，你今天开会带啥过去了？脑子没带，笔记本也没带？以后开什么会都一定要让厂办检查一下，是否众人都带笔记本了。"

林超涵没有正面回答他，而是答非所问地说了另外一句话："爸，你说，我们要花那么多钱引进技术，咱们真的能付得起这全部的费用吗？那可不是以亿计，而是以十亿计的好不好。虽然说，不是一年内拿出这些钱，但真心太多了。我都担心哪天龙德会被咱们拖死。"

林焕海瞪了他一眼，狠狠地说："什么屁话，龙德有的是钱，会在乎我们这点吗？再说了，现在还没有到用他们钱的时候。"

"龙德资本，我还是有些担心的。耿进波那个人你不是不了解，他现在不见得对我们的重卡市场感兴趣，我觉得他可能更感兴趣的是上马大客车和小轿车项目。这些东西又风光又赚钱，专业技术也没有那么强，他的钱主要方向可能是集中在这方面。我们要引进G2000，摆明了他们是不太想花钱的。"

"这个钱只能我们自己想办法凑。"罕见的，林焕海没有反驳林超涵的意见，而是有些沉重地放下碗筷。这种压力，让他的胃口瞬间消失全无。

"我们自己凑，何其之难啊！"林超涵叹了口气，财务什么状况，他们这些部门负责人都还是心里有本账的，很清楚西汽现时的状况，生存无虞，但是也并不宽裕。那么多钱支出，很快就会见底，到时候需要周转就麻烦了。

"废什么话啊！"林焕海是一厂之主，心里自然有一本账，还需要林超涵来打击他？

"不是的，爸，我突然想到一件事，我们能不能再拉一个第三方来参与呢？"林超涵道，"这样，能省出不少钱来。"

"你不会想着跟国内那些兄弟厂家合作吧？与虎谋皮谈不上，为人作嫁衣裳也不至于，主要的问题还是众口难调，利益无法分配，更不用说分摊成本了。今时今日，我们已经不可能再组织一大堆企业共同出钱图谋新技术了。再者，人家 NAM 也说得很清楚，如果合作，只能是我们独家，不可能让全国同行共享的。如果我们违反，将会是巨额的赔偿资金，这个根本就得不偿失，不值得去做。"林焕海无奈地说道，这是实情。

"我当然知道，如果我们去分享这些技术，现在很难做到了，国家目前也提倡保护知识产权，再加上合同约束，我们是不大可能跟友商分享这些技术。但是您有没有想过一个问题，那就是从前，大家分享的技术都是一模一样的，基本资料我们大家都掌握，只不过出于各种原因，各自的发展路径和选择方向不大一样而已。"

"你想说什么？"林焕海没抓住重点。旁边的于凤娟有点生闷气了，爷俩居然把家里的餐桌当作会议桌，简直是太不拿母老虎当病猫了。哦，不对，太不拿豆包当干粮了。也不对，总之，没有把她这个家主放在眼里。她不满地敲着饭盘子，生气地说："想说什么？这是吃饭时间，不是工作时间，麻烦两位有活把它带到办公室，不要带到家里，你们明白的？"

"了解！"看着于凤娟发狠话，两人异口同声地回答道，为了保住小命起见，两人还是闷头吃饭要紧。

然后了解归了解，该怎么做还怎么做。两人迅速扒完饭，就丢下碗筷，走到家里的书房里面，沏了壶茶，讨论起该怎么做。

"你到底想说啥？"林焕海喝了口林超涵给他泡的茶，还是有点气呼呼地。

看着父亲的样子，林超涵笑了，他现在有时候觉得父亲真是可爱极了，都快奔六的人了，整天还操心他这个儿子的一举一动，害怕自己给他丢人。当然，换个角度讲，这是林焕海这个父亲一种特殊的溺爱方式，或者说是鞭策方式。

"爸，你有没有想过，我们其实没必要自己单独扛起所有的引进资金的？"林超涵慢声细语，他不会跟自己的父亲计较那些小脾气的，大概从很多年前起他就特别懂事吧。

"我何尝不想让人分担一下啊。"林焕海很苦恼，"必要性就不重复了，厂里大家心里有意见我也很清楚，这么多钱，如果改善一下生活状况，大家会过得舒服多了，一下子全砸进新技术了，还是个无底洞，任谁心里都发毛。去德国前我们一腔热血，还没有想太多，回国后真要开始做了，准备筹钱了，这才猛然发觉这项决定做起来很艰难啊。"

林焕海颇为感慨地给林超涵透了实底，花这么多钱，他心里其实也有些忐忑的。

"但是，开弓没有回头箭。"林焕海叹道。

"所谓车到山前必有路。"林超涵很有信心地道，"主公，我有一策可献，保准管用。"

# 第 175 章　偷袭得手

一个巴掌拍在了林超涵的后脑勺上，吓了于凤娟一跳，但是好在林超涵纹丝不动，显然，这一巴掌并没有拍结实。

林焕海嘴里蹦出一个字，"讲！"

看着林焕海那副恨恨的表情，林超涵嘿嘿一笑，说："爸，你怎么没有想过整取零卖呢？"

"此话怎讲？"林焕海不解地问道。

"就是我们充当了冤大头来主导了这次技术引进，但是不代表着我们就要购买全部的技术！"林超涵道。

"屁话！"林焕海痛斥，"这还用你说，我不知道啊？你想买他们的技术，他们原本就不见得全卖给我们，但是他们的技术升级是全方位的，如果我们不全套引进的话，很多技术缺少配套的，搞不好我们真的消化不良，失去了引进本身的意义！所以，赶紧说有点有用的。"

"别着急啊，爸，其实是这样，你想想啊，这些技术他们固然全面升级，先进得很，但是我们肯定不需要全部都吃下的。比如说，发动机技术，我们就算是引进了，那又怎么样，我们自己再生产发动机吗？"林超涵分析道，"很显然，发动机我们是必须要引进的技术，否则这动力不足，我们等于引进的是瘸子。

但是，就算引进了，那又怎么样？我们自己去生产吗？不合适吧。"

林焕海叹道："这发动机分厂早已经被鲁柴给并购过去了，我们就是想生产现在也没有机会没有力量了！这发动机技术引进来，我们只能丢给他们了，钱能拿回一点是一点，好歹能抵点钱呗。"

"爸，我觉得您得破除一个观念。"林超涵有点不满地说道。

"破除啥观念？"林焕海有点莫名。

"破除您陈腐落后的技术观念，要提升到知识产权的观念上来。"林超涵摇了摇头，不多解释，"您大概觉得我们这个技术顶多让鲁柴多出点钱购买，但是您却没有意识到，如果您这么做的话，大概率我们会被告的，这事谈崩了都有可能。"

林焕海不满地说："你的意思是说，我到时候没权利向鲁柴方面提供发动机技术？我是购买了的，想转移给他们还不是分分钟的事。"

"您把这事想得太简单了，德国人不会轻易同意您这么干的。"林超涵道，"这技术的知识产权，他们看得很紧的，卖不卖给咱们不好说，卖了有什么限制不好说，卖了要给多少钱不好说，德国人一定会把篱笆扎得很紧的，不见得会给咱们空子钻。您记得那个年轻的莎洛特法务官吗？他们从一开始就会深度警惕和介入。我们想占便宜是很难的。"

林焕海被这句话给提醒了，然大悟道："也对，他们估计不会轻易同意让我们进行技术转让。如果我们回来把这些技术东卖西卖倒腾给各家友商，我们的钱其实就回本了，NAM 的人不会让我们这么干的，一定会有各种条款限制的。"

"对的，知识产权的理念，他们是非常重视的。相比之下，我们目前虽然意识到了，但要说重视程度肯定没有他们高。万一我们花了大价钱，买了一堆我们消化不了又不能转让出去的技术回来，那我们不是傻了吗？"林超涵反问道。

林焕海陷入了沉思。购买 G2000 的技术，这是毋庸置疑必须要坚定走下去的一条路，但是那只是一时热血沸腾，多少有点堆个土堆装土豪的意思，真要落实到掏钱这个环节，林焕海是必须要三思而行的。每一分钱那都是全体职工努力攒出来的，他恨不得一个掰成两个花，怎么可能会随意浪费呢。

这个问题之前当真是没有细想，经林超涵这一提醒，林焕海突然意识到自己是有点激进了，相当于看到好东西只考虑到买买买，没有仔细考虑到消化不消化得了。

看到林焕海开窍了，林超涵这才道："我有一个提议，不知当讲不当讲？"

林焕海眼睛一瞪，说："废话，讲！"

"我们不妨拉着鲁柴一块入股买技术，让他们掏点钱。"林超涵笑着说道。

"啥？"林焕海有些不相信自己的耳朵，"这个时候，你拉鲁柴一块入伙掏钱买技术？是我们傻还是他们傻啊？还是当 NAM 傻啊，他们会允许我们这么干吗？"

"其实这是很正常的逻辑啊。"林超涵笑道，"NAM 最终图财，我们是为了整车技术，而鲁柴是为了发动机技术。再说了，鲁柴比我们有钱得多了，让他们来投资，有什么不好的？NAM 可以多挣点，我们可以少出点，鲁柴也能高高兴兴买到心仪的技术回家。"

"正常逻辑？扯淡逻辑！这根本就说不通的，一来鲁柴愿意不愿意掏钱是两说，他们现在生意红火得不得了，国一标准发布后，很快就是国二了，他们的技术储备据说是够的，现在正是赚钱最红火的时候，忙生产都忙不过来，他们有必要掺和这档事吗？我们得花多少精力去说服他们？二来 NAM 方面，也有可能不同意临时再拉一个鲁柴进来，横生枝节，他们未必乐意这么干吧？再说了，这样干会显得我们的分量和实力不足，在谈判中会失分增加难度的。"林焕海眼前一亮，但是嘴上说的话却全是否定的话。

林超涵笑道："爸，我们都是做技术的人，我们都拒绝不了先进技术引进的诱惑，你觉得鲁柴能抵挡得了吗？再说了，我们如果告诉他们，不参与出钱的话，那么这发动机技术我们就卖给他们那几家竞争对手，现在别看他们卖得欢，小心将来跌得惨。"

"话是如此。"林焕海其实明显是心动了，但是一直在找理由推演拒绝，"就算拉他们进来了，他们顶多也就是出一份发动机的钱，对我们来说，也只是略微减轻了一点负担，没什么大作用吧？"

"错了，爸，您想想，关于发动机这块的技术，鲁柴是一定愿意出大价钱的，至少能帮我们分担一部分压力。首先我们将他们引入谈判，这本身就可以作为交换条件，咱们也不用怕他们中途反悔。单独谈，NAM 是肯定不会单独卖这个技术的，要想买，就必须得加入咱们，而作为交换的一部分，鲁柴必须得多负担一些费用，这样会大大降低我们的压力的。"

林焕海沉思了半天，林超涵也没有多说话，就在旁边等着。于凤娟走过来正要说点什么，被林超涵做手势给打断了，林超涵拉着她走到一旁，轻声对他母亲说："妈，我突然想起一件事呢！"

"什么事情？"于凤娟精神来了。

"关于我和季容的事情！"林超涵十分得意地笑道，然而只一会儿又愁眉苦脸，"我以前跟您讲过，她家里的那些糟事情，但是俱往矣，现在季容正式跟我提出要找个时间去她家拜访一下她父母，我已经答应她了。当然，不是现在了。不过，我特别怵见到他们，主要是不想见，他们肯定会各种刁难的。您说，去见他们需要我们准备些什么吗？"

于凤娟冷笑着说："这你还不如你爸吗？当年我老于家嫁女条件那也是要求人中龙凤的，还不是被你爸给偷袭得手了。男子汉大丈夫，怕什么呢？"

"偷袭得手？"林超涵像是听到了这世界上最可怕的笑话。

于凤娟脸一红，悄声说："你爸，会耍无赖。反正吧，你爸胆子不小，后来见你的外公外婆，时间久了不也没事吗？"

林超涵歪着脑袋想了一下，自幼时起，他就记得自己的外公外婆对自己特别好，但是对林焕海却始终不怎么热情，现在想起来，这女儿嫁得可能是有点心不甘情不愿的。但是父母的爱情故事，也不完全是于凤娟说的林焕海耍无赖，里面的故事很精彩，完全可以开个外传了。

旁边的林焕海思考了半天，沉吟着道："我想了一下，这条路也许是可以走通的，但是前期还有大量的铺垫和准备工作要做，很复杂，不是那么简单的。说一个方面吧，今天会议上你看到龙德的人的态度没有，他们是不太情愿做超出他们事前规划的事情的，也不见得愿意多掏钱，就算和耿进波当面聊，他勉强同意了，也不见得是什么好事情。但是引入鲁柴，他们会怎么想，又是另外一回事，这中间涉及的东西很复杂，要做的工作很多……"

"做起来总比没有做强吧！"林超涵道。

"明天我们再研究一下。对了，刚才你跟你妈嘀咕啥，我听到好像是说去见亲家？好啊，你约一下，我们上门拜访也行。你也该结婚了，老大不小了，不能再拖着人家，人家女孩子青春宝贵！"林焕海道。

# 第 176 章　不见不散

到了第二天，林焕海立即又召开了一次小规模会议，讨论拉着鲁柴一块引进 G2000 发动机技术的事情。

在这次会议上，大家再次明确了一些事情。

目前对于西汽来说，引进 G2000 的发动机技术并不是那么迫切的任务，这里面有几个原因：首先就是关于国 X 标准的问题。前面已经提过，这里面再提一句，所谓国 X 汽车排放标准，其实是上个世纪末我国借鉴欧洲的排放标准，从而制定出来的汽车尾气排放标准，现在大家都很熟悉了，已经进入国 Ⅵ 时代了，但是对于上个世纪末来说，还停留在国 Ⅰ 标准。从一到六的标准，主要就是对汽车尾气中排放的一氧化碳、碳氧化合物、微尘、碳烟等有害物质的排放量，进行明显的区分和限制，每一代都有不同的细则标准，总体是越来越严格。它的宗旨说白了就是通过减少有害的汽车污染排放，保护我们的空气，保护我们的环境。实际上，西汽之所以引进 G2000 的发动机技术，当然是看中了它的强劲，但是不急迫的主要原因就是因为国 X 标准的问题，它起步于国 Ⅰ，恐怕看样子，未来也只能止步于国 Ⅱ，而现在国家关于国 Ⅱ 的标准已经在紧盯着欧洲制定中了，推出是两三年内的事情。如果这个发动机技术只到国 Ⅱ，对于西汽来说，也就管五六年了，意义说大也大，说不大也不大。

其次，关于发动机技术。鉴于当年鲁柴方面的强势，西汽虽然一直与其保持着良好的关系，但也害怕哪天双方闹僵断供，再加上其他各种原因，西汽也在跟其他厂家谈着 13 升发动机的合作生产事宜。说白了，就是备胎计划。有这个计划，如果 G2000 的发动机引进来，那属于重复投资了，当然这也不会吃亏，总有办法能变现。

所以，基于这两点，西汽要拉鲁柴入伙一块谈，说是为了压低引进成本，分摊费用。

一通艰苦的工作，好不容易才说服鲁柴。

有了鲁柴的加入，西汽关于技术引进的底气就足了许多，但是如何说服NAM 同意让鲁柴参加技术引进就很大费周章了。不过，好在鲁柴只是做发动机的，应该不会让 NAM 产生太大的反感，毕竟这反而彰显出了西汽的明智，不吃独食。

林焕海让郭志寅、林超涵勤于与 NAM 进行联系，按照双方约定的时间点共同确认进度。只有当双方进度同步一致时，才可以启动第二阶段的实质性谈判，现在还有一段时间。而鲁柴的加入，实际上加大了对这一进度的拖延。

预计，双方第二轮谈判，怎么也得到明年开春才能进行了。


这一段时间，林超涵终于歇了一口气下来，他现在得郑重考虑季容的提议，去见她的家人了。她的哥哥季硕是首先要见的人，大舅哥这一关应该好过。她父母那一关，想一想，林超涵就觉得头大无比，但是要娶季容，这一步是必须要走的。

这件事情对于林超涵来说，比跟德国谈判难度还要大。对付德国人，只要知道他们的底牌和性格脾气，摸准了脉，还是有办法对付的，但对于未来的岳父母，那种隐藏的风险，想想就惨绝人寰。

于凤娟在家里没事就给他洗脑，甚至让他抽空去了一趟外公家，找外公聊聊，当年是怎么让林焕海过关的。林超涵想了想还真去了一趟，取了不少经回来，信心也足了很多。

有信心就好办了。他在一个难得休息的周末，直飞浙江与季容会合，然而直奔西湖边的季家。一大早他就赶到机场，飞了几个小时后于上午 11 点多抵达了杭州。林超涵去过很多地方，也曾经在试车时匆匆路过这里，但是从来没有在这里好好逗留，他也从来没有想过自己会跟这座城市发生什么样的感情交集。

在机场，林超涵拎着大包小包，走出机场时，看到等候多时的季容欢呼着向他奔来。这个时候，天气已经颇为寒冷了，季容不再一袭白衣长裙，改穿一身素灰色毛衣，足登白色长靴，头戴一顶可爱小巧的绒帽，整个人像是秋冬的一枚小精灵。其实她也是奔三的人了，然而天生丽质，此时稍加打扮，还像一个小女生一般可爱。

林超涵总觉得季容的美丽，是他怎么也看不够的。曾经在每天晚上，他都会打开相册，一张张翻看照片，那种刻骨铭心，真是无法形容。后来，因为伤心，就自我封存这段记忆。直到季容回来，双方的感情再次沸腾起来，永不止歇的冲动，就算是经过深圳温柔的一夜，他也丝毫没有改变这种心态。

此时的林超涵也自然好好拾掇了一番，他本来就个子挺高，因为长期热爱运动，身材保持也挺好，稍加打扮，找一套得体的衣服一套，就显得颇为精神帅气。两人相拥在一起，互相闻着对方熟悉的体味，那沉醉的样子让来往的人颇为羡慕。

两人本来有说不完的情话，但是现在显然也不是说这些话的时候，再加上这些年的历练，两人性格也沉稳了一些，将炽热压下，两人亲密地牵着手离开机场，坐上了一辆豪华小车。

刚一上车，林超涵就很惊诧地发现，当司机的人居然是季容的哥哥季硕。对这位哥哥，林超涵的心情是非常复杂的，但更多的是敬佩和感激。若不是他仗义出手，此时的季容还能不能当他的媳妇还不好说，说不定早被范一鸣得手了。但是同时也因为他的出手，导致他和季容远隔太平洋许多年。当时林超涵甚至都没有得到季容出国的消息，可见这位季硕当时的用意，可能本身也想拆散了他们两个。

这些事是林超涵想了很久之后才得出的结论，所以此时面对季硕，他的心情难免有些跌宕起伏。

看着林超涵傻愣愣，季容轻轻捅了他一下，提醒道："这是我哥！"

林超涵低声道："大哥你好！"

季硕戴着一副某个大牌的眼镜，本来一直装酷地看着前方的，听到林超涵叫他，这才摘下眼镜，回过头对林超涵微笑道："林超涵，你好！"

"怎么好意思，让哥哥开车呢。"林超涵为了避免尴尬，没话找话说。

"嘿嘿，我这个未来的大舅哥，要不是亲自来接一趟你们，说不定将来会被某些人埋怨的，到时候我上门讨口水喝都不好意思了。"季硕其实非常开明，他本身对林超涵的印象也不坏，并没有那种盛气凌人的态度，这让林超涵整个人都好受多了，对于季硕的一点小小怨言也都消散了。

季容嗔道："哥，我们还没有结婚呢，你想做大舅哥，也得看人家愿不愿意。"

"我实在是太愿意了，七年前我就愿意，现在我更愿意了，一辈子都愿意让他做我的大舅哥，没有人比他更懂怎么做大舅哥了。"林超涵谀词如潮曲意奉承，听得季容心花怒放。不管平素在工作中再怎么冷静淡定，在同事面前再怎么强势，在林超涵面前，她就恢复真身，还是那个需要人呵护照顾的小师妹。

"咳，能不能当成大舅哥，其实还真不是我们三个能决定的……"季硕在心里叹息，这个妹妹他是痛爱不过的，她喜欢的人他只会赞成再赞成，但是想想家里那两位顽固分子，他觉着凶多吉少。

但是面上他不能直说，而是委婉地提醒了一句林超涵："今天一定要有充足的思想准备，无论敌人的炮火有多么猛烈，你都要坚守上甘岭阵地，一直要挨到停战日和平协议的到来。"

他这话含义就深了，林超涵心知肚明，默默地点了点头，想起了那篇伟大的《论持久战》。他坚信，最后的胜利一定是属于光荣的追求恋爱自由的人民的。

# 第177章　他不是一般人

季硕对于林超涵的提醒可以说十分到位，但此后他就不肯多说什么细节了，林超涵也不是个初出茅庐的毛头小子，自己应当有分寸。

在车上，两人倒是聊了聊生意场上的事。季硕对重卡市场也颇有关注，好奇地打听西汽的年营业收入和产能等指标。林超涵想了想，直说营业收入现在差不多一年可以做到二三十个亿了，产能经过不断地改进，目前差不多可以做到两地同时生产超过万辆了。

季硕听完颇有些意动，但仍然还是摇了摇头，说："你们这么大一个厂子，每年营业收入虽然高，但是恐怕发展还不能算好。"

季硕这话不是很中听，但一针见血。听季容说过，林超涵知道季硕这些年一直在做各种生意，倒腾江浙地区的一些轻工业产品到国外贩卖，赚的钱也不少。见惯了大场面，对于西汽二三十个亿的生意兴趣就并不是特别大了。

林超涵笑着解释道："是不算好，我们对市场的预期还是出了问题，远没有想到市场反应这么好，我们规划就显得滞后了一些。这两年，我们还会有更大的调整和布局。"

"哦？这么说，重卡这块市场还是很有搞头的。"季硕若有所思地说道。虽然因为妹妹的关系，他平时对重卡市场有所留心，但是这是重工业产品，与他的轻工业产品完全不是一个概念，所以他也没有插手汽车市场。但此时听林超涵的意思，汽车市场发展远比想象中的还要快，那是不是要改变一下长久以来的生意策略和方向，那就值得考虑了，毕竟放着这么好的资源不用也是可惜了。

"我们在德国的时候做过一个预测，未来中国对卡车的需求，是月度能够达到 10 万台，其中重卡起码得占四分之一甚至更多。你想想，这是多么广阔的市场空间！"林超涵补充道，这些信息也没有必要瞒着世人。

"那这么说，我看看，回头能不能代理你们的重卡，做做这方面的生意呢？"季硕半开玩笑地问道。

"这个完全没有问题，我们销司那边欢迎一切合作者。销司负责人徐星梅大姐我很熟，回头你可以直接找她谈，我跟她打声招呼。"林超涵对此并不介意，能把生意做大，这是好事。

季容在一旁埋怨道："哥，超涵哥，你们在说什么呢，这是去探望岳爸妈，你们正经点好不好，谈什么工作，谈点家里的事情好不好。"

季硕宠溺地从后视镜看了一眼自己的妹妹，说："好好好，我们就不谈工作这种无聊的事了，还是谈点人生大事比较好。超涵，我妹妹看上你了，我这个哥哥自然没有什么好说的，除了支持就是祝你们幸福。你们倒是不妨说说，后面的计划，我听听，看看有没有什么建议。"

"我的计划就是娶她，爱她一辈子。"林超涵十分自然又十分肉麻地说道。

季硕一身鸡皮疙瘩都起来了，但是季容听了却十分受用，紧紧地搂着林超涵的胳膊，脸上的幸福都快溢出来了。

"刚才我已经提醒过你了，就不多说了，一会儿见我爸妈，你还是机灵点吧。但是先透露一下，当年我爸我妈对于季容自作主张出国留学很不高兴，我都挨罚被赶出家门在外面住了两年。后来，慢慢地他们也算是想开了点，不那么记恨了。这次季容回国工作，回家两次，他们还是很高兴的，但是对于你这个始作俑者，他们会不会那么客气我就不知道了，反正我跟他们说这件事情的时候他们都是面无表情。"

林超涵听了心里不是滋味，什么叫他是始作俑者，整个事情完全是范家仗势欺人好不好。准确来说都应该是范一鸣的问题，这小子实在是太招人嫌了，都什么年代了还通过家庭搞逼亲这一套，简直是坏蛋中的战斗机了。

看见林超涵有些沉默，季硕又主动提道："我猜你想到范一鸣了，但是我要告诉你的是，没有范一鸣，还会有范一桶、范两杯，只要我这个妹妹出落得还水灵，总会有人上门求亲的。倒是你，抢先摘了桃子，我父母能不记恨你？"

"大舅哥，这话可就不对了。"林超涵听着很不是个滋味，"季容是一个独立自由的当代女性，有权利追求自己的幸福，怎么能像个商品一样被父母拿出去待价而沽呢？"

林超涵轻轻地拉着季容的手，看着她比鲜花胜过百倍的容颜，不敢想象能生出这样优秀人物的父母居然会是那副封建鬼德性。愈是这样，愈是要抗争，本来忐忑的心情，到此时却澎湃激昂起来。无论如何，他都不会放手的，哪怕是天王老子来了也不行。

季容冲他轻轻一笑，但脸上的表情却不是太好看。

季硕在前面听了，也只是呵呵一笑，没有多说什么。很快车就到地了，是在一处隐秘的别墅群里。林超涵观察了一下，这里应该是富贵人家集中居住的区域，环境相当之好，甚至可与他在德国时见到的一些绿化景观相媲美了。

停车后，林朝涵拎着价值不菲的礼品下了车，季容挽着他的手，在季硕的带领下，一步步向大门走去。林超涵发现进入大院后别有洞天，这里一派江南园林风格，假山拱桥，鱼戏浅水，竹林稀疏，鲜花数盆，错落有致，给人十分祥和的感觉。

自己这个媳妇，家里是真有钱啊！虽然自己没有掏钱买过房，也没有住过别墅，但是林超涵也是见过世面的，知道在这个地段这种地方，住这样的别墅，绝对不是一般人家。

林超涵暗自揣测着，季容放下他的胳膊，一路小跑来到院落的一处角落里，欢呼道："哥，你看，这里居然还放着我的'风火轮'呢。"原来这是她小时候玩的一个精致的水车模型，颜色鲜艳，她一直很喜欢，将其摆在房间的角落里，戏称为"风火轮"。但是此处显然是按照比例进行放大，做了一个真正的水车，在院落里不停地抽水放水，与小院的环境浑然一体。

进屋后，林超涵发现两个老人在宽敞明亮的客厅里看电视，年六十余岁，季母看得津津有味，而季父则靠在垫子上睡着了。季容的父母年龄都偏大，主要是他们年轻时吃了不少苦，结婚晚生孩子也晚，生下季容时，他们都已经三十多岁了，在那个年代已经算是相当高龄的父母了。

"爸妈，季容他们回来看你们了。"季硕开口道。

季母抬起头来，林超涵看到她并没有自己想象中那种势利眼模样，反而是慈眉善目，一副和善模样。季母激动地站起身来抱着自己的闺女，左瞧瞧右瞧瞧，显得极其开心。

"伯母好！"林超涵带着微笑礼貌地问候。

"嗯，好好，这个，你是小林吧，来来，坐，坐，吃橘子。"说着季母就热情地拉着林超涵坐下来说话。这远比想象中的待遇要好得多啊。林超涵正感慨中，突然听见有人重重地哼了一声，原来是季父醒来了。季父显得极其不满地坐了起来，嘟哝道："回来就回来，大呼小叫，像个什么事？真是慈母多败儿！"

季母显然对他这副表现习以为常，不以为意地对林超涵解释道："季容她爸就这样，天生臭脾气，甭理他。"

林超涵礼貌地叫了一声："伯父好！"

"好？好个屁，好不容易养个姑娘，就这么被人拐跑了，这心里难受，好得了吗？！"季父像是对着林超涵发牢骚，又像是自言自语。

林超涵有点小尴尬，不过这种情况在他的预料之中，无非就是冷遇、不理睬，甚至打骂嘛，这点小小的讽刺他根本不放在心上。

为了缓解尴尬，季母不停地招呼着林超涵。季母十分疼爱自己这个幼女，此时季容回来，还带了个女婿，她心里十分高兴，关心地问个不停。听说林超涵在一个制造汽车的国企里担任职务，她有点担心地问道："现在这国企大多效益不好，你这发展前景还有收入，不知道……唉，我就是担心我这闺女，怕她吃苦，她一个人在国外吃了太多的苦，总得有一个对她好的人，让她下半辈子少操点心……"

季容埋怨道："妈，您这都哪的老套思想啊，我们都年轻，有手有脚能奋斗。你们年轻时那么苦也走过来了，我们自然也能。何况，超涵哥不是一般人，我信他。"

# 第178章 把女儿交给你

季父一直在旁边生闷气，林超涵与季母一问一答之间，他却竖起耳朵听着，一句话也没有落。看到季父闷闷不乐的样子，林超涵还是有些为难的，毕竟他跟季父不是太熟，而且有些成见在里面，想上去套个近乎不好办。季容善解人意，凑上去，摇着父亲的肩膀，撒娇道："爸！爸！"

摇了几下，季父就缴械投降了："好，好吧，女大不由娘，这要嫁的丫头，咱家是留不住的，就当是泼出去的水好了。"

季母在旁边听着不服气了，板起脸说："我说老头子，你太过分了啊，女儿好不容易回家一趟，难道你又想把她气走吗？跟你说，要是女儿今天不高兴，跑了，别怪我对你采取制裁措施！"

季硕对林超涵悄悄解释道："我爸最喜欢钓鱼，我妈要是把他的钓鱼套装藏起来，我爸找不到会急疯的。"

季容带着娇嗔的语气对父亲道："爸，瞧你说的，我是你的女儿，永远都是你的女儿，哪里都不会去的。"

季父听了，脸上的冰霜渐消，取而代之的是一种怜爱的神情。他抚着女儿的头发，季容乖顺地伏在他的身边，季父叹道："都怪我们不好，当年把你逼到出走美国，多少年不回来……"

说着，季父又看了一眼林超涵，不再一副斗鸡的表情，而是特别感慨地道："我最想不到的，是你们居然能修成正果，这万万没有想到。"

这时候，厨房里走出一个阿姨，原来是季家请的保姆，她用略带江南口音的普通话道："季先生，我菜都烧好了，是不是端上来呢？"

"那行，开饭！"季父大手一挥，又瞟了一眼林超涵，"小子，你能喝几盅不？"

林超涵还有点发愣，季硕一推他，他连忙回道："陪伯父喝，几盅都行。"

这海口夸下了，自然就没有放过他的道理。季硕嘿嘿一笑说："小瞧你了，好久没喝了，我也陪你喝几杯。"

林超涵喜出望外，原本以为会面对狂风暴雨，想不到竟然只是和风细雨。他颇为疑惑，季硕和季容都暗示过他会遭遇一些刁难，怎么只是几句话的工夫，就过去了呢？直到他们喝得面红耳赤，聊起当年往事的时候，林超涵才知道，原来当年的事情另有隐情。

当年范家正是如日中天，范老爷子其实对季家有知遇和再造之恩，如果不是范家帮忙，季家当年哪里可能做那么多生意，赚那么多钱。也因此，两家来往一直比较密切，范家公子既然看上了季容，并且提出了要结亲的意思，那么范家是无论如何都不好驳这个面子的，特别是范老爷子也表示出了对季容的满意。

所以，纵使季父季母对季容有万般疼爱，都无法拒绝这样一门亲事。刚开始的时候，两人也并不觉得这是一桩坏事，算是亲上加亲，只要范一鸣娶了季容，两家关系更加紧密，季容将来的生活也有保障，无论从哪方面来说，都没有拒绝的理由。为了自家的生意好，也为了季容的将来着想，他们便同意了这门亲事。

但他们唯一没有想到的是，季容强烈地反对这门亲事。季容年纪小的时候还可以拖，季容年纪大了就绝对不能拖了。范一鸣得到季容在学校谈恋爱的消息后，立即决定逼迫季家要季容回去定亲，在他看来，只要范家发话，季家没有不从的道理，季容本事再大，那也飞不出他范一鸣的手掌心。

但是范一鸣的态度却让季家反感，就算范家对我们季家有恩，但女儿的终身幸福也不能牺牲啊，怎么好违背她的意愿呢。原本季父季母觉得季容年龄小，可以慢慢做一些思想工作，但是谁料到范一鸣的逼迫却彻底将季容激怒了，她决定要反抗到底。

然而，范家势大，且季家已经答应的事，怎么能说反悔就反悔呢？

就这样，在季父季母的策划下，季硕安排季容出国留学，他们俩扮演逼女逃亡的坏人，而季硕则做个暗地里的好人，这样既对范家有个交代，也让季容有足够自由的空间。

说起当年的决策，季父喝了几杯后，泪流满面地说："如果不是我们自己贪心，何至于让闺女背井离乡，一去六年多？我们俩想她啊，逢年过节就想得要命，但是装坏人就要装到底，不给范家借口。所以这忍得有痛苦你们是不知道的，就因为这样我们身体都憋坏了，只能提前退休到西湖边上来养老。"其实，林超涵也听得出来，到这里养老，恐怕也是为了避开在京城的范家。

季容听得泪流满面。季硕也同样抹了把眼泪，他这个当哥哥的，两头装一心牵挂真心不容易。他补充道："这几年，范一鸣屡次碰壁，对了，据说都跟你有关是吧？范家对他颇为失望，也不再关注我们家了，再加上范老爷子年龄大了，也不想管事，渐渐我们疏远了，所以我们这才敢让季容回国。"

"最主要的是——"季硕一字一顿地说道，"时代不同了，季容成长起来了，她可以有更大的自主权，这个时候，已经没有办法逼迫她了。"

季硕拍了拍林超涵的肩膀，诚恳地说："其实，我们最开始一直想让她在美国找个如意郎君给嫁了，那这样的话谁也拿她没办法了。不过，我也没想到，她去了那么久，居然心心念念回来，还是要找你……"

林超涵不由自主地在桌子底下紧紧地握住了季容的手，他们能走到今天真不容易，比奇迹还奇迹，鬼知道季容在美国遭遇了多少诱惑，就说他自己，在国内又遭遇了多少诱惑？如果当初仲瑛答应了，也许，现在一切都不一样了。好在无论如何，他跌跌撞撞还是迎来了美好人生。他的运气，真是顶好的了。

季容泪眼婆娑地看了看林超涵，有些经历，她同样难熬，但是无论如何，她都不甘心放弃，终于也等到了最美的结局。还有什么比现在能走到一起更好的吗？此刻，天长地久。

一家人在这一张饭桌上解开了心结。虽然说当年季家的选择有些残忍，甚至可以说了为生意一度放弃亲情，但最后，他们终于等到了云开见月明的时候。林超涵知道，现在说起来简单，但是当年，季家要挣脱范家的摆布，那种决绝，其实是非常残酷的。

从某种程度来说，林超涵其实是误打误撞入了这个局而已。如果不是他凑巧是季容的师兄，又凑巧两人相恋，再凑巧他跟范一鸣斗了好多年，现在也许两方都是另外一个局面。

季父感慨之余，突然问道："听昌儿的意思，你最近几年一直在跟范一鸣纠缠不清？"

"的确如此。"林超涵把从青藏高原试车两人竞争，到广东两人抢夺重卡民用市场，再到后来自己被范一鸣诬告险些入狱，再到如今在德国引进 G2000 时碰到范一鸣捣乱，前后多个事件，简述了一番。

还好，每次基本上都是以范一鸣碰得头破血流告终，过程之艰难，非身处其中难以理解。

这一切季父略知一二，但并不清楚内情，当他听说林超涵居然能屡次反杀范一鸣，破他的局，让他各种功败垂成时，长时间沉默了。

"想不到，范家的后代如此不堪一用啊。"季父感慨万千，在这件事情上，他看到范家的危机，后继无人。范一鸣居然为了一点执念始终缠斗林超涵，更将个人恩怨上升到公司甚至是国家层面上去，简直不可理喻。对此，他也无可奈何。

但是，他也同时感受到了林超涵的能力。之前，他只是接受季容的选择，如今，则是赞同季容的选择，庆幸她选对了人。一个人，一家企业，只有自强不息，才能无法侮无可辱，林超涵和他身后的西汽，若不是付出巨大的努力，怎么可能赢得每一次胜利，靠小聪明是不可能长远的。

"把女儿交给你，也许是对的。"季父咽下一口酒，喃喃自语。

家宴结束后，季容带着林超涵参观了自己家的别墅，这里的布置并不特别豪华，但是十分别致。她的房间布置都是参考她小时候喜欢的样子，她开心地一一给林超涵解释，自己小时候是怎么拆解那些机械玩具的，这些奠定了她进入与林超涵同一所高校的基础，虽然现在她走上另外一条路，但曾经的爱好，哪有那么容易泯灭。

季容依偎在林超涵的肩膀上，感慨道："走了那么远的路，到今天才算是真正地回家了。"

林超涵痛惜地吻了一下她的额头，这个姑娘远涉重洋，远离家人与朋友，一个人独自在外奋斗那么多年，这其中的艰辛，不必多说他就能体会到。

"对了，带你参观一下你的房间吧！"季容突然抬起头，狡黠地道。

"呃？我好像已经可以叫你爸叫爸了吧？"林超涵愕然。

"那不行，你得去住你自己的房间。这里是我家，爸妈都看着呢。"季容笑嘻嘻地说。

林超涵只得悻悻地被领到了自己的房间，这里虽然是客房，但是同样很别致，比他自己的狗窝要舒服多了。

# 第 179 章　修成正果

这一次林超涵整整请了一周的假，他决定要陪着季容好好谈一次恋爱。说起来，他们俩虽然算修成正果了，但是聚少离多，有点苦命鸳鸯的意思。这次是除了在学校时外，第一次能在一起这么长时间。

这一周的时间极其宝贵，他们游览了西湖，坐在西湖长堤的亭子里，静静地看着秋水长天共一色的美景，又走遍大街小巷品尝那些好吃到吞掉舌头的小吃，做着一些情侣们平素都爱做的小游戏，两人都想把失去的这些年给找回来……

忙忙碌碌中，就到了 2002 年的冬天。林超涵再次飞到特区，来到季容公司的楼下，他一个电话，让季容从办公室里欢快地跑了下来，季容的同事羡慕嫉妒恨地看着她像一只小鸟儿一样投进林超涵的怀抱。

但是季容没有想到，林超涵却推开了她，她有些惊诧地抬头看向林超涵。

谁料到，第二秒钟，林超涵就拉着她的手来到楼下广场的最中心处。这里是市中心和繁华地带，人来人往热闹非凡。

林超涵变戏法似的从口袋里掏出了一枚硕大的钻戒，当众跪下，大声地喊道："季容，我爱你！你嫁给我吧！"

季容身躯悄悄一震，先是有些错愕，后是惊喜，最后喜极而泣。她曾经对林超涵说过，他还欠缺她一个仪式，现在林超涵在公开场合向她求婚，那是给她补上了人生最美好的一环。

人生，总得有些记忆。有些东西，你不去制造它就没有，是永远的遗憾。

所以，林超涵突然制造了一次浪漫和惊喜，在繁华的人群中，向季容单膝跪下求婚。

众人围观了过来，纷纷鼓掌喝彩。人们大多数是善良的，他们向往美好，在他们看来，这是在见证如同电视剧情节一般的时刻。

季容接过戒指，让林超涵帮助她带在她的手上，两人紧紧相拥。人们报以热烈的掌声，广场上热闹非凡。保安走过来，原准备驱散人群，但一看这情况，便默默地走开了。

季容在这一刹那，突然下定了决心，什么工作，什么事业，都不如自己追求的生活更重要。他们俩的婚期一拖再拖，到现在都没有定下来，主要因为他们都有自己忙碌的生活，又分居两地，所以虽然两人如胶似漆爱得深沉，却没有那份花费宝贵时间立即举办婚礼的心思。但现在，季容却决定了，迫不及待地对林超涵说："我们结婚吧，就在明天，就在这里！"

林超涵笑了，干脆地说："好！"

当然，实际上一场婚礼举办并不像电视剧上演的如此简单愉快，实际情况要复杂很多，要协调双方家长的时间，要协调婚礼的宴会甚至是饭菜等等，十分烦琐。最起码得有个婚房吧，季容在深圳买了套公寓，但公寓却不适合做新房，而且林超涵作为一个男人，有自己的固执和坚持，他一定要自己买一套新房。

两人都不年轻了，冲动过后，虽然决心下了，要尽快举办婚礼，但是各种细节，两人还得商量讨论着来。商量来商量去，决定在西汽周边，也就是秦省省城买一套住宅简单装修一下当婚房，然后先回秦省举办一次隆重的婚礼，然后再去杭州举办一次，最后回深圳请同事朋友一起吃饭见证一下。

这些事情，说起来简单，但要操心的事很多。

结果林超涵把这个消息放出来，让他瞠目结舌的事情发生了，有太多的七大姑八大婆在于凤娟的带领下，热情地帮他操办婚礼。有人负责安排酒店，有人负责布置新房，还有人负责租车，还有人专门负责筹划仪式。弄到最后，他发现，他只要到时候在婚礼上露个脸敬下酒就好了，任何事情都不用他操心。

大家都把这场婚礼当作是节日一样办。

最后定下的婚期是 2003 年的春节。腊月二十五先在秦省办婚礼，开春正月初五去杭州办婚礼。杭州那边更不用林超涵操心了，季硕早早就放出话来，这婚礼现场，他们俩只需要把自己打扮成最美的样子就成，其他的任何细节都不用他们操心。季家两老喜笑颜开，宝贝女儿总算要出嫁了，连带着精神好很多，身体也好了起来。

婚礼在紧锣密鼓筹办，西汽这边还有无数工作等着林超涵来办。与德方的洽谈节奏越来越快，差不多第一阶段的工作就要完成了，双方准备先签第一阶段的协议。林超涵在汇报进度后，西汽高层决定，尽快再次赴德，正式签订合作协议，这个形式不可或缺。

林焕海在会议上高兴地说道："只要这个协议一签，我们西汽在这个市场上说话就会更硬气了，我们会比国内同行要走得更远一些，比他们的脚步要快一步。"

王兴发现在已经是副总，他接过话头说道："林总，您看这个消息，我们到时候是不是做一些宣传，这样有利于我们打响名声，赢得市场信任。"

王兴发的建议引起不少人的共鸣，其实西汽与 NAM 方面的联系，他们还是非常谨慎和保密的，至今未向国内媒体透露过相关合作的信息，大家都紧守口风，尽量不让外人知道太多情况。

西汽接触 NAM 这件事情时间一长，其实在行业里都不算是什么秘密了，有一些兄弟厂商也主动联系过 NAM，但是 NAM 都直截了当地拒绝，告知是与西汽进行排他性合作的。这让很多厂商失望不已，当然大家都不会坐以待毙，都已经开始了积极运作。然而，在合作细节信息上，西汽、鲁柴和 NAM 三方口风都极紧，从来不对外发布相关信息。

所以，王兴发提议，对外宣布合作成功的消息，对于提振西汽的品牌，打击竞争对手是有较大好处的。对于这个，林焕海自然没有意见，还吩咐李午要配合好王兴发做好宣传工作。

但是让所有人都感到意外的是，就在西汽一行赴德的前夕，报纸上突然刊登了一则让他们所有人都目瞪口呆的消息。

看着报纸上的大标题"响越重卡与欧洲巨头合作开发G2000系列"的消息，大家都不敢相信自己的眼睛，怎么回事？不是一直是我们西汽在跟NAM谈吗，怎么突然一下子，变成响越集团跟NAM合作了。

沃尔夫冈得到相关消息后，也不知所以然，于是他不得不回复西汽，将立即调查真相。而且，很快他就得到回复了，原来捷克的一家小汽车制造厂向响越释放了G2000的技术授权。具体情况搞清楚后，沃尔夫冈差点气晕过去了。这帮混蛋，居然收了人家三千万，还在G2000后面加了一个M字，自封了一个GM技术，就堂而皇之地向响越进行了授权。因为这个技术的源头的确是G2000，所以响越对外宣传引进了G2000技术，是打了一个擦边球，严格意义上来说，似乎也没有错。

但是响越重卡造成的影响远比西汽想象的还要恶劣。一方面，响越成功地通过一系列宣传攻势，逐步将自己塑造成中国重卡行业锐意进取的领军企业；另一方面，市场上对G2000技术的追捧与期待很高，响越重卡的市场销售比之前要活跃很多，这对西汽造成了极大的威胁。

先入为主，很多不明真相的群众，现在真的以为响越重卡成了中国重卡的新代表。而西汽由于低调的原因，而不被大众认知。

群众不明真相也就罢了，问题在于行业内部对这件事情的认知也很混淆。重卡毕竟是一个专业技术很强的领域，大众热度三天就过去了，行业内部则会持久关注，很多政府部门、行业协会、媒体还有从业人员，都开始对响越抱有较高期待，认为响越引进G2000后，会站在行业的制高点，而像西汽这种落后的三线小厂，以后恐怕就要不敌响越，被淘汰出局了。

不要以为这种舆论没有杀伤力，实际上，是非常有威力。比如有些零部件的供应商就开始轻视西汽，在发货上拖拖拉拉态度不好，甚至怀疑西汽是否有能力结清货款，这对西汽造成了极大被动。而徐星梅那边的反馈更加明显，有一些代理商已经动摇，在合作时瞻前顾后，毕竟趋利避害都是人的本性。

最让西汽郁闷的是，去省里开会，都有个别领导问西汽是不是已经不行了。这都哪跟哪啊？

鉴于形势过于恶劣，舆论极其不利，沃尔夫冈决定亲自来华出席双方合作的签约仪式暨新闻发布会。在会上，林焕海和沃尔夫冈，在众多媒体闪光灯下，满面笑容地签署了合作协议。签完后，沃尔夫冈向媒体发表了一个简短的声明。

他亲口宣布："西汽，是我们NAM公司，在中国重卡领域，唯一的友好合作方，它将拥有我们G2000系列技术的完整知识产权。我期待，我的中国伙伴，能够获得市场的尊重与认可。NAM公司，将会竭力为我们的合作伙伴提供最周到的服务。"

看到这个报道，潘振民的脸都绿了。

# 第180章 美好的一切

2003年，对于林超涵是个特殊的年份。首先，长跑十年的女友，终于要变成他的如花美眷，这是他人生中需要浓墨重彩描述的一笔。其次，他全力参与引进的G2000技术正式花落西汽，即将进入实质性的合作阶段。最后，他负责的信息管理项目正式起步，而另外一个将对行业带来重大影响的研究也正式起步。

他回厂时候，24岁，如今已是34岁了，别人的孩子都已经可以打酱油了。少年得意的时光已经过去了，现在的他，气质更加沉稳，脸上那份初出茅庐时的狂气锋芒已经消失殆尽，取而代之的是经过时光雕琢留下的一抹坚毅与果敢之色。

走在厂里宽阔的大路上，林超涵思索着工作。现在他的工作又加了一项，林焕海等领导高层已经决定，随着G2000技术的引进，需要有更先进的生产线，而市场不断扩大，产能严重不足，所以现在新址已经无法满足需求了，必须要建设一个更大规模的新址，北郊的土地已经在谈规划了。

林超涵的新任务自然就是参与这个规划，特别是技术布局方面的规划。G2000的技术，现在他是掌握得最清楚的，将来生产线如何合理布局，他必须拿出完整的方案来。活儿越接越多，他负责的部门自然人手也水涨船高，不断引进新人，如今整个部门已经有近四十号人了，活还是多得干不完。他自己如今更多倾向于管理和任务分配，实际动手参与的也只有关键环节。幸亏以孙小芦为代表的一批年轻大学生成长颇快，已经能帮他分担很多工作了。

他现在满脑子都是事，工作如何安排布局，他得琢磨明白，否则会出乱子。而另一方面，即将迎娶季容，迎来自己人生的高光时刻，他的兴奋难以言表。

所以他现在走路的步伐都是轻盈的。不时有人跟他打招呼，有人喊他小超，开玩笑地找他要喜糖，这让他恍惚了，记得他当年回厂的时候，曾经也有人这么伸手找他要过喜糖。也有人尊敬地喊他林主任，这些都是新进厂的后辈，他们羡慕地看着林超涵，那份气度确实让人钦佩。这些年来，林超涵在公司的名声很响亮，大家都知道他是一个真正有头脑敢担当的能人，这样的人自然而然就会有一种气质，让那些后辈小生看着心悦诚服。

随着春节的临近，厂里洋溢着一股过年的洋洋喜气。听着过往同事的谈话，大家都对年终的福利满心期待。林超涵知道，由于销司的努力开拓，现在西汽的效益不错，虽然要投资，但是年终福利公司还是不会太小气的，奖金也不会少，怎么着都得让大家过一个好年不是。

来到办公室后，林超涵开了一个会，讨论了当前的工作重点，部署了任务，交代了一些要点后，又去找郑博士聊了聊，了解工作进度。接下来，他突然发现好像目前有点闲，这让他有些不适应。甚至他发现自己的办公桌都已经收拾得干干净净，什么活都有人抢着接过去做了，感觉有点奇怪。

他一出来，手下的那些年轻人都嘻嘻哈哈地让他忙自己的事去，有解决不了的再去麻烦他。他有点纳闷地回到自己的办公室，把孙小芦叫了进来，问："怎么感觉这两天有点怪怪的呢？"

"没有啊？"孙小芦笑道，"主要是大家都知道林主任您要结婚了，所以大家想着，筹办婚礼事大，尽量分担工作而已。"

林超涵恍然大悟，心里颇有一些暖意，他看了一下这些年轻的面孔，这些都是他将来着力培养的技术骨干力量。当然也不尽是年轻面孔，部门里也有一些老同志，他们的任务就是带新人。

不能辜负他们的好意，林超涵默默地想。

转眼间，就快到婚礼的日子。按照习俗，婚礼前两天新人就不能再见面了，季容住到了一家星级宾馆里，那里有她的闺蜜还有娘家人。

林超涵自己家里的事早有于凤娟带着各色人等搞得有声有色，根本不需要他操心半点。这也让他有点郁闷，好歹是自己的婚礼啊，怎么到头来，他成了最闲的那个人？

幸好，凌霄强来找他了，拉他去喝酒。原来林超涵大学宿舍的同学都来了，比如陆伟旦等人，这些年他们一直保持着联系，听到林超涵终于要结婚了，好多人都自发地来参加婚礼。

见到这些同学，自然免不了一顿大酒，凌霄强当年就掏钱请过这些人吃饭，这次见面也很热络。林超涵与众人喝得酩酊大醉，同学们都一个个羡慕得不得了，季容这个大美人最终还是没有逃得了林超涵的魔掌啊。

醉完一场，就真的到了婚礼的日子。

林超涵一醒过来，就被一帮人催着去倒饬，凌霄强还请了朋友来帮他整理婚礼服装，一整套笔挺的西服套上去，再被化妆师稍微收拾几下，整个人立即精神奕奕。

众位伴郎齐声击节赞叹："这位玉面郎君是何人来着，莫非是从电视里走出来的明星？"

众人簇拥着他上车，直奔宾馆迎亲。

在宾馆里，季容同样心情激动异常。秒针滴答在走，她已经迫不及待地要走上红地毯，嫁给自己最爱的人。

她的伴娘自然都是她的闺蜜——可惜还是没有说动王士妹，自然也有大学的同学，有人妒忌着说："想不到，林师兄那种潇洒的人物，最后还是没能翻出季容的手掌心啊。"

没多时，伴郎团到达，伴娘们伸手要红包，各种阻挡，闹得不可开交。季容的父母坐在旁边，看着热闹的场景，脸上十分幸福。来这里一周了，走了不少地方，他们对季容的这个归宿很满意，天下的父母都盼着儿女好，如今他们看到了女儿美好时光的到来，如何不心满意足。

各种折腾后，心满意足的伴娘们不再阻拦，让林超涵进门。林超涵兴奋地走了进去，然后就被季容的妆容震撼到了。只见季容一袭红装，头戴霞冠，冰肌玉骨，配着红唇如火，柳眉粉黛，脸上泛着微红，眸中无限深情，好似星辰大海一般让人沉迷。

十年等待，什么都值当了。

他牵起季容的葱葱玉手，微一低身，双手用力一抄，将季容抱在了怀里，走出了门中，一步步走下扶梯，走进宾馆的大堂里。两个人沉浸在幸福中，在鲜花彩带之中享受着人生美好的时光。

在众人看来，这一场婚礼，郎才女貌，酒香飘逸惹人醉，鲜花美景光荣时，实在是再美好不过了。

沈玉兰一身淡蓝色的衣裙，显得清雅靓丽，端着酒杯，走过来祝福林超涵新婚快乐。站在林超涵的身边时，三个人一起成为全场亮点。徐星梅看到后，心中颇觉遗憾，但是对季容，她没有恶感，虽然不熟，但是还是欣喜的。

"祝你们白头偕老，早日开枝散叶。"多时不见，沈玉兰的声音依然动听，只是却随着年龄的增大，少了些懦气，多了些沧桑。

这样祝福的声音在会场上响彻着。


姜建平正在陪季容的父母说话，这里他资格最老了，他羡慕二老的退休生活，忽然心生向往地道："今年，我就要退休了。马上就会过上你们这种日子了，真是迫不及待啊。"

"您要退休了？"旁边有人惊叹。

"嗯，功成该身退了。"姜建平显得很洒脱，"看着小超终于结婚了，我觉得我这个老书记，在任上，已经很满意了，再无遗憾了。我也该回去带孩子了。老林干得很好，西汽也发展得很好，我这一辈子，值当了。"

林超涵虽然有醉意了，但是他忽然意识到了一件事情，恐怕很快，在西汽的会议上，再也看不到这位慈祥的老人了，再也看不到他那忠厚饱含忧虑的眼神了。

在这美好的时光里，林超涵忽然有了一丝丝的伤感。季容感受到了，紧紧地握着他的手，这让林超涵很感激。

美好的时光过得很快，婚宴结束后，林超涵和季容回到了他们的新房里。这是林超涵掏空了积蓄买的，这是属于他们俩的家。

良宵美好无限，不必多言。

直到次日，林超涵才知道，除了姜建平外，郭志寅在这场婚宴上也公布了自己的退休计划，他会比姜书记要晚一段时间，但是也不会太晚。

林超涵和很多人意识到，西汽重大的人事变动就要来了。已经十年了，西汽没有发生太大的人事变动，自从林焕海接任以来，他和姜建平就像是定海神针一样，让西汽安然度过所有风暴，他和姜建平的出现，就好像是空气和水一样自然。

郭志寅同样如此，他的年龄也不小了。

相比之下，林焕海其实也接近了退休年龄，但是还有两三年，实际上也不远了。

生老病死，新旧交替，乃是亘古不变的至理，只是因为太过习惯，让很多人没有意识到而已，或者说有时候意识到了，也下意识地逃避这个话题。

现在姜建平即将退休的消息，却让这件事情成为大家私底下热议的话题，谁来接替姜书记的职位？似乎公司里面没有合适的人，上级会不会再派一个人过来？过来的这个人能不能跟林焕海搭档好？会不会有一些不一样的地方？带来什么样的影响？这些问题像旋风一样掠过所有人的心头。

# 第181章　双喜临门

婚后，过了短短一段蜜月，跑到杭州和深圳分别置办酒席后，林超涵回到公司工作。让他最感欣慰的是，季容这一段时间已经下定决心，要改变两地分居的状态了，当然前提是完成手头的工作，这也不是一时半会儿就能搞明白事情。大家不再年轻，对待职业不能太随性，得规划好一步步来。

随着G2000技术的逐步引进，西汽如何消化这些技术，成为当前最大的难题。

林超涵反复思考，提出了给部队新车型做原版参考的思路。部队的要求必须是8×8车型，国内能做这个车型的有好多家。关键是最重要的性能指标，部队这次是要求做10吨车型，也就是至少能拉30吨，能达成这个技术指标的则只有区区两三家了。不管怎么说，竞争是铁定存在的。林超涵的思路就是拿这款新车型练手，因为这款车虽然有些关键性能提升了，但是远远够不上三代军车的标准。难度没有那么高，然而要在2190的基础上进行提升，则不大可能了，准确来说2190的设计潜力这几年已经挖光了，需要西汽另辟蹊径了，G2000技术正好可以为这款车型提供原生动力参考。

对于林超涵的主张，公司研究之后，高层一致表态赞成。G2000技术消化的路径，确实是有些盲目，被林超涵这么一梳理，立即变得清楚很多，利用消化的技术去满足新车型研制任务，这确实是一个非常优秀合理的解决方案，虽然会有一些弊端，但整体看，可行。

与这件事情并行的是，随着 NAM 正式向西汽输送 G2000 的技术，执行合作协议，德方即将派出专家前来西汽指导生产技术工作，林超涵再次承担了接待任务。

随后不久，西汽正式向军方提交了关于参加新款重卡研发的计划，得到了军方的肯定。未来将有两三家公司参与 10 吨重卡的研发，在西汽序列中，将其命名为 2300，这将是西汽将 G2000 技术结合到实践中的第一款转型力作。

这里不得说的是，这次 2300 的研发，与 2190 存在巨大差别。与从前的惶恐不安和背水一战相比，现在的西汽从精气神上就不一样，从容不迫，胸有成竹。而从技术支撑以及人员配备来说，现在西汽的实力也更加雄厚，人员更加年轻化，以林超涵为代表的新一代年轻中坚力量成长起来，还有一些更年轻的大学生人员正在源源不断补充进来。此外，还有计算机技术的大量运用，给西汽插上了翅膀。从各个方面来说，西汽都更有底气打赢这一仗。

最重要的是，G2000 技术的引进，让西汽的眼界再次拓宽，技术底蕴大大增加，很多技术边消化边应用进来，无形中拉大了与其他友商的差距。其中一些关键的技术，西汽采纳了林超涵的建议，让各个子系统拆分开来，组建独立的公司进行消化、设计和生产、销售。这些措施，大大加快了这些技术的应用速度，反哺了 2300 的研发。比如车桥技术，西汽分公司消化后加以改进，在未来十年时间成长为世界第一，成为 2300 研制竞争成功的核心关键之一。


2003 年夏天，林超涵飞到了深圳，找到了季容。这半年时间，对于他们俩来说，因为疫情的缘故，像是生死离别一样，有那么一段时间，林超涵都怀疑自己是不是还能再次见到季容。蜜月后不久，季容即回到了深圳工作，她对于手中的工作还有些割舍不下，两人只能继续过一段空中飞人的日子。

谁也没有料到，新婚之后骤然就经历如此动荡和风波，他们俩怀疑两人的爱情是不是都受到了诅咒。两人虽然每天通电话，但是因为隔离严重，两人这半年居然都没有见过面。危机解除后，林超涵第一时间就飞到了深圳，两人紧紧相拥。

季容泪水夺眶而出，她哽咽道：“有一段时间，我真害怕自己扛不过去。”要知道南方当时是病毒的发源地，季容这一段时间受到的压力可想而知，她有时候上下班，全副武装，有一种过了今天不知道有没有明天的恐惧。

好在一切都过去了。

林超涵安抚着季容："我相信，我们一定能扛过去。我们这么多年都过来了，没理由一次小小的事件就能把我们分开。"

"我们再也不要分开了。"季容咬着牙，坚毅地道，"我想明白了，等我一段时间，等我忙完手中两个案子，我就离开本简公司，我去你那里，再也不要分开，再也不要提心吊胆，再也不要有生离死别咱们却不在一起的恐惧。"

这次的事件对林超涵来说，最大的收获恐怕是季容终于下定了要来到他身边的决心。这是一个独立、至情至性的女子，让她下这样的决定，足见她有多害怕失去。

季容下定决心，林超涵很是欣慰，也有一些愧疚。

"让你放弃自己的事业，对不起。"林超涵真诚地对季容说道。

季容破涕为笑，说："你说什么呢，有什么好对不起的，人生奋斗的意义，不在于在一个公司里度过自己忙碌的人生，而在于能够与自己爱的人在一起，共同打拼，实现人生的梦想。"

"你的梦想是什么呢？"林超涵开玩笑地问道："总不会是相夫教子吧？我不信你会这么传统。"对于这一点，林超涵是认识得很清楚的。

"为什么不是呢？"季容突然正色道，"我曾经跨过山和太平洋，我曾经在异域他乡一个人咬牙坚持学业，所有人都以为我最大的梦想就是实现人生的价值目标，过上比前辈更优越的生活。"

"嗯，你拥有实现一切愿望的条件和勇气、能力。"林超涵是真心地欣赏季容，一个人吸引另外一个人，外貌固然是第一心动的要素，但长久保持心动，那就需要各种各样内在的品质。这话说得很传统，但道理却是毋庸置疑的。

"你也有。"季容再度展颜一笑，啪嗒奖励了林超涵一个香吻。

"嘿嘿，我可一直是山沟里的土包子。"林超涵笑道，"有时候，真怀疑自己是不是上辈子积了什么大德，比如说救了一条什么千年的蛇精，这才有今天这样上天恩赐的幸福。"

千穿万穿马屁不穿，听着林超涵这么调侃，季容心情大好，她开心地道："官人，你这样说奴家，真是让人不胜欢喜呢。"

两人对视一笑。

季容这次是真决定要辞职来到林超涵身边了，她已经规划甚至在安排了，准备过一段时间到秦省省城开一家会计师事务所，俗称就是创业。回国三年，她已经为自己积累了很多的经验，也赢得了一些客户信任，虽然说要从世界六大会计审计事务所之一的本简公司那里撬走客户，是件很难的事情，但是万事无绝对，再说有这样的经验积累那就很厉害了。

　　回到秦省后第二年，季容怀孕了。

　　这天，季容有些不舒服，接到儿子电话的于凤娟，立即抛开一干闲来唠嗑的老姐妹，打着车，风风火火地就赶到了季容和林超涵的住所。他们买的这个小区在当时的省城算是比较高档了，环境幽雅，房子设计也比较讲究，虽然略贵一点，但是以他们的收入，支撑起来不是个难事。

　　于凤娟来了后，一看季容那个样子，再一问状况，立即明白发生了什么事情，喜笑颜开，一拍大腿道："哎呀，老天开眼啊！"

　　季容不解，于凤娟忍不住激动道："小容，你大概是怀孕了！"

　　"啊？！"季容如遭晴天霹雳，这事业刚开头，还有大量的事情要做，怎么就怀孕了？

　　本心来说，季容是不想要这一胎的，她有事业要做，刚刚起步，重要的客户刚刚有眉目，如果就抛掉，以后再捡起来就千难万难了。

　　但是不要，她更舍不得。这是她和林超涵爱情长跑的结晶，不谈自己的年龄早到了该生子的年龄了，再晚几年就是高龄孕妇，她虽然独立，但也没有准备过丁克生活，只是来得有些突然罢了。

　　思考再三，季容决定将孩子生下来，为了她和林超涵，也为了林家。当她看到于凤娟那种欣喜若狂的表情时，她就知道，如果自己要打掉这个孩子，她恐怕将永远无法面对林家人。于凤娟这两年对她所有的好，在这一刻得到了回报。季容是独立女性，但是她同样也有母性，她理解于凤娟，也理解林家人那种小心翼翼和激动喜悦的心情。

　　何况，想到要当母亲，季容自己也很向往。既然小天使来了，那就好好迎接吧。

# 第182章　战车逐鹿

2004 年，一个秋高气爽的日子，在中部某汽车定型试验基地里，一派热火朝天的景象。

在跑道旁，有十多辆车正停在那里等待军方的评比。跑道上，有数辆车正在以极其疯狂的姿态狂飙着，沿着各种更疯狂的设计地形做出各种超出常规的动作，威猛的造型加上庞大的体型、军绿色的标配颜色，像极了出笼的雄狮驰骋在疆场之上，那气势与雄风，展现得淋漓尽致。

林超涵远远地看着滚滚的沙尘，嗅着那一股不服输的浓烈竞争味道，思绪万千，好像回到了十年以前。那年那月，那时那岁，那青春，在青藏高原上，他参加的那支略带悲壮的队伍，当时的条件远比现在要艰苦，但是自己却激情万千。他还想起了为了救援巡逻队而牺牲的陈师傅，想起他最后时刻的英雄壮举。

记得那一年，也是这样的日子，只不过地点与现在大为不同，情形也大为不同。那个时候，四方军车竞相角逐军车任务，其他三方都是拿着其他国家过时的技术来赌运气，只有西汽是拿着过时的技术当宝贝，全力以赴。向前一步是生，退后一步即是万劫不复。好在他们最终顶住了压力，用尽全部的力气，获得了军方的认可，最后拿下了 7 吨重卡的订单。

那时候的窘迫还历历在目，林超涵当时还不是特别理解，现在他真正地理解了，陈培俊师傅为什么豁出命去也要保住厂里的车辆。那是因为，他们一辈子的青春和心血都献给了西汽，他们绝不容忍因为自己轻易放弃任何一个可能的成功机会，多一辆车，也许后面的征途就能多一分，为了这一分，他们愿意豁出去，只要西汽能够生存下来。

那时候林超涵才回厂里待了两年，就算是以他从小在厂里长大的感情，也不会比那些真正把青春和热血献给西汽的老技术人员们更深。如今，他是真正地懂了，那份荣誉感和责任感。

毕竟，他的十年也献给了西汽，这宝贵的年华，这无法回头的青春。

好在，如今的西汽底气更足。这十年来，他们卧薪尝胆从不松懈的奋斗与努力，不断向先进企业靠拢的决心，以及那永不停息的改革步伐，至少让他们现在在面对竞争对手时，有了底气，不慌不忙，有了王牌，随时可以打出王炸。

这一切来之不易。

林超涵是站在西汽这一群人当中的，这一次西汽是来参加军方的 10 吨重卡竞标，也就是 2300 的竞标。准确来说，2300 与 2190 相比，依然是同一代军车，只不过在性能上有了极大改进和调整。随着时代的进步，2190 渐渐又跟不上军方的步伐，它性能的落后与老化让 2300 走上台前。但是军方也清楚，现在下一代军车还没有真正走上台前，远远谈不上更新换代，但是小步调整还是必要的，因此发出了 10 吨重卡研制的任务，这主要是服务一些新型的火箭炮和导弹牵引车的。

本来有五家厂参加了军方的这次 10 吨重卡竞标，但是有两家很不给力，在军方组织的评比中，在概念和样车这两轮考评后，就被排除在外了。剩下了三家来参加试验基地的竞标，基本上这一轮决定胜负。除了西汽之外，还有一家老牌友商光明汽车制造厂，它算是共和国成立后，最早建立的几家汽车制造厂家之一。因为军方有段时间认为西汽的产能不够，也为了照顾其他企业，2190相关技术也给了光明，毕竟说起来，当年西汽的技术底子之一也有光明汽车，反哺也并不意外。所以，光明汽车现在参加 2300 的竞标，西汽上下一点也不意外。

让西汽意外的是，另外一家居然是响越重卡。这家重卡可谓"后起之秀"，凭借着集团强大的资金实力，这两年不断开拓进取，硬生生地用钱砸出来了一条成功之路，如今竟然也来参加 2300 的竞标。因为两家多少也算是知根知底，因此西汽对他们的技术水平十分好奇。现在三家的 2300 由于技术性能要求、技术底子都差不多，因此看上去长得十分相像，从外表是看不出来谁家更优越的，只能从型号和一些细节微观分出三家的不同。他们三家分别以公司拼音首字母区隔自家产品，分别叫 XB2300、GM2300、XY2300。

现在除了场内戴着各种军衔肩章的评委们以外，场外就分别站了四拨人，分别是军方评委团以及西汽、光明、响越三家重卡的人。

林超涵对自家的 2300 心里十分有底，这表面上看是从 2190 脱胎而来的款型，但实际上已经完全不同了。手中有粮，心里自然不慌。看着车辆在场上赛跑，其他人都在翘首观望，只有他内心并不焦灼，还有心思放在其他事情上面。他伸长脖子看了看光明和响越两拨人马，意外地发现他千年的福星逢赌必赢的吉祥一宝范一鸣居然没有出现在队伍中。他暗暗地叫了声可惜，只要范一鸣出现，他绝对信心倍增啊。不知不觉，他现在对范一鸣已经建立起了绝对的信心了。反动派嘛，无非就是捣乱失败，再捣乱再失败而已。

突然，他看到光明汽车的那拨人里面有一个熟悉的面孔，看到他望过来，正朝他招手示意，他连忙举起手也朝那边招了两下以示回应。

这次带队来的是王兴发，他本来正紧张地关注着场上的激烈角逐，不时低头看一看自己掐的秒表，根本没有精力管林超涵想啥，但是林超涵站在他身边，朝别人挥手这么大动作还是让他注意到了，他皱了皱眉，说："小超，你跟谁打招呼吗？"

"光明那边，看到一个师兄，熟人。"林超涵回答道，"王副总，一会儿我过去跟他打声招呼吧。"

王兴发看了看光明汽车那一方人马，又瞟了瞟同样有人心不在焉的响越一方，点了点头道："聊聊可以，注意保密。"

"明白的。"林超涵点了点头。王兴发现在也不像当初当办公室主任那样随意了，自从他提上副总后，威严渐增，如果不出意外，未来林焕海退休后，王兴发接任的可能性极大。前两个月，姜建平书记终于挥泪退休，林焕海现在兼任书记一职，但这只是过渡，整个领导集体大换血也就这两三年的事情了。王兴发晋升的机会很大，这次带队来参加竞标，对他来说非常重要，否则就算他将来接班了，也会有一个失败的污点，所以他略有些紧张是正常的。

光明汽车那边那个熟人，是林超涵正儿八百的师兄，比林超涵高两届，名叫秦枫。两人叙了会儿旧，怎么说也是兄弟厂家不是。至于响越那边，林超涵从内心里已很难把他们当兄弟厂家看待了。不过，范一鸣没来，他连奚落他们的心情都没有。

场上的项目很多，一两天也跑不出个最终结果来，渐渐地大家也都没有开始时拘束了。直到吃饭休息的时候，秦枫和林超涵两人找了个空，走到一个角落去聊天。

"秦兄，一段时间不见，想不到再见已在疆场上了。"林超涵打趣道，"如今咱们各为其主，要大战一场了。"

"哈哈，林超涵，大战是别人大战，咱们俩个站一旁看热闹就好了。"秦枫哈哈一笑，显得颇为洒脱。

"也对，说起来，咱们两家也不是头一次打擂台。"林超涵继续调侃，"嘿嘿，在民用市场上，你们下手也不轻，现在重卡这块销量不见得比我们差了。"

"重卡还是你们占优势，不过，卡车不只是重卡，还有中卡轻卡，这一块就是我们的主场了，大家差异化竞争嘛。"

"都差异化了，你们还跑过跟我们抢军方的订单？"林超涵开玩笑道。其实竞争总是不可避免的，光明不来，也有其他友商过来，对此，林超涵并无怨言，最终大家都是要靠实力吃饭的。

"哎呀，你们都在军方那里独霸好多年了，总得给我们留口饭吃啊。"秦枫对此也是一乐，知道林超涵开玩笑，也不计较。

"唉，都是一把辛酸泪，我们哪回都是豁出命去搞事，不像你们，背靠大树好乘凉啊。"林超涵叹道。

"少来，你们居然把 G2000 的真经给独家取回来了，这才是让我们大跌眼镜啊。我们再不奋起直追，将来恐怕就要变成西汽的小弟了。"秦枫略带感慨地说。行业内刚开始被响越的无耻所震惊，但随后，更震惊于西汽的魄力。

"哪里取回来了，唐僧要拿真经还得九九八十一难呢，我们也就是图个名声罢了。"林超涵笑嘻嘻地道。

与 XB2300 的稳定发挥不同，GM2300 和 XY2300 就有些发挥得不太淡定了。昨天折腾了一天，本来就各发了几次小故障，今天则更加问题频仍。跑到一半，GM2300 后悬架上的橡胶弹簧就抖掉了，引发车体不稳，连忙换上后，到快结束时又掉了。相比之下，响越的 XY2300 则更加不堪，在载重牵引测试时，居然连续熄火，好不容易打着了，但明显速度落后于 XB2300 和 GM2300 一大截。

一天测试下来，军方惊讶地发现，XB2300 是性能发挥最为稳定、故障率最小的车辆。测试才进行到第二天，三家的优劣已经可以进行比较了，这是军方开始没有想到的。

# 第183章　时间会证明一切

军方原本以为，XB2300 就算是比另外两家要好一点，但是也不会好太多，而且，他们认为另外两家怎么也能拿出一些独到的优势出来，抵消部分西汽拥有的长处。但是测试的结果让军方颇为意外。

之后的测试，部队直接派上了部队司机试车，就没有要各厂家试车员上手了。

一周之后，军方召集三方开会。这次上级领导会过来参加评比，来的人出乎林超涵的意料，居然是一个老熟人，是当年青藏高原试车时的卞文高。当时他还是一个少校参谋，如今已经是大校了，再往上跨一个级别，那就该是将军了。这个卞少校，不，卞大校对林超涵同样印象深刻，他进场的时候，第一眼就看到了林超涵，他怔了一下，微笑着点头示意。

林超涵对卞文高也笑着点头示意，在会场上两人不太好交流，只能等会后再聊了。王兴发注意到林超涵的动作，掉头低声问道："小超，怎么这个大校你认识啊？"

"认识，当年上青藏高原时的那位领队卞文高，没想到多年不见，他已经晋升为大校了。那次试车之后不久，我听说他被调到野战部队去了，再后来就没有消息了。想必这十年他在部队混得相当不错，三年一晋升，当时少校，现在大校。"林超涵笑着低头解释。

很快，会议就开始了。在开场介绍里，林超涵才知道，现在卞文高已经是后勤部车船司的司长了，相当于当年仲玉华的位置。这真是意料不到，看来以后跟他打交道的机会还是很多的。

会议开始后，即是对这一次测试结果的宣布。这个过程多少年没有大的变化，依然是动力性能、行驶性能、承载性能、尺寸参数、主观行驶性能等方面。记得当年青藏高原试车时，西汽参与各项打分，得分还不算太低。

这一次，在林超涵的胸有成竹中，西汽得分果然遥遥领先，排名第一了。其实对于这个结果，各方心里都有一些预期，此时公布出来，西汽既没有得意扬扬兴奋过头，其他两家也没有过于垂头丧气。

结果公布后，卞文高公开征询问道："对这个结果，大家还有没有什么意见？"

西汽对此当然没有意见。光明汽车的一位负责领队站出来道："对于这个结果，我们是服气的，西汽的重卡技术过得硬，我们技不如人，没有什么好说的。但是对于西汽有些技术性能，怎么做得到的，到底有哪些独到之处，我们很是疑惑，希望有机会呢，去西汽取取经。"

王兴发连忙站了起来，说："兄弟公司要来拜访，欢迎之至啊。不过要说有哪些独到之处，这个真不敢当，就是时间积累的缘故吧。"

响越重卡的人虽然心里有预期，但仍然有些不服气，此时听到王兴发这么说，他们的领队便站出来，略带讽刺地道："既然西汽这么大方，不如也让我们响越重卡一起去参观参观？"

这话纯粹是恶心人，谁不知道西汽与响越之间的那些恩怨，双方在市场上势同水火，响越重卡的人更是视西汽为眼中钉，此时有军方在场，故意这么说，分明是来占便宜的。

王兴发斜瞥了响越的领队一眼，道："只要潘总愿意回来，我们是敞开大门欢迎的。"

响越重卡的领队"哼"了一声，然后冷冷一笑，道："走着瞧吧，会有那么一天的。"


林超涵等一行人从中部的定型试验基地回到公司后，继续就发现的 2300 问题进行改进。不出所料，一个月后，部队的订单就下来了，同时还有几款特种车的改进需求，都是基于 2300 的底子进行改造。

很快整个西汽就忙得不可开交了。

时间过得很快，就在机器的轰鸣声中，西汽迎来了 2005 年。这一年的年初，林超涵和季容爱情的结晶终于诞生了。

孩子取名林沁哲，源自陆云《晋故豫章内史夏府君诔》中的诗句，"澄鉴博映，哲思惟文，沦心众妙，洞志灵源"。

2005 年，对于西汽来说又是转折的一年。

这·年最重大的事情就是建设北郊新厂址。东郊这块厂址，对西汽来说，终于有了立足省城的本钱，搬离了山沟沟，产能有了巨大的飞跃，但是这只是相对的。

现在，自信的西汽把目光瞄准了正在准备开发的北郊，那可是一片原生态的好地方，虽然说那里距离市中心比东郊要远多了，但是那里是开阔的平原地带，基本还是一片大农村。省里以前不是没有动过在这里建设开发的心思，但是奈何根本用不上，大家都喜欢扎堆往东郊跑。

如今，西汽主动提出要到北郊建厂，省里突然发现，这其实是可行的，西汽将来注定是数万人的发展规模，这么大一个厂子建到北郊，那等于北郊这一大片经济都能带动起来，是大好事啊！郎有情妾有意，一切就都好办了。在省里的支持下，西汽就以极为优惠的价格拿下了北郊这块地，而且当地政府还提供了税收优惠。

北郊建新厂，这是一个极其重大的战略规划。

而这一切都围绕着技术引进和未来的战略布局来进行。新一代的技术领军人物林超涵的角色就更加吃重了，他曾经为东郊新址作过贡献，也掌握着G2000技术的精髓，还有着各种不落人后的先进理念思想，因此，北郊建厂，自打战略决策敲定之后，林超涵即作为重要角色参与其中。这一次北郊新厂的主要负责人是王兴发，他担任北郊新址建设小组组长，副组长有三四个人，其中就有林超涵和叶文源（现在已经调回西汽负责管理制度建设等工作），一个从硬件，一个从软件角度提出各种要求。

当然，他们建新厂址不是闭门造车，而是要充分地吸收各个方面的思想，既要听取群众建议，也要听从专家权威指导。他们把相关计划向龙德集团进行汇报后，耿进波表态支持，他现在把宝几乎全押在西汽身上了。现在瞎子也能看出来，西汽已经走上正轨，将来的前景不可限量。于是按照计划，他们邀请了省规划院的专家和清华建筑工程系的专家，组成新址设计小组，给西汽北郊新址绘制蓝图。这一次，他们决定吸取上一次的教训和经验，全面布局，体现出先进性和前瞻性，决不能小家子气了。

林超涵现在身兼多职，注定了在家里享受温馨时光的机会是很少的。春节刚刚过完初五，他就要上班了。

看着林超涵在收拾笔记本包，季容有些不舍，幽幽地道："长假难得，但是过得似乎更快。"

林超涵听到后，放下手中的包，走过来轻轻拥吻了一下季容，再低头看了一下睡得正香的小宝贝，脸上无限柔情地说："我们在一起的时光，永远都是过得最快的，不是吗？"

季容甜甜一笑，自从有孕后，她卸下了一点精致，多了一点慵懒，身上因孕浮肿显得略微胖了些，但却因此显得另有一种风情，连声音似乎都变得更甜了。她道："等到小宝可以跑了，我一定要告诉他爸爸有多么认真努力，因为认真努力的男人最帅。"

林超涵会心一笑，对在厨房里忙碌的于凤娟交代了几句，被不耐烦的于凤娟给赶出了家门。对于于凤娟来说，现在小宝才是宝，宝他爸已经不算是宝了。

被老妈嫌弃的林超涵走出家门，就急匆匆地开着车到公司上班。今天是开年第一天，公司会有一场重要的会议，安排春节后的工作。

随后，他又接到一个电话，是徐星梅打来的，徐星梅问了几句季容和孩子的情况后，对林超涵道："小超，听说我们现在的新址规划还在做是吗？"

"嗯，还在绘图，按照我的设计布局，清华教授带团队正在绘图呢。"林超涵答道。

"北郊那边场地应该比东郊会宽裕得多吧？"

"当然了，超过六百万平方米的布局，够阔气吧！"林超涵道："整整比东郊大了三倍。如果再加上我的布局规划，将来我们的产能提升不是倍增，是十倍增。"

"那岂不是说我们将来可能真的要达到年产十万辆？"徐星梅听了后，大吃一惊，突然感觉到有点压力了，这代表着她负责销售的产品也要增加十倍。别看现在订单多得西汽都忙不过来，但是如果产量一下子上去了，她这边销售能不能跟上来就不好说了。这可不是卖几部空调冰箱那么简单，这可是好几十万一台的重型卡车啊。

"梅姐，到时候你的压力就大多啦！要是你销不出去，咱们西北汽车公司就真的都得喝西北风啦。"林超涵在电话这头哈哈一笑，其实他早就测算过，如果将来市场开拓得宜，款型再区分一下，品类增多一些，市场还是能够消化掉的。

"不怕！来多少我卖多少！"徐星梅豪气干云地道。


# 第184章　危机来临


一眨眼的工夫就到了2005年的秋天。这天林超涵照例累得精疲力竭，回到家里瘫坐在沙发上，倒下一杯茶一口气喝干，正要睡觉，突然季容摇醒了他。

"怎么了？"林超涵睁开蒙眬的睡眼，看着一脸正经的季容，迷迷糊糊地问道。

"我今天听到一个极为重要的消息，我觉得必须要告诉你，跟西汽有关的。"季容虽然不忍心，但是事关重大，她只能把林超涵摇起来。

"重要消息？什么事？"听到跟西汽有关，林超涵睁大了眼睛，但是还没有全部清醒过来。

"关于龙德集团的消息，恐怕对你们西汽极为不利！"

"什么消息，龙德集团怎么了？他们不会也要撤资吧？耿进波应该不是那种人。"林超涵道，对于耿进波的性格，这两年西汽算是见识到了，真是花钱如流水，十几亿的资金都投到了西汽的建设当中来，比响越豪迈多了。大量的新型机床设备，还有一些生产线的引进，都离不开龙德的支持，如今新厂址建设规划出来，买机器，拆迁，还有建筑建设，这才刚开始呢，大量的资金都已经转到西汽的账上了，初期的建设根本毫无问题。正因为这样，西汽上下对于龙德还是很有好感的。

"龙德集团不一定会撤资，但是他们自己有可能撑不住了。"季容沉声道。

"自己撑不住了？"林超涵悚然一惊，坐了起来，"你听到了什么风声？"

"你知道做我们这一行的，必然会密切关注金融资本市场的各种消息，而且，消息还比一般人要灵通得多。最近，龙德资本在香港的期货市场上大败亏输了，他们一直经营的棉花、矿石期货价格如今暴跌，外界预计龙德的亏损可能在好几十个亿。"

"什么？"林超涵极感意外，"如果亏几十个亿，他们不得关门啊？怎么回事？"

"不知道。他们一直靠垄断新疆的棉花发财，还买了很多澳洲矿石。如今，巴西铁矿石价格大挫，他们受到严重影响了，然后祸不单行，据说北疆棉花今年大幅减产，意外导致价格先升后跌，现在大家都极不看好龙德的前景。我在香港一家大型跨国投行的同学跟我说，龙德恐怕要完蛋了。"

林超涵听完后，当场呆了，这可真是个晴天霹雳。西汽现在的新址建设可以说已经是箭在弦上不得不发了，后续会需要大量的资金，龙德的支持可以说必不可少。如今龙德如果没有钱了，这西汽的发展也会不妙了。

"消息可靠吗？"

"我查证过，应该可靠。"

"不行，我得问问耿少卿。"林超涵开始拨耿少卿的电话，然而对方显示已经关机了。

季容说对了，这是一场巨大的风暴，不幸的是，龙德集团不仅深陷其中，还是暴风眼。

林超涵知道事关重大，连忙通知父亲林焕海。林焕海刚从省里开会出来，他的语气也颇为不妙，省里有领导告诉他，最近龙德集团可能要出事，让他们要提防着点。

林超涵上网查了查，发现已经有财经媒体开始报道龙德集团的一些异常现象了，有一些投资人联系不上耿进波，愤怒爆料。实际上，得到消息的林焕海第一时间也联系了耿进波，但是上午通话时还爽朗地说下一笔资金投入很快到位的耿进波，电话已经打不进去了。

综合种种信息，林家父子判断，龙德集团是真出事了，而且问题可能比现在大家知道的还要严重。

事实上，这件轰动了整个中国的事件远比西汽林家父子掌握的情况还要复杂，还要重大。

这是一个关于资本圈地不加节制最后轰然倒塌的故事，在历史上屡见不鲜，不仅在国外，在国内也都曾经发生过类似的事件。

具体怎么说呢。

简化一点，可以这么说，投资西汽的龙德集团，其实一直以来，并不是用自己的钱来投资西汽的，而是用投资者和银行的钱。而更重要的是，他们甚至不是真正的操盘者。林家父子见到的耿家父子，也只是龙德集团表面上的负责人，实际上真正的负责人是幕后大佬万兴盛。万兴盛操纵着一个高达500亿元的局，在这个局里，拥有数十亿资产的龙德集团只是整个拼图里的一小块而已。万兴盛出身贫寒，但是天生聪颖，早年只是做些小本电器买卖，后来意外发家后，90年代初在香港创建了属于自己的投资公司——相矩阵公司。相矩阵公司最初注册资金即高达5亿元人民币，通过近十年的发展，已经将触角伸至了大陆各个领域，逐渐形成了涵盖制造业、物流业、服务业、金融业和旅游业等十几个行业的庞然大物。它直接投资建设的有"四大金刚"，即四家实体投资集团，其中龙德集团就是金刚之一，此外还参股多家公司。而这些公司又将触角伸至其他任何它们能够看得上的领域，再投资再参股，龙德集团就是看中西汽的汽车业务，这才投资西汽的。

从表面上来看，相矩阵公司投资的这些公司业务销售收入都还不错，而通过复杂的财务报表，这些数据都反映到相矩阵公司的财务报表中，这样相矩阵公司的财务数字一直非常靓丽，在资本市场上获得极大追捧，在股市上的表现不断攀高。比如说，就在过去的 2003 年，财务报表显示，相矩阵公司投资的所有公司实现销售收入 100 亿，其中光利润就有 15 亿，这成绩绝对是非常辉煌亮眼的，而相矩阵公司控盘的总资产达到了 500 个亿。

如果这样一直持续下去，万兴盛很快就能再上一个台阶，达到人生的巅峰。但是毕竟步子太大，在相矩阵及旗下公司实施并购的过程中，由于规模过度扩张，最终导致资金链断裂，要知道它们源源不断的资本可不是自己勤奋劳动获得的，而是来自银行的借贷。曾经它的股价居高难下，最终统计数据显示，牵涉到的各种公司竟然多达数百家。为了业绩好看，相矩阵公司放松了财务要求，这数百家公司的财务状况根本就一言难尽，有的勉强可以维持，有的资不抵债，像西汽这样的公司也不算是特别好，只是前景可观，财务同样并不乐观。

然而，万兴盛对于自己过于高估，他曾经设计一个目标，将旗下的产业进行整合，形成一个像矩阵一样的产业链，他对这个目标过于着迷，甚至有点走火入魔了。结果就是，当他在不断扩张的道路上越走越远时，脚下的基础却没有打牢，不仅没有实现建立完整产业链的目标，反而走向了四分五裂。虽然股价虚高，但是长久下来，市场上有些分析家注意到相矩阵投资的很多公司根本就是空壳，有的则是前景不妙，提出了警告。这样一来，银行就坐不住了，立即上门要求万兴盛还钱，但万兴盛哪可能还得了钱呢？银行见状，越发怀疑相矩阵根本就是在银行进行套现，于是集体起诉他，万兴盛一看情况不对，局势不可控，就跑路了。

他这一跑路，手下的那些金刚们就傻眼了，市场各种负面消息传来，引发了它们的股价全面大跌，一夜之间，相矩阵及旗下公司股价从炙手可热的香饽饽变成了无人问津的垃圾股。它们彻底被市场抛弃了。

基本上，这就是事件的来龙去脉，相矩阵神话背书下，曾经拥有源源不断资金的龙德集团也就废掉了。这都是林超涵凭借近年来学到的金融知识，参考季容的一些数据，在事情发生后分析出来的。

当时，西汽办公室里坐满了高层骨干，听完林超涵的分析后，一个个哑然无言。

相矩阵宣布破产清算了，龙德系不存在了。

日子还得过。

西汽强打精神，没奈何，他们只能寻求第三方接盘，找到一个有实力的集团接下这些债务。也就是说，谁接下这些债务，谁就是西汽的新任大股东。

最终，找鲁柴接盘。胃口颇大的鲁柴与西汽达成了合作协议，由鲁柴和龙德去谈，接手股权和债务。这主要就是鲁柴自己的事情了，西汽插不上手，只能密切关注，提供资料。

这些说来简单，其实涉及的事情非常烦琐非常复杂，三方最后谈妥，已经是 2006 年春天了。在这过程中，林超涵作为谈判代表参与同鲁柴的谈判，本来就忙得脚不沾地，现在好了，比从前更忙了。

好不容易告一段落，他终于有空回家抱抱小宝贝了，不知不觉间，哲哲已经一岁多了。

# 第 185 章　交班

鲁柴布局谋划已久，终于入主西汽。虽然说有些不太舒服，但是为了西汽长远的发展，林焕海等西汽人也就认了，毕竟怎么发展还是自己说了算。覃晓东说话算数，对西汽发展的支持不下于龙德集团，随着北郊新址的动工和快速建设，整个西汽对于鲁柴的一点小小怨言也就逐渐烟消云散了。

甚至在西汽内部还流传着一个说法，正所谓"城头变幻大王旗"，这西汽是铁打的营盘，资本则是流水的兵，都换了三拨人马了，西汽不也活得好好的？虽然这种说法忽略了背后的种种博弈，但是事实似乎也是如此，没有人刻意去纠正，渐渐地大家也不把这件事情当回事了。毕竟换来换去，那些带头的人几乎一个没换，不是吗？也就是财务部走马换灯笼似的又换了一批人马。

时间过得很快，伴随着北郊新厂址一座座崭新的现代化工厂建设完成，西汽内部也完成了新旧交替。

2007 年 9 月，北郊新厂址正式交付使用之前，西汽领导层主要领导换了。其中最主要就是林焕海正式宣布退休，交棒王兴发。陆刚和曹海鉴退休，郭志寅退休，谢建英退休……一大串的名单，几乎十五年前那一批换上来的主力领导全部都退休了。

但是西汽上下心平气和，实现了平静交班，从前年姜建平退休开始，大家都意识到了这一天，也等待着这一天。

林焕海的总经理位置交给了王兴发，这也是众望所归。大家都知道王兴发从当办公室主任开始，就鞍前马后地效劳，后来改任政策研究室主任，再到后来升任副总，一路走上来，也是颇有威望，但是缺点是没有真正干过车间和技术。一些老人断定，王兴发能待的时间不长，当然这个说法也只是在私底下流传。

现在由于改集团制了，再不是厂制，很多制度无法沿用。比如人事制度更健全了，像党委书记这一职单独设置作用相比以前不大了，再加上林焕海的示范效应在前，所以上级这次索性依然让王兴发兼任书记。

当然，集团董事长则是鲁柴的覃晓东。

现在虽然说西汽改集团制了，主要任命都是内部进行任命，也要鲁柴方面审批同意，但是关键位置上的任命还是受省国资委控制的，这也是当初林焕海虽然知道潘振民一直私下里捣乱却没有办法真正实施制裁的原因。

王兴发是国资委任命的，两位副总升迁上来也是国资委任命的。一个是林超涵，此时的他经过多年的磨炼，再加上一路走来的实际表现和成绩，不到 40 岁，才 38 岁就走上了这样的重要管理岗位。但是这个任命无人不服，你有什么好挑剔的，人家是正牌大学生，还没毕业就被拉回厂里工作，从 2190 的研制开始，一路走来，事事桩桩均有迹可查，干过技术，管过车间，跑过销售，甚至还充当过技术引进的翻译，可以说这么多年来西汽所有的重大项目都有他的身影。平素行事稳重成熟有担当，为人亲善没架子，从来没有摆过谱，也从来没有因为父亲的关系以权谋私，这些大家都是看在眼里的。关键是这小子也不花心乱搞，以前有所误会，后来等到季容回来后，大家才知道林超涵还是个痴情种子，好评如潮，人品过得硬。这样的人，上来担任重要职务，不眼瞎的人都不会反对。毕竟，现在大家知道，真正干事将来还得靠林超涵。

甚至有人私下里讨论，为什么不直接任命林超涵为总经理呢，相信更有闯劲，对改革事业更有利。但是又有人指出，如果父子搞交班制，这怎么可能？这事得组织上说了算，个人说了不算。

林超涵就算是林焕海有意培养，那也得上级同意才行。上级就算同意，那大家也得口碑过了才行。好在林超涵现在口碑没有问题，但是要直接升任总经理，那是不可能的。

让大家颇有微词的是叶文源的上任。说起来，他跟林超涵差不多，而且毫无过硬的家庭背景，但是这些年突然火箭似的蹿升，让大家有些不满。这里是西汽，做什么都得技术过硬才行，叶文源身无长技，这些年来主要搞管理，负责文化建设、制度建设等事宜，干的活在一些老技术看来，虽然也有用，但是作用有限，根本不配与实干上来的林超涵相提并论，结果居然也升到了副总，有些人看着就不爽了。私底下对叶文源的非议就比较多，但是上级既然这么安排，肯定有其深意，也没有人敢公开反对。毕竟现在工资发放、福利待遇等都掌握在叶文源手中了，这可是实权，巴结都来不及呢，谁会傻到站出来跟他作对。

西汽一向是三位副总制，但是分工则随着事情略有不同。现在林超涵无疑掌握了重中之重的生产这一块，整个西汽与技术相关的单位都归他负责，比如汽研所、技术中心等与其关系深厚渊源甚深的部门，以及所有的车间分厂，设计、工艺、研发、生产，现在都统归林超涵负责，权力极大。叶文源则偏软，依然负责人事、劳务、财务等部门。

此外，上级还从其他单位调派过来了一位副总，是国资委某部门派下来挂职锻炼的，名叫徐俊峰，他的主要任务是负责协调西汽的外联、宣传以及经营等工作。对于他，西汽上下保持着尊敬，互相尊重，大家都知道这样的人将来必然会高升，双方关系搞好一点只有好处没有坏处。徐俊峰来后，为人也非常低调谦和，口碑甚好，直到三年后晋升调走，一直与西汽保持着良好的关系。

对于林超涵来说，这是人生极其重要的又一个转折点，虽然事前多少预料到自己会高升，因为组织上也找他谈过话了。但是当真正的任命到达时，他还是大大地吃了一惊。突然间，他就被提升到了一个极高的高度，这个高度他以为自己会在45岁左右达到，但是没有想到在38岁的时候就到达了。

想起上次组织找他谈话的时候，那位主要负责的领导和颜悦色地和他聊家常，不经意的一些问话显示出组织对他这些年来的成长情况掌握得极其清楚。当时那位领导曾经说过，"你是我们组织上重点培养的省内百名青年干部之一，这些年来，你的表现没有辜负俞部长的期待"。当时俞省长已经上调中央任职某部委当部长了，林超涵算是他当年播下的种子，现在终于生根发芽了。

就算心里有预期，但现在让他当副总，他还是有些措手不及。这方面的消息，连林焕海都没有提过，或许知道，但是可能林焕海按照组织要求，对自己的儿子保密了。当上副总，意味着荣誉，也意味着责任。从现在开始，整个公司所有的生产和技术都得由他负责了，以前他虽然看过父辈怎么干，但是担子不在肩上，感受依然不深，如今千钧重担突然压过来，他顿时有些窒息。

在职工大会上，宣布了组织任命后，新老班子交替。老同志们各自发言，他们虽然多有不舍，但是看到西汽现在兴旺发达，给后辈讲了一些勉励的话后，就散去了。然后就是交接工作，这一段时间可不短，前后交接了两三个月，毕竟这么大的公司，不是一时半会儿就能交代完的。送别林焕海，正式上任后，王兴发组织一干新任命的领导班子开了一个简短的会，当场就明确之后的工作分工，各自讲了几句话，然后就宣布散会了。

有些任命确实很意外，大家都需要先好好消化一段时间了。

忙碌完工作交接后，总算松了一口气。这一天开完会后，林超涵和叶文源两人很有默契地走在了一起。

"怎么样？有压力吗？"叶文源打趣地问道，然后又自顾自地说道，"其实我到现在自己腿肚子还在打哆嗦，知道要升官，但没有想到一下子就给我升到了人生巅峰啊。"

"压力很大，我说我自己也很意外，你信不信？"林超涵说道。

"我信啊！"叶文源自嘲地道，"我一个完全没背景的能上来，这说明上级自然有全盘打算，这个不事先跟你打招呼，也很正常的。"

"这个年代，背景重要，实力更重要，上级认可你的实力。"林超涵拍了拍叶文源的肩膀，开玩笑道，"额看好你哦！"这是最近流行的一部电视剧里的经典台词。

两人相视一笑，一切尽在不言中。

分开后，林超涵就慢悠悠地开车去看望自己的父亲，交接到现在，他心里还是有很多说不清道不明的地方，需要找林焕海倾诉。

远远地，在新建的家属小区楼底下的一片小花园里，林焕海正在逗弄着他的孙子哲哲。近三岁的哲哲现在明显比以前更懂事了，"爷爷"长"爷爷"短地叫得林焕海心花怒放。如今退休，林焕海又找到了人生的新目标，精神头明显比在位时还要好。

林焕海心疼地抱起孙子，亲了又亲，这才发现站在旁边多时的林超涵，他抬头笑道："这么早就下班了。"

看着抱孙子动作娴熟的林焕海，眉宇之间再无半分在位时的凌厉豪气，林超涵感慨万千，一时竟然不知道从何说起。

只有哲哲麻利地挣脱爷爷，"爸爸——"他高喊着，欢快地跑了过来。

# 第186章　开启西汽盛世

退休不过三个月，林焕海已经把辛苦端了十多年的架子全都卸掉了。如今的他，只是一个慈祥的，只想含饴弄孙的爷爷罢了。他把角色切换得十分迅速，融入新的角色后，他很愉快。不时还有人走过，热情地和他打招呼，有的喊"林总"，有的喊"林厂长"，林焕海开心地和大家打着招呼："叫我老林就好了。"

"爸！"林超涵抱起哲哲，走了过来，"今天会议结束得早，有些事情我想不太明白，所以想找你聊聊。"

"聊聊？好，我们祖孙三代一起好好聊聊。"林焕海轻轻地拍着哲哲的背，熟练地掏出杯子给他喂水喝。

"爸，我的任命您事先知晓吗？还是您直接安排的？"林超涵边走边问道，这是藏在他心中很久的疑问。

林焕海没有直接回答他的话，而是反问道："是不是因为直接提你做副总经理，让你感觉意外了？"

"确实意外，我以为我会做个副总师之类的。"林超涵老老实实地回答道，"到现在我还有些晕，幸好这些年咱们公司运作都制度化了，否则好多事情我都不知道该怎么处理了。"

"慢慢学，总会都搞明白的。"林焕海接过又吵着要爷爷的哲哲，心疼地拍了一下他身上的灰，又道，"我当年接任总经理，你猜我第一时间心里在想什么？"

"想什么呢？"林超涵顺口问道，"不是觉得很紧张突然，然后压力很大吗？"

"我在想，这些王八蛋，平常好事想不到我，这黑锅居然要我背了。好，看我整不死你们！"林焕海幽默地说道。

"哈哈哈哈！"林超涵忍不住笑出声来，原来自己的父亲当年同样心里有各种乱七八糟的念头，瞬间就觉得父亲如今更像个正常的人了。

"但是我转念一想，不对啊，这是上级领导赋予我的重任，这是全厂四千人生存发展的重担啊，他们信任我，把这个机会给了我，我怎么能这么狭隘地想问题呢？"林焕海的语气很平静，连哲哲都被感染了，静静地听他讲话，不时用小手拨弄一下他的花白胡子。

"所以您就想通了，要大干一场？"

"不错，我突然就想明白了，做坏了要背黑锅，不做也要背黑锅，那就轰轰烈烈地干一场。成功失败，敢想敢干，爱你骂你，无非一死。"林焕海脸上尽是回忆的神色，"那时候，我想，你也长大了，你妈精明能干，就算是我完蛋了，你们依然会有自己的人生，不会被我拖累。不过，让我愧疚的是，最后居然第一个就把你拖累了。"

林超涵鼻子酸酸的："我们是父子，上阵还得父子兵呢，骨肉相连，同命运共呼吸，说什么拖累不拖累的。"

林焕海欣慰地看了看身边的林超涵，如今的儿子再不是当初回厂时的那副青葱模样，成熟、稳重，但仍然保持着积极向上的心态。他感慨道："让我意外的是，你成才了。本来我没有折腾成功的信心，还有一种悲壮的心理，后来看到你回来后，各种折腾，新想法新路子层出不穷，当时我突然就意识到一点，这个黑锅我可能不用背了。"

"说起来，爸，我是被你坑得够惨的，我苦头没少吃。"林超涵用开玩笑的口吻道。

"没办法，不让你苦点累点，在别人看来，只会觉得我是在照顾你。只有你自己干出来一条路，别人才没有闲话，我坐在那里发号施令才不会有人戳脊梁。高处不胜寒啊。"林焕海深深地感慨道。

"我懂了，我从来没怪过你。"

"所以，你今天的一切，都是你在大量付出后，别人看到了你的长处，觉得这份事业需要把你提拔到一个能够更好施展你的才华的位置而已。我知晓与否，其实根本不重要。"林焕海笑道，"当然，实话是，我也是比你早一天才知道这个消息，据说这是姜建平老书记的力荐，也有俞部长那边给予高评价的功劳，但最终都得组织上综合考虑。"

"嘿嘿,原来如此。"林超涵突然觉得浑身一松。

"我们老了,自然规律必须要退休,但是如今这份事业,对国家,对省里,对厂里上万职工数万家属都很重要,组织上想让年轻人早点出来挑大梁,破格提拔,其中的深意就需要你自己慢慢琢磨了。"

"我懂了!我会好好干的。"林超涵点点头,这种承诺,没必要用太多言辞来修饰。

林焕海点点头,他也不需听林超涵长篇大论的誓言。两人开始聊起哲哲的教育问题来,当听到季容说如果职工幼儿园不好的话就送私立幼儿园,林焕海有点不太高兴了,吹胡子瞪眼睛说:"那怎么行,我们的幼儿园哪点不好了,能培养孩子他爹就能培养孩子的孩子,就算有点不好,也不用转学,批评教育就好了,实在不行,要把孩子接走,哼哼,那我就搬到你们家边上住,天天还是管孩子的接送……"

林超涵无语了。

慢慢地,林超涵就适应了全新的角色,他和叶文源配合相宜,在王兴发的领导下,让整个公司下属各个车间分厂都继续保持着高速的发展。2007年底,西汽再次集体搬迁,主要生产力量都搬到了北郊新址,东郊和南河湾的旧址就留给了那些生产车桥、配件等分公司。

北郊新址,建设规模空前,当然厂房建设不比那种住宅建设,除了办公楼、家属楼之外,其他都是清一色高大明亮的宽敞车间。林超涵实现了自己曾经的设想,这次建设是按照10万辆的规模设计园区,按5万辆产能设计生产线,并预留5万辆产能以备不时之需,整体按照联合厂房布局,全部流水化作业的指导思想去设计。

G2000的技术现在已经全部引进来,各种技术消化迅速顺利。随着西汽的人才规模不断扩大,以及先进技术设备不断引进,到2007年底西汽新址正式投产后,西汽的发展再次达到了一个巅峰。

按照最初的规划设计,G2000引进后,西汽第一步是CBU整车进口,但是挂的是西汽的标,也就是说算西汽生产,批量不大,不对外销售,主要用于西汽对整车进行掌握和参考,用来消化各种技术资料。在2300的研制过程中,就没少参考G2000的原型车辆内部设计。

第二步,则是SKD,大总成进口,西汽用来在装配线上试装,熟悉和掌握装配过程。这时期，德国的专家频繁来华进行指导，西汽从国外专家身上，学习良多，不断精进。

最后是 CKD，完全是零件进口，然后再自行装配。这些零部件在西汽吃透后，逐步实现了国产化，除了部分自制外，还有一些从外部进行采购。比如发动机，鲁柴现在结合引进技术，又推出了新款发动机，成为西汽的标配。

当初，NAM 只想搞授权生产模式，但最后双方还是签了买断协议（这里头也有范一鸣的功劳，如果不是他弄出山寨 G2000，NAM 没那么容易松口）。但是技术授权方式还有一定限制条件，除了技术授权费，西汽还必须再买一定数量的产品。在技术引进转化的过程中需要原厂的产品来进行参考、标定和过渡，西汽这几年陆续兑现了自己的承诺，付出了巨大的代价。

不过，与 NAM 设想不一样的是，他们原本瞧不上中国市场需求，同时又看不上西汽的技术水平，他们计算过，按当时西汽年产量撑死一万辆的量，而 NAM 提的条件是要求西汽在三年内每年必须要一半采用 SKD 和 CKD 模式。这根本不现实，等于平白每年一半经营收入要上交 NAM，那可是十来亿人民币啊，谁都不可能答应。如果真答应，西汽就宣布立即破产。双方死扛了大半年，差点谈崩，但是最后时刻还是林超涵亲赴德国，经过艰苦谈判，最终说服沃尔夫冈。对方最后同意将这个数额和期限修改成五年内购买 1 万辆的 SKD 和 CKD。

在沃尔夫冈看来，这已经是能压榨西汽的极限了。他十分满意这个结果，对董事会也有交代。未来，西汽如果还要引进新技术，再来一遍他也是很乐意的。

但是在林超涵看来，这则是物有所值，一则本来也需要，国产替代是需要时间的，二则他在努力说服沃尔夫冈的背后，也实现了真正的技术买断，以后 G2000 技术就是真正的中国技术了，再怎么消化改良，那都跟德国人没关系了。曾经己方还答应过的抽成模式都取消了，也就是说德国人赚了这一票以后跟西汽的羁绊彻底结束了。

而西汽真正要做的，是基于各方技术基础上自主创新，进行正向研发，开发出自己的产品体系出来。

特别是在北郊新址投入使用后，消化德国 1 万辆的订单根本毫无压力，这一点是德国人根本没有想过的。要知道，真正投产后，北郊新厂通过挖潜改造，最终达到 15 万辆的产能，并且还能够继续提升，消化区区 1 万辆根本不在话下。

西汽老一辈和新一代领导的智慧眼光，开启了西汽的盛世。

# 第187章　烧钱货

西汽新一代领导班子，整体给人的感觉就是年轻化，更有活力。林超涵上任后，比从前更加忙碌。随着中国经济迅速发展，尤其是随着房地产、公路等大型基础设施建设潮的兴起，重型卡车的市场需求量遽然猛增。

而西汽北郊新厂产能的扩大，正好适应了这一趋势的变化，西汽的销售业绩连年猛升，成就喜人。

2007年底，西汽全年各型车辆销售超过2万辆，其中主要是民用重卡，超过1.5万辆，此外则是以2300系列、2190系列为代表的各种军用重卡，以及客车和其他定制的特种车等。

然而，这根本就不是中国市场的极限值，西汽意识到，这可能只是一个开端而已，接下来的中国必然会爆发出更猛的需求。

这绝不是他们盲目乐观的认知，而确实是中国的建设需要。

这个需求如此之大，以致整个中国如雨后春笋般冒出了数十家卡车生产企业，其中能够生产重卡的就有二十来家。

因为需求，也因为知识产权以及各种难以尽述的人事关系变动，整个斯太尔技术疯狂扩散，再加上资金充沛，各地的大小汽车制造厂都拥有了制造重卡的能力。这个现象一时间对传统的数家重卡企业形成了冲击。

然而，西汽有先进之明地引进了G2000技术，再加上自己对原有技术的吃透和消化，如今已经逐渐形成了自己的特色系列，而且拥有极大的质量优势，在市场上牢牢地站住了脚跟。而且，值得一提的是，外贸方面捷报频传，这一点后面会详述。

这要从几个方面来看：

首先，西汽在传统强势领域——军车领域牢牢地把握了制高点。如今，2300已经完全投产，2300后面的系列从B到K一直不停改进，交付多批给部队使用，反馈良好。当然这依然是个过渡产品，第三代重卡的研制现在已经走过预研阶段，开始快马加鞭地推进了。

其次，在民用重卡领域，结合斯太尔和G2000技术，西汽推出了2300的民用版本。但是只少批量生产投放市场，因为这个比起从前推出的民用重卡系列，并不算特别先进，只能说是一款新老结合的成熟版本。很快，西汽就开始进入了第二阶段，在保留 G2000 驾驶室的基础上使用了新的发动机和车架，以及一些悬架设计，同时尝试使用 CAN 总线，发动机方面适配的是鲁柴生产的新型电控高压共轨发动机，国 III 排放，功率从 280 马力覆盖到了 320 马力。虽然这个型号的发动机相比之前动力提升并不明显，但是很快地覆盖了市场，抢到了市场先机。这个时候的西汽已经完全实现了内部的标准化，正在走向模块化设计。由于新技术的推出，市场表现出了高度的兴趣，虽然说一些新的重卡企业正抢西汽传统的市场客户，但是更新换代后的西汽重卡根本不受影响，依然受到了较高青睐。

再次，西汽将旗下技术部门和分厂推出去建设新的分公司的决策终于开始收获丰硕成果。当时，林超涵看到 G2000 技术引进后的好处与弊端，如果带着一堆的新技术，却只是自己内部消化，然后还要上级不停地督促，很难发挥出技术人员的主观能动性，更重要的是，西汽花了那么大代价，结果却只能自产自销，实在是得不偿失，不如索性直接推向市场。当时他也就是考虑到兄弟厂家有时候互相支援，甚至互相采购各自的优势零部件，只要好好干，就不至于饿死，哪料到后来居然全国建起很多重卡生产企业，这些企业在市场上到处寻找零部件供应商，而西汽推出去的这一堆分公司几乎全部都受益了，有的活得比西汽总公司还要滋润。这让林超涵自己也大跌眼镜，毕竟他当时也有狠心给西汽总公司甩锅的意思，毕竟这些分厂和单位人数众多，以前确实也是一大负担。如今，却意外成了西汽腾飞的重要助力。

这一点尤其值得西汽大书特书。当时西汽分拆出去的分厂和子公司包括：车桥子公司，成立于 2003 年，主要负责生产车桥，后来居然成为西汽体系中盈利能力最强的子公司。A 汽车零部件，由原三产公司分拆成立，主要产品为汽车外饰件、灯具、线束、油箱、车用空调等。B 汽车零部件公司，2004 年成立，主要产品包括钣金件、金属结构件。C 公司，主要产品车用传动轴，后发展为国内最大相关部件的生产企业……

林林总总，西汽先后成立的子公司或是控股公司达 30 余家，几乎涉及汽车生产的各个专业垂直领域。

其中比如生产车桥的分公司，刚成立的时候产品只有三个系列，30 多个品种，员工上千人，处在半死不活的边缘。独立后，迸发出惊人的活力，在吸收消化斯太尔的经验上再悟透 G2000 技术，进行本地化改进，然后推向市场，螺旋式反复改进，并且还开发了自己的产品平台，形成了自己的模块化设计思路和理念，开发能力上了一个大台阶，研发团队也从原来的 8 个人发展到后来的上百人。2007 年底，车桥厂在国内市场上混得风生水起。

如今，在西汽集团，最重要的部门就是研发部门了，汽研所、技术研究中心等各种部门不断引进高端人才，引进最新设备技术，不断地扩充研发规模和研发投入。

尝到甜头的西汽已经深刻地认识到，只有掌握了核心技术，有足够强的技术研发能力才能活得更好。

这在某些时候，已经成为一种信念。

林超涵尤其坚信。

西汽随着销售额的增长，如今已经逐渐形成了良性循环，手中的资金相对充裕的情况下，林超涵提出，要盯紧世界潮流，立足于现有技术基础，形成西汽完全独立自主的技术体系。如今的 G2000 技术西汽已经完全拥有独立的技术体系，可以基于其技术生产制造并对外销售，不必经过 NAM 的许可。但是此时 NAM 的最新款型已经面世了，不光是 NAM，其他世界老牌重卡企业也都各自推出了自己的新款重卡。相比这些技术，G2000 已经再次落后，林超涵认为，在国内都属于小打小闹，虽然能够取得一时优势，但是这种优势并不长久，老跟在别人屁股后头跑，那就永远只能靠人家输血，西汽必须要完全走出自己的路子才行。

这个观点并不是所有人都认同的，其实王兴发现在就有点保守。

王兴发是这么考虑的，他认为现在西汽没有必要过于激进盲目地发展新体系和技术，G2000 已经足够保持在国内市场的领先优势，短时间内西汽应该以稳定销售为主，而不是着急忙于研发新产品，当然军方的要求例外。

对于这个观点，两人有过一次争论。

2007 年底，在西汽明亮的办公室大楼的总经理办公室里，王兴发和几个副总，以及新上任的总工孙昌寿等人坐在那里讨论未来发展规划的问题。这是一次正式的会议，但是比正式的会议还要重要。

这次会议有个背景，最近，由国家直接下发了一个研究课题给西汽，那就是新能源重卡研发。

新能源汽车的口号，在当时已不算是什么新鲜事了，因为那个时候气候变暖正在成为全球性热炒的话题，包括中国在内的全世界汽车厂家都在琢磨如何利用新能源作为动力。国家给西汽的命题是"新能源在重型卡车领域的可持续发展与循环利用"。

这可是一份正式的国家文件。

但是大家的理解却有所不同。新能源这个东西，大家都知道其重要性，可以说谁先掌握新能源技术，谁就有可能掌握未来。当然这个新能源技术必须要有更高的科技含量，同时还得实用、便捷、易获取、价格低廉。

西汽众人讨论的焦点在于如何对待这个课题。从王兴发的角度来看，这是国家给的命题，西汽必须得完成，但是怎么完成却有讲究。在当前新能源没有实现突破的情况下，西汽可以做一些试探性和前瞻性的研究，把它留在试验室里，也就是说汽研所那边搞一搞就可以了。

但是林超涵却从这里面嗅到了机遇的味道，他提出要利用这次机会，让西汽提前进军新能源领域，并在此基础上，进行正向研发，开始出全新型号。

王兴发其实头疼极了，以前他没有坐在这个位置上，对林超涵自然是各种支持，因为还没有头家的压力，不必每天面对恼人的财务报表。现如今，他发现，花每一分钱都很难，因为你不知道自己的决策是不是对的。因此他变得更加谨小慎微起来。

正向研发？新型号？这词儿听上去就是烧钱货。

# 第 188 章　疯狂的性能展示

"我们还得慎重，小题大做，我不赞成。"王兴发摇着头，制止了林超涵的话头道，"新能源有多重要，我们都清楚，不必多言，但是因此，就要搞一款新车，动静太大了，市场前景在哪里我们没有搞清楚，所以我认为做一些研究即可，不必要大张旗鼓。"

末了，王兴发又补充了一句："不当家不知道柴米贵啊。"说完不胜感慨。

林超涵对于王兴发的顾虑很清楚，也清楚他现在不敢支持自己是求稳，并无恶意，但是他同时也清楚地知道，新能源技术是未来发展的方向，如果西汽这一次决策错过了历史性的机遇，那可能自己这一代就是西汽的历史罪人。

所以他不能同意王兴发为了节约成本小打小闹的计划，眼下是省了点小钱，将来一步落后，步步落后就不是这点小钱能够解决的问题了。

他看了看叶文源和下来挂职锻炼的徐峻峰，发现在两人都有些不置可否的意思。他们两人都不是技术出身，对于技术的敏感程度不高。叶文源现在热衷于现代企业管理的模式，在他看来，能够理顺西汽的管理，发展好那就是自然而然的。而对于徐峻峰来说，对这些大事情往往就不太愿意发表自己的看法。

他又看了看新任总工孙昌寿，在这里也就他能支持自己的看法了。这位孙总工，他回厂那一年研发2190时还只是工艺部门的负责人，这么多年来，在汽研里受郭志寅熏陶，进步成长飞快，也算是得到郭老真传了。

孙昌寿现在也近50岁了，相比林超涵和叶文源，他才是和王兴发是同一类人。刚才他一直在沉思，谁也不知道他在想什么。

看到林超涵的眼神，孙昌寿神情一动，他很清楚，在这种讨论中，他的发言极有可能决定走向，正因为如此，他的发言必须得面面俱到，不能轻易站队。毕竟新的领导班子虽然都是熟人，但是因为大家彼此身份立场的转变，不起摩擦是不可能的。然而只能限于摩擦，不能演化成真正的矛盾。

所以孙昌寿道："王总，林副总，这件事情，我认为咱们恐怕理解得都有误。"

有误？看着两人不解的眼神，孙昌寿接着道："关于新能源，我之前在汽研所的时候，和郭老他们有过探讨和研究，我们的观点主要是三句话，新能源汽车大势所趋，目前技术还不成熟，要推广看国家政策。"

王兴发琢磨了一下，觉得很有道理，但是还是没有想明白眼前应该怎么办，便道："这意思是我们可以研究，但是要看国家政策制订下一步计划呗？"

林超涵也是这个意思，但是他又不想跟王兴发抢话，所以只是看着孙昌寿。

孙昌寿笑道："是这个意思，也不是这个意思。怎么说呢，其实新能源汽车，在我看来，肯定在短时间内享受到国家的政策红利，但是长远来看，要看技术发展的成熟程度。所以我认为呢，借着这股东风，把我们的新能源汽车搞出来是好事，但是我们也不能过于盲目激进应用各种新技术。适度即可，先把握这一波红利，再在市场上试试水温也未尝不可。"

大家都听懂了，孙昌寿的意思就是，应用成熟技术加新能源，然后推向市场试水。这算是一个折中的方案，但总体来说还是偏向林超涵多一点，毕竟这不是保留在实验室了。

王兴发沉默了半天，他在权衡得弊得失。这个时候，他才知道，当时的林焕海等人真是太难了。每次看似拍板很轻松霸气，结果大多数时候也都能如其所愿，但是实则背后的各种考量真是难以计数。现在轮到自己，太难了。他想学林焕海的霸气，但是他很清楚，自己做不到，能够谨小慎微地守好这一摊事业，不做黄了，那就是他王兴发的历史功劳了。

这个时候林超涵开口了："王总，我想，咱们如果在成熟技术上应用一些新理念，其实没有太高的成本，可能就是跟平常我们开发一款新产品差不多。难的是后面市场，这个，我建议让政策研究室去市场做个调研，我们再看要不要投入生产吧。"

"好吧！"王兴发终于松口了。他这一松口，就为西汽带来了一个全新的新能源系列产品，也就是 H3000。

会后不久形成了决策，新能源研发开始。

林超涵为了减轻王兴发的忧虑，前期主动降低了研发的难度，他在现有的 G2000 的技术底子上，稍微修改了外饰件，此外还有驾驶室设计，着重试验新能源发动机，即天然气发动机。

在研发过程中，林超涵带领团队试了多种新能源，包括 LNG、LPG、二甲醚这几种燃料，后来根据国家认定，以 LNG 作为未来新能源重卡的发展方向。所以在技术成熟之后，H3000 就作为新能源系列被推出了。但是这个系列并不是简单的换了发动机而已，在悬架系统方面完成了 G2000 的完全体，用了大量优化过的 NAM 原始轻量化设计，同时牵引车型更换了低高度少片簧前悬架和气囊后悬架，公路行驶性能十分优秀，而且舒适性大大提升，帮助西汽在牵引车市场斩获良多。而 LNG 新能源重卡曾经在一段时间内，由西汽拿到了全国市场的半数市场份额。

林超涵从成熟设计入手，后期再加以改进改造，创新设计，终于打造出了西汽的第一款新能源重卡，这也成为西汽设计史上值得记载的一笔。

这只是林超涵晋升后干的各种事情其中之一罢了。

2008 年，林超涵还干了一件大事情。

这一年是北京奥运会的举办年，这样的盛事全国共庆，为了迎接奥运会的到来，打造城市的良好精神面貌。北京以及全国的一些城市，都出现了淘汰旧公共汽车，购买新车的市场浪潮，还有一些旅游公司也都在积极更换旅游大巴等交通工具。

这一拨更换潮来得很快，一些按部就班进行生产的客车制造商突然傻眼了，他们发现自己的产能根本就跟不上市场需求，再加上有些苛刻的条件，比如节能、噪音小、安全系数高等要求，有些订单根本就接不了。

而经过了三四年的努力耕耘，市场上已经逐渐了解到西汽有公交车生产，于是纷纷上门求购。考察之下，惊诧地发现，由于西汽这几年一直在勤修内功，不断进行技术改良，客车技术与专业客车制造厂相比并不落后，相反，在有些性能上，尤其是抗震性能上极其优异，而且安全系数还算高，内部装饰同样不赖，关键是产能足够，西汽还有大量的闲置产能没用上呢。

于是乎，一时间订单像雪片般飞来，西汽被这意外之喜砸中，喜出望外，当即腾出数条生产线，拼命生产公交车。最后赶在奥运会之前，向全国各地提供了近3000辆各类型大客车，钱赚得很愉快。更让人愉快的是，在奥运之后，由于这批公交整体口碑还不错，陆续有订单进来，彻底地维持了西汽的客车生产线。

5月，林超涵带着一支车队来到四川，这次他的任务是要采购一批原材料。正是因为客户某些部件在这边某个不起眼的小厂家生产，是急需的货物，全国都在抢，为了能够争取到这批厂家及时供货，林超涵决定亲自带队前往采购。

没想到的是，就在他努力陪着对方总经理喝了几顿大酒，并且承诺接下来两年会持续发单，经历各种艰难才搞定事情返程的时候，遇上了震惊全世界的四川大地震。

这一次地震，举国哀恸。

当时，带着车队返程的林超涵在经历了一阵阵惊魂般的颠簸之后，方才醒过神来，发现前路断裂。

下得车来的林超涵看着公路两旁山路上不断滑落的巨石，还有那触目惊心的公路断裂后形成的沟壑，十分震惊。

他连续指挥车队赶紧倒回去避险，在倒退的过程中，车队有两辆车被滑石砸中，幸好没出什么大事。

沿途，他看到了大批房屋倒塌，他立即打电话向外界报警，但是死活打不出去，由于通信设备被毁，手机根本就没有信号。在这种情况下，他只能组织自救，并且带领车队将车开到一处相较平坦的开阔地之后，组织车队的司机还有随行人员十来人，参与救助老百姓。

现场的情况有些混乱，林超涵后来不愿意多讲，但据随行的人说，林总当时非常努力地参与救助，指挥车辆用绳子绑住一些巨大的水泥块，将其慢慢拖开，方便救人，他还亲自用手去扒拉一些倒塌的房屋。

但是最大的事件是，当部队抢险队伍进来后没多久，发现一处著名的水库面临着溃坝的风险，一旦溃坝，后果不堪设想。而林总在得到相关消息后，亲自带领车队赶到现场，日夜不停地向溃口运送土石方，2300 强悍的载重性能和稳定性能让救灾的部队刮目相看。最关键的时刻，林超涵冷静地指挥着给两辆 2300 装上了 100 吨的土石方，将其填塞到溃口，成为堵住溃口的重要功臣。

要知道，这是极其疯狂的一次性能展示，10 吨重卡，对外宣称可装 25 吨，实际上装了 100 吨！部队是真的被震惊到了。

而且不光是部队，全国很多同行都被震惊到了。

# 第 189 章　进军非洲

2010 年，西汽进军非洲，他们决定参与非洲肯米亚军方举办的军用重卡越野赛事，争夺订单。

此时林超涵的信心是建立在实力的基础上的。他很清楚，今天的西汽技术水平已经发展到哪一步了，就算抛开他初出茅庐那些年，西汽全力在消化引进的斯太尔技术，如今已经完全消化完毕不说，走到青出于蓝于胜于蓝的阶段了。

而 G2000 技术，西汽也是按照自己的步骤在一步步走，如今也消化得差不多了。前面曾经说过 G2000 在西汽的消化分了三个阶段，如今西汽已经可以实现自由配置了，自主推出的产品已经开始进入市场了。

有两大引进技术作为基础，西汽如今已经进入了一种全新的状态，厚积可以薄发了。由于一直以来推行的标准化，加上后来推行的模块化，如今西汽的研发周期大大缩短不说，整体的技术指标已经远胜从前。

决策一下，立即就成立了东非越野拉力赛工作小组，组长毋庸置疑又落到了林超涵的头上，这件事情他得从头负责到底，直到成功或失败的那一天。

林超涵立即安排工作组成员孙小芦等人，全力搜索肯米亚相关的地理、自然、社会知识，另外了解光明集团上次失败的原因。更重要的是，要准备参赛用的卡车样车，需要针对性地进行改进，到时候才能尽可能减少纰漏。

肯米亚处于东非大裂谷，那里地理环境独特，有河流，也有沙漠。最关键是国内治安不佳，有一定危险性，与主办方的联系也特别耗神耗力。2010 年元旦刚过，林超涵就得了秦枫的消息，肯国军方已经同意让西汽参与下一次的招采竞标，也就是会邀请西汽参加军方组织的卡车越野拉力赛。

但直到 3 月，西汽才正式拿到肯米亚军方发过来的邀请函。

此后，经历了一系列意想不到的困难，与光明集团艰难地达成合作协议；内部针对非洲特殊情况设计了全新 2153N 车型。

但试制刚开始，肯军方突然提前一个月举办比赛，搞得西汽内部鸡飞狗跳。靠着大家拼命的精神，用了一个月的时间完成新车改装并发货至非洲。

3 月 21 日，在奋战了一个月零五天之后，西汽专门为肯米亚的军用卡车越野邀请赛准备的赛车正式锁定技术状态，名称命名为 XB2153N。

3 月 23 日下午，样本抵达天津港。

4 月 1 日，天色尚早，林超涵和秦枫等人目送载有西汽 2153N 军用重卡的船只缓缓驶出了港口。

5 月 10 日前大队人马启程前往肯国。而车辆海运一个多月，到非洲后水土不服，克服困难进行了紧急抢修，并开往军营静态评估。

5 月 16 日，本次参赛有九家公司，包括德国路驰、日本山鹰、美军玛柯、俄罗斯卡玛兹，还有荷兰和法国的车，让林超涵感到意外的是居然又有印度的维兰军车。而更让林超涵意外的是，西汽 2153N 居然静态评分最高！

5 月 16 日，肯军方主办的九国军用重卡越野拉力赛开始。这次路线极为复杂，仅从地图标注来看，这次赛程居然有七千余公里，整个赛事将分为三段进行，要路过雪山、峡谷、草原、丘陵、荒漠等各种地形，其中部分地带完全就是无人区。

一路风光极为壮丽，但赛事极为艰难，状况频出，有参赛国家使出阴招，甚至还在穿越无人区时遭遇叛军袭击，各国有车队陆续被淘汰，一些先进车辆实用性反而不如西汽量身定做的皮实版重卡。前后历时二十余天的接力赛，西汽重卡 2153N 经受住了种种考验，几乎没有大修记录，是所有参赛者中唯一做到的。再综合静态展示评分的结果，肯方宣布中方夺冠。

这次赛车难度仅次于当年在青藏高原试车了。异国他乡，高手如云，脱颖而出，这种感觉，让西汽众人激动不已，有那么一刹那，林超涵的眼泪夺眶而出了。

最终西汽正式拿下了这笔高达 5000 万美元的生意。这在西汽的历史上，还是头一次拿到这么大的外贸订单，以前最大一单也不过是几百万美元。

消息很快传到了国内，全公司都沸腾了。

这次非洲之行，有国际媒体第一次称呼林超涵为"重卡超人"，这个绰号和背后的故事，在后来记者们不断添油加醋的报道中，逐步扩散，享誉全球。

而西汽重卡也从这一刻开始，逐步打开了国际市场。

西汽外贸像是开了挂一样，在 2012 年继续高歌猛进。这一年的春节，林超涵都没有在国内度过，而是满非洲地跑，满中东地跑。

2012 年元旦刚过，中东卡国因为要购买中国的重型榴弹炮，指名道姓一定要用西汽的重型牵引车，于是林超涵连忙飞到该国，同中国同行的军工外贸公司一道，与对方签订了供货 200 辆的协议，价格极其优厚。

2012 年春节期节，林超涵带队来到肯米亚的邻国坦国。坦国因为肯国大量采购中国军车，备受刺激了，生怕落后，与西汽经过深入友好交流后，一口气下了 500 辆军车的订单。然后双方建立了深厚的友谊，在坦国友好人士的介绍下，林超涵又认识了在该国进行基建的某个中国路桥建设公司负责人。双方一交流，才发现原来在该公司内部，已经大量在使用西汽生产的各型重型卡车了。对方对西汽的质量赞不绝口，认为非常适合在恶劣条件下使用，双方当时即拍板确定了三年提供共计 2000 辆各款民用重卡的协议。这些重卡不光用来搞基建，其中很多是对方准备来用采矿运输使用的。按照林超涵的估算，用不了三五年，他们还得大量采购。看来，国内各种公司甚至是私营企业都跑到非洲来挖矿了，到时候，西汽的生意做不完。做完这单生意，林超涵和徐星梅当场决定，在坦国设立一个专门的销售分公司，派驻技术人员进行维护。

2012 年 3 月初，林超涵赶回国内，参加了一次选举。

这天，他突然被王兴发和省国资委的主要领导给喊去开会了。在这次会上，林超涵汇报了工作后，十分震惊地得知，半年前王兴发已经向组织上提交了要求辞职退休的报告。组织部部长刘佑才问了他一个关键性的问题："林超涵同志，你愿意接替王兴发同志担任西汽的总经理吗？"

"由我当总经理？"林超涵嘴巴张得都有点合不拢了。

"是的，经过组织半年的暗中考察和大量调研，认定你是这个位置需要的人才，你现在需要表态，是否愿意接受这个职务？"

茫然中，林超涵很清楚的一点是，像西汽掌门人这样的位置，如果说五年前还是烫手的山芋，如今则已经是香饽饽了，很多人眼馋这个位置，不只是西汽内部，外部也有很多人盯着这个位置。要知道，西汽可不是私企，是正儿八经的国家企业，一切人事还是组织上说了算的，组织上会尊重你的选择，但绝对不会受要挟，一定会有自己的通盘考虑。

这些年，林超涵不是没有见过，好好的企业，因为各种明争暗斗，掌门人被撤换掉后，换来外行领导，之后就大搞人事斗争，擅权弄权，最后整个企业被搞得乌烟瘴气，从此在市场上消失了。

他一直在祈祷这种事情别发生在西汽，这里可承载了他的青春和事业。

想到这里，他站了起来，郑重地说："各位领导，我愿意接受这份重担！带领西汽，一步一个脚印地发展。哪怕再多风雨，我也不改初心。"

此时的他，终于明白当年自己父亲得到通知时的那份心情了，交织着种种复杂莫名的情绪，有兴奋、激动、忐忑、惶恐……与那个时候不同的是，如今的林超涵有着更优越的条件，西汽也早就摆脱了生死危机。当然，也更多了些雄心壮志！

这场重要的会议见面，正式开启了西汽的林超涵时代。

# 第190章　新官上任

因为有种种铺垫，种种迹象，所以当组织在西汽干部职工大会上，正式宣读任命林超涵为新任西汽总经理的时候，干部职工没有太多的惊愕，并且给予了经久不息热烈的掌声，这在他们看来，实至名归。

当然，还有一些让大家意外的是，经林超涵的挽留，再加上确实工作需要，王兴发并没有全退，而是继续担任西汽的董事会职务。当然不是董事长，董事长是鲁柴的覃晓东。担任董事会董事，算是半退，然而在关键时刻仍然手握一票重要的投票权。对林超涵而言，仍然有一定的制约作用，当然这种制约林超涵如果要摆脱也容易，但林超涵认为自己可能仍然需要这种制约或者提醒。

在风光得意的时候，林超涵很清醒地意识到，他需要有一个人能够时常提醒自己别走得太远。年少得志是件美事，但是少年轻狂就要付出代价。所以他强力挽留了王兴发。这一点，也让他的父亲林焕海大为赞赏。老头现在虽然信守承诺，完全不过问公司的事务，但是对于林超涵的无形影响还是存在的，林超涵这一举动，让林焕海心更加踏实，儿子是真的成熟了。

在干部职工大会后，新上任的国资委主任曲建国带领几名干部和林超涵再次座谈。到西汽来，宣布这个任命表达组织支持，是个形式，很重要，更重要的是，曲建国主任也需要一些时间来熟悉管辖范围内的重要人物代表，像林超涵就是其中非常重要的人物之一。

曲建国头发半白，穿着比较随意，上身就是一件普通的拉链夹克，显得平易近人。他也拒绝了林超涵要到正式的会议室开会的请求，而是到了旁边一个会客厅，大家都坐在沙发上聊天，相较随意。

"林总经理，今天你发表的那番就职演说很不错嘛。"曲建国坐下后，开口就称赞起来，"有思想，有高度，简洁凝练，我这个外行一听也知道你们想干吗了。"

"曲主任开玩笑了，你要是外行，我们也不敢自称内行了。听说您对各个产业研究都有二十多年的经历了，是老资格。"林超涵也不露声色地小小拍了一个马屁。

"哈哈，我一直都是纸上谈兵，不像你们是真刀实枪地干。"曲建国心情很好，边笑边说。

旁边的颜欣书记插话道："咱们曲主任是从中央直接调任的，这本身就说明水平很高。"这倒不是拍马屁，是实话实说，这些能够被中央指派大员的水平，没有一个不厉害的，水平不到根本到不了那个位置，没有一个不是极其资深，并且有丰富经验的。

林超涵点了点头，对曲主任的情况他是了解一点的，现在是换届季，曲主任由中央直接空降过来，显然是看中了他当年主导处理几宗特别重大的央企改革方案的经验，这次到秦省来，显然是被寄予了厚望。

曲主任在这个场合并不太想多谈自己的历史，他挥了挥手，转换了话题："刚才，林超涵同志在演讲里提到，要带领西汽走上数据化智能化的路线，还提出车联网、新能源等各项愿景，我听了也很受启发啊，我们的年轻干部要是都有这种思路，何患我们省的企业不能做大做强？"

大家都点头表示赞同。

曲主任又道："不过，关于这方面的东西，我想再听林超涵同志详细地给我们介绍解释一下，让我们这些老同志也学习学习新知识，不能总是埋在文件堆里是不是？"

对于这个，大家自然也没有异议，林超涵有些诧异，但是这些东西也都是烂熟于胸的东西，于是他就解释了一下当前世界工业发展汽车发展的一些前沿状况，结合西汽现在的技术水平，谈论了未来发展的一些构想，以及目前的进展。

一番话听得曲主任频频点头。这些话之前林超涵也曾经讲过，此时补充得愈加详细了一些，曲主任听后，当场表态要完全支持林超涵的战略构想。

"西汽能够看得这么高这么远，还要远超我的想象啊。看来我们省的汽车制造业这块招牌，确实非常值得一树。"曲建国主任高度肯定说道，"我听说近年西汽的外贸出口做得相当不错，这个更值得一提的了。据我所知，目前我们整个全国的汽车出口行业，都做得不能说很好，西汽做重卡，居然能大量出口，有漂亮的数字呈现，这是给我们全省的国企树了榜样。"

林超涵受此称赞，心神为之一荡，有点激动地脱口说出了自己潜藏在内心的一个野望："我们西汽不光要出口到中东非洲，下一步我们还要布局反销欧美，挑战重型卡车世界第……嗯，进入世界重卡企业前列。"总算他还有点理智，没有把挑战世界第一给说出来。

"好！年轻人有志气！"曲主任听后更加高兴，"你们要是能够做到反销欧美，成为世界重卡领域的领先者，我亲自给你表功，在全省国企工作会议上推优，不，要在全国进行推优！"

林超涵这么一说，就定调了。实际上在场的叶文源等人内心还是颇为担忧的，这是景气的时候，万一要是不景气呢？完不成领导要求任务怎么办？但看着林超涵自信满满的样子，现场也没有人敢纠正他。

林超涵当领导的面说出这番野望确实有头脑发热的因素，但是他却是有自己的底气和考虑的。实际上，在国内，西汽的空间已经差不多到了极限，虽然年产数万辆了，但是其他竞争企业也很多，大家各显神通，在国内的市场环境下，单纯比质量优势显然也不能帮助西汽压倒所有竞争对手，还有诸多因素影响，未来的市场空间经过这两年折腾，显然国际市场同样值得看重了。

国外虽然情复杂，但是面对的竞争对手却与国内不一样，竞争的规则也与国内大不相同，西汽出去后，反而有一种如鱼得水的感觉。当然，这与这些年不断改进提升质量降低成本不无关系。

总之，只要出海了，在世界市场上折腾了，那就不可避免地要与巨头们竞争，或者生或者亡，总要有人出局，西汽要想不出局，就得挤进前列，就得力争世界第一。这是不可避免的宿命。

曲主任经验丰富，当然也知道林超涵所言困难极大，但是他同样也看得出林超涵的信心和底气，并且对此同寄予厚望。如果真能在他任期内，培养扶持出一个某领域内世界第一的企业，那对于他个人来说，也是极大的加分项。

当然他也不是盲目地支持，为了个人利益而不顾现实情况，他同样不屑为之。鼓励完后，曲主任又道："你看，西汽还需要有什么支持，提出来，我们进行研究，只要能给的我们都可以考虑，西汽这样的优质企业，是我们的扶持重点嘛。"

听到曲主任的承诺，林超涵和叶文源等西汽高层倍感兴奋。曾几何时，西汽濒临死亡，那个时候省里能给予的更多是精神上鼓励和支持，政策支持的效果只能说聊胜于无，只是后来随着西汽自己不断奋发向上，才赢得了青睐，各种政策支持也更容易落到实处。现在曲主任摆明了手上还掌握有一些大杀招，这些政策不用问详情，就知道肯定能带来极大的益处。

于是林超涵就抓紧了机会提了几个要求，比如新能源开发方面的优惠扶持等，曲主任几乎都是一口承诺了。

到最后，林超涵又提了一个新的要求，这个要求其实藏在西汽高层心中已久，也是国资委心中的一个梗。

"省里是否可以提供一些注资，让我们尽快独立上市呢？比如说推动一些大型基建单位，比如搞公路的公司，投资我们的新能源生产线，这样，我们就单独地进行上市。"林超涵提出了一个要求。

"你们要多少钱呢？"曲主任问。

"不多，十个亿吧。"

"啊？我回去研究研究……"曲主任为难了。

# 第 191 章　拔不掉的刺

林超涵这个要求首先得肯定地说，不是他个人的要求，准确来说一直就是西汽高层内部讨论的事情，也是省国资委挂心的问题。

这件事情，其实就是西汽的控制权问题。目前西汽已经逐渐形成集团化的规模，但是核心股权仍然掌握在覃晓东的手上，亦即鲁柴手上。虽然覃晓东对于西汽的管理生产一向不怎么干预，但是在所有核心的问题上，都得经他批准才行。有时候西汽为了引进一些大型的设备，需要有较大的花费，那都得覃晓东最终签字。为了赢得这个签字，西汽领导层就不得不经常前往鲁柴向覃晓东进行汇报，有时候还不得不答应对方提出的一些要求。就因为这些要求，西汽之前希望通过成立分公司，分化覃晓东的掌控力，但是因为核心股权的问题，不得不服从覃晓东的一些条件，导致现在西汽一直没有成功地摆脱鲁柴的掌控。

这一直是西汽领导心中拔不掉的刺。

当初为了生存和发展，不得不低头引进鲁柴资本，但是现在西汽却极力地想摆脱它。你说西汽过河拆桥也好，总之，西汽心里不大舒坦，因为做得越大，等于是给鲁柴打工，林超涵去做外贸赚到的钱，从理论上来说，一大半都得归鲁柴，能够剩下的还不能自主花销。

这种感觉要多别扭有多别扭，以前林超涵还没有感觉，但是自从他得知自己将掌控西汽后，他第一时间感受到这种难受和别扭了。

所以，他就想拔掉这根心中的刺。往好听点说，叫卸下负担奔向新生命。往难听点说，那就是摆脱束缚争取自主。

但是这种摆脱何其之难。林超涵只要一想到覃晓东那狐狸一样的眼神，就忍不住地心里发毛，对他来说，这是一个极其难缠、眼光毒辣、手腕极其高明的人物。对上这样的人物，林超涵是一点把握也没有。他生命中遇上过几个难缠的对手，像范一鸣，他完全有信心碾压他；像潘振民，他根本不怵，这是个只会使阴招的小人物，只要比他更聪明，应对起来就没问题。而且对付这两人，林超涵根本没有心理负担。唯独这个覃晓东，你说他是敌人吗？当然不是。你说他是朋友吗？也不能算。无论你怎么评价他，反正不能小视他，更不能真的跟他对着干。

最开始覃晓东还真的只出钱，不关心西汽内部问题，但是他会控制财务，通过控制钱来调配西汽的发展。慢慢地，西汽就感觉到相当难受了，很多想搞的技术，因为他的这种控制，只能东挪西凑资金来搞，要么就只能去努力说服他签字，两者任选其一，经常搞到有些项目不得不下马，这叫软刀子杀人。

林超涵若不是有先见之明，让分公司成立出去自负盈亏，然后把一些重要的技术丢给他们去搞，这些年很多技术恐怕就被覃晓东的某种慎重或是保守给扼杀掉。这些分公司之所以能够分出去，核心有两个原因：一是因为技术在西汽，由西汽控制，这点覃晓东不能插手；二是因为很多分公司，西汽只是拿的技术占干股，钱不由集团掏，这样鲁柴也没法控制。

林超涵当年负责的技术中心，包括汽研院等单位，所有的技术专利权都在西汽，他们想怎么用，天经地义。

这才有了西汽的腾挪空间。

不管怎么说，林超涵是决心要摆脱鲁柴了，而能够摆脱鲁柴的控制，最大的助力就是省国资委，因为他们才是真正的娘家。

所以林超涵伸手要钱，一要就是十个亿。林超涵计算过，只要省国资委出钱，通过一些曲线的方式，就能获得西汽的控制权，而对方还不会有太大的反弹。要知道，如果西汽自己蹦跶，鲁柴说不会定采取一些激烈措施，只有政府帮忙出钱出面，才不会有大的问题。

但是这种迫切性，对于曲主任等人来说，则没有切肤之痛了。最关键的是，他们也拿不出那么钱来啊。

这让曲建国主任很为难，实际上，省国资委可以调动一些资金，也可以指导手下的企业行事，但是要让他们调拨这么大一笔资金，就很困难了。

"很难啊，这事。"曲建国沉吟着为难地说，"再说了，你们想单独上市的心情我理解，但是似乎没有那么迫切呢。"

"唉，曲主任，有些事您不是太了解。实际上这些年来，这是困扰我们心头的大事。我们西汽集团其实一直是由别人来控股，很多我们想发展的项目就因为控制权不在手上，导致没能做大起来，耽误了很多宝贵时间。现在如果要实现我们的愿景，就不可能再将决定权给其他人。否则，我们只会继续蹉跎岁月。"

说着，林超涵又举了很多案例，说明为什么西汽一定要脱离鲁柴的控制。

曲建国见过大风大浪，林超涵说了几句他就立即理解了。他低头和其他几个官员小声讨论了几句，得到他们肯定的回答后，才若有所思地点了点头。西汽目前这个状况他之前是了解的，但是他并没有在意，长时间在中央，导致他更容易用全国一盘棋的眼光去看问题，而现在，到了局部地方，他就明白，有些事情并不如设想的那么简单，联合有联合的好处，但是也有其弊端，比如眼前，西汽就认为鲁柴已经在阻碍自己的发展了。

　　从某种程度上说，鲁柴已经从助推器变为绊脚石了。

　　"你们和鲁柴那边有没有深入讨论研究过这个问题呢？"曲建国话音刚落，就知道自己可能说错了。

　　果然，林超涵苦笑道："曲主任，不知道您有没有和覃晓东打过交道，说得不好听些，他极其难缠，没有足够的筹码，和他谈事情，基本没有什么结果。"

　　"这么麻烦吗？"曲建国有点吃惊。

　　其他几名省国资委的官员纷纷点头。关于西汽的那点小心思，他们也不是没有和主管鲁柴的单位谈过，大家异口同声地说过，"你过了老覃那关再说。"

　　然而老覃那关根本过不去，林焕海和王兴发均至少各有一次铩羽而归的经历，此后西汽就只能玩其他小心思了。

　　林超涵心急，不想靠这些小花招跟覃晓东绕弯子。所以他正式向曲建国主任提出了这个要求。

　　"我懂了，你是想让我让一些资金实力雄厚的公司来给西汽注资，或者投资某个项目，然后借机反夺控制权是吧？"曲建国道。

　　"正是如此，不借用外部力量，没有外来资本，我们干不成这事，我们都试过。"林超涵点头道，"所以，希望曲主任能帮我们。"

　　曲建国沉吟了半天，又说："那对于我们来说，似乎也没有什么用处，站在更高的视野，这不是必需的。"

　　林超涵道："其实我认为，这对于我们来说，非常有必要。如今，我们一切都走向正向发展，但是胜利的果实却只能任人攫取，不能真正为我所用，这站在更高的视野来说，就是一种资源浪费。"

　　林超涵说这话，其实有点虚，但是却正切中了曲建国的心理。毕竟曲建国来到这个位置上，还是想干一番事业的，如果安稳度日得过且过，这些麻烦事他根本不需要折腾，但是他如果想在仕途上更上一层楼，就需要拿得出手的成绩，西汽是摆在眼前的选择。

曲建国咬牙道："这个事，我们省国资委可以想办法，西汽，无论如何，还是要独立自主发展的，这一点，我支持你们。剩下的事，我们再计议。来来来，我还想听你说一下开拓世界市场的详细计划，刚才说的还只是愿景，有哪些实际工作，我想听听。"

林超涵听后心中一喜，但是也没有寄予过高厚望，实际上，这么多年折腾下来，林超涵对于这件事情也没有抱太大的信心，毕竟对手是老覃。而从国资委的角度来说，这么一通折腾，其实也没有必要。肉总是在锅里，急什么呢？

但是他真低估了曲主任那颗不甘平凡的心，在他阐述完他的宏图伟业，还有当前推动的计划进度后的第二周，他就接到了曲主任的电话。

曲主任对他说的只有一句话："林超涵，你来一趟我的办公室，我给介绍一个人。"

林超涵匆匆地赶过去后，才惊讶地发现对方竟然是国内极其知名的一家能源类公司大秦石油公司的老总丁鑫。大秦石油是由省国资委完全控股的公司，虽然与国内那两家巨头相比，远远不及，但是仍然称得上是富可敌省。它的前身其实只是一家小公司，也就是这几年借经济快速发展的东风，才迅速成长壮大的。

曲主任邀请林超涵过来，正是想拉着丁鑫一起来执行林超涵的一个计划。

# 第192章　历史的机遇

其实林超涵的计划很简单，与他现在正在着手进行的一个大动作有关。

这个大动作就是要推出新能源重型卡车的计划。新能源其实已经叫嚣了很多年，自从数年前那个著名的全球气候大会上，发展中国家遭遇到发达国家的集体逼迫开始，国家对新能源研发的重视程度空前，投资也大大增加。而这也与林超涵的预判相吻合，新能源不光能够保护环境，最重要的是，他认为，将来可能也会降低成本。

所以，早早地，西汽就投入了大量的人力物力进行新能源汽车的研究。汽研院这些年有专门的项目组一直在推动这件事情，而西汽在这上面砸的钱也很多。就算有人反对，林超涵依然力主坚持了下去，因为他知道这必然是未来潮流。

　　而这两年，研究院的研究成果经过反复验证，已经可以初步推向市场了，从某种意义上来说，西汽的新能源汽车研究与国际上差不多同步了，起码在重卡领域如此。

　　所以林超涵准备推动建立新能源汽车的生产线了。这需要大量的钱，他很清楚，如果此时去找鲁柴，要求覃晓东批准建立这么一条生产线，相当于拱手将通往未来市场的大门交给了鲁柴，这是他无法容忍的。

　　这必须要自主，还不光是被控制不爽的问题，是根本发展的问题。将来西汽如果要独立自主，林超涵认为必须要靠着新能源、智能化的各种新型技术主导的产品来打开市场，获得发展的充沛资金。

　　他不想再将这些拱手让人。

　　鲁柴对于西汽来说，确实有救命之恩，但是这些年该回报的也回报了，不可能永远将成长的决策权交给别人。

　　说得再难听点，现在覃晓东还算是理智，哪天鲁柴换掉了掌门人，对于西汽来说搞不好就是一场巨大的灾难。覃晓东其实已经过了退休年龄，但是至今仍然执掌大权，这本身就是极大的不确定因素。

　　曲建国主任回去后仔细研究了一番，也认同了林超涵的观点，那就是西汽必须尽快独立自主，而眼前就是一个机会。

　　他拉着丁鑫过来，三人谈的是一个巨大的交易。

　　由省国资委出面担保和安排，丁鑫将投资西汽，建立一个新能源汽车生产线。这个投资额巨大，将超过十个亿，这条新成立的生产线，将作为西汽分公司存在，不受鲁柴影响。西汽成立新的控股公司，专门对其进行管理和运营。其股权结构则是由大秦石油占主导，后期逐步让渡给西汽控股公司，这方面由省国资委出书面担保，确保无虞。对于省国资委来说，这是左手倒右手的事情，对于西汽来说则是生死大计。

　　而丁鑫在这过程中，不光是出钱，也有着巨大的收益。在交易中获得的股权不是关键，关键是西汽的新能源汽车生产线，一来大秦石油可以借机一步跨入到新能源生产领域中来，获取相关技术，先一步掌握新能源的配套方案，取得优先供应新能源的特权。初步估算，将来每年能给大秦石油带来数亿元的好处，而且从长远来看，收益还会越来越明显。

在这期间，大秦石油也就是前期垫付投资而已，将来的收益才是肉眼可见的。

而由于国家对于新能源的重视，大秦石油早就有想法要布局新能源，借此契机，可以实现大力推进，操作得好就可以顺利转型。

当然，也不是没有风险，风险主要来源于西汽的技术是否过硬，能够适应市场需求，万一生产出来，根本没有市场，那就尴尬了。

但是这个难题也被曲建国给解决了，因为他手中掌握有多方资讯，即在此时，国家正着手推动新建一条贯穿整个大西北的高速公路，而省里路段已经在规划中，而这份规划中，出于国家战略决策需要，已经预留了许多新能源供应站点，也就是传统的加油站。

说到这里，不得不说一下林超涵的新能源汽车到底是什么新能源了。在前面提过，基本就是天然气、LPG、二甲醚、生物柴油等，其中天然气、LPG 等相对成熟，建这条高速公路，就会配套建设一批加气站，建设加气站就要修管道，这里面的工程量十分浩大。

总之，就是林超涵的计划恰好契合了整个国家发展规划和战略，又正好契合了大秦石油的布局需要，所以三方交流起来都很愉快，觉得这事大有干头。

用丁鑫的话来说，就是："老林啊，你们这个新能源汽车的计划非常好啊，你想想，如果我们只是投资建加气站，根本就没有车来加气，那我们不是很尴尬了吗？所以说，你是利国利民啊，应该给你发个奖状。"

而林超涵的回答同样也很绝："丁总谬赞了，其实我在想，如果没有加气站这个计划，我其实就是纸上谈兵，到时候跑半路上，没气加了，那才真的尴尬呢。"

三人放声大笑，都想到如果双方没有对方存在，自己的布局其实就是一场空，也很有趣。

既然路数对了，那就好办了，很快三人就达成了一致协议。

因为三方战略决策高度一致，特别是曲建国主任决定把这件事情当作当前的重点大事来推动，俗话说，老大难老大难，老大重视就不难，这件事情在三人会散后，很快地就推动了起来。

当年 12 月份，第一条试投的生产线已经在西汽预留的一片空地上拔地而起了。这片地是当年林焕海在建设新厂时特别预留的，而其使用权也没有放在西汽集团，而是放在早就独立出去的三产，也就是后来的服贸公司手中。所以动用这块地也好，丁鑫那边大秦石油的巨额投资也好，毫无阻碍，一路绿灯。

直到第一条生产线建立起来之后，鲁柴方面才知道西汽新成立的西北新能源汽车控制公司已经与大秦石油展开了密切合作，并且双方签订了合资协议，建起了新厂房。

不得不说，林超涵的历史机遇非常之好。

如果换作从前，得到这个消息的覃晓东一定会在第一时间发作，至少会打一个电话给西汽领导，也就是林超涵，质询他的意图。而以覃晓东的精明，也第一时间会搞明白西汽的战略意图，如果他有意的话，完全还可以通过各种运作，将手伸进新能源公司去，因为双方有优先协议，鲁柴如果真要投资，林超涵还不得不答应他入股新能源公司，来回一折腾，搞不好到时候鲁柴反而会取得控制权。这不是没有可能的，大秦石油只要掉一次链子，搞不好就没戏了。

但是历史的机遇是，当时覃晓东同样也面临着极大的麻烦。首先是2012换届年，虽然因为他的权威，再加上手腕、领导重视等因素，他还坐在那个位置上稳如泰山，但是因为国家和社会的快速变化，已经由不得他如臂指使了，政治情势对他并不那么有利。再次，他手上也没有多少流动资金了。

这个说来又话长，是另外一个国产制造崛起的故事了。简短来说，就是鲁柴这些年同样没有闲着，他们也一直致力于开发更牛更先进的发动机，并且卓有成效，推出了一系列新款发动机。新发动机就要配套新的生产线，而这些生产线耗费颇巨，再加上建立新的供应链也有些麻烦，连鲁柴都有些吃力。这个还好，关键是鲁柴在覃晓东的带领下，一直有着巨大的重工雄心，到处吞并各种企业，他最近居然又吞掉了德国的一家老牌发动机厂家。一系列大动作下来，鲁柴的流动资金池已经快干涸了。

正是因为这几年的大动作，所以覃晓东对西汽这样并不算特别重要的长远规划就不太支持，一些花费他不大舍得批复了，相反他还希望能够从西汽吸纳更多的流动资金供他使用。这就让他跟西汽形成了尖锐矛盾，他虽然意识到了，但是因为关注重点不在这里，所以一向精明的他，对于西汽当前的大动作完全不关心，更没有伸手过来管。

当然，也可以解释为，他就算是有心也无力了，他没有钱投了啊。所以，在一段时间内，他对西汽的这个大动作不闻不问，任由大秦石油最终跟西汽形成了牢不可破的合作关系。

林超涵充分抓住了这次历史性的机遇，建立了一个对未来至关重要的新生产线，并且有步骤有计划地将它牢牢控制在了手中。他本来已经做好准备，哪怕是撕破脸也不能让覃晓东将手伸过来，哪知道覃晓东居然对这件事漠不关心。他虽然判断出鲁柴有资金问题，但是也没有料到对鲁柴和覃晓东的影响如此之大。

直到一年后，西汽的新能源汽车在市场上大卖特卖，即将火得一塌糊涂的时候，覃晓东才回过神来，然而已经太晚了。

更何况，他也终于要告别历史舞台了，那一年，组织上批准了他的退休申请。

# 第 193 章　未来在中国

2013 年初，新能源汽车的生产线开始建设，当年 8 月开始试生产，预计 12 月正式投产，这是林超涵当前面临的大事情。

同年，外贸市场上，西汽再拿下中东一城，声名鹊起。

当时响越与波斯建厂，但质量管理极其糟糕，引发严重亏损，潘振民为这件事情赔了夫人又折兵，被迫下台。

2015 年的时候，林超涵执掌西汽也三年了。这三年，西汽的产量和销售量与日俱增，不光是外贸有突飞猛进的进展，就是国内市场销售也疯狂地增长，这得益于国内地产建设的火热。当然，最重要的还是林超涵的领导有方、策略得当，叶文源作为他最得力的搭档，在厂里把管理做得非常好，各种制度化的形成，减少了内部损耗，给了林超涵不断向前的动力。

这一年，西汽再次在另外一件事情上，取得了巨大的进展，那就是第三代军车正式招标。

这次招标吸引了国际注意，一些黑客和间谍开始入侵西汽。

2016 年，经过相关部门缜密调查，发现幕后黑手之一竟然是范一鸣，他买通了内部人员准备窃取西汽的相关资料。范一鸣随即被捕。

林超涵是在一年后法院开庭时，才看到了自己那位一辈子的敌人。林超涵非常欷歔，无论是作为对手，还是作为情敌，或者甚至就是敌人也好，他真的从来没有想过，能见到范大公子锒铛入狱的那一天。

看到范大公子满头白发，神情憔悴，脸上蒙了一层死灰色，林超涵真是大吃一惊，这与他印象中那位傲气飞扬作风跋扈的范大公子，完全不是同一个人啊。变化也未免太大了！

这或者就是他背叛国家的代价，就是他自作自受，甘愿做人家走狗的下场。一切都是他咎由自取。

因为事涉国家机密，开庭是很秘密的，只有少数相关人员到场，林超涵是作为重大关切方旁听的。范一鸣阴谋操纵舆论攻击中国制造，甚至策反人员偷窃与西汽相关的重大军事机密，这种行为，已经大大地超过私人恩怨了，法不容情。

林超涵在旁边旁听着，此外旁听的还有范一鸣的家属，似乎都是他的表亲之类的，看表情对范一鸣的生死也不是很关心。几个中年男女坐在那里，有的面无表情甚至是打瞌睡，有的则是窃窃私语，但讨论的与案情可能也无关，因为他们的表情很轻松。

林超涵摇了摇头，这些不是他能关心的，他也不关心。他只是想看看自己这位一辈子的敌人，怎么就落到如此下场了。

范一鸣的眼神也很飘忽，在法官审理他的时候，他不停地扫视着旁听席的人，但是那些人显然也不是他最关心的，连个眼神都没交流。他似乎在寻找着谁，他很失望，她真的没有来，他绝望地笑了，她怎么可能会来，虽然说他死扛着从来不承认与朱梅英有关，但是以调查人员的能力，怎么可能不会查到她的身份，这个时候她如果来岂不是自投罗网吗？

被戴上手铐的一刹那，范一鸣就知道，自己其实是傻乎乎地被放弃的。被关了近一年，他什么都想明白了，为什么朱梅英会在临行前说那句话，她让自己保重，安全第一什么的，原来是早有预料自己回来就有可能落网。干了那么多见不得人的事，想一直平安怎么可能？朱梅英能够在最后时刻好好陪他一阵，大概多少是有点内疚。

人生，有很多事情，行差踏差一步就有可能万劫不复。

自己做错过多少事呢？范一鸣根本没有心情听辩护律师的辩护，只是机械地听着，被动地回答着一些问题。

此外的时间，他都在思考一个问题，自己堂堂范大公子，走到哪里不是人人笑脸相迎，做什么不好，怎么就落到这般田地了呢?

他当然看到了林超涵，都过了二十年了，林超涵似乎还跟年轻时那样，身形挺拔，从来都是一副朝气蓬勃的样子，讨厌极了。而且与自己相比，岁月太过偏爱这个从山沟里出来的土包子，凭什么他天天喝着汽油闻着机油，在脸上都找不着太多的沧桑痕迹，凭什么他一个小小的厂长之子今天就能成为一个大集团的老总? 而他自己呢，这些年来，风花雪月随性而过，养尊处优花天酒地，如今却成了这一副模样。

他有点想笑，疯狂地大笑。

两个一辈子的敌人，此刻彼此没有说一句话，只是偶尔的目光相接，但是对方的意思彼此都懂。

真的有点像是心灵感应一般了。

从范一鸣的眼神中，林超涵能够听到他那疯狂的偏执攻击，至今不肯悔改只肯迁怒他人的心声。

"你一个土包子，为什么就是整不垮啊?"

"对不起，让你失望了，想靠着那些歪门邪道就整垮我，这辈子都没有机会了。"

"早知今日，我当初就不应该有那样的骄傲，直接上狠手整死你得了。"

"对不起，不可能，如果你使出那样的手段，也许你会倒霉得更早。"

"如果……或者……再给我一次机会，一定不一样。"

"一样的，你的性格决定你的命运。你本来有足够广阔的空间，你本来有足够强的后台背景，你本来有更美好的前程，但是你为了一点私怨，为了你得不到的东西，居然走上叛国的道路，从根子里，你就是错的。"

两人的眼神碰撞出了火花，每一次目光对接，他们都能明白对方的那些潜台词。范一鸣其实天性聪明，只是被怨恨蒙蔽了心灵，此时，他理解的林超涵的每一句话，其实都是他自己内心深处的反思与认知。

只是他不肯承认罢了。

这辈子错也要错到底了。

在法庭上，控方陈述了对范一鸣的指控。

原来 2010 年，落魄的范一鸣被带往加利福尼亚的所谓麦得锡咨询公司，这家公司看上去与某著名的咨询公司就差一个字，但内部性质却完全不一样，其实就是某个情报机构的外部掩护机构。在那里，范一鸣接受了对方的培训，认同对方的价值观，回国后致力于危害国家安全的行为。2016年，在掌握大量的事实证据后，国家相关机关依法对范一鸣实施了逮捕。

在法庭上，法官在结案陈词中痛斥了这种叛国行为，认为范一鸣"丧失了作为一个中国人应具备的基本良心与义务，与豺狼为伍，其祸甚烈"。

最后，综合各种法律，判处范一鸣无期徒刑。

范一鸣最后瘫在了那里，这是比死刑更让他绝望的刑罚。林超涵看着他，深深地叹了口气，一辈子的敌人，现在要在牢里过一辈子了，将来看他表现，老了才有可能假释。否则不可能再在监狱以外看到他了。

这很痛快，也让人无限感慨。

这样的一位对手，说是草包也好，说是笨蛋也好，终究陪着林超涵完成了一生的奋斗。

但是最后范一鸣向法庭请求与林超涵说几句话，法庭同意了。

两人有了真正对话的那么一分钟。

"你赢了！"范一鸣惨然一笑，"我输了。"

林超涵摇了摇头，说："我没有赢的感觉，因为我从来没有把你当作真正的敌人！"

"是吗？"范一鸣很受打击，但显然一年多的关押生活已经让他有点认清现实了，"那你的敌人是谁？"

"我没有敌人，我只有征服不尽的市场，只有升级不完的技术和设备，只有客户不断提升的要求。"林超涵很认真地回答他。

"我懂了，怪不得我输了。"范一鸣终于忍不住放声大笑起来，最后笑出了眼泪，他在喃喃自语中，被法警带走了。

林超涵听得见他的喃喃自语，范一鸣一直在重复着，"我真蠢，我真蠢，我本来有的，我本来什么都有的……"

林超涵再次摇了摇头，用怜悯的目光看着被带走的范一鸣，自言自语："这家伙，没有人教育他，人要知足常乐吗？"

旁边一直陪着林超涵的罗恩，更加疾恶如仇，一脸的兴高采烈，听到林超涵的话后笑着道："他一直就欠铁拳教育啊！"他这话还真没错，范一鸣的前半生太顺利了，或者就是他的原罪吧。

此后没多久，一个更加吸引全国人民注意力的庭审举行了，著名的响越掌门人潘振民因贪污受贿、滥用职权等多达十来项罪名，被判处了无期徒刑。而让他东窗事发的诱因就是波斯国事件。这还得算上范一鸣的功劳，范一鸣交代了回国后与潘振民的各种勾搭，两人居然又干了不少暗地里的生意，赚了不少钱，这些都成了定罪潘振民的铁证。

得知潘振民的事情后，西汽内部很是热议了一阵，很多人都觉得潘振民是报应不爽。

林超涵的感觉则很奇怪，好像这辈子要跟自己为敌的人一时间都没了。但这当然只是错觉，后面更猛烈的攻击即将到来。

# 第 194 章　突飞猛进

2018 年，是一个不寻常的年份。这一年，贸易摩擦起热，各种牛鬼蛇神集体出动，恨不得中国纳头便拜，对于中国已经具备的技术实力丝毫不以为然。但是大家不知道的是，在暗地里，配合着贸易摩擦，一浪高过一浪的幕后攻击，早已经波涛汹涌了。

从某种程度来说，西汽遭遇的黑客攻击，其实也是整个中国制造行业普遍面临的困境。

但越是困难，就越是要奋进。

黑客风波还在进行的时候，林超涵等人另外一项筹谋已久，配合早年的豪言壮语，引发行业再次震荡的大项目被正式推了出来。

这就是轻量化标载车项目。

之所以要轻量化的背景，就是国家治超，十分严厉的治超。因为超载造成的经济损失已经高到令人咋舌的程度，所以必须治超。而治超的手段就是称重，必经之路上到处都是治超检查站，让超载无路可走。在卡车司机们的呼唤声中，才有了后面的车辆轻量化。

所谓的标载车，实际上就是完全符合国家法规的重卡，整车整备质量不超规范要求一丝一毫。那么如果想赚更多的运费，就要在自重上下功夫，自重越轻，拉的越多，挣的越多，这就有了轻量化。轻量化从这几个方面入手，一是减去不必要的重量，比如说超载时代零部件不必要的补强，车架厚度降低，桥壳厚度降低等等；二是必要重量的降低，比如说钢轮辋换铝轮辋，用轻自重的高强度材料代替大自重的便宜材料等等；三是新材料和新技术应用，比如说一体化一次成型中控台，比如说线束分车型定长等等。

而除了发动机、车架、车桥、驾驶室这几个自重最大的大件减重能做到几十上百公斤以外，大部分的零件减重只有几百克，甚至几十克的水平，但是像螺栓螺母这种标准件，一个减重几十克也是很了不得的水平，架不住总数多，所以林林总总加起来一辆新型西汽生产的 H3000 轻量化标载车，能比非轻量化的 H3000 轻一吨半，而这仅仅是应用了变截面大梁、少片簧悬架、轻量化发动机、轻量化驾驶室、铝合金外壳变速箱、轻量化桥壳技术车桥的基础减重产品。

在新品轻量化 H3000 车辆发布推荐会上，林超涵亲自向来自全国各地的销售、经销商、代理商进行了介绍，说明这个轻量化标载车的各种性能指标，以及它的技术特点。底下的人黑压压的一片，听完林超涵的介绍后，大家都忍不住兴奋地交头接耳讨论起来。

这可是革命性的产品啊。这要推出去，试问天下谁能敌呢？

作为与西汽命运与共的各路神仙，都很开心，赚大钱的事，谁不喜欢呢？不过总还有些人有些犹豫，你说贸易战都打起来了，将来的中国还有前途吗？

要是大家都没钱搞建设了，你说这车还有谁买呢？

对于这样的担心，林超涵有一番自己的见解："每次生产力的大爆发，都是源于技术的全面进步。我们如今的中国，再不是当年随便被人卡下脖子就会窒息的弱者，我们不仅有自己赖以生存保命的关键技术，还有足够保证我们保持源源不断驱动力的其他技术。像我们的轻量化技术，不仅走在国内前列，也走在国际前列，在新的时代背景下，我们的国家不会因为别人要跟我们闹别扭就不会发展了，相反，我们还会加大力气去开拓'一带一路'市场。从远东到中东，从欧洲到非洲，从南美到北美，我们有无尽的空间等着我们去开拓，不要在意眼前的这点小纠纷，要着眼于我们的力量能够拓展到的市场。"

林超涵倒不是吹牛，他是真不觉得这所谓的贸易战或者说贸易摩擦，能够击垮中国。在外界，一些知识分子，出于发自内心的不自信，也出于无知或是迷惑，还以为中国完全落后于洋大人，半刻也不能离开他们。

不得不说，这是一种非常错误落后的认知。在新时代，因为他们只看到共享单车和网络支付，以为这才是中国的发明，殊不知在整个中国，制造业的崛起已成必然。比如在重卡领域，林超涵就有足够的自信可以拿出产品来与世界列强相比。

不是没有薄弱处，但是你不能拿中国和所有外国一起比啊。而且，中国拥有完整的工业体系，为什么重卡能够在价格上比国外那些老牌厂家便宜，是因为在同等技术条件下，中国自己的市场就能满足所有的零部件需求，而且由于这些都要比从国外进口便宜，综合下来，整车价格能不便宜吗？

林超涵不光对自己很自信，对如今的中国更自信，他道："虽然今年我们可能会遭遇一定的困难，但请大家相信，中国的发展一定会更光明的。下面请大家提问吧。"

听完林超涵的高谈阔论，很多人若有所思有所启发，但这个需要时间验证，众人没有过度纠缠于此。不少代理商踊跃提问，林超涵一一回答解释。其中有一位代理商站起来发问道："林总，您刚才说的我都很赞同，但就是有个小疑问，我们会不会因为过于追求轻量化，造成性能方面的下滑呢？"

林超涵微微一笑，答道："不会，其实我们追求轻量化，并不是单纯地追求极致轻量化，而是取得一个平衡而已。我们在轻量化和可靠性方面双重下功夫了，再加上新的大数据平台实施监控，我们在小批量生产试用中，已经证实它的可靠性。下面，有请我们的副总师徐敏辉介绍一下它的试用情况吧。"

徐敏辉在掌声中走上台，通过 PPT，阐述了轻量化车辆在试用中的一些数据情况。林超涵自己走下台来，他微笑着朝自己的位置走过去，他很自信，现在的西汽已经全面进步，他们在不断地追赶中已经找到了自己合适的位置和姿势了。

接下来的他，还要做很多的事情。

林超涵轻松地坐到自己的位置上，旁边是业界尊称为梅姐的徐星梅，如今的她，已经奔六了，但是鉴于她的重要性，她依然是销售的总负责人。徐星梅对林超涵笑道："我都想退休了，但是咱们西汽人永远都燃烧得像一团火，想熄都熄不了。"

林超涵哈哈大笑："那就对了！"

果然如大家担心的那样，接下来，确实一段时间之内，因为市场的萎缩和观望，导致西汽重卡一度销量下滑，但是与此同时，轻量化的车型市场反馈极好，趁着限超治超的良机再次创造市场奇迹。轻量化标载车型在市场的占有率全年高于60%，轰动整个业界。

西汽全面的进步，吸引了世人的眼光与注意，世界诸强就算百般不情愿，也不得不正视西汽的成就。

于是2019年开春，西汽接到了一封金色封皮的邀请函，对方是世界顶级越野拉力赛事——达喀尔拉力赛，它被称作是勇者的殿堂，车中王者争霸的战场，是世界上最艰苦最考验实力的越野拉力赛事。

这场赛事，一个不可思议的结果产生了，西汽居然在第三个路段，拿到了西汽，也是中国历史上的第一个达喀尔赛段冠军。

林超涵喜出望外，虽然不一定能拿总冠军，但是赛段冠军那也足够了。这一趟，没有丢人，没有让国家蒙羞，西汽用实力，征服了对手和裁判，也必然会征服市场。

当林超涵等人载誉回国的时候，另一个更大的喜讯砸中了他，让他更加欣喜。

由徐敏辉、郑博士等人带队研发的新型自动驾驶重型卡车，由于其技术超领先，获得了国家"最高科学成就奖"。这一年，共和国七十华诞，这是一系列庆祝活动的环节之一。

林超涵出席了在大会堂举行的隆重会议，率队领奖，在和领导人握手的时候，领导人亲切地道："听说你刚刚在国外夺冠了，值得庆贺。这次国家又给予你们最高奖项，希望你们再接再厉，勇攀科研高峰！"

林超涵在这一刻，热泪盈眶。


# 第195章　星辰大海般的未来

西汽获奖的这个技术，真正实际应用到生产中，是2020年了。这一年5G已经普遍应用了，而西汽的自动驾驶技术就是建立在5G的基础上。

它的技术点就是L4级自动驾驶技术和车联网技术结合的车队运营新模式，彻底改变了公路物流业的现有模式，从个人车主投资买车、能源消耗极大、社会资源占用极大、安全生产风险较高，转变为车队化无人车队运营、车辆自动编组编队、能源集约最大化利用和错峰道路利用等模式，避免了大量的社会资源和能源浪费，最大限度降低重卡人为事故数量，大大降低公路物流成本，大幅度降低污染物排放，对整个经济社会运行有重大的积极作用。

它的难点一方面在于自动驾驶技术的可靠性和稳定性，另一方面在于5G的实用化。可靠性与稳定性在实验中好搞定，反而是互联网技术比较不好搞，在这方面，国际上都在搞，但是问题来了，全世界的5G技术都没有中国又好又便宜。

借着某超级大国发动各种科技战的东风，中国的5G技术一下子就提前推出应用了。而西汽也沾了光，在得到相关公司5G技术支持后，立即就获得了前所未有的突破，在自动驾驶重型卡车技术方面，一举领先全球。这可是中国人首次在重卡领域取得这样大的成就。

在领奖后不久……

"这就是国家发展的力量啊！"林超涵深有感慨地在电视访谈中说道，"如果不是国家整体的进步，我们的局部突破意义也没有那么大，我们中国的制造业，已经达到整体联动的阶段，正因为有那么多人勤恳地工作，有那么多人刻苦地钻研，在各个行业、各条战线上都如此，所以我们的进步，才是这样的全方面。"

媒体主持人是一个有着漂亮大眼睛的知性女主持，全国有名，她在这次访谈中问了许多的问题，林超涵一一作答。

主持人问道："您能谈一下咱们的重卡为什么在世界竞争中有那样的优势吗？未来我们还会保持这样的优势吗？"

林超涵道："要说起来，第三世界国家不是不想用重卡，一是造不出来，二是欧美太贵，三是中国重卡国际化较弱，一旦中国重卡走上国际化道路，第三世界国家的重卡市场基本上就没有欧美什么事了。相同质量的产品，中国重卡比欧洲便宜一半，而且配件还便宜，所以在未来10年，'一带一路'将会是西汽大有作为的地方，而且东非中非、中亚远东、南亚次大陆、东南亚、南美这些地方，西汽都已经有就地建厂的意向。光是今年我们在两个国家的分装厂已经开始批量生产，南美的装配线已经到位，动作非常迅速，后面的动作会更快更猛，估计不出10年这些战略要地就都会有西汽的总装厂，遍地开花，为我们的'一带一路'服务。我预计在这个过程中，我们将会继续保持这样的优势。"

最后主持人问了一个问题："林总，你们西汽未来有什么长远规划吗？"

"长远规划吗？当然有。"林超涵笑了起来，挥洒自如地道。

在他的脑海中，远景规划远远超过他当年最初的梦想。不忘初心，就会让初心加倍速地实现。

2020 年，西汽的产量将达到 25 万辆，销售收入 300 亿元。

到 2025 年，西汽的产量将达到 30 万辆，销售收入将达 400 亿元。

到 2035 年，西汽的销售收入将突破 500 亿元，产量突破 40 万辆，跻身中国机械工业 500 强的前一百名，同时将会是世界上举足轻重的重卡制造商和技术提供商。

当然，这些数据，林超涵并没有太具体地讲出来，只是简单描述了一下前景。他总结道："我们并不追求世界第一，我们只是力争世界一流。当然啦，实际上我们已经是世界一流了。"

主持人笑了，林超涵也笑了，电视前的很多人都笑了。

在访谈中，林超涵有很多话没有说。

有很多话他不方便多说，电视媒体是个宣传的地方，但也是个惹事的地方，现在不知道西汽已经成为全世界多少同行的眼中钉了。

有很多话憋在心里，写在纸上，落实在行动中。


2020 年的秋天，林超涵终于完成了他在西汽的阶段使命了，他升职了，如今已经是西汽控股集团董事长，位高权重。

这么几年，林超涵终于收回了西汽所有的控股权，并进行了反向收购、并购和合资控股，如今的西汽，已经是一个庞然大物了。

某一天，林超涵掐着指头算了一下，这一天是陈培俊师傅逝世二十五周年纪念日，他打电话约了好几个人，然后他自己驾着车，带着季容和儿子一起回到山沟里，那里有陈培俊师傅的墓。

这么多年过年了，这个墓依然被打理得十分整洁，杂草不生，鲜花常有。

这是从林焕海、王兴发一直到林超涵，甚至到他后面每一代西汽领导人都会坚持的要求，从某种意义上来说，这里是所有西汽奋斗者朝圣的地方。

林超涵带着一家人，带着赶到这里的所有人，一起向陈培俊师傅三鞠躬。

献上鲜花后，林超涵点上了一根烟，放在墓碑前。

他默默地看着陈培俊师傅新修的墓碑，上面放了一张陈培俊师傅放大的头像，看着他那在时光里不曾被淹没的熟悉的容貌，仿佛又看到了与他在一起的时光，看到他沉默着低头冥思苦想认真解决问题的背影。

陈培俊师傅的后人也长大了，在西汽上班，如今也是中层干部。林超涵拍了拍他的肩膀，安慰了一句。然后逐个看着来这里的人，凌霄强、徐星梅、孙昌寿、徐敏辉、叶文源、孙小芦、周洪、侯延楷……

林超涵扫视了一圈众人后，自己点了一根烟，陪陈师傅一起抽。

"陈师傅，我向您汇报一下工作，这些年，我们梦想到的、没梦想到的都一一实现了！如今的西汽，再不是随时掉进黑洞的弱小企业，我们已经成为一个强大的集团了。我们不仅生产，还提供整套的建厂技术支持和整套的产品解决方案，包括各个重要总成的成套解决方案，会继续联合数家大型发动机厂、车桥厂和齿轮厂等一起成规模输出技术，成为一个产品和技术双输出的企业集团。下面的产业也涵盖了汽车制造、汽车零部件制造、汽车销售 / 租赁、后市场服务、金融服务、人力资源、IT 解决方案、信息安全、智能制造、再制造、材料技术等等各个方面的整条产业链。"

他的声音不大，但是在场的人都听得清清楚楚，大家知道，他要把电视采访中憋着没说的话慢慢说出来。

将来，在您最关心的产品方面，我们会有六大车族，而且每个车族都会有大规模的衍生产品，而且由于采用模块化设计，新车型开发周期从现在的按年计时压缩到按天计时，同时智能制造和智能装配能够帮助生产线快速部署新产品，整个过程参与的人员会越来越少，而成功率会越来越高。

"轻量化、智能化、电动化将是我们最突出的三个方面，而在这三个方面西汽已经做足了功课。轻量化方面，西汽有专门的材料团队研究如何把新合金、复合材料从试验室转化到产品上，同时还有计算机仿真和辅助设计，整车减重将会达到一个前所未有的程度。根据现在看到的资料，未来驾驶室减重可能高达 400 公斤，也就是减重近一半，强度反而会提高两倍，车架减重 14%，车桥减重 20%，再加上真空胎和超级单胎的应用，一辆现在自重 9 吨的牵引车未来可能自重只有 6 吨多。"

众人静静地听着，林超涵仿佛在聊天，又仿佛在畅述他想象的未来。

"智能化，西汽的天行健水平已经达到了一个相当高的水平，目前在国际上也算先进水平，未来加上 L4 自动驾驶技术，更多传感器的应用以及 AI 的应用都会让西汽产品的附加值直线上升。同时会有比现在高几个数量级的数据源源不断地返回天行健的数据湖中，AI 和大数据分析会帮助西汽不断优化现有产品，帮助设计可靠性能更高的新产品，同时在质量问题的处理和反应速度上将会有几个数量级的提升。电动化方面我们也大有进展，未来 10 年将会看到西汽在电动化和传统动力两条道路上大放异彩。"

"所以，一句话总结我们的未来就是，我们一定会做到世界第一。"林超涵说着猛地站直了身子，环顾着四周的人群，大声地说道。

"真会有这样美好的前景？"凌霄强张大了嘴巴，烟掉在了地上，抱怨道："老林，你别吹牛了，你咋不说我们未来还要飞上天，去征服浩瀚星海呢？"

"谁说不行啊？我们未来的征途，本来就如星辰大海一般广阔啊。"林超涵豪情万丈地道。